典藏版·全三册

一级律师

木苏里 著

下册

孔學堂書局

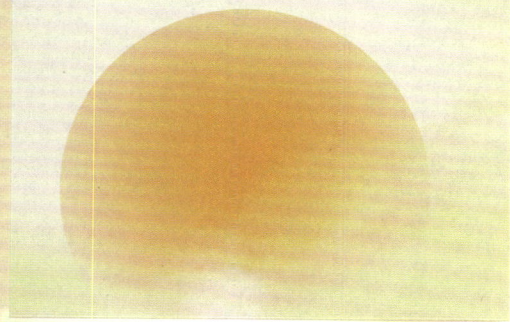

希望你永远无忧无虑，不用经受任何痛苦，

不用特地成长，不需要去理解那些复杂矛盾的东西，

不用做令人烦恼的选择，快乐长寿，

永远有人跟你说早安和晚安。

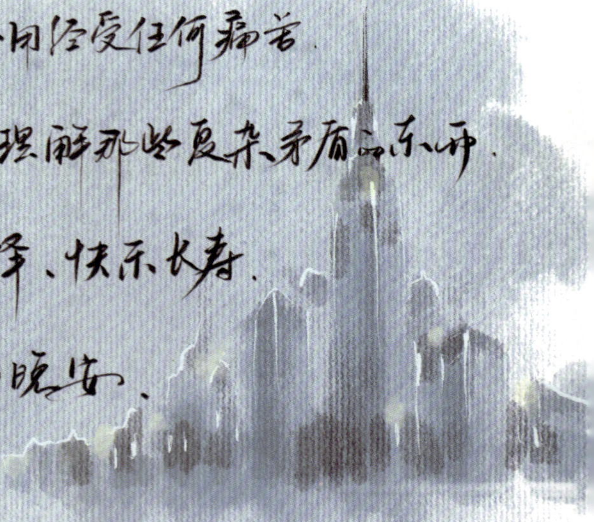

木苏里

第六章

1

酒城晨昏轮转快，这一天的日暮时分，正巧是德卡马上午九点整。

联盟医药协会以及各大网站同时放出一个消息——西浦药业联合曼森集团在各大星球设立了病毒感染治疗点，所有针对病毒感染的治愈以及预防类药即刻起公开贩售。

除此以外，那些报道中还提到，治疗点所利用的全部是废弃老楼及荒地，几乎是一夜之间旧楼换新颜。

虽然是旧楼改造，但里面设施齐全，就医环境不比任何医院差，拥有充足、安全的隔离区以及药物研究中心，可以跟得上感染事态的发展。

在感染日益严重的情况下，这种消息确实安抚了大批民众，说是振奋人心也不为过。

一时间，各大医院感染中心办理各种手续的界面都出现了大规模拥堵——需要办理出院或转院手续的人太多了，当中受影响最严重的恐怕是春藤医院了。

无论是老狐狸德沃·埃韦思本人，还是在春藤集团中占有极高地位的尤妮斯，这一整天都淹没在各式各样的通信和紧急会议中。就连众所周知的不干预家族事务的乔大少爷，也被骚扰得够呛。虽然他口口声声说自己不干预任何家族事务，春藤集团的发展情况他也毫不在意，跟老狐狸更是没有联系，但真正发生动荡的时候，他还是会悬起一颗心。

"就连酒城这边都……"乔叉着腰站在窗前，糟心地跟尤妮斯连着通信，"你那是没看见，酒城老壶区的人都学会排队了，多吓人啊。曼森兄弟买下来的地比我们之前探到的消息还要多，少说也有三四倍，酒城这边都没放过。我之前对应消息，在电子地图上标记了一下，每个治疗点所辐射的圈子都能相互重叠，几乎没有漏掉的地方。"

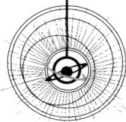

"可不是，"尤妮斯没好气道，"德卡马、红石星、赫兰星、天琴星……全联盟那么多星球，哪个地方不是呢？数量都快赶上春藤了。从凌晨起到现在，我的耳扣都没有摘下来过，就算摘下来，耳朵里头也嗡嗡直响，我都快要对通信有阴影了。"

"需要我做点儿什么吗？"乔斟酌片刻，还是开口了，"老狐狸怎么说？如果人手不够的话，我这边也能提供一部分。"

这位大少爷虽然志在吃喝享乐，从没有什么过大的野心和过高的目标，但这些年单打独斗下来，还是积攒了一些底子，关键时刻也能帮上忙。

"不用，你别插手。"尤妮斯想也不想便拒绝了。

"你都不用考虑一下吗？好歹想个三五秒再说吧。"乔少爷又好气又好笑，"我建议你还是去问一下老狐狸吧，别让我听见就行。"

"问什么呀，不用问。"尤妮斯说，"他才是最不着急的那个人。"

"最不着急？"乔扭头看向客厅里硕大的全息屏幕。

从西浦药业和曼森集团出联合公告起，顾晏他们就把全息屏幕定在了专题新闻那块，上面一直在滚动播放病毒感染治疗中心的情况。有人甚至去附近的治疗中心搞起了现场直播，还有一部分记者则联系各医疗行业大佬做起了采访。

这里面当然少不了德沃·埃韦思，毕竟医疗行业他是老大。

当乔少爷转过头的时候，屏幕正好播放老狐狸德沃·埃韦思的一段视频。

视频拍摄于他们下榻的酒店。

镜头之中的德沃·埃韦思先生穿着简单干练的休闲服，手里还拎着球杆包。他被记者们拦下的时候，表情和语气依然得体，甚至还冲记者们弯了一下嘴角。他表示自己最近身体微恙，正在别墅酒店享受近几年来少有的一次假期，顺便调理身体。对于西浦药业和曼森集团联合创立治疗中心的事情，他感到非常欣慰，有这样优秀的、始终走在研发前端的同行，他很骄傲，也希望受到感染的病患们早日脱离疾病困扰，恢复健康。

怎么说呢，他从头到尾的表现都很符合一贯的形象，无可挑剔，也很有长辈风范。但媒体朋友们从中解读出很多信息，比如他说"我很高兴"的时候，笑容只停留在嘴角，透明的护目镜下，灰蓝色的眼睛里毫无笑意。

再比如说，他向来一丝不苟的头发散落了两绺下来，眼下有微微的黑眼圈。

这说明他睡得不踏实，早上出门装扮也没那么精细。也许是没心情？至少可以看出他有几分疲态。

而且身体微恙……怎么他这么巧在这个关头微恙了呢？

总之别说媒体了，连亲儿子都觉得老狐狸在强颜欢笑。

乔把收音范围扩大，让尤妮斯清楚地听见这段访问内容，然后道：“你确定老狐狸不着急？”

尤妮斯哼了一声，没好气地说道：“那我就问你，你见过爸大清早出门运动吗？”

“没有。”

“那不就得啦！”尤妮斯说，“他是特地把自己送到那帮记者面前让他们采访的，你还真以为是半路被拦住的呀？”

“那他头发——”

“出门前，我看到他自己撩了两绺头发下来。”

乔问：“黑眼圈呢？”

“我跟他面对面吃早餐的时候，他还没有那东西。”

乔又问：“眼睛里的红血丝呢？”

血丝虽然不算多，但在灰蓝的眸色衬托下显得格外明显，那三分疲态起码有两分显露在这里。

“谁知道呢？揉的吧。”

乔少爷沉默两秒，终于还是没忍住，说道：“你知道吗？我现在特别想翻白眼。”

尤妮斯呵呵一笑，说：“翻吧，我都翻一个早上了。”

“所以老狐狸现在根本不着急，那些样子是装出来的，故意给媒体看的？”

尤妮斯想了想，道：“我理解的是这样。不过你要知道，给媒体看就意味着给所有人看。”当然也包括他真正针对的人。

“所以现在是什么情况？”乔问，“你在处理那些随之而来的麻烦吗？还是安抚高层？”

被尤妮斯这么一搅和，他那点儿担心也消失得无影无踪了，但还是免不了多问一句。

“之前我忙得脚不沾地的时候，处理了一部分。”尤妮斯没好气地说，“现

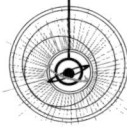

在闲下来了。"

"怎么，这就处理完事情了？"乔一脸诧异，"我以为那帮元老大爷们要排着队去你办公室表演呕血三升和以头撞柱呢！"

"怎么可能处理完，"尤妮斯说，"但那些事情已经全部移到老狐……爸自己手里了，我的权力被架空了。"

乔掏了掏耳朵，问道："你被什么？"

"架空夺权。"尤妮斯说，"你不明白吗？原本在我手里的事情，现在全部是爸处理了。"

"他要干什么？"乔突然有点儿紧张。

"不知道。"尤妮斯的声音听起来有一点儿无奈，"我现在出不去办公室，正窝在沙发里看小时候存档的家庭视频思考人生。"

乔："……"

德卡马法旺区的别墅酒店里，尤妮斯为了应付之前频繁的视频会议，上半身穿着精致稳重的定制套装，脚上却穿着毛茸茸的拖鞋。

自从被"夺权"后，她更是把拖鞋都脱了，盘腿坐在沙发上——这可能是她这些年来最不顾形象也最放松的一刻。

她的耳朵上戴着耳扣，怀里放着抱枕，沙发前面的空地上，全息屏幕一个接一个地自动播放着家庭录影。现在正在播放的是她六岁时的一段影像。起初镜头很晃，德沃·埃韦思的声音像背景音一般响了起来："以后你就可以这样，把自己想记住的事情记录下来。"

那是将近五十年前的德沃·埃韦思在教她怎么录视频日记。

尤妮斯轻轻"啊"了一声。

那头的傻弟弟乔以为又出了什么事，紧张兮兮地问道："怎么了？"

"哦，没有。"尤妮斯说，"我只是突然想起来，录视频日记这个习惯还是爸培养的……如果不是又看到这个，我已经忘了。"

感谢这个习惯，让她在不知不觉间遗忘一些琐事后，还有机会重新记起。

"是吗？我没听说过。你在看什么时候的视频？"乔顺着她的话问道。

"我随便看看，缅怀一下宠着我的爸爸。"尤妮斯说，"他那时候会跟我比赛背书，抓着我的手纠正我的握笔姿势，还能给我表演左右手同时写字画画呢，万万没想到还有夺我权力的一天。"

乔说："尤妮斯女士，别装惨了。"

尤妮斯笑了一下。

全息影像里，六岁的尤妮斯的头发还不是很长，在脑袋顶扎了一个鬏。

"这么拍吗？那我要拍我画画。"幼时稚气的声音在她现在听来有点儿微微尴尬。

这位女士看当年的自己也是一副"瞧这傻瓜"的心态。

影像里，尤妮斯以极其不标准的姿势伏在办公桌上，被陡然入镜的德沃·埃韦思半真半假地批评了一句。他捏着尤妮斯脑袋顶的鬏，把她往上提了提，道："抬头，你这样以后要换眼珠的。"

"我不怕。"尤妮斯哼哼。

德沃·埃韦思也哼了一声，不知道是想笑还是怎么的。

被德沃·埃韦思批评了几次，尤妮斯有点儿不耐烦，她丢了笔，趴在桌上不想画了。

德沃·埃韦思淡定地欣赏了一会儿她撒泼的姿态，说："来，咱们比个赛。"

一听比赛，尤妮斯来了精神，问道："比什么？"

"左右开弓。"德沃·埃韦思说着，左右手各拿了一支笔。

尤妮斯："……"

酒城的暴雪依然在下，但这并不妨碍受感染的人蜂拥进新成立的治疗中心，其热闹程度堪比声名最盛时的春藤医院。最近的一家治疗中心就位于双月街和棚户区之间的交叉点。

燕绥之原本打算去附近的春藤医院查一些事情——关于那位带着牧丁鸟出现的马库斯·巴德先生，他们想到了新的搜找方式。但当他路过治疗中心的时候，还是被人群吸引了注意力。

"进去看看？"燕绥之朝大门偏了偏头。

劳拉从早上得知燕绥之的身份起，就一直很老实，老实得反应都慢了几拍。平日里她泼辣和爱逗人的劲儿都收敛了起来，显得前所未有的乖巧。

她把自己裹得严严实实的，脸被捂在口罩后，闷声闷气地点头，连举着的伞都跟着点了点，说："可以，可以，去看看。"

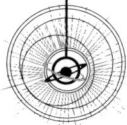

反正她这一天就没有说过不可以。

燕绥之征求完她的意见，又看向顾晏。燕绥之戴着口罩，挡住了口鼻，为了挡风雪，又戴上了护目镜，漂亮的眼睛被镜片镀上了一层光。

这会让人不自觉地把注意力放在他的眼睛上。

顾大律师的目光落在他眼睛的旁边，不知道在看什么，没有立刻答话。

"你发什么呆？"燕绥之伸手在他面前打了一个响指，"我难得民主一回，征求一下意见，你还不配合？"

"等下。"顾晏把伞往旁边倾斜了一些，突然看着他的眼尾。

"怎么？"燕绥之半真半假道，"啊，如果是沾了什么脏东西你就别说了，给我留点儿面子。"

顾晏道："不是，那颗痣重新出来了。"

"是吗？"燕绥之也伸手摸了一下，"很明显？我怎么没注意。"

"很淡。"顾晏说。

"你确定？"

顾晏很笃定。

燕绥之道："可能快到时间了吧！不过林医生不是说最后一段时间几乎没变化，直到最后才会突变吗？"

"所以有点儿奇怪。"顾晏道，"你联系林医生问一下吧。"

正说着话，顾晏的智能机振动起来。

"谁啊？"燕绥之问。

顾晏调出屏幕看了一眼，道："乔。"

"乔？"燕绥之愣了一下，"酒店有什么事吗？还是催我们回去？"

顾晏接通了通信，乔的声音在那边响起来："顾？之前那个匿名者的签名文件发我一份。"他的声音听起来非常压抑，说不上是紧张还是在抑制激动。

"好。怎么了？"顾晏问。

"我姐！"乔说，"我刚才跟她连通信的时候她在看家庭视频，顺手把全息屏幕给我共享了一下，我看见了一样东西，我怀疑……"

乔顿了一下，说："算了，我先确认一下再说。"他说完就挂断了电话。

顾晏和燕绥之对视了一眼，然后把文件包发了过去。

"有线索了？"燕绥之瞬间明白。

顾晏说："等他确认了再看。走吧，我们进去再说。"

他跟燕绥之一前一后往治疗中心走去，又转头照顾了一下劳拉。也亏得他们照应了一下，劳拉女士不知为什么突然变得恍惚，抬脚踏空了一节台阶，然后"咔嗒"一声扭断了自己高跟鞋的鞋跟。

"小心！"走在她前面的顾晏一只手还在摘耳扣，另一只手及时扶了她一把。

"怎么了？"燕绥之闻声转头，连忙过来。

劳拉活像踩在高低杠上，抓着顾晏的手臂堪堪维持平衡。她像刚刚回过神来，嘴唇张张合合。

"你别学鱼。想说什么？"燕绥之撑住她另一只胳膊。

"不是……我就是才反应过来我们要去干什么……"劳拉顶着一张被雷劈过的脸，嗓门由高转低，最后厌兮兮地挤出一句："啊？"

顾大律师看了她一会儿，忍不住道："小姐，一天了。"

燕绥之叹了口气，要笑不笑地夸了她一句："你的反应可真快啊，小姑娘。"

2

事实证明，他们选择进治疗中心看一眼，是无比正确的决定。

酒城的这家病毒感染治疗中心，跟各个星球上一夕之间出现的其他治疗中心大体一致，都是一座独立的堡垒式圆形建筑。在玻璃罩顶之下，数个柱形大楼错落分布。门诊、急诊以及药剂区在一起，跟普通的住院部之间以一条长廊相连。

但有两个区域例外，一个是隔离区，一个是药物研究中心。

隔离区出入口的控制非常严格，并不是走两级台阶或者穿过一个长廊就能进入。药物研究中心则位于隔离区的后面，想要进入研究中心，必须先穿过隔离区。

于是，燕绥之他们被拦了下来。

"你们有手牌吗？"守在隔离区门口，穿白大褂的人提醒了一句，"这里是隔离区，不能乱进。"

今天是治疗中心正式开放的第一天，中心内秩序非常混乱，到处都是找不着北的人。引路机器人都忙不过来了，烧了好几台，所以治疗中心不得不在各处安排一些工作人员辅助。

相同的混乱状况如果发生在德卡马或是红石星，很好解决，但在酒城就逊

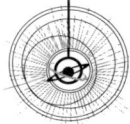

色太多。也正因如此，燕绥之他们才想利用一下这次机会。

没想到这里管理不善，隔离区的人却很警惕。

劳拉下意识给自己找了一个出现在这里的理由："哦，没有，我只是来扔鞋跟。"她说着就走向隔离区大门旁的垃圾处理箱。

白大褂一愣，问道："扔什么？"

劳拉无所畏惧，晃了晃手里的东西，赫然是两根长而细的高跟鞋鞋跟。

白大褂："？"

"门口的台阶太滑，我差点儿把嘴巴摔裂了，断了一边鞋跟，我就干脆把另一边也掰断了。"劳拉女士解释说。

白大褂用一种佩服的眼神打量了劳拉一番，说："很抱歉，雪太大了，我会通知他们打扫一下门口。"

劳拉扔鞋跟的时候，燕绥之已经走到白大褂面前聊了起来："进隔离区要手牌？什么手牌？"

白大褂指了指顶头的标牌，天知道这是他第几次做这种提醒动作，语气里满是无奈："这边住着的都是传染性格外强并且暂时无法治愈的人，肯定不能自由开放。如果是家属的话，需要去前面做身份验证，档案通过可以领一个通行手牌，当天用当天报废。"

燕绥之朝远处的登记验证台望了一眼，问道："如果不是家属，是同事、朋友呢？"这就不是什么家族档案能验证的了。

白大褂很有耐心，说："哦，那去那边，看见那个牌子没？报一下你们要探望的病患的诊疗号就行。"他指了指十米开外的一个登记台，还好心地冲那边的同事喊了一声："刘，这边三位朋友要拿手牌。"

刘说："哦，好的，到这边来。"

这两位工作人员自作主张地把来客架上"虎背"。这下倒好，不登记都不行，扭头就走显得更奇怪。

燕绥之冲白大褂微笑了一下，三人转头往登记台走。

劳拉压低了声音："啊，我真是谢谢他，我们上哪儿编个诊疗号给他？"

顾晏淡定地开了口："MS56224807。"

劳拉："？"

"刚才我路过挂诊仪，有位先生正被哄着进隔离区，我就顺便扫了一眼。"

顾晏说。

燕绥之走在最前面不方便回头，手伸到背后冲他晃了晃拇指以示鼓励。

劳拉："……"

这位女士深觉自己回到了读梅兹大学的时光。那时，所有学生都会在教授面前表现表现，争得夸奖，唯独顾晏是特别的。

他特别容易惹教授生气，以及特别容易被教授惹生气。

他们时常开玩笑说，顾同学没被逐出师门，全靠本质优秀，现在看来……什么生气不生气都是假的，只要他关键时刻秀一秀，再怎么冻人都不算事。

就刚才那位被哄进隔离区的患者，他们都看见了，不过一般人的注意力都被那位患者跟家属之间的争执吸引过去，满脑子都是什么"交不交车""耽不耽误挣钱""打死不进隔离区"之类的玩意儿，谁能想到记个诊疗号备用？

劳拉女士默默腹诽。

眨眼间，他们已经站在了登记台前。

白大褂招呼过的刘戴着手套，挡开他们要操作的手，在屏幕上点了几下，道："报一下诊疗号。"

顾大律师毫无压力地重复一遍。

屏幕一闪，诊疗号对应的患者基本就诊信息蹦了出来，确有其人，照片就是刚才那位病患，职业是出租车司机，感染到了S级，备注上还写着伴有药物依赖的情况。

见刘已经拿起三串访问手牌，燕绥之伸出了手。然而刘却没有立刻给他们，而是直接在屏幕上点了"联系患者"的按键。

刘解释了一句："抱歉啊，今天是第一天，有点儿乱，手续也会复杂一些，需要跟患者本人再确认一下。"

劳拉："……"确认个屁，一确认就兜不住了，谢谢。

劳拉女士自认是个胆肥的，但她就算眼都不眨地混进私人飞梭机，那也是老老实实、安安分分地待在角落里，不跟任何人打交道。哪像这样，每一关都被人盯着！

她想说要不找一个借口走吧，那边的通信就已经连上了。刘拿着连接仪器的指麦说："您好，有访客，需要您确认一下是否会见。"

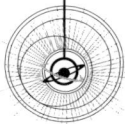

"访客？"病患沙哑的声音传出来，"谁？"

接着，劳拉眼睁睁看着她敬爱的教授一派从容地接过指麦，说："我啊。"

劳拉："……"

顾大律师两只手插进口袋，看着燕绥之的后脑勺，欣赏某人胡说八道。

病患可能也很蒙，愣了两秒没反应过来。

燕绥之没有给那病患反应的机会，他一只手扶着仪器台，另一只手拿着指麦，继续用无比自然又熟悉的语气说："上次喝完酒就一直没见，没想到你惹上这种病了，我就来看看你有没有要帮忙的。比如你那车，进了隔离区打算怎么办，暂时不开了？"

这个问题显然正中对方的烦恼根源，那病患"唉"了一声，低声爆了一句粗口，说："快别提了，这事愁死我了！算了，你上来再说吧。"

他们的对话太自然，中间一点儿磕巴也没打，以至于在旁边听着的刘没有觉察出任何问题。

"那我就给您的朋友发手牌了。"刘说。

"嗯，发吧，发吧，我正憋得慌呢！"病患说完就切断了通信。

五分钟后，三人穿上隔离服，戴上手套，自如地走进隔离区。劳拉终于没忍住："教授，如果下次你早有计划，能不能提前通个气？"

燕绥之把手套收紧，闻言笑着说道："没有计划。昨天你进飞梭机做计划了吗？"

"没有。"

"那不就是了。"

"噢，那看来我的胆子大是随了教授您。"

顾大律师在旁边看着，心想这叫近墨者黑。

燕绥之朝顾晏瞥了一眼，说："你又在偷偷编排我什么呢？"

顾晏说："燕老师，我张嘴了吗？"

"不张嘴我就不知道了？"燕绥之挑眉说。

顾晏："……"他胡搅蛮缠，蛮不讲理。

托那位病患的福，他们最终进了药物研究中心一楼。

不过曼森家并不傻，研究中心的电梯门带有虹膜扫描装置，这就不是他们能糊弄过去的了。一旦触发警报，麻烦就大了。

燕绥之正琢磨回头搞个合格虹膜的可能性，一群同样穿着隔离服的人进了大厅。

一部分人进入大厅后就摘下面罩，好透口气。他们把燕绥之三人当成了下来准备进隔离区的同事，点头打了个招呼便擦肩而过，陆续进了电梯。

虹膜扫描嘀嘀直响，提示灯一直显示着绿光。

"那个领头的女人——"劳拉用只有他们能听见的声音说，"看见没？扎着马尾的那个。"

燕绥之和顾晏借着面罩的掩饰朝那边看了一眼，准确地找到了那个正在进电梯的女人。那应该是一个非常年轻的姑娘，但妆容加强了她的气场，也使她显得成熟不少。

劳拉继续说："昨晚我在飞梭机上看见她一直在跟人连着通信，我觉得她至少是那趟飞梭机里的头儿。所以我们没有猜错，那些悄悄运送的药剂真的进了这里，不过是用来做什么的呢？"她说了一会儿才发现两人都没有回应，不禁问道："教授，顾，你们听见我说的了吗？"

"听着呢。"

电梯门合上，燕绥之跟顾晏回过头来。

"那你们怎么不答话？"劳拉有点儿纳闷。

"没有，我只是觉得那个姑娘有点儿眼熟。"燕绥之说，"当然，也可能是错觉。"

谁知他说完后顾晏也开了口："不是错觉，我也觉得眼熟。"

"你也眼熟？"燕绥之闻言愣了一下。

"那这就有点儿难办了吧。"劳拉嘀咕道，"你们都见过但又印象不深的话……首先不可能是认识的人，也不会是什么特别的人，不然以你们的记忆力，不可能认不出来。会不会是大街上擦肩而过的那种？"

"不会。"燕绥之摇了摇头，伸手指向顾晏，要笑不笑地说："这位顾律师走路从来不东张西望，我扫过一眼的人他多半没看见，哪儿能同时眼熟。"

"那你们同时见过哪些人？先把范围缩小一点儿，挑你们都在的场合想。"劳拉下意识问道。

话音刚落，她就发现两位大律师一脸无奈地看着她。她愣了两秒后才倏然

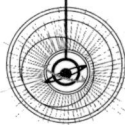

反应过来，只能拉着脸，拖着调子"噢"了一声，表示自己明白了。

"那怎么办呢？"她不动声色地朝大厅各处的监控望了一眼，"这里是他们的地盘，调监控无异于送上门让人怀疑。而且这厅太高了，监控角度也截不出合适的正脸。"

正说着，又有人进了药物研究中心的大门。他们实在不方便堵在这里，便重新回到隔离区。

途经一台查询仪时，劳拉有些迟疑，停下了脚步。她扭头看了看那个立在圆柱旁的仪器，抬手拍了拍顾晏，道："要不试试笨办法？一般医院的查询仪都会录入所有工作人员的信息。那姑娘既然有权限能进电梯，也算这里的工作人员吧？"

燕绥之温声问："劳拉小姐，你是不是把他们当傻瓜了？"

劳拉说："万一呢？你们不知道，这种话到嘴边又死活想不起答案的感觉真的抓心，让我查查吧，教授。"

这位女士打定主意能试的都要试，固执地把自己"钉"在了查询仪面前。

这台查询仪的界面对燕绥之和顾晏来说并不陌生，跟春藤乃至联盟各大医院的配备一模一样。事实上不只是界面，连内容也是互通的。任意一台查询仪都能查到病患过往的医疗记录，包括对方在其他医院的就诊信息。

劳拉熟练地操作了几下，感染治疗中心的工作人员名单就跳了出来，一条一条地排了近百页。

好在他们翻阅资料的速度向来很快，一目十行地扫过每张照片，花费的时间并不算长。

劳拉的目光从最后一页的最后一行收回来，噘了噘嘴，说："好吧，很遗憾，他们不傻。"

查询仪里公布的显然只是感染中心的部分工作者，而人家也毫不避讳，直白地在最后一行写道：还有部分工作人员正在入库流程中，有待公布，该名单会持续更新。

毕竟这个感染中心今天刚成立，有些程序性的信息跟不上合情合理，连举报都找不到下手点。

劳拉漫无目的地点开了几条工作人员的具体信息，说："医护人员都是新招的，相互间可能都不熟呢，抓人来问这条也行不通了。"

"算了，走吧。"

她刚要关掉界面，燕绥之却挡住了她的手指，说："等一下。"

"怎么了？"劳拉顺着他的目光重新看向屏幕。

燕绥之的手指滑了一下，最终定在某一行。

那一行并不是什么紧要信息，而是显示员工最近三次常规体检的时间。他正翻看的这位工作人员的体检时间分别是五天前、今年三月份以及去年五月份，每一次后面都有备注。

五天前的体检时间后面写明是入职体检。

三月份的那次则写着：德卡马全民体检。

燕绥之的手指就停留在这一行，在体检改期那几个字上轻轻地敲了几下。

"我差点儿忘了。"他说，"今年德卡马医院联盟政策变动，体检改期了。"

其他星球倒还好，但德卡马的人员流动性大，体检比较特殊，一旦到了体检期，所有在德卡马星球落脚的人，不论原籍属于哪里，都必须去医院体检，以防止从其他星球携带的疫病在德卡马流传。

而三四月份刚好是眼疫的高发季，由春藤牵头的医院联盟会干脆递交申请，把每年体检时间改到三月。

"三月。"顾晏明白了他的意思，"那位带着牧丁鸟的巴德先生入境就是三月。"

体检期是三月五日到三月二十五日，马库斯·巴德进港的时间刚巧撞上体检期，这事他逃不过去。因为完成体检的人会在通行档案上多一条记录，体检期过后，只有带着这条记录才能自由进出港口，去往别的星球。

也就是说，即便别处搜不到他更多的信息，但医院的记录档案里也至少会有他的一条体检信息。

"乔搞来的进港记录呢？里面不是有身份序列号吗？快查查看！"劳拉立刻说。

他们之前难以搜到有关于这人的信息，一方面是这人的信息确实很少，另一方面也是因为从进港视频里截获的特征不多。单纯用五官做搜索源，搜索结果很受限。

燕绥之输入马库斯·巴德的身份序列号，选取了时间段，查询仪便跳出了

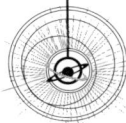

零星的记录。

"一共就三条，两条还是宠物就医记录。"劳拉没好气地说。

那两条宠物记录很简单，就诊者都是他的那只牧丁鸟。一次是它不小心啄食药物去清理肠胃，另一次是它在其他星球待的时间太长，导致脏器受损。这两条记录里没什么关于本人的信息，大多是牧丁鸟的一些就诊照片。

燕绥之他们没在这两条信息上耗费时间，转而去看第三条。毫不意外，第三条信息就是三月份的那次体检。

"在春藤，G12组。"

为了应对每年一次的全员体检，德卡马各大医院都会出动自己全部的医护人员，重新编组，这种G12一看就是临时的。

"这位马库斯·巴德先生体检时应该很小心吧？"劳拉说，"关于他的信息那么少，说明刻意隐藏过。这种必须留下信息的体检，他应该不会随便找一个医生凑合。但他选择在春藤医院体检就很耐人寻味了……他在春藤有人？还是春藤医院本身令他放心？"

燕绥之跟顾晏对视了一眼。

这样一来，箭头又绕回乔最关心的那一点——春藤内部有曼森家的人？还是德沃·埃韦思本身就有问题？

"G12组……"燕绥之想了想，调出了智能机屏幕。

屏幕自动跳到之前没关闭的界面，上面停留着他刚发给林原医生询问容貌变化问题的信息。下面是林原的回复："不排除基因时效有了变化，具体需要检查一下才能知道，建议尽快来一趟医院吧，最好两天内。"

燕绥之动了动手指，回复道："好。对了，三月份德卡马的体检，你们医院怎么分组的你还记得吗？"

林原的信息来得很快："一共分了80组，怎么了？"

燕绥之："每组有哪些人你还有印象吗？"

这次林原回的信息隔得有点儿久："你是在开玩笑吗？我吃撑了吗？去背80个组的分组名单？"

又过了几秒，林原的信息又来了："好在我存了文件。我急着要去做一个手术，结束之后回去找给你。你又要干什么啊，大教授？"

燕绥之："你猜。"

这下林原彻底不理人了。

"我找了林原，等他的消息吧。"燕绥之晃了晃戴着指环的手指，冲顾晏和劳拉道。

而除了 G12，这条体检记录里还有一些其他信息。

"有一片簇生红痣——"燕绥之扫过后面那一串不说人话的解释，言简意赅地总结，"心脏有问题。"

那片簇生红痣被体检医生细致地拍了下来，从照片里就可以看到它长在马库斯·巴德的后脖颈，一共五粒。这个角度倒是之前视频里没有的，这个特征自然也被遗漏了。

"右手偶发性抽搐。"但没有生理病因，而是心理性的，紧张或是情绪激动时中指和无名指会无意识地抽搐。

"还有一个文身。"劳拉略过千篇一律的部分，翻到最后，看到一张文身照片。

那个文身位于马库斯·巴德左手手腕内侧，应该刚文不久，红肿未消。

燕绥之看到图案的时候，毫不意外——依然是一枚小小的黑桃，跟当年离开福利院的"清道夫"一样，只不过从耳垂换到了手腕。

"这位巴德先生还真古怪。"劳拉道，"如果体检的医生跟他一伙，那么什么信息能放出来什么信息不能放出来，他应该能控制。可他一方面在隐藏自己的痕迹，一方面又显露出这么特别的信息，真够矛盾。"

燕绥之却道："不算矛盾，你知道全方位长时效的基因修正很容易出现性情、习惯变化的情况，它会趋近于提供基因源的人，以前不是有过类似案例吗？像这位巴德先生，几十年来做了不知多少次基因修正，时间久了可能已经搞不清自己究竟是谁了。这样的人往往需要保留一些东西，来证明他是谁。"

"连自己都需要证明了，"劳拉忍不住"啧"了一声，摇头道，"自作孽。"

回酒店的路上，燕绥之把新收集的马库斯·巴德的特征图传给乔，但乔一直没有回音。顾晏拨了一个通信过去，结果显示对方正忙。

"他还跟尤妮斯连着线？"燕绥之顺手把马库斯·巴德的簇生红痣和黑桃文身做了搜索源，在自己智能机庞大的储存资料里翻找着。

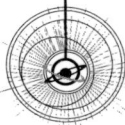

因为之前翻找无果，他这次也没抱什么希望，所以下了搜索指令后就把屏幕关了，任智能机去精细查找，自己不紧不慢地跟在顾晏和劳拉身后，进了酒店大门。

"他之前不是说找到了一些线索吗？没准儿正在跟他姐商量。"劳拉说着，解锁了别墅大门，"反正我们也回来了，问问他什么情况。"

大门一开，乔闻声转过头，他像知道了什么不得了的东西，脸上还保持着极为呆愣的表情，介于兴奋和难以置信之间。

他面前还未收起的通信分享界面，偌大的全息屏正定格在某一幕，那是一个正弓身写字的背影。而在那个分享界面旁，则是一个笔迹对比的界面，最上方显示着对比结果——符合度百分之九十九点九九。

乔张了张嘴，冲他们说："我找到了。"

"匿名者？"顾晏看到那个笔迹对比的界面就明白了。

劳拉问："真的吗？谁？"

乔深呼吸了一下，瞪着眼睛说："老狐狸。"

众人统统愣住。

乔说不上是高兴更多还是震惊更多，说："老狐狸啊，你们敢相信吗？他居然会签什么老朋友小朋友、XY、爱谁是谁这种类型的署名，开什么玩笑！我活这么大都没见他跟我开几句玩笑，他居然有这种时候！"

"你爸？"劳拉也被吓了一跳，"真是你爸？你怎么知道的？确定吗？"

乔指着那个全息屏说："我姐……我姐跟我分享她的视频日记，我看到老狐狸两手开弓写的字，里面有个笔画拐得很特别，那个 Y 的尾巴，跟文件上的 Y 很像。我说了一句，尤妮斯就把老狐狸左、右手写的所有字建了一个临时字库，然后又把她从小到大所有的视频日记都搜了一遍，我们一对比，就——"

乔摊了摊手，有点儿语无伦次，最终指了指那个偌大的对比结果道："如你所见，就是这样。"他刚才还陷在巨大的茫然和眩晕中，这会儿终于回过神来，"我要——"他没头没脑地走了两圈，抬头道："我要回德卡马，我们现在就去找老狐狸问个清楚！"

3

酒城往德卡马的私人航线和公用航线大多没有交集，但有部分例外。乔这次申用的就是其中一条。在衔接上德卡马近地轨道前，离他们不远的星域不断闪着云雾状的光。

"人形导航仪，那边是什么区？"燕绥之在舷窗里看到后，拍了拍身边的顾晏。

燕大教授懂的东西很多，但方向感多年以来都在原地踏步。这短板不仅表现在地面上，在星海里也一样。他一旦上了飞梭机，就全程处于"这是哪儿？那是哪儿？我们在哪儿？"的状态。

不过教授要面子，平时轻易不表现出来。

"α 星区。"顾晏说。

"旧天鹰之类星球在的那个区？"燕绥之嘀咕道，"赫兰星到德卡马的公用轨道是不是在那边？"

"嗯。"顾晏看着那片云雾状的闪光，道，"应该是有飞梭机在那边维修。"

大型维修舰接驳故障飞梭机时会发出闪光提示，示意轨道正堵着，暂时用不了。而等到快修完的时候，维修舰还会发出另一种闪光提示，目的是通知一声：我们快要启动了，注意避让，别撞上来。

赫兰星到德卡马的轨道，又刚好是正在维修的飞梭机，不就是房东错过的那艘？

燕绥之看了一会儿，说道："这个闪光频率，飞梭机快修完了吧？我那位房东先生是不是不用继续堵着了？"他说着，又试着给房东默文·白发了一条信息。

两秒后，信息发送不成功的提示音响了起来。

顾晏凑过来看了一眼，智能机提示对方信号阻断中。

"快修完了信号还没恢复？"燕绥之"啧"了一声，对维修效率不太满意。

"看这情况，飞梭机最晚明天到港。"顾晏观察着那团光雾，宽慰他道。

"我怕房东碰到麻烦而已。单纯是信号故障其实无所谓。"燕绥之说，"我以前出差也碰上过两回飞梭机故障，一次维修了十二天，一次维修了十天，都比这次长，而且全程没信号。"

"十多天没信号？难熬吗？"顾晏估算飞梭机快到港了，打算倒点儿咖啡醒醒神，"我碰上过小故障，只耽误了一天，没有影响信号。"

"想联系我的人大概很难熬，但对我来说可能算度假，乐得清净。"燕绥

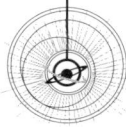

之顿了顿，又道，"不过以后就很难说了。"

两人说话间，燕绥之的智能机又嗡嗡振了起来。他扒拉开毛毯，伸手调出屏幕看了一眼。他原本以为是房东的回信，结果居然是一个提示框。

"什么东西？"顾晏递了一杯咖啡给他。

燕绥之接过咖啡喝了一口，把屏幕翻给他看，说："之前我用那位巴德先生的文身和红痣做搜索源，顺手在我智能机的资料库里搜了一下，后来急着赶飞梭机就给忘了。"他说得随意，但提示框上的字却让顾晏皱了眉。

"搜索失败，目标库不可用？"他读出这个结果，"你的搜索经过网络了？"

如果要经过网络，那么从酒城到太空的过程中也许会有信号不稳定的情况，影响搜找，包括在飞梭机航行的过程中，有时也会有短暂性的信号中断。

"没有。"燕绥之说，"只是在智能机存有的东西里面搜。"

"那怎么会目标库不可用？"

顾晏略微思索片刻，点开自己的智能机，在通讯簿里翻找出一位朋友。上次在天琴星，燕绥之过基因检测门时，顾晏就是找他帮的忙。

他把燕绥之收到的搜索结果拍了下来，传给对方。

对方很快就有了回音："有几种情况会导致这样的结果，单独看这个提示我也不能确定，需要排除一下。你照我说的做。"

他在下面列出了几个测试方法，诸如检查某个设置是开启还是关闭之类的，都很简单。

顾晏参照着让燕绥之都试了一遍，然后把几个结果截了图，一起给对方发了过去。

这一次，那位朋友回复得没那么快。

飞梭机很快在德卡马的港口靠了岸，尤妮斯派来的专车早早等在了闸口之外，接上众人便直奔别墅酒店。

这一天下来，德沃·埃韦思所在的地方必然会被记者包围。酒店大门那边可能收到了通知，增加了一大批安保，一副戒备森严的模样。

好在尤妮斯事先打过招呼，他们的专车没有受到任何阻拦。

当专车行驶进酒店植物园的时候，那位朋友的回复终于来了："顾，我检测了四遍，基本可以确定原因了。这是你当事人的智能机吗？如果是的话要小心，有人盯上你们了。有人在尝试远程干涉智能机，启动了智能机嵌入的安全内置，所以才会导致资料库不可搜索，但这个智能机本身就做过安全内置升级，所以挡住了。"

紧接着是第二条："不过你的当事人警惕性也很高，一般智能机的安全内置不足以防到那种级别的干涉，不然对方也不会尝试。"

顾晏闻言，问燕绥之："你拿到智能机的时候动过设置吗？"

"我去黑市找人查过，顺便加了点儿防御性的东西，怎么了？"燕绥之说。

专车座位跟驾驶位之间有封闭式的隔层，不用担心会被闲杂人等听见。

顾晏说："有人在尝试远程干涉你的智能机，不过被安全内置挡住了。"他皱起眉，"但不确定能挡多久，也不清楚对方是谁。"

"干涉智能机？"乔跟劳拉低呼一声，满脸疑惑，"什么情况？"

顾晏头也不抬地给朋友发着信息，说："我还在问。"

顾晏："安全内置能坚持多久？"

那位朋友很快发来信息："不好说，看对方的干涉密度和强度，有可能直到对方气馁了也没破，也有可能马上就崩了。这样吧，给我半个小时，我给你做个程序，你加载到智能机里，一方面能提高安全级别，另一方面能提前预警。"

顾晏："能不能反查？"

那位朋友："也不是不能，就是难，一时半会儿弄不出来。你得给我几天时间。"

顾晏："资料库什么时候能解锁？"

那位朋友："一般在没有受到再次干涉的情况下，需要两天解锁期，但如果对方不死心，一直在干涉……你懂的。"

聊完这些后，那位朋友估计专心去搞小程序了。

顾晏最后又发了一条信息过去，问对方做到这种级别的干涉需要什么条件，想根据条件筛选一下，把对方的身份缩小范围，但这条信息一直没有显示已读。

"这么说，我的智能机资料库暂时用不了了？"燕绥之向来都不容易紧张，得知这点后居然半真半假地庆幸道，"好在这只是一个临时机，我有的你都有，不亏。"

顾晏："……"

"你别瞪我。"燕绥之道，"暂时出不了什么危险，我有分寸。"

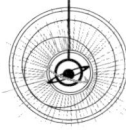

乔和劳拉顿时一脸安心，唯独顾晏还瘫着脸看他。

这种鬼话骗骗其他人就算了，对顾晏几乎毫无效用。

燕绥之无奈道："我要真是一个没经验的实习生，被你看这两眼就该吓死了，可惜我不是，别浪费眼力，先帮我一个忙。"

顾大律师拿这个"混账"毫无办法，只能不咸不淡地丢了一句："说。"

"我有的照片你不是都有吗？在你那边搜一下。"燕绥之说。

顾晏在自己智能机资料库里搜索的时候，专车已经穿过了植物园、高尔夫球场和马术场，在一幢别墅前停下了。尤妮斯站在二楼的落地窗前冲他们抬了抬手，智能门应声而开。乔甚至等不及人来迎接，就带着柯谨、燕绥之他们进了门，又三步并作两步上了楼。

"老——"他下意识又想说"老狐狸"，但话到嘴边收了口。

因为德沃·埃韦思先生正站在二楼楼梯的尽头，背着手、绷着脸，直直地看着他们。乔上楼的步子立刻刹住了，站在一楼和二楼间的平台上，抬头看着自己的父亲。

这对父子对峙多年，各自已经快形成条件反射了，一个习惯性板着脸，另一个习惯性犟起脖子。

气氛一瞬间变得剑拔弩张，针尖对麦芒。

这种针锋相对的氛围对一群大律师来说是家常便饭，个个神态自若，只是苦了两位引路的助理。他们留在别墅是为了处理一些琐碎事务，没想到碰上父子"斗鸡"，当即收腹，把自己拍成"纸片"贴在楼梯扶手上，努力降低存在感。

"老什么？"德沃·埃韦思用指关节扶了扶护目镜，居高临下地打量了乔一番，"你继续说，我听听看。"

他早就换下了给媒体看的运动休闲衣，穿着修身的衬衫西裤。

虽然是父子，但德沃·埃韦思先生跟乔却截然相反。

小少爷的脸上常年像刷满大字报，所有心情都跟滚动屏幕似的显现在脸上，高兴还是不高兴、喜欢还是不喜欢、厌烦还是忐忑，根本不用猜，一看就知道。

可当德沃·埃韦思先生用灰蓝色的眸子静静地看着他们时，没人知道他心里是怎么想的，打算做什么，欢不欢迎他们的到来。

"我说过了，这傻瓜今天不是来气你的。"未见其人，先闻其声，尤妮斯从二楼左边的走廊走过来。她明明趿拉着毛绒拖鞋，却硬是踩出了恨天高的气势。但当她靠近德沃·埃韦思身边时，气势又倏地收了回去，隔着楼梯冲乔他们使了个眼色，用口型道："我给你们打了头阵。"

这么老实的尤妮斯难得一见，却让乔的身体更紧绷了。

打了头阵？结果怎么样？算好还是算坏？

不过这时候他顾不上太多，人都来了，总不至于掉头就走吧？

他接收了尤妮斯的眼神，冲德沃·埃韦思道："今天我不和你吵架，就认真问你一些事情。"

德沃·埃韦思点了点头，单从表情上看，看不出他对这句话有什么想法。他理了理袖口，没回答乔，而是冲其中一位助理道："你把露台上能移动的东西先收起来。"

助理一愣："啊？"

德沃·埃韦思不咸不淡地说："免得一会儿全碎了。"

助理："……"

乔："……"

德沃·埃韦思这才看向他，道："我没记错的话，你上一次这么说的结果是让我损失了两个水晶笔架，再上一次是一个烟灰缸。"

乔："……"

当他以为老狐狸要借题发挥时，德沃·埃韦思已经转过身。

这是让他们上楼的意思。

乔刚张开的嘴又闭上了，噌噌地上了楼。

德沃·埃韦思直接略过乔，跟劳拉打了声招呼，又拍了拍顾晏的肩膀，目光投向燕绥之身上，问："这位年轻才俊是？"

尤妮斯还不知道燕绥之的身份。

照现在这情况看，德沃·埃韦思似乎也不知道，但老狐狸的心思实在难猜，不知真假。

顾晏略微斟酌了一下，道："您暂且可以把他当成我的实习生，他姓阮。"

德沃·埃韦思露出恍然大悟的表情，点了点头，绅士地冲燕绥之伸出了手，说道："有所耳闻，我听尤妮斯提过天琴星的那场庭辩。很多人都对你很感兴趣。"

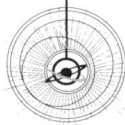

乔趁着老狐狸的注意力不在自己身上，皱着眉低声问尤妮斯："你跟他提了多少？他什么反应？有戏吗？"

尤妮斯朝父亲看了一眼，冲傻弟弟摆了摆手。

"摆手是什么意思？"乔说，"没戏？还是没问题？"

"是不知道。"尤妮斯悄悄地说，"他毫无反应，就点了一下头，什么也没说。"这话刚说完，她就默默闭了嘴，因为德沃·埃韦思已经转过身，带头往露台走了，其他人依次跟上。

4

别墅的露台上有一组会客沙发，茶几上还搁着一杯咖啡以及一份下午茶茶点，不用想也知道是谁用过的。看得出来，德沃·埃韦思对于曼森家病毒治疗中心的事真的不在意，乍一看就像一个极具包容力的长辈。

助理匆匆地把那些东西拿走，还非常识趣地关上了玻璃门。

德沃·埃韦思在沙发上坐下，比了一个手势，说："随意坐。"

这是乔单独过来时从未有过的待遇，小少爷因此萌生了一些希望。他冲尤妮斯使了个眼色，刚坐下就道："我不兜圈子了，直接……"

德沃·埃韦思抬手比了一个暂停的手势，道："你先给一个我要腾出时间听你说的理由。"

乔："……"

小少爷瞪着眼睛看尤妮斯，一脸"你看到了，这次不是我搞事，是他搞事"的模样。

尤妮斯默默地捂住额头。

乔深吸一口气，随手指向远处，说："半个联盟的记者都在门外等着捉你，你会送上门让他们围？该演的戏都演完了，你有耐心再去回答记者的问题？"他又顺手朝别墅某个房间指了一下，"你那办公室的光脑肯定还开着吧？无穷无尽的视频会议，还有各种傻瓜一副天塌了的模样追着问你怎么办，你有兴致去理他们？"

"门出不去，办公室不想进，下午茶用完了，你现在本就闲着呢，听我们说话还用特地腾时间？"乔少爷不怕死地说完最后一句。

尤妮斯在捂住脸的同时，伸手勾住了茶几上的烟灰缸，悄悄往自己面前挪。

德沃·埃韦思朝她瞥了一眼，按住了烟灰缸，一副要拎起来的架势。

那一瞬，乔少爷几乎条件反射地用手肘挡了一下脸。

众人："……"

然而德沃·埃韦思只是把烟灰缸拎起来放回原位。玻璃和大理石相触时，发出一声轻响。乔闻声一愣，放下手肘看向埃韦思。

"这个理由我勉强可以接受。"德沃·埃韦思说着，瞥了乔一眼，不咸不淡道，"你总算没缺心眼到无可救药。"

乔仿佛在听天方夜谭，他本以为自己说完就要被轰出别墅，但是……

乔朝顾晏他们看了一眼，然后他一只手抵着嘴唇，用口型道："好兆头。"

顾晏对此未置一词，只挑了一下眉。燕绥之冲他鼓励一笑。只有劳拉完全跟他一条战线，直接冲他握了握拳。

乔大少爷顿时满怀信心，说："我不知道尤妮斯具体跟你说了多少，我就按照我的逻辑来说了。"乔摩挲了一下手掌，起了个头："我们之前接触了几件陈年旧案的资料……"给他一百个胆子，他也不敢说是刻意去调查的。

更重要的是，今天的老狐狸难得有点儿人情味，而他也怀着解除误会的目的，不想在开头就毁掉现有的好气氛。

所以他说完又强调了一句："因为某种机缘巧合接触到的。"

德沃·埃韦思从鼻腔里发出一声哼笑，毫不留情地揭穿了他，说："你费尽心思调查到的，继续。"

乔："……"

"碰巧调查到的。"乔挣扎了一下，又说道，"那些案子前后跨越了将近三十年，涉及各式各样的人，商人、教授、医生等。他们当初都被认定为正常死亡，但在几十年后再联系起来看时，却充满了各种巧合和问题。我们找到了一个贯穿始终的人，应该是一个类似'清道夫'的角色，而这个人又跟曼森家有着千丝万缕的联系。"

德沃·埃韦思平静地听着，看不出他是否惊讶，是否意外，又或者早就对这些了如指掌。

乔朝他看了一眼，舔了舔嘴唇，继续说道："那些人多多少少都在曼森家的聚会上出现过，但又不止跟曼森一家关联。我们……我一度认为跟咱们家，或者说跟你也有关系。"

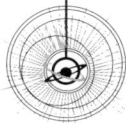

德沃·埃韦思的眉毛微挑了一下，但这就是他最明显的反应了。而他垂着眼，依然让人分辨不出他这反应代表了什么情绪。

"我拜托了很多人，顺着这条线又查到了很多东西，可都很零碎，但牵扯到的东西却越来越多，又是药石矿，又是感染……最近曼森家开始进军医疗领域也很有问题，现在甚至牵扯上了柯谨。东西越多越让人头疼。"乔说，"老实说，我们现在就像收集了一大包拼图碎片，拼了很多部分，但缺少核心，所以没法完整地合到一起。"

他说完，抬眼看向德沃·埃韦思道："但现在我们找到了一个关键人物，他应该知道我们缺失的那些东西。"

乔说着，打开智能机，从里面调出很多东西，全部展开，一张一张地排在德沃·埃韦思面前——

"酒城政府当年的感谢函。

"收款书。

"酒城基础设施改善的新闻报道。

"赠款被滥用的内部文件。

"酒城政府人员清理文件。

"财团停止赠款的通知函。

"还有福利院老院长给我们发的信息，他说酒城包括德卡马的改革和清理都是一个财团推动的结果。

"这是财团两位联合者的签名。"

乔停了一下，把最后一个数据结果展开，推到德沃·埃韦思面前，说："这是笔迹对比结果，你跟财团其中一位签名者的笔迹相似度接近百分之百。"

这次德沃·埃韦思终于不是毫无反应了。他垂着眸子，目光一一扫过那些电子文件，最终看向那份签着两个名字的文件，始终没有说话。

乔没有催促，屏息等着他。

大概过了有一个世纪那么久，德沃·埃韦思终于收回目光，看向乔问道："所以呢？"

"什么？"乔愣了，他没想到老狐狸居然会是这种反应，有点儿措手不及，"什么所以呢？所以我们想知道事情的原委。"

德沃·埃韦思的目光从乔身上移开，一一扫过柯谨、顾晏、劳拉，最终投向燕绥之身上，又收回来，说："你就为了这个，拉着一群正经孩子帮你壮胆？"

乔："？"

德沃·埃韦思用手指拉着面前的全息页面，前后滑动着，像在把玩，说："跟你说事情的原委对我而言有什么好处？或者说，对你想知道的事有什么帮助？你查到的东西我几乎都知道，你有的信息我都有，你填补不了任何新的信息，而我却要跟你分享，还得时刻操心你缺心眼说漏了嘴。你跟我说说看，我为什么要告诉你？给我一个值得说的理由。"

是啊，一个商人怎么可能做这种明显不平衡的买卖？做了就不是老狐狸了。

乔的理智这么告诉他，但他的脸依然红了，从脖颈红到两颊，不过是气的。他甚至不清楚自己是因为什么生气，但这种滞闷的感觉依然将他卷了进去。等他从那种气闷中反应过来时，他已经站起来了，并且一只手扶着露台的玻璃门，像要摔门而出。

尤妮斯冲他直眨眼，打着圆场道："你们先去我那边用点儿下午茶，我一口没吃就过来了，其他的回头再说。"她边说边推着乔的肩膀往外走，生怕他们在露台上掐起来。

劳拉和柯谨也站了起来，跟着往门外走。

在他们身后，德沃·埃韦思依然坐在那里，似乎在享受露台上的微风。

意外的是，在他对面也有两个人没有起身，安稳如山地坐着。

德沃·埃韦思好整以暇地打量了对方一会儿，不紧不慢地开口问："他们都走了，你们怎么不走？"

正要开门的几人闻言，也顿住了步子，转头看过来。

燕绥之冲德沃·埃韦思淡定一笑。他顶着实习生的身份，并不急于开口，况且顾先生总能在恰当的时候帮他把话说出来。

顾晏一脸平静地说："因为您希望我的实习生留下，我们自然却之不恭。"

"哦？我什么时候说过这样的话？"

"显而易见，所以不需要说。"

德沃·埃韦思灰蓝色的眸子在镜片后眯起来，许久之后，他忽然笑了一声，冲他们道："去我办公室吧。"

德沃·埃韦思突然转变态度太令人意外。除了顾晏和燕绥之，其他人根本回不过神来，其中乔的表情最是茫然。他张着嘴愣了很久，仍没说出一句合适

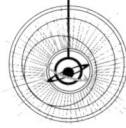

的话。

等乔终于回神时，德沃·埃韦思已经走出了露台，正在吩咐助理一些事情。

"等等！"乔追了一步。

德沃·埃韦思在楼梯口停住脚步，朝他瞥了一眼，又继续对助理道："切断办公室里的视频通信，这两个小时内不接收任何会议邀请，没必要启动任何新的应急计划，具体情况你看着处理，晚点儿跟我汇报一声就成。另外，让他们准备几份下午茶给客人，其中两份送到我办公室。"

助理点了点头，一点儿也不想夹在这对父子之间，领了任务后扭头就走。

德沃·埃韦思这才转向乔。他那双灰蓝色的眼睛颜色很浅，目光落在谁身上都会让人莫名紧张，像在被审视。

德沃·埃韦思扫了一眼乔的脸，道："你不摔门走了？又想说什么？"

乔深吸一口气，把心里说不上来的复杂情绪努力地压制住，说："你之前说的那句话不对。"

"哪句？"

"你说告诉我得不到任何利益好处，我有的你都有，无法给你填补什么新的信息，所以你没有理由告诉我。"乔说，"这句话听得我很难受。我刚才不知道为什么难受，现在想明白了……你在谈生意，你一直在用交易的思维衡量我说的话，考虑我的请求，然后又用谈生意的思维来做决定。"

德沃·埃韦思看着他道："确实如此，但这有什么问题？我是商人。"

"可我是你儿子。"乔咬紧了牙关又松开，"我是你儿子，不是你的生意伙伴，也不是你的谈判对手。"

这次德沃·埃韦思没有立刻接话，他只是静静地看着乔，过了片刻道："是吗？可你从进门开始，说话的神态和语气都像一个揣着方案来求投资的人。"

"我没有！"乔下意识反驳。

但反驳完，他却发现自己找不到什么证据来证明这句话。他从进门开始到在露台坐下，再到正式开口说话……仔细回想起来，他确实更像一个来请求合作的人，而不是儿子。

乔别扭了一会儿，缓缓垂下目光，说："我没有，我的本意不是这样。我跟尤妮斯说过的，没打算来气你。我……我只是习惯了，一时间改不过来。"他摊了摊手，又抓了一下后脑勺的头发，明明憋了一肚子话却手足无措，不知道怎么倒出来。

"当我……我在酒城看到笔迹对比结果的时候，其实特别高兴，特别特别高兴。"乔说，"但我越高兴就越忐忑，生怕这中间某个环节被我弄错了。今天我来，其实就是想听你说一句……"只要有一句笃定的话，说"那些沾人性命的事情跟我无关，我跟你们是一边的"，他就满足了。

但乔的喉咙有点儿痒，说着说着忽然断了音，他不知道该怎么继续，只能沉默地垂下手，看着德沃·埃韦思这位总被他称为"老狐狸"的父亲。

他的父亲那么聪明，即便话不说完，也一定能明白。

德沃·埃韦思看了乔很久，忽地点了点头，说："好，我给你一句话。"

乔的眼睛蓦地亮了，一眨不眨地等着。

他看见德沃·埃韦思的嘴唇动了动，八分嫌弃两分无奈地说："我为什么会生出你这个傻瓜？"说完，德沃·埃韦思就头也不回地走了。

乔："……"

"你发什么愣？"当顾晏路过他的时候，拍了拍他的肩膀，"你爸已经给你那句话了。"

"我知道。"乔说。

他当然知道，老狐狸这么说就意味着给了他肯定的那个答案。

德沃·埃韦思已经在办公室门口站定，用指纹打开了门。

乔隔着人看向那边，忽然觉得自己重新回到了二十多年前，回到一切误会的起始点，其间隔着一晃而过的时光，开口道："爸，对不起。"

德沃·埃韦思推门的手一顿，回头看过来。

"对不起。"乔说。

这大概是老狐狸情绪表现得最明显的一瞬间了，他看起来想要说点儿什么，但最终只是收回目光，把顾晏和燕绥之请进办公室，然后扶着门，平静地冲乔说："我只打算跟这两个年轻孩子细谈，你喊多少声爸也无法让我改变主意。"说完，他便面无表情地关了门。

几分钟后，助理安排的服务生端着下午茶，敲开了尤妮斯的套间门。乍一看，是人手一杯咖啡加一份茶点，柯谨的则是一杯混合鲜果汁。可当乔接过服务生递过来的那杯"咖啡"，毫无防备地喝了一口后，整张脸都绿了。

他龇牙咧嘴地看着自己的杯子，说："这是什么玩意儿？"

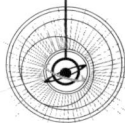

服务生礼貌地说："苦瓜、苦芹混合汁，埃韦思先生。"

这位服务生跟乔没什么接触，还不知道乔对称呼的忌讳，下意识叫了他的姓氏。而乔只是愣了一下，又继续绿着脸问："我最怕这两样东西，你跟我有什么仇？"

服务生说："是您的父亲刚才拨内线吩咐的，先生。"

乔："？"

尤妮斯"扑哧"笑出声，抱着胳膊，别开了脸。

乔大少爷一脸茫然地看看服务生，又看看尤妮斯，忍不住说："他是不是专门记着我最怕吃什么，就等着这天呢？"乔说着，转头向柯谨求助，想借柯谨的果汁喝一口缓缓。

结果柯谨只是慢吞吞地看了他一眼，以为他在督促自己不能浪费，于是抱抓着杯子咕咚咕咚地喝完了果汁，一滴也没留下。

乔："……"

尤妮斯和劳拉都笑倒在沙发上了。

在外界看来，这应该是埃韦思家族最糟糕的一天。可事实上，他们的心情很好，也许是前所未有的好。

5

德沃·埃韦思的办公室内。

新煮咖啡的浓醇香味氤氲开来，德沃·埃韦思端起面前的那杯咖啡喝了一口，冲燕绥之和顾晏道："有这么一个傻儿子实在糟心，好在他交朋友的运气不错。"

"谢谢。"顾晏道。

"不过我还是很好奇……"德沃·埃韦思依然没有立刻把知道的东西说出来，而是有些玩味地看着面前的两位年轻人，问道，"你们为什么觉得我想留下你们？"

"因为您之前说的话、做的事。"燕绥之的手肘搭在扶手上，放松地握着咖啡杯。

"是吗？哪句？"

"我们查到的您都知道，我们有的信息您都有，而这次曼森家族以如此高调的姿态进入医疗领域，您却毫不在意，说明您手里掌握的东西非常多。"燕绥之笑了一下，又说，"这些信息一定不是一朝一夕拿到的，可您这些年里真正的动作却很少，我想您应该不是单纯在等什么良辰吉时。"

德沃·埃韦思看着咖啡杯的热气，吹了两口，说："很有意思，那我在等什么？"

"关键性证据。"燕绥之说着又补充了一句，"当然，我是学法律的，思维也许有些受限。"

"依然很有意思，那你觉得这个关键性证据该怎么找呢？"德沃·埃韦思又问。

"目前看来，您认为这个关键性证据在我身上。"燕绥之笑着说，"所以，我很配合地留下了。"

德沃·埃韦思终于抬起眼，他盯着燕绥之的脸看了好一会儿，道："其实仔细看，你的五官有我两位老朋友的影子……当然，也许是我的心理作用，毕竟你应该做过不止一次基因修正。"他转头看向顾晏，伸手朝燕绥之比了一下，"不向我重新介绍一下吗，顾晏？"

顾晏看了一眼燕绥之，冲德沃·埃韦思沉声道："实习生这种称呼确实有些唐突，这是我的老师，梅兹大学法学院前院长燕绥之。"

燕绥之挑眉瞥向他。

以往顾晏张口一个"实习生"，闭口一个"实习生"，喊得面不改色，这会儿开始觉得唐突了，说瞎话的本事也不知道随的谁。

"燕绥之……"德沃·埃韦思念了一遍这个名字，道，"没有随你父母的姓？"

"随了早逝的外祖母的姓。"燕绥之道。

德沃·埃韦思轻轻"啊"了一声，又摇头道："那两位朋友确实把家庭信息保护得太严了，不然我也许能早点儿认识你。"

他像陷进了一些回忆中，沉默了片刻，又忽然轻笑着道："你也许不知道，我以前生过一场大病，在那些年里我的身体状况都不算太好。我曾经对你父母说过，如果有一天我到了年纪或是身体不济，离开了，而尤妮斯和乔还不足以扛下太重的担子，希望你的父母能替我关照一下。同理，如果……"德沃·埃韦思没有把如果后面的话说完，而是停了片刻，道："但是很惭愧，我关照得

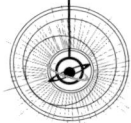

不够及时。"

燕绥之转着咖啡杯，想了想，道："让默文·白先生去救我的是您吗？"

"算是吧。"德沃·埃韦思说。

"那就很及时了。"燕绥之道，"毕竟我活着，而且活得很好。"

德沃·埃韦思投向他的目光再次变得深沉，过了片刻，他摇摇头，失笑道："还真是一家人。等以后我见到那两位朋友，一定会记得转告他们，他们的儿子长得很好，一点儿也没让人失望。"

在这之前，燕绥之对这位春藤集团的领头者并不熟悉，跟他直接打交道的次数很少，更多时候见到的是尤妮斯。

不同人口中的埃韦思先生也是千差万别的。在媒体和公众面前，他是斯文又精明的商人，是气质儒雅的老派绅士；在子女面前，他是一个喜怒俱全的父亲，尤妮斯能跟他对吵，能任性地抢掉他的智能机，乔能激得他砸烟灰缸，或是恶作剧地毁掉下午茶。但当他真正严肃起来的时候，他们又会有些怕他。

但现在，燕绥之和顾晏面前的德沃·埃韦思跟那些形象都不相同。

见到故人之子的他，某些瞬间像极了一位温和的普通长辈。他会回忆零星片段的往事，会给小辈一些赞许，会让人感到几分亲切。

"你们之前的说法很有意思，但不全然准确。"他淡笑着说道，"我希望你留下，更多的是因为你的身份。我可以把其他人挡在门外，毕竟那些事跟他们的牵扯不算深。但对你不行，否则我在你父母面前可能就当不起一个老朋友了。当然，如果你没说出之前那番话，我可能只会请你喝杯咖啡、叙叙旧，然后挑着重点解释两句……"他说着眨了眨眼，半开玩笑似的说道，"也许还会暗自感慨一句，那两位朋友生了一个跟乔差不多的傻儿子，心里说不定能平衡几分。"

燕绥之笑了起来，顺带替乔小傻瓜辩解了几句。

带着老友回忆的德沃·埃韦思跟燕绥之聊了一会儿，又转回了正题："所以……我现在是以故交长辈的身份在跟你聊天，并非在做商业交易，筹码放一边，你有什么问题大可以问。"

燕绥之听完道了谢，沉默片刻后问道："我父母的手术，被人动过手脚吗？"

这次换作德沃·埃韦思沉默了。

半晌后，他摘下眼镜，沉声道："据我后来所查到的，你父母遭遇的确实不是单纯的手术意外。"

"那是什么？"

德沃·埃韦思没有立刻回答，而是问："你们认为曼森家现在大搞治疗所，是为的什么？"

"实不相瞒，我们混进治疗所看过。"燕绥之说，"那里的重点……很显然在保密性最高的研究中心。真正进入治疗所的药剂不止一批，对外公示的几种用于治疗感染的药剂是经过医药联盟检验过的，但除此以外，应该还有不方便公开的一些药剂。"

燕绥之缓缓说道："联盟关于医疗方面的限制一向很多，尤其是在药物的研发上。而大型连锁医院的研究中心限制最少，覆盖范围最广。我在想，曼森的目的应该就在这里——他们需要借治疗所的研究中心光明正大地研发一些东西，比如那些混进来的不明药剂。"

德沃·埃韦思点了点头，说："这么看来，即便我拒绝跟你们分享信息，你们也能理清事情的来龙去脉。"

燕绥之失笑道："职业病吧，证据和证言永远凌驾于猜测之上。"

德沃·埃韦思失笑道："是，我那几位律师也有这种习惯，不是在会见询问就是在翻证据，不过也有靠演说和钻空子的。"他想了想，顺着燕绥之的话继续说道："你们猜测的其实八九不离十，那两个曼森小子确实在研发一些东西，并非现在才开始，而是很早以前就开始了。"

曼森小子……

顾晏注意到他的用词，并非是"曼森家族"，而是"曼森小子"。

"曼森兄弟是不是用了一些手段把自己的父亲从权力层隔离出去了？"顾晏问道。

"是。"德沃·埃韦思道，"如果老曼森那家伙还有一点儿掌控权，都不会允许他们干出那些事。事实上，就我后来查到的一些东西来看，一切事情的根源就在于布鲁尔和米罗两兄弟想夺权。"

"怎么说？"燕绥之问。

"这对兄弟小时候其实非常讨老曼森喜欢，但是过早地表现出了野心，可能十一二岁就有了苗头。但是你们知道的，十一二岁的小孩即便做出一些自以为精明的事情，在长辈眼里也不过是小把戏，长辈看得清清楚楚。"

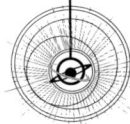

德沃·埃韦思继续说道："而他们的精明还和一般孩子的机灵不一样，令人不那么舒服。也就只有老曼森觉得他们聪明可爱，没把那些事放在心上。当然，他后来应该意识到了，但是晚了点儿。老曼森把重心转到小儿子身上，但这对那对兄弟来说反而是一种刺激。于是他们开始处心积虑地谋划怎么不动声色地架空自己父亲的权力，而手段也不再是孩子们的把戏了。"

布鲁尔和米罗因为曼森家族的生意，接触到一些药石矿商人，这给了他们一些启发。他们试图研制一种不易被发现的慢性毒剂，一点一点瓦解自己父亲的判断力和决策力，迫使父亲不得不依赖他们，受他们摆布。

很不幸，他们居然真的摸索到了方向。

"那段时间，老曼森的身体状况非常差，精神状况也同样不好，最初怎么也查不出原因，后来好不容易治愈，就开始了长久的休养。"德沃·埃韦思说，"这就是那两兄弟的成果。从那年开始，他们全面接管了曼森家族的事务。而两兄弟在研究过程中尝到了一些甜头，还有一些意外收获。"

燕绥之问道："什么收获？"

"你知道有一种状态叫作药物成瘾吗？"德沃·埃韦思说。

燕绥之跟顾晏对视一眼，说："很巧，最近我时不时能听到这个词，好像存在感忽然就高了起来。"

德沃·埃韦思问道："你在哪儿听到的？"

"在一些医生口中，在曼森的感染治疗中心。"燕绥之忽然想到了一种可能，"这不会是曼森有意为之吧？"

药物成瘾，这其实很容易让人联想到另一样更罪恶的东西——吸毒成瘾。

"如果我没有记错的话，乔提到过，在上一代的曼森家族中，曾经有人试图发展毒品线。"顾晏说。

"你的记性不错。"德沃·埃韦思说。

"这其实是曼森家族的大忌，从这点来看，布鲁尔和米罗两兄弟的骨子里一点儿也不像曼森家族的人。"德沃·埃韦思冷冷道。

"他们在研制慢性药的过程中，也许发现了某些试验品能让人成瘾，于是又动起了歪心思。毒品这种有着巨大利益同时又能控制人心的东西，对那两兄弟来说有着莫大的诱惑。"

顾晏皱起眉说道："但是联盟现今对毒品的管控和打击力度达到了五百年

内的顶峰。"根本没有什么人敢轻易去碰毒品线。

"所以他们换了一种方式。"德沃·埃韦思说，"他们在尝试利用正常的手术和医疗，更改普通人的某些生理情况。当然，那是太专业的东西，我虽是做医疗生意的，但并不是研究专家。"

德沃·埃韦思摊手说："我打一个比方，在你的激素、大脑甚至基因里做一些小小的更改，使你生理上开始渴求某种药剂的安抚，依赖它，大量且持续地需要它，从而离不开它，这就是曼森兄弟想要的一种被动式的吸毒。而所谓的毒品会披着最普通的外衣，诸如安眠药、止痛片甚至退烧消炎药剂，这一切都在他们的把控之中。"

燕绥之和顾晏的脸色倏然一沉。

曼森兄弟目前有遍布全联盟的治疗中心，如果他们成功了，就可以在不知不觉间改变无数人。而每个治疗中心还附带研究点，他们可以在合理合法的外衣下，明目张胆地研究他们所需要的药剂。

他们有合作商——西浦药业，有运输伙伴——克里夫飞梭，最终药物能发展成什么样，几人简直不敢想象。

"他们很疯狂是不是？"德沃·埃韦思说道，"很正常，毕竟你们是律师，有时候并不能理解某些商人为了获取利益能做到什么程度。百分之十、百分之五十的利益就能让一些人疯狂，那百分之百甚至百分之五百呢？有些人为了这些可以变成魔鬼，曼森兄弟就是其中的佼佼者，这倒让我们这些老家伙们自叹不如。"

"所以……"燕绥之回味着刚才德沃·埃韦思说的话，"我父母的那场基因手术，被他们当成了一次试验？"

"是众多试验中的一场。"德沃·埃韦思说，"我刚才说了，激素、大脑、基因，也许包括静脉注射，这些应该都在他们的试验范围内。"

"我始终觉得很惭愧。"德沃·埃韦思顿了顿，说，"当初曼森家对医疗开始有兴趣时，我没有意识到那其实就是曼森兄弟在寻找合作者，而那时候的我被一些假象蒙蔽，愚蠢地以为老曼森还是实际的掌权者。"

他将自己交好的朋友、合作者以及一些前途无量的年轻人带去曼森家的聚会，却没想到那是魔鬼的午餐。直到那些人一个接一个地出现意外。

"我其实不算什么情深义重的人，甚至不算一个好人。"德沃·埃韦思先

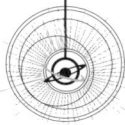

生说，"我是一个非常自私的商人，为了朋友赴汤蹈火这种事情我做不出来。但这些年我始终在想，最初是我给魔鬼递了镰刀，是我把他们送到了刀刃之下。如果连让那些灵魂得到安息都做不到的话，那我这辈子真的就是负债累累，血本无归，太过失败了。"

顾晏朝燕绥之看过去。

当德沃·埃韦思先生一点一点地说出那些往事真相时，燕绥之的目光始终投向手里的咖啡杯上，表情平静，似乎听得极为专注。

办公室里有一半装潢是用玻璃，大片大片的光线投射进来，落在燕绥之低垂的眼睫和眉眼上，给它们镀了一层光，以至于旁人根本看不出他在想什么，又有着什么样的心情。他安静得就像在听着某个不相干的故事一样。

但燕绥之越平静，顾晏就越担心。

二十多年如同长夜一般的日子，那些望不到头的孤独、挣扎、压抑和想念，那些再也见不到的人，再也听不见的话语和笑声，再也填不满旧居空屋……一切一切的起始，居然被"一场试验"这几个字轻描淡写地带过。

他会愤怒吗？还是会难过？没人看得出来。

因为这个人所有的情绪都是向内的，尖刀利刃都对着自己的心脏。

"联盟对基因手术的限制比现在多，每年会依次对各大医院进行资质审查。但不巧的是，你母亲当初需要做基因手术时，春藤正在审查期内……"

审查期一般需要一个月，被审查的医院在那一个月内不得进行任何基因手术。而那时候，燕绥之母亲的状态非常差，等不了一个月，于是他们进了另一家医院。

他们对于燕绥之父母的安排总是很细致，一要绝对安全；二要绝对保密。他们同时进行手术，但负责医生不同，也并不在一间手术室。多亏这样分隔式的安排，曼森兄弟才没能完全渗透。

德沃·埃韦思说："那场手术其实很混乱，他们本都是你父母信任的人，但其中一部分人变了，有人在害你们，有人在帮你们。而之后联盟改进了基因手术政策，审查一波接一波，打乱了曼森兄弟的步调，分散了他们的注意力。这种混乱最终歪打正着，以至于在机缘巧合之下，你的身份被保密了很多年。"

但同样，这种混乱也导致多年后的调查变得困难重重，因为干扰性的信息实在太多太杂了。

无论是燕绥之还是德沃·埃韦思，甚至连曼森兄弟想从旧事里找寻某些信息，都麻烦至极。

对德沃·埃韦思他们这些长辈来说，很难定义布鲁尔和米罗这两兄弟。他们嚣张而自负，野心勃勃，行事作风和德沃·埃韦思他们这辈商人截然不同，论精明、论谨慎，他们其实比不上自己的父辈们。但他们不按常理出牌，不计后果，不讲规矩和情面。这种做派反而成了他们的保护色，以至于连德沃·埃韦思这样的老狐狸最初都有些找不到方向。

"不配合的人不留，麻烦人物不留，知道太多秘密的人不留，这大概是那两兄弟的准则。不仅如此，他们甚至还把手伸到了其他家族，我们这些人到了一定年纪，总会有这样那样的毛病，心脏、大脑，还有最普遍的失眠。那段时间，有些人用的药就很有问题。幸运的是我们大多数人总保持着警惕心，不会让自己过于依赖某种药物，但仍然有人疏忽了。"

德沃·埃韦思说："老克里夫衰老得那么快，小克里夫早早接班，跟曼森兄弟也脱不了干系。但当时我们没能摸索到正确的思路，毕竟我们在太平日子里生活久了，已经多年没见过这样胆大的小辈了。"

布鲁尔和米罗兄弟年龄差不多，但他们跟小弟乔治·曼森之间却有着天堑鸿沟。不仅在自己家族里，他们在交好的各大家族同辈人里，都是最年长的，也最先站住阵脚。如果各大家族都开始更新换代，那他们一定乐见其成。

因为一旦更新换代，他们必然能稳坐头把交椅。

一位合格的商人，总会给自己留有一些余地，但他们从不。这也是德沃·埃韦思这类标准的商人最初摸不准他们行事的原因。

"就比如他们的弟弟。"德沃·埃韦思说，"其实不论老曼森怎么偏向小儿子，乔治·曼森都很难撼动他们的位置。即便这样，他们也不打算放过那个可怜的小子。当处理他们弟弟的时候，他们明目张胆得几乎毫不掩饰，连乔都看得出来。"

可这世界很神奇，他们最不加掩饰的行为，在很多人眼里却最不让人觉得反常。因为搞垮兄弟姐妹这种行为，放在家族斗争里，不知什么时候成了意料之中的事。

"但他们又并不是毫无分寸、不知收敛的。"德沃·埃韦思说，"有将近十年的风平浪静，久得就像他们的野心已经得到了满足，打算就此收手。我在

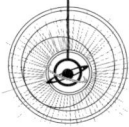

那段时间里见到了默文·白先生，又由他知道了你。"

最初知道故人之子还活着时，德沃·埃韦思很宽慰。但他在那之后全无动作，既没有刻意关注过，也没有增加交集，就像对待陌生人。

老狐狸精明谨慎，他知道自己的一些举动反而会给曼森兄弟带路，没有反应就是最好的保护。但这种保护毕竟不是永恒的，埃韦思一度认为曼森兄弟其实知道燕绥之是谁。但他们脾性难测，长时间里没有对燕绥之有任何动作，也许是觉得一条漏网之鱼不足为惧。

过于稳定的状态，往往说明他们的准备已经达到了某个预想的阶段，也许万事俱备，只欠东风了。这其实是最容易大意，最容易露出马脚的时候。

"但就像你们进门时说的，我缺少一些关键性的东西。"德沃·埃韦思说。

老狐狸最擅长的事，就是在毫无头绪的时候让对方递出线索。他悄悄运作了很久，借着春藤医院跟联盟政府之间的"亲近关系"，给曼森兄弟营造出一种假象，让他们觉得自己即将要承受一波最为棘手的审查。当他们有了危机感，一定会采取一些举动。

"怎样的举动最恰到好处？"德沃·埃韦思伸出拇指，"动作一定不能大，边边角角的或是不那么紧急的一定不要动，因为涉及的人和事越多，越容易出岔子，会打草惊蛇。"

德沃·埃韦思说完又伸出食指，说："但最关键的证据一定要清除。"他顿了顿，收起手指道："结果他们选择动你，这个举动在我意料之外。"

因为从表面看，燕绥之应该属于不那么紧急的边边角角，否则曼森兄弟早就下手了，不会留他到现在。

"我倾向于你身上有一些东西，曼森兄弟原本没有意识到，但现在忽然发现了。"埃韦思说，"但很遗憾，这点我还在调查中，目前还没有结论。"

这场聊天持续了很久，等三人从办公室出来时，天色已经将近傍晚。

"聊完了？我们都饿了。"尤妮斯强行勾着弟弟的脖子，带头欢迎，"我叫服务生了，一起用个晚餐？"

德沃·埃韦思点了点头，转身用询问的目光看向燕绥之和顾晏。

这时候，燕绥之看上去没有任何异样，他笑了一下，正要开口，顾晏却抢先一步："抱歉，我们还有一些事需要处理。"

"很急吗？"德沃·埃韦思问，"现在就要走？"

燕绥之的手指动了动，点头道："恐怕是的。"

众人不是第一天跟律师打交道，对这种情况见怪不怪。而德沃·埃韦思也很少会追根究底。他笑了一下，拍了拍顾晏和燕绥之的肩膀，道："这顿饭先记下，回头有空要补。"

燕绥之说："一定。"

"我让专车送你们回去。"尤妮斯说着就要安排。

顾晏冲她抬了一下戴着智能机的手指，说："飞梭车已经到了。"

"到了？"尤妮斯朝落地窗外望了一眼，就见一辆黑色飞梭车亮着暗蓝色的自动驾驶灯，穿过植物园和草场驶来。

她没好气地笑道："你还真是……唉，算了。那你们注意安全，回见。"

飞梭车在别墅外无声无息地停下，暗蓝色的光闪了几下，示意自己已经在目的地停稳。

6

顾晏和燕绥之告别众人上了车，目的地重新调整为城中花园，自动驾驶的灯闪了两下，飞梭车便平稳地驶出了酒店。

燕绥之坐在副驾驶座上，转头冲顾晏挑眉一笑，问道："什么急事，这么神秘？"

车内没有开灯，单面可见的窗玻璃映着车外的灯光。

路灯、车灯、街边商店的晚灯都在急速行驶中连成一片。

顾晏调整驾驶设定的手指顿了顿，在明灭的灯影中转过头，目光扫过燕绥之的眼睛，投向他翘着的嘴角上。

顾晏沉默了片刻，说道："你难受就别笑了。"

过了一会儿，他看到燕绥之带着弧度的唇角慢慢放松，最终变得平直。

"其实还好。"燕绥之说了一句。

他褪下那层笑，脸色就显得苍白起来，眉心的褶皱也显了出来。

燕绥之垂着眸子，调整了座椅模式，闭上眼睛低声说："我睡一会儿，头和胃一直在疼。"

燕绥之睡得并不安稳，眉心始终微微皱着，偶尔会因为车外划过的灯影而舒缓片刻。顾晏原本想把他那边的车窗颜色调深，挡住灯光，在注意到这个细

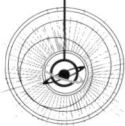

节后又改了主意。

当飞梭车在白鹰大道平稳地飞驰时，燕绥之却忽然醒了，他半睁着眼看向窗外，问："到哪儿了？"

可能因为他身体不舒服，说话时嘴唇开合的幅度很小，声音低哑，带着迷糊的困意，显得很累。

"在路上。"顾晏低声问："还疼吗？"

"好多了。"燕绥之看了眼身上不知什么时候多出来的毛毯，把下巴往里掩了掩，又朝窗外懒懒地看了一眼，一脸疑惑道："这是要去哪儿？"

顾晏道："回家。"

燕绥之没好气道："你从哪儿学会骗人的？我就是再路痴，每天要经过的路也不至于会忘。要回城中花园，根本不会经过这条道。"他声调不高，每句话之间会有一段间隔，单从语速就能判断出来，头疼、胃疼并没有缓解多少。

顾晏这才沉声道："去医院。"

"去医院干什么？"燕绥之的手指从毯子里悄悄伸出来，试图去更改控制界面的驾驶终点，"不去。我又没什么大毛病……啧，你别挡我的手。"

他的指尖还没戳上屏幕就被顾晏拦截。

"我真的不疼了，好得很。"燕绥之抬眼看他，语带无奈。

"你这话在我这里毫无信用可言，我骗人的本事都是从你这儿学的，别费劲了。"顾晏毫不客气地驳回他的无理要求。

燕绥之张了张口，想给他灌输自己"睡觉能治一切"的庸医歪理，顾晏却已经伸手滑开了智能机屏幕，调出一个页面给他看，道："你继续坚持不去，就把这个签了。"

"什么东西？"燕绥之掀起眼皮。

"平等协议。"顾晏说。

燕绥之沉默片刻，无奈地说："你怎么还备着这种东西？"

顾晏说："因为我知道你是什么样的人，以防万一。"

燕绥之彻底认命。

飞梭车转过白鹰道的大弯，弯道口的警示路灯有点儿晃眼。

顾晏伸手挡了一下光，声音低沉道："你别死撑了，再睡一会儿，还有二十分钟才到。"

"那就去春藤吧。"燕绥之懒懒地闭上眼睛。

"嗯。"

"我刚好看看林原在不在。"

"已经联系好了。"

燕绥之牵了一下嘴角，道："你可真是……"

春藤医院的人流量从来不会因为入夜而有所减少，有时候夜里比白天还要繁忙，但今天不一样。

一楼大厅的人不多，尤其是那几条为感染者开通的绿色通道空空如也，跟前段时间的盛况相比，显得格外冷清。

任何一个局外人看到这一幕，恐怕都会觉得春藤医院大受打击，境况萧条。

"来了？"林原正巧从基因大楼过来，穿过长长的通道向他们招手，"去我办公室说。"

他可能刚从实验室出来，依然是全副武装的模样，只露出一双眼睛，如果不出声的话，乍一眼看去，很难认出他来。

林原跟他们打完招呼，又对身边一个同样全副武装只露出眼睛的人说："你早点儿回去吧，办公室里有我呢。你好好睡一觉，这两天的脸色可真吓人。"

"嗯。"那人应了一声，朝燕绥之和顾晏瞥了一眼。

燕绥之的目光从他露出来的眉眼上扫过，停了一下。

对方水棕色的眸子一动，冲他们点了点头，算是打了个招呼。接着他平淡地收回视线，一边走向大厅一侧的更衣室，一边解下自己的口罩和外层实验服。

他摘下帽子的时候，露出了一头卷曲的头发，是卷毛医生雅克·白。

"白医生销假了？"燕绥之问林原。

"你说雅克？对，他今天销的假。不过一看就知道他很久没休息好了，脸色差得谁都看不下去。这不，他本来想值班的，又被轰回去了。"林原打量了一番燕绥之的脸色，问："你怎么样？"

"小毛病而已，已经没什么感觉了，顾律师坚持要绑我过来。"燕绥之笑了一下，好像他睡了一觉之后各种不适真的都消失了一样。

"那都不重要。"燕绥之指了指自己的眼角，说道，"倒是这个，得劳驾你查一下。"

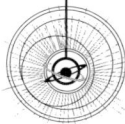

　　"确实多了一枚小痣。"林原说，"不过颜色很淡，不仔细看的话看不出来。走吧，你去楼上做个检测。"

　　林原说着，又冲顾晏眨了一下眼睛，说："放心，胃疼和头疼一样得查，我们不听他的。"

　　顾晏点了点头。

　　燕绥之："……"

　　林原很了解燕绥之的身体情况，检测的时候知道着重于哪些部分，所以耗费的时间并不长。但当他拿到检测结果时，却皱着眉研读了很久。

　　"怎么了？"顾晏有点儿担心。

　　"等一下。"林原冲他们招了招手，"你们跟我去一趟实验室，再用另一台设备查一下。"

　　"什么设备？"

　　"我们医院目前最新最先进的基因设备，"林原道，"专用于实验室搞研究用的，还没对外普及。当然了，一般情况下也用不上这么复杂的设备。"

　　他让两人穿上实验服，带他们穿过四道生物密码门，进了一间实验室。实验室内的温度偏低，迎面扑来一阵冷气。室内一边是各种复杂的实验台、金属的冷冻柜，另一边是被玻璃罩着的一个实验舱。

　　"就这个。"林原指着实验舱，说，"这可是一个宝贝疙瘩，春藤的大老板盯着设计的。前阵子它刚投入实验室，整个德卡马也就两台，一台在这里，另一台估计在总部。除了有权限进来的人，就没几个人知道这东西。"

　　"那你就这么拿它来给我检查身体？"燕绥之说，"不用打个申请？我很担心我检测完身体，你就要被辞退了。"

　　林原哭笑不得，晃了晃智能机，说道："我哪来这么大的胆子，半个小时前收到了乔大少爷的私下通知，说大老板有旨，你们两位待遇特殊，设备敞开了用。"

　　燕绥之跟顾晏对视一眼，心想老狐狸就是老狐狸，关照人都关照得这么有先见之明。

　　"那为什么要用这台设备？"燕绥之问，"有什么棘手问题？"

　　"也不是。"林原斟酌片刻，宽慰道："这台设备的检测结果比普通设备更敏感。打个比方吧，普通设备只能检测出尚存痕迹的基因修正。你看你之前有一次长期修正，现在有一次短期修正，两个都在存续期，所以普通设备会显示你做过两次修正，但是……"

"当你这个短期基因修正到期，彻底失效，残留痕迹就会渐渐消失，一年两年或者再久一点儿，就几乎毫无痕迹了。到那时再用普通设备检测，结果会显示你只做过一次基因修正，就是长期的那个。"

林原指着实验舱说："这个不同，它对几乎为零的痕迹依然敏感，隔五年十年甚至一百年，只要你坐进去，结果永远都是做过两次基因修正。不仅如此，它还能回溯和预测。"

燕绥之想起他曾经提过这个基因回溯技术，只不过那时还在实验阶段。

林原让燕绥之坐进实验舱内，关上舱罩。然后他跟顾晏并肩站在显示仪旁，仔细调整了参数。

这台设备的检测速度极快，十秒后，显示屏上一条一条地蹦出燕绥之的基因信息，两次基因手术的时间、基因源片段详情、修正结果、存续时间以及过程中发生的各种变化。

所有东西都一目了然，以至于顾晏这个非专业人士都能一眼看懂。

顾晏皱眉，指着图谱中一段扎眼的红色图像和存续时间中显示的"持续干扰"，问林原："这是什么意思？"

林原仔细地把那段红色图谱截取下来，存入连接的分析仪。

"这就是我要用这个设备的原因。"林原道，"你还记得我之前跟你们说过吗？他第一次的基因手术里有一个片段很古怪，但上次检测的时候并不活跃，可这次不同。"

他指着存续时间说："一般而言，基因手术的存续时间设定了就是设定了，不会变动，但他两次基因修正开始互相干扰了，这短短一段时间里尤为明显。我怀疑就是受这个基因片段的影响，所以要借这个设备分析一下。"

"互相干扰的结果是……"

"都缩短了。"林原道，"而且是持续性缩短。也就是说，今天来测的剩余时间和明天来测的剩余时间很可能不一样，相差多少要看干扰效果。"

"也就是说存续时间根本不能确定？"顾晏的眉头深深地皱了起来。

"你看，他第一次修正剩余时间变成二十一年，第二次短期修正变成八天。

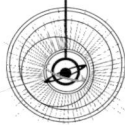

一个按年缩，一个按天缩，速度都不一致，之后还会不会加快……"林原顿了顿，"很难说。"

林原又翻了一页结果，指着其中几行数据说："他眼角的痣显出来也是因为这点，受到干扰之后存续期的变动太频繁，导致一些变化提前出现了。他头疼和胃疼这类的生理不适，其实也是这个导致的，相当于提前经历基因修正失效的后期反应。"他说着，又朝实验舱看了一眼。

燕绥之戴着遮挡检测光的眼罩，面容平静，好像没有什么难以忍受的不适。

但显示仪上，因为基因修正紊乱导致的疼痛等级却亮着警示的橙红色。

这样鲜亮的疼痛等级灯实在刺眼，顾晏问："有办法止痛吗？"

"这个怎么说呢，"林原迟疑道，"就像我刚才解释的，他这种疼痛缘于两次基因修正之间的冲突，再追根究底一点儿，是因为那个古怪的片段。在这个片段还没分析明白前，最好不要轻举妄动，以免弄巧成拙。唯一比较稳妥的办法就是把它转为惰性。"

简而言之就是它不作怪，两次修正之间的冲突就没有那么激烈，疼痛自然也会缓和。

"但是？"顾晏看到林原犹豫的神色，就知道他还有后半截话。

"但是这只能做暂时的。"林原说。

"不能做长期的？"顾晏问。

林原摇了摇头，说："一来，长期那种剂量大，方法复杂，次数多，又不好确定究竟能维持多久，一旦反弹，不知道活跃度会不会翻倍，会不会更难控制。"林原苦笑一下，"我哪能乱让人冒这个险。"

他顿了一下，又说："二来，转化为惰性毕竟不是清除。那个片段没分析明白前，没法确定清除手段。但是转化为惰性，又会让基因设备难以检测，找不到它。这就相当于在人体内埋了一枚隐形炸弹，还是别冒这个险了吧。"

顾晏皱眉问："那短期的有没有危险性？"

林原摆摆手，说："短期的你大可放心。"

顾晏点了点头。

林原从光脑里截取了两张页面，推给他看，说："这个是注意事项和需要签字登记的信息表。"他说着，朝玻璃罩内的实验舱看了一眼，"这个残留的突变片段和基因修正紊乱的事是不是先不告诉他比较好？"

顾晏正要去推实验舱的玻璃罩门，闻言动作一顿，问："为什么？"

"一般这种发展难以预料又很麻烦的身体状态，不都选择瞒着本人吗？怕他们多想或是心慌。"林原一脸理所当然。

顾晏沉默两秒，沉声道："他是一个非常理性、成熟的人，你说的这种隐瞒对他而言可能不是什么保护，而是讥讽。"

林原："……"

实验舱被打开，那些大大小小的金属贴片和细针从燕绥之的身上取下。

林原一五一十地把基因情况告诉了燕绥之，顺嘴又添了一句："本来我不打算直接告诉你，最好等我分析出了结果再说，免得你忧心多想。"

燕绥之掀开眼罩，笑了一声，说："这有什么可瞒的，嘲讽我？"

林原："……"

他哭笑不得地举起手，说："好好好，我这不是哄病人哄习惯了嘛！你们是师生，你们有默契，当我没说。那我去调配药剂。"

"唉，等等。"燕绥之又说，"其实这一步也可以省了，这点儿疼忍忍就过去了，蚊子亲一口也就这程度。"

这就是胡说八道了。

林医生没忍住，说："我建议你看看显示屏冷静一下，橙红色代表什么，知道吗？掰断骨头跟这一个等级，更何况你这还是连绵不绝的。你家蚊子亲一口能断一身骨头？"

燕绥之摁着太阳穴，说："没那么夸张，仪器是不是错了？"

林医生转头看顾晏，问道："理性？成熟？"

顾晏："……"

林医生说："你这老师是不是有点儿过分？"

顾晏板着脸，二话不说地抽出林原手里的那两页信息表，用手指签了字。

林原收了文件，马不停蹄地配药。

实验室里常年备着各种药剂，免得再走医院的取药流程。没过片刻，他就取了一支无菌针，从设备里抽了细细的半管药剂。

"头往右转一点儿。"林原站在燕绥之旁边，晃了晃针筒，"这个需要扎在耳根这边。"

"就这么简单？"顾晏依然有些不放心。

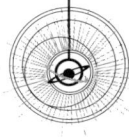

林原点点头，控制力道将针头推进去，说："这不是几十年前了，用不着事事靠手术。你放心，就是简单才稳妥。"

注射完药剂又等了两分钟，林原让燕绥之重新坐进实验舱，连好贴片。

7

这次的检测结果依然出得很快，林原指着第一页的图像对顾晏说："看，开始起效了，那个片段几乎看不出来了。这要是一般的检测仪，根本看不出还有这个片段。"

"但是疼痛等级只降了半级。"顾晏皱眉。

橙红色的提示正在往黄色过渡，还得经过两个大等级，才能回到代表"无生理不适"的蓝色等级。

"疼痛正在减缓，还需要一点儿时间。"林原宽慰道，"我保证他睡上一晚就一点儿都不痛了。"

燕绥之从实验舱内出来后，有一搭没一搭地听着林原交代注意事项。

林原交代完，又回到了分析仪旁，看了看进程，道："其实如果还能找到类似的片段就更好了，两个以上的对象一起分析，结果能更准确一点儿。"

"可能性很小。"燕绥之说。

林原一脸遗憾。

那个基因片段的分析并不是一时半会儿能有结果的，光是仪器分析数据也得一两天。于是两人没多耽搁，离开了实验室。

返程时，顾晏干脆开启了自动驾驶模式，让燕绥之去了后座，把整个后车厢调成舒适模式。

燕绥之靠坐在后座改装而成的沙发床上，选择了一个舒适的姿势。

顾晏从车载储物箱里翻出一条毛毯，盖在燕绥之身上。看到他脸上恢复了一些血色，顾晏微蹙的眉心这才松开。

遵林医生医嘱，燕绥之最好能赶紧睡过去，休息越充足，疼痛消退得越快。

但某人闭目养神好一会儿，眼皮还在动。

顾晏沉声问："还是很疼，睡不着？"

燕绥之弯了一下嘴角，说："不是，药剂还是有点儿作用的，比来的时候好很多，我只是在想事情。"

顾晏说："我要是林医生，就把你放进黑名单里，就没见过你这么不配合的病人。"

燕绥之佯装不满道："你跟谁一边的？"

"医生。"

燕绥之"啧"了一声。

顾大律师道："敢问阁下贵庚？"

燕绥之没忍住，自己先露了笑意，说："你怎么不问我在想什么？"

"你在想什么？"

"正经事。"燕绥之缓声道，"刚才我听了林医生的话想起来的……我在想还有谁可能会出现跟我一样的情况。"

说起那个基因片段，顾晏便忍不住皱眉，但这并不妨碍他思考。他道："被曼森兄弟插手过基因手术的人。"

那个片段源自燕绥之第一次做基因手术，那次手术有曼森的人参与其中，这种意料之外的结果想必跟对方脱不了干系。

换一句话说，在曼森兄弟的干预下做过基因手术的人，也许会出现跟燕绥之类似的情况。

"但概率很难说。"顾晏又道，"按照你的情况看，这个片段前二十多年一直是非活性的，到最近才显现出残留，应该属于一种意外。"

"对，所以我在想一件事情。"燕绥之说，"你说曼森兄弟消停了那么多年，又忽然兴起要让我消失的念头，会不会就是想清除这个？当时用的炸弹掺了灭尸弹在里面，比起其他谋杀手段，这确实是最干净的一种毁尸灭迹，包括基因在内。"

顾晏的眉头皱得更深。

燕绥之依然在闭目养神，却对顾晏的表情变化了如指掌，说："年纪轻轻的怎么这么喜欢皱眉？如果这就是曼森想清除的，反倒是好事不是吗？送上门的证据，我们想怎么查就怎么查。"

顾晏沉默半晌。

燕绥之睁开眼问道："怎么了？"

顾晏转眸看他，说："你刚才的语气就像坐在家里毫不费力地收到一箱子资料……那是你的身体，不是什么证据陈列墙。"他皱了皱眉，又道："柯谨

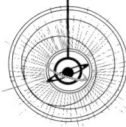

的事你没少沉着脸，但到自己的爆炸案却这么轻描淡写。"

燕绥之温和地看了他好一会儿，开口道："我阴沉过的，顾晏。

"你如果在我刚睁眼的那天见过我，就知道我当时的脸色有多难看了。我当时想着先混进南十字，翻一遍卷宗，再顺着卷宗的疑点查清楚炸我的人，然后把他们一个一个送进监狱，再目送他们上刑场。那几天我特别无聊，规划了这样一条刻板、无趣的复仇路，没准那会儿是我很长一段时间里的生活重心。谁知道我一进南十字就碰到了你。"

燕绥之笑了笑，说："说来你可能不信，我甚至想谢谢那场爆炸了。如果没有它，我可能会一直认为自己稳稳地待在你通讯录的黑名单里，然后过上十几二十年，会在劳拉或是谁那里听到一些关于你的零星消息，工作如何如何，接了什么新案子，或是成立了家庭。"他忽地止住了话头，沉默了片刻，又"啧"了一声，"现在这么假设……"

"怎么了？"顾晏低声问。

燕绥之指了指他的尾戒智能机，那玩意儿很不合时宜地振了起来，特别会挑时间。

顾晏瞥了他一眼，接通了通信："喂？"

"啊，你在啊？"对方一接通就问，"那怎么一下午都没反应？"

发来通信的是那位帮忙做智能机检测的朋友。顾晏他们一直在德沃·埃韦思那里，之后又因为林原的实验室开了屏蔽仪器，没顾得上跟他联系。

顾晏解释说："抱歉，我之前有点儿事。"

"哦，没事，那都不重要。我就想说，之前那个增强安全性的小程序你装在智能机上没？"

顾晏说："还没。"

"幸好，幸好！"那个朋友说，"你先别装，装了反而坏事。"

顾晏问道："什么意思？"

对方压低声音，神神秘秘地说："我给你发一个新程序，附件里有使用说明，你一看就知道。"

"怎么了？"通信挂断后，燕绥之问顾晏。

顾晏共享屏幕，给他看来电人，说："不知道，他在卖关子。"

在等对方发信息的过程中，顾晏顺手翻了下午错过的通知。通知其中一条标着红，显示的是资料库的搜索结果。

顾晏原本已经滑过去了，又迅速拉回到那条。

那是去找德沃·埃韦思之前，他在智能机里做的搜索。

搜索源是"清道夫"后脖颈的红痣，以及手腕的黑桃文身，搜索范围包括智能机内所有的文件。

顾晏点开详细信息。

燕绥之扫了一眼信息，撑坐起来，说："居然有一条结果！"

结果的来源文件夹显示的名称是"赫西"。

顾晏愣了一下才反应过来，这是当时在天琴星，从本奇和赫西两位记者的相机里拷下来的照片，是他们近些年拍的东西。

顾晏收到东西之后并没有打算看，改了文件名，发给燕绥之后就顺手删了，但并没有永久清除，需要的话三个月内还能恢复。没想到这次搜索又把它从删除文件里翻出来了。

搜索的目标结果是一段视频。

视频拍摄的地方是骑士区北郊，那是一片老旧的公寓区，墙面污迹斑斑，风格落后于法旺区五十年，住的大多是老人。

老人多的公寓区总会很热闹，因为他们总是三五成群地聚着晒太阳闲聊，遛狗逗猫。因此，公寓区内的小门面商店和茶餐厅也很多。

镜头所对的地方，就是某一幢公寓楼。

楼底的入口被一群老头老太太们围着，他们叽叽喳喳，议论纷纷。一群穿着法旺区警署制服的人戴着配枪，挡开人群，从楼里带出一个男人。

那个男人顶着一头乱发，过长的刘海挡着眼睛。他被几个警员押着，原本一直低着头，可走出楼道的时候他突然抬头，半边脸带着久远的烧伤痕迹，狰狞可怖。他冲围观人群龇牙吼了两声，吓得人群退了几步。

警员警告性地喝了他一声，他却冲被吓到的人群哈哈大笑，笑到最后又变成了呜呜的哭声。

从这短短一段视频里就能看出——这人的精神状况很有问题。

顾晏看见这个男人便沉了脸。

燕绥之轻轻"啊"了一声，说："他们居然拍了这个。"

这个男人名叫卡尔·理查德，是那场爆炸案的元凶。

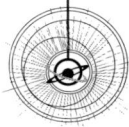

按照案件所查到的信息，他曾经因为工作遭受过重度烧伤，又被公司解雇，生活保障瞬间垮塌。他的精神在这种变故和打击之下彻底崩溃，成了一个名副其实的疯子。然后他带着对公司的仇恨，炸了老板和管理层住的酒店。

有很长一段时间，顾晏每天都看着这张狰狞疯癫的脸，在办公室里长久地沉默。这几乎成了一种条件反射，以至于他看到这段视频时，又忽地沉默。

好在智能机的搜索系统很会看人脸色，它及时截取了视频右边的一部分，自动无损放大。

那是楼旁的一家早餐店，警员抓捕卡尔·理查德的时候，刚好是清早，早餐店的外座上坐满了吃饭的人，大部分是带孩子的老人，还有一部分是早起工作的年轻人。

每张餐桌的人都面向卡尔·理查德的方向，伸着脖子看热闹，有一些人甚至站了起来，只有零星几个不爱热闹的人例外，他们简单扫了那边两眼，就继续闷头吃早餐。

搜索框标出来的目标就是其中之一。那是一个男人的背影，穿着普通。他低头呼噜呼噜地喝着粥，全程没有转过脸，所以根本看不到长相。

他喝完粥便直起身，伸手从桌上抽了一张除菌纸擦拭嘴角。他做这个动作时，红色搜索框一分为二，钉在他后脖颈和手腕上——红痣和黑桃文身被清楚地标记了出来，"清道夫"拥有的特征跟他完全匹配。

当他要走时，旁边一个热心老人拽了一下他的袖子。

"他在说什么？"燕绥之咕哝。

多亏赫西和本奇用的都是可以分离调整的高质相机，顾晏改了模式，其他声音顿时被虚化，老人和"清道夫"之间的对话变得突出而清晰——

"你的酒忘了拿。"老人提醒了一句，又自来熟地说，"你怎么大清早就买酒？"

"清道夫"似乎朝桌边的酒瓶看了一眼，说："不是给我喝的。"

老人没反应过来，问道："啊？不是你的啊？我看你拿过来的。"

"清道夫"垂着的手在腿边敲了几下，似乎是思考时的小动作。他敲了一会儿，耸肩说："不是我的，这是给一个可怜虫的送行酒。"说完，他把擦过嘴的除菌纸对折了两道，丢进桌边的垃圾桶里，然后头也不回地离开了。

短短一段视频，跟"清道夫"有关的只有这么点儿，除了痣和文身，多出来的信息也只是一些细微的小习惯，连搜索源都做不了。而"清道夫"在视频中出现，只能说明爆炸案确实跟曼森家族有关，但这点德沃·埃韦思已经说过了，所以并不令人意外。

总的来说，这段视频的内容实在"鸡肋"，顾晏和燕绥之都有些失望。

好在顾晏的那位朋友及时发来了信息，信息里附有一个小程序和一篇简单的说明。

"什么程序？能恢复我的智能机资料库？"燕绥之问。

顾晏粗略扫了一眼说明，脸色终于好看几分，说："不能，但用处很大。"

"什么用处？"

"钓鱼。"

燕绥之挑眉道："钓鱼？"

顾晏把说明书递给他，说："他做了一个反捕捉程序，把这个程序加进智能机，只要对方还在不依不饶地试探，应该能揪住对方的痕迹。"

这能算一个好消息了。

其实不用反捕捉，他们也知道远程干扰燕绥之智能机的是谁，准是曼森兄弟的人。但他们现在缺少的并非真相，而是证据，一切大大小小能指向曼森兄弟的证据。

"这大概是今晚最好的消息。"顾晏晃了晃智能机。

那个朋友大概感受到了他们的好心情，准时拨了通信过来，献宝似的问："怎么样，怎么样，你看到说明没有？"

燕绥之已经开始鼓捣自己的智能机了。

顾晏瞥了燕绥之一眼，回答道："看见了，正在装载。"

"我跟你说，不是我吹牛，这个程序三次之内就能分析出对方完整的信号信息，最多三次，我是不是很厉害？"

顾晏点头道："很厉害。"

"就夸三个字？"

顾晏无语片刻，加了一个字："你很厉害。"

对方："……"

燕绥之装好程序，正对着说明设置，闻言抬眼看向顾晏。在顾晏挂了通信之后，燕绥之似笑非笑地说了一句："最应该尊敬的老师没见你夸过一回，夸

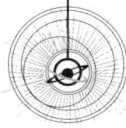

起其他人倒是很顺口。"

顾晏收起屏幕界面，说："你想听我夸什么？"

"五百字以上，三分钟自由陈述，开始吧，我听着。"

顾晏："……"

燕绥之好整以暇地等了一会儿，车内一片安静。

法庭上一针见血、从容不迫的顾大律师嘴巴突然变笨，愣是半天没说话。

"你一句都憋不出来？"燕大教授调好程序设置，收起智能机屏幕，靠在椅背上，支着下巴道："我建议你再想想，否则你明天就没有老师了。"

顾晏："……"

"你……"顾晏无奈地看了他半天，终于斟酌着开了口，"你对外不管碰见什么，总是很有风度，但十有八九是装的。"

燕绥之："……"

顾晏道："你真话不多，瞎话不少。"

燕绥之："……"

顾晏道："你很擅长气人，挑剔至极。你容易亲近，但只是表面而已，事实上固执、冷淡又被动。"

车内很安静，车外夜色阑珊，灯火如龙，衬得他的嗓音温沉如水。

他停了一会儿，说："但是我很欣赏你。"

8

清早，法旺区起了浓雾，到处灰蒙蒙的，能见度很低。

到了上班的时间点，城中花园"鬼影"幢幢，随手一拍就是迷雾版《丧尸围城》。

燕老师靠在沙发边，一边等顾晏上楼拿光脑，一边转着智能机镜头拍"恐怖大片"，却一不小心拍到一只来串门的高挑"鬼影"。

燕绥之收了屏幕，趿拉着拖鞋去开门，然后就被门外人惨白的脸色和偌大的黑眼圈吓了一跳。

"菲兹小姐？"燕绥之一脸诧异，"你怎么了？身体不舒服？"

"嗯，我发烧了。"菲兹一开口就是浓重的鼻音，她吸了吸鼻子，揉着额头道，"昨晚我干了一件蠢事，回来太晚太累，又泡在浴缸里睡着了，今早醒来就成了这副鬼样……啊嚏！"

燕绥之道："又？"

菲兹说："是啊，又一次。以前我也犯过这种蠢，但好歹半夜能冻醒，这次一觉泡到天……啊嚏……亮。"

燕绥之："……"

燕绥之看她摇摇欲坠的模样，扶了她一把，皱眉说道："你还是进来坐着说吧。"

菲兹有气无力地摆了摆手，说："不了，我就是来蹭个顺风车。"

说话间，顾晏刚好从楼上下来，乍一看门外浓雾中若隐若现的脸，差点儿以为燕绥之撞了鬼。他顿了两秒才反应过来，喊道："菲兹？"

菲兹探过头，虚弱地问："顾，今天你是不是要去医院约见当事人？顺便载我一程吧。我的飞梭车防雾系统还没修，自动驾驶用不了，为了大多数人的安全着想，我也不太敢自己开。"

顾晏二话不说，大步流星出了门，按了几下智能机上的遥控，哑光黑色的飞梭车就直接停在了菲兹脚前，甚至还贴心、绅士地自动开了车门。

"我的天，后座都已经换成舒适模式啦？"菲兹捂着心口，钻进车里，"你们这么贴心，会害我找不着男朋友的。"

"不至于，舒适模式一直开着，不是特地切换的。"顾律师贴心地帮她降低了几分找男友的难度。

"怎么会？前几天我看到时明明还是正常模式，你别糊弄发烧的朋友。"菲兹小姐展现了自己敏锐的观察力。

顾晏无语地看了这位朋友两秒，拉开车座底下的便携医疗盒，指了指，说："吃药。"说完，他便替她关上了车门。

毕竟病了，菲兹上了车便不再叽叽喳喳，接了一杯热水就安安静静地待在后座。燕绥之和顾晏反而有些不习惯，时不时会从后视镜里看她一眼，确认她还没烧晕。

"你们要不要把前后座的隔层封上？"车子行驶了好一会儿，菲兹才慢半拍地想起来，"我怕传染给你们。"

"没事。"燕绥之笑着说，"真传染了也没关系，反正最近我都泡在医院里，发烧了抬手就能让医生扎一针。"

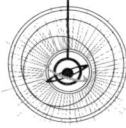

菲兹"呸呸"两声，说："你别乌鸦嘴，烧起来多难受。"

"不过说起来，你们最近都会待在医院吗？不晾着那个当事人啦？"菲兹说，"昨天事务官还感叹呢，说那种脾气的当事人，就得碰上你们这样的，多晾他几天他就知道急了，免得满嘴跑马兜圈子。"

顾晏从后视镜里瞥了她一眼，说："你们还议论这些？"

"当然啊，关注度这么高的案子，所里高层包括合伙人们都很有兴趣。"

菲兹说起杂事就来了兴致，黑眼圈都没那么重了，说："前些天你们不是晾着当事人到处出差吗，合伙人和大佬们屁股都坐不稳了，还问过你的事务官亚当斯，你究竟有没有胜算，打不打算好好准备，还逮住我问过一回，就因为咱们是邻居。"

"是吗？"燕绥之说，"南十字也不是小所，什么大案子没见过，不至于这样吧？"

菲兹说："上次酒会不是出人命了吗？挺影响律所形象的。他们大概希望能借这个大案子好好出回风头，所以巴不得你们整天整夜不睡觉，扑在这个案子上，以表诚心。我跟他们说，你们查有利证据去了，免得他们又瞎操心。"

清早，春藤医院倒挺忙碌。

顾晏刚进门就接到了通信，来自当事人贺拉斯·季的看守警员。

"是我。"顾晏说，"我这里有点儿事，会见时间可能要往后推半个小……"

"不用推，不用推！"菲兹正在刷智能机挂号，闻言连忙冲他们挥挥手，"看个病我还是没问题的，你们忙你们的，不用跟着我耽误时间。"

对方不知道又说了些什么，顾晏"嗯"了一声，冲燕绥之道："你跟菲兹在这里，我去贺拉斯那边看看，有点儿突发情况。"

"什么情况？"

顾晏切断通信说："他没说，只说取消会见。"

这种状况对他们这些大律师而言其实并不鲜见，处理起来很有经验，不算什么大麻烦。

顾晏打了声招呼，便先过去了。

燕绥之陪菲兹去了诊室。

医生一边给她绑了一个基础体征测量仪，一边问道："你怎么烧起来的？"

菲兹小姐又把她睡浴缸的壮举复述了一遍。

医生听得直皱眉，道："就那么睡了一夜，家里人也不知道喊你？"

菲兹噘了噘嘴，说："我光棍一个，没有家里人，谁能发现啊？"

"抱歉。"医生朝燕绥之看了一眼，大概是错把他当成菲兹的男朋友了。

医生尴尬地咳了一声，又道："不过下回真不能这样，不说别的，皮肤也受不了呀。你们年轻人单独过日子可真是太危险了。"

当这位老先生滔滔不绝地为菲兹小姐操心时，门口突然传来林原的声音："燕……血呢？阮野？"他这些天叫惯了"燕院长"，差点儿说漏嘴，好在及时挽回，转成了"验血"。

菲兹朝他看去，问他："你认识的医生啊？"

"嗯。"燕绥之抬手跟林原打了个招呼，对菲兹解释道，"顾老师找的专家，贺拉斯·季的一些病理状况以及其他的影响，都靠咨询他。"

燕绥之从诊室里出来，顺手带上门。

林原拍了拍脑袋，懊恼道："我一晚上没睡，脑子转不过来，差点儿叫错名字。"

"没事。"燕绥之不太在意，"早晚的事。你值班结束了？"

"对，卷毛来办公室接班了，我回去睡一会儿。"林原说着，往左右看了一眼，趁着走廊没人，低声道："我盯了一晚上，那个基因片段比我想象中的难搞，单从分析出来的详细信息里看不出什么问题，现在还有百分之三十左右正在分析中，但是……"

他皱着眉提前打预防针，说："我怕你们看到结果会失望，能提炼的信息有限。"

燕绥之对这个结果似乎并不意外，他想了想，忽地问道："一般做基因实验……在基础特定的情况下，发展路径可不可以预测？"

林原一时间没明白他的思路，问道："什么意思？"

"昨晚我一直在想一个问题。"燕绥之说。

他在想，如果当年他和父母经历的手术被曼森兄弟当作了一场试验，那么试验的内容应该是曼森兄弟早期的成果。

他们本质的目的在于激发"基因性毒瘾"，并非死亡。所以，他父母在曼

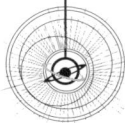

森眼里算试验失败。

那么活下来的他呢？

单从表面来看，这么多年里，他并没有出现过所谓"药物依赖"的症状，应该不能算试验成功。但曼森兄弟真的会在二十多年后对一个"失败品"上心？

燕绥之想了一整晚，想到一种可能，说："我身体里存在的那个基因片段不是成品，但重要程度不亚于成品，甚至比它还要高。"

"这会是什么？"林原想到刚才燕绥之的问题，福至心灵，"你是说基础？"

燕绥之点了点头，说："对，也许他们后续的研究成果甚至成品都建立在那个片段之上。所以我想问你，如果有一个起点，能不能预测后续走向？如果有这样的可能，那我就明白为什么对方这样盯着我了。"

熬了一夜的林原反应略有些慢，他反应了两秒，终于消化了燕绥之的话，他摆摆手说："不太可行，虽然有起点，但起点能发散的方向实在太多了，预测不了。"

燕绥之说："不止起点，其实也有终点。能发散的方向有无数条，但曼森兄弟要的只是其中一条。"

林原愣了一会儿，忽然一拍脑门，说："对啊！他们要的就一种结果，所以终点也是有的！这样的话……"他兀自想了想，一脸亢奋，"可以，可以！那个仪器就能模拟！我这就……"

"不急在这一时。"燕绥之拍了拍他的肩，"你先回去睡一觉，之后就辛苦你了。"

送走林原，燕绥之回到了诊室。

菲兹小姐刚领了两个退烧水袋，脸拉得比驴还长。

"要输液？"燕绥之问。

"对。"菲兹说，"我问有没有一个小时内退烧的方法，医生就给我塞了两袋这个，天知道我最怕输液。"

"你为什么要在一个小时内退烧？"燕绥之纳闷。

菲兹小姐振振有词道："因为我十点之前到办公室的话，这月的全勤奖金就还有救。"

燕绥之："……"

"而且如果退烧太慢，我今天就得请假了。"菲兹眨了眨眼，"那得少听多少八卦，多不划算。"

燕绥之说："你这精神令人钦佩。"

这位小姐号称南十字的消息枢纽站，对杂事消息的热衷不是一般人能够体会的。

燕绥之安顿好菲兹，本打算去贺拉斯·季那边看看，没想到刚出门就碰到出电梯的顾晏。

"你怎么这么快就回来了？什么情况？"

顾晏面无表情地说："我们的当事人贺拉斯·季先生调戏护士上瘾，愣是不让对方扎针，要玩你追我跑的游戏。据说他气哭了护士、气跑了警员，现在警署认定他故意拖延治疗时间，在通知我之前往检察署和法院递交了申请，十有八九要提前开庭，具体时间等通知。"

燕绥之被气笑了，说："他吃了什么馊药这么跟自己过不去？"

当燕绥之跟顾晏去护士站的时候，姑娘们冲他俩告了一箩筐的状——当然，主要是对顾晏，众所周知，他是贺拉斯·季的律师。在很多人眼中，他相当于贺拉斯·季的监护人。

"每一次扎针输液他都不配合，每一次！"

护士站的小护士们不像在病房那么拘束，口罩都拉到了下巴。她们的嘴巴开开合合，跟蹦豆子似的，噼里啪啦地数了一系列罪状。

"蛇形走位。"其中一个小护士手掌扭了一个生动的"S"，"回回都能这么拧着避过针尖！平时他躺在床上不乐意动，这种时候灵活得不得了！"

顾大律师回想起贺拉斯·季像放风筝一样逗着护士转的场景，一脸冷漠地说道："我有幸见识过。"

"我喂他吃药跟让他服毒似的，有时候看他那一脸抗拒、坚决不从的模样，我都怀疑我自己不是护士，是杀手！"

顾晏："……"

"艾米……哦，就是负责给他扎针的姑娘。"另一个特别泼辣的小护士抱怨，"人家刚值了一夜班，累得不行还被他气哭了，我们哄了好一会儿才让她平复下来回家休息，你说这位季先生是不是东西？"

燕绥之抱着胳膊，听戏似的听了半天，随意地点评道："肯定不是。"

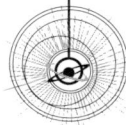

小护士义愤填膺道："没错。"

顾晏："……"

"那最后他扎针了吗？"燕绥之问。

"啊？"小护士愣了一下，点头道："扎了，给他治疗能乱省步骤吗？守门的警员看不过去帮忙扎的。"

燕绥之冲她笑笑，又跟顾晏对视了一眼。

两人没在护士站多耽搁，转头去了检测中心。

贺拉斯·季扎完针就被塞进了检测室。

一方面，这是三天一次的例行检查；另一方面，警员们可能也想看看这位嫌疑人的病情究竟有没有好转，达没达到出院的标准。再在医院耗下去，他们可能会折寿。

等在检测中心门外的人不多，跟上次的热闹全然不同，正常的感染者都转去了曼森和西浦联合的感染治疗中心。贺拉斯·季因为嫌疑人的身份，不方便四处转院，成为留在春藤的少数人之一。

大厅一片冷清，只有守在检测室门外的警员们板着脸朝这边看。

燕绥之远远地冲他们点点头，算是招呼，随后就近找了一个位置，又拍了拍身边的座位，冲顾晏道："你别显摆你的长腿了，起码还得等半个小时，你先坐下，我喜欢平视。"

顾晏顺从地在他身边坐下，说道："那光是坐下还不够，可能还得低点儿头。"

燕绥之没好气说："你怎么不说再锯一条腿呢？我也就吃了基因修正的亏，林原净把我往矮了修，等我恢复了你再看。"

顾晏很理性，说："你确定再长五厘米管用？"

燕教授指了指他，说："住嘴。"

顾晏挑了挑眉，听话地住了嘴。

警员们听不清他们在说什么，但看模样是在闲聊，便转回身不再关注这边。

燕绥之瞥了他们一眼，这才问顾晏："关于我们这位当事人的行为，你怎么看？"

"贺拉斯·季不信任医院的人，他不放心用在他身上的药，警惕性很高。"

顾晏说。

当然，不排除这位季先生天性如此，有深重的被害妄想症。但燕绥之和顾晏觉得他是有原因的。

什么样的人会有这种心理呢？

"我倾向于他不是'摇头翁'案的直接凶手。"燕绥之说，"凶手往往没什么可怕的，因为危险来自他自己。但他又知道一些常人不知道的内幕，或者怀揣一些东西，这让他笃定自己会被人盯上。"

这跟他们最初的直觉相合——贺拉斯·季似乎是故意的。

他故意置于警方的监控下，故意被安置在公共区域中，故意引起民众的关注，让无数眼睛盯着自己，这让他觉得更安全。

半个小时后，检测室的提示灯变了颜色。大门打开，贺拉斯·季在一群警员的盯守下冲自己的律师打了声招呼："你总算想起我这个当事人了？"

顾晏平静道："不一定，这取决于你编不编故事。"

贺拉斯·季眯起眼睛，说："那你们等在这里是什么意思？"

燕绥之微笑说："第一时间帮你核查一下检测报告。鉴于你每天都能惹恼一群人，我们有必要盯着点儿，以免你不声不响就被毒死了。"

贺拉斯·季听到这略带嘲弄的话，反而意味不明地笑了，说："哈，你这实习生有点儿意思。看来我没委托错人，你们还是挺聪明的。那帮我看着吧，看在这分上我跟你们说真话。"

燕绥之说："说真话可真是辛苦死你了。"

贺拉斯·季："……"

他们跟警员一起进了检测室旁边的分析室，第一时间拿到了新鲜出炉的检测结果。这时的检测结果还没来得及从医生护士手上经过，也还没传上查询仪，不会被动手脚。

顾晏大致翻看了一遍，并没有发现什么特别之处。

"跟之前几次检测没什么区别。"他对贺拉斯·季说，"由此可见，目前你还是安全的。"

贺拉斯·季皱了皱眉，似乎有点儿不太相信。

"晚点儿我会把你的检测结果给专家再看一遍。"顾晏说。

贺拉斯·季回过神，转着眼珠，傲慢道："老实说，专家我也不太信。"

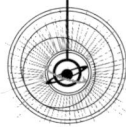

燕绥之说："那你自己研究吧。"

贺拉斯·季："……"

旁边在看同式样检测单的警员们黑着脸，如丧考妣。因为嫌疑人贺拉斯·季的感染程度虽然减轻了一点点，但离治愈还远得很，不足以出院。

"哎，我就不明白了，又不出疹子又没死要活的，我也是服了，还真没见过这样的感染。"

一名耷拉着青黑眼圈的警员朝贺拉斯·季瞥了一眼，小声爆了一句粗话，咕哝道："要不是……我都要怀疑春藤医院在包庇嫌疑人了。"

"你说什么呢！"另一位警员轻声喝止。

"反正我已经递交了申请，最好能把嫌疑人转到感染治疗中心，那边更能对症下药不是吗？"黑眼圈警员又说。

贺拉斯·季零星听到几句，瞥了那个黑眼圈警员一眼，双眸眯起，垂在身侧的手指极轻地动了几下。他似乎想做什么，不过很快又反应过来，将手插进口袋，冲警员说："几位聊完了没有？我要回病房跟我的律师详谈，你们可以提交各种有用没用的申请，但无权剥夺我的这份权利。"

警员们的脸更黑了，但无从反驳，只能厌恶又烦躁地扫视着几人。

这种厌恶的眼神落在燕绥之身上，他其实毫不在意，但看向顾晏，他就不太舒爽。于是他侧了侧身，刚好能挡住警员落在顾晏身上的视线。他的动作自然得就像他在当院长时，偶尔不动声色又风度翩翩地护短一样。

燕绥之冲贺拉斯·季一抬手，玩笑般地冲警员道："瞧这位季先生可以，瞧我们不行。"

警员："……"

第七章

1

十分钟后，他们和贺拉斯·季面对面地坐在病房里。

警员心不甘情不愿地帮他们关上门，病房内一切监控设备的指示灯都熄了。

顾晏给输液室的菲兹发了一条信息，又把贺拉斯·季的几次检测报告发给林原，然后收起屏幕看向当事人："到你履行承诺的时候了，季先生，我要听真话。"

贺拉斯·季拨弄着手指，闻言抬起眼。他这次没像之前那样，张口就开始讲故事，而是斟酌了片刻，意味深长地看向顾晏，问道："如果我是一个好人，你是不是会让我无罪释放？"

顾晏平静道："当然。"

"那如果我有罪呢？"贺拉斯·季说。

顾晏依然一脸平静地说："我依然会维护你应有的权益。"

联盟"一级律师"的陈列墙上就有这样一句话：

如果你是凡人，我绝不会让你被拉下地狱。

如果你是魔鬼，我会送你去最合适的地狱。

该是十年的刑期，我不会让你被判十一年。

该是有期，我不会让你被判死刑。

顾晏看着贺拉斯·季，说："庭审很可能会提前，你如果不想承担不必要的罪行，那我建议你别对我撒谎。"

贺拉斯·季看了一眼窗外，出神片刻，终于开口说："好，那我给你说一句真话。我不是'摇头翁'案的凶手，但每一个现场我都踏足过，那里应该还

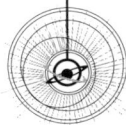

723

能找到我残留的痕迹，验出我的 DNA。那些老人中的怪毒，我的住处和行李里都有，笼子上也有我的指纹。我甚至知道他们为什么会被关进笼子里，还有很多相关的细节。你有什么办法让我被判无罪呢？"

这是贺拉斯·季至今所说的话里，真话最多的一段。

因为就现今所掌握的证据来看，确实如他所言。

"摇头翁"案几个现场，不论是红石星还是赫兰星，警方在那些老人们被拘禁的仓库里都找到了两种足迹，分别来自迪恩律师负责的一号嫌疑人，以及这位贺拉斯·季先生。最令人无语的是，这位贺拉斯·季在数量上遥遥领先，尤其是最后被发现的那个现场。

那是赫兰星北半球翡翠山谷西侧的一个老仓库，那个仓库被发现的时候，里面一共有二十三个笼子，关了二十三位老人。

从事务官亚当斯收集的资料和照片来看，笼子摆放得并不拥挤，甚至有些空旷。

一号嫌疑人在那里留下的痕迹近乎无，警方推断认为他做过谨慎清理。但贺拉斯·季不同，这位先生活像去旅游观光的，以走遍每一个角落为目标，足迹布满整个仓库。

这份现场足迹资料几经辗转，被一部分网站以花式震惊的语气呈现出来，成了贺拉斯·季引起大众反感的主要原因之一。

因为有人从那些足迹资料里复原了当时的场景。

贺拉斯·季——那组足迹的主人，他每一步都不紧不慢，悠闲自在。

那些足迹能体现出贺拉斯·季在现场时的心情，他应该是放松且颇有兴味的，没准还带着一点儿嘲弄，绕着走过一个又一个笼子，就像一头欣赏猎物的野兽。可笼子里关的并不是什么猎物，而是人。

衰老的、虚弱的、毫无反抗之力的甚至变得疯疯癫癫的老人。

除此以外，也正如他所说，警方从一些笼子上提取到了他的指纹。很多人由此推断，他应该是双手抓着竖直的金属栏，贴近观察笼内的人。现场还找到了几根头发，以及极少的皮肤组织，由此检测出的基因跟贺拉斯·季相吻合。

警方猜测，也许有老人在被贺拉斯·季观察的过程中，疯劲上来突然焦躁，试图攻击或抓挠他。大部分没有成功，被他避开。但有一个成功了，而这一举动坏了贺拉斯·季的兴致，于是他离开仓库，足迹也戛然而止。

警方侦查到的证据资料，顾晏的事务官亚当斯能通过人脉获取一些，别人同样能。也许专业性不如他高，人脉没他广，资料少而零碎，但架不住他们有想象力。东拼西凑，连蒙带猜，能围绕贺拉斯·季讲出一千个恐怖故事。

当然，种种猜测有多少是接近真相，有多少是过度描摹，除了贺拉斯·季本人，没人知道。

偏偏这人不那么配合。

智能机跳出几条新闻，顾晏垂眸看了一眼，接着便陷入一阵沉默。

片刻后，他把屏幕翻转给贺拉斯·季看，说："五分钟前，这个案子的受害者中，有近二十人出现了突发性全身内脏衰竭的情况。"

贺拉斯·季的眉毛动了一下，表情有微妙的变化。

顾晏和燕绥之盯着他的眼睛，从那双棕色的眸子里，他们看不到内疚、懊恼之类的情绪，一丝一毫都没有。

他仅有的一丝变化，也只是出于意外。

顾晏略微皱了一下眉。

燕绥之却笑了一声，他朝后靠向椅背，笑意丝毫没传到眼睛里，他看着贺拉斯·季说："我觉得长久以来你可能误会了一件事。"

贺拉斯·季的目光从屏幕上的新闻移开，问道："什么事？"

"你似乎认为自己跟我们是合作关系，所以演戏、扯皮、兜兜绕绕还有点儿拿乔，谈话中还时不时刺人两句。"

燕绥之轻笑了一声，眼神却平静而冷淡，说："我不知道你是想表现一下倔强还是别的什么，随意，但我不得不提醒一句，我们从来都不是什么可以谈判的合作关系。你作为一条上了砧板，随时可能吃枪子的鱼，没有任何可以扯皮、拿乔的筹码。我不知道你哪来的自信和勇气，能抬着下巴跟我们玩猜谜。"

贺拉斯·季："……"

这位当事人的嘴角肌肉抽动了一下，似乎想发火但又无从发起。他发现，这位实习生每次开口，每个举动都能气到他。

不知道他们是不是天生犯冲。

贺拉斯·季似乎想把燕绥之口中的"倔强"表现到底，他憋了半天，反驳了一句："据我所知，我被牵扯的这个案子只是看上去唬人而已，根本判不到死刑，哪来吃枪子一说？"

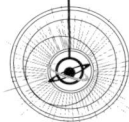

燕绥之挑眉道："你还知道这个？"

"我当然知道！"

不知道是燕绥之的语气自带嘲讽还是什么，贺拉斯·季看起来更气了，但整个房间就他一个人炸毛又显得他有神经病，于是只能憋着。

但他确实没说错。

虽然"摇头翁"一案影响很大，关注度极高，但一来没有人死去，二来嫌疑人不止一个，很难确定他们谁的恶性更大，谁应该负更多的责任，同时也不能排除会不会还有更复杂的情况。

这种容易出现误判的案子，一般不会对谁宣判死刑。

因为一旦判死刑了，日后再发现弄错了，就难以挽救。

"你说的没错，这个案子原本确实判不到死刑。"

燕绥之说着给贺拉斯·季看了一眼尾戒智能机，说："但再往后发展就说不准了。刚才的新闻你也看见了，我建议你这几天在病房诚心祈祷一下，祝那些老人早日康复。他们之中但凡有一位没挺过脏器衰竭以及一系列并发问题，遗憾离世，这个案子的最高判决就能从有期变成死刑。"

燕绥之顿了一下，又不紧不慢地说："从你之前的反应来看，你很怕死。也许别的事情你都可以从容应对，但你非常怕死。"

贺拉斯·季的脸色黑了下来。

"所以我说你是砧板上待宰的鱼有错吗？"燕绥之礼貌地问。

贺拉斯·季的脸都气红了，他眯眼盯了燕绥之好一会儿，转而看向顾晏问道："实习生这么跟当事人说话，顾律师作为老师没什么要说的？"

顾晏看了一眼燕绥之，说："确实有几句。"

贺拉斯·季的面色缓和了几分。

顾晏平静地说："我作为辩护律师，有责任为我的当事人分析一下形势。现在警方控制的是你，时刻提防被下毒的是你，即将坐上被告席供人审判的依然是你，是你在请求我们的帮助，这就是目前的形势。我替我的实习生总结了一下，不知道够不够清楚。"

贺拉斯·季心想：去你的师徒！风格都是一脉相承的！

"我认为立场已经表达得够清楚了，现在劳烦你回忆一下'摇头翁'案发生的那些时间里，你都在干什么，出于什么目的去遍了每一个现场，又是出于什么原因行李中会有那些毒剂存在。"顾晏终于调出了一张空白电子页，冲当事人抬了抬下巴。

法旺区，上午十点。

两艘在轨道中堵了数天的飞梭机终于向德卡马的纽瑟港发出信号，将在一个小时后接驳靠港。

前一艘飞梭机的故障已经全部修复，起火的客舱已经恢复原样。大型维修舰给飞梭机补足了动力，断开了接驳口。维修舰驶离这片星域时，两艘飞梭机上的通信信号不再受影响，恢复了满格。

一时间，客舱里此起彼伏响起的都是智能机的消息提示音。

燕绥之的房东默文·白摘下眼罩，把位置调回座椅模式，打开沉寂数天的智能机看了一眼。堵了几天的信息蜂拥而至，振得他手都麻了。

他一目十行地扫过所有消息，简单回复了几个。他打算跟燕绥之打声招呼，说自己靠岸了，随时可以见面。然而手指滑了几下屏幕，就被一封来源不明的邮件吸引了注意力。

默文·白愣了一下，好奇地点开邮件，接着就变了脸色。

也许是他的表情变化太明显，隔壁座位的人瞄了他好几次，忍不住问道："嘿，你还好吗？怎么脸色这么差？"

默文·白过了一会儿才回过神来，摸了摸脸颊，干笑一声，说："是吗？"

"你看到什么了？"那朋友晃了晃自己的智能机，"几天没信号，我刚知道我被解雇了，你呢？总不至于比我更糟吧？"

默文·白喝了半杯水，道："还行，就是我收到了一封委婉的威胁信，警告我闭紧嘴巴，不然要给我举办葬礼。"

隔壁朋友："……"

"不会吧？"隔壁座位的朋友被吓到了，"你……你在开玩笑？是在开玩笑吧？"

正常人下意识的反应都是如此，只会觉得默文·白一定是开玩笑，谁好好的会突然收到死亡威胁呢？

默文·白慢慢地喝完一整杯水，又重新接了一些，才笑了一下，说："唉，年轻人怎么这么好骗？这种话你都信？"

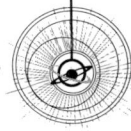

"哦哦哦——"那人拍了拍胸口，又没好气道："我就说嘛，怎么可能！但是你刚才的脸色真的不太好看，我就以为……你真没事？"

这位好心的朋友还有点儿不放心，犹犹豫豫又问了一句："你真碰到什么麻烦还是别憋着，可以挑方便的聊聊。咱们这么巧坐一排，也算难兄难弟了，被你刚才这么一吓，我突然觉得被解雇也不是什么大事了，管他的。"

"谢谢。"默文·白说，"确实是玩笑，我只是收到了一些旧照而已。"

他说着，把屏幕翻转了一下，在那位朋友面前晃了晃。

屏幕上确实显示着一些照片。

默文·白没有往下滑动手指，所以只能看清最上面的一张。

照片上看似格外热闹，三只微胖的小狗崽睁着湿漉漉的眼睛，头拱头地挤在一块儿。干净柔软的窝边是一扇落地窗，一只长毛猫窝在那里晒太阳。

"这是什么？"那位朋友问，"你养的宠物吗？"

默文·白收回屏幕，低头看了一会儿，点头说："嗯，现在没了。"

"啊……"那人一脸抱歉，一副想安慰又不知从何安慰的模样，只好拍了拍默文·白的肩膀，"是生病走的还是？"

这人说话有些直来直去，却并不招人讨厌。

默文·白说："没有，不是生病。我养了好些年，它被我送人了。"

那人松了一口气，又好奇地问："它看着挺可爱的，为什么送人？"

默文·白沉默了一会儿，简略解释："因为一些工作上的事，我儿……"他说着卡了一下壳，又继续道："我儿子当时还因为这事绝了两天食。"

"你还有儿子啊？"那人下意识问了一句。

默文·白说："是啊，不过现在也没了。"

那人觉得自己今天问的话有毒。

"哦，你别多想。"默文·白补充了一句，"他只是长大了不回家而已。"

那人依然不知道怎么安慰他，只能又拍了拍他的肩膀："孩子大了嘛，有自己的想法。我家那小鬼才十三岁，就已经开始指东往西，天天拧着劲了。"

默文·白哼笑了一声。

这么闲聊几句，那人已然忘了"威胁邮件"之类的事，也忘了默文·白不好看的脸色，只记得自己碰到了一个挺聊得来的乘客。

没多久，飞梭机在德卡马的港口接驳停靠，在太空堵了多天的乘客纷纷拥出闸口。

默文·白没有跟着人流去行车中心，而是在港口的一家咖啡厅里坐下。他找了一个靠窗的角落，在有些晃眼的阳光下，重新打开那封邮件。

在那张猫狗的照片下，其实还有一些照片，里面有着各种各样的动物，跟宠物猫狗不同的是——它们都养在特制的实验室里。

在二十多年前，默文·白还没辞去工作时，他每天都会在这些特制的实验室间往来多次。在药物研究方面，养一些实验用的生物很正常，他们早就见惯了。但有那么几年，他所在的医院研究中心突然变得很"焦躁"，研究进度疯了似的往前赶，原本不紧不慢的过程被强行拉快，以至于从一条线变成了多线并行，就像有人拿着鞭子在整个研究团队的"屁股"后面抽。

从那时起，默文·白就越来越困惑，有时他甚至弄不明白整个团队究竟在研究什么。因为不同的线上研究员只能接触其中一部分，看不到整体。又因为多线并行，实验室的忙碌程度陡然翻了好几倍。

以往只有在实验的关键阶段，他们才会挑一些专门饲养的实验动物来检测成果。可那两年不一样，特制实验室里所有生物都处于"非正常状态"。

于是那段时间，他几乎每天都在满是"疯子"的实验室中来回穿梭。

有时候上一秒还趴着的动物会突然扑向玻璃罩，用头或者身体狠狠撞击玻璃。撞重了的动物口鼻中会突然溅出血，然后停止呼吸，慢慢变得冰冷僵硬。

一天两天，一次两次还好，如果每天每时每刻都在发生，没有喘息的余地，这就会变成一种长久而深重的精神折磨。

默文·白觉得自己都开始不正常了，脾气变差、抑郁焦躁，这跟他的本性几乎截然相反。后来，哪怕他回到家里，他都会时不时出现幻听，好像那些尖叫声和狂吠声还萦绕在他耳边，挥之不去。

时间长了，他便开始排斥所有动物，对家里的宠物也避之如蛇蝎。

不是因为他讨厌，而是担心自己哪天会误伤它们。

二十多年过去，曾经的专业内容他都快忘干净了，但再看见这些照片时，他却好像又闻到了那个实验室特有的味道。

他有一颗万事不在意的大心脏，能触动他的事情不多。

发邮件的人还真会抓人软肋。

对方先把他拉回到二十年前，再乘虚而入。在这些照片之后，是一些文件

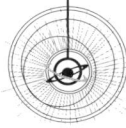

截图，截图的重点在签名页，页面上的笔迹默文·白再熟悉不过，因为那都是他的签名。

这些文件内容没有一并截出来，默文·白先生一时间也回忆不出自己签过哪些文件。但邮件正文"委婉"地表示：自己把自己陷进监狱，再可笑不过了，不是吗？相信默文·白先生足够聪明，不会做出如此愚蠢的选择。

如果默文·白坚持要将一些不必要的事情透露出去，他只会得到两种结果：一个并不体面的葬礼，或者一并站上被告席。

2

春藤医院，林原研究室的高端分析仪静静工作了一整夜。

林原并没有听燕绥之和顾晏的话回去休息，而是在研究室的椅子上凑合着，断断续续睡了一夜。

凌晨四点，分析仪突然"嘀嘀"响了两声。这声音并不大，但对常年睡不好觉的医生来说很有存在感。椅子上的人瘫了几秒，而后诈尸一般坐起。

林原随手抓了抓鸡窝般的头发，眯着眼，凑近分析仪屏幕。

从燕绥之的基因中截取的片段在分析仪里发展出了一条线，这是一个模拟预测的结果，测的是这个基因片段一直研究发展下去会变成什么样。

这当中的某一条，可能就是曼森兄弟所做研究的发展路线。

林原一一看完每个阶段的具体数据，又让分析仪根据数据建了基因片段模型，然后顺手在整个春藤医院的患者基因库里做了匹配。

五分钟后，匹配界面蹦出了一条信息。

当林原看到那条信息的时候，惯来斯斯文文的他差点儿爆粗口。

他二话不说，在智能机里翻到燕绥之的通信号。

通信都拨出去了，他才猛地反应过来现在是凌晨四点。他听说那两位律师见了当事人后又跑了一趟警署，还去了德卡马的一个现场，这会儿也许刚休息没多久。

刚睡就被弄醒，绝对不是什么好体验。

林原按捺住心情，正打算收回通信请求，忍到白天再找人，没想到响了两声的通信被人接通了。

顾晏的声音从里面传来："喂，林医生？"

林原："……"

他重新调出屏幕看了眼，通信备注上是燕绥之没错。

林原："？"

燕绥之眯着眼睛醒来，下意识伸手探了两下智能机的耳扣，发现空空如也。低血糖令他反应有些慢，他茫然两秒，撑坐起来，捏着鼻梁，道："顾晏？"

外面很安静，没有人回应。

燕绥之愣了一下，瞬间清醒。

墙上的时钟显示法旺区时间是凌晨四点三十二分，落地窗外一片黑暗，夜色未消。

燕绥之皱眉，起身拉开房门。

不那么熟悉的走廊冷光灯照进眼里，受低血糖的拖累，他眯眼抬手挡了一下光源。

有那么一瞬间，他不知道自己身在哪里，直到看见顾晏站在楼梯栏杆边，手指按着耳扣在低声说话，才想起这不是顾晏的别墅楼，而是南十字的办公室二楼。

昨晚他们看案件资料看得太晚，在办公室凑合了一晚。

顾晏耳扣侧面的标志十分眼熟，燕绥之抬起手腕，指环智能机受到感应亮出屏幕，上面显示"他"跟林原医生的通信正在进行中。

他哑然失笑。

办公室的地毯消掉了脚步声，他没有立刻出声，而是抱着胳膊倚在门边。

"嗯，在办公室。"顾晏说，"他这两天睡眠不是很好，刚睡不到一个小时。"

通信那边林原可能说了一句什么。

顾晏又道："好，辛苦了。"说完，智能机屏幕上显示林原切断了通信。

燕绥之收了屏幕，才走过去说："你偷我耳扣，接我通信？"

顾晏一愣，转头看他，说："怎么醒了，吵到你了？"

托林原的福，基因修正冲突导致的疼痛反应已经弱化，弱到可以忽略，不至于影响燕绥之正常的思考和生活，但是还有一些残留影响——他的睡眠状态很差。

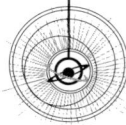

燕绥之凌晨三点多才好不容易睡着，顾晏不希望有任何声音惊醒他。

"没有。"燕绥之摇了摇头，"隔音效果好得出奇，我刚才喊你，你没回音，我差点儿以为曼森兄弟按捺不住来挖墙脚了。"

顾晏扶着栏杆，随意冲墙外某个方向抬了抬下巴，说："最近总有记者守夜，曼森兄弟还不至于这么鲁莽。"

"是不至于，我刚起床反应不过来而已。"燕绥之道，"林原来通信说什么？"

"他用分析仪预测了基因片段的发展走向，发现了一些东西，希望我们过去看一眼。"

"什么东西？"燕绥之问，"他还卖起了关子？"

"不是卖关子。仪器还在比对和核实，他先来求证一些细节。"顾晏看了眼时间，问："你再睡一会儿？"

燕绥之摇头，说："我不睡了，你的冰箱……算了，太凉。我去楼下茶点室翻点儿吃的垫一下肚子。"这话刚说完，他就发现顾晏挑了一下眉。

"怎么了？"燕绥之问。

顾晏道："没什么，只是某人总算知道主动避开凉的，给胃一条活路，我很欣慰。"

"是，我都快成老年人了。"燕绥之没好气地冲他一摊手，"你把耳扣还我。"

两人一前一后下了楼。燕绥之打开茶点室的保温箱找甜点，顾晏靠在吧台边给自己倒了一杯咖啡。

茶点室的门敞着，外面忽地传来窸窸窣窣的脚步声。两人一愣，皱眉看去，就见一个披头散发的"女鬼"……女士，一步三摇晃地摸进来了。

"菲兹？"眼看"女鬼"要撞上公共冰箱了，顾晏伸手拦了一下，"你怎么在这里？"

菲兹小姐在原地反应了三秒，总算赶跑了一半瞌睡，抓了抓头发，要死不活地哼哼道："加班……"

"昨天你不是已经开车回去了吗？"见她在冰箱里一阵摸索，燕绥之顺手往她手里塞了一杯刚倒的温牛奶。

"别提了。"菲兹咕咚咕咚喝下半杯，冲燕绥之比了个谢谢的手势。

"昨天不是输液耽误了时间吗？事情没忙完。"她打着大大的哈欠，抱着牛奶杯说，"本来想带回去再继续做的，结果发现忘记把资料传上智能机了，就又回来了。"

她懊恼又丧气地"啊"了一声，说："发烧就是容易坏脑子。"

这位女士披头散发地喝完一杯牛奶，这才反应过来，问："你俩怎么也没走？又是案子闹的？"

燕绥之道："是啊，反正办公室有吃有喝，待一晚不亏。"

"有道理。"菲兹揉了揉肩膀，"就是沙发床睡着不舒服。找机会我要跟事务官们撒泼，争取在律所里再开辟一间休息室。一些中小律所都有，我们居然没有，太小气了。"

顾晏说："我没记错的话，你跟亚当斯提过吧？"

"啊，对。"菲兹哼了一声，"你猜他怎么回？"

"嗯？"

"他说，配不配备休息室，取决于律所内万年光棍有多少，你看南卢光棍大律师最多，所以人家休息室配得最积极。"

曾经在南卢律所的光棍大律师燕绥之："……"

菲兹压低声音，抬了一下下巴，模仿亚当斯当初的口吻："有家室的大律师一般都不在办公室加班。你数数，楼上大律师有几个单身？"她伸出一根手指，在顾晏面前晃了晃，"一个，有且仅有顾大律师一个。"

顾晏："……"

这位戏精小姐模仿完，又哭丧着脸"嗷"了一声，说："我跟他说，别忘了楼下还有一个我，况且亚当斯自己不也是光棍一根吗？有脸嘲笑别人？"

顾晏原本想说，有家室的大律师偶尔也会带着家室一块儿在办公室加班，但看这位小姐哭丧一样悲切的真情实感，出于体谅朋友的心理，顾律师暂且留了她一条单身狗狗命。

燕绥之简单填了点儿肚子，低血糖缓和过来了，他和顾晏快速收拾了光脑，便准备去医院。

菲兹抱着一杯新泡的咖啡，问他们："你要回去了？"

"我去一趟医院。"燕绥之说。

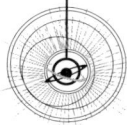

"你们不睡觉，专家也不睡的啊？"菲兹误认为他们要找专家查当事人的生理状况。

燕绥之也没多解释，只晃了晃智能机，说："就是专家来通信叫醒我们的。"

"我的天，都是铁人。那你们注意点儿，我来的时候看到律所外面还有狗仔队蹲着。"菲兹冲他们挥了挥手，兀自打着长长的哈欠，眼泪汪汪地往自己办公室走，"我是懒得动了，我再睡个囫囵觉等明天打卡了。"

凌晨五点，顾晏和燕绥之几乎掐着点进了林原的实验室。

林医生正借着实验室的水池简单梳洗，一见他们，顶着一脸水珠，啪啪敲了一串虚拟键盘，接着把分析仪的显示屏往他们面前一转，道："你们看！"

两位大律师看到了满屏天书："……"

"术业有专攻。"燕绥之没好气地说，"劳驾用人话翻译一下。"

林原反应过来，"哦哦"两声，先给他们看了一张图，说："中间这个点，代表从你体内截取的那个基因片段。你看从这个点发散出去好几条线，这就是不同研究条件下，这个基因片段要发展成……曼森他们想搞的那个该怎么形容，姑且叫'基因毒品'吧。要发展成基因毒品，仅有这么几条路线。"

他又指着每条线上的几个点，解释说："这些点代表研究过程中会出现一些相对比较稳定的成果，通俗点儿说就是阶段性成果，毕竟不可能一蹴而就嘛。"

两人点点头。

"你的意思是，曼森兄弟这些年做的研究，包括不同时期、不同成熟度的成果，都在这张图里了？"燕绥之问。

林原点点头，说："对。当然，他走的是其中一条线，可能中间有波折，会歪到另一条线上去，但可能性都在这儿了。"

"这仪器真厉害，要是三十年前能造出来，估计曼森愿意花天价供着。"林原活像对闺女、儿子一样，摸了摸分析仪的边角，"这宝贝疙瘩也是春藤花了近三十年悄悄造出来的。"

他感慨完，又正色道："得到这些预测路线后，我又用这些点上的数据建了基因片段模型。"

燕绥之说："相当于把每个阶段性成果可能呈现的样子模拟出来了？"

"没错！"林原说着，又点开一页图，"然后我用那些片段模型顺手做了一个对比。以免打草惊蛇，我用的是春藤医院内部的数据库，包含星际所有在春藤医院做过基因检测的人。"

基因检测并不是常规检查，但棘手麻烦的大病就会涉及这一项，需要病人或者监护家属同意。

就好比这次暴发的基因感染，也是在病人知道的前提下做的检测。

当然，也有情况特殊自己主动申请检测的，比如燕绥之。

"这是初期对比结果。"林原调出结果页面，"数据库太大，对比还在继续。这个是按照倒叙时间对比的，所以最先蹦出来的是最近做过检测的。你们觉不觉得信息很眼熟？"

燕绥之和顾晏看着那一条条蹦出来的身份信息。

"何止是眼熟，几个小时前我们还在资料里看到过。"

他们全部是"摇头翁"案的受害者。

根据警方现有的证据以及一号嫌疑人某一次的供述显示，"摇头翁"的受害者是半随机的，几乎是孤寡老人，属于失踪了也不会立刻被察觉的一类人。

而嫌疑人把老人们拘禁在一起，是为了方便给嫌疑人的违规研究所试药，这也是大众一直以来的认知。

但林原这张对比结果却说明，这些受害老人们的体内都有非正常的基因片段，跟曼森某一阶段的研究成果吻合。而结果显示，这些片段残留时间长达十多年，最近几个月才有活跃的迹象。

"所以，'摇头翁'案根本不是什么违规小所随机找人试药，而是曼森家时隔十多年后发现有证据残留，想借着这个案子销毁证据？"林原一脸惊骇地猜测。

"不止。"顾晏说，"现在还不能盖棺定论。"

如果这事就此结案，嫌疑人定罪，银铛入狱，从此以后再提起这些受害人，哪怕在他们身上再查到什么痕迹，也只会被认定为"当初那个违规研究所试药的结果"，不会再涉及曼森。

十分钟后，受害者的信息占据了一整屏，迟迟没有新名字加入。就在他们打算收回目光，先讨论"摇头翁"案时，屏幕底下忽地又添了一条信息。

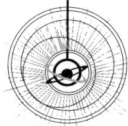

三人的目光全部投向了那条信息的开端——

匹配结果 303

姓名：柯谨

凌晨五点二十分，法旺区，德沃·埃韦思下榻的别墅酒店安保森严。

此时正是日夜的交接点，月光还没完全隐去，空旷的马场另一边已经透出了鱼肚白。

别墅楼后，一辆颜色独一无二的星空蓝飞梭车停驻在林道上，乔少爷正扶着车门，一只手按着耳扣接听通信。

他这两天有点儿失眠，整夜辗转睡不熟。他的精神一直处于一种奇异的亢奋中，说不清是因为什么。

也许是兜兜转转二十多年，他终于跟父亲站在了一条战线；也许是因为柯谨的状态时好时坏，他很焦灼；也许是因为他们一步一步攥紧了曼森兄弟露出的尾巴；又或许前三者都有。

他断断续续睡到了凌晨三点，又在邻近柯谨卧室的阳台上独自坐了两个多小时，最终悄无声息地调来自己的飞梭车，打算兜两圈宣泄一下。

结果车门刚开，就接到了这通通信。

拨号码过来的是顾晏，但他只说了一句"我们发现了一些跟柯谨有关的东西"，便把通话交给了林原医生。

"柯律师的病因找到了。"林原医生简简单单一句话，乔却瞬间停住了所有动作。

"你说什么？"他呆愣了好半天，有些恍然地问。

"我说——"通信那头的林原耐心又郑重地重复了一遍，"就在刚刚，不到一分钟前，我们找到了柯谨律师的病因。"

乔又是一阵茫然。

很久之后，他又问："你确定？"

"确定。"

"不是那种……"乔扶着车门的手指捏紧了一些，"可能性不足百分之五十，转头就会被推翻的猜测？老实说，这种猜测我听过不下一百次，但是每一次……"

他看向柯谨空寂无人的阳台，沉默两秒，低声道："每一次都毫无结果。"

"不是猜测。"林原的声音有着医生专有的特质，温和但沉稳，带着一种令人信服的笃定，"非常明确的病因。"

乔忽地没了声音。

这是明确的，不会再有差错的病因。

为了这么一句话，他毫无头绪、兜兜转转好几年，数不清失望过多少回，追到近乎筋疲力尽，却没想到会在这么一个并不特别的清晨，突然得到答案。

"乔？"林原医生不太确定地喊了一声。

乔捏着鼻梁，快速地眨了几下眼睛，轻轻呼出一口气，问道："什么病因？你说。"

林原说："我们刚刚在柯谨律师的基因里找到一个片段，跟 L3 型基因片段一致。"

"L3 型基因片段是什么意思？"

"哦，是这样。"林原简单解释了一番他是怎么把燕缓之体内的基因片段截取出来，用分析仪做了轨迹预测，来推算曼森兄弟这些年的研究成果。

"为了方便指代，我把燕院长体内的片段源定为初始成果 L1 型。按照预测轨迹，柯谨律师体内的基因片段应该属于第三阶段的成果，所以叫 L3 型。'摇头翁'案受害者的体内也存有 L3 型片段。"

"'摇头翁'案受害者？你是说全身脏器衰竭，接连收到病危通知单的那些老人们？"乔的脸色难看到了极点。

林原叹了一口气，迟疑两秒应道："对，他们的病历表现其实很相像。我初步推断，这种基因片段能让人对某些普通药物成分产生过度反应。这就好比一种特殊的过敏原，一般人吃了没问题的东西，对他们而言却是有毒的。这就会引发一系列的问题，比如……"

林原没有说下去，但乔都明白。

比如像柯谨或者"摇头翁"案的老人们一样，精神会突然崩溃失常，甚至再严重一些，生死难说。

一个原本意气风发的年轻律师，站在法庭上做辩护时眼睛里会有温润光亮的人，仅仅因为这种阴险下作的东西，在短短几天之内变成了那副模样。

他睡觉永远蜷曲着抵在墙角，一点儿微小的变化就会引发不安和焦躁，无

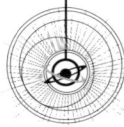

法集中注意力，听不懂旁人的话，也一言不发。

就像有一双无形的手，强行把他联系外界的那扇门关闭了，让他不得不孤独无援地站在一个逼仄无声的世界里。

也许他每一次焦躁失控，都是试图撞开那扇门呢？

乔只要想到这一点，就难受得发疯。

因为他作为站在门外的人，努力了很久也没能找到钥匙。

3

乔攥着冷冰冰的车门，手抬起又放下。他抓着头发，原地漫无目的地转了两圈，然后一拳砸在车门上。

坚硬得足以防弹的金属撞击在他的骨头上，钻心剜骨般的痛顺着神经一直传到心脏深处，但好像只有这样，那股无处宣泄的愤怒和难过才能缓和一点儿。

"你……喂？乔，你还好吗？你在干什么？"林原被这样的动静吓了一跳，"你先冷静点儿！喂？"

他在那边担心了半天，又冲旁边人叨叨："开始咣咣咣地砸东西了怎么办？我隔着耳扣都能听见骨头响。我就说缓一缓再告诉他吧！"

乔的手指关节处破了一块皮，血很快渗了出来。

他又抬起手，还没落下，一个声音从头顶某个阳台传来："你砸，再砸一下柯谨说不定能醒，用点儿力。"

乔的手倏然收了劲，却跟着惯性无声地抵在车门上。伤口被冷冰冰的金属一刺，痛得格外尖锐。他抬头看向声音来处，就见姐姐尤妮斯裹着睡袍，一边转头跟谁说着什么，一边冲他丢了一句："等着别动！"

很快，尤妮斯趿拉着拖鞋跑了出来，接着助理也抱着医药箱追了过来。

"我说拿瓶喷剂，拿两张创可贴，你怎么搞得这么隆重？"尤妮斯埋头在医药箱里挑挑拣拣，抓过乔的手，拿着愈合喷剂摇了摇，道："忍着。"说完一顿喷。

药剂的效果很好，这样的伤口半天就能只剩瘢痕，唯一缺点就是辣。

要是以往，乔少爷为了博取柯谨的注意力，会夸张地嗷嗷叫。但这会儿，他却一声不吭，看着那些喷雾药剂落在伤口上，连眼睛都没眨一下。

"你被我吵醒的？"乔的声音有点儿哑。

很奇怪，他明明一声没吭，甚至没有因为难受吼出来，嗓子却很低哑。

尤妮斯难得温柔一回，把带有镇痛和愈合作用的创可贴，仔细覆在他关节处的伤口上，说："没有，你砸车之前我就醒了。顾给我发了一条信息。"

乔道："说什么？"

"他说，柯谨的事情你一定希望自己是最快最早知道的，所以才想第一时间告诉你。但料想你的情绪不会很好，所以让我帮忙看着点儿。"

乔点了点头。

"傻人有傻福，交朋友的眼光是真的好。"尤妮斯说。

乔又点了点头。他沉默了一会儿，突然出声道："姐。"

"嗯？"尤妮斯应道。

"我没事，你上去睡吧。"乔为了配合她，一直低着头。直到处理好伤口，他才直起身，把外套裹在尤妮斯身上，"我去趟春藤医院。"

尤妮斯说："都喊姐了，还没事？"

乔说："挺奇怪的，我以为听到这种事，我会不管不顾地开着飞梭机直奔曼森庄园，搞上一点儿禁用药，比如注射型毒剂或是什么，把米罗·曼森或者布鲁尔·曼森按在地上，掐着他们的脖子，一点一点地把那些药推进他们的血管，看着他们痉挛、挣扎、发疯、不成人形。我以为我会这样，但是很奇怪我现在居然会否定自己的这些想法，然后说服自己要用法条和证据，名正言顺地把他们钉死在刑场上。"

尤妮斯看着他，轻笑了一下，冲某个空空如也的阳台抬了抬下巴，说："这说明，我的傻瓜弟弟深受某些律师影响，总算学了点儿好的。"

"嗯。"

"你这傻了三十多年都有救，人家聪明了将近三十年的律师怎么会好不了呢，是吧？"尤妮斯顿了顿，目光瞥向另一处，"你看，连精明睿智的埃韦思先生都一脸赞同，你还担心什么？"

乔顺着她的目光转头一看。

父亲德沃·埃韦思不知什么时候握着咖啡杯靠在了阳台上，灰蓝色的双眸浅而亮。

乔忽然来了精神，恢复成平日那个总是精力充沛的乔少爷。他把尤妮斯送回楼上，然后大步流星地来到了柯谨的卧室，把受伤的手背在身后，轻轻打开

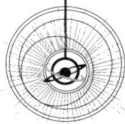

房门。

柯谨依然蜷在被子里，贴在靠墙的那一边，安静地睡着，对一切一无所知。

乔眨了眨眼睛，把原本泛红的热意压下去，弯起明蓝色的双眼，一如这么多年来数千个早晨一样，对着卧室里的人说："早安。"

一如过去数千个早晨一样，没有得到任何回应。

乔说："我得去一趟医院，这次没准儿真有结果，高兴吗？"他顿了顿，又道："不管怎么样，你一定会好起来的。一定会有那么一天，我保证。"

乔把飞梭车开成了飞梭机，借着私用白金道的便利，把自己发射到了春藤医院。

"现在结果怎么样？"他囫囵套上实验服，一边戴面罩，一边进门。

林原医生面露无奈，想说什么又没好意思张口。

还是燕绥之转头看了眼墙上的时钟，冲乔说："从挂断通信到现在不到三十分钟，哪怕啃个苹果都还没消化呢。"

林原跟着点点头，冲乔解释说："我们确定了根本病因，再找解决路径就容易很多，但实际耗费的时间不好说。长的话，一年半载也有可能，还是先有个心理准备吧。"

"短的话呢？"乔问。

"小半个月吧。"林原说。

"这么久？"乔问。

他的手指还在跟面罩做斗争，也许是因为注意力都放在仪器和对话上，他那面罩怎么戴都别扭得很，有几个卡槽死活卡不到位置。

"依照以往经验来说，差不多是这样。"林原知道他心里焦虑，又多解释了几句试验流程和复杂程度。

乔越听越头疼，但没表现出丝毫不耐烦。

他努力消化着那些专业名词，脸很绿，表情却万分认真。

林原本来也没睡好，他从仪器屏幕上收回目光，摘下观测镜，揉按着眼皮，说："这是不可避免的过程。我已经把院里可信的研究员都招回来值班了，得做攻坚战的准备。"

其实一年半载也好，十天半个月也好，对乔而言都不算漫长。

他看着林原硕大的黑眼圈和几乎静止不动的分析仪，说："如果你所说的攻坚战是指不眠不休的话，那就不用了。我等得起，比这更长的时间我都等过来了。如果柯谨能好好说话，他也一定这么想。比起这个，我更怕你们这群医生过劳死。"

林原哭笑不得地说："也不至于不眠不休，我是来当医生救人的，不是来陪葬的。况且，你们哪个睡得比我多了？你那俩黑眼圈能挂到肩胛骨，不也冲过来了吗？还有你们……"

眼看战火要烧过来了，顾晏张嘴打断道："不才，没你们明显。"

他呛完一句，又对乔解释说："你来之前我们正在说这件事，林医生赶时间也不仅仅是因为柯谨。"

乔一愣，过少的睡眠让他有点儿反应不过来。

林原点头道："对，其实不仅仅是因为柯律师。"他指了指顾晏，"'摇头翁'案的受害者，那些老人们也跟柯律师有一样的问题。他们其中一部分人现在状况很糟糕，不知道你看到最新的报道没有？"

乔说："啊，对。你之前在通信里提过，有一些老人们的情况很严重？"

林原点了点头，说："嗯，他们全身脏器衰竭。"

说到这里，他不知为什么轻顿了一下，像是回想起了什么事，过了片刻才说："这种滋味正常人很难想象，非常痛苦。"

当初，他的弟弟，真正的阮野，就是在这种衰竭中死去的。当年很大一部分基因手术的失败病患，都是这样死去的。

他们往往能熬上几天，在痛苦中艰难地等着，仿佛还能再等到几分康复的希望。但希望又总会一点一点地熄灭，他们能清晰地感受到生命在流逝，清晰地知晓自己即将离开这个世界，离开那些舍不得的人。

有的人挣扎，有的人号哭。

他那年纪不大的傻弟弟却冲他笑着说："哥，等我好了，给你补一个生日礼物。"

然而他再没有好，生日礼物也再没有来。

林原的手指在仪器上抹了两下，说："以前，对于这种突如其来的全身衰竭，我能力有限，有心无力。"

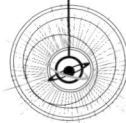

他垂着的眼睛轻眨两下，静了片刻又道："现在该有的条件都有，没有理由不拼一下。如果能够早一天、早一个小时，甚至早一分钟找到解决方案，那些人活下来的概率就会大一些。我不想让他们忍着痛苦白等一场。"

乔看了他一会儿，当即给尤妮斯拨了个通信。

几秒钟之后，一份文件传了过来。

"我知道，这种级别的研究仪器会对单个研究员或团队有权限限制。"乔说道。

这是为了保障不同研究项目的机密性——

研究员只在自己的项目范围内对仪器有使用权，但查阅不了仪器上其他项目的进展和数据试验资料。

林原愣了一下，说："对，四个主任研究员各占一部分。我、卷毛……哦，雅克·白、徐老教授还有斯蒂芬教授，各百分之二十五吧，根据项目不同略有出入。"

乔把文件拍在他手上，说："本来要明天才能给你，毕竟春藤这么大的医疗系统，文件都有流程。但是你刚才的话，让我觉得多耽误一秒都是罪过。"

林原定睛一看，是一份授权函，确认对他以及他的团队开放仪器百分之百的使用权限。

这本不是一件简单的事情，需要他有充分的理由提出申请，再由春藤医院的院长联合会决定批不批。

但现在，这些程序性的东西统统不需要了。因为文件的背后有两个龙飞凤舞的签名：

尤妮斯·埃韦思

德沃·埃韦思

乔调出虚拟电子笔，就着林原的手，把文件转向自己，然后在那两个名字下面，签上了第三个——乔·埃韦思。

林原愣了一下，把虚拟文件页面投进仪器权限扫描口。

静止许久的屏幕接连滚出三行字——

签名1：认证通过。

签名2：认证通过。

签名3：认证通过。

权限更改为百分之百。

乔收起虚拟笔，对林原说："喏——随意使用，百无禁忌。不过授权书不要让其他人看见。毕竟对外而言，我跟老狐——我父亲还是水火不容的状态，至少得保证曼森兄弟知道的还是这样。"

"埃韦思先生有什么打算了？"燕绥之问。

乔抓着支棱的金发，说："院长你怎么知道我爸有打算了？"

燕绥之笑笑，说："保持水火不容的状态，你们一家能分成两条线。尤妮斯女士和埃韦思先生一条，代表春藤；你是独立的另一条线。如果和好了，你们不论谁出面，代表的都是春藤这一根绳。一根绳叫作维稳，两条线方便办事。"

乔少爷心说，你怎么比我还像老狐狸亲生的？

但这话他也就敢在心里说说，敢吐槽给院长听吗？显然不敢。

"我爸是想办一点儿事。"乔说，"上次他不是把这些年查到的东西都给你们看了吗，让你们从律师的角度梳理过。你们当时说还缺了一些证据。"

顾晏道："嗯，问题基因跟曼森兄弟之间的联系，缺少直接证明。另外那些家族跟曼森兄弟之间，姑且称为合作——"

"合作个屁。"乔说，"勾结差不多。"

"缺少重量级的人证物证。"顾晏继续说完后半句。

"只少这两样？"林原诧异道。

"只？"乔直摇头，"听起来好像只有两样，其实不止。比如问题基因跟曼森兄弟的联系，虽然零散的信息很多，用脚趾头猜猜都知道是谁干的。但是有用吗？没有。法庭上可不让猜人有罪，人家都是疑罪从无。"

燕绥之抱着胳膊倚坐在空的试验台边，听他讲。

乔差点儿以为自己又回到了选修课上，下意识拱了顾晏手肘，问道："我没说错吧？"

顾晏："……"

"至于其他家族跟曼森兄弟的勾当，"乔又对林原继续简单解释道，"有哪些家族、哪些人参与了那些龌龊事，自愿合作还是被逼无奈，参与有多深，了解有多少，这些都很重要。斩草要除根，拔萝卜要带泥，免得日后又闹出新花样。但这些哪能简简单单地问出来？况且真上了法庭，什么物证、书证、间接证据、直接证据……证明力度不同，挺讲究的，对吧？"

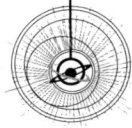

他说着说着，又要去拱顾晏确认一下，却一肘子捅了个空。

原本在他旁边的顾大律师，已经一声不吭、一脸麻木地转移到了某院长身边，同样靠着桌沿、抱着胳膊看他。

乔想指控他"不讲义气"，但话到口边，又咕咚一下咽了回去。

"所以埃韦思先生想怎么做？"

"我爸打算在中间挑拨一下，让曼森兄弟跟合作方起嫌隙，最容易挑的就是克里夫。他对这种大家族不爽很久了，虽然他面上笑嘻嘻的，但是心里指不定在琢磨什么呢！"乔说着，不知想到了什么，面露迟疑。

燕绥之上上下下打量了一番他的表情，笑了一下，说道："你好像有些别的主意？"

"你又知道啦？"乔愣住。

"我刚好不瞎。"

乔讪讪道："其实也不是有别的主意，我只是觉得这种方法有点儿慢，老狐狸耐心很足，布置陷阱能布置很多年，但是我没有。我一直在想有没有更直接的方式。"他刚说完，就见燕绥之偏头低声问了顾晏一句什么。

顾晏侧倾几分，垂着眼睛听他问完，点了下头，又低声答了一句。

乔问道："院长，你们这是在商量给我打个分还是怎么？"

燕绥之直起身体，说："那倒不至于，我只是怕记错一些事，问问清楚再开口。关于更直接的方式，我倒是有个建议。"

"什么建议？"

"我建议你去一趟天琴星的看守所。"燕绥之说。

乔一脸疑惑，问道："我做错了什么？"

他反应了一下，猛地想起天琴星的看守所里有谁。

乔问道："院长，你是说赵择木？"

燕绥之点头。

乔说："可是……"

"如果我没记错之前的一些细节，并且……"燕绥之朝顾晏抬了抬下巴，对乔说："你这位死党也没记错的话，那位赵先生也许能算一个突破口。"

乔是个行动派，也是一个冒险派。

只要风险没有大到不能接受的程度，他总是拍板就干。

不得不说，燕绥之的建议戳中了他的心思。关于赵择木加害曼森小少爷这件事，他自始至终都抱着疑问，早就想去问个明白了。

他即刻联系好私人飞梭机，马不停蹄地出发去了德卡马的港口。

星空蓝色的车身消失在路轨尽头，林原在落地窗边看了好几眼。他并非刚认识这位少爷，但依然被震得目瞪口呆，问道："这就走啦？"

顾晏对此倒是司空见惯，道："有什么问题？"

"不是，他都不用准备点儿什么的吗？"林原说。

"比如？"

"呃。"

林医生比了半天，还真没想到什么必须要准备的东西，放弃似的说："比如带个采访话筒什么的。"

燕绥之笑起来。

他差点儿脱口而出"小傻瓜"这种昵称，但看在顾晏的分上临时扭转了一下，开玩笑地说："小少爷这性格挺不错的，有时候顾虑太多、准备太多，反倒办不成事。毕竟这世上有条神秘法规，叫作总有些小麻烦让你关键时刻出不了门。"

顾晏闻言，意味不明地转头看他。

燕大教授一时未能领会他的深意，问道："看我干什么？"

"没什么。"顾晏说，"只是突然有点儿担心乔。"

燕绥之道："嗯？"

林医生闻言也很不解，问道："怎么了？"

顾晏淡淡对他解释了一句："我这位燕老师有个绝技，学名一语成谶，俗称乌鸦嘴，至今没有败绩。"

唯物主义的林医生突然一脸担忧。

燕绥之："……"

顾大律师也是一个行动派，居然一本正经地调出智能机屏幕，给乔发了一条信息："安全离港说一声。"

飞驰在路上的乔大少爷对于命运之神的诅咒一无所知。

顾晏发出一条，又编辑起第二条，刚输入"燕"这个字，就被某教授抓了

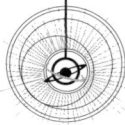

个现行。

燕绥之伸手一滑，越俎代庖地关了他的信息界面，没好气地威胁说："诽谤犯法，诽谤师长罪加一等，轻则断腿，重则枪毙。"

顾晏随他乱拨智能机屏幕，平静反驳："哪个封建昏君定的法律？"

"我。"

林医生眼看他们再聊下去就双双进刑场了，忍不住抱紧和自己相依为命的宝贝仪器。

好在没过多久，他的研究小组成员陆续到了。

"行了，现在我也是有学生的人了。"林原对燕绥之眨了眨眼，开了个玩笑说，"数量上略占优势。"

能进春藤研究中心头部队伍的年轻人，个个都极为优秀，又不见半点儿傲慢。他们都是一进研究中心就跟着林原的人，既是助理也是学生，多年下来知根知底，算是林原最能放心、信任的一群人。

林原简单给他们解释了一下目前基因片段分析的进展。

当然，略过了燕绥之的身份、曼森兄弟搞事之类种种，以免把这些研究员也牵扯进来。

"明白了组长，分工吧。"研究员把无菌手套调整好，玩笑似的冲林原立正敬礼。

另一个姑娘笑嘻嘻地说："我们连洗漱用品都带上了，已经准备好要住在实验室了。"

"我出门犹豫了一下要不要带上室内帐篷和压缩床垫。"

"你来野炊啊？原地卧倒比什么都方便。"

"我只带了一瓶遮黑眼圈的遮瑕膏。"

"说得好像你还要见人一样。"

"你不是人？"

…………

他们叽叽喳喳，玩笑不停，实验室一下子变得轻松热闹，好像加班加点、不眠不休这种事情，于他们而言并不痛苦。

林原干脆利落地给他们安排好事情，这些年轻人也非常配合，弄清了分工便各就各位，一句多的话都没问。或者说不仅仅是配合，而是不在意。

他们对那些阴谋诡计、背景故事根本不在意。仿佛只要知道自己手里在做的事情能够救人一命，就有足够的动力和理由废寝忘食。

这或许也是一种医者的特质。

燕绥之和顾晏没多打扰，就告辞离开了。

林原送他们到走廊，问道："又去当事人那里？病房开放会见的时间已经到了吧？"

顾晏说："乔出门的时候，我联系过病房。刚才接到反馈，那位当事人今早突发病理反应，恐怕接不了任何会见，我去确认一下。"

林原点了点头，说："我听说，原本今天要把他转去感染治疗中心的，但他本人极其不愿意，所以还留在这儿。这边的治疗效果确实没有治疗中心那边明显，有点儿反复的反应也正常。"

如果不是他们清楚地知道感染治疗中心的背景，说不定真会极力建议贺拉斯·季转去那边。

不过贺拉斯·季明确表达过，如果感染治疗中心第一批治疗者能够顺利出院，并且没有出现任何并发症状，他可以试着勉强接受那种针对感染的新药。但他同时也表达过，他虽然检测结果呈现阳性，但并没有任何明显的感染症状，不到濒死状态他不会冒那个险。

警署那边拿他没办法，毕竟法院没宣判之前，他只有嫌疑，没定罪，不能完全无视他的意愿和要求。

4

住院区很冷清，整栋楼的会见时间刚开放，但因为太早的缘故，来人不多。

相较于其他楼层空荡荡的走廊，贺拉斯·季所在的那层尤为突兀。

燕绥之和顾晏出电梯的时候，几个穿着白大褂的身影刚从病房出来，有医生、有护士。

小护士们都走远去巡视别的病房了，医生刚好跟两人撞了个照面。

"早。"医生打了个招呼。

他刚值完夜班，一脸疲惫。但还是调出检查单给顾晏和燕绥之看了一眼。

上面显示贺拉斯·季清早五点就开始发烧、呕吐，手臂和背部起了一片疹子，但很快又消下去了。

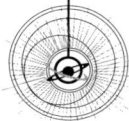

"反反复复好几次，折腾了差不多一个半小时吧。"医生看了一眼墙上的时钟。

"什么原因导致的？"顾晏问。

"初步判定还是感染的并发症吧。"医生说，"刚才给他查了一遍，除了感染，没有发现其他有可能引起并发症的原因，但是……"

"但是什么？"见医生语带犹豫，顾晏又问。

"他这并发症跟一般感染患者还不太一样。"医生揉了揉满是红血丝的眼睛，说，"我把检查结果做了标记，过会儿来接班的医生还会再给他做几次检查，以免有遗漏。"

"那贺拉斯·季现在怎么样？"

"他刚吃了药，呕吐止住了，正在退烧。他比预期好得快，但我还是不建议这时候会见。"医生回答说，"他的情绪非常不稳定。"

守门的警员有两个正背靠着墙打瞌睡，另外两个眼睛瞪得溜圆。

病房门依然大敞着，除了律师会见，其他时候从来不关。这其实是贺拉斯·季自己的要求，好像一旦关上门，就会有人不怀好意对他做些什么似的。

贺拉斯·季并没有躺在床上，而是裹着病房的薄被，窝在窗边的简易沙发上。并发症耗尽了他的心神，他看上去心情非常糟糕，气色很差。

如果仔细看就会发现，他还在轻微地颤抖。

"我发现你们真会挑时间。"他说着，抓起水杯，把几颗药塞进嘴里，吞了下去。

"医生说你刚吃过药。"顾晏顺手拿起那个药瓶看了一眼，"止吐剂？"

贺拉斯·季又把薄被裹上，打了个哈欠，说："是吃过了，但没规定不能多吃点儿吧？"

燕绥之问道："你当吃饭？"

贺拉斯·季没理他，从顾晏手里抓回药瓶，不耐烦地说："你以为我喜欢吃？我又想吐了，翻江倒海的滋味好受？"

他这话应该不假，因为他额头上已经渗出了一片冷汗。他皱眉把薄被裹紧了许多。

过了一会儿，他又难以忍受地抓起水杯灌了几口。一杯水被他一口喝空，但那股翻江倒海的恶心感依然没能压下去。

燕绥之皱眉看着他越发严重的反应，直接替他按了呼叫铃。

没过片刻，医护人员又匆匆涌了进来。

值班医生一边进来一边系上白大褂的扣子，说："再晚两分钟我就回家了。怎么了这是？"

短短几分钟，贺拉斯·季已经顾不上张口说话了。

"又想吐了。"燕绥之冲医生说，"我们进来的时候，他就在发抖。"

医生指挥几个小护士给他贴检测贴片和细针，又连上营养剂。

燕绥之和顾晏退回到门外，看着里面忙忙碌碌。

好一会儿，医生拿着单子出来说："奇了怪了，刚才数据都稳定了，怎么又烧起来了……再这样下去，最好还是转去感染治疗中心吧。"

医生无意的一句话，却让燕绥之脑中闪过一种想法。

他们走到走廊无人的角落，借着绿植的遮挡，燕绥之对顾晏道："贺拉斯·季刚说过他没有感染并发症，不到迫不得已坚决不转院尝试新药，这就出现了并发症，是不是太巧了点儿？"

"结论显而易见，有人动了手脚。"顾晏说，"但会是谁？"

就在他们说话的时候，不远处的护士站传来一阵嘈杂声。几个巡房结束的护士姑娘回到护士站，摘下口罩透气，顺便聊天。

其中一个姑娘背对着他们这边，冲同事摆了摆手，脱下外套后一副要下班回家的模样。她进电梯时，终于转过身。燕绥之和顾晏得以越过绿植，看到她的模样，两人随即一愣。

电梯里的年轻护士他们不算熟悉，但也并非完全不认识。

他们第一次来病房会见贺拉斯·季的时候，这个护士姑娘就在病房里。当时，她拿着针尖被极不配合的贺拉斯·季遛得到处跑，泫然欲泣，还是燕绥之替她把针扎在了贺拉斯·季身上。

但让他们愣住的不是这一点。

当初在酒城，他们跟劳拉一起去感染治疗中心探查的时候，曾经在研究中心见过一个妆容精致又干练的小姐。

劳拉说那个小姐碰巧是在运输飞梭机上负责看管那些不知名药剂的人。当时燕绥之和顾晏只觉得那个小姐有些面熟，怎么也记不起在哪儿见过。

现在他们终于清楚了，那个小姐跟电梯里的这个护士是同一个人。

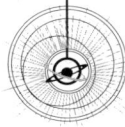

电梯门在那一瞬间合上。

他们反应过来，急忙赶过去的时候，显示楼层的数字已经开始一层层往下跳了。

"赶不上啦，你们应该喊一下，让艾米给你们按住。"护士站的其他小护士以为两人想赶电梯没赶上，热心地出言安慰："等一下吧，这楼的电梯走得挺快的。"

顾晏冲她们点头示意的同时，手里已经飞快地拨了一个通信出去。

燕绥之立刻按住他，低声问道："拨给谁？找人拦？"

"当然不是。"顾晏道。

愕然褪去，两人都在瞬间冷静下来。

上次在研究中心，他们全副武装还戴着面罩，那个负责的小姐根本没有看到他们的模样，自然也不会知道这两位律师去过那里。也就是说，这个小姐现在是不设防的，依然认为自己藏得很好。

"她既然干的是这份差事，那贺拉斯·季只要还待在春藤医院，她的目的就还没有完成，她就还会按照护士这个人设，正常来医院工作。"燕绥之轻声说道。

这其实是最容易捕捉的状态，犯不着打草惊蛇。

顾晏说："我知道，我跟乔要点儿东西。"

另一部电梯很快在两人面前停下，两人走了进去。

这个时间点，电梯里空空荡荡，顾晏的通信也很快被接起。

"喂，顾？"乔少爷说，"我还在路上，没上飞梭机呢！"

"能弄到春藤医院的在职人员数据库吗？"顾晏说。

乔有点儿纳闷道："每个大厅楼下的查询机不就有吗？"

顾晏说："那边查看会留下浏览痕迹。而且那里只有医生的坐诊时间，没有护士的排班表。"

"小护士的排班表都是一周一出的，看护士长什么时候排好吧，不定时刷新，所以不在那个查询范围里。"乔说。

电梯很快到了一楼，金属门打开的时候，燕绥之抬眼看向玻璃门外，很快就看到了他们要找的那个身影，挑眉道："别的不说，这个小姐的胆子是真的大，现在上了员工班车。"

顾晏的飞梭车已经在自动驾驶的控制下滑了过来，在门口无声无息地停下。

乔那边安静了几秒，冲顾晏道："行了，我让人给你开了个权限口，链接已经发你了，你可以直接查看。不过你还没说这是怎么了？"

顾晏淡声说："抓到一只鬼。"

乔顿时来了精神。

员工班车掐着七点整的时间准时启动，沿着弯道往医院门外转过去。

燕绥之趁顾晏讲通信的工夫，绕到飞梭车的驾驶座旁，开门坐了进去。

顾晏挑眉看了他一眼，坐进了副驾驶座。

"前车追踪除了警署没人能开。"燕绥之一边设定安全装置，一边盯着那辆班车，好整以暇地说："跟车得手动，以我们顾律师这么光明磊落的性格，恐怕在这方面没什么经验。"

顾晏问道："你很有经验？"

燕绥之想了想，说："间接经验还算丰富。"

"间接经验是指？"

"我比较擅长甩脱跟车。"燕教授从容地说。

顾晏说："这间隔是不是有点儿远？"

虽然嘴上这么说，但他还是没有跟燕绥之交换位置，任由他把控方向盘。

乔在那边有点儿担忧，问道："你们要跟车？跟什么车？"

"你们医院的班车。"顾晏说。

"那还是给我共享一下实时位置吧，我看着点儿。"乔不放心，"万一碰到点儿什么，我还能远程找人帮忙。"

顾晏给他共享了实时位置，智能机的即时地图上立刻多了一个缓缓移动的小红点。

乔顺嘴提前拍了一句马屁："以前在梅兹听说过院长的车技很厉害，那跟车应该也很厉……"

"害"字还没出来，飞梭车陡然加速。

地图上代表他们的小点一出院门就像要起飞了似的，贴着路轨急转过一个弯道，直奔向北。

乔："……"

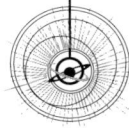

乔咕咚一下把最后那个字咽了回去，小心翼翼地问顾晏："呃，院长是不是追反了？春藤的班车是走往南的车道吧，我记错了？"

顾晏看着后视镜里倏然远去的班车"屁股"，默然两秒，道："你没记错，我们确实离它越来越远。"

顾律师想了想，转头问燕绥之："你这是习惯性甩车？"

去你的习惯性甩车。

燕绥之看着前路，抽空嗤笑了一声，问："你不晕车吧？"

顾晏说："不晕。"说完，他看了眼不断攀升的车速，又淡定地补了一句，"截至目前没晕过，希望不会在今天破例。"

高速悬空轨上，一辆哑光黑色的飞梭车呼啸而过。

它借着悬空轨道的便利，横跨两条高架路，兜了一个大弯道后，干脆利索地奔上了另一条悬空岔道。

燕绥之一脸平静地扶着方向盘，偶尔在间隙瞥一眼驾驶屏幕上的地图。

几分钟后，他再度加快了车速。飞梭车沿着悬空轨道一路向上，开过顶端之后又顺着一个长长的坡度俯冲直下。这段悬空轨道到了尽头，终点跟一条地面高架路相接。

燕绥之放缓车速，完美汇入高架路的车流里，缓冲了百来米后。他冲后视镜抬了抬下巴，道："看，这不是跟上了吗？"

后视镜里，原本领先一步的春藤班车正毫无所觉地沿路疾驰。

乔少爷后知后觉地叫了一声，说："哎？你们跟班车走到一条路了？"

顾晏说："对。"

"能看见它了？"乔少爷问。

顾晏斟酌了一下，说："略领先它一些。"

乔："……"

"领先。"乔少爷消化了一下这个词，"你们不是在跟踪？"

顾晏说："跟在前面就不算跟踪了？"

乔："……"

他想了想又关心道："对方有意识到吗？"

顾晏说："你说呢？"

乔"噢"了一声。

怎么可能意识到呢？谁能想到，从某个岔路口汇过来还从容不迫开在前面的车，其实是在跟踪你呢？

乔少爷一脸服气，说："好吧。所以说，你们抓到了谁？"

顾晏顺手把通信连接到飞梭车，自己则改换界面进了乔提供的数据库，说："还记得劳拉那次蹭运输机去酒城找我们吗？"

"当然记得，曼森兄弟偷偷运药剂的那次嘛，怎么了？"

"劳拉所在的那架运输机，负责看管药剂和联络上线的是个年轻小姐。"顾晏说，"那之后，我们又在感染治疗中心的研究大楼里见过她，被劳拉一眼认了出来。"

"对，我听你们提过。"乔说，"所以你们又看到她了？"

"她在春藤医院伪装成一个护士。"顾晏说。

乔爆了一句粗口，说："怎么哪哪都有他们的人？"但他很快又兴奋起来："能看管药剂、联络上线、在研究中心又有出入权限的人。那她一定不是什么一无所知的低层棋子。"

"也不会是高层。"顾晏说，"否则不会亲自去做一些事情。但没关系，不管她属于哪个层级，至少能从她的身上获取药剂、联系人、研究中心方面的证据。"

"对！把她控制住就能串起很多断裂的证据。"乔越想越高兴，"她藏在哪个科室？"

顾晏手指飞快，从数据库里搜到了信息，说："就在特殊病房那层，负责贺拉斯·季的日常输液和看护，叫艾米·博罗。当然，十有八九是一个假名。"

他顺手把艾米·博罗的资料页发给乔。

资料页上显示，这个名叫艾米·博罗的女人前年进了春藤医院，最初被安排在酒城那家春藤医院，去年年初被调到了德卡马的春藤医院总部。

春藤的护士实行轮班制，每两个月会换一次科室。

艾米·博罗在上个月轮换到了基因大厦。前阵子感染突然暴发，人手不够，她又跳了几次岗，最终被安排在特殊病房。她到特殊病房没几天，贺拉斯·季就进了医院。

"从这条时间线看，她这是早有准备啊。"乔继续说，"你那位当事人贺拉斯·季……他是不是撞见过曼森兄弟干的勾当，或者知道一些内幕？否则怎

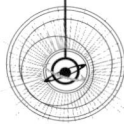

么会被盯上。"

顾晏想到贺拉斯·季说过的话，道："不仅仅是撞见勾当，知道一些内幕那么简单，我更倾向于他曾经是某些事的参与人。"

"什么？"乔有点儿诧异，"为什么这么说？"

"上次会见，他最后松口坦白了一些事。"顾晏说，"他选择性地说了几句真话。他说他知道这个案子跟医疗实验有关，也料想这些老人们迟早要经历这么一天，他之所以会出现在现场，就是去验证猜测的。"

当时的贺拉斯·季站在窗台旁，手指轻敲着玻璃，回忆说："每一个现场我都走了一遍，那些笼子里的老家伙们看上去非常狼狈，沉浸在自己的世界里，摇着头咕咕哝哝，有的看见我过去就扑在笼子上……"

他"啧"了一声，像在回味，说："不太像人，像狗？也不太对。"

他说话的时候，刚好有几只最普通的灰雀落在窗台上，其中一只不知道是傻还是怎么，没刹住车，在玻璃上撞了一下。它扑棱着翅膀，拍打在玻璃窗上。

"唔。"贺拉斯·季隔着玻璃，居高临下地在那只鸟脸前弹了几下，惊得那只灰雀扑得更凶，"看，就像这种傻鸟，灰暗狼狈，毫不起眼，明明扑不到我，还要这么撞上两下。凶是很凶，但太不自量力。"

贺拉斯·季看着那些灰雀的目光嫌弃又冷漠，说："这种存在有什么意义呢？死活都毫无意义吧。"他说完这种令人不舒服的话，又沉默片刻，出神似的叹了口气，"有点儿可怜。"

贺拉斯·季在说到"可怜"的时候，目光居然真的流露了一些悲伤。那些悲伤并没有假惺惺的意味，非常真实，但又有种说不出的别扭。

直到那天离开病房，顾晏才明白究竟哪里别扭——

他的可怜和悲伤，并不是为那些受害的老人们流露的，更像是透过那些老人们在说他自己。

5

顾晏对乔说："我更倾向于他曾经是曼森兄弟那边的人，也许某一天、某一些事让他意识到，自己迟早有一天也要被曼森兄弟处理掉，落不到什么好处。'摇头翁'案的那些受害者更让他坚定了这种想法，所以……"

"所以他想下贼船了？"乔接话道，"要这样确实能说得通了。你看医院里那些普通的感染病患，哪个不是立刻转院去治疗中心的？他反倒对那边特别排斥，好像知道自己去了就一定会出事一样。"

在春藤这边，众目睽睽之下，即便有艾米·博罗这样的人安插其中，也不方便搞出太大的动静。她可以给贺拉斯·季制造一些麻烦，促使他转去曼森兄弟的眼皮底下，但她不能直接弄死他。她的每一步都要不动声色，否则太容易被揪出来。

而贺拉斯·季正是明白这一点，所以打死不挪窝。

乔少爷琢磨完所有，没好气地说道："这些人好烦人！整天兜兜绕绕，算计这个算计那个，活得累不累？我光是跟着查一查都要累秃了。祝他们早日被处决。"

燕绥之一直盯着后视镜里班车的路线，闻言笑了一下，语气轻松道："快了。你看，眼下不就有一个证据小姐蹦进网了吗？顾晏，看一下证据小姐的登记住址。"

"松榛大道 12 号，橡木公寓 C 楼 3011 室。"顾晏报出地址，同时在共享地图上做了标记。

没多久，春藤班车第三次靠站。

燕绥之特地挑了个红灯，顺理成章地在前面停下来。

这一次，他们从后视镜里看到了艾米·博罗。

有四五个人一起下了车，艾米·博罗就是其中之一。她跟其他同事笑着挥了挥手，简单聊了几句，便转身朝不远处一片公寓区走去。

公寓区楼顶竖着偌大的字幕标牌——橡木公寓。

艾米·博罗下车的地方，跟她在春藤系统里登记的住址一模一样。

如果不知道她的背景，单看这幅场景，只会认为她真是一个普通姑娘，而这不过是她最普通的一天。

红灯结束，燕绥之顺着道路兜了一圈，在公寓区另一侧挑了个停车坪停下。

停车坪旁是一座商场，二层有一片偌大的平台，许多餐厅在那里拥有露天卡座。

"怎么？追到地方了？"乔听见他们这边的动静，问道，"你们要跟过去看看吗？"

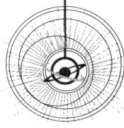

"不。"燕绥之道,"我们去吃个早餐。"

乔:"?"

这些公寓楼内一定到处都有监控,甚至包括绿化带和围栏上都装了摄像头,直接跟过去实在很显眼,还会留下不必要的痕迹。

燕绥之跟顾晏暂时切断了通信,上了商场二楼,挑了个视野不错的露天卡座坐下,要了两份早餐。

从他们的角度,可以看到 C 栋的楼前楼后。

八点十五分,一个身影抓着手包从后楼出来了。

因为见识过艾米·博罗在研究中心的妆容打扮,两人几乎立刻认了出来。

她换了裙子,戴上了假发。一辆白色飞梭车滑到楼下,她刚出楼就钻了进去。车子转了个弯,朝西南门开过去。

燕绥之调出地图看了一眼。

"现在下去?"顾晏搁下咖啡杯。

"不急。"燕绥之说,"还能再等五分钟。"

顾晏挑眉道:"怎么得出的结论?"

燕绥之指了指地图,说:"算了一下路线,她从西南门出去,行驶的那条路一直到蓝鲸街那边才有岔道口。"他又指了几条方向完全不同的路线,说:"我从这几条路兜过去,拐上蓝鲸街的岔道口,只会遥遥领先她。"

地图在手,不认路的燕教授能玩转整个星球。他握着方向盘,再度把飞梭车开成了飞梭机,一路风驰电掣飙到了蓝鲸街,又在距离岔道口百来米的地方平稳降下速度,拐到慢车道。

这人算起这些东西,总是精准得令人咂舌。

没过片刻,一辆白色飞梭车从前面的二号路段疾驰而过,燕绥之不疾不徐地拐了个弯。他这次依然没有跟踪别人的自觉,甚至没跟艾米·博罗进入同一条路,而是驶上了三号车道。

三号车道跟二号大体方向一致,只不过是一条老路,比二号车道的路况差了不少。

他们疾驰在三号道上,这次没有领先,而是落后了一些。透过车窗,可以看见二号车道在地势低一些的地方盘绕而过,那辆白色的飞梭车始终在他们的视野范围内。

将近半个小时后，道路两边的树木越来越多，高楼的踪影却越来越少。

燕绥之看了一眼地图，他们行驶到了法旺区的某处边郊。

艾米·博罗在一处高速休息站停下，从车上下来，蹬着高跟鞋进了休息站内偌大的商店。

燕绥之找了个紧急故障区，借着树木的遮挡也停了车。顾晏十分配合地从后车厢拎出警示牌，立在车后，打开了提示灯。

他们原本打算在这里观察片刻，挑个合适的时机和借口，去休息站看看。可刚要动身，顾晏就拽了燕绥之一把。

"等一下。"顾晏皱眉，指着休息站的方向。

一个高瘦的身影从商店里走了出来。

那是一个年轻男人，穿着日常休闲装。隔这么远的距离，燕绥之和顾晏其实不能完全看清他的五官，但他那头卷发和有些眼熟的走路姿势，实在很容易让人想到一个人。

那个跟林原共事的卷毛医生，跟房东闹翻多年的养子——雅克·白。

八点多的休息站是最为忙碌的时候。

有行车路过来歇脚吃早餐的人，有在这里休息了一晚，收拾收拾准备上路的人。

商店里人语喧闹，几乎找不到安静的角落。

艾米·博罗站在某个储物柜后面，透过玻璃窗目送雅克·白离开。

"他怎么总是这副兴致恹恹的模样，好像有多不情愿似的。"一个声音在她身后响起，嘲讽着走远的雅克·白。

艾米·博罗看了一眼身后运输司机打扮的中年男人，然后又重新把目光投到雅克·白的背影上，答道："你第一天认识他？"

"当然不是，但认识得也不算久。"那个中年男人咬了一口手里的面包，含含糊糊地说："我知道他就这性格，但是你们就没人担心吗？"

"担心什么？"艾米·博罗笑了一声。因为只动了嘴唇，笑意没到眼睛里，所以听上去有种冷淡的嘲讽意味，"担心他哪天把所有人都卖了？"

"你别笑啊！这很难理解吗？"中年男人掰着指头，低声算着账，"他身上的问题太多了，你看他的养父，就是那位什么默文·白？据说当年在研究所

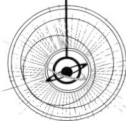

待过，接触的还都是核心研究吧？见过不少文件，结果拍拍屁股说走就走了。现在还站到对立方去了——"

艾米·博罗打断道："谁告诉你站到对立方去了？"

"不是吗？"

"之前也许是的，现在可说不准。"艾米·博罗道，"你知道这样的人，都会收到些什么吗？"

中年男人咽下面包，干巴巴地说："我不太想知道。"

艾米·博罗说："他没准儿正煎熬、后悔呢。"

"好吧。"中年男人又弯起一根手指，"暂且不论他这个养父，他跟春藤的那位少爷关系也不错。那位少爷什么性格，我想多数人都有耳闻，他还牵连着梅兹法学院那帮人呢。"

"春藤？"艾米·博罗道，"埃韦思一家都精得很，也就这么一个变异种。德沃·埃韦思是个典型的商人，他会为了一些毫无利益可言的东西，跟一群潜在的合作者翻脸？"

中年男人想了想，觉得好像很有道理，但还是想挣扎一下，说："万一，那个变异种小少爷劝服了德沃·埃韦思呢？"

"你在讲笑话？"艾米·博罗顺手在智能机上滑了两下，翻出一个网页，"清早刚出炉的，有人在法旺区的别墅酒店拍到了这些。"

中年男人翻了两页，照片里拍的正是春藤的那位少爷乔。

"他这是干什么？砸车？"中年男人看了眼网页上的时间，"今天凌晨？"

网页记者非常具有八卦精神，根据那些偷拍的照片串联了一个完整的故事——感染治疗中心崛起，春藤医院受挫，集团损失惨重。德沃·埃韦思身心俱疲，借口休养去别墅酒店避风头。向来跟他不和的儿子乔·埃韦思难得心软，主动去往别墅酒店探望父亲。

然而多年矛盾绝不是一晚上就能消弭，这对见面就掐的父子显然又闹了不愉快，以至于乔·埃韦思忍无可忍，天都没亮就冲出酒店，气到砸车。

一举离开之后，至今未归。

中年男人："……"

这么看来，这对父子关系恐怕这辈子都好不了了。

他三两口咬掉剩下的面包，咀嚼了一会儿，又慢吞吞地说："反正我觉得雅克·白是个隐患，是个不定时炸弹，搞不明白为什么上面一直这么放心他。我每次跟他交接东西都心惊胆战，总觉得下一秒，就会有数不清的条子拿灭失炮对着我，让我举起手来。"

"不可能的，除非他自己也想举起手来。"

雅克·白没有开车过来，而是上了一辆回法旺区的悬浮巴士。

他的身影终于消失在视野里，艾米·博罗收回视线，说："你完全没有必要担心这些有的没的。上面信任他再简单不过，他是个天才，比起他的养父，他在基因研究方面有更卓越的天赋，没人能取代他。更何况，他还是个被动性的'瘾君子'。"

中年男人这下真的惊讶了，他瞪大眼睛，难以置信道："你说他是什么？"

"他有基因性的成瘾症状，你不知道？"艾米·博罗垂下眼帘，"哦，也对，知道的人不多。"

男人问道："他怎么会有那种症状？那些东西不会用在自己人身上，这不是默认的规矩吗？"

艾米·博罗说："一般而言是这样，但他是因为意外。具体的我也不太清楚，毕竟我最初也接触不到什么上面的人，据说是一次实验事故，总之他体内的基因也出现了问题，而且比起很多人，他更倒霉一些。他当初接触到的不是成熟试验品，而是比较原始的试验品，可能是最早的那批吧，总之性质很不稳定。"

"最早的那批？"男人疑惑说，"我听说最早的那批惰性很强啊，一潜伏都是二三十年的。"

"所以说他倒霉，他几乎没有潜伏期，而且他最后的成瘾性针对的是一些特殊药物。"

"什么意思？"

"意思就是，当他发作的时候，能让他舒缓下来的只有一种相当难搞的药，而药石矿握在老板手里。你想象一下，他如果站到对立阵营，断了药物来源，会煎熬成什么样？你进过实验室吗？你见过那些用于测试的动物犯瘾的时候是什么样吗？比普通毒瘾难熬百倍。"艾米·博罗说着说着，声音低下来。

"停！你别用这种声音说话，瘆得慌。"中年男人虽然没有经历过，但光想想那种滋味，就忍不住打了个寒战，"我没见过，也希望这辈子都不要见。"

"装什么？"艾米·博罗冷笑一声，她眯着眼睛微微出神了片刻，又道，"咱

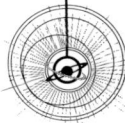

们干的不就是这些勾当吗？你有脸发抖？"

"瞧你这话说的。"

中年男人摸了摸肚皮，琢磨了片刻，摇头道："行吧。我总算明白大家为什么都这么放心他了，我要早知道也不怀疑他，毕竟那玩意儿谁能扛得住呢？生不如死啊！反正我志向不大，不想混成什么上线，分钱就行，我缺钱。"

艾米·博罗当面给了他一笔钱，这些东西不太方便走明账，总得这样小心翼翼，以免留下凭证。接着，她又从中年男人那边接过一个小包，纳进自己的手袋里。

"这么些冻剂够不够？你还要在春藤医院耗多久？"中年男人说，"这次这么麻烦吗？有半个多月了吧？早点儿把那人弄到治疗中心，你也能早点儿从春藤离开，免得夜长梦多。"

艾米·博罗下意识想到刚才雅克·白的身影，她沉默片刻后，抓紧手包说道："快了。"

她没有匆忙离开，而是找了个干净的卡座，要了一份甜点。中年男人不太讲究这些，随便买了一瓶水，站着就咕咚咕咚地灌起来。

活儿办完了，没必要继续耗在这里。

男人打算离开，临走前又朝不远处山上的三号车道看了一眼，对艾米·博罗说："你走的时候注意点儿，我以前就差点儿被跟过，那条路有几处特别容易藏车。"说完，他把空瓶扔进垃圾箱，抹了一下嘴巴便出了商店，上了一辆毫不起眼的货车离开了。

艾米·博罗吃了两口甜点。

目光落在男人提醒过的车道上，她舔掉唇角的奶油，拨出了一个通信。

通信很快被接通："说。"

艾米·博罗道："我在凯尔七号休息站，法旺区东郊。你有人在附近吗？帮我清个路。"

"有。"对方回答，"怎么，被人跟了？"

"目前没发现，但老戈尔提醒我了，我觉得还是谨慎点儿为妙。"艾米·博罗说。

"哦，我知道了。"对方显然跟刚才那位中年男人也熟，"那边有个三号车道，如果有聪明人跟你，那确实是个绝佳位置。行吧，我找一些人，很快就到，帮你看看有没有'路障'。"

艾米·博罗道："谢了。"

"都是办事领钱的，有什么好谢。"

两分钟后，东郊附近一个大型汽车修理厂里发出几声鸣笛声。

领头的那个在驾驶座坐稳，戴上耳扣，言简意赅地说："黑一、黑二、黑三，跑一趟二号车道。白一到白五，分两拨，对向跑一下三号车道，看看有没有需要清理的人。"

车内通信纷纷响起应答："知道了。"

"家伙带上了吗？"领头人往腰间摸了一下，跟警署配置一模一样的枪型灭失炮别在那里。

通信里又响起了问话："吓唬吓唬？还是可以动真格？"

"荒郊野外，灭失炮连骨头渣子都不会留下，你说呢？"

"那好办。"

"出发！"

领头一声令下，连他在内一共九辆车从修理厂疾驰而出，呼啸奔向三个方向。其中三辆直奔二号车道，领头连带两辆车绕了个圈子，从三号车道南端压回来，还有三辆从三号车道的北端碾过去。

三号车道的故障停车带上，顾晏又接到了乔少爷的通信。

"我就说一声，我已经上飞梭机了，安全离港。"乔说，"等我到天琴，有什么情况再跟你们说。希望赵择木别让我失望。对了，之前你不是说贺拉斯·季被小护士动了手脚吗？我找人去查他二十四个小时内接触过的东西了，包括吃的喝的，还有注射用的针剂或者口服药。"

顾晏想了想，补充道："营养机也查一下。"

乔说："啊对，还有营养机。行吧，我过会儿再去补充几条。总之放心，不会打草惊蛇吓到小护士，这两天应该能查到源头，我倒要看看她究竟在哪儿动的手脚。"

"你找的谁？"顾晏问道，"林医生？他忙得过来？"

"当然不是，我有那么没人性吗？"乔说，"我找的另一个朋友，哦，他跟你们接触可能不太多。他跟林原是一个办公室，也负责几个研究项目，叫雅

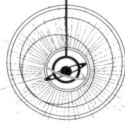

克·白。"

顾晏："……"

通信那头的乔敏锐地感受到了气氛不对，问道："怎么了？"

"你的信息已经发出去了？"

"对啊。"

"你有说为什么要查吗？"

"我还不至于傻到那个程度吧？没说具体的，只说贺拉斯·季有被害妄想症，要死要活地怀疑有人给他下毒。你作为代理律师不能完全不管，就托我帮一个忙。"

顾晏捏了捏鼻梁，说："理由勉强成立吧。"

乔回过味来，倒抽一口凉气，问道："难不成雅克·白有问题？"

"目前我不能确定，但确实有很大可能。"顾晏说，"我们跟踪艾米·博罗到了一家高速休息站，雅克·白碰巧也在那里，实在很巧合。"

乔少爷感到一阵窒息。

顾晏连通信的时候，目光投向远处的休息站。

艾米·博罗进去之后，到现在都还没出来。

…………

三号车道的穿山隧道里，三辆白车的车内通信亮了一下。

"到哪儿了？"

"进隧道了。"其中一个回答说，"离休息站不到两千米。"

"行，有看到停在路边的车吗？"

"目前还没有，只有两辆从远郊过来的车从旁边过去。"

"好。"领头的声音又响起来，"我们离休息站也只有三千米了。"

燕绥之忽然朝车道栏杆走了两步，透过路外丛生的枝丫，往远处弯曲的山道看了一眼。那里有两段隧道，有三辆白色的车陆续从第一段隧道里飞驰出来。

燕绥之盯着那边看了三秒，猛地一拍顾晏的肩膀，说："上车。"

这种反应，顾晏一看就知道情况不妙。他一点儿废话没有，当即坐进副驾驶，手指飞快地按了启动，调好设置和地图，甚至把驾驶座的门都给燕绥之开好了。

然而燕绥之却没有立即上车。

顾晏一转头，就看见燕大教授拎着故障指示牌，把那玩意儿翻转了一下，当成一个简易铲子，匆匆在路边铲了一大块山泥。

这片区域这两天刚下过雨，泥又湿又软，一掀就是黏糊的一大片。

燕绥之干脆利索地在车轮上各糊了一片，把指示牌丢回后备厢，闪身钻进了驾驶座。

飞梭车一秒启动，疾驰起来的瞬间，这位大教授又"啪"地一下，拍了车轮清洗键，但开的是最小档。

四个车轮里顿时溅出一些水来。

这些水花在车轮飞转的过程中沾了山泥，车身顿时被甩上了一些泥星子。

顾晏："……"

燕绥之调好速度，把手动驾驶切换到自动驾驶。

"来配合着挡一下脸，晚点儿给你报销洗车费。"燕绥之眼角的余光朝远处瞥了一眼说，"别回头。"

十秒之后，三辆白车呼啸而过，拉出长而尖锐的风声。

领头的声音又在车内通信里响起："怎么样？有'路障'吗？"

"没有。"一个人说，"有一辆车可能刚自驾游回来，车轮滚满了泥。"

另一个不爽地咕哝了一句话，领头只听见了几个字："你说什么？"

"没，对这糟糕的路况抱怨抱怨而已。"

领头对于手下的抱怨毫无兴趣，只确认道："我再问一遍，你们看清了没有路障是吗？"

"是的，没有。"

下一秒，九辆车在二号和三号车道交错而过，兜了个弯，然后又重新开回修理厂。

艾米·博罗在商店里坐了一会儿，慢条斯理地享受完一份甜点，终于接到了通信，对方道："查过了，没什么人跟着，你放心走吧。"

6

飞梭车疾驰出东郊的时候，燕绥之靠回到驾驶座上。他解开了一颗衬衫扣子，又调低了车内的温度，一只手扶着方向盘懒散地笑了一下。

后视镜一片空荡，那几辆明显不对的车已经没了踪影。

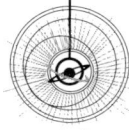

顾大律师头一回领教如此老练的甩车经验，无话可说。

虽然视野范围内没有什么可疑的车辆，但以防万一，燕绥之还是把驾驶模式切换成了手动。

他把衬衫袖口翻折上小臂，握着方向盘打了个大圈，直直拐进了一条高架。一开上车，他就又变得从容冷静起来，风驰电掣的速度和他平静的面容形成了极为强烈的对比。

接连换了好几条路，确认不会再有车跟上，燕教授这才不紧不慢地切回自动模式。虽然有惊无险，但顾大律师的宝贝飞梭车毕竟被搞得一塌糊涂，两人回到法旺区的第一件事就是去洗车行。

洗车老板跟顾晏是熟人，张口就咋呼道："我的天！这是你的车？打死我也不信啊！你还有把车糟践成这样的一天？喝多了挑的路？"

真正糟践的那位正在不远处的贩售机买水，顾律师默不作声把这口锅背了下来，对老板简单解释道："出差进了山道。"

"哦，我说呢！"老板冲洗车员吆喝了一声，紧接着，传送带把顾晏的车送进了洗车间，"最近多是阴雨天，好多泥巴垮落下来。我那天开了条山道，自动驾驶系统不知道是进水了还是怎么，活像一个呆子，也不知道绕开泥巴走，一路给我颠回来，我仿佛骑了两个小时的马，今天走路屁股还痛呢。"

顾晏："……"

燕绥之倚在贩售机旁，笑着看向这边。他发现自己很喜欢看顾晏这种性格的人跟不同的朋友相处，明明顾晏的表情变化并不明显，但燕绥之就是能从中看出各种心理活动，那比什么东西都有意思。

老板跟顾晏抱怨了山道、雨水和他疼痛的屁股之后，又被另一个员工叫过去，不知道在说些什么。

顾晏转头就看见燕绥之拿着两瓶水，弯着眼睛。

"看戏？"顾晏走过去，扶着贩售机的橱窗问。

"戏哪有我们顾老师好看。"燕绥之又冲远处的老板抬了抬下巴，说："这位老板挺活泼的。"

顾晏："……"

那位长着络腮胡、肌肉壮硕的洗车老板，如果知道自己被冠上"活泼"这种形容词，不知道会是什么表情。

"我发现你自己是个冷冻闷葫芦，交的朋友倒都很能说。刚才这老板一开口，我仿佛看到了乔小傻瓜二号。"燕绥之说。

顾晏默然无言。

又是冷冻闷葫芦，又是小傻瓜的，短短一句话，能人身攻击两个人，也算是种能耐了。

顾晏想了想，回答道："借你的话说，难道我要交个冷冻闷葫芦一样的朋友，面对面参禅？"

不知道燕大教授想象了一些什么画面，笑了好半天。

两人正聊着天等车，老板又绕了回来。

"洗车很快的，要不了多久，你们在这里随意些，那边还有零食。我回家一趟。"老板玩笑似的抱怨说："我爱人，前阵子出去玩碰上飞梭机事故，不是在轨道上堵了好多天嘛，这会儿回来有点儿倒不来时差，在家歇着，我去给她弄点儿吃的。"

燕绥之闻言一愣，问道："飞梭机事故？"

"对啊，之前不是还报道过吗？"老板说，"只不过最近版面都被病毒感染治疗中心之类的占了，况且事故也解决了，就没什么人提了。"

"我知道那个事故，飞梭机已经到港了吗？"燕绥之问。

"对，昨天早上刚到吧，还是前天来着？"老板敲了敲脑门，"被我爱人搅和的，我也有点儿搞不清时间了，总之到港没多久吧。"

老板打了个招呼，便风风火火地离开了，把洗车店暂且交给自己的店员们。

燕绥之跟顾晏对视了一眼。

就像老板说的，这两天办的事情太多，他们也有点儿弄不清时间了。他们谁也没顾得上看网页新闻报道，对飞梭机到港这件事情更是一无所知。

"你这两天还有给房东发信息吗？"顾晏问。

燕绥之说："不巧，前天发过，昨天到今天都没发。"

但同样的，房东那边也毫无音讯，这就很容易让人担忧了——会不会碰到什么危险？还是想法有了变化？

燕绥之斟酌片刻，调出默文·白的通信号码，拨了过去。

之前被堵在事故轨道上的时候，这个号码怎么拨都是信号错误。眼下只响了三声，就被接通了。

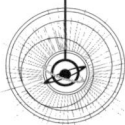

"喂？"默文·白的声音响起来。

有那么一瞬间，燕绥之居然觉得这声音有点儿久违。

"你已经回到德卡马了？"

房东说："对，昨天早上刚到。你是不知道，飞梭机一接驳，我的智能机数据库都快要炸了，几百条信息同时涌进来，我手指头麻了一上午。"

他语气非常自然，跟之前没什么区别，一时间听不出任何问题。

燕绥之朝顾晏看了一眼，说："安全落地就好，最近不太平，没收到你的信息有点儿不放心。"

"我没给你发信息吗？"房东也愣了一下，转而又道，"当时信息太多，难道我回着回着回忘了？"

燕绥之挑眉道："勉强信你一下吧。"他玩笑似的说完，又道："那你先休息几天吧，把时差倒过来。我听你现在说话有点儿大舌头，不会没睡吧？"

房东说："你在我家安装了监控器？这你都能知道？"

"真没睡？"

"嗯，收拾东西呢。"房东笑了一下，又问道："两位大律师现在抽得出空吗？"

"抽得出。"燕绥之说。

"那劳驾来帮把手吧。"

"好。"

燕绥之应下，刚要切断通信，房东又补充了一句："别急着挂，不是那个要租给你住的房子。我一会儿把地址发你，别跑错了。"

挂了通信，燕绥之的脸上就露出了几分疑虑。

"怎么了？"顾晏问。

"房东有些奇怪。"燕绥之说。

"比如？"

"说不上来。"燕绥之想了想，皱眉说道，"但我总觉得他应该碰到了什么事。"

片刻之后，燕绥之的智能机收到了一条信息。

来源显示并非默文·白的常用号码："枫丹区杨林大道115号，侧面小门进去，密码是一张图，我过会儿发你。"

紧随其后是一张炭笔写生。

顾晏的车很快洗好了，又恢复成平日里低调沉稳的哑光黑，一点儿泥星都看不见。他们横穿整个法旺区，花了将近两个小时的时间，在枫丹区一处海滨找到了所谓的杨林大道。

那片海滨并不是什么适合游玩、观赏的地方——乱石太多，妨碍视线，风景平平无奇。这里的房子有些显旧，不管是公寓还是商店，外墙都褪了色。

靠近海的那一面，还结了不少陈年的盐霜，散发着一股咸腥味。

总的来说，观感不那么美妙。

整条杨林大道都很拥挤，因为地势起伏的缘故，房子高高低低，看上去非常凌乱，很难算清哪一幢是多少号。更要命的是，在里面兜两圈就会晕头转向，因为每一条夹巷都十分相似。

燕绥之这次没有拨通信，而是给那个未知号码发了一条信息："你骗我来走迷宫？"

对方很快回复过来："我已经看到你了。你现在左转，从手边的巷子进去，走到倒数第二幢楼，再拐向右边，顺着巷子往上数四幢，然后抬头。"

燕绥之照着信息里的描述，拽着顾晏在迷宫里穿行。

"第四幢。"他一幢幢数，然后站住脚步，抬头看了一眼。

就见左手边的一幢小楼的二层，有个人影戴着口罩冲他挥了一下手。燕绥之一看他戴着口罩，下意识谨慎起来，以免给对方添麻烦。

燕绥之环视一圈，确定没有什么跟来的人，才在小楼一侧找到了传说中的小门。他翻出炭笔写生，在密码前扫了一下。厚重的小门发出"咔哒"一声轻响，随后缓缓打开一条缝。燕绥之关好门，转头就被小楼一层的景象给震住了。

这里到处都是废旧的或是运行中的光脑、仪器，无数仿真纸页悬在空中。颇有一种排山倒海而来的汹汹气势。

沙沙的脚步声从楼上下来。

燕绥之冲下楼的默文·白说："你这是要搞灾后重建？"

默文·白"啧"了一声，没好气地说："你这小年轻说话怎么这么损？"

燕绥之谦虚地说："还行，过奖。"

默文·白："……"

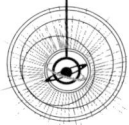

燕绥之扫了一圈，问："这是你的房子？"

"旧居。"默文·白想了想说，"也不算太旧，辞职后托人收了这幢小楼，不过我自己不住这里，这里只用来放一些资料。"

满屋子的页面，哪怕都是虚拟的、可折叠的，也能看出"堆积如山"。

用"一些"来形容，真是过分谦虚。

顾晏遵从主人的意愿，戴上口罩。他余光里满是整理到一半的页面，看得出那些页面大多是些文件、签了名的协议以及大量的研究稿，上面还带着图示和满页的数据。他随手一伸就能拉下一页看个明白，但本着非礼勿视的原则，在房东没开口前，他全程保持着彬彬有礼、目不斜视的状态。

"你让我们来搭把手是指？"燕绥之问。

默文·白随手指了一圈，说："资料太多了，你们帮我整理一下。"

"怎么个整理法？"

"研究稿并到一起，不用管顺序对错。"默文·白简单交代，"其他类型的文件全部扫到一起，重点是一些带签名的文件，如果看到了就帮我收上。"

"行。"

转而，燕绥之就在那些研究稿上看到了一些落款，诸如鸢尾医疗药剂研究中心之类的字样。他对这个名称并不算陌生，之前探查父母基因手术的真相时，总会在一些资料上跟这个名称不期而遇。

"这是你当年工作的地方？"

既然帮忙整理，对那些研究稿的内容就不可能视而不见。燕绥之大致翻了几页，问默文·白："你当初研究的就是这些？"

"对。"默文·白点了点头，"不过只是其中一部分。我辞职之后，一方面不想再跟他们有什么瓜葛，一方面又觉得有些东西也许今后有用。这种矛盾心理导致我最终只保留了一部分经手的资料。"

尽管他说并到一起，不用在意顺序，但燕绥之整理的时候还是按照页码摆放，顾晏也一样。

这就使得他们不得不多看几眼稿子的内容。

很快，顾晏就在其中看到了一些有用的东西。

"这张基因片段分析图跟你那段是不是一样？"他把页面递给燕绥之，皱眉说道。

　　房东闻言走过来，低低"啊"了一声，抽过页面仔细看了一会儿，道："这是早期研究成果中的核心片段……"他静了片刻，冲燕绥之说："你身体里有这个片段的残留？"

　　燕绥之点了点头，说："林原一直在帮我分析这个片段，它导致我两次基因修正效果互相冲突，引发了一些不那么舒服的反应。我们在试着清除它，只是没有找到合适的办法。"

　　受他这些话的影响，房东回想起了一些事。

　　当初实验室里动物们疯狂、尖锐的凄厉叫声，还有某些酷似"瘾君子"，眼珠发红，形容枯槁，蜷缩在地上翻滚抽搐，爪子抓挠在安全玻璃罩上，发出令人牙酸的声音。

　　那些种种，大半都是由这个原始研究成果引发的。

　　当然，那些年里，它们被称为实验失败的产物。但直到默文·白辞职离开，他也没见到几个成功产物。

　　而这些失败产物之间的区别，无非是潜伏期的长短。

　　有的产物能够在很长一段时间内保持稳定的惰性状态，看不出什么异样，甚至一度查不出基因存在的问题。但有的产物可能生来倒霉，短时间内就病症齐发，死相一个比一个惨。

　　"你身体里怎么会有残留呢？"默文·白又问了一句。

　　燕绥之愣了一下，问道："怎么？不应该有吗？"

　　房东沉默片刻，说："怎么说呢，这其实是我当年很长一段时间的研究项目。我接到项目的时候，这份研究的目的还是正常的，至少我接触的部分是正常的——就是人为创造一段完美的万能基因片段，用于替换病人的问题基因，这样就不会在手术的时候因为找不到合适的基因源而头疼了。

　　"但是这种研究就像筑巢，这里一块，那里一块，沉迷于局部的时候，很难发现大方向有没有偏离。等我发现研究项目的走势跟我想象的并不一样时，已经晚了。其实也不能称为晚了，曼森兄弟的初衷从来没有变过，只是我们当年太蠢，相信了他们精心包装过的说辞。

　　"但是后续发展虽然不受我们控制，可根基还在。我们建立研究基础的时候做过设定，这种基因片段是可以被完整移除或者完整覆盖的。这样的话，万一替换效果不尽如人意，还能有反悔的余地。"

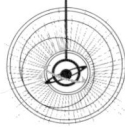

房东皱着眉说："残留这种事……确实有点儿出乎我意料了。"

房东在解释的时候，燕绥之刚好翻到后续反应和并发症的那一页，其中"精神失常""药物成瘾"之类的词看得他微微皱眉。他在顾晏注意到这边之前恢复神色，然后不动声色地把这一页放在一摞文件的最底下。

"那还有完整清除的可能吗？"燕绥之问。

房东说道："让我这样凭空回答，我可没法儿给个准话。这样吧，你不是说林原正在搞分析吗？回头我把这些原始稿子给他，看看能不能找到点儿适用的办法。"

"那真是再好不过了。"燕绥之说，"其实紧急的倒不是我，有很多人正等着这样一个结果续命呢？有你的帮忙，林原那边应该会得到些突破吧。"

默文·白摇摇手，说："别给我灌迷魂汤，拍马屁在我这不好使。我都辞职二十多年了，记得的东西还不如狗多。顶多能在这些研究稿子的基础上，帮点儿小忙。"

这幢小楼里，诸如此类的研究稿数不胜数，每份稿子看上去都带着大量的信息，可惜专业性质的内容实在太多，不是两位大律师一时半会儿能消化的。否则他们就能直接转行了。就算是林原过来，也不可能在这一天、半天的工夫里，理解所有的研究内容。

这毕竟是默文·白他们多年累积的成果。

按照房东默文·白的要求，他们把所有稿子归拢在一起，那些杂七杂八的文件没有多看。再度吸引两位律师注意力的，是屋内的一些签名文件。

"手术协议？"燕绥之扫了一眼大致内容，道，"这是你跟医院方面签订的协议？"

默文·白点了点头，说："对，那时候基因手术的成功率很低，每个做手术的人都需要跟医院签一份担责协议。这种事有点儿常识的人都明白，但是可能很多人不清楚，我们作为技术和研究成果支持方，也要跟医院那边签协议。"

"每一次手术都签？"燕绥之问。

"对。"默文·白说，"越是风险大的他们越会找我们签，这样能分担一部分责任。就好比今天这一场手术，会用到我们的成果 A，那就得成果 A 签一份协议，用了 B，就再添上 B 这个条目，总之会全部罗列出来。意思就是我们用你们这个技术啦，万一出了事，你们可跑不了。"

燕绥之点了点头，看着协议微微出神。

这其实让他想到了一个主意。

"当初我跟我父母的手术，你们签过这样的协议吗？"燕绥之问。

默文·白提起这件事总是万分歉疚，他垂下目光，轻声说："是啊，签过，以研究所的名义签的。"

"那份协议还留着吗？"燕绥之问。

"不确定，得找找，怎么了？"

燕绥之说："埃韦思先生这些年收集了一些大大小小的证据，我这些年查到的信息，也能提供一些零散的补充。但还缺少几个关键证据。其中一个就是曼森兄弟跟这种问题基因之间的关系。"他指了指自己，"我身体里有这种基因残留，是一个活证据。如果当初那份协议还在，就能证明我这个基因片段是当初那场手术的遗留痕迹，而那场手术的技术支持方，是你们研究所。我想再要找到你们研究所跟曼森兄弟之间的联系证据，不算很难吧？"

如此一来，这条线就串上了。

房东愣了一下，一拍脑门，说："是啊！没错！这条证据链就串上了！来来来！赶紧的，我们找一下那份协议。"

如果是一个单独的数据库，找这种协议并不难，只要用关键词搜索一下就行。可惜亲爱的默文·白先生当年辞职的时候，对这些堆积如山的陈年旧件打心底里排斥、厌恶，所以根本没有花心思整理过，以至于这些数不清的文件储存在数不清的光脑、储存盘、私密盘、加密盘、实体数据库里。

每个数据库还有不同的密码。

以至于什么一键搜索都不管用，得挨个解码再小范围搜索。

默文·白揉着脖子捶着腰骂道："当年的我可真是个牲口，得多恨自己才弄得这么麻烦。"

一直到天色青黑，海滨的杨林大道星星点点地亮满了灯光，他们才整理完一半。但有这么一个希望在，心情总是不错的。

7

夜里八点左右，顾晏接到了来自天琴星的通信。

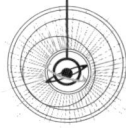

乔开门见山地说："我已经到了，现在在酒店。离看守所不到一千米。不过现在是天琴星的深夜，看守所那边不方便让我进去，得等明天了。"

燕绥之凑过去提醒了一句："曼森兄弟那边说不好会有动作，毕竟你在别墅酒店住过一夜，没准儿有人透过信儿，让他们意识到你跟埃韦思先生的关系已经恢复了。"

乔少爷一听这话，就用一种毫无起伏的音调说："院长，您看过今天的网页新闻推送吗？"

燕绥之一愣，问道："没有，怎么了？"

乔继续用这种麻木的口气说："您如果看了，就绝对不会说出这种猜想。稍等，我给你们发过去，奇文共赏。"

叮——

乔少爷的指法神速，转眼就发了几张新闻截图过来。

燕绥之点开跟顾晏一起一目十行地扫下来，终于没忍住笑了。

"春藤集团二世祖凌晨发飙，摔门砸车，扬长而去。"乔非常崩溃，"这报道里的我可能不是我，是一个炮仗。我是有什么狂躁症吗，大清早发癫？我有这样吗？院长您说。"

燕绥之："……"

乔道："顾晏你说。"

顾晏："……"

两方的沉默让这位小少爷特别受伤。

好在顾晏及时注意到了某些重点，挽回了岌岌可危的友情，说："我没记错的话，埃韦思先生让酒店安保清过场，守备非常森严。谁能拍到这种照片？"

乔愣住，倏然反应过来。

在那种情况下，能让这种照片放出去，只有两种可能，为了让曼森兄弟不质疑乔和老狐狸的父子关系，某些商人什么都干得出来——比如姐姐卖弟弟，爸爸卖儿子。

乔沉默片刻之后愤然说道："我先挂了！我去找尤妮斯女士和埃韦思先生理论。"

"等等。"燕绥之说。

"还有什么问题？"乔问。

燕绥之本想说，代我转告埃韦思先生，长久等待的那些证据，也许就快要扣上关键一环了。但他斟酌片刻还是笑道："算了，没事，等真正有结果了再说，毕竟我长了一张乌鸦嘴。"

乔："？"

切断了跟乔的通信，一直埋头找寻文件的三人终于后知后觉地感觉到了饥肠辘辘。房东的肚子更是很给面子地叫了一声。

"这附近有餐厅吗？"燕绥之问了一句。

顾晏正要搜，却见房东摆了摆手说："别找餐厅了，这不是有厨房吗？"

燕绥之狐疑地看向黑黢黢的厨房，问道："长得像被炸过一样，你确定能用？"

房东倔强地说："……能。"他起身在某张桌子上扒拉了一下，翻出便利店的袋子，一边找能下肚的东西，一边说："我当初怎么想的，居然想让你当我的房客，现在想想还好没住成，不然我寿命得损一半。"

燕绥之一脸坦然。

顾大律师不太愿意麻烦人，他看房东翻得艰难，再度提议道："出门左转一百五十米就有一家。"

房东终于直起腰，说："先将就一顿吧，最好今晚能把这边的东西收拾完，否则之后还有没有收拾的机会，很难说啊。"

燕绥之觉察到他话语背后的意味深长，皱眉问道："你碰到什么人了？还是收到什么东西了？"

默文·白道："不愧是律师啊，你们是不是没少收威胁邮件，一猜就猜到了？"

"什么时候收到的？谁发的？内容？"顾晏言简意赅，直问重点。

默文·白调出那封邮件，翻转给他们看了一眼，说："下飞梭机的时候收到的。至于对方是什么时候发的，我就不清楚了，也跟我无关。发件人那栏是空白，没有任何数据。就算是黑市淘来的智能机，也能显示个信号或号码，但这封连这些都没有，要找起来实在麻烦。这同样与我无关。至于内容……"

他顿了顿，说："就是最为老套的威胁，警告我不要说不该说的话，不要做不该做的事，说白了就是不要试图站在曼森那两个人的对立面，否则我只会得到两种结果。要么，会被曼森的爪牙神不知鬼不觉地弄死；要么会因为一些

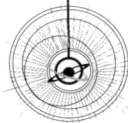

牵扯不清的文件锒铛入狱。"

燕绥之愣住，问道："锒铛入狱？"

"当初那些文件现在看来其实很难解释清楚，我说我对研究目的不知情，有人信吗？就算有人信，法官信吗？而且曼森兄弟有的是办法让我翻不了身。但这还是与我无关。"说完这段话，他垂眸嗤了一声，带着一点儿滑稽意味的嘲讽。

这位盛年已过的男人看上去有些清瘦，银白色的头发在脑后随意扎了一把，颇有几分潇洒艺术家的气质，蓝色的眼睛却没有半点儿浑浊，像年轻人一样清亮。

"一个不体面的葬礼，抑或是会孤立无援地站上被告席？"他将那句威胁重新琢磨了一番，然后在灯光下毫不在意地笑起来，"去你的威胁，我默文·白，生平最不怕的就是威胁。"

生命威胁不是玩笑，尽管房东默文·白本人毫不在意，但燕绥之和顾晏不可能放任不管。他们研究了一番那封邮件，发现确实如房东所说，来源不明。这倒让他们想起了之前燕绥之的智能机被远程干扰的事。

"顾晏的朋友之前帮忙做过一个程序，可以反捕捉对方的信号源。"燕绥之在自己的智能机里翻出那个程序，看向房东，问道："介意我动一下你的智能机吗？"

"当然可以。"房东把指环撸下来，给他开了个权限。

这人对待自己人真是全无防备，权限一开就开了个最高级。饶是燕绥之本着非礼勿视的心，打算专心给他装程序，但那堆五花八门的未关界面还是扑了他一脸。

包括各种搜索，诸如"清理一栋乱得像灾难的房子，有什么诀窍？""怎样把多个光脑存储盘云库的东西快速整理到一起？""哪种加密方式安全性最高？""十多年没碰过的厨房，有什么东西还能放心用？"

还包括一些简单的租售房信息以及搬家信息，一通拨往赫兰星老家的通信。

燕绥之："……"

两人面面相觑，默文·白干笑一声，说："我没有随手关界面的习惯，有点儿乱，你忍忍。如果不嫌麻烦的话，就顺手帮我关一下。"

　　房东先生倒是真坦荡，这种时候尴尬的居然是界面不够整洁，对于被人看到他搜了些什么、看了些什么，却毫不在意。

　　燕绥之索性也不矫情，一个一个地给他关掉，又关心地问了一句："你在找房子住？"

　　"不是。"默文·白摇摇头，毫不谦虚地说，"狡兔三窟，我这么聪明能干的人，怎么可能就这一两个住处？"

　　他抬头环视了一圈这个小楼，说："我这次过来这么一通收拾，想不暴露有点儿难。这地方迟早要被翻出来的，还有原本要租给你的那间公寓，应该都留不住了。"

　　顾晏听完他这段话，忽然沉声开口："你这是建立在布鲁尔·曼森和米罗·曼森赢的前提下，但这个前提不会成立。"

　　"我知道，我知道。"默文·白不大在意地笑说，"我也相信他们注定不会有什么好下场，这世界哪能那么不讲道理。邪不压正，天网恢恢嘛！但偶尔还是会有点儿疏漏的，我就提前打算一下，万一最后真被那两人坑进监狱，我把这两处地方一卖，不就有底气了嘛。我要求不高，出来之后还能吃吃喝喝、看看画展，就很自在了。"

　　他顿了顿，又扼腕说："这里我不心疼，想到要把那间公寓转出去，我还有一点点舍不得呢！"

　　燕绥之看着这位年龄算长辈，性格却像孩子的朋友，忽而一笑，说："没必要。"

　　"嗯？"默文·白抬头看向他，"什么没必要？"

　　"没必要舍不得。"燕绥之说，"你面前就站着两位辩护人，恕我不太谦虚地说一句，不是你的罪责你一分都不用承担，只要我们两个站在你后面，任何关于这点的担忧都是多余的。这个承诺永久有效，决不食言。"

　　房东这次愣了很久，忽然畅快地大笑起来，说："你们这么一说，我忽然开始有些热血沸腾了。这么看来我运气真的非常不错，虽然跑了一个儿子，但来了这么些有趣的朋友，不亏。"

　　燕绥之和顾晏闻言却悄悄对视了一眼。

　　说到儿子，他们不禁想起之前在休息站看到的雅克·白。

　　燕绥之斟酌片刻，问道："恕我冒昧——"

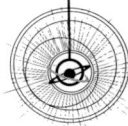

"别恕你冒昧，恕他冒昧了。"房东先生在某些时候总是直白极了，"我年纪有你两个半大了吧？好歹算是长辈，都不用张嘴，我也知道你们在好奇什么。"

燕绥之咽下没说出口的话，挑眉问："是吗？"

房东埋头在便利袋里，窸窸窣窣翻找食物，说道："想问我怎么跟雅克那小子闹翻的嘛，对不对？你们成天待在春藤医院，总跟林原混在一起，"他说着掏出三瓶罐头，又拿了几片面包往厨房走，"又时不时会碰见雅克，跑不掉要听林原扯两句。看你刚才那犹豫的样子……林原跟你说过别在我面前提那小子？"

林原确实说过这样的话。当初他跟燕绥之坦白的时候就提过，卷毛医生雅克·白跟自己的养父关系不太好，不知道因为什么闹翻了，不管在谁面前提起对方都很糟糕，最好不要尝试。

但燕绥之和顾晏对这句话的真假持保留态度，因为当时林原硬着头皮跟卷毛要房东照片，卷毛医生虽然很冷淡，但还是发了一张过来。照那个速度而言，那张照片应该就存在卷毛医生的智能机里，并且他很清楚在哪里。

房东打开厨房有些黯淡的灯，拎起一把水果刀，转头好整以暇地看着燕绥之问道："林原那小子还说了什么？"

燕绥之："……"

燕绥之不太想卖朋友，说："林原医生会跟人说这些吗？我倒不太清楚，只是这些天我们查了不少陈年旧事，碰巧看到一些诸如此类的说法。"

"我才不听，你们这些做律师的，说起瞎话都跟真的一样。"房东拿着水果刀低头开始撬罐头，"不过林原没骗你，我以前是说过这种话，不要在我面前提那个臭小子。"

燕绥之道："抱歉。"

"你抱歉什么？刚才难道不是我自己先提的？"房东说，"其实没关系，那本来也不是什么真心话，也就林原那傻小子最好骗。"

他说完这话，有好一会儿没开口。厨房里一时间只剩下水果刀撬起罐头盖的声音，嘎吱嘎吱。他看上去像是陷入了某种回忆，略微有点儿出神。

这种时候，不论打岔还是催促都是莽撞无礼的。燕绥之在帮他装载那个反捕捉程序，顾晏依然在整理那些散乱的文件。

好一会儿后，房东就着罐头和面包片做了三明治。哪怕到了这种时候，这位本性洒脱的人还搞了把风雅。

他把盘子递给两人，说："这大概是最不单调的食物了，刚才切片的时候，看到窗边那株野生的冬薄荷开花了，摘了两朵装饰了一下。哦——忘了问你们喜不喜欢冬薄荷的味道，如果不喜欢，那就将就一下。"

燕绥之用叉子戳了戳薄荷叶，对房东说："谢谢，其实你可以多掐几片，我胃口能变得更好。"

顾大律师默然两秒，把自己盘子里那两片薄荷叉给了他。

房东不太讲究，扫清了一块地毯便盘腿坐下，端着盘子吃东西。他吃了一会儿，忽地开口说："其实我跟雅克那小子以前关系很亲。我第一次见到他的时候，他就睡在我后院门外，在一片葱兰里面，裹着薄薄的被子，看起来有点儿像小猴子。"

8

那时候的默文·白其实不喜欢小孩子。

在赫兰星老家，每到节日，总会有亲邻带着各种各样的孩子来拜访、聊天。他那热情的妈倒是很欢迎，有时候陪着玩一整个下午也不会烦。但他不行，他听着那些小崽子闹个不停，脑袋都要炸。也没法强行拉低智商，大着舌头陪他们玩各种傻瓜小游戏。

他总是硬着头皮，哈哈笑着陪上五分钟，然后找个借口转身溜掉。有这时间，他不如去实验室看微生物，人家微生物好歹文静。

他在后院门口捡到那个小猴……孩子的时候，其实非常茫然。他从没抱过那么小的人类幼崽，根本不知道从何下手，用什么姿势。更何况，那小孩一看就在生病。他比画了半天，总算把那孩子抱回屋里，先就着自己房子里的仪器给他检查了一番，然后皱着眉拨了急救通讯。

这非亲非故的小崽子，第一天就让他花去了一大笔钱，之后又在将近一个月的时间内，逐天上升，简直是天降的破财童子。

"最初我还想着把他送去孤儿院，毕竟我实在没有照顾孩子的经验，也没精力养活这种生物。"房东说，"但一个月之后，我改主意了。花了我那么多钱才健康起来的小鬼，转头就管别人叫爸爸，那我多亏啊。"

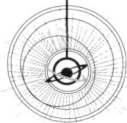

燕绥之不太明白他怎么算的账，总之，当年的默文·白虽然不喜欢小孩子，但机缘巧合之下还是收养了那个被人丢弃在他家后院的小孩子，取了个简单的名字，叫雅克。

雅克·白长得跟他一点儿也不像。他头发很直，年轻时候是淡金色，现在是完完全全的银白。雅克则从小就是一头卷发，又多又密，跟眼睛一样是棕黑色，大了之后稍稍浅了一些。

"他那时候皮肤也是小麦色的，看着就生龙活虎，很健康。"默文·白说，"现在大了，反而白了不少，也许是在室内闷久了吧，不常晒太阳。有时候我甚至觉得他有点儿苍白，不知道是不是医院冷光灯映衬的效果。"

小时候的雅克·白跟养父很亲。

"我总逗他玩儿，说他站不稳，因为他那头卷发显得他脑袋有点儿大。"房东想起那些瞬间，还是笑了一下，"但他特别向着我。"

谁都不能说默文·白一句坏话，哪怕只是开个玩笑，他也会瞪着圆溜溜的眼睛散发排斥的敌意。

"而且他很聪明，非常聪明。"房东说，"我很早就能看出来，至少比我聪明，如果好好长大，一定会是一个有所成就的人。不过我不太在意这些，有没有成就无所谓，每天能哈哈笑几声最好。"

有这样一个儿子，哪个父母不喜欢？所以口口声声不喜欢小孩子的默文·白，在养子这里破了例。

"听起来很温馨，所以你们后来碰到了什么事？"燕绥之问。

"其实并不是因为某一件事，甚至很难说清是哪一年、哪一天。如果一定要画一个分界线……"

房东似乎在认真回忆，过了好一会儿，说："我参加研究所的项目之后，有一段时间忙得脚不沾地。我很担心家里太冷清，会导致雅克那小子多想。"

他笑了一下，说："你知道，小鬼会有那么一段很别扭的年纪。我自己那段时期尤其长，从十岁到二十出头吧，长达十来年拧得连狗都嫌，我就很担心雅克也会那样。所以养了一些猫狗陪他，他非常喜欢它们。"

不止雅克，其实默文·白也很喜欢那些小东西，并尽力地把它们养得很好。

所以后来，他受研究所实验室影响，开始对那些小动物产生阴影的时候，他比谁都痛苦。他非常喜欢它们，喜欢到把它们当作重要的家庭成员，但也正因为如此，不得不远离它们。否则他很怕自己会在长久的心理折磨中，消耗掉那些轻松、美好的感情。

"因为送走猫、狗，他生你的气了？"燕绥之猜测着问。

谁知房东居然摇了摇头，说："他确实不高兴，但他没有生我的气。"

那时候，默文•白甚至已经做好了心理准备，认为雅克一定会在这件事闹上很久，甚至就此跟他产生一些微妙的隔阂。也许要过上很多年，直到某一天能理解他的无奈，那种十来岁少年期的隔阂才会慢慢消弭。

然而雅克并没有闹，这让当时的默文•白也极为诧异。

十岁刚出头的雅克虽然很难过，但并没有吵闹，而是固执地认为默文•白这样做一定有他的原因。

某种程度上来说，他其实非常懂事，或者说，他对自己养父有着绝对的信任，知道对方绝不会轻易把他珍视的东西送出去，就算做了，也一定有逼不得已的原因。

"但那小子的探究心非常强。"房东有点儿无奈，"也许是天赋极佳的人与生俱来的特点？这其实是优点，绝对不应该被责罚，但我那时候确实不想让他知道原因。"

实验室那些动物歇斯底里的疯癫举止，绝不是什么令人愉快的话题，甚至是消沉而压抑的。那不是一个十一二岁的孩子适合看的画面和场景，所以默文•白找了些别的原因搪塞过去。

"没过几年，我从研究所辞职。"房东有些无奈，"这个行为在那小子看来同样很突兀，所以更激发了他的探究心。但我解释不清，我那时候对研究所的排斥只是出于一种直觉，没什么实质性的证据。我那时候甚至说不清研究所的目的究竟是什么。"

所以对于雅克的探究，默文•白再一次选择了搪塞。

一方面他自己不想再提；另一方面他也不希望雅克接触到那些事。

少年时候的雅克•白一次又一次擦着边询问，而默文•白则一次又一次给出虚假的理由。

"其实我后来想过，隔阂就是因为这个吧。"房东说，"他给了我绝对的信任，我却不跟他说实话，总用各种玩笑和编造的理由应付他。不管出于什么原因，至少在信任这点上，我辜负他了。"

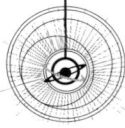

房东想了想，说："那之后他跟我就不如以前亲近了，也可能到了真正的叛逆期？有时候冷不丁地丢一句话，活像软刀子，乍一听每个字都挑不出毛病，但就是听得人心里直呕血。

"但我那时候没有意识到，还以为那小子狗都嫌的年纪终于到了，虽然比我预想的晚了很久。那半年，我们经常会因为一些很小的事情起冲突，并不激烈，谁也没有吵吵嚷嚷，但都气得不行。好像突然从哪哪都投机的家人，变成了哪哪都不合适的同屋租客。"

燕绥之听见"同屋租客"这种形容，宽慰了一句："怎么也不至于落到同屋租客的地步，毕竟是父子。"

"是啊。"房东说，"冷静的时候会这么想，但气头上时不时会蹦出这种念头，挺不是滋味的。那阵子他刚进大学，不常回家。我无意间听说，他的亲生父母一直在悄悄找他，对他表现出愧疚和善意，试图跟他和好。说实话，我平时底气很足，吵架的时候就会觉得自己还缺了点儿血缘打底。"

"再后来，他大学一年级后半学期吧，有一次放假回来，我无意间看到了他的一个资料夹……"他说到这里，皱了一下眉。好像过了那么多年，再回想起那个瞬间，心里依然做不到无波无澜。

"那些图示和数据，我一眼就知道是什么。全是当年我在研究所接触到的东西！我最初以为他胆肥了，居然有本事偷偷翻我的老底。仔细看了几眼后，才发现那些研究数据细节上有很多不同。怎么说呢……非常稚嫩。一看就是一个天赋极高，但经验极少的人鼓捣出来的。"

房东叹了口气，说："我当时直接气蒙了。比起偷偷翻我老底，他自己研究才更让我后怕。你根本难以想象他那样的天赋，如果真的走错路，会引发什么后果。那大概是我跟他之间爆发的最严重的一次争吵，也是最后一次。"

默文·白没有想到，他一次次的搪塞换来的结果居然是这样。雅克非但没有死心，还亲身探究起来。那次争吵，雅克当着默文·白的面把那些资料全部删了，永久粉碎。然后收拾东西回了学校，再没回来。

"我原本以为，那次争吵跟以前一样，只是闹脾气的时间长了一些。也许等到下一个假期，他又会拎着行李，斜挎着背包，一声不吭地出现在门口。结果没多久，我就听说他去亲生父母那边暂住了。"

房东沉默了一会儿，又道："我起初挺气的，应该说非常生气，有种花了二十年养了头白眼狼的感觉。气得我肝都疼，就是那时候跟林原说，不要在我面前提那小子，一句都不行。有一阵子，我安慰自己，那小子心思重，也许误解了一些气话，所以在故意气我。我想过拉下脸主动找他聊聊，但很不巧，我那阵子被曼森兄弟盯上了。"

那时候的默文·白忽然觉得，雅克回归亲生家庭，就此跟他疏远也不算一件坏事，至少不会被他牵连。于是，那几年的默文·白没少演戏，违背本意把养子越推越远。原本的深沟一点点裂成天堑，久而久之，就再合不上了。

"我一度很担心，他没有停下那些研究，担心他会步我的后尘，被牵扯进那些乱七八糟的事情里。"房东说，"幸好……"

听到这句话，燕绥之目光一动，又倏地垂下，兀自拨弄着餐盘里的薄荷叶。

他原本想就休息站看到雅克·白的事，提醒房东几句。但现在他又忽然改了主意，把那些试探的问话咽了回去。

房东没注意到他的神色，自顾自出神了片刻，又说："好在他毕业之后进的是春藤，这大概是唯一值得我欣慰的一件事。"

默文·白忽然想起很多很多年前的某个下午。

他在院子里做根雕，二楼书房的落地窗明亮而干净。他活动筋骨的时候偶然一抬眼，就见雅克靠在椅子，塞着耳机，面前是成片的电子资料。

那是雅克度过的中学的最后一个短假期，要不了多久，他就要升入大学。

那时候的默文·白看着窗后的身影，忽而意识到，雅克好像很久没再问过那些关于实验室和辞职的问题了。那个探究心总是很强，叽叽喳喳、吵吵闹闹的小鬼，已经在不知不觉间长成了另一番模样，成熟了很多，也内敛了很多。

以至于有时候默文·白都看不出来，他在想些什么了。

成长本该是令人欣慰的，但默文·白却在那一瞬忽然生出一种感觉，好像这个他看着长大的小鬼，终有一天会离他越来越远，变得越来越陌生，也许某一天，他就不再回家了。

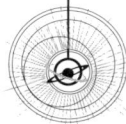

第八章

1

三个人花了整整一夜的时间，才把一栋房子的资料整理完。

清早的海滨风很大，夹杂着细小的砂砾拍打在落地窗上，咯咯作响。

天并不晴朗，稠密的云掩住了阳光，显得有些阴沉，而燕绥之刚消停了没多久的胃痛和头痛又隐隐发作起来。

一切都不像个好兆头，但他们并非一无所获。

严格来说，有一个坏消息和一个好消息。

坏消息是当初燕绥之经历的那场手术，有研究所签名的文件并没有找到。

这样一来，想要证明燕绥之体内的基因片段和研究所以及曼森兄弟有关联，就有点儿棘手了。

失望之际，顾晏想起房东收到的威胁邮件，说道："给你发邮件的人手里一定有。"

房东一愣，问道："你说曼森兄弟的人？为什么这么认为？那封邮件确实截了文件的签名页，但数量其实不多。也许他们手里就只有那些，毕竟如果是我的话，干了那么多亏心事，一定会把文件清理得干干净净。"

顾晏却摇了摇头，说："不一定，就过去接触的案子来看，那些加害者往往喜欢保留一些纪念品。"

房东先生一脸鄙夷地说："变态的思维果然不是我们能揣摩的。"

顾晏道："况且，你可以试想一下，你如果要威胁别人，会怎么做？"

房东干笑一声，扫视屋子一圈，目光落在厨房，说："目前我只能想到给对方喂点儿过期肉，拉死他，不听话不给止泻药。"

顾晏："……"

这位律师先生瘫着脸看向昨晚的罐头盒。

房东乐了，连忙摆手道："放心啊，给你们吃的没问题。罐头跟面包都是新鲜的，也就盘子是陈年的，但我洗了好几遍呢！"

顾晏默然两秒，又平静地说道："你的反应也刚好说明一点——如果要威胁人，一定会选择自己现有的、优势明显的、足以砸到对方松口或者畏惧的东西。比如暴力分子动用武力，那必然对自己的装备和威慑力很有自信。同样的道理，对方会选择用文件威胁你，哪怕只截取了几份，也意味着那些文件对方并没有销毁，仍旧保留着，并且非常齐全……包括我们要找的那份。"

房东恍然大悟道："对啊，有道理！"但很快他又"啧"了一声，发愁道："道理是没错，但我们该怎么从对方手里弄到那份文件呢？我们现在连发邮件的人是谁，在哪里都还不知道。所以……就干等着你们给我装的反捕捉程序抓住对方的辫子吗？这样一条路走到黑，难度不小。"

燕绥之说："也不一定是一条路。"

燕绥之一直在看手里的一份文件，借此掩住按着胃的手。一阵不适缓过去，他才抬眼抖了抖虚拟纸页，面色如常地说："我在最后那沓里，找到这一样东西，勉强算得上一个好消息吧。"

"什么东西？"

那两人靠过来，从燕绥之手上接过纸页。

"你很冷？"顾晏一只手拿了纸页，问道。

"还行，有点儿。"燕绥之说。这其实是因为刚才那阵胃痛的缘故。现在略好一些，他便没提，而是顺着顾晏的话说，"早上温度毕竟低一些，你先看文件。"

"我在看。"顾律师嘴上这么应着，却已经站起身，去玄关的衣架上把大衣摘了下来。

这时，房东一脸麻木地出声提醒："恕我直言，我认为在温控板上点两下，直接调高室内温度，比什么大衣都管用。"

顾晏坐回沙发上，客客气气地说："也恕我直言，天亮前我就点过两下。就目前看来，停工十多年的温控板应该是坏了。"

房东道："……多么不争气的东西。"

燕绥之抱着大衣，他的胃痛和头痛虽然不像之前那样剧烈，但余味绵长。大衣被他压在身前，刚好抵着胃，有种莫名的踏实感，胃也慢慢被体温焐暖，

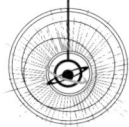

没一会儿居然真的让那种不适感舒缓了不少。

房东和顾晏翻过前面的几页，才知道燕绥之究竟找到了什么东西。

这同样是一份手术协议，单看格式和绝大部分内容，跟当年燕绥之那份手术协议一模一样，唯独不同的是接受手术的人。

姓名一栏里，清清楚楚地显示着一个名字——多恩。

这是一个非常简单的名字，简单到甚至没有姓氏。上大街上随便叫一声，就会有很多人因此回头。但不论是挑出这份文件的燕绥之，还是正在看文件的顾晏，包括皱眉的房东默文·白，都清楚地知道这个名字代表谁。

"'清道夫'？"顾晏低声说。

"应该就是。"燕绥之的双手捂在大衣里，没有伸出来，而是抬了抬下巴，示意道，"看尾页的日期，是'清道夫'离开云草福利院一年左右，十九岁吧，老院长自那之后就失去了他的消息。"

两人抬头看向房东。

房东神色复杂地翻完文件，说："如果不是看到这份文件，我都差点儿忘了，研究所还给这场手术协议签过字，这甚至比你那场手术还要早。"

看末端的日期，那确实比燕绥之和他父母的那场手术还要早一年。

"这场手术我印象不太深。"房东说，"……其实大多数手术我印象都不深，因为我们是不会参与的。对我们而言，只是把研究成果许可出去就没什么事了，手术是医院的活。你父母那次算个例外，我刚巧在医院碰见过他们，机缘巧合常常聊天，算是朋友。你们称这位为'清道夫'？"

房东换了称呼，继续说："这位'清道夫'我只见过两回，印象中他没有父母和其他家人，但医院那边对他格外关照，也很谨慎。现在想来，那时候曼森应该就挑中他做棋子了。"

从这份文件中可以看出，十九岁的"清道夫"入了曼森兄弟的伙，接受了这样一场基因手术。只要手术成功，他就能彻底摆脱过去的种种，换一个全新的模样、全新的名字、全新的身份，还有全新的人生。

顾晏仔细看了其中几页，皱眉问房东："这几段是什么意思？如果我没有记错数据，他这场手术所用的基因源也包含了那个片段？"

房东点点头，道："对，你没理解错。这位'清道夫'跟燕院长所用的基因源虽然来自不同的人，但经过实验处理，都增加了那个基因片段。"

在当年默文·白以及一部分研究员的理解中，那个基因片段就像一个万能膏药，如果手术之后出现排斥状况，那个基因片段就会转化为活跃状态，起到缓和以及补救的作用。

简而言之，就是用来增加手术成功概率的。

"知道我最初为什么没有怀疑研究目的吗？"房东说，"就是因为'清道夫'的这场手术看上去太成功了，以至于我信了研究所的那些鬼话。直到你父母出事，我才真正意识到问题。"

燕绥之垂眼，问他："我刚才在想一件事，需要跟你确认一下。"

房东道："什么？"

"如果他的基因源里也添加了这个片段，那么现在的'清道夫'，是不是很可能跟我一样出现了残留？"燕绥之问。

房东点头道："对。"

"如果他也残留有那个基因片段，那么用那台高端检测仪，是不是可以检测出来？"

"是。"房东说，"而且会跟你的那段图谱完全重合，一模一样。"

"还有类似的人吗？"燕绥之问。

"没有了。"

说到这个，房东回答得斩钉截铁："'清道夫'是第一个接受这种手术的人，你跟你的父母是第二场。而在你们之后，有很长一段时间医疗协会都查得很严，曼森兄弟那边谨慎了一段时间，研究所也再没签发过任何基因手术协议，安分了很久。而我辞职的时候，那个基因片段已经发展到了第二阶段，正处于试验中。我想，再之后如果有什么手术，也不会倒退去用原始版本了。"

他想了想，肯定地说："所以，你们两个应该是这世上仅有的证明了。证明那段原始基因的存在，证明所有一切的起点。"

闻言，顾晏忽然说："换一条路呢？我们现在握有'清道夫'的手术协议，这同样能证明这种问题基因跟研究所乃至曼森兄弟的联系，如果能找到'清道夫'本人，检测出他身体的基因片段。那么证据环同样能扣上。"

"不仅如此，一旦'清道夫'跟曼森兄弟之间的环能够扣上，那他背着的那些命案，曼森兄弟也躲不掉了！"房东想到这些，居然隐隐有些激动。

那些被断定为意外的命案，那些在过往三十年里牵连进去的人——那位因

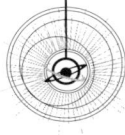

为用药过量死去的医疗舱商人贝文、巴特利亚大学医学院的周教授、掌握着两条矿线最终却横死狱中的卢斯女士，等等。

他们之中，或许有曼森兄弟的弃子，或许只是因为不肯合作或是别的原因平白无故受了牵连，就像燕绥之的父母一样。

如果"清道夫"那条证据环真的能一一扣上，那他们也算终能瞑目了。

"但那位'清道夫'先生究竟在哪里呢……"燕绥之轻声说。

整理好的旧资料被燕绥之他们一并带去了春藤医院。

林原实验室的那帮人同样一夜未休，全靠浓咖啡和醒神剂续命。他们上一回这么拼命，还是赶制流行病疫苗的时候。

早上八点，第一个瓶颈期刚过，林原催着研究员们去隔壁休息室抓紧时间补觉，所有反应进程都切换到加密模式，只留了一个研究员看门。

大楼这层空间很大，但其实只有两位主任医生研究核心——林原和卷毛雅克·白。除此以外，都是实验室和休息室的地盘。他们两人年纪相仿，级别相仿，医院配备的环境也基本无差别。

办公桌头对头，独立休息室一个在走廊东侧，一个在走廊西侧，还各有两间为助理研究员们准备的休息室。

这么多年下来，林原都没觉得有什么特别，今天却是个例外。

因为卷毛的养父默文·白来了。

默文·白出现在休息室门口时，林原一口咖啡呛了个半死，咳得撕心裂肺。

"干什么？我有这么吓人？"默文·白没好气地咣咣拍他后背。

说实话，真的吓人。

这对曾经关系很好的父子已经太多年没见过对方了，一直在刻意回避着一切可能相遇的场合，尤其是这家春藤医院。林原一时间居然算不清这种状态持续了多少年。

虽然很可惜，但他真的以为这种状态会一直持续下去，没想到今天默文·白居然破了例。

他这位辫子叔居然主动踏进了这家春藤医院，主动到了这一层楼，可不就是青天白日活见鬼嘛！如果这时候卷毛碰巧出现，再碰巧跟辫子叔撞上，那就是名副其实的鬼见鬼！

林原忍不住想象了一下那个场景，觉得有一点点刺激。

可惜他往电梯方向张望了好几回，卷毛也没有出现。

"别看了。"默文·白对他的那点儿心思了如指掌，嗤了一声，"楼下大屏幕滚动播着值班表呢。"

林原这几天晨昏颠倒的，记不清日子，愣了一下才想起来，按照一贯的排班，卷毛今天休息。

他为什么今天休息？林医生少有地在心里骂了人。

辞职二十来年，曾经的专业性内容默文·白已经忘得差不多了，但研究过程中的一些重要细节，他依然记得很清楚。

林原灌着咖啡，一边跟他聊一边在那些研究稿上写写画画，密密麻麻地记了很多。原本模糊的关窍被打通，茅塞顿开。他们连聊天带争论，拟出了两种方案。林原翻出各种数据对比了半天，最终拍板走第一套。

"这套方案规矩稳妥，从人到人，只需要依靠分析仪自带的模拟器进行虚拟实验就能有结果。因为过程可控性强，虚拟实验的结果跟活体应用几乎零差别。"林原解释了理由，"一旦在仪器里成功，就能立刻用到那些老人们还有柯谨身上，成功率一致。至于第二套方案……"第二套方案来源于默文·白的原始研究稿。

他们在构建基础基因片段的时候，留过这么一个切入口，以防今后需要。后来研究越来越复杂，参与的人越来越多，分工越来越细致，彼此之间互不相干，以至于这个切入口几乎被人遗忘了。

就连默文·白自己，也是重新梳理研究稿时才想起来。

"这个方案灵感来源于灰雀。对，就是随处可见的那种最普通最不起眼的鸟。"默文·白回忆着他们当年的设想，"众所周知这种鸟虽然不起眼，但生命力和适应力强得惊人。我们早年做过研究，不同星球的时间流速和环境都千差万别，如果频繁切换，大多数生物都会有不适反应，在这其中，人已经是适应力极强的一种生物了。但体弱的也多少会有点儿症状，比如恶心晕眩、反复发烧，比如血压不稳、免疫力下降。就算适应力强的，也是后天磨炼出来的，比如像你们这种能办飞梭机年卡的……"

默文·白说着，看向燕绥之和顾晏，开了句玩笑："谁小时候去别的星球没吐过呢！我十五岁之前，听见'飞梭机'三个字就开始找洗手间，先吐上五

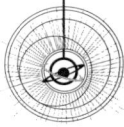

分钟再说。"

燕绶之笑说道："我倒是没吐过，但总发烧，上了飞梭机体温就开始往上升。"他说着便好奇地看向顾晏，"你会呕吐吗？"

顾晏回想了一番，说道："最初会晕机，但不会吐，只是晕的时候不喜欢说话。"

燕绶之问道："这跟不晕有区别？"

顾晏："……"

顾律师瘫着脸看了他片刻，转头示意默文·白继续。

"总之，只要是个活的，几乎都会有不良反应，唯独灰雀是个例外。这种小东西能适应一切变化，因为它自带一种平衡机制。它的身体就像一台随时在备份的设备，一旦运行不畅，就会自动退回上一个备份点，回到最健康的状态。这使得它们大多数时候都生机勃勃，寿命非常长。当然，这种平衡机制每次运作都要消耗极大的能量，所以它们特别能吃还不胖。"

他们所设计的第二套方案，就是借用灰雀的这种特质，移植到病患身上，让他们身体机能自己调节，退回到"健康"的状态点。这样一来，那个问题基因片段就会遭到拒斥，这时候再借助正常的基因手术，就能安全地把它清除掉。

但这种方案的前期危险性很高，因为灰雀和人毕竟是两种截然不同的物种，副作用和排异反应很可能非常激烈。单靠分析仪的模拟器做虚拟实验还不够，必须有一定次数的活体试验才行。

正规医药的活体试验，都得经由联盟审批公开招募志愿者，他们需要提供完整的危险性说明。

有虚拟实验辅助，活体试验需要的人其实很少，但审批过程很严格，短则一个月，长则半年，而医院里那些全身脏器衰竭的老人们根本等不起。

所以林原把这个方案撇开了。

他们的讨论持续到了中午。

医院后勤送来了两推车餐盒，研究员们没歇多久，梦游似的爬起来扒了几口，又钻回休息室继续睡。

房东用完午餐，拍拍屁股就想离开，被燕绶之他们拦住了。

"你现在这种境况，一个人住不安全吧？"林原一脸担忧。

顾晏破天荒地说了一句："我那边有一间客房。"

房东哭笑不得地说："我才不去，你们两个都恨不得能收一沓威胁邮件，我再去凑热闹，一崩崩三个，多划算的买卖。"

林原又说："住我那里吧。"

房东说："然后你天天睡实验室，跟我一个人住有区别？"

林原："……"

房东难得有点儿长辈的样子，语重心长地说："曼森他们也不是头一回盯上我，我能好好活这么久，也不是靠脸啊。我有数！"

三个人都一脸怀疑。

房东说："现在最安全的做法，就是维持表面的常态，这不是你们之前口口声声说的吗？表面的常态就是该住哪儿还住哪儿，搬来搬去太明显了。更何况，还有春藤那一家在呢，咱们能安全来去，专心解决手上的问题，少不了他们暗地里的保障。"他说着，掏出自己那个黑市智能机，调出了一条信息。

发件人一栏显示着一个名字：德沃·埃韦思。

信息内容只有四个字："一切放心。"

"十分钟前，我收到了这条信息。"房东说，"很显然，那位热心的小少爷把我碰到的麻烦传达给了他爸。其实我一直不太信任商人，所有的商人。我认为他们都是一路人，重利轻情，甚至在爆炸案发生之前，我都还抱有这样的疑虑，对埃韦思先生有所保留。但后来改了想法，现在看到这样的信息，再想到之前你们两位大律师给的承诺，我只觉得无所畏惧，一切的担心都很多余。"

他冲顾晏说："听说你跟那位乔大少爷关系好？回头记得帮我说一句，等这些乌七八糟的事情结束，我要就以前的种种写份道歉信，登门找他爸做三万字检讨。"

顾晏道："转达不如直述，我把乔的私人通信号给你。"

房东连忙摆手，说："不了，不了，给我留一点儿长辈的面子。"

林原他们把他送到楼下，房东摆摆手先回了家。燕绥之和顾晏则进了基因大楼，去看一眼惨遭护士毒手的贺拉斯·季。

2

最终回到实验室那层的只有林原一个人。

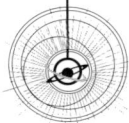

他也熬了很久没睡，打算进休息室打个盹儿。他刚要开门进去，就见一个高瘦身影从走廊另一头的休息室里走出来。

不是卷毛又是谁？

"雅克？"林原差点儿以为自己困瞎了，以至于出现了幻觉。

卷毛冲他抬了一下手，道："午安。"

他的嗓音听上去很哑，不像在家睡饱了来的，更像是一直窝在医院里，起码待了一夜。

林原说："你不是今天休息吗？"

卷毛走到近处说："加班。"

林原很想问他加的哪门子的班，最近明明没他什么事。但他更想说：你为什么不早一点儿出来！

只要早三分钟，卷毛就能正面撞上他爸爸！

"你干什么这副捶胸顿足的模样？"卷毛抵着鼻尖，连打了两个哈欠。这让他看上去有点儿累，显得恹恹的没什么精神。但这又不像是熬了一夜的那种累，而是带着一丝病态的疲惫感。

不过这时候的林原没有觉察到这种细微的差别，只急急地走到落地窗前，朝医院门外张望了几眼，可惜默文·白早已经走远，叫不回来了。

林原"啧"了一声，恨铁不成钢地瞥了卷毛一眼，摇头说："算了，我去休息室睡一会儿。你还要加班？项目有进展？"他问完这话，转过头。

卷毛也刚从落地窗外收回目光，他依然抵着鼻尖，又打了两个哈欠，然后捏了捏鼻梁，垂着眼说："嗯，还剩一些工作。"

"晚上一起吃饭？"林原问。

"不了。"卷毛说，"不吃了，下午就应该差不多了，我把检查过的数据导进分析仪就走。"

那一瞬间，林原略微迟疑了一下。

不过他很快想起来，除了他自己，其他人对于仪器的权限只有百分之二十五上下，他现在研究的这些东西都加过密，就算其他人动用仪器也看不到具体内容，包括卷毛。

相反，他倒是可以查看其他所有人的项目进度和研究情况。

林原点点头道："行吧，那你早点儿搞完，早点儿休息，回见。"

"嗯。"卷毛停顿了一会儿，"回见。"

一进基因大楼，顾晏就调出智能机屏幕。

——盯住了？

这三个字刚要发出去，乔的信息已经蹦了出来："已经安排好了，实验室里有一个人守着。几处监控正在调整，我过会儿同步给你。"

他们其实一直跟乔保持着联络，找合适的人盯住雅克·白。身边埋着一个隐患，做事终究放不开手脚。

尤其雅克·白跟房东、跟林原都有牵连，如果他真的有问题，对这两个人一定会是极大的打击。

乔："巧了！监控内容刚刚同步过来，我就看见他从休息室里出来了，林原也在！"

顾晏的智能机里收到了同步过来的多个监控角度，其中就有实验楼的那条走廊。林原刚跟他们分开回到楼上，就跟雅克·白正面碰上了。

顾晏看了一会儿，又切回消息界面，把还没发出去的三个字删掉，重新发了一条："实验室里守着的是什么人？不要引起雅克·白的怀疑。"

乔："叫肖因，是个研究员，本来就是林原团队的，经常跟人轮班看实验室。盯实验数据和反应进程本就是他的职责。他待在那里，雅克不会觉得奇怪。如果雅克真的对研究数据或者实验动手脚，他会保留证据，立刻通知你们。"

"怎么样？"燕绥之嘴角带着笑意，朝顾晏的屏幕看了一眼。

在大厅内的其他人看来，两人就像是最日常的闲聊。

顾晏给他开了消息界面的共享权限，两人的对话燕绥之看得清清楚楚。

"通知我们？"燕绥之轻声说，"提醒他一声，通知你就行，我的智能机还被小耗子们盯着呢。"

顾晏叮嘱过去，乔很快回复了一句："记着呢，没问题。"

燕绥之点了点头，又收回视线夸了乔一句："小少爷关键时刻办起事来还是很靠谱的。"

他走上前去按了电梯，身后有几个姑娘叽叽喳喳地冲过来。

顾晏正给乔发着消息，有个姑娘不小心撞到了他的胳膊。

"哎呀，对不起！"那姑娘连声道歉，接着一愣，"是你们啊？"

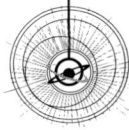

燕绥之闻声转头，双眸极轻微地眯了一下。

居然是艾米·博罗——昨天他们跟了一路的小护士。

今天的艾米·博罗又恢复成了普通模样，头发蓬松，刘海遮着额头，口罩拉到下巴。她没有化妆，又或者化了淡妆，五官柔和却平淡，这跟她昨天出现在高速休息站的模样判若两人。

俨然是个合格的影后。

好在顾晏本来也不是多话多表情的人，他只是动作顿了一下，微微有些讶异。这种讶异无伤大雅，就好像他只是想不起来这个打招呼的姑娘是谁。

"叮"的一声，电梯门打开了。

一群小护士又叽叽喳喳地涌进了电梯，末尾那个顺带拉了艾米·博罗一把，叫道："艾米！别愣着啦，快进来，要迟到了！"

"艾米？"燕绥之就像是被提醒了一般，"哦"了一声，了然一笑，道："你就是那个总被贺拉斯·季气哭的姑娘？"

影后就是影后，艾米·博罗居然显得有些不好意思。

燕绥之真是佩服之至。

电梯无声上升。

艾米·博罗问："你们又去看望季先生？"

顾晏点头，淡淡地说："看看他今天情况怎么样。"

艾米·博罗说："听说早上退烧了，呕吐和红疹的情况都好转了一些……"她说着，转头拱了拱身边的同事，确认道，"肖医生是这么说的吧？"

另外两个同层小护士附和地点头："对，目前状况好很多了，今早护士长还叮嘱我们接班之后注意监测，如果他今天一整天都没有再发烧，那就在控制范围内。"

顾晏道："这样最好，省去很多麻烦。不然……"

艾米·博罗好奇地问："不然什么？"

"没什么。"顾晏说，"只是如果症状反复，迟迟得不到缓解，我倾向于建议当事人转去感染治疗中心。"

这话在知晓一切的燕绥之听来，真是十分瞎。但艾米·博罗并不清楚。她听见这话之后，肩膀微塌几分，嘴角极小幅度地动了一下。

这些细小的反应都被燕绥之收进眼里，这表示她很放松……或者说，顾晏的话让她很放心。

顾晏目光低垂，依然在智能机上跟人发着消息。屏幕切换成了私密模式，其他人根本看不到界面内容。

在不知情的人眼里，他就像在处理早间邮件一样，面容平静。偶尔会在忙碌的间隙抬头跟艾米·博罗聊两句。

透着冷冷淡淡的绅士和礼貌，就像往常一样。

可事实上，他智能机上来去的消息都是这样的——

乔："那个护士也已经盯住了，你们标记过的几个地点我一并传给了我姐。尤妮斯女士最擅长干这个了。你知道的，当年我离家出走从未真正成功过，都是拜尤妮斯女士所赐，她让我感受到了什么叫无处不在。"

顾晏："贺拉斯·季接触过的东西还是雅克·白在检测？"

乔："不是，换人了。说来也巧，我正发愁怎么说才不突兀，雅克居然主动找我说他名下的研究项目数据出了点儿问题，需要加班加点，顾不上检测，我就顺理成章换了人。"

顾晏："什么时候的事？"

乔："刚刚。你说他究竟是不是曼森的人？要说不是吧，巧合也太多了。要说是吧，他为什么要推掉检测呢？他完全可以全部检测一遍，然后给我一个假结果。还是说他已经觉察到我们的疑心，在撇清自己的关系？"

顾晏："或许我们要做好什么也检测不出来的准备。"

乔："你是说他们其实已经把痕迹处理干净了，所以才放心任外人检测？那要怎么抓证据？"

顾晏："今天跟紧艾米·博罗。"

乔："为什么这么说？她今天还会有动作？"

顾晏："刚才护士说贺拉斯·季的状况在好转，如果他今天不再发烧，那就说明情况在可控范围内，不需要转院。"

乔："哦！我明白了！为了促使贺拉斯·季转院，那个小护士艾米·博罗今天一定会让他再出点儿状况。"

电梯在特殊病房那层停下，打开了门。

"我们先下了。"三位护士姑娘跟电梯里的其他同事打了声招呼。

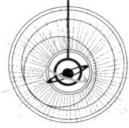

艾米·博罗则向顾晏和燕绥之摆了摆手，道："我们去更衣室拿外套上班了，你们进病房记得要口罩。"

"好的，谢谢。"两人点头，往病房的方向走。

"小少爷那边怎么说？"燕绥之问。

顾晏直接把聊天记录给他看。

燕绥之扫了一眼，又用一种意味深长的目光看着顾晏。

"怎么？"顾晏问。

"没什么。"燕绥之弯了一下眼睛。

只是一想到刚才艾米·博罗小姐就站在顾晏身边，笑嘻嘻地跟他闲聊套话，而他却一脸平静地跟乔说着怎么揪住她。

如此刺激的事，顾大律师却依然雷打不动，冷冷淡淡。

真是非常……

此时的艾米·博罗小姐正在更衣室套护士服，她的智能机突然无声振了一下。她收紧腰带，不紧不慢地正了正白色的帽子，这才点开屏幕看了一眼。

信息内容只有一句话："医院今天怎么样？有人起疑心吗？今天能否搞定？抓紧，快开庭了。"

艾米·博罗想了想电梯里的闲聊，回复："正常，没有，少操闲心。"

今天才刚开始，有足够的时间让她寻找最合适的动手时机。只要贺拉斯·季的药剂从她这里经手，只要身边没跟着其他同事，只要那两位律师不在，然后趁守在门口的警员不注意……

这样的机会实在太多了，艾米·博罗心想，而她只需抓住任意一个。

八点四十五分，换好班的护士们开始第一次巡房。

以往巡房都是一人一间，做个基础体检，看一眼营养机的运转数据有无异常，再派发适量药剂看着病人吃下去，就算完成了。

艾米·博罗算了一夜，把自己顺理成章安排成贺拉斯·季的巡房护士。但当她踏进房门时，她身前是负责的肖医生，身后跟着不放心的护士长，病房里是在问话的燕绥之和顾晏，病房外是虎视眈眈的警员。

艾米·博罗小姐十分想骂人。

十点整，护士们开始第二次巡房。

艾米·博罗从分发药剂的护士手里接过白铁盘，踏进贺拉斯·季的病房，燕绥之和顾晏停下问话冲她点头笑了笑，门外的警员再次虎视眈眈地看进来。

而贺拉斯·季这个浑蛋又蛇形走位，拖着一脸要死的病容，愣是不让她靠近扎针。

燕绥之再次彬彬有礼地问道："小姑娘，要帮忙吗？"

说着，他温和又不由分说地拿走针剂，看了看剂量说明，一回生二回熟地扎进了贺拉斯·季的胳膊里。

艾米·博罗小姐脸上的笑快绷不住了。

下午两点，护士们开始午间巡房。

这个点巡房就不是为了分发药剂、记录数据了，而是为了盯住病人有没有遵医嘱。比如有没有偷偷抽烟、偷偷藏药不肯吃或者乱拔输液管，以及规定的饮水量和饮食量有没有做到。

这天下午，贺拉斯·季需要做一次例行体检，需要他在体检前喝够足量的水。

艾米·博罗把半粒米大小的药剂掩在弯曲的小指关节里，她给贺拉斯·季接水的时候，只要小指微微一松，那粒透明的药剂就会无声无息地落进水杯。

"你喝水了吗，季先生？别忘了过会儿要体检，你需要膀胱充盈才……"艾米·博罗进了门，燕绥之和顾晏从记录的电子纸页上抬起头，冲她礼貌地点点头。

艾米·博罗的话生生卡在了喉咙里。

"怎么了？"燕绥之一愣，"你看上去脸色不太好，中午没休息好？"

"没有，就是觉得刚才那么喊话不太合适，我没想到你们还在。"

影后艾米·博罗小姐的脸上泛着薄红，心里骂着一票祖宗。

你们为什么还在？你们今天是打算住在这里了还是怎么？

你们能不能给这位当事人留一点点喘息的空间？没看见他快要烦死了吗？

从某种意义上来说，艾米·博罗的担心并没有错——燕绥之和顾晏可能真的打定主意要住在医院了。

对此，很难判断博罗小姐和贺拉斯·季谁更崩溃一点儿。

随着巡房次数逐步增加，护士小姐的笑容越来越僵硬，当事人的脸简直能从三十七楼拉到一楼。燕绥之把众人一切细微的表情和小动作都看在眼里，对两人的心理活动自然也了如指掌，但架不住他成心装瞎。

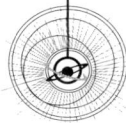

某位院长最混账的一点在于，他不仅装瞎，还总在人家绝望到要死的时候给点儿希望，又总能在关键时刻让人家希望破灭。

活像在把玩什么小耗子。

下午四点三十分，贺拉斯·季需要做例行体检。

体检前，住院处负责他的肖医生又特地来看了他一趟，确认他状态良好，头晕、呕吐的状况并不严重，背部、大腿的红疹已经消退，只剩下一些浅淡的痕迹，也没再发烧。

"恢复得不错。"肖医生欣慰地说道，"所以说咱们春藤的治疗效果还是拿得出去的，一天一夜的工夫就把症状控制在了这个程度，绝对不比感染治疗中心差。"

护士长及一干小护士都很开心，毕竟他们守住了春藤的尊严。

贺拉斯·季也勉强开心了一下，只要不去感染治疗中心，让他干什么都行。

唯独艾米·博罗小姐最不开心。她在人前甜甜地微笑，转头就咬住后槽牙，嘴角微微抽动，显示出一种极度克制又按捺不住的焦躁。她已经错过了无数个机会，再这样下去，她的任务将以失败告终。一环没扣上，就会影响更重要的事情，那些责任她可承担不起，她也没那个胆量承担。

艾米·博罗心想，幸好贺拉斯·季的体检还是由她负责，到时那两位律师总不会还在吧？

没理由，不可能。

她的猜想总算对了一回。贺拉斯·季拔下退烧针的时候，燕绥之和顾晏起身正要走。

至少在这一瞬间，艾米·博罗小姐和贺拉斯·季先生的心情是一致的，活像忍辱负重大半生，终于送走了两尊祖宗。但为了保持角色不崩，影后艾米·博罗略显好奇地问："你们不一起过去？"

"不了。"顾晏从衣架上摘下外套，搭在手臂上，"体检是医生的事，我要问的话都已经问完了。"

艾米·博罗心里松了一口气，简直想放两车烟花庆祝一番。她控制住脸上的表情，冲贺拉斯·季点头，说："走吧季先生，我们去楼下体检中心。"

她跟在贺拉斯·季身后，小指微微弯曲，那枚半粒米大的药剂依然藏在关节处，等待掉落的合适时机。

她都已经盘算好了，等到了体检中心，贺拉斯·季多少还需要再等几分钟，一方面等前面的人体检完，另一方面需要等膀胱充盈。到时候她就能顺理成章地接一杯水，催促着贺拉斯·季喝下，而那粒药剂也会随着那杯水，进到他的肚里。

神不知鬼不觉，堪称完美。

"那我们先过去了。"艾米·博罗尽心尽力地演好最后一场戏，出门的时候又冲两位律师摆摆手。

燕绥之也冲他们摆了摆手，说："行了，去吧。虽然下午聊得不算愉快，但还是祝你体检一切顺利，最好连感染都变成阴性。"

他说着顿了一下，忽然打趣般笑着冲贺拉斯·季说："怎么季先生听了这话一脸不高兴的样子，难不成你还感染上瘾了？"

门口的警员们一听这话，噌地站了起来，满脸警惕。

艾米·博罗："……"

贺拉斯·季在春藤医院耗了这么久，警员们早就怀疑这人在借病拖时间，只是苦于没有证据，只能吹胡子瞪眼地干看着，现在燕绥之的话提醒了他们——万一贺拉斯·季买通医生，在体检报告上做了手脚，怎么严重怎么写呢？

于是，某位院长轻描淡写的一句话，让原定的两位陪同警员增加到六位，然后全方位、无死角地盯着贺拉斯·季——其中两位甚至还盯着他身边的护士。

艾米·博罗真的快哭了。

3

住院楼暗潮汹涌的时候，实验室那层也终于有了新的动静。

闭门数个小时的雅克·白再一次打开了休息室的门。

走廊里空无一人，跟往常一样安静。

林原和他团队的几间休息室门边都亮着蓝色指示灯，这表示"里面有人正在休息，他们也许熬了很多天刚睡着，请勿擅自打扰"。

春藤医院在这方面总是很人性化，在诸多细节上给他们这些研究人员予以关照。

以前雅克·白总是注意不到这些细节，因为习以为常，也因为他被春藤以外的一些事情分走了大部分精力。

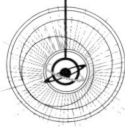

他站了一会儿，伸手关了自己休息室门边的蓝灯。在背手关上门时，他抑制不住地打了两个哈欠，眼睛里顿时蒙了一层灰蒙蒙的雾气，这让他看上去很没精神，介于病和没病之间，又跟亚健康的表现不太一样。

雅克·白用手掌揉了揉太阳穴，又捶了两下额头，这才迈步进了实验室。

"白医生？"实验室里已经有人了。

那是一个年轻小伙，刚毕业也没几年，长了一张娃娃脸，一笑起来右脸就会出现一个酒窝，长相算得上有辨识度。

林原研究团队的人向来不少，其中一大半雅克·白至今认不出脸，这个酒窝小伙子却算例外。雅克·白知道他叫肖因，因为性格细致认真，他经常帮其他研究员筛查审核研究数据，也总会在实验室里盯反应进程。

雅克·白经常会碰见他，一回生二回熟。

"今天还是你值班？"雅克·白冲他打了声招呼。

"对。"肖因挠着头笑说，"我比他们多睡了几个小时，正精神，所以盯一会儿。等林医生他们醒了，再换我去睡。"

他垂在实验台下的手指一直在拨弄着智能机，显得有一点儿紧张。尽管他努力让自己看起来自然又平静，但在跟雅克·白说话的时候，眼神还是会有轻微的躲闪。

好在雅克·白并没有注意到这些细节，他看起来精神状况有点儿糟糕。

肖因盯着雅克·白的一举一动，在心里悄悄设计了好几个场景。

比如雅克·白忽然发难，掏出什么东西来威胁试探他，他该怎么应对？

比如雅克·白找个听起来很正当的理由，提出要看一些权限范围外的实验数据，他该怎么拒绝？

比如……

肖因作为玩多了游戏、看多了电影的年轻人，在脑子里上演了八百多场戏，结果雅克·白既没有找理由把他请出实验室，也没有对他们团队的研究项目和进程表现出过分浓厚的兴趣。

雅克·白只是一如往常，他用自己的指纹和虹膜刷了仪器认证，电子音哗哗报出权限范围。他一脸困倦地撑着桌台，手指勉强灵巧地敲着虚拟键盘和指挥键。

这种操作十分常规，一般核验过或者手动修改过的研究数据及成果，会经由这样的操作，写入仪器的云储存数据库里。

肖因不知不觉地盯着看了一会儿。

片刻后，雅克·白转头问："盯着我干什么？你们那些反应进程不用看？"

"要的要的。"肖因被他问得心虚，连忙应了两声收回视线。过了几秒，他才想起来一个补救的借口，"我就是看白医生你今天特别累……你真的没关系吗？没生病吗？"

雅克·白闻言，手指没停。

片刻之后，他才道："嗯？不好意思，没太听清，你刚才说什么？"

"没什么，就是问你是不是病了？"肖因重复了一遍。

雅克·白这次倒回得很快："没有。"刚说完这句话，他又忍不住吸了吸鼻子，抵着鼻尖再度打了个哈欠。

肖因道："嗯……"

雅克·白的眉毛皱了一下，补充说："好吧，也许该死的有点儿感冒。"

他这次的数据有点儿长，以往两三分钟的事，这次居然用了将近二十分钟。键盘敲一会儿，停一会儿，需要等数据保存和自我分析。

肖因的狐疑之心再度爆棚时，雅克·白敲了确认键。

虚拟键盘收起，仪器"嘀"地响了一声，表示存储顺利。

雅克·白直起身体，揉着脖颈活动了一下筋骨，冲肖因摆手，干脆地往实验室门外走。

"这……这就走啦，白医生？"肖因跟了两步。

"嗯，很久没睡了，回去休息。"雅克·白头也不回地摆了摆手，然后双手插在口袋里离开了。

脚步声响在安静的走廊上，又被自动关闭的实验室大门掩在门外。

不知为什么，肖因在那一瞬间感到一阵慌张。明明他刚才一直盯着自己团队的研究数据和反应进程，其状态十分正常，没有出现任何问题。

他急忙跑回仪器边，又不放心地查了一遍，确定确实没问题后，他才压下那种不知来由的心慌，给乔发去一条信息："白医生刚走，没动我们的实验，一切正常。"

护士艾米·博罗一次又一次错失机会，被燕绥之和顾晏气得绝望。从体检

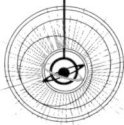

中心回来之后，她连微笑都维持不下去了，脸色前所未有地差。

"你怎么了？"护士站的其他姑娘关切地问她。

"没什么。"艾米·博罗提不起兴致，任务失败意味着很多可怕的后果，只要想起那些，她就顾不上应付这些天真愚蠢的"同事"了。

但姑娘们依然不放心，道："可是你看上去很没有精神！说说吧，怎么了？身体不舒服吗？"

艾米·博罗心里一阵烦躁。她不想搭理，回答得敷衍又含糊："差不多吧。"

这种态度弄得几个年轻姑娘不知道怎么接话，她们讪讪一笑，安静地做事，唯独过来收记录的护士长没计较。

她比这些年轻护士年长许多，热情且耐心。她问艾米·博罗："你是不是生理期不舒服？如果实在难挨就先回去，犯不着硬撑。我安排其他人替你，反正离晚班七点的交接也就三个小时。"

艾米·博罗听见这话，忽然又想出一个新主意。

她佯装犹豫了几秒，一脸愧疚地对护士长说："三个小时的缺勤也有点儿遗憾，这个月我一天也没缺过，可以全勤。如果因为这三个小时泡汤，那就太可惜了。"

"那……"护士长也跟着迟疑片刻。

"我可不可以换个短班？"艾米·博罗说出她的目的，顶着一张可怜兮兮的脸。

护士长看着她考虑了一会儿，说道："这样吧，我让安娜替你，你去休息室歇一会儿。她晚上有事需要提前回家，你八点之后来接她的班，把缺勤补上，怎么样？"

怎么样？简直好极了！

晚上是个好时机，值班护士比白天少，巡房时间也没那么严。碍事的人少很多，就连守在门外的警员都会因为交接班盯得没那么紧。

只不过这几天的晚班都排给了其他人，艾米·博罗正愁没借口插班呢，护士长就给她递了台阶。

她都没想到一切这么顺利，就好像老天都站在了她这边，祝她成功一样。

艾米·博罗差点儿笑出声来。她端住了虚弱的模样，对护士长说："如果能这样就再好不过了，谢谢。"

"谢什么，快去歇着吧。"护士长说。

为了让自己的不舒服表现得更逼真一些，艾米·博罗真的去了休息室。她不紧不慢地从药剂柜里刷了一瓶止痛药，又倒了一杯清水。她拧开止痛药的瓶盖，摇晃了几下，做出使用过的样子。又喝下半杯水，这才躺在床上，用被子把自己从头裹到脚，闭上眼睛。

休息室里偶尔会有同事过来换衣服，她装得太像了，没一个人看出问题，个个都轻手轻脚，生怕吵到她。

她听着那些同事轻声细语地聊天，偶尔会提到贺拉斯·季，且都在庆幸他的状况越来越好，给春藤的治疗质量长了脸，但她心里却不以为意。

她一直在盘算着晚上的计划。鉴于下午的一系列失败给她造成了不小的心理阴影，她居然有点儿忐忑，没什么把握。

她在黑暗中紧张了很久，忽然意识到，那两位要命的律师已经走了。

瘟神都没了，她有什么可担心的？

没有，不存在的。毕竟她这么多年也没栽过几回。

艾米·博罗想到这点便放松下来，又有了过去淡定从容的模样，居然真的睡了过去。

晚上七点，住院楼办公室。

护士长安排完所有的事，调整了一下系统的出勤排班表，把艾米·博罗的名字插了进去。

与此同时，春藤医院不远处的餐厅里，"据说已经走了的瘟神"燕绥之和顾晏正衣冠楚楚地坐在二楼，借着包间不受打扰的密闭性，聊着不方便在外面聊的话题。

"实验室的数据确定没被雅克·白干扰？"燕绥之问。

顾晏正在跟乔交换信息，说："负责守实验室的研究员检查过研究数据，应该没有问题。"

燕绥之若有所思，重新看起下午的监控视频。走廊和实验室内的视频他们都有，也来来回回看了几遍，视频里的雅克·白确实没有什么突出的异常举动，不管看几遍也是这个结果。但是……

"雅克·白离开医院之后还去了哪里？"燕绥之又问。

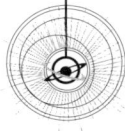

顾晏把乔回复过来的信息给他看，说："我刚才也问过同样的话，跟着雅克·白的人给乔传了消息，他离开医院就回了自己的公寓，没去过其他地方。"

乔的新消息又发了过来："放心，他公寓楼下二十四个小时都有人守着。如果他真的有问题，今天不表现出来，明天也会，明天不表现出来，还有后天，总会露马脚的。一旦有什么情况，不管好的还是坏的，盯着的人都会及时通知。"

燕绥之正在看着信息内容，顾晏的智能机突然"叮"的一声，跳出一条提示——春藤医院护士排班已更新。

是他们跟乔要的数据库有动静了。

"护士排班……"燕绥之没有点开更新内容。他把屏幕按下去，靠在椅背上冲顾晏说，"来打个赌吧，猜猜看这是正常排班变动还是我们的间谍护士又出手了。我赌艾米·博罗成功把自己塞进了晚班里，你赌没有，怎么样？"

顾晏："……"这位不要脸的赌客又来骗赌资了。

顾晏看了他两秒，说："我不如直接交筹码吧。"

"哪有你这么赌的？"燕绥之忍不住想笑。

"你这么赌的也前所未见。"顾晏把这话扔回给他，顺手把智能机屏幕重新调出来，点开了提示内容。

不出他们所料，出勤排班表有了修改，艾米·博罗的名字出现在夜晚值班那一栏。

八点整，特殊病房层的休息室灯光一亮，艾米·博罗把散落的头发掖进护士帽，准时出现在护士站，跟急着回家的同事安娜换了班。

半个小时后，贺拉斯·季门外的警员也开始交接班。

来换班的警员给守门的警员们带了晚餐，相互打着招呼：去卫生间的、狼吞虎咽吃饭的、了解白天情况的……病房门口，每到换班点就会变得热闹，而热闹也意味着混乱。

平时，不管是护士还是医生，他们做任何事时警员们都会谨慎地盯住他们，一点儿间隙都不留，唯独这时候是个例外。

先前艾米·博罗几次动手脚都是趁这个时候，所以白天并非她的主场，晚上她才经验丰富。

她几乎熟门熟路地掐准了时间点，在警员们注意力分散的时候，一脸泰然地拿着托盘去了药剂房。

贺拉斯·季的配药白天有专门的护士轮流负责，晚上值班人有限，一个人要包下整个流程。

艾米·博罗刷了单，一堆药物的剂量被精准地传送出来：两粒消炎药、一粒退烧药、一支感染专用药剂，还有一杯舒缓肠胃止吐的冲剂。

"哎，今天不是安娜吗？"药剂师探头看了她一眼，好奇地问。

"她家里有事，我替她的班。"艾米·博罗笑笑，在药剂师眼皮子底下把这些东西一一放进托盘里。

这边的摄像头非常多，各个角度都有。再细微的动作都逃不过去，所以艾米·博罗没有选择在这里下手。

她顺着走廊往特殊病房走去，走廊中间有一扇常年半开着通向安全楼梯的门，那里的摄像头刚好会被半扇门挡住，形成了一个监控死角。在经过那里的瞬间，只要注意角度和幅度，她稍稍动点儿手脚不会有任何被发现的机会。

这样的事情艾米·博罗不是第一次做。她走到那边的时候，神态自若，目不斜视，只在经过那半扇门的时候，轻轻抬了一下右手小指，接着，一枚透明的药粒就轻巧地落进了止吐冲剂里。冲剂漾了两圈水纹，又恢复平静。

这时候，即便有人一眨不眨地盯着医院监控屏幕，也会因为角度问题看不出任何异常。

成了！

艾米·博罗面色如常，心里却笑了起来：果然，这种事情其实简单极了。白天那些不过是意外，实际上，她只需要动动手指，就能轻而易举地完成。她甚至能感觉到那枚无色无味的药粒在冲剂中迅速融化，任谁也检查不出痕迹。而两个小时之后，贺拉斯·季就会再次陷入发烧、呕吐、周身感染的恶劣状况，这些症状会证明春藤医院拿感染无能为力，也会逼得贺拉斯·季转进由曼森控制的感染治疗中心。

退一万步说，如果贺拉斯·季没能成功转院，那么他也会在这种反反复复的感染症状中衰竭而亡。到那个时候，他的死亡非但不会引人怀疑，春藤医院还需要承担治疗不利的责任。

一石二鸟，完美至极。

无数后续影响在她脑中闪过，她越想越得意，甚至连脚步都轻快了起来。

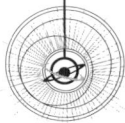

然而她刚走没几步，就感觉自己的肩膀被人轻轻拍了一下。

一个熟悉的声音从她身后传来，有人不紧不慢又彬彬有礼地对她说："博罗小姐，抱歉打扰一下，你可能漏了东西在我们这里。"

艾米·博罗端着托盘的手抖了一下。

这大概是她"职业生涯"里第一次出现这种失态的情况。

身后那位说话的人声音其实非常好听，尤其当他带上几分笑意时，令人听起来十分享受。

艾米·博罗第一次听他说话时，就产生过这种感觉。

可惜，今时不同往日。

此刻的她一点儿都不享受，只想发疯。

你们怎么又来了？你们把家安在春藤了吗？

为什么如此阴魂不散？

艾米·博罗转头看向燕绥之，这几句暴躁的问话差点儿脱口而出。她脑中甚至闪过一个念头——任务算个屁！我先骂两句再说！

好在仅剩的理智封住了她的嘴。

她梗着脖颈，用毕生教养和应急经验克制住自己想骂人的冲动，嘴唇动了两下，憋出一句正常的问候："晚上好，你们怎么回来了？"

说完，这位影后还客客气气地笑了一下，说："你们刚才好像说我漏了东西在你们那里？是我听错了吗？我怎么没发现漏了什么？"

她说着，还低头扫了自己一眼，看看身上有没有缺失什么东西。

结果就听燕绥之说："哦，一点儿马脚而已。"

有那么一瞬间，艾米·博罗甚至没反应过来他什么意思。

片刻后，她自我打量的动作才猛地僵住。

——我露了什么？

——你露了马脚。

这句回答平平静静，简简单单，就好像对方只是讲了个无伤大雅的冷笑话，却让艾米·博罗如坠冰窖。

等她从这种头皮发麻的状态中惊醒时，她居然已经被燕绥之和顾晏"请"进了旁边的货梯里。

"什么马脚？快别开玩笑了，两位律师先生。我还有事要忙。"艾米·博罗伸手要去摁开门键，结果顾晏提前一步挡住了电梯按钮。

"如果你所谓的有事要忙，是指给我的当事人贺拉斯·季下药，那就不必急了。"顾晏垂眼看向她，语气一如既往的平静冷淡。

艾米·博罗又进了一次"冰窖"，但面上依然装傻，问道："下药？什么下药？你们什么意思？我怎么越听越糊涂。"

"恕我直言，越听越糊涂这点儿我看不大出来，越听脸越白，我倒是看得很清楚。"燕绥之的语气并不强硬，甚至算得上温和，仿佛在安慰人似的。然而他说出口的话却能把人安慰出一嘴血："你现在这种反应，我们顾老师一般礼貌地称之为困兽之斗。我就要刻薄一些了，我一般把这称之为垂死挣扎，其实意义不太大，白费力气而已。你觉得呢，博罗小姐？"

艾米·博罗："……"

她抿着嘴唇，终于沉下脸。

她盯着燕绥之看了好久，下巴在不知不觉之中抬了起来。仅仅是几个细微的动作，整个人的气质都不一样了。

那个会哭会委屈的小护士瞬间消失，取而代之的是那个独自驱车去高速休息站接头的女人、是运输飞梭机上的药剂看管者、是曼森兄弟手下的一员。

艾米·博罗冷冷地说："垂死挣扎这个说法不那么好听，我不喜欢。而且我并不觉得这样的行为没有意义，你们律师给人定罪从来都只靠一张嘴吗？你们说我给贺拉斯·季下药，可以啊，我要给他用的所有药剂都在这里……"

她举了举手里的托盘，纤瘦的手指一一指过去，说："消炎、退烧、治疗感染、止吐。肖医生开了多少我就刷了多少，效用分类清清楚楚，一点儿不多，一点儿也不少。这座大楼就有检验中心，我们现在就过去，把这些药剂拿去检验。如果能查出毒剂拿出证据，我立刻去警署自首。相反，如果查不出毒剂，我送你们去警署。"

她边说边回想自己投放药剂的整个过程，再三确认自己动作细微，而且她可以肯定，自己经过安全楼梯时燕绥之和顾晏还没出现，至少没有站在那里盯着她的手。

退一万步说，就算他们真的看见了她的动作，空口无凭，又有多少效力呢？

这么一想，艾米·博罗迅速冷静下来，她非但不紧张，态度甚至有些高傲，说道："这样吧，也别浪费时间了。就算警署离这里很近，调人过来也需要几

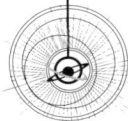

分钟，实在没那个必要。楼上不就有警员吗？我现在就请他们下来，让他们亲眼盯着检测过程，免得检测结果出来了二位又不认。怎么样？"

顾晏道："博罗小姐说话算话？"

艾米·博罗心里有些得意，说："算话。劳烦顾律师让开一步，重新按一下电梯楼层，毕竟检测中心可不在一楼。"

顾晏分毫没让。他个子很高，只要站在按键前，哪怕两只手都插在西裤口袋里，一动未动，艾米·博罗也没法强行推开他去操作电梯。

事实上，他还真的连手都没抬。即便双方已经到了撕破脸的程度，他的一切举止依然绅士而有分寸，挑不出半点儿错。他沉声说："我指的不是检验，而是这句。"

他拨弄了一下尾戒智能机，刚才艾米·博罗说的一句话便原音重现——"如果能查出毒剂拿出证据，我立刻去警署自首。"

艾米·博罗脸上一阵绿一阵白，道："你居然录音？"

顾晏淡声回答："职业习惯，见谅。"

还见谅？艾米·博罗气出烟来，她道："行，录音？录吧，随你们的便！那我们现在能去检验中心了吗？"

"用不着那么麻烦。去了检验中心也查不出任何痕迹，这点我对博罗小姐很有信心。"燕绥之说。

艾米·博罗冷哼一声。

"不就是证据？放心，不劳博罗小姐替我们想办法，我们已经准备好了。"燕绥之冲她摊开手，一个黑色的米粒大小的东西静静躺在他掌心。

艾米·博罗脸上刚恢复没多久的血色，"唰"地没了，再度变得惨白。

她认识这东西，这是黏着式高清摄像珠，好处是不易被发现，坏处是一枚只能录一次，录多少是多少。这不算什么高级玩意儿，她甚至看不上它，也很少会用，却没想到自己有一天会栽在这东西手里。

"博罗小姐的脸这么白，看来认识它。"

燕绥之不紧不慢地解释说："是这样，贺拉斯·季先生的症状来得太突然，我们做律师的疑心比较重，总觉得有些问题。于是就借着今天在医院的机会，把那条走廊来回走了几次，模拟了一下医生们护士们可能搞小动作的路线。我们看过太多监控，对摄像头的覆盖范围非常敏感，所以走上几回，就碰巧发现了一处监控死角。我这人有点儿强迫症，见不得这种缺漏，所以之前用完晚餐顺道拐去隔壁电子城，买了这么个小玩意儿，暂时填补一下。"

他说着，又轻轻一笑，道："没想到这么快就派上了用场。不过录得有点儿长，就不在这里放给你看了，我个人认为有点儿浪费时间。你有异议吗？有可以提。"

艾米·博罗："……"

艾米·博罗已经提不出任何异议了，从看见这个小玩意儿起，她就变得面如死灰。

电梯又是"叮"的一声响，楼层显示为地下停车场。

她盯着那个数字看了两秒，在电梯门打开的瞬间把药剂盘砸了出去。

燕绥之和顾晏侧身让开，东西咣啷碎落一地，在安静的停车场里回音阵阵，突兀极了。

艾米·博罗趁机跑出电梯。

她出色地完成过那么多任务，怎么会轻易就栽在这里呢？她心想。

她这么年轻，虽然参与过很多事情，但并不是最坏的那一个，在她手下送命的人也不算多。那些比她更糟糕、更危险的人物都还没有落马，还没有遭到报应，怎么会先轮到她呢？

这种时候，艾米·博罗忽然信起了公平。她希望老天能够短暂地长一下眼，先去折磨那些大鱼，再来对付小虾。

她转而又想到，自己公寓的车可以随时启动，虽然动静大一点儿，但现在是紧急状况，没必要再顾虑那么多。她可以先逃离法旺区开到郊区，再联系修车厂的那几位帮忙，在她逃离的路上清一清"路障"。

她可以躲上一阵子，利用一些下线安排隐蔽的住处，她可以忍受一段时间不见天日、少一些自由和利益的日子。

只要善于忍耐，再小心一些，应该会没事的。她这么想着，可惜她对捉她的两位律师太不了解了。

不论是燕绥之还是顾晏，一旦主动出手，必定是做好了万全的准备。

所以艾米·博罗跑出电梯的时候，燕绥之和顾晏并没有急吼吼地追上去。

顾晏看了一眼智能机，几分钟前发出去的信息已经有了回音——来自离这里两条街的警署，内容只有四个字："我们到了。"

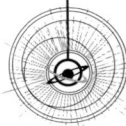

他们联系的警长跟曼森家族毫无瓜葛，跟春藤集团老狐狸等人也毫无交情。

这位警长就是一位以铁面无私著称的刺头，向来天不怕、地不怕，事情没有查清楚前，没有任何人能从他嘴里撬出一句案件信息，包括其他组的警员，也包括媒体。

艾米·博罗这样性质特殊的人交给他调查，再合适不过，甚至不用担心会打草惊蛇。

法旺区时间晚八点四十一分，深蓝色的警车披着夜色而来，滑进春藤医院的停车场入口。

一分钟后，艾米·博罗在停车场内被拘。

黏着式高清摄像珠记录下了她投放药剂的全过程，警员收走她的智能机和对外联络工具，监控她的一切通信设备，并在此基础上"请"她过去配合调查。

八点四十三分，乔少爷一个通信下去，春藤医院数据库内的护士出勤排班表悄悄刷新，艾米·博罗的名字后面多了一条状态信息：病假，归期不定。

4

一张巨大网络的崩落，往往从某个细小的缺口开始。

艾米·博罗就是那个缺口。

关于她连夜被拘的消息，那位警长封得很死，春藤医院也同样安排好了一切。理论上，短时间内，其他人都不可能知晓这件事。但事实正相反，当天夜里就走漏了风声。

放风声的是埃韦思家族，提出这个建议的则是燕绥之和顾晏。

听到这个建议的时候，乔正坐在天琴星某看守所的休息室里。他在赵择木这里感受了一整个白天的"沉默是金"，正气得脸发绿，琢磨着要不要给赵择木第二次机会。

一夜没睡好，又在气头上，乔大少爷的脑子有点儿迟钝，一时间没明白燕绥之和顾晏的意思，问道："什么？把艾米·博罗被抓的消息放出去？那岂不是主动提醒曼森兄弟：我们要去逮你们了，你们先准备准备！"

他绘声绘色地说完，没好气地问："等他们准备好了，我们还玩个屁啊！所以顾，这么馊的主意是哪个疯子想的，别告诉我是你。"

通信那头的顾晏淡定地说："我确实是这个想法，不过主动提出这个建议的是某位院长，我不介意把你刚才的评价转告给他，毕竟骂他疯子的人十分少见，你应该是头一个。"

"哦不不不，算了算了。"乔大少爷认完尿，又咕哝道，"但我确实不能理解你们的脑回路，怎么想的……要把消息放出去……"

顾晏没头没脑地问："去过蔚蓝渔场吗？"

"废话，当然去过。"

那是极为遥远的一颗行星，因为整个星球都被海水包裹，海产多得令人咂舌，被称为联盟的渔场，由此得了个漂亮诨名，叫蔚蓝渔场。

"知道蔚蓝渔场的无氧区吗？"

乔说："知道啊！"

因为星球引力磁场以及一些地质环境的原因，蔚蓝渔场有几处地方非常奇特，水内含氧量近乎零，被称为无氧区。一部分需要依靠氧气成活的海下生物动辄就在无氧区表演"批量去世"的戏码。

为了保住这些海下生物的命，蔚蓝渔场的政府策划了一项活动——让游客往水里发射氧气弹。氧气弹在水里一炸，什么奇形怪状的水下生物都会扑腾起来，看起来蔚为壮观。

这项活动被简单粗暴地称为"炸鱼"，百年以来，已经发展成了蔚蓝渔场的经典旅游项目和一大奇观。

顾晏说道："你们燕老师对这种招猫逗狗的活动很有兴趣，但抽不出空闲时间去蔚蓝渔场。只能借着艾米·博罗，拿曼森兄弟手下那些人过过'炸鱼'的瘾。"

乔："……"

某人张口闭口"你们燕老师"的，除了你，谁喊燕老师。

考虑一番，乔觉得这事确实可行。他正打算再次展示自己广博的人脉和远程遥控能力，却发现自己的亲爸爸德沃·埃韦思已经采取了行动。

老狐狸不愧是老狐狸，风声拿捏得极有分寸，消息半真半假地搅混后放了出去。既惊了对方一部分爪牙，又不至于言之凿凿地惊动曼森兄弟本人。

燕绥之和顾晏要的就是这个效果。

海太平静就得搅两下，让那些蛰伏的玩意儿自己蹦。

不出二十四个小时，行动就有了成效，有人沉不住气了。

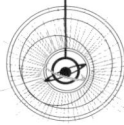

凌晨五点，法旺区。

饱含湿气的浓云从天边直压过来，青黑欲雨。

燕绥之被指环智能机振醒，屏幕上显示着一条新的通知：在抓一只烦人的耗子。

什么玩意儿？

燕教授睡意未消，眯着眼睛看了好一会儿才反应过来——顾晏那位朋友的反捕捉小程序有动静了。

当初给房东默文·白装上这个程序时，燕绥之开了远程关联。

他们两个人中，任何一个人的智能机遭到非正常干扰、收到非正常信息时，都会蹦出红条预警。

当初那位朋友说，三次之内可以侦测到干扰方。目前看来他还谦虚了，只用了一次，程序就抓住了对方的小辫子。

接下来要等的，就是解析出对方的身份了。

智能机紧跟着又振一下，是房东的信息："早上好，我又收到了一封垃圾邮件，你们那个程序起作用了。"

燕绥之："看到了，邮件情绪很丰富。"

房东："哦，对，你那边可以同步，那我继续睡了。"

再一次遭受死亡威胁的房东默文·白，像只收到了一条推销信息，根本没放在心上。他只是翻了个身，就继续睡了过去。

燕绥之从那条"活泼"的通知条点进去，除了同步过来的邮件内容，还有不断刷新的捕捉详情：

05:03:34

正在试图捕捉……

05:04:11

捕捉失败。

05:07:19

整理完毕，正在进行第二次捕捉……

顾晏刚好进来，又看了一眼燕绥之的智能机屏幕，问道："醒了？收到什么了？"

燕绥之道："炸出一条鱼。"

这种消息实在提神醒脑，两人干脆也不睡了。

那个小程序不断刷新着存在感，每出一次结果，不论成功还是失败，都会发出"嘀"的一声响，但没人觉得这声音吵闹。

六点二十一分，燕绥之和顾晏正坐在餐桌边用早餐。

响了一个多小时的小程序终于蹦出了一个特别的提示音，活像一口气炸了一排烟花。

燕绥之被惊了一跳，差点儿把手里的玻璃杯扔出去。

顾晏也呛了一口咖啡。

"怎么回事？"顾晏握拳抵着嘴唇，咳了好几声，皱眉问道。

燕绥之看向屏幕——

06:21:44

捕捉成功，正在解析……

燕绥之说："捉到了，这动静大概是为了庆祝。"他看着餐桌上泼成一片的咖啡牛奶，又忍不住补充道："你那位朋友真是个人才，各种意义上的。"

如果这个小程序能解析出对方的地点，甚至信息发送数据库，那么他们就能借机获取对方发送的文件原件，房东没有保留的那部分也能够补全，那他们手里握有的线索就很可观了。

解析程序迅速刷了一长串的屏，紧接着蹦出一个令人欣慰的提示——

解析成功，正在释放结果……

程序中的倒数计时忽然让人变得紧张起来。

转眼间，屏幕一跳。

那个曼森兄弟的爪牙，存留多项文件的合作者，试图干扰过燕绥之的智能机，又给房东发送威胁邮件的"人"被捉住了，相关信息在屏幕上列了好几排。

其中最显眼的就是标红的几句——信号源属性：双层模式。

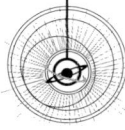

信号源区域这行下面显示着一张电子地图，有两个地点被标记出来。

标为蓝点的，是表层信号源所在地；标为红点的，则是信号源真正所在地。

也就是说，发威胁信的那一方，在自己的信号外套了一层别人的壳，以避免被追踪信号。万一不幸被追到了，还能把责任转嫁给别人。

只是他们没想到，这世上的人才不仅仅存在于曼森兄弟盯了数十年的基因行业，还包括很多人，他们活跃在各个角落，做着不那么出格的工作，享受着平静的生活。

也许某天不经意设计了一个小玩意儿，却能把曼森这种人织出的网豁出一个窟窿。

比如顾晏的那位朋友。

这种事，曼森那些人可能永远理解不了。

电子地图中，红蓝两点的区域在几秒钟内迅速缩小，最终圈在两个地点。

那位被转嫁的冤大头，所在地为德卡马西南半球的某个林区，那中间坐落着一座材料大厦，所属公司为赵氏——赵择木父亲创立的那个赵氏。而信号源真正所在地则跟它相距十万八千里，离燕绥之和顾晏倒是很近。

它在东半球的法旺区，位于最繁华的商业中心旁。那里有一条以环境优雅和价格奇贵著称的街道，且长得令人惊叹，一些久负盛名的公司就坐落在那里。

而那个红色的标记点，就钉在其中一幢建筑上。

那幢楼有个简约优雅的招牌——南十字律师事务所。

顾晏看着地图沉默了片刻，冷冷道："还真是毫不意外。"

他伸出手指把屏幕往下滑了一些，又露出一行新的信息——信号源代码：1192-1182-1。

1192-1182-1……顾晏对这个信号的前8位数字非常熟悉，因为他自己办公室的光脑信号就是如此，只不过他的第三组数字是"2"。

不仅是他，整个二楼所有大律师办公室的光脑信号都是如此。

而那个数字"1"代表什么，自然不言而喻。

南十字律所的一楼空间很大，包括菲兹所在的行政人事办公室，包括亚当斯他们的高级事务官办公室，也包括后面带水墙、带喷泉的合伙人办公室。

经历过这么多事，尤其是之前花园酒店的意外，他们甚至不用细查就能肯定，南十字律所的合伙人一定有问题。

只是……除了这些合伙人，其他人还有没有问题？他们要找的那些文件藏在哪位的数据库里？这就不得而知了。

“这个信号属于公用性质。”顾晏说，“一楼所有人占用的都是这个信号源。不过这样也有好处。”

燕绥之问：“好处在哪里？”

“信号源是公用的，某种程度而言，一楼那些人的数据库之间也有联通。”

这是顾晏曾经在办一个案子时，从那位专业朋友那里了解到的信息，为了弄清楚其中的理论，他甚至还询问过详细的操作方法。

“也就是说，如果能控制一楼某台光脑，就有办法通过它联通其他人的数据库，从里面搜索出我们要的东西？”

顾晏点了点头，说：“菲兹的办公室里有两台公用光脑。”

天琴星，傍晚。

乔摩挲着手指上的智能机，再次推开会见室的门，道：“帮我再找一次赵择木吧。”

一整天下来，管教们已经跟这位大少爷熟悉了，听见这话也不觉得意外。他们在心里叹服这位少爷的毅力，虽然噘着嘴、摇着头，但还是把赵择木领进了会见室。

如果燕绥之或者顾晏在这里，一定会诧异于赵择木的变化。

当初在亚巴岛海滩上的赵择木，虽然偶尔会看着海岸出神，但多数时候也是谈笑风生的。他穿着得体，举手投足尽是一副成功的商业人士模样。

可现在，他面色灰暗憔悴，下巴上尽是青色胡楂，头发有一段时间没打理过了，鬓角没过耳尖，刘海耷拉下来，双眼就隐在刘海投落的阴影里。

一整天了，乔每次看到他，都有找把剪刀把他刘海全剪了的冲动，他总觉得那发梢一晃就能扎进赵择木的眼珠里。

管教把人带到，跟乔打了一声招呼便退出会见室，顺手帮他们关紧了门。

其他人一走，会见室就变得安静起来。

赵择木一如既往地看着窗外，一言不发。不知是在出神，还是纯粹地拒不

配合。之前面对他的冷处理，乔总会软硬兼施，苦口婆心，发挥一个话痨的极限水平，叨叨个不停，企图靠三寸不烂之舌说服他，但最终又总会被他这副模样堵得喘不上气，然后摔门而出。

但这次不同，这次的乔从进门起就没开过口。他靠坐在椅子里，垂眸拨弄着两根手指，安静了很久。

窗外有鸟呼啦飞过，赵择木轻缓地眨了一下眼睛，有那么一瞬间，他几乎产生了一种错觉——乔好像放弃了。

赵择木的目光落在窗外好半天，终于还是收了回来，看向乔。

"看我干什么？"乔拨弄的手指一停，抬头问他。

"你好像不打算再从我这里问什么了。"除了早上刚见面的招呼和寒暄，这是赵择木说的第一句话。

在看守所里待久了，他的声音变得喑哑，仿佛饱含疲倦和心事。

乔想了想，撇着嘴，点点头，说："差不多吧，磨了你一整天也不管用。你知道我的，我最烦一件事翻来覆去拉扯个没完，没意思，真的。"他摊开手，冲赵择木比了一下："我刚才也想通了，你要真不想说，就算被我磨得开了口，也可能会倒一堆假话。强扭的瓜不甜，这道理我还是懂的。"

赵择木迟疑地问："那你为什么还在这里？"

乔看了一眼墙上的时钟，说："我晚上九点钟的飞梭机回德卡马，你知道的，把柯谨留在别处太久我不放心。"

"嗯，我知道。"

乔又说："从早上我进看守所到之前走出会见室，我断断续续地劝了你将近八个小时，累是很累，气也没少气，不过那是以案件利益相关人的身份。现在距离出发去港口还有两个多小时，我这次回德卡马，也不知道什么时候还有时间来天琴星，所以再陪你坐一会儿。跟案子无关，单纯以一个……多年玩伴的身份吧。"

赵择木不知想到了什么，眉心微蹙。这让他看上去神色复杂，似乎有一肚子的话要说，又似乎一句都倒不出来。

乔又道："别太感动，玩伴还得加一个限定词——曾经。这几年别说玩伴了，凑在一起说的都是假惺惺的场面客套话。现在这境况，场面话说不了，我也就没什么可聊的，只能陪你坐着，字面意义上地坐着。"

他这话说得格外直接，却不知道戳中了赵择木哪条神经，他沉默着听完，忽然笑了一声。

"笑什么？"

"没什么。"赵择木摇了摇头，"就是试着回想了一下，我们是从什么时候开始变得无话可聊的。"

乔嗤笑了一声，半真半假地掰了几根手指头计算着，说："那可真是太久了，久得快算不清了。中学时候好像还跟你单独约过赛马吧？老实说，那次就没什么话聊了，一下午相当难熬。回去之后我就想，以后坚决不能单独找你，太尴尬了。"

赵择木挑了一下眉。

在做这种表情时，他又隐隐有了平日的模样，他道："彼此彼此，那之后我也没再单独约过你了。"

乔干脆又掰着指头往下数了几年，说："大学之后我就一直跟顾晏他们混在一起了，不过碰到聚会酒会还是会邀请你们。"

"礼节性邀请吧？"赵择木戳破。

"是啊，礼节性。"乔笑了一声，又顺口问了一句，"你那时候跟谁走得近来着？"

"曼森。"赵择木停了一会儿，又补充说道："布鲁尔、米罗……还有乔治，整个曼森家吧。"

听见布鲁尔和米罗的名字，乔"礼节性"地冷哼一声，却没在这话题上过多停留，道："这谁都看得出来。我问的是朋友，真朋友。"

赵择木摇头道："没有，哪来的真朋友。"

乔点了点头，评价道："我猜也是，你们运气实在有点儿差。有几个真心朋友的感觉真的很妙，不体会一下太可惜了。"

赵择木说："我知道。"

说完这话，他忽地又陷进长久的沉默，看着窗外不知想起了什么。

很久之后，赵择木突然低声说："人可真是奇怪……"

在他一直以来的定义里，可以随心所欲说真话的才能算朋友。这么算下来，之前真的一个也没有。但他现在陡然意识到，从刚才的某一句开始，他和乔之间的对话没了虚情假意的伪装，全是随心所欲的真话，你来我往，而他们两个

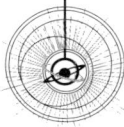

居然谁都不介意。

恍然间会给人一种"还是朋友"的错觉。

所以说人真是奇怪……

五六岁时风风火火，可以为对方打架、抓蛇，奋不顾身，好像一辈子有这么一两个生死之交就足够了。

可等到十五六岁，仅仅十年的工夫，他们就已经渐行渐远，分道扬镳了。彼此的称呼慢慢从"生死之交"变成发小，又变成幼时玩伴，再变成客套的老熟人，好像一辈子也就这样了。

然而现在，赵择木四十岁，乔和曼森小少爷三十五六，他们虚与委蛇二十余年，一个刚出医院正在休养、一个为庞大的案子四处奔波，还有一个收押于看守所。

现在几人的处境已是天壤之别，却居然又依稀找回一丝朋友的感觉。

5

赵择木久久未曾言语。

乔看了他半晌，忽然出声说："你在动摇，我看出来了。"

赵择木抬眼，沉默片刻承认道："……是，我在动摇。"

"摇着不晕吗？"乔少爷问，"有什么可犹豫的呢？要换作是我，早噼里啪啦地倒一地话了。"

"事情已经到了这个田地，说不说又有谁在意？"赵择木说，"已经没有任何意义了。"

"优柔寡断，胡说八道！"乔毫不客气地说，"你以前抓蛇拧头那么利落，现在怎么这么磨叽？"

赵择木摇了摇头，说："你不知道，布鲁尔和米罗的根盘结得太深了，牵连了太多的人，每一个拎出来，跺跺脚都能震三震，他们前前后后编排了将近三十年的网，不是我几句话就能颠覆的。"

乔道："哦。"

赵择木："……"

"盘根错节三十年嘛，我知道。"乔说，"我不仅知道，还清楚得很。哪些人在他们手里送了命，哪些人岌岌可危，哪些人跟他们统一了战线、狼狈为奸，哪些人正在努力查证。这些你也许不知道，但我清楚极了，我不仅清楚，还有证据。"

"你有证据？"赵择木终于正色。

"对啊，还不少呢。"

"不少是多少？"赵择木琢磨片刻，又忍不住提醒说，"他们不是那么容易对付的人，一两件事扳不倒他们。"

"还行。"乔谦虚了一句，"也就够他们在监狱蹲到世界末日，或者一人吃一粒灭失炮的枪子。"

赵择木："……"

"说吧，这个级别的证据，够不够撬开你那张嘴？"乔少爷玩笑似的问。还没等赵择木开口，乔又调出了自己的智能机屏幕，把顾晏发给他的一张截图找出来，"如果证据不够，那就再加上这个。"

赵择木从那张图里看到了各种数据，什么"表层信号源""本质信号源"，弄得他有点儿糊涂，问道："这又是什么？"

"曼森的爪牙一直在给我们的人发威胁邮件。"乔说，"你知道这种性质的东西一旦被查，会是什么后果吗？"

赵择木道："知道。"

"知道就行。这张图的意思是说，尽管你们家为曼森牺牲那么多，但他们坑起你家来毫无愧疚之心，就连发个恐吓邮件，干扰几台智能机，都要披个你家的壳，生怕你们一家死得不够彻底。"赵择木脸色变沉，乔又拿了一个东西放在桌上，"如果这些还不够，那就再加上这个。"

"这是什么？"赵择木看着桌上多出来的纸卷，非常疑惑。

那个纸卷非常精致，带着烫金绳边，腰上扎着锦带。

赵择木拨弄了一下，看到了锦带一角绣着的樱桃枝，问道："樱桃庄园的酒笺？"

乔抽走锦带，把纸卷展开，转了个方向推到赵择木面前。

"记得吗？去年存留的。"乔说。

去年的今天，他和赵择木还有乔治·曼森在樱桃庄园约了一次酒，没什么特别的原因，只是碰巧遇上了，碰巧都有空，于是三人久违的，在没有其他人陪伴的情况下，在樱桃庄园喝了一夜酒。

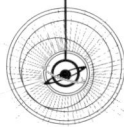

　　其实不算尽兴，因为可聊的新鲜话题不多，大多是在说些旧事。但酒精总能让人情绪冲头，喝着喝着，居然喝出几分意犹未尽的意思。

　　他们离开的时候天已经亮了，朝霞映在樱桃园，枝叶间有清晨的雾气。他们衬衫的领口敞着，没平日那么精致规整，脱下昂贵的外套，拎着搭在肩膀上，随意而不羁。

　　他们偶尔还会因为某句话放松大笑，那一瞬间，甚至会让人想到少年时。

　　没有分道扬镳，也没有客套奉承。

　　乔治·曼森喝得最多，也是最兴奋的一个。

　　临走前，他招来庄园的服务生，说要再订一瓶酒，选季节正好的樱桃，酿一瓶口味正好的酒，就存在庄园里，等到明年的这一天，他们再来喝一夜。

　　服务生说："好的，先生。"然后递给他们一张酒笺。

　　时隔一年，刚好在约定的这一天，酒笺在看守所会见室的长桌上被拆开。

　　上面是一行龙飞凤舞的字——

　　敬我多年的旧友和那些令人怀念的日子。

　　落款：乔治·曼森。

　　赵择木的手指搭在酒笺一角上，垂着目光。他稍长的头发挡住了眉眼，看不清情绪，只能看见颊边的骨骼动了两下，好像咬住了牙。

　　乔同样看着这张酒笺，沉默良久说："我的律师死党和曾经的老师给过我一个建议，让我不要漫天胡扯，可以试着跟你打一打感情牌。我听了其实很苦恼，因为我一时居然找不出我们之间有什么感情牌可以打，直到一个小时前接到了樱桃庄园的提醒信息。"

　　乔静静地说："我让服务生把酒和酒笺加急送了过来，本来想跟你喝一杯，借着酒劲说服你。但是我拿到酒之后，就改了主意。知道为什么吗？"

　　赵择木没抬头，问道："为什么？"

　　"因为这瓶酒已经被人开过了，服务生说今早乔治一个人去了一趟樱桃庄园，独自喝了几杯。不过他没有喝完，还给我们留了一大半。"乔沉默了片刻，"我觉得留下的这些，随随便便喝下去有些浪费，你觉得呢？"

　　赵择木没说话，他沉默了很久很久，才哑着嗓子说："是啊，有点儿。"

乔说："很多年里，我都觉得乔治这人感情很淡，今天跟这帮人浪荡，明天跟那帮人鬼混，没一个走心的。最近却突然发觉我弄错了，他才是我们三个人里最念旧的一个。

"我最近总会想起他住院的那几天，不论多少人去看他，他总是在发呆，不愿意说话，颓丧极了。在听说你被列为嫌疑人的时候，他没有表现出丝毫意外。我一直在想，当初他醉酒躺在浴缸里，被人注射那些强力安眠药的时候，也许并没有像法庭上描述的那样醉到不省人事。"

也许当时的乔治·曼森虽然喝了很多酒，却还留有一丝意识。

也许他并没有完全闭紧双眼。

也许他在浓重的醉意中，亲眼看见一个人弯腰站在他面前，往他的血管中注入那些强力安眠药，而他记得那人是谁……

赵择木闭了一下眼睛。

"但他今天仍然去了樱桃庄园，取了这瓶酒，并且没有喝完它。"乔终于抬眼看向赵择木，"我这人挺相信直觉的，我知道乔治也一样。你看，我们直觉里仍然相信你，相信你不是真的希望他死。"

"你刚才说，已经到了这个时候，再说什么也没有意义。"乔摇了摇头说，"我觉得不是。你知道的那些东西，手里握着的证据，心里藏着的事情，对那些被曼森兄弟害死的人有意义；对现在还躺在医院生死未卜的受害者有意义；对那些被无端牵连，几十年过不好轻松生活的人有意义；对我们一家和你们一家有意义。最少最少……对乔治有意义。"

乔说："你欠他一个解释，否则承不起他留下的半瓶酒。"

会见室里一片安静。

过了很久，赵择木动了动嘴唇，道："我接管赵氏的时候，已经太迟了……"

乔治看向他，没有插话，也没有催促，只安静地等他慢慢开口。

"布鲁尔和米罗渗透得太深，我父亲……你知道他的，在精明度上跟其他人远不能比，有时候冲动又轻率。我发现的时候，他已经被完全扯进布鲁尔和米罗的网里了，整个赵氏都洗不清，也不可能洗清。我试过很多办法，最后发现，依旧只能走最迂回的路，表面上捧着那两兄弟，私下里一点点把那些纠缠不清的利益线断开。"

赵择木说起这些的时候，嗓音里透露出浓浓的疲惫："这其实是一个艰难

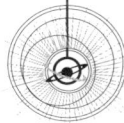

又漫长的过程，我不可能直接推翻曼森家族，因为牵连的不仅仅是那兄弟俩，还有其他家族，包括克里夫、约瑟等，单凭赵氏根本扛不住。我只能选择最稳妥又能自保的路，但布鲁尔和米罗并不傻，他们能感到我的犹豫和拖沓。前几年我能接触到很多事情，但这两年，我已经被他们边缘化了。"

他轻轻吐了一口气，像是某种无力的感叹："他们要对自己的弟弟乔治下手这件事，我其实是最后才知道的，还是通过别人的口探到的。那时候人已经上了亚巴岛，万事俱备，连动手的人都安排好了。"

在那种情况下，赵择木其实阻止不了什么。因为以布鲁尔和米罗的性格，一次不行会有第二次，这次不成，下次会更狠。

"我能想到的最稳妥的方法，就是把动手的权力转移到自己手里。"赵择木说。

他想把事情搞得声势浩大一些，关注度高一些，让更多的人盯着曼森兄弟，他们才能有喘息和转圜的余地。

赵择木说："我来的话，至少可以保证乔治不会死，也刚好能提醒他，谁也别信……"

听到这些，乔忽然想起医生说过的话。

医生说，乔治·曼森运气很好，注射进体内的强力安眠药的剂量差了一点点，再加上救助及时，所以最终能保住性命，好好休养的话，不会留下什么过度的损伤。而当初，在亚巴岛的酒会上，最先提醒大家去房间叫醒乔治·曼森的人，正是赵择木。

许久之后，乔点了点头，问道："你介意我把这些说给乔治听吗？"

赵择木有些迟疑地说："以他的性格，知道这些并不是好事，他藏不住事。非但不能让他远离危险，还会让他那两个哥哥变本加厉。"

"如果你是担心这个，那你还是省省心吧。"乔看向他，斟酌了片刻说，"我之前说的话没有骗你，我们手里现在握着大把的证据。我们有最精通基因技术的团队，背靠根基比曼森还深的家族——我家，还有联盟最优秀的律师开道护航。"

乔站直身体，神色郑重，说道："我最后问你一个问题，要加入我们吗？你手里握着的那些家族之间的往来证据，会为我们锦上添花。"

过了一个世纪那么久，赵择木终于开了口："知道吗？这样接二连三地转换阵营，会显得我有点儿优柔寡断、没有主见，像个墙头草。"他自嘲地笑了一下，又沉声道："不过，我给你一句承诺。如果需要的话，我可以再上一次证人席。"

乔欣慰地笑起来。

这是近些日子里，他少有的由衷的笑，说："那真是再好不过了。"

那瓶由樱桃庄园送来的酒终于还是搁在了会见室的长桌上。

一切都很简陋，没有讲究的冰桶酒架，没有得体的服务生，没有散着酸甜清香的红樱桃和修剪过的花枝，只有一瓶开过的酒和两只玻璃杯。

乔给自己倒了半杯。

他忽然想起很多年前的某个午间，三个年少的朋友第一次在樱桃庄园翻出长辈们存留的酒，故作绅士地碰一下杯，然后仰头，笑闹着一饮而尽。

长风穿过枝丫，回忆里好像总会有明亮得晃眼的阳光，跳跃在某簇花枝之上。

一转眼，竟然已经过了这么多年。

乔用杯口在另一只空杯的杯口上碰了一下，然后冲赵择木举了举杯，说："其实我挺念旧的，我想你也一样。"

——敬我多年的旧友和那些令人怀念的日子。

"我会在樱桃庄园重新订一瓶酒，等你们来喝。"

"好。"

等一切尘埃落定，不醉不归。

6

茫茫星海，私人飞梭机披灯航行。

墙上的星区时钟又悄悄移动了一格，乔估算着柯谨的生物钟，给对方的智能机发了一句晚安，意料之中没有任何回复。

这大概是最不公平的信息界面了，永远只有乔这半边有字，柯谨那半边空空如也，但小少爷并不介意。

他有点儿兴奋，本该趁这时间在飞梭机上补个觉，却一点儿睡意都没有。他在偌大的舷窗边转了两圈，又给尤妮斯发了一句晚安。

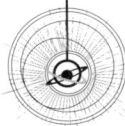

这次仅仅几秒，他就收到了尤妮斯回应的消息："你吃错药了？"

乔："……"

有亲生姐姐的反应为例，他觉得自己还是别去骚扰亲生父亲为妙。于是他转了两圈，拨通了顾晏的通信。

所以说人一定要有那么一两个过命朋友，深更半夜拨通信过去瞎振，对方非但不会打死你，还会很快接通的那种，比如顾。

智能机提示音："对方正在通话中。"

乔："……"

小少爷把满脑子的"比如"收回去，耐着性子等了几分钟，再次拨了顾晏的通信号。

智能机提示音："对方信号错误。"

乔："……"

法旺区还有信号错误的时候？开什么玩笑？

乔更有点儿纳闷，他不信邪地又拨一次。

智能机提示音："对方的智能机已关机。"

乔："……"

他原地愣了三秒，突然反应过来：这是把我拉进黑名单了吧？

出于验证的心理，乔大少爷不信邪地连拨十三次。回回都被顾晏的智能机一秒拒绝，那速度快得……明显是自动的。

小少爷很心痛。就在他倔着脾气拨出第十四次的时候，智能机忽然连振几下，顾晏主动拨回来了。

"哇，你拉黑我！"对方还没开口，乔就控诉起来。

"没有。"顾大律师矢口否认，平静地说，"我只是开了全消息屏蔽，结果转头一看十三个未接通信堆在屏幕首页。"

"你开全消息屏蔽干什么？"乔很纳闷。

这很不符合顾晏的作风，他以前从来不喜欢开屏蔽的，不管白天还是晚上。

对面顾大律师默然好一会儿，说："我们在去律所的路上。"

乔愣了一下，问道："去律所？"

"对。"

乔特地看了一眼墙上的星区时钟，法旺区现在是深更半夜没错啊！深更半夜去什么律所?

"人家这个时候都容易消极怠工，你怎么反着来?大半夜的还要特地过去加班?而且你都加班了，开什么全消息屏蔽啊?"

"不是加班。"顾晏回答说。

"不加班?不加班你深更半夜去干吗?跟院长吵架离家出走啊?"

避免乔越扯越离谱，顾晏言简意赅地解释了一下:"做贼。"

深夜，法旺区。

燕绥之和顾晏进了南十字律所。

一如往常，他们目不斜视径直去了二楼顾晏的办公室。

"小傻瓜怎么样了?"燕绥之的目光从几处会装摄像头的角落一扫而过，随口问了一句。

"被我们知法犯法的行为吓得切断了通信。"顾晏摘下耳扣。

他们清早捕捉到来自南十字的信号源后，就直接驱车到了律所，想看看给房东发威胁邮件的人还在不在，是不是他们所想的那位合伙人。但是对方很警惕，等他们到律所的时候，对方早就已经离开了。所以他们等到半夜，等律所空无一人的时候，直接去菲兹办公室用公共光脑搜他们想要的东西。

"这怎么叫知法犯法?"燕绥之挑眉说，"哪条法律规定了不许半夜回工作地点借用一下公共光脑?又有哪条法律规定了不能从相互联通的数据库里调点儿信息出来?变向联通就不叫联通了?我们这明明是合理利用有效资源。"

做过院长就是不一样，死的也能说成活的。顾大律师想了想，居然找不出这话有什么问题。

这两位"做贼"都做得从容不迫，他们先把外套脱了，挂在自己办公室的衣架上，又为了舒适方便把衬衫袖口解开，往手臂上翻折了两道。

更过分的是还去茶点间倒了两杯咖啡，这才端着咖啡杯进入菲兹的办公室。

行政人事的办公室很宽敞，菲兹作为这一块的负责人，有个玻璃水墙半隔开的独立空间。整个办公室收拾得时尚整洁，一看就是按照菲兹的品位摆布的。

大律师时不时需要找菲兹确认各种文件手续，顾晏跟她关系不错，更是对这间办公室熟门熟路。

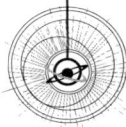

菲兹那个独立办公间里有一张宽大的办公桌，那是她自己用的。另外，还有一张弧形桌依靠落地窗旁，有点儿类似咖啡店面朝窗户的吧台。那两台备用的公共光脑就搁在那个弧形桌上。

落地窗的双层窗帘闭合着，其中一层完全不透光，将办公室和外界隔绝开。燕绥之靠着弧形桌坐下，支着下巴问顾晏："你来还是我来？"

顾晏正要打开光脑，闻言手指一顿，道："你会？那你来也一样。"

燕绥之说："不会，我只是礼节性客气客气。"

顾晏："……"

关于怎么从这种公用信号源的环境下介入各个数据库找东西，顾晏那位专家朋友说得挺复杂，好在听的这位脑子好记性也好，始终记得操作流程。

动手介入数据库之前，顾晏又把反捕捉程序的结果反馈仔细看了一遍。

当他的手指滑到那个"1192–1182–1"信号源代码时，顾晏的目光停留了一会儿。因为这行数字下面还标着一个小小的符号"*"，程序反馈的其他信息他们都能明白，唯独这个多出来的角标解释不了。

所以来律所前，顾晏给这个角标截了图，发给那位专家朋友询问。

那位朋友很快回道："没什么关系的符号，不影响实质性结果。不过具体什么意思我给忘了，当时可能随手加了点儿额外功能，等我回头翻翻原始草稿再告诉你。"

半个多小时过去，对方还没查出个所以然来。

不过这无伤大雅，毕竟介入数据库搜找文件跟这个小符号没有任何关联。所以顾晏只是目光暂停了片刻，就收起屏幕，开始顺着回忆操作光脑。

那过程确实复杂得很，中间时不时会蹦出几个程序，显示正在破解某个数据库的安全密钥。大大小小一串进度条下来，花了将近一个小时。

夜色更深，办公室内的温度都受影响降低了几度。

燕绥之这会儿其实有点儿不舒服，头隐隐作痛。光脑屏幕上的字符翻滚得太快，看久了甚至还加重了那种不适感。所以他看一会儿就收回了视线，状似百无聊赖地在办公室里转了两圈，又靠在窗边，伸手挑起双层窗帘的边缘。

从这片落地窗看出去，能看到南十字和隔壁通用的停车坪边缘茂盛的花树。

大部分视线被漂亮的花束挡住了，但依然可以看出，这一整条街都不剩什么人了，除了偶尔滑过的车灯，便是一片静谧的幽黑。

片刻之后，光脑轻轻响了一声。

燕绥之从窗外收回视线，轻轻按了按太阳穴，朝光脑看去。就见顾晏敲下一个确认键，光脑的屏幕终于跳转成他们最想看到的一幕——正在搜找文件，这个过程大约需要五分钟。

这句提示下面是长长的进度条，正在以不紧不慢的速度朝前爬着。

——搜索进度 2%。

外面不远处又有车灯如水一样无声划过，不过燕绥之没回头，他看了一会儿屏幕，把挑着窗帘的手指放下了。

——搜索进度 27%。

南十字律所，停车坪北入口。

一辆红色的飞梭车放慢了速度。深夜光线不好，刷脸系统透不过车窗玻璃。驾驶座上的人体贴地打开车内灯光，放下车窗，让扫描仪对着自己的脸照了一下。计费屏自动跳转，显示出三行字：

扫描成功！
艾琳·菲兹
专用停车位 21

菲兹重新关上车窗，耳扣里朋友的声音还在继续："你安全到了没？到了我挂了啊，我要困死了，再聊下去明天我铁定要迟到。"

"到啦。"菲兹把车开进车库，说道，"拉着我胡扯两个小时的明明是你，怎么搞得好像是我不放你去睡觉一样。你赶紧挂断吧，我准备下车了。"

"行行行。"朋友还在嘟囔，"我早困了好吗？谁让你聊到一半突然说要回趟办公室，要不是怕你走夜路被打，我才不会强行拖到现在。"

"有两个文件忘记传了，没办法。你以为我吃饱了撑的吗？"菲兹唉声叹

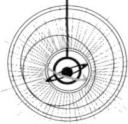

气道。

——搜索进度 69%。

红色飞梭车在专用车位自动停好，菲兹拎着包下车进了电梯。楼层开始从负二层往上跳。

——搜索进度 82%。

电梯楼层到了一楼，菲兹拎着包往外走。

半夜匆匆来去，她连高跟鞋都没穿，蹬着一双居家软底鞋就来了，踩在地毯上一点儿声音都没有，演女鬼正合适。

——搜索进度 91%。

菲兹穿过室内花廊，又在茶点室的冰箱顺了一瓶酸奶，走到办公室门口。

她握住把手正要开门，动作忽然顿住了。

因为在她脚前，有光从门底的缝隙里透出来，洒在她的鞋面上。

与此同时，办公室内。

燕绥之没再继续紧盯屏幕，头疼的感觉又重了一些。他挑开窗帘一角，想转移自己的注意力，结果目光正好落在停车坪入口处。

"顾晏。"燕绥之盯着停车坪入口，轻声说，"停车坪门口的身份识别仪是感控的吧，待机时亮什么颜色的灯？"

"蓝色。"顾晏问，"怎么？"

"没事，看到那边有蓝光，问问。"燕绥之说。

他干净的眸子静静地盯着那个方向。

因为角度问题，他无法看到停车坪的入口，但可以看到入口旁栽种的一排花树。最里面那株，枝叶镀上了一层隐隐的红光。

有人进去过。

所以停车坪的识别仪切换到了工作状态，还没切回待机。

燕绥之放下窗帘，转头盯着办公室门。

"你继续。"他拍了拍顾晏的肩膀，目光扫过桌面。

为了转移注意力，他手里那杯咖啡不知不觉已经见了底。倒是顾晏一直在忙，咖啡只动了两口便搁在手边，到现在依然很满。

他一脸冷静地调换了两人的杯子，拿起顾晏的杯子便往门口走。但走到办公室门边，他又没有要开门的意思，就那么端着咖啡好整以暇地等在那里，目光沿着门缝扫了一圈，最终落在门把手上。

他这举动实在让人有点儿摸不着头脑。

顾晏手指没停，问了他一句："怎么站门边？"

燕绥之就着手里的杯子，又喝了一口咖啡，不紧不慢地说："等。"

"等什么？"

等着看看对方有没有眼力。

如果在顾晏搞定数据库再摸进来，那他可以勉为其难跟对方扯两句，扯到对方脑子转不过来为止。但如果在搜索完成之前就摸进来……

门外。

菲兹看着鞋尖上的光，眼珠一转不转。

她静止了几秒，忽然把手中的酸奶瓶搁在一旁的花台上，又从自己随身携带的包里摸出了几样东西，然后轻轻握上了门把手……

——搜索进度93%。

门内机簧轻轻一弹，应声而开。

来了！

燕绥之双眸眯了一下，抬手就把咖啡泼了出去。

这大概是某位院长演技的巅峰时刻，泼出咖啡的同时，他"啪"地抓住门，变相挡住对方进门的路。

乍一看，这就像是被门外的人吓了一跳，撑住门框才堪堪刹住步子。但外面那位也不是吃素的，燕绥之还没看清来人是谁，一个不知是什么的玩意儿就捅了过来，还没碰上都能感觉到皮肤麻麻的。

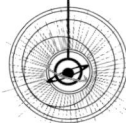

燕绥之眼疾手快，一把捏住对方手腕的麻筋。

捅过来的东西瞬间松脱，掉在地毯上，无声地滚了两圈。

那人"啊——"地低叫一声。

"菲兹小姐？"燕绥之听见声音，顿时愣了。

门外的菲兹握着一只手腕也愣了，道："阮？"

有那么一瞬间，她惊异的表情中还混杂着一丝别的意味，但没等燕绥之探究明白，她就低下了头，"哎呀哎哟"地叫唤起来，同时甩着她那只麻掉的手。

"揉一会儿这里就好了。"再熟也是位女士，不好随便上手，燕绥之在自己手腕上比画了位置告诉她，然后又问道："咖啡洒到你身上没？"

"没有，我不穿高跟鞋就很敏捷，基本都洒地毯上了，只是手麻了。"菲兹一脸愁苦地瞪他，"你怎么下手这么重？摸个电门也就这程度了。"

燕绥之道："抱歉，一开门就有东西扎过来，本能反应。我差点儿以为进了贼，还是个携带凶器的贼，正按着转化抢劫算刑期呢，没注意下手的力度。"

他这话其实很有心理上的导向性，"以为进了贼"这句话，就把他自己划进了"理由正当，不是贼"的行列，给菲兹一个先入为主的暗示。紧接着，他抖了抖衬衫边角不幸沾上的咖啡渍，疑惑道："你怎么会在这里？"

果不其然，菲兹小姐气势上弱了两节，讪讪地说："有东西落在这里了，而且还有一些事情没做完。我本来都要睡觉了，忽然想起这个事也睡不着了，干脆赶过来了，再加上……"菲兹下意识解释了一句，又猛地住了嘴。

燕绥之道："嗯？"

菲兹："……"

哎，不是，这好像是我的办公室啊！我出现在这里不是理所当然的吗？为什么会有种误闯别人领地的感觉？

菲兹小姐内心万分纳闷。

反观这位真正误闯别人领地的……居然坦然得不得了！什么道理？

她正要张口说点儿什么，燕绥之又弯腰捡起她掉落在地上的"凶器"。

那东西长得像个圆头钢笔，只不过粗短一些。其中一头发着暗蓝色的光，即便没碰到皮肤，靠近了也会有种汗毛竖起的刺麻感。

"防身电笔？"燕绥之把开关关掉，递还给菲兹。

这玩意儿其实跟警用电棍没什么差别，也就做得袖珍一些，危险性低一点儿，有些人独自走夜路会带上一个。

真要用起来，不致命，但捅一个晕一个。

菲兹接过电笔，又把掏出来的其他几样东西逐一放回包里。包括但不限于指虎、掌钉、袖珍警报器、防身喷雾、录音笔……

燕绥之道："……我是不是也得庆幸自己身手勉强算得上敏捷，否则我这个月大概都得在春藤住了。"

而且怎么还混着个录音笔？

菲兹小姐的气势再度弱了几分，说："我开门的时候，看见门缝里有光，我也以为……"

"哪位盗窃分子办坏事的时候弄得灯火通明？办展览搞直播？"燕绥之笑着说。

"也是。"菲兹点了点头。被燕绥之这么绕了两圈，她都快忘了自己要问什么了，好在最后又想起来了，"你怎么在楼下？顾呢？"

看在关系好的分上，她没直接说你来我办公室干吗，而是委婉了一下。

谁知燕绥之转头朝办公室里指了指，说："顾老师？在里面呢。"

菲兹："……"好，占地盘还带组团的。

——搜索进度98%。

燕绥之说："我智能机这两天出了点儿问题，数据库被锁定了。"

他说着，顺手调出屏幕，把一连十条安全警示通知划拉了一下，让菲兹领略了一下那一整排触目惊心的红色感叹号。

"数据库被锁定？"菲兹闻言皱眉，略微思索了片刻，也不知在想些什么。片刻后，她目光一动，看向燕绥之，"好好地怎么会被锁定呀？查过吗？我做行政人事接触的事情比较杂，以前所里好像也有哪位的数据库被锁定过，好像是因为远程干扰？"

她说着又摆了摆手道："当然，我那次听说的是这样。这年头有些人疑神疑鬼的，就爱用这些流氓手段。"

"在查，其他倒还好，就怕被种了病毒或是别的什么，导致资料泄露。"燕绥之说着冲办公室里面指了指，"之前翻找卷宗，你给我开了不少权限。我

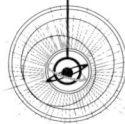

想了想，还是觉得把这些权限关了比较好，免得被盗用。"

燕绥之说起瞎话来眼睛都不眨，更何况他说的这些也不算全是瞎话，至少混了不少真实情况，四舍五入算个真实理由了。

"顾老师的光脑管不了你这边的行政后台，只能下来借行政公用的先把我的通信号封上。"

"哦——"菲兹恍然大悟，"怪不得，我说你们什么事不能等明天呢。"

"夜长梦多。"燕绥之说。

菲兹点了点头，抬脚进了办公室。

从燕绥之的位置，能越过磨砂玻璃墙看到里面办公室的一角——光脑屏幕上，进度条终于跳了一下，变成了百分之百。界面转换成了搜索完成的状态，然后以极快的速度滚出一个信息长条，上面是各种目标文件的缩略图和备注。

顾晏选择了全部导出，目标路径定义为房东那个没有登记过的智能机上。而这时光脑界面又是一闪。

——传送进度 23%。

顾晏："……"

燕绥之远远看见又蹦出一个进度条，头更疼了。

菲兹把外套和包挂上衣架。她只要再转个身，绕过一个助理办公桌，就可以看见里间办公室，那个特别明显的进度条就会落入她的眼里。

就在她开了湿度调节器，正要往里间走时，燕绥之忽然叫了她一声："菲兹小姐。"

"啊？"她转过头。

燕绥之朝一旁的花台指了指，说："你落了一瓶酸奶。"

"哦，对！差点儿忘了！"

菲兹走回门边，从燕绥之手里接过酸奶。

这一次，再没什么理由能绊住她。况且再来两次，即便她没看见什么也要起疑心了。

顾晏皱着眉，手指在桌面上敲着。

今晚菲兹没穿高跟鞋，脚步声没那么清脆，但依然能听见她的脚步声越走越近。

——传送进度 98%。
——传送进度 99%。

数字跳成"100"的瞬间，顾晏关了程序，然后永久移除。

菲兹走进办公室里间的时候，公用光脑上，行政后台的界面果然开着，顾晏戴着耳扣，不紧不慢地在名为"阮野"的实习生管理界面审看。而旁边的权限版面一片红，全部被他强行关闭了。

7

十分钟后，燕绥之和顾晏回到楼上。

菲兹跟他们聊了一会儿，喝完了一瓶酸奶，留在楼下办公室开始处理她的急事。

两人刚进门没一会儿，那位活在智能机里的专家朋友就给顾晏拨来了通信。

"还是跟你交流最痛快，不管多见鬼的时间，你都醒着，你究竟用不用睡觉？别是个仿真人工智能吧？"那位朋友开着玩笑。

顾晏说："有点儿事，在办公室多加了一会儿班，顺便实验了一次从你那学来的东西。"

"什么？"

"同信号源下的数据库联通。"顾晏说，"是叫这个吧？"

"哦！对！我想起来了。"那位朋友说，"你最近这个案子好复杂，怎么什么都要试。试出来效果怎么样？"

顾晏简述了一下过程。

那位朋友先是赞同地"嗯"了几声，听到最后却忽然打断："等等，你怎么清除痕迹的？"

"照你说的，点永久移除。"

"只点了永久移除？"

顾晏听出他话外的意思，皱起眉道："除了这个还会有别的痕迹残留？上次没有提过。"

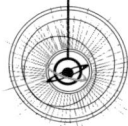

那朋友讪讪地说："对，上次我把这点漏了。永久移除之后，按理说是没有痕迹的，但是有一小部分光脑比较有病，它会把你最后那个永久移除的行为本身记录下来，里面会有一些详细信息，就在运行日志里。"

燕绥之靠在桌边，撩着顾晏那盆常青竹。

结果一抬头就发现顾律师的脸比常青竹还绿。

"怎么了？"他非常自觉地从顾晏西服口袋里摸出另一只耳扣，戴在自己耳朵上，光明正大地听通信。

耳扣中，那位朋友还在倒豆子似的补充："……没事，其实痕迹也不会留太久。有人开关光脑前喜欢查看一下当天的运行日志，就比较容易发现，不查看就没事，第二天就自动刷新掉了。"

一句话说完，两位律师的脸都绿了。

"菲兹小姐有这个习惯吗？"燕绥之用手指敲了敲桌面，用着极低的声音问道。

顾晏说："有。"

而且不止查她自己的光脑，也包括那两台公用光脑。

顾晏敢打赌，他们上楼之后，闲下来的菲兹小姐第一件事，一定是先把运行过的公用光脑打开，看一遍日志。

这是律所那帮行政人事的固定习惯。

也就是说，如果他们运气不好，菲兹很快就会发现他们刚才做了些什么。顶多再过几分钟……

那位朋友在智能机程序方面是个天才，但察言观色方面的智力大概相当于胚胎。

他没有注意到顾晏这边令人窒息的沉默，又叽叽喳喳地说："哦对了，我找你是说另一件事。你之前不是说，查信号源的时候，原始信号源的数字码有个角标的星号对吗？我没翻到最初的草稿，所以刚才搭了不同场景试验了很多次，总算弄明白这个角标的意思了。"

"什么意思？"

那位朋友说："这个角标表示，发送信息的人实际做了双重伪装，包括本质和两个伪装在内，一共有三层信号源。但在你们之前，有人已经费力解除了他的一重伪装，这时候如果有人再捕捉，就比较轻松。"

"你的意思是有人在帮我们？"

"也不一定啊。可能他并不知道你们在做什么，但跟你们一样，都想让那个干扰者暴露出来。不过他不是搞技术的，只能动点儿简单的手脚，悄悄降低那个干扰者的隐蔽性。"

"能解除一重伪装，怎么不是搞技术的？"

那个朋友嘿嘿一笑，道："因为没那么复杂，同信号源的网络就很容易做到，知道点儿皮毛技术就行，关键在于权限。"

同信号源？知道一点儿皮毛？权限高？

燕绥之和顾晏对视一眼，几乎同时想到了一个人。

一分钟后，他们再次站在一楼的行政人事办公室里。

磨砂玻璃墙将办公室隔成了两个空间，里面那间亮着舒适的落地冷灯，夜里加班办公最合适不过。

菲兹的光脑和一台公用光脑都亮着屏幕，两边运行的都是日志界面，使用过的记录一条一条地排列下来。

阅读光标停留在其中一行上。

而菲兹小姐正坐在那台公用光脑前，卷曲的长发披散着，一边撩在耳后，露出夸张又精致的耳坠。

众所周知，这位高挑漂亮、脾气直率的姑娘，有着南十字最广的人脉。

律师和合伙人，律师和事务官，合伙人和事务官，这些不同的关系中间，总有一个她做媒介和纽带。她知道最多的东西，对各种消息有着莫大的热情，算南十字年轻人中的元老。实习生的报到手续要经她的手，律师和学生的各种权限申请要由她来决定上不上报。

如果真有一个人，能够无声无息地在南十字内部动一些手脚，帮一些忙，并且不会让人觉得意外，也不会引起太多不必要的关注……

非她莫属。

夜色深重，浓云低垂。

杜蒙高速上，两辆飞梭车一前一后地行驶着，前面那辆是张扬的鲜红色，

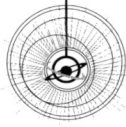

后面那辆是低调的哑光黑。车灯洒下的光如水般悄然划过。

燕绥之记得菲兹曾经说过："不管顾晏怎么想，至少我单方面把他当成很好的朋友。"

他一直想跟这位姑娘说："不是单方面的，顾晏也一样。"

朋友之间在某些时刻总会有别样的默契，心照不宣。

他跟顾晏去到一楼的时候，菲兹什么也没明说。

她只是盯着两人的眼睛看了好半晌，然后忽地笑了起来，如释重负的那种笑。她接着一把掏出飞梭车的光感启动钥，颇为任性地晃了晃，说："办公室憋得慌，我想飙车。去不去？"

顾晏当时一脸怀疑地看了她片刻，上楼拿了外套，道："走吧。"

那时候燕绥之还没弄明白他为什么一脸怀疑，直到上了悬浮轨道。

这位口口声声要飙车的小姐，愣是压着速度底线，全程跑完了杜蒙高速。这过程中，只要是个四轮的就能超她的车。

就这样，她还胆敢指使飞梭车拐进速度更快的云中悬浮轨道，然后依旧压着规定速度的下限。

其间，顾律师没忍住，开了车内通信，跟前方带路的菲兹连上线，冷静地问："小姐，你知道飙车的意思吗？我怀疑自己之前可能听错了，你说的应该是散步？"

菲兹的笑声在通信频道里传出来："别拿刻薄吓唬人，连实习生都不怕你，我又怎么会怕你。实话说吧，我平时一个人开车根本不会上悬浮道。这对我来说已经是风驰电掣了。有不满意尽管提，反正我是不会提速的。"

顾晏沉默片刻后问道："那你是出于什么心理买车的时候选了飞梭车？"

菲兹道："因为帅。"

顾晏："……"

顾晏想了想，一键关了车内频道。

对于顾律师的脾气，燕绥之太了解了。他也就是嘴上"冻人"而已，而且关系越好越不客气。你看他刻薄了半天，挂掉通信之后还不是老老实实地跟在菲兹车后，一直跟到了终点。

他们在悬浮道上疾驰了一个多小时，早出了法旺区，进了边郊山林。

这里跟法旺区正中心是有时差的，他们驱车沿着盘山路开上山顶时，当地时间是夜里十二点整。

这座山是这一带的海拔最高处，顶上有座风塔，大门全天候敞开。只要有兴致，随时可以上到最高层的景观台，俯瞰遥无边际的整片林区。

风塔春夏两季很热闹，到了秋冬的深夜才会冷清下来。

他们选择的时间很好，顶层的景观台空无一人。

菲兹熟门熟路地开了天窗，所有的遮光屋顶撤向两边，只留下巨大的、没有任何支架和分割痕迹的玻璃，头顶的漫漫星空就这样无遮无拦地笼罩下来。

菲兹甚至不用去找，就指着某一颗远星，说："哎，看见没，那颗你们认识的吧？是我的老家，从曾曾曾祖父辈开始就定居在那里了，不过我已经很多年没回去过了。"

燕绥之作为资深的迷路派，天生跟方位有仇，离了地图永远找不着北。

他对上菲兹小姐的眼神，微笑着点了点头，然后推了一下顾晏，用口型无声发问："这指的是南是北？哪颗星球？"

顾晏动了动嘴唇："西。冬天西方最亮的一颗是云桥星。"

那是联盟所有宜居星球中，几大奇观之一。因为大气组成特别的缘故，那里的天空永远绯红似火。离它最近的一颗恒星又总会被它自带的卫星遮挡大半，像一道银色的月牙，永远倒挂着横跨整个天空，像云中的桥。

星球由此得名。

据说云桥星的人总是天真直率，像他们永恒的天空一样热情而浪漫。

燕绥之熟悉的云桥星人不多，但从仅有的几位，尤其是菲兹小姐来看，这话确实有几分道理。

燕绥之问菲兹："你经常半夜来这里？"

结果这位小姐立刻摇了摇头，说："没有，林区太深了，一个人不敢来，我怕转头就上社会新闻。"她冲两位律师眨了眨眼，毫不客气地说道："就等着哪天哄上一两个有安全感的人陪我来一趟呢。这里深夜的景观很难得，我想看很久了，苦于骗不着人，今天总算让我逮住了。"

燕绥之正两手撑着栏杆看远处的星带，闻言摇了摇头，笑说："小姐，社会新闻没那么容易上的。"

"是啊，但是你明白的，在有些地方工作久了，总会对这个世界产生一点儿误解，什么变态总是特别多，每隔百米有一个之类的。"菲兹掰着指头数，"像

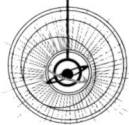

警署、法院、检察署、医院、律所，就属于这种。"

她说着顿了一下，又道："我虽然不打官司，只负责行政，但每天也会接触各种各样的刑案，再加上家庭原因……有时候挺容易走极端的，尤其刚到南十字那两年，一度快要有被害妄想症了。后来我发现了一个好办法，这才免于变成精神病。"

燕绥之顺口问："什么办法？"

"周末休息的时候，去德卡马甚至联盟各地的广场，或者福利院。买点儿喝的，甜一些的那种，找个安宁的角落，坐一个下午。"

燕绥之微微愣了一下。

这是他很久以前曾经跟学生提过的减压方法。只不过当时是私底下，在他的生日酒会上，听到的也都是他那些直系学生。

菲兹并不是其中之一，却做了类似的事情，也算一种朋友间的缘分了。

"在那些地方坐着，你总会看到很多瞬间。"菲兹眯起眼睛回想着。

有的人会站在某个流浪音乐家面前，安安静静地听完一整首歌曲，然后送出一些心意和夸奖；有的人会因为坐在同一张歇脚的长椅上就笑着聊起来；有的人会扶起玩闹中跌扑在地的孩子；还有的人会对别人撒欢而过的宠物露出会心的笑。

"每次看到那些瞬间，就会抵消我很多消极的念头，也会让我觉得这个世界好像也没那么多变态，心怀善意的人永远占据多数。"菲兹耸了耸肩，"当然，这只是我片面的想法。不过当时有件事让我乐了很久。"

她说着，朝顾晏的方向瞥了一眼。

跟顾晏相关的，燕绥之总是很有兴趣，问："哦？哪件事？"

"每年律所来新人时，总会有一批人沉迷于我们顾律师这张帅脸。男女都有，但他活像开了信号屏蔽仪你知道吗？就是那种——方圆八千米以内，人畜不分，统统称为活物，什么男士女士……世界上有男女？"菲兹绘声绘色地吐槽顾晏。

"——就是这种。反正我刚进公司的时候，他根本不理我。我怀疑他当时连新来的行政人事是男是女都不知道。"

菲兹小姐借机告状。

燕绥之一直弯着眼睛在笑。

顾晏很想反驳说"那还不至于，我毕竟没瞎"，但他不喜欢打断别人的话，所以只得任由对方胡说八道下去。

"后来就有一次，很巧，我去福利院坐着看那些小朋友打闹，看那些非亲非故的捐赠人、志愿者跟那些小朋友聊天，结果被顾看到了。我不知道我这行为让他联想到了什么人或是什么事，反正从那之后他对我的态度就温和些了。搞得我一度以为他看上我了，后来我发现是自己想多了。"

顾晏默默捏了捏鼻梁，万分无奈："……"

"你上车前喝酒了？"顾晏问。

"没有啊。"菲兹说，"干什么？"

"没什么，只是觉得你今晚似乎非常……兴奋。"顾晏说。

菲兹点头道："没有似乎，我就是很兴奋。知道你们跟我在做同样的事情，我实在很高兴。"

"你之前不知道？"这倒是有点儿出乎他们的意料。

"不算知道。"菲兹说，"你们在律所的动作不多，我哪里能知道你们究竟在干什么？但有过很多猜测……"

她看向燕绥之，说道："当初你拿报到证来的时候，我就开始猜测了。因为我实在很少收到你这样履历甚至其他记录都一片空白的人。我那时候并不知道你是哪一边的，也不清楚你是好是坏。但我就想给南十字搞点儿麻烦，收一两个不稳定因素，所以我问都没问就收了你的报到证。事实证明，我眼光还行。"

"为什么？"顾晏看向她。

为什么会跟我们站在一边？为什么会进南十字？这是他们在律所时就想问的问题。

菲兹说："因为我父母吧。"

燕绥之问道："你父母？"

菲兹点了点头，她看着西方那枚远星，似乎在回忆很多事，说道："我父母……主要是我母亲，年轻的时候家底很厚，有着花不完的钱。她后来继承了我外曾祖父、外曾祖母的思维，趁着有钱四处投资。她涉足很多行业，什么医疗、交通、材料甚至军械等。后来她在赫兰星投资买下了两条药石矿，但……就是这两条药石矿毁了我家。

"我母亲后来锒铛入狱，过世了。父亲因为这个，反反复复生了整整三年

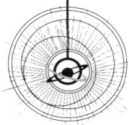

的病，弄得底子太差，什么移植灭菌都没派上大用处，也没熬过去。"

药石矿？锒铛入狱？

燕绥之和顾晏面面相觑，越听越觉得似曾相识。他们皱眉回想了片刻，试着问菲兹："你父母叫什么？"

菲兹说："我父亲叫高格利·菲兹，是位老师。我母亲叫麦琪·卢斯。"

"卢斯？"

"是啊，怎么了？"

燕绥之和顾晏不约而同地想起了乔放给他们看的东西，那是他姐姐尤妮斯的视频日记，里面记录着曾经的曼森庄园茶会。

里面那位年轻干练，气质卓越的女士就姓卢斯——

同样拥有两条药石矿，同样嫁给了一位普通教师，同样锒铛入狱，不久之后在狱中自杀。

当初听到关于那位卢斯女士的事情，燕绥之和顾晏都有些感慨。但他们怎么也没想到，她居然会是菲兹的母亲。

菲兹轻声说："我有时候觉得很难过，联盟现今这么好的医疗技术，这么好的设施，为什么连我父母都救不回来呢？一定有什么阴谋诡计在里面。但后来我发现，也许阴谋诡计并不在这里，而是在别处。

"我大学快毕业的时候得知了一些消息——当初我父母留下的两条药石矿，被一个套壳公司收了，而那个套壳公司，显示归属于南十字合伙人，所以我进了律所。"

这些年，她一直藏身于南十字的行政人事系统内，慢慢让自己成为南十字各种信息的枢纽。但太多的干扰让她难以跳出南十字的框架，难以弄明白南十字以外的事。她查不清还有哪些人物牵扯其中，自然也不知道还有人跟她站在一条线上。

"有很长一段时间，我一直觉得自己非常非常孤独。不知道我能帮到谁，也不知道谁能帮到我。"菲兹看着远处，漂亮的眼睛盛着几点星光，"但很奇怪，我并不害怕。我有种莫名的自信，觉得自己在做的事情一定是有用的，总会有人跟我站在一起的，我只是需要等。"

"所以你们知道我为什么今晚这么亢奋吗？因为我看了那些运行日志，知道自己终于不用再猜、再等了。"她转头看向燕绥之和顾晏，说："我终于不是孤零零一个人了，还有什么比这更值得高兴的？"

燕绥之想了想，温声说："那倒真是没有了。"

顾晏靠上栏杆，菲兹也笑了起来。

窗外旷野寂静，长林起伏。

黑夜漫长无边，好似蛰伏着诸多难以琢磨的东西。

然而头顶星光漫漫，不知多少光年之外的行星带从天际横跨而过，像一条闪着光的无尽长河，在那之中，星辰相聚。

就像这个世间总有一些路，你踏上去，就知道自己永不孤单。

8

回到法旺区后，菲兹头一回被邀请进顾晏的家。

这位小姐当即戏精上身，站在玄关拎着换下的鞋开始发表获奖感言："感谢南十字，感谢多年来从不消停的变态和人渣们，早知道卖惨能进'绿草'的家门，我当年住到隔壁来打招呼的时候就应该抱着门号嚎大哭、捶胸顿足，那我说不定能早五年踏进这扇门。"

顾晏道："……那我应该会给医院拨个通信，然后卖房搬家。"

菲兹："……"

燕教授看热闹不嫌事大，当着顾大律师的面问菲兹："'绿草'又是什么称呼？因为他的脸经常绿？"

顾律师面无表情地看着某位吃里爬外的浑蛋。

"律所一棵草，简称绿草。"菲兹说。

燕绥之点点头，道："哦，挺贴切。"

贴切个屁。

顾晏根本不想搭话。

"抱歉，没有女士拖鞋。"顾晏从鞋柜里拿出一双新鞋递过去。

"哇，我居然拿到了顾律师亲手递过来的拖鞋。"菲兹小姐戏瘾没过够，继续号。

燕绥之靠着立柜袖手旁观，嘴角就没放下来过。

顾晏头疼。

"我觉得有必要弄清楚一件事，我好像从来没说过不让人进门的话吧？"

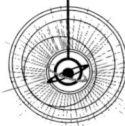

他说。

"无风不起浪，那我从哪儿听来的谣言？"菲兹小姐理直气壮地说。

"没记错的话，最初往外传谣的就是你跟乔。"顾律师面无表情地道谢，"托你们的福。"

"怎么可能？而且就算是我们传的，也一定是因为你面无表情，太冷淡。而且你住在这里这么久，主动邀请谁回家玩了？"

燕绥之笑着揭穿道："没有，客房连床都没拆封。"

菲兹说："看吧！"

顾晏："……"

顾律师面无表情按了下一旁的门控。

嘀——

大门自动合上，力道很轻地推了菲兹一下，把这位小姐推进屋内，然后又"咔哒"一声锁上了。

至于另一位靠着立柜，不能推的，他只能手动请对方进客厅了。

鉴于菲兹小姐精神亢奋，丝毫没有要回自己家睡觉的意思，他们干脆给她讲了现今的情况，以及已有的证据和缺漏……

当然也包括燕绥之究竟是什么人。

"啊——果然！"

菲兹不是法学院的受虐狂，也不像乔少爷一样把自己送进法学院的课堂，所以在确切得知这位实习生是谁后，并没有乔或者劳拉那样的反应，甚至转眼就毫无障碍地改了称呼。

"我就说嘛！一个普通实习生怎么可能有这么大威力，让顾破完这个例，又破那个例！"菲兹说，"其实我也猜过，但又觉得有点儿不可思议，所以一直不敢肯定。"

顾晏以为她说的不可思议是指"死而复生"这种事，正要开口，就听这位小姐说："我还记得第一天你要我给实习生结工资让他滚蛋的场景呢。"

燕绥之附和："历历在目。"

"对，历历在目，像你这样跟自己的老师说话，真的不会被扫地出门吗？"

燕绥之道："我很大度，你看，他还不是顺利毕业了。"

顾晏："……"

虽然菲兹不是燕绥之的学生，但菲兹拍起马屁来依然很自然："真的大度，要我肯定拖他两年不给论文签字！"

说完她卡了一下壳，又补充道："当然了，看在他长得格外帅的分上，我可能还是会心软一下。"

燕绥之挑了一下眉，没搭腔。

菲兹在突然的沉默中强行总结："总之，就是因为难以想象这样的你居然没被穿小鞋，我才觉得极其不可思议。这要打个马赛克编两句放上网，得到的评论肯定整整齐齐——你的老师真看重你。"

燕教授"嗯"了一声，默认下来，又似笑非笑地朝顾晏看了一眼，道："听见没？"

顾律师目光一动，敛眉端起咖啡杯喝了一口，一本正经地道："回头说。"

菲兹："……"嗯……我好像不是这个意思！

她再次环视整个别墅，目光从厨房滑到餐厅、客厅，甚至包括玻璃窗外的那片灯松……总之，视野范围内所有的细节她都一一看在眼里。

住所永远是最私人的地方，因为这里的每一个角落、每一处生活痕迹，都会在不经意间表露出住在这里的人关系如何。如果不是看到这些痕迹，她可能很难想象顾晏或是燕绥之在自己的私人领域会是什么样子。

毕竟他们两个都给人一种距离感。

这真的有点儿不可思议。

他们后来聊了很久，菲兹得知现今情势后，又罗列了自己这些年的收获，比如南十字律所的往来账目、南十字律所里某些人跟某些商业大亨和家族之间的往来关系，再比如某些人的异动……

燕绥之这晚话不多，起初还时不时跟着开两句顾晏的玩笑，后来更多是支着下巴在听。

顾晏注意到这点，问过他好几次，他只是抓过一只靠枕抵在侧边，调整成更放松优雅的姿势说："继续说，我听着呢，都是有用的东西。刚才困劲上来了不太想张口，真撑不住我会自己上楼去睡。"

对于燕绥之的身体状况，菲兹刚才也听他们说过。她一脸担忧，燕绥之却摆摆手说："没什么大事，春藤那边林原一直在加班加点，总会有结果的。"

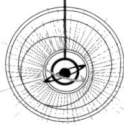

燕教授真打算安抚人时，还从没失败过。

他总有无数种方式说服对方相信自己的话，再加上他又总是那副不甚在意的模样，轻而易举就能让人觉得"天塌下来都不会有事"。

菲兹仔细看了他的神情脸色，发现确实挺好，这才继续说起来。

这些年她收集的证据大多限定于南十字律所范围内，但足够把一批人拉下马了。

顾晏本想跟她要一份明确的牵扯人名单，结果这位小姐非常干脆地表示道："要什么文字名单啊！我就是行走的活名单！我觉得我私下里表现得够明显了，不喜欢谁，谁就是有问题的。喜欢谁，谁就是没问题的。区分起来多么简单。"

顾晏顺着她的话回想了一番，说："如果我没记错的话，你对大多数人的日常问候就是某某某你真讨人喜欢，以及某某某你如果不做某件事的话我会更爱你。我建议你还是给一个客观的判断标准。"

菲兹道："你复述我的话时一定要这么毫无起伏、面无表情吗？我那么热情的话被你说得像讨债。"

她原本想拉着燕绥之一唱一和地逗顾晏，却发现之前还眯着眼睛的燕绥之已经悄然睡着了。

他的皮肤在温黄的灯光色调下显出柔和的瓷白，眼睫在灯光的映照下显得黑而幽密，在眼下投落出扇形的影子。

也许是心理因素的影响，确认燕绥之的身份后，菲兹从她自己这个角度看过去，总觉得落地灯下那人睡着的模样，更接近梅兹大学法学院墙上的那位。

五官越来越像，好看极了。就连睡着了，气质也遮都遮不住。

菲兹不自觉压低了声音，她抬眼看了看墙上的时钟，说："居然已经这个点了？算了，院长都睡了，我也回去了，免得我说兴奋了，忘记控制音量，再把他弄醒。你也早点儿睡吧，我走了。"

顾晏跟着起身，对菲兹说："太晚了，我送你出去。"

"就这么几步路送什么啊！这要说出去能让人笑死。"菲兹小姐豪迈地摆了摆手，大步流星地走到玄关边。

她换好鞋，拉开门，都迈出一只脚了，又忍不住回头冲顾晏说："对了，你们之前不是说提供证据以及出庭作证吗？我以前想起这些有点儿忐忑，这也是为什么我在律所窝了这么多年没跳出来。但现在不了，我想到那一刻的时候就只有期待。我们算好朋友吧，顾？"

"算。"顾晏回得沉稳而干脆。

"那我以后就是有后援撑腰的人了，无所畏惧！"菲兹笑起来，摆了摆手，"赶紧睡吧，你跟院长都晚安。"

然而这一晚，好像注定安不了。

菲兹没有睡意，从顾晏家出来后没急着回家，而是沿着花园里一盏盏的晚灯，在安静的深夜中散步。城中花园的治安极好，不远处可以看见几个值班人员在保安室内走动闲聊。

她绕完三圈准备回家的时候，顾晏的房门突然打开了。

她闻声回头，一看便吓了一跳。

就见顾晏打横抱着一个人大步走出来，而那辆哑光黑色的飞梭车忽然启动，从车库内呼地冲出，又一个急刹自动停在门前。

"我的天，怎么了？"菲兹匆匆跑过去，"院长吗？刚刚不还好好的吗？晕倒了还是病了？"

不久之前还支着下巴小憩的人此时却眉头紧皱，毫无生气。他看上去很不舒服，但又似乎陷入了深眠之中，对外界的言语、动静毫无反应。

菲兹从没看见过脸色这么难看的顾晏。

顾晏甚至没听见菲兹刚才说了些什么，压着嗓子答非所问："我去趟医院。"

这种情况，菲兹当然不可能回家。

顾晏把燕绥之放进后座时，她当机立断地钻进驾驶座，设定好目的地，干脆地说："车有我！你看着院长！"

顾晏愣了一瞬，说："谢谢。"

这位自诩从不开快车的小姐，一拍启动键，黑色的飞梭车三两下拐出城中花园，以最快的速度直奔悬浮轨道，从天际轻啸而过时，就像一道投射的光束。

后座改换了模式，车载急救仪和万能药箱全部弹了出来。

这些东西的接线和探针有十数根，看得出来它们极少被使用，还以最原始的状态捆扎在一起。

菲兹悄悄看向后视镜。

就算在这种时候，顾晏也没有显示出丝毫的慌乱。从菲兹的角度，可以看

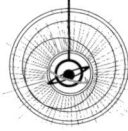

到他低眉敛目，冷静地抓过那些接线和探针，冷静地看了一眼捆扎线……

菲兹想提醒他那个捆扎线有个接口，找到那个接口一抽就开了，那些接线和探针自然会松散。

结果她一个字都没来得及说，就听"啪"的一声，捆扎线已经被人强行弄断了——

顾晏根本连接口都懒得去找。

菲兹忽然就不太敢说话了。

急救仪一点点地跟燕绥之相连。在忙碌这些事的时候，顾晏显得异常沉默。

那些细如牛毫的探针扎进身体里的时候并非毫无感觉，硬要形容的话有点儿像蚊子叮咬，不疼却恼人。

它们一根接一根地扎上脖颈和手腕，燕绥之却毫无反应。

急救仪开始工作，车载屏幕上显示的项目一项一项地亮起来——心率、血压、体温、呼吸、氧气饱和度……

那些数字随着急救仪的工作不断跳动着，但每一项都带着红色的感叹号。

菲兹只在后视镜里扫了一眼，就不敢看了。她收回视线，把飞梭车的行驶状况又调整了一下。

如果燕绥之醒着，他一定会夸赞她的车技。因为城中花园到春藤总院，近一个小时的车程，愣是被菲兹缩减到二十七分钟。可即便这样，菲兹仍觉得这二十七分钟漫长得像一个世纪，所以她无法想象顾晏会有多难熬。

车子在春藤医院的门口稳稳停下，提前一步接到消息的林原已经等在了医院门口。他刚轮换过班，在休息室睡了一觉，精神充足的状况下他的心情原本很好，谁知刚睁眼没多久就接到这个坏消息。

"别往急救室跑了，那边不管用。"林原手里是全息显示屏，上面同步滚动着车载急救仪的数据。

拔下探针，那些数字已经不再跳动了，但依然满屏红色。

"直接去楼上！"林原说。

医院的有轨担架把燕绥之送进电梯，又以最快的速度送上实验室所在的楼层。实验室的最里面连着活体实验间，名字不好听，但严格说来那里的设备比一般急救室更齐全、高端，在特殊情况下充当急救室一点儿问题都没有。

多亏林原的事先安排，那里面有用的设备已经早早打开预热了，研究员们娴熟地把燕绥之安置妥当。

屏幕刷新，很快跳出他身体各项的体征数据。

"这是已经打过抑制针又反复的？还是基因调整到时间了？"其中一位研究员低声冲自己身边的另一位研究员嘀咕，"后者还好，前者有点儿要命啊……"

另一位连忙用手指抵着嘴唇，冲他轻嘘了两声，又从唇缝里说道："少说几句不会憋死你，林老师还没开口呢，你就都知道了？"

虽然嘴上是这么说的，但那位研究员本身的脸色也没好看多少。

事实上，看到屏幕上的那些数据，实验室的人脸色没有一个是好的。

"你们先去休……"林原给自己换上一副新的消毒手套，正要建议顾晏和菲兹去隔壁坐着等，但他刚看到顾晏，嘴里的话就卡住了。

原来要说的话在嗓子眼里转了两圈，林原最终还是叹了口气，指着玻璃房外的几张座椅，说："算了，去那边坐会儿吧，有的等。另外……扎克？"

一个年轻研究员抬手示意："在呢。"

"手续不能省，把那些文件找出来让人填一下。"林原交代道，转过脸对顾晏说："你去把那些信息都填了，这边有我。"

扎克应了一声，带着顾晏和菲兹走到外间。

光脑哗哗地吐了一堆文件，扎克把仿真页面往他们面前轻轻一推，说："这些要填病患的信息，这边填，嗯……请问他是您的？"

扎克瞄了一眼两份文件下方的注脚，一板一眼地问："您属于近亲属还是其他密切关系人还是……"

顾晏从玻璃房内的仪器台上收回目光，浅浅扫了一眼填表分类，没等扎克介绍完就说："我自己来，你进去吧，不用在我这里耗费时间。"

扎克其实也想进去，里面不知道什么情况，麻不麻烦，需不需要更多人手。但就医院而言，安抚和指导家属配合同样重要。于是他耐着性子说："也不是耗费时间，这些协议条款还有一些东西都挺复杂的，我得例行解释一下。"

菲兹在旁边道："他是律师。"

扎克："……"

他二话不说，给了顾晏一个模板，忙不迭进去了。

玻璃房内，林原看见扎克进来还愣了一下，问道："你怎么——"

"人家什么都懂，用不着我啰唆。"扎克迅速戴上无菌手套，冲林原感叹

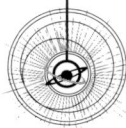

说："当年在前楼急诊轮岗的时候，哪次不是费尽口舌、万般解释，我头一回碰到这么干脆的，比我还赶时间催着我进来。"

林原转头，就见玻璃房外，顾晏低头看着手里的页面。

听说他们这些名律师，看这些东西快得很，一目十行还能一眼挑出重点。他看见顾晏很快翻到了最后一页，握着电子笔飞快签了名，一秒都没耽搁。

扎克说得没错，这可能是他们见过行事最利索的人了。

但签完名后，顾晏并没有松开文件。

他垂着眸子，看着那些已经扫过一遍的文件内容，长久而沉默地站在那里。

玻璃上映照着室内的灯，有微微的反光。

林原叹了口气，冲那帮助手们比了几个手势，低头忙碌起来。

"顾？"菲兹有点儿担心顾晏的状况。她走近一些，看着顾晏手里那些文件，"怎么？有什么问题吗？"

过了好一会儿，他才回神一般摇了一下头，说："没有。"

理性告诉他，这些文件必然是要签的，而且越快越不耽误治疗。但感性上，文件上一条一条罗列出来的，可能会有的糟糕状况和意外，又让人难以抑制地发慌。

这大概就是所谓的后怕。

是那种哪怕他再怎么理智冷静，也无法忽视、无法调节的后怕。

因为躺在仪器台上的是燕绥之。

因为有可能承受那些糟糕的状况和意外，会难受、会痛苦的是燕绥之。

为了避免南十字律所那边有所察觉，菲兹没有长时间留在实验室。

"如果院长情况好起来了，就告诉我一声。"她拍拍顾晏，留下这句话，便匆匆离开了春藤。

菲兹准时准点地进了办公室大门，准时准点地开始工作，但始终没有收到顾晏的任何信息。

上午没收到，她自我安慰：也许已经好转了，只是顾晏太高兴，一时间没想起来。

等到中午还没收到，她又勉强想：也许医生比较保守，虽然好转了但是不敢打包票，还要吓唬几句，所以顾晏在等燕绥之的病情稳定下来。

到了下午，智能机依然静默无声，她终于不可抑制地慌张起来。

她忍不住给顾晏发了一条信息："顾？院长怎么样了？"

但迟迟没有回音。

智能机依然安静地圈在她的手腕上，像一个精致的装饰品。

菲兹开始不受控制地胡乱猜测，自己把自己吓得心口一片发凉，难受极了。

办公室内任何一位同事都能看出她的脸色很差。就连来找她拿文件的高级事务官亚当斯，都忍不住拍了拍她的肩，关切地问道："怎么了？身体不舒服？"

菲兹抬头看他，这是南十字里除了顾晏和燕绥之外，她关系最好的一位了。

人就是这样，独自闷着的时候好像一个无底洞，再压多少情绪都能承受。但只要某个亲近的家人、朋友看上一眼，就会突然崩塌。

菲兹恹恹地摇了摇头，然后趴在桌上。

亚当斯吓了一跳，问道："真难受？病了？发烧没？我给你去找点儿药？"

菲兹头也没抬地摇了摇。

亚当斯没辙了，说："这么趴着也不是个事啊，要不去医院看看？"

菲兹倒被他提醒了。

这是一个顺理成章去医院的好理由，就算她直奔春藤，律所的人也不会觉得奇怪。

"嗯，我下班去看看。"菲兹揉着脸坐直起来，眼睛红红的，活像刚刚都快哭了又硬生生憋了回去。

这副模样谁看了都心软，亚当斯忍不住说："还等什么下班？签个单子现在就去。"

菲兹抿着嘴唇盯着他思考了几分钟，点点头，说："好吧……"然后抓起手包，扫了虹膜就走了。

于是亚当斯那句"刚好现在能抽出空，我陪你跑一趟？"活生生憋死在了肚子里。

他站在行政办公室里，仰天无语了五分钟，用手指懊恼地敲了敲自己的脑门，冲其他几个助理说："菲兹刚才好像忘签单子了，你们帮她补一个，一会儿如果有合伙人来，就说她生病去医院了。"

菲兹回到林原的实验室时，几乎生出一种错觉。

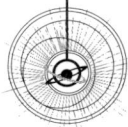

因为玻璃房内的人依然忙忙碌碌，玻璃房外的顾晏依然守着没动，所有一切都跟她早上离开的时候一模一样。就好像她只是出门转了一圈就回来了，可实际上已经整整过去了七个小时。

她原本还想问顾晏为什么没回信息，但现在已然没有问的必要了。

别说信息了，她在实验室里站了五分钟，顾晏甚至都没有发现旁边多了一个人。

情况比她料想的糟糕很多。

直到外面暮色深重，医院里里外外亮起了灯，深夜再一次悄悄来临，这一场特殊的急救才终于结束。

仪器投照出来的屏幕上，所有标红的警告标志都消失了，但那些代表生命体征的基本数据并没有因此转回最正常、最温和的蓝色。

林原冲几个研究员比了手势，隔着无菌罩，闷声闷气地交代："楼上单独的那间病房空着吧？把他先转过去，加四个小时无菌罩、充氧，营养机用三号，接警报和二十四个小时自动提示，实时数据连到这边的分析仪上。"

楼上的病房有实验室内的直通电梯，本就是专门给实验室配备的。

那些研究员们听了林原的话，转头就开始准备。

他们手脚麻利地给燕绥之换了一张床，床上自带一层无菌罩，像一个偌大的玻璃皿。那个无声无息躺在其中的人，则显得异常病弱。

转眼间，燕绥之被推进了同样透明的内部传送梯，在几位研究员的陪护下，往楼上升去。

菲兹眼睁睁看着顾晏往前走了一步，结果被大片冰冷的玻璃挡住了。

他怔了一下，像是刚从某种十分压抑的情绪里惊醒过来。

从她的角度看去，能看见顾晏棱角分明的侧脸轮廓，他的眸光随着缓缓上升的无菌床上移。直到那张病床彻底没入上层，消失在视野内。

很久之后，他才眨了一下眼睛。

林原敲了几下分析仪的按键，仰头扫了一眼屏幕，然后大步流星地出来了。

"他怎么样？"顾晏硬生生在玻璃房外站了二十个小时，冷不丁开口，声音都是哑的，听起来沉重而疲惫。

林原吓了一跳，左右看了一圈，指着等候的地方说："那边有休息的地方，还能睡人，你不会直挺挺地站了这么久吧？"

虽然林原很惊讶，但他自己忙了二十个小时，状态同样很差，嗓子比顾晏还哑，因为治疗过程中他还得不停说话、下指示。

"没事。"顾晏看都没看那些软椅，轻描淡写地带过了漫长的等候。

林原拍了拍他的肩膀，说："这种情况，我也不跟你说什么一个好消息一个坏消息了，你应该不爱听那些绕弯子的委婉废话。"

菲兹一听还有"坏消息"，心里顿时就是咯噔一下。

她再瞄向顾晏，却发现他依然肩背挺拔地站着，沉声道："你说。"

"昨天把他接进来的时候，我心里有过两种预测。"林原说，"最好的一种就是基因修正到期失效，这只是他恢复原貌前的反应，只不过他的反应比一般人要激烈点儿。而最坏的一种，就是……他体内那个不定时的炸弹终于爆发，那个基因片段隐藏的各种病理反应，开始在他身上有所体现了。"

林原看着自己伸出的两根手指，犹豫片刻，然后手指冲顾晏弯了一下，说："现在他的状况是……两种撞到一起了。"

"……两种撞到一起会有什么反应？"

"你知道，那个基因片段对修正期有干扰。"林原用一根手指抵上另一根，道，"就好比正常情况下，基因修正失效会有个过渡期，几个小时到十几个小时不等。他会在这段时间里，经历发烧、头痛、休克等反应，但熬过去就好了。现在，他的这段过渡期在被那个基因片段不断干扰，导致时而缩减加快，时而延长。"

林原顿了一下，又继续说："这就意味着，这个过渡期不能以常态来预测，有可能过一会儿他就恢复原貌了，也有可能……那个基因片段存在多久，他就要经受多久的过渡期，直到不再有干扰为止。"

光是听这些描述，菲兹就觉得难熬。

她忍不住问："如果……我是说如果是后一种，这个基因片段什么时候能消除？"

林原捏了捏眉心，说道："这就是我们现在通宵达旦在做的。进展其实不慢，但现在卡在了一个难关上，就看今晚一个模拟实验的结果，如果成功，很快就能投入临床使用，但……如果失败，我们就得另找他法。所以很抱歉，可能还需要时间。"

菲兹连忙说："那这些反应，有没有什么药物能够帮忙减缓的？止疼药或

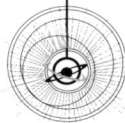

者类似的东西，能让院长稍微舒服一些？"

林原摇了摇头，他看了一眼顾晏的脸色，有些艰难地开口："这就涉及另一个问题了……"

顾晏注意到他的表情，似乎预感到了什么，垂在身侧的手瞬间攥紧，问道："什么问题？"

"我刚才不是说，院长的状况是两种撞到一起吗？那个基因片段的病理反应，会在他身上有所体现。"林原犹豫了一会儿，咬牙说，"你知道曼森兄弟的初衷的，所以哪怕是初始的、还未成熟的基因片段，也必然包含一些特征，比如……他可能会对某些药物成分产生过度渴求。"

这大概是林原能想到的最委婉的说法了。

刚知晓内幕的菲兹甚至还愣了一下，才明白他的意思。

但顾晏却瞬间变了脸色。

林原立刻说："你别这样，你先别急。"

这话说出来，林原都觉得有些无力，但他看见顾晏的脸色，就实在忍不住想说点儿什么，哪怕就是一句有点儿空泛的承诺呢？

否则他总会感到无比愧疚。

林原看着顾晏说："我保证，院长一天没恢复，我就一天不出实验室。我一定会竭尽全力让他好好的，跟以前一样，笑着跟我打招呼，然后走出这里。"

第九章

1

春藤的消息永远瞒不过埃韦思家。

燕绥之一转进专门病房，回到德卡马的乔就知道了，紧接着劳拉也知道了。他们连夜赶到医院，一并过来的甚至还有柯谨。

林原在电梯口接他们，一看见柯谨就冲乔直使眼色，说："怎么把柯律师也叫来了，医院不是一个能令人放松的环境，尤其现在深更半夜，跟他的作息是对冲的吧？"

以前每次来春藤，柯谨去的都是检验中心，电梯出来左拐直走就行，这几乎成了一种条件反射，于是他一出电梯，没等其他人开口，就已经低着头默默地左拐往前。

前面是墙。乔一个箭步拦过去，连哄带骗地把他拉回来，这才有工夫回答林原："我知道，但是他这几天一直是坐立不安的状态，作息已经乱了，现在这个点根本不肯睡觉，今天慌得尤其厉害。"

"为什么？怎么会？"林原有点儿诧异。

像柯谨这样的精神状况，很容易陷进某种偏执里，一旦形成习惯，想要更改非常难。

乔的神色变得很复杂，说："怪我，去天琴星的时候考虑到要进看守所，没带上他。尤妮斯说他晚上就不太愿意睡觉。"

这对乔而言，其实是值得高兴的。因为柯谨对他的存在和离开是有反应的，而且反应还不小，甚至打破了他这几年一成不变的作息。但乔只要一想到柯谨坐立不安了两三天，就怎么都高兴不起来。

"……我不知道他眼里的世界是什么样子，也不知道他会往什么方向去想，但能让他不安的，一定不是什么美好的想法。"乔很心疼，"至于今天……老

狐狸知道院长这边的情况后，告诉了我跟尤妮斯，柯谨可能听到了一些，我不知道他能理解消化多少，反正刚刚状态一直很不稳定。他那么喜欢院长，一定想来看一眼，我怎么能不带他呢？"

林原叹了口气，说："行吧。"

"顾晏呢？"乔扫视了一圈。

林原指了指头顶，说道："在楼上呢，都在楼上的专门病房。虽然床上加了无菌罩，但是你们还要从除菌通道里走一趟才能上去，口罩和手套也都必须戴上。"

专门病房的墙壁里都封着各种数据物质和接线，连通着正下方的实验室仪器，所以室内大半都是冷白色的金属。

干净是真的干净，纤尘不染，但也毫无人气。

燕绥之躺在病床上，乌黑的头发散落在枕头上，无声无息，皮肤苍白。甚至隔着无菌罩，都能看见他手背和脖颈侧面隐隐泛着青蓝的血管。

顾晏坐在床边的椅子里，他交握的手指抵着鼻尖，沉默而专注。

房内安静极了，只有营养机在工作着，偶尔在自动改换药剂时会发出嘀嘀的提示音。

劳拉做好了全套准备，把自己消毒得干干净净，却在专门病房门口止住了脚步。她看见那里面的人，倏然红了眼，连忙退回到除菌通道里。

"怎么了？"跟在她身后的乔被她撞了一下，扶住她的肩膀问。

"看着难受。"劳拉说，"我缓缓，你们先进去。"

林原在后面苦笑一声，说："别说你了，我每次上来都不太好受，但这种情况可能还要持续一阵子。"

"院长他……就一直这样吗？"劳拉问，"那个罩子一直要这么罩着吗？"

那个无菌玻璃罩隔绝声音，虽然薄薄一层，却像把燕绥之圈在了一个孤岛里。别人走不近，碰不到，甚至听不见他的呼吸声。

这对在乎他的人而言，实在是一种煎熬。

好在林原摇了摇头，说："倒不是一直，现在保持无菌环境是因为我们刚给他做完急救，他现在基因状况紊乱，针口、伤口等愈合很慢，直接暴露出来容易感染，影响之前的治疗效果。我们打了极速愈合药，保守估计四个小时吧，针口和切口顺利愈合，这个无菌罩就能拿走了。之后环境是不是无菌对他而言不重要，毕竟他的问题出自基因。"

"那他会一直这样睡下去吗？"劳拉又问，"会醒吗？"

"不会醒的。"林原说，"这种时候的昏迷其实是一种自我保护机制，因为醒着的时候，那些生理上的不适反应会更清晰，而人体总是趋利避害的。"

交代完所有事，林原没多打扰，匆匆下楼进了实验室。仪器内的模拟实验到了最关键的时候，他得回去全程盯着，一刻不能松懈。

乔和劳拉他们在这里待了整整四个小时。

这四个小时其实有点儿兵荒马乱，中间燕绥之血压和心跳的数值分别到过最低值以下，再度出现了红色警告的迹象，好在又被林原和研究员们硬生生拉回水平线以上。

凌晨四点二十二分，无菌罩自动发出一声嘀嘀的提示，表示四个小时的预设已经到了。

楼下冲上来几个研究员，小心翼翼地给燕绥之检查了每个针口和切口，然后摇摇头，说："不行，还得再延长一个小时。"

他们有些为难地看了房内所有人一眼，斟酌着说："针口和切口的愈合速度慢于预期，不算一个很好的状态。一般来说，我们不建议这时候来探望，病房里的人越少越好，最多一个……"

人生头一回轰老板，几个年轻研究员都有点儿尴尬。

好在乔大少爷是个极好说话的人，他摆了摆手，主动招呼劳拉起身，说："行吧，顶楼有副院长办公室，旁边配有几间休息室，你们几个最好都睡一下吧。别院长醒了，你们栽了。"

这话他最想跟顾晏说，但他也知道根本劝不了。

身为死党，他太了解对方了。

这时候劝顾晏休息才是最伤人的做法。

他临走前拍了拍顾晏的肩膀，把林原在走廊说的话挑了几句告诉他："林原说了，这种时候昏迷是好事，除非真有什么事放不下丢不开，死活惦记着，否则都是昏迷的，这样难受能轻点儿。你就当……院长只是在睡觉吧。"

顾晏低低"嗯"了一声。

顾晏都已经做好长久不眠不休的准备了，谁知半个小时之后，距离凌晨五

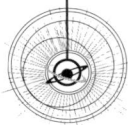

点还差五分钟左右，无菌罩里的人眉心微微蹙了几下。

顾晏有一瞬间的怔忪，以为自己看错了。然而无菌罩里的人又小幅度地动了一下头，眉心依然蹙着。顾晏猛地起身，走到无菌罩前，他刚倾身弯腰，无菌罩里毫无生气的燕绥之忽然睁开了眼睛。

燕绥之的目光带着一丝茫然以及梦魇未退的焦躁，似乎没有弄清自己身在哪里。他在这种茫然中眯着眼睛愣了几秒，终于透过透明的无菌罩看见了顾晏。

林原说，煎熬下的人一般不会醒来，除非真有什么事放不开，而这种可能小到万分之一。

燕绥之偏偏成了这万分之一的例外。

后来，燕绥之又断断续续醒过好几回。

林原的那些研究员们起初怎么也不信，后来亲眼看到又忍不住感叹：有些人的意志力真的强得可怕。

明明体征数据没有明显好转。明明那段霸道的基因片段还在作祟，甚至越来越活跃。明明引起的并发症正在一个接一个地亮起红灯……

燕绥之醒来的时间却一次比一次长，从几秒钟到几分钟……

最长的一次持续了将近半个小时，直到研究员上去换药剂、收无菌罩，他都没有闭上眼睛。

林原在楼下实验室，看着仪器屏幕上同步过来的数据，根本想象不出这个人究竟是怎么保持清醒的。

劳拉在这期间见了燕绥之一面，但她在病房待不住。她一看见院长依旧漆黑又带着温润亮光的眼睛，就憋不住眼泪。

她一来怕自己水淹病房，二来不想过多打扰燕绥之休息，坐了一会儿便揉着眼睛匆匆离开，去尤妮斯那边找点儿事忙。

乔大少爷倒不至于掉眼泪，他怕顾晏疲劳过度，硬是在病房待了小半天。他原本打算在这里驻扎几天，不料中途碰到了一些意外麻烦——他带着柯谨去医院后花园透气的时候，柯谨不知被什么惊到了，毫无征兆地发病了。

柯谨这一下来势汹汹，乔不得已让人又开了一间专门病房，暂时把柯谨安顿下来，又是打镇静剂又是转移注意力的，忙活了很久都不见成效。

这天中午十一点半。

接纳"摇头翁"案件受害者的医院部门传来消息，又有二十三位老人陷入脏器衰竭的状态，连同之前的那批，情况实在不容乐观。

病危通知书几乎几分钟一张地往外发，媒体关注度再上一个台阶。

燕绥之、柯谨、"摇头翁"……

三重压力之下，林原以及他的整个团队活像坐在炸药桶上，各个神经紧绷，实验室氛围前所未有的凝重。偏偏这时候，被他们寄予厚望的模拟实验出了点儿问题，实验结果在两个极端之间跳跃，始终没能给出一个稳定值。

下午两点三十八分。

实验模拟装置突然发出一声长长的警报，屏幕上终于跳出了最终结果——等待一天一夜的模拟实验正式宣告失败。

原本期望最大的一条路，在这里被堵死了。

实验结果跳出来的那个瞬间，不开玩笑地说，林原团队的全体研究员差点儿齐齐打开窗子跳下去。

他们现如今挑着最重的担子，却因为种种原因不被人所知，所做的一切都是悄然无声的。他们可以接受自己无声的颓丧或懊恼，却无法眼睁睁地看着那些深陷病痛的人在这种无声中失去希望。

一个小时后，房东默文·白赶来春藤医院，连同德沃·埃韦思紧急抽调的一批研究员一起正式加入了林原的实验队伍。

"辫子叔，您之前提过的那个方案可能要重新启用了。"林原把一系列研究稿投上屏幕，对默文·白说，"就是二十年前你们那个团队曾经设想过的，利用灰雀强大的复原特征，让病患的基因问题变得可逆化。"

这个方案最大的麻烦不在于研究本身，而在于结果论证。它不能仅仅依靠虚拟实验，最终必须要经过至少一轮活体检验，才能真正应用到那些病人身上。

下午五点二十一分，阳光又一次沉沉西斜的时候，完整的实验方案被拍板确认，人数更多更专精的团队再一次投入到争分夺秒的研究中。

在等待某个反应的间隙，默文·白看着反应皿旁屏幕的变化图像，有一瞬间出神。他不知想起什么，忽然低声问林原："那个浑小子呢？"

林原满脑子都是基因图和各类生物反应链，差点儿没反应过来他口中的"浑小子"是谁。他握着电子笔，在原地愣了好几秒，才"哦"了一声，说："雅克吗？他前阵子很忙，手里的研究项目好像很紧急，没日没夜熬了很久。那天

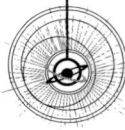

把数据录入了一下就回去了，请了几天假，最近都不来医院。"

默文·白轻轻应了一声，过了半晌才说："那他参与不了这个项目了。"

"恐怕是的。"

那一刻，默文·白心里说不上来什么滋味。他有一丝遗憾。因为这种争分夺秒并肩作战的时刻，也许一辈子就这么一次，错过了就不再有了。

他想，雅克那个浑小子一向痴迷于这些，越是困难麻烦的东西，他越想试。没能参与进来，实在很可惜。

但同时，他又有一丝欣慰。如果可以，他希望自己那个看着长大的养子，永远也不要沾上这些复杂纷扰的事。

这天夜里九点。

第三次注入镇静剂的柯谨慢慢稳定下来，一整天的折磨耗费了他本就不多的精力，他窝坐在病房一角，下巴抵着膝盖，安静无声地盯着地毯上的某个白点，终于在疲惫中睡了过去。

一直在安抚他的乔终于松了一口气，他找来毯子轻轻裹上柯谨，带回飞梭车里。然后又连灌了大半瓶水浸润着疲乏的嗓子，这才匆匆上楼跟顾晏打了一声招呼。

顾晏勉强睡了一个小时，这会儿正捏着鼻梁醒神。听到乔的话问了一句："他为什么会突然发病，你找原因了吗？"

"当时吓了一跳，只顾着安抚他了。"乔一脸疲惫地摇头说道，"没注意其他，等再想起来，已经查不到什么了。"

他仔细回忆了片刻，有些颓丧地说道："也许是因为有灰雀刚好落在花园喷泉上？他以前就被这些鸟刺激过几回。当时花园里还有个重症病人突然抽搐起来，模样有点儿吓人，可能是吓到他了。不过我们自己也吓到了不少人，柯谨忽然发病的时候，我反应慢了一步，好几个病房里开窗透气的病人都惊得关窗了。"

乔苦笑一声，又说："算了，不说这些了。我就是来跟你说一声，我要先带柯谨回酒店，晚点儿我再过来。"

乔离开后没多久，燕绥之又醒了。

这次跟之前不太一样，好半天过去了，他的眼睛始终透着一股还没清醒的迷茫感，就像沉静的湖水上蒙了一层雾。他盯着顾晏看了好半天，忽然皱着眉把脸往枕头里埋了几分，手指动了几下。

过了好一会儿，顾晏才反应过来，燕绥之似乎是想让他别坐在旁边，离开病房。

为什么？

这个认知让顾晏愣了很久，直到他感觉到燕绥之好像在发抖。

这种战栗好像是不可抑制的，伴着一阵接一阵的寒意和瞬间渗出的冷汗。燕绥之紧绷的肩背弓了起来，仅仅是眨眼的工夫，那片衬衫布料就蒸出了一片潮意。

他毫无血色的嘴唇抿得很紧，闭着眼眉头紧锁，鼻息却又重又急。

这是燕绥之从未流露过的模样，他其实骨头很硬，再重的痛感都能硬扛下来，一声不吭。像这样不受控制地发抖，前所未有。

顾晏瞬间意识到，他不是疼，而是基因片段导致的那种类似毒瘾的状况终于发作了。

顾晏一把拍在呼叫铃上，楼下不知哪个研究员接了铃，"喂"了一声，那声音明显不是林原，他却完全没听出来，头也不抬地说道："林医生，上来一趟！"

他想阻止燕绥之伤害自己的动作，却再一次感到了燕绥之的推拒。

燕绥之的嘴唇动了几下，声音却几不可闻。

顾晏从那急促和痛苦的呼吸中，勉强分辨出几个字。

燕绥之说："有点儿狼狈……别看了……"

有些病症就是如此，一旦开了口，便来势汹汹。

燕绥之在四十八个小时之内发作了三次。前两次间隔时间很短，一次持续了四十分钟，一次持续了三个小时。最为难熬的是第三次，持续了整整十个小时。

林原曾经用光脑模拟过这种发作过程，根本不是常人能忍受的，他无法想象楼上会是什么情形，也不敢去看。

只能一刻不放松地盯着仪器同步过来的数据，竭尽所能地加快研究进程。

不敢看也不敢打扰的并非林原一个——

这期间，事务官亚当斯试图联系过顾晏。因为法院那边来了消息，"摇头

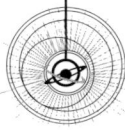

翁"案的庭审在各方的催促中提前，匆匆拟定在周二，也就是三天之后。

法院特地发了函告，询问两方时间，亚当斯接到了就想跟顾晏再确认一下。结果还没传到顾晏手里，就被菲兹挡了回去。

不知道这位小姐是如何解释的，总之当天夜里，亚当斯一封返函发给了法院，申请庭审后延。

法院第二天便发了新函告，通知启用顺延程序。

联盟的顺延程序很简单，就是控辩双方之一因故申请后延，法院会把这份申请挂出来，直到提出申请的那方处理好事情撤销申请，庭审会自动安排在撤销后的第二天上午十点，不再另行通知。

顺延程序一启动，某些议论便悄悄冒出头，几家以博人眼球出位的信息网站开始了它们的表演。

先是分析辩护律师在关键时刻撞上要紧事的可能性，再配合上嫌疑人之前的一些嚣张言论，最终不知走了哪条神奇的逻辑线，引出一个结论——辩护方有意拖延时间，而且警署和法院内部也一定有配合的人。

庭审还没开始，那些人就抱着一桶脏水，跃跃欲试地要往顾晏身上泼。八面玲珑的亚当斯不得不四处活动，把这种引导暂且挡下。

不过医院里的众人暂且对此一无所知，也顾不上。

2

第三天晚上，连轴转了七十多个小时的实验团队终于出了成果——以灰雀为基础的方案走到了一条明路上，检测分析仪内部的虚拟实验成功了。

大屏幕上结果一出，实验室一片欢腾。

林原二话没说，扭头就上了楼。他直冲病房，把这个好消息告诉顾晏，说完才发现病床上的燕绥之已经昏睡过去了。

短短三天，他明显瘦了一圈，肩胛骨、锁骨格外突出，鬓角的冷汗还未干，头发因为濡湿而显得乌黑，反衬得脸更加苍白。他薄唇紧抿，平日时刻带着的弧度终于消失，像一条平直的线，唯一的血色就从那条线里渗出，殷红得近乎刺眼。

林原吓了一跳，问道："血是怎么回事？"他刚问完，就发现顾晏的右手鲜血淋漓。

顾晏注意到他的目光，低头看了眼自己的手，说："没事。"

只是燕绥之发作到后期意识不清，又想保持一丝理智，总试图去咬手腕。顾晏阻止了半天，最后连自己也不小心受伤了。

"你这手还是处理一下吧。"林原要拉他去清洁池。

顾晏却没动，只说："不了，一会儿再说吧。"

林原看了一会儿摇摇头，拿来清洁用的药剂和消毒纱布，处理了一下顾晏的伤口，说："下回注意些，喏，旁边消毒柜里就有软棒。"

"谢谢。"顾晏垂着眼，拇指在另一只手的手背上摩挲了两下。

他口中说着谢谢，实际上根本不会去用那个软棒。

林原把好消息告诉顾晏，便又回到楼下实验室，召集所有团员开分析会。

"……走这个方案的话，整个治疗过程就要分成三部分。"林原扒拉着虚拟实验结果。

他指着第一部分说："第一步是把灰雀的这种自愈溯回基因链截出来，经过变异处理后，引进病患体内。这一步容易出现各种问题，包括变异方向准不准确、能不能完美融合、会不会出现比较激烈的排异反应等。"

他一边说着，一边拉过屏幕。上面显示着第一步实施不当，病患可能会有的表现。

"会显示出灰雀的体态特征。"默文•白念着其中一条失败反应。

林原点头说道："对，好一点儿的是外表上的特征，比如虹膜变色，易生毛发的地方长出一些质地类似灰雀的绒毛，手脚会出现一些鳞茧。这些都还能再修正，比较麻烦的是内在脏器的趋同，那就很危险了，所以务必要保证第一步不出岔子。"

"第二步是引导那个基因链在病患体内发生作用。"林原指着那台高端基因仪说，"这就要依靠我们这台宝贝了。"

之前用这台仪器开发的基因修正逆转功能，结合灰雀的自愈溯洄特征，就能让一切回到起始，那段特殊的基因片段会重新经历排异过程。

林原说："这个阶段是最困难的，但只要这一步成功，基本上就可以开庆功会了。"

因为最后一步就是些扫尾工作，他们只要在基因片段再一次融入之前，把它连同辅助治疗的灰雀基因链一起清除出去，就再无烦忧了。

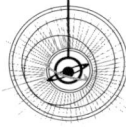

这个消息其实是振奋人心的，但大家高兴了没一会儿就有人犹豫地说："但是，第二步也就是最困难的那一步，成功率令人担忧啊……"

虚拟实验的成功率是百分之六十二点三，但虚拟实验不足以涵盖所有风险，应用到病患身上会不会出现一些意外，还缺少参考数据。

仪器做过估算，加上难以预测的这部分，综合成功率直降到了百分之二十七点六。

"百分之二十七点六也……也不算太低。"有人底气不足地咕哝一声。

"如果再加上'第一次应用毫无经验'的这个条件呢？"有人反驳，"成功率还得降，你摸着良心算算究竟低不低？"

实验室里一片寂静。

片刻后，有人说："活体实验是跑不掉了。"

众人目光倏然聚焦在那人身上，说话的是默文·白。

他的年纪在这个团队里算长辈，论资历又是前辈，所以蹦出这种话，就算有人有意见也得先乖乖地听。

"别用这种眼神看着我，其实没必要这么排斥。"默文·白说，"这个活体实验只是为治疗风险提供一份基础数据，仪器会根据这份现实数据重新估算出更准确的成功率，同时也能让你们在着手治疗的时候有意识地规避一些细节问题。所以……"

默文·白竖起一根食指，说："不用多，一次就行。"

对于这个结果，其实在场很多人都有心理准备，甚至有过一些打算，但默文·白抢在其他人之前开了口。他摊着手说："别低头琢磨了，都看我。在座的还能找到比我更合适的实验对象吗？"

林原脸色一变，说："辫子叔你……"

"你先别说话。"默文·白打断他，"评估一下嘛，第一我懂那个基因片段，了解它的发展轨迹，对它可能导致的一切情况都有所准备；第二如果引发什么病症，我能用最专业详细的方式描述给你们；第三这里还有比我年纪更大的吗？站出来走两步给我看看？"

这时候，火坑突然成了香饽饽，人人争着往里跳。

但依然会有人提出一些现实问题："这个时候再进行活体实验，真的来得及吗？保守估计一下，就算整个进程都很顺利，也需要小半个月吧？万一出现一些失败，再纠正……"他掰着指头说道，"好几个月都不一定能走到头。"

时间就是他们此刻最大的问题。

默文·白说："这是在考虑实验对象耐受的前提下，如果撇开这点，活体实验的进程可以拉快到三天之内。"

众人皱眉，如果真的不考虑耐受，实验对象妥妥不会有什么好结果。

默文·白说："而且，就算是三天也有点儿长，有几位病人根本等不了那么久。但这是目前唯一的方法。"

众人就这个问题商议纠结的时候，林原在基因分析仪里输入了活体实验的一些数据和标签。他本想翻一翻过往研究，看能不能找到一些可供参考的东西。谁知关键词刚输入，仪器就自动关联出了两样东西。

"等等！"林原盯着那两条结果，表情有些难以置信。

"怎么了？"众人疑惑地围过来。

就见屏幕上显示的两条结果还是相互关联的。

一条是：灰雀基因链活体应用数据夹。

另一条是：实验日记。

所有人都惊愕异常，问道："这是什么？谁弄的？"

他们花了这么久的时间，刚刚得出结论的东西，居然有人早已做了完整实验，并把过程和结果记录在了这里，而他们居然一无所知！

"是哪个数据库里搜出来的？"

有人问出这句话的时候，林原已经点开了数据源。他下意识以为这结果来自自己的项目成员，点开的瞬间才猛然想起，德沃·埃韦思一家已经给他开了百分之百的权限，其他任何一个项目团队的数据库，他都有权限搜索查看。

而这两条出人意料的结果，就出自另一个研究主任的数据库——雅克·白。

林原脸色煞白，近乎茫然地点开了那份"实验日记"。

首页第一行是雅克·白留下的话，但日期显示是近期新添加的：

林，我知道你最近在忙些什么，或许比你知道的还早一些。

这是灰雀基因链应用于活体的实验记录，不知道这该称为成功样本还是失败样本。这其实不是最佳的办法，因为成功率不算高，我相信你不到逼不得已不会想走这个方案。

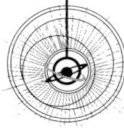

希望你不会有看到它的一天，但如果有那一天，它或许能给你一些帮助。

厄玛公历 1255 年 8 月 17 日

异常糟糕的阴天

灰雀基因链的实验已经搁置了 3 年，我打算重启。这台新仪器已经摸熟了，某种程度上可以在实验中帮上忙，确实是个好东西。今天拟订了实验计划，希望这次不会像 3 年前那样弄得一塌糊涂。

8 月 21 日

晴　室温 22 摄氏度　湿度 60%

早上 9 点整，成功截取灰雀基因链，开始引导变异反应。

下午 3:12:33，实验室恒温仪故障，持续 5 分钟，温度回升为 27 摄氏度，变异反应受到干扰，但温度下降到 25 摄氏度以下后，逐步稳定。

实验对象第 12 次出现 B 型症状——免疫骤降、重度过敏。胸、背、大腿外侧及脚踝出现集群性斑疹，体温 38.5 摄氏度，持续发热 5 个小时。

9 月 17 日

雷雨　室温 22 摄氏度　湿度 62%

100 组灰雀基因链中，定向变异反应成功了 85 组，另外 15 组中程因为干扰偏离轨道 1~7 个小时不等，环境稳定后，恢复的概率为 93.33%，算是令人欣慰的数字。

晚上 11:12:38，实验对象第 31 次出现 A 型症状——中度痉挛、吞咽困难。体温 38.1 摄氏度，持续发热 3 小时。

11 月 23 日

暴雪　室温 20 摄氏度　湿度 57%

仪器的基因修正逆转功能因故搁置开发一个月，活体实验不得不继续后推。今天跟一位小姐接上了线，我不知道她用了什么方法，总之，她成功混进春藤，当了一名护士，每天都会见到，其实是变相盯梢。

这让我极度困扰，希望她不会影响我的实验进程。

下午 4:02:18，实验对象第 37 次出现 A 型症状——重度痉挛、流泪、鼻塞。体温 39.0 摄氏度，持续发热 5 个小时。

最近一周出现的症状频率高于以往。

12 月 14 日

晴 室温 23 摄氏度 湿度 60%

今天温度湿度正合适，仪器的逆转功能基本稳定，适合辅助实验。

上午 10 点整，实验对象的体征均在正常数值范围内，定向变异完成的灰雀基因链被引入体内，2 个小时 15 分后有发烧症状，体温 38.6 摄氏度，持续 1 个小时。

所需观察期 7 天。

12 月 16 日

又是一个异常糟糕的阴雨天

实验对象出现排异反应，灰雀基因链融合不完全。初步判断是由于观察期内免疫力下降，出现过一次过敏症状，导致融合出现偏差。

排异表现——虹膜变色，右手出现鳞茧。

这种表层排异现象修正起来不算困难，大概需要一周左右。

另：最近实验对象症状 AB 交替发作，频率达到了一天一次。

屏幕上的内容正在一条一条地按序播放，林原实验团队中的一些人已经皱着眉发出唏嘘声。

他们是德沃·埃韦思从别处悄悄抽调过来的研究员，暂时配合林原行动，对雅克·白并不熟悉。

这些实验记录让他们感到一丝不舒服，因为语气和用词都太过理性。

每次描述那位实验对象，雅克·白都不带任何主观情绪。

这给人一种错觉，好像这个实验对象于他而言，不像一个活生生的人，更像一个物品。他始终站在旁观者的角度，冷冷地观察着点点滴滴。

这个"物品"唯一的作用就在于提供一份参考数据。一旦活体实验结束，实验对象的使命就完成了，从此，是死是活都不再重要。

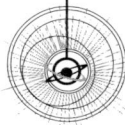

有一点儿……冷血。

屏幕中，那个隐藏在记录后面的雅克·白感觉不到这种评价，依然一板一眼地详细记录着每段变化的数据，直到实验结束。

最后一段记录显示的编辑时间就在不久前，林原最后一次在医院见到他的那天。

这份记录有些特别，不是文字版，而是录音。

应该是他事先录好后，找机会把数据存入了仪器里。

"室温 20 摄氏度，湿度 57%。实验对象 24 个小时内有过三次发作情况，AB 症状混合，并伴有心脏短暂跳停、轻度幻觉和骨痛。很抱歉，因为我的疏忽，每一次的发作时间没能精准记录下来。

"活体实验已经到了尾声阶段，我所要做的就是等待，三至五天后应该会有最终结果。到时候也许会再次更新一条记录，也许不会，看情况吧，这点我无法保证。

"不过这也不那么重要。林，你的能力向来令人放心，相信已有的这些足以让你突破瓶颈，顺利进展下去。"

实验室内一片静默。

林原不知想起了什么，脸色忽然变得很差。没等关掉实验日记的音频，他就匆匆打开了那份"数据夹"。

里面包含各个阶段的反应图谱、极其详细的数据表，以及一部分照片的缩略图。

实验室内有人发出一声惊叹："这么全？"

即便是那些觉得冷血的人，也不得不承认雅克·白说得对，这些内容相当珍贵，最后的那个结果其实已经不重要了。他留下的这些，足以让林原他们规避失败和风险，计算出最真实的成功率。

换言之，那些病患有救了！

年轻的研究员们爆发出一小阵欢呼，但转瞬又冷静下来。

"雅克·白医生呢？"

"对！他人呢？不论如何，他这次帮大忙了！"

"话是没错，不过他为什么不在咱们这个团队里？"

"林医生你的脸色……怎么了？"

这话一出，嗡嗡的议论戛然而止，众人的目光瞬间聚焦在林原身上，又顺着他的目光重新看向屏幕。就见他点开其中几张照片，实验对象的个别身体部位瞬间出现在大屏幕上。

第一张拍的是一双浅蓝色的眼睛，照片备注：虹膜变色，持续7天4个小时。

第二张拍的是右手虎口，上面出现了类似灰雀指爪的鳞状硬茧。

第三张依然是右手虎口，鳞茧被伤口代替，照片备注：鳞茧停留于表层组织，可以清除。因为实验对象有阶段性红细胞过量的症状，伤口愈合较慢。

如果燕绥之和顾晏此时在场，他们就会发现，照片中的蓝眼睛和虎口伤痕再眼熟不过。

"这位实验对象是？"有人盯着那些照片，迟疑地开了口。

"是雅克·白自己。"林原脸色惨白，"眼睛变了颜色或许看不出，但手我认得。"他声音艰涩，到最后几乎轻得听不清。刚说完，他就猛地转头看向了身边的默文·白说道："辫子叔，雅克他……"

默文·白的脸色比林原还要差。

他近乎愕然地看着屏幕，微张的嘴唇血色褪尽。

偏偏在这时，实验日记的最后一段音频在安静了整整五分钟后，突然又亮了起来。雅克·白的声音再次响起。

就好像他沉默了很久，终于忍不住在末尾补了一句话，这是大大小小数百则日记里，唯一一段带有温度的话——

"林，不知道你会不会听到这里，如果听到的话，替我向……替我向爸爸道个歉。"

又一阵静默后，响起了雅克·白轻轻的叹气声，他道："还是算了，帮我保密吧，别跟他提。"

默文·白一贯清明透亮的眼睛倏然黯淡，生生逼出了一圈红。

他呆立片刻，按住林原说："你留下继续。"然后转头就走。

那一瞬间，他冲出门的脚步近乎是慌乱的。

他比谁都清楚雅克·白身上正在发生什么——末尾的几段实验记录里，雅克已经开始出现心脏暂停和轻度幻觉了。如果他在自己身上做的实验迟迟不成功，这些情况会一天比一天严重。

他简直不敢想象，现在的雅克·白究竟在哪里，身边有没有可以照看他的

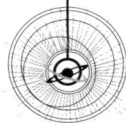

人，症状又发展到了什么地步……

凌晨三点。

尤妮斯调派的人手发来回音，说他们在楼下守了几天，没看见雅克·白出门，但几分钟前，他们陪默文·白解锁进楼却发现，雅克的公寓空空如也。

鹦鹉大街林荫道的尽头。

关押假护士艾米·博罗的看守所得到消息，把这位小姐从睡梦中叫醒，进行了一场紧急提讯。

问她知道的线索，也问雅克·白的参与情况以及有可能的去向。

与此同时，基因大楼实验室内。

林原强逼着自己镇定下来，把雅克·白千辛万苦留下的数据导入分析仪。

现今最为精密高端的仪器接连亮起运算灯，虚拟实验和活体实验两方数据密密麻麻地汇集到一起，像夜里长长的、无尽的车流，在两条不同的岔路上飞驰，最终奔赴一起。

实验室里不眠不休的人们忙忙碌碌，排除风险添加条件。

最终屏幕滚了数十页，跳出大而清晰的结果——成功率修正为 73.81%。

林原当场拍板，即刻投入治疗。

半个小时后，完整的治疗方案被紧急送出。

接纳孤寡老人最多的春藤 7 院，"摇头翁"案的受害者们被小心安置在了滑轨担架上。

位于法旺区的春藤总院，乔·埃韦思的星空蓝飞梭车载着柯谨疾驰而来，从地下车库顺着电梯而上。

顾晏陪着燕绥之从高层转往楼下。

在这些地方，数十间腾挪出来的特殊手术室逐一亮起了无影灯，室内一片明亮炽白。

门外的提示牌闪了三下，终于变了字样——全力治疗中，请等待。

3

本该是夜阑人静的时候，看守所讯问室内的气氛却极度紧绷。

假护士艾米·博罗沉默着坐在那里，对面前的警员们视而不见。

她自打进了这里，就没有一天是配合的。

她起初试图用袖珍仪给曼森的人手传递信息，那玩意儿就嵌在她的鞋跟里，不可谓不隐蔽。可惜道高一尺魔高一丈，警长直接在她身上套了个移动屏蔽仪。

哪怕白眼翻上了天，艾米·博罗的通知计划还是搁浅了。

后来她又试图把自己伪装成重症病人，制造假性心梗和休克的药就藏在她的牙齿里，她想借此制造一个离开看守所的机会。

但是负责她的那位警长以及下属们经验极其丰富，关键时刻出手，搞了个"人赃并获"，差点儿把艾米·博罗气得背过去。

"你是不是觉得警署里头的都是傻瓜？稍微动点儿脑筋，我们就拿你没办法？别做梦了，真当我们吃干饭的？"

警长被她那些小动作弄得不胜其烦，干脆找了几个女警员和警队医务员，拿着检测仪和医用透视仪把她从头到尾筛了一遍，一厘米都没放过。

这么一弄，她所有能依仗的东西都没了。

绝望之下，她便开始了永无止境的"保持沉默"。

"我就知道……又来了！"讯问室的单面玻璃外，警长粗声粗气地骂了一句，"铁拳"在桌上重重一捶，"你看吧！"

警长旁边站着几个负责搜人追踪的警员，以及一个银白长发的男人。

那是默文·白。

雅克·白从公寓消失后，他跟着尤妮斯的人辗转多处却一无所获。依照程序，尤妮斯那边联系了暂押艾米·博罗的警署，他忙乱中也跟着过来，想从这个女人的口中得知一些线索。

结果听了半个多小时，没听见艾米·博罗说一个字。

"不过今天已经算比较好的情况了。"警长眯起眼，"提到雅克·白的时候，她有一些细微的小动作，跟以前那种无动于衷的状态不一样，这倒也算一个突破。"

他领口别着通话器，讯问室里的警员们都能听见这话，当即又有了信心，开始新一轮的盘问。

其中一位警员格外厉害，他像是突然开了窍，接连几个问题下来，艾米·博罗居然有两次动了动嘴唇，似乎有冲动想说点儿什么，但最终又憋了回去。

这种动作当然瞒不过警员的眼睛，当即乘胜追击。

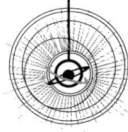

"……还是不说？其实你这样的抵抗并没有意义，单论雅克·白这事吧，当真除了你我们就无人可问了？别忘了他还有位养父，还有亲生父母。"

这话不知戳中了艾米·博罗的哪根神经，没等警员说完，艾米·博罗居然抬起眼，用一种古怪的目光看了警员好一会儿，忽然嗤笑一声。

"就算……"警员眯起眼，打住话头，"你笑什么？"

艾米·博罗摇了摇头，似乎根本懒得回答。但过了好一会儿，她又忽地轻声开口说："他和养父早就断了联系，我盯了他那么久也没见他们有过来往。至于亲生父母……"她嗤了一声，"哪来那么多亲生父母扔了孩子后又千辛万苦找回来的，拍电影呢？"

"什么意思？"

"从来就没有什么亲生父母，当年骗骗刚上大学的雅克就算了，没想到居然还能骗你们。"艾米·博罗讥讽地说，"能骗雅克是因为他当年正在跟养父闹别扭，乘虚而入。能骗你们我就真不能理解了，你们跟他那养父一样天真得可怕！"

警员被嘲讽是真的冤，这也没过去多少天，他们一直都在盯艾米·博罗的社会关系，今晚才又拉进来个雅克·白，哪有时间去细查。

正是因为不傻，他们一听见艾米·博罗的话，就猜到了大概，说："所以所谓的亲生父母……从最初起就是个阴谋？为了把雅克·白拉进圈，并顶着家人的名义盯住他？"警员自己说完，又忽然摇头咕哝说道："不对……"

当年刚进大学的雅克·白哪来的资本引起关注？还让人费劲去拉他进圈？

他又蹦出另一种更接近真相的猜想：当年突然出现的"亲生家庭"，最初的目标很可能是默文·白，养子雅克只是接近默文的一个突破口。只是他们很快发现，这个"突破口"居然是个少见的天才，价值甚至超过了默文·白，于是他们顺势改了目标。

至于雅克·白，从见到"亲生父母"的那一刻起，一只脚就已经踏进了泥潭。

单向玻璃外，默文·白周身僵硬。

警员能猜到的，他同样可以，甚至比对方更快意识到真相。他如遭雷击地呆立片刻，突然想起什么般，抬脚就走。

"嗯？你干什么去？"警长愣了一下，大步跟过去叫了一嗓子。

"抱歉，我去找他。"默文·白头也不回。

"什么？你知道他去哪儿了？"警长又叫了一嗓子，不过默文·白已然匆匆忙忙走远了。

警长啃了一声，对着通话器说："一队继续问！二队跟上默文·白！"

凌晨的山松林，长风号啕。

看守所所在的区域还是晴天星夜，这里却闷雷阵阵，下着大雨。

默文·白两手空空，来到山松林间的时候极为狼狈。但他没在意，他甚至没意识到自己正在被雨淋。

这片山松林不算广阔，距离法旺区的区域中心有点儿远，但离他曾经的住处小白楼很近。他还住在小白楼的时候，偶尔周末来了兴致，会沿着后院外的那条道一路散步到这片林子，路程也就是两千米不到。

小白楼是一切的伊始，他在这里捡到的雅克。

雅克小时候，偶尔会因为一些稀奇古怪的东西烦恼。

那真是孩子的烦恼，默文·白每次听都很想笑，但顾及小鬼的自尊心，他总会竭力忍住，然后用一种同样天真的方式去处理。

有一次，雅克因为某件事感到后悔沮丧，闷闷不乐了两三天。默文·白便抽了个下午，带着他往山松林走。

他对当时的雅克说："以后再碰到什么沮丧的事情，就沿着这条路去那片林子，林子里有个秘密基地，我保证就算你在那里吱哇乱叫、号啕大哭，也不会有其他人听见，不用觉得难为情。"

山松林里确实有个树屋，不知谁建的，反正默文·白见到的时候它已经是废弃状态，没了主人。

他当年说什么秘密基地，其实都是哄孩子的鬼话，真正的目的就是让雅克走一走那条路。

那条路沿途的风景总是生机勃勃，最重要的是格外开阔。他再怎么烦心，走完那条路都能顺畅很多，起码注意力已经转移了。

但他没想到雅克就记住了那个树屋。

后来的后来，偶尔有心事不想让人知道，或是觉得狼狈和难为情的时候，雅克就会去树屋待一待。

不过他去的次数不多，待得也不算久。以至于多年后的默文·白差点儿忘

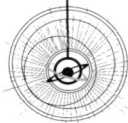

了这个地方。

幸好，最终他还是想起来了。

大雨滂沱，默文·白爬上树屋的过程中滑了好几下。

最终站在门口时，惯来心大的他居然有点儿心慌。

树屋的门在一道闷雷中被推开，接着又是两道新划过的闪电。煞白的亮光映照着树屋里面，默文·白清楚地看见了一个蜷缩在墙角的人影。

他不知道自己是怎么迈动脚步的，等他意识到的时候，他已经蹲在了那个人影面前，近乎茫然地伸手碰了碰对方。

"……雅克？"他极轻地叫了一声，甚至不能肯定声音有没有从嗓子里发出来。

对方的头埋在膝盖中，正因为某种痛苦而发抖，间或会重重地抽搐一下。

痉挛、骨痛、发烧、幻觉……

实验日记上冷冰冰的用词，正真实地在雅克·白身上上演，而他却静默无声地承受着。

"……雅克？是不是很难受？"默文·白手足无措。

他探了对方的额头温度，又摸了心跳脉搏，并试图把他掐住胳膊的手指松开，然后找毯子或衣服把他裹住……这一系列动作近乎条件反射，从小到大，雅克·白每次生病，他都是这样做的。

雅克·白在这种熟悉得令人恍惚的举动中依稀有了神志，被默文·白用湿漉漉的衣服裹着抱住的时候，他终于低低地呜咽了一声。

他已经分不清时间地点了，幻觉中的他停留在数十年前的某一天，因为闹别扭钻在树屋里，少有地待了一个下午，直到默文·白拎着食物来哄他这个小鬼回家。

"雅克，是不是很难受？"

是啊。

他也不知道为什么会这么难受，身体的，心里的。

明明他只是闹个小别扭，却好像他在不知道的某个时空里，已经难受了很多年。

他听不太清默文·白在说些什么，只知道自己迫切地想开口。他想说："对不起，我后悔了爸爸，不该跟你闹别扭的……"

他弄不清自己有没有张口，有没有真的说出声。

应该是说了吧？

因为拎着食物来哄他回家的人不知道为什么，突然抱着他开始哭，说对不起，说自己也很后悔……

对不起什么呢？又后悔什么呢？

雅克·白很疑惑。

他好像有很多事情想不起来了，以至于弄不明白为什么天已经这么黑了，为什么默文·白身上湿淋淋的，为什么他身上这么疼，又是为什么……他会如此想念一个仅仅半天没见到的人。

雅克·白被悄悄安排在距离山松林最近的一家春藤医院，一同跟过去的除了默文·白以及尤妮斯的人，还有几位警员。

负责他的医生同样收到了一份治疗方案。

警员们围着那位老专家，请求他尽快把雅克·白救回来，也有助于他们办案。然而老专家却爱莫能助，他摊着手说："我其实已经做不了什么了。"

因为治疗方案上应该做的，雅克·白全部在自己身上做完了，老专家也只能帮他修补修补细节。

"他对自己下手太狠，用药太烈，基本不太考虑身体的耐受程度。"老专家唏嘘说，"幻觉和基因上的逆转导致了记忆混乱，也不排除有更糟的可能性。"

"那……"

"看今天的情况吧。"

结果还不足半天，雅克·白的心脏就停跳了三次，把等候的人都吓得不轻。

医生和护士来回跑，最后干脆住在抢救室了。

上午十点，春藤7院。

特殊手术室长长一排的提示灯近乎同时熄灭。

运送自动担架的那扇门缓缓开启，术后尚未脱离麻醉的老人们躺在一张张担架上，沿着轨道被平安送出。

医生们陆陆续续地走出来摘下口罩，满脸疲惫，但也没忘记通知等待的人

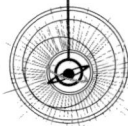

"一切顺利"。

手术室外顿时一片欢呼。

尤妮斯收到消息，第一时间奔向父亲的书房。

"爸——"

德沃·埃韦思抬起淡色的眸子，竖起食指贴着嘴唇，示意她稍等。

他倚坐在宽大的办公桌后，一只耳朵戴着耳扣，手里把玩着一枚棋子。一边听着通信那头的人汇报，一边静静地看着桌面订制的复古棋盘。

对面不知说了些什么，他淡淡地应了一声，问道："什么时候发，时机会挑吗？"

他又听了一会儿，"啧"了一声，似乎不是太满意地说道："你也跟了我二十好几年了，怎么比我儿子还笨。"

尤妮斯一脸无语地假咳一阵。

德沃·埃韦思瞥向她，无声笑了一下，对通信那边说："尤妮斯嗓子发炎。"

尤妮斯挑起眉，用口型问："谁的通信？"

"你帮我招来的两位傻瓜助理。"德沃·埃韦思说。

尤妮斯跟通信对面的人都开始咳。

德沃·埃韦思先生一脸淡定，继续交代助理："行了，故事会讲吗？权当讲故事，一件一件往外透。至于时间……"他停了一会儿，转头问道："尤妮斯，庭审定在哪天了？"

尤妮斯一愣，问道："什么庭审？"

"'摇头翁'案。"

"延期了。"尤妮斯说，"具体看医院那边的情况吧，但估计也快了。"

德沃·埃韦思点了点头，对助理说："盯着法院函告，什么时候庭审什么时候往外放。"

通信那边，两位助理小声探讨了两句，有些犹豫。

人家律师搞庭审，我们在外面搞事……是不是不太好？不认识的倒无所谓，可这算自己人吧？

但助理刚被批过像傻瓜，略怂，不太敢直说出来。

埃韦思先生是个资深老狐狸，光听他俩喘气，就能知道他们在琢磨什么，于是问道："担心律师那边？"

"嗯……"助理也只敢嗯。

"放心，早就聊过了。那两位都不担心，你们费什么劲？"

德沃·埃韦思切断了通信，冲尤妮斯招了招手，说："进来吧，怎么了，这么匆忙？"

"7院那边的消息你收到没有？"尤妮斯蹬着高跟鞋嗒嗒嗒地进来了。

"收到了。"德沃·埃韦思点了点头。

"你刚才通信聊的就是这个？"尤妮斯问。

"那倒不是。"埃韦思说，"刚刚只是在探讨，我们在处理曼森家那两个小子之前该怎么提前造势。我们要给蒙在鼓里的人提供一个友好的切入口，让他们在真相揭露的时候足以消化那些事。"

"如果是这样的话……"尤妮斯说道，"还要注意不能给曼森兄弟转圜的余地。"

"是啊，我事前跟那两位律师简单聊过两句，彼此都认为'摇头翁'案开庭就是最好的时机。因为这件案子本就跟曼森兄弟有着莫大关联，一旦启动，再想往回缩就没那么容易了。哪怕他们收到了风声。"

尤妮斯眯起眼问道："你不是向来不喜欢跟小辈聊天吗？什么时候偷偷跟顾晏他们接上线的？"

埃韦思先生笑了，说道："那你冤枉我了，我跟你聊天的时候表现过不耐烦吗？"

尤妮斯撇撇嘴，说："那可不一样，我毕竟是你亲生的。"

德沃·埃韦思说："哦？亲生的就能聊得愉快？你去问问你弟弟同不同意。"

尤妮斯："……"哦……可怜的小傻瓜。

她同情了两秒，又转回正题："对了，爸，我是想来问你，那些老人手术顺利的消息是内部保密更好，还是放出去更好？我在考虑这件事会不会让曼森兄弟意识到我们找到了治疗方案？"

德沃·埃韦思拨弄着棋子，没有直接回答，而是似笑非笑地问："悄悄做了那么多事却不能说，还要整天看着曼森家的那两个小子往头上爬，耀武扬威的。你觉得憋屈吗？"

"还行吧。"尤妮斯冷静地说。

德沃·埃韦思的笑意更深了，说："用不着站在春藤集团负责人的位置上

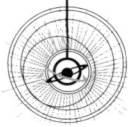

考虑，撇开所有附加身份，单论你自己。"

尤妮斯呵呵一笑，斩钉截铁地说："憋死我了。"

德沃·埃韦思点了点头。

他直起身，在棋盘上随意挑了一个点，把手中的棋子丢上去，说："跟你一样的人可不少，自己人总这么憋屈怎么行呢？也是时候高调一下了。"说着，他又冲尤妮斯眨了眨眼睛，"记住，越高调越好。"

尤妮斯瞬间明白了，拖着调子"哦"了一声，道："越是高调宣布我们治好了那些老人，掌握了完整的治疗方法，以曼森兄弟那么狂妄的性格……他们就越觉得我们虚张声势。"

"聪明姑娘。"德沃·埃韦思笑起来。

五分钟后，各大网站都放出了诸如"春藤医院力挽狂澜"之类的大标题，用最为高调夸张的方式，讲述了春藤是怎么挽救垂危受害者的。

民众其实是最实在的，他们本就是旁观者，没有任何利益纠葛，所以一眼看到的就是直接结果——

"摇头翁"案受害的老人们之前是不是快死了？

是。

现在是不是活下来了？

是。

是不是春藤治的？

是。

三个确定答案，对他们来说就够了。

一时间，春藤医院的民众好感度直线飙升，之前被感染治疗中心抢走的风头又回来了，那些在高楼天台上站成一排的股东们也默默爬了下来。

至于那些有利益牵扯的人，比如曼森、克里夫之流，对这些新闻就是另一种想法。

他们第一时间联系了各大媒体和网站套话。

结果发现，他们也只知道报道里说的那些，至于春藤究竟用了什么治疗方案，那些受害人究竟恢复到了什么程度，是勉强活下来还是有治愈希望……他们并不清楚。接着他们又试图打探春藤内部的消息，然后又发现，春藤7院把那些老人转进了私密病房。

私密病房位于住院部最顶层，单独电梯，单独密码，除了有授权的部分医护人员以及直系亲属，其他人一概进不去。

这个操作让曼森、克里夫之流瞬间放心了——

如果那些老人真的都恢复了，没有大碍了，你为什么不光明正大地放出来呢？这么遮遮掩掩的，说明一定还有隐情。

越是心里弯弯绕绕多的人，越不会相信一眼看到的东西。

他们以己度人，觉得春藤医院很可能没找到治疗方法，只是想办法吊住那些老人们的命，所以才不敢放出来。

这也算另一种意义上的一石二鸟，尤妮斯和老狐狸都非常满意。

春藤总院，基因大厦6楼。

特殊手术室的灯亮了一整夜，依然未熄。等候室里，乔收起智能机屏幕，冲顾晏说："7院那边手术结束了，3个老人加了无菌罩，还需要再观察几天，但再出事的概率不算大。其他老人们更顺利一些，都脱离了危险期。"

顾晏依然看着手术室的门，点了点头，说："那就好。"

比起那些老人们，他们这边要麻烦一些，耗时也要久很多。毕竟柯谨已经病了很久很久，而燕绥之体内的基因片段更是埋藏了近三十年。

"找到雅克·白了，那些老人们也安顿好了，这说明今天是个好日子对吧？"

"嗯。"

"柯谨跟院长也一定都会好好出来的。"乔说着，忽然苦中作乐轻笑了一下，"咱俩还真是好兄弟，连手术都要并肩等。"

顾晏动了一下嘴角，他的话很少，表情也不多。

这场漫长的等候里，一直都是乔时不时聊几句，帮他提着精神。不过乔并不在意，因为他知道顾晏这些天经历了什么，也知道他究竟有多久没合眼了。

这种滋味，乔再明白不过。

不远处，护士站的人来了又走，已经换了两拨。电梯开开合合，器械和各种手术用具送来了一推车又一推车。

唯独他们两个人，始终坐在原位，就像是这些年的一个缩影。

下午六点时，亮了一天一夜的提示灯眨了一下，终于熄了。

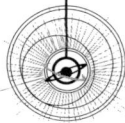

厚重的金属大门无声打开，林原大步走出来，还没顾得上开口，就先抬手比了个手势。

任何一个联盟民众都知道这个手势代表的意思——不负希望，一切顺利。

乔猛地靠上椅背，仰头看着天花板。

顾晏僵立在那里，盯着林原的手看了好几秒，忽然攥紧手指，偏开了脸。

这是一天之中夕阳最好的时候，暖金色的光从落地窗里斜斜地落进来，像是最温柔的安抚。

万幸，这场漫长的等待，终于没有被辜负。

4

这大概是基因大楼最为安逸的一晚。

燕绥之和柯谨因为手术药效，始终在沉睡。

用医生的话来说，刚出手术室还看不出什么实际变化，也就仅仅是保命。治疗效果都是慢慢产生的，这需要一个过程，而睡觉是最好的调养方式。

跟"摇头翁"案的老人们一样，他们也被安排在顶层的加密病房，除了负责的医护人员和密切关系人，其他人一概不能探望。

于是……

顾大律师进去了，乔大少爷被关在门外。

"不是，等等。"小少爷对这个结果很不满，他揪住指派病房的林原质问："你跟我说说看，这个密切关系人究竟什么范畴？为什么顾能进，我不能进？"

林医生敲了敲院规，说："嗯……密切关系人要解释也不难，就是遗产第一顺位继承人，以及准第一顺位继承人。"

乔："……"

"顾律师属于准的那个。"林原说。

"你怎么知道？"乔问。

"民法典里白纸黑字，第一顺位继承人包括配偶、子女、父母，如果这三者都没有时，可以通过遗产委员会公证自主指定。燕院长跟我闲聊时提过，出院之后要去一趟遗产委员会。所以顾律师是院长本人亲口认证的准第一顺位继承人，进来当然没问题。"林医生艺高人胆大，说得理直气壮，"你又不是。"

乔大少爷扶着密码门，默默呕出一口血，问道："谁搞的傻规定？"

林原想了想，说："你确定要问？"

乔："……"

好了，不是尤妮斯就是老狐狸。

他默默把"傻瓜"两个字咽了回去，瞪着眼睛无声地控诉林医生，说："你以前说话可不是这样的。"

林原点头道："要知道，人长时间无法睡觉容易导致性情大变。"

不过乔大少爷最终还是被放进了加密病房，靠耍赖和卖惨。

顾晏原本还想再撑一撑，等燕绥之醒来。结果被林原偷偷扎了一针助眠剂，直接放倒。

好在林医生心地善良，他让护工在病房里多加了一张床位，把顾晏安置在那里。

林原本来也想给乔大少爷来一针，后来念及对方多少算个顶头老板，这才勉强控制住自己跃跃欲试的手。

他本以为，就小少爷那话痨的性格，起码要亢奋一整晚才能消停，没想到乔出奇的安静。他守在柯谨的病房，坐在窗边的扶手椅里，就那么用手指抵着下巴，安安分分地待着。

相较于这两间病房，休息室内的场景就格外壮观了。

所有参与实验和手术的人，四仰八叉地瘫了一地。他们大部分连手术服都没换，防菌面罩丢在一边，口罩解了一半挂在耳朵上，手套脱到一半，有几位一只手已经搭在了床上，又实在懒得脱鞋爬上去，就这么半搭半趴地睡了，脚还压着别人的腿。

他们从来没在休息室睡得这么沉、这么香过。

有两位胖一些的医生鼾声如雷，一唱一和，其他人丝毫不受影响。

负责值班的小护士蹑手蹑脚地过来看了一眼，当即就被房内的乱象震得目瞪口呆。她做了个咂舌的表情，又蹑手蹑脚地锁上了门，算是保住了这些医生大佬们最后的形象。

林原用的助眠药剂量不小，但顾晏这一觉依然睡得很不踏实，中途醒来过好几次。最清醒的一次，他甚至下床去洗漱了一番，拉着一把扶手椅坐着，不过没能坚持多久就又在药力影响下，趴着睡着了。

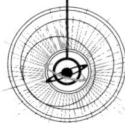

这么一趴，反而成了他睡得最久的一觉，以至于他醒来的时候有点儿分不清今夕何夕。

顾晏蹙着眉捏了捏鼻梁，在一些细微的动静中睁开眼。

窗帘拉得严严实实，房内只亮着一盏温和的地灯，室温调得正好，就是有不知从哪来的风，吹得他头发拂动……

他愣了两秒，忽然反应过来——门窗都关着，室温是地面和墙面慢慢调节的，根本不会有风。

这念头冒出来的瞬间，顾晏彻底清醒。

他猛地抬头坐起，就看见燕绥之醒了。

林原说，手术虽然没有真正意义上的表面伤口，但仍要休养一阵子。毕竟基因上的变动比表皮伤复杂多了，所以燕绥之和柯谨从手术室里出来后，可能要睡上一阵子才能清醒。

尤其燕绥之体内的基因片段是初始的那个，更霸道、麻烦一些。柯谨睡一天，他得睡上三四天。但现在，距离手术结束仅仅一天一夜的工夫，燕绥之就已经睁开了眼。

这些天的消耗让他清瘦了一些，但精神还不错，眼睛黑而透亮，在灯下镀了一层温润的光。

顾晏定定地看着他，半天没吭声。

"怎么，睡傻了？"燕绥之太久没说话，语速比平日要慢许多，嗓音轻而沙哑。

顾晏依然一眨不眨地盯着他，嘴唇微动却没能说出话来。

又过了好久，他忽然垂眸自嘲一笑，嗓音喑哑地说："我居然有点儿怀疑自己还在梦里……"

不然……为什么一睁眼就看到了燕绥之的脸。

撤除了修正基因的影响，眼前这人跟法学院名人墙上那张照片一模一样。

曾经的学生时代，他将大把大把的时间扑在各种项目上，院长办公室里的那张副桌几乎是他的专属位置。无数个清晨与午后，他就坐在那张副桌后面，埋头于冗杂的资料和卷宗，偶尔抬头，看到的就是这样一张脸。不论过去多少年，那些瞬间都清晰如昨……

但顾晏已经太久太久没见过了。

久到忽然看见，他就下意识觉得自己还没醒，就像当初刚确认燕绥之还活着一样。

那种长久的、持续性的不真实感又来了……

燕绥之的目光落过来，眼睫投下的阴影把他眼里盛着的光分割成细碎的点，像是落了星辰的深湖。

他看着顾晏，万般温和地弯起眼说："我怕某位同学等太久生气，特地努力了一把，提前醒了。对方却总觉得自己在做梦，是不是有点儿冤？"

他力气还没恢复，说话总是轻而慢，带着一丝未消的疲意。

顾晏的眸光动了动。他忽然偏开头沉默了好几秒。再转回来时，眼底那层因为疲惫而生出的血丝又出来了，在这样暖色调灯光的映照下，像是沿着眼眶红了一圈。

燕绥之温声问："现在醒了？"

顾晏低低"嗯"了一声，道："醒了。"

"还要再睡会儿吗？我知道你很久没睡好觉了。"燕绥之温声说。

"不了。"顾晏说。

他确实很久没睡好觉了，他知道燕绥之也一样。

强撑的时候不觉得累，现在睡足了一场再醒来，之前所有的疲乏、困顿都慢半拍地冒出了头，把整个人都裹在了里头。

但是没关系，这一切都不会再令人难过了。

屋子里的窗帘厚重遮光，他们没注意到窗外，天边已经露出一层光来。

不远处的另一间病房里，乔在扶手椅里坐了一整晚，最后关头却没能撑住，歪着头以一种非常不舒服的姿势睡着了。

他小鸡啄米似的点了几十下头，一直睡到有光从窗帘边缘透进来，刚好照在他眼睛上。

乔抬手挡了挡，眯着眼睛适应了片刻，然后忽然惊醒。

他第一反应是撩开窗帘看外面，远处横贯交错的悬空轨道上，车流穿梭不息，但洒落在地面的阳光还透着鹅黄。

应该是清早。

正巧智能机振了几下，蹦出一个闹钟提示：早上八点整。

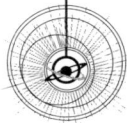

林原说，柯谨差不多就该这时候醒了。但醒过来之后，神志不一定会立刻恢复。而且在这种情况下醒过来的人，往往意识会停留在他精神异常之前，然后慢慢地记起一些后来的事，再慢慢接纳。

这可能需要一个适应过程。也许几个小时，也许几天，也许几个月……

乔放轻手脚走到床边，柯谨侧蜷着，被子边缘一直裹到了下巴，这是一种缺乏安全感的睡姿，也是这些年他最常见的睡姿。

他看了一会儿，把柯谨露在被子外的手指掖回被子里，然后絮絮叨叨地轻声说："……今天天气不错，我刚才开窗闻了一下，空气也很干净。可能略有一点儿凉，但阳光很好。林原说你今天会醒，只是不知道什么时候。

"这样吧，如果你早上醒过来，我们就先去做个综合检查，然后去磨一磨林原，看能不能带你去楼下花园呼吸一下新鲜空气。如果你中午醒过来，那我们可能只来得及做一个综合检查，磨完林原大概天都黑了。如果你晚上才醒……那可能只能听我说一声晚安，然后跟我大眼瞪小眼了。"

如果他不给柯谨掖那一下被子，也许就会发现，当他细细碎碎说完这些的时候，柯谨的手指动了两下，已经快要醒了。

可惜这位小少爷没有看见。

他只是说："不过没关系，其实你什么时候醒过来都没关系，以后有的是时间，你说对吗？"

意料之中，还是没有回音。

片刻之后，乔站起身。这一幕跟他平日里无数个早晨一样，他太习惯了。

"我去洗漱，等你起床。"

"早安，柯谨。"说完，他转过身走过床边，走过他坐了一夜的扶手椅，拉好窗帘。

这其实只是十几秒或者半分钟里的事情，但那一瞬似乎被拉得极长。

乔永远都会记得，在他的手指还没离开窗帘布料的时候，他忽然听见身后的病床上，一个很久没有听过的声音，用一种久违的，还没完全睡醒的嗓音，含糊回应了一句。

乔呆呆站在原地，茫然了很久，才分辨出他在说什么。

他说："早安……乔。"

一句简简单单，甚至听不清的问候，让乔的大脑变得一片空白。

长久以来，他都有一个不算愿望的愿望，他希望某一天，柯谨会重新开口，对他小小抱怨一些生活琐事，开几句玩笑，邀他一起吃饭或者看一场演出。又或者，不用特地找什么话题，只在临睡前对他说一声晚安。

他预想过很多次这样的场景，每一场幻想中，他都觉得自己会搂着柯谨欢呼大笑。

没想到真正到了这一天，他却只想哭。

自此之后，加密病房区便流传着一个传言。

据说柯谨一句"早安"，让乔大少爷蹲在床边哭了一个上午。

可惜当时门锁着，没人进得去，所以缺少见证人。但那天负责值班的所有护士都看见了，乔少爷后来按铃换营养剂的时候，眼睛通红。

尤妮斯听闻此事，到处联系加密病房区的医生、护士长，企图骗点儿照片、视频回来做收藏，还非说是秉父亲德沃·埃韦思先生的口谕。

为此，小少爷把亲爸和亲姐暂时拉进了黑名单。

柯谨的状态其实还不太稳定，大多数时候都在昏睡，好像要把这些年因为精神状况少睡的觉都补上。从这点来看，他跟燕绥之的情况刚好跟医生预料的相反。

但没关系，这一点也不影响乔的好心情。他这两天正处于有求必应的状态，听见什么，不管对错都是"好好好"，非常适合抱怨、树洞、敲竹杠。

以林原为首的研究员们如狼似虎，借机把眼馋好久的大小实验装备都换了一番。

相较于乔大少爷的好说话，隔壁病房就是另一番情况。

燕绥之的身体问题比柯谨要复杂一些。

从他们体内清出来的初级、二级基因片段，已经被林原他们导入仪器，留作日后参照比对。至此，柯谨就算没有大碍了，但燕绥之还缺一步。

这场手术把他体内所有后天附加的基因都清理了，只剩他自己的。

问题是，他自己的基因是带病的。

"换而言之，院长渡过这段恢复期后，还得再做一次基因手术，找一个真正健康的基因源，把你少年时候的病给治了。"林原扒拉着屏幕给燕绥之和顾晏看方案。

顾晏第一反应就是："风险有多大？"

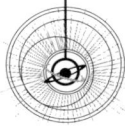

林原摆了摆手，说："放心，这不是三十年前了。虽然作为医生，这样讲话不太合适，显得有点儿不谦虚，但是对着你们我也不说虚的了。这种医疗遗传性基因病症的手术，现在已经非常非常成熟了。没有伤口，恢复期短，当天做完当天回家。"

林医生声音温和，但语气活像搞推销的。

燕绥之点了点头，就想直接应下来。

顾晏又多问了一句："可能的副作用或后遗症有哪些？"

"其实一般基因手术的副作用、后遗症，都是两方基因在表达上相冲突引起的。但院长这个情况比较容易处理，我们可以做到治病，但不改变他的基因表达，也就是说长相啊、习性啊……各方面都不会变化。"林原说，"顶多就是术后几天多做点儿保护措施，因为会有大概一周的时间比较敏感。"

燕绥之挑眉问："敏感？比如？"

"比如眼睛对光线敏感，最好尽量戴几天眼罩或墨镜。皮肤可能也是，尽量少顶着太阳晒。另外味觉、嗅觉也会有所影响，那几天吃清淡一些。"林原语气轻松，"这都是小问题，而且顶多一周就能完全恢复，那之后你想干什么就干什么，百无禁忌。"

这么问完，顾晏才算彻底放了心。

林原说："我建议你们二月来做这个手术，也给我点儿时间帮你找健康的基因源。"

燕绥之若有所思道："现在的技术，基因源提供方会受到什么损伤吗？"

林原笑着连连摆手，说："不会不会，早没有危险了。以前基因源的提供者也要上手术台，风险跟病人一样大。现在不同，一根专门的基因针就搞定了，几秒钟的事。所以现在愿意提供健康基因源的人非常多，库存丰富，我给你挑个身体强健、五官端正的。"

前面都没问题，最后一句听着活像在"选美"。

于是林原话音刚落，顾晏就出声说："我的可以用吗？"

燕绥之弯起眸子瞥了他一眼，冲林原说："我刚才问你那些就是这个意思，我也倾向于用顾晏的。"

"也不是不能用，但前期检查有点儿烦琐，我怕你抽不出那么多空。"林原给他们展示春藤医院引以为傲的庞大基因库，"反正有现成的，看，这么多。"

顾大律师表示不看，他斩钉截铁地拍板说："用我的。"

林原："……"

不知道为什么，明明是一件非常严肃正经的事情，林原却感觉自己在干什么非正当营生。

他默默收起引以为傲的基因库界面，没好气地冲那两位说："行行行，想用谁的就用谁的。那顾律师你抽空跟我去做个全面的基因检测。"

顾晏是个雷厉风行的行动派，当即跟着林原去检测室了。

结果表明——顾大律师的数据就算进了基因库，也会因为格外健康和格外英俊，被一眼挑出来。

林原这下彻底服气，没话说了。

于是这件事就这样定了下来。

另一方面，基因修正的效果消失后，燕院长的身高连蹿七八厘米，长势喜人。

因为速度太快，他还浑身疼了小半天。但院长表示，能重归高个儿行列，这点儿程度不算什么。

长高带来的一个后果就是原先的衣服不合身了。上身还好，裤子短了一截。

院长兴致上来，还拿这点逗顾晏。

因为顾大律师很少就外表皮囊去评论过什么人，没说过谁好看，也没说过谁不好看，更别提什么身材比例之类的形容。

越是不怎么说，燕绥之越喜欢逗他说。

结果他冷冷清清的目光从燕绥之的腿上扫过，愣是没有给出什么"身高腿长"之类的评价，而是淡定地问："这个牌子的长裤也会缩水？"

"……去你的吧！"

某院长一句好听话也没捞着，当即把这没眼力的倒霉玩意儿轰出去了。

顾晏转身出病房的时候，眼里带了一丝浅淡的笑，被路过的林原撞了个正着。林原还是头一回看见冷冰冰的顾晏笑，当即稀奇道："什么事这么高兴？"

"没事。"顾晏冲他点头打了个招呼，"我出去一趟。"

"出去？"这就更让林原稀奇了，"出去干吗啊？"

顾晏朝病房瞥了一眼，仿佛隔墙看到了某人无处安放的长腿，说："燕老师衣服不合身，我去买几套。"

春藤医院其实会给住院病人提供足够的换洗衣物，而且不论质量还是样式，

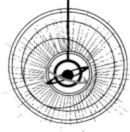

在各大医院里都是最好的，但是某院长不喜欢。

林原问他为什么不喜欢，他说因为穿在身上显得病恹恹的，实在看不顺眼。

林医生当时就觉得这人恐怕是来砸场子的，你说你一个病人穿什么不是病恹恹的，有脸赖衣服？

但有些人就是有脸。

作为一个有集体荣誉感以及归属感的医生，林原但凡听见有人抹黑春藤，他总要"彬彬有礼"地回应两句。

但碰上燕绥之，他有点儿没辙。

最后只能憋着，转头去隔壁病房找乔大少爷委婉地提一提。

谁知乔大少爷一听，居然觉得院长的话很有道理，认为病号服也把柯谨衬得病恹恹的，没有精神气。于是当即找人送了几套柯谨的家居服来。

林原当时差点儿吐出一口老血，心说你自己家的医院你还嫌弃，有本事换设计！

往事不必提，总之林原听了顾晏的话，只能干笑几声，说："好，那你放心出去吧。我去院长病房转转，有什么事及时通知你。"

"好。"

你放心出去，有什么事我及时通知你。

这句话是林原常说的，但之前每一次，顾晏都会回答说："不了，谢谢，我在这里等着就行。"

这是他第一次，放松地答应下来。

也意味着之前经历的那些痛苦和等待，至此终于消散，阴影全无，尘埃落定。

5

午后的加密病房里阳光充足，因为楼层很高，可以穿过落地窗俯瞰整个法旺区，是个修身养性的好地方。

燕绥之靠在床头，长腿交叠。

托高效营养剂的福，两天输下来，他的气色好了七分，透着玉白感。手上青蓝色的血管也已经褪淡下去，不过筋骨依然分明，显得他的手指清瘦修长。拨弄床头那几朵绯色的冬玫瑰时，尤为好看。

他鼻梁上架着一副阅读眼镜，阳光穿过清透干净的镜片，勾勒出他微微低垂的眉眼轮廓，显出一股沉静的气质。

顾晏拎着买回来的衣服，走到房门口时，看到的就是这样一幕。

这让他恍然想起很多年前在院长办公室里度过的无数个午后。

他写完一份报告或者分析，偶得空暇抬起头，入眼的画面就总是这样。那时候觉得日子过得好像有些慢，懒懒散散，没想眨眼就是十年。

而曾经每天都能见到的一幕，居然也久违了。

他下意识停住脚步，在门外站着看了片刻。

燕绥之扶了扶眼镜，眼尾带笑朝他看过来，问："回来了？"

"嗯。"顾晏抬脚进去，"回来了。"

新鲜的冬玫瑰裹着细小晶莹的水雾，在阳光下发着光，普兰花香气清冽，萦绕在身旁。

再平静不过，再安稳不过。

某位院长只老实休息了三天，就开始不遵医嘱了。

起先是关于复健。

其实像他这样的基因手术，对复健没有硬性要求。

但毕竟短时间内身高、体重、模样、比例都有变化，就算他是恢复自己的原貌，也要有个适应过程。很多人会在这个过程中出现行动不协调、四肢用不上劲的情况，所以负责的医生、护士会建议病人参加一定活动量的肢体和力量训练。

但对燕绥之这种向来不喜欢循规蹈矩的人来说，"没有硬性要求"就等于"根本不存在"。

早上，病房的值班小护士看完他的体征数据，点了点头，说："恢复得不错，如果再加上复健就更好了。"

结果她还没来得及展开细说，就被燕大教授四两拨千斤地牵走了话题，三言两语逗得小姑娘晕头转向只顾着笑，直到出了病房交了班，才猛然反应过来自己忘记了什么。

于是小护士急急忙忙地把这事叮嘱给接班的同事，让对方记得提醒巡查的医生。这种巡查没什么难度，属于日常任务，一般不劳林原这种顶级医生的大驾，初级医师就够了。

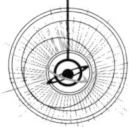

这两天给加密病房巡查的，就是一位刚刚毕业没几年的年轻医师。年轻人刚刚踏出象牙塔，涉世未深，还没有碰见过燕院长这种级别的书香流氓、斯文败类。

这位刚进病房的时候，还在心中默念三遍"我是要来督促病人搞复健的"。他的准备比之前的小护士还要充分一些，甚至都安排好了复健的时间，上午九点半到十一点，下午三点到五点，张弛有度，非常完美。

结果五分钟过去，他就在院长风趣幽默的谈笑中找不着北了。

二十分钟过去，他感觉自己能在这间病房侃一天。

直到燕院长委婉地表示自己要小憩一会儿，他才收起记录页，离开病房，走的时候还觉得有点儿不过瘾。

至于复健？不存在的。

林原最初得知这件事的时候，没太放在心上，他当时正在实验室脱不开身，就让自己团队的一名副手上去看看，顺便给某位院长科普科普复健对基因手术的八种好处。

结果这位副手很快就回来了，前后耗时不到十分钟。

林原以为这么快，肯定很顺利，就没有多问。谁知搞完实验反应，再一打听才知道，他可爱的副手连"复健"两个字都没找到机会提。

燕绥之一天之内忽悠走了三个人，林医生直接气笑了。

他等晚饭的空隙里杀到顶楼，就见顾晏正从护士手里接过两份营养餐。

医院的营养餐都是根据医嘱要求，为各个病人专门定制的。健康合理是绝对有的，好吃美味是不可能的。

林医生自己曾经主动申请过一份，想感同身受一下。结果那一顿吃得他如丧考妣。他看见医院根据他的要求配出来的营养餐，莫名有点儿心虚，但他毕竟斗争经验丰富，转瞬就正了神色，跟顾晏前后脚进门。

"林医生？"燕绥之趿拉着病房内的拖鞋，接过顾晏手里的营养餐，冲林原举了举，"你是来帮我们分担晚饭的吗？"

"不。"林原想都不想就否定了。

燕绥之似笑非笑地看着他。

林原清了清嗓子，说："我来问问情况，听说你今天气跑了三个医生？"

燕绥之失笑道："谁去你那儿告的黑状？"

这人即便在医院，该讲究的一步也不能省。打开营养餐前，他给顾晏递了张除菌纸，自己又抽了一张，不慌不忙地擦着手。

就冲这副从容淡定的模样，林医生就觉得自己落了下风。

"告错状啦？"林原心里默默退了一步。

燕绥之说："首先，不是三个医生。其中一位是护士，一位是研究员。其次，我看他们走的时候挺高兴的，起码都咧着嘴，不太像气的。最后，我建议你看一眼监控，不要空口污蔑我。"

林原说不过他，心理上再退一步。

"那位护士小姐向来耳根子软，不提了。李医师刚毕业容易被骗，也不提了。就说我那位副手，他平时可不容易被带跑话题，怎么也被你哄骗了。"

"什么叫哄骗……"

燕绥之刚想纠正，擦干净手的顾晏把除菌纸丢进垃圾处理箱，对林原解释说："很不巧，你那位副手是梅兹大学毕业的，好像还辅修过一年法学，刚好防不住这种哄骗。"

林原："……"你们梅兹大学的人是不是都有毒？

他很想在今后实验室的招人条件里加上一句：跟梅兹法学院有关联的人需要做心理测试，合格才收。不然搞回来一群受虐狂，江山就要易主姓燕了。

"话说回来。"林原问，"为什么不肯复健？"

"这不是硬性要求吧？考虑到……"

燕绥之还没扯好瞎话，就惨遭顾律师拆台："别听他胡说八道，他只是嫌复健的动作不够美观，不乐意做。"

某院长没好气地看他。

林原："……"

此时燕绥之刚打开营养餐，里面的东西起码有三样是他不爱吃的。他想借着顾晏跟林原说话的空档，悄悄把不吃的那部分拨给顾晏。

结果他还没抬手，顾晏就未卜先知地按住了自己的餐盘。

燕绥之："……"

"再忍两顿。"顾晏说。

燕绥之妥协了，要笑不笑地点点头说："行吧。"说完，他还冲林原一笑，"你看，我这么好说话的人，怎么可能为了躲几节复健骗小孩呢！"

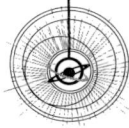

林原心说，我可去你的吧！谁信啊？

认清事实的林医生头也不回地被气跑了，复健这事也不了了之。

不过燕绥之的适应能力倒是强得出乎意料，几乎没有什么过渡期，就已经行动自如了。

后来的拉锯战是关于智能机。

燕绥之醒来的第四天清早，就忍不住调出各种证据文件、音频视频干正事了。但按照体征和恢复数据，他起码有五天不适合办公，尤其不适合长时间用眼、用脑。

林原见识过他跟顾晏的工作方式，忙起来根本没有时间概念。

什么睡觉、吃饭、娱乐、放松……不存在的。

这一次林医生没再找别人出马，而是亲自上楼强行没收了燕院长的智能机，并顶着院长眯起的眸光，硬着头皮，僵着腰板下楼了。

燕绥之也不着急。

林医生"吵着闹着"要拿走他的智能机，他就任对方先拿走了，然后重新架起了阅读眼镜。

阅读眼镜数据库里典藏的书浩如云烟，严肃的、消遣的、有趣的、忧郁的、悲伤的、圆满的……想找什么找什么。

燕绥之挑了一本闲书。

这是他刚进南十字那天，被顾晏拽着去酒城出差时，在飞梭机上看过的。当时只看到一半，这会儿有空闲，他又捡起来继续。

内容他记不太清了，也没怎么往心里去。

他看得非常随意，每次林原来病房，他都能即刻放下闲书，给对方洗一波脑。林原一个人承受了原本三个人的生命不可承受之重，当晚就表示："不玩了，不玩了，智能机还是……还是放在顾律师你那里比较保险。"

他又冲顾晏眨了眨眼睛，用夸张的口型说："顾律师靠你了，千万别给他，我信你！"

但是当天夜里，燕绥之就从顾晏那里成功弄回了自己的智能机。

事实证明，这一举措实在是明智又及时。因为半夜时分，他正看着卷宗，智能机忽然收到了一条消息。

消息来自一个多日未见的名字——记者本奇。

内容是："有人要把顾律师搞出'一级律师'的备选名单，就是今明两天了，你让我得到消息提前告知你。不过说实话……提前告知好像也没用，已经来不及阻止或撤回了。"

事关顾晏，燕绥之最初并不想闹得太大。

于是他问本奇："你这消息是从谁那里流出来的？帮忙牵个线，或者让对方直接报个价吧。"

本奇回复他的语气很惊奇："哇，你一个实习生好大的口气，还直接报个价。你钱多烧手吗？"

顶着实习生皮囊的燕教授确实动辄徘徊在赤贫线，这大半是他极不科学的花钱方式导致的。

现在他容貌已经恢复，虽然还没往遗产委员会递申请，但大部分未处理的遗产迟早是要回到他手里的，也就这么几天了，他当然想用什么口气就用什么口气。

但隔着智能机的本奇不知道。

他先是怀疑实习生看到消息气疯了，胡言乱语。后来又猜测是不是顾晏授意实习生问的，真正要撒钱的人是顾晏。

这位记者先生脑洞大开的时候手速惊人，一条信息接一条信息地往燕绥之这边投，振得燕绥之的手都麻了。

院长好好发个信息，被这些振动弄得有点儿不耐烦，终于客客气气地问了一句："记者先生，你是不是把我的收件箱当成小说发表平台了？打算一口气写到结局？"

智能机不振了。

距离医院不到半个小时车程的某个酒店房间里，本奇手指着屏幕吹胡子瞪眼道："这实习生又嘲讽我！第几次了？"

"哦……"

反坐在椅子上拨弄设备的赫西眼都不抬，心说你真想编故事自己心里默默编就得了，非要一条条发给当事人看，不嘲讽你嘲讽谁啊？

但赫西勉强给自己的老师留了点儿面子，说："太过分了，别生气。"

本奇道："……你这个语气就很敷衍。"

他抱怨归抱怨，却没有耽误正事。几句话间，他就已经跟那位放消息的朋

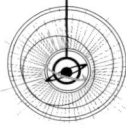

友交涉了好几个回合，然后得到了一个很遗憾的结果。

他把这个结果转告给实习生："再卖个人情吧，我帮你们又打听了一下，这事确实有点儿难搞，现在握着内容的人不止一个，准确地说不知道有多少个。你光跟某一个交涉也没用，撤了这个还有那个，想用钱一次性解决，恐怕有点儿难。"

发完这条信息，本奇便翘着嘴角好整以暇地开始等。

有点儿难并不代表毫无办法，只是迂回、折腾一些。

作为一个在媒体圈混了很多年的老记者，虽然没混出特别大的名堂，但经验还是很足的。本奇冲好奇的赫西晃了晃食指，高深莫测地说："我其实已经给他们想好几套方案了，但不能说，得吊他们一会儿。这是经验，你得记住，有些事拖一会儿，让对方着急一段时间，他们才更容易意识到你的重要性。"

赫西说："所以您现在这是……"

"我等他求我两句。"本奇抬起他那圆润得几乎看不出分界的下巴，道，"这小实习生太傲了，不知道哪里来的底气，我要挫挫他。他低头说几句好听的话，态度放端正一点儿，我就给他指条明路。你看着吧，过不了两分钟他就会来信息。"

赫西盯着智能机。

果不其然，还不到一分钟呢，本奇的智能机就振了起来。

"你看！我就知道他铁定要服软。"本奇说着点开信息内容。

就见那位实习生回了一个字："嗯。"

本奇："……"

赫西默默看向本奇，本奇一口气没上来，已经快要噎死了。

本奇不信邪地瞪着智能机等到半夜，那位实习生居然真的再无动静，以至于本奇刷了一夜的新闻消息，愣是失眠没睡着，深深体会了一把皇帝不急太监急的感觉。

他对自己说："等到八点，如果到早上八点，那实习生还没开窍，我就给点儿面子，再主动点拨他一回。"

这种纠结的心理让赫西有点儿摸不透，他问道："您不是跟那两位律师关系很一般吗？怎么现在又开始替他们着急了？"

其实本奇自己也弄不清这是一种什么心理。

直到早上，他一个哈欠接一个哈欠，泪眼汪汪地坐在床边翻新闻。阳光从窗外漫上来，把他整个人浸泡在其中的那个瞬间，他忽然意识到自己为什么会这样了。

哪怕他早就在稠腻的现实中混成了不那么讨喜的老记者，也偶尔会在某些时刻冒出年轻时候的想法——

希望背地里耍阴招、使绊子的人永远不会得逞，希望有能力的人能顺利站在与之相匹配的高度。

这可能就是他所剩不多的一点儿初心吧。

本奇掐着时间等到早上八点，正要一鼓作气给顾律师以及实习生发信息，却发现各大网站先他一步放出了报道。

他们所用的标题不尽相同，内容编排也有差别，但主题核心都差不多，用通俗的话说就是"联盟风头正盛的准'一级律师'顾晏私收贿赂，为了手下那名实习生在律所大搞黑幕，丢失了最基本的公平公正"。

那些报道编排得很有技巧，欲扬先抑。

这时候的看客也许会八卦，也许会探究，但恶感并不重，毕竟不排除就是志趣相投，一见如故呢？

报道紧接着就放出一些极具引导性的东西，比如见面一天带出差，两天上法庭，强行省略模拟法庭测验，以及各种破格优待等。所有的内容都明晃晃地在说这里面必有蹊跷。

一些不知从哪里搞来的照片和视频又对这些内容来了一番添油加醋，那些乱七八糟的猜测基本就板上钉钉了。

这种事情如果放在平时，被人议论一阵也就算了，对形象有影响但实质意义不大。可一旦跟"一级律师"扯上关系，这就会被无限放大。

尤其是在初选名单公示期内，极其败坏别人对他的好感，基本不死也凉。

但报道扯完这些还不过瘾，又添上了顾晏最近的动向。

"摇头翁"案延期本来就引起了诸多议论，其中不乏有人满怀恶意地乱做猜测，认为顾晏作为辩方律师有意拖延，没准儿还有什么更复杂的私下交易，根本就不打算好好办这个案子。

那些报道极具煽动性地突出这点，拉足了恶感之后，又附上一堆照片——

先让人明白，庭审延期是因为顾晏人在医院。接着放出佐证，证明顾晏本

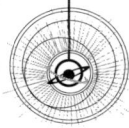

人并没有任何病症，倒是那个小实习生身体抱恙。

至于那个实习生有多严重呢？

报道又甩出几张照片，拍的是顾晏出医院两手空空，回来的时候手里拎着好几个大牌衣裤的纸袋。

而之后这些衣裤并没有见他穿上，谁穿的不言而喻。

真有重病，会不穿病号服尽倒腾这些？

不可能的。

那些报道自问自答地完成了整个推断，偏偏有图有视频，显得特别令人信服。真正做到了声情并茂地恶心人。

本奇看完几篇，唰唰地截图发给实习生："看，还是晚了。"

信息刚发出去，实习生的通信请求就拨过来了。

本奇撇着嘴，一接通就忍不住喷了对方一脸，道："拨我通信干吗？现在拨给我有用吗？这时候知道急了，早干什么去了？实话跟你说了吧，这些报道发出去铁定要疯一阵，扯上'摇头翁'案就这个效果。现在就是天神降世都救不回来了。"

实习生静默片刻，不慌不忙地开了口："别忙着嚷嚷，我听得见。抽得出空吗？送你一个大新闻。"

有那么一瞬间，本奇感觉实习生的声音不太一样。很奇怪，语调和语气依然熟悉极了，一听就知道是谁，但音质、音色却变了一些。

那声音里含着股温温凉凉的意味，让人瞬间就能耐下性子听他说话。

不过本奇没有细想，他的注意力都在"大新闻"上。

"哦……"本奇拖着调子，"就你上次说的大新闻？都自顾不暇了还有空搞这个？你跟我说说究竟是什么大新闻？"

实习生说："你来见我一面就知道了。"

本奇道："呵呵，你这话说得，难不成你脸上长了一个新闻？"

直到他拽着赫西赶去春藤总院，又拿着实习生给的临时密码上了楼顶花园，都还在喋喋不休地抱怨："我也是吃错药了才真跑这一趟，那实习生要真能搞出大新闻，我把脑袋砍了给他当球踢！"

说话间，身后电梯开合，跟智能机里一模一样的声音带着笑意响起来："我刚巧听见了，说话算话？"

"废话！"

本奇说着便转过头，恰巧跟燕绥之对上了目光。

燕绥之道："早。"

本奇："……"

燕绥之道："有阵子没见二位了。"

本奇："……"

燕绥之道："茶还是咖啡？我还得遵两天医嘱，就不陪你们喝这些了。"

本奇："……"

燕绥之上下打量了一番他们凝固的姿态，没好气地笑了一声，然后干脆比了个"请"的手势，说："算了，要不你们先砍头，我看着？"

本奇："……"

又过了好几秒，本奇才气若游丝地想：诈尸？

6

关于顾晏的八卦报道几个小时内传遍了全联盟，短时间内热度居高不下，人们议论纷纷。

一大批暂无正事儿的记者们蜂拥到了德卡马法旺区，聚集在春藤总院周围。更有甚者，就那么明晃晃地守着基因大楼通往大门的楼梯。

为了避免引起麻烦和不必要的拥堵，燕绥之跟林原商量了一下，决定还是回住处完成后续休养。

这天下午五点，天清气朗。

有一批热衷于蹲守的"记者"首先接到消息——顾晏的实习生要出院了，正在办最后的手续。

他们调试好了专用设备，配好全息镜头，对准了基因大楼的大门。

五分钟后，一辆哑光黑色的飞梭车驶进医院，平稳而无声地停在台阶前。紧接着，这两天的话题中心人物之一顾晏从楼里出来了。

他远远看到了几个蹲守的人，目光一扫而过，一如既往的平静冷淡。

顾晏走出来后没有立刻上台阶，而是转头看着楼内等人。几秒后，另一个身影从楼里走了出来，走进一群人的镜头中。

时值法旺区的隆冬，楼外不像室内也不像屋顶花园铺有温控，他的面前笼

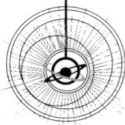

罩着呼吸形成的雾气，几乎跟皮肤相融，都透着冷冷的白。

他穿着深灰色大衣，显得身高腿长。大衣的前襟敞着，露出里面烟蓝色的细纹衬衫，以及窄瘦的腰。

楼外的阳光过于明亮，他似乎有些不适应，眼睛微微眯了一下。接着，他像感应到什么一般，目光朝镜头那边扫去。

从这人走出门外起，那些"记者"蹲守的地方瞬间陷入死寂。

他们盯着顾晏身边的人，茫然了有一个世纪那么久，然后如同滴水入油，骤然沸腾起来。

在他们疯狂擦眼睛、疯狂议论、疯狂地摇晃脑袋企图证明自己没梦游的那一刻，一篇署名为"本奇及赫西"的报道"叮"的一声在全网发布，告知所有人——梅兹法学院最年轻的院长、联盟杰出的"一级律师"燕绥之回来了。

燕大院长"死"的时候，各大网站轰轰烈烈地屠了小半个月的版，基本上带着所有人在精神上走完了整个送葬流程。即便不认识他的人，送完也认识了。

现在这位院长先生又毫无征兆地"活"了，各大网站又轰……不，各大网站没时间轰，直接疯了。

毕竟人总是会去世的，但真没几个能"诈尸"。

疯得最早的，是记者本奇所属的蜂窝网。

他写的那篇报道一经发布，热度以肉眼可见的速度发射式飙升。写报道的本奇自己还沉浸在"我去了哪儿！我看见了谁！我究竟在说什么！"的茫然中，老板就已经乐豁了嘴。

他极其亢奋地逼着本奇拨通了燕绥之的通信，用一种隔山喊话的气势表达激动和感谢的心情："院长你知道吗？我们蜂窝网从建站以来，从没见过这么高的热度，这么多的人！哈哈哈——"

燕绥之彼时刚回城中花园。他正进门换着鞋呢，就被这位的大嗓门"哈"得脑仁疼。他把耳扣直接摘了，搁在一旁的立柜上，蜂窝网老板后面那一串胡言乱语的赞美一个字也没听。

他不慌不忙地换好拖鞋，脱了大衣挂上衣架，又把衬衫袖口解了翻折两道。估算着对方该喘口气了，这才把耳扣重新扣上，彬彬有礼地说："我都听见了，恭喜。"

身边的顾晏听到这句瞎话，木着脸看他。

燕绥之被他那副"我就看着你胡说八道"的表情逗乐了，嘴角漾开一抹笑。

他就这么含着笑意，冲通信那边的蜂窝网老板说："如果真是这样，那我建议贵站多备几位技术人员应急。"

这人说话还是不爱费力气，再加上算是重症初愈，声音清清淡淡的不够大。

至少鸡血上头的蜂窝网老板可能根本没听清，他"嗯嗯"了几声，又开始哈哈哈地说："这次真的是个大新闻！不对！何止是大！这根本就是炸！"

燕绥之又被大嗓门震了一遍，终于还是没憋住，客客气气地说："……那就炸吧。"

这段通信挂断没多久，蜂窝网就真的炸了——被人挤炸了。

第二个疯的是本奇自己。

自打蜂窝网门户崩溃，那些想了解更多的人就开始疯狂向他请求通信。同行、朋友、家人，还有一些他压根不认识的陌生人，搞得他极度后悔在网上留下自己的通信号。

他没撑多久，就开始给燕大院长发信息哭："我的智能机振得像个按摩手环，整整两个小时……整整两个小时一秒没停过。我错了，我不该怀疑你搞新闻的能力，我这辈子就没见过这么疯的新闻。"

过了半天，对方回复说："不客气，你跟你那小徒弟欠我的两颗'人头'，我会记得收。"

本奇："……"

赫西道："为什么算上我？"

本奇没忍住，回复："你怎么这么淡定？最应该被骚扰的难道不是你自己吗？"

同样的想法不止本奇有，很多暗中窝着的人都有。

南十字律所的合伙人办公室，最里面的那间门窗紧闭，而被很多人尊称为高先生的合伙人正坐在办公桌后按着耳扣听通信。

"消息准不准？确定只提到了这些？"他皱着眉问。

"只有这些，那个记者不是什么名人，估计也是头一回碰见这种场面。我找了一些人去旁敲侧击过。不管是律所这边，还是曼……大老板那边，他都没提，不止没提，那记者还很茫然，根本不觉得这些事之间有什么联系。"

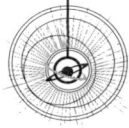

高先生支着下巴想了一会儿，道："如果不是记者的演技太好，那就是确实不知道。"

"一个记者哪来什么演技，我打听过，对方是个没什么城府的人，拍马屁、得罪人都放在脸上藏不住的那种。"

高先生缓缓地点了点头，手指在桌上敲了几下，说："……如果死而复生的那位真的查出什么了，想闹大的话，应该第一时间透消息给记者，毕竟热度永远是第一波最高。应该先抛下一个饵，引起探究，再趁热打铁。"

"是啊，没错。现在他什么都没说，咱们是不是可以判断他还不知情？或者知道得还不够多，至少还没挖到咱们跟大老板身上？"

"不好说，静观其变，先看两天情况。"

"静观？不做点儿什么？万一那位院长按捺不住又搞出点儿什么事呢？"

"做什么？你现在跳出去是生怕别人不盯过来？别犯蠢了。至于那位院长……至少今明这两天他顾不上别的。"高先生嗤笑一声，道，"他现在把自己放在了风口浪尖上，所有人都盯着他，安全是安全，但他自己也干不出什么来。况且……他现在应该被骚扰得智能机都卡死了吧？没准接通信接得手都要断了？"

"哈哈哈，那是一定！"

这些人揣着看好戏的心态，等着燕绥之被各方消息骚扰至疯。

然而应该是暴风中心的城中花园别墅楼里，燕绥之正靠在沙发上给本奇回信息："谢谢关心，不过我并没有这样的烦恼。"

本奇："为什么？怎么可能？我都被骚扰成这样了，你怎么会没事？梅兹大学的主页上就登着你的各种联系方式啊！"

燕绥之："哦，但我现在用的是实习生的通信号。"

本奇："……"

记者先生一口气还没上来，燕绥之又给他发了一条信息："对了，贵站打算崩溃到什么时候歇口气？"

本奇："……"这话基本上能直接气死老板。

他想了想，回复："技术在抢救，应该快了。"

燕绥之："那等贵站恢复，你帮我再加条报道，强调一下我目前还没从法律的意义上恢复身份，还隶属于南十字律所。"

本奇："强调这个干什么？"

收到这条信息的时候，燕绥之正冲顾晏伸出手，说："大律师，征用一下你的智能机。"

"你又想干什么？"顾晏深知他的脾性，挑眉问道。

不过问归问，尾戒智能机已经被他摘下，搁在燕绥之手里了。

"没什么，给某些人找点儿事干。"燕绥之轻车熟路地操作着智能机，"过来，再征用一下你的手指。"

顾晏原本要去倒咖啡，闻言又走了过来。

燕绥之把需要指纹认证的界面在他手指上碰了一下。

"嘀"的一声，解锁了。

"还有你的眼睛。"他又把需要虹膜认证的界面在顾晏脸前晃了一下。

"嘀"的一声，又解锁了。

燕绥之把顾晏的智能机设置成自动拒绝通信模式，几个重要的人拉了个例外名单。他光设置拒绝还没算完，还添加了一句自动回复。

于是所有尝试联系燕绥之的人都碰到了两种这样的情况——

拨"燕院长"的通信，提示：该账户已注销。

猛地反应过来，改拨顾晏的通信，被拒绝，并收到自动提示：抱歉正忙。如有工作上的事宜，请联系所属南十字律所。

正愁联系不上呢，就看见蜂窝网又更新一条报道，于是猛地想起燕绥之现在还属于南十字律所。

总之，最后的结果就是风口浪尖的人优哉游哉，乐得清静。

真正跪着哭的是南十字律所。

高先生以及一众跟曼森有关联的合伙人猝不及防被淹没在铺天盖地的通信和邮件里，差点儿晕厥过去。

菲兹小姐疯狂吐槽说："我现在怀疑全联盟的人都把南十字添加进了联系列表。"

顾晏作为燕绥之的捆绑性同伙，对菲兹表达了朋友的关心："你在办公室？一天接了多少通信？"

菲兹小姐说："不，我今天请了病假。哈哈哈！"

虽然杜绝了骚扰，但燕绥之的智能机也不是毫无动静。

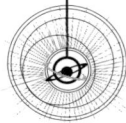

本奇的报道上午发出去，中午他的智能机开始了一阵频繁振动。

振动来自某个群聊的消息提示，这个群叫"南十字实习生胡扯小组"，洛克他们搞的，燕绥之百分之九十九的时间都在装死，搞得大家总下意识觉得他根本不在群里。

于是午休时间，憋了一整个上午的实习生小傻瓜们在群里跟磕了致幻剂一样表演在线发疯。

各种以头抢地的表情和百连发的感叹号成片刷屏。

燕绥之一点开，就被这些乌七八糟的玩意儿糊了一脸，并从中依稀看到了不知多少个"阮野"和"院长"。

他拉远了屏幕，放松了一下眼睛，然后怀着不知什么心理插了一句话："小姐先生们，你们是不是忘了我还在群里？"

一句话，成功"吓死"了所有小傻瓜，整个群仿佛被人按了个"暂停"键，瞬间凝固。

顾晏在旁边看到全程，秉着良心把这位演鬼故事的院长带走了，收了他的智能机，暂时放了这些小傻瓜一条生路。

全联盟沸腾了大半天，到了下午，又有人不甘寂寞出来发表高见。

他们质疑燕绥之身份的真实性，毕竟现在基因技术发达，从样貌上"复活"一个人也不是没有可能。各种闲聊八卦的地方曾经还探讨过利用这种技术脱身的完美犯罪呢。总之，有人从头到脚挑了一遍刺，最后直接把燕绥之"打"成了一个"复制者"。

燕绥之看到报道，夸了一句："挺有想法。"

然后慢条斯理地收拾了一番出门了。

他去的第一个地方就是遗产管理委员会。

7

遗产委员会的理事官萨拉·吴工作有七十多年了，早在最初的时候，他就对燕绥之印象深刻。

毕竟 27 岁就做遗产认证分割的人并不多，即便有，也大多是嘱托给家人。像燕绥之这样选择来遗产委员会的，实在少之又少。

更何况他所登记的资产数目放在一个 27 岁的年轻人身上实在可观，萨拉·

吴想不注意都难。

遗产委员会一直以来有个规定，就是来登记的时候，陪同家属只能在楼下等待，所有的意思表达只能由本人独立完成。

萨拉·吴记得很清楚，那天来登记的人其实不算少，就算是未曾通知家人悄悄来的那些人，身边也至少会有个秘书、助理什么的陪着，最不济也有司机在等。

遗产分割其实是很正式严肃的事情，来的人不管是出于什么原因，多少都带着一种仪式化的情绪。

但燕绥之没有。

在萨拉·吴的记忆中，当年那个年轻人在露天停车坪下了车，就那么简简单单地上了楼，笑着跟他简单聊了两句，然后十分钟内做完了身份和资产认证、签好所有文件，抬手打了声招呼便离开了。

整个过程里，他只在等电梯的片刻间给人一种短暂的停留感。好像还伸手轻撩了一下墙边的观赏花枝，对萨拉·吴一笑，说："我书房里原本也有一株，很可惜，被养坏了。"

没多久，露天停车坪那辆银色飞梭车就像夏日偶有的凉风一样，穿过林荫的间隙，倏然远去没了踪影。

于是萨拉·吴一度怀疑，那个年轻人只是在兜风散心的时候途经这里，顺便做了个登记，也许转头就忘了这回事了。搞得他作为长辈的操心病发作，总考虑每年多发几次订阅邮件，时不时提醒对方一下。

令他意外的是，这个年轻人非但没忘记这件事，后来每隔一两年，还会来做一些简单的修正，添一两个新的捐赠对象。

再后来，燕绥之接的个别刑事案件也会牵涉到遗产方面的事宜，需要萨拉·吴的帮忙。一来二去，两人就成了熟人，燕绥之的遗产事项就全权交由萨拉·吴负责了。

这次，"死而复生"的燕绥之重新走进遗产管理委员会的大楼，萨拉·吴感慨万千，从某种程度而言，他的这种情绪甚至是独一无二的。

"恐怕没人能理解我现在有多激动。"萨拉·吴把燕绥之迎进认证室，一边打开认证仪，一边眨了眨眼睛，"因为你出事之后，遗产得由我来执行，你知道这种难以描述的使命感吗？你看看我的脸就知道了……"

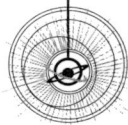

他指了指自己，燕绥之看了一眼，笑着拍了拍他的肩，说："看得出来脸部肌肉有点儿僵硬，应该是绷出来的，还有一点点要哭不哭的哀悼感，但又被喜悦给压住了。一定要定性的话，我觉得这可以叫作默哀未遂。"

萨拉·吴当即什么情绪都没了，抡起手里的资料给了他一下。还好纸页都是虚拟的，一晃而过，不然真那么厚，能把燕绥之拍吐血。

"我年纪都能当你爸了，你跟我乱开玩笑！"萨拉·吴吹胡子瞪眼，瞪完了他又想起燕绥之从当年来登记的时候起，就始终是独自一人，没有父母和其他家人，于是他又拍了一下自己的嘴，补充道："抱歉，我是说我比你大一轮半呢。"

燕绥之笑了笑，说："没关系，不用这么敏感。"

"虽然一听你开口，我就知道百分之百是你本人，但认证程序还是不能省，不然我就要晚节不保了。"萨拉·吴说。

身份认证一项一项显示通过。

"虹膜认证，无误。"

"指纹认证，无误。"

…………

电子音不断播报着结果，听得萨拉·吴居然有点儿心潮澎湃。

最后签字做笔迹认证的时候，燕绥之下笔居然愣了一下。

萨拉·吴疑惑地问："怎么了？"

燕绥之摇了摇头，说："没事，差点儿签错。"

他差点儿又要写上"阮野"，愣了一下才反应过来，他应该真的要跟这个名字告别了，从今往后，都不会再有这样的关联。

燕绥之很快签好了自己的名字。

扫描灯一照而过，电子音再度响起："笔迹认证，无误。

"身份认证结束，认证人：燕绥之。死亡公告撤销，未分割遗产终止执行。"

萨拉·吴拿着光脑吐出来的清单，扫了一眼，然后有点儿抱歉地对燕绥之说："跟你说一声，有一部分遗产已经执行出去了，就是被你划定捐给各个福利院、孤儿院的那些。"

燕绥之点了点头，说："我知道。"

"你怎么知道？我还没发公告呢。"

"之前刚巧跟其中一位福利院院长有联系。"

萨拉·吴道："噢……你跟院长有联系，都不跟我联系？你要早联系一阵子，我不就不给你执行了吗？这样你还能多剩点儿资产。现在这种情况，还得再走撤销程序，又需要两三个月。"

燕绥之却摆了摆手，说："不用撤销了。"

萨拉·吴扫了一眼那排数字，说："这么多钱，你……都不要啦？"

"也没浪费，挺好。"燕绥之说完又轻声咕哝了一句，"剩下这些足够……"

"足够什么？"萨拉·吴掏了掏耳朵，"最后几个字我没听见，你非要说悄悄话请凑过来说，站那么远说个屁。"

燕绥之莞尔道："我自说自话的。您这也不是联盟民政公署，管不了最后几个字。"

萨拉·吴咕咕哝哝地又瞪他一眼，说："行了，程序终止之后三个工作日内，你的所有账户和名下资产都会解冻，没什么事的话我要去写公告了。"

"还有一件，劳驾帮个忙？"燕绥之说。

"什么？"

"从剩余资产里抽一部分，成立一个医疗慈善基金。"

"这算什么？未来的遗产分割？"萨拉·吴问。

"不是遗产分割，当下抽当下成立。"

萨拉·吴没好气地说道："去！我只管死人的事，像你这种又活回来的我不管。"

"严格来说，确实是某个已故朋友的事，而且这种基因设立流程还有谁比您更熟呢？"燕大教授非常优雅地冲门口比了个"请"的手势，"去办公室细谈吧。"

萨拉·吴道："我的办公室你怎么比我还像主人？"

二十分钟后，燕绥之从办公室出来了。

在刚刚那段时间里，他登记了一个新的医疗慈善基金，由联盟专局运作，初始设立者写的是"阮野"。

这是他最后一次签这个名字了，他从那个年轻男生那儿借来的一切，该物归原主了。

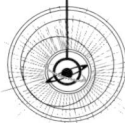

不过真正的"阮野"早已过世，一句"谢谢"无处可说，他想了想，只能借助人间俗物聊表心意，希望那个睡在某片安息花丛里的男生，能够安稳长眠。

等电梯的时候，燕绥之又瞥见了墙角的四季花枝。

他伸手轻拨了一下花朵，说："我书房的那株已经没了，你这倒始终开得这么好。"

有那么一瞬间，萨拉·吴恍然有种时光倒流的感觉，所有场景都跟当年一模一样。只是现在的燕绥之，跟当初那个27岁的年轻人有些不一样了……

萨拉·吴有点儿说不清那种区别，直到燕绥之已经走出大门时，他忽然想起什么般问了一句："新的资产认证还需要做吗？"

这是一种避讳的说法，意思就是原本的遗产分割进入过执行流程，已经作废了，还需要给今后做新的分割吗？

燕绥之转头看着他，微微愣了一下，而后浅笑起来，说："今后应该不用找委员会了，有人可以托付。"

当天下午，就在某些人为燕绥之是真是假大书特书的时候，联盟遗产管理委员会甩出了一纸公告。

里面明确写着——

身份认证全部通过，确认为本人无误。

死亡公告正式撤销，遗产执行程序全面终止。经燕绥之先生本人要求，已执行部分继续生效、无须撤回、无须赔偿、无须任何附加程序。

特此公告。

联盟遗产管理委员会，一个一旦弄错人就会搞得对方倾家荡产分文不剩的可怕地方。众所周知，那帮理事官们为了避免出纰漏，光是身份认证关卡就搞了九重，丧心病狂的级别直逼联盟最高警戒的安全大厦。

如果连这里都说是本人无误，再有质疑的声音，就一定是动机不纯了。

于是公告一出，所有造谣生事的人瞬间消失。

有了官方的认证，各路媒体网站顿时更没顾忌了，铺天盖地、洋洋洒洒地写起了某院长死而复生的传奇事件。

乔大少爷从晚上翻到第二天早上，在网上看到的消息大致都是这样的：头版头条十有八九是硕大的字体，赫然写着"法学院院长燕绥之的身份确认""冒充者的说法纯属无稽之谈"。

之后零零碎碎跟着各种猜测，诸如爆炸案究竟是怎么回事？燕绥之为什么能活下来？为什么会在一段时间内以实习生的身份出现？

还有发散得远一些的，比如已执行遗产都去了哪儿？受益方都有谁？

甚至还有算燕绥之遗产究竟有多少的，中间夹杂着更零碎的八卦内容。

例如"燕绥之原属南卢律所高兴疯了""梅兹大学也高兴疯了，连夜把燕绥之的照片从已故名人堂搬回到原本的地方"。

乔被这些东西糊了一脸，忍不住啧啧感叹："墙头草倒得快，中午还在编有人假冒院长的鬼故事呢，有鼻子有眼的，现在又院长好、院长妙了。"

尤妮斯路过瞥了一眼，说："你还真当回事在看？这些反应不都在预计中吗？人家两位当事人就很淡定，一个根本不入眼，另一个……嗯，在耍猴？"

"我知道啊，没当回事，我只是在线看院长耍猴。"乔大少爷说。

他收起那些界面，看了看外面的天气，又瞄了一眼时间，对尤妮斯说："我跟柯谨去一趟城中花园。"

"顾律师那边？应该有不少记者蹲在那边吧？柯谨受得了吗？"尤妮斯问。

"他恢复得差不多了，不至于看见几个记者就受不了。"说起这件事，乔就有些神采飞扬的意思。

尤妮斯忍不住想笑，道："他承受得了，你得意个什么劲？不过他的记忆不是还断着片吗？真的没问题？"

乔说："他一醒过来，还没弄清怎么回事呢，看到的就净是院长死而复生这种吓人标题，别提多茫然了。不去城中花园他才更容易有问题。"

柯谨的恢复情况其实很不错，短短几天，正常的交流已经不成问题了。但生活还有一些小障碍，所以暂时跟埃韦思家的人住在一起。

其实他生活上的障碍不在于能力，而在于不记得这几年的事情了。

他的人生被分割成了两个世界，没病之前他生活在正常的世界里，病了之后，他被困在一个虚幻的世界里。现在正常的那个回来了，虚幻的却忘了。

就好像是做了一场冗长的噩梦，惊醒的瞬间，梦的内容就记不得了。

林原说，也许他之后会慢慢地想起一些事来，但不会很完整。这其实很正常，毕竟喝酒都有喝断片的，更何况柯谨这种情况呢。

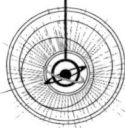

不过乔不担心，他对柯谨说："别着急，也别觉得恐慌，你有足够的时间慢慢去想。实在记不起来的可以问我，我背书不行，但在这种事情上记忆力却好得很，都帮你记着呢，放心。"

于是柯谨真就放松下来，很快进入了一种顺其自然的状态里，只要看到什么令他茫然的事情，就会默默看向乔，然后乔就会默契地解释给他听。

这几乎成了他们的生活日常。

8

上午的城中花园空气清新，但伴着隆冬寒意。

乔和柯谨驱车到达的时候，看到花园院外有不少守着的媒体。

"都是来拍院长的？"柯谨看着窗外问道。

"还有顾，反正拍到哪个都能写一段。"乔刷了脸，把车开进花园大门。

柯谨看见其中几个"记者"的外套上都落了霜，又咕哝道："他们不睡觉的吗……"

他很多年没说话了，嗓子有点儿脆弱，每天多说几句话就会有点儿哑，听起来总像在感冒。他本性其实是很独立的一个人，一方面自己会照顾自己，一方面也怕别人担心。

所以出门前，他就仔细裹了围巾，把脖子和口鼻都护住，免得更伤嗓子。结果下楼就发现，乔出于多年的照顾习惯，手里也拿了一条围巾在等他。

乔少爷当时就有点儿尴尬，愣头愣脑地站在那里。

柯谨看见他的表情，想了想，说："我正愁找不到更厚一点儿的围巾。"

"这两条是一样的，都不厚……"乔这个棒槌当时是这么回答的。

柯谨："……"

于是为了撑住自己说的话，年轻的、好脾气的柯律师把两条围巾都裹在了脖子上，又因为脱戴太麻烦，上了车他都没解开，下了车自然更不会解了。

他们停好车，站在顾晏家门前按了门铃。

几乎刚响起声音，门就开了。一个热情悦耳的女声嚷嚷着"柯谨"就冲出来给了两人一个熊抱。

"劳拉？"柯谨讶异地问，"你也来看院长？"

结果劳拉女士听见拥抱和问候居然有回音，当即开始哇哇大哭。

哭得柯谨不知所措，手忙脚乱，跟乔一起把这位女士弄进了门。

劳拉女士属于大开大合的侠女，情绪来得快，走得也快。等乔和柯谨进门换鞋的时候，她已经不哭了，扶着玄关旁的立柜一边擦眼泪一边说："我来看看顾晏和院长，他们最近处在风暴中心，有点儿不放心他们。正好听顾晏说你们也来，就在门口等着了。"

"他们呢？"乔问。

"两分钟前，刚接到一个通信，好像是叫本奇的那个记者吧！说要来跟他们商量一下后续的报道怎么发，被拦在西门口了，他们去安保那里赎人。"

"那看来今天还挺热闹。"乔说。

劳拉点了点头，又看向柯谨关心地问："有不认识的人过来，你可以吗？"

"我不可以吗？"柯律师茫然两秒，转头看向乔。

乔少爷尽忠尽责地解释说："你之前比较介意有陌生人的环境，嗯……还好吧，只有偶尔一点点。"

他用手指比了个很小的缝，劳拉静静地看他扯，然后转头看见柯谨那张无辜的脸，就毫无原则地附和说："对，就这么一点点。"

柯谨愣愣地看他们一唱一和，片刻后摇头笑了。他下半张脸掩在柔软的羊绒围巾里，眼眸却温和乌亮，说："你们又合伙开我玩笑。"

劳拉这才注意到他那厚重的围巾，忍不住问道："哎，你怎么还围了两条围巾？"

柯谨想了想，认真地说："……养生吧。"

"这是谁教你的养生手法？"

柯谨默默地看乔。

劳拉道："他刚醒你就祸害他？"

乔："……"

燕缓之和顾晏没多久就回来了，同时还带回了本奇和他的小徒弟赫西。柯谨虽然不认识他们两个，但是他们认识柯谨啊！

准确地说，联盟大多数媒体记者都认识柯谨，毕竟这位当年也是引起过各种话题的人。众所周知他这些年来精神状况不好，被乔保护得严严实实，很少暴露在媒体前，想看见一回都不容易，更别说这样共处一室了。

最爆炸的是，这位柯律师居然好了！

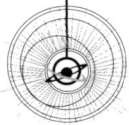

本奇在心里捧着脸呐喊，这哪里是什么师生聚会，这是一屋子行走的人形新闻啊！

如果放在以往，他说什么也要搞点儿风声出去。

但现在不同，跟燕绥之他们这群人来来往往打了这么多次交道，他奇异地找回了几分当年的初心，好像……突然就从容了不少，变得没那么急功近利了。

因为他早在潜移默化中收起了那份不顾隐私、不合时宜的探究心，他就从蹲在门外的狗仔队一员，变成了光明正大进屋的客人，还跟众人一起享用了一顿丰盛的午餐。

这一天，在场的每一个人都是愉悦的。

不过当中还是发生了一段小小的插曲——

在跟本奇和赫西聊后续报道的时候，燕绥之顺手翻出了智能机里保存的两个摄影包。这是当初从这两位记者相机里拷出来的视频和照片，包含了这些年里发生过的所有大事小事。

在征求了两位记者的意见后，他把这些东西打包发给了乔。

乔大少爷最近在试着给柯谨解释这些年各种事情的来龙去脉，还差一些图片和视频做补充，这两个文件包刚好能够弥补这个缺憾。

乔的本意是想自己先做筛选，没想到柯谨对这两个包极有兴趣，没等他阻止，就已经翻看起来。

本奇和赫西喜欢给照片做备注，柯谨本就很聪明，看看备注就能懂，依靠几张照片就能理出一个逻辑通顺的事情经过。

所以他看得安静而专注，只偶尔小声问乔几句。

直到某一刻，他轻轻"啊"了一声。

"怎么了？"沙发上围坐的众人看向他。

"这个人……"柯谨迟疑了片刻，把屏幕分享出来，他正在看的一段视频便呈现在众人面前。

这段视频对燕绥之和顾晏来说都不陌生，他们之前看过，是用"清道夫"的黑桃文身和脖颈后的痣做搜索源，搜出来的。

那是赫西在爆炸案发生之后拍摄的视频。内容是一段抓捕画面，警署的人把犯罪嫌疑人从楼上拘押下来，旁边是围观的人群，而再远一些的地方有个早餐店，"清道夫"就坐在那里，背对镜头，不紧不慢地吃完了一顿早餐。

柯谨此时所指的，就是只露了侧面背影，看不到全脸的"清道夫"。

燕绥之盯着视频中"清道夫"的一举一动，问柯谨："这个人怎么了？"

据他们所知，乔还没有跟柯谨讲过太多曼森兄弟的事情，至少还没提到"清道夫"，而柯谨自己又忘记了太多事情。所以……他现在一眼挑中视频角落的这个人，一定有什么别的理由。

柯谨把视频往后退了一小段，视频中的"清道夫"刚吃完早餐，抽了桌面上的除菌纸擦了嘴，然后把纸折叠了几道，压平搁在碗边。

"能看见他在折纸吗？"柯谨问。

众人点头。

"也许是我孤陋寡闻，但这个折纸的习惯还有折叠的动作和手法很特别。在这之前我也见过有人这样做，但他们无一例外，都来自一个地方。"

"哪里？"

"我成年以前待的德卡马米兰孤儿院。"柯谨说。

众人对视一眼。

碰巧，就他们所知，"清道夫"曾经在那家孤儿院里待过。

柯谨回忆说："米兰孤儿院很大，护工很多，一般一个护工同时期只带四五个孩子，小的两个，大的两到三个。有一个护工阿姨，可能有点儿洁癖以及强迫症，认为吃完饭后擦嘴的纸巾揉成一团扔在桌上不礼貌，会影响同桌其他人的食欲。所以她要求自己照顾的孩子，一定要把纸巾按统一的方式折叠压平，折叠面朝下放在桌上，要保证别人看到的是最干净平整的一面，她管这叫绅士的高品格礼仪。"

他顿了一下，皱了皱眉，又补了一句："我记忆有断片，这几年的已经不记得了，而在我能记起来的那些人里，上一次这样餐后折叠除菌纸的人……叫李·康纳。"

在场的众人脸色均是一变。

"对，就是那个令我困扰了很久的当事人。"柯谨说，"不过你们不用这样担心地看我，我已经不是病人了。"

见柯谨确实没有特别明显的情绪变化，燕绥之这才开始顺着这条线细想。

他没有真正见过那位"清道夫"，但能从各种线索中提炼出对方的性格。

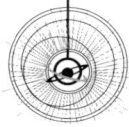

那位"清道夫"本质是自卑的，从小辗转于福利院和孤儿院的经历，对他而言是一种……屈辱的经历。但他并不是厌恶孤儿院或福利院本身，而是认为那种生活卑下。他厌恶卑下，所以他才会坦然接受"清道夫"这样的身份——因为手里握着别人生死的时候，他会有种高高在上的感觉。

以前燕绥之不认为"清道夫"会保留什么孤儿院的习惯，但听了柯谨的话，他又改了想法。

因为那位护工说"这是绅士的高品格礼仪"，而以"清道夫"的性格，他很可能会因为这句话，始终保持着这个习惯，不管他变换多少面孔。

劳拉惊疑不定地问："我们现在是不是该有的都有了，就差……那位了？"

顾晏点了点头，道："嗯。"

他们现在握有的证据和线索，几乎能串成一条完整的链了，如果能把"清道夫"也收进来，那就可以提交一切，坐等天理昭昭了。

就在众人沉吟思索的时候，一旁的赫西有点儿赧然地举了手，说："我……我拍过这样的人。"

"你拍过？"

所有人的目光都聚集在了这个年轻的助理记者身上。

"我有一阵子，喜欢收集生活中看到的各种特别的人和事。"赫西不太好意思地挠了挠头，"反正……拍到过，我有印象。"

"好小子！"本奇这时候就是个人精，一瞄众人的表情，就知道这里面藏着大事。他一拍赫西的背，"照片呢？还在的吧？"

顾晏却抬了抬自己的智能机，说道："我没有在你的照片包里看到类似的照片。"

"因为那些太碎了，我怕影响正常的工作内容，每隔一段时间会把它们导出来另存。"赫西说，"在是在，而且应该是今年拍到的。但我也想不起来具体是哪个月哪一天了，不在智能机里，我得回去找一找。"

"什么时候能找到？"

"这个很难建立搜索源，得真的一张张照片、一个个视频翻过去，可能要花点儿时间。"赫西想了想说，"两天吧，两天后我找到发给你们。"

第十章

1

法旺区的傍晚流云洒金。

相聚的几人四散回家，驱车行驶在交错的云中悬浮轨道上。

行至中途，智能机忽然弹出一条网页消息，界面官方、标题简洁。上面写着："'一级律师'公示期预评系统明天中午十二点整准时开启。"

不论是去往酒店的乔，还是去往公寓的劳拉，抑或是赶回蜂窝网办公楼的本奇，在看到这则消息时都不约而同地骂了句脏话。

乔一巴掌拍在方向盘上，道："忘了这茬儿了！"

这个所谓的预评系统，就是在"一级律师"候选名单公示期间，主要是中后期，随机挑三天开启，社会各界人士都可以参与评分，并对其认为不够格的候选人集中提出异议。

预评结果虽然不代表官方，但对最终评审有着极大影响。比如异议过多的律师，基本就是被刷的命。

小少爷当即拨了个通信给顾晏。

车载通信嘟嘟响了两声接通了。

"顾，看到'一级律师'预评的消息没？"乔张口就问。

"看到了。"对面应答的人却是燕绥之。

乔有点儿蒙，喊道："……院长？"

"哦，顾晏的智能机在我这里。"燕绥之简单解释了一句，"我的智能机查东西受限太多，拿他的用会儿。"

乔应了两声，拉回正题："对了，院长，这个'一级律师'预评怎么来得这么突然？以前也都是提前一天通知吗？"

"差不多。"燕绥之说，"不过并不突然，意料之中。"

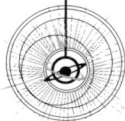

"意料之中？"

"不然你以为那些抹黑顾晏的报道只是随便挑一天放放？"

乔思索了片刻，又骂了一句，说："这时间点掐的……我说今天一天怎么这么老实，之前搅浑水的网站都安安分分的，没有继续轮报顾晏的事。本来以为是被院长您的消息给盖住了，顾不上。现在一想，根本就是故意不提。"

如果那些网站继续把顾晏的事拎出来说，反而是帮了顾晏一把。因为实习生的真正身份已经众所周知了，要再提什么，不用顾晏开口，自然会有无数人替他说清楚。

但现在他们非常聪明，造完话题，一见势头不对立刻缩了回去。这样一来，没有了争论的战场，自然也不会有声势浩大的澄清效应。

这就能最大限度地保留那些相信"黑幕"的人。

而只要有那么一批人存在，顾晏这"一级律师"的预评就不得安宁。

"现在这情况不容乐观啊……"乔皱眉说，"如果说控媒控评，我倒是能联系一些人。但说实话，如果蛇不出头，我们主动揪出来打，反而显得很刻意。"

乔少爷在正事上从来不是真傻瓜，关键时刻也总能拎得清。

燕绥之说："确实这样没错。"

"那怎么办？"乔垮着脸想办法，"老实说，就算不搞这么一出，这件事放在那里也很硌硬人，不解决掉终究是个麻烦。"

谁知燕绥之却不慌不忙地回道："放心。"

"院长您有主意？"

"没到时候呢，不急。"

于是乔大少爷睁着眼，刷了一夜消息，愣是没看出来哪里不急。

"预评系统没几个小时就要开放了，怎么还没到时候？"小少爷感觉自己的头都要秃了。

就在乔发愁秃头的时候，对立面的某些人正摩拳擦掌等待十二点的到来。

与此同时，联盟"一级律师"审核会德卡马办公处迎来了一位客人。

一位办公处所有人见了就头疼的客人。

"一级律师"审核委员会总部设在红石星，同时在德卡马这个同等重要的经济中心星球设有办公处，处长就是委员会的正副会长，轮流当值。

两位会长在联盟律法界很有分量，基本没有什么可忌惮的，唯独见到某些人就头疼想溜。

　　这些人有个统一的称呼——"一级律师"。

　　对，就是他们委员会自己选出来的一群祖宗。

　　这群祖宗个个都很特别。

　　特别难搞，还特别擅长洗脑。

　　比如燕绥之。

　　老会长听说这位祖宗进电梯了，当即把正在用的光脑塞进了包。

　　"说我今天请了病假，不在！"老头儿向秘书处交代了一句，转身就想走，结果在办公层密码门口跟燕绥之撞了个脸对脸，又硬生生地被迫退回办公室。

　　会长重新在办公桌后坐定，瞪了燕绥之五分钟，终于正色开口："能再次见到你，我非常高兴。"

　　燕绥之很自然地在软沙发上坐下，点了点头，说："谢谢，我也是第一次知道，非常高兴的表达方式还包括避而不见和溜之大吉。"

　　会长："……"

　　燕绥之道："玩笑话而已，见到你我也非常高兴。"

　　会长："……"就……莫名很有嘲讽意味。

　　他绷着脸咳了一声，问燕绥之："行了，说吧，今天来是为了什么事？"

　　燕绥之放松地靠上椅背，手指交握笑了笑，说："一窝出来的狐狸，就别这么明知故问了吧，老会长？"

　　会长心说谁跟你一窝，你多大我多大，占起便宜来还没完了。

　　老头儿憋了半天，最终还是放弃装傻，说："预评那事？"

　　燕绥之点了一下头。

　　"这是真的冤。"会长语重心长地说，"你又不是不知道，预评不是说开就开的，三五天根本准备不及，都是提前十天就定了日子开始测试系统。也就是说，是我们先安排的时间，结果顾律师偏偏倒霉撞上了。"

　　"放心，我知道流程。"燕绥之淡定地宽慰他，"所以我没打算来讨个说法或是解释。"

　　老会长听了，略微松了一口气，问道："那你是？"

　　"我只是来交个申请。"燕绥之说。

　　"什么申请？"

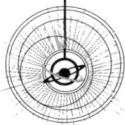

"申请公示期内预评流程全面关停。"燕绥之平静地说。

会长愣了半晌，难以置信地问："什么玩意儿关停？"

"整个预评流程，包括这段时间内的异议提交和民众评分，一切相关系统及平台，全面关停。"

"开什么玩笑？别闹了，不可能的。"会长斩钉截铁地拒绝了。

燕绥之挑起眉，问："是吗？那劳驾您做一件事。"

会长蹙着眉道："说。"

燕绥之说："打开光脑。"

会长说："开了。"

燕绥之说："打开搜索界面。"

会长说："嗯。"

"搜一份文件，叫作联盟'一级律师'审核委员会评选实施方式。"

会长说："……搜到了。"

燕绥之长腿交叠，坐姿舒适优雅地说："烦请您拖到第七页，第三十二条实施细则第二条条款，念。"

会长："……"

"没找到？"燕院长看着对方的神情，淡声说，"没关系，我可以把关键内容提炼给您听——实施细则明文规定，如若在预评期内，候选人遭受诽谤、诋毁、污蔑品格等非平衡待遇，传播量超过 3 亿条，持续时间超过 3 天，视为情形特别严重。委员会应当立即中止全部预评程序，清除所有受影响评分，全网公告，彻查到底。"

会长瞪着光脑全息屏幕，嘴唇嗫动了两下。

"觉得很陌生？"燕绥之说，"正常，这个条款几十年没启用过一回，太容易被遗忘了。但是没关系，白纸黑字，联盟法规替大家记着呢。"

他在智能机上随意敲了几个字，把屏幕翻转过去，呈现到会长面前，道："以'顾晏律师'和'黑幕'为关键词搜索，整个星际联盟的相关报道大大小小共计二十一亿六千八百多万条。我所查到的最早一条发布于大前天早上八点十二分，传播最为广泛的一条发布于十点四十二分。我认为自己算得上好说话，先退一步，以十点这条为起始点计算……"

他说话的节奏控制从来都很出色，在说完这句话的时候，智能机时间一栏，秒数刚走完最后一个数字，分钟轻轻一跳，显示为：十点四十二分。

燕绥之抬起眼看向会长，说："……到此时此刻，刚好三天整。"

办公室内一片静默。

过了好半晌，会长终于忍不住提醒了燕绥之一句："预评中止的申请只能由'一级律师'提交，但同时还有一项规定，你提交了这个申请，就意味着最终的投票你需要保持中立以避嫌。"

这是一项避免评选不公的回避规则，燕绥之当然清楚。他欣然点头，说："我知道。"

"我说一句实话，顾律师是你的学生，你原本可以在最终投票的时候为他保底一票的，现在少了这一票，保不准会吃亏。"老会长说，"说得功利一点儿，最终表决里的一票，比现在的预评值价多了。"

燕绥之点了点头，他喝了一口面前的水，把杯子搁下，冲老会长说："我只是厌恶一切自以为是的猜测和恶意为之的抹黑，至于最终评审……"他轻轻一笑，"我的学生我最清楚，顾律师能力足够，从来不需要任何人为他保底。"

一个小时后，就在预评系统开启的前一刻，联盟"一级律师"审核委员会发布了一条全网公告，郑重宣布预评全面中止，所有评选审核依次顺延，直到查清传谣一切原委。

同天下午，德卡马最高法院也发布了一条公告，宣布辩护律师顾晏申请撤销庭审延后程序，"摇头翁"一案将于第二天上午十点准时开庭。

"摇头翁"案作为联盟现今关注度最高的案子，在正式开庭的这天引起了最大范围的讨论。

这是最容易引发争议的一天，也是各路人士最容易借势博取好感的一天。

从清早起，新闻头条几乎以十分钟一条的速度轮换着——

早八点，最黄金的一个时间。

曼森集团突然宣布，旗下的感染治疗中心将从今日起再度扩张，配备专门的孤寡老人援救中心。

布鲁尔·曼森说："从今以后，任何人在任何地方发现需要帮助的孤寡老人，都可以一键呼叫援助中心，无须交付一分钱。我们承诺，给这些老人们最一流的医疗服务、最安全安定的家。希望'摇头翁'案这样的悲剧再也不会发

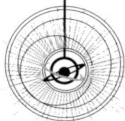

生第二次。"

一部分不明真相的人为此拍手叫好，夸了曼森集团一波。

只有燕绥之他们能看清背后的深意。

用尤妮斯女士的话来说："那对牲口兄弟的发言翻译一下，就是从今往后，我们拐老人们就能明目张胆了，甚至都不用主动拐，自然有单纯好骗的群众主动把老人们往手里送。"

克里夫航空紧随其后，表示会在这个重要的日子里正式推出绿色飞梭机，专供于孤寡或有特殊疾病的老人，同时与新进驻医疗行业的曼森集团、西浦药业合作，为医药保驾护航。

再用尤妮斯女士的话翻译一下，就是"杀人越货一条龙"。

趁机表现一把的人很多，跟雨后的青蛙、蛤蟆一样"呱"个不停。

而作为真正怀揣大新闻的一方，以德沃·埃韦思、尤妮斯，勉强带上个乔为首的春藤集团却丝毫不显着急。

他们愣是不慌不忙地多等了一个小时。

九点。

等到大大小小的角儿都唱罢，开始要歇气的时候，又一则消息上了头条——

春藤集团正式宣布，现下技术可达范围内最高端的基因仪器已经正式研发出来，包括分析、预测、模拟、回溯等功能，经过漫长的调整和修改，于昨夜通过了医药联盟的检验和审查，今晨起正式投入使用，对所有需要检测基因的疾病开放。

这样的大型仪器目前共有两台，一台在春藤总院，今后会直接关联整个春藤医疗系统。另一台原本收藏于春藤集团大楼，今早已经正式搬家，在德卡马最高法院落户，于九点整正式开机。

春藤集团将这台仪器无偿赠予最高法院，实际上也是赠予整个法律系统，因为数据库会跟警署以及检察署同步关联。

从今天起的每一场审判，绝不会有任何基因技术方面的难题。除此以外，憋了几天的春藤7院也终于曝光了加密病房实况，正式宣布"摇头翁"案的受害者全部脱离危险期，并且陆续清醒。

"虽然他们仍旧不足以亲自站上法庭，但整个联盟都是他们的眼睛，民众会替这些老人一一见证正义。"德沃·埃韦思说。

老狐狸掐的时间非常巧妙，于是春藤集团的消息一直被议论到了庭审前。

九点半。

顾晏、燕绥之一行人出现在最高法庭门口。

一大批媒体记者活像突然诈了尸，蜂拥围了过去，又被德卡马最高法院出了名的安保拦了回去。

顾律师一如既往是那副冷冰冰的模样，好像有名无名、受关注或不受关注，对他而言没有任何意义，他只是来做一场辩护而已。他摘下小指上的智能机，连同光脑一起搁在传送带上，过了庭前安检。然后站在另一头，一边戴智能机尾戒，一边看向燕绥之。

燕绥之站在安检之外，冲他弯眼一笑，用口型说了几个字。

记者们端起相机时，已经错过了那句悄悄话，当场犯了癫痫性强迫症，好一阵捶胸顿足。

他们都不是头一回见顾晏，对于他的作风也很熟悉，知道自己根本问不出什么，于是收音装置方向一转，齐齐对向燕绥之。

虽然这位大佬没人敢胡乱招惹，但就以往经验来看，燕院长心情好的前提下，至少会说两句话。

今天他的心情就还可以，于是耐着性子解释了一句："我？我现在不进去，委托书上写的是顾律师的名字，没了实习生这顶帽子，庭辩律师入口我走不了，今天管得严。"

其中不知哪个不怕死的，蹦出一句："刷脸！强行走！"偏偏让燕绥之听见了。

"哦？"院长意味不明地笑了一下，"然后再给你们提供一波素材，让你们继续编点儿没营养的小故事？"

记者："……"

院长收了笑，凉凉地说："我怎么这么喜欢你们呢？"

记者："……"

双方律师陆续过了安检，进去按例开了庭前会议。

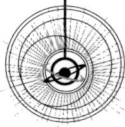

因为被告不止一个，再加上这个案子格外受重视，法官又给了辩护律师十分钟的时间，让他们最后再跟当事人见一面。

顾晏到达会见室的时候，贺拉斯·季刚从医院过来。

他早上按照规定做了个全面检察，没能进食。出于人道主义，也为了避免出现被告中途晕倒的闹剧，法院在会见室给他提供了一份营养餐。

"你还有什么想问我的？"贺拉斯·季不紧不慢地吃着，还不忘贬上一句，"这里的营养餐可真够难吃的。"

顾晏修长的手指交握着搁在桌面上，看着贺拉斯·季的眼睛平静地说："以往经验表明，这种时候不适合问什么复杂的问题，而简单的没必要问。"

"不是一般最后会再来一句吗？"贺拉斯·季晃了晃勺子，眯着眼睛学不知哪里听来的话，"你最后再告诉我一次，你是有罪还是无罪？我学得像吗？"

顾晏看了他一会儿，冷淡地说："这种最后一问，有的人适用，有的人不适用，你属于后者。"

"是吗？那么前者是好人的概率大，还是后者是好人的概率大？"贺拉斯·季饶有兴致。

顾晏没有回答他这些废话问题。

贺拉斯·季挑了挑眉，又吃了几口，说："听说'摇头翁'案的受害者都救回来了，没有死人，所以这个案子最高可判两百年监禁，就关在德卡马长林监狱？"

"不在德卡马，会被送往灰星。"顾晏说。

"噢……"贺拉斯·季想了想，"灰星那里的监狱太恶劣了。"

他不知在想些什么，默默吃了几口后，又嗤了一声，道："太恶劣了……那不该是我待的地方，我不想去那里。"

顾晏沉默片刻，用一种公事公办的语气说："我说过，不该由你来背的罪名你一项也不用背。"

2

九点五十分，听审入口处记者一片骚动。

这次的庭审开了最多的听审席位，又为了保证所有人都能见证这个天理昭彰的时刻，启用了全联盟同步直播。所有的器材都从检验带里过了一遍，送进最高法庭。

九点五十二分，几辆豪车泊进车位，曼森兄弟在助理和保镖的开路下进了安检门。没过几秒，克里夫也到了。

九点五十五分，春藤集团埃韦思家族走进了庭审席。

九点五十八分，联盟"一级律师"陆续进入法庭，走在最前面的就是梅兹大学法学院院长燕绥之。

九点五十九分，审前回见结束。

贺拉斯·季几乎是踩着最后的节点，吃完了最后一口早餐。即便这样，被法警带进法庭前，他还不忘要了一张除菌纸。

他走进被玻璃罩住的被告席，这才抬手用除菌纸擦拭唇角和手指。

顾晏在辩护席坐下，朝他的方向瞥了一眼，眉心突然微微蹙了一下。

几乎同一瞬间，他的智能机轻轻振了一下，提示他收到了新消息。

法庭向来规矩森严、肃穆，所有来听审的人在进门前都要摘下智能机等一系列联络工具，唯一可以例外的就是律师。

但正式开庭后，律师也需要把不相干的界面一键屏蔽。

顾晏本想忽略消息，等到庭审结束再看，却发现消息发送人是赫西。于是他掐着最后的时间点打开了那封邮件——

顾律师：

不负所望，我找到那个有折纸习惯的人了。

我不知道这位会不会是你们所说的……"清道夫"，但看到照片的时候，我确实吓了一跳。

希望你来得及在庭审前看一眼。

不对，我也不知道庭审前看到对你而言究竟算不算好……

在这段纠结的文字后面，附有两张照片，不同角度拍的同一个人。

黑色短发，麦色皮肤。他有着棕色的眼睛，神情似乎是淡定而傲慢的，但又在眉目间流露出些微微得意的影子……

这张脸很多人都不会陌生。

因为这个人，此时此刻正坐在被告席上。

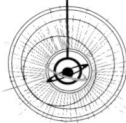

他现在的名字叫贺拉斯·季，是顾晏的当事人。

顾晏看完邮件抬起头，就见被告席上的贺拉斯·季擦完了嘴角和手指，正用柯谨说过的那种特别的方式，一道一道，将纸折叠起来。

负责看押的法警喝止了贺拉斯·季的举动，夺走了他手里折叠过的除菌纸。厚厚的玻璃罩隔绝了他们的声音，以至于被告席上的这一幕并没有被太多人注意到。

在那个瞬间，陪审团成员正在列队入席，所有人都看向那边，而法官已经高高举起了法槌。

"当——"

在全联盟无数双眼睛的注视之下，德卡马最高法庭"摇头翁"案，正式开庭。

而法庭之外，有人等的就是这个时机。

蜂窝网媒体中心，本奇和差点儿迟到的赫西坐在光脑前，双双张着嘴，呆滞地看着面前那个西装革履的来客。

来客是春藤集团一把手——德沃·埃韦思的助理。

数日之前，他从自家老板和两位律师那里接到一个任务。

现在，该是他执行的时候了。

本奇看着对方传过来的资料。

那其实是准备好的各类新闻稿，一篇篇并不完全连贯，但足以概述这些年里曼森兄弟干过的好事。

本奇越看越心惊，问道："这些……真的假的？当年去世的这些人，还有什么'清道夫'、基因毒品、感染……我的天，都是一个串儿？"

"二位不是记者吗？我相信你们观察到的一定比很多人都要多。"助理先生说。

本奇听到这话，莫名惭愧。

事情太大，令他一时间难以完全消化，但他想起自己这么多年来拍过的无数张照片，忽然又醍醐灌顶。

本奇指着其中几页，问助理："这些……是燕院长同意发的？老实说，我目前最怕的就是他跟顾律师，要是触了那两位的霉头，我……"

"放心，不仅是同意。"助理说，"选择在这个时机发布这些东西，本就是两位律师先生提出来的。"

赫西的表情更蒙。

他看了一眼自己的智能机，又看了一眼资料里关于“清道夫”的那些，说：“我刚刚还给顾律师发了邮件……难不成他们早就猜到‘清道夫’是谁了？那为什么还要费工夫去找？”

助理噘了噘嘴，说：“那两位律师先生都不是喜欢猜测的人，我想……直觉性的猜测对他们而言永远比不上实质性的关联和证据吧。”

“还有啊，这能顺利发出去吗？”本奇有点儿担忧，“真看完这些，有脑子的都知道是曼森家族干的了，曼森兄弟能默默看我们发？”

助理笑了，说：“他们看不到。”

“为什么？”

助理朝不远处偌大的屏幕一指，里面是全联盟同步直播的“摇头翁”案庭审现场。

“因为他们在屏幕里坐着呢。别忘了，最高法庭听审的规矩，除了出庭律师，所有人一概不许带智能机、光脑等设备进庭，以免干扰公正。”

“这些内容，全由我们独家发布吗？”本奇说，“老实说，我们网站的权威度和公信力还远远不够啊，发出去大家会不会只当成一个想象力丰富的故事？”

“放心，当然不止你们一家。”助理笑起来，“只不过最近的大新闻都是你们网站开的头，何不继续呢？至于大家是会当故事还是认真对待……那就无须操心了，早就规划好了。”

本奇诧异地问：“这都能规划？”

“对于某些话说出去会引起什么反应，怎么把控情绪节奏，恐怕我们之中没有谁比出庭大律师更精通了。”

本奇说：“律师真可怕。”

助理纠正道：“也不是所有律师都这么难搞。”

本奇说：“‘一级律师’真可怕。”

助理客观地说：“还有一位尚且不是呢。”

本奇说：“迟早的，近墨者黑。”

助理深深咳了一声。

“所以，入伙吗？”助理先生难得开了个玩笑。

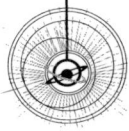

本奇突然有些亢奋，他深吸了一口气，点头说："当然。"

他当年之所以事无巨细地拍了那么多照片，不就是对那些事都怀揣着一丝怀疑吗？

只是寻求真相的路不好走，他没能坚持下来。

好在有人一直在坚持，还不止一位。这些人在多年后的今天，打算把真相一样一样摊开给世人看，他作为记者，有什么理由不加入。

十点二分，全联盟直播的法庭上，陪审团成员正在举手宣誓秉持公正。

一条以"探索爆炸案的真相"为主线的报道毫无预兆地发布出来。由于发布的网站是蜂窝网，发布的记者是本奇＆赫西，跟四天前宣布燕绥之还活着的报道一样，一出现就引起了巨大的关注。

从燕绥之的"死"入手，是目前民众最有兴趣的角度。

先让他们了解燕绥之遭遇爆炸案并不是一个意外，而是伪装过的谋杀。再把这场谋杀和当年的诸多意外联系起来，比如那个用药过量的医疗舱供应商、那个死于狱中的卢斯女士、那位医学院周教授，等等。

本奇和赫西庞大的照片库在此终于派上了用场。

而人们终归会意识到，这一切是一个连环的整体。

在这位助理忙着联系媒体朋友时，德沃·埃韦思先生的另一位助理也没闲着，他在联系警署。

自从得知了雅克·白被找到的消息，假护士艾米·博罗突然就放弃抵抗了。虽然算不上特别配合，但她确实交代了不少东西，大多跟雅克·白有关，偶尔提及其他，也是曼森集团的攻破口之一。

警长这两天连臭脸都不摆了，心情不错，也格外好说话。

德沃·埃韦思的助理给他提供了一些新消息，自然也包括赫西查到的"清道夫"的照片。于是警长从庭审直播前抽身，再次把艾米·博罗提出来讯问。

警长一点儿废话都没有，直接把照片扔到她面前。

艾米·博罗眯着眼一扫，便嗤了一声，说："你们的同行在医院尽职尽责看了他这么多天，终于想起来问他是谁了？"

警长气不打一处来，说："我们倒是第一天就在问，你答了吗？"

艾米·博罗又嗤了一声。

"所以确实是'清道夫'？"

"'清道夫'？"艾米·博罗念了一遍，"你们是这么称呼他的？也行吧，还算贴切。这位'清道夫'可了不得，死在他手上的人都快数不清了。"

"比如？"

"比如？别开玩笑了，我上哪儿知道比如。"艾米·博罗轻声说，"他开始帮大老板办事的时候，我还在上学呢，那可是将近三十年前。"

"那就说说最近。你知道哪些就说哪些，比如你为什么几次三番地要给他下药？"

"你说呢？"艾米·博罗挑起细长的眉毛，"兔死狗烹没听说过吗？"

猜故事谁不会？但办案子是猜准了就有用的？警长在心里骂人，但嘴上还得引导这姑娘继续交代。

"以前需要清理什么人，都是他出面。他经验丰富，总能有各种方法逃脱掉，毕竟刚成年就被大老板收了，练出来的。"艾米·博罗说，"但这两年他渐渐淡出了。起初可能是自己不想干了，见识了世界后突然想活得平安一点儿？他在犯罪方面很狡猾，很能迷惑人，但同时他也有个要命的缺点，他偶尔会喜欢炫耀。所以他懈怠的心思自然被大老板们觉察了，那之后给他的任务就越来越少了，这我倒是能给你几个比如。"

"哦？"

"比如最近重新被提起来的爆炸案，比如正在开庭的'摇头翁'案。"艾米·博罗说，"最近出的几件就都没有让他去办。你知道这意味着什么吗？意味着他没什么用了。"

"他自己也明白过来了，进了泥潭哪有休假的道理？真想休假，离死也不远了。他试着积极争取了几次，无济于事。"艾米·博罗回忆说，"据说他那时候还会去案发现场转一转，想看看究竟是谁取代了他的位置。"

"谁呢？"

"没有谁。"艾米·博罗说，"大老板不再用固定的人了，尽管固定的某个人可以积累丰富的经验。"

爆炸案之后，"清道夫"亲眼看着疯疯癫癫的犯罪嫌疑人被抓，忽然就放弃重新做棋子了，他开始逃。

"你明白的，正常的逃跑根本没用，藏在哪里都会被人翻出来。这是将近

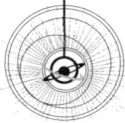

三十年逃避各种抓捕给他长的经验，他每一次逃跑，靠的都是基因修正。只不过以前是大老板安排人给他做，这一次不是，他应该是偷偷找了黑市。"

艾米·博罗嘲讽地说："这个方法他能想到，别人一样会想到。所以大老板在黑市也安排了人，打算在'清道夫'做基因修正的时候动点儿手脚，让他死在手术台上，假装他不小心碰到了小作坊，手术感染而亡。"

警员们倏然站直了身体，说："小作坊？感染？"

"很耳熟是不是？"艾米·博罗继续说，"'清道夫'是个疑心很重的人，他事先发现了问题，为了脱身，他把这种危险转嫁给了别人，潜伏期之后突然爆发，一传十，十传百，就成了前阵子最热闹的大型病毒感染。"

顿时，讯问室里一片骂声。

两边人渣交锋对峙，倒霉的却是无辜民众。

"不过他自己也没能完全躲得掉，同样感染了。"艾米·博罗说，"他有点儿自负，一直认为自己解决得很完美，不可能感染，所以进医院的时候显得那么难以置信。"

艾米·博罗接着说："同样的，'摇头翁'案他也过度自负了。他那时候可能被大老板逼怕了，觉得保命的唯一方式就是把自己放在众目睽睽之下，有无数双眼睛盯着，被动手脚的概率就会低一点儿。所以他假装参与了'摇头翁'案，到处留自己的痕迹，这样他就把自己放在了警方的眼皮子底下，大老板自然不敢动他。

"结果呢，大老板将错就错，干脆把这个案子的重点全部转移到他身上去，弱化其他嫌疑人，然后借着舆论力量判他个重刑，再神不知鬼不觉地弄死他。"

艾米·博罗朝讯问室外的方向看了一眼，说："外面在直播庭审？这么说吧，如果'清道夫'在这个案子里被判有罪，那他确实冤枉，而大老板则乐见其成。如果被判无罪，那以他的经验，之后要想再抓住他，难上加难。

"对于你们这些张口闭口把正义挂嘴边的人而言，今天的这场庭审其实是个死局。"

讯问室一片沉默的时候，德卡马最高法庭里，法官冲控方律师点了点头，沉声说："你可以做开场陈述了。"

控方律师艾伦·冈特站起身，冲法官和陪审团分别点头致意，唯独略过了辩护席。

一般而言，一场庭审刚开始的时候，对抗意味往往不是很浓，控辩双方会保持基本礼仪，以示风度。

但这次却不同，冈特律师还没发言，就表现出了一种微妙的敌对和蔑视。

这其实是一种很容易遭受诟病的行为，可在"摇头翁"这个案子里却没有这种顾虑。因为在开庭伊始，所有听审的民众都站在他那边。

冈特说："关于本案，我相信在场的所有人都不陌生，有些内容你们可能已经在各种报道上看过无数次了，但我今天依然需要重复其中的一部分。

"厄玛公历 1256 年，也就是今年的十月三号傍晚，本案受害人之一麦克·奥登老先生在红石星硒湖区东北边郊钓鱼，那里一没有监控，二来很少有路过的人，而麦克·奥登老先生没有子嗣，目前处于独居状态。这符合本案被告人对于谋害对象的一切要求，于是被告人利用一个老人的单纯和信任，将其引骗到林外车道上，以相对容易获取的 RK 型乙醚药剂将其弄晕，塞进车内，带去黑岩区九号中型仓库……

"鉴于现场各种痕迹的勘验结果来看，用于关押麦克·奥登先生的笼子早在数天前就已经运到了仓库，而仓库内还存有其他未用的笼子，同样的情况适用于本案其他现场。我们有理由认为，也许实施对象是不特定的，但被告人的行为是有预谋的。"

这也许是目前开场陈述最长的一次，但没有一个人表现出任何不耐烦的迹象。不论是法官，还是陪审团，抑或是申请来听审的民众，以及更多的在关注直播的人，甚至也包括辩护律师。

"这个案子其实困难重重，受害者们均有不同程度的精神损伤，以至于无法清晰地表达事实。从法律上来说，他们甚至无法告知公众他们究竟经历了什么，好在我们手握现场的勘验证明、证人证言以及被告的亲口供述，并期待以此还原真相。"

冈特律师扫视了一圈，沉声说："从案发到现在，这么长的一段时间里，所有报道所有人提到这个案子、提到受害者，说的都是'摇头翁'这个称呼，我想……包括辩护方的律师也不例外？"

他的目光投向辩护席，从一号被告的辩护律师迪恩身上扫过，最终落在顾晏身上，然后缓缓说："但我希望诸位意识到一件事，'摇头翁'这个称呼将

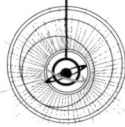

所有受害人笼统地概括到了一起，在心理上甚至会有一种导向力，让人在潜意识里觉得，好像受害者就只有一位，就是那个叫作'摇头翁'的家伙，三个字，简简单单就说完了。"他接着道，"但是很遗憾，不是。"

"我今天必须在开场前正式地强调一遍，'摇头翁'这三个字的背后，是三百二十七名老人，尽管他们有的是独居，有的在流浪，但他们每一个人都有自己的名字，是一个活生生的完全独立的个体，不是三个字就能介绍完的'摇头翁'，而我希望……就在今天，就在这里，法官大人、陪审团诸位，以及在场或不在场的所有人，能还他们一个公正。"

全场一片寂静。

冈特律师说完又沉默地站了片刻，这才垂着眼睛点了点头，在自己的位置上坐下。又过了那么几秒，听审席上嗡嗡的议论才响起来，甚至有几位偏于感性的旁听者还拍了几下手。不过很快他们就意识到场合不对，把手收了回去。

听审席上，米罗·曼森回头朝那几个鼓掌的人瞥了一眼，又扫过其他人，低声冲身边的兄长布鲁尔·曼森耳语："我从来没有这么喜欢过检察公署派出的出庭律师。"

布鲁尔·曼森却没回头，只动了动嘴皮子："坐好了，听你的庭审。"

"干吗这么紧绷呢？"米罗·曼森嗤了一声，但还是坐正了。

"我只是认为没有东张西望、胡乱感叹的必要。"布鲁尔·曼森目不斜视，"毕竟我们只是抱着公德心和同理心来听一场无关利益的庭审而已。"

公德心和同理心？

无关利益？

米罗·曼森眯起眼睛，似乎有点儿想笑。但碍于场合，一切情绪只停留在了嘴角。就在他从别处收回目光的时候，他的视线和不远处的另一个人对上了。

那是德沃·埃韦思。

"春藤的老狐狸在看我们。"米罗从唇缝里挤出几个字。

布鲁尔·曼森依然说："坐好。"说完自己偏头看过去。

德沃·埃韦思灰蓝色的眼睛掩在镜片后面，一如既往带着股老牌绅士的格调。他冲曼森兄弟点头微笑了一下，就像一个寻常的世交长辈。

布鲁尔·曼森也冲他点了点头。

这一边暗潮汹涌的时候，听审席中区第二排，联盟徽章墙上的"一级律师"

来了将近二十个，坐了两排。

这帮大佬们看庭审的角度都和别人不一样，除了案子本身，他们还能清晰地从每一段发言中发掘律师的能力和技巧。

"这位冈特律师很懂说话的节奏啊。"某位姓帕尔文的大佬冲身边的燕绥之说，"什么时候语速需要快一点儿、什么时候慢一点儿、什么时候音调高一些、什么时候低一点儿，连停顿都处理得很好。"

"嗯。"燕绥之曲着的手指支着下巴，目光依然落在前面。

过了片刻，他说："讲得不错，我听着就很感动。"

帕尔文："……"

"怎么？"燕绥之纡尊降贵地从庭审区域收回目光，瞥了这位同行一眼，说："我的话有问题？"

"辩护席上那位不是你的学生吗？"帕尔文说，"老实说，今天的庭审关注度空前绝后，咱们还都在这坐着，你都不替学生紧张一下？"

燕绥之"哦"了一声，要笑不笑地说："谁请你们来了？"

帕尔文："……"

他张了张口，又要说什么，就见燕绥之伸出食指抵着嘴唇，示意他噤声。

"别拉我讨论顾晏，毕竟我是需要回避'一级律师'投票的人。"燕绥之翘着嘴角说。

帕尔文又张了张口。

燕绥之竖着的手指没放下来，轻声说道："还有，不要干扰我看学生的表现。"

帕尔文："……"他已经不想再张口了。

3

庭上，一号被告人弗雷德·贾端坐在被玻璃笼罩的席位上，区别于之前报道中的形象，此时的他非常安分守己，低着头显出一副悲伤、忏悔的模样。

哪怕是这样的角度，也能看到他掉到嘴边的黑眼圈，看上去憔悴而疲惫。

他的辩护律师迪恩正在做开场陈述，实质性的辩驳没有多提，毕竟这些也不适合一开场就扔出来。

迪恩简单扼要地阐明，费雷德·贾绝不是这个案子的主犯。

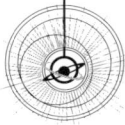

"他作为医疗行业的从业者，像很多同行一样，始终保持着对生命的敬畏心。我的当事人之前也许说过一些不那么讨人喜欢的言论，而那些言论又被部分媒体二次加工渲染，报道出去，引起了诸多争议和指责。但我恳请诸位换个角度想一想，那其实是出于本能的自我辩驳。相信任何人都能理解，当一个人被无端扣上不属于他的罪名时，总会有口不择言的时候，这反而能侧面说明他的冤屈不是吗？"

"任何一位有同理心的人，都会为本案的受害者感到悲伤难过。"迪恩指着一号被告席说，"我的当事人也一样，相信诸位心明眼亮，看得非常清楚。"

这话还有潜台词，就是：你们看，相比于我的当事人，另一位被告人贺拉斯·季就是典型的毫无同理心，他连悲伤和忏悔都没有。

很显然，这句潜台词被大多数人接受了。听审席上很多人先看向一号被告席，接着又看向二号被告席，然后露出了嫌恶的表情。

同时，这种排斥的情绪又会被带到辩护律师的身上。

法庭上只讲事实，不讲交情。

更何况虽然同属南十字律所，但每位出庭大律师跟律所都只是合作关系，本身是相互独立的。顾晏和迪恩本来也没交情。

当一个案子有不止一位被告人的时候，不可避免会出现相互推诿的现象。

不只是被告人本身，也包括辩护律师。

有的律师就是靠不断强调其他被告人的恶性，来弱化自己当事人的罪责，这也是一种手法，有些律师很喜欢用。

不过顾晏不喜欢。

迪恩发言完毕，法官又冲顾晏的方向点了点头，说："顾律师，可以开始你的陈述了。"

听到这句话，听审席上的曼森兄弟下意识前倾身体。

倒不是他们有多紧张担心，而是在他们的印象里，顾晏这人跟那位法学院院长有着一脉相承的毛病，就是开场陈述永远不按常理来。

你就说说你的当事人，说说案子，说说你的辩论点不好吗？

偏不。

所以轮到顾晏说话，即便是布鲁尔·曼森，都忍不住竖起耳朵。

顾晏点了点头站起身，平静地说："冒昧提醒一句，联盟最高刑法典规定，只要证据出现瑕疵，就不能百分之百确定被告人有罪，同样也不能完全排除被告人被冤枉的可能，这是辩护律师存在的意义。我希望诸位把开庭前一切先入为主的判断全部清空，重新认识这个案子。因为只有让真正的犯罪者认罪伏诛，才是还三百二十七位受害人一个公道。"

只要不是无理取闹，大多数人都是容易被说服的。

顾晏的话虽然不长，也没有刻意渲染什么情绪，但至少有一部分人听进去了，并且照着做了。

于是一轮开场陈述过去，冈特律师煽出来的庭内情绪已经平息下来，甚至比开庭前还要理性不少。

这其实不代表偏见彻底消除，但不合控方的意愿。

"这位冈特，我跟他打过交道。""一级律师"所坐的区域，有一位大佬低声评价说，"他的辩护技巧不算多高，但是很会带动情绪。这让他在某些领域几乎有点儿战无不胜的意思，这次的案子找他就很合适，因为有情绪可以煽。要是刚开始就被他抓住节奏，后面会很麻烦。刚才辩护律师把他煽出来的火泼小了，我敢打赌，他下一轮还会再来一波。"

果不其然，冈特走了一条欲扬先抑的路。

他先放了几个无关痛痒的证据，这几个证据有个共同特点——边缘化，不能直接说明被告人对受害者实施了侵害，但又确实无可反驳。

于是证据放出之后，每到辩护律师发言的时候，迪恩歹好还扯两句，顾晏这种不废话的人总是扔出一句"我没有问题"就过去了。

这种询问节奏会给人灌输一种意识——控方这边的证据非常硬，底气非常足。你看，从开场到现在，好几轮证据摆下来，辩护律师都无话可说。

于是听审席又有了嗡嗡的议论。

就连迪恩都忍不住看了顾晏好几眼，说不上是更想谢谢他让出舞台给自己发挥，还是更想恳求他开一开金口。

不然节奏都被控方带完了，他们还辩个屁。

冈特一看时机差不多了，趁热甩出一段视频来。

这段视频拍摄的时间很早，显示为十月十二号晚上九点，拍摄地点是赫兰星北半球翡翠山谷西侧，焦点是那里的废旧仓库。

这是"摇头翁"案其中一个现场，这个仓库里的受害者一共有二十三位，

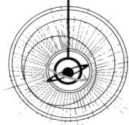

九月中下旬陆续被抓来关在那里。

他们出事算早的，但因为地点太过偏僻，成了最晚被发现的，隔了将近一个月才被成功解救。

这段视频就是警署拍摄的解救过程。

不论是辩护席上的顾晏，还是听审席上的燕绥之，都看过完整的视频内容。

那些老人们被人从笼子里救出来的时候，表情茫然得让人心疼，好像身处黑暗太久以至于不知道发生了什么。他们不知道来的人是好是坏，只是本能地往后缩，毫无章法地四处躲，甚至还有推搡和踢打救援人员的举动。

好不容易把他们放上担架，他们又忽地安静下来，将自己蜷缩成一小团，胳膊抱着头。这可能是他们唯一能保护自己的姿势。

当初看这段视频的时候，燕绥之和顾晏都很不好受，相信任何一个看到这段视频的人都会有同样的心情。

冈特选择此时此刻在法庭上放这段视频，目的是什么，显而易见。正如那位"一级律师"所说，他非常擅长也非常喜欢煽动情绪。但同时，他这个举动又有一点儿冒险。

因为这段视频的证明力有点儿弱。也就是说，它并不算什么案件证据，不能证明被告某个举动的真实性，而是一段非常直白的事后实录。

冈特之所以要放这段视频，就是咬准了顾晏不会阻止。他知道顾晏在"一级律师"的公示名单上，并且最近正被一些乱糟糟的报道缠身。说白了，顾晏现在急需证明的不是自己的辩护能力，而是拉高公众好感度。

所以冈特笃定，在这场庭审上，顾晏不会做出什么违逆民众情绪的事。这么顺应大众心理倾向的视频，顾晏会阻止他放吗？

不可能的。

也许在之后的交叉询问上，顾晏会努力找回场子，但在这轮，他只能闷声咽下去，绝不会明着反驳什么。冈特心里想。

视频在全息大屏幕上投放出来，冈特等了几秒。

等摇晃的镜头稳定下来，声音变得清晰，老人们的哀叹和呜咽足以让人听见，冈特这才张口要介绍。

谁知他还没来得及说出一个字，辩护席上，顾晏忽然抬手示意了一下。

法官看过去。

顾晏冷静地说道："视频情绪性内容远大于证据性内容，申请陪审团全体回避。"

冈特："……"

法官顿了一下，点点头道："请陪审团暂时离席。"

陪审团所有人按照规定依次离开，从侧门进了回避的屋子。

直到决定审判的陪审席空空如也，不会有人被这段视频带偏情绪影响判断，被暂停的视频这才得以继续播放。

一段视频加速播完，法官沉吟片刻，冲顾晏说道："不得不承认，你说得没错。"

于是视频被撤下，陪审团重新被请回席位，什么也没看着。

冈特律师一口血憋满了胸腔。他默默把这口血咕咚咽回，请上来一位专家证人。

这是一位现场痕检专家。

"奥斯·戈洛。"冈特看向他。

戈洛点头道："是我。"

"翡翠山谷西侧这个仓库，也就是本案七号现场的痕检是你做的，对吗？"

"对。事实上所有案发现场的初次痕检都是我在做。"戈洛说完又很谨慎地补充了一句，"后续补充的那些不在我这里。"

"好的。"冈特说，"就你所看到的那些，可以给我们简单描述一下那些现场吗？"

戈洛道："阴暗潮湿、空气流通不畅，任何人被关押在其中，超过一定的时限都容易发疯。当然我并不是指本案受害者的精神问题是由环境所致。"

冈特鼓励地说："我们明白，请继续。"

"那种环境下，真菌活性极高，伤口容易感染。当然，好事是犯罪者的痕迹也容易保留。所有案发现场中，属于一号被告人弗雷德·贾的痕迹一共有7处，属于二号被告人贺拉斯·季的痕迹一共有……115处。"

法庭众人："……"

就连法官的脸都有点儿瘫。

迪恩律师忍不住朝顾晏看了一眼，心说还好我的当事人不是这位。

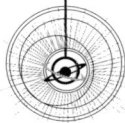

顾晏却只是垂眸看了一眼资料，毫无波澜。

冈特再度把控节奏，等庭上所有人消化完这个数字，才继续问道："那些痕迹是什么样的，能否形容一下？"

"多数是足迹，另有少量纤维及皮肤组织，还有一处血迹。"戈洛说，"七号现场留下的最多，可以根据足迹基本还原被告人当时的状态和行为。"

冈特律师配合地在全息屏幕上放出七号现场足迹还原图。

戈洛点头说："谢谢。这是我们根据现场足迹做出来的被告人行为轨迹。可以看到，被告人几乎绕遍了七号现场的所有笼子。那种状态就像……在欣赏、观摩受害者一样。"

这种带有主观猜测的话，辩护律师是可以提出反对的。但是不论是控方律师还是痕检专家本人，都很熟悉这种规则，所以他们很懂得把握分寸，说完这句立刻收口，不给人提反对的机会。

迪恩律师的脸色有点儿臭，不过很快就恢复正常了。

因为询问权到了他手里。

迪恩目的非常明确，打定主意要把所有问题尽可能推到贺拉斯·季身上。他对戈洛说："我的问题不多，只有两个。"

戈洛点点头，道："你问。"

"你在现场发现的纤维、皮肤组织以及血迹属于谁？"

戈洛说："贺拉斯·季。"

迪恩说："那么，七号现场那个嚣张的令人发指的足迹还原图，我是指绕着笼子的那个，属于谁？"

戈洛说："贺拉斯·季。"

迪恩挑起眉，点头说："我的问题问完了，谢谢。"说完他便坐下了。

法官看向顾晏说："你可以开始询问了。"

顾晏翻了一页资料，而后抬起头，对戈洛说："我的问题也不多。"

戈洛愣了一下，似乎没有想到顾晏会这么说。他都已经准备好迎接一大波问题了。

"关于我的当事人在现场留下的足迹，有时间判断吗？"

戈洛点头道："可以确定是案发当天留下的，因为那个时间段里，七号现场所在的地区正在下雨，留下的痕迹是不一样的。"

顾晏点了点头，问道："可以精确到几点几分吗？"

戈洛刚要张口，顾晏又补充了一句："单纯以足迹而言。"

戈洛默默把嘴闭上，想了想，说："可以限定在下雨那段时间里，精确不到分秒。"

顾晏把痕检资料投到全息屏上，让所有人能看见，接着画出其中一行，说："痕检结果显示，我的当事人留在七号现场的皮肤组织以及血迹，是因为笼内受害者在意识不清的情况下突然发起攻击留下的。我的描述准确吗？"

戈洛点头道："差不多。"

"那么，我是不是可以这样认为……"顾晏的声音冷淡而理性，"七号现场所留下的痕迹证据，只能证实一件事，那就是受害者已经受到侵害，精神出现损伤后的某一个时刻，我的当事人贺拉斯·季先生身处现场。"

没等戈洛应答，冈特律师就憋不住起身说道："还有其他证据证实贺拉斯·季之前就在场。"

顾晏瞥了他一眼，说："其他证据另说，不急。我只需要戈洛先生就我刚才这句话给一个回答，是或不是。"

这话就是变相表达：请你闭嘴。

冈特的脸色不太好看，但迫于法官的目光，又不得不先坐下。

戈洛沉默了片刻，冲顾晏点头说："是，单从这一个证据来看，可以这样认为。"

痕检专家戈洛离开后，冈特又立刻请上来一位新的证人，急于给顾晏一个还击。以至于他甚至没有注意到，自己最擅长的节奏已经被带乱了，整个庭审开始跟着顾晏特有的节奏走。

4

这位证人是个中年男人，微胖，肿泡眼，在没有夸张表情的前提下，显得有些没精神，看得出不常运动。

他是翡翠山谷一带的路保，名叫马修·克劳。

冈特深呼吸了一下，站起身冲马修·克劳点头致意，问："克劳先生是吗？"

"是我。"马修·克劳慢吞吞地说。

可能是表情不多又拖着腔调的缘故，他给人的感觉有一点儿傲慢。但冈特

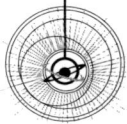

律师不介意。只要能给他的证据加上筹码，怎么说话他都不介意。

"你是翡翠山谷一带的路保？"冈特微笑了一下，"方便跟我们大致介绍一下你的工作吗？"

马修·克劳说："可以。众所周知，赫兰星翡翠山谷一带多雨多震，潮湿极了。到什么程度呢？就是能源池都扛不住，三天两头出故障，以至于我们那一带的监控装置总跟着失灵。我的职责就是待在值班亭内，全天盯着山谷车道。能源池如果出简单故障，我可以维修，而出了大麻烦我可以及时报修，同时也有人工监控的作用。"

"也就是说，从那条车道经过的车，你都会看见是吗？"冈特律师提炼了一下重点，再次问了一遍，以确保所有人都能知道。

马修·克劳点头道："对，没错。"

"事发当天，也就是九月十九号，你看见了什么？"冈特问。

马修·克劳毫不犹豫道："一辆白色的银豹 GTX3，从 013 山道驶来。"

冈特问："有别的记录吗？比如监控？"

马修·克劳嗤了一声，说："我只能说被告人非常精明，特地挑了雨天，知道那该死的监控总会在那时候出故障，所以没有其他记录了。"

冈特点点头道："这条山道是通向哪里的？"

"直通翡翠山谷西侧的废弃仓库。"

"还能通往别的地方吗？"

马修·克劳想了想，撇嘴道："原本是可以通往别处的，但是在那之前一次暴雨导致前方山路滑坡，堵死了继续前进的路，所以过了我的值班亭，唯一能去的目的地只有仓库。嗯……或者原路返回。"

"这附近还有别的路通向七号现场，也就是那个仓库吗？"冈特律师问。

"原本有的，从另一方向过来就行。"马修·克劳可能觉得问题有点儿傻，没好气地说，"但是我刚才说过了，山体滑坡导致另一边堵死了，只剩这条。"

"好的。"冈特律师点点头，又问道，"你看到那辆银豹 GTX3 是什么时候？"

"傍晚五点十五分从值班亭下经过，开往了仓库，四个小时之后吧，夜里九点十分离开。"马修·克劳说。

冈特满意地点了点头，然后看向陪审团，礼貌地说："冒昧地重复一遍，最初呈现的证据中有提到，七号现场的案发时间可以精确到九月十九号这天晚上的六点至七点。也就是说，这辆银豹 GTX3 停留的时间，足以完成整个侵害过程。"

他停顿了一下，又把之前顾晏跟戈洛的对话内容拎过来说道："并且，被告人还有足够的时间留在现场，慢慢欣赏自己的杰作。"

说着，他又把一份痕检报告翻出来，投上全息屏幕，把关键字句全部标红，清晰地展现给众人，说："为了能顺畅地理解整个案件过程，我把这份痕检留到了这时候，配合克劳先生的证言呈现出来。这是交警于案发三天后在 013 山道某路段发现的车。"

冈特"啊"了一声，补充道："值得强调的是，之后三天没再下过雨，而当时的交警没有意识到这辆车关系着更大的案子。不过这不是重点，重点是这辆车被人遗弃在路边树林里，型号为银豹 GTX3，车内检测到了被告人贺拉斯·季的毛发及衣物纤维。"

偌大的全息屏上接连展示了几张车辆照片，车身很脏，粘着干硬的泥水，车轮更是一塌糊涂。

"好了，我的询问就到这里。"冈特律师展示完所有，坐了回去。

他靠在椅背，好整以暇地看着辩护席。

这轮证据没一号被告人什么事，迪恩律师乐见其成，当即起身说："我没有问题。"

于是全场的目光再度集中到了顾晏身上。

法官抬手示意，顾晏站了起来。

全息屏幕上，那辆被遗弃的银豹 GTX3 没有被收起来，依然毫无保留地展示给众人，似乎在不断提醒大家：这辆车属于贺拉斯·季，案发时它就在现场。

顾晏起身的时候，目光冷静地投注在那几张照片上，略微停留了片刻，然后又稳稳地收了回来。

他看向马修·克劳，礼貌地点了点头算是招呼，然后淡声问道："你刚才说，你的工作内容就是待在值班亭内，全天盯着山谷车道对吗？"

"对。"

"轮班制？"

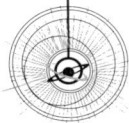

"对，我跟另一位同事，两班倒。"

顾晏问道："具体换班时间？"

"一般是一个人早上来，值班到傍晚，然后另一个人从傍晚到第二天早上。具体时间其实并不固定，要考虑到很多情况，毕竟那里经常下雨，还时常会有地震。"

"那么案发当天你的值班时间是？"

"下午两点到第二天早上六点。那天预报晚点儿会有雨，我提前到了。"马修·克劳说。

"值班期间，旁边会有其他人吗？"

"没有，就我一个人。"

"你那天的值班时间很长，中途有因为疲劳睡着过吗？"顾晏问。

马修·克劳几乎是立刻否认："没有！"

"夜里也不睡？"

马修·克劳又一次即刻否认："没有，我没有睡觉。"

顾晏静静看了他片刻，然后收回目光。

"九月十九号，到现在已经三个多月了，你能确保那天的记忆是完整而清晰的吗？"他换了个话题，继续问道，"有没有可能记错日子，记错具体时间？或者跟前后的某一天混淆？"

马修·克劳嗤笑了一声，挑起眉。那双总是没有精神的肿泡眼居然显出了一股咄咄逼人的味道，说："律师先生，你对翡翠山谷的情况可能有点儿误解。那里一年也没多少人经过，两只手就能数过来！"

他的语气有些呛人，又有些嘲讽："试问你每天盯着千篇一律的东西，隔三五十天见一个活人，还有可能记岔日子吗？要是隔了三五年忘了也就算了。这才几个月，我怎么可能记不住呢？还是你认为我的记忆能力有严重问题，转头就忘？"

顾晏被呛了这么一段，没有表现出什么情绪，只是点了点头表示了解。

他依然镇定自若，垂眸翻了一页资料，然后平静地问着下一个问题："前一位证人戈洛先生，包括你刚才的发言都有提到，案发当天下了雨是吗？"

"对。"马修·克劳回答。

"我也查过当天的天气记录，记录上显示那天有两场雨？"顾晏问。

马修•克劳略微愣了一瞬，但很快回答道："傍晚一场，四点左右就开始下了，一直下到晚上，那辆车离开之后没多久就停了，大概九点二十分？半夜又下了一场。"

"雨势很大？"

"非常大，风也很大，斜着吹，值班亭的玻璃窗被打了整整五个小时，我都担心它会被打坏。"为了表现自己确实记得很清楚，他多描述了几句。

顾晏终于从资料中抬起眼，说："那么我有一个问题。"

"什么？"

"你之前异常笃定地说，案发当天目击的那辆车是白色的银豹，甚至型号精准到了GTX3。请告诉我，你是怎么在车辆疾驰而过的几秒钟内，透过暴雨看清型号的？"

马修•克劳愣了片刻，而后提高了嗓门："我的职责就是看路！我工作了将近六十年，六十年来天天盯着路过的车，老实说已经不需要靠眼睛看了！只要听着引擎的声音，结合大致的轮廓，我闭着眼也能知道是什么型号的车，我的经验足够做到这一点。"

顾晏听完不置可否，他只是丢开手里那页资料，看着马修•克劳，说："那你可能需要再解释一下。"

"解释什么？"马修•克劳几乎被他问急了。

顾晏调出正在同步更新的庭审记录，展示在全息屏上，往上拉了几行，画出其中一句话，说："三分钟前，你刚说过，我对翡翠山谷的情况可能有些误解。那里一年也没多少人经过，两只手都能数过来，隔三五十天见一次活人。依照这个频率，恕我直言，在座大多数人见过的车都比你工作六十年见过的多。"

顾晏转头看向他道："请问，你经验丰富在哪里？"

马修•克劳的脸顿时涨得通红，他嘴唇嚅动了两下，似乎想辩解几句，但最终一个字都没能憋出来。

没办法，这时候辩解什么都有种无力感，很难再硬气回来。

在他哑口无言的时候，控方律师冈特再次站了出来，说："容我替克劳先生解释一句，经验的形成讲究太多东西了，除了积累的资历，也跟天赋有关。"

当然，他这话不是真的说给顾晏听的，而是说给陪审团。为了不让那群人被顾晏的话带走，集体倒戈。

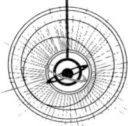

　　冈特律师压住音调，不急不缓的沉稳声线在说服人的时候效果最好："我想不论是法官大人，还是陪审团的诸位，包括在座的所有听审者可能都有过这样的体验，有些人在某个领域就是别具天赋。也许克劳先生天生就对车很敏感，又刚好做了这样的工作。诚如被告人的辩护律师所说，他见过的车不如我们之中的一部分人多，但他或许就是能够通过引擎声音和轮廓，判断出经过的是什么车呢？"

　　冈特又把目光转向顾晏，说："至少我们不能斩钉截铁地否认这种事，你认为呢顾律师？"

　　顾晏看了他一眼，没有要揪住这一点不放的意思，而是颇有风度地点了点头，说："确实如此。"

　　冈特可能没想到他这么好说话，愣了片刻，挑起了眉。而愣在证人席上的马修·克劳也肉眼可见地松了一口气，满脸的血色慢慢退了下去。以至于有那么一瞬间，他对这位辩护律师甚至是感激的，感激对方没让他太过难堪。

　　而这一幕，同样被所有听审者收入眼底。

　　"一级律师"席位区，憋了半天没说话的帕尔文再次对燕绥之耳语："很厉害嘛，这个点到即止的心态，太容易博得好感了，会显得非常绅士。"

　　燕绥之依然支着下巴，闻言笑了一下，说："什么叫显得？"

　　"好，本质就很绅士。"帕尔文"啧"了一声，"不愧是你的学生，这么年轻，行事风格却很会拿捏那个度。"

　　在燕绥之所坚持的理念里，法庭上的对抗并不是真正意味上的仇敌。

　　你可以指出任何破绽、任何瑕疵，可以让人哑口无言、满堂寂静，但永远不要在没有充分证据的前提下，给原告、给证人乃至给对方律师加上罪名。

　　就像当初在天琴星乔治·曼森的案子里，那位没日没夜给被告人陈章录口供的警员。在当时的问询环境下，燕绥之只需要再多加一句，就能给对方戴上"刑讯逼供"的帽子，但他没有。

　　因为你其实很难确认那些做错事说错话的人是不是真的怀揣那么深的恶性。

　　可以攻击证据，但不要肆意攻击人。这是燕绥之的一条隐性准则。

　　这条准则无关情绪拿捏、无关心理和节奏、无关任何庭审技巧，只是在公堂之上保留一丝善意而已。

这种主观性的东西，燕绥之其实从没有跟学生提起过，更谈不上教导或传授。却没想到，从不曾学过这点的顾晏依然会跟他拐上同一条路。

这或许也算是一种心照不宣的默契吧。

于是，帕尔文感叹完又过了片刻，燕绥之才平静地说："顾晏的行事风格其实无关于他是谁的学生，只因为他是他自己而已。"

不过这种风度并不是所有人都能理解的。

在火药味浓重的法庭上，总有那么些见鬼的人，会把这种风度当成理亏和退让——比如冈特。

这位律师先生在替马修·克劳说完话后，并没有就此坐下，而是挑着眉状似礼貌地追问了顾晏一句："既然顾律师同意我刚才的话，那么对于证人克劳先生的问询是不是就到此为止了？那请容许我向法官及陪审团总结一句：克劳先生的证言原则上没有谬误。"

他还要继续发表一番煽动人心的言论，但是刚说完这一句，顾晏就淡定地掐断了他的话头，说："不急，还有最后几个问题。"

冈特刚吸进去一口气，顿时就吐不出来了。

你不急我急！

他心里这么想，但嘴上还得维持基本的礼貌，挤出一句回答："那么，请继续。"

冈特说完这句就要坐下，结果又听顾晏说："稍等，有几个问题克劳先生回答不了，也许还需要向你请教。"

于是冈特的屁股还没沾到椅子，就又默默地站了起来。

马修·克劳不自觉地收腹立正，有些忐忑地等着顾晏张口。

"案发当天的个别细节，还需要再跟你确认一下。"顾晏说。

马修·克劳点头，道："你问。"

"你刚才说，第一场暴雨从下午四点持续下到了晚上九点二十分左右？"

"对。"

"雨是倾斜的，风势很大，在你值班亭的窗面上拍了整整五个小时？"

"是的。"

顾晏在全息屏幕上放出一张值班亭以及013山道的照片，问道："照片中可以看到，你工作的那间值班亭一共有三面窗户，暴雨过程中三面都被雨水拍

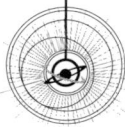

打过？"

马修·克劳摇了摇头，他伸手指了正中的那扇窗，说道："我一般面对这扇窗户，面前是办公桌，我记得非常清楚，那天伏在办公桌上，雨就迎面拍在我正对的玻璃窗上。"

"那五个小时中，雨势有过变化吗？"

马修·克劳摇头说道："没有，一直拍，根本没停过也没变小。非要说的话，甚至还越来越大，最后几乎是戛然而止的，不过这也是我们这一带暴雨的特色了。"

"那么，那五个小时中，还有其他车辆往仓库方向行驶吗？"

"也没有。"

"确定？"

"也许临近半夜的时候，我有点儿犯困，所以你说两场暴雨的时候我有点儿愣神，因为第二场我其实记不太清了。"马修·克劳终于还是承认了一句，"但我发誓，这五个小时里我非常清醒！就这一辆车，没别人。"

顾晏点了点头，又把那辆银豹GTX3的狼狈照片调出来，转而问冈特："这是我的当事人贺拉斯·季在案发当天使用的车对吗？"

冈特律师没好气说："对，车内的一切痕迹都能作证，车外的斑斑泥迹也能作证。"

"有任何证据显示，他在案发期间使用过别的车吗？"

冈特斩钉截铁地说："没有，就是这辆。"

顾晏说："好。"

不知道为什么，一听顾晏说"好"，冈特莫名涌上来一阵心慌。

他看见顾晏轻描淡写地拨了一下播放键，屏幕上的银豹GTX3放大一倍，那些已经干掉的泥迹就这么以区域特写的方式，呈现在所有人眼前。

不止在场的听审者看得一清二楚，全联盟观看直播的人同样一清二楚。

那些泥迹全部呈现出被车轮甩出的趋势，朝前倾斜，黏在车轮四周。

顾晏沉声说道："根据证人马修·克劳先生的证言，下午四点起，翡翠山谷一带开始下暴雨，风力极大，雨势倾斜。五点十五分，一辆银豹GTX3驶进了013山道，冒雨到达七号现场。夜里九点十分，同一辆银豹GTX3冒雨原路返回。十分钟后，也就是九点二十分左右，暴雨暂停。这期间，风向、雨势都没有过变化。

"在上述证言没有任何问题的前提下，疑似犯罪者驾驶的银豹 GTX3 这块区域泥点应该有两种，一种是来路上的，一种是返回路上的，有顺风和逆风之差，两者飞溅的方向必定不一致。"

顾晏握着一支电子笔，顺手在全息屏上勾了两个箭头，然后把笔一丢，掀起眼皮看向冈特律师，道："那么请问，我的当事人贺拉斯·季先生驾驶的这辆银豹 GTX3，这片区域的泥迹为什么只有一种？"

冈特的大脑有一瞬间的空白。

但他立刻反应过来，下意识反驳道："可以擦，也许被告人在抵达仓库后，擦掉了来时的泥迹呢？这样也只剩一种！"

顾晏说："确实可以擦，按照当天暴雨风向和 013 山道的走向，那辆作为犯案工具的银豹 GTX3 来时的泥点应该前倾，返回的泥点偏后倾。依你所说，擦掉前一种，留下的应该是后倾的泥迹。"

他曲起手指，不轻不重地敲了敲面前的电子纸页，全息屏上投放的车辆照片应声微晃，说："不妨请诸位告诉我，我的当事人贺拉斯·季遗弃的这辆车，泥迹是哪个方向？"

——前倾。

——截然相反。

冈特哑口无言，现场再度陷入死寂。

马修·克劳可能真的没睡醒，又或者是被这种法庭氛围搞蒙了，居然下意识又接了一句："那就反一下，也许被告人跳过了来时溅上的泥，只擦了回去时溅上的那些呢？"

冈特律师低头抹了把脸。

顾晏默然看了马修·克劳两秒，面容冷淡地说："你擦一下试试。"

马修·克劳："……"

听审席隐约响起嗡嗡的议论声和零落的轻笑声，因为这根本做不到。

马修·克劳愣了一下，终于反应过来自己说了一句多瞎的话，刚褪色的脸和脖子又涨红了。只不过这次真的是他自找的。如果此刻有人敢开法庭大门，他扭头就能跑，这个证人席他一分钟都待不下去了。

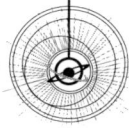

顾晏等了几秒，见马修·克劳再没有要发言的意思，终于收回目光。

他垂眸敛目，从海量的资料里挑出几个页面来，依次排到全息屏幕上，让全场所有人都足以看明白。

之后顾晏手握电子笔，在那几页上逐一画出重点，并说道："控方出示的三号证据：现场及受害者的创口微生物检验结果表明，七号现场的侵害行为发生时间为九月十九号晚六点至七点。

"马修·克劳的证言：除了013山道之外，不存在其他能够通往七号现场的道路，而在当天夜晚五点十五分至九点十分这个时间段内，进出013山道的车有且只有一辆。从车身泥迹可以判断，该项证言中的这辆车，跟我的当事人遗弃在树林中的并非同一辆，唯一的相同点只有车辆型号。

"同时，控方律师冈特先生在五分钟前明确表示，没有其他相关证据可以证明，我的当事人贺拉斯·季在案发当天驾驶过其他车辆。

"所以，容我冒昧提醒一句。控方目前陈列的所有证据，只能证明我的当事人在侵害已经发生之后的某个时刻踏足过现场。而关于侵害发生期间的在场证明……"

顾晏把全息屏上的页面滑到最后，抬眼看向法官和陪审团说道："目前为零。"

法官依然神情严肃，没有表现出过多的情绪，只是点了点头。

陪审席上的众人却已经轻声交谈起来，有些人的眉心深深地皱着，其中有一两位扫了一眼顾晏，便把目光投向了控方的冈特律师。

任谁在这种时候被陪审团成员盯着，都会倍感压力，冈特也不例外。

开庭前，他认为自己占据天然优势，这种优势某种程度上甚至可以弥补一些细微的证言瑕疵，速战速决。谦虚点儿说，那时候他觉得自己胜诉的概率能有百分之九十八，但是现在，百分之七十八都有点儿危险。

他面上没动声色，目光却忍不住朝听审席瞄了一眼。在他视线扫过的区域里，曼森家的布鲁尔和米罗正沉着脸坐在那里。

相较于哥哥布鲁尔，米罗要更嚣张一些，情绪也更加外露。他薄薄的嘴唇微动了一下，从牙缝里挤出一句谩骂："废物。"

布鲁尔依然抱着胳膊，闻言只动了一下眉毛。

"最近是怎么了，为什么总碰到成事不足，败事有余的东西！"米罗用气声骂道，"上回花园酒店就是，蠢货擅作主张轻举妄动。这回庭审又……"

布鲁尔眯起了眼，示意他闭嘴小心说话。

同样的问题，坐得远一些的尤妮斯也在嘀咕。

只不过，她带着看戏和讥嘲的语气。

德沃·埃韦思同样用手指在嘴唇边抵了一下，浅淡而绅士的笑从他眼角和嘴边的细纹里漾开几分，低声说："再正常不过了。威逼利诱得到的同伴，总会有那么一些不太聪明又不太省心的。这是每一群豺狼鼠蚁在垮塌崩盘之前，都摆脱不掉的问题。"

5

庭上庭下都暗潮汹涌的时候，其他地方也并不平静。

本奇和赫西发布的报道不出所料，引起了轩然大波，再加上其他媒体恰到好处地共同引导着节奏，这二十多年来发生的事情一点一点地展开在公众面前。

有些观察仔细的人已经从大量的报道和照片中找到了关键信息，发现了"清道夫"这个起到串联作用的人。

公众自发的探究和议论如同骤然掀起的巨大海潮，一道推着一道，谁都摁不住。于是，在"摇头翁"案庭审全联盟直播的同时，关于"清道夫"的话题也铺天盖地。

甚至有人根据现有的猜测，整理出了"清道夫"改换过的身份。

这又再次引发了全联盟的热议。

"那位蒙蔽过律师、法官还有陪审团的在逃犯李·康纳，就是'清道夫'其中一个身份！"

"怪不得逃得那么熟练！"

"还有这个，天知道我还见过他！甚至跟他说过话！"

"对，他养了一只鸟。我那时候真的以为是普通灰雀，没想到……"

"安德森·吴，他跟我住过对门！"

"还有这个，我记得这人从福利院出来的吧！"

一时间，"清道夫"用过的身份、面容在整个联盟内广泛流传开来——

李·康纳；

马库斯·巴德；

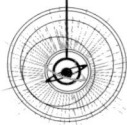

安德森·吴；

多恩；

…………

其中一些身份当年隐藏得很好，还有一部分身份则列在警署的通缉名单中，等着某一天缉拿归案。

只是连警员们都没有想到，那些湮没在时间长河中的某件案子、某个罪犯，有一天居然会串联在一起，共同指向同一个人。

于是联盟各个相关警署忙疯了，又要时刻关注着正在进行的庭审，又要应付响个不停的通信，还得把旧案调出来重新翻查，试图找到在逃者的踪迹。

这对他们而言，存在着一个很大的难点——

他们不仅要找到对方，还要证明那就是"清道夫"，拥有过诸多身份、断送过诸多人命的"清道夫"。

不过，坐在德卡马最高法庭里的人们对此一无所知，庭审还在继续。

眼看着陪审团要倒向顾晏，冈特律师又拿出了一份证据。

"别急着否定被告人的侵害事实。"冈特把证据资料投到全息屏幕上，"这是两周前递交的一份补充证据，我相信辩护律师那边消息灵通，一定也有所知晓。警方在一位名叫艾利·布朗的受害老人衣物上发现的，初次检验比较粗略，二次检验后得到了一些新的证据信息。"

冈特斩钉截铁地说："这份证据可以证明，至少在这个现场的侵害行为发生时，被告人贺拉斯·季在场。"

而只要证明了这一点，该现场的犯罪证据链就是完整的。

那么，关于贺拉斯·季的指控就不会竹篮打水一场空。

很快，二次检验的检验员罗杰·亨特就被律师请上了证人席。

这是一个非常年轻的检验员，活像刚毕业不久就被抓了壮丁，来给这个案子数不清的证物做二次检验。

冈特律师开门见山地问："检验员亨特是吗？"

"是我。"

"屏幕上的这份检验报告是你出具的对吗？"

"对。"

"检验结果取自哪里？"

"证据衣物的拉链齿缝里。"

亨特虽然看着年轻，但站在证人席上并不慌张，也没什么废话，回答言简意赅。

冈特非常满意地问道："能说一下这份检验的核心结果吗？"

亨特点了点头，说："拉链齿缝中发现了微量血液，检测和核对结果显示，这些微量血液属于被告人贺拉斯·季。"

"这些血液是什么时候沾染到受害人衣物上的？"冈特又问。

"侵害行为进行过程中。"亨特说。

"怎么判断的呢？"

亨特说："受害人所在的三号现场痕检结果显示，该现场没有遭受过二次侵入。"

冈特律师点了点头，又帮忙补充了一句："关于这点，开庭后的几项证据都有展示，三号现场是仅有的、没被二次侵入的现场。也就是说，在侵害行为结束后，没有人再进入过那个仓库。"

亨特说："是的，就是这个意思。"

强调完这点，冈特把一份血液检测报告和基因核对单放出来，冲顾晏这边抬了抬下巴，说："没有二次侵入，痕迹是侵害过程中留下的，而基因对比结果有目共睹，跟被告人贺拉斯·季完全吻合。我想，这个证据足以填补上最后一环了吧？"

冈特说完顿了顿，又看向法官说道："我的询问结束了，只是不知道辩护律师还有没有问题。"

法官顺势看向辩护席说道："顾律师？"

顾晏点了点头，站起身道："有。"

检验员亨特看着他问道："什么问题？"

"二次检验是什么时候做的？"顾晏扫了一眼检验报告的末尾，那里虽然有落款，但有时候写的是报告完成的日期。

亨特说："刚才说过，两周前。"

"具体几号？"

"二十一号下午三点左右。"

"确定？"

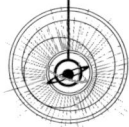

"确定，我每天下午三点进检验室，当时其他案子的一项分析正在进行，需要五十分钟的时间。所以估算不会有太大误差。"

"检验结果会受到干扰吗？"

"不会。"

"核对过程会有问题吗？"

"不会。"

亨特有点儿拿不准顾晏想干吗，但又觉得这两个问题很怪。

他微微皱起眉，问道："律师先生您好像……对我们检验处的结果不太信任？是我的错觉吗？"

顾晏抬起眼，不咸不淡地道："我很抱歉，但刚才关于银豹车的检验就存在着问题，这点不可否认不是吗？"

这是实话，亨特无从辩驳。

事实上，这种问题不仅仅会引起辩护律师的不信任心理，也会让陪审团以及法官对检验处的结果抱有一丝疑虑。

顾晏不提还好，一旦挑明，他们这边就必须想办法让自己重获百分之百的信任。

好在冈特律师经验丰富，他站起身举手示意道："法官大人，我们申请当庭复核。"

当庭复核是联盟法庭的一项庭上程序，如果控方出现信任瑕疵，往往会采用这点。一般是让不受信的证据当庭走一遍核对流程，让法官和陪审团亲眼看到结果的产生，以此抵消所有怀疑。

一般而言，控方其实很乐意走这个程序，能把证据完全钉实，何乐不为？

只不过多数时候不至于到这一步。

也就此时此刻，这个全联盟无数双眼睛看着的案子，让所有人不得不谨慎对待。

"受害人衣物上提取的血液样本我们提交过，被告人贺拉斯·季应该也做过庭前体检，当庭对比一下就知道了。"冈特律师道。

法官思忖片刻，点头同意。

于是，三分钟后，春藤集团赠予德卡马最高法庭的检测仪器派上了用场。

仪器由法警启动，控制器连接到了控方和辩护方的席位上。

检验员亨特在众目睽睽之下，从法庭证据库中调取了事前提交的血液样本，导入检测仪。又从被告人庭前体检的样本库中调出贺拉斯·季的那份，同样导入检测仪。

这个仪器不愧为目前最精细高端的，这种一对一的匹配对它而言恐怕是小菜一碟，进度条走得飞快。

几乎是眨眼的工夫，对比结果就呈现在了全息屏幕上。左边是控方提交的血液样本数据，右边是贺拉斯·季的。开头两列是一些其他数据，比如血液细胞基础数据方面的，这部分有差别很正常，毕竟就是同一个人相隔一段时间测出来的数据，都可能会有细微的变化。

接着是药物反应方面的。

控方提交的血液样本里，药物残留反应的内容很少，只有两样，一个叫BHd3，极微量；另一个叫JT14，少量。而贺拉斯·季的报告里，药物残留反应就有很多，毕竟他是医院直接送往这里的，这段时间也没少用药。这两排的名词里包括JT14，但没有BHd3的踪影。

顾晏的目光一扫而过，其他人却连扫都没扫这一块，因为这些不重要。

所有人的目光都集中在最后一列，那是基因方面的对比数据。

左右两边的基因数据都被标注成红色，结果显示为四个大字：完全一致。

看到这个结果，检验员抬起下巴，冲顾晏摊开手，说：“结果已经出来了，还有什么可怀疑的？没有了。”

冈特律师也有点儿神采飞扬的意味。他刚要起身总结一下，就见顾晏从全息屏上收回了目光，看着证人席说：“结果显示为完全一致。”

检验员亨特说道：“对啊，完全一致！这意味着两边基因数据全部吻合，没有一丝一毫的出入，可以百分之百确认为被告人贺拉斯·季的血液，没有任何问题。”

顾晏却说：“错了，完全一致才有问题。”

亨特有点儿反应不过来，问道：“什么错了？”

“你们提交的这份血液样本，来自受害人艾利·布朗。”

亨特拧着眉道：“对，刚才不是说过了？”

“艾利·布朗被发现的地方是三号现场，红石星木羚区东郊废弃仓库。该现场的侵害发生时间为九月二十六日，具体推测为夜里八至九点。几分钟前你

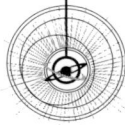

们强调过，证据显示该现场没有二次侵入的痕迹，那么这点儿血迹应该是案发当天就存留在衣物上的，我说的没错？"顾晏说。

亨特点头道："对，没错。"

顾晏说："众所周知，我的当事人贺拉斯·季在开庭前一直就诊于春藤总院，住院原因为 RK13 型病毒感染，这项感染起源于非正规的基因修正，因此所有从潜伏期转化为阳性的病人都有不同程度的基因损伤。

"十二月十五日，我的当事人贺拉斯·季在飞梭机上检测出病毒，送往春藤总院，根据医院出具的检查报告，九月至十一月末，贺拉斯·季体内的 RK13 型病毒处于潜伏期，侵害发生的九月二十六日显然处在其中。那么请问……"

顾晏看着亨特，沉声说："潜伏期内未受干扰的基因数据，怎么可能和感染暴发期的基因数据百分之百相吻合，毫无出入？"

亨特："……"

法庭再度陷入寂静。

检验员愣在证人席上，盯着全息屏茫然半响，然后求助般看向控方律师冈特。而冈特的表情比他还要茫然。

好在律师总是更适应法庭，冈特强行镇定下来，对顾晏说："你刚才也说了，感染暴发期的病人会有不同程度的基因损伤，这个不同程度究竟是什么范围？有没有可能接近零损伤，基因数据不受影响？"

冈特自认为一连串的问题直切要害，够顾晏解释一阵了。

谁知对方却依然是一副冷冷淡淡的模样，好像一切都在他的预计范围中，又好像法庭上的风起云涌、变幻莫测永远也影响不到他。

就听顾晏说："你所说的数据不需要另行确定，检测仪就有逆向回溯功能，贺拉斯·季的基因数据已经被你们导入仪器了，只需要启用回溯，他几天前，几个月前，乃至几年前的基因数据都可以明明白白地呈现出来，九月二十六日那天究竟有没有数据变化，一目了然。"说完，他伸手敲了一下控制键。

"叮——"

全息屏倏然刷新，右半边，顶上的时间飞速跳动，逐日递减。

代表贺拉斯·季的基因数据以及由此呈现出来的五官容貌图，在一段时间里一直没有变化。

直到日期回溯到十一月，基因数据某栏突然一跳。

那其实只是一个数值变化，也许非常小。但在几乎静止的页面上，这个变化显得格外醒目。

时间依然在飞速往回退，眨眼就到了九月，基因数据栏接连变更了一片。

任何一位长了眼的听审者都能看出孰对孰错——

感染从潜伏期转化为暴发期，基因数据根本不可能一模一样。

"答案已经有了。"顾晏转头看向冈特，"我有理由认为，你们的证据遭到过干扰，有人用贺拉斯·季最近的血液伪造了这份九月的证据，却唯独忽略了时间引发的差异问题。对方是出于什么目的，我不妄加猜测，但可以提供一份线索。"

他握着电子笔，在血液样本的药物残留反应一栏停下，而后圈出了那个微量的"BHd3"，说："如果我没弄错的话，目前含有 BHd3 的只有一种东西——号称效力最强的感染治疗药的初始药浆，研发中心归属于……曼森集团。"

他的话语平静，透着一股冷冰冰的从容。

仿佛算准了一样，在他话音落下的那个瞬间，巨大的全息屏在他的身后站立成一片背景，在那之上，时光倒退。始终没被暂停的回溯进程已经跑过了好几年，大片的基因数据开始突变，根据数据模拟出来的当事人容貌也开始拉长变形。

法庭内外，全联盟数千亿人的注目之下，全息屏一页一页地跳出了贺拉斯·季的基因回溯结果：

1256 年 8 月 4 日，第 13 次基因修正，容貌显示为贺拉斯·季。

1255 年 12 月 26 日，第 12 次基因修正，容貌为马库斯·巴德。

1250 年 7 月 18 日，第 11 次基因修正，李·康纳。

1248 年 3 月 6 日，第 10 次，比尔·卡斯特。

1237 年，第 9 次，安德森·吴。

⋯⋯⋯⋯⋯

1227 年，原始基因，多恩。

这场庭审成了后来很长一段时间内经久不衰的话题。

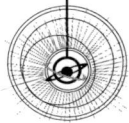

不论是坐在法庭现场听审的，还是在联盟各个角落观看直播的，几乎没人能完整回忆起庭审最后发生的所有事情。

他们印象最深的只有一个瞬间——

"清道夫"所有基因修正回溯完毕时，辩护律师顾晏站在席位上，抬眸看了一眼偌大的全息屏，而后将目光转向法官说："我的询问到此为止，谢谢。"

整个法庭凝固了有一个世纪那么久，轰然沸腾。

于是，庭审也就到此为止了。

从没有人见过那样绷不住表情的法官，也没有人见过那么不知所措的控方律师和证人，更没有人见过那样惊愕的布鲁尔·曼森和米罗·曼森。

这场庭审以极致的沉重性和关注度开场，收尾于更加极致的喧嚣混乱，又引来了更高的、前所未有的关注度。

当天下午两点三十分整，德卡马最高法庭宣布，"摇头翁"案的审理全面中止。与此同时，联盟各大星球警署正式启动联合侦查。

贺拉斯·季被联合侦查组当庭带走。

这三十年来，他掩藏在各种皮囊之下所犯的罪行，有一部分早就钉在各警署档案库里，证据确凿，只等某一天剥开伪装将他缉拿归案。

而剩下的那部分，也会在这个侦查期内水落石出。

正如顾晏曾经承诺的那样："不该由你承担的，你一样都不用背。"

但该他承担的，也一样都不会少。

同样被当庭带走的，还有曼森家的布鲁尔和米罗。

事实上，他们的狼狈和错愕并没有维持太久。这两兄弟很快就镇静下来，理了理自己昂贵的衬衫，跟着警员走出法庭。

"没关系，我们会配合一切调查。曼森集团的经营向来守法守理，不会有任何问题。"布鲁尔·曼森在蜂拥而至的记者们面前留下了这样一句话。

拉开警车车门时，他瞥见了车窗的反光，动作顿了一下。

他转头看向身后，德卡马最高法庭长长的台阶之上，拥挤的记者后面站着一个人。那人眼眸清亮，目光越过人群远远投过来，明明居高临下，却带着一丝温文尔雅的笑意。

是"死而复生"的燕绥之。

这世上，最清楚那场"死亡"真相的恐怕就是布鲁尔和米罗这两兄弟了，而此时此刻，燕绥之只是站在那里，就是对他们最大的讥讽。

更何况对方还抬了一下手，活像在给他们送行。

米罗·曼森在记者疯狂的围拍之下，硬是绷住了一抹假笑。

然后在转身上车的瞬间，憋出了一句脏话。

布鲁尔·曼森紧随其后上了车。

惯来沉得住气的布鲁尔·曼森这次没有像往常一样提醒弟弟注意形象，因为就连他自己嘴唇都动了一下，无声地爆了一句粗口，然后重重地关上车门。

如果不是在公众场合，他恐怕能把这辆车就地砸了。

没过片刻，签完庭审记录文件的顾晏也走出了法庭。

他低头跟燕绥之说了几句话，也看向了警车这边，惯来冷淡的目光隔着一层车窗显得更无温度，仿佛在看一个毫不相干的路人。

好像刚刚在法庭上掀起惊涛的人不是他一样。

再然后是乔、柯谨、尤妮斯以及春藤的掌权者德沃·埃韦思。

这位精明又绅士的商人朝这边瞥了一眼，灰蓝色的眸子被阳光照得极浅。

直到这一刻，他终于褪去了所有的长辈情谊。他眯了一下眼睛便毫无感情地收回目光，摘下眼镜不紧不慢地擦拭起来。

几分钟前，布鲁尔·曼森还倨傲地说过："不会查出任何问题。"

而现在，警车在这几人的目送之下缓缓启动，他的脸色却难看得前所未有。

曼森兄弟一贯嚣张自负，但并非没安排过退路。

他们有一套完整的风险预案，一旦出了大纰漏，所有相关的利益线可以在三天之内全部斩断，清理干净，一周之内研究痕迹可以被完美隐藏。

以联盟警署的正常侦查速度，搜集证据再到固定证据需要一个过程，再快也要十天左右。更何况他们盘根错节，随便一位拎出来都是叫得出名字的。在这种压力之下，想要查清楚所有情况，耗费的时间就更久了，光捋顺关系就需要一阵子。

但他们没有想到的是，那些最耗费时间、最为冗长复杂的前期梳理和调查工作，早在很久之前就有人开始做了。

他们查了二十多年，万事俱备，还抵不过那些风险预案吗？

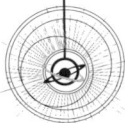

联合侦查启动的当天，德沃·埃韦思和燕绥之把这些年保留下来的所有线索和证据递交了上去。

假护士艾米·博罗在得知庭审情况后，在警员引导下将所知的事情全盘托出。包括她这些年参与的事，经手过的东西；她在感染研究中心的职责；她是怎么被安排进春藤医院，又是怎么在盯住雅克·白的同时几次三番对贺拉斯·季下手的；还交代了她是怎么利用工作便利，伪造贺拉斯·季在"摇头翁"案中的部分证据。

一天后，与南十字往来的关系线以及流水账目被菲兹送进警署。

同天下午，被羁押在天琴星看守所的赵择木按响了电铃，掐着和乔商议好的时机，如约供述出这些年曼森兄弟和赵氏、克里夫航空以及其他人之间的暗线合作及交易。

三天。

不，准确而言是两天半，在曼森兄弟的风险预案起效之前，所有利益线都被警方捏在了手里。

南十字律所当天就被警署清扫了一遍，合伙人连同个别有牵涉的律师一起被捕。次日凌晨，克里夫在准备乘坐私人飞梭机避风头的时候，被警方堵在了港口。

联盟警署在发布联合侦查公文时没有想到，这个百年来最大的案子，居然成了他们侦办速度最快的一个。

布鲁尔·曼森和米罗·曼森最初还能保持镇静和风度，坐在警署的讯问室中跟所有警员周旋。

这种状态保持了两天后，他们终于在警署风卷残云般的彻查下卸了一层面具，开始以沉默和警员对峙，不论警员问什么他们都是千篇一律的回答——等我的律师来。

谁知律师承诺的保释没等到，他们等到了又一次的致命一击——在死亡边缘游走多日的雅克·白终于脱离危险期，醒过来了。

除了曼森之流，所有人都很高兴。

包括在病房外久等的警员，甚至包括那位交代了罪行的假护士。

虽然脱离了危险期，但雅克·白的状态依然很差，每天清醒的时间不多。

可即便如此，他只要睁开眼，就会按下床边的呼叫器，一点一点，毫无保留地把知道的、经历的所有事情告知那些警员。

从他这里，警方得到了基因毒品的所有研究数据和文件、"清道夫"大部分基因修正的手术记录、RK13 型感染病毒的分析数据等。

每一样他都做了三重备份，留得仔仔细细，好像从很久很久之前，他就一直在等待这一天。

因为他提供的信息，归属于曼森集团的研究中心在清除痕迹前被捣，每一样关键物品都得以固定为证。

"清道夫"贺拉斯·季可能临死想要拉个垫背的，反咬得彻彻底底。

于是，布鲁尔和米罗两兄弟辩无可辩。

仅仅一个半月的时间，曼森集团大案全部收线。

由"摇头翁"案牵连出来的公诉，被转到政治中心红石星上的联盟最高法庭。

这一场庭审汇集了百年来最多的证人、最多的势力关系、最多的"一级律师"，却是审得最干脆利落的一次。

厄玛公历 1257 年 2 月 13 日，下午四点二十三分，曼森集团案庭审结束。大法官宣布休庭十分钟，然后宣读审判结果。

法庭厚重的大门打开，所有参与审判以及参与聆听的人陆续走出，或小声交谈，或去走廊透一口气。

顶楼天台上，刚刚卸下证人身份的菲兹终于能跟燕绥之及顾晏正常见面。

"休息室的咖啡供不应求，只剩温水，将就一下。"顾晏把纸杯递给她。

"谢谢，渴死我了。"菲兹接过来喝下半杯，这才长长吐出一口气。

她靠在长长的栏杆上，眯着眼睛看向极远处天边泛金的云，突然有些怅惘地说说："这个案子就这么结束了？"

燕绥之说："严格来说等到过会儿宣读完审判结果，才算正式结束。"

"那都一样。"菲兹说，"……不知道为什么，总觉得有点儿快，好像在做梦一样。我都不记得刚才在证人席上说了些什么，就唰的一下结束了。"

燕绥之笑了一下，说："不是因为快。"

"那是为什么？"

燕绥之说："是因为在这之前，你已经走了很长的路。"

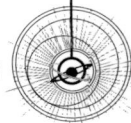

所以跨过终点的这一步，就显得异常短暂，不过是眨眼之间而已。

五点三十三分，联盟最高法庭大法官当堂宣读审判结果：

本庭宣布，关于曼森集团、克里夫航空、西浦药业的指控全部成立。

依照联盟最高刑法典第一百二十二条、三百六十一条、四百零二条，判处被告人布鲁尔·曼森、米罗·曼森、希尔·克里夫死刑；

依照联盟最高刑法典第一百二十二条、二百七十条，判处被告人贺拉斯·季死刑；

巴度·西浦、伯格·高终身监禁；

…………

一项项审判结果传至联盟各处，象征着所有一切尘埃落定。

有人负重三十年，有人雀入樊笼，有人在黑暗中踽踽独行，走了很久很久。

好在世间总有星辰开道，所以荆天棘地，也不枉此行。

6

法旺区的冬天总是结束于二月下旬。

二十号前后下了几天雨，温度便回升起来，渐渐有了春意。

这本是个懒散困乏的时节，可开头那几天每个人都忙碌不停，其中最具有代表性的那位就是顾晏。

合伙人和部分律师上演了一把铁窗泪，南十字律所自此散了。原本挂在其名下的出庭大律师们重归独立，成了各大律所争抢的对象。

其中最抢手的就是顾晏。

"摇头翁"案以及曼森大案之后，顾晏的知名度和公众好感度呈几何式疯长，能力更是毋庸置疑。那些律所甚至等不及"一级律师"的评审重启，彼此打破了头。

明眼人都清楚，结果已然毫无悬念，就只差一个公告而已。

那几天里，顾晏的智能机活得像得了癫痫，一直在花式振动，连三秒的安静都没有。

最开始顾晏基本都会接通，出于礼貌和教养听上两句再婉拒。

而每到这时候，某院长一定会倚在旁边光明正大地听，露出一副饶有兴味的模样，也不知出于看戏还是什么心理。

每一个来联系顾晏的律所都开出了极为优厚的条件，外加一堆附送的东西，乱七八糟什么都有。

近一些的送钱送车送股份，远一些的送房送地送分所。

甚至还有一位别出心裁地表示，连家室问题都可以解决。

燕大院长听到这一轮终于确定，有些人为了达到目的真的什么梦话都说得出口，于是当即征用了顾晏的智能机，设定好自动答复，勾选了统统拒接。

一众律所疯了差不多有一周，忽然发现向来低调处事的南卢律所一声不吭挂出了顾晏的名字，状态显示所有手续都已办理完毕。

不仅如此，一并转入南卢的还有菲兹、亚当斯，以及部分原属于南十字的实习生。

这就好像大家都举着筷子，盯着桌上的某盘珍馐，结果突然来了一个人把桌子都端走了，猝不及防。

各大律所差点儿没气晕过去。

这其中，有一部分律所跟南卢有过来往，知道这家的情况，吐个血也就完了。

但还有一部分律所在远处上千光年之外的偏远星球，消息走得慢一点儿，对南卢的了解并不多。

据他们所知，南卢律所是二十多年前有人投钱创立的，历史很短。虽说是精品，但是规模不大，比起原本的南十字来说小很多，也不知是有意控制还是什么。

反正这个律所广为人知的就两点——

一是燕绥之挂靠在那里；

二是每年会有固定的公益项目，免费接一些案子。

于是那些律所对南卢很不服气，他们不仅想把顾晏撬走，甚至还跃跃欲试想去撬燕绥之。

直到某天有好心人看不下去，给那些不死心的律所漏了一句信息：当初给南卢投钱的，就是燕绥之本人二十岁的时候。

挖墙脚挖到创立人头上去，眼光是不是有毒？

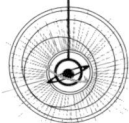

于是那些律所瞬间哑火，偃旗息鼓了。

等处理完这些事，已经到了二月的尾巴。

燕绥之踩着最后的节点跟顾晏一起去了一趟春藤总院，做一场迟到很久的手术。

"总算来了。"林原没好气地说，"我说二月做手术最合适，你就挑二月的最后一天。你怎么不干脆挑夜里最后两个小时呢？"

燕绥之玩笑说："考虑过，不过思来想去还是决定给你省点儿灯钱。"

林医生干巴巴地说："我是不是还得说谢谢？"

某院长说："客气。"

林原："……"

正如林医生最初所说，这个手术现在真的非常成熟。从他们进更衣室的时候开始算起，到林原摘下口罩说"大功告成"，总共只花了一个小时。

窗外投进来的阳光才移了一小格，快得令人难以置信。

辅助药剂的效力刚开始退散。

因为没有实质性的创口，用不着麻醉剂，这种药剂只有舒缓镇静神经的作用，让人浑身上下透着股懒洋洋的滋味，就好像刚才只是借着春困，小睡了一下。

顾晏签字去了，燕绥之坐在手术椅里，等着最后那点儿药效消失。

他的目光落在窗边的某一点上，侧脸被阳光勾勒出轮廓，似乎有些出神。

"怎么了？眼睛不要直接对着光。"林原记录数据的时候瞥见，问了他一句。

过了片刻，燕绥之才回过神来，转头冲林原说："哦，没事。"

他只是想起十五岁那次漫长而艰难的手术了，同样的事情，现在居然变得这么简单，以至于他有点儿适应不过来，也有一点儿……说不上来的遗憾。

如果当初能再等一等就好了，如果都能晚几年做这场手术……

那就真是太好了。

林原依然疑惑地看着他，燕绥之笑了一下，说："没什么，只是忽然觉得时间过得有点儿快。"

"确实。"林医生没反应过来，以为他只是在感慨一个小时的手术时间，点了点头，咕哝道："我感觉自己就只是摸着仪器，动了动操作键而已。"

据林医生说，手术之后会有几天的敏感期，不方便见光，不适合晒太阳，味觉和嗅觉等也会受到影响，多一粒盐都能齁死，所以要吃得清淡一点儿。

"对声音也一样，一点儿动静都会被注意到，所以我建议你们最近就不要住在城中花园了吧？虽然那里环境相对很清幽，但毕竟是法旺区中心地带。"林原是这么交代的。

燕绥之当时听了就忍不住说："听你说完，我倒觉得这不像术后反应了。"

"那像什么？"

"可能更接近狂犬病发作的反应。"

林原："……"

眼看林医生的脸色逐渐发绿，顾晏当即把这不说人话的混账拽走了。

不过在林原交代之前，他们其实已经在搬家了。

燕绥之原本的住处都回到了他名下，除了早年跟父母一起住的旧宅以及梅兹大学城内的那幢，还有一处靠近南卢律所。

那幢别墅背靠法旺区最漂亮的湖泊区，倒是真的清幽安静。

目前燕绥之正处于术后恢复期，要是没人盯着，估计这位院长会过得随心所欲，恰巧顾晏去南卢也方便，便暂住那里。

燕绥之这次难得遵了回医嘱，给自己安排了一周的休假。

林原给了他一份休养手册，其实就是一张表格，上面写着几点到几点应该戴医疗眼罩保证眼睛处于舒缓的黑暗状态下，几点到几点可以适当用眼，每天按量吃几次药，至少睡几个小时之类。

后面还随附一份忌口清单，可惜林医生还是大意了，清单上写的不是"绝对不能吃"，而是"尽量"。于是这份清单还没履行使命，就在第一天清早神秘失踪。

顾晏这天上午要见一位当事人，临走前打算照着清单查一遍冰箱和储物柜，把燕绥之需要忌口的东西清理掉。

结果翻遍了智能机也没看见清单的影子。

就在他准备去翻垃圾文件箱的时候，燕绥之从楼上下来了，一边扣着衬衫袖口一边问他："怎么了，大早上这么严肃。案子那边出问题了？"

"不是。"顾晏摇头说，"昨天林原发过来的忌口清单找不到了。"

燕院长扣着袖子的手滑了一下，"哦"了一声，道："怎么会呢，智能机都翻过了？"

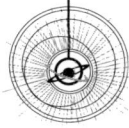

"嗯。"

"文件夹呢，空了？"

顾晏闻言动作一顿，然后瘫着脸看向某人。

"看我干什么，我脸上长清单了？"燕院长穿过偌大的客厅和厨房走过来，轻轻拍了一下顾晏的肩，"别挡着冰箱门，我拿点儿水果。"

顾晏抱着手臂靠着冰箱门，没让，问道："什么时候偷偷删的？"

"什么偷偷？谁偷偷？"某院长装聋作哑是把好手，"这位顾同学，我建议你不要丢了东西就赖我，我很记仇的。"

"昨天我还看见过，现在就无影无踪了，有机会有权限作案的除你以外就只有鬼了，燕老师。"

燕院长说："那肯定是鬼。"

顾晏："……"

顾大律师面无表情地看着他说："鬼上哪知道我那个文件夹只放了一份清单，删掉就空了？"

燕院长见事情败露，掩盖不下去，当即脚尖一转就要走，被顾晏拽住，问道："清单你存了吗？"

院长一脸坦然道："我存那倒霉东西干什么？自虐吗？"

顾晏："……"

他颇为头疼地看了某人一眼，低头调出了信息界面。

燕绥之瞥了一眼，问道："你要干什么？"

"给林医生发信息，劳驾他再发一份。"

院长一看风波又起，当即伸手想拦住顾律师。

"燕老师你贵庚？"顾晏躲开，没好气地问。

院长又伸出手来。

顾晏："……"

最终，忌口清单这件事暂且不了了之。

虽然忌口清单失踪了，但燕绥之也不是真的毫无顾忌。至少在顾晏面前，他还是摆出了一副"老老实实"休养的姿态。

毕竟顾大律师绷着脸的时候非常"冻"人。

院长原话："基因手术都做完了，我的手还这么容易冷，可能就是因为身边有座'冰雕'镇宅，看久了还挺怵。"

"冰雕"气笑了，表示胡说八道，你怵个屁。

7

总而言之，燕绥之的休养生活大致是这样的——

清早顾晏在的时候，他杯子里装的永远是温水或牛奶。

顾晏前脚刚走，他后脚就会优哉游哉地转进厨房煮咖啡，打开光脑处理一些工作上的邮件。

这一个月来梅兹大学那边一直在跟他交涉复职的事情，其他都差不多了，只差一些后期手续和工作交接，也不费什么事情。

南卢律所对他的手术情况一清二楚，再加上有顾晏盯着，也没人敢把案子往他这里送。但架不住有人越过南卢直接联系他。

有邀请他去其他星球友校做讲座的、希望他给某律法网站写评论文章的、咨询案件的、咨询意见的……还有纯抒情以及纯骚扰的。

燕绥之见怪不怪，每一类处理起来都干脆利落。

林原所说的"感官变得过度敏感"，他确实有所体悟，不过好像没到那么夸张的程度。所以他斟酌了一下，决定遵一半的医嘱——

他在处理邮件的时候，会戴上护目镜，光线刺眼的情况下会调节镜片，改成遮光性的休息一会儿，而且连续使用光脑或者智能机的时间不会很久。

依照林医生的时间表，午饭之后一直到下午四点左右，他都得戴着医疗眼罩老老实实地躺着，保证眼睛在黑暗和药物熏蒸的状态下放松三个小时以上。

但躺尸三小时对燕绥之来说有点儿难，所以这份医嘱在他手里大大缩水，实际执行可能不超过三十分钟。

事实上，如果下午的太阳不直照下来，有云挡着，他会去前院、阳光房、屋顶花园祸害一下花花草草，有时候浇点儿水，有时候修一下枝丫，或者会靠在书房的长沙发上看一会儿书。

最近顾晏有意控制着手里的工作量，安排的约见和外出有限，三点半左右就能回来。于是燕绥之会算好那个时间点，提前十分钟回卧室躺下，戴好医疗眼罩装瞎。

燕大院长成功装了三天，终于阴沟里翻了船，因为这一天顾晏的安排临时

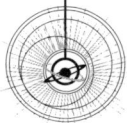

有变，下午两点不到就回来了。

哑光黑色的飞梭车穿过杨林和湖泊区，无声驶进别墅车库。而燕绥之则坐在书房里，一边处理邮件一边跟人连着通信，简单交代着工作上的事。

等他觉察不对劲的时候，顾晏已经进了门，正解着领带往楼上走。

这时候再往卧室溜已经来不及了，院长冷静地撂下一句"抱歉，处理一点儿事"，便直接切断了通信。

他把桌上的咖啡杯塞进柜子里，就近躺上了长沙发。

医疗眼罩不在手边，为了表现一下遮光护眼的诚意，他伸手从书房衣架上扯了一条领带，刚蒙上眼睛，书房门就被打开了。

领带还没系好，现场又实在布置得很不完善。

燕绥之在装与不装之间摇摆不定，而顾晏不知为什么在门口站了一会儿，没有立刻走进来。

于是燕绥之终于绷不住了。

就在他打算扯下领带坐起身的时候，顾晏沙沙的脚步终于由门口进来了。

"你偷喝了咖啡。"顾晏说。

"没有。"燕绥之否认。

"也没戴眼罩。"

"落在卧室了。"

"为什么用领带？"

"挂在这里，征用一下犯法吗？"刚说完，燕绥之就感觉蒙在眼睛上的领带被人系紧了。

"造反？"燕绥之忍不住摸了一下，深色带暗纹的领带把他的脸和手指都衬得极白，反差强烈。

"没有。"顾晏说，"医生规定，四点之前不能见光。"

燕绥之忍住了要抽他的冲动，没好气地说："行吧，瞎着就瞎着，那我们来讨论一下周末的酒会要准备点儿什么，那一帮人可是很能闹的。"

他提到的"那一帮人"，就是以劳拉为首的学生们。只是这次略有些特别，包括久病初愈的柯谨，也包括外挂过来的乔。

自打燕绥之恢复身份，他们就谋划着要把冬天漏掉的酒会补上。

之前事情繁多，光是一个曼森案就耽误了大部分人的安排。后来又碰上燕绥之手术，时间只得再次延后，约在了周六。

法旺区初春的这个周六，是天琴星 3 区夏日的周三。

花莲监狱戒备森严，伫立在一片夕阳的余晖中，像一块鎏了金的钢铁立方。它被包围在绵延无尽的青杨林里，成了一处远离繁华和自由的孤岛。

还有十分钟，这一天的探视时间就要结束了。狱警按了铃，配着电棍和枪械，把露天监场上放风的服刑犯往楼里领。

厚重的监室门一扇一扇关闭，电子锁的提示音在楼内此起彼伏。

就在整层的总闸门也要关闭时，一位狱警拎着通信器叫道："332187，有人探视。"

赵择木走向床边的脚步顿了一下，看向监室内的通信孔，问道："我？"

"对，有人来见你。"

这是赵择木转到花莲监狱的第十天，他等来了一个人——

曼森家族这一代最小的也是仅剩的继承人，他儿时的旧友、玩伴——乔治·曼森。

"你很惊讶？"对方站在两米之外，这样问他。

"有点儿。"赵择木沉默片刻，说道，"前几天乔来过，一个人来的，我以为……"

曼森了然地点了点头，说道："以为我虽然给你留了一口酒，但并不想见你？"

赵择木半天没说话，然后忽地叹着气笑了一下。

"前阵子手里事情太多太乱，烂摊子全扔过来了，我抽不开身。"曼森说。

赵择木点了点头，道："我知道。"

这个话题本该有些尴尬。

曼森之所以抽不开身，是因为布鲁尔和米罗被执行了死刑，集团一片混乱。这其中有赵择木提供证据的功劳。

而那两位生前造孽无数，连最小的弟弟也不放过。这过程中，赵择木同样横插过一只手。

不管初衷是好是坏，赵择木跟乔治·曼森之间，赵氏跟曼森集团之间都有一笔复杂的账，可能这辈子都很难厘清。

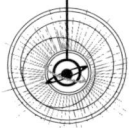

但这个尴尬的话题在这样的时间地点，在这两人之间，却显得自然而直白。

一个提起，另一个便答了。

乔治·曼森扫视了一圈，目光又落回到赵择木身上，问道："这里面难熬吗？"

赵择木笑了笑，没有直接回答。

难熬是必然的，但也是应该的。

不论怎么说，赵氏确实跟布鲁尔和米罗有过牵扯不清的关系，面前这位旧友也确实因为他在生死线上徘徊了一圈，还有那位出了潜水事故被送去急救的律师。

他当初偷换掉潜水服，是因为那位律师的潜水服里有吸引海蛇的药粉。布鲁尔和米罗安插的人手想借此引来海蛇，把一道下水的乔治·曼森咬了。

那件事其实有更好的解决办法，他却因为犹豫错过时机，选择了最差劲的一种，以至于每个人都不好过。

说到底，还是当时心不够定，路不够正。

"我算幸运的，有补偿和回归正轨的机会，五年已经是酌情又酌情的结果了。"赵择木停顿了一下，又有点儿遗憾地说，"可惜……乔在樱桃庄园存下的酒，我喝不上了。"

探视屋里安静下来。

片刻之后，乔治·曼森的声音又响起来："酒封存久一点儿口感更好吧，怎么会喝不上。"

"五年……"乔治·曼森似乎在认真算着，"再过五年，我那边的烂摊子也该整理完重上正轨了，到时候刚好一起来喝。"

生死门里走了一趟，又经历一场家族大案，这位纸醉金迷里浪荡了十多年的纨绔少爷已经悄然变了模样。

头发短了一些，气质沉敛不少，衬衫扣子也没有再解到胸口以下。

隔着厚厚的防弹玻璃，赵择木闻不到外面的味道。但他想，乔治·曼森身上应该不会再有那样散不开的酒气了。

他终于又看到了这位旧友少年时候的眼神，而这应该是对方最本真的模样。

挺好的。

再过五年，他、乔治·曼森还有乔又会变成什么模样呢？有点儿难以想象。

不过……应该会更好吧。

这里夕阳沉落的时候，德卡马法旺区还在午后。

另一群老友相聚在湖泊区，一贯安静的湖边别墅变得热闹起来。

以前的酒会，都是在燕绥之梅兹大学城的那幢房子里办的，在那里学生来去比较方便。

湖泊别墅这座私宅还是头一次。

所以劳拉他们对这里的每一处都很好奇，连院子里的草木也不放过。

但他们不好意思在院长面前表现得太过，就总趁着燕绥之上楼或是拿东西的工夫骚扰顾晏。

"那两株空枝是请人修出来的造型吗？"劳拉问。

顾晏说："不是，枯枝。"

劳拉："……"

这位女士有着梅兹法学院学生的"传统毛病"——对院长盲目崇拜。

她盯着枯枝想了想，又憋出一句："那为什么没有清理掉？院长喜欢这种艺术感？"

顾晏说："刚死两天，没来得及清。"

劳拉："……"

一旁的艾琳娜找了个理由："正常，你想想从院长出事到现在几个月了，这边应该很久没人打理，当然会枯死。是吧？顾？"

顾晏淡淡地说："事实上，有一部分是一周前刚运过来的新苗。"

艾琳娜道："那怎么……"

"这就要问你们院长了，在家休假一周，怎么把院子'休'成这样的。"

劳拉说："那肯定是花种和草种买得不好。"

顾晏："……"

几人正说着话，一辆加长厢车开进了院子，一个留着大胡子的男人从敞开的车窗探出头，抱怨道："我恰好都听见了，谁说我的花种和草种有问题？"

可能是他气势真的很足，劳拉默默地往后挪了一步，用手指头把顾大律师推了出去。

顾晏对这帮老同学兼朋友彻底服气。

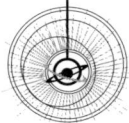

"整个德卡马，找得到比我这更好的观赏植物种子吗？"大胡子嘟嘟囔囔地下了车。

顾晏给劳拉他们简单介绍了一下："高霖，观赏植物培育专家。"

"哦——听说过！"艾琳娜说，"乔经常提，我倒不知他跟你也熟哎。"

顾晏冲二楼的某个房间抬了一下下巴，说："高先生最熟的那位在楼上。"

"院长？"

这次不用顾大律师说话，高霖已经抢先开了口："燕？对！我们算老相识了，我那培育室里，每年有三分之一的花草树种死在他手上。"

众人："……"

高霖说："包括这一院子苟延残喘的植物。"

众人："……"

高霖说："可能不久的将来，也会包括我今天送来的这批。"

众人："……"

正说着话呢，楼上某处突然传来不紧不慢的敲窗声。

众人抬头，就见上去拿酒的燕绥之撑在窗边，要笑不笑地看下来。

他的目光从高霖身上扫过，最后说道："坏话说得那么大声，生怕我听不见是吗？"

劳拉他们连忙摇头道："没有，没有。"

"晚上喝什么酒，院长？"杰森·查理斯岔开话题问道。

燕绥之道："樱桃庄园前天刚送过来的，银底卡蒙。"

众人一阵欢呼嬉闹。

顾晏走到窗户下，看了眼不远处闹成一团的人，抬头冲燕绥之说："记得给那两位记者寄一瓶。"

当初在天琴星查乔治·曼森案时，本奇帮过一个小忙，燕绥之说过以后送他一瓶银底卡蒙。这几天恰逢樱桃庄园新酒酿成，他怕自己忙忘了，让顾晏提醒他。

"寄了，刚给樱桃庄园发过信息。"燕绥之朝高霖的车看了一眼，"你又让他送了一批苗？"

"嗯。"

"都有什么？"

顾晏说："长出来就知道了。"

燕绥之挑眉道："跟谁学的吊人胃口？我很担心它们熬不到长出来的时候。"

顾晏说："放心，有我。"

说话间，人群又是一阵喧闹。

燕绥之和顾晏循声望去，就见一辆白色飞梭车驶进林荫道，在院门外停了下来。这辆飞梭车是数年前出的一款，众人曾经很熟，但是因为太长时间没见到，竟然都没反应过来。直到两个身影从车里下来，大家才猛地意识到，这是柯谨的车。从他出事之后就没人开过，直到今天，终于重新发动引擎了。

"柯谨！乔！"劳拉远远就挥起了手，笑着说："来晚的都要罚酒，听见没？一个也跑不掉！"

"明明是你们来早了，不要借机坑我。"乔少爷指着智能机，"下午三点，我们来得刚刚好。"

"黄金十分钟了解一下！"众人开始耍赖。

"滚，那是你们法学院的'讼棍'们搞出来的规矩，跟我没关系！"乔笑骂了一句。

劳拉扭头就说："柯谨，他说你是'讼棍'，你觉得呢？"

乔："……"

这位唯恐天下不乱的女士又转头冲二楼喊："院长！乔大少说咱们全是'讼棍'！"

燕绥之笑了，说："我听见了。"

"怎么办？"众人开始闹。

燕绥之说："轰走。"

乔大少爷被一群老友追着轰，高霖抱着花苗和树盆艰难地穿过人群，一边看笑话，一边喊着："让一让，劳驾！这树一碰就掉叶子，砸脸上别怪我啊！"

最后乔躲无可躲，又累得要死，搭在柯谨的肩膀上呼哧喘气。

众人也不闹了，三三两两地闲聊起来。

"打算什么时候重新接案子？"劳拉问。

"跟所里聊过了，四月回去。"柯谨说。

"那真是太好了。"

劳拉由衷感慨了一番，又转头问乔："听说你最近搬去柯谨那边了？"

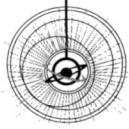

"对。"乔少爷解释说道，"老狐狸和尤妮斯女士最近在搞项目，容不下我这个其他公司的人窥探商业机密，把我赶出家门了。我不得已只能去占柯谨的地盘。"

劳拉"呸"了一声，说道："借口，我跟你姐刚见过，这理由要多瞎有多瞎。"

乔当即问柯谨："这理由瞎吗？"

柯谨说："唔……还行。"

乔说："这么勉强？"

柯谨改口："不瞎，可以。"

乔大少爷立刻挺直了腰杆，说："是，我这人从来不说瞎话。"

正巧高霖抱着树盆经过，风吹下一片叶子，正面拍在乔少爷脸上。

啪——

清脆逼人。

乔："……"

柯谨愣了一下，转头笑了起来。

那些令人沉郁的事情已经变得遥远而模糊，再也不会投落阴影。

就像微风穿过百里林荫，鸟雀跳在树梢。

春日最好的太阳照在这里，于是长路落满了光。

8

联盟"一级律师"审查委员会终于重启评审程序。

原本的候选名单里，有个别律师牵涉了曼森大案，跟曼森兄弟以及南十字某些合伙人有非正当往来，现已锒铛入狱，被审查委员会自动除名。

这其中就包括曾经处处跟顾晏较劲的霍布斯。

不过即便没有除名，他也不会有丝毫的竞争优势。

因为在最终评审的时候，除去燕绥之回避的那一票，徽章墙上有名有姓的所有"一级律师"，都给顾晏投了同意。

这在终审一环也算得上是奇景了，毕竟这个评审相当严苛，全票通过的少之又少。

这群个性迥异的大佬们上一次这么意见统一，大概能追溯到十来年前。

每次评审结束后，都会有一场"一级律师"联合会议。

大佬们虽然觉得开会很无聊，但每次都会全员出席。毕竟他们这个团体增加点儿新人不容易，确实应该欢迎一下。

这次的会议就定在一个月之后，地点在红石星"一级律师"联合大楼。

在那之前，燕绥之去了一趟春藤医院，找林原做复查。

"各项数据都很正常，比我预料的还要好。"林原扫了一眼结果单，"发烧或者头痛之类的毛病还犯过吗？"

燕绥之说："没有，很久没有过了。"

林原听了打趣道："那看来顾律师的基因片段在你这里适应良好，一点儿排异反应都没有。要是碰上爱闹腾的基因源，那就有得受了。"

燕绥之头一回听见有人这样描述基因，觉得挺有意思，说："可能物随主人吧。基因源跟本人一样闷不吭声。"

林原忍不住笑起来。

"刚才上楼的时候听说你要去旅行？"燕绥之问。

林原放下结果单，活动了一下肩颈，道："对，之前忙了好久没歇过，这次休一个长假。"

"几天？"

"半个月吧。"林原说，"三五年的假都攒在一起了。我打算回一趟赫兰星，辫子叔不是带着雅克回去休养了吗？我去看看，然后再去其他几个星球转一圈。"

"赫兰星？好巧。"燕绥之说，"过两天我跟顾晏也打算回去一趟。"

不过最终他们没能同行，南卢这边有个案子耽搁了几天，林原先他们一步出发了。

在医院里没日没夜地晨昏颠倒，林原已经很久没有享受过这样悠长的假期了。刚开始他还有点儿不太适应，夜里睡不着，早上又总会惊醒。他总要看一眼智能机，确认没有什么急救消息，再翻身继续睡。

这样过了四五天，他才真正放松下来。

他去了一趟默文·白的家，在那里住了两天，顺便盯了一下雅克·白的恢复状态，又陪着他家那群老顽童从早聊到黑。他还去了很久以前住过的公寓区、

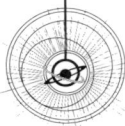

念书的学校、常去的商店、待过的医院……

有些地方已经没了踪影，有些地方一如多年之前。

在赫兰星待了一周左右，他买了一张离开的飞梭机机票，打算再去其他地方看看。就在他站在赫兰星的港口准备过闸的时候，智能机突然嗡嗡振了两下。

他顺手调出界面看了一眼，那是两条新收到的信息。

第一条是春藤医院的通知，说联盟有一个新成立的医疗公益基金，专门针对基因这块的病症研究和救助，打算跟几大医院都建立一下合作项目，总院把他设为了春藤这边的负责人。

紧跟着的第二条就是那个公益基金会的问候信息。

林原随手滑了一下，打算扫一眼就关闭界面，结果看到最后两行却停住了动作。

那两行写着：

祝一切安好，旅途愉快。

阮野

明明是公式化的客套之词，明明那两个字带着基金会的会标，并不是什么私人签名。但在那个瞬间，依然会让人产生一种错觉。

就好像……多年之后的某一天，远方忽然又传来了故人的音信，对他说，好久不见。

林原看着落款的字，长久地站在那里，忽然无声地笑起来。

燕绥之和顾晏在赫兰星落地，已经是一周之后了。

赫兰星金玫瑰区红杉大道二十四号，是顾晏小时候生活的地方。

"你在这里住到多大？"燕绥之第一次来顾晏家的老宅，还没到地方就有些好奇。

"中学。后来去德卡马念书工作，这里就空置了几年。"顾晏说。

"空置？你外祖父不住？"

"他两边住，工作在天琴星，那边也有一间配置的公寓，后来退休就回来了。"顾晏说，"他搬回来之后，我隔几个月会来住几天。"

听到天琴星时，燕绥之脑子里闪过了什么，但又没抓住，只"哦"了一声。直到他们站在那幢宅子面前，燕大院长才明白刚才脑中闪过的是什么……

因为打开门的时候，顾晏那位外祖父正坐在客厅的软沙发里，扶着眼镜转头看过来。

老先生头发银白，精神矍铄，看得出来年轻时候一定非常英俊，就是习惯性板着脸，显得异常严肃。

嗯……特别巧，跟燕绥之第一次庭审的那位大法官长得一模一样。

就是被燕绥之形容为"为人正直，但面部神经可能有点儿瘫"的那位……还是当着顾晏的面形容的。

燕绥之："……"

老法官："……"

从这相隔半个客厅的对视以及双方表情可以看出，这两位对彼此的印象都非常深刻。

两人同时木着脸看向顾晏。

顾律师抵着鼻尖转头咳了一声。

这种时候就能看出来，某位同学真的闷骚。

好在不论是燕绥之还是老法官，对于对方的印象都不是坏的，甚至是特别的、带着欣赏的。

所以真正坐到一起时，交谈的氛围居然还不错。

尽管老法官天性严肃，又带了点儿职业病，话语不多，但顾晏看得出来，自己这位外祖父的心情很不错，听燕绥之说话的时候甚至是放松而愉悦的。

对此顾晏毫不意外，毕竟……那是燕绥之。

只是在聊天的后程，老法官还是提了一句："我已经退休了，又都在家里，就不要用那么正式的称呼了，总让人觉得在开庭审。"

燕绥之转着手里的杯子，似乎是故意的，说："那怎么称呼比较合适呢……老先生？"

顾晏低头捏了一下鼻梁。

某位院长混账起来，上至老人下至孩子，就没有他不敢逗的。

老法官默默地喝了一口茶，对"老先生"这称呼也发表了看法："像学院来家访。"

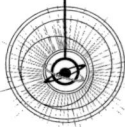

燕绥之慢条斯理地喝了点儿温水，说："那……我跟顾晏目前算同辈，要不跟着他叫一句外祖父？"

老法官一脸严肃地呛了一口茶。

燕绥之笑起来，赶忙伸手拍了拍老法官的背。

老法官缓过气来说："嗯……就这个吧。"

燕绥之和顾晏陪外祖父用了午饭，又小憩了一会儿，开车去了趟十三区。

赫兰星十三区的南郊有一大片静谧的松林，背靠一片绵延的缓坡，环抱着一汪湖。

那是杜松墓园。

燕绥之的父母就安息在那里。

他们把车停在墓园外的林荫停车坪上，带着一束粉玫瑰，穿过长长的台阶，走到两座并列的墓碑前。

走到面前，顾晏才发现这两座墓碑其实是相连的。墓碑之上，那对俊美的夫妻弯着跟燕绥之极像的眼睛，温柔又无声地笑着。

燕绥之抱着那束粉玫瑰，眸光低垂，同样温和又无声地看着那两位。

很久之前，顾晏就设想过这样的场景。在他的设想里，燕绥之会在这里停留很久，有很多很多话想对这两位说。

毕竟这段时间里发生的事情，随便挑一段，都可以说上一整天。

可燕绥之没有。

他只是在墓碑前站了一会儿，说："今年发生的事情有点儿多，一直没能抽出空过来，想我了吗？"

墓园静谧无声，只有风吹着松枝沙沙轻摇。

燕绥之笑了一下，说："算了，这么肉麻的话不适合我。我今天过来还带了一个人，他叫顾晏，也许你们听我提过？那个总被我气跑又一声不吭回来写报告的学生。

"想不起来也没关系，现在记住就行。如果不是他，我可能还得再晚一些才能来看你们。所以我想，你们一定是要见一见他的。

"……对了，前阵子我去了一趟医院。基因上的那点儿毛病已经彻底好了，你们不用再担心。"

他一只手插着西裤口袋，一只手轻轻把墓碑上掉落的松枝扫开。

这一年里所有的惊心动魄和生死挣扎，就这么被他略过了。

"前天法旺区那边有音乐剧的巡演，就是以前你们骗我去看的那场。我跟顾晏又去看了，台上的人不知道换没换，灯光打得太重，看不清脸。我看了不到一半，还是睡着了。不过这次醒得比较早，看到结尾了。感觉还是那一套，皆大欢喜，有点儿俗。不过……勉强可以理解你们为什么喜欢。"

"现在想起来，好像只记得那么一句'终有一聚'……那就终有一聚吧。"燕绥之的手指在墓碑上轻轻点了两下，像是随意而又亲昵的招呼，"我们先走了，你们先睡着。"

晚安。

假期结束，两位大律师手里都接了不少案子，好几条线同时在走，忙得脚不沾地。

尤其是燕绥之。

除了南卢这边的刑事案件，他还兼顾着梅兹大学那边的事务，以至于根本找不到空闲去花园里转转，更别提浇水、修枝了。

这反倒让那些花花草草们逃过一劫。

这段时间，湖边别墅的前后院里一直开着地表控制器，湿度、温度全部按照高霖的建议。于是他送来的那批花草树种窜得特别快，仅仅一个月就都有了初形。

起初，燕绥之并没有意识到什么。

他坐在客厅沙发里看案件资料，偶尔会抬头透过落地窗往远处看，随意一瞥，只觉得花园丰富繁盛，比以前多了不少品种，挺热闹的。

直到四月初的某个下午他才发现，花园里别有深意。

那是"一级律师"联合会议召开的前一天，他跟顾晏忙里偷闲，腾出了一整个下午来准备行程。

可实际上两人都是空中飞人，出差属于家常便饭，收拾行李只花了十几分钟，之后一整个下午就都空出来了。

恰巧高霖发来一条信息，说白豆蔻和双色豆蔻在这个季节特别娇气，很容易生病，让他们最近有空的话，记录一下那片豆蔻的生长信息发给他，他根据

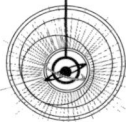

这些配一份新的肥料，下周送过来。

正好眼下有时间也有兴致，燕绥之便去了储物间，翻出了高霖送的盆栽量尺。顾晏不太放心某位院长的魔爪，打算自己来，结果却被按在了花园的咖啡座里。

"不要一副如临大敌的样子，要真的被我碰两下叶子就死，你这薄荷精岂不是首当其冲？"院长语重心长地说。

顾晏："？"

燕绥之晃了晃手里的量尺，说："我去量，你在这里做记录，回头发给高霖就行。"

当然，院长并不是真想祸害那些花草，而是他知道顾晏昨晚翻卷宗到很晚，没怎么睡觉，所以想让顾晏少费点儿劲。

燕绥之拎着量尺穿过枝丫，辨认着那些初长成的花木。

豆蔻、小红莓、扶桑、旱金莲、晚香玉……

几个品种名一一从脑中闪过，两个弯一转，他便顿住了脚步。因为他发现这些花太熟悉了……

他少年时期住的那间旧宅，花园里种的就是这些。

如果再加上苹果树和甜木果，就分毫不差了。

这个念头冒出来，他的目光便扫到不远处的院角。就见那里真的立了一株苹果树，甜木果粗壮的藤茎绕着树干攀爬上来，搭在了院墙上。

燕绥之在花园深处愣了很久，忽然转身大步往咖啡座的方向走。

"顾晏——"话音在他转过拐角看见顾晏的时候戛然而止，轻轻咽了回去。

因为坐在那里的人，不知什么时候已经悄悄睡着了。

他面前铺着光脑的全息屏幕，一个用来记录豆蔻信息的表格刚建好不久，静静地展开在那里，而他支着头，呼吸匀长。

燕绥之站在那里忽地摇头笑了一下。

他悄悄拉开另一张椅子，在顾晏对面坐下，把已经测量到的部分豆蔻数据输进了顾晏的表格，然后在自己的智能机上新建了一张空白画布……

顾晏是被智能机的振动弄醒的。

开屏就是两条信息。

"我睡多久了？"他捏着鼻梁醒神，一边点开了信息内容。

"没多久，还不到一个小时。"燕绥之坐在对面，握着电子笔不知在写写画画些什么，"哪个不长眼的这时候给你发信息？扰人清梦。"

"备忘录。"顾晏说，"提醒我们再过半小时该去港口了。"

他又点开另一条，这次他的表情缓和很多，说："还有一条来自约书亚·达勒，他说云草福利院的讲堂顺利成立了，下个月开始，他又可以上学了。"

燕绥之笑道："这倒是个好消息。"

顾晏点了点头，刚收起信息界面就看见燕绥之搁下了电子笔。

"在写什么？"他问。

"给你准备一份回礼。"燕绥之说。

"回礼？"

没等顾晏反应过来，智能机屏幕就又跳出了一个提示：收到一份新邮件。

他点开邮件，看见了燕绥之画笔下的自己……

有那么一瞬间，时光恍惚回到了十年前，同样是阳光明亮的日子，同样安逸恬静，同样只有两个人。

他支着头睡了一觉，又在邮件提示音中倏然惊醒。

从此以后，他的邮箱添了一个分类，分类里躺着一封永久保留的速写。上面是一句并无意义的逗弄之言，下面是燕绥之清隽潇洒的署名。

曾经的他一度以为，这个分类连同那封邮件都会湮没在茫茫时间里，十年、百年……直到账号进入遗产列表，被移交或是被注销，都不会再添新的邮件了。

没想到，在这样一个相似的午后，他又收到了第二封。

这幅速写的上面同样有一句手写的话，不过不再是那样无意义的逗趣了。

那里写着："这位偷偷打盹儿的先生，你愿意长久地跟我共享这片花园吗？"

顾晏看着那行字，许久之后回复了一封邮件："长久是多久？"

对面燕绥之的智能机嗡嗡振动了一下，他轻笑了一声，却没有说话。

过了几秒，顾晏的屏幕上又跳出一封新邮件："你希望多久？"

顾晏回道："到所有身份从世上注销的那天。"

燕绥之抬起头来，弯着眼睛说："好。"

这是厄玛公历 1257 年 4 月 12 日，是德卡马法旺区的一场盛春，也是红石星的双昼。

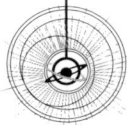

小星河带在这天会绕着红石星流转一周。

联盟民政公署在这天会不停歇地开放六十个小时。

"一级律师"联合会议要持续半天。

荣誉制业在这一天做好了最新一批的定制律师袍和烫金徽章。

审查委员会则在这一天发布了全联盟公告，勋章墙上增添了新的名字，南卢律所出庭大律师顾晏正式入列。

下午两点整，"一级律师"联合会大厦的一楼大门终于打开，象征着全联盟律法界顶层的那群人陆续走出，沿着高高的台阶缓步而下。

小星河带从天穹中横跨而过，正午最灿烂的阳光穿透明净的玻璃，照在楼顶金色的徽章上。

那枚徽章在这里屹立了157年，它的存在本身就代表着一句话：

我是联盟"一级律师"，我会以大星际时代最高法典的名义，竭诚捍卫你一切应有权利。

公理之下，正义不朽。

番外一　薄荷

后来很多年，梅兹大学法学院都没再有过那样的白色情人节了。

那时候劳拉还在法学院学生会任职。她所在的是宣传活动部，职务是部长。作为学院里人缘最好的姑娘之一，她的职务内容就是搞大事。如果要加一个限定词，那就是不停地搞大事。

尽管再有三个月就要毕业了，她还是兢兢业业地站着最后一班岗，白色情人节就是一个不能放过的日子。

因为一旦放过了，她下一次发挥余热就该是在毕业典礼了。

但三月也是一个尴尬的时间，因为大多数临近毕业的法学院学生都在毕业论文、案件分析以及实习中焦头烂额，他们神出鬼没，不常在学校，根本抓不到人。

劳拉从二月底就开始发愁，主要愁两个问题：

一、除了低年级的那帮傻小子们，还有谁能帮她筹备活动；

二、怎么才能把那帮"毕业狗"齐全地聚集到一起。

好在幸运之神眷顾了她一回。

先是隔壁商学院的著名二世祖乔·埃韦思主动找到她，说想让她帮个忙。当然，他们本来关系就不错，只是乔很少这么郑重地请她帮忙。

劳拉说："没问题，需要我帮你什么？"

乔说："白色情人节那天，我想在你们法学院弄点儿惊喜，难忘一点儿的，毕竟毕业前最后一回了嘛，我喜欢热闹。你帮我出出主意，钱不是问题，人也不是问题。"

劳拉心说：嘿！这不是你帮我吗？

"但是你为什么不在自己学院搞？"

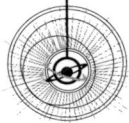

"小姐，我天天跟你们混一起——"

劳拉纠正道："主要是顾晏和柯谨。"

乔说："好好好，反正我快成你们院的编外人员了，法学院就是我第二个家，你就说干不干吧。"

劳拉当然干。

于是两人一拍即合，共同为第二个问题发起了愁……

三月初，学院发放了最后几个月的日程安排表，白色情人节那天有一场关于就业的咨询会和一场论文交流会。

劳拉兴高采烈地把安排表跟乔少爷分享了一下。

乔刚开始还不能领会，说："这两个会我们学院也有，都不是强制性的，参不参加看个人意愿，老实说，已经实习的人谁有这个闲工夫？反正据说我们院只去了不足十个人。"

劳拉嘖了一声，说："那不一样。"

乔不解道："什么不一样？"

劳拉说："我们有院长。"

乔："……"

哦，差点儿忘了。咨询会和交流会，学院院长一定会到场。区区实习能阻止法学院那帮受虐狂们接受院长的教诲吗？不能。

于是三月十四号这天，除了远在其他星系，实在没买着飞梭机机票的三个倒霉蛋，法学院其他临近毕业的学生都到齐了。

这种令人害怕的自觉性，乔已经领教过很多次了，但下一次看到依然会感叹一句：你们可真有意思，院长给你们"下咒"了吗？

这话乔少爷也就心里想想，不敢说出来。毕竟柯谨也是中咒者之一，至于顾……算了，顾晏修的是"冰系魔法"，中咒和中毒一样冻人，看不出区别。

梅兹大学是个相当开放的学校，白色情人节这天，整个校园都异常热闹，跨班、跨院、跨系甚至跨校来送礼物的人到处都是。

喷泉花园里有一堵寄语花墙，本来是给临毕业的学生留言留念的，这天却彻底变成了表白墙。偏偏这里还是去往法学院大楼的必经之路。

乔早早地等在校门口，跟从赫兰星回来的顾晏、德卡马南区回来的柯谨一起横穿人潮。

经过喷泉花园的时候，乔少爷起了点儿促狭心思，忽然提议说："我去花墙那看看。"

顾晏看了一眼乌泱泱的人头，感觉他可能有病。

"你是从来没见过花墙吗？"

乔嘿嘿笑着说："我只是想看一看，有多少不敢来你这儿碰冰壁的姑娘，选择把爱慕说给墙听。"

顾晏冷静地问这位少爷："毕业论文写好了吗？有这时间不如看一看你那几个越算越离谱的经济模型。"

乔："……"

他转头向柯谨寻求安慰："他戳我痛脚。"

柯谨认真地说："模型错了最好还是改一下，不然论文会被枪毙。"

乔少爷被两面夹击，毅然决然地钻进了人群。

就凭他这股无聊劲，顾晏就很想"放生"他。但他最终还是脚下留情，跟柯谨一起在人少的角落等了一会儿。

乔少爷在人群里挣扎的时候，一个女生抱着个匣子鼓起勇气走过来，红着脸对顾晏和柯谨说："今天是白色情人节，你们要买花吗？花种也有。"

顾晏对这些没有兴趣，冷淡但礼貌地说："不用，谢谢。"

柯谨也笑着摇了摇头，正要说话，那个女生又踌躇着开口了："真的不用吗？如果后面需要的话，可以来这找我。或者去马场那边找我另一个同学，法学院楼前也有。"

她顿了一下，又补充道："我们是学校慈善会的，今天卖花的收益会全部捐给西区福利院，那边有很多患有基因特殊病症的儿童，而且花的价格都很划算。"

柯谨听完轻轻"啊"了一声，伸手从匣子里拿了一支香槟玫瑰，道："那就这支吧，多少钱？"

女生腼腆地笑起来，说："5西。"

这比起满校园乱叫价的 15 西、20 西，便宜得简直有点儿过分了。柯谨想

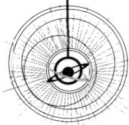

了想，干脆拿了一捧。

这期间顾晏一直没有说话，女生以为他不会要了，跟柯谨结完账，冲他们点点头便要离开。

谁知她刚抬脚，顾晏忽然出声问道："有薄荷吗？"

女生一愣。

今天主打的全是玫瑰，粉的、金的、白的、蓝的，灿烂成画。大家买花也都是从这些里面挑。不要玫瑰要薄荷的，顾晏还是头一个。

"没有就算了。"顾晏垂了眼，打算随便拿两包花种。

那个女生忙说："有的！有种子，你要吗？"

顾晏点了一下头，抹开智能机全息屏付账。

"很巧，我今天想带几包回去种了泡水喝的。你也是吗？"女生很热情。

"嗯。"顾晏没抬眼，"谢谢。"

"不用谢。"

女生刚离开，乔少爷就狼狈地从人群里挤出来了。他捋着金色的短发，跟跄到顾晏和柯谨面前，叉着腰喘了两口气，说："我后悔了，不该冲动。"

柯谨把外套搭在肩后，抓着玫瑰直笑道："看见顾晏的名字了吗？"

乔摆摆手，说："有是肯定有，我都听见好几个女生悄悄说了。但我根本来不及看，我过去一扫，就看见了一排你们院长的名字，然后我就被人流传送出来了。"

"传送"这个词就很有灵魂，柯谨笑弯了腰。倒是顾晏沉默着没有发表任何意见，他把薄荷籽放进口袋里，转头看向中塔楼的时候抿着唇，侧脸冷淡而英俊。

"我敢打赌，院长那么多名字，你们法学院的女生贡献了80%。"

"你错了。"柯谨说，"你问问劳拉她们敢不敢来这写院长的名字。"

"好吧。"乔想了想，感叹道，"那也太受欢迎了吧。"

"9点23。"顾晏从中塔楼收回目光，"再说两句，我们就可以上迟到名单了。"

柯谨叫了声"不好"，匆匆往法学院大楼赶。众所周知，他们院长永远踩着点到，比他晚的都完蛋。

他们最终赶上了咨询会的时间，但是很不幸，跟院长前后脚。

顾晏推门进礼堂的时候，听见燕绥之熟悉的嗓音在身后响起，带着调侃的笑意，不高不低："我眼花了吗？你居然还有踩点赶课的时候。"

顾晏动作一顿，转头看向对方。

他上次返校还是一个月之前，回来上了三节课，其中两节是燕绥之的。这次他本来是不打算回来的。

结果临到前一晚，他还是买了飞梭机机票。

他手里有两个案子要跟，还有一堆材料等着交，导致他上午在德卡马落地，夜里就得赶回赫兰星。

鬼知道这么赶是为了什么。

法学院安排的咨询会内容其实不错，论文交流会也有些实物，但对顾晏来说都是可听可不听的。

他坐在第二排左侧某个座位上，开了一张全息空白文档，握了一支笔，却没有记一个字，只是靠在椅背上看着讲座台，安静地听了两个小时。

他们在礼堂里的时候，乔大少爷正在一楼忙碌。

法学院大楼庄严气派，里面也不遑多让。大楼的电梯只停到二层，要想下到一层，得走一段大理石质的楼梯，楼梯上铺着鸽绒灰的长地毯。

乔少爷擅长跟各种人打交道，所以只花了五分钟就搞定了大楼的楼管。他找人把提前买好拆好的香槟玫瑰花瓣、混杂着各种祝福寄语的福袋和纸卷，装进了一个巨大的薄膜球里，并吊到了天花板上。

他跟劳拉商量好了，等他们这帮毕业生们听完讲会，从楼上下来，顺着楼梯往下走的时候，把薄膜球的开关一拉！整个法学院的朋友们都会感受到白色情人节的浪漫，以及对他们未来光明坦途的祝福。

多棒啊！

可惜现实和理想往往存在差距……

劳拉给乔发讯息说他们讲会结束了，正在下楼，预计还有半分钟到达，于是乔少爷便盯住了二楼的电梯。

只听电梯门"叮"的一声响，有身影从里面出来。乔立刻给遥控的朋友比了手势。

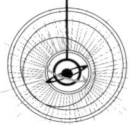

当第一个出来的人顺着楼梯从容下楼的时候，屋顶上的薄膜球"噗"地打开了。浅金色的香槟玫瑰花瓣倾泻而下，震撼又漂亮。

后面的人群"哇"地赞叹出声，姑娘们已经捂着嘴低低惊呼起来。男生们大多也很激动，淡定些的比如柯谨也是笑着的。

唯独顾晏看着前面某处，脸上的情绪有点儿……复杂。

为什么复杂？

乔少爷困惑地顺着顾晏的目光看过去，这才发现最先走进玫瑰雨里的人抬了一下头。

他脚步停了一瞬，便继续从从容容地下了楼，走到底的时候，手指扫了一下肩上的花瓣，然后跟蹲守的乔少爷对上了视线。

不是别人，正是那帮受虐狂们的院长燕绥之。

乔心说：要完。

劳拉拽着柯谨和顾晏下了楼梯，直奔乔而来，三个人一个亢奋，一个乖巧，一个不情不愿。

燕绥之笑着走过来，目光扫过他们几个，指着身后的花雨问："你们安排的？"

劳拉自告奋勇道："我跟乔一起弄的，院长。"

燕绥之点了点头，说："非常非常浪漫的主意，很漂亮。"

他顿了一下又笑着说："晚点儿记得打扫一下。"

院长一走，劳拉就激动地说："院长夸我了！"

顾晏："……"

他感觉劳拉小姐这会儿脑子可能不太好。

后来，这群享受了极致浪漫的人不得不牺牲午饭，花了近两个小时的时间，把整个一楼打扫干净。

乔是个喜欢热闹的人，难得凑了这么多朋友，不多聚一会儿就太亏了。于是他提议去梅兹大学城东街的玫瑰酒吧，名字气氛都合适，他做东。

众人左右无事，纷纷响应。唯独顾晏说："你们先去，我晚一点儿。"

"你要干吗？"乔不解地问。

"去一下办公室。"顾晏说。

"办公室？"乔没反应过来，"哪个办公室？"

顾晏说："……院长。"

乔茫然道："你去那里干吗？还要汇报一下打扫结果吗？"

顾晏说："不是，拿一下东西。"

燕绥之的办公室里有两张供学生用的办公桌，有时候他会带一些学术项目或者草案研讨组，参与的学生可以把光脑和资料搬过去，就在那里自习、讨论，比较方便。

不过实际上，那两张办公桌的使用率并不高，因为法学院的学生大多都很怕他。真正用其中一张桌子最多的人，还是顾晏。

以至于都快毕业了，他还有很多资料盘、数据片留在那张桌子上。

他到院长办公室的时候，时间刚过两点，正值午后，燕绥之不在，偌大的办公室安静地待在一道明亮的阳光里。

那道光线斜着穿过学生的办公桌，落在院长办公桌后的椅子上，留下几何形的影子。曾经很长一段时间，顾晏就在这张办公桌后，抬眼就能看见那把椅子上坐着的人。

他在这里写过很多篇论文、报告、综述，也在这里打过盹儿，又为了提神醒脑不再被捉，泡过很多杯薄荷水。

他背后的窗外有长长的春藤，风扫过的时候会有沙沙的轻响。因为太过宁静，有时候会给人一种错觉，好像这样的生活可以一直延续下去。

可事实上，却是眨眼就过。

下一次再来这里，再见到那个人，也许就是毕业典礼。再下一次……就不知会是多少年之后了。

顾晏把遗留的资料盘、数据片收起来，放进光脑包里。他又在桌边站了一会儿，然后走到他那个位置的窗边，掏出了今早买的薄荷籽。

窗台上搁着几个花盆，种着一些观赏性的绿植。顾晏熟稔地从杂物柜里拿出一个新花盆，用专门的铲子拨了点儿营养土过来，把薄荷籽倒了进去。

做完这些，他拎着包走出去，关上了办公室的门。

他的整个学生时代和那些无疾而终的东西，就都被关在门后了。

燕绥之对于办公室里多了什么、少了什么，并不那么在意，尤其是花盆、

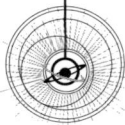

绿植这种有专人负责打理的东西。

直到几年后的夏天，项目组的学生来办公室里录点儿资料，可能是有点儿怕他吧，等待的时候显而易见很紧张。

燕绥之一直是个开明温和的教授，不介意帮学生缓解一下情绪。他从消毒柜里拿了两只待客用的玻璃杯，问他们咖啡和茶，一般喝点儿什么。

聊了几句又喝了点儿东西，那两个学生放松多了。其中一个女生左右张望了一圈，指着窗台上的花盆问道："院长你也种薄荷泡水喝吗？"

那是燕绥之第一次注意到那个花盆，他印象里以前似乎没有这样的植物。但他已经不记得自己上一次注意，是多久以前了。

他走过去，垂眸看了一会儿，问道："这是薄荷？"

女生点了点头，道："对。"

燕绥之笑了一下，说："我第一次注意到薄荷开花是什么样。"

也许是因为那几簇白花格外安静吧。

"你喜欢用薄荷泡水喝吗？"燕绥之看了那个女生一眼，"我以前也有个学生喜欢喝这个。"

他回忆了一会儿，笑了一下，说："可能是因为在这打盹儿被我抓住过。"

"在这吗？"女生有点儿不敢想象。

"嗯。"燕绥之说，"他不太怕我。"

他倚在窗边，目光落在那盆薄荷叶上，有些出神。

而那簇白色的花就点缀在重叠的青绿叶片中，不知这样寂静无声地开了多少年。

番外二　旅人

和大多数年份一样，厄玛公历 1262 年不慌不忙地走到了尾声，算得上祥和平静，又因为一些事显得有些特别，可以记上几笔——

一是关于曼森的。

距离那件震惊全联盟的大案开庭宣判已经过去五年了，时间说长不长，说短不短。曾经叱咤商界百年的曼森集团自那之后一蹶不振，摇摇欲坠，大有就此垮塌消失于商海的意思。曼森家最小的儿子乔治·曼森接手的就是这样一个烂摊子。

这位少爷之前是出了名的纨绔子弟，从未涉足家族事业。他刚成为集团主事人（倒霉蛋）的时候，几位有从商经验的朋友给了他一些建议，内容大同小异，都是说曼森集团的民众信任度和好感度已经降到了负值，甚至听到"曼森"两个字，大众就会产生排斥和厌恶心理，褪多少层血皮都不一定拉得回来，最理智也最划算的办法是进行商业切割。简单而言就是清理掉集团"坏的"部分，留下"好的"，然后换一个名号重新开始。

乔作为曼森少爷的发小，是唯一没有这样劝说的人。

事实上，这些劝说也没有起到任何作用，曼森回应那些朋友的话同样大同小异，他说："如果换一个名字，那么'曼森'这个姓氏留在联盟民众心里的最后印象就是法庭判决书和无数新闻头条报道的那些了，再不会更新。那他的父亲、祖父以及更早以前白手起家的曾祖父恐怕永远不会安息。"

乔听闻这些话的时候毫不意外，他道："我就知道。我早就说过的，曼森其实是咱们这帮人里最念旧、最拗的一个。"

于是，曼森第一次真正意义上踏足商界，就给自己选择了地狱级难度。无数人断言这条路他坚持不了多久，他也确实走得头破血流，但到底撑下来了。他花了三年，在集团内部做了一次彻底的剥除和清理，又花两年做了领域收缩。

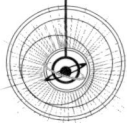

到 1262 年秋末冬初，他才算真正收拾完烂摊子。

在这五年里，曼森行事极为低调，全身心扑在内部整顿上。他的名字甚至从未出现在任何公开性质的商业聚会和活动里，直到年底破了一次例。

让曼森破例的人名叫德沃·埃韦思，各大记者提起来都喜欢称他为春藤集团掌舵人埃韦思先生，乔大少爷更喜欢叫他"老狐狸"。当然，这是背地里的叫法，当面还得叫一声亲爸爸。

说起老狐狸德沃·埃韦思，就不得不提这年发生的另一件事了——

用记者们的话来说就是，执掌春藤集团七十年的风云人物、大半辈子都雄踞联盟商业巨子榜单并从未下过榜的德沃·埃韦思先生，在将春藤集团推向又一次巅峰后宣布引退，决定去享受一下此前从未享受过的悠闲人生。

消息一出，便霸占了联盟所有新闻网站的头版头条，热议持续好多天，到处都是讶异和惋惜之声，毕竟这位掌舵人看上去起码可以再留二十年。

"对此，德沃·埃韦思先生笑着回应道：'如果我二十年后再引退，可能就听不到这么多夸奖的话了。'一如他从商七十年给大众留下的印象——绅士而风趣……"乔给顾晏和燕绥之念这段话的时候绘声绘色，念完他停顿了几秒，可能是无声干呕了一下，然后这位大少爷用一种极为死板的语气说，"多少年了，我真想给那帮傻乎乎的记者看看我的智能机相册，那里面少说也有一百张照片可以取名为'老狐狸暴跳如雷图'。"

然后，他得到了燕院长的一句由衷的夸赞："你真厉害。"

以及顾晏附送的一句："我很怀疑。"

乔说："怀疑什么？"

顾晏说："一百多张的数量。"

乔说："这有什么可怀疑的？"

顾晏平静地说："埃韦思先生暴跳如雷的时候，你哪来的工夫拍？"

乔立马道："我当然没有，都是尤妮斯在旁边拍了事后传给我的。"

顾晏静然片刻，而后道："那你确实厉害。"

乔："……"

乔大少爷消化了几秒，感觉这位死党携院长讥讽他，于是他极有骨气地挂断了语音通信，去柯谨那儿找寻安慰了。

总而言之，虽然大众觉得意外又突然，但老狐狸埃韦思先生还是如期身退，春藤集团掌舵人自此正式变更为尤妮斯·埃韦思。

这和全联盟人口信息更新核查、繁育胶囊从特殊医用转为普通医用并称为1262年末值得计入年历的三件事。

为了庆祝自己即将拥有悠闲人生，也为了庆祝尤妮斯顺利接任，老狐狸埃韦思先生着人筹备了一场家庭宴会，邀请的都是非常私人的朋友。

乔大少爷照着邀请名单给顾晏拨了语音通信。开门见山地说："十七号你和院长有空吗？"

语音通信那头并不安静，有些嘈杂人声。

顾晏跟身边人低声说了句什么，这才回应乔的话："你指哪里的十七号？"

"当然是——"乔愣了一下，立刻反应过来，"你又出差了？在哪儿呢？"

不同星球转速不同，为了统一的厄玛纪年法，计时各有一套换算方式。顾晏每次这么问，就代表他不在德卡马。

乔早已习惯，见怪不怪。他刚想嘲笑一下顾大律师空中飞人般的生活，就听见顾晏答了一句："我在蔷薇星群这边，没出差。"

乔的嘲笑卡在半路，他纳闷道："你没出差怎么跑那么远？你老实说，你不会得了飞梭机上瘾症吧？"

顾晏问道："什么东西？"

乔说："你们这种工作狂特有的一种病，飞梭机坐太多，对于离港、接驳、跃迁瞬间的那种失重感有瘾，几天不坐想得慌。"

顾晏："……"

这二世祖不愧是家里搞医疗产业的，鬼话说得跟真的一样。

乔难得堵得顾晏哑口无言，正享受这个胜利的瞬间，就听见顾晏那边传来了另一道熟悉的声音——是燕绥之燕大院长的声音。

他听见院长问了顾晏一句："乔的通信？"

顾晏"嗯"了一声。

燕绥之的声音似乎带着笑意："他说什么了，你这副表情？"

乔张了张嘴唇，刚想插一句话，就听见顾律师淡定地回答："他说我们可能都有病。"

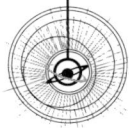

乔："……"

"我错了。"乔认错认得很干脆，"我只是挤对你，并没有把院长包括进来的意思。"

顾律师很注重细节："你说了你们。"

乔："……"他为什么想不开要去挤对律师？还是两个律师！

"算了，你忘掉刚刚的我。"乔不再挣扎，破罐子破摔道，"所以你跟院长为什么在蔷薇星群？他出差你陪着？"

"不是。"顾晏放了他一条生路，答道，"来旅行。"

"来什么？你等等，我的耳朵可能出了毛病。"乔用力掏了掏耳朵，煞有其事地揪了两下，"好了，你再说一下，来什么？"

顾晏："……"

从那个短暂的停顿来看，顾律师可能费了一点儿力气才能忍住不说"你出毛病的可能是脑子"。

看在他们关系好的分上，顾晏还是重复了一遍："旅行。"

乔的下巴掉了。

他认识顾晏这么多年，问过无数句"你在哪儿"，有大半情况下顾晏的答案都不是"德卡马"。全联盟大大小小的星球数以百计，随便报一个名字，顾晏都去过。顾晏去的理由十分一致，总是工作、工作、工作，就算他有其他事情，也是工作之余的顺便和附带。

这好像是第一次他从顾晏口中听到"旅行"这个答案，不是"来出差，刚好怎么怎么"，也不是"有个案子在这儿，碰巧怎么怎么"，就是单纯地来旅行。

那一刻，乔少爷感慨万千。

准确来说，这五年里，乔好像总能从某句话或者某个瞬间感觉到顾晏微妙的改变。他依然是绅士得体的，有着冷静、理智的头脑，很少在外露出私人的一面。但外人看不到的地方，他软化的部分越来越多了，就像一个精密运转、从不出错的工作仪终于有了生活。

作为朋友，乔当然再欣慰不过，但他生怕在某些方面，理性派的顾晏是一个木头。虽然之前的很多事都说明事实并非如此，但他还是忍不住要提一点儿建议，毕竟说起吃喝玩乐，他最在行。

"不容易啊，有一日我居然能从你嘴里听到在旅行这种事。"乔感叹完便道，"但是你旅行干吗去蔷薇星群？要惬意和自由去蔚蓝渔场，要浪漫一点儿就去云桥星，要解压和刺激去萨拉让。我跟你说，萨拉让的天空之都最近又搞新花样了，玻璃城听过没——"

顾晏打断道："我们就是从那边过来的。"

"噢！你们居然先去了，我上回就说去还没抽出空呢。"乔兴致勃勃地问，"怎么样？"

怎么样呢？那真是一言难尽。

玻璃城并不是指全玻璃打造的城市，那其实是一座现代和复古相结合的城堡，以纯白为基调，精致干净，各处墙角和塔尖都镶嵌着明黄色的灯，点亮的时候美得像童话。

但不管怎么漂亮，一座城堡其实算不上稀奇。玻璃城的特别之处在于，这座城堡包括城堡外的广场和街巷地面都是玻璃的，纤尘不染，而这些建筑又在特殊材料的支撑下高耸入云。是真的入云，站在城堡前巨大而透明的广场上，能看到云在脚下翻涌，偶尔能透过云的空隙看到地面城市的缩影。

玻璃城上个月正式对全联盟游客开放，正是最火热的时候。顾晏和燕绥之都不太喜欢拥挤，所以最初没把它放进旅行计划里。只是因为有飞梭机出了故障，占据了航道，他们乘坐的那艘飞梭机为了避让，临时要在萨拉让的港口停留一天半。本着等着也是等着的想法，他们去逛了一趟玻璃城。

玻璃城的传送直梯里有一位导览小姐，妆容精致，戴着单边耳扣，笑容灿烂得体。

在升空的过程中，她对顾晏和燕绥之介绍说："因为建筑风格全部以最早期的《吟游诗翁集》《永无之乡》等为蓝本，所以咱们乘坐的传送梯又叫云梯，上面的玻璃城又被称为天使的故乡。"

导览小姐受过统一培训，语速大概掐过表，她介绍完的下一刻，"云梯"刚好到顶。

梯门一打开，顾大律师和燕院长就看到了玻璃广场上乌泱泱的人群，基本分为两种形态：

一种是匍匐在地上号啕大哭，拖都拖不走的，嘴里还喊着："我不行，我真的不行，别碰我！都别动我！"

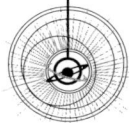

还有一种是笑吐在地，一边捂着肚子，一边骚话不断道："哎，别哭啊，你往下看。"

…………

总之，基本没有能伸脚的地方，新上来的游客要么欣赏他们，要么加入他们。

真是"天使"的故乡……

燕大院长欣赏了一圈，而后评价道："我也是第一次知道，天使都是这种款式的。"

导览小姐努力绷住脸。

结果院长又开口了，他抬了一下手，动了动无名指上扣着的指环状智能机，对顾晏说："本来我想偷拍几张照片发你邮箱，照片名我都想好了，抄一下他们的广告词——云上的绅士，现在看来——"

燕绥之又扫了一眼哀鸿遍野的广场，道："怎么拍都是一部灾难片。你看出来没？这儿其实挺像蔚蓝渔场的。"

导览小姐到底没绷住，好奇地插了一句话："为什么说像？"

因为在蔚蓝渔场那里，一枚氧气弹丢进大海，成千上万的鱼都会在海面上扑腾不息，跟眼前的景象有异曲同工之妙。

只不过那里"炸"的是鱼，这里"炸"人。

顾晏太知道燕绥之在想什么了。

为了不让某人继续祸祸导览、祸祸人家大热景点，顾晏把他拽回去了。自此他对玻璃城和"天使"有了一定程度的阴影，提就是一言难尽。

但乔问起来，顾晏还是回了一句："没法描述，建议你自己感受。"

乔道："啊？"

"行吧，我打算下个月跟柯谨去一趟。"乔说着，又纳闷地道，"不过你们既然都到了萨拉让，干吗不多玩几天？去蔷薇星群干吗？那边有意思的地方不算多。"

顾晏说："有人喜欢。"

因为蔷薇星群这边有卢恩河。

顾晏跟乔连着通信的时候，正和燕绥之并肩走在卢恩河畔。

这条穿城而过的河流因为一幅著名油画被历史记住了名字，但拥有它的这座城市并不大，步行两个小时就能走完全城，也没有太多吸引人的项目，生活清淡安静，像那条河一样少有波澜。于是无数人慕名而来，挑一个和油画相似的角度，拍几张照片，又匆匆而走。

像顾晏和燕绥之这样住了一周的少之又少，不过也正是因为如此，这条河流至今还保留着当年油画里的模样。

顾晏和乔又简单聊了几句，确定了老狐狸埃韦思先生"退休晚宴"的具体时间，便切断了通信。

这座城市的午后总是很安静，蔷薇恒星绯色的光辉洒落在河面上，河面倒映着横跨的象牙色拱桥。河岸两边的行人零零星星，说话的音调不高，总好像情人间的私语。

顾晏和燕绥之在这儿住的几天其实过得很简单，但因为平时太过忙碌了，简单反而显得惬意而珍贵。

顾晏还是会晨跑，但有两天起晚了，然后他们会一起吃个早餐。他们住的地方楼下就有一家餐厅，那里烹煮的咖啡味道很不错。

这里没有金碧辉煌的酒店，那样的建筑在这个城市里会显得格格不入，相比而言，舒适温馨的民宿倒是很常见。顾晏和燕绥之订的那间民宿就在河岸边，站在阳台上就可以看到卢恩河的晨雾。

这座城市的河流因画著名，所以这里聚集了很多画者，有许多藏在深巷里的艺术馆。他们有时会去看一两个不同类别的展览，然后挑一处合眼缘的地方吃饭。有时候他们会去市场逛一圈，买点儿食材，回住处研究一顿像样的午餐或是晚餐。

燕大院长热衷在这种时候偷懒耍赖，手段包装得很巧妙，方式也很多，反正顾律师不太招架得住。

燕绥之不是不会做饭，相反，他做得很不错。如果他真的好好摆弄一下，精致程度令人咋舌。

"正因如此，我才不能常做，总得留点儿招数在关键时刻用。"这是院长的原话。

午饭之后，他们会在阳台晒一会儿太阳，聊天看书，有时候会沿着卢恩河散步，就像他们此刻一样。

卢恩河边总少不了支着木架的画家，三三两两，有些是来采风写生的游客，

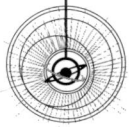

有些是在这儿久住的，甚至住了三五十年，彼此都认识，调色的时候会聊笑几句。

当他们快要走到拱桥的时候，一位画家忽然出声叫住了燕绥之。他的年纪不小，乍一看跟乔的父亲埃韦思先生相仿，银色的头发没有刻意梳剪过，被风吹得有些乱。他的眼睛倒是跟卢恩河有着一样的颜色，很有几分流浪艺术家的气质。

"我冒昧问一句，您是？"燕绥之以为是哪位被自己遗忘的人士。

结果那位画家笑着摆摆手，说："一个你不认识的人，我在这里支着画架画了三十多年的画。"

燕绥之倒也没觉得对方唐突，这座城市里任何搭讪都不会有唐突的感觉。他只是和顾晏对视一眼，然后冲画家开玩笑说："那就好，我刚刚差点儿就在脑子里默背通讯录了。"

画家哈哈笑起来，又道："不过我见过你。"

燕绥之点点头道："我们这几天常来这边散步。"

"不是这几天，当然这几天我也看到你们好几回了。"画家说，"我是说二十多年前，我在这边见过你。"

燕绥之轻轻"啊"了一声。

二十多年前，他二十来岁，倒是真的来过这里。那时候他除了沉迷潜水，还热衷尝试一切刺激性的不要命式的活动。乔之前在通信里提的那些，他其实统统去过。准确来说，联盟每颗星球每个地方，他可能都在那几年里走遍了，因为不想一个人待在曾经的旧居里。

那些年，他就像一个漫无目的的人，去过数不清的地方，总是停留不了几天又转去下一处。有时候他接连十几个地方走完，都想不起来自己去过哪儿，像一个日夜旋转不敢休止的陀螺。

"我没记错的话，你那时候也住在这边。"画家手指扫过河岸边的房屋，顺着数了几个阳台，指着其中一个说，"好像就在那里，光线角度就是那样没错。你经常站在那里，我还画过。"

他们这样的人，受艺术天性驱使，总能在视野中找到一个适合作画的焦点——要么是平静中的不安，要么是热闹中的孤寂。

这么说起来也许有点儿矫情，但他当时寻找那个点的时候，一眼就看到了那个扶着阳台栏杆的年轻人。那一幕太符合后者，所以他印象深刻，画过不止一幅画。

顾晏顺着画家的手指望过去，说道："那儿离这次住的地方也只隔了几个阳台。"

燕绥之也朝那边看了一眼，然后笑着摇头说："这我倒是真的记不清了，当年可能心不在焉。"

"你记不清也正常，毕竟那是二十多年前了。"画家浑然不在意，摇了摇手，又对燕绥之说，"你的变化好大。"

说完，他又补充道："我不是指长相上的，你知道的，我们这些人比起长相，更擅长捕捉别的东西。"

他用手指比了一个抓取的动作，又自顾自地笑了，然后道："这座城市太小了，一般人只会来一次。像你这样隔了这么久再来一趟的人屈指可数，是因为特别喜欢那幅画吗？《卢恩河之夜》。"

"不全是。"燕绥之说，"当然，那幅画作很惊艳，但比起画，我可能更喜欢跟人一起沿河散散步。"

"啊。"画家笑起来的时候有种慈祥感，他促狭地眨眨眼，说，"我看出来了。"

"你们是要在这儿长住吗？"他又看向顾晏问道。

因为目光还没移开，所以顾晏回应道："休假，今天是最后一天，明天我们就走了。"

画家点了点头，脸上又露出了几分遗憾的表情，说："这里生活很惬意，其实长住也不错。"

燕绥之笑了起来，说道："那倒是，我们已经有点儿不想走了，可惜离退休还早得很。"

画家说："万恶的老板！"

燕院长眼也不眨地附和："是，万恶的老板。"

顾晏默默地朝某人看了一眼。

要知道南卢律所的老板不巧正是他们俩呢。

天真的艺术家对此一无所知，感慨了几句后对他们说道："我叫住你们其实没别的意思，就是觉得有缘。你们明天离开的时候记得来这里走一下，我送

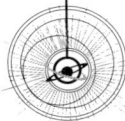

你们一份小礼物。"

礼物其实不难猜，是画。

只是燕绥之拿到画的时候，还是有些讶异，因为不是一幅，而是两幅。

其中一张陈旧一些，落款时间是二十五年前。画里是一排灰红相间的建筑，半没在卢恩河畔的雾里。楼下是往来如织的游客，面孔模糊，楼上的阳台上却只站着一个人。二十多岁的燕绥之穿着衬衫，两手撑扶着黑色雕花栏杆，垂眸看着河岸，像一切热闹的旁观者，安静而孤独。

右下角是当初画家取好的画名，叫作"旅人"。

另一张应该是这几天画的，同样是卢恩河畔，同样有着迷蒙的晨雾和绯金色的恒星光辉，只是画里的人变成了两个，穿着深冬的大衣，戴着温暖的羊绒围巾，说笑着走过，留下两道高高的背影。

这张画没有名字，却被仔细装裱进了画框，可以挂在家里任何一个地方。

这确实是一份很棒的礼物。

不知为了应景还是什么，燕绥之和顾晏搭乘的飞梭机在纽瑟港着陆时，德卡马正在响应联盟号召，做着新一次的人口信息更新核查。登记员带着光脑守在进港处，给每个下飞梭机的人做着登记。

燕绥之的大衣搭在手肘上，手里拿着包裹着画的防水油纸，在光脑前驻留时说了一句："别说，这检查还挺让人紧张的。"

顾晏推着行李箱过来，感觉自己听了一句鬼话。

"为什么紧张？"负责登记的人乐了，"又不抽血又不考试的，就扫一下虹膜而已。"

"因为十一年前的那次检查，你们冲他扫了一下虹膜，他的经常居住地就成了长途飞梭机。"顾晏说。

"是的，像一个流浪汉。"燕绥之说，"希望这次你们能给一点儿面子，好歹给我留一套房子。"

登记员忍俊不禁，配合地开着玩笑："好的，我尽量。"他说着，又冲燕绥之扫了一下。

光脑的全息屏幕上刷出了身份档案，其中经常居住地那一栏跟着近几年的总数据哗哗地筛着，片刻后终于定格下来。

与十一年前不同，这次共有两个地址，一个主选，一个备用。同他关联最深的地方终于不再是什么长途飞梭机了，那一栏里显示着两个地方，他的湖边别墅，还有顾晏的城中花园。

燕绥之的目光扫过那一项，笑了起来。

那天恰逢是周日的傍晚，从纽瑟港通往城区的车道热闹而拥挤，亮着的车灯宛如长龙一直延向天边，都是回家的旅人。

两人坐着哑光黑色的飞梭车，在途经一处生活商店时买了些食物和水果，挑了几瓶调味用的酱汁，以及一组挂画用的墙扣。

他们回到湖边别墅的时候，天色又暗了一层。隔壁邻居养了好几只猫，其中一只尤其不怕人，听到院门响的时候，嗖地蹿过来，趴在两家相隔的栏杆上，试图把浑圆的脑袋塞进栏杆缝隙里。

顾晏在停车，燕绥之关了院门，拎着东西经过时扫了那小东西一眼，忽然想起少年时那对带着猫来串门的邻居夫妇。他弯腰捏了捏那只猫的肉垫，进了屋，亮了灯。

绯色的余晖从湖的另一边漫过来，又缓缓褪下去。

太阳下山了，和悠长时光里每天都会有的日落一样。

—— 全文完 ——

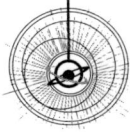

典藏版·全三册

一级律师

木苏里 著

中册

孔學堂書局

不知多少光年之外的行星带从天际横跨而过，
像一条闪着光的无冬长河，
在那之中，星辰相聚。

就像这个世间总有一些路，
你踏上去，
就知道自己永不孤单。

顾晏

燕绥之

天气刚好的时候，

他依然可以在那片玫瑰的簇拥下，

享受一个慵懒的下午。

木苏里

第三卷　鸟笼

TOP LAWYER

第一章

1

乔治·曼森的案子因为陈章的无罪释放以及燕绥之在庭上说的话，再次进入了调查取证确认嫌疑人的阶段，只不过现今嫌疑最大的已经变成了赵择木。

一位律师不能代理同一件案子的其他嫌疑人，所以乔治·曼森案后续不论怎么发展，都跟燕绥之扯不上更多关系了。

不过他和顾晏还是在天琴星多待了一阵子，因为南十字律所每季的马屁会又要来了。

所谓的马屁会就是由南十字律所出面，邀请有交情的以及即将有交情的法官们参加餐、酒会，以方便所里的大律师们能定期跟诸多法官保持联系，至少也是碰过杯、喝过酒的情谊。

这样一来，律所里的大律师们今后在法庭上碰到他们，也能占一点儿好感度方面的优势。

这样的餐、酒会南十字每一季度办一回，一年四次，不算多也不算少，刚好卡在那个度里，既能跟法官们套套近乎，又不至于越过那条线引起法官们的反感。

这种餐、酒会被内部戏称为马屁会。

往年，这种马屁会顾晏都是不参加的，他的高级事务官也不太希望他参加，毕竟顾晏不是会说漂亮话的人，更别说顾晏的庭辩实力也确实给了他一定程度的任性空间。

这一次的马屁会，顾晏照旧找借口远离了德卡马。

"我们可能要在这里等着看一眼案件结果。"燕绥之这么跟菲兹小姐说。

菲兹已经见怪不怪了，说："别解释了，我知道你们都不想去马屁会，还案件结果呢，说得跟真的一样。"

既然被她点明，燕绥之特别坦然地道："是，猜得没错。"

菲兹："……"

就这样，两人得以延长了在天琴星待的时间。

不过他们刚确认要在这里多住几天，就接到了乔小少爷的邀请："你们不急着回去吧？那真是太好了，之前因为案子调查做证的事情，我一直不方便联系你们，现在解禁了，请你们喝酒？"

"又喝酒？"顾晏问道

之前喝酒喝出了曼森的事情，这位小少爷居然还没有对酒会产生心理阴影，也是心大。

"怎么？你不想喝？你上次离开亚巴岛的时候，说好了要给我补一顿酒呢。"乔说着，声音又低了一点儿，像是叹了一口气，"老实说，曼森这事儿弄得我有点儿……唉，算了，现在不提这个，等警方把证据敲实吧。总之后天，樱桃庄园，喝两杯怎么样？我顺便散散心。"

这位话痨少爷说起什么事来都是一长串，也不给人反驳的机会。

顾晏想了想这几天反正安排也不多，便点了点头，道："嗯。"

"对了，不介意我带上柯谨吧？我发现他好像特别喜欢你那个实习生。"乔说起来有点儿沮丧，"曼森那事之后，他的状态有点儿不太好，希望他跟你的实习生聊两句能有点儿好转。"

"聊两句？"

乔干笑两声，说："帮我请求你的实习生，单方面聊两句。"

顾晏看了燕绥之一眼，点头答应："好。"

他们本打算于约定的那天晚上在樱桃庄园见，结果没想到那天早上十点不到，他们就齐齐地站在了位于第三区的中央医院里。

曼森醒了。

这个醒也就是最表层的意思，他在早上七点睁开了眼睛，很轻地眨了几下后就又闭上了，此后又缓了一个多小时才再次睁开，此后就一直保持着半阖眼眸的状态。

医生和护士给他做了最全面的检查，又齐齐地聚在病房盯了仪器一个小时的数值变化，确认已经脱离了危险期，负责医生这才拍板把他移出了无菌病房。

移进病房后不到一个小时，乔就已经叫上了顾晏和燕绥之，跨越大半个第

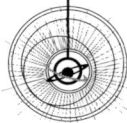

三区，站在了曼森的病床边。

能这么快得到消息，尤其还是在曼森家的人守着的情况下，绝不会只是"听说"这么简单。

"你在这边安排了人？"顾晏问。

这时候的病房里没有其他人，说话也方便。

乔两手插着兜，低头看着床上躺着的曼森，说道："是啊，我弄了几个人在这里，不然我怕他没法好好地走出医院。"他说着，挑起眉，朝门外方向看了两眼，还略带一点儿挑衅。

挑衅完，他又转回脸，压低声音冲顾晏和燕绥之说："老曼森要不行了，曼森家所有人都像狼一样盯着他那份遗嘱。"

他冲床上的乔治·曼森努了努嘴，说："他曾经最讨老曼森喜欢，后来当了几年混世魔王，使得老曼森看见他就头痛，但是这两年他又有了正形，老曼森又开始乔治长、乔治短地念叨他了。要我说，这次不管谁干的，都跟他那几个黄鼠狼哥哥脱不开关系。"

燕绥之讶异地看着他。

乔注意到了他的目光，说："怎么，不信啊？你年纪还小，而且没见识过曼森那一家的作风，见识了，你就不会露出这样惊讶的表情了。"

他一脸"这世界太复杂，你可能不懂"的模样，燕绥之听得哭笑不得，说道："我惊讶的不是这个。"

乔问道："那是什么？"

燕绥之的讶异只是因为他一直以为乔大少爷是小傻瓜那一类的，没想到关键时刻还挺细心，还知道在医院里安插几个人。不过他转念一想，乔在对待柯谨的时候就表现得很细心，但这话能直接说给乔听吗？显然不能，于是燕绥之斟酌了一下，说："这话说来有点儿抱歉，我之前以为你跟曼森先生的关系……"

"很一般？"乔猜到了他后面的话。

燕绥之笑笑，算是默认。

"这些年是挺一般的。"乔也不避讳，直来直去，"小时候其实关系很好，我、他，还有赵择木吧，后来大了也不知道怎么回事，玩着玩着就玩成了名副其实的假朋友，好像除了场面上的消遣酒会，就没别的话可以说了，也就比点头之交稍熟一点儿吧。"

他看着曼森安静了一会儿，又耸了耸肩，道："你看，我最近往这里跑了好几趟，依然没话可说，只能跟你们聊几句。"

燕绥之点了点头，又有些疑惑地问道："为什么会叫上我们？"

曼森醒了，乔赶过来看一眼还可以理解，但是叫上他跟顾晏就有点儿令人意外了。毕竟顾晏跟曼森算不上朋友，而顶着阮野身份的燕绥之跟曼森甚至只能算刚认识不久。

"我认识的很多律师，案子输了或者赢了，陪审团宣布结果的那一刻对他们来说就是结束了，出了法庭就跟案子没什么瓜葛了。至于被告或者原告之后会怎么样，对他们来说不重要，因为他们已经在奔赴另一个案子的路上了。"乔说道，"我不知道这么说对不对，不过顾跟他们都不一样。我觉得他或许会想知道，案子的受害者脱离了危险，或者结果没有预想的那么糟糕。"

他冲燕绥之眨了眨眼，说："而你又是他唯一一个愿意收的实习生，要么你身上有他特别欣赏、特别喜欢的地方，要么你跟他很像，所以……"

顾大律师听不下去了，斩钉截铁地对他上述发言做了评价："你的想象力过于丰富了。"

"别拿那套'推脱不掉，替那位莫尔律师带几天'的说辞来狡辩了，我们不听。"乔说，"还有别的解释吗？"

燕大教授吃里爬外，看戏一样跟乔站在一边，翘着嘴角好整以暇地看着顾晏。

顾晏："……"

眼看着"薄荷精"周身的凉气嗖嗖地直冒，燕绥之这才收回视线，对乔说："谢谢。"

虽然是为被告方代言的辩护律师，但他并不站在受害者的对立面，能看到曼森死里逃生，脱离危险，心情确实会好一些。

当年燕绥之跟很多人一样，对乔了解不多，不太明白为什么顾晏会跟一个这样的小傻瓜二世祖成为朋友，还维持了这么多年，现在他忽然明白了。

曼森只是刚醒，还远没到能认人说话的地步，除了无意识地睁一会儿眼，更多的时候还是在昏睡。所以燕绥之他们并没有在医院久待，了解了曼森的大致情况便离开了。

临走时经过走廊，廊里守着不少曼森家的下属，其中有两个看起来像是小领头。

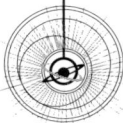

乔看了那两个领头好几眼，直到进了医院的地下车库才咕哝道："布鲁尔·曼森又换狗腿了，几天前领头的明明还不是那两个。"

不过他的声音太小，燕绥之和顾晏都没怎么听清。

"什么？"

"没什么，感慨一下曼森的黄鼠狼哥哥们。"

左右下午也没什么事，晚上的樱桃庄园之约干脆提前了。

"我得先回去一趟，把柯谨带过来。"乔对顾晏道，"你们先过去，如果愿意的话，帮我把我今年的定制酒找出来，这庄园越来越会藏了，我上回找了两个小时愣是没找到。"

燕绥之和顾晏在樱桃庄园用了午餐。

这里的菜式也很有花园茶会的特色，每样都是偌大的盘中小小的一点儿，分量少得可怜，但胜在精致。但这种菜式对燕绥之来说刚刚好，他吃东西总是格外讲究，细嚼慢咽，斯文至极，别人五分钟就能吃完的东西他可能要花三倍的时间，而且他还吃得少。

"饱了？"顾晏见他用餐巾擦了嘴角，又伸手去拿佐餐甜酒，当即把酒杯拿到了自己面前。

餐桌是长圆形，燕绥之惯有的餐桌礼仪让他干不出站起来伸手去够酒杯的事，于是他干脆靠在椅背上没好气地看着顾晏。

樱桃园的微风穿过蔓生的青藤，灌丛和矮树圈围出的这一块地方安静又私密，枝叶轻碰的沙沙声扫过瓷白的桌面。

考究的桌布被微风掀起一方边角，从燕绥之的手腕轻擦而过，他搁在桌沿的手指动了动，那方边角又被风撩落回去。

顾晏垂着目光看了一会儿手里的甜酒，端起来摇晃了两下。

其实燕绥之并不怎么喜欢这种酒，对他而言，奶油味和紫罗兰的香气略重了一些，有点儿甜腻，也就适合在这里佐餐。但是不知道为什么，他隔着半方桌面，从顾晏那里闻到一丝隐约的酒香，竟然觉得味道应该还不错。

嗡——

燕绥之手指上的智能机突然振了起来，响得及时又不合时宜。他顿了一下才调出屏幕，一手戴上了耳扣。

拨来通信的是菲兹，他刚接通"喂"了一声，对面就"啊啊啊"地惊叫起来。这一嗓子真是提神醒脑，什么甜酒、微风、奶油香都烟消云散，连对面坐着的顾晏都听见了，撩起眼皮朝这边看过来。

燕绥之跟他的目光撞上，有点儿无奈地说道："菲兹小姐，拨通信用不着开嗓。"

菲兹又道："我的妈呀。"

燕绥之说："这便宜我不方便占。"

菲兹接连被他堵了两句，有点儿纳闷道："你今天嘴巴怎么这么毒。"

可能是被某位学生憋出来的，燕绥之心想。

"不管了，我只是想说，你居然赢了乔治·曼森先生的那件案子！"菲兹听起来真的很兴奋，"我的天哪！庭审结束我给你和顾发信息问候的时候，你们俩为什么都没说结果？还有请假躲酒会的时候，居然也只字不提！如果不是今天胜诉的函件发到律所来，我都不知道你居然赢了案子！"

燕绥之非常无辜地说："你并没有问过结果啊，菲兹小姐。"

菲兹说："我以为你一定会输的啊！当然，我不是在质疑你的能力，只是不好意思问，怕你输了案子正难过——"

"我非常理解。"

菲兹"噢"了一声，说："不管，总之你居然提都不提！这么大的事情！天，你知道今天律所看到函件都炸了锅吗？尤其是霍布斯的脸，哈哈哈。"

她笑得非常畅快，听得燕绥之哭笑不得，忍不住提醒她："你是在办公室说这些吗？"

"当然不是，在你眼里我那么傻吗？"菲兹小姐不满地说了一句，接着又笑了几声道，"你忘了？这两天酒会，今天下午和明天一整天他们都要在相互拍马屁中度过。我酒精过敏，喝了两杯果汁就先回住处了。"

"你酒精过敏？"

"呃，必要的时候酒精过敏。"菲兹更正道，"不提这些，我想说你其实应该跟顾一起回来的，虽然这个酒会盛产马屁精，但是对你来说其实有好处。你知道吗，今天不少人都提到了你，对你非常好奇，这其中不乏几位大律师、法官，甚至咱们的高级事务官和合伙人，你其实真的应该回来的。"

"是吗，那我更庆幸请了假了。"燕大教授一本正经地说，"刚毕业没什么经验，那种场面我有些应付不来。"

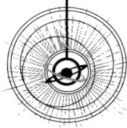

顾晏："……"某些人又开始不要脸了。

菲兹的通信切断之后，燕绥之对顾晏道："她说酒会上来了很多人，没准儿就包括跟爆炸案有牵连的。"

这种情况顾晏其实有过预想，他说道："酒会碰到过于被动，主动比被动稳妥。"

菲兹的通信引出了正事，之前的那种心绪就好像投进湖泊里的一枚石粒，漾了几圈涟漪便沉静无声了，让人误以为没能留下什么痕迹。

2

乔带着柯谨到樱桃园时，已经接近傍晚。

"你是去隔壁星球接的人？"顾晏道。

乔举手做了一个投降的姿势，说："我道歉，我道歉，比预计时间稍微晚了一点点……"

"三个半小时。"燕绥之不介意补上一刀。

乔说："出门前想洗澡换一身衣服，结果不小心在浴缸里睡着了。"

但是燕绥之和顾晏是什么人哪，别的不说，观察力向来远超常人。如果真泡在浴缸里睡了三个小时，从手指边缘的状态就能看出来。但是乔的手指看不出什么，反倒是柯谨的左侧脸颊还留有一些轻微的睡痕。

合理推测真正睡了一会儿的人是柯谨，或许乔没忍心叫醒他，便干脆多等了一会儿，直到他醒来。

精神状况不太好的人有时候对情绪极为敏感，可能大家对于迟到并不在意也不含责备，但是柯谨不会那样认为，所以乔干脆嘻嘻哈哈地用自己做挡箭牌扯了过去。

燕绥之和顾晏都是聪明人，而且对所谓的迟到确实一点儿也不在意，便直接略过了这个话题。

因为乔的预约，樱桃庄园这天夜里不接待其他外客，整个园子里只有他们四个。园区被服务生提前布置过，在他们预订的那块花园的餐桌旁挂了简单漂亮的餐灯，星星点点缀在树枝和桌椅边。

桌上放着一只造型优雅的酒架，搁了六瓶新酿的 A 等酒和一桶冰块。

但是乔大少爷依然执着于专属于他自己的那瓶特制酒，他问道："你们帮我找到没？"

燕绥之摇了摇头，事实上下午还真把这事儿给忘了。

乔半真半假地冲服务生抱怨："跟你们老板说，下回别藏那么深，每回找酒我都怀疑我的智商可能有点儿问题。"

服务生没忍住笑了一下，连忙道："当然不是，事实上能不靠线索找到的客人总是屈指可数。"

乔说："不行，别跟我说线索，我再试试。"

"好的，如果有需要随时按铃叫我。"服务生说完，便将这方花园留给他们，先回楼里去了。

虽然之前他说的是希望燕绥之单方面跟柯谨聊几句，但事实上他也没真的让燕绥之找话聊，毕竟柯谨并不会给人回应。而且刻意去跟柯谨说话，反而会让柯谨更为敏感。

不过他的预想也并没有错，因为只有他们四个人的时候，柯谨看起来确实放松了一些。

"先去找一下我的酒？"乔试着提议了一句。

燕绥之和顾晏自然没什么异议，柯谨反应了一会儿，抬头看了他们一眼，也跟着站了起来。

乔登时高兴了不少，兴致勃勃地拉着他们在吊着灯的樱桃园里穿行。

"给一点儿信息，比如生日或者什么纪念日。"燕绥之问了乔一句。

虽然他自己并没有在这里认真找过专属酒，但是对庄园藏酒的规律还是有所知晓的。庄园并不会把客人的专属酒随意乱藏，毕竟樱桃园这么大，真要随便找块地方藏起来，一年也很难找到。

他们藏酒大多是根据客人的资料信息来的，比如生日、姓名首字母或者重要的纪念日。你留的信息多，他们藏的方式就多。

乔大少爷想了想，道："那我留的资料太多了，毕竟我十岁出头就偷偷在这里混了。我想想，生日是三月二十一日，纪念日那多了去了，我第一次跟人打架的日子、第一次喝酒的日子，或者毕业日？还有跟柯谨认识的日子、跟顾晏认识的日子、跟……"

这位少爷滔滔不绝地说了一长串，燕绥之服了，心想：酒庄不坑你坑谁？

还好乔并不是全傻，四舍五入也就六分傻的样子，所以他又念念叨叨地排

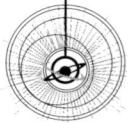

除了这几年酒庄用过多次的几个日子，剩下的也够几人一顿好找了。

夜里的樱桃园其实很适合散心，说是找酒，走走停停地偶尔拨开青藤看一眼，也并不无趣。中间乔还拿了两杯酒，递了一杯给顾晏，一边翻找一边喝着酒随意地聊着。

有时候是在聊最近的正事，有时候是抱怨几句家族长辈，有一搭没一搭。

燕绥之并没有一直跟他们在一起，他在一处树丛的岔道口打了声招呼，独自一人走到标着"红桃J"的餐座边。他拆了乔的生日日期做信息，顺着红桃J餐座的第三行樱桃树走着，打算看看横向第二十一棵树的附近有没有藏酒。

乔的声音隔在几排树藤之外，隐约可以听见："喏，这棵树看见了吗，据说长了二十来年了。看，树干上这道刀疤还在呢，还是当初我跟曼森，还有赵择木在这里胡闹留下的，那时候多大来着？十岁吧……我记得曼森弄了一把新式军用匕首，在这里试了一下。"

他讲完以前的事，又安静地回味了一会儿，冲顾晏道："你知道吗，今天早上我接到医院消息的时候，从负责医生那里听来一句话，他说曼森这次特别幸运，因为被送往医院的时间很巧。如果再晚一点儿，曼森能不能醒过来就很难说了。那天晚上，其实并不是我们想起来要去叫曼森的，而是赵择木提了一句才让我们想起来的……"

燕绥之踱步似的走得很慢，但也渐渐地离他们越来越远，乔的声音慢慢变得隐约起来。他在原地站了一会儿，才又继续迈步。

原本他只需要径直走到挂着二十一号小铁牌的樱桃树那里就行，然而在走过十七号的时候，他的步子忽然停了一下。有那么十来秒的时间，他站在三排十七号树的前面没有挪步，乌黑的眸子里映着树灯，清亮温和。

这个日期是他父母的结婚纪念日，在他幼年和少年时期的记忆里，是个每年都会被隆重对待的日子。

即便后来他们都不在了，每年的三月十七日也依然没被完全遗忘，燕绥之总会记得订一株玫瑰花枝，托人备好养料，栽在住处的庭院里，二十多年来已经长成了片……

也许是乔絮絮叨叨的声音已经不再清晰，这块区域显得太过安静。燕绥之站了一会儿后，鬼使神差地走到十七号树后，抬手撩了一下墙上的长藤。

长藤后是庄园预留在墙上的贮酒孔，给客人们定制的专属酒就藏在这些贮酒孔里。这个孔洞里也放着一瓶酒，这本身并不令人意外，令人意外的是酒的主人……

燕绥之下意识抽出酒瓶，瓶身上客人的姓的首字母和备注就这么落入他的眼里——

L 先生及夫人

结婚纪念日

落款的年份很久远，是二十八年前。

那一年燕绥之刚满十五岁，在那之后，就只剩他孤身一人。他从没想过会在不经意间，这样偶然地在某个地方看见和父母相关的东西。

这也许算是一个惊喜，但他握着酒瓶看了很久很久，却突然觉得有一点儿孤独。

直到身后顾晏温沉的声音由远及近："你怎么站在这里？"

"嗯？"燕绥之似乎是随口应了一句，尾调有点儿微微上扬，很好听，也一如既往带着一点儿笑意，但是他没有回头。

曾经有人评价燕绥之像一面湖，看着温和，触手却透着凉气，站在岸边又根本望不到有多深的底。你看不出他特别喜欢什么或者特别讨厌什么，也看不出他是在高兴，还是在生气。

很多人想探一探底，却要么无从下手，要么望而却步。

但是现在，站在青藤墙边的燕绥之眉目低垂，身影被树灯勾勒出修长的轮廓，表情隐在夜色里模糊不清。虽然只是一个背影，却让人觉得好像摸到了一丝缝隙。

他借着树灯温和的光，又看了一会儿酒瓶上的字，然后撩开青藤，将那瓶酒放回原处。转过身来的时候，他的表情一如往常，冲顾晏道："你不听乔少爷讲少年故事了？"

他拍了拍手上沾染的尘土，捻着手指没好气地说："我怀疑只有我一个人是真的在找他的那瓶酒。"

顾晏看着他的眼睛。

那一瞬，燕绥之有点儿担心面前的人会哪壶不开提哪壶地问他刚才在看什么，毕竟这样不合时宜的人不在少数。

如果真的那样，根据以往面对其他人的经验，他可能会不那么高兴，甚至

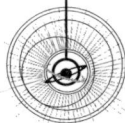

非常排斥……燕绥之心想，而他不太希望对顾晏产生那种情绪。

好在顾晏的目光只是在他身上落了一会儿，就又扫向了其他几棵标号的樱桃树，问道："这一排都看过了？找到没？"

燕绥之忽然就笑了。

"还没，去看看二十一号那棵。"他说着走了过去，跟顾晏并肩而行。

没多久，乔和柯谨也走到了这边。不过很遗憾，酒庄没有把酒放在红桃J第三行的第二十一棵树这么明显的地方。

四人散步一样在樱桃园里走着，气氛很放松，燕绥之却有些心不在焉。

一直到后来，他们翻了大半个樱桃园，终于找到了乔的专属酒，又聊起了曼森和赵择木的过往，混杂着一些大学时光，燕绥之始终都有点儿心不在焉。

乔拽着顾晏陪他喝了很多酒，这少爷别的不说，酒量是真的好，喝完一架子的酒依然头脑清醒，除了话更多一点儿，没有显出丝毫不适。

这一个晚上他大概是最忙的一个，一方面他其实很感慨曼森的意外，心情不怎么样；另一方面他又时不时要讲些糗事趣事去逗柯谨，让对方放松一些；与此同时，他还不忘给顾晏庆祝一下"一级律师"初审通过的事，顺便还要表示一下对燕绥之的嫉妒。

因为有很长一段时间，柯谨一直看着燕绥之，以一种非常规律的状态，喝一口果汁瞄一眼，再喝一口再瞄一眼。当然，这样单调的完全重复的动作本就不是正常人会有的，但放在柯谨身上，这表示他的情绪平和、安定。

到后半段，柯谨靠在椅子上睡着了，乔找服务生给他裹上毯子，冲燕绥之咕哝道："哎，算了，不嫉妒了，毕竟我这么大度。还是要谢谢你啊小实习生，他这几天状态其实很差，没什么精神，总会睡着。醒了就很容易受惊，一只鸟飞过去他都会突然发起病来，能像今晚这样好好吃完一顿饭已经很不错了。"

他带着柯谨去室内的时候，燕绥之和顾晏去水池边洗手。

樱桃园里每张座席的不远处都有一处精雕的洗手池，用考究的金属和缠绕的花枝做了栏杆将它半围起来。

燕绥之仔细搓洗手指上沾染的食物气味，顾晏就那么靠在栏杆边等着。

两人还在继续之前的话题。

"乔怎么跟曼森弄成现在这样的？"

顾晏的声音里含着一点儿酒意，很浅淡，但比平日要懒一些："乔是个很纯粹的人，跟人相处没那么多条条框框。他看谁顺眼就会对谁好，没什么道理，如果对方给他同样的反馈，那就是朋友，如果对方怀疑他别有居心，那就没什么可谈的。而曼森一度疑心很重，刚好跟乔的性格相冲，两次三番，就不欢而散了。"

燕绥之笑着说："当初我非常纳闷你和柯谨怎么会跟乔成为朋友，现在看来就再正常不过了。"

顾晏静了一会儿，才问道："你怎么知道我们是朋友？"

"这是什么问题？"燕绥之愣了一下，"当年你不是总被他拽出去鬼混？"

这辈子没"鬼混"过的顾晏看了他一会儿，暂且没去纠正他的用词："我以为你不会关注那些琐事。"

燕绥之没有否认，他冲干净手上的泡沫，想了想，道："确实不太关注，但也总有些例外的时候。即便我本身很讲求公平，但不可避免地总会对一部分学生相对更欣赏、亲近一点儿，比如你和柯谨，不过也恰好是你们两个，从学校离开之后就再没想起过我这位——"

他就像是在有一搭没一搭地闲聊，随口说到这里，语气还很轻松，甚至莞尔笑了一下，不过一转头就发现顾晏正倚靠在栏杆上看着他，眼睑微垂，眸光映着水池边的晚灯，表情有些模糊不清。

燕绥之的话音断了一下，下意识问："你为什么这么看着我？"

顾晏的目光很沉，但少有地不带棱角，甚至有一点儿温和，也许是酒意未消的缘故，他沉默了片刻，道："因为一整晚你都心不在焉，看上去有一点儿难过。"

燕绥之微愣。

这话直愣愣的程度其实不亚于在十七号树前问他"在看什么"，都说裹了太多皮囊的人，很讨厌被探究，过往的很多经验告诉燕绥之，他也不例外。

但是很奇怪，顾晏这样直白地将话摊在他面前，他居然没有他以为的那样不高兴。他动了一下嘴唇，最终还是笑了一下，道："没什么，想起家里人以及小时候的一些琐事而已。"

说完，他在池边抽了一张除菌纸巾，一边把手擦干净，一边冲水池抬了抬下巴，道："别杵着，来洗手。"

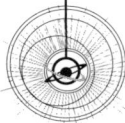

顾晏又看了他片刻，难得像一个听话的学生一样站直身体，走到水池边冲洗着双手。

燕绥之礼尚往来，靠在栏杆边等他，水池的晚灯勾勒出他微垂的眉眼和挺直的鼻梁，这么多年来，他好像变了很多，又好像一切如故。

也不知是出于什么心理，燕绥之看了一会儿后突然开了口："顾晏。"

"嗯？"顾晏的声音在水流映衬下依然含着点儿懒意。

燕绥之翘着嘴角，玩笑似的问他："毕业之后，别的学生都晨昏定省地给我发消息，最少也有个逢年过节的问候，唯独你一点儿音信都没有，直接跟我断了联系，为什么？"

顾晏垂着的目光一动未动，依然仔细地清洗着手指。

就在燕绥之以为他又要跟往常一样，碰到不好答或者太麻烦的问题就权当没听见，沉默着掠过去的时候，顾晏突然开了口："因为一些很荒唐的想法。"

"有多荒唐？"燕绥之问。

闻言，顾晏的动作顿了一下，两手撑着水池边缘，转过头来。

燕绥之自己又笑了，他用指关节轻轻地敲了一下额头，纠正道："不对，我为什么会问这个，我应该问是什么荒唐想法？"

他的声音也不高，也许是夜里樱桃园的氛围很容易让人产生一种放松又惫懒的情绪。这种带着笑意的温和语气，总会让人产生和他交心相谈的欲望，毫无保留。

但是顾晏却又敛回了目光，继续冲洗着手指。

燕绥之怀疑这大概是顾晏洗手花费时间最长的一次，快到他自己那种非正常的程度了。

"你不会想听的。"顾晏头也不抬地道。

燕绥之"啧"了一声，但没有包含任何不耐烦的成分。他继续说："我想不想听我说了算吧，怎么你还替我决定了？"

顾晏应了一声："嗯。"

"嗯什么？"燕绥之哭笑不得，"打算把法庭上拿捏心理的那套用在自己老师身上？"

"现在我是你名义上的老师。"顾晏说。

可能是他低沉的嗓音太适合樱桃园的夜色了，顶嘴顶得燕绥之一点儿也气不起来。

燕绥之眯着眼琢磨了片刻，道："我总觉得我问第一句的时候，你是打算回答的，后来多说了一句，你就改主意了？"

顾晏终于站直了身体，抽了一张除菌纸擦着手上的水迹，轻轻的水流声随着他的动作停下。他脚尖一动，转过身看了燕绥之一会儿，又把目光移到花枝上，他随意地伸手轻托了一下，晃动的花枝安静下来。

顾晏说："你以前对这种东西毫无兴趣。"

"哪种？"

"这种'别人陈旧且无关痛痒的想法'。"顾晏平静地说。

燕绥之愣了一下。

事实上顾晏说得没错，他不喜欢被探究，同样也对探究别人没那么大的兴趣，除了在法庭上，他对别人的想法并不关注，更何况还是不知多少年前早就已经过了时效的想法。因为那些想法对他产生不了什么影响，好的坏的他都不在意。

但他现在就是产生了罕见的探究心。

在法庭上舌灿莲花的燕大教授也不知道怎么解释这种心理，于是他避重就轻，把问题丢回到顾晏身上："你究竟偷偷给我下过多少定义？"

"偷偷"这种词摁在顾晏的身上莫名有点儿逗，燕绥之问完，眼睛里又漫上了笑意，清亮中带着一丝促狭。

顾晏："……"

别人喝了酒多少有点儿兴奋，他却看起来更沉敛了，好像正常人应该会有的失控和放肆都被他更深地压了回去。

燕绥之好整以暇地看着他说："所以你所谓荒唐的想法，也是这种背地里偷偷下的定义？贬义的那种？"

"不是。"顾晏答得斩钉截铁，他对燕绥之的这句问话似乎并不意外。

说完，他转头冲不远处的树丛道："别蹑手蹑脚地做贼了。"

乔的脑袋从树丛后面探出来，一脸蒙，说："我已经把动作放到最小了，这就准备悄悄回去了，你怎么还能听见我的动静？"

顾晏没什么表情地指了一下近处的地面，就见乔大少爷的影子被他后面的灯直直打到了这边，只要看着燕绥之，就能注意到那个鬼鬼祟祟的影子。

燕绥之转头看了一眼。

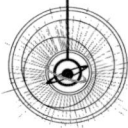

乔高举双手站出来，投降似的道："我就是来洗个手，没打扰什么吧？"

"没有。"顾晏转头往回走的时候，嘴角很小幅度地动了一下，带着一丝自嘲的意味，不过没人看到。

乔走到水池这边，咕哝道："我怎么觉得他有点儿不高兴，因为我吗？"

燕绥之看着顾晏的背影说："不是你。"

"那怎么了？"乔问。

"可能我不小心掐到了他的薄荷叶子吧。"燕绥之道。

"啊？"乔大少爷一头雾水，眉头拧成了一个结，"你掐他哪儿了？我是喝傻了还是怎么了？完全没听懂。"

燕绥之："……"

不过乔大少爷虽然酒劲上来了，但朋友还是要维护的。于是他半真半假地瞪着燕绥之问道："你故意掐的？"

燕绥之说："不是。"

"那现在怎么办？"

"待会儿我……"燕绥之顿了一下，笑道："去慰问一下。"

乔拍了拍燕绥之的肩膀，一副长辈样，语重心长地道："你好自为之。"

如果有朝一日他知道自己在对着谁乱装长辈，可能会想剁了这只手。

某种意义上来说，顾晏不愧是燕绥之的直系学生。一般人也很难看出他是真的高兴还是真的不高兴，因为他不管什么心情，脸都是冷的。

在离开樱桃园的路上，燕绥之说什么他都有应答，跟平日里也没什么区别，就连乔大少爷都觉得之前所谓的"有点儿不高兴"应该是他的错觉。

乔带着睡着的柯谨上了车。他原本打算给顾晏和燕绥之换一家酒店，但顾晏说他们明天就要返程回德卡马了，没必要再换地方，乔这才作罢，只驱车把两人送到了酒店楼下。

临走前，他从车窗探头看了眼那栋楼，点着手指道："谁给你们挑的住处？真有眼光。"

"怎么？"顾晏问道。

"没什么。"乔道，"之前听曼森提过一句，老曼森还喘着气呢，他的黄鼠狼哥哥已经开始不安分了，擅自收了一批老楼，也不知道要搞什么。这个酒店，还有旁边这条街都在其中。虽然还没到约定期，不过这一带应该已经有不少曼森家的人了。"

"只有这边？"

"不止吧，据说不止天琴星，挺多地方的。"乔说，"不过住在这里反倒安全，毕竟他们刚收的地方，要是出点儿什么事就要砸手里了。别的我不知道，这点还是清楚的，他们一般不会弄脏自己的地盘，总是专给别人添堵。"

他说着嗤了一声，道："跟老狐狸一个德行。"

他口中的老狐狸就是他的父亲。众所周知他们之间的父子关系常年处于零下状态，从乔八九岁左右起就冻上了，至今没化过，乔跟家里人唯一有联系的就是姐姐尤妮斯。小少爷很顽强，刚成年就被收过两次经济口，干脆自断来源，跟姐姐借了点儿启动资金搞投资。

他是天生的玩乐命，野心不大，够他花够他玩就行。跟亲爸、姐姐比他都差得远，但比起大多数人还是算富得流油的。

跟乔少爷相处的第一要诀就是"不要主动提他爸"，否则他的心情就会变得很差。

所以听他这么说，顾晏也没多聊，干脆地转开了话题，道："老曼森到什么程度了？"

事实上他对这些复杂的家族根本没有兴趣，但是乔提起来的时候，他总会顺着话题再问两句，以确认乔没被卷进那些乱七八糟的事情里。

"据说遗嘱已经立了有三个月了。"乔道。

为了避免一些纷争以及强调自立遗嘱的效力，联盟有一个专门的权威机构——遗嘱委员会。有的人选择把遗嘱执行交给家人或者律师，但是有些家族关系复杂或者已经没有家人可以托付的人，会选择把遗嘱提交给遗嘱委员会。

委员会确认对方死亡后，会在程序保障下逐步执行遗嘱内容。

好处是这种程序极难被干扰，这么多年来几乎没出过任何差错，也不受什么势力威胁。坏处是效率相对比较低，因为大多需要遗嘱委员会帮忙执行的人，所立的遗嘱要么涉及财产太多太大，要么涉及很多公益机构。这样的往往需要层层审核和确认，这套流程走完短则两三个月，长则一年。

"曼森那几个哥哥疯就疯在老头子没有把遗嘱给律师，而是提交给了委员会。"乔说。

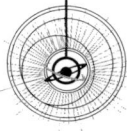

这个举动就很值得琢磨了，如果遗嘱内容明显对那几位有利，何必交给委员会呢？让他们执行就行了。提交给委员会，显然就是考虑到遗嘱内容他们会有异议。

"不过这是他们的家务事，老狐狸跟他家走得近，我的牵连没那么深。"

乔跟他们又简单聊了几句，便带着柯谨回去了，顾晏和燕绥之上楼之后也各自回了房间。

本以为一夜无话，谁知一个小时后，顾晏的房门突然被人敲响了。他愣了一下，拿起衣架上挂着的干净衬衫穿上，系到最后几颗扣子时，才去伸手开门。

"这就准备睡了？"门外的燕绥之看了眼他还带着湿意的短发。

"嗯。"顾晏问道，"有事？"

他刚问完，就看见燕绥之举了举手里的玻璃杯，说："我来给你送点儿睡前饮品。"

燕大教授所谓的睡前饮品很眼熟，是泡着薄荷叶的冰水。

顾晏瘫着脸问："目的？"

燕绥之说："唔……慰问。"

顾晏："？"

燕绥之："你不是不高兴？我来降个火。"

顾晏："……"

顾晏扶着门的手动了一下，看起来并没为此高兴一点儿。倒是活像要把燕绥之直接拍在门外。但他最终还是朝旁边侧了一下身，于是燕大教授毫不客气地端着一杯薄荷水进了房间。

顾晏似乎真的打算要睡了，房间内的灯光只留了床头的，是适合夜晚睡眠的暖色调，并不明亮。

燕绥之略微扫了一眼，在落地窗旁的椅子里坐下。

顾晏冷着一张俊脸，依然站在门边。他在犹豫究竟要不要关门。不过这种事并没有让他思考多久，他在墙上的控制器上点了几下，房间内所有能开的灯瞬间亮了起来。

冷色调的顶灯一照，什么困意都该没了。

燕绥之抬手掩了一下眼睛，其中有一盏壁灯刚好对着他的方向，冷不丁地亮起来有点儿刺眼。

顾晏注意到他的动作，又在控制器上点了一下，那盏壁灯便熄了。

他这才把房间门关上，走到落地窗边。

"你怎么突然开这么多灯？"燕绥之抬头问他。

顾晏不咸不淡地道："醒酒。"

他伸手捞起床上散落的领带，那大概是房间里最能显出一丝人气的东西，他拿走后，床铺就恢复了一丝不苟的整洁模样，倒是跟他一贯的气质很搭。

燕绥之看着他手指上的领带，说："你不至于晚上见个人还要把领带重新系上吧？"

顾晏当然不至于这样。

他瘫着脸把领带挂到了衣架上，又顺手按了一下遥控器，遮挡着落地窗的亚麻色窗帘自动拉开，外面浩瀚如海的城市灯光和车水马龙透过净透的玻璃投映进来。做完所有事，房间原本私人的氛围彻底消散干净。

顾晏站在桌边，垂眼看了燕绥之片刻，然后捏了一下眉心，有点儿头疼又有点儿无语。他说："是什么给了你错觉，让你认为我需要慰问？"

燕绥之指了指对面的椅子，说："直觉。你先坐下，别考验我的颈椎。"

顾晏犹豫了一下，还是拉开椅子坐下来。

"你刚才没在门口反驳我不就是一种默认？"燕绥之说。

顾晏："……"简直是强行默认。

顾晏看着燕绥之，根本不想张口。但他还是得张，因为某些人还真把那杯薄荷水塞到了他手里。

顾晏的眸光垂下来，落在那杯薄荷水上，两片浓绿的薄荷叶半浮在冰块上，干净清爽，但是……一般真要在这时候送点儿什么，不都是送解酒茶吗？而且解酒茶在酒店房间里都是现成的，顺手就能冲泡。

"怎么想起来泡薄荷叶，哪来的？"顾晏问。

燕绥之将手肘搭在扶手上，笑着说："掐哪儿补哪儿嘛，跟服务台那位小姑娘要的，上楼前刚好看见她在喝。"

后面半句暂且不提，顾晏的注意力都放在了前半句上，问道："什么掐哪儿补哪儿？"

"没什么。"

顾晏虽然嘴上说要醒酒，但并不是真的酒劲上头，他的头脑依然非常清醒，

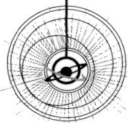

听到这话的第一反应就是燕绥之又没个正经地在背后编派他什么了，比如上回那个什么"坏脾气学生"。

燕绥之刚想说什么，就见对面的顾晏瞥了他一眼，然后面无表情地调出智能机屏幕，随便点了两下。

紧接着，燕绥之手指上的智能机就振了起来。他一时不察，当着顾晏的面调出全息屏，结果就见屏幕上跳动着通信请求人的备注名——小心眼的薄荷精。

燕绥之："……"

顾晏："……"

气氛一时间降至冰点。顾晏喝了一口薄荷水，燕绥之感觉凉气都扑到自己脸上了。

好在智能机关键时刻又振动了一次，打破了这种令人窒息的对峙。

这次不是什么鬼来电了，是一条新信息，来件人是乔大少爷。

通信号还是今晚在樱桃园里加上的，本来也只是礼尚往来留个联系方式，没想到这么快就派上了用场。

乔："实习生，我们的顾大律师怎么样了？你慰问出成效了吗？"

燕绥之看了眼顾晏的脸色，动手回了一句："可能起了点儿反效果。"

没过两秒，乔的消息接连来了两条。

——……

——算了，看在你会费心让他高兴的分上，我跟你说，其实顾很好相处的，比很多人都好相处，因为他极度理性，你如果没犯什么原则性错误，他不会当回事的。就算犯了原则性错误，他也会直接处理，不会有生气这个步骤。老实说，我认识他这么多年，还真没见他因为谁不高兴过。

燕绥之心想：这话就很瞎了，难不成当年动不动被气出办公室的冰块学生是鬼？

不过他这想法刚闪过，乔的信息又来了："哦，他那位院长老师除外。"

燕绥之："……"

千里之外的别墅楼里，乔大少爷跟柯谨说了"晚安"。

意料之中，没有得到任何回答。但是这晚柯谨的状态要比前几天好一些，起码他会看一眼乔，再安静地闭上眼睛。

乔留了一盏灯，没给他关门，走到了他对面的房间里，靠着床头坐下，然后调出智能机屏幕的信息界面。

对面的小实习生没有回复，不知道是不是被他的那句"例外"弄得又有点儿忐忑。

乔斟酌了一下，写道："就算是院长，顾也没有真的生过什么气，一定要说的话，只有一回。"

他写了两句，便回想起了大学期间的一些事情。

他跟顾晏认识是在去梅兹大学报到的当天，分配宿舍的时候，他申请的单间没有了，需要等一个月。于是那一个月他就被塞进了法学院的学生公寓里，刚巧跟顾晏一间。

最初两人对对方的印象都不怎么样，他以为顾晏冷冰冰的，目中无人，顾晏以为他是个不学无术的纨绔。事实证明，好像还真是这样。

总之，他跟顾晏在相处了一年左右后成了朋友，但并不是整天混迹在一起的那种。他自己在学校待的时间很少，顾晏则一门心思专注课业。

当初顾晏选择那位燕院长做直系老师的理由，他已经不记得了，可能顾晏根本没提过。但是他记得在选择的时候，顾晏连思考和犹豫都没有，就那么随意又笃定地在那位院长的名字旁点了个勾，就直接提交了。从打开界面到提交结果，整个过程可能不超过三十秒，比一旁摇号的乔大少爷都快。

他可以肯定，那个时候的顾晏应该挺尊敬那位燕院长的，然而好景不长，自打顾晏真正成了燕院长的直系学生，所谓的"尊敬"就荡然无存了。那时候，他作为朋友的观察日记大概是这样的——

顾晏被院长气到了；

顾晏好像又被院长气到了；

顾晏今天一整天脸都是绿的，而且毫无表情，应该是被院长气到了……

但是怎么说呢，顾晏那个人太闷了，情绪表达得九曲十八弯。

别人跟他相处时间太少，可能看不太出来，但是他作为死党，哪怕顾晏再闷，他也能看出点儿一二来——顾晏根本就不是真的气，而那两年大概是顾晏最有"活人气"的时候。

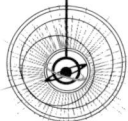

只有院长在学校的日子，顾晏才会显露出一个二十出头的年轻人会有的情绪，其他时候的他都太稳重太冷淡了。

别的很难说，但至少在他看来，虽然少了尊敬，但顾晏还是很欣赏那位燕院长的。

这并不令人意外，毕竟那位院长表现出来的性格确实很吸引人，看看他们法学院全院的受虐狂就知道了。

但第二年冬天的时候，顾晏的态度有了一点儿转折。

在乔的印象中，是当时的一场讲座还是什么，引起了法学院那帮学生对一些陈年旧案的兴趣，那阵子都在搞典型性的旧案，顾晏在那阵子里接触到了燕院长二十来岁时接的一桩案子。

那桩案子在当时还引起了一些争议，因为绝大多数人都认为那个被告人有罪，而且是显而易见的有罪，但是燕院长却坚持为对方做了无罪辩护，而且还赢了。他的做法在当时掀起了不少波澜，很多人不能接受，骂声不断。但另一方面，那个案子也让他在这一行露了头角。

那桩旧案的分析报告，顾晏写了很久，那个月的他比平日还要沉默寡言。最令乔在意的是，那个月末，燕院长办了一场生日酒会，顾晏作为直系学生自然是要参加的。

原本以为酒会结束，顾晏的状态能好一点儿，结果也不知道酒会上他跟院长说了什么，回来后他就把辛辛苦苦写出来的分析报告废掉了，换了个旧案花了一周重新写了一份。

那之后，顾晏对燕院长的态度就有点儿变了。

其实他并不是生气，而是一种刻意的冷淡。那种状态持续了一个多月，又在某一天，或者某个他不知道的时间里再次变了味。

具体什么味儿，乔形容不来。

他只知道毕业之后，顾晏就没再跟燕院长有过联系。

可是每次同学聚会，劳拉他们总会提到燕院长最近在干什么、接了什么案子，或是回学校忙什么事务、参加了某个酒会……顾晏总是沉默着，又听得很认真。

乔想着以前那些事，又觉得自己的回复不太准确，就把打好的字都删了，重新给那位小实习生发了一条消息："总之你别担心，毕竟你也不至于成为院长第二，没到那个火候勾不出他什么情绪。"

3

接到乔的信息，燕绥之轻轻地叹了口气，心想很遗憾，我不是院长第二，我是本人。

吸取了之前备注名的教训，这会儿燕绥之的全息屏已经从平摊变成了竖直状态，只有他自己才能看见内容。他正琢磨着打算给热心市民乔少爷回一句谢谢，对面的顾大律师却突然发了话："你来找我，就是为了给我展示一下备注名，然后占一张椅子给人发信息？"

燕绥之的嘴角忍不住弯了一下，他顶着顾晏冷冰冰的目光，在全息屏上调出一个界面，好看的手指轻快地敲了一行字按了发送。

顾晏小指上的尾戒即刻振了两下，他面无表情地动了一下手指，刚调出全息屏，一条新信息就跳了出来："别拉着脸了，笑一下？"

顾晏抬起眼。

燕绥之晃了晃戴着智能机的手指，说："我也可以占着椅子给你发信息。"

有那么一瞬间，顾晏没有说话，而是看了燕绥之片刻后，突然别过头扫了眼窗外，片刻后，他才又将头转回来。

燕绥之干脆把慰问贯彻到底，把通讯录里的"小心眼的薄荷精"改成了"大度的薄荷精"，又调转全息屏，伸到顾晏面前让他看了一眼，说："备注名也给你换了，这样行不行？"

顾晏面无表情。

"看来不太行。"燕绥之佯装恍然大悟地点点头，又动着手指打了两个字，重新伸过去。

这次他没再乱逗人了，改成了最正经的"顾晏"。

改名的界面光标还在闪动，确认键还没按，燕大教授似乎是为了强调诚意，打算在顾同学双眼的见证中点下"确认"。

这样的备注正经极了，跟背景通讯录里不多的几个联系人备注一样，就是最简单、礼貌的姓名而已，不再带有任何调侃的意味。

顾晏的目光落在屏幕上，脸上依然看不出什么情绪。

又过了片刻，他才抬手扫了一下。全息屏感应到手指动作便收了起来，那

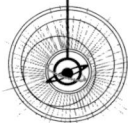

片带着文字的半透明画面瞬间消失，两人间再无遮挡。

"别忙了，我没有什么情绪问题，有也只是觉得自己喝了过多的酒，并不是针对你。"

可能"闹脾气"这种形容对顾晏来说实在有点儿不适应，所以他最终还是换了一种说法。他转开目光，看着外面从未稀落的城市灯火，说："我醒一醒酒就好，不用这么大费周章。"他的语气一如既往，平静极了，沉稳中带着一丝冷感，但是落地窗的玻璃上却隐约映出他微蹙的眉心。

那样的表情只持续了片刻，很快他的面色就恢复如常。他转回脸来的时候，语气变成了一贯不冷不热的状态："你慰问人的高超技术，我已经有所领略了，还有别的事吗？"

燕绥之说："没了。"

"回去睡觉。"顾晏斩钉截铁地冲大门方向抬了抬下巴，送客的意味非常明显。

燕绥之有点儿哭笑不得。他靠在椅子里犹豫了片刻，似乎还有什么要说的，但是琢磨了一轮也没找到话头，最终只是没好气地摇了一下头，站起身道："行吧，那我回去了。"

燕绥之打开房门。

顾晏站在控制器旁边，正在关灯的手在那一瞬间顿了一下，垂下目光看着虚空中的某一点，直到听见燕绥之不紧不慢的脚步走了出去，他才重新动了手指，把用来"醒酒"的冷光按熄。

这一夜谁都没有睡踏实。

也许是受樱桃园里那瓶酒的影响，也许是依然对顾晏放心不下，燕绥之做了一个冗长的梦。

梦的初端，他回到了少年时代的住处，那是一幢偌大的独栋别墅，前后都有装点精致的花园。他站在后院蔓生的青藤中，一手插在裤兜里，另一只手放松地握着笔。面前的木架上架着一块画板，蒙着纹理清晰的洁白画布。

午后的阳光跳跃在柔软的花瓣上，温和的风里裹着远远的鸟鸣。

他刚在画布上寥寥地落了几笔，身后的树枝就传来了沙沙的声音。

谁？

他回头望了一眼，就见一位极有气质的中年女人正端着全息版的迷你相机拨开一丛枝丫朝他走过来，一只眼睛眯着，嘴角带着笑，用镜头对准他，说："今年份的生日视频，你想说点儿什么？"

燕绥之久久地看着她，从她眼角那枚秀丽的小痣，到她笑起来若隐若现的单侧梨涡，每一处都看得很仔细。

因为一些事情，他其实很少做梦，但每一次都跑不出这些场景，每一回从这个场景开始，他就会清晰地意识到自己在梦里。

他清楚地知道这些都是梦，是曾经的、久违的、再也见不到的场景。然后他总会尽力让自己平静一些，再平静一些，以免在惊扰中从梦境脱离……

他看了女人很久很久，想叫她一声，结果梦里的他张口却总是另一句："又要录视频？说什么呢？祝我生日快乐？"

女人半真半假地犯愁，说："这就没词了？怎么办，这才是你第十四个生日，以后还得录上一百八十来个呢，要从小帅哥录到大帅哥，再到你老了，搞不好要录到秃头。"

梦里，少年时候的燕绥之懒懒地回道："你儿子老了要真秃了，哭的是你。"

他手里的笔没有停，但画的大多是一些色块，还没成形。

女人兴致勃勃地拍了一会儿画布，又把镜头对上自家儿子的脸，问道："你画的什么？"

燕绥之抬手指了一下不远处的花枝，说："那株扶桑。"他低声咕哝，"你总盯着它修剪，没准哪天就剪死了，我先画上给你留个纪念。"

"倒霉孩子，胡说八道。"女人没好气地拍了一下他的后脑勺。

"我去拍你爸了。"她看见画布上的扶桑花逐渐成形，弯了弯眼睛，不打算继续打扰画画的少年，转身要走。

燕绥之偏着头抬起下巴，睨着她说："我过生日，你也不说点儿什么？"

女人"扑哧"笑了一声，伸手捏了一下他的脸，说："我不是怕打扰你画画嘛，祝我儿子生日快乐……"

她笑得比画上那株明媚的扶桑花还要温柔动人，说："我跟你爸希望你永远无忧无虑，不用经受任何痛苦，不用特意成长，不需要去理解那些复杂矛盾的东西，不用做什么令人烦恼的选择，只希望你快乐长寿，永远有人跟你说早安和晚安。"

这是她第十四次说这样的祝福，说得燕绥之早就会背了。但他每一回都像

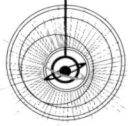

第一次听一样，搭着画架，耐心而认真地听她说完，然后摆了摆手，懒洋洋地说："放心吧，一定活成这样。"

女人端着相机离开了后花园，燕绥之看着她的身影没入别墅，那扇通往花园的熟悉的雕花门就那样在他眼前慢慢关上了。

等他再转回头，连蔓生的青藤、月季和扶桑也都不见了，像是有只手搅浑了一池水。原本的画布和木架变成了靠在阳台栏杆上的顾晏，他手里握着一杯酒，轻晃间冰块在杯壁上嗑出清响，他喝了一口，微微眯起眸子看着阳台外斑驳的灯火。

燕绥之愣了一下，再回神时，自己已经跟他并肩倚靠在了栏杆边，手里同样握着一杯冰酒，道："再过几个月就毕业了吧？"

顾晏说："嗯。"

"有什么感想？"燕绥之笑着问他。

顾晏沉默了一会儿，转过头来冲燕绥之举了一下杯，淡淡地说道："生日快乐。"

燕绥之就是在这声一点儿也看不出"快乐"的祝福里醒来的，早上睁眼的时候，久违的起床气非常重。

说不上来是因为两段被打断的梦还是别的什么，总之这一天燕绥之都没怎么开口。

乔治·曼森已经醒了，这对他们来说可能比凶手是谁的意义更大一些，燕绥之又留了陈章还有知更福利医院的联系方式，天琴星这边的事情就告一段落了。

两人坐了十多个小时的飞梭机，于清晨在德卡马的港口落地。

他们原本打算直接去南十字律所，但是临时又改了主意，因为顾晏在落地之后就接到了一个通信，来自德卡马的一家春藤医院。

"顾律师吗？您好，我是春藤医院的医生，乔少爷之前联系过我，让我帮忙准备一次私下的基因测试。"对方解释道。

顾晏愣了一下，才反应过来说："是我，已经准备好了？"

"对，全程私密、不连数据网，您可以放心。"对方道，"您如果方便的话，现在就可以过来，我会告诉您用法和数值判断标准，您就可以自主测试了。"

顾晏说："好，谢谢。"

"又要出差？"燕绥之没听到对话内容，下意识问道。

顾晏挂了通信，道："我之前让乔帮过一个忙。"

燕绥之愣了一下，想了起来。离开亚巴岛的时候，乔似乎提过顾晏让他帮忙。不过好像不是一个，而是两个。

但燕绥之没有纠正顾晏的说法，"嗯"了一声，道："什么忙？"

"我觉得你需要检测一下基因修正还能维持多久。"顾晏道。

燕绥之一愣。

因为前些天被案子分了神，基因修正能维持多久这件事已经被他搁置在了一边，遗忘很久了。没想到顾晏居然一直记得，并且早早就帮他做好了安排。

说没有感触是假的，只是感触之外还有些别的东西。

他靠在副驾驶的椅背上，看了顾晏一会儿，点了点头，说："好。"他向来讲究礼仪，却并没有在这种时候说谢谢。

"嗯。"顾晏应了一声。

他挂了通信，便低头重新定位目的地，仿佛没有看到燕绥之的目光。

车子很快启动，在前面的路口掉转车头，朝那家春藤医院行驶。

不知开了多久，燕绥之突然道："我昨天梦到你了。"

顾晏转头看了过来。

其实燕绥之也没想到自己为什么会突然提起这件事，话一出口，他先在心里愣了一下，然后哑然失笑，但是话既然已经起了一个头，还能戛然而止没个后续吗？

于是燕大教授兀自斟酌了两秒，用闲聊的语气继续道："梦见的是有一年的酒会，某人抱着杯子在阳台孤零零地当冰雕，我以为那是在感怀毕业，打算过去安抚一下，结果冰雕根本没听清问题，对我说了一句生日快乐。"

他笑了一下，道："挺有意思的回忆，不过很遗憾，到这里我就醒了，也许是因为我记不起来当时是怎么回答你的了。"

顾晏听完收回目光，过了片刻之后突然淡淡道："我记得。"

"嗯？"

"你说'谢谢，也提前祝你生日快乐'，而当时距离我的生日还有八个多月。"顾晏用一种极度平静、毫无起伏的语气说完，伸手按了某个按钮，"下车，医院到了。"

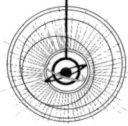

燕绥之："……"

燕绥之身上的安全带"咔嗒"一下应声收回，接着车门也"叮"的一声缓缓打开。他从车上下来的时候，顾晏已经把系统锁好，一边看着停车场旁边的指示标牌，一边给联络的医生发着信息。

不知是不是错觉，顾晏看起来心情略好了一些。昨天那般费心的慰问都没能有什么效果，今天这样三两句反而奏了效，可见某些同学大概更喜欢听梦话。

燕绥之摇了摇头，跟上去道："我真那么回答你的？"

顾晏撩起眼皮扫过来，那目光仿佛在说："会不会说那种话你自己心里没数？"

燕大教授干脆不要脸皮，君子坦荡荡地道："好吧，谁让我忘了，你说什么就是什么吧。"

德卡马这一带依然是隆冬，在他们离开的这段日子里接连下了几天雪，春藤医院旁成排的冬青木和大楼上常绿的青藤上都压了一层洁白的雪。医院门口往来的人很多，都裹着大衣和围巾，张口成雾。

这是冬天最常见的景象，却跟昨夜梦里的截然不同。

少年时候的燕绥之总是很难记住自己的生日是在冬天，因为那栋旧居的前后花园都有温控。最初是因为他的母亲身体不好，不能受寒，但后来那成了她逗燕绥之玩的地方。

她总会在燕绥之生日前，悄悄调整花园的温湿度，往往只要一周，别墅前后的景象就完全变了花样。幼年时候的燕绥之一度被她的把戏逗得搞不清四季，这么逗到十岁，他就彻底淡定下来，碰见什么惊喜、惊吓都能泰然处之了。

不过也正因如此，燕绥之每一次关于少年时候生日的回忆，都是温暖明媚的，满是悠闲惬意。

即便已经过去数十年，燕绥之在看见冬景的时候也很难意识到自己的生日快到了。虽然他每年冬天都会办一场内部小酒会，但每次听见人映着冬景对他说"生日快乐"的时候，他总会有微妙的诧异，回答自然更随性。

现在听来有点儿逗趣，只是不知那时候顾晏会不会觉得他态度敷衍？

4

这家春藤医院堪比德卡马的总部，占地广，部门繁多复杂，大楼鳞次栉比，每天往来这里的病人以及家属难以计数，常年都是数人头的状态。

"对，到了。"顾晏一边跟医生保持通信，一边在独栋的基因科大楼一层看楼层图，"一层流水台旁边。"

春藤医院是联盟内少有的具有基因修正资质的医院之一。专科大厦人头攒动，全是跟基因修正调整相关的人，顾晏和燕绥之除了一张俊颜，真没有任何特别之处。

没过一会儿，一位瘦高个的医生手插白大褂的口袋，绕过拥挤的人群，从一条走廊拐出来。他戴着实验观察专用的护目镜，深蓝色的镜片挡住了他的眉眼，下半张脸又遮在口罩里。这种全副武装的打扮在门诊或是急诊那边会很显眼，但在基因科大楼，就是再正常不过的了。

"你是……顾律师？"医生在流水台旁，一眼就找到了等候的两人，"居然是你们啊？"

"咱们……见过？"燕绥之笑眯眯地道，"你裹成这样，恕我失礼，认不太出来。"

那医生"哦"了一声，把护目镜推到额头，又拉开口罩。

"你是酒城那位？"燕绥之和顾晏都一眼认出了对方。

这位医生名叫林原，当初燕绥之在酒城烫了脚，就是他坐诊开的药。他看起来年纪比顾晏略大一些，当然，也可能是他慢悠悠的说话方式和气质给人一种稍长几岁的错觉。

"之前在酒城见过你们，没想到居然还会这样再见。"他说着，然后客套又关切地问了燕绥之一句，"怎么样？上次的伤口留疤没？"

燕绥之摇了摇头，说："恢复得很好。"

"那就好。"林原想起上回燕绥之的伤口，忍不住感叹了一句，"你们当律师的真不容易，看起来好像还有点儿生命危险。"

燕绥之说："彼此彼此。"

林原："……"

"我也没想到你们居然还和乔大少爷是朋友。"林原顺嘴解释了一句，"这还真是巧了。因为最初这事儿落不到我头上，乔大少爷一开始安排的是雅克·白。哦，你应该也见过他，当时在酒城，你们走的时候，他刚巧跟你们擦肩而过进我诊室。"

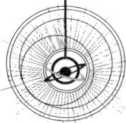

"那位卷毛？"

"对，卷毛。"林原说，"最近他家里出了点儿意外，我就干脆把这差事接了。"

"意外？"

林原愣了一下，说："没看网上消息？前两天有一起医疗事故，出了人命。最近几天德卡马全球审查，查到一连串医疗方面的违法小作坊。"

燕绥之问道："今早在车上好像扫到一眼，具体没看。这跟那位卷毛医生有关？"

"他表姐死于医疗事故，表姐的父母身体不好，受不了这刺激，所以他这两天都在帮忙料理后续的事情。"

"卷毛医生本身就在春藤医院，他表姐为什么要去违法小作坊？"

"不知道。"林原说着摆了摆手，"算了，不说这些了。走吧，跟我去检测舱那边。"

两人跟着林原医生上了楼，越过底下诊疗、手术、住院的楼层，最终停在了十二层。

"从这里再往上，到十七层就是研究区域了，一般人进不来。"林原说。

这里的每一层楼都有一个专门的密码门，必须是有使用权限的人扫描通过后，才能把门打开。

"这一排都是研究用的专业检测舱，本来是要检测一些样本数值变化的，但这周刚好有两个没有安置样本空闲着，我就先腾出来了。"林原说着把他们领进其中一间。

室内有一个竖直放置的复杂仪器，仪器上牵出数十条透明管连着电子感应片，垂挂在那里。仪器正中是人坐的地方，旁边一侧是一台偌大的显示屏。

"就是这个？"

林原点点头，说："对，说是舱，其实只有放样本进去才闭合，平时一般都是这么敞着的。这台我已经提前给你们开了权限，现在是待机状态，检测到人体后会自动启动。我已经切断了显示屏跟医院内部的系统关联，你们测出来的结果会显示在屏幕上，关闭后自动清除痕迹。除了你们两个，其他人是看不到的。"

他又指了指墙上贴着的一张纸页，说："喏，使用步骤和注意事项都在这里，傻瓜操作，照着这个来用就行。"

燕绥之闻言顺着他所指，朝纸页看去，结果一眼就看到步骤第一行一个偌大的关键词：脱。

燕绥之："？"

林原医生交代完所有的事情，冲他们客气地笑了笑，说："我得去一趟楼下病房，不过我的办公室就在斜对面1207。如果你们确实碰到了问题，或者结果出来了需要更具体的专业意见，可以在那边等我。如果不需要其他帮忙的话，测试完就按这两个键，一个是关闭仪器，一个是加密仪器，你们的数据就会被清零，不用担心别的问题。"

他说着便走出了仪器室，只是在出门后，脚步迟疑了一下，重新探头进来。

燕绥之转头看过去。

林原医生想了想，叮嘱了一句："小心一点儿。"

咔——

房门从外面关上，林原的脚步声离这边越来越远，应该是往走廊那头的电梯过去了。

房间里一时间非常安静。

顾晏突然出声："测吧，我去外面等你。"

"哎，别跑——"燕绥之抬手抓住了一点儿他小臂处的衬衫。

"劳驾看一看这张图。"燕绥之指着使用说明旁边配套的人体图。

人体图上标注着几个关键位置，都是要贴仪器金属片的地方，旁边配着说明，诸如——

此处颈椎骨往下三个指节处（以食指第一节指节作准）……

左肩胛骨往下二十五厘米左右……

锁骨（左）往下十五厘米……

腰椎两侧各三指节处……

燕绥之没好气地说："一个人没有八只手都操作不起来，我就算现在立刻开始修炼，短时间内也炼不成章鱼精。"

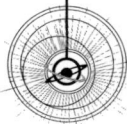

顾晏没说话，他放弃似的按了两下眉心，然后没什么表情地走到仪器旁。

"坐过来。"他一边整理线端一边说。

燕绥之把围巾和大衣挂在了一旁的衣架上，只留了一件衬衫。他解着袖扣走到仪器边坐下，把整个背部留给顾晏，接着取下了手指上的智能机，以免干扰仪器。

"给。"他头也没回，将指环朝后递过去。过了两秒，指环就被拿走了。

嘀嘀嘀——

室内的温控装置接连响了好几声，室温被人调高了一些。

燕绥之把袖口翻折了两道，露出手腕和半截手臂。他身后的顾晏也脱了大衣，沙沙的脚步声走到角落的衣架边又折返回来。

手腕两处，燕绥之完全可以自己贴。管线垂挂的位置在他后侧方，他伸手去拿的时候上半身后倾了一些，接着顾晏低沉的声音在身后响起："要哪根？"

"手腕。"

一根对应的管线递到了燕绥之手里，他捏着细细的皮管重新坐正。

再之后，他需要什么都不用再倾身去拿，只朝后摊开手掌说一下位置，管线就会被顾晏挑出来，搁在他手里。

每一个金属片上都连着一根毫针，两三毫米长，跟刺进皮肤的蚊子嘴相差无几。燕绥之眼睛都不眨一下，就将金属片按在了双手手腕、心口、肋骨下三厘米左右的腰间。

他贴完最后一处，偏头玩笑道："你睡着了吗？快帮忙。"

金属片轻碰着响了几声，接着顾晏的声音从背后传来："低头。"

第一节，第二节，再到第三节。

金属片前面的毫针轻轻地刺进了皮肤……

燕绥之本以为那些金属片会凉得人一惊，然而却并没有。

等到最后一个金属片贴完的时候，燕绥之垂着的眼睫微微颤了一下。过了片刻，他才撩起眼皮，侧头问道："好了？"

"嗯。"顾晏应了一声，刚扶稳最后那根管线，就朝后退了一步。

燕绥之转身，依照指定的姿势坐下，靠着椅背。十多根管线从仪器上牵拉过来，然后延伸进他的衬衣里。

这模样可能有点儿难以名状……顾晏只看了一眼，就再没把视线投过来，全程扶着仪器显示屏的一角，垂着眸，一丝不苟地盯着变换的数值。

仪器运作分了好几次，每次启动时，那些刺进皮肤的毫针都会带来一种麻麻的感觉，燕绥之知道那是最新的获取基因切片的技术，但是怎么说呢……非常恼人。他感受了两轮，终于还是"啧"了一声，冲顾晏抱怨道："这倒霉东西活像在漏电。"

顾大律师闻言，眼皮动了一下，依然没有看过去，脸却比之前还要瘫。

就在燕大教授半真半假地瞎抱怨的时候，房间里接连响起几声嘀嘀的提示音。墙面上温控系统的面板突然熄灭，仪器低低的运作声也骤然停止，室内瞬间安静下来。

"怎么回事？停电了？"燕绥之一愣，转头扫了眼房间里的各种东西。

他的目光最终落在顾晏的身上，见顾大律师依然扶着仪器显示屏，于是没忍住逗了一句："屏幕上有字吗？"

顾晏："……"

从他的表情来看，应该是没有。

燕绥之又道："黑屏好看吗？"

顾晏："……"

他终于撩起眼皮看了过来。

仪器另一边的工作台上有一个警示图，第一行的标题就跟停电有关。燕绥之瞥到关键词，想看具体该怎么处理。

"你坐回去。"顾晏突然出声道，"要看什么，我来。"

"嗯？"燕绥之正在看内容，头也没回地道，"没，我看了，说如果发生停电不要惊慌，医院有独立的备用能源系统，一分钟内就能恢复。仪器有应对紧急断电的自我保护程序，来电后会进入修复式启动，之前的数据不会丢失，自动续上之前的进度。"

他正说着，就听见房间里"嘀嘀"几声，仪器的运作声重新响起，温控系统的板面也亮了起来。

燕绥之这才坐正，说："速度还挺快，数据回来没？"

顾晏"嗯"了一声，过了一会儿，他才补充道："恢复了，正沿着之前的进度继续。"

屏幕上满是复杂的专业用语，医疗方面的、基因检测操作方面的，那些大

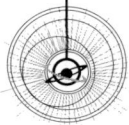

段大段、不断上翻的文字表示着仪器的进度，非专业人士根本看不出什么名堂，内容枯燥乏味，绝对是促进睡眠和发呆的上品。

但顾大律师看得非常认真。管他看没看懂，反正范儿挺足。

"结果出来了，屏幕上提示可以把管线摘了。"顾晏说。

"终于电完了，这座椅设计得可真不舒服。"燕绥之换了个姿势，揉着脖子松了松筋骨。

拆管线没那么讲究，不用注意什么位置和手法，自然也没再让顾晏帮忙。

他做什么事都慢条斯理的，尽管抱怨了好几次戴得不舒服，拆的时候也没有一把扯下，而是一根一根地摘，仿佛他摘的不是什么金属片，而是不小心沾到身上的落叶之类。

"结果怎么样？"他一边扣衬衫纽扣一边走到顾晏旁边，看着仪器屏幕问。

屏幕上显示着一个按钮提示——"检测结果"。

显然，顾晏在等他过来一起看。

结果界面一共有两页，第一页全是专业性的叙述。

"术业有专攻，跳过去。"燕大教授还在忙着扣袖口，全靠一张嘴使唤人。

第二页的叙述就转成了人话。

显示的项目条理清晰，言词通俗，有的还附有解释说明。两人一目十行地扫过，直接找到了基因修正维持期限的那一栏，旁边有个括号，注明这个期限是从检测时起算，栏目下则是维持的总期限。

只是很奇怪，这一栏的结果居然有两行——

A 次：40~45 年。

B 次：25~30 天。

这两行的内容非常简单，却让顾晏看得皱了眉，问道："两次？"

基因修正不是像挂葡萄糖和生理盐水一样的小事，它本身就存在着很大的风险和阻力，能成功就该谢天谢地了。所以有什么需要都是一次性解决，更不会有哪个医生硬是把一场修正分成两次。

这说明什么呢？

说明两次中，只有一次是救燕绥之的那位干的。

燕绥之看上去对此毫不意外，这说明他对另一次也是知情的。显而易见，他在爆炸案之前就做过基因修正，但从来没有人提及燕绥之做过基因修正，不论是关于他的各种文字资料，还是私下熟人间的闲谈。如此一来，只剩一种解释——根本没人知道这件事。

顾晏瞥了一眼大门，沉声道："需要的话我可以回避。"

燕绥之摆摆手，不甚在意地说："不用，真希望你回避的话，我刚才就轰你出去了，还等现在？"

他伸手点了点前面的某一栏，上面标注了两次基因修正的痕迹时间。

顾晏顺着对方的手指看过去，发现 A 次修正是在燕绥之十四五岁的时候。

燕绥之看着那个时间点，出了一会儿神。

这种私事不是燕绥之平日里会谈论的东西，顾晏深知这点，所以根本没打算听到什么答案。谁知燕绥之回神后，居然对他解释了一句："我母亲身体不好，这点遗传给了我，基因修正是唯一治愈的手段。"

顾晏的表情有些意外，因为基因修正在数十年前还不成熟，作为治疗手段风险很高，而且他没想到燕绥之会主动说起这些。

在德卡马别的不说，有两点很著名——不问出身，隐私至上。

在保障安全的前提下，你不想提及的私人信息很难被人知道，保护程度极高，长久以来也形成了一种公民意识——别人不说的，也很少有人费尽心思地去查，尤其是出身、父母祖辈、家庭关系之类的事情。

就像这么多年下来，梅兹大学上下包括行业内的人都对燕绥之的过往知之甚少，只听说他父母很早就过世了。

所以这绝不是一个闲聊的好话题。

顾晏明显感觉到，燕绥之虽然说得随意，可在提起这件事后他的心情并不好，他的表情有一瞬间非常复杂，像是想起了很多东西，但又很快恢复如常。

想知道的结果已经看到了，两人没在这里多耽搁。燕绥之留了个底，就照着之前林原医生交代的，先关闭机器，又加了一道锁。

巧合的是，两人虽然不打算打扰林原医生，却还是在下行的电梯里碰到了对方。跟林原医生一起的还有另外两位医生，一男一女。他们这会儿只戴了口罩，没戴实验护目镜，看起来神色焦急，似乎很赶时间。

"怎么了？"燕绥之打完招呼后，问了林原一句。

"来了几个被感染的病人。"林原简单回道，"小作坊害人！我跟你们提过的事故还记得吧？卷毛那事。那个小作坊做基因修正的时候还出了一些岔

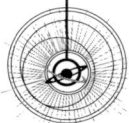

子，结果衍生出一种病毒。跟那几个事故受害者有接触的人，这几天陆续开始高烧不退，有没有大事不好说，反正传染性很强。今天赶时间，我就不多留你们了，过会儿出去的时候记得避让一下担架轨车。"

燕绥之和顾晏出医院大门的时候，果然看到几个担架轨车。距离最近的那个轨车上，躺着的人脸颊发红，脖颈、脸侧还起了疹子。

两人回到南十字律所的时候，已经是上午十点多了。

顾晏刚进办公室，就从光脑里接到了一沓半人高的文件资料，忙到十二点都没抬过头。

午饭时候，洛克他们几个实习生兴致勃勃地来喊燕绥之一起吃饭，结果探头看见顾晏，就跟耗子一样缩了回去，改在聊天群组里召唤他。

燕绥之看完消息，下意识地朝顾晏看了一眼，说："我中午出去一趟，回来给你带些吃的？"

顾晏应了一句："不用，我一会儿可能得出趟短途差。"

"去哪儿？"

"隔壁，赫兰星。"

"我一起去？"

顾晏终于从文件中抬起头，问道："然后再受个伤，给自己添点儿彩头？"

说完，他斩钉截铁地丢给燕绥之一个结果："老实在这儿待着吧。"

错失一笔出差费的燕大教授深感遗憾，走出办公室打算去找洛克他们吃饭，忽地又停住步子，转头问了一句："哪天回来？"

顾晏拿着文件纸页的手指一停，抬头看过来，说："最晚明天下午。"

燕绥之道："好。"

5

洛克好几天没看见燕绥之，憋了一个世纪的话要说，毕竟这些天律所里跟燕绥之相关的话题从来没少过。不过等他真正站在燕绥之面前的时候，却突然卡了词。

"怎么了？"燕绥之问。

"哦，啊？哦——"洛克结巴了一下才找回感觉，"没什么，就是走廊没什么光线，刚才冷不丁一看，我感觉……就一个多礼拜没见，你跟前院长又像了几分。"

说完，他又庆幸地抚了一下心口，说道："还好，阳光及时拯救了我，光线足了又觉得没什么大变化，不过你是不是长高了一点儿？我感觉你好像高了一点点。"

燕绥之摸了一把脸，一本正经道："哦？真的吗？那我应该在天琴星住个两年再回来。"

洛克摆手道："别闹，你已经够高了，还要怎么长？对了，今天早上房东打电话给我了。"

"哪个房东？"

这位金发天使好脾气地解释道："你的房东，你还记得你要租公寓吗，朋友？"

燕绥之这才想起来，说："啊，对，我要租公寓的。"

"……房东问今天能不能带你去看一下，他之后一个星期都不在德卡马。我觉得午休时间来得及跑一趟，你觉得呢？"

洛克找的公寓距离南十字律所很近，不过住宅区的年代有点儿久，楼房外侧看起来大多灰扑扑的，很不起眼，在一众广厦间活得像一块斑秃。最尴尬的是，这几年新架设的悬浮车道和高架完美地从它头顶跨过去，使它看起来更加困窘，连带着它对面的整个商业街都没了人气，商业价值嗖嗖地往下掉。

众所周知，这块地方迟早会被收了重新规划，所以各个房主都把房子囤在手里，不打算轻易卖。但是年轻一代的房主不爱住这儿，于是这里只剩了不喜欢挪窝的老人以及租客。

"看起来旧了点儿，其他都还不错。"还没进住宅区大门，洛克就瞥了眼燕绥之的脸色，有点儿不好意思地解释道，"我在周围看了一圈，这里买东西方便，到南十字步行就可以，用不着开车。几所学校的学生都喜欢在这里租房，人不杂，安全性还不错。"

"你看着我的表情，让我觉得自己好像是个活体炸弹。"燕绥之没好气道。

洛克嘿嘿一笑，挠了一下头，说："不是，我就是怕你觉得这里太旧了。"

虽然燕绥之跟他说过，只要租金合适、屋内整洁，没什么别的要求。但不知道为什么，他总觉得燕绥之像那种锦衣玉食供着长大的人，也许不能忍受这

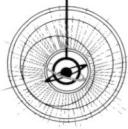

种灰扑扑的旧区。

"怎么会。"燕绥之不甚在意，"我又不睡在小区长椅上，楼外面旧不旧跟我没关系。"

事实上燕绥之讲究的时候，对房子外面的环境真的有要求，但洛克为了他这事费心已久，他不会去扫这个小实习生的兴。

公寓在九层，房东是瘦高个儿，皮肤苍白，眼睛很蓝，看得出年轻的时候应该是个身材有些单薄的帅哥，不过此时的他，眼角和嘴唇边已经有了深深的皱纹。

"我其实已经做好了等到晚上的准备。"房东说着伸出手跟他们握了握，"默文·白，一个等了你一个世纪的可怜房东。"

燕绥之说："抱歉，我今天差点儿又要出差让你等第二个世纪了。"

"那我会把租房合同刻在我的墓志铭上，等你签了我再安息。"

默文·白似乎是个自来熟，第一次见面就要贫嘴，但也确实让人觉得亲近不少，没什么拘束。

"来吧，先带你看一眼布置。"他冲燕绥之招了招手，"跟我来，玄关这边的鞋架是带消毒除菌功能的，随便脱、随便放，不会有任何异味。不过我刚才闻了闻，觉得这个功能对你来说没什么用途，但是如果有客人到来，它就很有用了。"

燕绥之说："……我是不是要谢谢夸奖？"

"不用谢。"默文·白又道，"房门的密码设置在这里，你签完合同，我就会允许你把拇指按上去。当然，现在还不行。"

他穿过玄关和正对着的短廊，推开左手边的一扇门，说："这边是客厅，两组沙发随意躺，每一个都能躺得非常舒适。穿过这扇玻璃隔门是厨房和餐厅，锅碗瓢盆一应俱全，冰箱里可能还有些牛奶和冻肉，都是新鲜的，也归你了。然后这边……是卫生间和杂物间。给你一个建议，洗澡的时候把浴缸边的拉门关上，以免水溅出来。这地有点儿滑，摔一下，你这么好看的脸可能就毁了。还有这边是卧室——"

他说得很快，反应稍微慢一点儿可能跟不上他的节奏。不过屋内干净，光照充足，确实是个舒适的住处，更难能可贵的是，还很有艺术气息，墙面上挂的画都非常讲究。

燕绥之在等房东开卧室门的时候，抬手摸了一下近处的一张挂画。

那是用炭笔和极简的线条勾勒出来的人物轮廓，有点儿像服装设计师画的简图。画上有一男一女：女人优雅地坐着，伸手去拿一杯茶，男人则逗她似的往她茶杯里放了一朵拇指月季。

默文·白看见他的动作，问道："怎么样？这幅画还不错吧？"

燕绥之点了点头，说："很不错，能看出画师是个潇洒的人。"

默文·白一听他这么说，兴致更浓厚了，说："是吗？这也能看出来？还能看出什么？"

"还能看出画师应该是个万年光棍。"燕绥之道。

默文·白："……"

燕绥之又欣赏了片刻，这才注意到碎嘴房东的沉默，疑惑道："怎么？"

默文·白面无表情地看了他半天，然后用拇指戳了戳自己，说："谢谢评价，画师就在这里。"

燕绥之了然地点了点头，说："那看来我说得很准确。"

房东的脸板了两秒，然后又忽地笑起来，跟燕绥之勾肩搭背，说："你对画还挺懂的。"

不爱跟人亲近的燕大教授不动声色地避开了他的"爪子"，问："屋里这些挂画都是你画的？"

"是啊。"默文·白道，"辞职之后我就一直在'吃'房租、画画，这都二十多年了。"

燕绥之点了点头，倒是洛克有点儿好奇地问道："辞职？那您之前是做什么工作的？"

默文·白的周身上下都散发着"不受拘束，享受人生"的气质，很有点儿玩世不恭的味道。衣裤都是最宽松的，在家仗着有地暖和温控就一直打着赤脚，头发随意地在脑后扎成一个辫子。单从他现在的状态看，很难想象他之前是做什么工作的。

提起之前的工作，默文·白似乎有点儿不太高兴。

"呃，抱歉，我是不是问了什么不该问的？"洛克敏感地注意到他的表情，可见这段时间实习下来，还是有点儿长进的。

"啊——"默文·白拖长了调子，"不是针对你，我只是想起之前的工作，

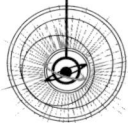

就有点儿没兴致，我这张驴脸是拉给工作看的，不是拉给你们看的。"

他并没有回避洛克的问题，甚至耷拉着死鱼眼，主动对洛克道："你觉得我之前是做什么工作的？"

"不知道，很难猜。"洛克道，"感觉就是画家、搞艺术品的，或者办画展、书展的，或者设计师？"

他每说一个，默文·白就摇一摇食指，摇到最后居然多了几分得意，说："很遗憾，全错。看来我这些年很不错，把原本的气质都洗刷干净了，非常成功，可喜可贺。"

他卖了个关子，这才道："我在医院工作。"随即他转头看向墙上那幅画道，"这两位就是我在医院见过的人，某种意义上，算是我的病人之一。当时专家和医生在医院后花园会见他们，我刚巧经过，对那一幕印象有点儿深，后来偶尔想起来，就画下来了。"

洛克小傻子张大了嘴，说："真的完全看不出来，您是医生吗？"

"不算是。"默文·白道，"我在研究室里，不下临床，但跟病人之间还是有间接联系的。"

这下连燕绥之都有些讶异了。

"研究室？研究什么？"

默文·白摆了摆手，说："算啦，都是以前的事情，不想提了。而且二十多年了，工作内容我都忘光了。"

之后参观卧室的过程中，洛克一会儿忍不住瞄他一眼，一会儿又忍不住瞄他一眼。

"这一版温控装置虽然装了有十年，但是效果还不错。"默文·白道，"如果出故障的话，可以拨打这个电话。这位同学，你已经偷瞄我四十七回了。我究竟是多长了个鼻子还是多长了张嘴？"

洛克一脸尴尬地说："我就是想知道您多大了？"

默文·白赏了他一个惊天白眼，说："我掐指算过，也不算很老，可能比你们大个七十岁吧。"

照这么算，默文·白现在有九十多岁。其实九十岁还在盛年的尾巴根，要走到尾巴尖得再有个二十年。这样看来，他眼角、眉心的褶皱和嘴边的法令纹确实过深了，尤其是眉心那两道，如果不是经年累月地眉头紧锁，很少会有这样深的纹路。

结合刚才的话，看来他曾经的工作的确给他带来不少烦恼。

默文·白没再挤对洛克，而是带着他们走到了最后一间门外，说："这里也是一间卧室，不过不在租房范围内，放的都是我自己的东西。事实上，这就是我偶尔会住的房间，也不打算腾出来。"

他嘴上这么说，却还是把这间房门打开了，说道："虽然不租，但我也不介意让你们参观一下，珍惜这次机会，过会儿锁上了，你就再也没有打开的权利了。"

比起之前收拾干净的各个地方，这间卧室才有人住过的痕迹，墙上钉着好几排颇有艺术风格的书架，书架上摆放着各种照片。

燕绥之的目光从那些照片上一扫而过，其中大多是默文·白画画或者办画展的照片，但有两张例外。

那两张一看就有些年头了，从穿衣风格到景色风格，都能看出应该是二十多年前拍的。照片里是一片墓园，默文·白正拿着白色的安息花，在松柏青树间缓缓走，他身侧再到更遥远的背后，是一排又一排沉默的墓碑。

另一张依然是那片墓园，只是换了个角度，这次连默文·白自己都没有出境，就只拍了在墨绿色的树木间铺陈到远处数不清的墓碑。

尽管照片没有拍到墓园大门，也没有任何地方露出墓园的名字，但是燕绥之还是一眼就认出来了，问道："这是赫兰星十三区的杜松墓园？"

默文·白点了点头，有些意外地说："是的，这都能看出来？"

"碰巧熟悉。"燕绥之道。

当然能认出来，因为燕绥之曾经有很长一段时间，每天都会去那里，并且一待就是一下午。那里墓碑摆的位置，种的树长成什么样，哪一块地势高一点儿，台阶上得有点儿累；哪一块地势低一点儿，下雨的时候水流容易积成片，他都知道。

因为他的父母就葬在那里。

燕绥之看了一会儿那两张照片，那里面容纳了上百块墓碑，其中有两块下面，就躺着他最想念的人。

"怎么了？"默文·白问道。

片刻后，燕绥之转开视线，抱歉道："没什么，有点儿走神。"

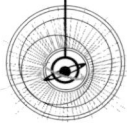

"哦，没关系，"默文·白道，"我每次看着这两张照片，也很容易出神，一发呆一下午就这么过去了。"

他带着两人出了房间，把门重新锁好，说道："我老家在赫兰星，以前工作的时候主要待在德卡马，后来辞职了，就半年回去，半年在这边，交叉着住。最近德卡马有个联合画展，我本来该在这边采风的，但是昨晚突然接到通信，我母亲病了，所以我得赶回赫兰星去照顾她一阵子，否则以后都别想进家门了。"

"什么病？严重吗？"洛克关切地问道。

默文·白笑眯眯地说："这种时候你可真像个金发小天使，再胖一点儿就更像了。没什么大事，可能感染了流感。那么——"

他转向燕绥之，问道："如果你没什么其他问题，我们把合同签了？"

其实在进门前，燕绥之是倾向于不租的，因为这个住宅区的环境确实不怎么样，但是这会儿他却改主意了。

也许是因为屋内的布置确实不错，甚至超出他的预料，又或者是因为那两张墓园的照片……

燕绥之想了想，道："我对这里非常满意，但受某些原因限制，我可能暂时无法确定租期——"

默文·白朝洛克看了一眼，又冲燕绥之摆了摆手，一脸潇洒地说："没关系！我知道，我听洛克小同学提过，你们现在在实习期间，能拿到的薪酬有限。在独立生活的前提下，不管是谁都没法儿一口气掏出半年的租金，这很正常，我以前也碰到过南十字的小朋友，太了解了。"

他误以为燕绥之所说的原因是"囊中羞涩"，当然某种程度上这种理解也没错。实际上，燕绥之考虑的是，他可能住不了多久，"羊皮"就要掉光了。

不过这话不能跟房东说，既然房东已经替他找好了理由，他当然乐意至极。于是他顺着话点了点头，道："就是这样，很不好意思，我目前是个穷鬼。"

默文·白哈哈大笑道："我就喜欢你这种性格！老实说，能碰到这么有意思的租客不容易。这样吧，趁着我现在心情好，干脆先跟你签个试住协议。我反正要在赫兰星待一个星期左右，有个人能帮我看着房子也不错。而你也可以先把行李什么的搬过来，住上几天体验一下。如果确实喜欢这里，可以一个月一个月地跟我续签，怎么样？"

"如果真能这样，那自然再好不过了。"

燕绥之行云流水地扫了一番协议内容，填好了试住期限，然后再龙飞凤舞地签上名。

临到离开，默文·白突然一拍脑门，说："嘿——我一时兴奋忘了说，住在这里你可以随心所欲，但有两件事例外。"

"哪两件？"

"不能养动物。"默文·白道，"任何动物都不可以，不要让我看见一丝动物留下的痕迹。真的，不开玩笑。我对这种事情有一点儿……心理阴影。所以务必不要违反！务必！"

燕绥之点了点头，说："放心，实习生的薪酬养活我自己就异常艰辛了，没有多余的钱养宠物。"

默文·白道："那就好……呃，不是，祝你们早点儿涨薪酬。"

他竖起第二根手指，说："另一件事是，不允许把女朋友带过来，这同样很严肃，也是我的心理阴影。以前只有上一条规定，没加这一条，接连碰上三个租客都……算了不提了，那简直是噩梦！总之，你就当这是一个万年光棍的敏感点，不能触碰，所以答应我，不要带好吗？"

燕绥之哭笑不得，说："我没有女朋友，不知道这点能不能安慰你。"

默文·白放心地点了点头，说："好的，你的指纹我给你开了七天权限，你今晚就可以搬过来享受新生活了。"

6

燕绥之打算跟顾晏说一声，回到律所却发现办公室空无一人。他用智能机给顾晏发了一条信息："你已经去港口了？"

片刻后，对方的信息回复过来："已经在飞梭机上了。"

燕绥之飞快地发了几个字过去："这么快？"

顾晏回："加急。"

过了片刻，顾晏的消息又来了："要离港了，晚上你自己回去。"

燕绥之想了想后回复："对了，洛克帮我找到了新公寓，我刚才签了一个短期协议，这两天会搬。"

毕竟他住在那里会给顾晏添麻烦，尽管顾晏本人不在意，但是他却不能拿

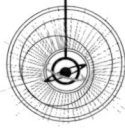

顾晏的前途开玩笑。

　　只是这一回，他等了很久，顾晏的消息都没有再回复过来。

　　顾晏不高兴了。

　　燕绥之看着毫无动静的通信器，几乎能想象到顾晏会怎样轻蹙一下眉，又很快松开，恢复成平日里一贯极度平静的模样，然后沉默下去……

　　燕大教授有点儿发愁。他靠着办公椅柔软的皮质椅背，支着下巴出了一会儿神，然后叹了口气起身出门，去茶水室给自己倒了一杯水，在端着温水经过顾晏的办公桌时停了一下。

　　宽大厚重的办公桌被打理得极其整洁，跟顾晏平日给人的感觉一样。桌子一角放着一盆常青竹，这是大律师办公室刚布置好的时候，菲兹强行塞到各个办公室的，用于装点室内环境。

　　结果几年下来，其他人的盆栽都死几回了，反倒是他这盆活得不错。之前偶然闲聊的时候菲兹说过，顾晏这盆常青竹一般不让人动，毕竟全律所都是植物杀手，它能活下来不容易。

　　但是燕绥之顺手往里浇过好几回水，顾晏都只是撩了撩眼皮，没吭声。

　　燕大教授有个毛病，思考问题出神时手里会有点儿小动作。以前院长办公室的座椅边有个落地盆栽，叶子细细凉凉的，手感非常不错，他经常支着下巴，一边想事情一边无意识地去摸那个盆栽的叶子。

　　负责清扫办公室的保洁阿姨是个细心的人，发现他这个习惯后，每次打扫完都把花盆转一个角，以免他盯着一片叶子摸。

　　这会儿他靠着顾晏的办公桌沿，看着空无一人的椅子出了一会儿神。等回神的时候他才发现，手里的温水已经少了一半，另一半已经被他一会儿一下一会儿一下，无意识浇进了常青竹的花盆里。

　　花盆里的泥土已经被浇透了，还有一块形成了一个浅浅的小水洼，汩汩地翻了一个个小水泡，然后慢慢洇了下去，捞都捞不回来。

　　燕绥之沉默片刻，弯腰掀起常青竹舒展的枝叶看了一眼，发现常青竹根部往上果然有了一点儿蔫烂的痕迹。据他以往丰富的祸祸经验来看，这常青竹可能快要被他浇死了。

　　他僵硬片刻，扭头回到自己的座位。

　　顾晏要被他气跑了，顾晏的竹子也要被他弄死了。

燕绥之更愁了，他觉得自己可能注定要跟薄荷精过不去了。

下午离开律所的时候，主动来让燕绥之搭便车的菲兹上上下下地打量了他一遍，问道："阮？你碰上什么事了？"

燕绥之愣了一下，问道："怎么了？"

"看起来心情好像不怎么样。"菲兹道，"顾出差前给你留任务了，还是碰上什么难题了？我听说洛克给你找了新公寓？"

"嗯。"燕绥之点了点头，"这就知道了？"

菲兹骄傲道："那当然，我什么不知道。你打算今晚就搬吗？"

燕绥之想了想，摇头道："今晚先收拾吧，明天再搬。"

"等顾回来再搬？"菲兹问。

燕绥之一顿，又点了点头，说："对，等他回来。"

"那好吧，本来想说如果你今晚打算搬，我可以帮个忙，开车送你和你的行李箱一程。"菲兹小姐毫不掩饰脸上的遗憾，"哎，帮小帅哥搬家，顺便蹭顿饭的机会没有了。"

"听说你的新房东也很帅，看一眼的机会也没有了。"菲兹道。

燕绥之哭笑不得地说："我倒是有他的通信号，你需要的话我可以发给你。"

"算了。"菲兹又道，"明天搬也不错，顾还能帮你收拾一下，把你送过去。"

燕绥之干笑一声，心说：别提帮忙了，你们的顾大律师似乎已经不打算理我了。

"嗯……我说错什么了吗？"菲兹瞥了他一眼，"你怎么好像心情又不好了？"

燕绥之摸了一把脸，半真半假地笑了一下，说："有这么明显？我只是有点儿遗憾，以后都住不了顾律师那么贵的别墅楼了。"

菲兹小姐哼笑一声。

车子依然是智能驾驶的状态，没用多少时间就拐进了城中花园别墅区的院门。这天律所不算忙，没什么人加班，所以他们到别墅区的时候，天色刚刚有些泛暗，夕阳在花花草草和未消的雪顶上铺了一层金色的余晖。

红得明艳的车停在顾晏的别墅前，燕绥之开门下了车，他站在花圃旁冲菲兹摆了摆手，说："难得这么早，你快回去吧。"

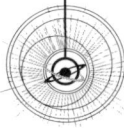

"如果每天都能这个时间点回来，我能活五百岁，这景色看着就让人心情舒畅——"菲兹小姐话刚说到一半，笑容就凝固在嘴边，然后压低声音继续道，"个屁！见了鬼了！"

燕绥之一脸疑惑地说："怎么了？"

"霍布斯！"菲兹低声说道。

只见不远处通往另一幢别墅的岔道上，一位身形精瘦、头发银灰的男人站在那里，他穿着黑色的长大衣，裹着铁灰色的围巾，面容严肃。他双眸的颜色跟头发接近，看过来的时候像伺机而动的鹰隼。当然，这也可能是他那鹰钩鼻带来的视觉效果。

那人正是他们之前担心碰上的老古董霍布斯。

霍布斯虽然年纪不小，但视力、听力都好得很，尤其在抓人小辫子的时候显得尤为精神抖擞。

菲兹小姐背对着他咬了咬嘴唇，冲燕绥之一顿挤眉弄眼，问道："怎么办？要不你干脆上车，就说去我家里。"

燕绥之挑了眉，轻声对她道："下了车再上车，是不是太刻意了点儿？"他说着拍了拍车窗，"没关系，你先回去。"

这种动作由他做出来，总是有着很强的安抚效果，可能因为他看起来总是带着笑意，不慌不忙。

菲兹下意识点了点头，都要按启动键了，又突然反应过来：我居然放一个小实习生独自对付霍布斯？我怎么这么听话？

于是菲兹小姐收回了要按启动键的手指，瞄了一眼燕绥之，然后又看向霍布斯，脑子里飞快地闪过无数个借口：我觉得这位小实习生太帅，所以没忍住邀请他共进晚餐？不行，虽然听起来挺真的，但是对实习生不好。要不说是顾律师出差，所以托实习生来帮他看一天家？不行，更扯。

她正愁自己的脑子不够用，不会撒谎的时候，霍布斯也准备开口，然而在他开口前，燕绥之已经无比自然地转过头看了他一眼，然后更加自然地愣了一下，笑起来道："霍布斯先生，看来我过来的时间掐得恰到好处。"

霍布斯刚张的口又闭上了，一脸发蒙。

菲兹更蒙。

"你在搞什么啊？"菲兹低声问了一句，燕绥之垂着的手指冲她轻轻地晃了晃，示意她没事，不用管，然后就大步流星地走到了霍布斯面前。

"什么时间掐得恰到好处？"霍布斯拧着眉问他。

燕绥之道："我从菲兹小姐那边问到了您的住处，特地搭了她的顺风车来找您，本来以为要等上一会儿，没想到刚好……"

他的表情非常坦然，笑容得体有礼，活像一个资历深厚的同行，也有点儿像酒会上碰到的合作对象……总之，就是不像律所里的一个实习生。

霍布斯绷着脸问道："找我干什么？"

"其实也没什么，我就是觉得您好像始终对我很有意见。今天在律所，我从您办公室门口路过三回，三回都被瞪了。我应该没看错吧？"

霍布斯："……"

"这么下去对双方都不太好，太影响心情和工作效率了，所以我想跟您谈谈。但在律所花费时间谈这种纯粹的私人话题似乎不太合适，所以只能等您下班了。不介意的话，我去您那儿坐一会儿？"

燕绥之今天本来心情就不怎么样，这会儿说起话来，也是句句戳着对方的脊梁骨。这段话乍一听没什么，其实直接戳开了两点，一是"私人话题"；二是"去屋里谈"。

"私人话题"就是摆明了这不是什么公事，单纯是私人的、带有偏见的情绪，再直白点儿解释就是：霍布斯净跟实习生过不去，真好意思。

至于"去屋里谈"，那就是霍布斯目前最怕的事情了。

顾晏在"一级律师"的名单公示期，霍布斯也在，这段时间最妥当的做法就是，不要被人抓住一丁点儿问题。哪怕是很正常的事情，一旦有可以发散的口子，就会很麻烦。

于是霍布斯皱着眉，朝后仰了仰上身，用一种避如蛇蝎的目光看了燕绥之一眼，然后摆摆手，道："没有，我对你没什么意见，只是觉得你之前在律所的某些表现不太符合一个实习生该有的样子。顾律师毕竟年轻，之前始终不愿意带实习生，在管教实习生方面没有经验，而你是第一个，又是被塞到他手里的。所以我作为一个有经验的老律师，只是给你一些警示而已，没有任何私人情绪。"

燕绥之点了点头，说："是吗？那就好，我也觉得我多想了。毕竟您是经验丰富、阅历资深的老律师，不可能那么小心眼。"

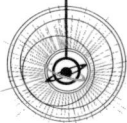

这话就很戳心了，又是"老"，又是"小心眼"的。

这个年轻人的表现活像在说他不想在南十字律所待下去了。

霍布斯的嘴角抽了两下，硬生生把这话接了下来："当然不是，我只是认为年轻人需要多磨一磨性子、多积累一些经验。好了，话都在这里说开了，你自己回去好好想想！"说完，霍布斯扭头就走，上了年纪后可能头一回这么步伐矫健，转眼就消失在弯道的拐角。

燕绥之一脸淡定地走回菲兹小姐的车边，菲兹小姐叹为观止，道："你已经找好下家了吗？"

燕绥之问道："什么？"

菲兹小姐说："哦，没什么，我以为你不想在南十字律所待了。"

燕绥之笑弯了眼，心说：我本来也不是南十字律所的人，要不是因为某位到现在还不理人的薄荷精，我看完卷宗就拍拍屁股走人了。

菲兹小姐虽然被他刚才那些话弄得提心吊胆，但最终还是长长地出了一口气，道："不过听着挺爽的。你好好的啊，我先回家了。"

"从霍布斯的别墅能看到顾律师这边吗？"燕绥之又多问了一句。

"看不见的，除非他晚上不睡觉，蹲在院子里盯着。"菲兹道，"放心吧，不至于。他也就是心眼小了点儿、爱找麻烦了一点儿，还没到那个程度。"

燕绥之点了点头，放心地进了顾晏的房子。

进门后，他打开了楼下客厅的灯，调出智能机的全息屏看了一眼，心说：同样是小心眼，怎么就差这么多，霍布斯那么讨嫌，顾晏就挺好的。

他没再迟疑，给顾晏发了个信息："刚才回来的时候碰到了霍布斯，菲兹小姐活像见了鬼似的。"

这句话中显然有某些词成功戳到了顾大律师的某些点，过了一会儿，沉默了一天的顾晏终于有了动静，回了个信息："不用管他。"

燕大教授总算找到了切入点："还是要管一管的，起码等你过了公示期。"

这次顾晏回复得很快："你搬走是因为霍布斯？"

燕绥之的手指停了一会儿，回复过去："算是吧。最初不就说过，只是在你这里暂住两天吗？你还很不乐意来着。"

这次顾晏又没了动静。

燕绥之特地看了眼星际时区里赫兰星的时间，顾晏出差要去的那个区现在刚好是下午，也不知道他是在忙还是怎么。

燕绥之洗漱了一番，窝在阁楼的沙发椅上，一边等顾晏回信，一边看书……

智能机振动的时候，他睁开眼反应了一会儿，才发现自己居然不知不觉睡过去了。他懒懒地靠在椅背上，调出信息界面看了一眼，原来是顾晏隔了许久才发来了两个字："没有。"

什么没有？

燕绥之觉得自己可能睡蒙了，都看不懂信息的意思了。他往上翻了一下，这才想起自己前面发了什么。

上面显示着他已发送的信息："算是吧。最初不就说过，只是在你这里暂住两天吗？你还很不乐意来着。"

下面是顾晏的回复："没有。"

没有不乐意。

什么叫睁着眼睛说瞎话？这就是了。

但是燕大教授看着信息，嘴角却翘了一下。

昨天晚上收到信息后，也许是心情还不错的缘故，燕绥之很快就再次睡着了，一直到早上睁眼时，才发现自己在沙发椅里窝了一夜。

站起来的时候，浑身骨头"咔咔咔"响得惊天动地，以至于燕大教授产生了一种"突然就半截脖子入土了"的错觉。

这么睡了一夜，任谁都不会舒坦到哪里去。室内虽然有温控，但也不能这么往死里作。这就导致燕绥之早上喝水的时候，发觉自己的嗓子有点儿疼。

他连喝了两杯热水，把那种不太舒服的感觉压了下去，直到觉得自己应该不至于就此感冒，才换上衣服出门。

这天他走得很早，不是正常出门的时间点，所以很幸运地没有再碰到霍布斯。临出门前，他给菲兹留了一条信息："我先走了，不用等。"

"你今天不搭顺风车了？"菲兹一个通信拨了过来，"怎么？你要大早上坐轨道车去律所吗？很挤的，这一段路能挤到你怀疑人生。我刚工作那会儿还没买车，挤过四年，每天都是灵魂出窍的状态，经常人上车了，包在外面；或者人下车了，包在里面。轨道车的安保小哥我都熟了，因为他英雄救美地把我从车里拽出来好几回。"

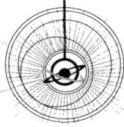

燕绥之："……"他头一回听见有人用"英雄救美"形容这种事。

"不挤轨道车。"燕绥之道，"我早上有点儿事，晚点儿去律所。"

菲兹"哦"了一声，说："顾提前跟我打过招呼，说你最近可能时不时需要出门，已经跟我把假都请了。不过你怎么了？声音听起来有一点点鼻音。"

燕绥之说："没事，可能昨晚睡觉着凉了。"

菲兹的语气里透出一丝担忧："确定是着凉吧？最近好像新起了一种病毒性的发热，有些人还会出疹子。你这两天没接触什么人吧？发烧了吗？"

燕绥之道："我知道那个，小作坊乱做基因修正弄出来的，昨天在医院见过。我过会儿顺道去一趟卫生中心看一下，应该没什么问题，放心。"

事实上，小作坊乱做基因修正这种事，并非跟燕绥之毫无干系。毕竟他还没弄清楚自己的基因修正究竟是在哪里做的，谁给他做的，会不会也是所谓的"小作坊"。而他今天之所以起这么早，就是打算去看一眼陈章之前提到过的黑市。

顾晏在的时候，他怕多提这件事会让他担心。这会儿顾晏不在，他刚好去探个情况。

城中花园通往黑市街的路上刚巧有几个卫生中心，燕绥之路过，挑了个人相对不多的时间，进去挂了个号。即便他已经挑了个人最少的，大厅里依然人头攒动，简易担架来来回回，伴随着医护人员的吆喝："借过，借过，别靠太近！"

燕绥之进门的时候，被服务台的姑娘塞了个专用口罩。他戴好，弯眼冲对方点了点头，说："谢谢，今天人似乎很多？"

服务台的姑娘道："对，就是之前基因修正那个案子惹出来的事情。不过前几天还没这样呢，据说都是春藤医院那边接收感染患者。从昨晚到今天，人一下子就多了起来。可能一个接触一个，突然爆发了。"

那姑娘也戴着口罩，说话的声音闷闷的，跟燕绥之解释的同时，还不忘给其他进门的人递上专用口罩。

"把这个戴上，离担架远一点儿，等号去那边。今天人有点儿多，希望能理解。"旁边的其他几个姑娘不断地提醒着进来的人，又指了指不远处的一个指示牌，"如果有出疹子现象的，直接走这条通道快速就医；明显发热的走那边，其他症状不确定、不明显的在正常窗口。放心，很快的。"

那姑娘看着大厅里忙乱的人，问燕绥之："您是什么症状？"

燕绥之道："只是有点儿感冒，不过之前……跟做过基因修正的人有过接触，所以来看看。"

"应该的。"那姑娘一脸欣慰，"能有这种意识太不容易了。平时小感冒着凉什么的，吃点儿药应付，我们还能理解，但是现在这种情况，能来查的话最好还是查一下。自己放心，也免得波及身边人。有时候症状刚冒头，真的很容易跟普通感冒、发烧搞混淆——"

她说着又"呸呸呸"了几声，轻轻打了一下自己的嘴巴，说："瞧我这话说的，您不会有什么事的，一定是小感冒，我就是夸一句您的意识。"

燕绥之温声笑了一下，说："没关系，我倒无所谓，只是连累到身边的人就不太美妙了。"

他去了等候区域，刚在一对年轻情侣旁的空位坐下，就听见那个男生一边翻着智能机的网页，一边冲女朋友道："哎，你看，好像这事儿闹得有点儿大。"

他女朋友凑过去，跟他一起看着屏幕，道："什么有点儿大？怎么别的地方也有被感染的人？"

男生的手指滑了两下，指着某几行文字，道："你看这边，有一批感染者在港口上了飞梭机，当时没有症状，这两天可能潜伏期过了。反正突然爆发病症的人挺多的。你看看这边的卫生中心，也是今天才来这么多人的吧？"

"今天早上刚出的报道啊？火崖星、红石星、天琴星、赫兰星……这么多！"女生拉了一下星球名单，低低惊呼一声。

赫兰星？那不是顾晏出差的去处？

7

燕绥之蹙了一下眉，在网上搜索了一番，果然看到不少相关报道。

燕绥之掐着赫兰星那边起床的时间给顾晏发了个信息："你昨天的谈判是在哪里谈的？医院？"

他怕顾晏又忙了个通宵，此刻正睡觉，所以没拨通信，以免吵醒他。

不过顾晏显然已经醒了，没片刻，他的信息回过来："对，怎么？"

燕绥之飞快地打着字："今天看到新闻，赫兰星也有被感染的人，你去的医院怎么样？"

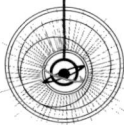

不过信息发过去之后，燕绥之没等顾晏回复过来，就干脆一个通信拨了过去。既然已经醒了，就没必要一个字一个字地敲了，累得慌。

通信响了两声，却被对方挂断了。

顾晏的信息很快回过来："在二轮谈判，晚点儿说。"

燕绥之回了一个"好"字，随后没过片刻，就轮到他看诊了。

也许是因为这两天受感染的人确实很多，所有病患一进诊室就被医生半强制性地来了个检查。医生把一次性的检测仪包装拆掉，直接贴在燕绥之的手腕上。细细的针尖从检测仪的一端飞速探出来，扎进皮肤里。接着他便感到轻微的灼烧和电流感，跟那天在春藤医院"漏电"的感觉很相似。

"按着，等到它'嘀'一声后，再告诉我上面的结果。"医生不知道第几次说这话了，语速飞快，格外熟练，"别的不用看，就看病毒那行，告诉我阴性还是阳性。"

医生说完，又开始忙碌地往光脑系统里输入一长串字符，然后从弹出来的柜子里拿出两支针剂握在手里，一副随时待命的模样。

燕绥之手腕上的检测仪"嘀"了一声，他低头看了眼，巴掌大的检测仪上显示着四行数据，最后一行是 RK13 型病毒，应该就是指这次传染病的罪魁祸首了。

燕绥之把结果给医生看了一眼，道："阴性。"

不过在他递过去的时候，最后一行的数据闪了两下，最终还是稳定在了阴性上。医生眯着眼睛看清了内容，点头道："恭喜，只是正常感冒。"

从卫生中心出来，燕绥之转而去了黑市。

这两天的黑市街比平日热闹，托小作坊的福，德卡马出动了大批执勤警来这里扫荡。但黑市之所以是黑市，并且能在城市中半光明地存在这么久，总有它的门道。

执勤警忙了几天，收获却很有限——到处都收拾得干干净净，完全找不到"缝"去撬。这对燕绥之而言也是个坏消息，让他找帮自己做基因修正的人一事，难上加难。

他按照陈章给的地址，走进一栋廉租房。楼里光线很差，尘垢堆积，燕绥之咳了两声，又把口罩往上拉了拉，这才不紧不慢地走上三楼。

三楼一共有六个门，分布在走廊两端，每户门口都有脚垫、装饰门画、牛奶箱以及简易的垃圾处理箱，甚至有小孩随意的涂鸦，看起来烟火气十足，跟普通的住宅没有任何区别。

"我记得是上楼梯后左手边第三间，但是这么久了，有没有搬走我也不清楚，当时跟对方说了一句'方块先生介绍我来做基因修正'，就放我进去了。"陈章当时是这么说的。

但是现在这么说绝对是冒险的举动，一来，那个所谓的"方块先生"不至于在这种特殊时期瞎介绍人来；二来，就算会介绍，现在警方盯得这么紧，他们肯定加强防备。

燕绥之从口袋里掏出手套戴上，悄无声息地走到第三间门边。这种居民楼虽然老旧，但是隔音绝对不会差，不然屋里屋外说点儿什么都能让人听见，那黑市也别做了。

他在上楼的时候就注意看过，楼道里没有监视器，也没装什么乱七八糟的东西，就算装了，估计这几天也会为了避免引起执勤警的注意而卸掉。但每家每户的门上都有猫眼，因此燕绥之巧妙地避开了猫眼的视野范围，在门边的垃圾处理箱旁停下了。他微微弯腰，轻嗅了两下，闻到了一点儿烟味。

一般而言，处理箱每天自动工作一次，会把扔进去的垃圾合理化分解，然后顺着箱底连接地下的管道送出去。而此刻燕绥之会闻到烟味，说明屋里还住着人，并且今天还出来扔过垃圾，没少抽烟，也许正愁着什么事。

他低头扫了一眼地面，又微微让开两步，看了一眼箱底附近的墙角，只见地上有一片不小心掉落下来的菜叶。这说明里面住着的人还在正常出门，甚至会买菜做饭，努力维持一种正常住户居家过日子的感觉。

燕绥之算了算时间，一脸淡定地下了一层，来到二楼走廊，好整以暇地等了起来。

大约半个小时之后，楼上的门响了一声。快到饭点，他要等的人出门了。

燕绥之挑了一扇有孩童贴画的大门站着，楼上那人走下来的时候，他佯装成普通来客，敲了敲面前的门。

下楼的是个穿着灰色大衣的人，沙沙的脚步声很轻，他戴着毛线帽，裹着黑色围巾。走到二楼的时候，他朝燕绥之看了一眼。围巾掩住了下半张脸，只露出一双浅蓝色的眼睛，帽子又压到了眉毛，一时间根本看不出什么长相上的

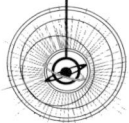

特点。

燕绥之的目光从对方手上掠过，也许是角度刚好的缘故，那人呵气暖手的时候，他瞥见对方右手虎口处有一道伤痕，然后他就像不经意地扫了一眼般，收回视线，继续敲着面前的门。

也许是他表现得太自然了，低低的咳嗽声又能听出感冒的鼻音，实在不像是什么便衣，于是那人也没多看，就继续下楼了。

那人下到一楼的时候，燕绥之面前的门被打开。

一个顶着一头鸟窝的小鬼仰着脸，茫然地看着他问道："你是谁？"

燕绥之笑起来，捏着他的脸说："人贩子。"

小鬼："……"

可能长成他这样的人贩子实在少见，所以那小鬼一点儿都不害怕，甚至"嘻嘻嘻"地笑了起来，脸边显出一个小酒窝，挺可爱的。

燕绥之虽然平日里看谁都像小傻子似的，但碰上这种真的小傻子，还是挺新奇的。

"你要跟我玩吗？"小傻子问道。

燕绥之："……"

这种引狼入室的倒霉孩子能活这么大也不容易。

他原本想把这小鬼打发了，离开这里，然而这小鬼却紧跟着又说一句："妈妈跟楼上的卖菜婆婆出去了，你是来跟我玩的吗？"

楼上的卖菜婆婆？

燕绥之笑了一下，干脆拉了一下大衣衣摆，蹲下身问那小鬼："你挺聪明的，还认识楼上的婆婆？"

小鬼扬着下巴，有点儿骄傲地说："不止卖菜婆婆，周围几家我都认识。"

"是吗？"燕绥之刚想说点儿什么，就听见小鬼身后的屋子里突然响起了"呜呜"的警报声。

小鬼吓了一跳，有点儿手足无措。

燕绥之站起身，嘟囔了一句"抱歉"，抬脚进了小鬼的家，循着警报声径直进了厨房，把烧水的开关关了。

德卡马大多数地方已经见不到这种老古董似的厨房用具了，黑市这边的廉租房却还停留在几个世纪前，守旧地用着老式器具。

"以后听见警报声，记得过来把这个按掉。"燕绥之对那小鬼说了一句。

"哦。"小鬼小小地应了一声，乖乖点头。

燕绥之正要从厨房出去，就见水池旁的台面上搁着主人摘下来的手套，指头尖上还沾着一点儿肉菜的污水，显然还没来得及清洗。但那种手套并不常见，是特供给医院手术室的。

"你家有医生？"燕绥之问道。

小鬼摇摇头，说："没有，妈妈生病都是去楼上。"

燕绥之点了点头，问道："是吗？楼上有医生？"

小鬼仰着脸看着天花板，斜着指了一下，说："那边有。"

很巧，正是三楼那户的位置，看来陈章的信息没给错。

燕绥之点了点头，道："这个手套哪里来的？也是你妈妈从楼上医生那里带回来的？"

小鬼说起话来虽然慢吞吞的，词汇重复，还有点儿啰唆，但燕绥之仍旧耐着性子听完了他的解释，并且理顺了原委。

一到冬天，小鬼妈妈的手指尖就全是裂口，不方便直接接触洗涤剂，甚至碰水也会疼，所以楼上的医生给了她几副防感染的手套。

"你见过那位医生吗？"燕绥之问。

小鬼认真地点了点头，说："见过。"

"长什么样？"

小鬼一脸严肃地说道："有头发，两只长眼睛，一个长鼻子，一张红色的小嘴。"

燕绥之："……"乍一听像个妖怪。

他想了想，问这小鬼："那你觉得我长什么样？"

小鬼盯着燕绥之看了两秒，掰着手指开始数："有头发，两只又大又长的眼睛……"

燕绥之："……"我可能是个螳螂。

"什么叫又大又长的眼睛，你跟我解释解释。"

小鬼想了想说："好看！"

好看个屁。

小鬼又看了眼他被口罩挡了一半的脸，继续说道："你还有半个鼻子，没

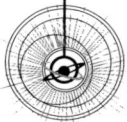

有嘴。"

"……行吧。"燕大教授点了点头，心说：全世界的小鬼果然都讨打，但也确实拿他们没什么办法。

问不出更多信息，燕绥之索性也不费口舌了，摆摆手跟小鬼道了别。

那小鬼居然还有点儿舍不得，说："你要走啦？"

"是啊，大人总是很忙。"

他握着门把手，先借着猫眼看了看外面的走廊，这才开门出去，临走前又冲那小鬼道："以后再有不认识的人敲门，可别乱开了。"

他刚下楼，有两个女人拎着菜上来了。一个是老太太，另一个却非常年轻，细眉大眼，嘴角动起来能看到一侧的酒窝，跟刚才的小鬼有六分像。她抬手把头发撩到耳后时，燕绥之一眼就能看到满手的裂痕。

女人说了几句话，就扭头咳了一会儿。

"你真不去医院？"老太太"哎哟，哎哟"地叫道，语气有点儿心疼。

女人说："回头去楼上测一下吧。"

老太太道："也行，那你得等明天早上了，刚才医生不是走了吗？其他几个小年轻不知道会不会测。"

"嗯。"

燕绥之跟她们擦肩而过，淡定地走出了楼道，脑中却盘算了一下：照她们的说法，刚才那个戴帽子、戴围巾的蓝眼睛就是所谓的医生了……

两人是从西侧街道拐进楼的，她们既然知道医生刚走，说明在半途碰见过，并且打过招呼。燕绥之调出地图看了一眼，往那个方向的医院一共有六家，还有八个小型卫生中心。

他随手在地图上圈画了一下，做个标记。

赫兰星大概是所有宜居星球里，离德卡马最近的一颗。

这里日夜轮转很快，夹杂着一些特殊的时节，按照天气划分，一年有七个特点鲜明的季节。

因为资源丰厚，它一直是星际海盗最爱光顾的地方之一，每隔三五十年就要爆发一次小型冲突，大多集中在南半球3-7区。

因为冲突不断，所以赫兰星的年轻人大多都会选择移居他星，而且百年前的几次大型交火导致一批人受武器辐射的影响，生出来的孩子都带有先天疾病，且一代传一代。燕绥之母亲的体质问题就源于此。

这样的背景让赫兰星有了两个特点：

一是福利院遍地都是，因为孤儿太多。赫兰星上的人如果是在孤儿院出生的，再正常不过，反而家庭圆满的是少数。

二是商人也多。曾经有人说在赫兰星出生的人天生就要当商人，因为家家户户都拥有资源线。不过柔美的水土又使得这里出去的商人大多温文尔雅，是天生的绅士。

赫兰星飞往德卡马的一架飞梭机上，一个留着一字胡的青年坐在顾晏的旁边，絮絮叨叨地说起他家祖孙七八代的经商故事："所以我们家世代经商，但都做得不太成功，一代赚一代亏，勉强维持收支平衡。就是到了我这儿没能维持住，唉……"

他长长地叹了一口气，又道："我还这么年轻，还没来得及把我爸搞出来的亏损窟窿补上，死了实在不甘心……"

因为被强制性戴了口罩，所以他的声音听起来有点儿闷闷的。

"好了！"弯腰按着他手腕的小护士提醒了一句，摘下他手上的简易检测仪看了一眼，"体温正常，结果是阴性，连发烧都没有，别张口闭口都是死，哪儿有这么咒自己的。"

一字胡登时来了精神，说："是吗？吓死我了，那为什么我老觉得自己连呼吸都是烫的？"

小护士道："心理作用吧，毕竟这趟飞梭机上查到了好几个感染者。"

一字胡看到检测结果总算安心了，但是他的唠叨依然没有停，执着地要跟顾晏聊天："哎，你看，你可能也是心理作用，别担心。我刚才听你跟护士报祖籍，居然也是赫兰星的啊？"

顾晏没多言，"嗯"了一声。

小护士又拆了一个新的检测仪，让顾晏伸出手。

"您体温真的有点儿烫啊。"小护士刚碰到他的手腕，就皱了一下眉，然后麻利地给他上了检测仪，"这两天去过什么地方？"

顾晏的嗓音有点儿哑："医院。"

小护士又问道："哪家医院？"

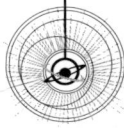

"丹普城医院。"

小护士低低地"啊"了一声。

因为今天在飞梭机上查到的几个感染者，都去过丹普城医院。

"是不是觉得有点儿瞌睡？千万别睡啊。"小护士一边等着检测仪出结果，一边提醒顾晏。

可她不是个擅长聊天的，只能冲那个一字胡道："麻烦您跟他说说话，我看他状态很差，像是发急烧。"

一字胡立刻领命，拍了顾晏一下，说："你是赫兰星的，那你父母十有八九也经商吧？指不定咱们两家以前还有过生意往来。"

顾晏原本已经有点儿要闭目养神的意思了，被他一拍又睁开了眼。他不喜欢被人打听家里的事情，所以只是摇了摇头，道："不是。"

一字胡冲小护士摊了摊手，表示聊不动。

嘀——

检测仪显示出了结果。

"体温三十九点二度，咦？等下，病毒情况显示不明。"小护士迟疑片刻，还是狠狠心推了顾晏两下，"这位先生，您可能得跟我去里面的隔间，用专用设备做一个系统检查。"

顾晏倒是很配合，点了点头就站起身。小护士跟前面的同事打了声招呼，示意她接着查剩下的人，然后就带着顾晏往飞梭机中段的医疗机舱走去。

这是赫兰星飞往德卡马最早的一班飞梭机，驶离港口的时候天还没亮，突如其来的感染还没爆发，所以进港的时候少了一步快速检测。直到飞梭机航程过了半线，飞梭机上接二连三地有人出现感染症状，赫兰星和德卡马又同时发来紧急通知，医务人员这才临时集合，开始全机彻查。

一旦确认感染就会被紧急隔离，等到了德卡马直接送往医院。

顾晏进医疗舱的时候，已经有人在里面了。飞梭机的荷载毕竟有限，专用检测仪也只有两个，所以顾晏还需要在旁边等一会儿。

"您在这里坐一下，因为还不能确定感染情况，所以也不能贸然用药，您先忍耐一下。"小护士说着，在旁边给他接了一杯温度刚好的清水，"喝一点儿。"

顾晏接过杯子，道："谢谢。"

坐在仪器上的两个人，其中一个看起来很不好，嘴唇干裂，一头红发软趴趴地耷拉着，一点儿光泽也没有，发红的脸颊甚至盖过了他大半的雀斑，明显是在发烧。另一个男人黑色短发，用发蜡精细地打理过，向后耙梳。高眉深眼，显得精神不错，看不出什么症状。

黑发男人盯着顾晏打量了一会儿，道："你也是结果不明的？"

这人的眼神莫名给人一种戏弄的意味，没什么善意，让人不太舒服。

顾晏向来冷冰冰的，这会儿发着烧，心情又一般，没有搭理。

小护士插嘴道："对，您坐着别动，别往前倾。"

黑发男人笑了一下，又朝后靠回到椅背上，拖着调子抱怨："这个椅子坐着真不舒服。"

"那也不能乱动，不然探针弄松了，影响结果。"小护士说。

两台机器的屏幕都在墙边，紧靠在一起，小护士正目不转睛地盯着。顾晏个子高，从他的角度也能瞥见一部分屏幕内容。

片刻后，嘀嘀的提示音响了起来，其中一个屏幕的界面刷新了。

"冈特先生？"小护士叫道。

红发雀斑睁开眼睛，哑着嗓子道："是我，结果出了？"

小护士冲他笑了一下，说："是的，您可以放心了，没有感染，是阴性。不过您最好还是去二号机舱休息，那边也是单独辟出来给普通发烧、感冒的人休息的，座位上都备好了药，可以根据情况自取。今天情况比较特殊，为了避免更多人出现症状，得委屈您一下。"

红发雀斑嘟囔了两句，虽然有点儿不太情愿，但还是去了二号舱。他刚离开，另一个检测仪也嘀嘀地叫了起来。

"季先生？"小护士说。

黑发男人点了点头，说："总算好了？骨头都麻了。"

顾晏瞥了一眼屏幕，刚巧看到了最后一行。

上面写着修正剩余年限：70 年。

"您做过基因修正？"小护士看着结果，有点儿迟疑地开了口。

黑发男人点了点头，问道："你这是什么脸色？怎么？结果有问题？"

"呃……是阳性。"小护士道，"您感染了。"

黑发男人的脸色顿时阴沉下来，他有点儿难以接受，音调都高了三分："怎

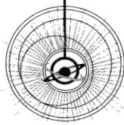

么可能？我既没有发烧，也没有出疹子，怎么可能感染？"

"可能是症状还没爆发。"小护士立刻道，"但这是好事，症状没爆发说明发现得早，越早发现越不会有生命危险。之前因为感染救治无效的病患都是因为发现得太晚了，期间一直在当成普通发烧治疗。"

这话不管真假，起码也是有一定的安抚力。

小护士立刻按铃叫了几个同事，一起把黑发男人送去了隔离舱。走远的时候，顾晏抬头看了一眼，某一个角度和瞬间，他觉得那个男人的眉眼有一点儿眼熟，但这种感觉只是一闪而过，也许只是发烧中的错觉。

"顾先生，"小护士已经给检测仪消完毒，"请您坐过来。"

顾晏坐上检测仪，手指上的智能机突然嗡嗡振动了一下。一条新信息传了过来，发件人是燕绥之："二轮谈判还没结束？"

小护士正要给他的手腕贴金属片，顾晏道："稍等。"然后他手指飞快地给对方回复了一条："还有一会儿。"

其实检测所花费的时间只有十分钟，但对顾晏来说却有点儿久了。也许是发烧影响了他的耐性，他突然能理解刚才那个黑发男人为什么那么不耐烦。

嘀——

仪器响了一下，小护士低头看着屏幕，顾晏靠在椅背上没有动，微垂着眼皮拨着智能机等她开口。

"好消息，阴性！"小护士道，"您也可以去休息了，但我们还是建议您去二号舱，就当配合我们的工作。"

顾晏点了点头，说："好。"

可能有之前那个黑发男人阴沉的脸色做对比，顾晏答应得这么快，简直有点儿出人意料，小护士立刻笑容满面道："谢谢理解！"

他一边往二号机舱走，一边调出信息界面，看了一眼燕绥之之前发来的信息，一个字一个字地输入着："谈判结束了，晚上回去。"

很快，对面的信息就来了："很晚？需要给你留盏门灯吗？"

顾晏看了一会儿，回复："好。"

二号舱内的人并不多，都是有感冒、发烧症状的。

飞梭机毕竟是个密闭的空间，有些人有一点儿不舒服就开始疑神疑鬼，弄得自己慌，医生也慌，所以机长临时决定，除了真正的感染者所用的隔离舱之外，再分出一个病人舱。

顾晏进舱的时候，小护士的手里捏着一支针，虎视眈眈地问他："想不想吐？"好像他只要说想，那根针就要直接捅过来一样。

"不，谢谢。"顾晏回答道。

"好的。"小护士松了一口气，"座位上有退烧药、感冒药、止痛药，还有止咳的，后面有调好温度的热水，可以自取。如果实在难受，也可以就近找个座位歇着，过会儿我可以为您准备好。"

顾晏摇了摇头，说："我自己来就好。"

他找了个近处的位置坐了下来，挑了一支家用针剂，拆了包装干脆利落地给自己扎了一针。

顾晏刚要闭目养神一会儿，一个声音从旁边传了过来："这种针剂副作用有点儿厉害。"

顾晏转头一看，就见刚才那个红发雀斑跟他同排。

红发雀斑道："我是搞药剂批发的，对这些还算了解。这个针剂副作用有点儿烈，打完又累又困。这种胶囊比较好。你看，我吃了还不到二十分钟，就好多了。"

他看起来确实比之前精神一些，鼻头、脸颊没那么红了，再加上喝了水的缘故，嘴唇也没那么干裂。

"确实。"顾晏淡淡道，"在检测室，你看上去快要昏迷了。"

红发雀斑耸了一下肩，说："其实不是，我只是不太想跟那位黑头发的人说话。你不知道，之前他就坐我旁边，整个人一副拖腔拖调的样子，看人的时候老盯着瞳孔，挺不舒服的。我总觉得他有点儿咄咄逼人，不是个好相处的。"

顾晏并没有聊天的欲望，对那位黑头发的男人也并无兴趣，所以只是点了点头，表示自己听见了。

不过这位红发雀斑似乎之前受了不少罪，有满肚子牢骚要发，这会儿有了点儿精神，便连着唠叨了十分钟："……我真的从没见过这么有表现欲的人，好像在极力表现他有多厉害，日子过得有多潇洒一样，什么联盟大大小小的星球他起码去过大半，到处旅行吃喝玩乐，偶尔做点儿工作……天知道，我跟他同坐两个小时，活像看完了他一生！"

红发雀斑吐完苦水，一抬头发现顾晏精神实在很不好，于是很识时务地闭

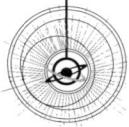

上了嘴。

飞梭机在德卡马落地的时候，当地时间还不到下午四点，顾晏直接回了城中花园。

律所还没到下班的时间，家里空无一人。

顾晏昏昏沉沉地给自己接了杯热水，喝完还不忘塞进消毒柜，这才趿拉着拖鞋往楼梯上走。上楼的时候，他脚步顿了一下，因为他看到客厅的角落里立着一只简单的行李箱。

那是燕绥之的行李箱，买的时候还是顾晏付的钱，平时只要不出差，行李箱都收在一楼的立柜里，这会儿放在这边，只能说明一件事情——他已经收拾好行李，随时都有可能搬出去。

也许是今晚，也许是明早。

燕绥之可能就在等他这个房主回来，打一声招呼就走。

顾晏站在那里盯着行李箱看了一会儿，不知道是不是发烧会让人容易冲动，有那么一瞬，他甚至想……干脆把箱子拆开，把里面的东西放回阁楼，再把箱子收进立柜。

但是他最终还是没有动手。

他不是第一年认识燕绥之，那人做什么事情都不喜欢别人插手，更不喜欢别人替他改变决定，也没什么人有资格替他改变决定。

顾晏沉默了很久，上楼进了自己的卧室。

8

燕绥之下班搭了菲兹小姐的顺风车。

自从昨晚碰见霍布斯之后，菲兹小姐的车就开得跟间谍一样，一路走走停停，进城中花园大铁门的时候，还前前后后各个镜子看一遍，确认没有那个老家伙窥伺的身影，这才把车停在顾晏家门前。

"你之前说顾几点上的飞梭机？"临下车前，菲兹突然想起什么般问了一句。

燕绥之翻着信息，说："第二轮谈判结束给我发信息的时候是下午一点，从谈判桌下来再到港口得有两三个小时吧，估计是四点左右的飞梭机。四点半我给他发的信息他还没回，可能在飞梭机上补眠，没有看见。算下来到德卡马港口就八九点了，再到家差不多十点吧。"

菲兹的表情变得很微妙："嗯……"

燕绥之从智能机屏幕上抬起眼，就看见了她奇怪的眼神，挑起眉问："怎么这副表情？"

菲兹道："没什么，就是很少见你一口气说这么多话，其实我就是问你，他几点上飞梭机……而已。"

燕绥之失笑道："以免你一句一句地问，我先把算好的信息都告诉你，还有什么要问的？"

菲兹又感慨了一句："不过你算得好清楚啊。"

燕绥之半真半假地道："他毕竟是顾老师，我以后的前途都靠他了，我当然得上点儿心，算好了给他留个门灯。"

菲兹撇了撇嘴，说："别逗了，你昨天气霍布斯的时候，我可一点儿没看出来你记着前途。"

燕绥之笑了，说："菲兹小姐，你究竟想说什么？"

菲兹趴在车窗边，说："其实也没有，我就是突然觉得有点儿不可思议。以前从来没想过顾会有实习生，就算有了，肯定也是会被他的严格吓哭的那种，没想到居然会是你这样的。我觉得你跟他的相处更像……朋友？总之挺奇妙的，出乎意料，但真的很不错。"

她笑得很漂亮，继续说着："我在南十字工作这几年，至少单方面把他当朋友看待的，他有你这样的实习生，有点儿替他高兴。"

燕绥之翘了翘嘴角，说："别，他可能并不高兴。"

菲兹"嗤"了一声，摆摆手，道："行了，我走了。趁着你搬走前跟你说两句而已，毕竟明天之后，你还要不要搭顺风车就不好说了。"

她开着那辆鲜红张扬的车缓缓朝另一幢别墅驶去，燕绥之看了一会儿，收回视线朝顾晏的别墅走去。

他边走边调出智能机的屏幕，先是看了一眼信息界面，四点半发过去的消息依然没有回音。接着他又切换到网页上，继续浏览之前已经打开但还没顾得上看的消息。

房门认证了密码，"嘀"的一声后自动打开，他一边刷着消息，一边凭习惯在门口换了拖鞋，趿拉着进了屋。

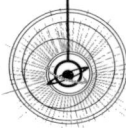

刚走没两步，他的动作就忽地顿住了，目光停留在网页的某一行。

那是下午刚出的一篇报道，上面说赫兰星清早第一班飞往德卡马的飞梭机上检测到了十一位感染者，整个航程因为检测的关系延误了一个小时。

"目前，所有确认感染者已经送往附近的春藤医院，静待进一步检查及治疗。"

赫兰星飞往德卡马的飞梭机？最早一班？

他同时联想到，之前总让他觉得有点儿古怪的二次谈判……

心脏咯噔一下是什么感觉，燕绥之这会儿算是体验到了。

等反应过来的时候，他已经重新站在门口准备换鞋出门了，智能机的屏幕不知什么时候换到了通信界面，给顾晏的通信请求已经显示"正在连接"……

等待的时间被拉得极为漫长，明明只是响了两声，就好像已经耗尽了所有耐心。

直到燕绥之一脚迈出门，另一只脚碰到了什么东西，他才隐约觉得好像哪里不太对。他低头看了一眼自己碰到的东西，发现那居然是顾晏的鞋。

燕绥之自诩记忆力不算差，准确地说，这一行做久了，记忆力和观察力磨也磨出来了。只要他需要，随时可以顺着某件事一点儿一点儿地顺藤摸瓜，想起所有细节，甚至包括某一天某件事发生的时候，他手边有什么书，翻到了第几页，目光落到了第几行，等等……

但是这会儿，他企图回想顾晏走的时候穿的是不是这双鞋，早上自己离开公寓的时候，鞋垫上还有没有别的东西……居然有一丝不确定。

燕绥之在门口愣了片刻，径直上了二楼，他在顾晏的房间门口刹住步子，轻轻拧动门把手。

房门悄无声息地打开了一半，外面微黄的暖色调灯光投进房间里，在灰色的地毯上勾勒出毛茸茸的轮廓。原本空无一物的床上躺着一个人，被子盖到了腰间，手臂搭在被子外。

他的衬衫没有脱，因为侧躺的关系，压出了一些皱褶。他的神情跟平日里一丝不苟的样子不太相同，看起来有点儿疲累。瘦削好看的手指自然地搭在床沿边上，小手指上的智能机正嗡嗡地振动着。

平日里这种振动并不算大，足以让智能机的主人注意到，但又不会打扰到别人。但在这种安静的氛围里，它突然就变得有点儿吵闹。

燕绥之在门口站了一会儿，忽然失笑。他把通信请求取消掉，顾晏手指上的智能机紧跟着安静了下来。

"你可真是……"燕绥之嘟囔了一声，走到床边，弯腰把他腰间的被子朝上拉了一些，顺便把他露在外面的手塞进被子里。

不过碰到顾晏手指的时候，他皱起了眉——太烫了。

燕绥之又伸手探了一下顾晏的额头，可能是他的手指相比额头的温度，显得太凉，一直皱着眉熟睡的顾晏突然动了动，似乎被他弄醒了。

高烧中的人很难分清自己是睡是醒，抑或是在做梦还是回到了现实。

顾晏睁开眼，也许是因为生病的关系，他的眼睛显得又黑又沉，像傍晚起雾的湖面。不论是门外投照进来的暖调灯光，还是窗外一点儿微亮的天色，都进不了他的眼里。

"好好的怎么发烧了？吃药没？"燕绥之低声问道。

"嗯。"顾晏含糊地应了一声，只看了燕绥之片刻就阖上了眼。不知是因为习惯还是因为不舒服，他的眉心又慢慢皱了起来。

真吃药了还是假吃药了？

燕绥之有点儿不放心，但在这种情况下，把顾晏强行弄醒再塞点儿药，可能只会让他更不舒服。于是他将被子彻底拉上来一截，沿着顾晏的肩膀，严严实实地封了一圈，说："算了，你先睡吧。"

顾晏的呼吸声很快又变得均匀绵长起来。

天色慢慢暗下来，燕绥之本想把窗帘拉上，又担心顾晏晚上睁眼就只看到满屋漆黑，犹豫了片刻，还是把遥控器放了回去。

他下了楼，在一楼转了半天，终于在健身区翻到了家用医药箱。

医药箱不小，里面的药物分门别类，码得整整齐齐。

燕绥之没费什么力气就找到了四种退烧药物，看了眼副作用，挑了种最不容易跟其他药物起冲突的药。拆包装的时候，他顺便看了一眼药物的生产日期和保质期，然后不得住了手——因为这破玩意儿一年前就过期了。

燕绥之没好气地把药丢到一边，重新换了一盒，又看一眼保质期……

很好，也是过期的。

然后第三盒……

第四盒……

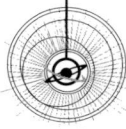

五分钟后，顾大律师的医药箱彻底空了，所有药物都被某人万般嫌弃地丢在了一旁，堆成了一座小山。

燕绥之："……"一堆过期药收拾得跟真的一样，干占地方不顶用。

燕绥之叹为观止地欣赏了一番，然后抬头朝二楼的方向瞥了一眼，好像这么瞪一下，顾晏就会在睡梦中感受到羞愧似的。

他给这些过期药拍了一张照片，统统送进了门口的垃圾处理箱，然后给菲兹拨了个通信。

"怎么了？阮？"菲兹小姐不知在干什么，说话含含糊糊的，活像嘴巴被缝了几针张不开嘴。

"你怎么了？摔到嘴了？"燕绥之关心了一句。

菲兹说："……没有，我在敷面膜。"

"好吧，你那边有退烧药吗？"燕绥之问道。

"有啊，很多。怎么了？你发烧了？"菲兹道，"刚才不还好好的吗？怎么就发烧啦？"

燕绥之说："不是我，顾晏发烧了。"

难得听到他直呼顾晏的名字，菲兹很不习惯，愣了一下才道："哦——啊？顾回来了？不是说要到晚上十点吗？这会儿就到家了，那他不是坐的下午那班？"

"嗯？"燕绥之顿了片刻，才道，"嗯……应该是早上的飞梭机。"

刚才匆匆忙忙的，他甚至没来得及细想，这会儿被菲兹无心的一句问话提醒，他才猛地反应过来——顾晏说自己在进行二轮谈判的时候，应该已经在飞梭机上了。

究竟发生了什么事，让他没说真话？

联想之前那个飞梭机检测感染者的报道，燕绥之不用细想就猜到了原委。

他重新调出那几条信息看了一眼，甚至能猜到顾晏几条信息间的沉默是因为碰到了什么，如果只是简简单单地做个检测，结果又是简简单单的阴性，他不会是那种反应。

一定是检测过程中出现了一些曲折，让他认为自己有感染的可能，所以才会找谈判这个借口。因为谈判可长可短，甚至临时出了问题，说要再多待两天，多谈几轮也正常。

他能下飞梭机，通过德卡马的港口检测，顺利回到家，就说明最终确认他只是普通发烧。

但如果检测结果不好呢？如果顾晏真的不小心被感染，被送去医院隔离，经受治疗过程中常有的危险期时……他燕绥之会在干什么？

可能在找黑市那位身份不明的医生？

可能正拎着行李去新公寓？

可能在律所应付洛克他们的闲聊，然后放心地以为顾晏仍然在谈判？

尽管这只是事后的假想，而这假想已经不可能成真了，但燕绥之依然很不舒服，只要想到这种可能在几个小时前真的存在过，他就非常不舒服。

他在空无一人的客厅里站了一会儿，突然意识到这大概就是所谓的"后怕"，而在这之前，他从来没在自己身上感受到类似的情绪。

"阮？喂？你在听吗？信号不好？"菲兹小姐在那边重复叫了他好几声，甚至噼里啪啦地拍了拍智能机。

燕绥之回过神来应道："在听。"

"你要哪种药？我给你拿过去？"菲兹道。

"不用，我去你那边拿。"

燕绥之出门往隔壁别墅走去，刚走几步就听见菲兹的声音："阮？我挑了几种药，你回去看看哪种合适，我还给你拿了个备用测温仪。"

他循声抬头，一张黑成煤球的脸撞入眼帘，只有两个窟窿里的眼睛能让人依稀辨认出那是菲兹小姐。

"你怎么这样就出来了。"燕绥之哭笑不得地接过药盒，"谢谢。"

"我怎么样都好看，有什么不能出的。"菲兹小姐裹紧大衣，异常骄傲地说，"不过顾家里都不备常用药的吗？"

燕绥之干笑一声，说："备得整整齐齐，唯一的缺点是全过期了。"

菲兹想了想，道："可能是因为他真的很少用到。上一回见他发烧好像还是两年前，估计是身体太好，生病少，没有经验。那他现在怎么样啦？"

两人正说着话，燕绥之的智能机又嗡嗡振了起来。

很奇怪，来电的居然是乔大少爷，燕绥之有些纳闷地接通了。

"喂，小实习生？"乔大少爷开门见山地问道，"顾在办公室吗？"

燕绥之道："他在家里，有点儿发烧，正在睡觉。怎么了？"

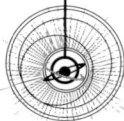

　　"啊，怪不得！"乔大少爷嘟囔道，"给他发了十条信息都没回，通信拨了两个也没接，以前可从没这样过，我差点儿以为他手抖拉黑拉错人了。他怎么发烧了？不会是感染之类的吧？"

　　"放心，不是。"

　　"哦，那就好！"乔说，"上回在亚巴岛，他让我帮忙弄的东西我找人准备好了，负责运送的人说现在就可以送，本来打算让他在家等着的。"

　　燕绥之道："没关系，送过来吧，我在这边。"

　　乔愣了一下，说："你在哪边？顾晏家？"

　　燕绥之斟酌片刻，避重就轻地强调道："他发着烧。"

　　乔"哦——"了一声，下意识以为燕绥之是来照顾发烧的老师，便说："不过这也够让人意外的，他家里大概只有装修的时候进过其他人。好啦，既然你在的话，那我就通知人送过去了，你辛苦照顾他一下。"

　　"好。"燕绥之应完，又想起什么似的问了一句，"对了，送的什么？"

　　乔说："灯松。"他回答完又兀自嘟囔了一句"也是稀奇"什么的，燕绥之还没听清，他就切断了通信。

　　"怎么了？"菲兹问了一句，"快递？"

　　燕绥之说："顾律师托朋友弄了几株灯松回来，他好像挺喜欢的。"

　　菲兹"啊"了一声，表现出疑问，语气跟刚才乔的嘟囔如出一辙："他转性啦？以前不是不喜欢灯松吗？"

　　"不喜欢？"燕绥之愣住。

　　菲兹道："呃……应该不喜欢吧。有一次我在办公室跟事务官聊度假，说到亚巴岛的灯松林，他就一点儿兴趣都没有。我记得当时事务官说搞了几棵灯松的树种，还问他要不要，毕竟整个律所就他一个不是植物杀手。他说不要，养着太麻烦。"

　　她回忆了一下道："也就……今年春天的事吧。"

　　"谢谢。"燕绥之神色复杂地冲菲兹笑了一下。

　　菲兹一头雾水，道："谢什么？呃……不客气……"

　　乔大少爷办事效率出奇的高，没过半个小时，一辆黑色的加长车静静地向城中花园开来，可刚到大门就被电子安保拦住了。

"顾先生，"负责运送的人从乔那边拿到的是燕绥之的通信号，却误以为接通的是顾晏，"我们这车没有通行权，得房主过来输一下密码。"

"我不是顾先生，叫我阮野就行。"燕绥之嘴上这么说着，输密码的时候却非常流畅。

"高霖。"副驾驶座上一个大胡子男人跟他握了握手，"我们是不是在哪儿见过？"

燕绥之心里干笑一声，心说：这世界还真是小。这位大胡子他确实认识，再进一步说算是朋友。这人是德卡马有名的观赏植物培育员，他以前祸祸的各种庭院植物，都是从大胡子高霖那边弄来的。

他曾经有一阵子兴致很高，不信邪地买了好几批，想把庭院前后布置成少年时旧居的样子。那段时间高霖几乎每个月都要开着自己的加长车往他那儿跑一趟。

每次过去，高霖都会看见自己上个月送过去的鲜活的花花草草已经变得瘦骨嶙峋，在苟延残喘着，那个场景很是让人痛心。高霖平时跟他关系不错，但一到那个时候，看他的眼神活像在看恐怖分子。

而灯松这种东西原产地是亚巴岛，要想在德卡马这边成活，需要有专业人士用亚巴岛的树种进行特别培育。

整个德卡马，要说灯松培育技术最好的，肯定就是高霖了，所以乔会找到他也不奇怪。

燕绥之冲他笑了一下，说："我可能长了副大众脸，经常有人觉得在哪儿见过我。"

大胡子高霖呵呵两声，说："那大街上百分之八十的人可能都想有这种大众脸。哎——说到这个我想起来了，我应该没见过你，之所以觉得你有点儿眼熟，是因为你某些地方像我曾经一位客户。"

燕绥之一脸无辜地说："是吗？这么巧？谁啊？"

"一个挺厉害的人，梅兹大学的院长，年轻有为，什么都好。"高霖道，"就是那双手有毒，碰什么死什么。他只要别碰植物，就是我朋友。"

燕绥之："……"你正当着我的面说我坏话你知道吗？

大胡子对燕大院长的眼神毫无所觉，一边指挥着几个店员搬灯松，一边冲燕绥之道："灯松还挺难养的，希望你的朋友顾先生手上没毒。"

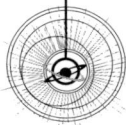

燕绥之道："不会的，律所其他人的绿植都养死几轮了，就他办公室的依然活得很好。"

"哦？是吗？什么绿植？"

"常青竹吧。"

大胡子满意地点了点头，说："那不错，常青竹也很难养，温度、湿度都很讲究。叶片不能摸，容易烂；阳光不能晒太久，容易干缩；水也不能浇太多，会淹死。"

不小心浇过好几轮水的燕绥之一脸心虚，心说：这哪儿是养绿植啊，养的是个祖宗吧，比我这个人还难伺候。

高霖运过来的灯松已经半成熟了，每个都有特制的盆护着根。

"我在老客户那里吸取了教训……"高霖道，"哦，就是刚才跟你说的那位院长。以前培育灯松都是养到半人高，下地成活率能过百分之六十就行了，这样客户还能体会一下成活的不容易和乐趣。后来在他那里死了有二十来棵吧，我反省了一下，觉得还是算了。现在就统一培育到两米再往外送，落地成活率基本能到百分之八十五。"

高霖说着，又问燕绥之："玻璃房在哪边？之前听说顾先生的要求是把灯松种在那面落地窗的玻璃墙外面。"

燕绥之给他们引了路，说："这边走。"

"这一批一共八棵。"高霖道，"能填满半个庭院，形成一小片林荫，非常漂亮。"

高霖指挥着助手们埋下灯松，调控好庭院温湿。等他们收工的时候，天色已经彻底黑了。

"现在还看不到灯松虫。"高霖道，"运送和环境变换会让它们有点儿害羞，过会儿稳定了就会出来。如果有什么情况，可以随时找我。"

"好的，谢谢。"

送走高霖他们，燕绥之回到屋里，把手上沾染的一点儿灰尘和土星都仔仔细细地清洗干净。

第二章

1

黑色琉璃台上，煮着粥的砂石锅正汩汩作响，粥在沸腾中一点点变稠，散出香味。燕绥之拿瓷勺搅了几下，看了眼墙上的星区时间。

夜里八点多，外面的风渐渐大起来，据说晚上还会下雪。

他搁下勺子，扫了一眼窗外，这才发现自己的围巾还搭在门口的立柜上，且一半滑了下来，此刻正摇摇欲坠。他过去拿了围巾，趿拉着拖鞋上了楼，打算把围巾挂到阁楼的衣架上。

燕绥之在路过二楼的时候停下脚步，想去看看顾晏的烧有没有退，结果推开门，却发现顾晏正坐在床边。他似乎刚醒，屈着长腿，两脚踩在厚实柔软的地毯上，一只手搭在膝盖上，另一只手则抵着额头。

"醒了？"燕绥之问道，顺手开了卧室墙角的一盏地灯。

暖黄色的灯光顺着那处墙角在地面上铺散开来，给顾晏微弓的肩背镀上了一层温和的暖色。

顾晏垂下手，抬头看了他一眼，应了一声："嗯……"

"还烧吗？"燕绥之走过去，用手背碰了一下他的额头，然后皱起了眉，"还是很烫。"

顾晏看起来依然很累，而且并不清醒，也不知道为什么突然起床。他的目光深邃，从燕绥之上身扫下来，在他手中的围巾上停了几秒，然后又蹙着眉重新垂下头。

燕绥之没注意到这点，只想着让顾晏早点儿退烧，说："我从菲兹那边拿了几盒药，挑了一种不会跟其他药物对冲的，你吃两片再睡一会儿。"

单是站在顾晏面前，都能感觉到他身上的烫意，燕绥之怀疑他可能都没听清楚自己在说些什么，又或者是听见了但脑子还没能接收到信息，只得又补了

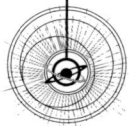

一句："我先下去。"

他转身的时候，那条围巾垂下的边角，在垂头缓神的顾晏眼前一晃而过。

顾晏哑着嗓子问："去哪儿……"

燕绥之垂着目光看他，说："去厨房，给你把药拿上来。"

"……我是说，拿着围巾去哪儿？"

燕绥之这才想起手里还有围巾，顿时失笑道："去阁楼找衣架挂起来。"

顾晏微愣，这才反应过来自己可能弄错了什么。他揉捏着眉心，房间里一时间安静极了。

这种安静在燕绥之身上是极为少见的，以至于会给人一种错觉，好像他是默许且纵容的。

只是不知道，这算不算一种对病人的优待。

不过最终，燕绥之还是玩笑似的提醒了一句："顾同学，楼下的粥要煳了。"

顾晏道："……抱歉。"

下了楼，燕绥之把药盒拆开，他刚倒了两片药在掌心，就听见楼梯那边传来了沙沙的脚步声。

"怎么下来了？吃了药再睡一会儿。"燕绥之道。

"不用。"顾晏走过来，拿走了燕绥之手心里的两片药，然后用玻璃杯接了一点儿热水，仰头咽了药，又喝了几口热水。

燕绥之闲聊般问道："赶了早班的飞梭机？"

顾晏喝水的动作顿了一下，捏着杯子"嗯"了一声，说："中途接到德卡马和赫兰星的检测通知，航程耽误了一阵子，不确定什么时候能到。"

"只是这样？"燕绥之道，"检测没有出问题？"

"……还好。"顾晏只挑了结果说，"不然我现在会在春藤医院。"

燕绥之站在砂石锅旁，一只手插进西裤口袋，一只手用瓷勺顺时针轻搅着愈渐浓稠的米粥，闻言没有去戳穿什么，而是道："下回再碰到什么，不管是好消息还是坏消息，尤其坏消息，别藏着掖着……如果你出了什么事，我希望我能尽早知道。"

过了一会儿，顾晏含糊地应了一句："嗯。"

"嗯什么。"燕绥之转过头来，"说实话，你在这方面不太有信誉，现在清醒一点儿没？去把光脑拿来写个保证协议，这样才显得没那么敷衍。"

他说完笑了一下，又继续精心地熬那锅粥。

顾晏乌沉沉的眸子动了一下，他似乎想说点儿什么，但话在舌尖转了一圈就拐到另一个方向："你之前说……新公寓找好了？"

"对。"

"在哪边？"

"白马街那一带，离南十字律所也很近。"

"布置怎么样？"

"还不错，房东是一个艺术家，在房子里挂满了自己的画，非常干净。"燕绥之说。

也许是之前的针剂终于缓慢地见效了，也许是热水确实能让人舒服一些，顾晏比刚起床的时候略微精神一些，但听完这话之后，他又是一阵长久的沉默。

他重新接了一杯热水，倚靠着琉璃台，看着燕绥之瘦白的手指搅动着瓷勺，沉声问道："什么时候走？"

燕绥之笑了一下，转过头来没好气地问道："你这么急着赶我出去？"

"没有。"

"没有，那你十分钟问我两回？"

顾晏垂下目光，一时间没说话。

燕绥之以为他被自己堵得哑口无言，又闷回去的时候，顾晏却突然开了口："我不问，你就不走了？"

他的声音微哑而低沉，就像是一罐浓醇的美酒，看似封得严严实实，但又在不经意间透露了一条缝隙，能让人窥到内里。

燕绥之搅着粥的手停了一会儿，抬起眼。

在顾晏身后，隔着客厅柔软的地毯，几米之外是那片透明的玻璃墙，墙外八棵新种的灯松在夜风中簌簌摇晃，一部分灯松虫适应了新环境，零星地冒了出来，绕着散发冷香的灯松针叶上下飞舞，像是散落在暗夜中细碎的星火。

燕绥之朝那边扫了一眼，似乎是叹了一口气，轻声道："顾晏。"

"嗯。"

"你托乔弄的灯松，今天送到了。"

"看到了。"

燕绥之收回目光，看向他："我听菲兹说，你其实不那么喜欢灯松。"

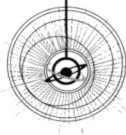

顾晏顿了一会儿，淡淡道："不是特别喜欢。"

"那么……等我搬走了，这些灯松是不是没人看了？"燕绥之问完笑了一下，状似随意地说，"我跟房东签了一个试住协议，原本打算等你回来打声招呼再过去，后来打算等你烧退了，明天再走。现在这些灯松被运过来了，我只好再改一下主意。所以，你不问的话，我可能真的就不走了。"

燕绥之说着，把手里的瓷勺搁下，又不紧不慢地拿了一块软巾垫手，把砂石锅的盖子盖上。

米粥汩汩的微沸声被闷进盖中，窗外的夜风声依稀可闻，星星点点的荧光绕着灯松飞舞，暖黄色的落地灯灯光铺散在大片柔软的地毯上。

顾晏转头看了一眼窗外，灯松和飞舞的漫漫萤火依然在夜色下摇曳。

这其实是他未曾料想的，当初让乔帮忙的时候，他其实忘了燕绥之只是暂住，终究是要搬出去的。他更没有想到，灯松送来的时间这么巧……

如果不是因为他出差让燕绥之多等了一天，如果不是因为发烧打乱了燕绥之的计划，那么种下这些灯松的时候，燕绥之可能已经不在这里了。

他可能会一个人坐在偌大的客厅里，和光脑中堆积如山的文件默然相对，然后偶尔在休息的间隙，抬头看到那些无声的萤火……

但这是他自己的事，不应该成为别人或走或留的理由。

顾晏的目光重新落在燕绥之身上，说："我吃过药了，烧很快会退，那些灯松种在庭院里也并不碍事，这些都不用在意。"

他替燕绥之把这些芜杂的干扰因素都划掉，沉默了好一会儿才沉沉开口："所以，你还走吗？"

燕绥之看着他，片刻之后，道："我的行李箱其实已经收拾好了。另外，虽然现在看起来不太像，但我依然是你曾经的老师。"

顾晏"嗯"了一声。

"因为一些缘故，我其实从没有想过自己……"燕绥之斟酌道。

顾晏垂着目光，他穿着衬衣长裤，靠在琉璃台旁，就像在安静地听着某份卷宗里的细节，眼睫毛在下方投了一片阴影，即便站在他面前也看不清他的眼神，所以也不会给说话的人带来什么心理负担。

燕绥之看着他隐在阴影里的眼睛，思忖了片刻，终于继续道："但是很奇怪，我现在居然觉得这是一件好事。"

顾晏愣了片刻，而后猛地抬眼，乌沉沉的眸子一转不转地看着他。

燕绥之任他看了一会儿，又偏开头，翘着嘴角有些无奈道："别看了，不走了。去餐桌边坐着，粥真的要煳了。"他紧跟着补了一句，"熬了一个小时，如果真煳了我肯定就气走了，毕竟这是你的房子，也不能把你气跑是不是？"

顾晏："……"

顾晏感觉自己的发烧可能又重了一点儿。不过这也确实提醒了他，毕竟他还在生病，别自己没好还传染给别人。于是在粥隐约散出一丝煳味的时候，顾晏顺从地出去了。

燕绥之看见他朝餐厅的方向走，便收回视线，把砂石锅下面的开关关掉。好在粥煳得不厉害，打开盖子闻起来还不错，食料都被熬化在里面，浓香稠糯。

他拿了碗勺，避开锅底，盛了两碗，端过去搁在餐桌上，转头却见顾晏从楼梯那边走了过来。

"刚才上楼了？"燕绥之和他面对面坐下，拿瓷勺搅了搅糯香软烂的米，随口问道。

顾晏"嗯"了一声，没多说，认真地喝着粥。

燕绥之尝了一点儿，虽然他很少做这些，但自认为手艺还算过得去。

顾晏闷不吭声，即便生着病，吃饭的时候也很讲究礼仪。

吃完最后一勺，他看了燕绥之一眼，说："味道很好。"

乍一听是句难得的人话，但是高烧没退的人吃什么感觉都是淡的，根本尝不出味。

燕绥之领了他这句瞎话，半真半假地挑眉说："真的？那多吃点儿。"

顾大律师默默地看了他片刻，还真起身又去盛了一些。

有些人病了，食欲很差，因为尝不出味就只吃一点点，对恢复并没有什么好处。顾晏虽然难得生病，但以往病起来还真是这样，一天下来都吃不了几口。

不过燕绥之自己却吃得不多，他的胃只能适应少吃多餐，粥也只盛了小半碗，还吃得格外慢，更多时候是在等对面的人。

顾晏搁下勺的时候，燕绥之刚好吃完最后一口。

厨房的消毒洗碗柜里其实分有不同隔层，但一般情况下没那么讲究，顾晏却细心地将两人的碗勺分别放在了两个隔层里。

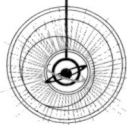

燕绥之看了一眼，当时没说什么，只催着顾晏赶紧回房再睡一觉，催一催药效。他跟在顾晏后面上了楼梯，楼下厨房和客厅的感应灯光一盏一盏地在两人身后熄灭。

走了几级台阶的时候，燕绥之觉得似乎少了点儿什么东西。他一时没反应过来，又走了几步，余光瞥到楼梯边的墙角时，才突然想起来——之前收拾好放在那边的行李箱不见了。

他愣了一会儿，走回三楼才发现行李箱已经回到了自己房间。这下，他总算明白之前熬粥的时候，顾晏为什么不是从餐厅过来端碗，而是从楼梯那边过来的了。

燕绥之看了一会儿箱子，不紧不慢地下了楼，走到顾晏卧室门外，敲了两下门。门并没有关严，敲了两下自己就开了。

顾晏正站在床边喝水，闻声转头看过来。

"这位顾同学。"燕绥之干脆倚着门，上下扫了顾晏一眼，噙着笑意，明知故问道，"你什么时候偷偷收了我的行李箱？"

顾大律师把玻璃杯搁在床头柜，一脸平静地矢口否认："没有。"

"不是你，难道它长了脚自己蹦上来的？"

顾晏淡淡地道："没有偷偷，顺手。"说话间，他已经走到了卧室门边。

不过燕绥之本来也只是来逗他一句，没什么别的要说，所以冲他抬了抬下巴，道："行了，洗漱一下赶紧睡吧，我上去了。"

顾晏垂着的手指微微抬了一下，似乎想做点儿什么或者说点儿什么，但是又略带顾忌地收了回去。事实上，这一整晚他都这样，说话的时候会刻意偏一点儿角度，时刻都注意着，避免把感冒传染给燕绥之。

这种细微的注意，燕绥之当然全都看在眼里。

顾晏最终只是沉声说了一句："晚安。"

2

上午，南十字律师事务所一楼，一前一后进门的燕绥之和顾晏在楼梯前碰到了菲兹小姐。她的手里正抱着两个摞在一起的纸盒，高过了头顶，看起来摇摇欲坠。

她正蹬着细高跟，小心翼翼地往楼梯上迈，忽然从旁边伸出一双手，把箱子接了过去。菲兹手里一轻，人还没看到，先夸了一通："我的天，总算来个人帮忙了，谢谢！这么好看的手，让我猜猜是谁……"

结果这话还没说完，就听见身后的人扭头就是一个喷嚏。

"顾？阮？"菲兹小姐闻声转头，看到燕绥之和顾晏一人戴着一个口罩站在后面，而燕绥之刚巧偏着头打了第二个喷嚏。

昨天夜里信誓旦旦地说自己体质好得很的燕大教授，今天起床就被狠狠打脸了，俨然有了感冒的征兆，原因自然不必说。

偏偏菲兹小姐一脸讶异，哪壶不开提哪壶："你怎么也感冒了？"

燕绥之说话带着轻微的鼻音，听起来懒懒的："不知道，可能是因为昨晚逗猫被挠了一下吧。"

菲兹小姐一时没明白这跟感冒有什么关系，道："没被咬到吧？如果被咬到了，一定要记得去打针。"

顾大律师在旁边默不作声，燕绥之的余光瞥到他，要笑不笑地冲菲兹道："假的，开个玩笑，只是不小心着了凉。"

顾大律师听不下去这种胡说八道，抬了抬手里的纸盒，问菲兹："谁的？帮你带上楼。"

"十分钟前收到的特别快递，寄给迪恩的。"菲兹道，"可能是一部分案件要用的东西吧。"

"迪恩？"燕绥之疑问道。

这段时间他在南十字律所大楼里待得不多，和有几位律师只有一面之缘，名字和人都对不上号。

"三号办公室的那位圆脸律师。"菲兹解释道，"实习生菲莉达小姐的指导老师呀。"

燕绥之点了点头，道："哦，他很少在办公室。"

"是，经常出差。"菲兹说道，"他偏好有争议的案子，希望能给自己多加点儿筹码，打响知名度，那样相对更容易获得'一级律师'的申请资格。这不，今早又接了一个案子。"

燕绥之问道："什么案子？"

"'摇头翁'案知道吗？"菲兹说道，"两个月前，全联盟都在讨论的那个。最近几天大家的关注点都在基因修正和病毒感染上，暂时盖过了它，但它依然

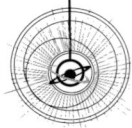

是一个很有热度的案子。"

两个月前燕绥之还没醒，自然对这个案子所知不多。不过听菲兹的口气，这案子的热度似乎很高，说没听过反而比较奇怪，所以他也没多问，只冲菲兹点了点头。

菲兹冲头顶某个办公室的位置指了指，说："其实原本找的律师是霍布斯，老家伙一直迟疑着没有松口，后来'一级律师'初审通过，上了公示名单，他就更不会接了。今早他去了医院，说自己有初期感染的症状，刚好把案子推了，转到了迪恩的手里。"

"霍布斯被感染了？"顾晏皱了皱眉。

菲兹道："对，早上接到的电话。他说他出了点儿疹子，其实还没确认是什么性质。虽然我不太喜欢他，不过还是希望他是阴性吧。"

正说着话，高级事务官插了句话进来："顾？劳驾来一趟，有份文件需要大律师集体签字，你昨天不在。"

纸盒是燕绥之送进三号办公室的。

意料之中，迪恩律师刚接手案子就出门忙活了，没在办公室，是实习生菲莉达小姐代他接收的，令人意外的是洛克也在这里。

"我老师进医院了，嘱咐我这几天先跟着迪恩律师。"洛克苦着脸对燕绥之道，"今早迪恩律师出门的时候，给了我们一部分案件资料——"

他两手一拉，道："这——么多！老实说，我不太想碰这个案子。"

洛克一脸愁容，还想抱怨几句，但是看到从隔壁办公室出来的大律师，只得讪讪地把话吞回去："呃……回头再聊，我先回去干活了。"

燕绥之冲他摆了摆手，站在楼梯扶手旁朝下面看了一眼，等了一小会儿，没见顾晏上来，便径自开了办公室的门，把大衣和围巾挂在衣架上，刚要在办公椅上坐下，顾晏便进了门。

一般而言，顾大律师的洞察力非常敏锐，总能注意到其他人没注意的细节，而且非常善于抓住关键。于是，燕绥之刚要跟他说点儿什么，就见他不经意地朝办公桌的边角扫了一眼，然后动作就顿住了。

顺着他的目光，燕绥之就看到了那盆常青竹。

顾晏出差前，那盆常青竹还是生机勃勃的模样，颜色生翠、根根挺拔，窄叶一簇一簇的显得蓬松青亮、气质十足。但现在，不过是一天一夜的时间，它就七零八落地歪斜着，俨然一副惨遭毒手、快要咽气的样子。

燕绥之心说不好。他抵着嘴角咳了一声，顺手抓起一只玻璃杯，打算用"倒茶"作借口，畏罪潜逃。

顾晏两手撑着办公桌，仔仔细细地看了常青竹的惨状，最终实在是看不下去了，收回视线，撩起眼皮，道："南十字这边养死的盆栽不少，死这么快的还是头一回。"

话音刚落，外面突然传来一声惊叫。

惊叫的人是实习生菲莉达。

在他们面前的办公桌上，别人加急寄给迪恩律师的纸盒敞开着，依稀可见里面的长钉、刀片以及几张吸水纸。纸上涂抹着各种谩骂的字句，凌乱而诡异，颜色棕红，像干涸的血迹。

"这是什么……威胁吗？"菲莉达的声音紧绷，小姑娘头一回见到这种东西，毫无心理防备，看起来像是要哭了的样子。

"不算是。"燕绥之说。

威胁总是为了提要求，而这两个纸盒更像是纯粹地发泄不满和恐吓。对于这种东西，律所其他人倒不是头一回见。

菲兹他们很快聚了上来，看了眼箱子的内容就一脸了然。高级事务官处理起这种事驾轻就熟，几个玩笑便把菲莉达和洛克他们逗得展颜，又让人迅速上来把纸盒收拾了。

菲莉达和洛克慢慢冷静下来，终于意识到不是什么别的原因，就是因为迪恩接的案子才有这一茬。

"摇头翁"是个什么案子？燕绥之在心里嘟囔了一句，总算起了一分好奇。

他垂眸顺手在智能机上搜了一下。一输入关键词，各种案件报道就出来了——两个月前，红石星上某个住宅区有一位老人无故失踪，于两天后在一个地下仓库被发现。彼时，老人身上满是被虐待的痕迹。而令人讶异的是，主要的痕迹都是他自己弄出来的。被发现的时候，老人已经是痴傻状态，蹲在一个铁笼子里，一边呜呜地哭，一边有节奏地摇着头，所以这个案子被人取了那么个代称。

这个案子刚发生的时候并没有引起多大的议论，毕竟联盟那么大，星球那

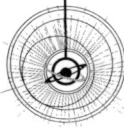

么多，每天都有数不清的事情和信息，这种发生在某一角的案子很容易被淹没在汪洋里。

但很快，警方发现受害者远不止一位老人，他们在不同星球上一共发现了七个位置偏远的废弃仓库，里面一共有将近三百个同样状况的老人们。而这些老人们几乎都指认出了犯罪嫌疑人，这本是好事，但有一点……老人们的精神都有问题。

案件还没正式开庭，联盟各处就已经为此事争执起来。老人们的模样实在令人动容，犯罪嫌疑人表现出的态度又令人厌恶，所以争论的趋势倾向哪边不言而喻。大规模的争执往往最终都要找一个承力点，而这个承力点理所当然地落在了代理律师的身上。

燕绥之看了几篇报道，神色淡定。

不过，有一篇报道提到了几个类似的旧案，他的目光在界面某一处停留了很久。顾晏注意到他的反常，朝他毫无遮掩的全息屏瞥了一眼，看见了某个熟悉的案名。

那是燕绥之不到三十岁时打的一场案子，顾晏对此再熟悉不过。因为他曾经花了很长一段时间给这个案子做分析报告，又在报告完成后将它彻底废弃……

顾晏的眸光一动，从全息屏移到了燕绥之的脸上。从他的角度只能看到燕绥之垂着的眼睫，看不到对方眼里的情绪。

燕绥之的脸被全息屏的光映得有些冷淡，他似乎在走神，不知道时隔多年后重新看到曾让他背过骂名又背过盛名的案子，他会在想什么，又会是什么心情？

过了片刻，顾晏看见他的睫毛动了一下。

燕绥之忽地从全息屏上抬起了眼，撞到顾晏的目光时笑了一下，说："偷看我的屏幕干什么？"

养死别人的盆栽装聋作哑，给别人扣帽子倒很理直气壮。

顾大律师嘴唇动了一下，却没回答。

燕绥之的手指一滑，收起全息屏，冷不丁问了顾晏一句："我忽然想起来，你好像说过，一度认为自己跟我理念不合？"

顾晏没想到他会突然问这个，顿住步子，朝那盆无辜丧生的常青竹瞥了一眼，说："转移话题，还是想算旧账？"

燕绥之"啧"了一声，心说昨晚的顾同学多好，时刻与他保持距离，怕传染还催他上楼早点儿睡，就连今早他下楼打了第一个喷嚏，显露出感冒的征兆时，顾晏的反应也格外有意思——一脸稳重地翻了半分钟药盒，然后默不作声地掩住了额角开始自我反省。

燕绥之在旁边看得忍俊不禁。他虽然当惯了大尾巴狼，但早上睁眼的时候，其实还是有点儿不自在。然而顾大律师的一系列反应解救了他，以至于他那点儿不自在只存在了不到半个小时，只意思了一下就烟消云散了。

燕绥之要笑不笑地冲顾晏道："你怎么见了阳光就变脸，居然怀疑起我的动机？我只是对你的想法有点儿好奇。"他说着停了片刻，又坦然地笑了笑，"事实上，我对你的很多事情都抱有好奇心。"

这样的想法在他的身上大概是破天荒头一回，他其实从来都是不容易被人亲近的人，永远游走在所有人的安全距离之外，不给别人进入他生活的机会，也从不过分涉足别人的生活。

"不用解释你有什么样的想法，因为人们的想法总有分歧，只要你觉得是值得的，以后记起来也不会后悔，就可以去试试看……"这是他以前常说的话。

顾晏曾经也是听众之一。

但现在却不同了，燕绥之适应了一圈后，终于开始主动亲近人了。

这大概算是一种别样的特殊待遇，顾晏当然不会推拒。

"确实有过理念不合的想法……"他低声重复一遍，沉吟片刻，"对那时候的我来说，那其实不是一段特别愉悦的体验，所以……我有点儿不知道该从何说起。"

"记得有一年酒会，我在阳台看夜景的时候，你来问过我一个问题，关于……保持初衷？"燕绥之试着回忆了一会儿，又轻笑一声，"有点儿记不清了。是那个时候吗？"

"你居然记得？"顾晏有些诧异。

燕绥之说："我记得的事情，可能比你以为的要多得多。"

顾晏看了他片刻，点了点头，道："算是吧，不过那其实只是导火索。"

"这还是个连锁反应？"燕绥之挑了挑眉毛。

其实算不上是什么连锁反应，与其说是当年的顾晏突然发现自己跟燕绥之理念不合，不如说是他突然意识到，自己一直以来所抱有的初衷，似乎不足以全然投到现实中。

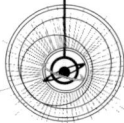

他还没有多做解释，燕绥之却已经敏锐地捕捉到了源头。

或者说燕院长虽然不亲近人，但在那些年里学生有可能会经历的挣扎与转变，他其实都有了解。

他问了顾晏一句看似没头没尾的话："我没记错的话，你本籍是赫兰星？父母是……军人？"

梅兹大学尊崇德卡马的传统，向来不会过多关注学生的来历和背景，这并不是师生或同学间常聊的话题。不过当年的燕绥之还是从顾晏的只言片语中知道了一些简单信息。

不过仅此而已。

别人对赫兰星也许所知有限，燕绥之却不一样，他清楚地知道，赫兰星在三十年前发生过一次跟星际海盗的冲突，那是数百年来最大的一次冲突，折进去的军人数不胜数。

那次冲突后，赫兰星得到了海盗头子三百年不进犯的承诺书，同时也多了数十万的孤儿，全是军人后代。所以他一直将这个默认为敏感话题，以大学间的师生关系来说，并不适合多问。

顾晏闻言点了点头，回答印证了他的猜测："嗯，都是军人，不过他们都已经过世了。"

燕绥之看着顾晏，倏然理解了他会有理念挣扎的原因——赫兰星军人的品格，就是绝对忠诚、绝对正义、绝对的自我奉献。

如果他的父母都是军人，并且刚好是为了母星民众而战死的军人，那么他们所坚持的信念，往往会以一种根深蒂固的方式溶于后代的血液中。

他曾经在赫兰星的福利院见过很多军人的后代，无一例外都是这样的。

顾晏看到了燕绥之的表情。

很奇怪，不知道是不是因为昨晚的经历给了他足够的底气，现在几乎不用对方开口，他也能清楚地知道对方在想什么，连猜测的步骤都免了。他补充了一句："不过我不算孤儿，父母过世后，我一直跟外祖父住在一起，他是一位法官。"

并且他是一位非常严肃而板正的法官，所以顾晏的骨子里灌注了极为鲜明，甚至近乎执拗的理念——来自军人的忠诚、正义、自我奉献，以及来自法官的公平和严谨。

即便在他进入大学，早早做好要干律师这一行的打算时，这种理念也不曾改变过。他并非对这个行业一无所知，恰恰相反，因为外祖父的关系，他对律师的了解比很多人都早。

但人总是这样，尤其是年轻人，意气风发中带着一点儿无伤大雅的清高、自傲，在做情景假设时，总会下意识地构造一个理想化的局面和结果，并且笃定地认为自己一定会如何去做，然后达到何种目的。

学生时代的顾晏比很多人都要稳重、自持，但年轻人会有的傲气一点儿没少，甚至更多一些，而他坚持的那些东西，又让他比很多人更认真一些。

这才是矛盾的伊始。

"高中时候，我听过你的一次讲座。"顾晏道，"你当时说过，律师每天都在和各种谎言打交道，甚至其中一部分律师连自己也常在说谎。很多人知道自己的当事人是有罪的，但是辩护到最后，他们总会忘记这点，并觉得他们的当事人比谁都无辜。久而久之，就不会再想'谁值得相信，谁是正义的'这种问题了，因为这让他们很难快乐地享受胜利——"

他说得不紧不慢，似是在边说边回忆。

燕绥之惊讶的是，顾晏居然记得这样清楚，话语内容都相差甚少。因为在他的印象里，那个坐在前排、像薄荷叶一样冷冰冰的学生，全程都没有动笔记过什么。

"你当时对那个提问的学生说，希望她能记住这个问题，偶尔去想一下，因为这代表着学生时代最单纯的初衷，希望每个人都能保持得久一些。"顾晏说完沉默了几秒，又道，"我那时候其实很惊喜。"

燕绥之挑了挑眉，忍了一会儿还是没忍住，道："我恰好记得那场讲座，也……刚好记得你。恕我直言，我以为你是去打发时间混学分的，一点儿也看不出你在惊喜。"

顾晏："……"

不过，由于燕大教授半开玩笑似的打岔，顾晏因为回忆而无意识蹙起的眉心松了开来，表情有些无奈。

燕绥之抬了抬下巴，说："继续，你面无表情，其实特别惊喜，然后？"

有那么一瞬间，顾晏似乎想刻薄一下某人，但他最终还是继续说了下去：

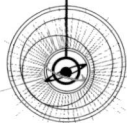

"我当时以为碰到了一个与自己理念完全重合的人，而在那之前我刚好对你有一些认知，所以我很高兴。但后来再想起这段话时，我发现你只是刚好避开了其中的矛盾。"

因为燕绥之说的是给那些年轻学生的建议，事实上并没有真正回答那个女生的问题，更没有说明自己的想法。

燕绥之想了想，道："那个问题其实非常难，有的人从最初就避免回答、避免自寻烦恼；有的人几十年都纠缠在其中，也没找到答案。而在你们那个年纪，我所说的话很容易成为某种引导。我给出的答案，很可能成为你们今后数十年的思维限制。"

"嗯。"顾晏点了点头。

这种考虑他当然知道，即便燕绥之不说他也知道。但那时候的他没有往这方面想，只下意识地觉得燕绥之的话给了他触动。

直到他碰到了那桩旧案。

那个嫌疑人是一家曾经很有名的医院的副院长，牵扯进了一桩医疗命案里。说起来，那时候的情况跟这次的"摇头翁"案有一点儿像，犯罪嫌疑人的态度惹人厌恶，大众舆论也几乎是一边倒。

不过燕绥之当初的辩护也证明了，控方的证据确实存在漏洞。

如果所有人的经验直觉，包括犯罪嫌疑人的反应都能表明他真的有罪，最令人痛快的方式就是让他应罪伏诛，但偏偏证据上还能找到一些缺漏，这该怎么办？

在最初接触到那个旧案时，让顾晏态度转变并陷入沉默的，其实不只是单纯的理念不合，而是他自己内部固有理念的矛盾和冲突让他有点儿不知所措。

军人父母遗留给他的是最为朴素、纯粹的道德观和正义观，他希望那个犯罪嫌疑人毫无转圜的余地，结结实实地被扔进大牢。

但法官外祖父言传身教的法庭公正，又让他又万分在意证据链的完美无缺，还有绝不能丢弃的无罪推定。

"那段时间，与其说是在做旧案分析，不如说……我是在不断假设论证。如果我接到了那个案子，我会不会跟你做一样的选择，而那个选择是否能够说服我自己，贴合我所有的固有理念。"顾晏道。

那段时间，他耗费了巨大精力而做出来的分析，几乎已经能够说服自己了，甚至在分析那个案件的过程中，他本身也有了前所未有的变化。

结果，在收尾阶段刚好碰到了燕绥之的那场生日酒会。

他问燕绥之那个问题，其实只是想再确认一遍。可是燕绥之却说，他压根儿不会去想什么初衷问题。

"我那时候刚好陷在瓶颈里，有点儿钻牛角尖。"顾晏道，"当时听了你的答案，觉得之前折腾时间费劲做分析的自己傻透了。"

看，你努力解释论证了那么久，其实对方根本没想过这些。

偏偏那时候他对燕绥之的每一句话都看得异常重。

燕绥之联想到顾晏之前的回答，神色微动，道："所以一毕业，你就抱着某些看法，并且被我彻底气跑后，再没有过音讯了？"

顾晏："……"

"不过……"燕绥之忽地笑了，"我很高兴。"

"为什么高兴？"顾晏看着他。

"因为你绝不是那种为了心安理得，就会扭曲理念去盲目迎合现实的人。"燕绥之道，"我的学生，这点儿我还是知道的。"

事实上，在后来近十年的时间里，被打磨得越来越沉稳、成熟的顾晏，其实很感谢当初的那个旧案。如果不是那段近乎自我折磨的论证和分析，他可能还要花费更久的时间才能给自己一个答案。

燕绥之看着顾晏，眼里含着明亮的笑意。这是他一度非常欣赏的学生，在经历了这么多年的现实磨砺后，依然内心强大、正直纯粹，讨人喜欢再正常不过了。

但是燕大教授是个嘴欠的，他听完这些话，又忍不住继续逗了顾晏一句："现在呢？"

顾晏道："嗯？"

"你现在觉得跟我的理念还合得来吗？"燕绥之好整以暇地问道，"你好好回答。"

"要是不太合呢？"顾晏眸光一动，反问道。

燕大教授笑眯眯地说："那就不妙了，我说不定要先浇死你庭院里那一片花花草草，再去看看有没有比你更讨喜的学生，毕竟理念不合是件大事。"

十年前，某个人这么半真半假地气人的时候，顾晏摔门就跑。但现在不同

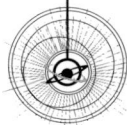

了，这是他的办公室，他不用跑。可把某个人赶出去，他又不忍心。

3

菲兹小姐进门的时候，感到办公室内的氛围异常紧绷。

顾晏正端着杯子靠在桌沿喝水，问她："有事？"

"没什么。"菲兹下意识摇摇头，指了指旁边，"我找阮野。"

顾晏非常绅士地抬了抬手，示意她自便。

于是菲兹朝实习生的办公桌看过去，燕缓之正靠坐在椅子里，手里拿着一张仿真纸页，抬头冲她笑了笑，说："抱歉，菲兹小姐，我刚看到你传过来的文件。"

菲兹奇怪地"咦"了一声，问道："你怎么又把口罩戴上了？"

燕大教授张口就是一句瞎话："哦，刚才连打了好几个喷嚏，就又戴上了。毕竟我们顾老师花了一晚上时间，好不容易退了烧，再被我传染就不好了。"

因为双唇被掩在口罩后面，他的声音显得闷闷的，又带着一点儿感冒的鼻音，听起来比平日还要温和一些。

菲兹没多想，恍然大悟地跟着点头，说："那倒是，毕竟办公室的门一关就是个密闭空间，就算没什么接触，也很容易中招。"

刚才还在拌嘴的两人不动声色地看着自己面前的文件资料。某种意义上，也算是一脉相承。

"啊——这么说，你总算看到我传给你的文件了？"菲兹伸手点了点燕缓之手里的那张仿真纸页，"上回乔治·曼森案，除了委托金的尾款，法律援助协会又给你额外发了一笔奖励金。毕竟实习律师能有那样的表现实在很令人欣慰，你太棒了。"

"谢谢。"其实燕缓之装模作样地拿着看了半天，但根本没看进几个字，只是在听菲兹说话的过程中一目十行地扫了一遍，"所以我只需要在这里签字确认一下？"

"是的。"菲兹小姐笑嘻嘻的，好像她才是拿到奖金的那个，"你看一下资产卡有没有收到这两笔款项，收到就签个字。"

菲兹小姐的转账效率，在来南十字的第一天燕缓之就见识过了，所以他看都没看资产卡，就要在文件的末尾签字。

还没落笔，顾大律师先咳了一声。

菲兹小姐不明所以。

顾晏一脸平静，头也不抬地翻了一页文件，说："没事，嗓子不舒服。"

下回你咳早一点儿——这是上一次差点儿签错名时，燕绥之胡乱扣锅说的话，没想到顾晏居然真的记住了，还一本正经地配合了一回。

燕绥之龙飞凤舞地签上"阮野"的大名，嘴角忍不住翘了起来。他觉得自己真是迟钝，以前只觉得顾同学生气的时候好玩，怎么没发现他听话的时候也这么有意思呢。

菲兹乐呵呵地说："这样一来，你半年的公寓租金都不用再操心了。"

"确实，不过我不用搬去新公寓了。"燕绥之头也不抬，语气非常自然。

"啊？不搬了？"

都住在一个别墅区，抬头不见低头见，根本没有隐瞒的必要。燕绥之的目光扫过顾晏，冲菲兹眨了眨眼，玩笑似的道："昨晚趁着顾律师发烧，意志力薄弱，我连哄带骗地让他松了口，他勉为其难地同意把阁楼再借我住一阵子。"

"是吗？"菲兹小姐先是替他高兴了一会儿，接着扼腕叹息，"顾，你发烧的时候都这么好说话吗？早知道我当初没钱住别墅的时候也找你试试了，没准儿就有个帅哥室友了。"

燕绥之笑着附和："是啊。"

顾大律师一脸冷漠。

"签好的文件传给你光脑了，还有什么事吗？"燕绥之问。

菲兹点了点头，说："确实还有一件事，周六所里打算给实习生办个餐会。"

"餐会？"

"是的，其实前两天就有这个打算了，刚刚确定下来。"菲兹说，"一方面，大家都认为你们这一批实习生的表现确实很不错，短短时间内就已经有了非常突出的成绩——这主要是在说你；另一方面，刚才菲莉达小姐受了点儿惊吓，事务官们不希望任何一位学生在南十字留下不好的回忆，所以也算一种安抚。"

她顿了一下，又一脸八卦道："其实是因为上次的马屁酒会你们两个都回避了，上面的合伙大老板们都没见到你，好奇心压不住。"

合伙大老板们？

燕绥之朝顾晏看了一眼，刚巧顾晏也看了过来。

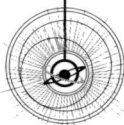

他们之前就觉得，南十字律所里也许有某些人跟爆炸案有关联，所以这个餐会的起因是单纯的好奇还是掺杂了别的什么，很难说。

"好的，我知道了。"燕绥之道。

迪恩律师收到恐吓快递的事被报道了出去，第二天就成为网络上谈论的话题之一，不过讨论热度依然不能与"病毒感染"相提并论。

几位高级事务官在办公室发了一整天脾气，一边找人公关一边嚷嚷："这是谁嘴上没把门捅出去的？"

这使得整个律所的气氛格外紧张，空气里都蹿着火星，一句话说得不对味都有可能烧起来。

高级事务官们的暴躁不无道理，因为总有那么一些莽撞无脑的人，在这种时候容易产生模仿心态。原本他们可能只在"摇头翁"案子的报道下骂上几句，但在看到恐吓快递的事情后，会有人意识到：啊！原来还能这样！

于是接下来三天，律所收到的快件数量顿时翻了几倍。

最初收件人还老老实实地写"迪恩"，后来就开始乱写，什么"霍布斯、艾维、莫尔"都有，就连菲兹和顾晏也没能幸免，简直防不胜防，搞得南十字律所不得不开始拒收所有快件，然后请警方介入。

正常情况下，南十字各位大律师是相互独立的，谁接了什么案子，最多随口问两句，不会有过多的交流和干涉。但这么鸡飞狗跳了几天后，整个律所的人都关注起迪恩的"摇头翁"案来。就连被隔离在春藤医院的霍布斯都不例外，他特地拨了自己学生洛克的通信，问了律所这边的情况。

除此以外，那些相似的、有过争议的旧案，也越来越频繁地被提起。

"所以说，我以后打死也不会接这种案子。"吃午餐的时候，洛克戳着盘子里的奶油蘑菇酱，信誓旦旦地说。

菲莉达则说："我这几天在考虑……想转去检察署或是法院试试。"

几人安抚了她几句，接着不知谁提了一句："燕院长二十多岁办的那件案子也被翻出来了，你们看见没？"

桌上众人点头道："看到了。"

他们和顾晏不同。燕绥之对他们而言是前院长，或尊敬或崇拜，都是隔着距离的，说白了就是半个陌生人。他们不会去想自己的理念跟对方的合不合，毕竟不管合还是不合，都没有什么实质影响。

他们甚至根本不会去考虑燕绥之的理念，只带了八层厚的滤镜议论了一阵。

"死者为大，燕院长那么好。"

"死者为大"的某院长在吃羊排……

"没想到燕院长年轻的时候也被骂过。"

"什么叫年轻的时候……"

"呃，不是，就是指毛头小子刚毕业的时候。"

"毛头小子这个词用在燕院长身上，我怎么听着这么别扭？"

"不管怎么说，我突然受到了鼓舞。"这是洛克小傻子。

"什么玩意儿？"

"争议案子偶尔还是可以接一接的，只要不被寄炸弹。你看，燕院长被骂过还当了院长、成了'一级律师'，那我以后被骂骂，说不定也行呢？"

燕绥之："……"

不得不说，关于燕绥之的话题聊完之后，众人一扫之前的丧气，再次活泼了起来。不过燕绥之知道这只是暂时的，以后当他们真正碰到这些事，还会再次经历纠结的抉择。

也许有人会成为第二个顾晏，也许有人会成为第二个柯谨，也许两者皆不是。

在用完午餐回律所的路上，洛克突然问燕绥之："你怎么了？"

燕绥之一愣："嗯？"

小傻子虽然傻呵呵的，但对朋友的关心倒是很真诚。他说："也是因为恐吓快递，还是那些报道？我感觉你好像有点儿心不在焉。"

"有吗？"燕绥之挑眉道。

"有。"洛克道，"刚才吃饭的时候，你就这样一边用消毒纸巾擦手，一边走神。我算了一下，你十根手指反复擦了有五分钟吧。"

燕绥之愣了一下，然后哭笑不得地说："习惯而已。"

这三天的时间里，"摇头翁"案竟然又有了新的进展。警方在几处现场都发现了新的证据，认定"摇头翁"案还有一个重要的同案犯。

当然，案件的进展情况，警署向来主张封锁，以免影响犯罪嫌疑人的抓捕。

南十字律所这边之所以能听到一些只言片语，都是因为迪恩律师。

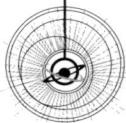

有说警署已经开始铺网了……

有说同案犯已经被缉捕归案了……

有说同案犯又逃了……

这天，燕绥之吃完午饭回到办公室的时候，听到的版本已经更新到 5.0 了。

"对了，同案犯确认了。"洛克第五次神秘兮兮地用这个句子开了头。

燕绥之敷衍地"嗯嗯"两声，示意自己听着，问："这次是迪恩律师在洗手间透露的，还是接通信时无意聊到的？"

洛克也知道自己弄错过好几回，不好意思地挠了挠腮帮子，说："不，这次是我老师说的。"

霍布斯？

燕绥之瞥了他一眼，道："你老师不是在医院隔离吗？哪儿来的消息？"

"他老人家不是一直没能确诊嘛，今早去做最后一项确认检测，在检测口那边亲眼看到的。"洛克说完又补充了一句，"'摇头翁'案联合办案小组的负责警官和我老师刚好认识，今天也在医院，说他有点儿公务在身，没多提别的。但是——"

洛克做了个"你懂的"的表情，说："还能有什么公务啊，是吧！"

"也许吧。"

洛克嘀咕道："你说那个二号嫌疑人是病人还是医生？"

"不知道。"

不过说到医生……燕绥之想起在黑市街见过的蓝眼睛医生，他后来又去那边转过两次，却没再见到那个人了。

一楼，高级事务官的办公室里。

亚当斯一边回复新邮件，一边对顾晏说："……差不多就是这么个情况，警方找上门的时候，那个同案犯张口就要委托律师，而且目标明确，委托函一个小时前发过来了。我本来想替你拒绝掉，让对方另请高明，但是考虑到两点——"

他把智能机的全息屏幕翻转了一个角度，正对顾晏，让他足以看清上面的邮件内容，然后接着道："一方面，我还是要问一下你的意见，虽然我觉得这没什么好考虑的；另一方面，我刚才收到了法律援助委员会那边的邮件，说那个同案犯在发委托函的时候，同时向法律援助委员会提交了一份申请说明，现在委员会也倾向于让你出庭。"

亚当斯说着，异常不爽地"哼"了一声。

顾晏当然明白他在不爽什么。

"一级律师"的初审名单正在公示期，而他和霍布斯两者之间总要出局一个。相较霍布斯而言，他年轻太多，历来这么年轻就成为"一级律师"的人太少，不到万不得已，评审委员不会以这种理由来筛人。

现在这种有争议的案子扣到顾晏头上，如果他真的接了，就会陷入一种两难的境地。如果公众对犯罪嫌疑人恶感太强，而他庭辩表现不错，不论是无罪还是减刑，公众对他的评价都会受到影响。但要是他表现平平，甚至敷衍了事，那他作为律师的职责就完全没有履行。

反正无论如何都不是好事。

可这对委员会来说倒是省去了不少麻烦，如果他受影响，委员会便不用费劲在霍布斯和他之间犹豫不决，顺理成章地留下一个就行，这就是委员会倾向于让顾晏接受委托的原因。

顾晏正在翻看亚当斯给他的一部分案件资料，翻完后，他把仿真纸页重新放回桌面，平静道："可以接。"

亚当斯一口咖啡呛在喉咙里，咳了个惊天动地，道："开什么玩笑！"

顾晏看着他说："没开玩笑。"

"'一级律师'啊！朋友！'一级律师'！你！哎哟，你气死我了——你说，你难不成已经傲到看不起这个了？"亚当斯要闹了。

顾晏说："当然不是。"

"那是什么？"

顾晏说："如果我们接案子的第一反应是会不会影响到公示，影响成为'一级律师'，是不是有点儿本末倒置了？"

亚当斯依然瞪着他。

"你去看一眼'一级律师'名录，有几个是为求稳妥而缩手缩脚的人？"

亚当斯愤愤地说："很多！"

"你冷静一下再说。"

亚当斯说："我很冷静！"

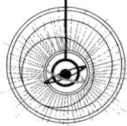

"至少我认定的'一级律师'不是这样。"

亚当斯不满地质问道:"你认定,你认定,你报个名字我听听?"

顾晏端起咖啡,一脸平淡地喝了一口,看起来是不打算再跟亚当斯纠结这个问题。

亚当斯单方面跟他对峙了好半天,然后崩溃地抓了抓头发,说:"你是不是想看我英年早逝?高级事务官不是人啊?看见没,我这一把头发,都是为你掉的。"

"我认识你的第一天,你的发际线就已经这样了。"

亚当斯:"……"

他跟顾晏合作多年,也是多年的朋友,当然知道对方性格什么样。顾晏从最开始就不会为了"一级律师"刻意改变什么,对他而言,"一级律师"是努力的状态而不是目的。

半个小时后,亚当斯青着脸妥协,给委员会重新发了一封邮件,说:"行吧,我再探探情况,如果差不多就接。明天给你个准话。"

顾晏从亚当斯办公室出来的时候,智能机屏幕上放着案件资料的拷贝件,那上面附有一张在春藤医院拍到的照片。照片里,警长带着一队穿制服的警员,将那个同案犯围在其中。

那人身上还穿着隔离区的病号服,但看上去并不像普通感染者那么虚弱,反倒一脸傲慢。

那张脸对顾晏来说并不陌生,至少有过一面之缘,就是在赫兰星飞往德卡马的飞梭机上,那个被确诊为阳性的黑发男人,姓季。

"什么事被亚当斯'骗'过去那么久?"顾晏回到办公室的时候,燕绥之问了一句。

"没什么,可能要接个案子,具体结果要等明天才知道。"案子还没确定下来,顾晏也没有多说。

但是燕绥之却很敏锐,问道:"什么案子?会影响公示?"

"你很在意这个?"

燕绥之搁在桌上交握的手指优雅地点了点,挑眉道:"要看你问的是哪种在意了。如果是我自己的话,公示期该怎么过就怎么过,没什么特别的。如果是你的话,我当然希望你越顺利越好。"

顾晏的手里拿着两杯咖啡，一杯他正喝着，另一杯显然是刚倒的，给谁的不言而喻。

他走到燕绥之的办公桌旁，将那杯咖啡递过去，垂目问道："为什么？"

"什么为什么？"

"为什么希望我越顺利越好？"

燕绥之挑起眉，斟酌了一下，嘴欠地说道："大概是……出于一种长辈的关爱吧。"

顾晏："……"

顾大律师面无表情地收回那杯咖啡，转头就走。

"哎——别跑！"燕绥之弯着眼，伸手抓住他，"过会儿陪我去一个地方。"

独来独往惯了的燕大教授主动拽人陪，再加上那双弯弯的眼……这比什么请求方式都有用。

能拒绝的人也许有，但肯定不姓顾。

傍晚的黑市街比白天热闹很多，毕竟这更符合那些店主们的生物钟——入夜后才是一天真正的开始。

以往到了夜里，"牛鬼蛇神"就都出来了，但这些天被警方盯久了，这里装正常杂货街装得自己都信了。尽管这样，依然有些胆子大的借着夜色掩护，瞄准往来行人，塞一些小广告。

燕绥之和顾晏在这条街上走了不到一百米，就被强塞了不下五份小广告。

"学业深造、技能提升、生活复合多元化……"顾大律师生平真没主动来过这条街，他皱着眉头，看了一眼手里的宣传页。

燕绥之一手插兜，优哉游哉地解释："办假证的吧。"

顾晏翻了一页，说："傻瓜式自助游，全程无忧。"

燕绥之说："星际偷渡？"

顾晏的眼神已经变得凉飕飕的了，说："设备维修。"

燕绥之说："不记名设备交易和改装？"

顾晏说："隐私权最大化，保障生活健康与安全。"

"反登记反追查吧。"

顾大律师面无表情地冷嗤一声，开始往外放冷气，说："所以你让我陪你

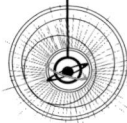

来这里，就是来接这些广告的？"

"当然不是，这条街我来了两次，注意到了一间店面，但不太适合一个人去。"燕绥之道。

"什么店？"

燕绥之一抬下巴，说："刚才给咱俩塞小广告的人已经没剩几个了，你注意到了没？"

顾晏扫了一圈。

还真是这样，那些人手里拿着的纸页原本就不算多，嬉皮笑脸地在街上发了一阵，又各自懒洋洋地散了。但他们并不是回到各自店面，其中有很大一部分人都吊儿郎当地晃去一个地方。

那是一间并不起眼的酒吧。

门庭只有窄窄一道，挤在众多店面里，敷衍地牵了两条装饰灯，花花绿绿的，和整条街的风格完美融合，就连店面招牌都脏兮兮的，上面发光的字母忽闪忽灭。

"Over 酒吧？"顾晏粗略一扫。

谁这么会取名？

燕绥之没忍住，转头笑了一下，又正色道："没关系，我第一天也没认出来，后来走近了，才看清人家前面还有个'L'。"

Lover。

"我一开始以为那是个普通的小酒吧。"燕绥之说，"这条街上的小酒吧、小酒馆不少，就没在意它，直到那天我发现这里的店主们似乎特别喜欢去那里。"

黑市上的这些店面相互毗邻不是一两年了，大部分店主都认识彼此，并且有很多消息上的互通。但有很多事情是不能放在明面上聊的，而这种鱼龙混杂的地方往往会有一两处信息集散地。

小酒吧就是个不错的选择。

这种时候最容易说到什么话题呢？当然是跟基因修正小作坊有关的，毕竟这是害他们被盯梢的罪魁祸首，怎么可能不抱怨几句？

如果能混在其中，多少能听到一些东西。

"那地方并不容易混进去。"顾晏一眼就看出了门道。

燕绥之点头道："那是自然，警方也不傻，肯定也试过。"

防止警方混进去的办法只有一个，就是增加伪装难度。伪装成某个独立个体并不难，难的是伪装成跟其他人有牵连关系的人，因为牵连越多就越容易露出破绽。

"所以现在进去？"顾晏总是很干脆，抬脚就往那边走。

"等一下。"燕绥之说。

"怎么？"

"你看看那家酒吧的气氛，觉不觉得自己太……衣冠楚楚了？"燕绥之似笑非笑地看着他。

顾晏打量了自己一番，默然几秒，接着一脸平静地松了领带和领口，又脱下大衣搭在手臂上，一边解着袖扣，一边撩起眼皮朝燕绥之看过去，问道："这样行了？"

燕绥之欣赏了片刻，说："还差一点儿。"

他说着，伸手抓了两下顾晏的头发，说："这样就更好了。"

4

麻雀虽小，但五脏俱全。

这家灰扑扑、脏兮兮的小酒吧，门面窄得活像被挤过，但迎宾员、泊车员等，该有的都有。

燕绥之和顾晏进门时，负责迎宾的服务生……不对，"金刚服务生"一边颔首一边紧紧地盯着他们看了好几眼，手臂和胸前过度饱胀的肌肉几乎要从制服里爆出来。

这是打手假扮的吧？

服务生挤出一个仿若神经抽搐的笑容，粗声粗气地说："欢迎光临！黑桃还是红桃？"

黑桃？红桃？弄这种明晃晃的暗号，大概生怕别人不知道你们有鬼。

燕绥之心里虽然这么说，面上却一派自然，他笑着道："什么？我没太听明白。"说着他又后退一步，抬头重新望了一眼酒吧的名字，"我们只是路过，看到名字就进来了。怎么，你们在玩什么游戏吗？"

他语调微挑，似乎有些兴致，但又不过分好奇。

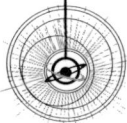

这时候，顾晏恰到好处地皱了一下眉，对这个酒吧表现出了一丝轻微的排斥。他轻拽了燕绥之一下，说："换一家？"

他声音不高，但足够让服务生听到，再加上他的小动作放松又自然。

大块头服务生当即就被两位的演技骗过去，打消怀疑，咧着嘴试图表现友好，说："是的，我们在搞活动。黑桃和红桃凭感觉任选一个，一会儿你们会获赠一个相应的礼物。"

两位律师默默地听他编。

这种酒吧筛查严格，但不会完全拒绝路人，甚至是欢迎路人的。因为在被警方盯住时，他们需要真正的客人来当幌子。

"什么礼物？"燕绥之问。

服务生编不下去，眨眼故作神秘道："现在当然不能告诉你们。"

燕绥之冲顾晏挑了挑眉，说："你选？我的运气向来不怎么样。"

顾晏依然一副没什么兴趣的模样，淡淡地道："随意，挑个你喜欢的。"

他对这酒吧的态度越是冷淡，服务生的疑心就越小，因此服务生当即附和道："没错，选个喜欢的就行。"

"是吗？那我喜欢方片。"

这位壮汉的目光露出一瞬间的狐疑，但很快正色，依然在履行他的职责："呃……我们只有黑桃和红桃两个选项。"

燕绥之点点头，又笑了一下，问："真没有方片？"

服务生的反应也有点儿奇怪，他似乎更犹豫了，甚至有一点儿刚才所没有的……恭敬？

他的目光在燕绥之和顾晏两人之间来回几次，最终下定决心道："好吧，好吧，我知道了……E区接待！"

跟着领路员往里走时，燕绥之不动声色地放慢了脚步。

在他身后，那个服务生在门边木然矗立，敲了敲耳扣，语气毫无波澜地跟人吐槽："刚才来了两人，我差点儿以为……"不知道他说了句什么，又接着抱怨道，"说起来，老板呢？我在门口守了三天的门，能不能放我回保镖岗？"

不知道对面回了句什么。

服务生骂骂咧咧了一句，再次敲了一下耳扣，那是切断通信的动作。紧接着他抬头冲新进门的客人道："欢迎光临！黑桃还是红桃？"

客人道："红桃。"

服务生喊道："A 区接待！"

燕绥之挑了眉，跟着领路员进了内厅。两人在 E 区角落的一个卡座坐下。

整个酒吧里灯光昏暗、暧昧，驻唱歌手也不知道哪里在痛，哼哼唧唧地哼唱着。这里的卡座设计很对得起酒吧招牌，弯出一个类似"L"的弧度，半包围住坐在里面的人，有种开放中混杂着私密的感觉。

燕绥之进门的时候粗略扫过酒吧，发现这里一共分为 A-E 五个区域，而每两个区域之间用水墙半隔开。

他们两个挑的位置就紧靠水墙，算 C 区和 E 区交界处。从他们坐的角度能看到所有 E 区和部分 C 区的卡座。

顾晏一进到酒吧里，就感觉自己被某人骗了——明明有些客人穿得比他们还正经。

"C 区第三个卡座，那个人帽子、口罩都没摘。"顾晏说着，不咸不淡地瞥了燕绥之一眼，合理怀疑刚才某人弄乱他的头发，只是单纯的手欠。

燕绥之抬头看过去的时候，那客人刚巧侧身跟旁边的人说话，看不见模样。

"长得太突出，打扮就得随大流一点儿。"燕绥之收回视线，噙着笑意冲顾晏眨了眨眼睛，"别学那一两个另类，容易引起关注。"

这时，服务生热情地递上酒单，说："点单后我们会送过来，调酒吧台不接受直接点酒。"

燕绥之随便点了几种，服务生便离开，去问其他刚落座的客人。

分到哪个区乍一看是服务生随机安排的，但是每个区的客人的疏密相差很大——E 区的人很多，A 区最嘈杂，时不时还有大嗓门夹杂着一句骂声，B 区其次。C、D 两个区的人却非常少，到处是空座。

"除了路人，答红桃的都去了 A 区？"燕绥之说着，又扫了眼自己周围，"E 区应该都是路人。"

有几对情侣从进来起就亲个没完没了，离他们最近的一对声音很大，想忽略都不行，一看就是单纯来放浪的路人。

那么黑桃呢？剩下的那三个区又是怎么分配的？

如果真是"黑桃、红桃、路人"这么分的话，为什么还要分成五个区，三个区就足够了。

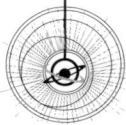

顾晏不动声色地朝 C 区的几个卡座抬了抬下巴。其中有一个人在起身去拿酒的时候，对另一个位置上的人点头聊了两句，接着在路过另一个卡座时，他玩笑似的拍了拍里面两人的肩膀。

应该都是认识的。

顾晏想起燕绥之刚刚文不对题的回答，问："你为什么选方片？"

"陈章告诉我，他去黑市街自报家门时说了一句话。"燕绥之道，"他说'是方片先生介绍我来的'，于是刚才服务生问那个问题时，我突然想起来了。"

如果除了红桃、黑桃之外，还有两个隐藏答案——方片和梅花，那么五个区就可以解释了。A、B、C、D 是扑克的四种花色，在他们的暗语中，分别代表着四种角色，而 E 区则是显而易见的路人，不管他们回答红桃还是黑桃，都会被安排在这里。

没多会儿，一个扎着辫子的年轻调酒师玩了几个花式，端着两个托盘走到了 E 区。

"刚才在门口选了花色的，你们的礼物来啦。"

年轻情侣们捧场地吹起了口哨。

"谢谢，那先从你们开始。"调酒师眨了一下眼睛，走过去问其中一对情侣，"你们选的是红桃还是黑桃？"

"黑桃。"

"喏——"调酒师将左手的托盘递过去，那上面每杯酒都是黑色的，"一杯星云，夹一颗冰块放进去试试。"

那对情侣拿了一杯照做，冰块进去的时候，生出一捧细密的气泡，像一团星雾，跟黑色酒液接触的过程中瞬间变色，泛着明蓝，边缘又微微泛紫，还真挺像宇宙星云。

那两个年轻人配合地发出一声惊叹，调酒师万分满意，又转向另一对。

"也是黑桃？好吧。"他再次把左手的托盘递过去。

送出去三杯星云，其中还有一对情侣说自己没选，调酒师笑着说："那送你俩一人一个吻吧。"

说完他把两个托盘递给路过的服务生，居然真的拉起那两位客人的手，一人啄了一下。客人反应不及，哭笑不得。

没多会儿，他便转到了燕绥之和顾晏面前。

"你们选的什么呢？"他说，"红桃还是黑桃？该有红桃了吧？"

燕绥之特别坦然道："方片，有礼物吗？"

"方片？"调酒师果然一愣，目光下意识地朝C区瞥了一眼，又飞快收回。

两人了然。

调酒师很快意识到燕绥之在开玩笑，哈哈笑了两声，说："那怎么办，我没有准备给方片的酒，要不这样，送你个别的礼物吧！"

靠在椅背上的顾大律师突然纡尊降贵地开了口，语气特别冷淡："红桃，谢谢。"

燕绥之笑起来，伸手从没人动过的那边托盘里拿了一杯酒，礼貌地比了个"请"的手势，示意这位调酒师赶紧走。

调酒师下意识转了身，走了没两步又想起什么般，回头说："啊，对了，那杯是大地之心，你用——"

还没说完，燕绥之就已经拿起桌上调节氛围的香薰烛，用火烤了一下杯壁。那杯酒原本下层透明，上层浮着一抹红，被火一烫，那层红色的倏然翻滚着渗透下去。

"……香薰烛烤一下。"调酒师慢了半拍，嘟囔着说完，叹了口气，伤心地走了。

燕绥之把杯子往顾晏面前推了推，说："你挑的酒你喝。"然后他当着顾晏的面，把智能机的备注界面调出来，开始改备注。

顾晏没开口，一脸平静地端起杯子，喝掉那杯大地之心，又撩起眼皮沉沉地看了燕绥之一眼，说："我觉得有必要提醒你一句，我的记忆力很好。"

"威胁？"燕绥之挑起眉。

"不是。"顾晏淡淡道，"告知。"

他说着把空杯放回桌上，道："今晚来这里的目的是不是达不成了？"

燕绥之"嗯"了一声，有些遗憾道："看来是这样。"

他们原本打算从那些店主的聊天和抱怨中挑拣些关于基因调整的有用信息，但这么一分区，他们显然听不到什么了。

顾晏站起身，道："那走吧。"

说话间，C区有两个人走了出来，其中一个戴着帽子和口罩，正是之前燕

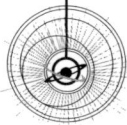

绶之没看清的那个人。他们似乎要穿过 E 区往外走，灯火摇晃过去，从那人脸上一掠而过。

燕绶之看到了一双蓝色的眼睛，是那位医生！

灯光紧接着从燕绶之和顾晏身上绕过，那双蓝眼睛看了过来。

上次在楼道里，燕绶之戴着口罩，但眉眼是露着的。不知道昏暗的光线下，对方有没有看清他的模样，对他的眉眼还有没有印象。如果很不巧地留有印象，那这次再碰到就不太妙了，有点儿警惕的人一定会起疑心。

蓝眼睛的目光投落到这边时明显愣了一下。

燕绶之心说：自己的运气是好不了了，这眼神明显是认出来了。

现在的人观察力、记忆力都这么好了？燕绶之仍然觉得有点儿诧异。

跟蓝眼睛并肩走着的是一个中年男人，头发梳得一丝不苟，一身行头，看着就价格不菲。他一边翻看智能机，一边在跟蓝眼睛说话，后半句话伴着酒吧音乐，隐隐约约地传进燕绶之的耳里："其他的就没什么要交代的了。我去港口，需要送你去医院吗？刚好顺路。"

酒吧里除了针对路人的 E 区，其他区域都是"内部人士"，估计没多少路人，至少这两人绝对不是，他们一看就是来谈事情的。

中年男人没有听到回答，纳闷地抬起头，这才注意到蓝眼睛的目光。

"在看什么？"他顺着蓝眼睛的视线看过来，表情倏然警惕起来。

心里有鬼的人才会这么敏感。

但他显然在这酒吧里有些地位，面色稍微一变，两个往来的服务生都停住了脚步。

事实证明，燕大教授真正想要飙演技的时候，演技还是很到位的。他用比那个中年男人还疑惑的眼光，低头打量了自己一番，然后重新看向蓝眼睛，目光中含着不解和莫名其妙的意味。

被人认出来了怎么办？只能假装自己根本没记住对方了。

蓝眼睛收回目光，冲那个中年男人道："没什么，职业病。"

中年男人放松下来，笑了一下，道："这能有什么职业病？"

"刚才灯光在他脸边晃出一片红色，我以为是感染起的疹子。"蓝眼睛如此说道。

"哦，这样。"中年男人哼笑，"我刚才说的你听见没？问你回不回，我刚好送你。"

蓝眼睛摇了摇头，说："我回 B 区，慢走。"他的声音闷在口罩里，似乎刻意压着嗓子，让人听不出本音。

那个中年男人也没逗留，冲两个警惕的服务生挥了挥手，示意没事，一边穿大衣一边朝酒吧大门的方向走去。他抬手翻大衣领子的时候，袖口缩了一截，露出手腕上戴的东西。

顾晏站在桌旁等燕绥之拿东西，目光刚好从那东西上扫过。

那是一串手链，看起来像是乌木之类的东西，削磨成珠。在那些黑色的大颗圆珠中间，吊着一个菱形的红色金属片，正是扑克牌的"方片"。

奇怪的是，这种样式的串珠顾晏居然觉得有点儿似曾相识。

两人从酒吧出来的时候，黑市街依然热闹。那个中年男人钻进一辆豪车里，带着另外两辆车离开了这条街，显然对防追踪经验丰富。

燕绥之和顾晏也上了车，自动驾驶开启，带着他们往城中花园的方向行驶。

"刚才怎么回事？"顾晏问，"那个戴着帽子、口罩的人你见过？"

"我之前来黑市街找过那家做基因修正的作坊，当时便衣和警员太多，各家都很收敛，查不到什么明确线索，只在楼道里见过那个人。他应该是作坊里的人之一，本职是医生。"

"医生……"顾晏思索片刻，"还有什么特点？"

燕绥之说："蓝眼睛。"

顾晏问道："除此以外？"

燕绥之说："男的。"

顾晏："……"

一个蓝眼睛的男性医生，多细致的特点。

照这个条件在德卡马筛选，没有百来万人，也有几十万吧。

就在顾晏有些无语的时候，燕绥之突然朝他伸出手。燕绥之修长的手指放松地微屈着，蒙住顾晏的下半张脸，家里那款洗手剂浅淡、干净的香味萦绕过来。

顾晏一时弄不明白这人要做什么，只愣了一下，燕绥之便撤开了手。

"怎么？"顾晏疑问道。

刚问完，燕绥之的手又蒙了上来。

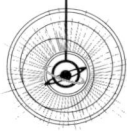

顾晏："……"

"做个试验。"燕绥之说。

这么来来回回好几次，顾大律师终于耐不住了，问道："试完了？"

燕绥之"啧"了一声。

"干扰因素太强。"说完他看到顾晏凉丝丝的表情，莞尔道，"记忆力很好的顾律师，问你一个问题。"

"说。"

"假设我对你而言是个陌生人。"燕绥之这次掩住了自己的下半张脸，只露出清晰好看的眉眼和一部分鼻梁，"光线很暗，而你只看到了我上半张脸。"

他回忆了一下，又更正道："准确说来，不是看到，而是这样一扫而过。那么好几天后，你冷不丁再见到我，这次没有任何遮挡，光线依然昏暗，你能立刻认出我吗？"

顾晏："……"别说挡脸了，没脸都能认。

顾晏偏开头道："还是换个路人假设吧。"

不过假设或是试验都只是为了确认，事实上他们不做这些也能有一个大致答案。

在昏暗的灯光下，那样简简单单的一瞥会有印象吗？当然有。

"如果第二次穿着类似的衣服，跟前一次一样戴着口罩，在同样略微昏暗的灯光下，确实有立刻认出来的可能。摘了口罩，反而可能性不大。"顾晏说。

因为在那种前提下记住的并不是真正的五官细节，而是那个场景。百分之七十复刻那个场景时，就很容易让看过的人产生联想。就像那个医生两次都戴着帽子和口罩，露出一双蓝眼睛，燕绥之很快就认出来了。

是那双蓝眼睛长得特别好认吗？不是。一条大街上蓝眼睛的人能占三分之一，根本不能算什么特征。燕绥之能认出来，只是因为对方的装扮跟之前很像。

"刚才在酒吧，我想错了方向。"燕绥之道，"那个蓝眼睛医生看过来的时候，我下意识认为他对楼道里的我有印象，并且认出来了。现在细想又觉得不太对。那天在楼道，他可能根本没有看清我的样子，也就无所谓有没有印象。他刚才之所以愣一下，是因为本身就认识我。"

"他认识我，我可能也认识他，或者见过他。"燕绥之笃定道，"但远没有到熟悉的程度。"

如果熟悉，即便只露出眼睛，燕绥之也肯定能认出来。所以他可能只见过这个人一两面，但没有仔细看过对方的脸。

一个见过但不算熟悉的蓝眼睛医生。

这比刚才假设的范围缩小了一大圈，但对于两位律师来说依然不算好找。除了法院警署看守所，医院大概是他们去得最多的地方，打过交道的医生也数不胜数，蓝眼睛的同样很多。

好在刚才那个中年男人说过一句还算有用的话。他说："我去港口，需要送你去医院吗？刚好顺路。"

两人把行车地图调出来，黑市街到港口自动规划出三条路线。

燕绥之把上次见过蓝眼睛步行离开黑市街时所走的方向，和现在这三条路线相结合，当即筛除两条，只剩下最后一条。

"在这条路线两边的医院……"顾晏点了两下，地图上这条路线两边所有医疗诊所都被打上标记。

一共三个卫生中心和一所医院。

"区立中心医院。"燕绥之念出那所医院的名字，挑眉道，"那就怪了——"

如果是春藤、中央、夏花之类的医院，他倒能有些答案，偏偏是这所区立中心医院。

这所医院他还真没去过。

线索到这里似乎断了一截，又变成了云山雾罩的状态。

这天夜里，燕绥之接到了房东的通信，他愣了一会儿才反应过来，七天的试租期居然快要过了。

"你考虑得怎么样？"房东说，"应该住得不错吧？不瞒你说，我后续合同都准备好了。"

燕绥之道："很抱歉，我应该租不了了。"

顾晏端着一杯水，原本只是上楼来跟燕绥之说声晚安。结果一听到"租"这个字，顾大律师当即改了主意，靠在门边不走了，大有通信聊多久他就等多久的架势。

燕绥之干脆摘了耳扣，改成外放。房东的声音清清楚楚地在房间里响起来，还有点儿委屈："为什么？我这么好的房子，租金还不贵，上哪儿找更好的？"

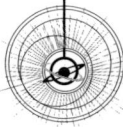

顾晏一脸冷漠，喝了一口水。

燕绥之道："确实，不过我已经……有住处了，所以很遗憾。"

房东不知想到了什么，好半天没说话，估计是遭了雷劈。

燕绥之等了一会儿，只等到了突如其来的忙音——房东二话不说切断了通信，看来刺激不小，燕大教授哭笑不得。

沙沙的脚步声缓缓接近，一片影子投落下来。

燕绥之坐在床边，不紧不慢地给房东发了一条信息，嘴里却说着："你把我的房东气走了。"

他抬起头，看见顾晏站在面前，弯腰把那杯水搁在床头柜上，又双手插着口袋重新站直身体，说："为什么赖到我头上？"

"算了，这不重要。"燕绥之一边打字一边逗着顾晏，"刚刚我忽然想起一些事。"

"什么？"

"今晚酒吧的那杯大地之心，我很多年前就尝过，大概十一二岁的时候吧。"燕绥之说，"那时候家里的管家会调酒，我那天百无聊赖，骗着他给我调了一杯。"

他说着话语一转，玩味似的问顾晏："你那时候是不是刚出生？"

顾晏："……"

他面无表情，看起来有点儿头疼，大概是疑惑自己为什么会容忍这么个不爱说人话的混账。

燕绥之过了嘴瘾，又赶紧撸了两把薄荷叶子算作安抚："还以为你又要被我气跑了。"

顾晏看着他，低低沉沉地"嗯"了一声，说道："我也这么以为，但是脚不想动。"

"那就不动，这是你的房子。"

顾晏却说："这是你的房间。"

燕绥之愣了一下。

"你有权要求任何一个人从这里出去。"顾晏说，"包括我。"

他希望燕绥之能试着把这里当成一处归属，不受限制、不受打扰，想独处时可以理直气壮地将任何人拒之门外，也不用碍于任何原因四处辗转，搬来搬去。

顾晏的声音沉缓如水，明明说得很平静，却让燕绥之忽然失了言语。

他平日里混账话、玩笑话从没少说，好像碰上什么他都能应接自如，但真到了有些时候，他却嘴拙起来，总找不到合适的词。

燕绥之看了顾晏好一会儿，忽然带着笑意，轻叹了一口气，说："我上一回这样找不到词，还是十来岁过生日的时候。"

父母十几年如一日地说着温柔的祝福语，他也十几年如一日找不到合适的词汇去匹配，最终只能佯装随意地回一句"放心"或是"没问题"。

但对着顾晏，这样的回答又太过随意。

"我好像撞了个大运。"他说。

"不会。"顾晏低声道，"我有所图的。"

在习惯一个朝夕相处的同伴之前，他希望燕绥之能先习惯这个归属地。这样，如果以后碰到摩擦或分歧，燕绥之想到的会是回到自己房间，而不是离开这里。

这并不是简简单单一句"好"就能做到的，但刚好，他有足够的克制力和耐心。

5

大清早，南十字律所的气氛就活像丧葬馆似的。根本原因在于高级事务官亚当斯顶着一张上坟脸，楼上楼下来回晃了好几遍。

所里大律师不多，都各有各的事情，根本没来办公室。实习生像留守儿童似的，撑起律所里百分之八十的人气。这帮年轻学生有点儿承受不来这种氛围，纷纷摸出智能机，在联络群里疯狂议论。

安娜："事务官先生早饭吃到虫了？怎么好像浑身不痛快。"

亨利："虫做错了什么？"

洛克："我们又做错了什么？"

菲莉达："崩溃，他第七次从我这边路过了，现在正在茶水间绿着脸喝咖啡，再过十分钟，你们会看到我渴死的尸体。洛克，你人呢？"

洛克："洗手间。亚当斯先生什么时候下楼，我什么时候回。"

菲莉达："……"

亨利："好了，我看到菲兹小姐蹬着高跟鞋去堵枪眼了。菲兹小姐今天真

是美极了。我去茶水间偷听一下是怎么回事。"

安娜:"一路走好。"

两分钟后,亨利的消息蹦了出来:"啊……我总算知道是怎么回事了!"

菲莉达:"别卖关子,说!"

亨利:"'摇头翁'案,二号被告的辩护律师定下来了,是顾律师。"

一听跟顾晏有关,安娜、菲莉达都蹦出来了。

安娜:"啊?怎么回事?为什么是顾律师?你确定?"

菲莉达:"不可能吧,顾律师不是正在公示期吗?"

亨利:"我不知道,我只知道亚当斯先生差点儿想用开水洗头,好冷静一下。"

群里静默五秒,然后所有人不约而同地开始疯狂召唤燕绥之。

看到群内聊天内容的时候,燕绥之刚从顾晏的飞梭车上下来。

他揉了揉自己被振麻的手指,纡尊降贵地看了一眼群里小傻子们的讨论后,回复了一个问号。

实习生们被这种级别的敷衍震住了,又愣了几秒,而后开始一句接一句地蹦豆子:

——阮!你看到刚才亨利说的没?

——顾律师真接"摇头翁"的案子了?

——你今天怎么没在律所?

——能让顾律师把亚当斯先生支走吗?

燕绥之回道:"没看。对。我在春藤医院。不能。"

众人发了一串串长长的省略号。

那之后他们再聊了些什么,燕绥之就没看了。他回完信息就收起了界面,跟锁了车的顾晏一起进了电梯,直奔春藤医院感染中心十一层。

这天早上刚到南十字,顾晏就去了高级事务官亚当斯的办公室,五分钟之后顾晏拿着签完字的委托函出来,徒留亚当斯一个人在里面以头撞柱、撞桌子、撞书柜。

"在聊什么?"顾晏问。

"在聊你的事务官会不会被你气死。"燕绥之笑着道,"据说剧情已经发展到他杵在茶水间,要用开水洗头了。"

顾晏:"……"

感染中心这边异常忙碌，他们刚出电梯，就差点儿跟一位小护士迎面撞上。两人眼明手快，绅士地扶了一下小护士的肩膀。

"抱歉。"

"没关系，没关系——"小护士连忙摆手，又冲后面招呼道，"林医生，电梯到了。"

林医生？

燕绥之循声看去，就见一个熟人匆匆地往电梯这边跑，正是上次帮他们弄基因检测的林原。

"咦？是你们两个？"林原愣了一下。

也许是黑市街那个医生弄出来的后遗症，燕绥之见到他时，先下意识看向他的眼睛。

很遗憾，不是蓝色。

"怎么来这儿了？感染中心可不是好玩的。"

"来会见当事人。"顾晏道。

"当事人？"林原问，"谁？"

"一个感染患者，姓季。"

林原"啊"了一声，表情变得有点儿古怪。

"怎么？这个患者有什么问题？"

林原医生可能碍于职业礼貌，敛了神色，有些尴尬地说道："也不是问题，呃——还好吧。不妄议，不妄议。"

他摆了摆手，道："这两天警署一直盯着这边，我没想到辩护律师会是你们。我们打过几次交道，好歹算朋友，多嘴提醒一句这案子好像挺容易惹麻烦的，医院这几天都被弄得没个消停，你们还是……小心点儿吧。"

"谢谢。"

玻璃电梯降了下去，把林原他们往楼下送。

燕绥之瞥了一眼林原的背影，跟顾晏一起穿过走廊，说道："林医生最后想说的话，好像并不是让我们小心一点儿。"

顾晏"嗯"了一声，说："看得出来，中途改口了。"

"他原本打算说什么？"燕绥之若有所思。

那个口型像是要说"别"这个字，只不过林原抿了嘴唇又松开，最终还是

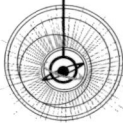

只说了"小心一点儿"。

可是他想说别什么呢？

别掺和？别接这个案子？别为那个嫌疑人辩护？

"这倒不是重点。"顾晏道。

重点是他为什么会提醒这些。

这么说起来，林原有时候的表现确实值得琢磨。两人略微回想了一番——在酒城因为烫伤就诊那次，林原就顺手帮过燕绥之一个忙。

当时燕绥之的医疗记录一片空白，这其实有点儿反常。正常人，譬如熊孩子约书亚就第一时间发现了，并且很诧异。但林原没有，如果不是约书亚嚷嚷，他甚至都没有注意到这个问题。

现在想来，他究竟是真的没注意，还是看到了，但刻意没提？

即便被约书亚提醒了，他也没去细究"医疗记录为什么会一片空白"，甚至把一次诊疗内容分成三部分来写，帮燕绥之把记录做得好看一些。

春藤医院的医生已经贴心到这种程度了？

还有上次的基因检测。

林原说，原本安排的医生不是他而是卷毛，只是因为卷毛医生有位表姐死在医疗事故里，那两天抽不开身，所以碰巧改成他来代劳。

究竟是不是真的碰巧？

他当时离开检测室时，也对燕绥之他们说了一句"小心一点儿"。那时候，燕绥之下意识以为他是让他们小心使用设备仪器，但如果不是呢？

如果他是在提醒燕绥之和顾晏谨慎一点儿呢？

燕绥之回想片刻，又摇了摇头，说："不能细想。"

"嗯？"

"抱着某种猜想去看问题，越看越觉得处处吻合，疑人偷斧。"燕绥之挑眉道，"再想下去，恐怕就都是我主观臆造的东西了。"

"你还会主观臆造？"顾晏瞥了他一眼。

在法学院历届学生的眼里，燕绥之做什么事都从容淡定，少有感性或过分主观的时候。

燕大教授一本正经地说："当然，比如我现在看你，就主观臆造了很多东西，想知道吗？"

顾晏直觉不是什么好事，斩钉截铁道："不想。"

燕绥之"啧"了一声，说："你怎么这样？"

这层走廊最里面的特殊病房前，人最多，也最安静。

病房门口守着六名警员，左三右三地坐在长凳上，两名负责盯着房内的人，两名负责盯走廊往来的人，还有两名警员在跟医生、护士交谈。

燕绥之和顾晏走过去的时候，负责盯走廊的两名警员瞬间警惕，老远就冲他们抬了抬下巴，问："什么人？找病房的话别在这里找，去前面！"

"摇头翁"案在联盟各处的关注度都不低，这些警员的压力不小，估计没好好休息过，各个双眼下都吊着横占半张脸的黑眼圈，语气自然也温和不到哪里去。

"律师。"顾晏言简意赅地表明身份。

"哦——你就是那位辩护律师？"守在门口的六名警员全都看了过来，就连交谈中的医生和护士也跟着投来了目光。

听说那个当事人的嘴比蚌都紧，怎么也撬不开，一定要等律师到了才肯开口，是根十足的老油条，留守的警员和相关医生、护士都万分头疼。

早在律师真正就位之前，他们就已经迁怒过一遍了。这会儿见到顾晏，所有人都摆上了一张晚娘脸，活像吃了隔夜饭。

医生道："患者刚做完晨检，护士正在给他调营养机，你们现在可以进去了。"

"他目前是什么情况？"顾晏问。

说到这个，医生就拉着一张脸，说："患者的反应相对其他人要慢很多，虽然检测呈阳性，但目前并没有出现相应的症状。"

整个感染中心，所有感染者都备受煎熬，要死要活，偏偏这个牵涉到大案子的犯罪嫌疑人屁事没有，早中晚三次营养针按规定还不能少。打完针，他就天天趴在窗台上招虫子逗鸟。

今早他还说了句特别气人的话："来医院没几天，我居然胖了三斤。"

燕绥之和顾晏进病房的时候，小护士正拉扯着营养机最后一根针管，冲窗边的人道："请您侧头配合一下，最后这针要扎在耳根。"

小护士在自己耳朵相同的位置比画了一下，试图让病人低下头。

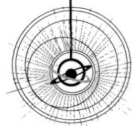

那人一头黑色短发，个头算得上高，手臂肌肉很结实，除了那身病号服，浑身上下找不出第二个跟"病人"沾边的点。他冲小护士调笑地眨了一下眼睛，说："有客人来了，我先迎个客。"说完，他转头就朝顾晏这边走来。

小护士一针又没扎上，一脸无奈地跟在他后面。

他个子高，腿长，走个三四步，小护士就得一溜小跑才能追上，还得他配合低头，不然手里的针都扎不到位置。

顾晏轻轻地皱了下眉。

刚见面就这么不讨喜，也算一种能耐。

"啊，居然是你，幸会幸会。"他冲顾晏伸出手来，"贺拉斯·季。"

"顾晏。"

借着他俩说话的机会，燕绥之冲小护士微笑了一下，招了招手，无声说："给我。"

小护士没反应过来，被他的笑弄得云里雾里，愣愣地就把手里最后一根连着针头的管线给他了。

贺拉斯·季又朝燕绥之转过来，挑眉问："你是——"

燕绥之说："我是顾律师的实习生。"

"哦，幸会。"贺拉斯·季说着又伸出手来。

燕绥之坦然握上，抓住对方的时候不轻不重地一拽，贺拉斯·季微微跟跄了半步，被燕绥之一针戳在耳根处。他扎针可不像小姑娘那么讲究轻重、手法，对准位置就行，所以体验很不美妙。

"嘶——"贺拉斯·季被扎得一痛，倏然撒开燕绥之的手，下意识捂着耳根抽了一口气。

燕绥之转头问小护士："扎准了没？"

小护士点点头，小声说："准的。"

燕绥之又冲瞪着眼睛的贺拉斯·季道："不用谢。"

贺拉斯·季："……"谁要谢你了！

小护士看看难伺候的病患，又看看冷冰冰的律师，还有带着笑的实习生，突然想起了什么，脸色一变，急忙从托盘里拿了两个专用口罩出来，说："我说感觉你们脸上少了什么，进病房前应该有护士给你们发口罩的呀。是忘了吗？你们赶紧戴上。"

燕绥之自己都忘了，道："刚才只顾着聊这位季先生的病情了。"

这话刚说完，门外的小护士匆匆推门进来，一脸惊慌道："我刚刚忘了——"

"这个？"燕绥之冲她晃了晃手里的口罩，"没事，补得很及时。"他说着把手里的口罩递给顾晏一个，自己戴上了另一个。

小护士还是不放心，她指了指无声散着水雾的墙角，说："这栋楼是全天不间断消毒的，一会儿没戴应该不至于出什么问题，但是保险起见，你们一个小时后再去检测一下。"

"对，说明是我忘了把口罩给你们。"门口的小护士歉疚极了，"不会收任何费用，实在对不起。"

"没事，我们会记得过去的。"顾晏戴上口罩。

燕绥之又冲小护士道："对了，把这间病房区域的监控先关一下，劳驾。"

律师会见当事人的时候不受任何监控，之前都是在看守所会见当事人，管教们知道规矩，会主动关掉各种监控设备。但这次情况比较特殊，医院这边未必会记得这些。

小护士一愣，说："哦哦，好的。我去这层的监控室说一下。"说完，她便忙不迭抱着医用托盘跑了。

没过一会儿，房间顶上一角的小红灯便熄了。

在看守所的时候，监控小红灯一熄，犯罪嫌疑人总会下意识地放松肌肉，但贺拉斯·季的脑子长得跟一般犯罪嫌疑人不一样。他瞥了那个熄了的小红灯一眼，似乎更不爽了，然后他就把这种不爽又加注到了实习生身上。

他抬手将自己的头发朝后捋了两下，再转回身来，脸上挂着勉强算得上客气的笑，对顾晏道："这种场合，实习生也起不了什么作用吧，挺碍事的，能请他出去吗？"

顾晏一脸平静地说："不能。"

贺拉斯·季："……"

他嘴唇动了一下，有点儿欲言又止，不知道是想骂人但忍住了，还是想反驳但没找到词。

他绷着一张脸，过了一会儿突然开口："我之前就听说过你的名字，好像最近还上了什么公示名单？我以为这么年轻就能当上'一级律师'的人会特别有职业操守。律师的职责难道不是维护当事人的利益？这个实习生真的很不讨

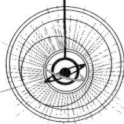

我喜欢。"

顾晏说："过奖，不过我并不是'一级律师'。"

真正的"一级律师"就在旁边，顶着个"碍事实习生"的帽子，刚气完人，正在装无辜。

"我当然会维护你在这件案子里应有的利益，这点毋庸置疑。至于实习生……"顾晏拉开一把椅子，冷淡地瞥了贺拉斯·季一眼，不咸不淡地反问，"他作为我的实习生，为什么要讨你喜欢？"

贺拉斯·季快气炸了。

顾晏问道："还有什么问题？"

贺拉斯·季抿着嘴唇缓了几秒，点头道："好。"

他走回病床边坐下，智能营养机跟着他的脚步嗡嗡移动，自动挪到了床边。他又重复了一遍："好。"

说完，他的目光落到顾晏身上，深棕色的眸子眯了起来，重新打量起自己请来的律师，说："我还是头一回碰到你这样的律师，还有这样的实习生，能说有其师必有其徒吗？"

某种意义上，这话也没说错，只不过师徒关系反了。

燕绥之朝顾晏瞥了一眼，笑着对贺拉斯·季说："过奖。"

贺拉斯·季："……"我并不是在夸你们好吗？

他又抬手把自己两鬓的头发往后捋了一下，在这过程中，脸色几经变换，最终平静下来，说："行吧，虽然刚才的交谈并不那么……令人愉快，但你的能力应该还是值得相信的。"

顾晏没答他这句，而是在椅子上坐下，道："说说案子。"

"你们说，我记录。"燕绥之坐在顾晏身边，膝上搁着一面简易版记录页，手上握着一支电子笔。

贺拉斯·季想了想，问道："从哪里说起？解释警方掌握的那些证据？还是这段时间我都去了哪里，做了什么？"

燕绥之挑了挑眉。

这个贺拉斯·季的反应总跟常人不一样。

没有一上来就强调自己的无辜，说明他确实跟案子有关联，或者他并不在意自己会不会被认定为无罪。

没有找到切入口，说明他对案子并不完全清楚，一时间无法下脚。

没有沉默以对，也没有抵触情绪，说明现在的局面不存在"被迫"，而是他自愿的。

还有刚才贺拉斯·季对待监控的态度……

有什么人会在这种场合下希望监控开着，或者说担心监控关闭？

很明显，贺拉斯·季怀揣着一丝担心和不安，他担心监控关闭之后会有人对他不利，所以希望监控一直开着。

燕绥之面上不动声色，心里却已经将这个当事人的状况条理清晰地理了一遍——贺拉斯·季应该是感受到了什么威胁，出于自我保护的目的，将自己安置在警方全天候的盯守之下，甚至不介意干脆被关押一段时间。

这个隔离区的特殊病房有监控、有警方，有不断往来确认他身体状况的医生和护士。因为他犯罪嫌疑人的身份，这些医生、护士还不能关门，不论是做检查还是治疗，都要在警方的眼皮子底下。

这里对贺拉斯·季来说，大概是最有安全感的地方了。

如果真是这样，那他在隔离病房还能长胖、能招虫逗鸟，就太容易理解了。

不过这终归只是一种猜想，具体还得再看贺拉斯·季会说些什么。

顾晏一点儿情绪都没放在脸上，听了贺拉斯·季的话，他也没多言，只从存储器里调出案件资料翻了两页，道："从红石星十月三号那天开始说吧。"

他收到的案件资料其实只有一部分证据信息，其余的高级事务官亚当斯还在整合，估计这两天能再打包一份给他，但他并没有把证据一个一个地扔出来问贺拉斯·季。

按照联盟律法规定，上庭之前，这些证据信息是不能直接告知犯罪嫌疑人的，犯罪嫌疑人也无权翻阅。这就像一名律师不能同时为同案的两名被告人做辩护，怕有人沟通串供一样，都是防止犯罪嫌疑人编造谎言、洗脱罪名的手段。

证据中显示，红石星那名老人于十月三号带了工具去边郊钓鱼。那片湖附近没有任何摄像装置，根据现场痕迹来看，应该是被犯罪嫌疑人引到了林子外的路上，弄晕后塞进车内，再带去了位于黑岩区的一处废弃仓库。

黑岩区曾经矿线多，地下的贮存仓库也多。后来经过几十年甚至百年的时间，矿线被开发得差不多了，需要换线，那些仓库就都成了废弃地。

因为如今宜居星球多，地也多，那些废弃地很少会被修缮改造，挪作他

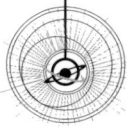

用——这是很多星球老矿区的常见情况。

"摇头翁"案中的仓库就都是这种。跟"摇头翁"案中大多数老人们的情况一样，那位叫作麦克·奥登的也是个寡居老人，所以失踪很久都没人注意到。

他在十月三号傍晚被困缚于黑岩区九号中型仓库，装在一个铁笼子里。笼子一侧装有一个铁槽，槽内分两个区域，一个放水，一个放食物。老人如果饿了、渴了，就得趴在那侧栏杆上，伸手去槽里捞点儿吃的或喝的。

奥登老人含糊的话语表明，他被人"切开了皮肤，扎了针"，还认为"有狼和怪物往自己身上扑，必须将它们弄开，所以抓、挠、割、撞，什么方法都试了"，这应该是他身上那些虐待痕迹的由来。警方的证据则表明，奥登体内有某种致幻毒剂的残留痕迹。

这种毒剂先会让人出现幻觉，然后逐渐陷入疯癫。

奥登老人被找到的第二天，体内的毒剂残留痕迹就开始淡化，第三天就检测不出来了。

这些细节在纷纷扬扬的报道中没出现过，顾晏还是今早从亚当斯那边收到第一批案件资料时才看到的，看完他就带着燕绥之直奔医院。

一方面是尽早会见当事人；另一方面……这种致幻毒剂的反应状态，让他们想起了柯谨。

这一行做久了都会有点儿职业病，非常忌讳毫无证据的推论。每当来了直觉，他们总会下意识去找点儿印证，找得到就保留猜想，找不到就理性忽略。这大概是"无罪推定"的日常生活版。

但这次算个例外，他们从早上拿到案件初期资料，就总会想起柯谨。直到他们见完贺拉斯·季，这种并无证据的联想依然没有淡化。

两人从病房出来的时候是上午十点，贺拉斯·季说了一个小时，给他们编了一套假得不能再假的说辞。燕绥之那张简易版的记录页，怎么打开的就怎么关上，一个字都没记。

但他们并不意外。

一个撬不开嘴的人，总有他想瞒着的东西，怎么可能一上来就交代实话？

这种情况他们见得多了，脸色一点儿没变，全程淡定地听着。燕绥之还问了几个问题，活像他信了似的。于是贺拉斯·季编得更来劲了，喝了两口水就一直编到最后一分钟。

临走前，贺拉斯·季指了指燕绥之的记录页，说："你不用记点儿什么？"

燕绥之扶着门框，回头瞥了他一眼，似笑非笑地说："那倒不用，就是放在非联盟时期，史书也用不着把各星皇帝漏气、出恭的细节都记下来。"说完，他就摆了摆手关门而去。

徒留贺拉斯·季一个人坐在床边，愣了两秒，然后拖着尾音骂了一句脏话。

跟出恭放一起的漏气能是什么意思，不就是说"放屁"吗？

他们经过护士站的时候，碰到了之前那个病房里的小护士。对方急急忙忙地跑过来，塞了一张单子给顾晏，说："刚好一个小时，这是单子，你们再去检测一下。检测中心在三楼。万一……我是说万一真有问题，我们会负责的！"

"谢谢。"顾晏道，"病房的监控可以开了。"

电梯里只有他们两个，燕绥之靠在扶手上，说："这贺拉斯·季挺有意思的，似乎是个急脾气，又似乎不是。"

随便一两句话就能轻易地气到他，但是他又总能很快把脾气压下去，不会因为在气头上，就一时冲动乱说话。

对方的谎话编得很糟，糟到一眼就能拆穿。这其实会给人一种"心机粗拙"的感觉，好像只要找到漏洞反驳他几句，让他防线崩溃，他就兜不住要说真话了。但燕绥之和顾晏很默契，没有一个人出声反驳。

因为他们知道，这只是"好像"而已。

"这样的当事人，你以前碰见过吗？"燕绥之问。

"偶尔。"顾晏说，"不过你好像碰到过不少。"

燕绥之愣了一下，又挑起了眉。

电梯下得很快。燕绥之瞥了一眼跳成"3"的数字，略带促狭地问："怎么我接了什么案子，碰到什么当事人，你都这么清楚？"

叮——电梯门应声而开，顾大律师默不作声，一身正气，抬脚就走。

燕绥之有点儿想笑。

6

检测中心很忙，毕竟现在感染者一批接着一批。

外面的等候席已经坐满了拿着单子的人，燕绥之看了眼他们的号码，也没

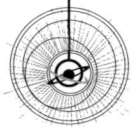

去跟人挤，干脆跟顾晏远远地站在落地窗边。

"水槽和食槽都检测不到毒剂残留，如果那位奥登老人被发现的时间再晚一点儿，检验人员在他体内也检测不到任何反应。"燕绥之说，"那……所谓的致幻毒剂就完美隐匿了。"

顾晏点了点头，说："无论是警方还是公众，在找不到其他佐证的情况下，恐怕都会认为那些老人们的精神失常是过度恐惧导致的。"

"当初柯谨出事的时候，我不在德卡马。"燕绥之道，"后来也只听你们提过几句，他那几天都是一个人待在住处？"

顾晏回忆了片刻，说："应该是。"

那个逍遥法外的李·康纳给柯谨寄邮件的时候，顾晏去看过他，陪着柯谨喝了几次酒。那时候柯谨的状态很消极，但不至于到无法照顾自己的地步。再说，有乔跟着他，顾晏还是放心的。

后来因为有些案子上的事情要处理，他出差十天，在回来的飞梭机上接到了乔的信息，说柯谨进医院了。

顾晏赶去医院的时候，发现乔的脸色比墙皮还难看，他坐在病房外面的长椅上揪着头发，异常沉默。

柯谨状态消极的那阵子，乔还不像现在这样，他没有理由寸步不离地看着柯谨，毕竟关系再好也不能从早盯到晚，完全不给私人空间。而那阵子乔也没怎么休息，中间还发过一次烧，那两天换柯谨照顾他。

不知道是因为有事可以分散注意力，还是故意装出来的，柯谨那几天看起来已经几乎恢复正常，还会因为乔故意搞出的糗事笑出来。

烧退之后，乔接到了两个很重要的投资会通知，他原本打算直接推了，又被柯谨拦住。柯谨说自己好多了，乔离开几天，他不至于怎么样。

乔一开始死活不放心，后来怕把柯谨的情绪搅乱，再加上当时有心理医生建议，要他别否定柯谨的要求，更别给柯谨压力，他就勉强答应了下来。

柯谨怕乔担心，说好每天晚上给乔发一条信息。

实际上，柯谨并不是只在睡前发一条信息。最初两天，他会时不时地跟乔聊两句，说他起床了；说他在弄简单的食物；说阳光很好，他在阳台看书，结果睡着了；说他做了好多稀奇古怪的梦……还说这么闲下去，他就真的不想工作了。

单从信息其实很难看出他的状态好不好，因为信息太容易伪装情绪了。

但那个时候的乔很好骗，而且他太希望柯谨恢复了，所以总下意识往好的方向想。

再之后柯谨的信息就陡然少了很多，他只在临睡前说两句。

乔又开始担心起来，以至于第二天的投资会全程盯着智能机，像在梦游。那整个白天他都没等到柯谨的信息，晚上便没忍住翘了投资会，直奔港口。

从他开会所在的星球到德卡马，即便是最快的飞梭机，也要花费两天时间。那两天大概是他最难熬的时刻。

只有柯谨睡前发来"晚安"的时候，他才能稍稍放松一些。

乔到达德卡马的时候是凌晨三点十分。他从港口一落地，就开着飞梭车直奔柯谨的公寓，然后在半路中接到了他这辈子都不会忘记的一个通信。

柯谨的声音听起来很低，让人觉得有种说不上来的难过："乔，我好像不太好……你可不可以来看看我？"

乔那天几乎把半辈子的罚单都收齐了，飞梭车开出了飞梭机的效果。即便这样，他赶到柯谨的公寓也花了一个半小时。等他到的时候，柯谨已经蜷在卧室地毯的角落睡着了。

而柯谨再醒过来，就是后来的那种状态了。

凌晨三点十分的那个通信里说的话，成了柯谨最后一句正常的话。

之后的这么多年，乔一直很想听柯谨用那种清早起床的懒散音调，抱怨骨头都睡散了；或者说又是个晴天，但他好不容易休假，不想出门；又或者说弄了点儿食物，但看起来很不可口，如果乔真的不介意也可以去蹭一顿。

最不济，一句简简单单的"睡了，晚安"也行。

但是再也没有了。

"撇开工作上讲究的那些，只当单纯聊一聊，你觉得柯谨的精神崩溃，有可能是人为的吗？"燕绥之看着窗外来去如龙的车流，说话用着闲聊般的语气，目光却微微出神。

顾晏说："也许。"他略作停顿，又道，"不过找不出什么动机。"

燕绥之点了点头，说："也对。"

当时的柯谨因为精神状态不好，处于长期休假的状态，不接触工作，也不

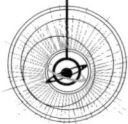

怎么接触外人，应该不会看见不该看的，听见不该听的，有什么值得别人动手的呢？

"当时乔其实有过怀疑。"顾晏又道，"柯谨进医院安顿下来后，他第一件事就是把那幢公寓楼道内的监控调了出来，仔细看过那段时间的录像，但没有其他人去过柯谨家。"

燕绥之点了点头。他又出了一会儿神，右手还无意识地揪着盆栽的一片叶子，有一下没一下地捋着。

顾晏等了两秒，有些无奈地说："手指松开，你这时候又不洁癖了？"

燕绥之一愣，默默地松开手指头，放过了那片可怜巴巴的叶子，毕竟人家医院把盆栽养这么大也不容易。

屏幕上叫到了他们的排号，燕绥之和顾晏前后脚进了诊室，就见医生手里拿着熟悉的简易检测仪，给顾晏和燕绥之一人一个。

没过一会儿，两人手上的检测仪"嘀"地响了。

"我看看感染情况。"医生依次接过检测仪，先看了顾晏的，点头道，"阴性，没有问题。"

接着医生又看向燕绥之的，然后就开始等……

燕绥之问道："怎么？又卡了？"

顾晏皱起眉道："又卡了？什么意思？"

"上次——就你出差那回。"燕绥之道，"我早上起来有点儿感冒的征兆，就顺路去卫生中心查了一下，碰上个接触不太良好的检测仪，屏幕眨巴了半天才出结果，挤牙膏似的。"

他这话其实说得夸张，有玩笑的成分在里面。人家检测仪冤得六月飞雪，明明只是忽闪了两下。

医生跟着笑了一下，说："哦？上次也这样？那你这运气够可——"

"以"字还没说出口，医生的眉心就拧成了麻绳，他把屏幕往燕绥之面前一伸，道："怪了，检验结果不明，你看——这个依照规定，要去隔壁楼用精细设备再查一遍。"

"还有这种结果？"燕绥之有些诧异。

医生以为他有点儿慌，安抚道："没事没事，别多想。结果不明，不代表你就感染了。我们这里为了提高效率，用的是巴掌检测仪，有时候体内会有干扰状况，比如其他性质的高烧或者有些成因相似的过敏，都可能会影响结果。"

顾晏对此经验十足，当即不多废话，拉着燕绥之就下到一楼，直奔隔壁楼。

隔壁楼他们并不陌生，正是之前来测过基因修正时限的基因大楼。

刚才那位医生给他们新开了一张单子，来的过程中他们也没细看，这会儿展开一看，才发现巧得很，连楼层和门牌号都不陌生——刚好是林原医生的办公室。

"这么巧，又找林原？"燕绥之嘀咕。

顾晏说："正常，所谓的精细设备其实就是做基因检测的那个，不找林原找谁？"

"你怎么知道？"

"上次在飞梭机上用过。"

燕绥之愣了一下。

顾晏发烧回来的那回，燕绥之其实猜过飞梭机上的检测不会太顺利，不然顾晏也没必要找借口说自己还在二轮谈判。不过猜测是一回事，从顾晏的嘴里证实了自己的猜想又是另一回事。

他这次好歹有医生安抚，有顾晏陪着，心里不觉得有什么。

但那次顾晏发着高烧，周围又全是不相干的陌生人，在没有人安抚也没有人照顾的情况下，突然得知自己的检测结果不明，想必心情不会好到哪里去。

"紧张吗？"燕绥之在上楼的过程中问他，"上次在飞梭机上，等待精细设备检测的时候忐忑吗？"

顾晏答得特别干脆："不。"

啧，死要面子。燕绥之心想。

林原医生这间兼顾坐诊的办公室并非是一人独享，里头放了两张办公桌，每张桌子上有一些简单的绿植和装饰，外加一台便携光脑，桌下还有两个落地工具柜。

办公室大门敞着，燕绥之走在前面敲了敲门。

"怎么来这里了？"林原一脸疑惑，"有要我帮忙的事？"

燕绥之把单子递过去，说明来意。

林原点了点头，说："哦，这样，那行，我——"

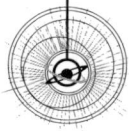

话还没说完，他摘了搁在桌面的智能指环就嗡嗡振动了起来。智能指环贴着一个金属框架，就连振动的声音都比平时大了一倍。

"抱歉，接个通信。"林原比了个手势，起身走到窗边接通信去了。

燕绥之并不着急，没什么问题急了也没用，真有什么问题也不急在这一时半刻。

林原和另一位医生的共同地盘中规中矩，墙上一张紧靠一张，张贴着许多医院自制"牛皮癣"——什么××疾病介绍、××设备介绍、定期体检以及某些医疗套餐的介绍。

燕绥之往桌边一靠，左右也没什么事，居然中规中矩地看起那些文字来。

最初他只是打发时间，一目十行地扫过去。看了一会儿后，他的目光突然锁在了某一排，皱着眉不动声色地拉了拉顾晏的袖角。

顾晏先朝他的手指瞥了一眼，这才跟着他的目光看过去。

燕绥之看的是基因检测仪的详细介绍，里面甚至包含出了故障怎么检修，如果碰到什么问题怎么处理最恰当等信息。

在第六行的中间位置，清清楚楚地写着这样一句话：如基因检测仪遇到非正常关闭，为保护数据信息，重新启动后仪器设定会恢复默认模式，非正常关闭前所测数据将自动备份并传入云端数据库……

他们忽地想起来，上次来做基因检测时，楼层的电停了几秒钟，虽然大楼能源系统很快就自动续上电了，但检测仪还是关闭了片刻。

照这张宣传单上的说法，来电后他们重启检测仪，关于燕绥之的那部分检测数据就会被即刻传到云端。

那样的话，能看到他基因数据情况的人就多了去了。

甚至包括之前想要害死他的人。

两人看着宣传页上那句话，心里咯噔了一下，各种问题翻涌而来。

上次的停电是意外还是有人有意为之？

临时接手负责检测的林医生……又在扮演什么样的角色？

林原医生似乎在接某个病人家属的通信，正和和气气地对着通信那头好言安抚。

"对，那是正常反应……药物依赖性？目前来说还没有过这种情况，应该不会……没关系，如果您实在不放心，可以带他再来做个检查。"

他说话间，还转过头看了燕绥之和顾晏一眼，抱歉地冲他们比了个手势，示意他们稍等一下，自己马上就好。

燕绥之冲他笑了笑，然后低头玩起智能机。

两秒后，顾晏小指上的尾戒嗡嗡振动起来。

来信显示的是"实习生"："找借口下楼，我得看看数据有没有被传到云端，又详细到什么程度。"

紧接着，一个通信界面又弹了出来，请求人依然是"实习生"。

顾晏选择了接通，摸出耳扣扣上："喂。"

燕大教授冲顾晏眨了一下眼，将备忘录上写好的对话调出来给他看。

上面写着：

——喂？

——李小姐？

——你快到了？

——我还需要做一个测试，大概二十分钟左右。

——你很赶时间？

——好的，我跟医生说一声，过会儿就下楼。

顾晏："……"哪儿来这么多戏？李小姐又是哪位？

燕绥之又想起什么来，在下面飞快补了一句："附近有个公证厅，李小姐是公证员。"

顾晏："……"

燕绥之眯了一下眼睛，无声催促他赶紧演。

顾·影帝·晏瘫着他那张英俊的脸，垂着的眸光凉丝丝地落在全息屏上，说不上来是在抗议还是在讥嘲剧本。

林原医生已经往办公桌这边走过来了，通信显然已进入尾声。

"好的，那就这样？"

"没事，我应该的。"

"再见。"

林医生过来的时候，顾晏动了一下手指，一脸淡定地把燕大导演的剧本给删了。

他一手按着耳扣，淡淡地"嗯"了一声，等了片刻后，又道："好，一会

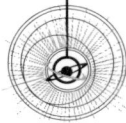

儿见。"然后干脆地挂断了通信。

独断专行的燕大导演对于顾晏歧视剧本的行为颇有微词，但不得不承认，他自由发挥出来的好像是比剧本自然。

顾晏挂断通信后，摘下耳扣对林原道："抱歉，我需要下楼接个人，你一直在？"

林原愣了一下，说："啊？哦，对，我这会儿没什么事，都在这层。怎么？检测来不及做？"

顾晏瞥了一眼墙上的钟，用一种公事公办的平静语气道："约了公证人，她赶时间，提前来了。"

林原对律师的工作倒有些了解，恍然大悟地说道："哦——取证是吧？在咱们院？"

"对，需要我那个当事人的一些检测数据。"顾晏说着，拍了拍燕绥之的肩，示意他出门。

燕绥之原本还想提醒两句，听他说完这些，顿时放心地出了门。

"检测数据？"林原闻言愣了一下，又点了点头，道，"没关系，去吧。单子搁在我这里，等你们完事了再来。不过别太晚，病毒感染结果不明毕竟会让人不放心。"

他说到最后的时候，看着顾晏的眼神幽幽的，活像在看当代周扒皮，好像在说"你那实习生有没有被感染都没搞清楚呢，你居然还拽着他下楼工作"。

顾晏被看得特别冤。

老实说，关于燕绥之的感染结果，他比谁都在意。但偏偏现在的境况有些尴尬，林原落到了他们的怀疑名单上，他实在不知道"把感染检测暂缓一会儿，去查数据上传"和"把燕绥之单独留在这边做检测"哪个更糟心。

他一只脚都已经迈出办公室大门了，听了林原的话，脚步又是一顿。

在办公室里看不到的地方，燕绥之拉了他一下，示意他放心，然后冲林原笑了一下，说："要不了多少时间，况且真感染了，这一时半刻也起不了什么作用，我们过会儿上来。"

顾晏皱着眉看他。

林原说："呸呸呸，你怎么能这么咒自己。"

他这种对自己不大上心的态度实在有点儿恼人，以至于进了电梯，顾晏的眉头都没松开。

　　燕绥之跟顾晏并肩站着，就算不转头，也能感觉到顾晏正盯着他，可能还想训人。他顶着那束目光熬了一会儿，终究还是没绷住，说："好了，好了，别看了，吃不消了。"

　　他笑了一下，原本想再开个玩笑把话题带过去，逗顾晏两句，但临到开口，又蓦地想起以前那些小事，诸如那套被塞进柜子的黑色被子，还有死活送不出手的白色安息花。

　　于是他又忽然觉得，如果真开玩笑，就有点儿太辜负眼前这个会为他担心的人了。

　　"下回不这么说话了，别瞪我。"燕绥之温和地笑了笑，又道，"不信的话，晚上回去我可以拟个保证协议。"

　　燕绥之又道："我也很怕感染，这病毒传染性那么强，我要是感染了，你也跑不掉。"

　　话说完，不知道哪一句戳准了顾晏的脾气，他薄而好看的嘴唇动了动，说："我跑什么。"

　　"重点放错了。"燕绥之没好气道，"你既然没感染，那我怎么会有感染的可能？"

　　顾晏："……"这话就很不讲理了。

　　但燕绥之没管，继续安抚："我倒觉得，有可能是之前的基因修正对结果起了干扰。"

　　其实顾晏原本也是这样猜想的，只不过……关心则乱。

　　几句话的工夫，电梯落到了一楼，"叮"的一声就要开门了。

7

　　春藤医院各栋楼的大厅里都有数据查阅设备，跟云端数据库有链接。当然，跟数据库有链接的其实不止春藤医院，全联盟的医院都有这样的设备，所有数据都是通连的，方便转院或是其他承接性行为。

　　理论上只能在知晓身份序列号的前提下查阅相应的病患数据，但这也就针对普通人，真要是别有用心的，稍微动用一点儿脑子，就能把想查的人查得清清楚楚。

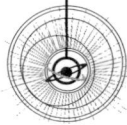

在出电梯的时候，燕绥之拨了一个通信。

"真找公证员？"顾晏问。

"当然。"

做戏做全套。

燕绥之一脸坦然道："那个不讨喜的当事人在医院这些天都检测了什么，分别是什么结果，确实是很重要的数据资料，找公证员很正常。"

在公证员来之前，他们已经站在数据查阅设备旁边了。

设备旁有位医务人员，一直笑盈盈地守着，像个站岗的，有谁需要来查阅什么，他就会帮忙操作。

"需要查什么？哪个科室？"身穿白褂子的年轻人彬彬有礼地问道。

燕绥之瞥了眼不远处的摄像头，冲白褂子道："来取证。"

"取证？"白褂子愣了一下。

顾晏给他看了律师证明。

这几天因为贺拉斯·季住在这边，上面下了通知，说过案件会有取证的需要，希望医院各位工作人员积极配合，不过需要出示证明。

白褂子很快反应过来，依然很有礼貌地说："好的，呃……需要我怎么做？"

顾晏道："不急，等公证员过来。"

"行。"白褂子道。

顾晏打量了一眼设备，问道："病人每回做检测，数据都会实时上传？会有遗漏吗？"

他问得很不经意，在白褂子听来毫无异常，就像是担心要查询的病患数据不全而顺口问一句。

白褂子道："放心，不会有遗漏的。"

平日里他在这边可能不怎么能跟人聊天，大多是公事公办地讲一些操作问题，反反复复就那么几个词。这会儿左右要等人，他索性又多解释了几句："其实也不是都实时上传。一般来说，当天全院所有的检测数据在检测完都会被仪器设备自动备份，这个备份其实是备在各科室的数据库里，到晚上零点之后才会按照不同科室门类传到云端。毕竟病人的情况医生总要先看一眼，仪器也不能保证完全不出错。"

"这样啊。"燕绥之点了点头。

白褂子干站着可能有点儿无聊，又问了一句："除了取证，还有别的什么要查吗？这里什么都能查。"

燕绥之心说：这位小年轻可真上道，刚要抬脚就给递梯子。

他笑着说："是吗？几年、十几年前的也都有？"

"有啊。"

"那查查我自己吧。"燕绥之顺着话说，"前几天才来做过检查。"

白褂子没觉得有任何问题，上前帮忙操作了一下，然后把界面留给他们，道："填一下身份序列号，再选取日期区间，点查询就行。"

燕绥之伸手点了一下光标，但刚输完两个数字便顿住了。

白褂子纳闷道："怎么？界面卡了？"

燕大教授心说：不，我脑子卡了。

这个假身份他虽然适应得还不错，但从来没有刻意记过身份序列号，之前每回办事，序列号都是跟身份验证绑定的，也没要他一个数字一个数字地填。

燕绥之扭头看了一眼顾晏，道："老师，帮个忙？"

当着外人的面，他也不方便乱喊。只不过以前喊"老师"，要么是随口，要么是调侃，眼下这么老老实实，带着点儿服软的语气，还是头一回。

顾晏默默地消化了两秒，一声不吭地开始翻智能机，很快就翻到燕绥之当初的报到证，把屏幕给他看了一眼。

这回燕大教授总算上了心。

他上心的时候，记忆力向来很好，只扫了一下，便把那串长得令人发指的数字记了下来。

白大褂这才明白他为什么卡住，在旁边哈哈笑了几声，道："没事，就这串序列号，我从初中背到大学，基本隔几天忘一回。每到这种时候，我就很羡慕酒城啊、赫兰星啊那些地方的人，据说那边的序列号都特别短。"

"人少，正常。"燕绥之随口应了一句，在输完序列号后敲了"查询"。

界面缓冲了几秒，接着跳出来一条记录，突兀又清晰地列在屏幕中央。

他那天的检测结果，真的被传上来了——

姓　名：阮野

项　目：基因检测

浏览次数：6

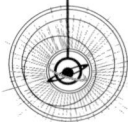

再往后是检测时间和一些不相干的简略概述。

燕绥之面色未变，目光在那个"6"上停留了一会儿。

片刻之后，他才抬手点了一下那条记录，界面一换，详细的检测结果页面弹了出来。

粗略一扫，比当初设备屏幕上显示的还要再详细一些，附有很多说明，下面的页码显示一共有六页。单看这详细程度，如果真有人来查他这份检测结果，想知道的差不多都能知道。

燕绥之面无表情地翻看着，到第五页时手顿了一下。

因为那页的页尾有一句话：是否进行过基因修正。

燕绥之的手指一划，页面便轻轻地翻到了最后。

第六页的开头第一段只有一个字：否。

燕绥之一愣，又把这两页来回翻了一遍。

清清楚楚，真的是"否"。

是否进行过基因修正：否

基因修正延续期限：未检测到修正痕迹

基因修正存续状态：无

燕绥之看了一会儿，又默默地切回到之前的界面。

是叫阮野，时间也对，序列号更没问题，确实没找错，那结果就显而易见了——他的数据在上传前被人改过了。

这种信息修改，对燕绥之来说其实是一种帮忙，可以避免被有心之人看到他基因修正的情况。

至于这位暗地里悄悄帮忙的人是谁……

燕绥之和顾晏对视一眼，心下了然。

他们打着取证的幌子下楼，本就是想在上传记录里找到一些有用的蛛丝马迹，没想到收获颇丰，远超预想，而且还不是什么坏消息。

叮——大厅感应门在提示音的轻响中应声而开，一位高挑的小姐穿着公证厅的制式正装走了进来。她站在门口张望了两眼，便将目光投了过来。

燕绥之用手肘顶了顾晏一下，提醒道："李小姐。"

那位在燕大导演剧本里出镜过的李小姐接收到了讯号，走过来问道："顾律师？"

顾晏点了点头，道："李颖小姐？辛苦跑一趟。"

李颖客气地笑了笑，道："不辛苦，我们公证厅离这边只隔了一条街，我就当出来散步了。"

"需要公证的资料是？"李颖也是个雷厉风行的性格，没多寒暄和废话，直奔正题。

顾晏抬手一指查询机，说："一些检测单和就诊记录。"

"好的。"李颖走近了一些，调出公配智能机屏幕先拍了两张照。

联盟有通行的一套公证程序，流程操作全部内嵌在各个公证厅配置的智能机内，实时的机内监控将虚假公证的比例尽可能降低。

公证员都叫来了，不可能浪费人力。

况且按照经验来说，就诊记录和检测单确实属于重要资料。顾晏干脆调出了贺拉斯·季的委托函，函内对辩护律师的行为有一定程度上的授权，像检测单这种基础性的资料，顾晏有权不过问当事人直接调取。

他照着委托函，将上面贺拉斯·季的身份序列号输进查询设备里。

从"摇头翁"案推测案发时间起，到今天为止，贺拉斯·季所有的就诊记录瞬间跳了出来。前后不到三个月，就诊记录一共二十二条，其中有十四条是住院这几天大大小小的检查记录。

李颖一直在用智能机拍录全过程，在看到屏幕上跳出贺拉斯·季的大名和照片时，她轻轻地"啊"了一声，似乎有点儿意外，说："当事人是这位啊……'摇头翁'案吗？"

"嗯。"顾晏点头，将那二十二条记录全部导了出来。

"之前的报道还说这位很难找到辩护律师。"李颖说。

这种报道顾晏之前也看到过，都是拜迪恩律师那堆恐吓邮件所赐。迪恩自己倒没怎么样，只是各种报道添油加醋了一番，这使得很多律师都不愿碰这个案子，免得惹一身腥。

顾晏道："清早刚确认。"

李颖恍然大悟道："怪不得。"

"什么怪不得？"顾晏看了她一眼。

查询机"嗡嗡"地往外吐着导出的资料，李颖道："我是说，怪不得没有看到什么消息，但我敢说，明后天就会有铺天盖地的报道说这件事了。"

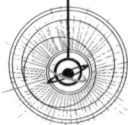

顾晏一愣，又很快恢复平静，说："随意，不干扰司法的前提下不算坏事。"

"也对，舆论引导好的话，对打赢官司也有帮助。"

顾晏看上去对这个说法并不赞同，但并没有要多说的意思。他把资料整理了一份给李颖，自己留了一份，保持着恰到好处的礼貌，说："劳驾。"

李颖接过资料，很快走完智能机上所有的公证流程，在末尾处签了字。

等她签完再抬头时，顾晏正在跟守机器的白褂子说话，于是她冲看起来斯文温和的燕绥之轻声道："你是顾律师的实习生？"

燕绥之点了点头，笑道："你好。"

"刚才顾律师有点儿欲言又止，怎么了？"李颖闲聊似的问了一句。

那么瘫的脸你都能看出欲言又止？燕绥之瞥了顾晏的背影一眼，趁着没被发现，对李颖笑了一下，道："他所说的不算坏事应该不是指引导舆论给自己加筹码，只是不希望和这件案子相关或者潜在相关的人，关注点始终停留在恐吓快递上。"

那种负面的东西会在不知不觉间改变很多人的判断和选择，包括律师，也包括法官。

李颖好奇道："真的吗？"

顾晏已经跟白褂子说完了话，转过身来。燕绥之看着他，又开始笑着满嘴跑火车："假的。"

李颖："……"

"开个玩笑，我猜的。"燕绥之冲走过来的顾晏眨了一下眼睛，"但是我觉得我对自己的老师还算了解。是吧，顾老师？"

李颖又看向顾晏。

很多人都会这样，对于处于舆论中心或者即将成为舆论中心的人有些好奇，包括好奇他们的真实想法。

不知道他们用目光交流了些什么，因为背对着其他人，旁人看不到顾晏的眼神。总之他虽然没答话，燕绥之却笑了起来。

不愧是师徒，一不小心就让其他人觉得自己有点儿多余。

李颖忽然觉得自己刚才的问题有点儿唐突，还好只是问了实习生。她挑起漂亮的眉毛，收好资料，冲两人道："没什么事的话，我就先走啦。"

顾晏转头冲李颖道："打算去哪里？我们开车送你过去。"

"回厅里，几步路而已，用不着送。刚起步就得踩刹车，就这样还容易开过。"李颖开玩笑说，"下回如果在医院还需要公证，都不用拨通信，站在大门口喊两声，我们前台就能听见。"她说着也没耽搁，摆了摆手，转身就走了。

只是，走出门口的时候，李颖又回头看了一眼。

那位顾律师一手插在口袋里，另一只手的手指冲实习生招了两下。尽管距离有点儿远，也看不太清他脸上的表情，大概依旧是正经而冷淡的模样，但给人的感觉就是跟刚才很不一样，好像在逗人似的。

李颖忽然觉得很新奇，果然看上去再冷冰冰的人，都能显出所谓的"亲疏有别"。

回到电梯里，燕绥之问："刚才跟那男生说什么？"

"问他查询机能不能直接改记录。"顾晏说。

"他怎么说？"

"不能改。"顾晏说，"而且记录在上传云端前，有可能接触到这份记录的，只有科室负责的医生。"

那天负责燕绥之的医生严格来说有两位，一位是原本安排的卷毛男，另一位是林原。但那两天卷毛不在，所以就只有林原了。

重新回到楼上的时候，林原的脸上戴着护目镜，看起来刚去过研究室。

"这么快？"

"嗯，公证没那么费时间。"顾晏答道。

"行，那我调试一下设备，赶紧检测吧。"林原把护目镜摘了。

确定他没有恶意，检测就很好配合了。

这种检测不像上次的基因修正，不用脱上衣，只要把管线和金属针探入颈部就行，也不妨碍聊天。

在这过程中，燕绥之和顾晏试探了几次，但林原似乎完全没有意识到那种试探，又或者意识到了，却避而不谈。

等了大约十分钟，检测结果终于出来了。

林原看着仪器屏幕，道："……是阴性。"

燕绥之问道："为什么迟疑？"

林原翻看着屏幕上的页面，目光专注，皱着眉，似乎在思考着什么。

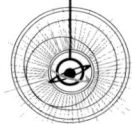

燕绥之和顾晏走了过去，站在他旁边看向屏幕，结果只看到了满页天书。

"有什么问题？"燕绥之问。

林原正在思考，闻言分出一丝神，有些心不在焉地回道："你很久以前还做过一次基因修正？怎么说呢，扫到了一些很特别的片段，具体什么情况现在还不好说，只能说它对你有些影响，导致你做这些检测时很容易受到干扰。"

"哦。"燕绥之的目光动了一下，顺着他的话道，"不过这些年我没觉得有什么问题，一定要说一样的话，大概也就是胃不太好。"

顾晏在旁边又补了一句："体质有点儿寒算吗？"

林原道："嗯……嗯？"

他从思考的状态抽离出来，眨了眨眼，说："你说谁寒？"

"我。"燕绥之道，"有点儿怕冷，其他没什么。"

林原"哦"了一声，摆了摆手，道："不是这种影响，其实算不上有害，目前也看不出会引起什么病痛或是别的问题，具体还要进一步检测。你之后还有时间吗？这个检查可能费时比较久，要进研究室查。"

燕绥之问道："大约需要多久？"

"半天。"林原说，"我要先准备一下研究室的设备，大概下周吧，你抽个半天时间？"

燕绥之说："可以。"

林原朝顾晏看了一眼，提醒似的问燕绥之："你不用问一下你这位老师的意见？"

顾晏干脆地说："我没有意见。"

林原"唔"了一声，点点头，道："我给你们开个单子，下周安排好时间跟我说一声。"

"那你留个通信号给我吧。"燕绥之说，"免得我来了，你不在办公室。"

"我下周应该都在。"林原说着，还是给他报了一串通信号。

两人跟林原简单聊了几句，便要离开办公室。

林原出于礼貌，将他们送到了办公室门口。

办公室的门半开着，三个人站的角度也十分巧妙，不论是办公室的摄像头还是走廊的摄像头都拍不到。

燕绥之在这时候顿了一下，撩起眼皮看向林原，笑意温和，透出一股跟外表完全不相符的成熟，说道："哦，对了，我现在就有一个问题想请教一下林医生。"

林原一愣，道："什么？"

"我没记错的话，你刚才说了这么一句话。"燕绥之不紧不慢地说。

"哪句？"

"你刚问了我一句，'你很久以前还做过一次基因修正？'。"燕绥之说，"我在想，一般在什么情况下，才会下意识用'还'这个字呢？"

林原："……"

他突然明白了一个真理——打死也不要跟律师拼细节。

而且这帮律师都很混账，他们有个习惯——如果发现了什么破绽，他们不会立即就说，而是不动声色，一本正经地给你喂话题，聊得你彻底放松下来，再冷不丁把破绽摊在你面前，然后你就措手不及地傻了。

林医生很倔强，他嘴唇动了两下，继续垂死挣扎道："这句话有什么问题？没有吧。"

燕绥之点了点头，也没有立刻反驳，而是轻描淡写地说道："我今天一共挑过两个人的破绽。"

林原说："还有一个是谁？"

燕绥之一摊手，说："你看，你又说了'还'，为什么呢？"

林原："……"

他又明白了一个真理——律师问的话永远不要乱接，会傻。

"在很多时候，用这个字眼意味着一句潜台词，就是'我对其中一个很了解'，所以会直接略过这一句潜台词，直接问还有一个呢——"燕大教授说话不太爱费劲，声音不高，大概也就他们三个人能听见，语气又带着点儿语重心长的感觉，很悦耳……也很让人头疼。

他停顿了一下，又看向林原，笑着问："是吧，林医生？"

林医生不想说话："……"

他感觉自己像站在法庭上，被辩护律师说得无从开口，有一点点懊恼，还有一点点着急。然而片刻之后他就发现，燕大教授还有办法让他更不想说话。

只见燕绥之堂而皇之地调出智能机屏幕，手指轻巧地敲了一阵虚拟键盘，

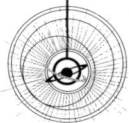

然后"叮"的一声，林医生的智能机响了。

林原一脸呆滞地看去，发现一条新信息，来信人就是他面前这位刚加的联系人。信息内容看起来特别有礼貌："林医生，关于这次当事人的感染怪状，有几个专业问题想跟你聊聊，你这两天有时间吗？"

林原："……"屁！你俩那当事人知道你们这么关心他的身体吗？

顾大律师眼看着林原医生的脸都绿了，为免人家交代之前就被气死，缓缓点了下头，说了一句："辛苦了，告辞。"然后忙不迭把某人拉走了。

这一整天，林原医生像是被气出了窍，始终没有动静，但与之相反的是，大大小小的网站很热闹。只半天的工夫，顾晏的名字就被挂得哪儿都是。哪里有"摇头翁"，哪里就有他，这传播速度比李颖预测得还要快。

菲兹和亚当斯几乎把顾晏的办公室当成了茶水间，一个下午跑了三四趟，最后干脆赖在会客沙发上不走了。

"你看，我就说别接这个案子，别接这个案子，你偏不听。"高级事务官亚当斯简直操碎了心，他把鬓角的头发扒开，强行凑过去让顾晏和燕绥之观赏了一番，道，"一天，长了六根白头发，你们数数。"

燕绥之道："不，九根了。"

亚当斯一听更来劲了，戳着自己的头皮控诉顾晏："我原本好歹能算得上英俊吧，你这一个案子硬生生把我耗老了。"

顾晏朝火上浇油地看了燕绥之一眼："……"

不过亚当斯虽然长了白头发，但心还是向着顾晏的，毕竟是合作多年的朋友。他最终还是收起了歇斯底里的模样，把飞起来的毛捋顺了，坐回沙发里叹了口气，说："不过你也别太担心，我已经在联系一些朋友了，尽量不让舆论一边倒。最近寄给你的快递也要格外注意，查一遍再开。"

菲兹秀了回手艺，给他们每人端了杯刚煮好的咖啡，然后安抚道："放心，肯定不会有问题的。"

亚当斯好气又好笑地看着她说："小姐，你跟我说说你哪儿来的自信？"

菲兹一脸理所当然，说："你这儿来的啊。"

亚当斯叹了口气，又冲顾晏道："案子既然接了，你就放宽心去打吧。其他的我努力。"

顾晏在这种时候依然很理性，看起来丝毫不受报道影响，只简单说了几句话就让事务官先生和行政人事官小姐放宽了心，在他这里吃吃喝喝了一通，拍拍屁股就下楼了。

迎来送往了好几回，直到夜里准备睡觉，他都没顾得上去看一眼网上纷纭的报道。

8

夜里零点十二分，装了一天死的林原医生终于回复了那条信息。

其实燕绥之选择当面发信息，并不是要故意气林医生，而是有他的考量。

为什么林原会帮他，又为什么选择悄悄地帮他，一个字不提？

当然，不排除林医生白衣天使做久了，做好事不留名，但更符合逻辑的答案是，他被人盯着，或者说他为了避免被人盯上，不想轻易提这件事。

所以他才选择发信息。

一来，信息内的理由冠冕堂皇，哪怕林原的智能机并不是完全隐私的也没关系。

二来，信息给了林原充分的考虑时间。

有些问题当场问出来，会给人一种心理上的压力，好像他不立即给个答复就过不去；而在有压力的情况下，很多人会下意识地选择否定的答案，以回避压力。

但信息就不一样，你可以选择回，也可以选择不回，什么时候想明白了，什么时候给答复，而经过考虑后的答复更理性一些。

林医生回复的信息就充分体现了他的理性："很抱歉，刚看到，我明天早上不用坐诊，有什么问题可以一起问。"

还刚看到……说得跟真的一样。

燕大教授突然发现，这些人演起戏来一个比一个精，相比而言，反而是他自己演得最不上心。

不过这样的回复刚好证实了他的猜想。

燕绥之顺手截了个图，给顾晏发了过去，配字："看，演技跟你不相上下。"

给顾晏发完后，他又配合着林原医生回复了一条："谢谢，去办公室找你？或者找个方便的地方？"

林原医生秒回信息："不客气。医院前面有一条春林街，街角有家咖啡店，

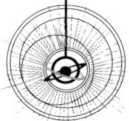

那里的早点不错，明天八点见？"

燕绥之回："好。"

正说着，顾晏的信息来了："直线距离不到四米，还发信息？"

燕绥之收到信息，干脆起身下了楼。

他敲开主卧的门，就见顾晏刚从卫浴间出来，湿漉漉的头发向后耙梳着，露出英俊的脸。他还没来得及穿上衣，正在把尾戒状的智能机往小指上套。

听见门口的动静，他转头看过来，发梢的水珠因为这番动作滴落下来。而他身上那些恰到好处的肌肉纹理和线条，足以说明楼下的健身区并不是个摆设——尽管这些天因为频繁出差，他去的次数屈指可数，但依然保持得很好。

"怎么不说你还在洗澡？"

"洗完了。"顾晏把智能机转了一圈戴好，弯腰从床上捞起一件上衣穿上。

他把卫浴间里没散的水汽一起带了出来，那股温热潮湿的水汽弥漫到门口，使得靠在门边的燕绥之眯起眼，像是一只被热风撩到的猫。

他忽然觉得顾同学大概是故意的。

于是燕大教授在二楼门口转了一圈，转头就把门关上了，然后脚步匆匆地上了楼。

楼下主卧半天没动静，不知道顾同学是不是被他弄得无话可说了。

又过了好一会儿，智能机里来了一条顾晏的新信息："我是鬼？"

这话看着眼熟，似曾相识。只是风水轮流转。

燕绥之想了想，回复道："突然想起点儿急事。"

顾晏回道："什么急事？"

燕绥之余光瞥到收件箱，然后发送信息："房东找我。"

顾晏也很快回复："不租他的房子了还找你？"

燕绥之正经了些，继续输着字："联系还是要保持的，那位房东我其实有些在意。"

顾晏这次只发来了一个问号。

燕绥之回复了一句："他那样的房子要找租客太容易了，之前何必一直等着我去看？不觉得有些奇怪吗？"

早上的春林街暴雨倾盆，雨水顺着风浇灌在咖啡厅的落地窗上，一阵猛过一阵，将店内店外隔绝成了两个模糊的世界。

天色太过阴黑，以至于早八点晦暗得像凌晨。咖啡厅里灯火通明，客人却很稀落，老板一个接一个地打着哈欠，招呼店员往靠窗的一桌送餐点。

"早上好，一杯马式浓调黑咖啡、一杯热巧。"服务生将托盘里的东西一样样放下来，"两份松子酥皮馅饼、一份煎肉蔬果卷，还差一杯蜂蜜牛奶，稍后给你们送过来。"

"早上好，谢谢。"林原显然对这里很熟悉，还跟服务生打了个招呼。

他今天难得没穿白大褂，只穿了一件米色外套和牛仔裤，看上去比之前高挑、年轻许多，看着反而有些不习惯。

"我本来可以睡个回笼觉的。"他耷拉着眼皮对对面坐着的两人说。

服务生已经走远了，他们周围的位置都空着，雨稍急一点儿都能盖过他们的声音，除了他们自己，其他人都听不见他们之间的交谈声。

"这好像是你定的时间，林医生。"燕绥之提醒了一句，手里的银匙搅动着黑咖啡。

说话间，服务生又端着托盘来了，道："蜂蜜牛奶，热的。"

顾晏瞥了燕绥之一眼，直接将他端起来的黑咖啡截了过去，把那杯蜂蜜牛奶搁在他的面前。

燕绥之："……"

林原似乎被店长传染了，接连打了好几个哈欠。

服务生最后来了一趟，搁下餐厅赠送的一小份鲜果，道："好了，几位如果还有什么需要可以按铃叫我，我就不打扰了，用餐愉快。"他说完，点点头离开了。

直到确认不会再有闲杂人等靠近，三人这才心照不宣地奔向正题。

林原说："聊之前，我需要先确认一下——"

他的手指在燕绥之和顾晏之间来回指了两下，说："你们之间，该知道的都知道？没有什么需要回避的？我需要有个数，也好清楚这次聊天能聊到什么程度。"

这话说的是"你们"，其实问的是燕绥之。

燕绥之毫不避讳，笑着道："没什么需要回避的，我能听的他都能听。"

林原点了点头，说："好。"

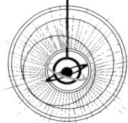

其实他刚才的问话已经表明了他的身份和立场，一是，他确实知道一些事情；二是，他跟燕绥之和顾晏并不对立，甚至是为他们考虑的。

燕绥之老老实实地喝了一口蜂蜜牛奶，问道："我的基因修正是你做的？"

林原说："是我。"

"所以当初是你从酒店把我弄出来的？这个智能机也是你留的？包括假身份、绑定的资产卡，还有那张单程飞梭机机票？"

"不全是。"

"什么意思？"燕绥之疑问道，"还有别人？"

林原喝了一口热巧克力，终于精神了一些，说："其实是这样的——"

"那时候有一位长辈，算是我曾经的老师吧，托我帮这个忙。其实最初我不太想乱蹚浑水，我是救人的，不是帮别人改头换面、隐姓埋名的，尤其还是在未经登记和授权的前提下，很容易出纰漏。"

燕绥之问道："那你为什么后来又改主意了？"

"因为知道了需要修正的人是你。"林原说。

这话听着就很奇怪了，燕绥之开始重新打量林原，说："我们之前认识吗？我对人脸的记忆应该不算差，但我确实对你没有印象。"

"确实不认识，不过我在很早以前就知道你了。"林原说，"因为我弟弟。"

"你弟弟？"

"不是亲弟弟，是我旧邻居家的儿子，他母亲跟我母亲沾着远亲。"

远得不能再远的关系，除了姓氏一样，再找不出任何相似的点了。

林原对那对邻居最深的印象就是：总有吵不完的架，屋里永远是鸡飞狗跳的，并且隔三差五就能听见碗碟摔砸的声音。

那时候林原还在念中学，每天早晚乘快轨往来于两点之间。十次回到家，起码有八次会在楼道里捡到邻居的儿子。

那时候那个孩子顶多六岁，就坐在楼道台阶上呜呜地哭。

邻居家的争执隔着密码门都能听见，林原也不好把哭着的孩子强行塞进门，就只好领回自己家，给点儿零食、给点儿玩具，那孩子就慢慢开心了起来。

领的次数多了，那孩子几乎就成了他半个弟弟，就连林原爸妈都这么说。

但林原一家在那里住了几年后就搬走了，在那之后，林原见到那个弟弟的机会骤然减少。两人的关系也日渐疏远，可能以后也不会再有什么交集，那时候的林原一直是这么认为的。

结果没几年，他就听说老邻居家出了事。

男主人中年后遭遇危机，酗酒越来越严重，原本只是吵闹的关系慢慢发展成动手，且一次比一次严重。十岁刚出头的儿子为了保护母亲，也总是一道遭受拳打脚踢。

"我有几回碰见他，他脸上、身上都是伤，让人挺不好受的。"林原说。

那段时间里林原跟那个弟弟的联系又多了起来，并且给他处理过很多次伤口，慢慢就成了熟练工。他那时候又刚好要升大学，便干脆选择了学医。

林原上大学的第一年，那个弟弟十三岁，他的母亲在一次毒打中，忍无可忍地冲进厨房，抽出了一把水果刀……

"他母亲的案子是你接的。"林原看向燕绥之，"很多年前的事情，你可能记不得了。"

这么多年来，燕绥之接过的案子太多，林原没提之前，他确实不记得还有那么一桩案子，听了几句后，倒是被勾出一些模糊的回忆。

"有点儿印象。"燕绥之说。

"如果不是你的话，他母亲当时的境况会很麻烦。"林原道，"那之后我那个弟弟就非常崇拜你，但他很腼腆，不好意思跟别人说，就总跟我念叨，还说以后大学也要学法。"

燕绥之莞尔道："学了吗？"

林原轻轻地摇了一下头，说："没有，他有遗传性的病症。你知道的，赫兰星那一带这种情况不少见。那时候的基因修正手术可不像现在成功率这么高，作为治疗手段还很不成熟，死在手术台上的人数不胜数。"

燕绥之略微出神了一瞬，垂着目光"嗯"了一声，说："确实不少。"

那个时候林原还在医院轮岗实习，没有完全毕业，也没定下明确的就职方向。可自从知道那个弟弟过世的消息后，他就钉在了基因大楼。

可即便他再怎么学有所成，再怎么完善基因设备，再怎么提高手术成功率，那个曾经让他们一家都跟着心疼的孩子已经不在了。

"这就是我愿意蹚一下浑水的原因。"林原的语气温和又笃定，"我那个弟弟有点儿傻，总对我们家说好人有好报，后来也总这么说你。这些年在医院

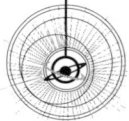

待久了，见多了生离死别，有意外的、有人为的，自己都变得麻木起来，好像不麻木一点儿都做不稳手上的活儿。但可能被他念叨多了的缘故，那句话我其实也挺信的，或者说不是信，是希望。我希望好人有好报……所以怎么可能对你袖手旁观。"

"谢谢。"

"那倒不用。"林原道，"我夹了一点儿私心的，倒希望你别太介意。"

燕绥之没反应过来，问道："什么私心？"

"你的假名，我私心用了弟弟的名字。"

"你弟弟的名字？"燕绥之揪着模糊的印象回忆了一番，"我记得你弟弟不叫这个，记错了？"

"没记错，他原本的名字叫盛野。后来改成了他母亲的姓，跟我母亲算一家，姓阮。"

燕绥之了然。

听了林原的初衷，他忽地想起在酒城第一次见面的场景，有些感慨，又有些没好气，说："别的不说，你的演技是真的厉害，当初我烫了脚去你诊室，你那反应就跟完全不认识我一样。"

林原干笑着摆了摆手，说："没那演技，没那演技，不是装的，是真没认出来。基因修正起效和失效不一样，不会立刻有反应，得有几天缓冲过程。我当时给你做完修正手术就走了，确实不知道修正完成之后你的长相。"

那天在酒城，他是真的没认出燕绥之，还是在光脑上点开病患诊疗单后，看到"阮野"这个名字，才恍然反应过来面前的人是谁。

那一瞬间很容易让人产生错觉……就好像他跟弟弟阮野只是联系渐疏，多年没碰面。他忙于工作，而阮野则在他看不见的地方，沿着生命线继续悄然长大。然后在某年某月某个上午或者下午，懒懒的阳光顺着窗子爬进诊室，他碰巧接到一个前来就诊的年轻男生，对方也许有点儿小毛小病，但三五天就能好，无伤大雅。

而他在看见诊疗单上的名字后，则会一愣，然后大笑起来，说："好久不见，差点儿认不出你了。"

第三章

1

想起那些往事，林原有些怔愣。

等他再回过神，对面的顾晏正用银匙轻搅着黑咖啡，燕绥之则又慢慢喝了一口蜂蜜牛奶，目光落在他身上，温和平静。

他们应该还有很多问题想要问，毕竟刚才聊的内容在不知不觉中偏向了他自己，而对燕绥之他们来说，还有很多事情依然不清不楚，被掩盖在云雾之中。

但他们谁都没有催促的意思，就好像他们只是单纯来陪他吃一顿早餐，陪他回忆一个故人。

林原忽然觉得，之前打过的交道都变得模糊起来。

这就是两个内心温柔的好人，符合他对"朋友"的一切定义。

这就够了，其他都不再重要。

"说远了，有点儿走神。"林原抱歉地说。

"没事。"燕绥之笑了笑，"我不觉得回想这些人和事是在占用时间。是吗，顾老师？"

林原有点儿摸不着头脑，说："不是，等等啊，谁是谁老师？你不是……那什么……院长吗？"

说到"院长"两个字的时候，他下意识放低了声音，吐字哼哼唧唧的，很含糊。说完他才反应过来，其实周围没有杂人，不用这么小心翼翼。

先前燕绥之也说过这个称呼，但林原以为那是因为不确定他的身份和知情程度，所以连称呼都很注意不露马脚，现在看来好像根本不是那么回事？

"我是啊。"燕绥之慢条斯理地喝着牛奶，说，"但是某人以前做学生的时候总拉着脸，可能挺想造反的。毕竟我很开明，不介意让他过过瘾。"

谁要造反？

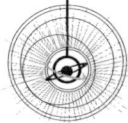

顾晏无奈地瞥了他一眼，但略作细想，这话从某种意义上来说也算没错。

于是顾大律师动了动嘴唇，最终还是没做反驳，挑着眉，一脸淡定地端起了咖啡杯。

林医生心说：闹了半天原来就是逗着玩儿的，我真是一点儿都不懂你们这种师生。

"好吧。"林原又问，"我知道你们还有想问的，我会有什么说什么。"

"你之前说，帮我做基因修正是受一位长辈所托？"燕绥之问，"我很好奇你的那位长辈是什么人，他为什么救我？又是从哪里得知我可能会有危险的？"

"他说是因为听到了一通通信，具体的他不愿意多说，因为说多了就真会把我搅和进去。对了，他是雅克的养父。"林原下意识解释了一句。

说完他又反应过来对面两位对"雅克"这个名字并不熟，于是道："上次你们说有点儿印象的，那位跟我一个办公室的卷发医生，就是原本要给你做基因检测的。"

"哦，卷毛医生？"燕绥之和顾晏都点了点头，表示想起来了。

"对，他的养父。"

这就奇怪了，燕绥之根本不认识那位卷毛医生，对他的印象，不过就是擦肩而过的随意一瞥。那他的养父又是哪位？这一竿子叉得是不是有点儿远？

"你应该不认识他。"林原说，"他托我帮忙的时候是这么说的，说你不认识他。"

燕绥之更觉得奇怪了，说："我不认识？不认识他为什么救我，也是因为以前接过的案子？"

"不是吧。"林原摇头道，"他说是要还债，具体的其实我也不太清楚。"

"还债？"燕绥之发现林原不比他们清楚多少，顿时有点儿哭笑不得，"你当时都不问问清楚就来蹚浑水了？万一是诈你的呢。"

"那倒不会。"林原笑了笑，道，"辫子叔……哦，就是那位长辈虽然是爱开玩笑的性格，挺不受拘束的，但关键时刻很靠得住。我很小的时候就认识他了。那时候我贪玩出了意外，在医院住了两个月，刚好跟雅克，就是你们所说的卷毛同病房。他来陪卷毛的时候，总会顺带着一起逗我，一来二去就熟了，他要真不是好东西，我那时候就该被拐卖了。"

"他教过我不少东西，没上大学前，那些简单的伤口处理、急救包扎之类的都是跟他学的。上大学之后，有些专业方面、弄不明白的也会问他，所以能算我半个老师了。"

看得出来，林原对那位长辈非常尊敬。

但会教专业的东西……

"也是医生？"顾晏问。

林原说："对，以前是。"

"为什么说以前是？"

"后来因为一起医疗事故辞职不干了。"林原又补充道，"这个是他唯一不太爱提起的话题，所以我知道的不多。好像是手术没成功，病人过世了。我后来琢磨着，估计是基因方面的手术，那时候这种手术的成功率很低。不过我倒觉得这种事其实跟他关系不大，毕竟他又不是负责做手术的医生，他天天都蹲在研究室，就是医疗事故也扯不到他头上啊……"

他嘀咕着说完，抬眼一看，却发现燕绥之的目光落在某个虚空的点上，似乎正在出神想着什么。他看起来心情有了变化，至少不像之前那样放松温和，因为眉心是皱着的。

"怎么了？"林原在他面前晃了一下手。

"嗯？"燕绥之回过神，皱着的眉心依然没松，"他什么时候辞职的？"

林原想了想，说道："很久了，具体哪一年我也记不清了，大概二十五六年前？"

燕绥之沉默了一会儿。

单从他的脸上很难看出他究竟在想些什么，这让人莫名觉得有点儿忐忑。

林原踌躇着刚想开口问两句，就听见顾晏低声问了一句："怎么？"

燕绥之的表情缓和了下来，看得出来他本来没打算说什么，但被顾晏询问之后，还是答了一句："想起我父母了，他们也是手术出了些问题。"

他说着，目光重新落在林原的身上，道："可能是我想多了，不过时间确实有些巧。"

但是……再结合那位长辈所说的救他的理由——为了还债，巧合是不是多了一些？

燕绥之问道："你有那位长辈的联系方式吗？帮我拨个通信，我想跟他谈

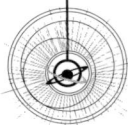

一谈。"

林原在通讯录里翻出备注着"辫子叔"的那条，然而很不巧，他接连拨了四五次都没人接听。

"过一会儿再试试，可能现在正忙。"林原说。

"那么，有他的照片吗？"

林原说："你等等。"

关于医疗事故和燕绥之父母的关联，林原不敢细想，因为担心那位敬重的长辈真的跟燕绥之父母的手术有关系。

林原点开自己的智能机，翻找得极其专注，一方面希望能找点儿什么转移一下燕绥之的注意力；另一方面也希望能多帮到对方一点儿。

然而这世上有种东西叫墨菲定律。

他担心自己找不到照片，于是他还真就没找到，翻遍了智能机所有角落，愣是一张没有。

"居然真的没有，说来也真是……我跟他认识这么多年，居然连张合照都没拍过。连他的社交平台我都翻过了，万年没一条状态，空空荡荡的，更别提照片了。"

燕绥之提醒道："卷毛医生呢？他有吗？"

林原的笑容更尴尬了，说："这个……不太好问。"

"怎么？"

"小时候卷毛跟他养父关系很好，特别亲。但是卷毛大学毕业那阵子，两人不知怎么闹崩了，后来卷毛的亲生父母又来找他，一家人恢复了联系，这就更尴尬。总之，他们两个现在几乎是断绝关系的状态。在卷毛面前提辫子叔，和在辫子叔面前提卷毛……说不上来哪个更找死一些。要不然辫子叔也不会选择找我帮忙给你做基因修正了，肯定先找卷毛，你说是吧？"

他解释了一通，又显露出一些羞愧来，说："这么看来还真是抱歉，其实除了给你做基因修正，我在这件事上基本就是个局外人。如果能再多给你提供些信息就好了……"

林原自我纠结了一下，最终还是调出了信息界面，给卷毛拨了个通信，只是等待接通的表情活像进了灵车，好在对方并没有让他在灵车里躺太久。

"喂？雅克？啊，对……不是，没有忙不开，不用急着赶回来。你最近还在中心医院？老人家怎么样了？哦，那就好。那什么……问你一件事，你那有辫子叔的照片吗？发一张给我？他的通信我怎么也拨不通——"

这话刚说完，他就顶着一张灵车炸了的脸，把耳扣摘下来了，说："他直接挂了通信……"

不过燕绥之却抓住了另一个词，问道："等等，你刚才说中心医院？是指区立中心医院？卷毛在那里？"

林原点了点头，有点儿茫然于他的重点，说："对啊，我上次跟你们说过吗？他家里有人因为小作坊的事故去世了，呃，就是他亲生家庭那边。然后他的外祖父母伤心过度也进了医院，好像还不肯转来春藤，所以他有些烦心，挂通信也正常，就是照片可能要不到了。"

燕绥之又朝顾晏看了一眼，两人目光交汇，想起了同一件事。

当时在酒吧碰到的那位蓝眼睛医生去的也是区立中心医院。

但是……在他的印象里，卷毛医生的眼睛好像是浅棕色，或者金棕色？总之并不是蓝色。

就在燕绥之试着回想这些的时候，林原的智能机振了一下。

"见了鬼了，他居然把照片发我了！"林原看着新信息，满脸诧异。

他傻了两秒便干脆地把屏幕翻转过来，伸到燕绥之和顾晏面前，说道："喏——辫子叔长这样，你曾经在哪儿见过吗？"

燕绥之看着屏幕默然片刻，干巴巴地说："有点儿眼熟。"

"是吗？"林原惊讶了一下。

顾晏也看着他问道："眼熟？"

燕绥之点了点头，语气毫无起伏地说道："说来挺巧，他跟我的房东长得一模一样。"

顾晏："……"

林原："……"

林原干笑一声，说："居然还有这么巧的事。"

真的巧吗？这其实已经根本不是巧合了，而是这些"巧合"本就目的明确，径直奔到了燕绥之身边。

他当初醒来之后没有用那张飞梭机机票，转而去了南十字律所。如果房东一直在暗中关注着他的举动，想要知道这些并不困难。

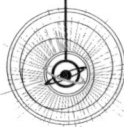

那个用来安置他的公寓租期结束，他自然需要新的住处。房东可以算好时间，以合适的身份出现。

房东上回就说过，自己认识很多曾经在南十字工作的学生，通过这些关系线，和想要跟帮燕绥之找房的洛克碰上面，再简单不过。

难怪燕绥之因为出差错过看房后，房东会愿意重新安排一次时间，也难怪他会愿意给七天的试住期，让燕绥之先安顿下来，就连房租的支付方式都跟着改了口。

"你之前有觉察吗？"林原问。

燕绥之摊了摊手，说："很难不觉察，毕竟除了原定房租超出我现在的承受范围，其他几乎是为我量身定做的。时间很巧，就连卧室里摆放的照片和装饰都巧得很合我的心意。"

"房租多少？"林原有点儿诧异，"既然都奔着你去了，辫子叔干吗把初始租金定高？为了不那么显眼？他也不怕你一看初始租金就跑了？"

燕绥之默默地喝了一口牛奶，含糊地说："听起来没什么，但他可能忘了我现在只是个实习生。"

顾大律师听不下去了，开口帮房东说了一句话："那个租金其实定得很巧妙，刚好压在一般实习生的承受线上，正常学生商量一下就能租。他显然考虑到你是个实习生，只是没想到你连钱都不存就敢租房。"

燕绥之："……"他怎么找了个这么会拆台的人坐旁边？

林原缓和了一下场面，说："……这样的租客确实闻所未闻。"

燕绥之哭笑不得地说："你的早餐要凉了，医生。"

先塞两口吃的闭嘴好吗？

林原低头拿起煎肉蔬果卷，咬了两口，又笑起来，说："这么看来，虽然辫子叔万分努力，你俩能碰上面依然靠的是狗屎运。"

燕绥之嗤笑一声，边吃早餐边给房东发了一条信息："什么时候回德卡马？"

过了大约五分钟，房东才回复："被五万只鸭子闹到耳鸣，刚看见。原本今天就该在德卡马了，但是临时有事，得在这边耽搁一天，明天到吧。"

燕绥之发信息过去："五万只鸭子？"

房东回："被一屋子的人围追堵截，逼我找人来场黄昏恋。不提这个了，找我有事？"

燕绥之敲着字："没什么，想请你喝个下午茶。"

他们的关系已经熟到能约下午茶闲聊的程度了？不至于，这意思基本就表示有话要谈。

房东显然也是明白的，只不过他想的方向不太对，回了一条："怎么？你改主意了？在两者之间还是决定租我的房子？"

燕绥之没对顾晏开屏幕隐藏，顾大律师刚好看到了这段对话，手指一拨，越俎代庖地把信息界面关了。

对面的林医生一口卷饼噎在喉咙里，他噎得满脸通红，捞起热巧克力猛灌的时候，智能机响了起来。

"喂……"他匆匆忙忙点了"接受"，这才发现居然是个视频通信，"辫子叔？"

耳扣还没被林原塞进耳朵里，对方的声音隐约从里面传出来："你干什么了，脸红成这样？对面坐着漂亮姑娘啊？"

这声音不是辫子叔又是谁？

林原一脸尴尬地朝燕绥之和顾晏看过去，说："没有，不是，吃早饭噎着了。至于对面——"

他话还没说完，房东直接开口打断道："有个事还挺急的，你先听我说。"他说着又突然停顿了一下，"你在餐厅？"

视频里，从房东的角度应该能看到林原背后的大致场景。

"嗯。什么事？"林原问。

房东道："我最近跟那位有点儿接触。"

"哪位？"林原一时没反应过来。

房东"啧"了一声，说："还有哪位？我让你帮忙的那位，你在餐厅我能怎么说？"

林原总算反应过来辫子叔说的就是燕绥之。

他朝燕绥之和顾晏看了一眼，刚要张嘴，房东又开了口："我觉得他可能察觉到什么了。最近正乱，你那边说话、做事注意点儿，别被他揪住什么小辫子，别让他起疑心。"

"辫子叔，我觉得这事——"林原说。

房东说："什么你觉得，你就当接了一次私活，其他的都别参与。他那边

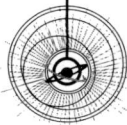

我回头再解释。"

林原再次试图开口："我的意思是——"

"不管什么意思，总之你记住，你什么都不知道，所以也没什么能让他知道的。不过你也别紧张，我就是来给你打个预防针，他应该还不至于这么快逮住你，对于这点，我还是有点儿信心——"

林医生被堵得实在找不到开口的机会，干脆把视频通信的镜头改成了全景模式，然后手指一滑——屏幕上他的脸就换成了燕绥之和顾晏。

房东嘴里的那个"的"字刚出声就戛然而止。

对面丁零当啷一阵响，镜头滚了好几圈——房东的智能机掉了。

一阵兵荒马乱后，房东那边的镜头重新恢复正常，能看见他正坐在一个花园小庭院里，背后一堆不知是邻居还是亲属的老头们和老太太们正在哇哇哇地聊天。

房东应该是坐在一个秋千板上，抱着绳子小幅度地晃着。他瞪了林原好半天，又瞪了燕绥之好半天，然后深深地叹了一口气，说："哎……你们怎么这么会挑时间。"

燕绥之笑了笑，说："过奖。"

房东气得牙根疼，说："我是在夸你吗？"

他又转头看了一眼那帮老头们和老太太们，冲其中一个跟他长得很像的老太太招了招手，道："彩虹果好吃吗？"

"特别甜！"老头们和老太太们很给面子。

"下次回来再给你们带两箱。"房东说，"还记得我这几天跟你们说的吗？别乱吃东西，水现喝现倒，别出去乱跑，别接触感染的人。毛姆先生过会儿就到，对他别客气，就当使唤我一样，但别离他的视线太远。"

"还有，妈，你别装腿疼，别让毛姆手足无措地把你塞进医院，他以前是军人，可不是军医。"

之前招手的老太太冲他喊："不是我想装的。"

"怎么？还有人逼你吗？"房东道。

老太太继续喊："算了，不告诉你。"

房东一脸无奈地摇摇头，转过来对着视频这边的燕绥之他们道："我母亲舍不得我上午走，装腿疼硬是多留了我半天，还报废我一张飞梭机机票。"

老太太叉着腰过来，伸手敲了一下他的后脑勺，说道："说了我不是故意装的。"

"好吧。"房东举手投降，"嗯嗯"地应和，"我把老人们安排好了，现在就去港口，明天早上应该就能到德卡马。我到了给你通信，你们可以一起再来看看房子，租期、价格都可以好好聊。"他说着又眨了一下眼，最后一句话加了重音。

虽然通信里不方便直接聊，但是这种亮明身份、把话说开的状态却很令人愉快。

挂断通信之后，燕绥之和顾晏又跟林原聊了一会儿。

"医院上传到云端的数据，我那个是你改的？"

"不然还能有谁？"

"你看过那条的浏览记录吗？显示着该记录被浏览过六次，除了我自己点的，剩下五次都是你？"

林原一脸"果然"的样子，说："上传之后，为了确认显示出来的结果有没有更改，我只在设备上查询过一次，剩下四次另有其人。"

尽管他说自己只是帮忙做了个基因修正，没有接触过什么更深的事情。但他所表现出来的，却没那么简单。

"你是不是还知道些什么？"燕绥之问，"比如那天的停电，真的是意外？"

林原摇了摇头，说："说不好，我发现停电后问过原因，他们说是楼下研究室设备故障导致的。但确实有点儿巧，我想……应该是有人在试探你。说起来，在那之前，你有过什么会让人起疑的行为吗？比如会让人觉得你这个实习生有点儿不对劲之类的？"

燕大教授很有自知之明地咳了一声，说："要这么说的话，可能每天都有那么几件吧。"

林原："……"

虽然他并没有把伪装的这层皮裹得很严，但也不至于到处都是怀疑他的人，总得和他打过交道有过接触，严格说来，无外乎发生在几个集中处——

有可能是南十字律所，毕竟一个实习生如果表现得不对劲，最容易察觉的应该就是律所内部的人。

也可能是春藤医院，他这段时间因为身体缘故进过的医院都是春藤系的，

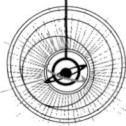

虽然有林原在暗中帮忙，但也不能保证不会有某份检查或者资料，被有心人注意到。

或者……是法庭。

酒城那次基本都是顾晏的事，他参与得不多。但是天琴星上乔治·曼森的案子，他可是全权负责的。也许是法官，也许是坐在对面的控方，也许是庭下旁听的某些人，比如曼森家族的人。

而这三处地方居然难分高下，可能性都很高。

"不管怎么说，谨慎点儿总是好的。"林原说，"如果停电是故意的，那就代表有人想看你的检测结果，以此来确认一些事情。我想着既然他们要看，与其把你的那份数据删除，不如稍微改一下，免得对方看不见还不死心，再找别的茬。"

燕绥之点了点头，说："费心了。"

三人随意聊了一些，一顿早餐吃成了上午茶。

临走的时候，林原突然想起什么般拍了一下脑门，说："对了，你第二次基因修正没剩多少时间了。需要我再给你补做一个吗？"

燕绥之略微思索了一下，摇头道："暂时不用，我也不能总占着你弟弟的名字。"

"不过我想知道，修正失效的话，是慢慢起效，还是瞬时起效？"燕绥之摸了一下自己的脸，"上一次出差几天回来，就有人说我长得有些不一样，不过不明显。但那之后我去过天琴星，又回到德卡马，这段时间区间比之前长，却没人提过我有新变化。"

林原点头道："放心，一天一张脸，那谁受得了。这种暂时性的基因修正就是这样，前期会有细微的变化，但主要变化都在昏迷的那段时间里，之后的变化就会很小。现在已经算后期了，后期反而稳定，每天的变化几乎为零。所有的变化会在失效的最后三个小时里发生，那段时间可能会有高烧或休克的情况，总之不会好受，你一定要记得提前来找我。"

他说着又有些懊恼地说："早知道应该给你做个三五年的。"

本来预备着把燕绥之送远点儿，等安全了再说，没想到这人根本送不走。

燕绥之哭笑不得地说："你怎么不干脆做永久的呢？"

林原居然一本正经地说："我还真考虑过，不过以防万一，没那么做。"

联盟正规的基因修正大多是有年限的，永久性的基因修正所占比例不到百分之十五。因为在公众的认知里，关于基因修正的科普一直在强调，现今的技术只有基因修正术"生效"和"失效"的概念，不能无损回溯。也就是说，你如果选择做永久性的基因修正，但凡出现了问题，只能选择叠加新的基因修正来弥补，而不能让自己完完全全恢复成基因修正前的模样。

"我对我原本的长相还算满意，一辈子回不去，我可能要跟你结仇的。"燕绥之开玩笑说。

林原摆了摆手，说："也不至于。我现在搞的就是这方面的研究，最近刚巧有突破，试验的成功率已经到百分之七十五了，只不过还没往上报。等过一阵子，稳定点儿再说吧。"

他最终又额外强调了一句："失效前务必记得来找我，不然三个小时大变活人很吓人的！"

2

和林原开诚布公的谈话出乎意料的顺利，但有可能响应了先辈那句"有得必有失"，下午跟当事人贺拉斯·季的沟通就糟糕透顶。

这个当事人对暴雨深恶痛绝，看到雨水不断地被泼到窗上，就特别烦躁。他整个下午都坐在窗户前，一直看着外面，问什么都跟牙疼似的哼两句。

一时间很难判断他是故意拖着不想交代，还是真的对暴雨这么抵触。

好在这件案子没这么快被提上法庭，顾晏还有充足的时间跟他慢慢耗。

一个小时的会见时间几乎完全被耗在了沉默里，不过在最后，一直盯着窗外的贺拉斯·季的眼神有一瞬间的变化，他眼珠一动，就像雕像倏然活了似的。

燕绥之注意到那一瞬，为了防止惊动到贺拉斯·季，他提醒顾晏的动作特别小，抱着胳膊的手指在顾晏手臂上轻轻戳了两下。

顾晏："……"

燕绥之低声道："看我干什么，看窗外。"

让贺拉斯·季眼神活起来的，是窗外一只扑棱而过的鸟，它狼狈地转了一会儿，便找了个屋檐角落躲雨。

见那鸟在檐下蹦蹦跳跳，贺拉斯·季讥讽地笑了一下，道："傻鸟。"

这就是他会见中说的全部了。

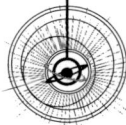

这场暴雨耽误了德卡马不少人的工作，以至于大家想忙都没地方忙。南十字这天大律师出奇的全，而且都在傍晚准点下了班。

燕绥之和顾晏在楼下的餐厅随便吃了一点儿晚饭，便回到了城中花园的别墅。难得有时间在屋子里待这么久，顾晏不想回房间，就和燕绥之都坐在了沙发上。

人就是这么奇怪，家人也好，朋友也好，简简单单几个字，就能产生一种奇妙的化学反应，好像有了这些称呼调剂，什么无聊的事情都变得有意思起来。

哪怕各自在沙发上看新闻，看案件资料，看一场电影，或者单纯地享受一本书，都比以前多了一丝惬意。

更何况，沙发旁落地玻璃窗外的夜景很好，那几株灯松顶上有玻璃遮着，暴雨对它们的影响有限，泥土的浓重潮味反倒让灯松虫出来得更多，星星点点，安静又美好。

然而……有些人丝毫没有这方面的细胞，一点儿也不配合。

燕绥之在沙发上窝了一会儿，就搁下手里的纸页，目光落在了客厅另一头没开灯的地方。

顾晏顺着他的目光望去，就看到了自己的健身区。

燕大教授莫名想起自己和顾晏在某方面的差距，鬼使神差道："顾晏，健身区借我用用。"

顾晏一头雾水，觉得这人想一出是一出，问道："怎么了？"

燕绥之一脸深沉地说："想起我以前住处落灰的器材了。不过以前每天会晨跑，自从来了你这里，连晨跑都取消了。"

顾晏说："……我不得不提醒你，最初两天我晨跑的时候敲过你的门，敲完之后我收到了一条你隔着门发给我的信息。"

他说着就开始调证据，把智能机屏幕翻出来送到燕绥之眼前，接连两条信息并排靠着，每条的内容都只有言简意赅的两个字："不去。"

现在假惺惺地要锻炼了，真是见鬼了。

燕绥之抬手就把那两条罪证给删除了，然后摊手道："我就是想锻炼了，借不借吧？"

顾晏垂着眼皮，面无表情地看了他一会儿，去一楼的房间里翻了一条白色的新毛巾，自己也拿了一条。

他把毛巾往燕绥之头上一盖，顺势轻拍了一下，说："借，我也一起。"

燕绥之拽下毛巾，乌黑的头发被弄得有点儿乱，心说：一起什么一起？一起锻炼完后共同进步，对我来说，不还是白做功吗？

这下好了，不练也得练了。

某种程度上来说，燕大教授是个很难对付的人。他独断专行起来，总是一脸笑意，满嘴歪理，偏偏能把对方绕得晕头转向，稀里糊涂地就妥协了，还觉察不出什么错。

但这是普适性的、对付外人的，到了顾晏这里就毫无作用了。

燕绥之想劝说顾同学放弃锻炼，别瞎凑热闹，最好能让他独自增肌、默默成长。于是在前半段时间里，他的手脚很忙，嘴也没歇着，时不时对顾晏进行一波精神污染和干扰。

顾律师不为所动，掐着点结束了第一组，从器材上下来，弯腰拿起地上搁着的能量水。

刚拧开盖子，某位教授就"哎"了一声，冲他抬了抬下巴，道："我喝两口，有点儿渴。"

顾晏又瞥了一眼墙上的星区时钟，把能量水递过去，没好气道："半个小时嘴没停过，不渴就怪了。"

作为一个昏睡数月、醒来后身体又一直不太强健的人来说，就算底子不差，也不太适合一上来就运动得太剧烈。顾晏一直关注着他的运动强度，以免他心血来潮超出负荷。

不过即便这样，半个小时对燕教授来说也很有效果了。他不停还好，一旦停下来就是汗液长流。但同样都是半小时，顾晏却连喘都没喘一下。

他扶着器材重重地喘了几口气，然后接过能量水，小口小口地喝了一些，又试着哄骗了一回："你看，这点儿强度对你根本不起作用，汗都没出几滴，练着多没意思。"

健身区的落地灯在一角发着温和的光，他的脸一侧背着光，睫毛投落的阴影被拉得深而黑，眸光从那片阴影里眍过来，带着半真半假的玩笑意味，在顾晏身上打了个来回。

他说着，又喝了一点儿能量水润喉咙，汗液顺着他微仰的下巴滴落，又顺

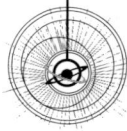

着脖颈拉出的筋骨线滑下去，很快便湿了一片。

结果下一秒燕绥之轻轻"咝"了一声。

"怎么了？"

"从器材上下来的时候，被这破玩意儿的柄撞了一下腰。"燕绥之解释说，"刚才没什么感觉，这会儿却一碰就痛。"

顾晏站直身体道："我去拿药。"

"哪儿有那么夸张？"燕绥之说完就见顾晏已经走到了柜子那边。

看着他在药箱里翻找的背影，燕绥之一脸若有所思。

上次药箱被清空后，他们重新补过一批新药，里面当然也有活血化瘀的喷剂，磕磕碰碰后喷完，揉按一会儿就能好。

喷剂在汗淋淋的皮肤上用了没什么效果，燕绥之也不琢磨什么锻炼了，干脆上楼洗了个澡。顾晏上来的时候，他的头发刚吹得半干。

燕绥之看到他手里的喷剂，道："还真打算用药？一看到这种东西，我就觉得自己好像上了年纪。"

顾晏无视了他的胡说八道，把药递给了他。

燕大教授坐在床上，突然觉得自己白瞎了半个小时的锻炼。

不知道是不是洗了澡的缘故，燕绥之被硌的地方泛出了青色，在他肤色的衬托下，突兀得有些惊心。

药剂喷在皮肤上的感觉几乎是冰的，但过了会儿，他的痛感也越来越轻。

燕绥之的身体一点点放松下来，突然轻声开口道："顾晏。"

"嗯？"

"你是不是有点儿怕我？"

顾晏停顿了一下，问："你从哪里能看出我怕你？"

"不是指那种怕，是有点儿小心翼翼。"燕绥之说，"你这么聪明，应该明白我的意思。"

顾晏沉默了片刻，"嗯"了一声。

不知道为什么，明明就是这么简单的一个音节，却让人莫名有些沉闷。

外面暴雨倾盆，偶尔还夹着雷电。

顾晏皱了一下眉，目光落在旁边的落地灯上，有些出神，片刻后，他开口道："爆炸案发生后的那几个月，我失眠过一阵子。"

这大概是他第一次谈论起那段日子，说完一句后总会沉默一下。

"其实不是真的睡不着，只是我不太希望自己睡过去。"他说，"因为那阵子总会重复做一些梦，梦见同学聚会的时候，劳拉他们跟我说'弄错了，爆炸不在你那个酒店，你已经恢复了工作，又新接了某个案子，也许某一周会回学校做个讲座'。"

这个人总是这样，说起那些曾经时，声音总是很平静，却偏偏听得人很难过。

"那些梦的场景总是很真实……有时候醒过来，我会有点儿分不清真假。所以我给自己找了很多事情来做，晚上我会看很多卷宗，包括那些年各种冗长的爆炸案资料。其实那些案子的关联性并不大，就只是单纯地都叫'爆炸案'而已。"

但总觉得不太甘心，总觉得也许是自己漏掉了某个关键字眼，也许关联藏在某个不起眼的角落中；总想着，一定有些什么没有发现的复杂原因，否则好好的人怎么会说不见就真的再也不见了。

顾晏又一阵沉默，然后说："最近还是会梦见一些事，梦见菲兹他们匆匆跑来跟我说'弄错了，没有什么实习生，都是一些荒谬的臆想'。关于你的最后一个消息还是爆炸案，最后一次聊天还是在十年前。"

燕绥之看了顾晏好一会儿，生平头一回感到一种难以表述的心情。

"没弄错。"他看着顾晏的侧脸，"我活得很好，身上连旧伤口都没有留下。托你的福，恢复了工作，接过新案子。等这些乱七八糟的事情都解决了，也许某一周，我会回到学校做个讲座，第一场的效果可能不会很好，会有人吓晕过去也说不定。"

顾晏的声音响起："我知道。"

他很理智，也很清醒。

他知道那些就只是梦而已。

也许是因为现实好得出乎意料，所以夜里总要有些梦来提醒他别太忘形。

顾晏低声说："我在适应。"

窗外依然是瓢泼大雨，雷声却已经远去了。

许多年前的某一次生日酒会也是这样，酒会结束时碰上了少见的暴雨，原本要离开的人纷纷地笑闹着回来，重新在客厅聚集，围成一片，聊着一些久远而模糊的话题。

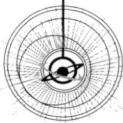

那时候，顾晏就坐在燕绥之的身边，手肘架在沙发扶手上，支着下巴沉静地听着。落地灯勾勒出顾晏英俊的轮廓，但不管他说什么做什么，总会显出几分冷淡来，以至于某位学姐忍不住逗了他一句："以后找了女朋友，不会还这样吧？"

当时的燕绥之听得笑了。

⋯⋯⋯⋯⋯

"刚刚把药喷在被子上了。"燕绥之从床上坐起来，拎着被子说。

顾晏瞥了一眼湿痕，浓重的药味确实有点儿熏人，道："楼下有新的。"

燕绥之绷着脸略微适应了一下腰后的伤处，说："我跟你一起过去，拿那套黑色的。"

顾晏愣了一下，这才明白他的意思。

燕绥之拍了拍顾晏，道："我觉得黑色起码比其他颜色好看一点儿。什么时候你能半点儿不硌硬地往我身上盖黑被子、往我手里塞安息花，应该就不会再做那些梦了。"

顾晏："⋯⋯"某人每天都在琢磨些什么倒霉办法？

"老师会害你吗？"燕绥之又装起了大尾巴狼，挑眉问，"去不去？"

顾晏无奈又顺从道："去。"

两人一前一后地下楼，从客房柜子里翻出一套黑色的被子。顾晏抱着被子，看得出他对那颜色非常嫌弃。

关灯上楼的时候，燕绥之想起什么来，问了一句："你为什么借我阁楼，而不是客房？"

顾晏理所当然地道："你又不是客。"

况且阁楼的空间跟客房没差，说是阁楼，面积却一点儿也不小。

燕绥之觉得有些好笑，道："说得好像你接待过什么客人似的。"

顾晏找不出反驳的话，便没吭声。

换完被子后，燕绥之因为难以忍受浑身的药味，又进卫浴间简单冲洗了一下。

顾晏随意刷了两下智能机里的案子资料。他以前觉得自己随时都能够进入工作状态，或者说，他几乎没从工作状态中脱离出来过。而他现在却发现，消极怠工谁都会有，只不过以前没有被开发出这种潜力而已。

他翻了两页，又起身下了楼。

这种时候就有点儿庆幸药箱曾经大换血，他没记错的话，新买的药品里有消炎药的冲剂，也有基础万能药。

顾晏一一翻看着那些药，每一盒的药物说明都看得很认真，甚至连口味都没忽略。

这大概是他看药看得最认真的一次。

他在里面挑了一种几乎喝不出什么味道的消炎药剂，然后接了两杯温水，往其中一杯里倒入了消炎药。

在这方面，顾晏太了解燕绥之了，如果直接让他吃消炎药，他肯定死要面子、满不在乎地说："吃什么药，没到那程度，不至于。"

他弄好一切上楼的时候，燕绥之已经冲完澡，准备睡了。

顾晏状似随意地把水杯递给他，说："你出了那么多汗，又洗了个澡，喝点儿水再睡。"

燕绥之接过杯子，刚喝一口就疑惑地问："这水怎么有股味道？"

顾晏不动声色地喝着自己杯子里的水，心说：这人嘴巴怎么这么刁，说明书上写着无色无味都能被他喝出区别来。

"什么味？"

"说不上来，有点儿甜。"

这天早上，燕绥之睁眼的时间并不比平时晚，长久以来形成的生物钟，让他很难长时间地处于沉睡状态。

窗帘一夜都没拉上，外面雨过天晴，太阳出来得格外早，在房间里投下大片明亮的光影。阳光的角度很不巧，有点儿晃人，但他只是懒洋洋地眯起眼，没有伸手去挡。

"醒了？"低沉的声音传进燕绥之的耳朵里，是顾晏从楼下上来叫他起床。

燕绥之"嗯"了一声，没睁眼，懒懒地问道："你什么时候醒的？"

"五点多吧。"

"两点睡五点醒，你不累吗？"

"还行。"顾大律师想想，补充了一句，"可能因为晨跑和健身。"

燕教授不想说话。

顾晏问："起床吗？"

"不。"燕绥之斩钉截铁地说。

顾晏说:"不是约了房东?而且傍晚还有所里的酒会。"

燕绥之说:"联盟主席来约都不见。"说完他有些没好气地转头问顾晏,"你知道我现在什么感觉吗?"

"什么感觉?"

"像抱着整个德卡马做了五百个仰卧起坐。"燕绥之的语气毫无起伏。

顾晏:"……"

这大概是过量运动的通病,当时没什么感觉,一觉醒来就感觉脖子以下都不是自己的。

"真不起?"顾晏问。

"你要不去找把铲子来试试。"燕绥之说,"反正我不想动。"

顾晏:"……"

这天的早饭是顾晏做的,他又在牛奶里悄悄地给燕绥之加了点儿消炎药剂。他把餐盘搁在桌上,燕绥之正扣着衬衫的袖扣下楼,姿态依然放松而优雅,看不出什么问题。

"你做的?"他在餐桌边站定,扫了一眼桌上的早餐,居然很丰盛,乍一看还挺唬人的。结果他一抬眼,就瞥见顾大律师正把智能机某个界面收起来。

虽然看不清字,但花花绿绿的图片很明显……

"临时抱菜谱?"燕教授记着健身的仇,毫不客气地拆穿了他,眼睛瞬间弯了起来。

顾晏的指节抵着薄唇咳了一声,在餐桌边坐下,把那杯热牛奶往他面前推了推,说:"不能保证口味,试试看,难吃的话出去补一顿。"

燕绥之站在桌边,拿着叉子尝了一块,说:"超出预想,味道不错。"

他就那么站着,斯斯文文、不紧不慢地尝了半盘,又毫不吝啬地夸了一句:"还真挺好吃的。"

顾晏说:"你可以坐下慢慢尝。"

燕绥之一脸淡定地喝了一口牛奶,说:"还是不坐了。昨天被器材撞的那一下,肌肉一牵扯更疼。"

燕绥之刷了两下早新闻,一目十行地扫过几个标题,还没从标题的内容中反应过来，他就觉察到面前的人影一晃。

他抬眼一看，发现顾晏也站了起来。

"干什么？"燕绥之疑惑地问。

"反省。"顾晏淡淡地说。

说是反省，不过是陪燕绥之一起站着而已。

燕绥之："……"

燕绥之在心里给自己送了一支安息花。

但同时他又很高兴，高兴于顾晏的放松，那些所谓的"小心翼翼"好像已经被昨天彻夜的暴雨冲刷淡化，慢慢地从顾晏的身上褪去了。

最好再也别出现。

3

这天的早晨新闻恐怕还是些老生常谈的东西，大半篇幅都被病毒感染状况占据，剩下就是"摇头翁"案。

燕绥之随意戳进最顶上的病毒感染新闻看了一眼，见跟之前并没有什么区别，他便没有细看，又随机挑了一条"摇头翁"案的新闻看。

"摇头翁"案的新闻现在三句不离顾晏，从他过往成就分析到"一级律师"的竞争，再到对他接案子的猜测……几乎写了一篇小论文。

无稽之谈，全是放屁。

燕绥之在心里评价了一句，也没跟顾晏提。他相信这种毫无营养的报道并不会影响到顾晏，但会浪费顾晏的时间。

不过他自己倒是把跟顾晏相关的新闻逐条看了，之后才注意到页面某个不起眼的角落里窝着一条小新闻。

"看这个。"他搭在顾晏肩上的手指敲了几下，"赫兰星飞往德卡马的飞梭机二号冷却芯故障，导致十二号客舱温度失控……"

"哪一班飞梭机？"顾晏也跟着皱起眉。

燕绥之把报道中的某一行挑给他看，说："原本应该昨天晚上到德卡马的DH42号。"

"有人受伤？"

"有，十二号客舱的客人有不同程度的烫伤，最严重的是二十二到二十八

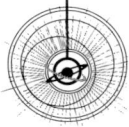

号这几个座位上的，因为离冷却故障的动力池最近。"

发生事故的时候，舱内的客人刚好都在睡觉，座位全部调成了床铺模式，这使得受伤程度更为严重。

看完报道的重点内容，两人对视一眼。燕绥之当即拨通了房东的通信。

通信接通的时候，房东先生口齿含糊，似乎正在吃东西，问："怎么啦？"

"你到德卡马了？"燕绥之问。

房东抱怨说："别提了，本来这个时候该到了，结果被堵在轨道上了，前面有班飞梭机出了故障。"

"你原本订的票是哪班？"

房东似乎是哼笑了一声，说："你觉得呢？"

"DH42那班？"

"是啊，是不是特别巧？"房东说，"我也是吃早餐时听到公告才知道，那班的票我都还没退呢。还有更巧的——"

燕绥之已经猜到了，说："你的座位就在十二号舱？几座？"

"二十四座。"

"果然……"燕绥之给顾晏递了个眼神。

如果不是房东的母亲多留了他半天，让他不得不推迟归期，那么现在躺在急救医疗舱的就是他了。

房东说："不排除真的是巧合，但是……我们各自都小心一些吧。"

燕绥之说："尤其是你。"

"错啦。"房东说，"我在小心和躲事这方面经验丰富，大可放心。你在出事的方面经验丰富。"

燕绥之哭笑不得，但又无法反驳。

"我没事，就是有点儿撑。这班飞梭机为了补偿延迟时间，安抚大家的情绪，两个小时喂了我们三顿早饭。"

房东说："我这会儿最大的风险就是有可能会被喂成猪。放心吧，我现在要做的是，诱哄我妈说出那个让她腿疼的人，其他的等到德卡马了再联系你。"

跟房东的会面没能如约进行，南十字律所安排的酒会也出现了一些计划外的人。

傍晚时候，燕绥之和顾晏在酒会门口碰到了两个刚从车上下来的熟人。

"乔？"顾晏一愣，"你怎么来这边了？"

这不是南十字内部的酒会？

乔被这么一问，愣得比顾晏还明显，问："什么意思？怎么我不能来吗？"他转头看了看灯火通明的庄园式酒店，纳闷道，"你们律所给我递的邀请函啊。"

顾晏道："南十字递的函？"

他对南十字律所的归属感并不强，只有简单的合作概念。工作多年没换地方，也只是因为跟事务官亚当斯是朋友。所以在越是亲近的人面前，他越少称南十字为"我们所"，都直呼名字。

乔当然知道这一点，他刚才只是愣神，这会儿反应过来改口道："对，南十字那个姓高的合伙人跟我说的。看你们这么惊讶……通知不一样？"

燕绥之说："之前一直说是内部酒会，欢迎实习生的，临时改了？"

顾晏问："你什么时候收到的？"

"前几天。"乔说，"我之前以为你一定又找借口避开了，就拒绝了高先生。昨晚才知道你俩也来了，便改了主意，还特地没吭声，想给你们个惊喜。现在看来，好像只有惊没有喜嘛！"

乔大少爷半真半假地抱怨了一句，然后还特别自然地转过头拍了拍柯谨的肩膀，说："是吧？"

柯谨的注意力有些分散，听了他的话，好半天才有所反应，黑白分明的眼珠缓缓转过来。

乔对他总是有万分的耐心，等到对上柯谨的视线，他才笑起来，又冲顾晏说："看，他也赞同。"

顾晏一脸无奈道："还有哪些人你知道吗？"

"我听到的消息是说，你们那位合伙人高快过生日了，决定热闹热闹。当然，我觉得他主要目的是想再拉一拉几个财团家族的关系网。所以……曼森、巴度、克里夫这些人肯定会来。哦，还有我这种自由散漫型的。"

乔大致列举了几个，又说："现在看来，内外通知不一样啊。怪不得，我就说这种聚会你怎么可能参加，我都觉得无聊透顶。"

两方消息一对线，不论是燕绥之、顾晏，还是乔都有些没兴致。

"我可真讨厌被骗。"乔说，"要不干脆别进去了，咱们自己——"

他这话还没说完，酒店里出来几个人，脸上堆着笑意迎了过来。都是南十

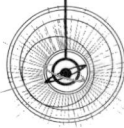

字的合伙人，还有事务官们，亚当斯也在里面，冲顾晏挤了好几下眼睛。

这么一来，想跑也跑不了了。

乔大少爷倒是毫不避讳，笑呵呵地挤出一张上坟脸，跟燕绥之他们一起被迎进了酒店。

酒店前后两座山庄似的双子建筑，中间夹着一个巨大的玻璃花园，酒会就在布置好的花园里。

燕绥之一进去就看到了瑟瑟发抖的实习生们，像是一窝鹌鹑似的，挤在角落里一张不起眼的餐桌前。

"阮——"洛克看到燕绥之时就像见到了救星，但又碍于场面没敢提高嗓子，只能疯狂招手，"阮——这边——"

比起其他人，他们倒是更有意思一些。

于是燕绥之抬手示意了一下，便朝他们走去。

顾晏进主会场扫了一眼，也跟了过去，接着是乔少爷和柯谨……

洛克没想到自己这么厉害，一招就招来四个人，扭头就给了自己一巴掌，自言自语道："让你乱叫唤！"

这几个实习生跟燕绥之的关系一直很好，但见了顾晏就像老鼠见了猫，更别说还有乔这种一看就是金主级别的陌生人。

"顾律师好，这两位是？"实习生的眼神可怜巴巴的，看得人都不忍心了。

燕绥之转头看向顾晏，顾晏坦然地转头看向乔，乔一脸无辜。

"算了，给你们介绍一下——"燕绥之没忍住，笑了起来。

不过他刚要介绍，就被乔少爷抢先道："乔，大你们几届的学长。你们都是梅兹大学的吧？"

他的自我介绍向来只提名不提姓，可能比起背后的家族，他更希望强调自己这个散漫的个体。

洛克他们连忙点头道："对的，都是。"

这种自我介绍直接略过了其他身份，只说是学长，让几位瑟瑟发抖的实习生们放松了一些。

"哦。"乔说，"我跟你们顾律师同级，不过年纪上要虚长几岁。严格来说，你们顾律师是要喊我哥的，你们喊什么就自己看着办吧。"

顾晏："……"

实习生："……"

燕绥之很讶异，他看向顾晏问道："乔居然比你大？"

他一直以为这两人同龄，甚至因为性格差异，总觉得顾晏要年长一些。

不过顾晏还没回答，乔少爷本人已经听见了关键字眼，耳朵很尖地应道："对啊，不知道吧？我比他要大，只不过留过几级，就成了同届。"

这种事他说起来特别坦然，瞬间让实习生们感到亲切。

"您也是法学院的吗？"菲莉达一脸好奇，毕竟法学院从来没听说过这号学生。

"你看我像吗？"

"呃……"

"我觉得你们院长应该不会允许法学院有我这样胡闹的学生。"乔少爷说得理直气壮，"我也不是受虐狂。"

有一些傻子就有这样的本事，一句话就能让在场的诸位统统中枪，从实习生们到顾晏，再到燕绥之本人，无一幸免。

乔大少爷看见他们一言难尽的表情，顿时哈哈大笑起来，道："好吧，不逗你们了。再说下去，你们顾律师头一个要跟我翻脸。"他说着又指了指柯谨，声音温和下来，"这位才是你们法学院的亲学长，跟顾同龄同级，姓柯。"

专门负责给柯谨做治疗的心理医生说过，不要对他太过区别对待，平常怎么样就怎么样，这样不容易刺激到他的情绪。但在日常相处中，其实很难做到这一点，无论是同学还是朋友，总是或多或少地会把他作为特殊的人照顾，只有乔一直在努力奉行。

作为法学院的学生，多少听说过柯谨的事，所以洛克他们非常识趣，礼貌地叫着学长，并没有多问。

"你们来这里多久了？"燕绥之朝花园更里面的地方望了一眼，问洛克。

"有一会儿了。"

菲莉达没忍住，悄悄说："不是说只有咱们所里的人吗？是我理解有问题还是什么，怎么搞这么大场面，里面那些人大半都在各种报道里露过面。"

"我刚才悄悄打听了一下，还不止这些呢。"安娜说，"明天还会有一拨人到场。"

"如果忽略掉那些假惺惺的客套话，环境还是很不错的。"乔说，"我看

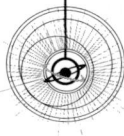

这个角落就挺好，咱们就坐在这儿喝酒得了。介意吗，姑娘们和小伙儿们？"

实习生们倒是挺喜欢他的，连忙摇头，笑笑说："不介意，不介意。"

但是显然，这个愿望并不是那么容易达成的。就算他们无视掉那些客人，那些客人也不会放过他们，有的是出于客套寒暄，有的是为了套近乎。总之，他们这个角落并没有安静过，端着酒杯来打招呼的人络绎不绝。

实习生们非常绝望。

其中不乏一些对燕绥之很好奇的人。

"那位鼎鼎大名的实习生呢？"

"我可是听说了。"

"对啊，曼森家那个案子。"

这几乎能总结出一套标准的开场白。

顾晏和乔总是最先跟来人打招呼，一个不冷不热，一个吊儿郎当，两个人就能挡去大半的酒，坚持要留下来聊几句的，又总会在燕绥之这里碰壁。

基本流程大概是这样的——

"哦，你就是那个实习生？"

燕绥之装傻："谁？"

"不是你吗？那个接了曼森家案子的。"

燕绥之："不是我接的。"

"弄错了？"

"法律援助委员会随机发放过来的。"

对方："……"

"我听说过你在法庭上的表现，非常值得夸赞。"

燕绥之："那您可能更需要夸赞我的老师，基本都是他远程指导的功劳。"

"年轻人谦虚是好事，但也不用这么谦虚。一个实习生能把案子辩得那么漂亮，也不是光靠老师就行的。"

燕绥之："是的吧，还靠现代通信。"

对方："……"

"至少你在庭上的表现很棒，据说非常镇定。"

燕绥之："还行，腿倒是一直在抖。谢谢法庭辩护席的设计，完美挡住了我的下半身。"

对方："……"

"我当时有幸坐在旁听席，你的辩护点非常棒。一个实习生能做到这点，真是非常令人惊讶。"

燕绥之道："那就用不着惊讶了，本来也不是我找的辩护点。"他说着还转头，一本正经地冲顾晏道，"老师，这位先生在夸你。"

这人倒是记得自己还披着实习生的皮，说话风格、用词用语跟当院长的时候就是不一样。但并没有让来客愉悦到哪里去，打发对方的同时，他也在心里默默记下了这些对他很好奇的人。

"我的天哪。"洛克掰着指头数，"刚才的都是些谁呀？咱们所的几位合伙人大佬，还有那个秦先生，智能金属方面的巨头吧？克里夫，联盟用的飞梭机三分之一是他家的吧？不过他好像更偏向于货运？还有那个巴度先生，他家……他家干什么的来着？"

"搞药剂吧。"菲莉达说，"反正牛鬼蛇神，什么都有。"

4

七点左右，有人姗姗来迟，打破了酒会的聊天格局。

那一行人少说有十来个，大部分人止步于花园门口，像些尽忠职守的侍卫。

真正进花园的只有三个人，其中两个是一对兄弟，五官有些像，气质却截然相反。那个年长一些的一头短发，看人的时候，目光总是一扫而过，带着一股傲慢感。

很巧，在不久之前，燕绥之还跟他打过照面，就在天琴星的法庭上。

他是曼森家的长子——布鲁尔·曼森。

服务生端着托盘迎过去，布鲁尔·曼森看也不看，随意从里面拿了一杯酒。他食指上的戒指在灯光的映照下晃过一片光，戒指上是三枚黑钻和一个硕大的"K"，显露出张扬的财气。

落后布鲁尔·曼森半步的是曼森家的二儿子米罗·曼森。他的头发比他哥的略微长一些，且一丝不苟地朝脑后梳过去，一侧滑落了几根下来，再配合他

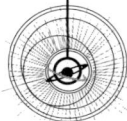

的那双眼睛，看谁都透着一股戏谑的意味。

他在进门的时候也挑了一杯酒，还没跟人打招呼，就先挑着眉自顾自地喝了几口。他也有一个跟布鲁尔一样的饰品，三枚黑钻拥着一个硕大的"K"，只不过不是戒指，而是耳钉，戴在他右耳上，显露出张扬的……骚气。

剩下那人则是两人的助理。

"对了，乔治·曼森怎么样了？"

跟这两位相比，曼森家的小少爷就真的……只是个小少爷而已。燕绥之没见到他的人影，便问了乔一句。

"再有几天应该就能出院了。"乔说。

"还没恢复？"

"其实前几天就恢复了，只不过他一直不说话，也不理人。"乔撇了撇嘴，默默喝了一口酒。

外面还没有透出什么风声，但是昨天早上乔从内部得知消息，赵择木应该就是对曼森小少爷下手的人，不会有错了。

得知消息之后，他就去了曼森的病房，想告知一下结果，但是他满嘴跑火车地说了半天，始终没有进入正题。

最后还是曼森自己突然从窗外收回视线，说："你以前可没这么磨叽。"

这是这么多天里，曼森小少爷第一次主动开口，之前他不是在怏怏地发呆，就是在睡觉。

乔哼了一声，又沉默片刻，说："是赵择木。"

曼森听完，表情一点儿也没变，更没有露出丝毫意外。他只是又把视线投到了窗外，过了一会儿才说："嗯……我知道。"

"你知道？"乔当时有些惊讶。

不过在那之后，曼森就再也没说过话。

"我后来想想也对，也许他那天瘫在浴缸里，并没有真到喝晕的地步。"乔低声嘟囔着。

他那时候才突然明白，为什么曼森醒来之后一直那么怏怏的，好像对什么都带着一股厌弃感，可能就是因为他知道是谁做的那些事。

"但是为什么呢？我一直没想通。"

"赵择木自己怎么说？"顾晏问。

乔说："警方那边，他的说辞是因为曼森比较混账的那几年，做的一些事、说的一些话让他觉得很受辱，好像赵家只配跟在曼森家族后面提鞋。再加上，前段时间赵家和曼森家族的合作出了问题，赵家几乎成了弃子，他有点儿不甘心，想做点儿什么重新引起曼森家族两个大儿子的重视，比如清除障碍……这种鬼话谁爱信谁信，反正我不太信。"

他想了想，朝布鲁尔·曼森那边瞥了一眼，说："他的说辞让布鲁尔和米罗也来了个警署一日游。不过也就只是一日游，没什么别的事。"

曼森兄弟进门进得相当艰难。因为他们刚站定，酒会里的人大半都围了过去，一轮寒暄客套完毕，刚到手的酒杯就已经空了。

"好歹让我先坐下。"布鲁尔·曼森跟其中几人开了个玩笑，"你们打算把我撂倒在门口吗？"

他们哈哈大笑着朝某一个沙发走过去，人群散开一些后，布鲁尔·曼森的目光扫到了燕绥之他们闲聊的角落。

米罗·曼森跟着看过来，戏谑的目光先是在燕绥之和顾晏身上停了一会儿，最终落在了乔的身上。

他跟布鲁尔·曼森打了个招呼，手插着口袋不紧不慢地走了过来。布鲁尔·曼森在他后面皱了皱眉，但也没阻止，只远远地冲顾晏他们这边点了一下头，就在人群的簇拥下走开了。

米罗·曼森大老远地就冲乔举了举杯子，说道："瞧我看见了谁！你怎么会来？"

乔也冲他举了举杯，却没有喝，只理所当然地反问道："有朋友在这里，我为什么不来？"

"哦——我以为有你父亲在的场合，你都绝对不会出现呢。"

"他现在在吗？你找出来我看看？"乔说得很不高兴。

他跟布鲁尔·曼森还能装装客气，跟这位就半点儿好脸都不愿给了。

"不在吗？那明天也该到了吧。"米罗·曼森装模作样地扫视了一圈。

他说话有点儿拖腔拖调的，听着不太舒服。

乔翻了个白眼。

"年轻才俊，顾律师？"米罗·曼森不再逗乔，他碰了碰顾晏的杯子，转而看向燕绥之，眯起眼睛道，"这一定就是顾律师的实习生了。"

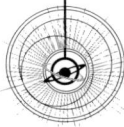

他端着酒杯，小指冲燕绥之指了一下，一脸遗憾地说："我听布鲁尔说，你那天在庭上的表现令人印象深刻，我一直很懊恼那天为什么要去赶赴一个约会，否则就不会错过了。"

这话就说得很不是东西了。开庭的时候，他的弟弟乔治·曼森还在医院生死未卜，他居然还要去赶赴约会。

最不是东西的是，他居然就这么毫无负担地说了出来。

新闻报道里写的都是"两个哥哥面容憔悴，神情严肃"之类的，也不知是哪个瞎眼的看出来的。

燕绥之虽然以前跟这人打的交道不多，但短短几句话就能感觉出来，他比哥哥布鲁尔·曼森要嚣张一些，不怎么知道收敛。

"作为补偿，我要跟你喝一杯。"米罗·曼森说，"你的杯子呢？"

燕绥之挑了挑眉，刚想说点儿什么，就感觉自己手里被塞了一只玻璃杯。

他低头一看，一杯牛奶。

米罗·曼森气笑了，道："……顾律师什么意思？"

顾晏还没开口，燕绥之就笑着说："我换过三次胃，就是因为仗着年纪小，毫无顾忌地喝酒，胃里都是酒精性溃疡。这两天刚好还有点儿出血，实在不敢喝酒。当然，如果曼森先生坚持的话，我豁出第四个胃也是可以的。"

这话听着有点儿瘆得慌。

米罗·曼森不小心想象了一下，再看自己手里的酒也有点儿倒胃口。

"就这样吧。"他绿着一张脸，在燕绥之的牛奶杯上敷衍地碰了一下，转头就走了。

把骚气逼人的米罗请走，燕绥之一转头就看见脸色发绿的乔，他一言难尽地看着他，问："你换过三个胃？"

燕绥之道："这你都信？"

乔道："……你语气特别诚恳。"

燕绥之的语气更诚恳了："我还去世过一回呢。"

乔："……"

大少爷一脸不满地看向顾晏说："你的实习生把我当傻子，你管不管？"

顾晏淡定喝了一口酒，说："等会儿再管。"

乔："……"

毕竟人还没到齐，重头戏在第二天，再加上来客舟车劳顿，这天夜里并没有延续到多晚。

律所给所有人在酒店安排了房间，上到曼森他们，下到实习生们，不过待遇上还是有区别的。曼森这些客人一家一层，每层还有单独的密码锁和管家，所内的大律师们也都是顶级套间。而实习生则住在前楼，两人一个套间。

不知道是按照什么顺序排的，总之排到燕绥之这里，刚好单了出来，他一个人住。

顾晏当时听到房间安排就皱了眉。

乔大少爷其实是个很细心的人，也注意到了这点，发现了落单的燕绥之。他其实没考虑那么多，只是本着"朋友的实习生就是我的实习生"，干脆把顾晏和燕绥之都圈到了自己的这层来。

"这一整层就我跟柯谨两个人住，多无聊。"乔说。

这种一层一个管家的，有点儿像一个整居，密码大门进去就是客厅、餐厅、小型泳池和活动区，分别通着几个套间型的卧室。

乔把柯谨安排在其中一间，自己则住在最方便照看他的另一间。

"这样照顾起来也麻烦，怎么不干脆住一间？"燕绥之在旁边看得纳闷。

顾晏低声说："最开始为了方便是住一间，后来有人乱写报道，那样对柯谨不好。"

燕绥之明白了，说："不过，我怎么没看见什么报道？"

"被乔摁下去了，那之后他一直很注意。"顾晏看了一眼这层酒店的布置，"这边私密性挺高的，不过他已经养成习惯了，在他自己家也这样。"

"嘀咕什么呢？"乔过来说道，"你们挑两间呗。对了，顾，你急着睡吗？不急的话，陪我喝两杯。"

刚才的酒会他们没什么兴致，就也没怎么喝酒。这会儿外人没了，乔看上去似乎有些心事。

顾晏拍了拍燕绥之，低声道："你先挑一间，我去跟他聊聊，刚好也有事要问他。"

乔的房间只开了一盏地灯，并不明亮的灯光将阳台整块儿落地窗映衬出一片水色，足以让两人看清酒瓶和酒杯，又不会影响聊天的兴致。

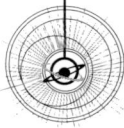

　　乔大少爷夹了点儿冰块扔进杯子里，"当啷"几声轻响格外清晰，反衬得夜色非常安静。

　　他倒好酒，把其中一杯搁在顾晏面前，自己拿起另一杯喝了一口，冰冷的酒液在舌侧转了两圈，才被缓缓咽下去。

　　顾晏也没催他，端着杯子沾唇喝了一点儿，目光落在窗外模糊的夜景里。

　　这就是顾晏作为朋友的好处了，他有足够的耐心等你整理好情绪开口，如果你实在不知从何说起，他还会在恰当的时候帮你轻描淡写地起个头。

　　"因为曼森的事？"顾晏甚至没有去看乔的脸色，就这么提了一句。

　　乔挑起眉道："这你都能看出来？"

　　他诧异完，又点了点头，了然道："也对，你哪次看不出来。确实有这个原因在里面，可能是因为昨天去了趟医院，看到了曼森的样子。后来我又跟警方联系了一下，见了一次赵择木，就想起不少小时候的事情来。

　　"我跟你说过的吧，小时候我们的关系其实很不错，比现在好太多了。也许父母之间的交往夹着很多利益链在里面，但我们玩得挺纯粹的，对脾气就在一起玩，不对脾气就滚蛋。赵择木比我们大一些，以前我跟曼森两个总是闯祸，他会在关键时刻帮忙救我们的小命。曼森那傻子蠢事干得最多，他帮曼森收拾烂摊子的次数大概是我的两倍有余……

　　"你说人是不是挺有意思的？就算是过命的交情，说疏远也就真的慢慢疏远了。现在一个躺在医院里，一个坐在看守所里，以后估计也不会再有什么往来的机会了。最讽刺的是，我居然因为这样一件事，跟曼森的关系又慢慢好了起来。

　　"……我不太愿意相信赵择木会因为他所说的那些理由做这样的事，曼森应该也不愿意相信。"

　　乔又喝了一口酒，拧着眉心问："为什么？你看我跟你就没这些问题，后来认识的朋友也都没这些问题。"

　　顾晏说："认识得太早了。"

　　乔愣了一下："嗯？"

　　"认识得太早了，三观和意识还没成形，还没经历变化最大的阶段。你在变，对方也在变，很容易就背道而驰了。"

　　乔点了点头，说："也对，咱俩认识时都已经大学了，已经快定形了，合得来就是合得来，再怎么变，顶多就是微调。"

顾晏"嗯"了一声。

乔看着楼下的花园，树影被灯光映衬得一片斑驳，不知道在想些什么，片刻后才嘟囔道："我们这群人，可能还是受家里的影响吧。如果赵择木背后不是那个要依附别人的赵家，如果曼森跟老家族没有关系，我小时候就远远地住到外祖母那边去……"

顾晏想了想，说："那你们可能根本不会认识。"

乔："……"

这位少爷被堵了个结实，佯装不满地闷了半杯酒，转而又"扑哧"笑起来。

顾晏斜眼看他，问道："喝多了？"

乔大少爷摆了摆手，说："没，被你这么冷不丁地拆个台，还挺有意思。"

"哎，你知道吗？我小的时候，几家之间经常会搞那种下午茶聚会，父母会邀请很多有生意往来的人。大多数来参加聚会的人会把孩子也带上。大人有大人的圈，小鬼有小鬼的圈，相当于提前建立人脉，很少有人会错过这种机会。但是我记得有几家就从来不带孩子，不仅不带，还都藏得挺好的。"乔少爷瘫靠在椅子里，放松地回忆着很多事情。

"藏得住？"顾晏随口问道。

乔点了点头，说道："有心的话，能保护得很严。当然，真发展成我家、曼森家这样的，还是挺难藏的，没到这种体量的都有办法藏。我印象里，小时候见过一对非常低调、和善的夫妻，想不起他们具体的长相了，但我记得夫妻两人就跟画一样好看，好像姓林吧？我们小时候总说，那对夫妻的孩子得多好看啊，但从来没见过。不仅没见过，连叫什么都没人知道。最初觉得挺可惜的，后来……又很庆幸。"

顾晏听着觉得有点儿不对味，看向乔，问道："庆幸？"

乔没立刻回答。他喝完了杯子里的酒，又夹了半杯冰块，给自己重新倒了一些。金棕色的酒液顺着冰块渗透下去，很快将冰块的棱角磨圆，杯壁上蒙了一层薄薄的水汽。

乔用拇指抹了一下那层水汽，说："我前几天不知怎么的，做梦梦到了小时候，那时候我跟老狐狸关系挺好的……"

他这话题起得突然，而且居然主动聊起了他爸，这让顾晏有些惊讶，同时

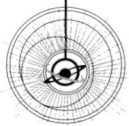

也隐约意识到……乔所谓的心事，应该是指这个。

"我记得每次去马场，我爬不上马镫又闹着要骑，他都会把我扛到肩上，到处溜达着看马。他那时候年纪其实已经不小了，我姐都大学毕业了，已经开始学着接触公司的事务了。"

他兀自回忆了一会儿，又道："真的……还挺好的。"

"他其实对家里人一直很好。"乔说，"但是后来我发现……他对外人就不一定了。我有几次听见他在接通信，跟老曼森或是谁商量着一些事情，具体内容记不太清了，大概是说搞垮谁谁谁的资源线或是逼一逼谁之类的……"

他很不乐意回忆这些，说起来语气也不自觉变得焦躁。

"总之，我当时年纪不大，那语气听得我很不舒服。在那之后，我像突然得了疑心病，一旦听说谁出了点儿什么事，就开始不自觉地往老狐狸的身上想，尽管连个猜测的依据都没有。"

乔喝了一口酒，把那种情绪压下去，缓了很久，才耸了耸肩冲顾晏道："再之后的事你是知道的，可能是受心情的影响，我真的病了很久，断断续续地一直在发烧，现在脑子这么傻，估计也是拜当初所赐吧。"

关于乔断断续续生病的这事，顾晏是知道的，他所谓的留级也是在那段时间里，但顾晏不知道生病的原因居然是这样。

可能是彻底跟父亲闹翻的缘故，之后的乔就完全走上了一条相反的路。

他的父亲讲究交朋友看利益，乔就纯看心情。除了那几个小时候在一起玩过的发小，其余的脾气相投就是朋友，互不对盘的就滚蛋。

他父亲工于心计，他就没心没肺，一切随意；他父亲善于往自己手里捞好处，他就往外送，对所有朋友掏心掏肺。

"其实老狐狸消停很多年了。"乔说，"我让我姐拽着他，免得他跟曼森家走得太近。这些年其实还挺有成效的。所以我也一直不想提这些，即使说了，除了给人添堵也没什么意思。但是最近老曼森家几乎被那俩兄弟完全接管了，跳得很凶。我听我姐抱怨，曼森家最近又开始扯上老狐狸了。"

乔少爷一脸糟心地说道："鬼知道他们能干出什么疯事来，我最近几天没睡好。"

顾晏说："怪不得。"

"什么怪不得？"

"之前听米罗·曼森说，你父亲明天到。一般这种场合你都是能避则避。"顾晏说，"这次却这么反常，我正打算问问你出什么事了。"

乔原本心情糟糕得很，这些事情他压了很久，如果不是因为最近曼森兄弟重新扯上他父亲，他可能也没有跟人说这些事的冲动和契机。

说出来了本就会轻松一些，再听到顾晏的担心，他的心情更是由阴转晴。

他生活的环境本该充满了猜忌、争斗和虚与委蛇，但因为有顾晏这样的朋友，一切都很不一样。因为他们听到事情的第一反应永远不会是猜疑，而是"你有没有事""你还好吗"。

"不管了，走一步看一步。我姐盯着公司那边，我盯着这边。已经讨厌了这么多年，我不希望那老狐狸变得更让我讨厌。"乔说。

他一口喝完最后一点儿酒，又咣咣倒了满杯，冲顾晏道："我好像从来没正经给你敬过酒。"

顾晏道："怎么？"

"什么怎么，补上啊！"乔笑着在他杯子上碰了一下，"敬我最好的朋友。"

顾晏挑眉应下，也干脆地喝完了杯子里的酒。

乔大少爷来了劲，拎着酒瓶又要往他的杯子里倒。

顾晏按住自己的杯口，说："免了。剩下的你自己留着喝吧，我那实习生的鼻子尖得很。"

乔很纳闷道："闻到又怎么样？怕他馋了偷喝啊。"他说着，又"啧"了一声，"我其实纳闷很久了，你干吗管他吃管他喝，这不让碰，那不让动的。太奇怪了吧？"

顾晏站起身，把酒杯搁下，揉按了一下脖颈，道："你不也这么管着柯谨？"

"那不一样啊！"乔说。

顾晏说："怎么不一样？"

乔大少爷朝柯谨房门的方向瞥了一眼，说："我很欣赏他，也很喜欢他的为人。"

顾晏点了点头，透过落地窗看了一会儿外面的夜景，然后平静地说道："那就一样。"

乔站在原地消化了一分钟，没消化明白，愣愣地问："不是，你等等，什么一样？"

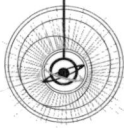

顾晏轻描淡写地瞥了他一眼，说："我很欣赏也很看重这个实习生，所以在某些事上管着他，有问题？"

因为他的语气太过理所当然，以至于乔下意识地点点头，说："没问题。"

顾晏没再多留，打了声招呼便出了房门。他刚穿过半个客厅，身后乔少爷的房门又被猛地拉开了，惊呼声穿膜入耳："你说你什么？"

可能因为太激动，尾音都"劈叉"了。

5

这么大的动静很难被忽略。

对面一扇卧室门应声而开，燕绥之趿拉着拖鞋出来了。

乔少爷虽然很震惊，但还不至于坑自己的朋友。

乔少爷认为自己别的优点不多，但至少能算个贴心小棉袄。

"小棉袄"一见燕绥之，瞬间咬住舌尖，把"劈了叉"的尾音咕咚咽了回去，强行扭转话题，问："你还没睡啊？怎么出来了？"

燕绥之举了举手里的玻璃杯，说："洗完澡有点儿渴，出来倒点儿水喝。"

"房间里不是有水池？"

"是啊。"燕绥之在客厅接了一杯温水，好整以暇地说，"但是你们叫得那么大声，不找借口出来看一眼，似乎有点儿亏。"

从头到尾没叫过的顾大律师感受到了冤屈。

乔棉袄很紧张，他盯着燕绥之小心地问了一句："你听见我们叫什么了？"

顾晏纠正他："哪儿来的'们'？"

燕绥之靠着水池的台面，不紧不慢地喝了一口水，说："有点儿模糊，所以我出来了。要不你们再说一遍？"

顾晏："……"

"嗯……稍等，我先弄清楚。"乔一把勾住顾晏的脖子，把他往自己的房间里拐。

嘭——房门重新关上了。

卧室里的灯依然只亮着阳台那盏，气氛非常适合说秘密，乔少爷觉得很刺激。他按着门把手，仿佛回到了梅兹大学刚入学的那一年，每天夜里他都企图拐带顾晏搞卧谈会，然而顾晏这个冰棍一晚上谈不出三句话。

但是今天，一切都不一样了。

乔压低声音问顾晏："我没理解错吧？"

顾大律师默然片刻，终于还是没忍住，刻薄了一句："你反射神经没跟着来德卡马？"

乔大少爷大度地应了这话，说道："就当是吧。但这不能怪我，主要原因在你。"

顾晏："……"根本不知道这位少爷哪里来的自信。

事实证明，乔少爷果然不负所望。

他不知道想起了什么事，兀自琢磨了片刻，然后问了顾晏一句："嗯……你能确定你欣赏的真是这个实习生本人吗？"

"我觉得你有必要把这句话解释一下。"顾晏说。

乔迟疑了一下，这话要解释起来就有点儿麻烦了……

其实他一度认为，顾晏对那位前院长的态度有点儿不一样。那位院长估计是顾晏人生里最为欣赏也最为不合的人，尤其是大学快毕业那阵子，顾晏的状态十分反常，乔的感觉也最为明显。只是这个话题并不适合讨论，所以乔一直没敢问顾晏。后来那位院长碰上了爆炸案，这事就更不适合提了。

乔照顾柯谨的几年里接触过不少心理医生，爆炸案发生后的那段时间里，他担心顾晏会受到打击，于是拐弯抹角地向几位医生询问过。

不过事情不方便说得太清楚，那些医生能给的建议也有限。

乔只能挑挑拣拣，选几个不容易出岔子的建议照做。花几个月的时间给顾晏营造一个心理暗示——事情会过去，难过会平复。

但他也很清楚，这个作用其实也有限。要让顾晏完全放下爆炸案的事，还得靠时间，多久不好说，反正不会这么快。况且也不会有像燕院长那样的人足以让顾晏觉得欣赏。所以他刚才听见顾晏说那话的时候才会大吃一惊，其中很大一部分原因就在于此。

不过就在刚才，乔忽然意识到，那个实习生阮野其实跟那位燕院长有一丝丝像——当然，并不是指长相，而是某个角度、某个动作有那么一点儿相似。

这种感觉他曾经也有过，但那时候没深想，这会儿再想起来，心情就有点儿复杂了。

乔大少爷觉得自己过于敏锐，一不小心窥见了天机，但这种事说出来不太

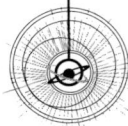

合适。

作为一个聪明又贴心的朋友，乔大少爷在暗中悄悄拍了自己一巴掌，心说天机不可泄露，让你多嘴。他把差点儿要问出来的话咕咚咽了回去，摇头冲顾晏道："没什么，我就是太惊讶了，再跟你确认两遍。"

顾晏瞥了他一眼，一脸懒得搭理的模样，径自走了。

燕绥之还在客厅里，他坐在单人沙发的扶手上，长腿优雅地交叠着。看见顾晏出来，他转头把空玻璃杯搁在茶几上，问道："聊清楚了？"

顾晏说："不算特别清楚。"

燕绥之起身朝顾晏走去，就见乔扶着门框，仿佛经受了极为严重的精神摧残。

"怎么了？"他问了一句。

"没什么，不用管我。"乔依然撑着门框。

顾晏转头看了他一眼。

乔连连挥手，说："快走，快走，别看我，我反省一下人生。"

于是，顾晏和燕绥之各自回房睡觉去了。

乔少爷觉得自己今晚又要失眠了。

也幸亏是失眠了，他才在夜里看到了一些事情。

凌晨三点十分，乔在智能机上翻完一本闲书，又去柯谨房里检查了一下被子和地温，然后回到了自己的卧室准备睡觉，这时他忽地发现对面楼里的某一处有点儿光。

那幢楼也是山庄式的建筑，只不过内里的布置跟他们住的这幢有些区别。据他所知，南十字律所的实习生们以及一部分初级事务官和助理都被安排在了那边。

那个光点并不算明亮，隔着窗帘，更像一个一晃而过的光斑，很快就消失了，之后也再没动静了。

当时乔没觉得有什么，以为是谁夜里起来，懒得开大灯，只开了智能机或者腕表上的灯来照明。

所以他只是在落地窗前顿了一下，便揉着眉心回到了床上，很快睡了过去。

花园酒店的早晨并不寂静，时而会有鸟鸣由远及近，经过落地窗，再到更高的楼顶去。

南十字办酒会本就是给客人提供了一个变相的短假期，大家怎么放松怎么来，没人规定要几点见面、几点做什么，所以八九点的时候，楼下的玻璃花园里只有几个稀疏的人影用着早餐。

乔大少爷揉着鸡窝头出房门的时候，顾晏正坐在沙发里看卷宗，而燕绥之则坐在顾晏的对面，有一搭没一搭地跟他讨论卷宗里的内容。

听见动静后，两人同时抬头冲乔打了个招呼："早。"

乔大少爷哼了一声"早"，一口闷了一杯黑咖啡，苦大仇深地搭着一条毛巾上了跑步机。

"我叫了早餐，一会儿就到。"燕绥之扭头冲他说了一句。

窗边光线充足，将乔大少爷掉到颧骨下的黑眼圈照得清清楚楚。

燕绥之吓一跳，道："怎么黑眼圈这么重？昨晚没睡？"

乔干巴巴地说："三点才睡。"

他斜对着沙发背后的大片窗玻璃，一边跑步，一边百无聊赖地数着对面大楼的窗格。有几间房里的人已经起床了，窗帘大敞着。乔大少爷凭借他傲人的视力，能看见人影在里面走动。

"又不用工作，那些实习生们起这么早干吗？"乔感慨了一句，"酒会算加班吗？"

燕绥之闻言，回头透过窗子看了一眼对面，他在阳光中眯起眼，大致一扫，道："还真都起来了。"

"也不是，那不还有一间房子的窗帘是紧闭的吗？"乔说。

"哪间？"燕绥之有些纳闷。他刚才一扫，那几间房里住着的实习生们明明都醒了，他甚至能看见洛克他们趴在餐桌上吃饭的身影。

乔朝某扇窗户一指，说："喏——那间。估计跟我一样没睡好，昨晚三点多我还看见里面有光晃过去呢。"

燕绥之皱起了眉，说："你指的哪个？左起第六间？"

乔点了点头，说："对啊。"

顾晏闻言也皱着眉转过身，朝对面看过去问道："你确定？"

"确定。"乔说，"我昨晚看见的时候，还停了步子无聊地数了一下，就是第六间。有什么问题？"

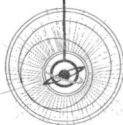

燕绥之放下手里的虚拟页面，说："如果你确实没数错的话，那就真有问题了。因为第六间是安排给我的房间。"

半个小时后，酒店的中央监控室里，值班员手指飞快地翻找着视频。

燕绥之两手撑在台面上，抬头看着二十几块不断跳动的屏幕。顾晏则抱着胳膊站在他身后，目光同样落在那些屏幕上。

乔把中央监控室的大门关上，拍了拍经理的肩膀，道："别紧张，别紧张，本来也不是个什么大事。主要是我最近睡眠质量很差，大晚上的看到点儿东西，不弄明白心里总放不下。我连续一个多礼拜没睡好了，今晚要是再有点儿什么影响睡眠，我不小心猝死在这里，你说是不是也挺糟心的？"

经理被他的话吓了一跳，连忙摆手，说："不不不，您别开玩笑了！这不是正查着呢，我一定给您弄清楚。不过说实在的，您其实大可放心，我们酒店的安保在这个区域说第二，没人敢说第一。要不诸位也不会选择在这里休闲下榻是不是？"

这个经理只负责实习生所住的这幢楼，在他头上还有更高的管理人员。就他的职权来说，让客人进监控室完全没问题，但是这一批客人的来头都不小，他有点儿怕出事，所以惴惴不安地想往上报。

但这位乔少爷和那位律师偏偏摁着他，说没什么大事，不用惊动其他人。

事实上也确实没有惊动其他人，连进监控室都没让别人知道。

这会儿除了他们几个，其他客人该用餐的用餐、该休闲的休闲、该聊天的聊天。员工们、经理们对这里发生的事情也都一无所知。

乔笑了，说："是，就是知道你们酒店的名声，所以才让你别紧张，你就当我们来闲逛一圈。你看，我们也没瞎碰什么设备，都是你们值班员在操作，你就在这儿盯着，行吧？"

他不由分说地拖了一把椅子过来，仗着身高优势，把经理一把摁在了椅子里，又把他领子上的工作耳机给摘了。

经理抹了一把鬓角的汗，心说：这少爷自说自话做决定的本事真是一绝，语速又很快，完全不给人反驳的空隙。

经理只得慢半拍地点点头，说："也行吧。那个……耳机？"

乔拿着耳机在手里摆弄着，说："借我看看，一会儿就给你，别这么小气。"

经理捏着鼻子点了点头，内心却十分崩溃，心说：你们不就看个监控吗？怎么搞得活像要劫持监控室一样。

这种酒店的工作耳机是特制的，跟市面上智能机的配套耳扣很不一样，乔倒真挺好奇的。他吊儿郎当地往柯谨的椅背上一靠，一边拨弄着耳机，一边看上面的快捷指令。

柯谨大多数时候都很安静，他像被裹在一个蚕茧似的世界里，目光散漫地在监控屏幕之间游离，也不知道在想些什么东西，偶尔也会在燕绥之或者顾晏说话的时候，缓慢地把目光移过去。

他的眼神大多时候是空洞的，像是随意找了一个点发呆。还有些时候会透露出一些困惑，似乎有什么东西始终在阻止他理解周围人的话语。

这种困惑堆积到一定程度，他就会突然焦躁起来，然后就是一片兵荒马乱。

所以乔为了避免这种情况，总会时不时吸引他的注意力，不让他长时间盯着一样东西或者一个人。

乔特地一边拨弄着耳机，一边发出各种絮絮叨叨的嘟囔。好几分钟后，柯谨的目光终于从上一个定点收回来，慢慢转头，盯上了他手里的耳机。

"酒店特制的，你看这边有火情警报、服务、权限开门之类的……知道这些都是干什么用的吗？你看……"

每当柯谨看过来，乔连说话都来了劲。一个小小的耳机，愣是被他连介绍带解释的描述夸得天花乱坠。

旁边的经理听得一愣一愣的，就连燕绥之都忍不住回头看了他一眼。

乔这时候根本注意不到别人，他笑嘻嘻地说着话，时不时抬起眼看向柯谨的眼睛。

柯谨在不知不觉中侧坐在椅子里，两手搭着扶手，认真地看着那个耳机，看起来像是一个正在听课的乖巧学生，这副模样看得乔的心都软了。

他有心想多说一点儿，奈何一副破耳机能夸的实在有限。他说了一会儿终究还是停了下来，伸手拨了拨柯谨的发梢，说："好像又长了不少，晚上给你修一修怎么样？"

柯谨看着他，见他有一会儿没再说话，便换了个坐姿，注意力又被花花绿绿、跳动的屏幕吸引过去。

问话得不到回答的情况每天都在发生，这对乔来说实在太常见了。他早就

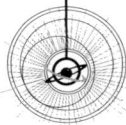

习以为常，每次都是一笑而过，转而再找另一件事来逗柯谨看他。

他这些年的话越来越多，一件小事能说半天，也是这样潜移默化养成的。

只不过这一次，柯谨的目光从他脸上移开的时候，他有点儿说不出来的难过。他拨了拨手里的耳机，盯着柯谨的侧脸看了一会儿，忍不住轻轻地推了柯谨两下，嘟囔道："你再看我一眼嘛。"

柯谨被他推得轻晃了两下，目光先是看向了他的手，又慢慢看向他的脸。

乔少爷的心情就又好了起来，他抬头冲那经理抬了抬下巴，道："谢谢你的耳机，真是个好东西。"

经理："？"

乔收回目光的时候，瞥到了燕绥之和顾晏。

那两人正看着他这边，大概是看到了他刚才难过的模样，燕绥之问乔："怎么了？"

乔摆了摆手，说道："没事，可能是因为接连几天没睡好，有点儿打不起精神。"

"回去再睡一会儿？"顾晏说。

乔直起身，说："用不着，生物钟早被柯谨带跑了，大白天喂我安眠药都不管用。看你们的屏幕吧，别都看着我。"乔大少爷说着，还双手合十冲他们拜了拜，求放过。

"哎？乔是不是……"燕大教授收回目光，拱了顾晏一下，低声问道。

他以前很少会过问这些事情，哪怕再亲近的学生，他都像是隔着一层雾，不多限制、不多干涉。

现在他其实也没变多少，但在顾晏面前会时不时显露出一些好奇心。

他刚问完，一抬眼就发现顾晏看着他的目光十分无奈。

"你这是什么眼神？"燕大教授"啧"了一声。

顾晏淡淡道："没什么，只是觉得你在某些方面的迟钝程度比乔还惊人。"

燕绥之："……"

放屁。他何德何能跟小傻子乔相提并论。

"我以前只是没动闲心去想而已。"燕大教授没好气地解释完，又狡辩了一句，"疑罪从无是说着玩儿的？"

顾晏抱着胳膊，一只手松了松握拳，指关节抵着下唇。他看着跳动的屏幕，

"嗯"了一声，算是给燕绥之这段瞎话的回答，要多敷衍有多敷衍。

6

值班员突然敲了暂停键，说："找到了，喏——昨晚凌晨的走廊监控。"

这家酒店的视频存档是每十分钟一次，这些视频文件也都是十分钟一个依次排列的。为了方便，值班员把乔提供的时间范围放宽了一些，选取了那部分视频按顺序播放。

播放速度被调快了几倍，偌大的屏幕定格在长长的走廊中。

值班员说："这是两点开始的。"

很快，走廊之中出现了两个人，从走廊两头面对面交叉走过。

"这是什么人？"燕绥之问。

经理说："这是值班的安保，凌晨两点、四点、六点都会有安保全层走一遍，以确保安全。"

这两个人确实穿着黑色的制服，从走廊中走过时，虽然会左右看看，但并没有靠近某扇门，所以也不存在进"第六间房"的可能。

之后走廊又仿佛静止了一样，除了灯光偶尔会有明暗变化，就再没有过别的情况。

直到四点左右，那两个值班的安保又出现在走廊里，同样交叉走过，扫了一眼走廊的情况便离开了，依然没有在某个房门前多停留。

"难不成鬼干的？"乔有点儿不信，转头对值班员说，"窗外的监控呢？会不会从窗子那边进的？"

"应该不可能，那侧墙的壁面很平滑，不太好爬。"经理说。

但是为了让人安心，值班员还是把监控视频调了出来，同样选取了两点到四点之间的。

这个监控点在花园，是从花园往上拍的角度，所以那一整面墙壁和各个窗户都一览无余。

播放同样调快了速度，夜视镜头中的所有东西都泛着微微的绿，看久了人的眼睛都有些不舒服。

"放完了。"不知不觉时间一下子过去了，值班员按下了暂停键。

乔揉着眼睛愣了一下，说："这就放完了？不可能吧？"

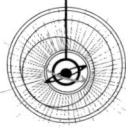

值班员指了指屏幕上的时间，说："您看，这都凌晨四点了。"

乔皱起了眉，这份凌晨两点到四点的监控视频里，非但没有看到什么鬼祟的身影爬墙，甚至连他所说的"第六间房"的光点都没有。

"不过这个角度确实有可能看不到那个房间里的光点。"经理打着哈哈说，毕竟他总不能直说可能是这个乔少爷半夜眼花，看错了吧。

值班员翻来覆去地把视频放了七八遍，乔的眉心都揪了起来，他摸着脸有点儿尴尬地说："见了鬼了，我真弄错了？"

燕绥之却突然拍了拍值班员的肩膀，说："麻烦把三点十分的那段视频重放一遍给我看看。"

值班员把那一段视频单独挑出来，问道："就这一段？"

燕绥之伸手点了点，说道："还有它前十分钟和后十分钟，三段视频连起来放。"

值班员一头雾水地照做了。这样挑出来之后，视频播放起来要短一些。值班员心想，既然着重要看这几个视频，那么肯定有什么细节是要注意的。

于是他自认为机智地问了一句："播放速度呢？要调慢点儿吗，或者可以局部放大。只不过这种夜视影像局部放大出来的效果可能没那么好。"

燕绥之点了点屏幕一角的播放速度，说道："调到最快，也不用放局部，拉全景。"

值班员和经理面面相觑，但是本着客人至上的原则，还是一脸茫然地照做了。视频的速度被调到最快。在这种播放速度下，墙角的枝叶在风中摇摆的姿态跟抽了筋似的，隔一会儿颠两下，隔一会儿又颠两下。

一遍很快放完，依然没能在"第六间房"看到什么一闪而过的光点。

乔少爷自己都放弃了，挠了挠腮帮子干笑了一声，说："那个……"

顾晏却朝他压了一下手掌，示意他先别说话。

"嗯？"乔凑过去。

顾晏冲值班员说："劳驾，把走廊的那段视频调出来再放一遍，也用这个速度和全景。如果方便的话，跟楼外这段一起。"

"什么情况？"乔少爷好奇道，"看出什么来了？"

"也许。"顾晏没把话说得太满，但是他差不多明白燕绥之的意思了，"还需要确认。"

乔："……"

每每跟这帮律师混在一起，乔大少爷总在怀疑自己可能不是瞎的就是傻的。但偏偏他亲近的人是律师，最好的朋友是律师，朋友的最亲近之人还是律师！

他可能冥冥之中中了什么诅咒。

值班员再次一头雾水地照办，他把大屏幕分成两块，一块重复播着刚才楼外的三段监控视频，另一块则按照顾晏的意思播放走廊的监控视频。

为了证明自己不瞎，乔少爷抱着胳膊，瞪着眼，聚精会神地盯着走廊那块。十分钟后，他接受了自己"真的瞎"这一残酷事实。

燕绥之道："好了，我知道了。"

值班员一愣，赶紧按了"暂停"。

燕绥之敲了敲屏幕，斩钉截铁地说："这十分钟和上十分钟，两段视频里有一段是假的。"

"啊？"经理一愣。

燕绥之说："走廊的光不对。"

"什么意思？"经理连忙让值班员把这两个十分钟的监控视频重播了一遍，发现走廊的光线在中段微微亮了一些。

这种变化很细微，视频放得不够快都意识不到，只有快到燕绥之和顾晏要求的这个程度，才能勉强感受到那一点光线上的明暗忽闪。

即便这样也依然很容易被人忽略，毕竟正常人的注意力都在有没有可疑的人员上，不会太在意光线。

被燕绥之这么一提，经理也轻轻"咦"了一声。

这家酒店走廊上的灯跟联盟大多酒店用的是一种类型，晚上九点到半夜两点是最亮的时候。两点往后，随着时间推移和天色变化一点点变暗，但这个过程非常缓慢，往往等你意识到灯光暗了些的时候，其实已经过了很久。

这种变化过程很难第一时间就察觉到，因为它是无声无息且平滑的。

"是哦，好好的怎么会闪一下？有人动过灯？关了什么东西？还是开了什么东西？"经理意识到这个细微的明暗忽闪很关键，但一时间还没有反应过来究竟哪里不对。

燕绥之跟值班员打了一声招呼，接过他手里的播放控制键，将视频倒回，重新放到那个微亮的光时，他"啪"地按下暂停键。这个光刚好在第二段视频

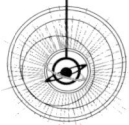

开始的那个地方。

他说："这两段是重复的。"

有人把前十分钟的监控内容填充在后十分钟里。

所以在第一段视频里无声无息缓缓变暗的灯光，会在第二段开头亮一些，再重复那个肉眼难辨的变暗过程。

这段走廊里没有人，没有任何活动的东西，没有可参照的对象，除了安保巡逻的那几处，剩下的时间里常常一整夜都是那个静止画面。

于是填充的人认为，重复放一段不会有大问题，只要把监控时间改好了，很难会被发现。

但对方偏偏碰上了燕绥之和顾晏。

"不止这段。"顾晏指了指正在不断重播的那段楼外的监控视频，"这边也有两个是重复的。"

他占了播放控制器，把楼外监控的视频拆开，三点以及三点十分两段视频并列放在大屏幕上，同时从起点开始播放。

这就万分直观了，因为左右两个视频里，除了角落显示的时间不一样，剩下的所有步调都完全一致，左边墙下的花树抽搐两下，右边的也抽搐两下。

左边的草坪起了微澜，右边也来了一个浪。

顾晏转头冲乔说："所以你昨晚没看错。"

之所以没有看到光点，是因为本该出现光点的视频被替换了。

经理顿时一个激灵！

监控视频都被改了，这可不是什么简单的事情了！

"怎么办？"经理像没头苍蝇似的转了两圈，一只手还在空空的领子上来回摸着。

片刻之后，他又猛地反应过来，压着椅背问值班员："昨天也是你值班？"

值班员哪敢接这个锅，连番摆手，说："不是我，不是我，我早上六点接的班，昨晚是巴里。"

"巴里一个人？"经理皱着眉问，"不是规定过夜值班要两个人吗？"

他三两下调出工作用的智能机屏幕，把排班表翻出来一看，说："昨晚不应该是巴里和丹两个？"

"对，一般是两个。"值班员支支吾吾地说，"但是……但是偶尔有特殊情况，跟组长请个假也行……毕竟夜里监控中心其实没什么忙的。"

经理的脸都黑了。

值班员又连忙解释了一句："真的是偶尔才会这样。一般请假了，组长会另找人替，有时候干脆他自己来替。但最近感染的人很多，人手有点儿紧张，所以……所以上次组长请示过您，说人手实在不够，夜里只有一个人怎么办。您说……先、先克服一下，正让人事官招人呢。"

有一就有二，能克服一次就能克服第二次。

经理也不是个不讲道理的，顺着值班员的话一回想，就想起来好像是有那么一回事。他尴尬地站在原地愣了一会儿，然后懊恼地低骂了自己一声。

"怎么着？找得到人吗？"乔问。

经理连番点头道："放心，放心！对面就是员工宿舍，我给组长拨个通信，让他把巴里带过来问问。"

他边说边拨了通信，对面一接通，他就急急道："你现在在哪儿？昨晚监控室为什么只有巴里一个人值班？丹呢？出疹子？药物上瘾？都什么乱七八糟的。我不管你现在在哪儿，先给我把巴里叫过来，我在监控中心这边等他。你也一起过来！"

燕绥之提醒说："低调点儿，先别声张。"

经理应了一声，把同样的话嘱咐给那个倒霉组长。

经理挂了通信，想了想，又让值班员把那两处监控从头捋了一遍。这样重复的片段一共有三处，走廊占了两个，一个是凌晨三点整到三点十分的，一个是三点四十到五十分的。楼外则是三点十分到二十分的。

"所以……"经理有点儿忐忑地说，"如果真的有不明人士，大概是三点之后的几分钟进了那个房间，四十几分出来。乔先生，您看到的光点——"

"我印象中是三点十分左右，刚出头吧，十一、十二分也说不定。"乔说。

"别的角度还有监控吗？"乔想了想又问经理，"比如视角更高一点儿的，正对着窗户的？"

经理摇头道："不可能在那种角度设监控啊，哪有对着客人窗户拍的道理。就这么些监控，每年还时不时要接受一些隐私方面的投诉呢，众口难调啊。"

说起来有个不算笑话的笑话，全联盟监控装置最少的地方，排名前三的分别是酒城、红石星和德卡马。

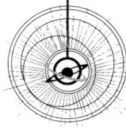

著名的破烂地、著名的政治中心以及著名的销金窟。

前者是没人管，后两者是总有人拦着，不让装。

经理一脸愁容地等了五分钟，才收到组长的通信，但他下一秒就大叫了起来："巴里不见了？什么意思？不在宿舍？"

他瞥了燕绥之他们一眼，又比了个手势示意他们别急，冲通信那头的组长说："其他地方看过没？通信联过几次？一次都没通？你再找找！"

又五分钟后，监控中心的门被敲响了。

一个穿着酒店制服，戴着监控组长名牌的人匆匆进门，"啪"地背手关上门，脸色煞白地冲经理说："找遍了，真找不到。"

又二十分钟后，终于有人找到了巴里。

酒店的员工宿舍往东两百米有一家小酒吧，酒吧外面有个造型夸张的喷泉池。巴里的脸朝下，上半身浸在喷泉池里，被发现的时候已经没救了。

这样一来，这就不是什么低调不低调的问题了。

顾晏他们斩钉截铁地报了警。

法旺区警署专用的银豹警车沿着悬浮路线疾驰，在市区高架的上空呼啸而过，在空气中划出三道并列的车痕。

他们拉着"乌拉乌拉"的警笛，一路畅通无阻，没花多少时间就赶到了法旺区边郊的悍金花园酒店。

三辆警车在市区内没碰到什么阻碍，反倒是在悍金花园酒店的大院门口犯了愁。

因为酒店外面堵满了记者的车。

打前锋的警车疯狂鸣笛，酒店的安保铜墙铁壁似的站了一排，连推带搡才给警车开了一条道，三辆车这才得以鱼贯而入。

警长带着两车警员从车上下来，大步流星地进了酒店大楼。

余下的一车警员一溜小跑，扯着警戒线把整个酒店的院门围了起来，又在管理人员的带领下，去了员工宿舍东边的那个喷泉池。

"肖警长。"酒店总经理等在门口，跟警长打了声招呼，"辛苦跑一趟了。"

肖警长在法旺区当值很多年了，对悍金花园酒店的管理人员并不陌生，有好几个都不是第一次打交道。

他绷着眉朝院门外瞥了一眼，不满地说："你们这里有人嘴很松啊，事情还没查，消息先漏出去了，外面那帮记者到得都比我们早。"

总经理无奈道："您误会了，不是我们漏消息，那些人也不是刚刚才到。准确来说，他们都不是因为出事才来的，只不过恰好让他们碰上了。"

围在外面的车光看标志就能知道，大多是些没名堂的网站。那些网站为了能搏点儿热门新闻，事事都奔在最前面。这次南十字的酒会，请的都是能叫得出名字的人，对这些网站来说，那就是满盘的肉，嗅着味道，早早就来等着了。

"门外那帮哪儿能被叫作记者。"总经理说，"真记者听了要黑脸的。"

"算了。"肖警长问，"那些人呢？"

"那帮贵宾？"

"嗯。"

"这会儿都在花园里。"

酒店的玻璃花园里，南十字律所这次邀请的人三三两两地坐着，人比昨晚的预热酒会还要多，气氛确实前所未有的紧绷。

肖警长跟着总经理进来，他先是泛泛地冲花园里的众人点了点头，算是打招呼。接着在耳边扣上扩音耳扣，道："很抱歉，让诸位在享用假期的中途见到我和我的警员们。事实上我们也不想打扰这种美好的聚会，但工作还是要做的。关于那位可怜的员工，我想诸位多少听说了一点儿。我相信这件事跟在场的大多数女士们和先生们无关，但是例行公事，我们还是需要做一下笔录，希望诸位体谅一下我们的工作，同时也可怜一下那位不幸的员工。"

在场的客人们没什么异议，但脸色也好看不到哪里去。

"怎么了？"肖警长盯着离自己最近的一位客人问道，"您看上去好像很不乐意。"

"不是。"那位客人扭头看了看周围人，冲警长道，"我没有不乐意，我很乐意配合您的工作。脸色不好只是因为……好好的酒会碰上这种事，多少有点儿糟心。"

他这话大概能代表在座大多数人的心情，作为东道主的律所合伙人高先生就是其中脸色最难看的一个。听了客人的话，他有些抱歉地扫了众人一眼，尤其是身份显赫的曼森兄弟。

在看到米罗·曼森毫不掩饰的臭脸后，他又万分头痛地收回视线，用力地

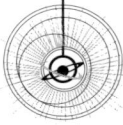

揉起了太阳穴。

当然，也有一些人对于"死了个员工"这种事并不在意。

燕绥之他们右前方的位置，有一块花圃，围出了一处卡座，几个单双人的高档沙发椅里坐着三个人，他们面前的大理石方几上搁着几份早茶，还散落着扑克和牌九。

其中一人一边听着警长的话，一边拨弄着几张扑克牌，翻书似的发出"哗哗"的声音，一副百无聊赖的模样。

菲兹小姐窝在燕绥之旁边的单人沙发座里，朝那个方向瞥了一眼，然后摇着头，"啧啧"了一串。

"菲兹小姐，你舌头怎么了？"燕绥之明知故问，提醒她别太明显。

"没，看到不喜欢的人，舌头就疼。"菲兹喝了一口咖啡，"那个克里夫特别傲慢，昨晚就把我气得够呛。要不是因为他是客人，我肯定不给他好脸色。"

她说的克里夫就是正在摆弄扑克牌的男人，联盟三分之一的飞梭机都打着他家的印记。他家早年跟星际海盗有些来往，玩过军火、搞过矿，家底丰厚，就是不够"白"。后来跟曼森家族合作，便转到了飞梭机这一块，做起了正经的星际货运。

虽然他家的事业重心已经转移了好几十年，但他家上上下下的人都带着一股联盟早期军火贩子的腔调。

以前跟星际海盗打交道的时候，必然没少见血，所以现在看到"死人"之类的事情，他家的人都极其淡定，根本不当一回事。

扑克牌在他手里哗哗作响的动静其实并不大，基本都被肖警长的声音盖住了。但燕绥之还是在喝水的间隙朝那边看了几眼。他看见克里夫百无聊赖地把手里的扑克牌丢在方几上，喝了点儿咖啡，又顺手把那些扑克洗了一遍，然后用食指挑开一张，丢开，再挑开一张，再丢开。

这显然是在打发时间，挑牌的动作也很随意。

但人越是在随意的时候，就越会显露出一些下意识的想法。

克里夫丢牌的时候，并不是全然乱丢，而是一种花色丢在一个方向。红桃、黑桃丢得远一些，方块近一些，梅花顺手扔在面前。

肖警长说了一长串，终于注意到了这位的无聊之举，朝他看了一眼。克里夫挑了挑眉，勉强给了警长一个面子，停了手里的动作，手指拨了拨面前的几张梅花，然后靠向沙发背，换了个舒适的姿势。

肖警长提高了声音说："那么，就这样？诸位先回各自住的房间，我的警员会分别过去给大家做笔录。记住，你这一晚住在哪里，就在哪里等，不要随意更换地方。谢谢配合。"他说完，拍了拍手掌。

7

花园里的人陆陆续续地站起来，警员分散着人群，安排众人回房间。

其中两个走到燕绥之他们这边。

乔招了招手，说："走吧，我们四个昨晚住在一起，跟我们上去吧。"

警员点了点头，一边跟着他们往电梯走，一边简单地问着各人的身份。

顾晏的回答也很简单："南十字的出庭律师，这是我的实习生。"

警员有些讶异，他朝前楼那边看了一眼，问："实习生？刚才听经理说，你们律所的实习生和大律师不是都安排在那幢楼吗？"

"对。"乔说，"但他们是我的好朋友，我昨晚缺人喝酒，就把他们叫来一起住了。"

警员点了点头，在纸页上草草记了一下，说道："那方便说一下你们原本的房间吗？"

顾晏道："我住 701，他住 406。"

警员一愣，道："等等，406？就是昨晚说有异动的 406？"

燕绥之点了点头，道："没错。"

"那不排除昨晚的异动是冲着你去的。"警员说了一句。

这么一提，乔像是突然想起什么似的，纳闷道："对啊，这可真奇怪，为什么刚好盯的是你的房间啊？你就是个实习生而已……"

燕绥之靠在门边，不紧不慢地替众人按下电梯停靠的数字楼层，似乎是随口回了一句："是啊，挺奇怪的。"

这个警员看起来很精干，话不多，除公事以外，跟众人交流并不多。进电梯是第一个，出电梯是最后一个，始终绷着一张公事公办的严肃脸。

等在电梯门外的管家一见到他们几人就行了个礼，然后在电子大门的旁边按起了密码。

警员扫了一眼整个走廊，确认了一下这层楼的出入口以及安全通道，问管

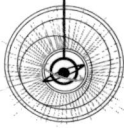

家："这一整层楼都是你负责？"

"您是指服务还是安全？"

"都有。"

"服务方面主要是由我负责，安全有专门的安保人员。这种豪华楼层一般会安排六至八个安保人员，不过因为出了事，他们现在都在楼下开紧急会议。"

警员点点头，又问："安保人员平时的站位大概是什么样？"

"电梯口、电子密码门旁、安全通道旁，主要是这三个地方。"管家说。

"你呢？二十四个小时都在？"

管家指着走廊尽头的一个单间，说道："我一般待在那里，基本保持随叫随到。"

警员点了点头，道："所以如果房里有人进出，或者房外有人离开，至少都会有人看见？"

"我想是的。"

"好的，谢谢。"警员说。

打开密码门，管家比了个"请"的手势，将乔他们送进门，自己留在门外。

"介意我先看一下套房的构造吗？"警员问向房主乔。

乔点头道："当然，随意。"

他把柯谨安顿在客厅的沙发上，目光跟着警员，有些好奇地问道："我们算是有嫌疑吗？我以前也碰见过一些案子，因为没什么嫌疑，他们做笔录的时候好像没这么认真。"

警员调出智能机的工作界面，简单记录了几句话，解释道："工作方式有区别吧，不同警署的要求可能也会有些出入。警长要求我们记录得细致一点儿，并不是认为你们有嫌疑。我可能需要简单拍摄一下？"

乔耸了耸肩，说："自便，总得配合一下你们的工作。"

"谢谢。"

警员在偌大的房间里走了一圈，智能机也跟着拍了一圈。

"好了。"警员扫了一眼，"哪里比较方便做笔录？沙发可以吗？"

"当然可以。"

警员打开录音搁在茶几上，说道："先说说你们是什么时候来到这个花园酒店的吧。"

乔说："昨天傍晚，四点多还是五点来着？"

顾晏说："四点五十。"

警员有些讶异道："记得这么清楚吗？"

小警员的职业病犯了，但凡碰到这种出乎意料的回答，都会抱有一丝怀疑。

燕绥之想起刚进律所的那一天，弯了眼睛，微笑着说："我这位老师有一条铁律，总要比约定时间提前十分钟到达地点。"

警员道："哦？"

燕绥之说："被大学课程荼毒的结果。"

乔"扑哧"一声笑起来，附和道："确实，柯谨以前也有这毛病，谈判课还是什么来着是吧？"他冲警员半解释半开玩笑说，"他们整个法学院的人都有毒，特别讲究这些东西。八成是因为以前的院长是个笑面大魔王，要求太高，习惯就好。"

燕绥之端起水杯的手顿了一下，瞥了乔少爷一眼，心说：胡说八道，我本人就没这毛病。

警员点了点头，说："哦，怪不得。所以你们昨晚酒会的开场时间是五点？"

"对。"

"刚才说到场时间……你们一起的？"警员问。

"在门口碰上的。"乔说起事来倒是毫无保留，"准确地说，我就是知道顾的毛病，才特地挑了那个时间到场，因为准能碰上。"

"之后就一直在酒会场上？"警员问。

"对，就在刚才那个玻璃花园里。"

"中途离开过吗？"

乔眨了眨眼，说："去洗手间算吗？我去过三回。"

警员本来可能就是习惯性一问，但既然乔少爷这么配合，他也就顺着多问了一句："都是一个人？"

乔摇头道："不是，跟柯谨一起。"

警员："……"

他动了动电子笔，在页面上画了两下，可能有点儿不知道怎么记。

"呃……你们呢？"警员默默转移对象，问燕绥之和顾晏。

燕绥之说："去过两次。"

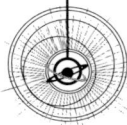

警员："……"

他动了动笔，又不知道该记什么了。

好在燕绥之又道："我们昨晚倒是没喝什么东西，去两次都是因为我想洗手，一个人去有些无聊。"

警员："……"不是，洗个手还能怎么"有聊"？

"酒会什么时候结束的？"警员觉得自己有必要跳过洗手间这个话题。

"十点左右吧？"乔说。

"然后就回到了这里？"警员问顾晏和燕绥之，"这期间你们有去过前楼吗？我的意思是，你们的房间原本安排在前面，有行李放在那儿吗？还是直接来这里入住的？"

"去过。"燕绥之说，"去看了一眼房间，不过并没有行李放在那里。"

"所以，那个406房间实际上是空的是吗？"

"差不多吧。"

警员点了点头，记录下来，又问："那你最近有遇见过什么麻烦事吗？比如，不小心得罪过什么人，或者招惹了什么人？有类似的情况吗？"

燕大教授心说：那多了去了。

不过他面上还是微笑着摇了摇头，说："我看上去很容易得罪人吗？"

警员忙说："哦，我不是这个意思。"他又问道，"那你们昨晚都分别在哪个房间？"

乔指了几下，说："这个、这个还有这个，在这三个房间里。"

"四个人，三个房间？"警员问，"怎么分配的？"

乔说："我俩喝酒，实习生在那边，柯谨在这间。不过怎么这也要问？跟案件没什么关系吧？"

这话说完，燕绥之倒是有些意外地朝乔少爷瞥了一眼。

他之所以这么说，十有八九也是考虑到这件事会对顾晏有些影响。

这位少爷平日里粗枝大叶，所有的细心估计都用在了柯谨和顾晏身上。

警员被乔反问一句，没再多说，换了个话题："根据报警记录，是你昨天夜里发现406有光的对吗？"

"对。"乔指了指自己的卧室，"就在窗前，经过的时候看到的。你刚才也看过构造，很容易就能看见对面。"

"然后早上你们就去监控中心了，是吗？"

"是的，想弄清楚怎么回事。"乔说，"免得我晚上又睡不着。"

"发现监控有问题的也是你们？"

"嗯。"

警员大致问了一些时间节点以及从昨晚到现在他们所知的其他人的动静。他看上去非常认真，能想到的问题都问了一遍，细细地做了记录，前后花了大约两个小时，直到管家送来午餐，他才起身道："好的，谢谢配合。"

临走前，警员又问了他们一句："真的没有碰到什么麻烦吗？或者你们如果有什么猜想，也可以告诉我。毕竟，如果你们昨晚没有临时变更住处的话，今天可能又是另一个结果了。"警员说着看向燕绥之道，"我想，或许还是跟你有些联系的。"

"我也很迷茫。"燕绥之道，"不过……也许对方只是想找个空房间落脚？"

警员似乎还有些不甘心，但最终还是点了点头，说："这几天如果有需要的话，你们可能还得配合一下。"

"当然可以。"

"另外，我的同事们还在对其他客人做笔录。你们今天下午就暂时别离开房间了。"

有上次亚巴岛的经验，乔很配合地点了点头，说："行吧。"

警员交代完便离开了。

午餐是在房内用的。

因为不方便出去，酒店的诸多娱乐设施也暂时派不上用场，酒会原定的重头戏也无法如期进行。

乔把柯谨安排在客厅里阳光最舒适的地方，自己百无聊赖之下上了跑步机，打算把早上被打断的锻炼继续下去。

顾晏和燕绥之则坐在沙发上看卷宗。

乔把跑步机调到了高速，跑步的同时，嘴还闲不住："那个做笔录的小警员，问题真不是一般的多。"

因为跑步的关系，他说话的节奏随着呼吸，断成一节一节的。

"很明显在套话。"燕绥之说。

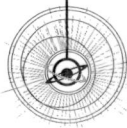

"怪不得，你俩做笔录的时候话那么少。"乔下意识回了一句。

回完他又觉得哪里不对。

"套话？套什么话？"乔有些纳闷。

更准确地说，一般人不会因为警方多问几句就觉得对方是在"套话"吧？除非真的有话可套。

乔忽然发觉这事确实有很多疑问。

比如，为什么实习生的房间为什么会成为目标？除非这个实习生的身上有点儿特别之处……

比如，为什么警员多问几句，实习生就很警惕？有什么可警惕的呢？除非有隐情……

特别之处？隐情？

乔仔细回想了一下……

平日里单个事件倒还好，这会儿串在一起想，他才发现这个实习生何止有点儿特别，好像从出现起就没有不特别过……

实习生该有的，他都没有；实习生没有的，他全都有。

有时候顾晏还没说话呢，实习生就先说起来了，哪有半点儿学生的样子？倒像是个老师。还有顾晏在实习生身上破的无数次例……

乔少爷想到这里突然愣了一下。

甚至自打实习生出现后，顾晏对爆炸案的态度都不一样了，就好像……

嗯？等等！

乔蒙住了。

他脑中突然冒出了一个惊人的猜想！

虽然很荒谬，但是如果猜想是真的，好像一切就都说得通了……

那一瞬间，醍醐灌顶。

乔头一回体验这种滋味，活像有人兜头泼了他一瓶冰镇啤酒。他顶着一头的"冰块"，看着沙发上聊着案子的两个人，神情恍惚地试探了一句："……燕院长？"

然后，他看见那个实习生头也不抬地回了句："说。"

乔瞬间一脸煞白："……"

应完那个字，实习生忽地反应过来，抬头轻轻地"啊"了一声，然后说道：

"抱歉……"

但是抱歉也不管用了。

乔少爷已经傻了，整个人都"冻"住了。

可悲剧总是发生得毫无征兆。

他人是"冻"住了，跑步机却依然在滚动着。于是他重心一斜，扑通一声，被跑步机抢跪在地上，还保持着"惊吓过度"的呆滞表情。

如果上天再给乔一次重新来过的机会，他会选择把嘴巴缝起来。

可惜这个世界不能倒带。

刚被跑步机抢出来的那一瞬间，乔少爷的大脑是空白的，他甚至没有意识到自己发生了什么事，就觉得膝盖有点儿疼，手掌有点儿麻……

等他彻底反应过来，他已经条件反射地一手捂住脸，一手拽住裤腰。

两只胳膊肘分别被人架住，乔知道那是匆忙来扶他的顾晏和燕绥之。

"脸伤了？"燕绥之问，"哎，你别捂着。"

顾晏试图去拉开他的手，想看看他的脸究竟怎么回事。

乔少爷死活不撒手，他摇摇头，含糊地说："没事——没事——别拽别拽，我缓缓。"

"先让我们看看有没有流血。"燕绥之说，"屋里有药箱，起码先处理一下，你不能这么闷着。"

乔依然不抬头，说："没碰到脸，我用手撑住了。"

"那你捂着干什么？"

乔少爷捂着脸崩溃了一会儿，故作平静地说："惯性。"

顾晏毕竟是乔的好朋友，一听就懂。

燕绥之疑问道："什么惯性？"

顾晏说："……丢人先捂脸。"

这是乔少爷的人生信条。

乔少爷有记忆以来，姐姐尤妮斯就是这么嘱咐他的——丢人的时候，要么捂住别人的脸，要么捂住自己的脸。

本意可能是逗他玩儿，但是两三岁的乔少爷是个名副其实的小傻子，照做的次数多了，就习惯成自然了。

对此，顾晏也不是第一回碰见。

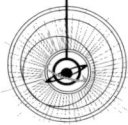

乔少爷腾出一只手无声地冲顾晏比了个拇指，表示你说得对。

燕绥之："……"

对这时候的乔少爷来说，抬头见人比受伤流血可怕多了。

不如行行好，放他一马。

"真没伤到？"燕绥之又确认了一遍，"膝盖呢？"

乔摇头。

燕大教授有些无奈地看了这小傻子一会儿，蓦地想起刚才那一幕，又在脑中万分魔性地重播了几遍。

他终究还是没忍住，拍了拍乔，算作安慰，然后无声又混账地笑起来。

顾晏："……"

8

客厅的另一角落，坐在阳光里的柯谨手指突然抽动了一下。他盯着乔看了很久，像是不能理解他出了什么事，又像一个极致困倦的人企图从朦胧模糊的意识中挣扎出来。

他茫然了片刻，似乎在努力思考发生了什么，却又怎么都做不到。他的睫毛翕张了几下，目光明显变得焦躁起来。

又过了好一会儿，他才意识到他可以站起来，走过去。

这么一个简单的动作却让他有些慌乱，起身的时候手指不小心碰到了旁边搁着的水杯。

哐当——玻璃碎片混杂着水溅了一地。

乔原本能在那里捂脸捂到世界尽头，水杯的脆响却让他把"丢人"扔到了一边，几乎是在听见声音的同时就抬起头，直起上身。

他看见柯谨与他隔着一段距离站在那里，瞳孔的颜色被阳光映照得很浅，非常无措。

柯谨在安静的时候状态会好一些，舒适、温暖的环境对他有益。相反，一切突发状况，尖锐的声音和破碎的东西都容易引发他的失控。

眼看他越来越无措，乔张开手冲他展示了一下，表示自己并没有受伤，接着满不在意又略带尴尬地笑了一下，说："我今天的腿脚可能有点儿笨，一不小心摔了个马趴。"

他这么一开口，柯谨的注意力又被引开了，无措的模样收了一些。

乔不动声色地抓住打算收拾玻璃碎片的燕绥之和顾晏，顺势借了把力让自己站起来。

"哟——"乔搓了搓自己的膝盖，絮絮叨叨地对柯谨卖了一会儿惨，假装自己走不动，可怜巴巴地半蹲在那里。

柯谨听他说完，缓慢地反应了一会儿，抬脚朝这边走过来。

把柯谨从碎玻璃旁引开，确认他不会再去看那一地狼藉，乔这才按了"客房服务"的按键。

原本挺安逸的下午茶时间，因为这些突如其来的状况，被搅得兵荒马乱，人仰马翻。

好在管家很快安排了保洁人员，清理起来干净利索，一点儿玻璃碴都没剩下，又仔细地铺了新地毯。

因为刚才那惊天动地的一摔，乔获得了柯谨自始以来最长时间的关注，甚至似懂非懂地揉一下乔的膝盖。

乔大少爷就像达成了史诗成就一样，高兴得忘乎所以，一时间甚至忘记了自己是因为什么才被跑步机抢出来。

十分钟后，两名保洁人员收起新地毯的包装纸膜，礼貌地打了一声招呼，离开了房间，还体贴地替他们关好了密码门。

柯谨两手握着一只玻璃杯，里面是新倒的温水，他似乎暂时忘记了自己刚才打碎过一只杯子，小口小口地喝着水。

房内一时变得安静下来，比起之前的兵荒马乱，气氛似乎很不错——就有鬼了。

乔大少爷从房间拿了条毯子来，刚在沙发上入座，就和对面的燕绥之来了个面对面。

乔："……"

活生生的人提醒着他一系列活生生的事实——实习生就是院长。

就在不久之前，他刚形容过对方是"笑面大魔王"——当面。

再久一些，他说过法学院的学生全是受虐狂——还是当面。

他好像还说过，能气到顾晏不容易，有那火候的至今就一位——哦，这倒没有当面，而是发的信息，能留证据能回顾的那种……这还不如当面呢！

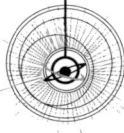

他还说过什么来着？

乔大少爷觉得往事不能细想，想得他连呼吸都痛。

他忘了是谁说过这样的一句话来着：说这辈子无论取得多大成就，转头见到老师依然会尿。

这话在其他人身上真假不论，至少现在，此时此刻在这间客厅里，他还真的有点儿。尽管他思来想去，都不知道自己有什么理由可尿。

真说起来，难道不该是身份被揭露的那一方更紧张吗？

但他的眼睛可能是瞎的。

不知道别人是怎么想的，反正他是死活没能从某院长的身上看出有丝毫紧绷的神色。可同时，这种反应也更加证实了一点——淡定成这样的，不是那位还能是谁？

正常人的话……好歹要再挣扎一下吧？

但他转而一想，这种情况再挣扎，作用也不大。以院长的性格，可能就干脆些了。

乔大少爷抹了把脸，不太敢直视燕绥之，只能转而去盯顾晏。

他崩溃地抱怨："你怎么不告诉我，不方便说实情没关系，你可以在恰当的时候让我闭嘴，别说话啊！"

顾晏说："我其实说过。"

"什么时候？在哪儿？怎么说的？"乔绞尽脑汁，试图回忆。

顾晏说："月初、酒城、皇帝的新装。"

要说别的，乔可能想不起来，可"皇帝的新装"他倒真的记得，还有什么"皇帝烫了脚"之类的。

但是……没有前因后果，这是人能听懂的吗？

"皇帝的新装？"燕绥之闻言挑起一边的眉头，看向顾晏。

顾晏："……"

顾大律师觉得，再这么让乔小傻子乱问，迟早把自己也搭进去。

"晚点儿跟你算账。"燕绥之要笑不笑地说了一句。

乔仰头在沙发上靠了半天，一手还有一搭没一搭地揉着胃，企图帮自己消化消化。想问的东西太多，一时间居然不知道从哪里开口。

就在他直起上半身，打算说些什么的时候，因为运动搁在大理石方几上的智能机突然振动起来。

他点开屏幕，只瞥了一眼就是一声脏话。

"怎么？"顾晏问。

乔一副活见鬼的模样，毫不介意地把屏幕摊出来给两人看——屏幕上没有显示名字，只蹦跳着一张中年男人虎着脸的照片。

乔说："老狐狸居然给我拨通信了。"

乔口中的老狐狸是他的父亲德沃·埃韦思先生，是一个放在全联盟都响当当的人物。

不过大多数人对埃韦思先生的印象都停留在各种新闻报道中，埃韦思先生总是带着平易近人的礼貌笑意，一头银发打理得很整洁，发尾带着一点儿未褪的金色。

即便已经过了盛年，人渐衰老，也依然是个绅士。

埃韦思家接连几代人对外都是这种气质，所以大众好感度非常高。

祖辈从最初的军工用材起步，到后来转民用，再涉足各个领域，埃韦思家总能进行得特别顺利，这跟他们的家族气质和形象也不无关系。

到了乔少爷这代……大概是基因突变——姐姐凶，弟弟傻。

不过，乔少爷屏幕上的德沃·埃韦思先生却很罕见。

屏幕上那张一跳一跳的照片里，德沃·埃韦思正坐在书房，两眼瞪着镜头，一手抄着玻璃烟灰缸，似乎下一秒就要往镜头这边扔过来。

什么绅士、什么礼仪都不见了，跟他一贯的公众形象相差甚远。

这种情况一看就是乔少爷的手笔，也只有他能把大众眼中的绅士埃韦思先生惹成这样。

乔虚空弹了弹屏幕，欣赏着他父亲暴跳如雷的英姿，嗤了一声，嘟囔道："又手抖了吧……"说着就毫不犹豫地挂断了通信。

"不接？"顾晏问。

"不接！他肯定是手抖了。这么多年，他什么时候给我拨过通信，有事都是让尤妮斯转达的。"乔哼了一声，"你是不知道，去年我就上过一回当。就他住院那次，我以为真有什么事，想也没想就接了。结果你猜怎么着，老狐狸一听我的声音，就说'打错了'，说完就把通信给挂了。这换你能忍？反正我

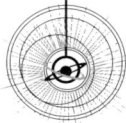

不能忍。"

结果这话刚说完，新的通信请求又跳了出来。

他的屏幕设置还没改，角度依然是平摊着的，通信请求一出来，燕绥之和顾晏就看得清清楚楚。

依然是那位暴跳如雷的老父亲。

"又来？"乔挑起眉尖。

连着两次手抖的可能性实在太小，这回大概真的有事。

乔迟疑了两秒，还是绷着脸，捏着鼻子点了确认。

"有事？"他连招呼都没打，接通就丢出这么一句。

对面不知怎么了，突然窸窸窣窣一阵响，接着一个女声传过来，低声嘟囔了一句什么，道："喂！"

乔愣了一下，说："尤妮斯？你拿老……你有事拿你的智能机啊，你拿他的干什么？生怕我接啊？"

"我有病？"姐姐尤妮斯道，"就是他拨的，临到说话了，又把耳扣扔我手里。不多废话，我们去不了悍金花园酒店了。"

"……哦，拍手叫好。"乔哼了一声，"不是，他拨过来就为了让你说这个？警署都封场了，谁进得来啊，还用他特地告诉我？还告诉得这么迂回。你们在哪儿？"

尤妮斯道："就在法旺区。我们原本已经在去酒店的路上了，途中突然收到那边的消息。老头子不放心你，所以我们先在这边住下了。"

这话刚说完，尤妮斯旁边隐约传来了德沃·埃韦思先生饱含威严的声音："放屁！"

尤妮斯一点儿不怕他，继续跟乔说："别理他，他就是听说出了命案，心里不踏实，找借口跟你通话呢，还死要面子，矫情一个小时了。"

"胡说八道什么东西！"德沃·埃韦思毫不绅士地在那边训斥。

尤妮斯说："怎么胡说八道了？上次在天琴星，你不也催着我给这傻子拨通信吗？"

乔说："……尤妮斯女士，我还听着呢，你能不能注意点儿用词？"

尤妮斯说："你闭嘴，等会儿。"

她那边似乎是跟德沃·埃韦思兜起了圈，德沃·埃韦思怒道："说什么废话，你把耳扣给我！"

"晚了。"尤妮斯说。

"你抢我智能机干什么！"德沃·埃韦思又在一番乒乒乓乓中说。

这对父女对吼时，嗓门一个比一个大，即便乔没有开公放，燕绥之和顾晏也能听个七七八八。

燕绥之出于礼貌，跟乔比了个手势，示意他跟顾晏先回避一下。

结果乔大少爷磊落得很，冲他们摆摆手，用口型道："跑什么，犯不着，又不是什么机密。"

他们说话间，耳扣里传来一串噔噔噔的高跟鞋脆响，接着是锁门声。

尤妮斯放低了声音："不扯那些了，酒店的事你小心点儿……可能跟曼森他们那边有牵扯。"

"什么意思？你们怎么知道跟曼森有关？听见什么消息了？"乔问。

顾晏和燕绥之看向他。

"没有。"尤妮斯道，"警署只是简单地跟我们说了一声，你们那边出了点儿事，一个监控室的值班员是吧？"

"嗯，是啊。"

"所以才奇怪。一个值班员联想到曼森他们，是不是有点儿勉强？但是老头子就这么觉得。"尤妮斯顿了一下，说，"我觉得咱们之前对老头子跟曼森家的关系可能有点儿误会，以前的事情可能没我们想得那么简单。"

乔沉默了片刻。

这一两年里，他偶尔会产生一种跟父亲德沃·埃韦思关系也不至于那么差的错觉，比如刚才。

一方面是德沃·埃韦思确实在慢慢地跟曼森家疏远；另一方面是尤妮斯在当中调和。可一旦提起"以前"相关的话题，他就又会产生一丝淡淡的厌恶。

尤妮斯想了想，又道："不过那些事现在想翻也有点儿麻烦，信息不全，想避开老头子的关系网就更难了，毕竟负责某些案子的处理人就不简单。"

乔抓了抓头发，对这种话题本能地排斥，他听完就含混地"嗯"了一声。

对于尤妮斯的话，他的感觉很复杂。

一方面，如果他这几十年对自己父亲的猜测是个误会，其实是件好事，他甚至还有点儿期待；但另一方面，他又担心查出来的结果是给以前的猜想板上

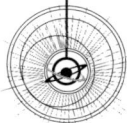

砸钉。

"也有可能不是那些人做的。"乔忍不住说了一句。但是一说完，他又想咬掉自己的舌头，因为这话听起来实在很像某种鼓动。

果然，尤妮斯等的就是他这个态度。

她立刻道："对，也有那么几件边缘化的事情。当时负责处理的律师、法官、警署也许跟那些疯子家族们没关系，但是……"尤妮斯说着又陷入了难题，"这其实很难认定，谁能肯定哪个是真没关系，哪个是装没关系？"

有埃韦思这个家族名片在背后撑着，他们曾经办什么都要比别人容易些，消息比普通人来得快，查东西比普通人来得简单。有的人耗费数十年才能摸到边缘，他们可能起点就在中心。

但真到了某些时候，他们又会因为盘根错节的家族关系止步不前，比普通人更受束缚，最后反倒又要向那个关系圈外的人求助。

"哎？对了，顾呢？他是律师，又是少有的可以放心的人，你要不……"尤妮斯说。

乔心说：我面前三个律师呢，哪个都挺让人放心的，一点儿也不"少有"。

他朝沙发上的几人看了一眼。

老实说，对于这种事情，他根本不想把自己在意的人牵扯进来，最好一根指头都不要碰，免得真查出点儿什么，脏了他们的手，还影响关系。

但是……如果真的提都不提，完全对朋友保持缄默，同样也不是好事。

乔少爷觉得自己半个脑子都要纠结散了，他实在不擅长这种需要反复考量、斟酌的事情。他闲不住地用手把脸搓得变了形，说："他比我还小几岁呢，根本没接触过那些啊。"

"那还有年长一些的吗？"尤妮斯说着忽然又有些遗憾，"哎——"

"你哎什么啊？"乔丧着脸。

"想起一个人，要是他还在的话，倒是能问问。"尤妮斯说。

"谁？"

"你们那个法学院的前院长。"尤妮斯说。

乔有点儿震惊，道："你跟他还有交情？我怎么不知道？"

"废话，我哪天见了谁还要跟你汇报？再说了，家族的事情你不是一点儿都不想沾吗？那你知道个屁！"尤妮斯骂完他又说，"我和他也算不上有交情，因为集团里的一些事情，打过几次交道，但我倒是能确定他跟曼森之流扯不上关系。而且我也是这几个月才发现，他早年办过的一件案子其实跟以前那些事有点儿关联……"

乔愣了一下，问道："什么案子？"

"挺早的了，一个医疗案子。"尤妮斯说。

医疗案子？

乔愣了一下，他不是法学院的受虐狂，所以对燕绥之的人生经历知道得并没有那么细致，大多数还是从顾晏那里听来的。

在他所知道的那些历史里，医疗案子倒还真的有……顾晏当初写了一个月的分析报告，后来又废了的那个旧案不就是吗。

他正在脑子里快速搜索着，尤妮斯又说道："算了，说这些也没什么用，人都没了。"

乔："……""起死回生"了解一下？

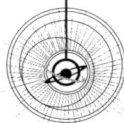

第四章

1

燕绥之和顾晏对偷听别人的家庭对话也没什么兴趣。即便牵扯到了曼森家族，也可以等挂了通信再问乔。所以当尤妮斯的音量降下去之后，顾晏和燕绥之都自觉闭了耳朵。

他们这时候的注意力更多地放在了德沃·埃韦思那张扔烟灰缸的照片上，因为他们在德沃·埃韦思的书桌角落看到了一个很有意思的装饰品——一个做成扑克牌"梅花"造型的摆件。

"你觉得呢？"燕绥之拨了拨顾晏手指上的智能机，低声问道。

顾晏朝他瞥了一眼，说："嗯，过会儿问问。"

两人说着一抬头，就发现乔大少爷挂断了通信，耳扣还没摘，幽幽的目光直勾勾地盯着燕绥之，带着迟疑、期待、纠结和……厌，活像压了什么话，欲言又止。

燕绥之："？"

顾大律师："？"

"有话说话。"顾晏说。

乔一转头就看见燕绥之正冲他微笑。

乔："……"

当初在学校太无聊，乔为了能跟柯谨和顾晏一起混，选修过法学院的课，讲课的就是院长大人。那大概是乔在大学里做的最后悔的一件事，那课上得他感觉自己的头发都薄了一层，一度搞得他很恐慌，觉得自己迟早要秃。

结课那阵子，他抓着柯谨跟顾晏的裤腿哭了三天，才勉强混到合格线。

之后有很长一段时间，他看见法学院的楼都绕着走。同时还落下个毛病，他看见院长毫无理由地冲他笑，就有阴影。

他这毛病持续了小一年才好，但这会儿突然又有了复发的趋势。

原本斟酌好的开场白就这样被燕绥之笑没了，乔少爷的问话到舌尖有些犹豫："我……其实我从刚才到现在都很蒙，脑子有点儿转不过来，问题挺多的，都能问吗？"

"你问，我听听看。"燕绥之笑了笑。

他想问燕绥之为什么会变成这副实习生的模样，但转而又想起之前顾晏让他帮的忙——找一个话少嘴紧的专家，帮忙安排一次基因检测。

现在看来，给谁安排的，不言而喻。

他还想问，你既然没死，为什么不恢复身份，还要做基因修正？

但这个问题的答案同样很明显。

谁会放弃一个有名望、有地位、生活优渥的身份，转而去做一个毛头小子实习生？

乔一句话都还没问呢，就自己先想通了大半，也差不多能明白燕绥之现在的处境。他的嘴唇张张合合好几回，最终问道："院长你……这个状况还有谁知道？"

这个问题问出来，就说明他已经猜了大半。

燕绥之笑了，说："这不挺聪明的嘛。"

他跟顾晏两人简单解释了一下现在的情况。

乔大少爷倒是有点儿受宠若惊，说："所以……实际上，你主动告知的就只有我跟顾？连劳拉他们都还不知道，却告诉我了？"

顾晏无声地看着他："……"

"你别这么看着我。我知道是沾你的光，托你的福。"乔冲顾晏说。

事实上，这话也确实不假。

虽然在他眼里，院长是个什么事都不当事的人，但并不好亲近。当年在学校里，他们就从不曾听燕绥之提过私事，可见不是容易漏话的人。

这样的人，怎么会被他一句话就试出身份来呢？

无非是他那时候不设防备、非常放松；又或者，他并不介意让乔知道这件事情。但乔在这方面很有自知之明，他对于燕绥之来说，唯一的特别之处可能就是"顾晏最好的朋友"。

一切待遇大概都基于这一点。

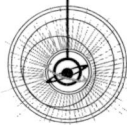

可这并不妨碍乔大少爷感动，他本来就是"你对我释放善意，我就加倍砸回给你"的人。更何况这都不只是善意，还有难能可贵的信任。

于是，乔少爷当即举着手指开始表忠心："好了，不开玩笑，放心，我最讨厌辜负人。这事儿到我嘴里就是终点了，未经你们同意，我一个字也不会透露出去，关系再亲近的都不行。乱说一个字，我就把舌头切了给你们下酒！"

燕绥之温和地婉拒了："那倒不必，自己留着下吧。"

乔："……"

他不太想再讨论舌头给谁下酒的问题，干脆换了个话题："对了，之前你们说要问我什么来着？就是我跟尤妮斯快要讲完通信的时候。"

顾晏问："我们刚才看到了你屏幕上的照片，埃韦思先生的书桌上有个装饰摆件？"

乔愣了一下，显然没想到会是这种问题，道："好几个呢，你们说哪个？"

他干脆调出老父亲那张暴跳如雷的照片，把书桌桌面的部分放大，竖着屏幕送到燕绥之和顾晏面前，说："这一排不都是摆件吗？"

燕绥之指了指那个"梅花"，说："这个。"

乔"哦"了一声，说："据说是别人送给他的，有点儿年代了，进家门的时间比我还早，保不齐，我得叫它一声'哥'。"

"为什么送这个？埃韦思先生爱玩扑克？"

"哪儿啊！他玩起扑克来，就是给全桌送钱的，爱个屁。"乔说，"这东西是别人送来拍马屁的。"

"送梅花拍马屁？这个角度是不是太新颖了？"

"不是，这个其实有含义的。"乔解释说，"我听我姐姐说，很早之前……具体是四十多年前还是五十多年前，我也弄不清了。尤妮斯女士不把我当人，每回讲故事时间之类的细节都有出入，搞得我总以为是她瞎编的，而且很难求证。反正差不多那些年，有大家族牵头，想搞一个集团联合之类的东西，把更多的资源集中整合起来。"

联盟内可居住的星球数量多得难以计数，它们是一个整体没错，但彼此间的差距也很明显——有繁华如德卡马这样的，也有破烂如酒城的；有海盗永远打不着的红石星，也有永远都在打的赫兰星。

联盟上下有意缩小这样的差距，但单凭某一部分的努力，永远不够。

"那个联合集团的初衷大概就是这个吧。"乔说，"这其实是个挺理想化的东西，但响应的还不少，主力军就是赫兰星出生的那帮商人，他们比较……善良、热情。尤妮斯小姐的原话，真假不知。据说，酒城如果跟赫兰星一样'特产'商人，没准儿也是主力军。"

"当初那些人还当真聚在一起商讨过，毕竟还没正式搬上台面，所以商讨的时候也不那么严肃。前前后后商讨了好几年吧，从我姐还是胚胎，商量到我姐能操着流利的联盟官话凶人——尤妮斯小姐原话。我姐说，她四岁还是五岁的时候有幸参与过一次那种派对，那回是在木托大雪山的山庄里，那帮人喝着酒玩扑克的时候，又聊起联合的事情。可能是酒喝多了，聊到兴头就拿扑克牌的花色搞起了事。"

"哦？花色什么说法？"燕绥之问。

乔再次强调道："以尤妮斯小姐不到五岁的记忆做担保，这内容的准确度有限，随便听听吧。说是梅花代表家族还是什么来着？方片代表金钱财富，黑桃代表忠心，也可能是工人？红桃……呃……不太记得了。"

燕绥之却点了点头，说："我知道了。"

"嗯？"乔愣了一下，"我都不知道我在扯些什么，你就知道啦？"

"联盟古早时候的经典扑克花色论。"燕绥之说，"梅花是权杖的杖头，象征权利和地位；方片是古早时候一度流行过的菱形钻石，代指财富；黑桃是箭尖，代表士兵；红桃代表信徒。"

"如果放在那个所谓集团联合里，梅花指代的应该是有声望、地位的家族，诸如你家和曼森家，这些家族能提供最广的人脉和资源；方片代表出钱为主的角色；黑桃则代表出力为主的角色；至于红桃……"

乔少爷举一反三，学会了抢答："红桃可能就献上一颗心吧，纯凑热闹……有用？"

顾晏："……"

"有用，不要小觑那些凑热闹的，当凑热闹的达到一定规模，往往能影响最终结果。"顾晏提了一句。

"啊——那就难怪了。"乔少爷说，"据尤妮斯女士说，那个倒霉的联合设想讨论来讨论去，也没落实下来，后来就不了了之了。那个什么花色理论也就是当晚参与人之间的一个玩笑吧，但后来偶尔会有人借那个理论拍拍马屁，

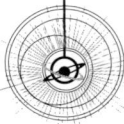

比如送老狐狸一个梅花摆件，不就是拐弯抹角地表示'你有地位、你有名望、你好厉害'之类的吗？"

他回味了一下，又点评道："这事儿吧，初衷挺好的。但是没成也在意料之中，估计是人太多了，人少点儿或许能成。我记得好多年前，不是有个匿名财团帮扶过酒城吗？据说那个匿名财团就是两家人悄悄合作的。虽然酒城有点儿扶不起，后来财团也不知道因为什么没落不见了，但至少最初能成啊。"

乔还在嘟囔，在他眼里，那个联合是个不了了之的夭折品，花色论更是某个雪山夜里的闲聊扯淡，都是陈年旧事，没什么多提的价值。

但是燕绥之和顾晏却不这么觉得。

他们觉得这些"陈年旧事"根本没有像乔和尤妮斯以为的那样终结在数十年前，反而以另一种……也许早已以扭曲的形式延续到了现在。

酒吧里的扑克花色分区、德沃·埃韦思书桌上的摆件，甚至克里夫把玩扑克时的习惯，似乎都跟这个有牵连。

还有布鲁尔·曼森的戒指，米罗·曼森的耳钉……

现在想来，那三枚黑钻组成的图形就是梅花，没有"把柄"的梅花 K。

关于监控室值班员巴里·约翰逊的死，警署全员依然在紧张地调查。

在悍金花园酒店下榻的客人没一个简单的，法旺区警署不敢掉以轻心，几乎调用了全部警力，一边查着巴里，一边在查闯入 406 号房间的人。

他们的调查进展属于警署机密，不可能轻易泄露，否则容易打草惊蛇。外面还有那么多记者及狗仔队全程跟进，以至于酒店内进驻的警员们警惕性很高，一个个都三缄其口。

整个下午，悍金花园酒店内异常热闹，又异常沉寂——人比什么时候都多，气氛也比什么时候都丧。

到了夜里用餐的时候，这种氛围才终于缓和了一些。警方似乎缩小了嫌疑圈，很多客人得以重新自由活动起来。

其中一小部分散户对于这种人命意外很忌讳，一刻也不愿在酒店里多待，餐点也不想用，一直闹着要先行离开，可很快又被肖警长在院子里拦下。

"女士们先生们，当然，我们并不是要限制你们的自由。"肖警长说，"而是这次的案子实在有些古怪，为了你们的安全着想，请尽量不要选择在夜里出行。如果一定要走，最好选择明天白天。"

那部分客人很不满，在院子里跟他起了一些不愉快。

肖警长顶着一张棺材脸，说："我替祖辈们感谢诸位的问候，但我依然要说，劝你们多留一夜，压力最大的其实是我们警署全员。因为这意味着我们要保证你们在这一夜的安全，为自己说的话负责。如果不是真的为你们着想，我何必没事找事？"

他成功说服了一部分人，最终坚持离开酒店的只有两三位客人，其余的都选择改为白天离开。

而那些背景更为雄厚的客人，也许见惯了风雨，一个个都异常淡定，该用餐的用餐，该喝酒谈事的喝酒谈事。

乔趴伏在二楼栏杆上，看着楼下三三两两聊笑的人，嗤了一声，感慨道："哎，你看，从他们脸上可一点儿都看不出今早出过命案。"

顾晏站在他旁边，垂着眸子，居高临下地淡淡扫了一圈楼下，说："正常。"

他们都不是第一次跟这些人打交道，对这些人的脾性了如指掌。

"真没意思。"乔大少爷向来跟这些人混不到一块儿去，"要连人命都看得这么淡，那这日子过得可就真没意思了。那个肖警长十有八九是个二傻子，把这窝狼放一起多住一天，多容易出事，还不如早早驱散了呢。"

顾晏朝他瞥了一眼。

这位二傻子居然还喜欢嘲讽别人。

"这里面有些人的嫌疑还没解除。"顾晏说。

警署不方便明说，担心得罪人，就会借不安全之类的正当理由，想尽量留下更多的人。一是不容易惊动对方；二是如果最终解除了嫌疑，也不用担心闹得不愉快。

"这样吗？"乔问。

他一直在用智能机跟谁聊着天，时不时动手回两句。

"经验之谈。"顾晏说。

在他们身后不远处的沙发卡座里，燕绥之正一口一口、慢条斯理地吃着晚餐。柯谨安静地坐在他旁边，状态看上去还不错。

乔大少爷回头看了那两个人一眼，说："老实说，我之前还嫉妒过，心说一个小小的实习生那么好吗，怎么连柯谨都对他特别一些？现在我算是明白

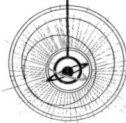

了……这其实还挺令人高兴的，说明柯谨在某些方面比我敏锐，也许有一天他突然就好了呢。"

智能机又振了两下，乔咬着舌尖看了一眼，表情有些无奈。

他简单地回了几个字，肉眼可见地敷衍完对方，又问顾晏："说起来我很好奇，你究竟是什么时候知道他是院长的？难不成一眼就认出来了，所以收了他当实习生？"

顾晏说："不是。"

他就算魔怔，也不至于看见一个略为相像的人就怀疑对方是燕绥之。

顾晏回忆着那天的情形，说道："第一次在律所见到他的时候，我很不喜欢他。"

"真的假的？"乔说。

"真的。"顾晏靠着廊柱，朝燕绥之的方向瞥了一眼，又淡淡地说道，"菲兹把他安排过来的时候我其实很排斥，一心想找个由头把他送到视野之外，越远越好。"

这种情绪和想法占了上风，以至于那天的他罕见地有些反复无常。

"那你为什么又破例收下了他？"乔很好奇。

"因为看到了他少得可怜的资产余额。"顾晏道。

"哦，我就知道。"乔说，"你向来心软。"

顾晏没说话。

心软吗？也许吧。

只是当初看到那个资产余额的时候，他忍不住想象了一下，如果燕绥之真的遇见这种事情，身无分文还处处碰壁……该如何是好。

"所以，你其实也花了一阵子才认出来吧？"乔说着又满意地点了点头，"这样我就心理平衡了，显得我的观察力勉强还行。"

"也不是，那天晚些时候我就已经开始怀疑了。单是气质相似还能说巧合，连偶尔流露的说话语气都像，就太少见了。"

乔说："……得，转一圈还是我最傻。"

顾晏瞥了他一眼。

乔扭头看向卡座，又飞快收回视线，继续摆弄着智能机，这期间还在有一搭没一搭地聊着。

顾晏不急不慢地喝完手里那杯酒，突然开口："你憋了一整个下午了，究竟想问他什么？"

"什么？"乔冷不丁被戳穿，下意识驳了一句，转而又叹了口气，"好吧，你怎么知道我有事想问他。"

"……在这边站了五分钟，你看了那边不下十次，中间发着呆，咬了一回指甲，还有一直没消停过的智能机。"顾晏忍不住刻薄了一句，"很荣幸，我长了眼睛。"

言下之意，不瞎都能看出来。

"哎……我姐，尤妮斯女士！她可能受了中午电话的刺激，一直揪着我讨论老狐狸以前涉及的事情。"乔说，"至于院长……我确实有事想问他。"

乔说着，又转头朝卡座那边看了一眼，刚好对上了燕绥之的目光。

燕绥之："？"

乔立马贼兮兮地收回视线，背对着卡座，拱了拱顾晏："其实问你也差不多。你知道院长都办过哪些跟医疗方面有关的案子吗？很早以前。"

"据我所知，就一件。"顾晏说。

乔抓了抓头，有点儿发愁地说："所以还真是你写过分析报告的那件？你说我如果直接去问他那件案子的情况和细节，他会不会不太高兴？"

毕竟那案子当初没少给燕绥之引非议，这样的情况下，应该很少有人乐意旧事重提。

其实，在问出这个问题之后，乔少爷还有些忐忑。他小心地观察着顾晏的细微表情和反应，等对方回答的模样活像一只一脸委屈的金毛大狗。

顾晏被他看得面无表情，说："……你晚餐吃错东西了？"

"没有！不是。"乔少爷有一点点无奈，又有一点点无辜，"我这不是担心你也不乐意提那件旧案子嘛。"

顾晏愣了一下，说："不会，你想多了。"

"哇——你这是旧账翻过去就死不承认了啊大律师？"乔的表情做作又夸张，声音却没有很高，至少后面沙发上坐着的两人不会听见。

乔继续说道："当年是谁因为那件旧案子心情不好，恨不得方圆八百米统统划成无人区？"

这话就夸张得离谱了。

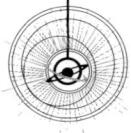

但这是乔大少爷的说话习惯，顾晏早就适应了。他想了想，一脸淡定地说："我心情好了也一样，况且真划出八百米无人区，你又是怎么存活下来的？"

乔说："我不一样，我人见人爱啊。"

顾晏仿佛见了鬼。

乔大少爷说完这句话，自己先扭头默默呕了一下，说："算了，不恶心你了。伤敌一千，自损八百，我也恶心得不轻。不过说实在的，要不是你跟院长成了这个状态，我也不会在你面前提这个案子——"

这就是乔大少爷作为朋友的可爱之处，虽然有时候因为没心没肺而浑身冒着傻气，但只要是他注意到的事情，他总是很贴心。

别的不说，这点还是很能触动人的。顾律师心想。

不过他刚想完，乔这个话痨紧接着说道："——以免勾你想起愁云惨淡的往事。"

顾晏："……"

乔说："说起这个，你当年的分析报告还找得到吗？要不现在给我一份？我先研究研究？"

顾晏摇了摇头，说："我删的时候你不是看见了？"

"那……我问问他？"乔小心翼翼地转过头看了燕绥之一眼，又默默掏出了智能机，"等等，我先买份保险。"

顾晏："……"

顾晏沉默了一会儿，然后说道："别问他了。"

"他对那案子很排斥？"

"不是。"顾晏道，"不至于。前段时间网上总有人把那件医疗案翻出来说两句，他应该都看见了，没什么特别的反应。但是……"

"但是什么？"

顾晏没说话，准确地说他不知道怎么形容。

网上时不时提起那件旧案子的时候，燕绥之的表情总是很寻常，目光一划而过，偶尔会有些出神，但并不会持续太久，就好像经人提醒，在回忆一件稀松平常的事情。当年的纷纷议论，也好像早就成了过眼云烟，并没有在他心里留下什么痕迹。

但有两点顾晏现在回想起来觉得有些奇怪。

一是，燕绥之似乎更喜欢看那些骂他的旧言论。网上翻出旧案的时候，当然不可能轻描淡写地提一嘴就收，总会发散一下。普通的言论没有提的必要，正面夸赞的话，这些年里没少用在燕绥之身上，也不稀奇。所以有好些网站提起那件案子时，会顺带放两句当年的负面评论。

燕绥之看那些负面评论时会多停一会儿，看得认真一些，而且看完之后，他会显出几秒微妙的放松感。

二是，他没有亲口提过那件案子。哪怕是顾晏跟他说起当年的理念不合，说到跟那件案子相关的旧事时，他也没有主动提过那件案子。

他说起过"理念"，说起过"某个生日酒会"，说起过"讲座"和"初衷问题"，但唯独跳过了引发这些问题的旧案。

哪怕是"那件案子"这样的指代词都没有从他口中出现过。

当时的他避让得太过自然，好像话题自然而然地就跳到了后面，以至于让人难以确定，他是有意的还是无意的。

如果是无意的，倒没什么，但如果是有意的呢？

"哎——算了，我再跟我姐说说。"乔本来就在这事上有点儿怵，还没等顾晏多说，他自己就先打起了退堂鼓，手指飞快地给尤妮斯发去信息。

很快，尤妮斯回复过来："我就知道你搞不来什么东西，不过也正常，毕竟顾那时候还小。"

乔的嘴巴正如他保证得那么紧，即便是亲姐姐，也对燕绥之的"死而复生"一无所知，所以尤妮斯一直以为他在折腾顾晏。

尤妮斯很快又来了一条信息："我下午托了几个媒体朋友，他们答应我晚上给答复，没准儿过会儿能收到点儿有用的信息。我也不指望你做别的了，就帮我祈祷吧。"

乔少爷感觉自己活成了姐姐的吉祥物："……"

2

十分钟后，尤妮斯突然拨来了通信。

"怎么了？"乔接通后下意识问道。

"什么怎么，有回音了呗！"尤妮斯没好气地说。

"我的天，你的那些媒体朋友们效率高得可怕啊，请问他们是住在网络数

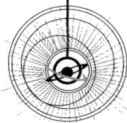

据库里吗？"

"放屁！少废话。"尤妮斯说，"他们给我发了个资料包，我过会儿也给你一份，你解了包先看着，如果可以的话最好让顾帮帮忙。他们律师看事情的角度总跟咱们不一样，没准儿能看出点儿什么来。"

乔说："你指望看出点儿什么？"

尤妮斯道："我指望他能火眼金睛，一下就看出老头子跟那些疯子之间界限分明，什么不该做的事情都没做。但是可能吗？这哪是一时半会儿能说得清的。总之让他看看，看不出来也没关系。咱俩都耗了这么多年，更何况他呢。"

尤妮斯说着，已经把所谓的资料包发来了。

乔一看那包的大小就眼睛疼，道："我的天，这是弄了多少？都是些什么？把联盟近四十年的卷宗打了个包吗？"

尤妮斯说："……就你话多！都说了是媒体朋友，找的东西大多是他们那行相关的。卷宗还在联系，能不能找到全面的还得看运气，毕竟过去太多年了。"

"好的，好的，是的，女士。"乔说着，恭恭敬敬地把包接了，挂了尤妮斯的通信。

"媒体相关的……"乔嘟囔着，"不会是把全联盟能找到的、关于那件案子的新闻报道和视频记录什么全翻出来了吧？你帮我分担一点儿？"

他可怜巴巴地看着顾晏道："怎么样？"

顾晏说："解好了发过来吧。"

乔笑逐颜开，道："哎，我就知道你最够意思！给你半个包吧！"

顾晏说："不用，给我一整份。"

乔愣了一下，才又明白过来，摇头道："我突然觉得，幸亏你嘴被'缝'过，否则不知道会有多少人一头栽在你手里。"

乔并没有闲着，那个巨大的资料包一边解着，一边从解好的里面随便挑了几个看了看内容。

"果然，好多报道。"乔说，"啊……还有些当初拟好没能发出的稿子。"他说着，就着手里的屏幕给顾晏展示了几个。

四五个页面排成了一排，乔不断打开新的，并排的页面数量还在不断增加。

顾晏一眼扫过去，这和"摇头翁"案顺嘴提到的那些不同，这都是当年原汁原味的报道。他大学时候写分析报告时，这类报道看了不下百篇。

页面无声划过，关键词宛如潮水一般扑进他的眸子里，明明已经过去了十年之久，重新看到时，依然能下意识想起下一句、下一段是什么，甚至依然能想起当时的心情，但又有些不同。

直到这些熟悉的报道中终于出现了几页陌生的、从未见过的内容，顾晏才回过神来。

"这是什么？"他伸手按住了一张页面。

乔翻看了一下文件信息，说："啊，一个当初发出来又被删掉的报道。"

"删掉？"顾晏，"有说原因吗？"

乔念着备注："当时的理由是案件热度早就过了，有别的内容要发，负责人就把这个撤了。"他说着收起备注又道，"小网站嘛，正常。就是当初写这报道的记者估计挺郁闷的，我姐那几个媒体朋友就经常追忆这种往事。"

那篇报道的内容并非是关于燕绥之接的那件医疗案的本身，看右下角的时间，应该是半年后了。被告人还是那个副院长，不过案子却换了，涉及的指控更多，证据更全面。

这一次没有任何漏洞，被告当堂定罪，大快人心。

这份报道的重点是一张照片。

照片拍的是那次庭审的旁听席，最后一排坐着一个年轻人，他面容素白，十分英俊，像精致的白玉石雕，斯文雅致中透着一股淡淡的冷漠感。

他平直的目光落在被告席上，长而浓密的睫毛在眼下投落了一片阴影。

也许是大多数旁听者都坐在前排，最后一排没有其他身影的缘故，他看上去安静而孤拔。

那份报道说，时隔半年，燕绥之悄悄来看了一场跟他无关的庭审，在看到被告被宣判后安静地坐了很久，又在众人散场前独自离开了。

报道里说，也许这位年轻的、风头正盛的律师，并非如一些人所认为的那样，也许他也想看到正义最终得以伸张。

顾晏的目光在那张照片上停留了很久。

报道的开端写着，那场庭审的时间是一月二十四号，这是燕绥之墓碑上刻着的真正的生日。

报道的结尾是那个记者的署名——吉姆·本奇。

"我没看到过这份报道。"顾晏突然说。

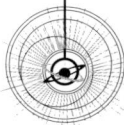

　　乔没反应过来，一边随机点开新的文件，一边头也不抬道："正常啊，不是说过吗？这份当年刚发就被删了，估计也没几个人看见。更何况，你找资料写分析报告已经是很多年之后的事情了，上哪儿看去？"

　　这份报道当年存活的时间可能不足几秒，没人看到，也再没人提。

　　所以顾晏在查旧案的时候，看到的只有最平直的判决书、纷杂的舆论以及各种报道中燕绥之说过的一些话。

　　比如有记者问他，为什么要坚持无罪时，他只丢了几个字："为什么不？拿钱办事。"

　　还有其他一些直白又尖锐的言论。也正是这类的回答，让他在那段时间里处在风口浪尖，骂声不断。

　　那些回答会让人产生一种错觉，好像他后来的温和优雅，包括引导学生时说的话，都是经过包裹的。这就像是一段笔直的树干里突然横生的杂枝，突兀却又真实地存在着，全然有别于他后来给人的印象。

　　但不得不承认，这两种形象，至少有一个更接近他的本质。当年舆论里骂他的人只看到了其中的一面；后来全然忘记了那件旧案，一心夸赞他的人又只看到了另一面。

　　"你把这些都发过来吧。"顾晏说。

　　乔没有觉察到他情绪的微妙变化，或者说他藏得太好。

　　"现在就要？好啊，你等下，我这就给你发过去。"

　　乔的智能机展开了太多界面，他匆匆地从堆积如山的资料堆里挣扎出来，又调出信息界面，滑拉了几下，在其中一个人名上点击了"发送"。

　　刚点完，乔少爷就愣了一下。

　　他看着显示正在发送的界面，大脑有一瞬间的空白，然后手忙脚乱地戳着屏幕，差点儿把智能机给撸下来扔掉。

　　这么大的动静实在很难忽略。

　　顾晏从那份旧报道的照片上移开目光，蹙眉看向他问道："你在干什么？"

　　乔原地呆立半晌，然后"啪"地用双手捧住脸，张着嘴无声惊叫，活像是从那张名画《呐喊》里跑出来的。

　　"我……我干了件蠢事……你别骂我……"乔忐忑地说。

顾晏说："……你干得少了？我跟柯谨骂过你？"

乔说："好，你先抓住栏杆。"

顾晏："……"

乔一闭眼一蹬腿，开始忏悔："我发错人了……"

顾晏警觉地皱起眉，问道："发给谁了？"

乔说："院长……"

顾晏："……"

两人同时感觉到了窒息。

一个是被死党蠢得上不来气，一个是怕得上不来气。

"为什么会错发给他？"顾律师的脸都要冻裂了。

乔说："他在我这里的备注是'顾的实习生'，跟你一上一下挨在一起……我一个手抖……"

"乔？"燕绥之的声音从沙发那边传来。

乔少爷仿佛听到了死神在召唤。

他僵着脖子，干笑着慢慢转身，心里疯狂尖叫"不——我不过去——"，腿脚却已经机械性地跟着顾晏走到了卡座旁。

燕绥之的智能机打开着，面前排开了一排页面。

显然，他不知道乔给他发了什么东西，下意识从里面点开几个看了一眼。

卡座这边的壁灯灯光斜落在他脸上，明暗阴影刚刚好，以至于旁人看不清他的表情，自然也摸不准他的心情。

可从那一排的页面来看……他好像并不打算看一眼了事。

乔少爷仿佛回到了十年前选修课结课的时候，两腿发软、脚步虚浮、内心忐忑。

顾晏在燕绥之的旁边坐下。

乔盯着顾晏的动作，他生平头一回这么期待顾晏可以"以下犯上"。他希望顾晏可以直接抢走燕绥之的智能机，别让燕绥之看到那些。再不行，就直接把燕绥之赶回房间。

很可惜，他的死党不是这个性格。

乔少爷顿时如丧考妣。

燕绥之动了一下目光，他从面前的报道中收回视线，又顺手一滑，将那一

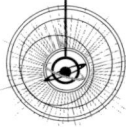

排屏幕关了，瞥了乔跟顾晏一眼，说道："你们刚刚私奔去栏杆那儿，就在研究这些？"

好像……语气还行？

正如之前顾晏所说的，不至于排斥，也没有什么明显的避讳。

乔摸着胸，之前被吓得贼快的心跳慢慢稳定了一些。

顾晏的手肘撑在膝盖上，摸了一下嘴角，刚想说些什么，乔已经一屁股坐在了柯谨旁边，破罐子破摔地道："哎……算了，怪我手抖，既然这样了，我还是直说了吧。院长……我跟我姐想请你帮个忙。"

说到最后一句的时候，乔的神色变得很正经，还有些恳切。

不过这么说着的时候，他抓着柯谨来壮胆。

燕绥之瞥了他一眼，嘴角翘了一下，道："哦？什么忙？"

乔说："说来话长。"

燕绥之："……"

"所以我挑重点说了。"乔低声道，"我跟我姐……一直觉得，老狐狸跟曼森他们那些人勾搭的那些年里，干过一些……一些不太好的事情。这很大程度上导致了我跟老狐狸这些年里针锋相对，见面没一句好话。但是，我姐最近发现一些端倪，以至于她怀疑我们这么多年对老狐狸有很多误会。"

乔有些无奈道："这说白了，其实是一些杂烂家事。但如果真的能找到一些事情，证明是我们误会他了，那……至少我们还来得及给他一个道歉。"

他垂着头，两手交握着晃了晃，沉默了片刻又道："……我其实还挺期待那个道歉的。当然，如果事实证明不是误会，他就是个老混账，那我跟我姐……也……应该也不会包庇他。"

燕绥之点了点头，说："所以，需要我帮什么忙？"

"我姐想重新查一查当年几个我们认为跟老狐狸有牵扯的案子，但是缺少一些切入点，也不想惊动太多人。"乔说，"所以迂回了一下，想从更边缘一些的旧案入手，院长你曾经办过的案子就在其中。"

燕绥之的表情有了微妙的变化，目光在灯下动了动。

他没有立刻说话，似乎是深深地看了乔一眼后，才晃了晃手指上的智能机，问道："你是说你发过来的这些？"

"或者院长你还办过其他医疗方面的案子？"乔问。

"没了。"燕绥之说，"我看过很多，但办过的很少。"

"那……就是这件了。"乔说。

燕绥之点了点头，依然没有显露出不高兴的意思，语气很平静，也很寻常，就好像乔只是问他借了个火。

他道："是想了解更具体的东西？"

乔说："对，可以吗？"

"当然。"可能是乔显得太小心翼翼了，燕绥之笑了一下，语气也跟着温和不少，"但是直接让我说的话，我可能不知道从何说起。你问吧，问什么我答什么，如果我记得的话。"

乔："……"

他默默想了一会儿，发现自己对那件旧案的了解少得可怜。如果让他讲个故事，他大概三言两语就能把那件事讲出来——

不过就是基因手术出了医疗事故，但事故并没有那么简单，被人怀疑是医院企图借患者手术的机会，尝试基因方面的实验。而死去的患者又是几个未成年人，家长悲恸的反应牵动着大多数人的心，以至于关注度前所未有的高。但被告的那个副院长死不承认、态度油滑，又引发了后续的一系列舆论。

就这么些内容，还是当年围观顾晏写分析报告得来的，刚才那种走马观花似的扫荡根本看不出什么。

在这种了解程度下，乔发现自己居然连问问题都不知道怎么下嘴。

他默不作声，调出自己智能机里的资料，飞速看了一会儿，尝试着问了几个问题。

燕绥之每个问题都简单地解释了几句，而后又道："其实这些，你发来的那些报道上应该都有。"

最重要的是，这种程度的问题，问上百八十个也没法探究出德沃·埃韦斯有没有牵扯进去。

乔的耳根子都憋红了，他闷了一口酒，又翻了几个报道。

燕绥之看不过去了，有些好笑地提醒他："你这么东一榔头西一棒子地问，我也不知道什么才是你跟你姐姐眼中的关键，不如你再看看手里已经有的资料，跟你姐姐商量一下，再问也不迟。"

乔一愣，问道："可以吗？如果……之后再来问，可以吗？"

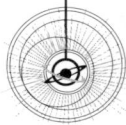

燕绥之点了点头，说："当然，这难不成还算时效？"

3

也许是有事要忙的缘故，乔没在大厅内多待，看曼森兄弟的黑脸不如回去看资料包。柯谨放下餐勺，几人就回到了楼上的豪华套房里。

在这过程中，顾晏一直注意着燕绥之的神情，至少有其他人在的时候，他始终没有任何情绪上的流露。

柯谨看上去不是很想睡觉，不愿意进卧室，乔把他安顿在了客厅，自己坐在他旁边的沙发里，活像一个回到学校的学生一样，一个字一个字地认真看起了资料。

燕绥之的目光从乔的手里滑过，顿了一下便进了卧室。

"困了？"顾晏跟在燕绥之身后问道。

"没，我去洗个手。"燕绥之说。

卧室里的灯还没开，但房内倒不至于一片漆黑，外面的花园晚灯和远处路过的车灯在屋里无声地划过光影。

燕绥之拿了开灯的遥控，在手里转了一圈，却又像忘了似的搁下了。接着他径自穿过屋里如水一般的光影，走进里间，没一会儿，哗哗的水声响了起来。

顾晏看了一眼遥控器，也没有急着开灯。他在原地站了一会儿，然后循着水声往里面走去。

洗手台的玻璃拉门敞着没关，燕绥之就像他以前的习惯那样，仔细冲洗着自己的手指。过了好一会儿，他停了动作，撑着洗手台的边沿，像是在黑暗中出了一会儿神。

几秒后，他突然轻轻说："顾晏。"

"我在。"顾晏抬脚上了洗手台的台阶。

燕绥之转头看了顾晏一会儿，他什么都没说，却莫名让人有些难过。

顾晏愣了一下，低声说："本来不想让你看见那些的。"

"没什么。"燕绥之的声音有些闷，却依然夹着一丝常有的轻微笑意，"没关系，一个案子而已，不是什么大事。"

顾晏拍了拍他的背。

燕绥之在水中冲洗良久的手指就这么重新有了暖意，从指尖到手掌，再顺着血管充盈到了心脏里，像是潮水上涌填满了胸腔。

上一次有这种感觉，是在那间阁楼里，顾晏对他说，爆炸案之后总会梦见他还活着。

燕绥之的目光掩在眼睫的阴影里，落在虚空中的某一点上。他安静了好一会儿，忽然低声开口："顾晏。"

"嗯？"

"当初为什么选我做直系老师？"

"因为之前听过你的讲座。"顾晏顿了一下，"而且……很早之前我在赫兰星见过你。"

"有多早？"燕绥之的语气有微微的讶异。

"八九岁的时候，在一所孤儿院里。"顾晏说。

那时候，每逢周末，他那位法官外祖父都会带着他去孤儿院。那里大多数孩子的遭遇都跟他很像，父母都是军人，在某场战役中过世。不同的是，他有外祖父，他们没有。

他不知道外祖父定时带他去孤儿院的初衷是什么，也许是希望他永远不要忘记苦难，也许是希望他受到感染做个善良的人。毕竟外祖父不是个热衷言辞和谈心的人，从来没有跟他说过什么。

不过他后来形成的性格，又确实跟这段经历脱不开关系。

他碰见燕绥之是在一个冬日的午后，那天太阳出奇的好，在孤儿院的草坪上投落下大片明亮的光。这比什么人工温控都舒服，所以很多孩子在草坪、秋千和游乐器材上玩闹，晒着太阳。

外祖父带着捐赠的物资去找负责人，留他在草坪上。

"怎么不带着你一起去？"燕绥之问。

顾晏淡声说："谁知道呢，也许他指望回来的时候，能看到我跟其他人玩在一起，滚成一团。"

燕绥之笑了一声，声音依然有些慵懒："那你如他所愿了吗？"

"没有，我找了一张长椅，坐着等他。"

那张长椅的正面朝着那片热闹的草坪，一转头就能看见孤儿院院长所在的办公大楼，既不会太过无聊，又能及时看到出来的外祖父，是小时候的顾晏能找到的最佳位置。

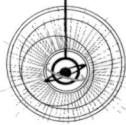

他在长椅上坐了没一会儿，就看见一个身影从办公大楼里出来了。

他转头看过去，却发现那人不是外祖父，而是一个年轻人。

非常年轻，可能刚满二十。

对方穿着很讲究，显得身材修长高挑，从台阶上下来的时候，大衣衣摆被微风轻轻掀起，年纪轻轻却有了风度翩翩的味道。

那人从楼里出来后没有立刻离开，而是在草坪旁站了一会儿，看着那些玩闹的孩子们。阳光落在他的脸上，照得他皮肤很白，眼珠像蒙了一层清透的玻璃，反着亮光。

他很温和，却不怎么开心。

这是那时候的顾晏看着他，得出的结论。

没过片刻，年轻人就注意到独自坐在一旁的顾晏。他不紧不慢地走过来，微微弯腰问顾晏："怎么一个人待着，跟人闹别扭了？"

他以为顾晏也是孤儿院里的其中一员，不知道因为什么没能参与到众人的玩闹中去。

"我等人。"那时候的顾晏这么回答道。

"等谁？"

"外祖父。"

年轻人点了点头，这才知道是自己弄错了。

说话间，草坪上负责照看孩子们的阿姨注意到了年轻人，走过来跟他打了一声招呼。

"那你等吧，我走了。"年轻人懒懒地冲顾晏摆了摆手，走去跟阿姨说话。

跟别人说话的时候，年轻人会带上笑意，显得更温和一些。

"我零星听见了几句，知道你是去捐钱的，也不是第一次去。"顾晏顿了片刻，又道，"不过我只碰见过你那一次。"

燕绥之听完有那么一会儿没说话，半晌才轻轻地"啊"了一声，说："有点儿印象。不过，后来再没碰见我也正常。我很少周末去，因为周末总会碰见很多人。那次也只是因为潜水俱乐部的安排临时有变动，我才会选择在周末去赫兰星转转。"

听到潜水俱乐部，顾晏忽然想起燕绥之曾经说过的话，问："你那时候经常潜水？"

燕绥之"嗯"了一声。不知为什么，提到这个话题他又安静了一些。顾晏敏锐地觉察到他的情绪又低落了下来。

好一会儿后，燕绥之才回忆似的低声说："不是那时候，很早就开始潜了，十五岁左右吧，一度很沉迷，觉得这项运动真是太奇妙了。"

"十五岁？"顾晏问道。

直觉告诉他，燕绥之正在一点点地尝试着，把心里的事情掏给他。

"嗯。那时候我父母刚去世……"燕绥之声音很淡，就像是在说什么稀松平常的事情，又或者过去太多年了，他早就没有那么深重的感触了，"我跟你说过吗？我母亲有赫兰星那一代人常会有的病，基因上的问题也遗传给了我。不过我没她那么严重。那年她状态很不好……你也许知道，得了那种病，寿命差不多也就到时候了。医院下过很多次通知单，让我父亲在做基因手术和好好陪她之间二选一。结果显而易见，我父亲选择做基因手术。"

那时候做基因手术，尤其是这种治病方向的手术，需要健康的基因源。一般人为了避免更多意外，都会选择身边亲近的人。

"最终上手术台的其实也包括我。"燕绥之说，"那种手术风险很大，包括提供基因源的人在内。"

他看着窗外，眼睛轻轻眨了一下，道："我侥幸成功了，他们没有。"

人总是不乐意相信自己不想接受的事情，总会去怀疑那背后是不是有些什么。十五岁的燕绥之虽然被保护得很好，却依然会对此产生一些阴谋论。

"我的父母并不是直接在手术台上闭眼的……拖了几天。"燕绥之说，"我那时候就怀疑手术有问题，怀疑医生不怀好意、怀疑护士粗心、怀疑所有参与那场手术的人。但我父母很排斥那种想法，最后的那几天，他们一直在强调手术风险难以避免，不希望我钻牛角尖。"

那几乎构成了父母的全部遗言，他们希望他不要把人生耗费在这件事上、不要止步不前、不要被拖进泥水中、不要因此满怀疑虑。希望他依然能公正地看待别人，善意地接受别人，能过一场长久的、偶尔掺杂着惊喜的、普通却又幸福的人生。

这和那段生日祝福一样，几乎成了燕绥之后来数十年的魔障。

"遗言总不能不听，毕竟那是他们最后留给我的东西了。"燕绥之说，"所以那一年，我给自己找了很多事情来做，以免闲着。因为一旦闲下来，我就会

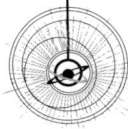

冒出很多想法，一些不太美好的、阴暗的想法，跟他们希望的背道而驰。"

现在想来，他甚至有点儿记不清那一年都忙了些什么。因为不管做什么，心里都好像一片空茫的、毫无回音的荒野，心脏跳起来碰不到顶，落下来又没有声响。

他有时候走着路，会毫无来由地停下来，盯着路边的某一处出神，不知道自己要去哪里，也不知道转头会回到哪里。

他有很多钱，有漫长的、挥霍不完的时间，就是没有家。

"那时候觉得唯一能让心跳两下的就是潜水了。"燕绥之说，"深压之下吸进氧气的时候，会有种胸腔被灌满的感觉……"

那种饱胀得几近酸软的感觉，总会给人一种错觉——好像挺满足的，也好像不那么空荡荡的了。

那时候，他总是穿着潜水衣，坐在潜水船二层的边缘，湿漉漉的头发滴着水。他撑着双手，眯着眼睛看着望不到头的海，还有跃动得有些刺眼的阳光。

旁边有教练唠唠叨叨的说话声，他当成毫无意义的背景音，一边听着，一边出神。在略微休息一下后，再扎进更为旷寂的海里，等着氧气一下又一下猛地填进心脏。

这种滋味对十来岁的燕绥之来说，大概比世上任何一种毒物的魅力都大，太容易上瘾了。

直到后来碰到曼森小少爷的事故，在水下体验了一把缺氧的感觉，他又突然觉得……这事真没意思。

"这样看来，我也算挺不错的了，没有十来岁就走歪路，还努力把路线扭正，尝试过不少事情。如果他们还在的话，大概会拽着我夸得天花乱坠。"燕绥之想了想，笑了一下，"我母亲说话总是很夸张，父亲是个没脾气的，大概只会在旁边点头说'你妈说得对'……"

他说着，兀自回味了一下，又道："有点儿可惜，我听不到。"

无论做了什么，不管大事小事，哪怕只是路边碰见的一个趣闻，他都无人可说。

时间久了，就慢慢习惯不跟人提了。

他空落落了数十年，终于碰到一个能倾诉的人。

"我不太会夸人。"顾晏突然说。

他声音低沉，有些哑。

明明是燕绥之在回忆，他却好像跟着经历了一遍。

他好像看见记忆里二十岁时候的燕绥之变得小了一些，眉眼青涩，骨骼显露出少年人特有的清瘦，始终站在人群之外，温和又孤独。

"嗯？"燕绥之应了一声。

"我不太会夸人，但你以后碰到什么、做了什么，无论有趣的还是无聊的，善意的还是阴暗的，都可以告诉我。"顾晏声音沉缓地说，"我想听。"

燕绥之突然轻轻叹了口气，身体慢慢放松下来。

有那么一瞬间，他阖了一下眼睛，觉得自己好像又回到了二十多年前，还住在那幢旧居里：日子慢悠悠地过着，他懒洋洋地靠在窗台上，一边画着速写，一边半真半假地对屋里的人说"前两天碰到一点儿麻烦事……"。

很奇怪，在这一瞬间的想象里，屋里听他抱怨的是顾晏，而他并没有觉得哪里不好。

远处的悬浮路上又有车一划而过，车灯在屋内投下一片光亮，又倏然消失。

顾晏看见燕绥之在浮光里很轻地点了一下头，"嗯"了一声。

又过了片刻，像是在印证这种应答，燕绥之开口道："那件医疗案……我知道你很好奇。其实不用那么小心翼翼，不是什么不能提的事，我只是不知道从哪里说起。"

原先顾晏还有些不知缘由，刚才听燕绥之说到父母过世的原因后，他忽然就明白了。

燕绥之的父母死于基因手术，那件案子牵扯的也是基因手术。

顾晏低声说："那个被告……"

他的语音有些迟疑，燕绥之却已经接过了话头，他轻轻"啊"了一声，像是终于找到了开头："那个被告，我的当事人比尔·鲁，曾经参与过我父母的那场手术。"

世事有时候就是这么讽刺，他因为父母的遗言压抑内心的猜忌耗费了十多年的时间，而复发只用了一天。

相似的手术意外，相似的结果，有关联的人。即便没有证据，也足以让他重新陷入十五岁时候的魔障里。

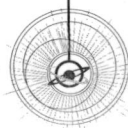

就好像这么多年压抑的东西终于找到了一处宣泄点，不管对错，只要能发泄掉一些就可以。

燕绥之希望被告人能锒铛入狱，希望他能体会一遍所有受害人体会过的东西，希望他能知道一个人孤零零、空落落地走上十年会是什么滋味，希望他一命偿一命。

他还想去赫兰星的公墓，对睡在那里的人说："你们看，我当年的猜疑不是毫无道理。你们训了我那么一长串有的没的，是不是应该起来道个歉？虽然晚了十来年，但是没事，我很大度，可以勉强原谅。"

可惜睡在那里的人并不会真的听见，也不会如他所愿那般起来抱着他，笑着道歉。

"接到案子的前两天，我几乎没法坐下来好好看资料。"燕绥之有些自嘲地轻笑了一下，"那大概是我最不淡定、最不稳重的一回。后来总算能看进资料了，却发现控方的证据有一些漏洞。"

非常细微的东西，也许在一些粗判的案子中，会被所有人遗漏。

但他看到了，就难以忽略。

所有关注案子的人，包括他自己，都默认比尔·鲁是有罪的。

但漏洞的存在——哪怕漏洞是由于控方本身的疏忽，也意味着有万分之一的可能证明比尔·鲁无罪。

而只要有这样的可能，他作为辩护律师，就应该维护。

那几天，燕绥之把自己关在卧室里，在黑暗中坐了很久。

"我其实有过很多恶毒的想法，想故意忽略掉那些漏洞，甚至想利用言语陷阱让其他人也发现不了，或者在法庭上兜几个圈子，诱导证人不知不觉地说一些假证，填补上那些漏洞。如果我愿意的话，其实有很多种办法将当事人钉死在被告席上。"燕绥之停顿了片刻，又含糊一笑，低声说，"是不是有些阴暗？其实这已经是我美化过一百倍的结果了。我发现……就算是坦诚相告，我也没法把那些太阴暗的东西说给你听。"

"那时候脑子里几乎是发泄性地想了无数种主意，但是……"燕绥之轻轻地叹了一口气。

顾晏能感觉到他牵了一下嘴角，似乎依然想试着像平常一样，不那么在意地、甚至带着一丝笑地把话说出来。但他的嘴角又慢慢收了回去，说："那应该不是他们两个想看到的……"

"你看，我拿父母就是没什么办法。明明已经过世十多年了，我还是不希望他们看见那些……"他又蓦地沉默下去，过了好一会儿又哼笑了一声，低声道，"好像他们还能看见似的。"

他其实……始终觉得自己不是什么好人。

但在那短暂又漫长的十来年里，他还是试着按照父母的祝福活着，不做太多出格的事情，不沉溺于无意义的东西，资助了一些福利院和孤儿院，帮了一些能帮的人，坚持了一些也许无关痛痒的正义。

然后他恍然发现，这些东西在不知不觉中已经刻入骨血了。

这大概是父母留给他的，这辈子也脱不尽了的东西。

"我在屋子里独自待了三天，最终还是决定做无罪辩护。"燕绥之说。

他做了决定，但他并不高兴。

因为他会把比尔·鲁送出法庭。

"我当时有些不着调的想法，不希望自己过得太痛快，希望能有人骂我几句。就当是……借别人的嘴宣泄一下。"燕绥之又笑了一下，"说不上来是什么心理。"

所以他那次的态度格外奇怪，对外说着各种混账话，直白又尖锐，就像一个桀骜不驯、无视正义只管钱财和结果的讼棍。

然后如他所愿，在他本身最低落的时候，大部分人都在骂他，口诛笔伐，甚至包括一些蓄意的伤害。

那时候是个什么情景，简直让人不敢想。

顾晏也不希望他去细细回想。

"我看到过一份未发的报道，说后来比尔·鲁又被提上了被告席，那次审判你去了。"顾晏沉声引开了话题。

燕绥之"嗯"了一声。

比尔·鲁后来又被牵扯进了案子里，那时候的燕绥之已经查他有一阵了，匿名给警方投了证据。

那一次，涉及的案子更大、证据更多，而且应该再也找不出什么漏洞。

"我那段时间查了他很多东西，可是很遗憾，依然没能找到能够证明他跟我父母的过世有直接关联的证据。但那次的审判结果还算不错，一命偿一命，

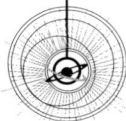

对那次的原告来说，算是一个可以接受的结果。"燕绥之说。

审判的那天燕绥之独自去了，在庭审开始的时候进了法庭，安静地坐在最后一排，安静地听着比尔·鲁一项项罪名成立，然后安静地离开。

那天是他二十七岁生日。

他还记得十来岁生日时，家里那位漂亮温和的女士端着相机，笑盈盈地逗他，院子里被他画着的那枝扶桑被风吹得微微晃动。这一切清晰得就像刚刚经历过一样。

然而他已经一个人走了十二年。

十二年好像很短，眨眼间就过去了，有时候却又显得格外漫长。

"我有时候会想，如果我找到的证据再多一些就好了。也许我父母也能在那场庭审上瞑目。"燕绥之安静了一会儿，又说，"但这其实也是个谬论，因为被告一命偿一命，真正'瞑目'的其实是我。墓碑底下的人都睡了那么久了，哪儿还看得到。"

顾晏忽然明白他为什么总会洗手了。

就像他在最难过的时候，会故意引人来骂他一样。

他一个人独来独往了太多年，习惯把所有问题都揽到自己头上。不尽如人意时，他就会有些自厌，先于所有人将自己钉在被告席上，自己控告，自己判刑。

但不论受什么刑，他又总会站得板直。因为路还很长，他还要一个人走上很久很久。

房间里一片沉默，过了好一会儿，燕绥之听见顾晏闷声说道："至少我看得到。"

他愣了一下，微微侧了一下身体，便看见顾晏的眸子在夜色下蒙了一层光亮，沉沉地看着他。

夜色温沉，流光如水。

之前久远的生日祝福第无数次在他脑中响起：我们希望你永远无忧无虑，不用经受任何痛苦，不用特地成长，不需要去理解那些复杂矛盾的东西，不用做什么令人烦恼的选择。

燕绥之闭了一下眼，在二十八年之后终于能给出一个回答——

很抱歉，你们希望的这些，我好像一个都没能做到。好在运气还不错，碰到了一个人。

所以别担心，我们会过得很好。

4

白鸽街是个很神奇的地方，在和它几十米相隔的另一边，是这一带最繁华的区域。

有悍金花园酒店偌大的庄园、配套的商场、娱乐设施以及其他一些生活所需的场所，中间夹着一块不大的居民区。悍金花园酒店的员工宿舍楼就安排在其中。

但白鸽街却人气寥落，常常一整条街都看不见几个人。临街商铺大多打着关门的字样，或者刷着大红条写着低价转让，或者惊爆甩卖。就这样依然引不来什么人，万分萧条。

唯一的例外就是，那家看上去活像毛坯房的酒吧。

酒吧名字很古怪，叫"老年人"，毛坯房的墙外用彩喷画着一对相拥的老人——他们就是酒吧老板。

这对老夫妻关门回家办了几天事，再回来就发现自家酒吧门口出了命案，吓得当场晕厥过去，直接被警车拉去了医院，把小酒吧留给警方当驻扎营地了。

一时间，白鸽街迎来了它最辉煌的时刻，到处都是人。大半是穿着制服的警察，还有一些是扛着器材的记者及狗仔队，他们在这儿混了好几天，早就成了老油条。他们挂着胸牌，进出自如，到处溜达。

但也有不这样的。

这天夜里，两个身影鬼鬼祟祟地从酒吧旁绕过，挑着刁钻的角度，给酒吧门口的那个喷泉拍了几张照片。

蹲在前面的人低头筛选了一会儿，存了其中一部分，备注：酒店监控员巴里的尸体在这个喷泉里被发现。

整理完，他冲后面的人招了招手，两人迅速穿过街道。

"是警长！快过来！"他一把按住跟班人的脑袋，拐进最近的一处暗巷里。

两人身后就是垃圾桶，酒鬼们的呕吐圣地，熏得人生无可恋。被按着头的年轻人低头看了眼自己胸前的记者证，心说：我仿佛办了个假证。

他一脸纳闷，忍了半天终究还是没忍住，揪住前面的人问道："本奇老师，我们明明都带了证件，为什么要这样摸进来？"

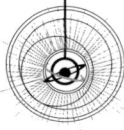

这两个鬼鬼祟祟的身影不是别人，正是之前在天琴星上跟燕绥之和顾晏打过交道的记者——吉姆·本奇，以及他带着的助理记者诺曼·赫西。

本奇"啧"了一声，十分不耐烦道："为什么？这不是应该问你吗？我早说过，就去酒店门口拍几张，那些大佬的照片哪张不比这个喷泉有看头？不是你愁眉苦脸，一副要了你命的样子，嘟嘟囔囔地说要关注案情吗？"

赫西有一点儿委屈，说："不是，我的意思是，我们为什么要跟做贼一样摸进来？您看那些记者，不都光明正大地在跟警方交流聊天吗？"

本奇捏着鼻尖，那股垃圾桶的味道始终萦绕不散，以至于他说话都是瓮声瓮气的："唉——你还年轻不懂。"

赫西："……"这怎么还跟资历有关系？

"谁想缩在垃圾桶这里呀？我也想大摇大摆地从警署的面前晃过去，这不是……有点儿过节嘛！"本奇说着说着，脸上浮起了尴尬的神色。

"过节？"赫西好奇道，"您跟谁啊？要是哪个警员的话，咱们绕过他，跟别人谈不就行了吗？"

本奇挠了挠眉心，说："那个……肖警长。"

赫西："……"

这下可好，跟老大有过节，还能找谁？怪不得刚才一看到警长的影子，他就被本奇拖进了垃圾堆。

"为什么会闹出过节？"赫西更好奇了。在他眼里，本奇是一个能少一事绝不多一事的人，很少会给自己惹麻烦，有点儿势利，有点儿圆滑。

本奇言语含糊："挺早以前了，因为一些案子。我那时候有点儿较真，不是很讨人喜欢，得罪过他不少次，再加上半年前的爆炸案又惹他不高兴……"

赫西一听爆炸案就来了精神，说："您说的是那位院长的爆炸案？"

本奇"哼"了一声，说："废话，不然呢？还有谁？"

赫西知道在爆炸案热度最高的那段时间，本奇是跟过案子的，也知道他没有跟出什么结果来，热度散了，也就放弃了，还不准赫西在上面浪费时间。但赫西不知道，本奇居然还会因为爆炸案跟警署的警长闹出不愉快。

这稀奇程度不亚于狗丢开骨头改吃草。

"你眼睛瞪这么大干什么呀？肯定在心里嘀咕我呢吧？"本奇睨了他一眼。

赫西闷不吭声，摇摇头。

"你以为你想什么我不知道呀？"本奇哼了一声，"老实跟你说吧，你现在一腔热血干的那些事儿，我以前都干过。谁还没有个年轻的时候呀？"

赫西嘟囔："您现在也挺年轻的。"

本奇说道："别废话，总之这是过来人给你的建议。打个最简单的比方，你以为那件爆炸案真的一点儿问题都查不出来？只是有人不敢查，有人不让查而已。也许每个人手里都握着一些零星的线索，但就是凑不到一起去，所以拼不上。"

"那就凑一凑啊。"

"说得轻巧，你知道谁是哪一方的？你知道谁手里的东西有用、谁手里的东西没用？你知道你该上哪儿找什么人去凑？联盟这么大呢！"

本奇说到兴头上，伸手一指远处的悍金花园酒店，偌大的庄园式建筑，在夜色下显得沉稳而高贵。

"我还敢说，凭借职业经验和直觉，最近这些乌七八糟的事情，什么感染啊、什么基因事故啊，哪天如果真揪出幕后操纵者，那两栋楼里的人能倒一半。你信吗？"

赫西被他的气势唬住，点了点头，说："有点儿……也许……信。"

"有个屁用！有证据吗？有逻辑吗？知道来龙去脉吗？"本奇道，"要上下嘴皮子一碰，怀疑就有用的话，这世上也没什么麻烦事了。"

赫西张了张嘴，想说什么，但又没有找到合适的说辞。

"别张张合合的了，你又不是鱼。"本奇说，"这些大事也不是我们能操心得过来的，养活自己比较重要。"

赫西说："但是，当记者的初衷……"

"初衷能当饭吃？"

直到两人从暗巷里出来，躲过警方，钻进一家亮着灯的门店，赫西才低声嘟囔道："不能吃，但也不想丢。"

本奇听见了，表情有一瞬间的感慨，似乎想训两句，但最终还是没有开口，只叹了口气关上门。

"吃什么？厨师请假了，现在只有香肠和啤酒。"颇为富态的中年女士甩着抹布，一点儿也不热情地说。

本奇把一直跟在后面的赫西推到前面去，懒洋洋地说："去吧，总缩在后

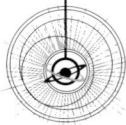

面怎么实现你的初衷。"

赫西不是很爱说话，有一些腼腆，道："呃……老板？"

胖女士补充："娘。"

赫西："？"

"老板娘。"胖女士说，"直接说吃什么，别一上来就问我案子的事，我又不是开座谈会的。"

也是，店面开在这里，少不了要被人问，这个胖女士估计被问烦了。

赫西点了点头，道："老师，我请您吃夜宵吧！香肠、啤酒，两份，谢谢。"

"行！稍等。"

没过一分钟，胖女士就端着餐盘拎着酒瓶过来了。她倒也爽快，自己也拿了一瓶酒，在两人旁边坐下来，熟练地咬开瓶盖，说："你要问什么，问吧！"

"哦，也不问什么，那天早上您看到什么了吗？"赫西聊天似的问。

胖女士道："看到了呀，我那天早上在楼上，刚起床就看见那个人疯疯癫癫地跑过来。"

"疯疯癫癫？"赫西朝本奇看了一眼，"酒店不可能雇一个疯疯癫癫的人当监控中心的值班员吧？更何况，那个值班员据说还偷改了监控视频。"

胖女士灌了一口酒，说："那我哪儿知道，我看到的他就是疯疯癫癫的。不过是挺奇怪，我之前见过那人来这条街，挺正常的。据说他那天早上下班还好好的，回宿舍的时候也还行。"

"据说？据谁说的？"

"又不是只有你们两个人来问过，我见过好几拨人了，从他们的闲聊里听来的。"

"哦……又是好好的突然疯掉了。"本奇嘟囔说。

"又是？什么意思？"赫西问。

"没什么意思，就是那个'摇头翁'案里的老人们不也是这样突然疯掉的吗？"本奇说。

赫西说："所以……这两件案子其实是有牵连的吗？老师，您是不是知道点儿什么？"

本奇呵呵一声，说："知道个屁，我只是凭借丰富的经验和敏锐的职业直觉，恰好联想了一下。"

赫西："……"

法旺区这一带的天气异常任性，简直冬如四季，前一天还是个暖洋洋的晴天，第二天就刮起了小飓风。

这种级别的飓风对房屋损坏倒不大，倒霉的是交通。原本打算离开花园酒店的宾客们霉气罩顶，应该是又走不了了。

燕绥之就是在狂风拍打窗户的声音中醒来的。被吵醒的瞬间，他其实是有些起床气的，眉心皱着，不耐烦地撩起眼皮。

外面天色还没怎么亮，燕绥之打算悄悄起床。

宽敞的客厅一片安静，落地窗帘只拉了一半，暴风和狼藉都在窗外，偶尔裹挟着不知从哪儿拐来的雨点，一阵一阵的，噼里啪啦地砸在玻璃上。

天色阴黑，墙上的时钟显示刚到六点。

沙发旁的玻璃茶几上还搁着乔和柯谨留下的杯子，人倒是都进房间了，这会儿还毫无动静，显然睡得正沉。

燕绥之也没开灯，顺手把那两只杯子冲了一下，然后塞进了消毒柜，这才打开了冰箱。

套房里配了个偌大的冰箱，管家会在清扫房间的时候安排人把冰箱里前一天的清出来，再用新鲜的东西将它填满。饮品、水果、新鲜甜品等，基本上一些大受欢迎的即食食品都能在里面找到。

燕绥之朝窗外看了一眼，下意识把手伸向其中一支玻璃瓶。那是他比较偏好的一种金酒，口味很清爽，带着一点儿浅淡的豆蔻香。他不常喝，偶尔来一点儿，也不过小半杯。

冰箱里还搁着一小桶现成的配酒用的冰块，还有切好的黄柠片。

他都倒好了一小杯，搁了几个冰块和一片黄柠，脑中倏然冒出一个画面，又条件反射地把杯子搁下了

燕绥之撑着吧台似的餐桌愣了一会儿，又兀自失笑。

"可惜了……"他嘟囔了一句，把酒放在一边，又从满满当当的冰箱里端了一份草莓出来。

草莓的分量不算多，顶多十二三颗，颜色鲜亮讨喜，整整齐齐地码在一只玻璃碗里，带着一股新鲜的甜香气，看得人很有食欲。

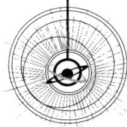

燕绥之吃了几颗，拿着玻璃碗进了顾晏的卧室。

偌大的床上空空如也，残留着睡过人的褶皱，套间里面传来了哗哗的水声。

燕绥之循声过去，发现顾晏已经洗漱完了，刚关上水直起身。他的眉眼沾着水珠，轮廓越发清晰深刻，英俊极了。他眼皮很薄，抬起眼目光轻扫而过的模样，总会显得冷淡又疏离。

这人明明是副薄情的长相，却比谁都情义深重。

"不准起床，不然抗旨是要杀头的。"燕绥之上了台阶，走到他旁边。

"帝国制度死很久了。"顾大律师一点儿也不给"昏君"面子，他抽了一张除菌纸擦手，冲"昏君"手里的碗直皱眉，"怎么吃凉的？"

"晾了一会儿，没那么凉。"燕绥之挑了颗草莓给他，"吃两颗垫垫胃，回床上睡觉去。"

顾晏垂着眼看他，嗓音还有些懒："理由。"

"催你睡觉还要给理由？"

"嗯。"顾晏应了一声。

"这才刚六点，大风天，外面连个鬼影子都没有，对门那两位估计还在做梦。"燕绥之说话间没注意，不小心捏坏了一颗草莓。清甜的味道瞬间散开，汁水沾到了指缝，触感有些粘腻。

他微微皱起眉。

洗手的毛病具体是从什么时候形成的，他已经记不清了。

他二十五岁戒掉了上瘾般的潜水，二十七岁碰到医疗案，应该就是在那前后。有一天，他在清洗的过程中突然感觉到了针扎一样的刺痛，才发现手指尖已经因为他的频繁清洗而出现了伤口。

细小的、层层叠叠的，渗出了血。

但他只是看了一会儿，就继续清洗起来，洗干净所有血水，裹上了一层愈合胶布，然后异常淡定地在智能机里挑了一下，约了一名心理咨询师。

咨询师说会养出这种习惯，是因为他对自己的要求太过严苛，偶尔做出规格外的事情、冒出规格外的想法，或是没能实现某个认真许下的承诺，就会产生自厌的情绪。咨询师还说，这种习惯可以慢慢改，循序渐进，最重要的是除根。

燕绥之听完不置可否，道了谢就离开了，事后给咨询师寄了一瓶德卡马最好的金酒。

之后他更换了洗手剂、除菌纸，备上了一整盒愈合胶布，然后在那盒胶布用完的一个星期里，强迫性地把洗手的频率减到了原本的三分之一。

就像当初戒了潜水一样。

但咨询师有句话说得很对，这种事最重要的还是除根。本性难移，就没法完全改掉。

他垂眸看着手指间的草莓汁，恍然回到了最初发现这个习惯的那天，血水被稀释后也是这种样子。

只是他还没来得及去开水龙头，就被人阻止了。

"不脏。"顾晏低声说。

"不要把所有错处归到自己身上，不要独自把责任扛在肩上，你做的一切都在公理之下，你的手一点儿也不脏。"

燕绥之愣了一下，他看着顾晏良久，忽然明白自己之前为什么总是那么倒霉了。

不攒一攒运气，哪儿能碰到这么好的人。

屋外依然风雨大作。

口口声声要起床的顾晏总算被燕绥之说服，老老实实地靠坐在床头。

"我在客厅吧台上看到了这杯酒。"顾晏拿着燕绥之倒好的那杯金酒，朝他举了举说，"解释一下，燕老师？"

燕绥之一听他喊"老师"，就觉得没什么好事，他坐在沙发上懒散地说："谁知道这杯子怎么来的，没准儿是乔梦游呢？反正不是我倒的。"

顾晏也不是第一天见他耍赖，早就习惯了。

"这种口味很少见。"他尝了一口，虽然放了有一会儿，酒已经醒过头了，但味道还不错。

燕绥之闭上眼睛，"嗯"了一声，一副想继续睡的模样。

又过了一会儿，他才闲聊似的说："这酒的味道我很喜欢，刚进口有股很浅的豆蔻香，我一直觉得还混着更浅的金丝月季味，之后会有小红莓和甜木果味，但是单喝后味偏腻，加一片黄柠檬刚好。尝出来没？"

顾晏："……"这人恐怕是舌头成的精。

刚才就那么随便一喝的顾律师又抿了一口。

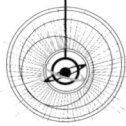

燕绥之的后脑勺长了眼睛似的，说："别偷偷摸摸再喝一口了，我知道你当年的品酒课没好好上。"

当初在梅兹大学，所有人大三都有一门必修课，叫品酒，大概是提前为学生今后的吹嘘扯淡打好基础而设。

学生们非常乐意上这课，一周一回，每次什么都不用带，只要拎上自己的酒杯包，进教室就把一套空酒杯在桌上排好，不同的杯子喝不同的酒。

一节课能喝到七八种，当然，每种都只有一杯底，浅尝辄止。

有时候能喝到口味非常棒的，有时候就一言难尽，这种惊喜和惊吓交错的感觉特别吸引那些年轻学生。

但是顾晏对酒的兴趣一直不太浓，再加上那时候特别忙，这门课缺勤了不少，光被燕绥之碰到的就有好几回。

他当然不是不会品，只不过喝不出燕绥之说的这么多层味道。

当初好好上课的人也一样，有的人能喝出丰富的层次，有的人能感受到比较明显的几种味道，还有的人认为就是"好喝的酒"和"难喝的酒"。

顾晏大概属于第二种人。

他把自己喝到的味道跟燕绥之对比了一下，总结道："嘴太挑。"

燕绥之眼也没睁，说："胡说八道。"

顾晏问道："为什么喜欢这种味道？"

"很像我家花园的味道。"燕绥之说着又补充道，"小时候住的旧宅花园，围墙上挂着长藤月季，地上是白豆蔻、小红莓、扶桑，还有一株苹果树和一株甜木果，还有旱金莲和晚香玉……太多了。常年微调控温，所以看上去非常热闹。后来我试着在自己的住处复制那个花园，找高霖……哦，就是给你送灯松的那位，找他买了不少花种、树种。"

"种成了吗？"顾晏把酒搁在床头柜上，微微调整了一下姿势。

燕绥之很坦然地说："他认识我之后，就再也不卖幼嫩的花种、树种了，觉得卖出去就是送死，说看见我的花园就心绞痛。"

顾晏："……"

燕绥之道："你居然还笑？"

顾晏否认："没有。"

燕绥之翘了翘嘴角，说："别否认，我看见你胸口动了一下。"

外面突然起了一声雷，窗户都被震出了嗡嗡的轻响，接着便是更大的雨。

"我以前非常不喜欢这种天气。"燕绥之又说。

他聊完一个话题，又很随意地开了另一个。

顾晏朝燕绥之看了一眼，从他的角度看不到燕绥之的脸。

但即便看不到表情，也能从语气中感觉到，燕绥之很放松。就像昨晚答应的那样，不管想到了什么、看到了什么，不管有趣还是无聊，哪怕只是路边新长出的一朵花，都可以说给自己听。

顾晏的心情忽然就变得不错。

准确地说，本就不错，这会儿变得更好了。

刚才喝下去的两口金酒慢慢起了点儿作用，明明量少得不足一提，却莫名让人有微醺的感觉。

他索性也阖上眼，顺着燕绥之的话问道："为什么不喜欢？"

燕绥之笑了一下，说："我十来岁的时候很懒，不喜欢做会出汗的事情，假期在家不是窝在花园里画画，就是窝在花园里看书。夏天不常会有暴雨吗，说来就来的那种，每次我都会被淋到，很狼狈。偏偏那时候少爷脾气，要面子，死活不承认是没看天气预告忘了架伞的缘故。我母亲喜欢逗我，就总说她最喜欢暴雨天，她在屋里喝着茶，看着我在花园里四处逃窜。"

"后来他们过世了，碰到暴雨天，我也会站在窗边看看。不过没什么滋味，心情不是很好。一般那种时候谁找我谁倒霉。"燕绥之翘了翘嘴角，"一般碰上这种天气，我都会在办公室或者家里待着，喝一点儿这种金酒，以免气跑太多人。"

"所以你之前倒了一杯？"顾晏说。

燕绥之"啧"了一声，说："听话听重点，你怎么老记着这酒。"

说到暴雨天，顾晏也少见地提了两句以前的事："我小时候看见雨天也很头疼。"

"是吗？为什么？"燕绥之隐约能想起当年八九岁时候的顾晏，听到这话时，又故意在脑子里把顾晏那时候的形象往小缩了一圈，想想就忍不住带上了笑意。

"我的外祖父担心我跟傻子一样出去疯，滚得一身泥回来，一到雨天就给我一本法典，让我依次背法条。"顾晏现在说起来，还带着一点儿浅淡的无奈。

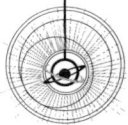

燕绥之问道："你那时候多小？"

顾晏说："五六岁吧。"

"你是亲生的吗？光是《联盟商法典》《民法典》《刑法典》，三本摞起来就有你高了吧？"燕绥之又开始不说人话。

顾律师沉默了片刻，终于还是没忍住刻薄了一下自己的老师，说："恕我直言，那可能是你五六岁的身高，不是我的。"

燕绥之转头逼视他，被顾晏视而不见。

外面的暴雨反衬出屋内的安逸。

他们好像是第一次这样有一搭没一搭地聊着无关痛痒的话题，偶尔挤对两句，偶尔会笑起来。到最后困意又卷了上来，两个人说着说着几乎快要睡过去。

准备回卧室补觉前，燕绥之嘟囔了一句："顾晏，有时间陪我去一趟赫兰星，带你去看看我的父母。"

顾晏"嗯"了一声，应道："还有我的外祖父。"

<h2 style="text-align:center">5</h2>

说是补眠，顾晏也只补了一个多小时。

十点左右，他跟燕绥之已经坐在了客厅的沙发里，同样醒过来的还有乔。他伸着懒腰，顶着两个掉到脸颊的黑眼圈，在沙发上仰得像具"尸体"。

"困成这样何必自我折磨？"燕绥之搁了一杯新泡的咖啡在他面前，自己端着牛奶，挑了个最舒服的椅子坐下来，姿态相当优雅。

乔少爷仰了半天，终于"诈尸"，坐起来搓了搓脸，灌下一杯咖啡，道："浑身的肌肉都在提醒我，不能放纵。"

身体废了，以后怎么带柯谨到处玩。

乔少爷内心如是说。

他吃了点儿早餐，开了个健身单车。有了上回血的教训，他现在开始躲着跑步机走了。他坐上单车，没扶车把，脚上蹬着，手指则在翻着智能机。

"我昨天拉着我姐聊到凌晨三点，当然，没让她知道不该知道的。"乔说着翻出一张鬼画符一样的页面，"讨论了一堆，可能都是些很细节的东西，挺乱的。我也不知道院长你还记不记得了。"

他说着，又有些头疼的模样，说："哎……其实我们也不知道该从哪里下手比较好。"

燕绥之朝顾晏看了一眼，又冲乔笑了笑，问道："如果，实在不知道从何问起，而你又不那么介意的话，可以试着说一说，你跟你姐觉得你父亲做过些什么，哪里令你们疑惑，这样我也比较容易找到医疗案里哪些细节是跟你们有关的。当然，你可以选择说一部分，保留一部分。"

乔愣了一下。他的表情有一瞬间的纠结，又在看向顾晏和燕绥之的时候慢慢松下来，道："对啊，这样其实容易得多。"

他昨天头疼了一整夜，因为燕绥之接触的医疗案属于下游的案子，从下游往上游推，尤其在不告诉燕绥之背景的情况下，真的很难对接，无从下手，但如果调转一下，从上游往下游走，就顺手多了。

"如果是其他人的话，我现在已经转头就走了。但是你们……我放心的。"乔说着搓了搓脸，"从哪里说比较好……顾？"

他朝顾晏看了一眼，又摇头说："算了，我也不记得这么几年有没有跟你念叨过什么，哪些提过哪些没提，我就想到哪儿说到哪儿了啊。我家跟曼森家算世交，这个你们肯定知道的吧？"

"当然。"燕绥之点点头，"全联盟恐怕没几个人不知道。如果那些网站小报内容有百分之三十左右属实的话……你们两家交好有三代了？"

乔说："不连我在内是三代，算上我跟乔治·曼森一波三折的关系，勉强能算三代半吧。曾祖父那辈关系就很好，我家是原材金属行业发迹的，搭上了联盟军队装备更新换代的车。"

那个年代星际海盗猖獗，再加上一部分行星组织起来闹分裂，冲突和战争在那一百来年里没断过，消耗大，需求也大。乔的曾祖父联合他的弟弟，成了当时发家速度最快的人，被称为"众所周知的埃韦思兄弟"。

战争冲突最激烈的十年里，他们不仅供应原材，还在紧急时刻给德卡马这一条战略线送过武器装备。借着私人航轨搞军需运输，某种意义上来说帮了联盟不少忙。

在那段时间里，埃韦思兄弟俩在战争前线穿梭，基本是拎着脑袋过日子，难免会遇到一些危险。

"据说我曾祖父讲究情怀和道义，很直爽，但弟弟特别精明圆滑，主意也多，所以几次麻烦临头都有惊无险地避过了。只有两次，在赫兰星转德卡马的航线

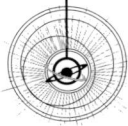

上，差点儿被轰成烟花。这也算是缘分，他们两次都被同一伙流浪者给救了。"乔可能从小没少听这些，讲来一套一套的。

那时候因为战乱，有些星球总在遭殃，星球上的人根本住不安稳，便试图往其他星球移居。其中有一些找不到心仪的落脚点，又偏爱冒险的，就成了流连于各个星球间的"流浪者"，拾取残骸中的物资倒买倒卖，撇开奔波不定这点，其实过得还不错。

那伙救了埃韦思兄弟两次的流浪者领头人，就是曼森家的曾祖父。

"说着我想起来了，曼森家那个曾祖父，小报八卦上面提到的时候，好像都直接写的全名吧？"乔蹬着单车的腿慢慢放慢了速度，仔细回忆着。

顾晏本就不是爱看小报胡扯的人，只不过工作圈会跟这些人有些交集，所以被动知道一些小报内容，但有限。

燕绥之同样不热衷于小报，但因为父母的事情，他一度养成了什么报道都扫一眼的习惯。

两人回忆了一下，道："是的吧，还有别的？"

乔点点头道："我出生太晚，没见过曾祖父，我姐小时候见过。据尤妮斯女士八卦说，她小时候偶尔会去老宅陪曾祖父住一周，那时候曾祖父老得行动不便，思维也不是很清楚，有点儿记忆混乱。有两回，她听见老爷子含含糊糊地提起曼森家曾祖父的时候，叫的是'梅花老 K'。我跟尤妮斯女士琢磨过，应该是那位老爷子当流浪者时候的诨名。"

那之后埃韦思兄弟本着感恩的心，牵线搭桥，老 K 也跟军方做起了生意。

他们本来是安顿在天琴星的，但可能老 K 作为流浪者的心骚动不断，对战乱格外偏爱，所以去冲突最多的赫兰星待了很多年，收了一批矿线在手里，声势也慢慢做大了起来。

就此，埃韦思兄弟和老 K 走了两条不同的发展路线——

埃韦思兄弟因为在战乱中帮过联盟，显得更正统一些，各个领域都有涉及，但多少都跟军方或政府有牵连。

而老 K 的路子更野一些，他干的所有事情都以那些矿线为基础，同时，他还有流浪者那边的关系。某种程度上来说，也跟星际海盗有些微妙的牵连，脚踩黑白两道。

"总的来说，那位老 K 先生是个讲义气的精明人，再加上有过患难之情和救命之恩吧，所以跟我的曾祖父兄弟俩一直关系很好。最初约定是生了小的，就让他们小一辈的结婚。"乔说着"啧啧"两声，"毫无新意。然后老 K 努力生了三个，都是男孩，我家这边更好，兄弟俩一共生了五个，倒是有一个女孩，最小的那个。但是她出生得太晚了，年龄差距太大，老 K 先生的那群儿子也不是变态，所以没成。"

这就是乔的爷爷那辈，曼森家估计有内斗的传统，老 K 那三个儿子暗地里没少较劲。老 K 是个精明的人，根据各个儿子的特点放了三条线到他们手里，于是明争暗较的结果，就是每个人都很拼，都发展得不错。

那三条线一条是智能金属矿，遍布联盟生活各个角落的智能系统都跟这种矿脱不开关系；一条是能源矿，有点儿类似于反物质喷泉，飞梭机的主要供能之一；一条是药石矿。

这三条线发展得好，曼森家族一跃而上，声势甚至隐隐超过了埃韦思家族。

"虽然都发展得不错，但是相对于智能金属和能源，药石矿就有点儿逊色了。后来也不知道怎么的——"乔伸出三根手指，然后掰弯了其中一根，"搞药石的那个曼森就跟不上步子了，据说年纪大了之后精神也不太正常。曼森家的药石线也被砍了。不过我也听说过另一种八卦，说是那个曼森试图利用药石矿发展毒品线，那个利润惊人，但也确实危险。曼森家的另外两位儿子就趁机把他摁掉了。"

那之后的曼森家族，就没人再碰药石矿了。

到了乔的父亲德沃·埃韦思这代，曼森家空前绝后生了一群孩子。后来的掌权人肯·曼森排行倒数第三，堪堪吊在中间，上下不靠，一不小心就容易被忽略。

"据说老曼森小时候是最不受重视的一个，每次家族聚会的下午茶，他都孤零零的，还总被兄弟姐妹欺负。因为他小时候有点儿结巴。"乔说，"我看小报上都吹捧他一直是家里钦定的继承人，太假了。"

德沃·埃韦思一开始也看不上肯·曼森，说一句话结巴个半天，累都累死了。但他更不喜欢肯·曼森的那些兄弟姐妹，为了跟他们唱反调，他帮过肯·曼森几次。

所以这两人关系好，最初全靠他人衬托。

很难说是谁的本性影响了谁，总之经常混在一起的德沃·埃韦思和肯·曼

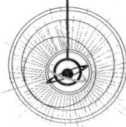

森慢慢长成了老狐狸和笑面虎。

　　肯·曼森后来为了修正小时候的结巴，说话的语速会放得很慢，慢到几乎成了他的一种标志。在曼森家族风头最盛的时候，肯·曼森的这种语速给他添了不少威严。

　　肯·曼森当家的这么多年里，曼森家族的生意依然着重在金属和能源上，顺便搭上专注于智能金属和星际运输的家族，发展出了一张"网"，那张网上的人就成了曼森家族定期聚会的利益联盟。

　　不过再怎么发展，曼森家族也一直不碰药石矿。

　　"不知道他们是觉得没赚头所以不碰，还是因为老一辈的阴影。"乔说，"我是不太理解，但这确实是老曼森不成文的一个铁律吧。后来布鲁尔·曼森和米罗·曼森陆续成年了嘛，老曼森开始让他们接触家族生意。他们比我姐大一些，早那么几年吧。这两位你们知道的……老大看着就不好惹，老二特别嚣张。据说他俩从小就听祖辈的故事，对那位'梅花老K'曾祖父特别崇拜。就是人太阴了，撇开这些不谈，这两人能力还是挺厉害的。几年的工夫吧，感觉曼森家族一半的生意都是他俩说了算。"

　　"大概是我姐尤妮斯大学毕业刚参与家里事，我两三岁的样子吧，老曼森生了一场病，反反复复，总不见好，持续了一年才慢慢养过来。之后，曼森家突然就转了态度，开始对医疗和药石矿感兴趣了。这在当时其实挺让人惊讶的，包括老狐狸都挺意外，因为真的挺突然的。医疗对我家来说是个大头，这方面人脉也足，曼森家就希望借着老狐狸的介绍，认识一些这方面的人，尤其是赫兰星一带的。"

　　乔撑着车把想了想，掰着指头数："从我四岁左右到我八九岁，那四五年的时间里，家族聚会上开始出现一些陌生面孔。我印象里有几位说话腔调偏温软……形容不来，反正斯斯文文，感觉特别好听，看着不太像商人的那种。你们懂的，基本都是赫兰星'特产'。我姐说那是老狐狸邀请来帮曼森搭线的。就是这些人，让我和我姐意识到有问题——"

　　他说着，想起什么似的从单车上起身，调出智能机屏幕说："她昨晚还翻出来几张动态照片，都是那时候拍的，年代有点儿久。因为我也不清楚那些人的名字，所以拿着照片跟你们说更清楚。"

　　乔调转屏幕，换成全息大景，点了播放。

乔开的是等比例模式，所以智能机投出来的屏幕占据了大半客厅。

音画出现的时候，他们就像是被拉进了当年的场景中一样，以拍摄者的视角，看着数十年前某个午后的一幕。

乔愣了一下，神情有一瞬间的恍惚和感慨。他昨晚观看用的是小屏幕，注意力都在数人头上，没觉得怎么样。这会儿开了还原模式，一下子有种回到小时候的错觉，心里泛起一股说不上来的滋味。

庄园建筑的影像就落在客厅的另一端，像真的一样。

虽说入镜的只有庄园第一层以及第二层窗户的下沿，但依然可以感受到，完整的庄园应该精致又气派。

楼前是搭好的花架，架在葱郁的草地上，旁边有高大繁盛的果树遮阴。

树荫下是一张张高脚桌，搁着丰盛的下午茶点，桌椅的摆放错落有致，大体围成了一个圈。一群穿着讲究的人，一边享用下午茶一边聊天，男女都有，气氛乍一看还不错，因为能听见几声颇为爽朗的笑声。

镜头近处，也就是燕绥之他们坐着的沙发旁边，有一片修剪别致的树篱，还有秋千椅。可以看得出，拍摄的人就倚靠在秋千上。

"这是——"乔伸手想介绍一下地点，却突然卡了壳。

"曼森家的老庄园。"有人接了他的话。

"啊……对，曼森家的老庄园。"乔下意识转头，才反应过来接话的人是燕绥之。

"院长你认识？"乔有些惊讶。

关于曼森家族的各类报道中，时不时会有他们家几处豪宅的配图，但这座老庄园是个例外，几乎没在任何报道里出现过——因为这座庄园会时不时搞一场聚会，所以曼森家看得很严。

除非是曼森家主动邀请过的客人，否则还真没什么人认识这里。

"你去过？"乔问。

燕绥之摇头道："恰好知道。"

他杯子里的牛奶还剩一半，却没喝，而是两手松松地握着杯子，搁在膝盖上。他上半身靠着椅背，看上去优雅而放松，目光落在稍远处，扫过树荫下的客人们，脸上的神情很淡。

乔没有在法学院挣扎求生过，不如顾晏、柯谨、劳拉他们那么了解燕绥之

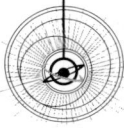

的脾性，但他依然能感觉到，燕绥之的心情不至于很差，但也没那么好。

至少不如刚起床那阵子。

镜头稳定之后，客厅里响起了一个女声："厄玛公历 1227 年 5 月 22 日，地点依然是曼森庄园，我又被亲爸骗来参加这个见鬼的无聊聚会，装了两个半小时的假淑女。新买的高跟鞋不如试穿的时候合脚，两只脚后跟都在流血，痛得要死，我还得保持微笑。很怀疑刚才那半个小时里，我笑得可能像要吃人……"

乔干笑两声，趁着女声说话的间隙，解释道："尤妮斯女士年轻时候酷爱拍这种动态日记，因为她坚持认为自己一百七十岁以后会想要重温过去的点点滴滴。谁没个冒傻气的时候呢，你们忍一忍。"

尤妮斯的声音听起来不像如今这样干脆利落。二十多年前，她才参与家族事务没几年，语气里还有股从学校带出来的活泼，有些抱怨的语句尾音还有点儿娇滴滴。

"趁着刚才中场休息，我逃出来了，我在——"镜头往回转了一下，能看到大片的花园和两根近处的秋千绳，"我在秋千这里躲一会儿，希望花园里滚来滚去的小鬼们不要靠近我，包括我的傻子弟弟。"

乔："……"

他有点儿后悔昨天直接拉了快进，没有审阅开头这部分内容。

尤妮斯女士果然不说他好话。

镜头重新切回到客人的方向，焦点对准了树荫下坐着的一个男人——那是略年轻一些的德沃·埃韦思。他的手肘放松地搁在椅子扶手上，不紧不慢地擦拭着眼镜。

在他左手边，有一个圆脸男人正比画着跟他说些什么。

"从最右边开始吧，这位是医疗舱生产商贝文先生，他今天一直企图说服我们换掉春藤医院所有的医疗舱，然而那批医疗舱去年刚换，就是从他那里订的。"镜头在圆脸男人脸上定了几秒，尤妮斯调侃似的低声道，"爸爸心里肯定在说：'去你的，别做梦了。'不过贝文先生收获也还行吧，毕竟刚才曼森兄弟俩又当场跟他订了一批最新的医疗舱，放在各个住处，说是为了随时随地给他们的父亲调养，剩下的送在场的宾客一人一套。"

乔趁着镜头没转，就接着尤妮斯的话说："我之前不是说老狐狸给曼森带了一些医疗、药石矿方面的人吗？这位贝尔就是其中一位。我印象里这种聚会他来过三次左右。他家的医疗舱每年都升级换代，曼森兄弟也每年都当场定一批，送给老曼森和所有宾客。其实数量不算多，顶多四十套。有一件事是尤妮斯后来发现的，她通过一些途径，看到了当时的出货单。单子上填写的数量是没什么问题，但是运送载具每次用的都是银蛇。银蛇你们知道的，那个载货量装两百套医疗舱都没问题。这些商人个顶个的精打细算，放着更合适的载具不用，是不是有点儿奇怪？"

他说着犹豫了一会儿，又道："春藤的医疗舱也基本都是用他家的。后来有一年老狐狸好像跟他闹了些不愉快，我听见老狐狸提过要终止他家的订单，换成另一家，但没什么顺理成章的理由。那之后没多久……可能两三个月？他就……死了，之后春藤医院的医疗舱就换了别家的。"

"死因？"顾晏问。

二十七八年前，乔也才四五岁，联盟每年死那么多人，商人也不在少数，他对这些陈年旧事并没有什么印象。

乔说："用药过量，一种止疼药。"

"止疼药？"

"他一直有严重的神经痛病症。"

在他们交流的过程中，尤妮斯已经转了几次镜头，挨个提了几位客人。都算是熟人。

尤妮斯道："……克里夫先生，不出意外，他又拽着我爸和肯·曼森先生发表感言了。'没有二位，我起码要多花六十年才能抓住这条飞梭机生产线，还有那几条 A 级运输轨道'，叽里呱啦……年年都是这个开场白，我都会背了。"

"啊——坐在他旁边的是他儿子，比我略大一点儿，叫什么来着我忘了，姑且称他小克里夫。我不是很喜欢他的眼神，他看他爸后脑勺的眼神，活像在说'什么时候你们这帮老不死的才能退位让贤'。他看我爸的眼神更讨厌，我觉得他不喜欢任何根基深厚的家族，可能是嫉妒？再等二十年，他估计能继承家业。提前为二十年后的自己默哀，要跟这种人打交道，真是见了鬼了。"

燕绥之的表情依然很淡，眉尖却挑了一下。

现在住在悍金花园酒店的就是所谓的"小克里夫"。二十多年过去，果然

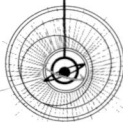

一代换一代，一家之主的位置已经换了人。

"他不喜欢家族？"燕绥之顺口提了一句。

乔说："我跟他打交道的次数有限，尤妮斯更多，据她说是这样。跟他聊久了，能从他的某些语气和目光，还有一些细节动作上感觉到，他不喜欢家族，尤其不喜欢我家。"

燕绥之点了点头。

"怎么了？"

"没什么。"燕绥之淡淡道，"想起他之前玩扑克的样子，觉得有那么点儿意思。"

"什么样？很拽、很欠揍？"乔嘟囔。

"黑桃和红桃很随意地丢在远处，方片放在面前，手里把玩的是梅花。"燕绥之记忆力很好，回想的时候甚至能复刻克里夫当时的表情和小动作。

"所以呢？"乔茫然地看看他，又求助似的戳了顾晏一下，"帮帮忙，我感觉我又回到当年选修课的时候了。"

乔大少爷脑子进水选修法学院的课时就是这样，全班大部分人在燕绥之的提示下若有所思，唯独他一窍不通，只能左戳柯谨，右捅顾晏，求个更明白的解释。

顾晏也被戳习惯了，说："扑克花色理论记得吗？梅花代表地位、权利和声望，指代像你家或是曼森家这样的家族，方片代表金钱和资源。"

"哦哦——"乔少爷公鸡打鸣似的连连点头，"明白你们的意思了。"

搁在自己面前的，总是最贴近自我意识的。

方片代表克里夫自己。

而他把玩梅花则表明，他对那些家族没什么敬重心，甚至是带着一丝居高临下的不屑和不服。也许他是觉得他们在吃祖辈们的老本，并不代表自身能力有多强。

乔说："但他跟曼森兄弟关系很好，不是那种拉拢势力的好，而是小时候就玩在一起了。"

燕绥之说："所以觉得有点儿意思。"

尤妮斯依次介绍了很多人，乔也挑着补充了一些。

"这位一字胡的周先生，是巴特利亚大学医学院的教授。他很厉害，当时春藤医院很多名医和研究人员都是他的学生。曼森兄弟每次都会跟他聊很久，关于老曼森之前的病，以及今后的预防、休养等。这位也是……"乔指着其中一位继续说道，"但是老狐狸后来突然开始不用他的学生了。后来三四年的时间里，春藤医院里跟他有关的医生和研究员，被调走的调走，被解雇的解雇。之后没多久，这位教授突然得了闹钟症。"

这是现今联盟很难治疗的大脑退化痴呆症，老人是高危人群。得了这种病症的人大部分事情都会遗忘，只记得定时定点的一些习惯，每天不断重复，而且对时刻极度敏感，差几分钟都会出现情绪失控的情况。

"这位卢斯女士很厉害，应该算这些人里最年轻的一位了。据尤妮斯说，拍摄的时候对方还不到四十岁，活泼直爽，挺讨人喜欢的。在场的人里就有几位男士在追求她，不过她一个也没理。就这个聚会后的第二年，卢斯女士很任性地嫁了一位普通老师。那人默默无闻，姓什么叫什么都没人记得的那种，据说两人生了个女儿。"

"卢斯女士手里握着两条药石矿的线，当时市场内常见的一批药剂原料都来自她的药石矿。后来惹上了一次大麻烦，说是市面上有一些药被查出来有问题，导致不少服药者精神失常。偏偏这批商界大佬常用的助眠药也在其中，最后追根溯源，让药石矿背了锅。但这其中牵涉很多利益，所以消息捂得很死，最终只悄悄地把那两条药石矿线给废了。卢斯女士也因此进了监狱，并在第二年自杀了。"

乔想了想又补充了一句："有点儿巧合的是，我刚才说的那位用药过量去世的贝尔先生，他吃的止疼药也在这批有问题的药里。"

尤妮斯的动态日记不算短，前前后后拍了四节，他们花了半个多小时，终于看到了尾声。

乔重点介绍了七八个人，每个人的事情单独看来好像没什么，不算离奇，但凑在一起确实会让人多想——这些跟德沃·埃韦思相识又被介绍给曼森家的人，各个都死得很匆忙。

"他们每个人出事之前，老狐狸都或多或少有些表示和举动。"乔说，"查的东西越多，越证明他那些反应不是巧合。其实还不止这些，这次聚会上还有几位，只不过录视频的时候不在树荫下，尤妮斯说有的去了洗手间，还有一对

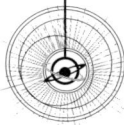

夫妻。"

说话间，尤妮斯的镜头里突然传来了嗒嗒嗒的脚步声，听上去像是什么东西跑过来了。

乔倏然住了嘴。

一个小鬼的声音传进镜头，由远及近："姐姐！你又偷拍！不是说这边不准乱拍吗？"

"嘘嘘嘘嘘——"尤妮斯连嘘几声，警告那个小鬼小声一点儿，接着镜头一转，无奈地说，"老天，傻子来找我了！"

然而她转的时机不太巧，刚巧被那"发射"过来的小鬼撞到了，镜头一阵天旋地转，然后"咣当"一下，掉落在地上。

"天哪！还有这段？我昨天怎么没看见这段……"乔尴尬地摸了摸鼻子，"我对这一幕真是印象深刻。我没刹住车，撞到了她的后膝盖弯，她的腿一软没把住平衡，直接跪下了。还好有树篱挡着，没被那些人看见……但她可能从没丢过那样的脸吧，非常生气。后来我被尤妮斯女士揍得很惨。"

"姐姐，对不起。"镜头里迷你版的金发小少爷把脸凑到镜头前，看起来吓呆了，慌里慌张地要扶尤妮斯，又因为尤妮斯作势要抽他，便扭头逃窜，但没跑几步又硬着头皮回来了。

尤妮斯捡起镜头，忙乱间忘了关，就那么往领口一夹，一瘸一拐地穿过树篱和花园，找了个水池清洗了一下手掌和膝盖沾的灰。

洗干净后，她冷笑一声，转头就要去捉傻弟弟来揍。

"这就没什么了，我关了啊。"乔少爷捂着脸，打算把黑历史关掉。

结果就在他要收起屏幕的时候，镜头里，尤妮斯冲出一排树篱，差点儿撞上一个人。

那是一位漂亮的女士，她被尤妮斯吓了一跳。为了防止两人撞上，她下意识后退了两步，被跟在身后的一个高个儿男人扶住了。

看他们走的方向，应该是从曼森庄园正门过来的。是乔口中那对"有事耽搁，姗姗来迟的夫妻"。

屏幕中，尤妮斯的声音响起来，有些不好意思地说："抱歉，我走得太急了，没看到你们拐过来。"

差点儿被撞到的女士摆手笑了笑，将散落的一绺头发挽到耳后，漂亮的双眼弯起来，连眼角的一枚小痣都因此变得温和又生动。她说："那我也该说抱歉，花园很漂亮，我一直在东张西望。"

那个扶着她的高个儿男人斯文英俊，冲着尤妮斯这边点头打了个招呼。

尤妮斯给两人让开路，匆匆去追树篱间流窜的弟弟，只是没走出两步，又转头看了一眼。

刚才那对夫妻又出现在了镜头中，只不过这次是背影，走得远了一些，不一会儿又停下了。

那位女士绕到了丈夫身后，轻推他的背，说："你走前面，这样万一我再走神，倒霉的就不是别人了。"

男人的个子很高，被推也没动，转头看向她，"嗯"了一声表示赞同，道："背后没人抵着，撞完你就该坐地上了，倒霉的当然不是别人。"

女士："……"

镜头外的尤妮斯笑了一声。

沙发上的顾晏看着那对夫妻的脸，眉心慢慢蹙了起来。

尤妮斯终于意识到视频还在拍，抬手关了镜头。

客厅内的全息屏幕骤然一暗，光影都消失了。

顾晏的眉心还没松，脑中正要冒出一些什么念头，身边的燕绥之突然开了口："乔，帮个忙。"

顾晏转头看向燕绥之，就见他的目光依然落在刚才那对夫妻所站的地方，微微出神。

"嗯？"乔少爷愣了一下，"哦，好的，什么忙？"

"把刚才那段重放一遍。"燕绥之说。

"当然可以。"乔重新调出影像，一边调整进度一边说，"这段怎么了？有什么细节我没注意到吗？"

燕绥之有一会儿没答话，直到全息影像在乔的拉动中快速前进，尤妮斯的背景音被拉得高而尖锐，他才回过神来，状似平静随意地答了一句："哦，没什么细节，只是想再见一见那两个人。"

影像在话语间已经调到了末端，镜头再次抖晃起来。

那是尤妮斯在追蹿进树篱的弟弟。

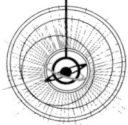

然后又是拐角，又是一阵轻轻地惊呼，又是急刹的脚步声……

那对夫妻距离镜头很近，也离沙发上坐着的三人很近。

也许只有一步之遥。

他们站在那里，冲着燕绥之的方向弯起了眼睛。

简简单单的一句话，顾晏知道了这对夫妻是谁。

刚才心里冒出的隐约猜想也落到了实处。

在这之前，他其实设想过会以怎样的方式"见"到燕绥之的父母……

他们应该会坐着飞梭机回到赫兰星，在某个平静、寻常的清晨或午后，也许是阳光明亮的晴天，也许下着淅淅沥沥、连绵不断的雨，穿过公墓茂盛的冬青和金丝松，拾级而上，在某个双人墓碑前停下脚步，放上一束准备好的白色安息花。

他会在燕绥之的介绍下，跟墓碑下安息的长辈打声招呼。也许会感谢，也许会承诺，但不会占用太多时间。因为燕绥之应该有很多话想跟父母聊聊，而他也会一直陪在旁边。

只是他从没想过，第一次见到燕绥之的父母居然会是这种方式。

他们站在他和燕绥之面前，一个笑起来的时候有着和燕绥之相似的眉眼，一个举手投足间有着和燕绥之一样的从容优雅。

寥寥几个瞬间就能看出来，他们应该是很好的人，如他所想的一样，温和有趣。

只是比他想象的要年轻很多。

这个念头冒出来的瞬间，顾晏又忽然意识到，近在咫尺和触手可及只是看起来而已，这一步之遥，隔着一段很长很长的时光。

而在那之前，这对夫妻本该正当盛年。

如果他们真的站在这里，真的这样看着燕绥之，是会欣慰那个十五岁的、懒洋洋的少年已经长大成人，还是会心疼他独自走过二十八年的漫漫长路；又或者会奇怪他怎么变了模样，眼角那枚遗传自母亲的小痣怎么不见了，为什么会顶着别人的名字，又碰到了什么事……

顾晏下意识朝燕绥之看过去，他依然靠在座椅里，手里握着的玻璃杯搁在膝盖上。他没有前倾身体，也没有站起来，之前的那一丝丝意外也已经消失了，此刻看起来异常平静。

他一个人生活了这么久，这一年发生的事情又这么多，见到父母总该有很多话想说，但这不是墓前，所以他并没有开口，只是安静地看着。

然后……在那对夫妻笑意盈盈的时候，他轻轻眨了一下眼睛，也对着他们笑了一下。

没有难过，没有伤感。

至少在这一瞬间，在他和父母"四目相对"的时候，眼睛里并没有这些。

就好像……他只是坐在旧宅的花园里，像很多年前无数个假期午后一样，懒洋洋地晒着太阳。然后不经意地抬起眼，发现父母正站在二楼的落地窗前看他，而他被阳光晃眯了眼，回以一个浅淡的笑。

放松的，毫无棱角的。

6

乔坐在沙发里，两手撑着膝盖，姿态僵硬，似乎卡在某个瞬间一直没有缓过来。

直到这一段影像再次放完，屏幕一黑，整个客厅跟着骤然一暗，他才猛地回过神来。

"我……"乔张口蹦出一个字，又摇头改口道，"不是，院长，刚才这对夫妇，他们是你的……"

最后几个字，他的声音倏然轻了，似乎有些不敢说出口。

燕绥之似乎还有一点儿出神，过了片刻才转了目光看向乔。

乔大少爷板直着身体，莫名就尿了，说："那什么……不方便说的话也没关系。"

燕绥之被乔的语气弄得笑了一下，也可能是刚才冲那对夫妇露出的笑意还没有收起。他转了转手里的玻璃杯，问乔："你之前说的那些话有假的吗？"

乔其实没弄懂他问这话的意思，但就像是上法学院选修课被点了个正着似的，他举起两根手指认真道："没有，全都是真话。"

"有隐瞒和保留吗？"燕绥之又问。

乔大少爷继续举着手指，说："想到什么说什么，没有故意藏话。你们要不嫌啰唆，我还能再说一天一夜。"

"你会把听到的事情告诉不该告诉的人吗？"

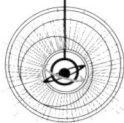

"当然不会，我嘴巴很紧的。"

燕绥之神色未变，点了点头，说："看出来了。"

乔试探着问："所以？"

燕绥之道："所以，那是我的父母。"

乔张着嘴"啊"了一声。

其实刚才这个猜想已经在他脑中呼之欲出了，但真正被燕绥之说出来的时候，他还是很……震惊。

"可是……不对啊……"乔在脑中努力回想着那对夫妇的脸，五官细节依次回忆了一遍，又将目光放在了燕绥之的脸上，五官细节依次看了个遍……

没有找到一处真正相似的点。

"你们长得不像啊！"说完，他在顾晏看傻子的目光里猛地回过神来，"啪"地给了自己脑门一巴掌，"哦——对，院长现在是实习生的脸！瞧我这猪脑子，我就是冷不丁知道这个有点儿反应不过来。"

他顺势揉了揉脑门，又愣住，道："还是不对……那对夫妻姓林啊，怎么会是院长你的父母？"

他可能真的是被这个突如其来的情况惊到了，说起话来都有点儿找不到调。说完之后，他又发觉自己这话有点儿别扭，纠正道："我的意思是，院长你姓燕，我印象里老狐狸管他叫林先生，难不成是我记错了？"

乔努力回想着，不仅是那位先生不姓燕，那位夫人也不姓燕。

"没有记错。"燕绥之说。

他在说起这件事的时候表情变得非常温和，却带着一点儿无奈。他原本并没有解释的打算，但还是忍不住补充道："我父亲姓林，母亲姓卢。首字母一样，所以他们在外签名更喜欢用'L'，代表哪个都可以。可能是物以类聚吧，我家里人都不是很在意姓氏或者继承这种事，所以在我出生前，他们觉得我随谁姓都可以。换句话说，他们也一直没决定我姓什么。我母亲的性格比较——"

他笑了一下，斟酌了一下用词："算活泼吧，不是很喜欢按照常理出牌的那种。她后来想了个点子，说我出生之后，最先握住谁的手，就随谁姓。"

"挺令人哭笑不得的是不是？"燕绥之说。

顾晏摇了摇头。

老实说，从燕绥之后来的性格看，他家里人想出这样的点子，也……并不那么令人意外。

讨论姓氏虽然在燕绥之出生前，但他并没有错过那些细节。因为家里长辈有拍摄家庭影像的习惯，而这些刚好记录了下来。

那个视频，燕绥之看过不止一遍。

视频拍摄于他出生前一年的某个冬季夜晚，地点不在旧宅，而在赫兰星东部某个秀丽的小岛上——燕绥之的外祖父、外祖母家里。

燕绥之记得视频的开头，母亲坐在客厅厚实干净的地毯上，正抱着一只猫看电影。她把丈夫的腿当靠背，长长的卷发垂落下来，显得悠闲又居家。

父亲拍了拍她的头顶，半真半假地说："卢小姐，我的腿麻了。"

她笑眯眯地背手捶了他几下，然后忽然想起什么似的，转头搭着丈夫的膝盖，问："我最近总不由自主地想到一件事。"

"什么事？"

"以前咱们聊过的，有了孩子叫什么。"卢小姐撸着猫，认真说，"我觉得快要有了。"

林先生的表情茫然了一瞬，说："什么叫你觉得？"

"直觉啊。"

卢小姐被他的表情逗笑了，趴在他膝盖上笑了半天，才又抬起头道："我刚才想了个很棒的点子，不管男孩儿还是女孩儿，等他出生后，冲着谁哭就跟谁姓吧。"

林先生说："那咱们可能得先挑个姓氏好听的产科医生。"

卢小姐："……"

看到妻子的表情，林先生也笑起来。

"那要不，还是回家之后……他第一个抓住谁的手就跟谁姓？"卢小姐说。

"这倒是可以。"林先生夸了一句，"想法不错。"

有了这么个点子，卢小姐坐不住了。她抱着猫趿拉着拖鞋去了厨房，跟她正在煮牛奶的父亲说了，再次得到了夸奖；然后又去了楼上的房里，跟休养中的母亲说了。之后没多久，这个点子又得到了林先生父亲的欣允。

于是燕绥之出生后，不止父母，连祖辈也抱着逗他玩儿的心思来凑热闹了。

婴儿床边围着逗他笑的母亲，给他拍视频的父亲，因为身体原因坐着轮椅

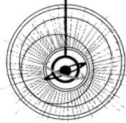

的外祖母，推着轮椅的外祖父，还有故作镇静但绷不住笑的祖父。

"所以你抓住了谁？"顾晏问。

"外祖母。"燕绥之笑了，"她当时并没有把手伸到我面前，只是在帮我掖被角，所以当时连她自己都愣了一下。"

他的外祖母在一次战争中受到波及，刚好是在怀孕后期，之后她受尽了常人难以想象的折磨才把孩子顺利生下来。但战乱的影响并没有完全消失，这导致燕绥之的母亲和燕绥之的基因都出了一点儿问题。外祖母始终对此心怀歉疚，并且持续了很多年。

燕绥之的父母一直希望她能够释怀，不要在意这件事。

毕竟没有外祖母的艰难坚持，就不会有燕绥之的母亲，燕绥之的父亲也不会碰到心爱的妻子，自然也不会有燕绥之。

"我出生的第二年，外祖母去世。唯一一个反对的人过世，剩下的长辈一致决定我随外祖母的姓。"燕绥之顿了顿，又说，"再加上我父母一直不希望太限制我的生活，至少在我成年之前，可以自由决定自己想做什么、想过什么样的生活，免受他们那些商业上的合作伙伴或是其他方面的影响，从而能更纯粹地决定自己的路。跟他们不同姓，某种意义上刚好能达到这个目的。"

乔听着有些感慨。

至少在他们所知的范围里，那对夫妻说到做到，且真的把孩子保护得很好。以至于他从来不知道，他们当年好奇了很久的那位不为人所知、不受打扰的人，居然是燕绥之。

他很羡慕，羡慕这样温柔的家庭和这样温柔的长辈们。但也正是因为他见过这样温柔的人，才会在各种家族纠纷和尔虞我诈里，数十年间，努力保持着一份真心。

"乔。"燕绥之突然开口说。

"啊，抱歉啊院长，刚才有点儿走神。什么事？"乔从羡慕中回过神来，问道。

"尤妮斯女士的视频日记介意发给我一份吗？"燕绥之问。

正如影像中迷你版乔少爷嚷嚷的那样，曼森庄园中的聚会有一个默认的规矩——不允许拍照摄影。

参加的宾客大多是圆滑精明的商海老手，秉持着"不找别人麻烦，也不让别人找自己麻烦"的原则，不会没事找事地违反规矩。还有一部分则比较讲究礼仪，不会在不打招呼的情况下四处乱拍。

因此，尤妮斯手里的这些都是世上独一份的。

乔比谁都清楚这些视频有多稀奇，也万分理解燕绥之的心情，当即点头道："没问题，随便拷，我这就发给你——"

"我建议你先征求一下你姐姐的意见，毕竟这是她的日记。"燕绥之提醒道。

乔"哦"了一声，嘟囔道："也对，我问问她。不过我觉得她也不会有任何意见，在这种事情上，她总是豪爽得让我自叹不如。"

他一边说着，一边手指飞快地给尤妮斯去了一条信息。

低着头等尤妮斯回复的时候，他忽然后知后觉地想起来，那对温柔、养眼的林氏夫妻也跟那些人一样，受到老狐狸的邀请去过一两次曼森庄园的聚会之后就再也没出现过。

这让他一度觉得很遗憾。

不同的是，关于那些人，尤妮斯跟他说过很多，而他长大后又有自己的消息线，也顺着查过不少。

但林氏夫妻，尤妮斯没怎么跟他提过，以至于很长一段时间乃至到现在，他都不知道那两人的名字，也没去查过那两人的消息。也许是他潜意识里不想查，希望那两位在他不知道的地方好好生活着。

乔看着智能机犹豫了片刻，又给尤妮斯发了一段信息："我刚发现我漏看了那些视频的结尾，那对夫妻……他们已经过世了吧？怎么过世的你知道吗？"

"呃……她可能在开会，又或者在处理什么事情，不一定能立刻回复。"乔解释了一句。

他有点儿说不上来的紧张。在知道那对夫妻就是燕绥之的父母后，他更怕了，怕他们的离世又跟老狐狸有着千丝万缕的关系。

尤妮斯的信息回得还算快："你要拷给谁？可靠的人当然可以，但是我很怀疑你的眼光。"

总不能说燕绥之。

说阮野的话，尤妮斯又并不认识。

乔毫不犹豫地把事情扣到了死党头上，回复："顾，他想要一份，给不给？"

事实证明，顾晏的名字在很多时候都很好用，尤妮斯立刻回复："顾？那

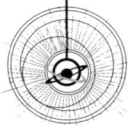

你何必浪费时间来问我，直接拷给他。"

紧随其后，是尤妮斯的又一条信息："对，过世了，因为基因手术失败。"

乔几乎立刻联想到了燕绥之办的那件医疗案，连忙回复："咱们讨论了一整晚的医疗案……也是基因手术。它们之间不会还有联系吧？"

这一次，尤妮斯回得有些慢。

乔一眨不眨地盯着信息界面，生平头一回这么纠结忐忑，一边希望尤妮斯回复得越快越好，一边又希望结果晚一点儿出来，让他再喘两口气。

但他再纠结，尤妮斯的信息终究还是来了，而且是长长的一段："说不好，这其实是我想重查医疗案的原因之一。我觉得两者之间有些联系，但也没有直接的证据。这对夫妻其实有些特别，他们是最先过世的宾客。我早年其实查过很久，也回忆过在他们过世之前，爸有没有什么反常之处，有没有打过可疑的电话，有没有流露过突兀的情绪。而那个时候的基因手术的成功率确实很低，因为手术出意外并不是什么令人惊奇的死亡方式。我没少费力气查，但收获确实很少，所以暂时没有把他们列进'牺牲者名单'，就没跟你多提。"

这个结果对乔来说算不上好。

虽然尤妮斯费力写了这么长一段，但他所有的注意力都集中在那一句上——"我觉得两者之间有些联系"。

乔下意识问："什么联系？"

尤妮斯："诸如医疗案的被告碰巧曾经参与过那对夫妻的基因手术之类的……你动动你的迷你小脑仁，告诉我，我要知道那么多联系，还用得着让你问律师吗？"

乔："……"

尤妮斯："好好问，问细点儿。你那边是顾和他的小实习生？他们毕竟是毫无关系的旁观者，总比我们要冷静一些，也许能看出被咱们遗漏的联系。"

乔："……"毫无关系的旁观者……你口中的"小实习生"非但不是旁观者，还可能是受害者家属，你怕不怕？

鬼知道乔看到这条信息时，表情有多么复杂。

他彻夜准备的那些问题，忽然就问不出口了。尤妮斯都能觉察出两者之间的联系，燕绥之会不知道？

在这种情况下，还要让他去回忆那件案子的细节，同时找出证据，来证明老狐狸是或者不是加害者……乔干不出这么牲口的事情。

"怎么样了？"燕绥之的声音把乔拉回现实。

乔大少爷猛地抬头，道："什么？哦，可以的。我姐说当然可以，我现在就发给你，院长。"

他匆匆忙忙地调出界面，也不问燕绥之是只要那个片段还是什么，直接把那几个视频一股脑儿发了过去。

"谢谢。"燕绥之一一接收。

这一声谢谢听得乔少爷如坐针毡。

燕绥之轻轻关上屏幕，在指环状的智能机上抹了一下，抬眼道："我差不多知道你跟尤妮斯女士的想法了。那件医疗案——"

"院长。"乔交握着的手指搓了搓，打断道，"刚才给你们从头到尾说了一遍之后，我突然也有些思路了，我……我想再仔细看一遍资料包。"

"嗯？"燕绥之看着他，目光清亮而沉静，"你昨晚不是看了很久？"

乔硬着头皮咳了一声，拳头抵着嘴唇含糊道："没看够。"

燕绥之跟顾晏对视了一眼。

"准备的哪些问题？"燕绥之又问。

乔说："看完重新整理了再问吧。"他说完摸了摸脖子，朝卧室方向张望了一眼，又冲燕绥之和顾晏说，"都没注意到中午了，我都说饿了。让服务生送餐上来？"

他那抓耳挠腮的反应都被燕绥之看在眼里，他在想些什么，有哪些顾虑，对燕绥之和顾晏来说几乎就写在脸上。

燕绥之有点儿感触，又有点儿好笑。

他想说"眼珠子别转了，这屋里也没多少能转移话题的东西"，然而顾晏已经开口道："我们去楼下餐厅，你跟柯谨怎么说？"

有人递台阶，乔少爷连滚带爬地奔下来，说："他醒了一会儿又睡着了，我们就不下去了。"

顾晏有些意外地问道："又睡着了？"

柯谨夜里的睡眠状态并不好，总是醒得很早，连带着乔的生物钟也跟他调成同步了。

今天这样倒是少见。

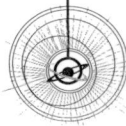

"他昨天睡得太晚了。"乔说，"坐在窗边一直不想挪位置。而且今天天气不好，外面看起来太阴沉，他可能以为天没亮。"

"坐在窗边不想挪位置？"燕绥之注意到了这句话。

"我看过了。"乔明白他的意思，"窗外没有什么东西。那时候已经很晚了，对面楼的人都睡得差不多了，没有什么奇怪的人，也没有什么奇怪的事。外面唯一会动的活物也就只有鸟。飓风前兆吧，成群飞过去一片。"

他绕着窗子找来看去，最终发现柯谨可能只是因为动物的异动而感到不安。他诱哄安慰了很久，柯谨才从窗外收回目光，进了卧室。

乔又在柯谨床边的扶手椅里待了很久，柯谨才慢慢放松下来。

"等他睡着了，我才回的房间。"乔说，"他早上七点醒过一回，从我房里穿过去，在窗边站了一会儿。"

狂风暴雨里，没有人也没有成群的鸟或者其他让人不安的东西，所以柯谨只是站了一会儿就又想睡了。

燕绥之点了点头。

说话间，乔的肚子叫了一声。这位大少爷摸了摸腹部，表情活像是听见了什么福音。他从沙发上站起来，喟叹："真是饿了，我先找点儿东西垫垫。"

"嗯。"顾晏说，"我换件衣服就下去。"

7

白鸽街的啤酒旅馆，跟发生命案的老人酒吧隔得不太远，是个看起来很不起眼的四层小楼。

一楼以及大半个二楼都是餐厅，主打各种口味的啤酒。不过说实在的，哪种口味都很一般——这里的厨师是老板兼职的，手艺不怎样，还三天两头地要回老家。

厨师不在的时候，店里就只有香肠和啤酒，还有一位很不热情的老板娘。

老板跟老板娘的卧室占了二楼剩余的部分，上面的三楼和四楼分成了十间鸽笼似的房间，用于提供住宿。规模跟一街之隔的悍金花园酒店相比，形成了惨烈的对比，简直一个天一个地。

不过这却是白鸽街少有的能维持经营的店面，因为住宿价格真的很低，且总有一些来德卡马落脚的人需要这种廉价住宿。

那两个叫本奇和赫西的记者在跟老板娘打听事情的时候，意外的发现这啤酒旅馆的视野不错：如果坐在二楼餐厅的靠窗卡座里，就能越过对面一处矮房的缺口看见悍金花园酒店的大门；如果到三四楼去，就更没什么遮挡了。

本奇不是很想去悍金花园酒店门口的草丛里喂虫，毕竟夜里不会有什么商界大佬出来晃，更不会刚好晃进他的镜头里，但他又想随时能盯着酒店大门。

这么一来，这家啤酒旅馆居然成了不错的选择。

昨晚嚼完一盘香肠后，本奇去三四楼晃了一圈。鸽笼似的房间虽然小但挺干净，于是他捏着鼻子订了两间房，跟赫西一起暂住了一晚，想着等从窗户里看到悍金花园酒店有客人出门再过去。

没想到，早上一睁眼就被窗外的狂风暴雨糊了一脸。

不论是房间的窗玻璃还是门玻璃，都在风雨中瑟瑟发抖，窗户上水迹模糊，十米之外人畜不分，更别说远处的悍金花园酒店。

"讲个笑话，这里视野好。"本奇语气嘲讽地说。

赫西说："……天气预报说，暴风雨并不会持续很久，傍晚应该就结束了。"

"天气预报可信的话，我们还会坐在这里？"

本奇可能是气疯了，什么都骂。

"德卡马的飓风本来就跟其他星球不同，出了名的难以预测……"赫西给他倒了一杯啤酒，算是安抚，然后又闷头吃起东西来。

他这话倒是让人没法反驳，毕竟德卡马的飓风如果真的能预测，人家南十字律所也不会选择在这种天气冒险举办酒会。

不然把客人弄得这么不高兴，岂不是得不偿失。

本奇当然明白这一点，所以只是没好气地瞪了他一眼，说："你这时候嘴皮子又利索了？"

其实这段时间里，赫西比以前的话多了一些，也不像以前那么腼腆了。有时候赫西还会顶两句嘴，或者主动提出一些建议。可能是被本奇带着跑了不少地方，被磨出来了。

赫西吃完早餐擦了擦嘴角，斟酌着说："对了老师，说起南十字律所……"

"嗯，怎么啦？"本奇喝了一大口酒，含糊地应了一声。

"咱们上次在天琴星碰到的——"

"闭嘴，我不听，不准提。"本奇咣当一声放下啤酒杯，抬着下巴警告。

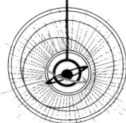

"你如果敢砸坏一个杯子，我就让这瓶子亲亲你圆滚滚的脑袋。"老板娘朝他举了举手里喝了一半的酒瓶。

本奇："……"

赫西安静了一会儿，又试图提议："上次那位律师和他的实习生就是南十字的，我们其实可以——"

"不可以。"本奇把啤酒杯都已经拎起来了，余光瞥见虎视眈眈的老板娘，又讪讪地轻放了下来。

"上次闹得有多不愉快，你这是失忆了吗？"本奇一脸怨愤，"我这辈子不想跟他们再打第二次交道！"

"他们应该是很讲道理的人……"赫西不放弃地说。

"哦——"本奇脸拉得比驴还长，拖着调子说，"那你的意思就是我不讲道理呗？"

可不就是！

赫西没作声，默默喝酒。

"我跟你说，我就算在这儿憋死，也不会试图联系他们问问情况，绝不！在内部怎么样？料多又怎么样？"本奇斩钉截铁地说，"我有骨气，我要脸！所以你别白费口舌了，没用的，做梦！"

暴风雨依然在肆虐，没有要停的架势。

本奇冷着脸梗着脖子，有骨气了大概十分钟吧，默默低头摸出了智能机。

悍金花园酒店。

两栋庄园楼之间夹着的花园餐厅被偌大的玻璃顶全部封了起来，狂风暴雨便被挡在了外头，又因为隔音的关系，只能听见闷闷的声响。

舒缓优雅的音乐不高不低，是一种恰到好处的背景音。

用餐的人并不多，大多数客人跟乔少爷一样，在这种天气里，更偏好待在房间内。

曼森兄弟里，哥哥布鲁尔·曼森就没有出现，倒是他的助理匆匆来去过几回。耳扣没有摘下来过，一直在跟不同人连着通信。

看表情，他应该是在处理什么公事，而且结果令人很满意。

其间偶尔会停歇一会儿，然后重新拨出另一个通信，能从口型看出来，他在恭恭敬敬地喊"老板"，估计是在向布鲁尔·曼森汇报进展。

弟弟米罗·曼森倒是出现在了餐厅里，经过的时候甚至冲顾晏和燕绥之举了举手里的酒杯。他不管干什么，嘴角都含着意味深长的笑，以至于很难分清他是在单纯地打招呼，还是在表达某种无意识的挑衅。

他最终坐在了飞梭机大户克里夫旁边的位置上，两手张开靠在沙发上，懒洋洋地跟对方聊着天。

服务生来送餐前酒和开胃菜的时候，燕绥之朝他们那边扫了一眼，又垂下目光继续摆弄智能机。

"在给谁发信息？"顾晏问。

燕绥之道："差点儿成为房东的默文·白先生。"

大律师面色如常，喝了一口餐前酒，问道："这两天跟他联系过？"

"没有。"燕绥之说，"不过他也没有联系我，这就有些奇怪了。"

上一架出事的飞梭机还在应急轨道上维修，他有点儿担心房东会出事。

信息发出去之后，对方并没有回复。

燕绥之调出计时器看了一眼临近几条轨道的星区时间，确认不是在深更半夜，便干脆给房东拨了个通信。

突如其来的糟糕天气并不会影响星球内的通信，但星球外就不一定了。

果不其然，耳扣里很快响起了提示音："信号不稳定，通信未能接通，请稍后重试。"

燕绥之试了三次未果，直接打开了智能机网页的星际新闻版面。

"没通？"

"嗯。"燕绥之点了点头，开始在新闻里找寻默文·白先生的身影。

万幸，默文·白还没有倒霉到那种程度，这一天的新闻版面几乎被感染者刷了屏，没有提到别的东西。

"没上新闻版就是好消息。"燕绥之说，"也许还堵在路上，等一会儿再拨拨看吧。"

他说着，顺势扫了一眼刷屏的那些报道，然后露出了讶异的神情，说："病毒感染有药了？"

"什么时候的事？"顾晏同样有些惊讶。

"我看看。"燕绥之扫了一眼各个报道的时间，"都说是今早发布的，大

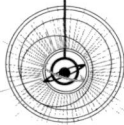

概一个多小时前吧。"

顾晏闻言，也跟着打开了新闻版面，将几篇报道大致扫了一遍。

一般情况下，联盟如果发生什么肆虐性的感染，各大医疗商旗下的研究所就会开始通宵达旦地拼速度制药。谁有本事先把药搞出来，顺利通过医药联盟的检测，谁就掌握了主动权和很长一段时间内的无限商机。

多数时候，第一个搞出来的都是春藤医院的研究中心，但偶尔也会是其他几个规模略逊的拔得头筹，诸如兰花医疗、蒙帝歌、西浦之类的。

这次的药就出自综合排名第四的西浦。它跟春藤这种医院体系不同，属于独立药商，后起之秀，从出现到发展也不过短短二十多年。

有人说在医疗领域，它跟春藤也就是三十多万座医院的差距。

不过西浦好像并不急于超越谁，专注于药业，一直没有要设立医院的架势。

这次的感染药研制，西浦表现得出乎意料的好，研制出的药不仅包含治疗，甚至包含预防。

报道说西浦已经谈好了合作，四十八个小时内会在各个星球设立专门的领药处，并且带有隔离、检测和疗养体系，以免感染进一步扩散，同时也给各大医院减轻一些压力。

正看着报道，燕绥之的智能机忽然振动起来，一条通信请求切了进来。

"默文·白先生？"顾晏问。

燕绥之看着通信请求界面上跳动的备注，眉尖挑得很高，表情有些意外，说："不是。"

"那是谁？"

"你猜？"

顾晏一愣，说："我认识？"

燕绥之继续说道："何止认识，你还恐吓过。"

"我干过这种知法犯法的事？"顾大律师觉得某人又开始胡说八道。

燕绥之把界面翻给他看，顾大律师扫了眼名字，然后不说话了，默默吃起了开胃菜。

来通信的不是别人，正是"有骨气、很要脸"的本奇。

燕绥之不知想到了什么，忽然露出一个斯文优雅的笑，接通了通信。

顾晏对这种笑再熟悉不过了，每次燕大教授这样的时候，就意味着对方要被气死了。

吉姆·本奇。

顾晏花了将近一整夜的时间看完乔的资料包，对这个名字印象深刻。

其实对方在资料包中出现的频率并不算高，跟那些热门网站的撰稿人或者知名记者相比，他的稿件数量实在不够看。

他也不是量少质精的那种，稿子内容有点儿散漫，时不时找不着重点。而他所拍的照片跟稿件有一样的问题，焦点不突出，杂人、杂物太多，一眼看不出主题。

如果是只关注案子本身的人，看那份资料包时，对吉姆·本奇的大部分稿子恐怕都是一扫而过，不认为有看的价值，也不会注意到他。

所以这个记者这么多年下来一直没混出大名堂，也不是毫无缘由的。

但在顾晏眼里，他的存在感有些强。

他散漫的、延伸性的报道和跟拍风格，误打误撞地写出了很多顾晏感兴趣的东西。就像那篇关于燕绥之去旁听审判的报道一样，他还拍过很多类似跟案子有关又无关的照片。

当然，很多是关于燕绥之的，毕竟他是那次案件的焦点。但并不仅限于燕绥之，还有被告、原告，甚至办案的警员等。

从他那些照片就能看出来，吉姆·本奇这样的人得到的评价恐怕很分裂。

有时候会让人生出感动，有时候……大概只会结下梁子。

顾晏看资料的时候顺手截过本奇拍的一些照片，于是他把那些照片调出来又扫了一眼，把照片往他眼皮下一亮，用通信那头听不见的声音道："别把人气跑了，也许还得找他帮忙。"

燕绥之闻言并没有表现出意外，而是冲他比了个手势，说："放心，我很温和。"

顾晏暂且信了他。

啤酒餐厅旅馆里，本奇咳了一声，在脸上挤出两分还算客气的笑意，对通信那头道："午好啊。"

赫西给自己老师留了三分面子，绷着一张特别正直严肃的脸，一边在旁边静静听着本奇跟那个实习生对话，一边在心里想：这个开头似乎还不错，老天

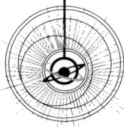

保佑，但愿那个实习生说点儿好听的话，但愿自己老师的暴脾气不要炸，哪怕没谈成，多聊几句缓和缓和关系也是好的。

结果这念头刚冒出来，本奇又接着来了一句："阮大律师。"

赫西默默捂住了额头。

怎么说呢，对方就是个实习生，关系好的朋友这么称呼是亲昵的玩笑，但从本奇嘴里说出来，怎么听怎么像阴阳怪气的嘲讽。

但赫西知道，本奇不是真的在嘲讽，他就是想套个近乎，一个……搞不好会被打的近乎。

他悄悄往前蹭了蹭，竖着耳朵，隐约听见本奇的耳扣里有一个带笑的声音说："午好，过奖了，请问你是谁？"

赫西："……"

当初在天琴星的时候，他亲眼看着本奇咬着牙跟那位顾律师和实习生互留了通信号。

本奇的脸迅速绿了，他动了动嘴唇，看起来像是无声骂了一句，接着又挤出一点儿笑，说："贵人多忘事。我啊，吉姆·本奇，蜂窝网的记者。"

对方笑起来，说："开个玩笑，当然记得，你请我喝过咖啡。"

本奇想起往事，脸又绿了一层，心说：那明明是你扭头就走，不给钱好吗？

对方继续道："还主动给我分享过你拍摄的照片。"

本奇："……"谁主动？谁分享？我指望跟你做交换的好吗？

对方又彬彬有礼，言语带笑地说道："本奇先生今天还有什么好事要分享吗？我非常期待。"

本奇："……"

他二话不说摘下耳扣，"啪"地扔在桌子上，通信自动切断。

8

悍金酒店的花园餐厅里，燕绥之一脸无辜地把耳扣摘下来，"嘟嘟"的忙音瞬间变得非常清晰。

顾大律师默默喝了一口酒，靠着椅背看着燕绥之，淡淡道："你对'温和'这个词有什么误解，燕老师。"

"很温和了，至少比当年气你的时候温和很多。我只是先给他定个基调，以免他预期过高。"燕绥之喝了一口温水，又冲顾晏眨了眨眼睛，道，"打个赌怎么样，我押他还要拨通信过来，你就押他不拨吧。"

顾大律师头一回碰到这么强买强卖的赌约，无奈道："我押什么，难道不是我来定？"

某院长理直气壮道："你就说你押不押吧。"

顾大律师道："……押。"

对于揣摩心理这种事，顾晏不比燕绥之差，师生两人可以说旗鼓相当。像本奇这种性格的人，年轻时有过热血和执着，而且有自己的视角和选择，坚持了不少年，所以本质是傲的。但他被否认过太多回，又难免会有点儿自卑。

这样自傲和自卑交错的人，性格上也会有纠结的两面性，感性上不想做的事情，理性上还是会硬着头皮去做，但心理又有点儿多疑。

如果燕绥之张口就顺应对方的要求，特别客气地配合，他反而会浑身别扭。

所以顾晏也觉得他一会儿还会拨通信过来。

但是，谁让打赌的是燕绥之呢？

赌约刚定，智能机就又振了起来。

燕绥之弯着眼睛冲顾晏晃了晃手指，再次接通了通信。

啤酒旅馆里，老板娘不知道从哪里摸了一盘瓜子，一边对着酒瓶喝酒，一边嗑着瓜子，显然把客人当成了暴风雨天气里唯一能下酒的乐子。

本奇绷着脸，一手按着耳扣，一手把赫西推开一些，以示驱赶。

对面的声音依然温和，带着笑意道："喂？"

本奇刚要张口，对面又道："您在哪个星球上？"

这回对方用了敬语，本奇勉强把翻上去的白眼又翻了回来，答道："我就在德卡马。"

"哦，这样啊。"对方随意道，"我以为刚才是暴风雨截断了信号。"

呵呵。

本奇的气性又上来了。

但很奇怪，这种专门气人的对话方式让本奇一下子回到了之前在天琴星的时候。一段时间没见，这个实习生还是一如既往，反倒让他瞬间找到了熟悉的节奏。

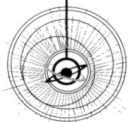

气归气，放松也是真放松，虚与委蛇和假客气的那套都用不上，有事说事就行。

"这么说，您也跟那些记者一样，来悍金花园酒店了？"

本奇听见那个实习生的话，点头道："谁说不是呢，这种聚会哪个不想来拍两张，更何况还出了意外。这种注定会被关注的事情，随便写几笔就能上网站首页。"

对面"嗯"了一声，算是赞同。

本奇琢磨着想再说点儿什么，那个实习生又笑着开了口："所以记者先生，您这次准备给我点儿什么呢？"

本奇："……"

赫西被推到了一旁，这回他听不见耳扣里的声音了，自然不知道对方说了些什么。

他只知道，他的老师本奇又一声不吭地断了通信。

"怎么了老师？"赫西忍不住了。

本奇搓了一下脸，说："没什么，冷静一下。"

他明明是去跟实习生要"干货"的，可这一个字都还没提就要先把自己搭进去了，这都叫什么事儿？

两分钟后，本奇又扣上了耳扣。

赫西扭开脸，不知怎么的，他有点儿同情自己这位老师了。戴耳扣前还得做个深呼吸，这心里得多挣扎？

"喂。"本奇面无表情道，"暴风雨，信号不好。"

那个要命的实习生又要开口，本奇继续拉着一张脸，说："也别绕弯子了，直说吧。你应该在悍金花园酒店吧？能给我提供一点儿素材吗？不用多么劲爆，跟别的记者不一样就行。我们也可以适当做些交换。你想要什么，好好说，别狮子大开口，毕竟我手边没有速效救心丸之类的药。"

"恕我冒昧，问您一个问题。"忽略那些气人的内容，实习生说起话来不论是用词还是腔调，都很斯文有礼。

本奇心情略微平静了一点点，说："什么问题？"

"您干记者这行多少年了？"

"你今年多大？"本奇喝了一口啤酒，靠上了椅背，无意识地端出了一些长辈的架子。

花园餐厅里。

燕绥之捂住耳扣，冲顾晏招了招手。

"怎么？"顾晏以为他碰到了什么事需要商量，朝前倾身。

结果就听燕绥之问："我今年多少岁？"

顾大律师："……"演戏能不能先记住人设？

"二十六岁。"

"真的？"

"随口说的。"顾大律师一脸冷漠。

燕绥之又对着耳扣"喂"了一声，特别淡定地说："刚才信号不好。我今年二十六，怎么了？"

本奇说："哦，没什么，这样我就能说了。我拍过的照片比你吃过的米还多，我干这一行整整三十年了。"

说这句话的时候，本奇突然有点儿感慨。他在这一行干了整整三十年，前十四年都在坚持初衷和本心，之后终于觉得有点儿累了，开始慢慢适应，然后妥协，居然一妥协就妥协了十六年。

也许是暴风雨的天气干不了别的，适合扯淡；也许是说到三十年，冷不丁勾起了他多说两句往事的欲望。

他回答完，喝了半杯啤酒，咂摸着说："我当助理记者那几年，也跟你们实习生差不多。不过干劲特别足，什么案子都跟，什么事都拍，一天有二十个小时举着相机，竟然还不觉得困。"

燕绥之闻言并不意外，他想了想说："什么案子都跟？"

"对。那时候不像现在，讲究什么热点、争议。"本奇说，"不管大小，我都觉得挺有价值的，大到星际战争冲突，小到隔壁小区多了几只不常见的鸟，都会拍。那时候不单纯是为了工作，就是觉得有意思，想拍，闲不住。"

这话说完，本奇看见旁边的赫西都有点儿惊讶。

"把嘴巴闭上吧，不是说过吗，谁没个年轻的时候。"本奇没好气地说。

耳扣里，实习生似乎在斟酌着什么，接着问道："巴特利亚大学周教授，您……听说过吗？"

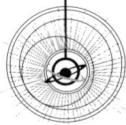

本奇"啊——"了一声，然后道："知道，很多年前过世的一位老教授，我跟过那个案子。"

他以为实习生还要再多问几句，谁知他又换了一个问题："那么，有位叫作奥莉·卢斯的药石矿经营人——"

"记得，记得。"本奇说，"你这是在考我的记忆力呢，还是在求证我是不是真的什么案子都跟？"

乔少爷提过的那些人，燕绥之挑拣着都试了一遍，发现这个吉姆·本奇先生居然真的什么都关注过，什么都拍过。

本奇的照片虽然重点模糊，但一张图片里容纳的人和物总比别人多得多。

那些多年以前的案子，在碰到瓶颈毫无进展的时候，最缺的就是这种能还原当时琐碎细节的东西。

"那本奇先生。"燕绥之问，"介意分享一下老照片吗？"

本奇下意识就回了一句："我要是介意呢？"

回完，他听见对方笑了一下，接着另一个声音隐约传到耳朵里，那人低声问了一句："笑什么？"

本奇嘴唇轻启，无声地蹦出一个类似于脏话的"感叹词"。

他对这个声音过敏，一听就想搂紧相机。

"那个顾律师在你旁边？"本奇问。

"对。"

本奇对顾晏有阴影，说："那一会儿再说吧，他什么时候不在我再拨给你。"

"那您不用拨了，他最近都在。"

燕绥之本就是随口一说，却隐约听见吉姆·本奇小声嘟囔了一句："你们律所不会真的像传言……"

"传言？"燕绥之挑眉问，"什么传言？"

耳扣里，本奇没有立刻回答，似乎是在斟酌着什么。

"我建议您直说比较好。"燕绥之淡定地说。

"也没什么……"本奇可能真的在他俩这里栽出了心理阴影，一听燕绥之这么说，下意识就张口道，"就前阵子吧，我一个朋友收到了一些素材，说——"

他带了点儿故意的意味，拖着尾音卖了个关子："说南十字律所有些大律师都会利用职务之便搞点儿小黑幕。"

"哦？是吗？"燕绶之脸上的笑意敛了起来，声音却听不出异样，"这么有意思？"

本奇："……"这实习生的反应也太不给面子了。

没能达到预期效果，本奇有点儿不甘心，干脆一股脑都倒了出来："说你们那儿的大律师借着指导老师的身份挑选实习生，如果我没理解错的话……"

他本指望实习生能有一点儿慌，哪怕沉默几秒，打个磕巴呢。

谁知对方却轻笑了一声，说："那看来我讨了个大便宜啊。"

本奇说："你这实习生怎么这样？"

对方非常坦然道："一直这样，有什么问题？"

本奇道："没什么问题，现在当然是没什么问题，但素材里说得有鼻子有眼的。"

"怎么有鼻子有眼了，说来听听？"

本奇说："别人先不说，你的顾律师以前从不收实习生，到你这里却破了例，这是一；实习生一般拿不到上庭的机会，三个月、五个月还在跑腿干杂事的大有人在，你跟着顾律师的第一个案子就上庭了，这是二；还有天琴星的那个案子，一个实习生要表现成你那个样子，指导老师得加开多少小灶？"

说到这些，本奇的话就多了起来，一副过来人的姿态道："你不做这行，不知道传言传出去意味着什么。不管是真是假，能讲出个因为所以，就会有人信。有些人看了就想：是呀，确实反常，原来是这样，怪不得呢。"

他说着又道："你才多大啊，没感受过传言和据说的威力很正常。"

"我倒是恰好有所了解。"实习生顿了一下，又说，"除了您和您的朋友，还有谁听过？"

本奇还想卖个关子，让实习生急一下，以此谋点儿什么，但不知道对方是什么成的精，根本不上钩，像是笃定了这话还没传出去。

他只得说："目前还不多，也就朋友之间小范围聊过两句。"

这个小范围是真的小，因为拿到素材的人还不至于傻到提前把这些东西送到同行的手里。像本奇这样待在不起眼的小网的人就算了，毕竟翻不出什么浪来，抢也抢不到什么热度。

但凡有点儿影响力的，都不可能知道。

"提供素材的人应该自有一套规划，明说了不要立刻爆出去。"本奇说，

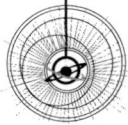

"挺有想法的。最近病毒感染的话题正热，谁都超不过，'摇头翁'案的热度还能再发酵几天，还没到顶。话说……你都不好奇提供素材的人是谁？"

"您要真知道，会绕这么一圈才说？"实习生道。

本奇："……"

本奇觉得跟律师打交道真是憋屈……实习生也算。

"不过本奇先生，还是要劳驾您帮个忙。"实习生深谙"打一巴掌给个枣"的道理，刚气完人就又礼貌起来。

本奇涨了一肚子的气"啪"地就漏了，有点儿拿他没办法，道："说。"

"在您那位朋友得到指示，把事情爆出去之前，劳驾告诉我一声。"实习生说，"这对本奇先生来说应该不是什么难事。"

他用的是肯定句，说话的时候又带着笑意。这种说话方式太容易给人心理暗示了，以至于本奇"不"字都说不出口，好像说了"不"，就意味着他没本事搞到消息帮忙似的。

这种认怂的事是他吉姆·本奇能干出来的？

但他又不想答应得那么轻易，于是说："确实不是难事，但我能得到什么好处呢？"

实习生说："一个大新闻？"

本奇在心里嗤了一声，说："我觉得你可能不太理解什么叫'大新闻'啊，小朋友。再说了，你知道我在蜂窝网工作吗？蜂窝网，一个就算站出来说南十字律所潜规则实习生，都不会引起多少关注的网站，得什么样的事才能成为大新闻，你有数吗？"

"什么样的，举个例子？"

"呵。"本奇冷笑一声，不知是自嘲还是讥讽，更讥讽的是，他一时间居然想不出来有什么新闻能拯救冷成冰碴的蜂窝网，编都编不出来。他的目光扫过一旁的赫西，蓦地想起这小助理天天念叨的爆炸案，顺口说了几个异想天开的，"谁知道呢，比如你们梅兹大学前院长从墓里诈尸？比如什么惊天大财团倒台？比如星际海盗搞到了无量反物质弹，并朝我们扔了一颗过来？"

"这样啊。"那个实习生居然真琢磨了一下，"行吧。"

本奇："……"行个屁！给你点个火，你还真窜上天了。

他没好气道："哦——那我就等你的大——新——闻。搞不到的话，记得跟你们顾律师说，他欠我一个人情。"

前半句纯属嘲讽，后半句才是真。

"看在大新闻的分上，老照片介意分享一下吗？"

本奇："……"得，这倒霉实习生压根儿听不出嘲讽。

他翻了个白眼，破罐子破摔地说："不介意，你要哪些？哪一年的？我过会儿上楼打包发给你。"

"全部。"

本奇一口啤酒噎在喉咙里。

花园餐厅里还在播放着慵懒的音乐。

燕绥之切断了通信，手指摩挲着酒杯细长的腿。

他敛目颔首的时候，五官轮廓在餐厅灯光下会显出一层温润的光泽，再加上嘴角尚未收起的斯文笑意，整个人都会显得很温和，温和到……没什么人能看出他的心情其实不怎么样。

但他确实很不高兴，因为有人对顾晏不怀好意。

啪——桌面突然轻响了两下。

燕绥之回过神来，发现顾晏不知什么时候起了身，正站在他旁边，垂着目光，两根瘦长的手指随意地搭在桌沿。

显然，刚才那两下就是他敲来引燕绥之注意的。

顾晏道："回魂了？"

燕绥之朝餐盘扫了一眼，问道："你吃完了？现在回房间吗？"

"不是。"顾晏摩挲了一下自己的拇指，"沾了点儿甜酒，去洗个手。"他说着，把那杯甜酒推到燕绥之面前，然后手插回西裤口袋，低声道："顺便交个赌金。"

"谁定的赌金是这个？"燕绥之问。

顾晏道："我定的。"他说完后，直到看见燕绥之嘴角的笑意真正生动起来，才道，"刚才为什么不高兴？"

"被你弄忘了。"燕绥之说。

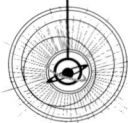

第五章

1

傍晚时候，暴风雨终于有了要歇的架势，悍金花园酒店和警署再没有新的理由可以留人，客人们趁着雨势减小陆续离开。留在酒店的警长及警员黑压压地站了一片，目送众人离开。

燕绥之从后视镜里看了一眼，只见肖警长的目光朝着曼森和乔两家豪车的方向，说不上是意味深长还是憋闷不已。

因为姐姐尤妮斯的嘱托，乔这次没有回天琴星，而是先去酒店跟姐姐悄悄见了个面，顺便暗中瞄了一眼老狐狸的情况，然后就近找了个住处落脚。

而曼森兄弟不知为什么也没有回总部主宅，同样留在了德卡马。

暴风雨结束后，天气并没有如往常一样变得晴朗，依然一片阴沉，像是含了太多的雨水还没落完。

在返回住处的飞梭车上，燕绥之收到了吉姆·本奇发来的照片。

他看着那个惊人的数量，忍不住说："感谢现代科技，否则这些照片能把我后半生都搭进去。"

当天夜里，他跟顾晏两个就靠在客厅沙发上，一人架着一副护目镜，看了将近一半。

凌晨四点。

沙发和茶几周围浮动着的照片已经整理了大半，提炼不出信息的照片被收成一摞，剩下的那些则像滚屏一样，绕在眼前反复播放。

燕绥之摘下眼镜，捏了捏鼻梁。

"要来杯咖……"他想问顾晏要不要提神，转头一看，却发现顾晏支着下巴，不知什么时候睡着了，面前还放着一排在对比中的照片。

这几天，准确地说是这段时间，顾晏就没睡过几次好觉。翻照片这种事情，一方面耗费精力，一方面又有些无趣，更容易疲倦上头。就连打盹的时候他的眉心都是微微皱着的。护目镜因为低着头而滑到了鼻梁中端，镜片在灯下反着一片光亮。

燕绥之无声失笑道："早该睡了……"

他过去悄悄地摘了顾晏的护目镜，又把顾晏面前勾画过的照片收到了自己这边。谁知顾晏睡觉轻，他眉心蹙了两下后，懒懒地睁开了眼睛。

"醒了？"燕绥之低声问，好像音量再高一点儿都能把顾晏的睡意惊走，"吵到你了？"

顾晏摇摇头，靠上沙发背问道："我睡了多久？"

"最长不过二十分钟。"燕绥之说。

"嗯。"顾晏屈着食指的关节摁了摁太阳穴，看着面前的燕绥之有点儿反应不过来，"你在干什么？"

燕绥之说："欣赏不动产。"

"不动产？"顾晏一愣。

燕大教授解释了一下含义："醒着的时候算动产。所以顾动产先生，上楼去睡。"

可惜动产不配合。

顾晏非但没有乖乖上楼梯，反而在燕老师的逼视下拐进了厨房吧台，摸出两人专用的杯子，倒了两杯煮好的咖啡，自己先喝了几口。

"你小心心跳不正常。"燕绥之道，"你这两三天总共也没睡几个小时，咖啡还喝这么猛。"

顾晏："……"

燕绥之被他瘫着的脸逗得翘起嘴角，索性让他在沙发上躺下来，又调高室温，然后强行让他继续睡。

顾晏也确实很困，只得闭起眼睛。

他想起刚才燕绥之满嘴"动产不动产"的瞎话，忽地想起什么般问道："你那几处房子和私产，现在都是封存的状态？"

燕绥之把刚才顾晏勾画过的照片排进自己面前这摞，一边看着一边说道："不全是，我很早之前就在遗产委员会登记过。"

顾晏愣了一下，说："多早？"

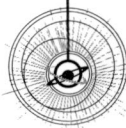

"二十七岁。"说完，燕绥之自己先笑了一声，他发现自从那天跟顾晏聊过之后，再说起那些陈年旧事来，就几乎毫无障碍了。至少对着顾晏再说起那些，内心总是一片安稳，就好像站了很久的人忽然有了一把可以放松倚靠的软椅，"还是那个倒霉催的二十七岁，医疗案之后吧……那段时间我的态度比较招人恨，有些人表达情绪的方式比较过激。"

硫酸、刀片、带血的恐吓物之类的，他都见过。

好在这些东西在现代医疗技术下算不上什么大麻烦，多了也就见怪不怪了。

"当时有个朋友，是个格斗术教练。他可能觉得我每天都有生命危险，非要教我几招。"燕绥之回忆起这些时，心情还不错，"他不知道的是，我上的中学有一门课就是防身术和简单格斗。只不过一群十来岁的毛头小鬼大半都在偷懒，学也只学了点儿套路皮毛。我讨厌出汗，所以只记住了最简单的捏麻筋。后来在那个教练朋友那里复习了一遍，技术还算不错，我挺满意的。可那位朋友不满意，总半真半假地说，我可以提早准备遗嘱了。"

即便是回忆往事，燕大教授依然非常坦然，道："他可能是想刺激我，但我觉得挺有道理的，于是就真去了遗产委员会，我那朋友得知后气得不轻。"

"……真是毫不意外。"顾晏表达了对那位教练的同情和理解，又有些心疼当初二十多岁的燕绥之，"所以，你二十七岁就立好了遗嘱？怎么立的？"

"一部分私产会在死后送往几处福利院和孤儿院，剩下的留给也许会有的恋人或家人。"燕绥之说，"虽然那时候我觉得可能不会有这两样了，但毕竟生活不可预料，所以还是留了几分余地。私宅封存，其实是半封存，设定了一个语音密码。"

"语音密码？"顾晏问。

"嗯，从我父母那边学来的把戏。"燕绥之道，"以前每年过生日，他们都会给我准备一些礼物，藏的地方毫无逻辑。我怀疑他们可能根本不想让我找到，纯粹靠碰运气。而且每份礼物都带密码锁，找到了，还得再解一层锁才能拿到手，密钥就是一句话。"

"什么话？"

"很简单的话。"燕绥之道，"但对那时候的我来说很难。我不喜欢说肉麻话，他俩就总借着这点逗我，怎么让我起鸡皮疙瘩怎么来。后来他们发现逗得太狠，适得其反，就收敛了一些。从那之后密钥就是一句对话，他们事先录好在密码锁里，问'全世界最爱我们的人是谁？'我只管回答一个字'我'，就能拿到。"

他逗顾晏："现在给福利院和孤儿院的应该已经被委员会执行出去了。私产和私宅不知道什么情况，等我去注销死亡证明，它们也许会自动回到我名下，也许我只能拿到一笔很有限的赔偿金。你以后可能要救济一个很能花钱的穷光蛋了，后悔吗？"

顾晏的呼吸已经平缓了下来，逐渐变得绵长。

就在他以为顾晏已经睡着的时候，顾晏略带困意的声音低低响起来："还好……攒了些积蓄，够救济两百年。"

清早的天气并不晴朗，云层很厚，挡住了本该有的阳光，显得阴沉沉的。

燕绥之和顾晏靠在沙发上睡一下醒一下地忙了一整夜，却跟这倒霉天气一样，毫无进展。

案子接触多了，查起东西来既有好处又有坏处。

好处是经验丰富，直觉总会比普通人更灵敏一些，十有八九能一眼切中要害。大概是常年训练出来的一种条件反射。坏处是，会有思维定式。

他们都知道，在故意谋害类型的犯罪中，谋害者往往会在事情发生后回到案发现场。有的是去亲眼确认结果是否如他所愿，有的则是去欣赏自己的杰作。谋害者也许会远远地看上一眼，也许会隐藏在围观人群中，假装是一个普通的、凑热闹的过路人。但不管是哪种，都有可能会留下一些蛛丝马迹。这其实是警方常会采用的侦破思路，燕绥之和顾晏这种另一层意义上的专业人士也不例外。

乔跟尤妮斯关注过的那些人，诸如那位记忆不断退化最终失智病故的周教授，还有拥有两条矿线后来在狱中自杀的卢斯女士等。

假如发生在他们身上的事情并非当初认定的那么简单，假如真的有人为因素在其中，嫌疑人说不定也会有"返回现场"的举动。

所以筛选照片时，燕绥之和顾晏各分一半，先挑出了周教授、卢斯女士等人出事前后的照片，从照片中圈画出一些举止反常的人，再把圈画过的照片放在一起对比，寻找逻辑线或者相似点。

可惜结果并不如人所愿。

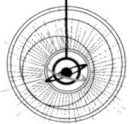

就像是碰到了瓶颈，上不去，下不来。

燕绥之丢开看了一夜的照片，揉了揉脖颈，没好气地说："感觉自己像回到了大学时候，好几门课的教授同时伸手要案例分析，脑子里东南西北都塞着一件案子，然后在十字路口撞成一团，满眼都是断胳膊断腿，就是不知道该往谁的身上接。"

正准备弄两份早餐的顾大律师默默住了手，面无表情地看着他。

燕绥之站起来活动筋骨，撞上他的目光便笑起来，竖起食指抵着自己的嘴唇，说："行了，我不说了，免得吃不下早饭赖我头上。"

他趿拉着拖鞋，不紧不慢地踱到厨房吧台后，独自占据了一口锅，煎起了鸡蛋。

"不过我有种直觉。"燕绥之把自己单面煎的溏心蛋盛进餐盘，又给顾晏的那个翻了面。

"什么直觉？"

顾晏站在他旁边，用玻璃碗拌了一大份健身沙拉，拨进了两个餐盘里。

"感觉快要抓住那个线头了。"燕绥之不慌不忙地说，"一团乱麻、毫无头绪，往往意味着我们找到了很多东西。比起寥寥无几的线索，这其实是一个好兆头。只要找到一根线头，一切就都明朗了。"

他总是这样，再麻烦的事情到了他眼中都会变得容易很多，用不着焦虑，也用不着担心。每次说这些话的时候，他那种慢条斯理又从容淡定的模样，实在很令人欣赏。

前提是他不要故意逗弄人。

"经验告诉我，不可能更乱了，差不多是时候了。"燕绥之说，"那些断胳膊断腿应该很快就能被拼起来了。"

听着这人又胡说一些影响食欲的比喻，顾晏一手捏着叉子，一手快速地回了几封新收的邮件。

燕绥之越过他的肩膀扫了几眼，就看见接连几个"抱歉""没时间""不了，谢谢"之类的词句。

一般律师手里不会只接一个案子，因为一件案子从侦查取证，再到起诉上庭，往往要经历很长一段时间，在古早时候甚至大几年都正常。在现今的联盟机制和办事效率下，这个过程缩短了很多，但也短则二三十天，长则半年一年。

不过最近这段时间，顾晏确实推掉了不少事，重点都放在了"摇头翁"、燕绥之，还有与乔相关的案子上。

别的"一级律师"预备役在公示期内减产，是为了降低风险和争议。他倒是也减产了，但偏偏跟别人相反，参与的每一件事都伴着风险和争议。

燕绥之知道他的理念，两人本性相同，所以也没多言，只顺口问道："拒了新的委托？"

顾晏把屏幕在燕绥之眼前晃了一下，摇头道："不是，是贺拉斯·季发来的邮件。"

"哦？"燕绥之一目十行地扫了一遍邮件的内容，发现他们的当事人贺拉斯·季先生被晾在医院好几天，终于有点儿按捺不住了，问顾晏究竟什么时候再去见他。

燕绥之哼笑了一声，说："什么时候发来的？"

"昨天上午一封，昨天半夜一封。"顾晏说。

"半夜？"

"准确地说是凌晨，刚好在我睡着的那段时间里。"顾晏淡淡道，"刚才查邮件才看见，已经过去两个多小时了，不知道那位季先生睡了没有。"

燕绥之问："你怎么说？"

顾晏道："我说今天还有些事情要处理，腾不出时间去医院，明后天看看警方那边的进展再议。"

他说的是让贺拉斯·季先生不用着急，少安毋躁。语气礼貌淡定，说得跟真的似的。但双方心里其实都清楚得很，他是不想再听贺拉斯·季胡扯瞎编小故事，只想听真话。

就看那个贺拉斯·季先生什么时候妥协。

两人在餐桌旁坐下准备用餐的时候，墙上的时钟刚好响起了七点整的舒缓音乐，是悠扬的钢琴音，伴着几声悠远的鸟鸣。

"七点整还会报时？我怎么好像从没听过。"燕绥之慢条斯理地吃着早餐，闲聊似的说道。

"不拒绝我的晨跑邀请，你就每天都能听见。"

说话间，鸟鸣清亮了一些，婉转地换了几个调，叫得很特别。

"录的是什么鸟叫？"燕绥之对这方面没什么研究。

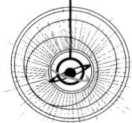

"有点儿像牧丁鸟。"顾晏道，"以前去巢星出差见到过。我误以为是常见的灰斑雀，它们长得很像，听见叫声才发现不一样。当地的向导说这是一种工作鸟种适合驯养，很亲人。我当时住的那个小岛，原住民就喜欢驯养这种鸟来报时，也许生产商从那里取了材。"

巢星之所以叫作巢星，就是因为那个星球上的鸟类太多了，多到根本没人能认全，进而显得那里的人少得可怜，像是暂时借住的客人。

在那里随便捉一只鸟，除了巢星原住民，全联盟没几个人能叫出名字。

毕竟其他地方没什么人会整天注意头顶的鸟……

"等等——"燕绥之听着这话，被其中的一些形容戳中，愣了一下，"这种鸟跟灰斑雀很像？"

他顺手在网上搜了一下牧丁鸟，它和灰斑雀的对比跟着就出来了。他随便挑了一个点进去，大致扫了一遍，发现这种鸟跟灰斑雀，在外形上唯一的区别是尾羽边缘泛着暗红色。

除此以外就是，灰斑雀在联盟各个星球都很常见，算是生命力、适应力和繁殖力最强的一种鸟，天上飞过去的十有八九是它。但牧丁鸟并不常见，它们很少出现在其他星球，除非被驯养人带过去才会短暂停留。

这种反应也提醒了顾晏，他手中的叉子一顿，忽地想起什么般，把浮在沙发上空的照片拉了过来。

这些照片经过他们一夜的整理，已经分成了两摞，一摞是场景人员重复的，要么角度不好，要么有些模糊；另一摞是被他们勾画过的。

燕绥之看到他的举动，顺嘴夸了一句："反应这么快。"

顾晏挑了挑眉，迅速用"鸟"做图像搜索源，瞬间筛出了一批照片来。

他们花了一夜的时间，陷入了思维定式，下意识把所有注意力都放在人的身上，却忘了照片里还有一类经常出镜的活物——天上飞过的鸟。

而且没记错的话，吉姆·本奇有些正式的照片附有说明，其中有一部分提到过那些地方来了些少见的鸟，且照片拍摄的时间跟周教授身体出问题进医院的时间有重合。

2

"找到了。"燕绥之复制了手里的几张照片，拨给顾晏，"圈了一堆人，偏偏这几张被我们略过了。"

照片旁是本奇的小字说明。他那阵子为了拍照方便，就住在周教授所在的巴特利亚大学城里，靠近哲学院和医学院。他住的酒店旁边有一小片公寓区，那几只不常见的鸟就是在那片公寓区拍到的。

一共四张照片，三张是清晨拍的，一张是黄昏。拍摄时间有间隔，但拍到的鸟却总是四只。

其中三只有着细长冠羽，精致又漂亮，另一只离它们远一些，灰扑扑的很不起眼，像是不小心误入镜头的过路者。

吉姆·本奇配字说——少见的雪雀，这种鸟不爱独居，依附性强，往往三只成一队，碰见具有领导特质的鸟就爱跟过去。它们今天可能没睡醒，挑了一只灰斑雀做首领。当然，也可能是灰斑雀被它们的美貌迷昏了头，舍不得飞远。

这几张照片，他如果拍得再美一点儿，就算上不了网站首页，也能进个网站的封面素材分类或者美图库之类的。但他偏偏拍得活像取证现场，所以理所当然地被废弃在了照片堆里，不曾见过天日。

燕绥之说："别的我不太清楚，雪雀恰好知道一点儿。赫兰星那边的雪山上，这种鸟不少见，它们虽然依附性强，但性子很傲。所以昨天我扫到这句说明的时候，就觉得挺稀奇的。雪雀居然会跟着灰斑雀，太少见了。"

他当时没细想，毕竟注意力都在找人上，但这句话还是在他脑中留了几分印象，没想到最终还是派上了用场。

那几张照片被他们无损地放大了数倍，终于能看清那只并不起眼的灰色小鸟了。

意料之中，那只小鸟的尾羽上真的泛着一点儿暗红。

"果然。"顾晏说。

三只雪雀根本不傻，它们跟着的是罕见的牧丁鸟，而非灰斑雀。

在巢星之外，牧丁鸟可能十几年也见不到一只。毕竟巢星环境特殊，空气组成、水质、磁场以及日夜规律都不同，它偏偏对这些东西格外敏感，所以在其他星球只能短暂停留，生存时间超不过一个月。

驯养它的人其实也很少愿意把它带出来，在巴特利亚大学城见到牧丁鸟是个小概率事件，偏偏那阵子周教授进了医院。

多年的经验告诉他们，小概率事件同地点、同时间出现并非不可能，毕竟

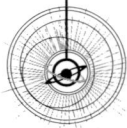

这世上的巧合很多。但如果真的找不到其他联系，不妨把所谓的"巧合"重新推敲一遍。

燕绥之又用放大了细节的"牧丁鸟"做搜索源，在这摞照片里进行了高符合度的筛选。

眨眼间，一些照片从那厚厚一摞里被抽了出来。

如果说之前的照片数量总是多得惊人，那么这次就有点儿少得惊人了。吉姆·本奇给他们的老照片横跨了二十八年，也就近两年的照片不在这个包里。这二十八年里，吉姆·本奇拍摄的照片有数十万之多，含有牧丁鸟的只有不到二十张，随便翻一翻就能看完。

燕绥之只看了前几张就哼笑了一声，说不上来是嘲讽还是了然。

他像发扑克牌一样，一张一张地把照片摊在桌面上——

"贝文先生的葬礼，公墓树林里有一只牧丁鸟。"

这是尤妮斯视频日记开头提到过的医疗舱生产商，最后因为止疼药用药过量而去世。

"周教授第一次被送进医院抢救，巴特利亚大学医学院的学生大批量去探望，右上方天空里飞过一只。刚才那张公寓区跟雪雀一起的，刚好是周教授进医院的第二天。巴特利亚大学发公告说周教授过世，大学城中心广场的雕像上停了一只。卢斯女士因为药石矿被指控，法庭外的鸽子道上混了一只。这是卢斯女士自杀，牧丁鸟在监狱上空飞过……"

燕绥之一张一张地念着照片附有的简要说明。

"都是熟面孔。"他已经排了十来张照片。

贝文、周教授、卢斯之流都是尤妮斯和乔一直在关注的；还有几位跟基因修正和药业相关的，则是燕绥之曾经关注过的，后来也陆陆续续因为生病或是意外过世。

越往后面，燕绥之搁下照片的动作越慢，眉心皱得越紧，直到他又看见了一个熟面孔时，手指直接停住了。

"比尔·鲁……"他念出了这个名字。

他跟顾晏都对这个名字太熟悉了——那件医疗案的被告，燕绥之曾经的当事人。

"什么时候拍的？"顾晏皱着眉看了眼照片时间。

燕绥之开口道："应该是他锒铛入狱半年后，被执行死刑的那天。"

联盟废除过很长一段时间的死刑，只在监禁期长短上做文章。最危险的囚犯会被塞进专门的太空监狱，实行星际流放，最长的监禁期甚至能跟星球寿命相等。

但后来因为星际海盗和战争冲突带来的后续影响，联盟又把死刑恢复了，主要针对的就是军事安全和医疗这两方面的囚犯。

毕竟这两者关系到的都是活生生的人命，而且是数以千亿计的人命。

死刑执行有专门的刑场，戒备森严，乍一看活像个巨大的金属棺材。除了执行人和监刑人，其他人是不能看的。

比尔·鲁被执行死刑的那天，刑场远处的盘山道上停了很多辆车，大多是受害者家属以及一些记者，当然也包括当时的吉姆·本奇。

他们只能远远地在山上看着刑场的金属外墙，算是间接地见证了一场天理和正义。

那只牧丁鸟其实不在刑场的方向，而是落在他们所站的山顶树林里。

如果是别的记者来拍，肯定拍不到这只鸟。只有吉姆·本奇那种不放过任何一个角度，而且不太讲究图片美感的人，才会在拍围观人群时，将那片不起眼的林子一起纳入镜头。

"还有最后一张。"燕绥之把最末尾的那张照片摊在桌面。

照片里是一幢花木掩映的庄园别墅，造型沉稳厚重。当时的吉姆·本奇应该是在远处的悬浮轨道上，把镜头拉到了最近，在反偷拍装置的干扰下，勉强能越过重重叠叠的高木树墙，拍到别墅前的喷泉池边在办派对。至于参加派对的人，一个也拍不清，唯一拍得清楚一些的，就是在别墅上空盘旋的鸟。

鸟有很多只，乍一看全是灰斑雀，如果不用精确搜索的话，根本不会知道其中还混着一只牧丁鸟。

顾晏看着那幢建筑，道："这是曼森家在天琴星的庄园。"

近二十张照片在桌面上摆成了长长的一排，把所谓的"巧合"敲得粉碎。

除了巢星，其他地方根本不产牧丁鸟，而它出现在其他星球就只有一种可能——被驯养人带过去的。

这么多张照片里都有牧丁鸟的存在，就意味着那个驯养人也次次都在。这刚好又跟燕绥之和顾晏最初的思路合上了。

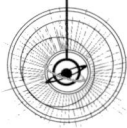

他们想找那个"返回现场"的嫌疑人，但在那么多照片纷杂的人群里找这样的人，无异于大海捞针。但有了牧丁鸟就不同了，那个嫌疑人的特征瞬间变得明朗起来，因为他又多了一个身份——驯鸟人。

他们在这近二十张照片里仔细搜找了一番，最终贝文先生葬礼上的一个人吸引了他们的目光。

那场葬礼参加的人非常多，不仅是他的家人，还包括跟贝文先生有过合作的商业伙伴、一部分记者，大家都穿着黑色系的衣服，乌泱泱的一大片。

拍照片的时候，公墓的封碑仪式刚结束，人群呈现出半散开的状态。有些人在低声耳语，有些人在低头走路，有些人看着远处，还有一些回头多望了一眼墓碑。

唯独夹杂在人群中的一个年轻人，既没有看路，也没有看人，他抬头看着树木。

燕绥之把照片放大了很多倍。

放大之后他们才发现，那人比他们想象的还要年轻，可能还不足二十岁。单从侧面看，那个年轻人的五官其实很端正，只是眉眼间流露出来的几分阴沉，让人不太舒服。

"耳垂上的是什么？痣吗？"顾晏皱眉道。

燕绥之再度把照片放大。

这次两人看得很清楚，那应该是一个很小的文身，文的是黑桃。

顾晏突然沉沉开口道："经典花色理论里，关于黑桃，除了士兵和守卫，我还听过另一种解释，有些类似，但在这里更合适。"

"什么？"燕绥之看向他。

顾晏道："'清道夫'。"

仅凭那个年轻人的姿态和目光落处，也许不能笃定他就是那个驯鸟人，但加上那个黑桃文身就不一样了。

"你觉得，用这张照片做搜索源，能不能在网上找到这个人的信息？"燕绥之说着，已经把这张侧脸载进了人脸识别框，用智能机对三十年内的网络信息进行了高符合度筛选。

"也许有，但绝不会多。"顾晏说。

几乎在他说话的瞬间，网络搜索就给出了答案——完全符合筛选的，只有一张图。

那是一张不知多少年前拍的老照片，但是发布时间却是最近，来自一个新开的网络主页，冷门到浏览量屈指可数。也许正是因为它发布于最近，又没什么人浏览，才得以保留下来。

这个新开的网络主页是一家叫作云草的福利院，坐落于酒城。

顾晏的目光在云草福利院的标志上停留了片刻，说："我好像在哪儿见过这个图案。"

原本要说话的燕绥之倏然一愣，问道："是吗？你也知道它？"

燕绥之一出声，顾晏就想起来了。他低头在智能机里翻了一会儿，找出两张照片，调转屏幕给燕绥之看。

左边那张照片拍的是一份捐赠文件的末页，落款处签着两个名字——一个是正儿八经的福利院院长的签名，另一个则只有一个潇洒不羁的字母：Y。

页尾处是福利院简洁的标志，跟那个新开的网站标志一模一样，正是云草福利院。而右边那张照片拍的是福利院生机盎然的花园，一个风度翩翩的年轻人正坐在花丛中享用下午茶，脸上带着浅淡的笑意，连眼尾的小痣都令人赏心悦目。

"Y先生？"顾晏挑眉问。

"还有这种照片？你从哪儿翻出来的？"

冷不丁看到二十岁时候的自己，燕绥之有些惊讶。

"约书亚·达勒发给我的。"顾晏简单解释了一下，"我在红石星准备'一级律师'审核的那阵子。"

"那小鬼为什么会发这个给你？"燕绥之更惊讶了。

"他在给这个福利院打工。"顾晏道，"整理旧物时看到的，觉得跟你有点儿相似，来找我求证。"

"哦。"燕绥之点了点头。

"所以，你跟这家云草福利院是有联系的？"顾晏下意识皱起眉，"这事有点儿巧，刚好就是你捐赠过的福利院。"

燕绥之却道："……其实也不算巧。"

"嗯？"顾晏抬眼。

燕大教授斟酌了两秒，清了清嗓子，说："嗯……附近几个星球的福利院，

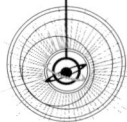

我可能都多多少少送过钱。"

他向来坦然，提起这种事反倒显出一丝罕见的不自在，说完自己先失笑了一声，说："这种巧合我倒不太意外。"

有那么一瞬间，顾大律师的表情显出一丝无奈，忍不住想起多年前那个闲暇的午后：刚成年不久的燕绥之两手插在大衣口袋里，乌黑的头发被风微微撩动。他站在花园草场边，看着嬉笑玩闹的孩子们和晒太阳的老人们，总有人会忍不住看他，而他却兀自出神。

想到那样的燕绥之总在人群之外，悄悄地做了很多事，帮过很多人，顾晏的心里就会一片温软。

燕绥之点了点屏幕，道："我没记错的话，这家福利院的院长，年轻的时候是政府高层里的一员，负责的就是福利院、孤儿院、慈善基金相关的工作。后来他不喜欢待在政府，就转了出来，留在环境最糟糕的酒城，自己办了这家独立的福利院。"

燕绥之又把云草福利院网站上的老照片浏览了一遍，说："所以——别的不好说，但跟这两方面相关的事情，他知道得比很多人都多。我们不妨去找他聊聊。"

两个人都是行动派，说要去酒城，当天就上了飞梭机。

同行的还有乔少爷和柯谨。

一直惦念着的事情终于有了突破口，乔怎么可能在一旁干等。更何况从朋友的角度考虑，顾晏和燕绥之也不会把他屏蔽在外。

而且乔少爷的私人飞梭机能省去不少顾虑和麻烦，不用担心碰上"意外事故"，还能大大节省航行耗费的时间。

"尤妮斯女士在酒店抓心挠肺呢，她也想跟过来，但是又不放心老狐狸。现在只要跟曼森家待在一个星球，她就浑身不爽。"乔一边翻看云草福利院的网站页面，一边拖着调子说，"对了，她还让我务必转达她的谢意，狠狠夸你们一句。我建议你们今天注意一下自己的资产卡——"

这话刚出口，顾晏和燕绥之的智能机同时"叮"了一声。

两人一点开屏幕，提示音就蹦了出来："您的资产卡转入金额一百万西。"

两句一前一后，活像回音。

燕绥之："……"

顾晏："……"

"我说什么来着。"乔少爷道，"尤妮斯女士毫无情趣，只会送钱。这估计是近代联盟富家子女的通病。"

说得好像他自己不是似的。

燕绥之倍感复杂，一方面，乔小棒槌的这句话对他也造成了一定的物理伤害；另一方面，自打睁眼之后，他作为实习生名下的资产卡里，头一回出现这个数量级的余额，居然还有点儿不习惯。

其实这种金额对燕绥之和顾晏来说并不少见，不至于惊讶，但这种毫无预兆就送钱的方式还是让他们有点儿哭笑不得。

他们查那些事情并不仅仅为了乔和尤妮斯，还为了他们自己。

燕绥之的手指飞快动了两下。

"叮——"顾晏的智能机又响了一声，他点开屏幕——

您的资产卡转入金额一百万西。

来源账户：阮野

顾大律师的脸都木了，他有些头疼地看向身边的人。

燕绥之朝乔大少爷的座位抬了抬下巴，低头研究照片的乔毫无所觉。

又两秒后，"叮——"

乔的手指被振得一麻，他还没反应过来，屏幕就自动弹出来一个消息——

您的资产卡转入金额两百万西。

来源账户：顾晏

乔少爷猛地扭头，对上两位大律师坦然的脸。

"你怎么这样？"乔瞪着顾晏。

顾大律师淡声说："别看我，燕老师指使的，作为学生只有听话的份，我建议你跟他理论。"

乔："……"

去你的，以前上学也没见你这么听老师的话。但是乔能怎么办呢？顾晏说什么鬼话，院长都一脸默认，他能瞪院长吗？

不可能的，反。

"尤妮斯女士知道了会把我抛尸大海的。"乔说。

某位院长支着下巴上下打量了他一番，安抚道："放心，等你浮上海面，

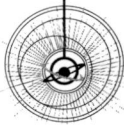

我们会去捞你的。"

乔："……"

他忍不住想到了一个困扰他多年的问题——法学院的受虐狂们为什么总想跟院长聊天？

3

托私人飞梭机的福，他们在酒城落地的时候，当地时间还早。太阳挂得很高，天气刚好，正是下午茶的时间，可惜酒城原住民很少有那闲情雅致享受下午茶。

他们驱车到了酒城椿萱区的一条老街上。比起酒城的大多数地方，这条老街倒是意外地干净，像是藏在一片矮丘和松柏林里的世外桃源。

"我以前怎么不知道酒城还有这种地方？"乔看着不远处的金属大门，一脸讶异。

事实上他也没来过酒城几次，这里的环境实在超出他的承受范围，仅有的几次都恨不得当天来当天走。

云草福利院的大门看上去有些老旧，墙上延伸出来的花枝藤蔓像是多年没打理过。

乔还没进去就看见散落一地的箱子，问道："这是在重新修葺？"

"以前因为一些麻烦事关闭过几年。"燕绥之解释说，"看这情况，应该是正要重开。"

来之前，顾晏找了福利院的通信号，跟院长简单聊了几句。没有直接提照片的事，只说来看看，顺便跟院长请教一些事。

他从通信中得知了福利院的大致情况，但具体是什么麻烦事，老院长没有细说，只乐呵呵地欢迎他们来。

院子里有几个人在忙忙碌碌地收拾箱子，其中一个少年朝大门瞥了一眼，便愣在那里。他见鬼似的盯着燕绥之他们，半晌说了一句脏话，然后才冲过来道："你们怎么来了！"

少年不是别人，正是约书亚·达勒。

他号的一嗓子，把其他几人也给喊愣了，停下了手里的活儿。

"你就拿粗口问候我们？"燕绥之挑着眉问他。

约书亚扭头"呸"了一声，挠着头发说："反正也咽不回去了，你们就当没听见吧。"

有些日子没见，他比当初黑了一些，可见这阵子没少晒太阳，但那股子营养不良的蜡色已经不见了，甚至微微窜了点儿个头，说起话来，神色也比以前生动不少。

"你在这里打工？"燕绥之扫视了一圈院落。

约书亚道："不算打工，来帮忙。你们呢？怎么会来这里？"

"来找老院长聊聊天。"燕绥之问，"他这会儿在吗？"

约书亚恍然大悟道："哦——他中午吃饭的时候说下午有客人来，说的就是你们啊！他在呢，就在那幢老楼里。"

燕绥之拍了拍他的肩，道："那行吧，你先忙。"

约书亚冲他们挥了挥手，小跑着回到那些帮忙的年轻人里，蹲在地上整理几个箱子，先摞起来，然后一把搬着走向远处的一幢小楼。

燕绥之他们进了约书亚所指的老楼。

"没记错的话，这里原本是办公楼。"燕绥之说。

只不过现今变得有些冷清，下面两层都没个人影。他们在三楼最边上的一间屋子里找到了老院长，几个中年男女或站或坐，端着茶杯正跟老院长聊着什么，气氛看起来很融洽。

一见燕绥之他们来了，那几个中年人纷纷起身，打了招呼便离开了，让出了这间办公室。

"顾先生是吧？"老院长笑得一脸和蔼。

"叨扰。"顾晏礼貌地说。

"哪里，我再欢迎不过了。"老院长说，"这里还有几天才能正式开放，现在有点儿冷清，你们来了刚好热闹一些。"

燕绥之跟在顾晏身后进了门，冲老院长点头笑了笑。

老院长的目光在他身上停留了片刻，神情微怔，然后摘了护目镜，用除菌纸擦了擦，有些失落地嘟囔道："眼花了，差点儿把你认成一位故交。"

其实那些年里，燕绥之跟各大福利院、孤儿院的联系很少，只有最初捐赠的时候去了解过情况，那之后就一直都是匿名转账，甚至从账面上根本看不出那些捐赠出自同一个人。

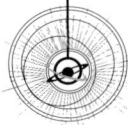

认真算起来，这顶多是"一面之缘"，没法定义成朋友，所以燕绥之在听见"故交"这个称呼的时候惊讶了一下。

"冒昧问一句，您说的故交是？"

院长重新戴上护目镜，目光又落在燕绥之身上，说："一位很有意思的先生，换着账户悄悄提供过很多次资金支持。"

"换着账户悄悄提供？那您怎么知道都是他？"乔很好奇。

这位乔大少爷完全不知道燕绥之和福利院之间的渊源，以为老院长在说某个好心的陌生人。

老院长短促地笑了一声，这让他看上去像一个敦厚的长辈，说："就是能够看得出来。在别的地方也许看不出，在这里却很明显。因为我这家福利院只有他会捐赠那么大的金额，我一看账目就知道是他。"老院长用手指点了点自己的头，"一个老人的直觉。"

燕绥之忽然就觉得，"故交"这个词从这位老先生的口中说出来，确实很贴切。哪怕他们总共只见过那么一面。

"其实福利院能重开，也是因为他。"老院长感叹了一句，语气有些低落，"因为上个月我收到了遗产委员会的函件。"

"遗产委员会？"乔终于后知后觉地反应过来，瞄了一眼燕绥之，又瞄了一眼顾晏，"不会是……"

老院长冲他投去了一个询问的眼神。

"……我们院长吧？"乔补完后半句。

"你们院长？"老院长愣了一下。

"他曾经用过'Y'这个简称，不知道您说的故交是不是他。"顾晏说。

"Y先生……"老院长兀自重复了一遍，看向众人的目光都不一样了，"你们是燕先生的学生？"

很显然，尽管只有一面之缘，老先生却一直记得当初那个年轻人的模样。也许在某篇报道上看见过他，知道了他是谁，知道他做了律师，成了梅兹大学最年轻的院长。

"能知道Y这个简称……你们不是普通学生吧，跟燕先生的关系应该很亲？"老院长说。

"嗯。非常……亲近。"顾晏道，"很抱歉，之前在通信里没有多说。"

老院长摆摆手，道："能理解，能理解。所以你们今天的来意是？"

"其实是想跟您打听一个人，这关系到某些案子。"顾晏索性直奔主题。

托燕绥之这位"故交"的福，老院长的态度较之前有了微妙的变化。

他之前和蔼又客气，但不论是通信中的简单交谈，还是最初的两句闲聊，都能感觉到他说话是有所保留的，是对待陌生来访者的态度，热情但有距离。但这会儿却不同，他收起了笑，也变得郑重起来。

老院长抿着嘴唇，不知在思索什么，半晌后抬眼问道："打听什么人？"

他们放出了云草福利院网站上的照片。

那是一张很多年前的合影，照片里孩子不少，站了三排，小的甚至被抱在手里，大的有十六七岁了，眼看着就要成年。

院长自己也在其中，其他的还有福利院的管理人员和护工。

大多数人都是笑着的，中间夹杂着几个被阳光晃眯了眼的人，顾不上笑。

燕绥之指着后排的一个男生，问道："他是谁？"

照片里的男生穿着简单的T恤长裤，短发支棱在头上，两手背在身后。能从他咧着的嘴角看得出来他在笑，但眉眼间依然有挥散不去的阴沉感。

这时候的他，耳垂上还是干干净净的，没有那个黑桃文身。

"这个孩子吗？"老院长缓缓地说道，"我记得他那个时候叫多恩，十七岁吧。这照片有些年头了，将近三十年前，那时候这家福利院刚批下来两年，初有规模，照片里的是第一批大家庭。"

"我对这个孩子印象挺深的。"老院长说，"照片里大多数孩子都是酒城这边的，但后面这几个不是。"

他的手指从那个叫多恩的少年身上滑过，又点了点他左右的两个人，说："他们是从别的地方送来的，有各种各样的原因。你们知道的，并不是每一个孩子都能适应孤儿院或是福利院的氛围，所以偶尔会有调动的情况。工作人员管这叫搬家，但我想那些孩子们心里应该不这么叫，没准儿觉得是在流浪。"

老院长说："我跟他聊过天，他的话其实不少，说起一些事的时候会带一点儿炫耀的成分。当然那其实很正常，他们得到的东西不多，所以偶尔有一些不错的，就会忍不住想让其他人都知道。不过这个孩子对这种事情有点儿过度在意……怎么说呢，看得出来，他不是很乐意看到别人得到更好的东西，不论是运气使然还是什么。看到别人倒霉，他偶尔会露出戏谑甚至幸灾乐祸的情绪。

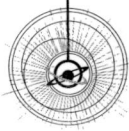

这导致他的人缘不是很理想，总是独来独往。我那时候觉得这孩子的心理状态有点儿偏，担心他会走歪路，所以时不时会找他聊聊。"

他回忆了片刻，表情有些失落地说："但是很遗憾，我遇到他的时候太晚了。他在这里待了一年就满十八岁了，按照联盟规定，他不需要再受监护。我记得他十八岁生日是在这里度过的，那天护工给他准备了蛋糕和礼物。他看上去心情还不错，然后第二天就递交申请离开了这里。"

"那他后来的去向，您知道吗？"燕绥之问。

"知道一些。"老院长说，"虽然按照规定，成年之后这些孩子就不受我们监护了，但是有一些我们其实还是会保持联系。毕竟这里算是他们的家，如果他们过得不好，我们会尽可能帮他们一把。但有一些孩子，他们出去之后就不愿意再提起这里了，跟十八岁之前完全割裂了。他走了之后就跟这里断了联系，我只能通过一些人脉关系得知他的部分动向。他在酒城待了一阵子，后来去了巢星，他本身就是巢星的人。"

听到这些，燕绥之和顾晏对视了一眼。信息逐渐重合，他们应该没找错人。

"那您有他最新的消息吗？"

老院长摇了摇头，说："我最后一次知道他的消息，也已经是二十五六年前了。院里一个护工在去往德卡马的飞梭机上见到了他。那孩子说他日子过得不错，去德卡马出差，帮人办一些事情。但具体在什么单位、做什么事，他都没有提。从那之后，直到现在，我再没听到过他的任何消息。"

老院长迟疑了片刻，又说："这其实有点儿奇怪，我曾经在政府待过很多年，有一些人脉。不瞒你们说，我因为担心那个孩子，托档案系统的朋友帮过忙，但都没有找到他的踪迹，就好像他从福利院出去之后只生活了几年，就从世上消失了似的。"

"消失？"

对于这种事情，乔少爷最为敏感。

他几乎一听见类似的话，就会下意识想到："别是做了基因修正吧？"

老院长愣了片刻，表情有些出神，接着又转为更深的遗憾。因为他心里很明白，如果一个人需要靠基因修正来隐藏踪迹，那不会是什么好事。

燕绥之和顾晏他们找到的十多张照片，前后横跨的时间远不止三五年。再加上乔和尤妮斯得到消息后，又在他们的资料库中用"牧丁鸟"搜索了一番，也得到了一些零碎的信息。

这两者凑起来，几乎可以肯定，那个"清道夫"前前后后起码活跃了二十多年，甚至现在依然存在也说不定。

而他之所以这么多年依然隐藏得很好，也许就像乔所猜测的，靠的是基因修正。每清除一些人，为了保险起见，他就会换一层皮。

这样的人要查起来就很棘手了，只有相关信息越多，希望才能大一些。

燕绥之问道："关于这位多恩，您还存有什么资料吗？"

"当初接收他来福利院的时候，有一份他的过往档案。"老院长道，"但都是十七岁之前的了。"

"方便让我们看一眼吗？"

老院长道："只能在规定范围内，给你们看一部分。"

"谢谢。"

档案室就在这幢办公楼中，在一层西侧的一间屋子里。屋子不大，里面有几台光脑正在工作，散发着微微的荧光。

"工作人员还没到齐，这边目前还是我跟几位老师一起负责。"老院长道。

"老师？"

"哦对，就是刚才你们进办公室时见到的那几位。"老院长说到这里才又笑了一下，"几位朋友愿意来给我帮忙。我们打算在福利院内设置配套的课堂和周末学院。在那些孩子成年前，多教他们一些东西，总是好的。"

老院长慢吞吞地操作着光脑。

燕绥之他们几个礼貌地等在一旁，没有催促。

片刻之后，光脑嗡嗡地运转，吐出了一些仿真纸页，里面包含着一些照片、档案文件以及调动函，老院长体贴地准备了四份分给他们。

只不过传到柯谨时，柯谨像是毫无所觉一样，依然背对着他们站在窗边。

"呃……"老院长有些摸不准柯谨的状态，拿在手里的资料递也不是，收也不是。

乔刚刚冒头的思路忽然被打断，他冲老院长点头道："谢谢，他想看的话，跟我合看一份就好。"

资料的第一页就是一份调动函，显示多恩在十岁之前一直生活在巢星的一

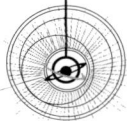

家孤儿院。调动函后面附有那家孤儿院出具的一份档案，其中有一栏写着多恩在孤儿院的经历、表现以及一些偏好。

里面特别提到多恩很喜欢鸟，对鸟有着过分的依赖性，他几乎无师自通地驯养了一只牧丁鸟，走哪儿都带着。十岁的时候，他驯养的那只牧丁鸟受伤死了，为此他跟几个孩子起了冲突。

这是他被调走的主因。

紧跟在这两份文件之后，是一张接收函。

接受单位是德卡马的一家孤儿院，那里的管理方式更科学一些，比起巢星要好很多。多恩在这家德卡马的孤儿院待到十七岁，又碰到了一些不愉快，这才被调到了酒城的云草福利院。

但重点不在此，燕绥之的目光落在那家坐落于德卡马的孤儿院名字上，深深皱起了眉，道："米兰孤儿院……"

他猛地抬起头，对上了顾晏和乔的目光。

米兰孤儿院，是柯谨曾经待过的地方。

这让他们很难不联想到那个逍遥法外的李·康纳——导致柯谨精神出问题的罪魁祸首。

同样身背人命，同样靠基因修正躲过了搜查。

乔扭头看着柯谨，对方依然毫无所觉，目光定定地望着某个高处。

他们顺着柯谨的目光看过去，看见了后院里有一株茂盛的高树，高树延伸出来的枝丫上停着几只歇脚的鸟。

那是最为常见的灰斑雀，除了难以分辨的尾羽，跟牧丁鸟长得一模一样。

4

德卡马的春野别墅酒店内，尤妮斯正跟人连着通信。

通信那头是尤妮斯在私运港口的朋友，来告知她港口进了一批重型运输飞梭机，运的是压缩型模块楼，审查规格是医用。

这种压缩型模块楼，说白了就是事先做好的大楼模块，用的是智能金属和建材混合的特殊材料，可压缩以便于运输，也能在瞬间延展恢复，用它几个小时内就能拼出一座城。

"什么时候开始的？"尤妮斯问。

"凌晨开始进港的，到现在是第四批了。"对方说，"同时进港的还有一批医用器械和隔离舱。"

"用的是克里夫家的飞梭机？"

"是啊，毕竟是大户，在审核方面抽查率比其他低很多。"

"还有哪些港口来了这种重型飞梭机？"尤妮斯自己倒先列举了几个，"我猜猜，天琴星？红石星？病毒感染情况比较重的星球都该有动静了吧？"

"可不是。"

尤妮斯又道："到港之后那些东西都运往哪里了，我再猜猜？"

她说的是猜猜，其实语气非常笃定，接连报了几个地址。

那几个地址都是些老楼，大多已经是废弃状态，所处的区域也很奇怪，有的被称为"商业中心的贫民窟"，有的深陷在居民区里，但占据的角落总是最乱的那个。

总之，哪里最容易出麻烦事，那些老楼就在哪里。

这些老楼除了"位置奇怪"这个共同点之外，还有一个共同点——都被曼森兄弟买下来了。

对方又道："是啊，就是那些地方。之前毫无动静，现在毫无掩饰，可不就是曼森的做派吗？"

之前曼森买那些老楼的时候，他们做过无数猜测，偏偏对方买了之后就没了后续动作，活像是买回来就闲置了似的。

现在又是精准爆破机，又是医用标准的压缩模块楼，还有各种医疗器械和隔离舱，再结合之前研究出治疗药剂的西浦药商发出的公告，曼森兄弟的目的显而易见。

尤妮斯站在窗前，抱着胳膊嗤了一声，又有点儿懊恼地说："我可真是……怎么早没想到呢。"

懊恼归懊恼，她其实很清楚，如果时间倒退回之前，她依然很难想到曼森兄弟的目的是这样的。

曼森家想在医疗界分一杯羹，这个倾向从曼森兄弟冒头后就很明显，但有尤妮斯家的春藤镇在那里，他们想要挤进来其实没那么容易。

没人想到他们会用这种方式。

无比突然，但确实是最"精明"的时机。

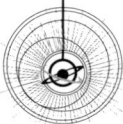

这时候其他人再想采取什么动作也来不及了，况且在感染大面积扩散的情况下，直接带着药剂出场，别人就是想拦，感染民众也不答应。

"不出意外的话，要不了几个小时，就能看到顶着曼森家标志的感染治疗中心在各个星球立起来了。"通信那边的朋友说，"占尽了先机，还赢了口碑，过上一阵子，那些紧急治疗中心再顺理成章升级成联合医院，齐活。"

聊完通信，尤妮斯坐在办公桌边，皱着眉琢磨什么。

又一个通信请求切了进来。

"你弟弟是不是疯了？"这次是尤妮斯和乔共同的朋友，刚接通就扔了这么一句话过来。

"怎么了？"尤妮斯问。

对方的语气听起来就很蒙："他让我把近几年所有的港口安检资料过一遍，找一只傻鸟。"

"他没跟你说为什么？"尤妮斯倒是很淡定。

"乔少爷的情绪比较激动，不知道是气的还是什么，我怀疑他可能忘了。再拨他通信，就全程处于忙碌状态。我估计凭我一己之力可能挤不进去，干脆来找你了。"

尤妮斯道："他能口齿清楚地让你帮忙，我已经很意外了。半个小时前，他给我通信的时候，我想请他先去找医生。"

"所以为什么要找一只鸟？"

"因为那只鸟关系到近三十年来数十件扯上人命的案子。"尤妮斯说，"柯谨你还记得吧？之前也没少让你帮忙，乔跟他的律师朋友刚才找到一些被遗漏的线索……"

"嗯？怎么说？"

"柯律师的精神问题有可能是人为的。"

"人为？"对方诧异道，"你是说不止是因为那个李·康纳逍遥法外从而心理接受不了，而是被人害了？"

尤妮斯说："差不多吧。"

事实上，这天下午，乔和尤妮斯关系网里所有可信的人都接到了通信。

医疗系统的、警署系统的、媒体方面的，还有其他一些人脉通达的朋友。

这群人都帮乔查过柯谨的事情，曾经也有过一些进展，但因为缺少关键性链接的信息都停滞不前，最近这两年更是毫无动静。

他们本以为柯谨的事情就到此为止了，没想到居然还会有新进展。

最奇葩的是，新进展是一只鸟。

"好吧，那我可以理解乔为什么情绪那么糟糕了。"对方说，"我尽量吧，要真是被人害了……那可真令人恶心。"

"别说那傻子了，我听到这事的时候都气得不轻。"尤妮斯光是想想，就忍不住冷笑了一声。

"什么气得不轻？"一个低沉的声音冷不丁在房间里响起。

尤妮斯猛地转头，就见自己的父亲德沃·埃韦思正站在套间门口，抬起的手看上去是要敲门的。

"没什么。"尤妮斯下意识说。

她跟乔找来帮忙的朋友都跟他们年纪相仿，是这些年里他们绕过父亲独立发展出来的人脉——查德沃·埃韦思先生那些旧事，也大多是靠这些人帮忙。

尤妮斯看着德沃·埃韦思镜片后的目光，莫名有些心虚，又有一丝愧疚。

柯谨的事情原本是独立的，但现在因为牧丁鸟和"清道夫"扯在了一起，也就和德沃·埃韦思和曼森家的那些纠葛扯在了一起，不太方便直说。

"先这样吧，辛苦了。"尤妮斯挂了通信，转头冲自家父亲解释说，"刚收到港口的消息，西浦所说的医疗点，合作者应该就是曼森家了。不过收到消息有点儿晚了，他们已经万事俱备了，下午应该就会发全网公告。医疗这边他们如果真能顺利分走一块，春藤……"

德沃·埃韦思扶了扶眼镜，不紧不慢地补敲了两下门，这才进了女儿的办公空间。他的头发已经从年轻时的金色变成了银灰，脸上的皱纹也一年比一年深，却依然把自己打理得一丝不苟，像个优雅的老牌绅士。

其实尤妮斯觉得乔傻子的形容还是挺贴切的——老狐狸。上了年纪的德沃·埃韦思有时候真的像一头银狐。

小时候，尤妮斯一度觉得父亲好像永远不会做出有失风度的事情，对她也是宠爱加教导，无奈的时候反而会笑。

直到乔傻子横空出世，时不时逼得父亲拎起烟灰缸的举动，才让她的这种想法破灭。

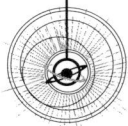

"春藤会受影响，这不可避免。"德沃·埃韦思坐在会客沙发上，顺手把玩着桌上的摆件，"你又盯着曼森家那边了？"

"嗯……"

德沃·埃韦思笑了一下，但语气很无奈："你这丫头，我之前不是说过别去管曼森家？"

尤妮斯撇了撇嘴，说："怎么？你还想着跟那对兄弟合作？我说句实话，爸，就现在这种势头，咱们不管怎么合作，都是单方面给那对兄弟助力，让他们更放肆，然后反占我们的地盘。半点儿好处都没有，何必呢？"

最近这段时间，他们父女俩能这么好好说话的次数不多，基本都是拜曼森家"所赐"。

尤妮斯撑着办公桌，难得絮絮叨叨、长篇大论地分析了一遍春藤和曼森两家现在的形势和埃韦思家族今后的路，以及春藤最适合的发展方式和时机，跟曼森家保持怎样的距离最合适，等等……

这期间德沃·埃韦思一直看着她，听得很认真，偶尔会对她的话做出一些纠正。其实也不能算纠正，而是提出他的看法。

比如，尤妮斯认为曼森家一旦在医疗领域占据席位，发展就会很凶，会尽可能地扩张领地。等到数量上跟春藤对等时，实力也就自然能匹敌了，再之后就是顺理成章地压春藤一头。

但德沃·埃韦思却笃定他们短时间内不会扩张医疗点，而是会把精力放在研究中心上，这跟他们这次联合西浦研发药剂的形象更符合。

"打赌吗？"德沃·埃韦思说。

尤妮斯对着老父亲翻了个白眼。

德沃·埃韦思笑了起来。

有时候尤妮斯甚至能从他的表情里看出一丝骄傲来。

他是赞同的。尤妮斯心里这么想。

然而说完之后，德沃·埃韦思却依然坚持他之前的意思："还是那句话，你别插手。"

尤妮斯狐疑地瞪着他。

德沃·埃韦思抬手挡了一下她的视线，就像小时候逗她一样，嘟囔道："哎——知道你眼睛大。再瞪，眼珠子掉出来了，我还得给你捡。"他笑了笑，便起身离开了办公室。

尤妮斯还有很多事情要处理，但她并没有把秘书叫进来。

她独自坐在办公桌后面，转动了办公椅，看着落地窗外开阔的湖景，有一点点说不上来的难过。不知道是因为弟弟的通信，还是因为父亲的玩笑。

她知道这时候给乔拨通信不一定挤得进去，她也不知道该怎么表达。

沉默了片刻，她还是选择给弟弟发了一条信息："可能是我多想了，但我觉得……爸好像是故意在配合曼森。"

尤妮斯发的信息，乔并没有立刻看到。

两个小时，整整两个小时，他一直忙于联系各种可以联系的人，查港口安检记录、宠物托运记录、往来旅客记录……

一切通过他们的关系网能找到的登记记录，一切有存留的监控影像、照片视频，统统都要。

他的通信没有停过，挂断一个就新拨一个。看上去繁忙至极，两个小时没有停过唇舌，以至于活生生把嘴唇说得起了一层干皮。

福利院的院长在旁边看得目瞪口呆，一个劲地朝燕绥之和顾晏投去询问的眼神。

"没事。"顾晏朝乔的方向看了一眼，沉声道，"……他只是需要一个发泄的途径。"

他们这会儿已经不在那个狭小的档案室了，而是在档案室隔壁的一间会客厅里。柯谨安安静静地坐在靠窗的沙发里，起初依然盯着窗外的高枝，但没了灰斑雀之后，他就收回了目光，定定地看着虚空中的某一点发呆。

乔背对着所有人，站在某个墙角，一边掩着额头，一边连珠炮似的跟通信对面的人说着话。

燕绥之的身份不便，通讯录里的名字寥寥无几，也没什么可联系的。倒是顾晏，找了一些可信的朋友，也包括本就关心柯谨情况的劳拉。

得知大致情况，劳拉耗尽平生修养还是没忍住蹦出一句咒骂，接着这位上学时期就风风火火的女士丢下一句话："你们在酒城？我现在就去港口！"

乔的嗓子都说哑了，闻言转过头，远远冲顾晏道："劳拉？她要现在过来？太赶了，没这个必要。"

他看上去很冷静，不像尤妮斯夸大的那样"疯"，唯独眼睛里一圈泛红的

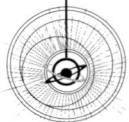

血丝显露出了他的情绪。

劳拉听见了他的声音，在通信里说："没什么必要不必要的，其实我也不知道我去了能干什么，但管他呢，我现在就想去找你们！哪怕陪柯谨说说话。"她说完便挂了通信。

乔又拨起了新的通信，反反复复的话说了无数遍。

直到他翻着通讯录，发现所有可信的人都已经找完了，拨无可拨。他低着头，上上下下把通讯录看了好几遍，终于收起了屏幕。

他就那么面对着墙沉默着站了一会儿，深吸了一口气，这才转过身来，目光落在了柯谨身上。

柯谨还在发呆，浑然不觉。

乔长久地看着柯谨，轻声走过去，在柯谨面前站定。他微微抬手，看起来像是想要抱一抱柯谨，但迟疑了一会儿又收了回去，手指紧握成拳。他站了一会儿，然后蹲下身。

一直在发呆的柯谨终于后知后觉地发现面前多了一个人。

乔抬着头，从他的角度看过去，柯谨微微颔首，目光从低垂的眼睫毛里投落下来，安静地看着他。那一瞬间，居然有种极其温和的错觉。

这种目光让人格外承受不来。

乔牙关处的骨骼动了动，像是咬紧了又松开，然后他哑着嗓子对柯谨低声说："对不起……"

对不起，查了这么久，却遗漏了这样的细节……

对不起，没能早点儿翻出真相，让你在沉默的世界里等了这么多年……

柯谨的目光动了一下，像是精神聚集了片刻，又因为一些生理上的不可抗力散了下去。

他就这么垂着眸光看着乔发了一会儿呆，又被窗外的声响引走了目光。

只是这么一个视线的转移，乔就受不了似的低下头，眼睛红了一圈。他皱着眉，闭着眼睛，捏着鼻梁，蹲跪在那里半天没再说话。

燕绥之的目光刚垂下来，他转过头，见顾晏冲门口偏了偏头。他愣了一下，当即会意，悄悄起身。三人前后出了会客室，给他们带上了门。

"你们在这边坐一会儿，我让人把备好的茶点送来。"

"不用了。"

"要的。"老院长不由分说，把他们摁进隔壁的空屋，道，"进去坐着。"他说着，又瞥了一眼乔和柯谨待着的房间，叹着气走了。

5

修葺中的福利院别的不多，闲屋最多。两人在旁边的屋里刚坐下来，老院长就真带着茶点回来了。燕绥之他们起身帮忙，把茶点搁在高脚桌上，这才又坐了下来。

"年纪大了，饿一会儿就不太舒服。"老院长嘟囔着，"我给隔壁那两位也留了点儿茶点，过会儿等他们出来，也吃一点儿。脸色太差了。"他说着，低头慢慢喝了一口茶。

燕绥之的目光在他脸上扫了一圈，道："院长，您有话想说？"

老院长动作一顿，又把茶慢慢咽下去，迟疑了片刻才道："是有话，但我还没想好这话跟你们说了，会不会给你们带来麻烦。"

燕绥之转了转杯子，冲他温声道："您说说看，听了才知道麻不麻烦。"

"我刚才听了一耳朵，你们说的那些……让我想起之前碰到的一件事。"老院长说。

其实在这之前，他对一些事情是避而不谈的，但是刚才在隔壁，这几个年轻的客人在拨通信交代事情的时候，全然没有避开他这个老头，显然对他先释放了绝对的敬重和信任。那么，他如果知道些什么却闭口不说，就有些辜负这帮年轻人的善意了。

"在这之前，我这个福利院关了好几年，你们知道吧？"老院长说。

燕绥之道："略有耳闻，但听说是暂时关闭。"

所以他才在遗产分配里依然给这边留了一份。

老院长点了点头，道："对，那时候对外说的是经营出了点儿问题，暂时性关闭。但实际上，我真的有想过不再开放的。"

"为什么？"

老院长却没有直接说原因，他出神了片刻，说："你们可能不太知道，我年轻的时候是供职于联盟政府的，监管的就是福利院、孤儿院，还有一些慈善基金，后来被调到了酒城。那时候酒城比现在还要乱，刚来的时候特别绝望，觉得这辈子也就耗死在这里了。后来可能走了狗屎运，碰上了一个好心的财团

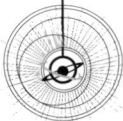

要跟酒城政府搞联合，想拉一把这边……"

听到这些，燕绥之的目光微动，却没有说话。

倒是顾晏应了一句："略有耳闻。"

酒城的基础建设大部分是在那个财团的支持下翻新升级的，不然就真的是名副其实的星际贫民窟和垃圾场。

"其实那不是一个财团，是两家匿名联合的。"老院长道，"非常有心的人，很善良。最初的资金款项也都用在了对的地方，看看酒城现在还在使用的设施就知道。但好景不长，后来款项的去处越来越不明朗。这当中的水太深，我刚调来酒城，有头衔没实权，想扭转局面也无从下手。后来，工作做得实在有违本心，才干脆脱离公职，自己办了这家福利院。"

"大概是十多年前吧，德卡马那边出了一个系列案。"老院长回忆说，"主犯是个医院的副院长，主要负责技术研究方向，被指控借着治疗名义拿病患大搞基因试验，害了不少人。哦，对了，这案子你们可能听过，当初受理这件案子的是燕先生，你们不是他的学生吗？"

这段话听到一半的时候，燕绥之和顾晏就已经皱起了眉，只是很快又正了神色。听到老院长的问话，他们点了点头，道："确实知道。"

"当时燕先生受理的那次，那个被告是无罪释放的。不过在那之后，他又被告上了法庭，那次罪有应得，进了监狱。"老院长说，"其实那个案子还有一些后续。"

燕绥之道："后续？"

"对。那个被告进行基因试验的大本营除了德卡马，其实还有酒城。而酒城这边的规模比德卡马那边大得多，最初瞒天过海的建设和运转，顶的都是政府的名义，用的是那个好心财团出的资金。"老院长说，"这件事主要涉及的是酒城政府，为了避免这边变得更乱，都是秘密处理的。除非政府高层，其他人查也查不出什么。我还是靠着原本的职位和人脉，才知道一些。"

老院长叹了口气，道："我那时候性格还比较冲，知道之后气不过，把自己当职时的信息全都筛查了一遍，贡献了一些关键证据，最终导致酒城政府人员大换血，那个财团也中断了对酒城的资金支持。之后又有人顺水推舟，把在酒城的审查推到了德卡马。好几年前，德卡马不是搞过一次革新吗？所有居民全部做了身份审核和住址更新。"

那次审核燕绥之倒是印象深刻，因为登记住处的时候，系统跳了半天，把他的经常居住地默认成了长途飞梭机。

老院长继续道："其实那本质就是对德卡马做一次清查，据说背后的推手就是那个在酒城被坑过的财团。我从政府的朋友那里得知，那次其实警示了不少人，阴沟的耗子们要不被打死了，要不就紧急搬了家。"

都说柿子挑软的捏，老院长因为那一系列事件得罪了人，福利院被迫关闭。

他一度觉得麻烦缠身，令人头疼，想到要彻底远离这些，自己养养花、种种草，何必去管别人的死活。直到最近，他收到了燕绥之的遗产馈赠，才在触动之下改了主意。

"我之所以觉得这事跟你们有些关联，是因为我在查那些关键性证据的时候，还有福利院被迫关闭前后，都见到过你们在找的牧丁鸟。"老院长说，"不过当时只觉得这鸟稀奇，没多想。"

顾晏皱眉想了想，问道："您说的那个财团，背后的匿名资助者是谁？"

能推波助澜地清查酒城，又清查德卡马，手里必然握着些东西，也必然知道些关键信息。

"老实说，不知道。"老院长干笑两声，"要不怎么叫匿名呢，所有的手续文件，包括确认函和我们送达的感谢函，他们签的时候都是不露面的。我们最终拿到的东西只有实打实的资金，以及很……嗯……的签名。"

顾晏："……"很……嗯……是什么意思？

老院长也清楚，这个背后的财团于他们而言也许是关键，他斟酌了片刻，说："要不这样吧，我想办法给你们弄点儿当初的文件来。当然，涉密的部分办不到，我一个老头儿也没那么大的能耐。但确认函、感谢函这类的文件，我还是可以试试的。你们需要吗？"

现在这种情况，当然是线索越多越好，哪怕只是个小线索。

"再好不过，有劳了。"顾晏说。

老院长说："不过需要点儿时间，我得联系一些老朋友，保不准他们现在是不是正忙——"他说着看了看时间，"这个点估计不是在开会，就是在处理一些麻烦事。你知道的，麻烦事总是很没眼色，白天不来，就爱挑在下班的点冒出来。"

也许是怕他们心情沉闷，老院长打趣了两句，老小孩似的冲顾晏和燕绥之

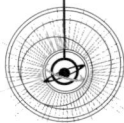

眨了眨眼睛。

燕绥之笑了一下，顺着话道："深有体会，这大概是世界的某种神秘法则。"

神秘法则果然应用广泛。

老院长联系朋友花费了不少时间，通信都提示正忙。

"我说什么来着。"老院长耸了耸肩，无奈道，"可能得到晚上他们才能抽出空来。"

酒城的时间过得比德卡马快很多。好像只是说了几句话，拨了几个通信的工夫，天边就泛起了黛色。

乔跟柯谨终于从紧闭的房间里出来了。

"刚才接到了劳拉的通信，她蹭了一个朋友的货运私航，今晚就能到。"乔冲燕绥之和顾晏晃了晃智能机。

他的嗓子更哑了。

"我的天，你这孩子。"老院长一听他的声音，就把没动过的茶杯塞了过去，"喝两口润一润吧，怎么哑成这样了。"

乔领了好意，慢慢地喝了一些，道："没事，只是话说得多了点儿。"

他的神情有些疲惫，眼睛里的血丝未消，但状态却比之前好很多。

顾晏上下打量了他一番，放心了一些，没说什么，只是拍了拍他的肩。

乔对死党的关心方式再熟悉不过，道："放心，不疯了。"

他把新要的温水递给柯谨，看着对方一口一口慢慢地喝下去，沉沉开口："以前有些不明白的人说，柯谨很依赖我，是我在支撑他。老实说，有一阵子我自恋过头，也这么认为过，但后来发现，其实是他在支撑我……

"之前联系各路朋友的时候，我其实真的有点儿控制不住自己。满脑子都在问候那个'清道夫'的祖宗，满脑子都在演练如果让我找到他，我要怎么折磨他，怎么让他跪下来哭着懊悔求饶，怎么让他发疯失控、绝望无助……怎么弄死他。"

乔说着，沉默了一会儿，又讥嘲地笑了一下，说："脑子里全是这些，我都不太肯定有没有在聊通信的时候不小心带出一两句疯话。"

所以他全程站在墙角，很长一段时间没有回过头。

"但是我看到他的眼睛，那些疯话就说不出来了。"

他只要看着柯谨，脑子里就会响起柯谨曾经清爽干净的嗓音，一本正经地开着玩笑："——不行不行，你不要干扰我的逻辑。我正在气头上，你别捣乱。我打算把证据一条一条拍在那个人渣脸上，光明正大。你这种'套他麻袋上私刑'的纯属乱民，不要带歪我。"

类似的话不知道有多少，此起彼伏地在他脑中出现，那些疯狂的念头就一点点被淹没下去。

只要柯谨在旁边，他就总能快速地冷静下来，振作起来，甚至努力笑两下。再然后，事情好像就变得没那么糟糕了。

"我刚才跟他承诺了，要收全证据，光明正大地把那个畜生送进刑场。这样等他……等他恢复了，没准儿能高兴一下，顺便把我的'乱民'帽子给摘了。"

乔的那些朋友即便各显神通，也得花点儿时间才能出结果。

于是他们辞别了老院长，打算先去住处落脚。

乔在酒城订酒店的品位跟顾晏一致，来了这里也住甘蓝大道的银茶。那边夜里相对安静，适合休息。但牧丁鸟这事被牵出来之后，他又觉得那边太安静了，反倒不放心起来，改在酒城最繁华的商业地带订了一间。

说这话的时候，他们正走在福利院的前院里。

那些来帮忙的年轻人此时刚放工，一边松动着筋骨，一边闲聊着准备回家。

约书亚一看燕绥之和顾晏就小跑过来。他原本还挠着头有些扭捏，一听乔说酒店，当即眼睛一亮，问道："你们是要住在双月街吗？"

"对。"顾晏点了点头。

"那真是太好了。双月街的话，离我们就近多了……"约书亚道，"吉蒂祖母想邀请你们吃饭，可以吗？"

"吉蒂祖母？"燕绥之跟顾晏对视一眼，觉得这个称呼有点儿意思，"你是说住在你隔壁的吉蒂·贝尔女士？"

约书亚点了点头，说："嗯，就是她。"

燕绥之挑眉道："你很厉害嘛，这就给自己拐了个奶奶？"

"什么叫拐！"约书亚麦色的脸涨红了，瞪了燕绥之一眼。

有些日子不见，燕绥之依然能把这小鬼弄得脸红脖子粗。

约书亚眼看着自己说不过，撂下一句："你们等等。"

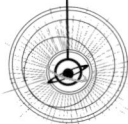

他转头跑到大门外，连拖带拽地拉过来一个人。那是一个比他略大几岁的男生，但在燕绥之他们眼里，依然是小鬼。

"你来说。"约书亚把那个男生往众人面前一推，自己站到旁边当了监工。

"呃……我是切斯特，上次见过的。"那个男生一见燕绥之就满脸愧疚，"那个……你的腿还好吗？"

燕绥之说："挺好的，要不让它跟你打个招呼？"

切斯特："……"

顾晏："……"

一听某人又开始不说人话了，顾晏只好开口道："吉蒂·贝尔女士的身体怎么样了？"

切斯特从尴尬的境地里解脱出来，立刻道："没事了，很早就恢复了，现在身体非常健康。"

顾晏点了点头。

"是这样。"切斯特说，"约书亚告诉我你们来了，我又跟吉蒂祖母说了，她让我务必来请你们一起吃顿晚餐。作为上次我……泼水的赔礼，以及案子的谢礼。"

一看燕绥之他们有婉拒的意思，约书亚补充道："今晚切斯特能不能进门睡觉，就看这顿晚餐了。"

6

到了吉蒂·贝尔家，他们发现变化挺大。

原本隔在约书亚家和吉蒂家之间的墙被凿开了，立了一扇可直通两边的门，相当于把两个屋子并成了一个。

这位受过伤害、住过院的老太太善心未变，把同样因为案子遭罪的兄妹俩纳进了自己的羽翼之下，给了他们一个可以依赖的长辈和一个家。

不过即便合并了，这个屋子也依然不大。餐桌是老式的小长桌，勉勉强强能安排下所有人。然而不论是燕绥之、顾晏，还是乔或柯谨，个头都不低，坐下的时候有些挤。

这样的用餐体验，对燕绥之他们来说几乎从未有过，唯一有这种体验的是柯谨。他小时候在孤儿院就体会过这种挤挤攘攘的氛围，胳膊蹭着胳膊，有时候都放不下两只手。不过他们有一个异常温柔、有趣的阿姨负责照顾他们，所以那段日子对他而言不算太过灰暗，甚至偶尔还有些怀念。

当然，这些都只是乔和顾晏他们曾经听柯谨说的。

听的时候，乔其实不太能理解那种人挤人还开心的心理。但现在，他们正胳膊挤胳膊地坐着，每个人居然都感觉还不错。

约书亚的妹妹罗希一看到燕绥之和顾晏，就笑眯了眼睛。

这小姑娘扒在门边也不进来，冲他们笑完扭头就跑。过了一会儿，她又风风火火地冲进屋，往燕绥之的手心里塞了两颗糖，接着给顾晏也塞了两颗。

她对乔和柯谨很陌生，放在以往根本不会搭理，但这次她却破天荒地也给他们塞了糖。

约书亚评价："小姑娘乐疯了。"

这种属于孩子的最直接、最纯粹的善意，谁都拒绝不了。

不过罗希给柯谨塞糖的时候，其他人还是悄悄捏了把汗。这种突如其来的举动，很容易让处在自己世界里的柯谨受到惊吓，从而引发情绪失控。

柯谨盯着手心的糖愣了好一会儿，才反应过来。

他剥了其中一颗糖，含进了嘴里，又过了好一会儿，把另一颗糖放进了乔的手里。

于是……乔少爷也乐疯了。

切斯特因为泼水的事，始终对燕绥之饱含愧疚，所以整个晚饭期间，作为主厨，他一直往燕绥之的餐盘里堆最好的食物。

而在吉蒂·贝尔老太太眼里，这几个客人都是孩子，尤其是看上去年纪最小的燕绥之。于是她在上点心和水果的时候，又一脸慈爱地往燕绥之餐盘里多拨了一堆。

还有别扭的约书亚，以及单纯凑热闹的罗希。

总之，在这四个人的共同努力之下，燕绥之的餐盘堆得跟山一样，以肉眼估测，大概是他平日食量的三倍。

盛情难却，燕大教授微笑着拿起餐具，脸都笑绿了。

吉蒂老太太很心疼这些忙忙碌碌的年轻人，总在问顾晏"工作多不多，是不是睡得很少，吃饭按时不按时，身体怎么样"。

老人的记性不是很好，偶尔还会重复。

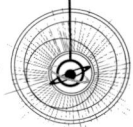

顾晏的话不多，但格外有耐心。哪怕是回答过的问题，再问起来，他也依然会像第一次听见一样淡定作答。而关爱学生的燕大教授，总会在他抬头回答老太太问题时，偷偷地把自己餐盘里的食物往顾晏的餐盘里塞，像个兢兢业业的仓鼠搬运工。

一旦老太太停了话题，燕大教授又会不动声色地起个新的话题。于是顾晏又被拽着聊，某人又开始悄悄地运食物。

起初，顾大律师睁一只眼闭一只眼，非常配合地假装看不见。直到某人在这种纵容之下得寸进尺，一脸淡定地把"整座山"都挪了过来。

趁着吉蒂·贝尔他们被乔少爷逗得笑成一片，顾晏抽空看了眼自己的餐盘，默然片刻后，他撩起眼皮，平静地问道："燕老师，你是不是觉得我瞎？"

燕教授支着下巴看他，装了两秒无辜，终于绷不住"羊皮"，弯着眼睛笑起来。

顾晏认命地拿起了叉子。

从约书亚家出来的时候还不算太晚，低矮的居民区一片灯火通明。

从小巷里钻出来，双月街的鼎沸人声和车声扑面而来。明明只是十几步路的距离，就像是两个截然不同又互不相干的世界。

就乔少爷本身而言，显然更习惯双月街这种地方。

但他站在街头，却忍不住回头看了一眼身后破旧的巷子，嘟囔道："那小鬼家的氛围还真不错，我居然有点儿舍不得走了。"

其实他们只是吃了一顿味道很普通的晚餐，聊了一些毫无主题的闲话。为了照顾老太太逐渐退化的听力，他们偶尔还需要重复一些句子，并刻意提高音量。但每个人都很放松，就连柯谨都显得状态不错。

"柯谨好像好一点儿了，你看，还给了我一颗糖。"乔又美滋滋地抛了抛手里的小东西，第一百八十次显摆着。

"我不是金鱼，记性还行，而且刚好长了眼睛。"顾大律师一边挤对，一边把他摁进车里，活像把一头傻狍子摁进笼子。

车门"嘭"的一声关上，乔从半开的车窗里探出头问道："你俩不上车？"

"我们转一会儿。"顾晏顿了顿，又瘫着脸补充道，"消消食。"

顾晏面无表情地替乔按了启动键，把他跟柯谨一起轰走了。

乔安排的住处就在双月街另一头，靠近一片河滩。其实很近，沿着笔直的双月街走过去，五分钟就能到，顾晏却绕了个大圈子，挑了一条沿河的路。

比起双月街，这条绕路的沿河行人道就显得冷清很多。除了几对零星的年轻情侣们有点儿闲情逸致地绕河散步，还相隔甚远，长长的行人道就再没什么人影了。

燕绥之走了几步，忽地朝顾晏伸出手，掌心朝上，瘦长好看的手指微曲着，像个优雅的邀请。

顾晏挑起眉。

"据说手上有个穴位，按一按能助消化。"燕绥之说得跟真的一样，"我试试。"

某位教授曾经说过他自己对穴位一窍不通，信他就有鬼了。

酒城的冬意很深，好在河边没什么风，倒也不冷。

两人散着步，也不急着回酒店。

"之前在福利院，你的状态有点儿反常。"顾晏说，"老院长在说那个财团的时候，你走神了很多次。"

"那么明显？我走神向来藏得很好。"

"谁给你的错觉？"顾晏说话依然毫不客气。

燕绥之不满地"啧"了一声。

"老院长的话有什么问题？"顾晏问。

燕绥之摇了摇头，说："那倒不是，只是……想从那个财团背后的人手里拿到信息，可能有点儿困难。"

"怎么？"

"因为那两个匿名的合作者之一，已经不在世了。"燕绥之道，"另一个信息太少，有点儿难查。"

已经不在世了？

顾晏还没从他笃定的话语中反应过来，智能机就响了。

来通信的人正是老院长，他告知顾晏，已经从朋友那边得到回复，弄到了一部分匿名者的文件材料，正给顾晏发过来。

传送的效率很高，通信刚挂，打包文件的界面就跳了出来。顾晏朝燕绥之

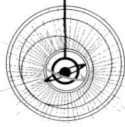

看了一眼，直接点了进去。

他的智能机屏幕对燕绥之设置了分享，所以显示了什么，两个人都能看得清清楚楚。

老院长传过来的文件不算少，大约有十来份，大部分都是资金确收函的反馈，还有一部分是感谢函以及两份看起来没什么问题的阳光账单。

文件里附有老院长的信息："关于匿名者的信息，大部分是涉密的，这是我唯一能弄到的，希望能给你们提供一点儿帮助。另外，对于那个被你们称为'清道夫'的人，我很抱歉，毕竟他曾经在我的监护下成长过。"

顾晏把文件一一展开，正如老院长之前所说的，匿名者对自己的身份信息一直保护得很好。这部分文件里，涉及他们的部分其实只有末尾的签名。

直到这时候，他才明白老院长那句"很……嗯……的签名"是什么意思。

第一份是资金确收函反馈，签名的地方有两个明显的笔迹，签的内容是：人 & 人人。

第二份是感谢函反馈：某 & 某某。

第三份：谁 & 不知道谁。

第四份：老朋友 & 小朋友。

第五份：X&Y。

第六……

顾大律师默默收了一下屏幕，简直看不下去了。

单从签名上来看，匿名的两家都没把这个当成什么正式的文件，也是真的不想留下什么信息，每一次的签名都像是开玩笑一样。看得人哭笑不得，万分无奈。

顾晏揉了揉眉心，重新把屏幕摊开。

令他意外的是，后面的文件签名终于发生了明显变化。

从两个变成了一个，而且签名的内容变正经了，签的是那两家联合搞出的虚拟财团名称，直接以财团名代表两家。文件是按年份排列的，双份签名的是早期，横跨了几年时间，单签的则是后期。

顾晏注意到了第一次开始出现单签的年份——如果是以前，他对这个年份并不敏感，但现在不同，他看见这个年份就会下意识想起来——这是燕绥之父母过世的第二年。

顾晏拿着那份文件，盯着年份看了几秒，抬起头道："其中一方是——"

燕绥之说："我父母。"

"你很早就查过？"顾晏问。

燕绥之摇了摇头，他把前几份双签的文件拉到面前，说："其实还是有一点儿信息的。"

燕绥之指着第一份的"人人"说："林先生及卢女士，两个人。"然后他又指着"某某"说，"依然是林先生和卢女士。还有这个'不知道谁'也是他们。不过我第一次见到这类文件其实很早——"

燕绥之指着第四份的"小朋友"，说："他们签这份的时候，我就在旁边。具体做什么已经不记得了，好像是找我父亲问什么事，所以进了书房。他们说'来得挺及时，正巧不知道签什么'。"

"我对这个签名内容印象深刻，也多亏了有这个印象，所以成年后查起来方便很多。"燕绥之抖了抖仿真纸页，"如果用笔迹库来找，那估计一辈子都找不到。因为我父亲是用左手写的。"

他又扫了一眼那些签名，道："是不是写得挺丑的？"

顾晏却注意到了另一点："你给福利院捐款签的 Y……"

燕绥之笑了一下，说："不是'燕'的简写。其实是想延续我父母的签名，在别的地方还用过'人人'和'某某'以及'鬼知道是谁'。只不过'Y'有点儿巧而已。"

燕绥之顿了顿，又说："老院长给你发来的这些，跟我当初拿到的差不多，略多几份吧。但你也看到了，信息很有限。我父亲会用不常用的手写，对方也会，笔迹库我很早就对比过，没有结果。"

其实笔迹这点不用燕绥之说，顾晏也知道，肯定对比不出来。

否则酒城政府一定第一个就会查出来对方是谁，毕竟那一届的政府人员很多都栽在乱用资金上，更别提被牵扯出来的其他利益受损的人。

总会有人对此怀恨在心。

这么看来，匿名者把自己的信息保护得这么好，也是有先见之明的。

"过会儿回去把这些给乔看看。"燕绥之说，"看看他有没有别的路径。"

"嗯。"

笔迹对比这种事，对燕绥之和顾晏而言不是什么难事，但乔那边人脉更杂

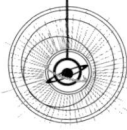

一些。广撒网，也许能捞到些其他信息。

两人沿河而行，路灯在两人身后拉下长长的影子。

顾晏突然说道："你不喜欢酒城就是因为这个？"

燕绥之一愣，问道："什么？"

"你父母。"顾晏收起屏幕，"他们给酒城投了那么多钱，却得到了那样的结果。"

明明是善款，却被花在了阴暗肮脏的地方。

燕绥之摇了一下头，说："其实没有，那只是一部分人干出来的浑事，不至于让整个酒城来背。"

顾晏问道："那是为什么？"

燕绥之想了想，一本正经地说："因为真的馊。"

顾晏："……"

"你知道让一个嗅觉、味觉极其灵敏的人站在这座星球上，需要做多久的心理建设吗？这还好今晚没什么风，否则风吹过来，我都得屏住呼吸。那些街道和墙角，看一眼都需要极大的勇气。"

燕绥之上上下下地挑剔完，又道："幸好你挑了这条路，至少干净。如果是其他什么街道，那我可能会拉着你狂奔回去。"

顾晏顺着他的描述想象了一下，画面令人沉醉。

"你这么嫌弃酒城，捐起钱来怎么总不忘这里。"

事实上不仅仅是不忘这里，燕绥之对云草福利院简直是偏爱，哪怕关闭了一阵子，遗产分配的时候依然不忘给它留一份。

顾晏想了想，二十岁的燕绥之捏着鼻子绷着脸，却还要往这边的福利院跑，那场景倒是……挺有意思的。

"馊又不犯法。"燕绥之道，"而且，你如果多跟老院长聊几句，就会知道，云草这个名字是从我父母和另一位匿者那里得来的。我第一次去福利院的时候，他跟我聊天说起过，福利院最初有雏形的时候，他收到了两方的祝贺邮件，顺势讨论了一下，最终采用了这个名字。"

云草虽然叫草，实际是一种花。它在幼苗的时候很不起眼，但成活率高，而且怎么移植挪动都不会有事。等长到盛开的时候，每一朵花边儿都泛着烟丝金，像被阳光镶了边儿的流云朝霞，灿烂极了。

它的花语是永怀希望。

7

燕绥之和顾晏回到酒店河滩时，碰上了赶来的劳拉。她看起来刚从车上下来，手边放着行李箱说："哎？你们在外面啊？乔和柯谨呢？"

"他们在酒店里。"顾晏道，"你这么早就到了？我以为要临近半夜。"

劳拉刚要张口说点儿什么，可她的表情看上去活像一脚踩了鬼。她眨了半天眼睛，终于忍不住暴露学生时代的本性，一点儿也不稳重地说："哎哟，我的妈！"

燕绥之顺嘴安抚道："不敢当。"

劳拉："……"

顾律师头疼。

"上去再说。"顾晏没好气地说了一句，跟燕绥之一起把劳拉的行李箱和包拿上了。

乔少爷有个癖好，跟朋友出行就爱订大间的别墅或者整层的套间。他喜欢所有人都住在一幢房子里分享餐厅和厨房的感觉，再不济，房子之间也要有连廊相通。用他的话来说，是小时候住的房子太大、太空，家里人太少导致的。所以这次的酒店依然是别墅式，顾晏和燕绥之安排在二楼，劳拉在三楼。

进门之后，劳拉就被乔和柯谨转移了注意力，走过去给了两位朋友一个安慰的拥抱。

"我怎么也没想到居然会是这样的。"劳拉说，"你们查了吗？"

柯谨被抱得很茫然，虽然吉蒂·贝尔家的氛围让他心情不错，但他依然被困在某层茧中，弄不明白自己为什么会被抱着拍了两下。

劳拉撒开之后，他在原地想了一会儿，没想明白，就转头径直走到了客厅的角落，找了个单人沙发窝了起来，安安静静地看着一盏落地灯。

他坐下之后，其他人也顺势跟了过去，陆续在沙发上坐下来。

酒城相对简易的电子服务生响了两声，自动去接了几杯热咖啡送了过来。

劳拉他们这些常年跟各种案子、证据打交道的人，总是比较敏感，不是很喜欢这种电子服务生，因为很难说它们不会被植入什么监控或监听程序。

乔习惯性地关了电子服务生，才冲劳拉说："找了不少朋友，正在查，这

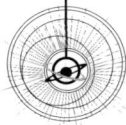

几天应该陆陆续续会有一些结果，先等着吧。对了，你怎么到得这么早？"

　　劳拉被这句话提醒了，竖起手指神秘兮兮地道："因为我蹭了一趟很特别的运输机。"

　　"什么意思？"

　　"说来话长。"劳拉道，"我接到你的通信之后想尽早过来，就联系了一个搞星际运输的朋友。他总能联系到时间合适的私人飞梭机，顺风载我一程。但是今天……你猜怎么着？德卡马的私人星际航道都被悄悄占用了。"

　　"占用？"乔疑惑道，"我下午联系港口的人时，还没这消息呢。"

　　"就是晚上的事。我最初联系的时候也没这问题，我都到港口了，才临时告诉我要调整。"劳拉道，"一般来说，德卡马那么大的港口，每天都会有私人飞梭机往来的，今晚却一班都没有，是不是很奇怪？"

　　"确实。"

　　"所以啊，我觉得很奇怪。"劳拉说，"刚巧下午听到一些风声，克里夫家大批量运输机进港，再加上你跟我说的柯谨那事，我就阴谋论地多长了个心眼。进闸之后，我使了点儿小聪明，进了私航接驳口那边。"

　　"然后呢？"

　　"然后我就发现，其实是有飞梭机离港靠港的。"劳拉说，"我琢磨了一下，明明有却对外说没有，这意味着有什么不想为人所知的事情。我就干脆混进了一班途径酒城的。"

　　"你什么？"听着的三人几乎同时发问。

　　"混进了其中一班啊。"劳拉道，"不相信我的技术吗？"

　　顾晏捏了捏眉心，说："劳拉小姐，你知道什么叫危险吗？"

　　乔抹了把脸，说："她什么时候知道过？"

　　劳拉说："啧——你们怎么这样？"

　　"那你认为我们会怎么样？夸你的胆子真大吗？"乔一脸难以言说的模样，瞪着劳拉看了半天，颓然道，"算了，瞪不过你，你继续说。"

　　劳拉这才满意地开口："我上的那班飞梭机，从外壳看就是最常见的私人飞梭机，但里面……你们知道的，运输机航行的感觉跟正常飞梭机是完全不同的，所以它一启动我就知道了，那就是运输机套个假壳。飞梭机上的人很多，而且他们相互之间并不是都认识，要不然我也混不进去。中间有几个人一直连着通信，确认航向和到达时间之类的，还提到了他们所运的东西。"

"什么东西？"乔说，"私人飞梭机的体量不大，运输机套个壳，起码外观是要像的，那能运什么大东西？"

"所以运的不是什么大东西。"劳拉说，"根据一路观察，我分析了一下，他们运的东西应该放在飞梭机的冷却舱，他们用的单位是'支'，还提到了一些生理反应之类的词。又是'冷藏'又是'支'，还有那些'反应'，我总会想到一些针剂、药剂之类的东西。"

乔皱起眉道："又是医疗？会跟曼森家有关吗？同一天，同是医疗用品，不会是单纯的巧合吧？克里夫光明正大地帮他运的那批东西里就有药剂。"

"对！"劳拉道，"重点来了，在酒城落地的时候，他们卸了一批货下来。我看到是用专门的保险柜装的，十箱左右。我们落地的时候，克里夫家的一般货运机也到了。同时同地，一起出闸，最巧的是，克里夫光明正大运的药剂所用的保险箱，跟私运的那批一模一样。"

克里夫家的货运最有优势的一点，就是货物不用全筛，而是抽查制。

如果把私运的那些货混进公运的货里，只要保证抽查的都是公运部分，那么整批货物就会被认定为合格。

"所以明白了吧？"劳拉说完，又道，"出闸的时候挺麻烦的，我怕有监听信号之类的，所以没敢给你们拨通信。现在知道我为什么一声不吭，不让你们去接了吧？"

这位女士是个不怕死的，语气还透着淡淡的骄傲。

燕绥之看着昔日的学生，终于还是没忍住道："你现在能活着坐在这里，真是个奇迹。"

劳拉就坐在他旁边，闻言当即挑眉看他，然后摆出一副"大姐姐"的模样，伸手就掐了一把他的脸，道："哎，小实习生，'冰碴子'是你的老师没关系，但你不要学他的那张刻薄嘴。"

她刚收手，就发现"冰碴子"顾晏正用一种难以言喻的目光看着她。

怎么说呢……有点儿像上坟。

反应最大的是乔。

这位乔大少爷刚喝了一口咖啡，不知为什么听了她的话后喷了一地。

"我说错什么了吗？"劳拉女士迷茫着一张脸，一时间反应不过来。

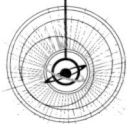

她看向乔，乔被咖啡呛得捶胸顿足，咳得惊天动地，头抬也不抬地朝她直摇手，然后颤抖着竖了个拇指。

劳拉见他咳得脸红脖子粗，都快背过气去了，也就不再难为他，转头看向顾晏。然后她醍醐灌顶，恍然大悟道："哦。"

一声还不够，她又拖长了音调，"哦——"了一声，促狭地冲顾晏道："这么护着？我以前怎么没看出来你还有这样一面呢？"

顾晏本来想说点儿什么，闻言似乎是没好气地看了劳拉一会儿，最终瘫着脸冲她点了点头道："你说得对。"

乔大少爷快咳成肺痨了。

燕大教授的表情从呆愣变得非常复杂，欲言又止，似乎在斟酌着，怎么开口能让双方都留点儿面子。

偏偏劳拉这倒霉姑娘挤对顾晏还不够，又把促狭的目光移到燕绥之身上。

燕绥之默默地承受着这种凝视，有点儿哭笑不得。

"完了，脸上被我捏出红印了。"劳拉好死不死地补了一句。

燕绥之："……"算了，拉出去枪毙。

燕绥之收回目光，索性什么也不说了，反正最后要死要活的那个人肯定不会是他。他一脸平静地摸了摸侧脸，这种动作由他做起来居然没有任何不好意思的意味，更像随意的一个小动作，透着一股斯文又淡定的气质。

接着他端起了面前的咖啡杯，默默地喝了一口，冲劳拉女士道："我建议你忘记这一幕，为了你好。"

完了，完了，完了。

终于咳完的乔大少爷像死狗一样瘫在沙发上，胸口半死不活地起伏着。他半睁着眼睛瞥了燕绥之一眼，又瞥了劳拉一眼，接着像被马蜂蜇了一般收回视线，心说：现在让公墓给劳拉小姐留个位置不知道还来不来得及。

乔默默地捂住了双眼，觉得自己真的不忍心再看下去了。

智能机突然嗡嗡地振动起来，把"高位截瘫"的乔少爷振"活"了。

他抹了一把嘴唇，半死不活地坐起来，点开智能机屏幕。来电的是那个帮忙查进出港记录的朋友。

乔少爷顿时来了精神，他目光一变，狠狠搓了两下脸，点了接通："喂？有结果了？"

对方道："算是有一点儿吧。"

"什么叫算是有一点儿？"

对方说："搞了几个系统，一部分从后往前搜，一部分从前往后搜，用的是精确筛找，先把柯律师出事那一年的筛完了。我知道你等得心焦，这部分结果先发给你看看，免得耽误你的进度。不过——"

乔一听这种转折就拎起了心，问道："不过什么？"

"我觉得这种筛查方式还是会遗漏很多。让一只鸟儿混进来的方式实在太多了。"通信那头的朋友试着解释了两句，又放弃道，"算了，你看了结果就明白我的意思了。"

"我知道，有结果就行。"乔点了点头，"你不说我也知道，肯定有很多鱼目混珠的方法，不过有信息总比没信息好，查到一点儿是一点儿。"

"你能这样想当然最好。"对方又交代说，"往前几年还有最近几年的都正在筛查，每查完一年，我就给你发一部分，就不一一给你拨通信了，你记得盯着点儿，注意查收。"

乔干脆地说："行，我一直盯着呢，谢了。"他说得淡定，挂了通信之后却深吸了几口气。

"怎么说？"顾晏他们都看了过来。

一个通信彻底岔开了之前的话题，焦点重新落到"清道夫"身上。

话音刚落，乔的智能机便"叮"地响了一声。

"来了。"乔盯着蹦出来的界面，道，"他说先搜了柯谨出事那年的进出港记录，有一些东西已经给我发过来了。我——"

他盯着那个界面看了几秒，呼出一口气，点了拆解。

一长排记录截图和动态图像都依次排在了茶几上方。

乔把屏幕切换成共享模式，文件以滚动的形式开始自动播放。

8

记录显示，当年一月初，德卡马的进港闸口托运单上显示运进一批灰斑雀，总共三百只，属性是肉雀，检查方式是筛查，备注上显示的是肉雀商贩艾迪·沃特森托运。

然而紧跟在这条记录后面的是图像的精确搜查结果。

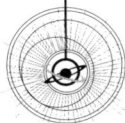

影像中，三百只食用性灰斑雀挤挤攘攘地关在一个硕大的鸟笼里，看上去雀羽乱飞，非常混乱，但在其中某个瞬间，搜索框在三百只灰斑雀中圈定了一只鸟。那只鸟刚巧在那一瞬间露出了一片尾羽，单从那片尾羽就能看出来，那是混在灰斑雀中的牧丁鸟。

众人的目光一紧。

正如刚才乔的那个朋友所说，看了记录就知道，牧丁鸟查起来其实很不容易。就好比这段影像，如果鸟更多更挤一点儿，挤到把那只牧丁鸟遮得严严实实，那精确筛查也很难搜出这一段来。

由此可见，遗漏的部分肯定很多。

这段影像之后，紧接着又是一条记录。

记录显示，这三百只灰斑雀进港之后的第二天，有人提走了这批货。提走的人同样是个肉雀商贩，名叫章玫迪。

“没有李·康纳……”劳拉道。

“再往后看。”燕绥之提醒了一句。

闻言乔立刻朝后翻了翻。

按理来说，牧丁鸟换了环境，不可能长期存活。也就是说，这只牧丁鸟来了，只要不希望它死在德卡马，就一定会在不久之后有相应的出港记录。

但是没有。

第二次记录就到了数月之后，这就意味着它出港的那次隐蔽得很好，没能查到。

数月之后的那次记录，是五月中旬，一支以动物表演为主的剧团从德卡马港口入境。剧团中魔术表演部分用到的大多是最为常见的灰斑雀，毕竟灰斑雀便宜，而且量多。

牧丁鸟再一次混在了灰斑雀中进入了港口。

经过一番筛查合格后，又由整个剧团带进了德卡马星球，在好几个区都因表演停留过。同样，在剧团登记的组员中，依然找不到李·康纳的任何踪迹。

“有查过李·康纳的进出港记录吗？”燕绥之说，“很有可能他一直在借助其他人把牧丁鸟带进来。”

好在乔拜托的那个朋友也想到了同样的情况，在这两次记录之后，他附了一份李·康纳的进出港时间。

意料之中，他在那段时间来来往往有过八次进出港记录，当中有两次跟牧丁鸟的托运时间十分接近。一次相差一天，一次相差三天。

看到这个结果，乔的脸色又变得难看起来。

猜测是一回事，看到图文一点点证实猜测又是另一回事。

他的拳头都握起来了，差点儿砸在茶几上，但余光看见一旁打瞌睡的柯谨，又及时刹住了手，用极低的声音连着咒骂了好几句。

李·康纳就是那个"清道夫"，这个猜测基本不会错，但是最重要的不在这点，而是在他之后去了哪里？又变成了什么人？现在身在何处？这才是最重要的。

他们筛查这么久，不是为了在这些记录里多看这个名字几眼，而是想让这个跟很多条人命牵扯了关系的人，罪有应得。

但很遗憾……这一年的最后一条记录在年底，十二月左右。这次既不是出港记录，也不是进港记录，而是在港口的监控里找到了牧丁鸟的踪迹。它跟着浩荡的人流飞了一小段距离，停歇在港口的金属闸口的柱顶。

很难通过这段监控查到这只牧丁鸟正跟着谁。

唯一值得庆幸的是，乔拜托的那个朋友办事效率很高。

大约一个小时后又传来了一份新的结果，附着的信息提示说：系统从两头同时往中间查，这是最近一年的，从一月到现在为止。

乔满怀着希望点开文件，却发现里面的东西寥寥无几，总共只有一次记录和一条影像。光是看到这可怜巴巴的数量，乔就叹着气靠回沙发。

劳拉也"啧"了一声，明明白白地表现出了失望。

但点开之后，他们就发现了不同。

这次牧丁鸟进港没有混在大片的灰斑雀里，也没有做过多的隐蔽，只是由一个人光明正大地以宠物的名义带了进来。

携带者的名字叫马库斯·巴德。

紧随其后的影像就是马库斯·巴德提着鸟笼过闸口的瞬间。无损放大视频之后，马库斯·巴德的容貌一清二楚。

那是一个中等身材的男人，长相平淡无奇，没有什么特别的记忆点，走在路上瞬间就能淹没在人群里。就是个典型的大众脸。

"就这样的脸，我看三遍都不一定能记住。"乔皱着眉嘟囔，"故意的吧。"

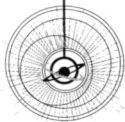

影像中的马库斯·巴德看起来心情一般，总去摸自己的侧脸和脖子，就像不习惯或是不舒服一样。不过他倒是很照顾鸟儿的感受，刚审核完，他就打开了鸟笼。

牧丁鸟扑棱了两下翅膀，从笼子里飞出来，绕着他盘旋了两圈，先是停在他肩头蹭了蹭他的脸颊，似乎是跟他打个招呼，接着便飞高飞远了。

乔咬着舌尖看完这段影像，转头就开始用这张大众脸精确搜索全网图像。

可惜在公共网络能搜到的各个角落，这个名叫马库斯·巴德的男人存在感也极低，根本没有他什么信息。

"再等等。"乔说，"等我朋友再多提供一些，我再一起找媒体的朋友帮忙搜。"

劳拉却说："媒体那边能搞到的其实也有限，他们顶多能把已发布的，还有虽然没发布但向上级提交过的那些报道及影像找出来。还有很多不会发上网络或者不准备发上网络的，他们就找不到了。"

乔又道："那再找找档案系统的人吧……"他说完，自己又无奈道，"但档案系统的同样有限制。"

倒是顾晏，突然想起什么般看向燕绥之问道："说到没有发上网络的……你还记得那两个记者吗？"

"本奇和赫西？"燕绥之了然地点了点头，"差点儿忘了这两位。上次在天琴星，我们从他们的相机里收了不少东西。试试看？"

他们总是下意识去筛查本奇主动给他们的那部分照片，却忘了其实智能机里早就存了另一部分，刚巧是本奇和赫西两人近两年拍摄的内容。

但他们今日份的好运气似乎已经用尽了，翻了一夜也没能翻出更有用的信息，再一次碰到了瓶颈。就连天气都格外配合众人的心情，当天夜里，酒城就变了天。

第二天清早，大雪毫无预兆地降临了。

众人起床的时候，外面的雪密得像雾，偏偏酒城的环境总是脏兮兮的，就连雪雾都显得有些灰黄，能见度极低。

起来晨练的乔少爷本想开窗透个气，结果遥控一按，四方来风，瞬间就把人吹成了"傻鸟"。他给柯谨裹了两层毛毯，又给自己裹上了一层，然后"挺尸"

般地在餐桌旁瑟瑟发抖。

直到劳拉女士裹着大披肩下楼，老远就冲燕绥之打了个招呼："早啊。"

一看见劳拉对上燕绥之，冻成"傻鸟"又"高位截瘫"的乔少爷瞬间来了精神，像个诈尸的木乃伊。

燕绥之早上起来有点儿低血糖，起床气很重，反应也比平日要慢一些，甚至没听见劳拉在跟他打招呼。他站在酒店送来的餐车旁，挽着衬衫的袖口挑挑拣拣，找自己想吃的早餐。

这人严重挑食，哪怕脸上都没了血色，依旧倔强地把餐点看了个遍。

劳拉见他毫无回应，有些纳闷地走过来，一看就吓了一跳，喊道："我的老天，你的脸怎么白成这样，低血糖？别挑了，先吃两口垫着。"

燕绥之敷衍地"嗯"了一声，行动却丝毫没有妥协的意思。

"唉……"劳拉叹了口气，大姐姐的脾气又上来了，"顾呢？你管不管啦？不管我就给他塞吃的啦！"

木乃伊乔站起来了，连忙道："别！劳拉小姐！我劝你别，你让他挑吧。"

说话间，顾晏已经来了。他手里拿着一碗刚洗好的甜桑，二话不说先塞到了燕绥之的手里，道："你不是说要再睡一会，怎么又起来了？"

燕绥之睨了甜桑一眼，老老实实地塞进嘴里，咽了下去，他喝了一口温水，才道："想吃点儿东西，就下来了。"

他吃了点儿东西，苍白的脸上渐渐有了一点儿血色。他又喝了两口温水，这才回想起刚才劳拉操碎的心，转头冲她道："谢谢，别管我了，你挑点儿早餐吃吧。"

劳拉看着他脸色恢复正常，这才松了口气，道："你这位小朋友可真吓人。"

小朋友……燕绥之一副一言难尽的表情。

乔用毯子把自己的脸捂上了，只露了两只眼睛。

然而勇士劳拉在新的一天依然没能觉察出哪里不对，她逗完人就自顾自地拿一份甜点和一杯红茶，然后走向了餐桌，完全没看到身后顾晏和燕绥之的表情，只注意到了乔。而乔少爷在这位女士心里的形象一贯有点儿像二傻子，所以她见怪不怪。

"对了，小实习——"劳拉说了一半，又打住了，"算了，总叫实习生也挺见外的，搞得好像谁都是你老师似的。你是顾的人，那以后我们就都是自己

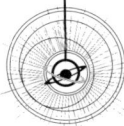

人了。喊我姐姐就好，我喜欢亲近一点儿的称呼，显得关系好。"

乔又拉了拉毯子，把眼睛也一起蒙上了。

劳拉说："那我叫你什么好呢？"

劳拉女士其实是个很贴心的人，确定称呼前还会征求一下对方的偏好。毕竟有的人在称呼上就是有怪癖，比如"挺尸"的乔大少爷，就不喜欢别人喊他埃韦思先生。

"你喜欢别人怎么称呼你？"劳拉问。

燕大教授又吃了一颗甜桑，然后不紧不慢地擦了擦手指，喝着温水冲劳拉道："随意，燕绥之就可以。"

劳拉应了一声："哦。"

两秒后，劳拉活像见了鬼似的，猛地扭过头来："你说叫什么就可以？"

那一瞬间，乔怀疑劳拉的脑袋会因为转动的力度太大、动作太猛，而就此掉下来。

好了，公墓估计是来不及订了。乔大少爷如是想。

人嘛，在关键时刻总有些潜意识的鸵鸟行为。劳拉女士就很典型。

她双眼瞪得溜圆，盯着燕绥之看了有一个世纪那么久，终于出声，疑问道："你在故意吓我是不是？"

惊吓过度，使得她的嗓子都像"劈叉"了似的，声音显得非常轻细。

"你——"她清了清喉咙，把嗓音压住，让自己在气势上显得不那么虚，"是不是因为昨晚我不打招呼就掐了你，又逗了你那么多回，所以你现在开始逗我了？"

这个逻辑好像是成立的。

劳拉女士越说越觉得有可能，成功给自己打了一剂强心针，脸色也渐渐好了一些。

燕绥之一脸无奈。他都对劳拉说了，希望她忘记昨天那一幕，结果这倒霉姑娘今天非要再提一次。

不是在作死，就是飞奔在作死的路上，一天还比一天强。这确实是劳拉能干出来的事。

燕院长佩服地点了点头。

肢体语言博大精深，可怜的劳拉小姐理解错了点头的意思。

　　她像是抓住了一根救命稻草般，立刻长长地吐了一口气，道："是吧？是故意吓我的吧，我就说嘛……但我不得不承认，你吓得很成功。我刚才心脏都差点儿停了！"

　　"手心现在都是汗。"劳拉摊着自己的两只手展示了一下，确实亮晶晶的。

　　卖惨卖得有凭有据，燕绥之都有点儿不忍心了。他走到餐桌边，把杯子随意一搁，拉开面前那把椅子正对着劳拉坐下来。他在思索怎么说才能更委婉一点儿，对这姑娘的冲击能更小一点儿，但作死小能手劳拉根本不给他机会——

　　她抽了张除菌纸擦着自己的手指，又瞄了燕绥之两眼，说："好了，吓也吓过了，场子也找回来了。现在不开玩笑，我该叫你什么？"

　　燕绥之两手交握着搁在桌面上，闻言点了点头，说："好，不开玩笑。"他想了想，道，"全名你可能也叫不出口，或者就按照你以前的习惯，叫老师或者教授吧。"

　　燕大教授已经用了最温和的语气，但依然没用。

　　从静止的状态来看，劳拉女士的心脏可能又停了。

　　顾晏也拉开了一把椅子，在燕绥之身边坐下，语气平静地补充一句："喊教授吧。"

　　乔也终于扒开了毯子，坐正身体，干咳一声，道："或者跟我一样叫院长。"

　　他们的反应彻底证实了燕绥之的身份。

　　场面一度变得令人窒息，从劳拉女士的脸色来看——看不了了，劳拉女士已经晕厥过去，彻底凉了。凉了不到五秒，她又猛地"诈了尸"。

　　"不是，等等！你干什么去？"乔离她最近，眼明手快地抓住她。

　　劳拉说："想原地去世。"

　　乔："……"他突然觉得跪在跑步机前也没什么丢脸的。

　　"别闹。"乔大少爷作为朋友劝说道。

　　劳拉被他拽得又坐回到椅子上，颓然片刻后她伸手揪住了他的毛毯，一把拽过来捂住了自己的脸。

　　"给你，给你。"乔少爷很大度。

　　劳拉把自己捂在毛毯下，崩溃道："我都干了什么……不想活了……"

　　她可能真的不太想活，密不透风地把自己裹得像座坟包，一动不动。

　　燕绥之哭笑不得道："不喘气了？"

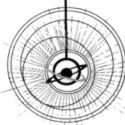

　　"不喘了。"劳拉瓮声瓮气地说，"不想露脸。"

　　乔少爷感慨万分道："多么熟悉的一幕，似曾相识。你们上次看我是不是也这样？"

　　"所以你们什么毛病？"燕绥之没好气地问，"我回想了一下，当年没对你们做过什么吧？"

　　乔乖乖摆手，违心地说："没有，没有。"

　　顾大律师就很理性，说："当面问，你指望能听到什么答案？"

　　燕绥之"啧"了一声，说："问你了吗？"

　　可能因为不止一个丢人的，还有乔这位先驱；也可能是因为燕绥之的态度平淡又平常，注意力并没有完全放在劳拉身上，恰到好处地照顾了劳拉那点儿丢人的心理。于是她缓和了一些，瓮声瓮气又开了口："教授……您真的是教授吗？"

　　"你觉得呢？"燕绥之道。

　　都喊教授了，还能怎么觉得。

　　"您没有在那场爆炸中出事是吗？"劳拉又问。

　　"算是吧。"

　　"墓地也不是真的？"

　　"大概像一般爆炸事故处理的那样，放了一些纪念性的物品吧。"

　　"以后给您发信息也不会毫无回音了，是吗？"

　　"当然。"燕绥之的语气温和。

　　"冬天的酒会还能继续吗？"

　　"如果你们想聚一聚的话。"

　　"想。"劳拉终于把毯子掀了下来，露出红通通的、快要哭了的眼睛，"特别想！"她用两只手捂住了眼睛，白皙的手指间是发红的鼻尖。

　　过了半响，她用力地吸了下鼻子，放下手，红着眼睛冲燕绥之笑起来，说："那真是太好了……"

　　"那就别哭了。"燕绥之抽了一张除菌纸递给她。

典藏版·全三册

一级律师

木苏里 著

上册

孔學堂書局

图书在版编目（ＣＩＰ）数据

一级律师 ： 典藏版 ： 全三册 ／ 木苏里著． — 贵阳 ： 孔学堂书局，
2023.3
ISBN 978-7-80770-398-3

Ⅰ．①一… Ⅱ．①木… Ⅲ．①长篇小说—中国—当代 Ⅳ．① I247.5

中国版本图书馆CIP数据核字（2022）第 237415 号

一级律师：典藏版　全三册　　　　木苏里　著

YI JI LVSHI：DIANCANG BAN

责任编辑：　胡　馨

责任印制：　张　莹

出　　品：　贵州日报当代融媒体集团

出版发行：　孔学堂书局

地　　址：　贵阳市乌当区大坡路 26 号

　　　　　　贵阳市花溪区孔学堂中华文化国际研修园 1 号楼

印　　刷：　长沙鸿发印务实业有限公司

开　　本：　710mm×1000mm　1/16

印　　张：　62　彩插 1.5

字　　数：　1087 千字

版　　次：　2023 年 3 月第 1 版

印　　次：　2023 年 3 月第 1 次

书　　号：　ISBN 978-7-80770-398-3

定　　价：　148.00 元

公理之下，正义不朽

TOP LAWYER

目录

他身体有一半生在春日的阳光里、

却依然显得冷冷的、

像泡在玻璃杯里的薄荷、

木苏吴、

第一卷　蚁巢
TOP LAWYER

第一章

1

十一月末，德卡马的初冬，中央广场传来例行的早钟声，灰鸽拍着翅膀从灰霾的天空中掠过。

外面阴沉、寒冷，暮气沉沉。这是多好的日子啊，适合打家劫舍让人遭遇不幸，和燕绥之此刻的心情很配。

几个月前，他还顶着"一级律师"的头衔，担任星际梅兹大学法学院院长一职，衣冠楚楚地参加名流聚集的花园酒会呢。这才过了多久，他就变得一贫如洗了。

这会儿是早上八点，他正走在德卡马西部最混乱的黑市区，一边缓缓地喝着咖啡，一边扫视着街边拥挤的商店标牌。

他的脸素白好看，神情却透着浓重的不爽与嫌弃，仿佛他喝的不是精磨咖啡，而是纯正猫屎。

他在这里转了半天，就是为了找一家合适的店——能帮忙查点儿东西，最好还能办一张假证。

五分钟后，燕绥之在一家窄小的门店前停下脚步。

这家门店外的电子标牌上显示着两行字——

黑石维修行！

什么都干！

很好，燕绥之捏紧咖啡杯，将它丢进街边的电子回收箱，抬脚进了这家店。

"早上好，"老板顶着鸡窝头从柜台后面探出脑袋，"有什么需要帮忙的？"

店里暖气很足，即便是现在有点儿怕冷的燕绥之，也感受到了暖意。他摘了黑色手套，从大衣口袋里掏出一枚金属环搁在柜台上，说："你帮我查一下这个。"

这是可塑式智能机，能随意变形。大多数人更习惯用环形的，方便携带，如手环、指环、耳环，甚至是脚环、腰环。

燕绥之的口味没那么清奇，他掏出的是一个很素净的指环。

"你要查什么？"

"所有能查的。"

"好嘞。"

老板配适好工具，叩了两下柜台，智能机弹出了全息界面。

界面上的东西少得可怜，干净得就像刚出厂的。

可塑式智能机里总共就四样内容：一份身份证明，一张资产卡，一趟去邻星的飞梭机机票，以及一段纯电子合成的音频文件。

出于职业道德，老板不会随便翻看文件，但是燕绥之对这四样东西的内容清清楚楚，毕竟这两天他已经翻来覆去地看了几十遍。

身份证明是一个临时的假身份，名字叫阮野，大学刚毕业，啥事也不会；

资产卡是一张黑市搞来的不记名虚拟卡，余额不够他生活两个月；

飞梭机机票只有去程，没有返程，大意是让他能滚多远就滚多远。

"就这些？"老板问。

燕绥之在心里一声冷笑，说："是啊，就这些。"

何止智能机里就这些，他眼下的全部家当恐怕就是这些了。

这个世界刺不刺激？他不过是在五月的周末参加了一个酒会……

那天的酒温度有些低，刚过半巡就刺得他胃不舒服，于是他跟众人打了声招呼，先行离开，就近找了一家酒店休息。

谁知那一觉他"睡"了整整半年，从夏天睡到了冬天，再睁眼时已经是十一月了，也就是两天前。他在一间黑市区的公寓里醒来，醒来的时候枕边就放着这台智能机，除此以外，一无所有。

好在网上的信息五花八门，他没费什么工夫就弄清了表面的原委。酒会那天，他下榻的酒店刚巧发生了袭击式爆炸，他好死不死地成了遭逢意外的倒霉鬼之一。

只不过他这个倒霉鬼比较有名，各大新闻首页以花式震惊的标题惋惜了他的"英年早逝"，两个多月后才慢慢消停，然后被人们慢慢遗忘。

当然，真相显然没这简单，智能机里那个电子合成的音频给他解释了一

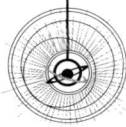

部分原因——

事实上，有人将他从那场爆炸中救了出来，利用这半年给他做了短期基因手术，对他的容貌和生理年龄都进行了微调，让他在一段时间内保持一个刚毕业的学生模样。对方还给他准备了假身份、钱以及机票，让他远离德卡马……

总之，种种信息表明，那场爆炸是有人蓄意寻仇，他不是什么被牵连的倒霉鬼，他就是爆炸的目标。

但你要问一个"顶级讼棍"这辈子得罪过哪些人，这就有点儿过分了，因为得罪的人实在太多，谁也记不住。

燕绥之只能来黑市找人查线索，就算查不出元凶，能查到救他的人是谁也行。

谁知过了半个多小时，老板抬头揉了揉眼皮，表示一无所获。

燕绥之皱起眉问道："什么痕迹都没有？"

"没有，干干净净。"

"智能机本身呢？"

"这是黑市买的不记名机，太难查了，基数覆盖那么多星系，简直是宇宙捞针了。"

燕绥之拨弄了两下指环状的智能机，道："行吧，就这样。你能顺便帮我把这张去邻星的飞梭机机票转手卖了吗？"

老板瞥了机票一眼，摇头道："帮不了。"

"什么都干？"燕绥之朝门外的标牌抬了抬下巴。

"夸张嘛。"

燕绥之也不争论，点了点头又道："还有最后一件事。"

"什么？说吧。"老板客套道，"今天，我总要给你办成一件事，不然门外的标牌真的可以拆了。"

"你帮我弄一张报到证。"燕绥之道，"梅兹大学法学院，去南十字律所的。"

梅兹大学法学院作为德卡马乃至整个翡翠星系最老牌的法学院之一，跟周围一干顶级律所都有实习协议，学生拿着报到证就能选择任一律所实习。当然，最后能不能正式进入律所，还得看考核成绩。

燕绥之并不在意后续，他只需要进南十字律所的门就行。致使他"英年早逝"的那桩爆炸案，就是南十字律所接下的。

"报到证？"老板一听头就大了，诚恳道，"这个我是真的帮不了。"

"那看来机票是假帮不了。"

老板："……"

"你这真是黑市？"

"行行行，机票我帮你转了！"老板咕哝着动起了手，"主要这事儿我赚不了什么差价，还麻烦，还容易被逮……"

他顶着鸡窝头，唠叨了二十分钟。燕绥之权当没听见，心安理得地等着。

"转好了，机票钱直接打到你这张资产卡上？"

燕绥之点了点头，说："既然这样，劳驾你把报到证也一起弄了吧。"

老板一脸崩溃的模样，说："既然哪样啊，朋友？报到证真的做不了，我不开玩笑。"

"为什么？报到证本身没什么特殊技术。放心，我只是短期用一下，警察逮不到你头上。"燕绥之仿制自己学院的东西，良心真是半点儿不痛。

但是老板很痛，他说："那个证本身是没什么技术，我两分钟就能给你做一个出来，但是那个签名搞不来啊！你也知道，现在笔迹审查技术有多厉害。"

燕绥之挑起了眉，问道："什么签名？"

"每个学院的报到证都得有院长的签名，那都是登记在案的，查得最严，我上哪儿给你弄？"

直到这时，不爽了两天的燕绥之终于笑了一声，说："这根本不算问题。"

老板觉得这学生八成是疯了，然而五分钟后，疯的是老板自己。

他眼睁睁地看着这名学生在他做好的报到证上瞎签了院长的签名，在上传到自助核查系统后，系统居然通过了！

直到这名学生带着伪造成功的报到证扬长而去，老板才回过神来，他捶胸顿足，懊恼不已：忘记问学生愿不愿意干兼职了！

五天后，燕绥之坐在了德卡马最负盛名的律师事务所里。

会客室的软沙发椅又暖又舒适，几位来报到的实习生却坐得十分拘谨，唯独他长腿交叠，支着下巴，拨弄着手里的指环智能机出神，姿态优雅又放松。他看起来半点儿不像接受审核的学生，更像来审核别人的。

坐在他旁边的金发年轻人一会儿瞄他一眼，一会儿瞄他一眼，短短十分钟里，金发年轻人瞄了他不下数十次。

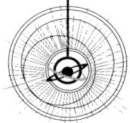

"这名同学，我长得很像考试屏吗？"出神中的燕绥之突然抬了眼。

金发年轻人刚喝进去一口咖啡，又原封不动地吐了出来，他手忙脚乱地抽了几张速干纸巾，一边擦着下巴沾上的咖啡渍，一边讪讪道："啊？当然没有。"

"那你为什么看我一眼，抖一下，像踩了电棍一样？"

燕绥之损起人来总爱带着一点儿笑，偏偏他的眉眼长相是那种带着冷感的好看，每次脸上带上笑意，就像冰霜融化似的，特别能骗人。许多被损的人见鬼地觉得这是一种表达友善的方式。

这名金发同学也没能例外，他非但没觉得自己被损了，反而觉得自己刚才的偷瞄确实有点儿唐突："抱歉，只是你长得有点儿像我们院长。"他说着停顿了一下，又纠正道，"前院长。你知道的，鼎鼎大名还特别年轻的那位燕教授。当然，也不是特别像，你比燕教授小很多，就是侧面某个角度还有坐姿……总让我想起一年一次的研究审查会，所以不自觉有点儿紧张。"

金发年轻人说起前院长，表情变得很遗憾，叹了一口气，说："原本今年的审查会和毕业典礼他会参加的，没想到会发生那种意外，那么年轻就过世了，太可惜了。"

他正想找点儿共鸣，结果一抬头，就看见燕绥之的脸都绿了。

燕绥之还没从被人当面追悼的复杂情绪中走出来，负责安排实习生的人事主管就已经来了。

核验完报到证后，实习生被她带着往楼上走。

"因为我们之前已经接收了三批实习生，所以现在还有实习空缺的出庭律师其实不多。我会带你们去见一见那几位，了解之后会对你们进行分配。"

人事主管在上楼的过程中还介绍着律所的情况以及一些注意事项，后半段燕绥之并没能听进去，因为他看见了一个熟人。

当他们上楼上到一半时，刚巧有几名律师从楼上下来。走在最后的律师个子很高，面容极为英俊。他一只手握着咖啡杯，一只手按着白色的无线耳扣，似乎正在跟什么人通信交流，平静的目光从眼尾不经意地投落下来，在这群实习生的身上一扫而过，显出一股难以亲近的冷漠。

这名年轻律师叫顾晏，是燕绥之曾经的学生。

其实在这一行，尤其是这种鼎鼎有名的律所，碰到他的学生实在太寻常了，这里的律师很可能一半出自梅兹大学法学院。但是法学院每年上万的学生，燕大教授基本转头就忘，交集太少，能记住的屈指可数。

顾晏是可数的几人之一。

为什么呢？因为顾同学理论上算是他的直系学生。还有，顾同学整天冷着一张脸，对他似乎特别有意见。

其实最初，他们之间的师生关系不至于这样糟糕。

梅兹大学一直有一个传统，新生入学三个月后需要选择一名教授作为自己的直接引导者。也就是说，学生们刚适应新环境新课程，就要迅速沉稳下来，为自己的未来规划一条明晰的路。

这个出发点十分美妙，实际执行就仿佛是开玩笑了。

每年到了新生选择季，学长们和学姐们就会聚集在校内电子市场，一脸慈祥地兜售自制小 AI，专治选择恐惧症，专业摇号抢教授，服务周到一条龙。

虽然过程胡闹归胡闹，但结果是趋同的——大多数学生选择的是第一印象不错的教授。

就顾晏的性格来看，燕绥之觉得自己肯定不是他摇号摇出来的，而是正经选的。这说明"尊师重道"这条上山路，顾同学还是走过的，只不过中途不知被谁喂了"耗子药"，一声不吭就跳了崖。

燕绥之偶尔良心发现，琢磨过这个问题，但总是想不了几分钟就被别的事务打断，以至于很长一段时间他都没弄明白，顾同学为什么对他那么有意见。

后来顾晏毕了业，他也没了再琢磨的必要。

上楼下楼不过半分钟，燕大教授还抓紧时间走了个神。当他回过神来的时候，顾晏已经侧身绕过了他们这帮实习生。

毕竟顾晏是燕绥之曾经带过的学生，在这种场景下重逢，他忍不住有点儿感慨。于是他在二楼拐角转身时朝楼下看了一眼，刚巧走在楼梯最后一级的顾晏也摘下了无线耳扣，抬头朝这个方向看过来。

燕绥之一愣。

顾晏的这一眼异常短暂，只是随意一瞥就冷冷淡淡地收回了视线，全程表情毫无变化，甚至连脚步频率都没有半点儿更改。在他收回眼神的同时，已经推开了楼下的一扇门，头也不回地走了。

燕绥之挑起了眉。

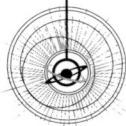

在容貌修整后，现在的他对顾晏而言就是一个纯粹的陌生人，顾晏这种反应再正常不过。他也没多在意，脚跟一转便不紧不慢地跟在实习生的末尾，进了二楼的一间会议厅。

"刚才下楼的几位都是出庭大律师，二楼是他们的办公室。"主管人事的菲兹小姐笑着说，"平时可看不到这些大忙人的影子，今天他们这么齐聚一堂，就是特地抽空来见一见你们。刚才都打过招呼了吧，除了某位走神的先生？"

走神的燕绥之先生反应过来，抬手笑了笑，说道："很抱歉，我可能太紧张了。"

众人："……"

这就属于鬼话了。

在场有眼睛的都能看出来，他一点儿也不紧张。

菲兹一摆手，说："没关系，对于长得赏心悦目的年轻人，我会暂时忘记自己是个暴脾气。"

大概是这位菲兹小姐看起来很好亲近，有两个女生壮着胆子问道："刚才下楼的律师都接收实习生吗？全部？"

菲兹一脸"我很有经验"的样子答道："我也很想说'是的，全部'，不过非常遗憾，有一位例外。"

"哪位？"

菲兹笑了，说："我觉得说出答案后，你们的脸能拉长一倍，因为当初我的脸拉得比谁都长。"

"噢——好吧。"两个女生拉长了调子，显然明白了她的意思，这大概是外貌协会生的默契。

不知道其他几个男生听懂没有，反正那个踩电棍的金毛肯定没懂，他一脸茫然地看着她们你来我往。

燕大教授从筛选人才的教学者角度看了金毛一眼，觉得这傻孩子的职业生涯基本走到了尽头，对话语心思的理解力如此堪忧，上了法庭也得哭着被人架下来。

不过在两名女生遗憾的同时，燕绥之却在心里偷笑：谢天谢地，棺材脸顾同学不收实习生，否则万一天降横祸，自己被分到他手下，师生辈分就真的乱得离谱了。

"他为什么不接收实习生啊？"其中一个活泼一些的女生对这个话题还有些意犹未尽。

菲兹显然也不厌烦，说："怕气走实习生，他是这么跟事务官说的。"

"气走实习生？他的脾气很坏吗？"

"那倒不是，但……"菲兹似乎找不到什么形容词，最终耸着肩说，"总之，姑娘们别想了。"

燕绥之在一旁听了半天，心里却觉得，以顾同学的性格，不收实习生也许不是怕实习生被他气走，很大可能是事务官怕他被实习生气走。

真的很有可能。

菲兹在这里跟大家胡扯了没一会儿，下楼有事的几名律师便纷纷回到了楼上，推门进了会议室。

在众人陆陆续续地坐下后，菲兹扫视了一圈，疑惑道："莫尔律师呢？还没到？"

"今天，我还没见过他。"一名灰发灰眼，面容严肃的律师回了一句，"你确定他有空？"

"你们先聊，我去联系他。"菲兹说完，立刻蹬着细高跟鞋出去了。

说是聊，其实就是一场气氛比较放松的面试，但再放松也是面试，内容始终围绕着过往经历，而过往经历又都依据报到证后面附带的电子档案。

燕大教授全程保持优雅、放松的微笑，一言未发。他连报到证都是黑市搞来的，电子档案自然也是假的。既然他是假冒的学生，就得谦虚一点儿，毕竟说多错多，容易露马脚。

因为他的模样太过坦然放松，座位还离那几名律师非常近，所以在四十多分钟的"面试"过程里，实习生下意识把他当成了面试官，律师们也没反应过来自己的阵营里混了一名卧底，甚至好几次聊到兴头上左右点头时，还冲着他说了一句："这批实习生都很不错吧？"

"大尾巴狼"燕教授也客套一笑，说："是挺不错的。"

氛围融洽，宾主尽欢。

直到几名律师离开会议室，大家都没有发现哪里不对。

燕绥之对这个结果当然乐见其成，他没条件反射去面试这几名律师已经是

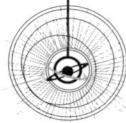

克制的了。

可没过一会儿，他就笑不出来了。

菲兹蹬着高跟鞋匆匆上楼，她的声音从半掩的门外传来，不知在跟谁商量事情："真要这么干？你确定？我怎么觉得这是一个非常损的主意？"

"确定，刚才我跟他说过了。"一个低沉的男声回了一句。

"被损了吗？"

"啧——"男人道，"先这么办吧，你快进去，别把那帮年轻学生晾在那里。"

会议室里，众人正面面相觑，菲兹就进了门，清了清嗓子，微笑道："你们表现得非常棒，几名律师都很满意。不过还有一个比较遗憾的消息，原定要接收实习生的莫尔律师碰到了飞梭机事故，卡在两个邻近星球中间，没有半个月是回不来了。因此，原本预留给他的实习生会由另一名优秀律师接手。"

燕绥之突然有了点儿不祥的预感。

他的第六感总是选择性灵验，概率是一半对一半，只在不祥的时候见效，也叫一语成谶，俗称乌鸦嘴。

菲兹继续道："我来说一下具体分配。菲莉达小姐，迪恩律师非常乐意在这段时间与你共事。亨利，恭喜你，艾维斯律师将会成为你的老师……"

她一一报完了其他人的名字，最终转头冲燕绥之灿烂一笑，说："虽然刚才已经说过了，但我还是感到非常抱歉，再次替莫尔律师遗憾。不过我要恭喜你，顾律师将会成为你在这里的老师，祝你好运。"

燕绥之："……"

他听着是"祝你好运"，但语气怎么听都像"好自为之"。

燕大教授活像被人兜头泼了一桶液氮，微笑在脸上冻得都快裂了。数秒之后，他才缓缓解冻微笑，回道："谢谢。"

燕绥之心说：我会努力不气跑你们那名优秀律师的，但不能保证，毕竟当年没少气跑过。还有……

燕绥之在心里微笑道：你更应该去和顾晏说，年轻人请多保重，好自为之。

又半个小时后，燕绥之坐在菲兹找人安置的实习生办公桌后，跟坐在大律师办公桌后的顾晏面面相对。

燕绥之默默喝了一口咖啡："……"

顾晏也喝了一口咖啡："……"

气氛实在很低迷，一时间很难评判谁在给谁上坟，谁手里的咖啡更像纯正猫屎。

2

南十字律师事务所的结构是目前行令行规下最常见的一种，基于基础事务合作的前提下，每名律师相对独立。他们办公起来互不干涉，一人一间完全归属自己的大办公室，大门一掩，就能将其他人隔绝在外，没什么特殊情况的话，一般不会受到打扰。

对于这种"装聋作哑，谁都别来烦我"的办公环境，燕绥之早已适应多年，但菲兹小姐并不知道。

在搬东西进这间办公室前，菲兹小姐特地把燕绥之拉到一边低声说："要跟大律师这样同室共处确实很难，新来的实习生都会有点儿紧张，我太明白了。去年，有位年轻的先生刚来律所，甚至连洗手间都不敢去。我记得中午见到他的时候，他的脸都憋绿了，我问他为什么，他说办公室封闭又安静，生怕在老师的眼皮子底下搞出半点儿动静引起注意。"

"他的意志力令人钦佩。"燕绥之夸赞道。

"别笑。"菲兹小姐继续嘱咐道，"未来的这段时间，也许你跟着顾律师出门在外的时间远大于待在办公室的时间，但我希望你依然能对这里有归属感。虽然你的办公桌没有顾律师的大，但它就是你的办公室，至少三分之一的地盘属于你，随意使用，别拘束，理直气壮一点儿。"

不知道她自己有没有意识到，反正燕绥之觉得她说这些话的时候，语气活像在赠送挽联。

不过菲兹小姐显然多虑了，燕绥之不仅非常理直气壮，还差点儿反客为主。

他总是稍微一晃神就下意识觉得这是自己的办公室，他坐的是出庭大律师的位置，而斜前方冷着脸喝咖啡的顾同学才是他瞎了眼找回来给自己添堵的实习生。他甚至好几次想张口给对方布置一点儿任务，幸亏反应快，及时刹车。

他把这种反应归咎于咖啡的温度太高，杯口氤氲的白色雾气很容易让人开小差，以及这间办公室的风格实在太眼熟了。

乍一看，这跟他的院长办公室简直是一个妈生的，与他在南卢的大律师办

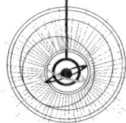

公室也相差不远。

燕绥之扫了一眼办公室全景，心里离奇地生出一丝欣慰。虽然他们的师生关系不怎么样，但好歹还是有内在传承的。看，审美观不就传下来了吗？

他正想夸一句办公室布置得不错，然而刚张口，顾晏已经放下了咖啡杯，纡尊降贵地说了第一句话："我没有收实习生的打算。"

他的声音非常好听，语气格外平静，如果忽略内容的话，很容易让人产生一种"想听他多说两句"的冲动，可燕绥之不是第一天认识他，对这种错觉基本上生理性免疫了。

更何况，他这话的内容根本让人无法忽略。

你没有收实习生的打算？太巧了，我也是这么想的。其实你可以把我直接转交给任何一名律师，只要不在你这里，哪里都行。燕绥之心想。

顾晏轻转了一下咖啡杯，接着道："所以在此之前，我并没有为你的到来做过任何准备。据说所里有一份经验手册，具体描述怎么给实习生布置任务，既能让你们忙得脚不沾地，也不会添乱，不过我从来没有翻看过。因此，我无法保证你能度过一个正常的实习期。"

燕绥之挑了挑眉，他难得有机会听顾同学在法庭外说这么长的话，乍一听还都是人话。

当然，这仅仅是人话而已，远没有到令人愉悦的程度，毕竟说话的人没什么表情，语气也冷冰冰的。

对于实习期究竟要经历什么，燕绥之并没有多么浓厚的兴趣。比起话语内容，顾晏这种好好说话的样子倒让他觉得更有意思一些。

不过……你对着一个强塞过来的实习生都能好好说话，怎么对着自己郑重、深思熟虑选择的直系老师没一个好脸色呢？

燕绥之正感慨，他桌上的办公光脑突然"哗哗哗"地吐出一堆全息文件。

"这是菲兹做的实习生手册，你先看。"顾晏道，"我接一个通信电话。"

燕绥之拨了拨全息屏，还好，实习生手册的内容没有他想象的那么多，总体比较精炼，而且很合年轻实习生的心理，甚至有些活泼。这确实是菲兹小姐的风格。

实习内容、律所的一些规定，他都一扫而过。

事实上，整本手册他没细看，毕竟他不是新人，来这里也不是为了实习。

他用手支着头，随意翻看着页面，而后目光停留在某一行的数字上。

实习期间的薪酬——每天 60 西。

对一名学生来说，60 西是什么概念呢，就是刚好够一日三餐，多一个子儿都甭想。不过这是德马卡这边律所的普遍情况，因为大家默认实习生来律所前期基本是添乱的。

当一名大律师给实习生分配任务的时候，心都在滴血。因为等你做完这些，他十有八九需要重做一遍，同时还得给你一个修正意见，相当于原本的工作量直接翻了倍。

其中一些混日子的实习生，更是为大律师们过劳死的概率增高做出了杰出贡献。

——你给我瞎添乱，还带来了生命危险，我不收学费就算了，还得付你很多钱，是不是做梦？

因为实习生们都清楚这一点，所以他们对于这种前期意思意思的补助型薪酬基本没有异议，反正以后总有涨的时候。

燕绥之看到薪酬数字的时候，在心里"啧"了一声，替这些可怜的学生们叹一口气。紧接着他想起现在自己就是"可怜的学生"之一，一口气还没到底就直接呛住了，咳得惊天动地。

当他支着头喘气时，顾晏的声音不知何时到了近处——

"具体时间地点？"

"亚巴岛？"

"不去。"

他还在跟人连着通信，顺手将一个接了水的玻璃杯搁在实习生的桌面上。

燕绥之一愣，抬头看过去，觉得顾同学难不成吃错了药，居然有关心人的时候？

顾晏用手指敲了敲桌面，目光垂落下来，冷冰冰地说："我很好奇这本手册究竟写了什么，能让你看得满脸通红，差点儿背过气去。"

燕绥之："……"很好，这就是原汁原味、毒性四射的顾同学。

他并没有戴耳扣，所以通信电话那头的人声传出来了，只是声音很小，走到近处了，燕绥之才勉强听到两句。

"什么背过气去？"一个男声问道，"你在跟谁说话？"

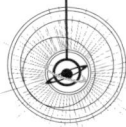

"实习生。"顾晏道。

"好吧。"那人道，"所以你真的不来？我这么诚恳地邀请你，你不给一个面子？我家吉塔都跟来了。"

顾晏的表情瞬间更难看了，说："你跨星球冲浪还带上你那只怕水的狗？"

燕绥之的嘴角翘了一下。

对方是一个能说的人，说了好半天，似乎想劝顾晏去参加一场宴会或是别的什么，但顾晏的回答很简单——

"不。"

"没空。"

"出庭。"

燕绥之觉得那人的声音有点儿耳熟，不过还没等他想起是谁，顾晏已经切断了通信，看了过来，问道："手册看完了？你有什么想问的？"

燕绥之摇了一下头，又想起什么似的顿在了中途，说："哦，稍等。"

说完，他摸了一下自己的指环智能机，调出资产卡的界面，看了一眼余额，窒息的感觉瞬间上来了。之前他走了一圈黑市，剩下的钱他略微一算，不够活一礼拜。

于是他抬头冲顾晏笑了一下，说："我有一个问题。"

顾晏抬起下巴示意他继续说。

"薪酬能不能预付？"

顾晏："……"

顾晏面无表情地看着他，沉默了片刻，开口道："你看了半天就得出这一个问题？"

"嗯。"饶是大尾巴狼燕教授也觉得脸皮快要撑不住了。

两秒后，顾晏一脸平静地拨出一个所内号码，说："菲兹，帮我给这名实习生转三个月的薪酬，然后请他直接回家。"

燕绥之："……"

之前觉得没准能跟顾同学处得不错的自己大概是吃了隔夜馊饭。

这种一言不合就请人回家的习惯究竟是怎么培养的？反正不是我教的。燕绥之心想。

他从来不会在气头上一脸隐忍地"请人回家"，他都是笑着让对方滚。

但是他现在还不能滚，爆炸案的卷宗他连一个标点符号都没看到。

燕绥之瞥了眼尚未收起的全息屏……十点十五分，从他被宣布落在顾晏的手里到现在，一共过去了一个小时又十一分钟，这大概是南十字律所一个新的纪录——实习生刚报到一个小时就被无情劝退，闻所未闻。

也许是因为情势转折太快，完全超出预料，燕绥之非但不觉得有什么可气的，反而想笑。他这人说话做事其实是很放肆的，想什么做什么，所以他真的弯了一下嘴角。

于是，刚切断通信的顾晏一转头，就看见这名即将被请回家的实习生在笑，眼角和嘴角都含着浅淡又愉悦的笑。

顾晏："……"

不好，燕绥之瞬间收了笑，目光垂落在指尖。他用手指拨开挡在面前的半透明全息屏，重新抬眼看向顾晏说："我很抱歉……"

"你哪里抱歉了！"燕绥之觉得顾晏的冷脸上分明挂着这句话，但他只是抿着薄薄的嘴唇，蹙眉看着燕绥之，而后一言未发，转开了眼，似乎多看一会儿都糟心。

大律师办公桌上的光脑接连响了好几声，接着"哗哗"地吐起了全息页面，在顾晏面前堆成了好几摞文件也没见停。看起来他真是忙得很。

菲兹就在这种疯狂的信息提示音中冲上了楼，又急又脆的高跟鞋声活像要上战场，直到踩在顾晏办公室的灰绒地毯上才消了音，戛然而止。

"顾？我刚刚有点儿茫然，手续办了一半才突然反应过来。"菲兹把身后的门关上，飞快地瞥了一眼燕绥之，"这名实习生怎么了？这才一个小时就让他回家？"

顾晏把手上的文件轻扔到一边，全息纸页自动回了原本的位置。

"我说过我不适合带实习生。"

嗯？燕绥之一愣。

他以为顾晏会把他刚才的所作所为直接当理由说出来，不过他仔细一回想，以前的顾晏似乎也这样，对什么事情都不会解释过多，哪怕理由无比正当。

这和法庭所注重的东西几乎背道而驰，不知道是不是另类的职业病。有的人做了律师后，私下生活里也会越来越善辩，摆事实、论证据滔滔不绝。他倒好，完全反着来。

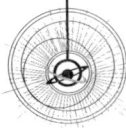

菲兹说："可是亚当斯一个小时前已经成功劝服你了呀，你看了实习生的档案答应的他。他说你尽管不大情愿，也损了他两句，但最终还是同意了。原话，我可一个字都没改。"

燕绥之更讶异了。

就他那一片空白的档案，换谁看了都会觉得这是一个混日子的主，要不然怎么其他律师一人挑走一个实习生，就把他留给不在场的莫尔呢？都怕给自己添堵。

以顾晏这种性格，看了那种档案居然还能点头？开什么玩笑。

如果当年他和顾晏的师生关系和睦美好，那他肯定会怀疑顾晏是不是认出他了，才勉为其难破了例。

但是很遗憾，现实是顾晏如果真认出他来，他被轰出办公室的速度一定更快，并且那三个月的薪酬一个子儿都拿不到。

燕大教授对此很有信心。

"那时候我确实答应了，"顾晏说，"但是现在改主意了。"

"可你答应了的事向来不会反悔。"菲兹道，"你从来没有反悔说过不。"

"现在有了。"

菲兹："……"

菲兹看起来鞋跟都要踩断了。

"三个月薪酬是我出尔反尔给的补偿，让他半个月后去找莫尔。"顾晏说。

"啊？什么？"菲兹飞快地朝燕绥之这边眨了一下眼，"找莫尔？"

顾晏冷冷地应了一句："嗯。"

"找莫尔？"

燕绥之："……"

"不是劝退？"

燕绥之："……"

虽然顾晏已经随手回复起光脑消息，根本不想回答这种问题，但是这种沉默就是另一种形式的点头。

燕绥之这下彻底不能理解了：你都气得不想看我一眼了，居然不劝退？不劝退就算了，居然还给钱？

"顾，老实说，我觉得你今天怪怪的。"菲兹替燕绥之说出了心声。

当然仅限这一句，因为下一秒菲兹就笑嘻嘻地说："但是特别讨人喜欢！要是你真劝退的话会很难办，毕竟咱们跟梅兹大学有协议，突然退一个学生得附带一大堆文件，最近我有点儿晕屏晕字，看见文件就心肝脾肺肾都疼。"

半天没一句话的顾大律师终于回了一句："我晕实习生。"

菲兹："……"

"好了，不管怎么样，今天的你充满了人情味。"菲兹夸起人来毫无理智，"阮肯定也这么觉得。"说着，她转头看向了燕绥之。

阮？谁？

燕大教授微笑着跟她对视了五秒。

在这五秒里，整个办公室充斥着令人窒息的沉默。菲兹的高跟鞋又要断了。

五秒后，燕绥之终于想起自己那个不知谁给取的假名——阮野。

阮野，单独喊哪个字都很……

燕绥之自动把"阮"替换掉，说道："之前那一个小时里，我说了很多不得体的话，太过抱歉，我已经不大好意思开口了。"

"没关系，新人总会犯一些小错误，不犯才奇怪呢。"

菲兹小姐扯七扯八说了很多关于疏忽错误和原谅的问题，仿佛在兜一个巨大的圈子。最后，连自顾自看文件的顾晏都听不下去了，他抬眼道："所以你什么时候把这名实习生转给莫尔？"

菲兹咳了一声，说："我绕了一大圈就是想说这件事。"

"嗯？"

"转不了。"

"理由。"

"我的行动比较快，他的报到证已经走完所有程序挂到你名下了，审核完了，转不了。"菲兹觑了他一眼。

顾晏说："所以我说的事，你一项都没办成？"

"不，其实我办成了一样。"菲兹道，"我申请好了薪酬预支。"

这话刚说完，燕绥之的资产卡弹出"叮"的一声消息提示。

好死不死地，这部智能机在他手里没几天，什么设置都没调，还是默认模式。于是在场几人就听到一个电子合成音清晰地响起——

收到款项 4680 西

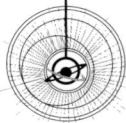

类型：薪酬预支

来源账户：办公资产卡——顾晏

操作人：艾琳·菲兹

余额：5022 西

燕绥之："……"

他只能说南十字律所的效率在这种时候简直高得可怕。

你们都不问问情况就掏钱了？还掏的是顾晏的钱。

3

办公室再次陷入死寂。

菲兹转过头，用一种难以置信的目光看向燕绥之，说："如果不预支薪酬，你资产余额只有 300 多西？那要怎么活？"

连始终不看他的顾晏都将目光投了过来。

燕绥之耸耸肩，不大在意地笑道："好在现实不是如果。"

也许是他的余额太少了，把顾晏震住了。上午，这件闹哄哄的"劝退"事件最终不了了之。燕绥之正式入驻顾律师的办公室，并且得到了办公室主人的承认和默许。

顾晏没再理他，自顾自忙得脚不沾地，中途抽空联系了楼下一名行政助理，交代了一点儿事，然后接了一个通信电话就离开了办公室。临走前，顾晏毫不客气地把最近五年的案件资料一股脑儿打包传给了他。

这大概是所有实习生都会接到的初期任务——整理卷宗。

燕绥之当年也给别人派过这个活儿，当然不陌生。说实话，这种工作量大、枯燥还瞎眼，非常磨人。

燕绥之却乐意之至，他为什么要以实习生的身份进南十字律所，就是为了这件谁都躲不开的事。现在，他能光明正大地查看"爆炸案"前后所涉及的各种细节资料了。

燕绥之的光脑吐全息页面就吐了一个多小时，活生生吐到了午饭时间。那些全息文件在智能折叠之前，高得足以将他连带整个办公桌活埋。最后，还是另一名实习生洛克，就是金毛来问他吃不吃饭，他的光脑才彻底闭上了嘴。

"我的天哪，这么多案件资料？"洛克感叹道，"这全部是顾律师办过的案子？"

"不知道，我还没细看。"燕绥之让文件折叠，一沓一沓的文件瞬间压成薄薄一个平面，不再那么有压迫感。

"太仿真也不好。"洛克道，"顾律师有说让你什么时候整理完吗？你怎么还挺高兴的？"

因为他终于能看一看自己的具体"死因"了。

这话说出来洛克估计会害怕，燕绥之便颇为体贴地胡诌了一个理由："因为我终于能吃点儿东西了。"

他和洛克出门，碰上了另外几名实习生，几人在律所旁就近找了一家餐厅。

"珍惜少有的能好好吃饭的日子吧。"叫菲莉达的女生笑着说，"以后忙起来我就再也用不着主动减肥了。"

这话说完，实习生安娜就看向了燕绥之，问道："阮，你怎么吃得比我们两个还少？"

燕绥之有着律师常常会有的毛病——胃不大好。这毛病比较烦人，说大不大，真把胃熬废了直接医疗手术换一个新的就行，不会有什么生命危险，可说小也不小，毕竟胃不能总换，但是饭天天都得吃。

燕绥之最近更是得格外注意，因为他半年没正常进食了，一时间也吃不了太多东西。不过他不喜欢谈论这些小毛病，只是不紧不慢地咽下食物，喝了一口温水，冲他们笑了笑，说："我回去就得面对那么多卷宗，不宜多吃，会吐。"

正在吃第二份的洛克，一口意面卡在嗓子眼，扭头咳成了傻瓜。

午饭吃到一半的时候，燕绥之突然收到了一条信息，来自他住的那间公寓。当初救他的人租那间公寓用的是他的假身份和智能机通信号，一点儿没留自己的痕迹。

信息的内容很短，只有两句话，燕绥之看了一眼就觉得食难下咽——公寓通知他的租期截止到明天，如果继续住下去，需要预付租金。

房租半年一交。

燕绥之："……"

燕大教授头一回为钱如此发愁，他觉得还没看卷宗，自己已经想吐了。

信息还说稍后会发来通信，对他进行一次语音确认。

五分钟后，燕绥之突然接到了一个通信，号码他不认识，想来一定是公寓

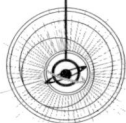

拨来的。

他接通了通信，直接微笑着道："抱歉，公寓不续租。"

他没钱，租个鬼啊。

通信那头的人沉默了几秒，竟然直接挂断了。

燕绥之一头雾水，心想：一般公寓服务通信不会这种态度吧？

"怎么，租房到期啦？"洛克艰难地咽下最后一叉子面，含含糊糊地问了一句，"我说怎么今早见你的时候毫无印象，你不常在学校吧？"

燕绥之点了点头，说："确实不常在。"

梅兹大学有个名人堂，作为顶级老牌学校，自然有一众风云校友，谁的名字如果能被列进名人堂写进校史，那是一种莫大的荣耀。

燕绥之的照片好几年前就被抬进了法学院的名人堂，被包围在一干中老年朋友中，画风清奇，别具一格。毫无疑问，他是整个名人堂里最年轻的一位，也是"死"得最早的一位。

现在那张照片恐怕已经被抬进"已故名人堂"供人悼念去了。

这事不能细想，细想他就胃疼。

总之，作为名人堂的一员，他的人生花样丰富也极其繁忙。虽然他顶着"院长"这个头衔，坐拥一间随他布置的宽大办公室，但他实际在梅兹大学校内的时间并不多。

一般只有碰上重要事宜，他才会在学校待上几天，顺便挤出一点儿时间气跑学生。准确地说，是气跑他的某位学生。

他不在学校的时候，也不都在南卢的律所，更少会在自己的房子里。

就这事，他曾经还闹过一个笑话——

六年前，德卡马全面大改革的时候，所有人的身份档案都需要二次登记确认。当然，这种档案不需要像古早时候那样一个字一个字地往数据库里填写，基本是根据诸如资产卡的使用情况等自动分析生成的，只需要本人看一眼确认，签个字就行。

档案里面有一项是经常居住地，系统会根据你在某个区域停留的时间长短和频率自动筛选出来。

当燕绥之去档案署确认的时候，"经常居住地"这一栏就"哔哔哔"的，筛得飞起，最终蹦出五个字——长途飞梭机。

管档案的小姑娘当时就笑得掉下了椅子，再优雅的表情都盖不住"空中飞人"燕教授那一张绿了的脸。

燕绥之摘了耳扣，放在手里捏玩着，又默默看了眼公寓发来的信息。

明天租期截止，就意味着今天他肯定得搬家，其实他全副家当一个大衣口袋就装完了，根本不用搬，但还是得找一个落脚的新地方。

一共5022西，去掉餐费交通费，他能住哪儿？

"你没找好新房子？"安娜猜测着问道。

她坐在对面，经过处理的全息屏单面且有曲度，别人看不见内容，她也没有窥人信息的癖好，只是看燕绥之再没动过午饭，便关心地问了一句。

"嗯？"燕绥之抬头，哂笑道，"我正在找。"

"你干脆回学校住吧！"洛克提议道，"咱们宿舍离南十字这边近，实习季还有补助。"

补助是法学院的特产，每年实习季的时候，法学院会特地拨一些钱分发给老老实实参加实习的学生，美其名曰"实习生奖学金"，小名补助，外号比较长，叫——知道你们实习拿不到钱，穷得要死，所以发点儿钱，救你们一命。

其实补助金不算多，每天30西，按月发，除掉交通费还能勉强剩一点儿。

"蚊子肉也是肉。"洛克夸了补助金一句。

燕绥之心想：多谢提醒，蚊子肉我也吃不上。

他一个假冒的学生，在律所装装样子还行，去学校那不是坐等着露马脚吗？他很怕自己走习惯了直接去开院长办公室的门。

再说了，学校有爆炸案卷宗吗？没有。

到了下午，偌大的办公室依然是燕绥之独享。

顾晏显然没有出门跟人交代一句去向的习惯，燕绥之也不知道他究竟忙什么去了，今天还回不回办公室，就算不回，燕绥之也不会惊讶，毕竟自己以前过的也是这种日子。

折叠过的卷宗只有薄薄几片，看着没那么碍眼，燕绥之并没有急着去整理，而是在这些卷宗里搜索了一下"爆炸案"。

光脑"叮叮"两声响，和爆炸相关的文档资料就被筛选了出来。

方便是挺方便的，但是不是有点儿太多了？这显然不止一个案子，起码得有五六十个吧。

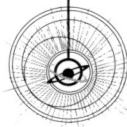

燕绥之抱着胳膊重重地靠上了椅背，简直要气笑了——南十字律所这五年别的不干，专挑各种爆炸案接的吗？

"阮？"当燕绥之头疼的时候，洛克又敲开门，探头探脑看了进来，活像一个做贼的。

"你不如往脸上套一个袜子再来吧。"当燕大教授心情不怎么样的时候，就开始微笑着损人了。

被损的洛克"嘿嘿"笑了两声，进了门，说："你真有意思。"

燕绥之心说：没你有意思。

"顾律师还没回来？"洛克轻手轻脚地进了屋。他不知道那两个女生为什么一心想调进这个办公室，反正他一看到顾律师那种静态图片似的冷脸就害怕，还没认识就先怕起来了。

"他回来了，你敢进门？"燕绥之一针见血。

"不敢。他看着比我老师还不好亲近。"洛克撇嘴。

他的老师叫霍布斯，银发鹰眼，瘦削又严肃，是一个很有精英气质的老律师，但从甩冷脸这方面讲，活像顾晏的爸爸。

"你的卷宗整理得怎么样了？我干了一件蠢事。"洛克道。

"什么？"

"我一个手抖把那张表拖进了永久粉碎栏里。"

"哪张表？"燕绥之没反应过来。

"啊？你还没看吗？"洛克用手指比画了一个方形，"就这么一张表格，列明了卷宗要按什么顺序整理，先什么文件后什么文件那个。"

"哦，那个清单？"燕绥之道，他坐直了身体挑着手指给洛克翻找，"我还没看。表格粉碎了也没事，让那名律师再给你发一份。"

洛克干笑一声，说："我老师？不不不，我害怕。"

燕绥之："……"

"而且他出去了。"洛克补充了一句，为了显示自己没那么柔弱，"他好像不太喜欢我，他说去见当事人，但是没有带上我。"

燕绥之安慰道："这没什么，他好歹还告诉你出门的原因。"

我那位大律师走前连看都没看我一眼。

"第一天一般大律师不会带实习生出去的。"燕教授淡淡道，"对实习生来说，是突然多了一个整天找事的头儿，对大律师来说，是突然多了一个专门添乱的尾巴，双方都需要冷静一下。"

洛克心说：竟然很有道理。

"我找到了。"燕绥之将那份按顺序写着"案卷封面、案卷目录、委托合同"等一溜材料名的清单搜了出来。

"对，就是这个。"

"行了，你回去吧，我直接传一份清单去你光脑。"燕绥之道。

洛克千恩万谢，搞得燕绥之差点儿怀疑自己不是给他传了一份文件，而是给他转了一百万西。

南十字律所虽然每个律师办公室都相互独立，但是因为有共同的人事和事务官，所以也有一套专门的内部人员联络系统。燕绥之在列表里找到洛克，把清单传了过去。他正要收起界面时，余光忽然瞥到了列表里顾晏的名字，旁边的状态显示可联通。

燕大教授看了两秒，突然有了一个想法。他挑了挑眉，点开顾晏的界面，发过去一句话："顾律师，办公室晚上能留人吗？"

八辈子没受过缺钱苦的燕大教授是这么打算的，既然租房到期了，合（便宜）适（有品位）的新住处还没物色好，那不如这两天就在办公室里凑合一下。

他以前忙起来也没少在办公室过夜，可谓经验丰富。

然而话发出去半天没动静。

燕绥之盯着屏幕安抚了一下自己，耐着性子又发过去一遍："顾律师？"

过了有一分钟吧，消息提示音终于响了起来。

燕绥之掀起眼皮一看，顾晏一个字也没说，直接发过来一张截图。

燕绥之点开截图一看，发现这张图是从实习生手册上截下来的，里面是手册上的一句话：称呼礼仪，实习生应当称指导律师为"老师"，以……

就这么一句话，还来了一个腰斩没截全，可见对方有多敷衍，大概是随手一截就发了过来。

燕大教授微笑看着对话屏幕，心想：老师？这名同学你大概是狗胆包天。

这么乱的辈分他是真的张不开嘴，不过他下得了手。

燕绥之从鼻腔里哼笑了一声，给狗胆包天的顾晏发去了第三句话："行吧，

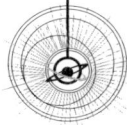

顾老师，晚上我留在办公室。"

这回没过片刻，顾晏惜字如金地回了两个字："理由。"

"为了避免露宿街头"这么荒谬的事情怎么能让自己的学生知道，虽然这名学生没有一点儿学生该有的样子，但燕绥之还是打算挽救一下颜面，于是鬼扯了一句："加班，整理卷宗。"

顾晏久久没有回话，大概被他这种奋斗的精神震到了。

又一分钟后，顾晏的回话来了："回住处去加班。"

燕大教授气得靠回了椅背上，心说：我要有住处，用得着加班？

他觉得自己生平最大的错误是教过顾晏，都毕业多少年了，还能精准地给他添堵。

好在这种气闷没持续多久，傍晚时分，被燕绥之一巴掌关了的对话界面突然"诈了尸"。

顾晏新发来一句话："六点钟，来纽瑟港。"

燕绥之懒懒地回复："干什么？"

顾晏发来消息："出差。"

燕绥之："？"

下午，燕绥之还跟洛克说过，律所的惯例是实习生第一天不出外活。没想到几个小时后，顾晏就来破例了。

燕绥之问道："出什么差？去哪里？"

顾晏这次没再晾着他，很快回复："酒城。"

燕绥之看到这个地名就一阵缺氧。

酒城既是一座城市，也不是一座城市，人们提起它的时候，指的是天琴星系的一个星球。这是一个垃圾场一般的星球，盛产骗子、流氓和小人。

总之，这是一颗有味道的星球，一股令人窒息的霉味儿能隔着好几光年熏得人一跟头。

当然，有一个城市也叫这个名字——就是这颗星球的首都。

所以怎么理解都行，这并不能让人好受一点儿。

让他去这个星球，不如在他脖子上套一根绳，吊死算了。

燕绥之干脆地回复："不去。"

顾晏发来一个问号。

燕绥之回复："我看见这个名字就头疼，不去。"

燕绥之的手指抵在额头边，揉了揉太阳穴。

顾晏沉默了几秒，然后回了一句话："我记得你应该是一个刚入职的实习生，你却似乎认为自己是高级合伙人，我疯了还是你疯了？"

燕绥之："……"

浓重的嘲讽味喷了他一脸，然而他不得不承认，这就是事实，一个他总忘记的事实。

燕大教授动了动嘴唇，自嘲地想：真不好意思，我忘了人设。

他动了动手指，正要再回消息，顾晏又发来两张截图——

第一张截图来自实习生手册：出差按照天数给予额外补贴，一天120西。

第二张截图也来自实习生手册：表现评分C级以下的实习生，酌情扣取相应薪酬。

燕绥之："……"打一巴掌给一颗枣，顾同学你长能耐了。

一位知名教授曾经说过，任何企图用钱来威胁穷人的，都是禽兽不如的玩意儿。

知名教授放弃地回道："去，现在就去。另外，整天带着实习生手册到处跑，真是辛苦你了，你不嫌累吗，顾老师？"

顾晏没有再回复什么，大概是不想搭理他。

4

傍晚，燕绥之站在了纽瑟港大厅门口。

这里是德卡马的交通枢纽，十二个出港口从早到晚不间断地有飞梭机和飞梭船来去。飞梭机便捷快速，总是尽可能走星际间的最短路线，适合商务出行，缺点是轨道变更次数和跃迁次数较多，不适合体质太虚弱的人。

飞梭船的航行路线更浪漫一些，稳当、悠闲，更适合玩乐旅行。

像燕绥之和顾晏这样的人，基本这辈子就钉死在飞梭机上了。

晚上的气温比白天更低，燕绥之将黑色大衣的领子立起来，两手插兜扫视了周围一圈，便看到顾晏隔着人群冲他抬了抬手指，示意自己的位置。

"这动作真是显眼，但凡我的视力有一点儿瑕疵，恐怕得找到明年。"燕绥之摇着头，没好气地说了一句。

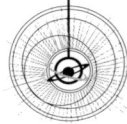

他的嘴唇轻微开合，就有白色的雾气在面前散开，挡了一点儿眉眼。

当他走到顾晏面前的时候，发现顾晏正微微蹙着眉看他。

"你看什么？"

"没什么。"顾晏收回目光，调出自己智能机的屏幕扫了眼，语气并不是很满意，"怎么才到？"

"不是你说的六点？"燕绥之纡尊降贵，从衣兜里伸出一只手，瘦长洁净的手指指了指大厅的显示屏，"六点整，一秒不差，有什么问题？"

"大学谈判课你用脸听的？"顾晏迈步朝大厅里走，灰色的羊呢大衣下摆在转身时掀起了一角，露出腰部修身的衬衣，"没学过黄金十分钟？"

"黄金十分钟"是说正事提前十分钟到场的人，总能比徘徊在迟到边缘的人占据一点儿心理上的优势，还没开口，气势上就已经高了一截，因为对方往往会为自己的险些迟到先说声抱歉。

这个燕绥之当然知道，这课还是他要求加上的，然而他本人并没有将这套理论付诸实践。

原因很简单，他只要没迟到，哪怕踩着最后一秒让对方等足了十分钟，也不会有半点儿抱歉心理，该怎么样还怎么样，一点儿不手软，坦坦荡荡。

他管这叫心理素质过硬，顾晏大概会称为"不要脸"。

"那课我听了个大概就忘了。"燕绥之跟上他，不紧不慢地答道，"早到别人欠我，迟到我欠别人，比起气势压迫，我更喜欢两不相欠。"

更何况谁压得了我啊？做梦。燕绥之心想。

他不仅心里这么想，还臭不要脸地付诸实践了。

当两人检完票，在飞梭机内坐下的时候，燕绥之摸了一下指环，在弹出来的全息屏幕上点了几下。

顾晏的指环便振动了。

"你发的？"

顾晏的智能机同样是指环形式，简单大气，套在右手小指上，乍一看像极为合适的尾戒，衬得他的手白皙而修长。不过他看起来似乎不大喜欢突然振动的感觉，也可能单纯是因为信息来自烦人的实习生。

"什么东西？车票？"顾晏瞥了眼收到的信息，是一张电子票。

燕绥之倚在柔软的座椅里，扣好装置，坦然说道："来纽瑟港的交通费，报销。"

顾晏："……"

飞梭机上的座椅非常舒适，自带放松按摩功能，哪怕连续坐上两天两夜也不会出现腿脚浮肿或是腰背酸麻的情况，休息的时候可以自动调节成合适的床位。

燕绥之轻车熟路地从座椅边的抽屉里摸出一副阅读镜，架在了鼻梁上。

它像古早时候最普通的眼镜，做工设计倒是精致优雅得很，不过它不是用来矫正视力的。燕绥之在镜架边轻敲了一下，眼前便浮出了图书目录，他随意挑了一本，用来打发时间。

顾晏瞥了他一眼，眉心再度不自觉地皱了一下。几秒后，他才变得面无表情，冷冷地说道："我不得不提醒一句，这趟飞梭机要坐十五个小时，你最好中途睡一觉。下了飞梭机直接去看守所，你别指望我给你预留补眠的时间。"

"看守所？"燕绥之扶了一下镜架，"去见当事人？"

"嗯。"

"多少个小时了？没保释？"燕绥之问。

"没能保释，需要听审。"

燕绥之略微皱起了眉，问："怎么会？什么人？"

一般而言，保释不是什么麻烦的程序，基本是走个流程，大多会被同意，顺利又简单，被拒的情况没那么常见。

旁边坐着的陌生人隔着过道朝他们瞥了一眼，显然听见了几个词眼，有些好奇。

顾晏不喜欢在这种场合谈论案件的具体内容，干脆调整好座椅，靠上了椅背，说："到那儿再说。"

燕绥之跟他的习惯差不多，了然地点了点头，收回目光继续看书。

然而他没看一会儿，又记起什么似的拍了拍顾晏，说："对了。"

顾晏正准备闭目养神一会儿，闻言瞥向他道："说。"

"差旅费能预支吗？"

顾晏动了动嘴唇，挤出一句话："你要么现在下飞梭机，要么闭嘴。"说完，他干脆地阖上眼，不打算再理人了。

——好好好，你现在是老师，你说了算。

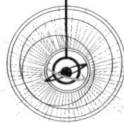

燕绥之顺了顺自己的脾气，转头调整座椅继续看书。

他不记得自己是什么时候睡过去的，当他醒过来的时候，飞梭机上的语音提示乘客第一站马上就到了。

这个第一站就是酒城。

燕绥之还没完全清醒，余光瞥到顾晏似乎刚从他身上收回目光，微微褶皱的眉心还没平展开。

燕绥之一脸茫然。

过了几秒他才反应过来，捏了捏鼻梁，心想：我睡个觉又哪里让你不爽了，而且我睡觉，你看我做什么？

不过这些念头只在燕绥之迟钝的大脑里转了几圈，当他下了飞梭机，彻底清醒的时候，已经忘了个干净。

整个星球扑面而来的馊味太提神醒脑了，比活吞一吨薄荷油还管用。

燕大教授周身一震，脚步一转便站到了顾晏身后。

"你干什么？"正在排队过验证口的顾晏问道。

"借你挡一下这令人沉醉的晚风。"燕绥之答得理直气壮。

顾晏："……"

不过此时的顾晏正忙着联系看守所，没顾得上对他甩冷脸。

通信拨出去没几秒，那边的人便接通了。

顾晏戴上耳扣，通信那边的人显然事先跟他沟通过，一接通就直奔主题说了些什么，顾晏听了几秒，沉声道："劳驾你帮我转接给他。"

通信那边的人显然应了。

两秒后，顾晏一脸冷静道："约书亚？我是顾晏，从现在起，你的案子由我全权负责，两个小时后我来见你。"

燕绥之听了大概，还没来得及说什么，自己的智能机也振了起来。

他调出屏幕一看，又一个陌生通信号，很短，看着不像人用的。

"您好。"他有些纳闷地接通了通信。

"您好，请问是阮野先生吗？我们这里是水杉公寓。"对方清晰地说了来意。

燕绥之一脸疑惑，这倒霉公寓又来语音确认了？

"公寓？等等，你们不是已经给我发过一次语音通信了吗？"燕绥之忍不住问道。

对方比他更蒙，说道："没有，先生，这是第一次。"

燕绥之："……"那之前一言不合挂掉他通信的坏脾气家伙是谁？

验证很快，因为排队的人本就不多，或者说愿意来这里的人少之又少。在这少之又少的来客里，大部分是像顾晏和燕绥之这样为工作或公务来的人，还有极少数不走寻常路的星际商人，以及某些口味清奇来这里放逐自我的旅行者。

只能说林子大了，什么鸟都有。

相较德卡马终日繁忙的纽瑟港，酒城的这个港口又小又旧，摇摇欲坠，仿佛经历过几轮爆破。

每隔两天才会有一班飞梭机在这儿降落，停留不到二十分钟，然后匆匆离去。所以这里的工作人员闲得快要发霉了，甚至干起了兼职。

"先生，需要车吗？"

"港口离市中心非常远，先生们女士们需要服务吗？我可以带你去很多地方，还可以免费当导游，呃……如果你们需要的话。"

"候鸟市场，地下酒庄，山洞交易行——啊，有想要赌一把的客人吗？"

从出验证口开始，一直到离开大厅，熟悉的场景，熟悉的吆喝，吵得人耳膜嗡嗡响。因为燕大教授非常讨厌别人对着他啰唆，所以他是真不喜欢这里，却又总为各种各样的事不得不来这里。

"总算清静了，我的笑容已经快要绷不住了。"燕绥之出了大厅大门，顺手掸了掸大衣，又屏住呼吸闷闷道，"失算，以往我会戴一个口罩来这里。"

顾晏只是抬了抬眼皮，并没有说什么，甚至连嘴唇都没有动一下。

燕绥之怀疑他也快要被熏得窒息了，只是碍于教养和礼貌并没有在脸上表现出来。再说了，以顾同学的性格，即便表现出来，也不过是从面瘫变得更瘫而已。

"去那个拐角，这边拦不到车，接送服务都被里头的工作人员强行垄断了。"燕绥之指了指对面一栋灰扑扑的建筑，"走吧。"

"我知道。"顾晏同样很闷，看得出来他也呼吸得很艰难，"我只是很好奇你怎么也知道。以前常来？"

燕大教授过马路的脚步一顿，瞎话张口就来："我年幼无知的时候被骗来

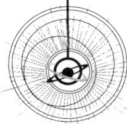

这里旅游过，印象深刻，终生难忘。"

顾晏"嗬"了一声，跨越时空对年幼无知的燕绥之表示嘲讽。

"你知道吗？"燕绥之刚在避风的拐角站定，三辆车就鬼鬼祟祟地拐了出来，他抬手随便拦了一辆，拉开车门转头朝顾晏道，"很多大学都有一个师德评分机制，一般来说，那些喜欢冷笑嘲讽学生的人注定会失业，比如你这样动不动就'嗬'一声的人。"他说完便钻进了车里，给顾同学留下半边座位以及开着的车门。

这个制度顾晏当然知道，所有学生都知道。梅兹大学专爱搞这样的匿名评分，从讲师到校长都逃不过，目的是让教授和学生在校内地位更趋于平等。

而众所周知，法学院有一名教授年年评分高得离谱，不是别人，正是他们那个张嘴就爱损人的院长。大家汇总出来的文字评价多是"风趣幽默""优雅从容""很怕他，但也非常尊敬他"之类，真是要多假有多假。

顾晏扶着车门，居高临下地看了一眼燕绥之，然后毫不客气地关上了门，将这烦人的实习生屏蔽在里头，自己则上了副驾驶座。

"先生们，要去哪里？"司机飞速地朝两边看了几眼，还没等燕绥之和顾晏回答，就已经一脚踩上了油门。

车子拐了个大弯，莽莽撞撞地上了路。

酒城的生活水平异常落后，相当于还没经历过几次工业科技革命的原始德卡马。这里搞不了什么踏实的产业，整个星球扒拉不出几个靠谱的本地人，更吸引不来别处的人，对外交通不便，像一粒灰蒙蒙的总被人遗忘的星际尘埃。

"黑市、酒庄还是赌场？"司机"嘿嘿"笑着问道，"来这里的人们总少不了要去这几个地方。当然了，还有——嗯，你们懂的！"

司机就像喝多了似的，拖了意味深长的尾音，然后自顾自"嘻嘻嘻嘻"地笑了起来，说："那里的姐特别辣！"

顾晏："……"

燕绥之："……"

顾大律师别过头朝后座的实习生瞥了一眼，目光如刀，仿佛在说"你可真会拦车"。

燕绥之原本还有些无奈，结果看见前座某人的表情，又忍不住笑了出来。

顾晏面无表情地理了理大衣下摆，啪嗒一声扣上刚才还没来得及扣的安全带，从唇缝里蹦出五个字："劳驾，看守所。"

司机："……"

刚才还嬉皮笑脸的人，这会儿仿佛生吞了一头鲸。整辆车扭了两道离奇的弧线才重新稳住。

"去哪儿？"

"酒城郊区，冷湖看守所。"

"一定要送到门口吗？"

虽然顾大律师的冷冻脸绷得快裂开了，但他不得不适应这个司机的风格，因为在酒城，满大街的司机可能都差不多。

港口距离冷湖看守所并不近，智能地图上显示要一个半小时车程。结果这个司机超常发挥，一路把车开得像火烧屁股一样，仿佛他拉的不是两名客人，而是一车炸药。于是他们到达看守所的时间比预估的提前了一个小时。

"所以呢，黄金十分钟变成了傻等一小时。"燕绥之说。

司机在距离看守所两条街的地方下了客，然后调转车头，风驰电掣地跑了，喷了两人一脸尾气。

"尾气竟然比晚风好闻。"燕绥之又说。

"要不你在这儿继续闻尾气，我先申请进去。"顾晏冷冷地说完，也不等自家实习生了，抬脚就走。

燕绥之叹了一口气，大步跟上去。

"好吧，来说说咱们那个当事人的情况。"燕绥之跟顾晏并肩，问起了正事。

"约书亚·达勒，十四岁，被指控入室抢劫。"

在整个星际联盟间，各个星系与各个星球间发展的速度并不一样，不同地区的人，寿命长短也不尽相同。普遍长寿的诸如德卡马，人的平均寿命能达到二百五十岁，较为短寿的诸如酒城，平均寿命则不到一百岁。

不管怎样，对于少年这段时间的年龄划分，整个星际联盟趋于一致——十八岁成年。哪怕你活成了一只千年王八，十八岁也成年了，至于成年后能在这世上蹦跶多久，那是你自己的事。

而在星际联盟的《通行刑法典》上，年龄划分还有两个重要节点，就是十四岁和十六岁。只要人满了十四岁，就要对几类重罪承担刑事责任。要是不

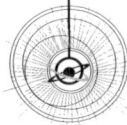

小心再长两年满了十六岁，那犯什么事都跑不了。

很不巧，已满十四岁的人的几类重罪，刚好包括抢劫。

"十四岁？生日过完了？"燕绥之道。

"抢劫案发生前两天，他刚满十四岁。"

"那他可真会长。"燕绥之评价道。

这人不论是对熟人还是对生人，张嘴损起来都是一个调，以至于旁人很难摸透他是纯粹讽刺，还是以表亲切，也听不出来哪一句是带着好意的，哪一句是带着恶意的。

顾晏看了他一眼，动了动嘴唇似乎要说什么。

燕绥之却没注意，问道："保释是怎么回事？照理说未成年还没定罪，保释太正常了，甚至不用我们费力，这是审核官该办的事。"

在法院宣判嫌疑人有罪以前，推定嫌疑人无罪，以免冤枉无辜。

这是一个全联盟通行的行业守则，正因为有这条守则，保释成功才是一种常态。

"那是其他地方的理，不是这里。"顾晏答道。

"怎么会？"燕绥之有些讶然，"以前这里也没搞过特殊化啊。"

"以前？"顾晏转过头来看向燕绥之，"你上哪儿知道的以前？"

不好，他嘴瓢了。

燕绥之立刻坦然道："案例。我上了几年学，别的不说，案例肯定没少看。以前酒城的保释也不难，起码去年年底还正常。"

顾晏收回目光，道："那看来你的努力刻苦也就到去年为止，这几个月的新案例显然没看。"

燕大教授在心里翻了一个白眼：可不是，这几个月净供人追悼去了。

"酒城一年比一年倒退，最近几个月尤其混乱，看人下菜，保释当然也不例外。"顾晏简单解释了一句。

燕绥之心想：我不过睡了半年，怎么一睁眼就变天了？

他还没看案子的具体资料，一时间也不能盲断，便没再说什么。

5

冷湖看守所是一个完全独立且封闭的地方，那些挤挤攘攘的破旧房屋愣是在距离看守所两三百米的地方画了一个句号，打死不往前延伸半步。

在这附近居住的人也不爱在这片走动，大概是嫌晦气。

所以，看守所门口很可能是整个酒城唯一干净的空地，鸟儿拉稀都得憋着飞一段避开这里，然而燕绥之和顾晏却在这鸟不拉屎的地方捡到了一个小孩儿。

这是一个干瘦的小姑娘，七八岁，顶着一张不知道几天没洗过的脸蹲在一个墙角，大得过分的眼睛直勾勾地盯着看守所大门。

"这小丫头学谁闹鬼呢，一点儿声音都没有。"燕绥之快走过去了，才冷不丁在腿边看见一团阴影，惊了一跳。

小姑娘的反应有些迟钝，过了大约两秒，她才从看守所大门挪开视线，抬头看着燕绥之。她这一抬头，就显出她的气色有多难看，蜡黄无光，两颊起了干皮，味儿还有点儿馊。

不过这时候，燕绥之又不抱怨这空气有毒了。

小姑娘看见这个陌生人弯下腰，似乎要对自己说什么，她有点儿怕，下意识朝后连退了两步，后背抵住了冷冰冰的石墙面，退无可退，显得有些可怜巴巴的。

"我长得很像人贩子？"燕绥之转头问顾晏。

顾大律师头一次跟他站在一条线上，一脸傲娇地点了点头。

燕绥之："……"滚吧。

"你想养？"顾晏问了他一句，语气不痛不痒，听不出是随口一问还是讽刺，毕竟这方面师生俩一脉相承。

燕绥之短促地笑了一声，站直了身体，说："你可真有想象力，我又不是什么好人。"

他转头冲不远处的一条破烂街道抬了抬下巴，说："这地方，一条街十个夹巷都睡了人，我得把整个酒城买下来建满孤儿院才能养得完。"说完，他冲顾晏晃了晃自己手上的指环，"5022 西，下辈子吧。"

顾晏没什么表情，说："不好说，说不定下辈子更穷。"

燕绥之说："你可真会安慰人。"

顾晏说："过奖。"

燕绥之："……"

"小丫头不喜欢我，走了。"燕绥之说。

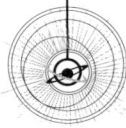

两人看了眼时间，还有二十分钟的富余，抬脚便朝看守所的大门走去。

只是走了两步后，燕绥之又想起什么般转回身来。他从大衣口袋里伸出一只手，弯腰在小姑娘面前摊开，掌心躺着一块巧克力，说："居然还剩了一个，要吗？"

小姑娘贴着墙，盯着他的眼睛看了好几秒，而后突然伸手抓过巧克力，又缩了回去。

"你饿成这样了，身手还挺敏捷。"燕绥之挑了挑眉，转身便走了。

他走远一些的时候，隐约听见后面传来一句话："要说谢谢。"

燕绥之转头看了一眼，小姑娘已经恢复了之前的模样，蹲在那里直勾勾地盯着看守所大门，像根本没看见他一样，只不过一边的腮帮子鼓鼓的，塞了一块巧克力。

"一趟飞梭机，十五个小时，你正餐没吃两口，甜食倒没少吃。"顾晏说。

燕绥之一脸坦然地说："少吃多餐，甜食也算餐。"

实际上他现在有点儿低血糖，也不知道是睡太久的后遗症，还是基因暂时性调整的后遗症，总之得揣点儿甜食在身上，以免头晕。

当然，这原因他不能跟顾晏多提，干脆胡说。

看守所铜墙铁壁似的大门紧锁，门边站着几个守门的警卫。

顾晏走到电子锁旁，抬手用小指上的智能机碰了一下电子锁。所有事先申请过的会见都会同步到电子锁上，智能机绑定的身份信息验证成功就能通过。

嘀——大门响了一声，吱吱呀呀地缓缓打开。

这扇大门大概是附近区域最先进的一样东西了，还是数十年前某个吃饱了撑着的财团赞助的。当初，那财团在背后扶持了酒城的政府，几乎将这个星球所有重要的地方都换了人，一副下决心帮助治理的架势。

梦想是好的，可现实有点儿惨。

反正财团现在已经没动静了，当初赞助的那些东西也由新的变成了旧的。

看守所里昏暗逼仄，走廊总是很狭小，窗口更小，显出一股浓重的压抑来，但并不安静。

酒城的这座看守所尤为混乱，充斥着呵斥和谩骂，污言秽语不绝于耳。而这些嘈杂的声音都被封闭在一间一间的窄室里，不带对象，无差别攻击。

燕绥之在长廊中走了一段，祖宗八代都受了牵连，不过他对此习惯得很，走得特别坦然。

铁栅栏门外，一名人高马大的管教抓着电棍站在那里问道："什么人，来见谁？"

燕绥之笑了笑，说："律师，有申请，见约书亚·达勒。"

刚张口的顾晏："……"

管教挑了挑眉，说："达勒？你们还真是好脾气。"说着，他意味不明地笑了一声，说不上是嘲讽还是别的什么。

燕绥之依然回得自如："是啊，我也这么觉得。"

顾晏："……"

管教从鼻腔里哼了一下，转身冲燕绥之招了下手，打开了铁栅栏门，说："走吧，跟我来。"

一般而言，未成年人和成年人大多是分开关的，酒城这边却混在一起。

很快，管教停在一扇厚重的钢铁窄门前，朝里面努了努嘴，说："喏，你们要见的达勒。"

"非常感谢。"燕绥之道。

顾晏："……"

管教抬起门上能活动的方块，是一个小得只够露出双眼的窗口。他粗着嗓子朝里面吆喝了一声："野小子，你的律师来见你了。"

窗口里很快露出了一双翠绿色的眼睛，单从目光来看，一点儿也不友好，甚至含着一股冷冷的敌意。紧接着，里头的人突然抬起手，当着几人的面，"啪"的一声狠狠关上了窗口。

燕绥之气笑了，转头问顾晏："你确定真的已经约见过了吗？"

这是约见的态度？

不过他还没有笑完，就发现身后的顾大律师正瘫着一张脸，倚着墙看他。

燕绥之下意识想问"你怎么天天不高兴"，话未出口，突然反应过来自己这一路抢了顾大律师多少活儿，真是习惯害死人。

他的手抵着鼻子，尴尬地咳了一声，朝旁边让了一步，说："哎，你怎么走到后面去了？"

顾晏："……"这么不要脸的人，他平生少见。

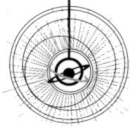

顾晏冷冷地看了他一会儿，动了动嘴唇，说："不继续了，阮大律师？"

燕绥之干笑两声，摇了摇手，说："你是老师，你来。"

为了化解尴尬，这人的脸说不要就可以不要，反正现在没人认识他。

他说完又指了指紧闭的小窗口问道："下飞梭机那会儿，我明明听见你跟他通信对话过，这小子怎么翻脸不认人？"

犯完错误就转移话题，脸都不红一下，顾晏对这名实习生算是开了眼。

不过他还是不冷不热地回道："我是让管教把通信转接给了他，说完我就切断了，如果单方面通知算对话的话，那确实对话过。"

管教理直气壮，一副习以为常的模样，指了指窗口，说："我转接了通信，拉开窗口让他听了。"

燕绥之："……"他服气了。

燕绥之让出了位置，顾晏理所应当接过了主动权。他指了指钢铁门，道："劳驾，把门打开。"

"确定？就他这态度，你们还要见？"管教虽然嘴上这么说，但还是打开了门。开门的瞬间，管教握住了腰间的电棍，一副掏出来就能电人的架势。

燕绥之却按住了他的手，示意他不用这么蓄势待发。

事实上，燕绥之和顾晏两人一前一后地进了门，叫约书亚·达勒的小子也没怎么样。他只是坐在那里，冷冷地盯着两人的眼睛，嗤了一声扭过头去。

这时，燕绥之才看清他的模样。

他有一头乌黑的头发，挺长，在脑后扎了一个辫子，但是看得出好几天没洗了，乱糟糟的。他双眼翠绿，因为消瘦，显得眼睛很大，眼窝极深。他的嘴唇比顾晏的还薄，抿着唇的时候，面相有股浓重的刻薄感。

其实这种刻薄感顾晏也有，只不过他举手投足总是很得体，那种感觉就变成了一种英俊。

但眼前这熊玩意儿……

毕竟他才十四岁，就算刻薄，也是强装出来的。

"我是接手案子的律师，之前跟你对过话。"顾晏说。

燕绥之心说：你还真好意思说出来了？

约书亚似乎也为他口中的"对话"所不爽，脸上透露出一股深重的厌恶。不过他没再出声，所有的情绪似乎在刚才关窗的动作里表达了，便没有了再开口的欲望。

"我来这里只是想跟你见一面，让你认一认我的脸。"顾晏毫不在意对方的沉默，冷淡地说道，"我不管你现在是什么态度，希望再见面的时候，你能够把一切如实、完整地告诉我。"

这话不知戳了约书亚哪个点，他终于出了声："告诉你？告诉你有什么用？上一个、上上个律师都这么说的，结果呢？"他一脚踢在铜墙铁壁上，"我还是被关在这个令人恶心的地方！"

"你可以试试。"顾晏全然不受他的情绪感染，语气依然冷漠。

"我没罪！事情不是我干的，凭什么让我坐在这里，等着一个又一个的人来跟我说试试？有本事把我弄出去再来说试！没本事就滚！"约书亚吼着，情绪几乎失控。

燕绥之在旁边笑了笑，说："你说两句，血都要喷出来了，这样子让人怎么给你办保释？听审的法官一看你的脸，保证转头就驳回申请。"

约书亚喘着粗气瞪着他，说："又是这种鬼话！能办得了保释，我现在还会在这里待着？"

"保释不是问题，"顾晏看着他的眼睛道，"但是你必须答应我，下一次见面告诉我所有事情，毫无保留。"

他盯着人看的时候，会有种让人不自觉老实下来的气场，这样的人如果真的当老师，学生见到他大概会像耗子见了猫。

约书亚强撑了几秒，又恹恹地看了他一眼，重新坐了下去。他就像耗尽了所有力气，像雕像一样坐在那里不动了。

很显然，虽然他不再谩骂发狂，但是依然不相信顾晏的话。

过了好半晌，他终于又恹恹地开了口，低声嘲讽道："你能把我弄出去，我喊你爷爷，滚吧，骗子。"

这样的说话方式，第一次见还会有所感慨，如果天天见，年年见，那就真的无动于衷了。

"骗子"燕绥之和"骗子"顾晏一个比一个淡定，先后出了门。

管教一脸手痒痒的样子，抚摸着他亲爱的电棍，道："你们这些律师可真是……"说完，他摇了摇头，毫不客气地关上了门。

窄小的房间里，声嘶力竭过的人面无表情地坐了一会儿，然后弯曲膝盖把

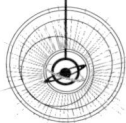

头埋了进去，蜷着身子不再动了。

6

与看守所里相比，外面天光大亮，冷不丁看到甚至有点儿晃眼。

燕绥之用手指挡了一下眼睛，摸出全息屏看了一眼时间，说："还不到两点，走吧，去治安法院把——你这么看着我干什么？"

顾晏盯着他的眼睛看了片刻，移开视线道："没什么，只是我觉得你作为一个实习生第一次接触这种事，反应有些出人预料。"

燕绥之在心里回道：谁说不是呢。

但是他已经开始胡说八道了，这人说瞎话都不用酝酿，张口就来："我好像并没有说过这是我第一次接触这种事吧？"

顾晏看向他。

燕绥之开始胡扯："我父亲也是一名律师，我跟着他接触的事情太多了。有几次他在书房跟人通信没戴耳扣，被我不小心听见了，比这激烈十倍的都听过。我第一次听见的时候还小，吓了一跳，后来再听，也就那么回事了。"

燕大教授深谙说鬼话的精髓，不能说得太过具体，只有明知自己在骗人，才会为了说服对方相信而长篇大论，有意去描述一些使人信服的细节。这叫此地无银三百两，是心虚。

人真正闲聊的时候说起什么事，除非正在兴头上，不然都是随口解释两句就算提过了，因为说的是真话，所以根本不会去担心对方信不信。

他说完，余光瞥向顾晏的脸。

燕绥之没怎么看清他的表情，反正对方没有用什么"探究的、穿透性的目光"盯着自己。他脚下的步子也没停，似乎他刚才只是随口一问，听解释也是随耳一听。

"哭了吗？"片刻后，顾晏突然来了这么一句。

燕绥之："？"

"我说，你小时候听见那些吓哭了吗？"顾晏不冷不热地问了一句。

燕绥之："……"这位同学，你转头看着我说，你说谁哭了？

显然，顾大律师只是再次跨越时光嘲讽了"小时候的他"一句，并没有认真等他回答的意思。

当他回过神来的时候，顾晏已经领先他两步了。

不过正是刚才那一问，让随意惯了的燕绥之意识到，自己可能太不知道遮掩了，这样肆无忌惮下去，他迟早要完蛋。其实别的他都不担心，唯独忍受不了丢人，尤其在自己学生面前丢人。

酒城的治安法院离看守所非常近，步行不过十分钟。

治安法院本就是初级的法院，里面每天都在处理各种琐碎的杂乱程序和案子，并不像许多人想象中的庄严肃静，比如申请保释的地方。

燕绥之不是第一次来这儿，但他每一次来都想感慨一句：酒城的公检法工作人员真是辛苦了，倒了八辈子的血霉才被安排在这里。

厅里三五成群地聚集着许多人，乱糟糟的，全息仿真纸页到处都是。

"我仿佛进了家禽养殖场。"燕绥之干笑一声，干脆倚在了门边，一副非常老实的模样，"我这次安守实习生该有的本分，不抢顾老师的位置了，您去吧。"

顾晏："……"他也是倒了八辈子血霉才被分配到这个实习生。

顾晏站在两步外，两手插在羊呢大衣口袋里，腰背挺直，半垂着眼皮看着倚在门边的燕绥之，沉默片刻后，不咸不淡地说："我不得不提醒你，递交保释申请这种事，恰巧是实习生该干的。"他说着，朝大门一抬下巴，"去守你该守的本分。"

燕绥之在心里把这个蹬鼻子上脸的学生一顿打，面上却笑了一下，转头进了门。

骤然放大的嘈杂声兜头"砸"了他满耳，他侧身避过伏在各处签名的人，走到高台边。

站在台后的是一个穿正装的年轻小姐，一般而言，这种事都是刚进法院的年轻人干。她看了燕绥之一眼，便条件反射地敲了一下面前的光脑虚拟键，说："申请保释？"

"是的，冷湖看守所，约书亚·达勒，被指控入室抢劫。"

年轻小姐跟着他所说的信息，敲了几下虚拟键，又确认了一句："达勒……十四岁？"

"对。"

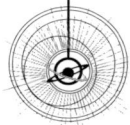

"领一下申请单。"她说完，光脑吐出了一张页面，页面上的表格清楚地显示着约书亚的个人信息，下面是统一的申请用语。

就联盟现今通行的规定而言，保释本身是不用申请的，而是由审核官主动确认某个嫌疑人该不该适用保释。只有当审核官认为不该适用的时候，才需要律师来主动申请，然后由法院根据申请顺序安排当天或者第二天听审。

所以，提交申请这个程序本身极其简单，一般都是实习生来办，反正不用担心办砸。

燕绥之从头到尾扫了一眼约书亚的信息，点头道："没错。"

"那你签个字就行。"年轻小姐指了指前面众人扎堆的桌子，"那里有电子笔，或者手指直接写。"

燕绥之一看那群人就头大，笑了笑，道："我还是用手吧。"

小姐"扑哧"笑了，说："你看着像刚毕业的学生，实习生？"

"嗯。"燕绥之应了一声。

"挺好的，至少你能出来跑动跑动。我也是实习生，在这里站了快一个月了。"这姑娘在这里站了一个月，也没主动跟谁聊过天，这会儿突然有了点儿闲聊的欲望，大概还是因为他的颜值。

燕绥之抬眼一笑，问道："在这之前呢？整理卷宗整理了一个月？"

"你怎么知道？"

"很久以前，我也在法院实习过。"

"很久以前？"年轻小姐听得有点儿蒙。

"嗯。"他头也没抬，随口答了一句，抬手就签字，笔画龙飞凤舞。

不过他刚签了两下，突然顿住了，默默点了撤销。

"你怎么撤销了？"

因为他差点儿签成了"燕绥之"。

他带着笑意道："字写丑了。"然后老老实实写上阮野两个字，选择了确认提交。

"好了。"

燕绥之抬眼朝站在高台后的年轻小姐道："谢谢。"

"再见。"她笑了笑。

"我以过来人的身份告诉你，下个月你就能跟着干点儿实在事了。"燕绥之说着摆了摆手，转头出了门。

他出门的时候，顾晏已经等得有些不耐烦了，当然，单从他的表情是看不出来的。

"走吧。"燕绥之偏了偏头，"去前面看一看结果。"

顾晏指了指全息屏，一脸佩服地说："阮野，两个字你签了五分钟。"

燕绥之挑了挑眉，说："因为这名字不好写，第一遍写得丑。"

顾晏不咸不淡地说："一个签名写上二十多年还丑，就别怪字难写了吧。"

燕绥之："……"他说谁字丑？

燕绥之想把法学院装裱起来的那份签名拍到这个学生的脸上。

法院前厅的大型显示牌上分栏滚动着各种信息，左下角那一栏是保释申请安排的听审时间。

燕绥之和顾晏两人等了不到五分钟，约书亚的信息就滚出来了。

"明天早上十点。"燕绥之道，"还行，距离午餐时间不远不近，法官不至于饿得心烦。"

两人从法院出来后，又在路边拦了一辆车。这次的司机倒不多话，但看起来有一点儿凶。

酒城的并行道路不多，所以这里的司机总喜欢先踩着油门上路，再问目的地。等到这个司机开口的时候，燕绥之就明白他为什么不爱说话了，因为他的声音太令人不舒服了，沙哑得像含了一口粗砂。

"去哪儿？"司机简短地问道。

"甘蓝大道。"顾晏一边放大智能机上的地图，一边说道。

燕绥之是知道甘蓝大道的，如果说他们落脚的这一片城区有哪里勉强像正常人住的，那就只有甘蓝大道，那里有几家看上去不会吃人的旅馆。

顾晏在那里预约了住处。

那是一家叫银茶的高档旅馆……酒城范围内的高档，翻译过来可以等同于"非黑店"，仅此而已。

当两人站在酒店前台的时候，负责登记的是一个小伙子，他扎着辫子，打了一排耳钉以及一枚唇钉。他看见燕绥之他们，毫不避讳地来回打量了一番，然后发出了像第一个司机一样的笑声。

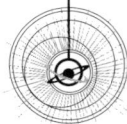

顾晏对于别人这种奇奇怪怪的举动向来是无视的，他脸色未变，只是掀起眼皮看了小伙子一眼，冷淡道："有预约。"

好在小伙子比之前的司机识相，笑完后点了点头，换了一副正经的模样，朝顾晏道："麻烦报一下通信号。"

顾晏道："1971182。"

"好，我登记一下，稍等啊。"小伙子往嘴里丢了一颗糖，含含混混地道。

燕绥之站了一会儿，突然"咝"了一声。

"怎么？"顾晏皱眉瞥他，"牙疼？"

燕绥之的眉头皱得比他还深，说："你通信号多少？你再报一遍。"

"1971182，不用谢。"正在登记的前台小伙子非常顺溜地报了一遍。

燕绥之连忙调出全息屏幕，"嗖嗖"地翻到通信记录。整个记录短小得可怜，这两天里给他这个智能机发过通信请求的总共就两个号码，一个是后来的公寓服务号，另一个是谁不用说了。

顾晏接过小伙子递过来的房卡，掀了眼皮，说："你终于反应过来自己挂了谁的通信？"

"麻烦你讲点儿道理，先挂断通信的明明是你。"

两人一前一后进了电梯。

顾晏按下了七层，目不斜视地冷声讥讽道："你劈头盖脸就是一句'公寓不续租'，我不挂断难不成问你服务打几分？"

"因为在那之前我刚收到公寓的信息，说稍后给我发语音确认，然后你就拨通信过来了。"燕绥之没好气道，"这位老师，你怎么那么会挑时间？"

他胡搅蛮缠，强词夺理。

顾晏冷着脸，看起来气得不轻。

"而且——"燕绥之又道。

他还有脸"而且"？

顾晏简直要被他气笑了，短促地"嗬"了一声，电梯门一开就大步走了出去。

"你拨通信过来怎么不说一下你是谁？"燕绥之不紧不慢地跟在他身后，继续道，"你要是说一声，不就没后面的误会了吗？我又没有你的通信号。"

顾晏有他的通信号倒是不奇怪，毕竟报到证还有后面附加的电子档案里都有他的联系方式。

燕绥之这么说着，又调出了全息屏，低着头边走边把顾大律师的通信号保存起来。

"实习生手册。"顾晏冷不丁开了口，脚下步子也是骤然一停。

"手册？那倒霉手册又怎么了？"燕绥之跟着停下了步子，抬头问道。他现在听见那玩意儿就头疼，总觉得里面埋着无穷无尽的坑，可以让顾晏随手截图来刺激他。

"菲兹在手册里列明了辅导律师的通信号，并且用了三行高亮加粗字体提醒你们存起来。"顾晏说。

燕绥之一愣，问道："还有这个？我怎么没看到？"

"因为你就看见了钱。"

燕绥之："……"

顾晏抽了一张房卡打开自己面前的房门，进去开了灯。

燕绥之自认有点儿理亏，不打算再聊通信号的问题，就随口扯了点儿别的："你不是说你一点儿实习生方面的资料都没看吗？怎么对手册内容那么了解？"

"这两天我抽空研究了一下。"

"你研究那个干什么？"

燕绥之心想：有这个工夫，看你的案件资料不好吗？

顾晏转过身靠在玄关处，刚好挡住了进屋的路，说："为了找到明确的条例把你开除。"

燕绥之："？"

顾晏说完，把另一张房卡插进燕绥之的大衣口袋，随手指向门外，语气格外平静："滚。"

紧接着，房间大门在燕绥之面前关上了。

燕绥之挑了挑眉，心想：好了，这句是我言传身教的没错。

他从口袋边缘抽出摇摇欲坠的房卡，翻看了一眼房间号，就在隔壁，便优哉游哉地刷卡进了屋。

这家旅馆虽然跟德卡马的那些不能比，但还算得上干净舒适，至少屋里没有外头那种流浪汉和酒鬼混杂的味道，甚至还放了一瓶味道清淡的室内香水。

室内有床有沙发，温度不高不低。

这趟出差恰到好处地解决了他的住处问题，虽然住不了多久，但已经很不

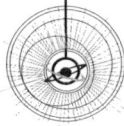

错了。

那天中午他挂了顾晏的电话，下午就问办公室夜里留不留人，就算是傻瓜，恐怕也能根据那两句话猜出个大概，更何况顾晏还知道他全部身家只有可怜巴巴的 5022 西。

所以，这趟临时的出差顾晏是出于什么心理安排的，也就不难猜了。

看来他这个脾气不怎么样的学生仅仅是脾气不怎么样，心还挺软的。

燕大教授难得良心发现，站在落地窗边自省了一会儿，给几分钟前存的那个通信号发了一条信息："房间不错，谢谢。"

在他意料之中，对方一个字都没回。

燕绥之嗤笑了一声，摇了摇头，心想：看在床的分上，我就不跟你小子计较了。

不过床有了，换洗衣服还没有呢，毕竟他来的时候两手空空。

倒不是出差的通知来得太突然，燕绥之来不及带行李，而是他本来就有这个习惯。他不爱手里拎太多东西，智能机、光脑、律师袍，除此以外，有什么需要的东西他都是到地方直接买。

燕绥之略微整理了一下东西，便带着房卡出了门。

酒城这地方他并不陌生，该去哪里更是轻车熟路。他在门口拦了一辆车，报了目的地，便自顾自地倚在靠背上闭目养神。

没几秒，他的指环振动了一下。

燕绥之皱了皱眉，睁开眼，全息屏上有一条新信息。

来件人：坏脾气学生。

内容："你出门了？"

这么多年，燕大教授要干什么要去哪里全凭自己决定，放浪不羁，从没有给人报备一声的习惯。冷不丁收到这么一条信息，他还有些莫名其妙。

愣了两秒，他才"啧"了一声，耐着性子回道："对，我去买——"

他的话还没写完，界面就被一个卡进来的通信切掉了。

燕绥之："……"

通信一接通，对方道："我是顾晏。"

燕绥之心想：我知道，我存你号码了。

"你在哪儿？"

"黑车里。"

前座司机："……"

顾晏沉默了两秒，道："你要去哪里？"

燕绥之说道："双月街，我去买点儿换洗衣服。我这才刚上车，你的信息就来了。"

"你出门不知道说一声？"

燕绥之有点儿想笑，说："我说了你回吗？"

顾晏："……"

顾晏似乎被他堵了一下，片刻后又道："我过一会儿过去。"

"不用，我买东西快得很，要不了十分钟。"燕绥之道。

"带实习生出差，你出任何问题我都得负全责。"顾晏说道，"你是不是忘了酒城是什么地方？"

燕绥之心想：我当然没忘，然而我来酒城的次数恐怕是你的两倍，比起我的安全，我可能还比较担心你。

但是这次他的嘴巴多了一个把门的，没有把这话秃噜出来。

燕大教授憋了两秒，想不出更有说服力又不暴露身份的话，只能点头道："行吧，那我到了等你。"

"你先把车牌号发过来。"

燕绥之："干什么？"

"万一你出了意外，还能有一条线索收尸。"

燕绥之："……"

顾晏讲完恐怖故事就挂断了电话。

燕绥之瞪了半天全息屏，最终还是认命地敲过去一串车牌："EM1033。"

7

双月街是一个很奇特的地方，它是附近唯一的"富人商业区"，偏偏坐落在大片斑驳低矮的"贫民窟"里，像一块不小心黏错了地方的口香糖，在黑漆漆的脏乱色块里打了一块黄白色的突兀补丁。

黑车司机是矮胖的中年男人，他在双月街的街头停了车，冲燕绥之打了个招呼："对不起啊先生，只能将你停在这里了，我得赶回家一趟，前面就是双

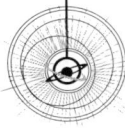

月街，祝你玩得愉快。"

"谢谢。"燕绥之难得在酒城碰见一个正常点儿的司机，付车费后便下了车。

谁知道司机自己从驾驶座上下来了，一边用老旧的通信机跟人说话，一边撑着车门朝燕绥之点头笑笑。

"你到了吗？"周围环境嘈杂，司机不得不朝通信机那头的人嚷嚷，"我？我已经在路口了，没看到你啊。你快过来接一下手，半个小时前我就跟你说了，非得拖拖拉拉到现在，你是不是又去——好好好，我不说，但是你快点儿！"

即便燕绥之不想听，这咋咋呼呼的声音也钻进了他的耳朵里。

他挑了挑眉，朝司机笑笑，抬脚朝双月街走去。

逛街这种事情，燕绥之没什么兴趣，他买起东西来总是目标明确，速战速决。他半点儿没犹豫就直奔一家店面，以往他来酒城，都在那里买更换用的衣物。

他刚进店，手上的指环就是连环振动，差点儿把手指振断了。

这是干什么呢？

燕绥之原以为是某个坏脾气学生来捉人了，结果一看不是。

搞事的是实习生洛克，这个热心过头的二傻子不知出于什么心理，将所有实习生拉进了一个通信联络小组。

两分钟前，安娜小姐在里面发了一则通知截图，图上说所有实习生一周后要参与一场考核，考核结果会作为初期成绩登记下来，等到实习期结束，跟末期成绩一起得出综合分，决定实习生去留。

洛克："一人挑一个案子做模拟庭辩。"

安娜："你也看到通知了？"

洛克："两个小时前，老师告诉我了，让我好好准备，别丢他的脸。"

菲莉达："我怎么没收到通知？"

燕绥之心想：巧了，我也没收到通知。

洛克："可能他还没来得及通知？反正最晚明天也该知道了。不如我们先商量一下各自挑什么案子吧。"

菲莉达："我看看。"

燕绥之看了眼截图里列举的案子，一共五个，涉案类型各不相同。他对这个无所谓，想着让这些学生们先挑，剩下哪个他就接哪个。

几秒后，指环又振动起来。

洛克："我挑好了，就抢劫案吧。"

菲莉达："我挑绑架案。"

安娜："那我挑故意杀人案好了。"

亨利："非法拘禁。"

燕绥之动了动指头，发了一条消息。

阮野："那我只能把你们全部抓起来了。"

众人："？"

考核内容就这么内部分配了，燕绥之笑了笑，正准备关掉界面，却见有人冒了头。

亨利："提前恭喜安娜和洛克了。"

洛克："？"

安娜："？"

亨利："你们没听说过吗？初期考核看老师身份的，因为负责组织考核的是霍布斯和陈两名律师，所以基本上他们的学生不用担心分数，不是第一就是第二。"

菲莉达："你从哪儿听来的？没有证据还是别这么说比较好。"

亨利："到时候可以看看。不过我其实无所谓，需要担心的应该是阮野。"

燕绥之反应了一会儿，才意识到亨利在说自己，他想了想，回复："哦。"

亨利："你都不问问为什么吗？"

这有什么好问的。

燕绥之看着全息屏，心想：年轻人，你对真相一无所知。如果连这种实习生之间模拟的庭辩我都需要担心，那我可以收拾收拾准备退休养老了。

况且他不是真来给这倒霉律所打工当壮丁的，爆炸案资料一到手，他就可以把离职申请拍到顾同学桌上走人了，担心什么啊。

亨利见他半天没回复，又憋不住了。

亨利："你是不是不好意思打听太多？没关系，我没有别的意思，就是怕你没有心理准备。"

阮野："谢谢。"

亨利："我从几个学姐学长那里打听来的，他们说顾律师打分很恐怖的，丝毫不讲情面，而且关系跟他越近，他的要求就越高，高得能让你怀疑人生。

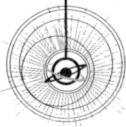

听说曾经有一个学生跟他有些沾亲带故，本以为来这里能有人罩着，谁知他不收实习生，这就经受了一波打击。后来那人初期考核准备得有些马虎，在模拟庭辩上感受了一番震撼教育，抬着下巴上去，哭着下来了。你们试着想象一下，如果是他自己的学生……"

众人："害怕。"

洛克："这风格让我想到了一个人。"

安娜："我也……"

亨利："院长……前院长。"

安娜："顾律师不就是院长教出来的？"

一声没吭还被迫出镜的燕绥之觉得很冤枉：你们顾律师这脾气绝对是天生的，别往我身上赖。他对我都敢这样，我会教他这个？

安娜："还是有区别的，非审查考核期间，前院长至少会笑，而且总带着笑，看起来是一个非常亲切优雅的人。顾律师笑过？没有。"

亨利："你去看看前两年的审查成绩，再说院长亲不亲切。其实我一直很纳闷，为什么每次评分院长都那么高。"

安娜："怎么？你以前给他多少分？"

亨利："一百。"

安娜："呵呵。"

菲莉达："好一个学院的受虐狂。"

洛克："阮野，你怎么不说话？"

亨利："吓哭了？"

燕绥之心想：两个二百五一唱一和还挺默契。

不过这样的群组聊天内容对于燕绥之来说还挺新鲜的，这种纯粹的学生式聊天他有很多年没参与了，上一次搅和在里头还是他刚毕业的时候。

他没有加入群聊，只是用看戏剧的心态扬着嘴角旁观了一会儿，便收起了全息屏。

"这位先生，有什么需要的吗？"妆容精致的店员恰到好处地掐着时间走到他身边。

燕绥之熟门熟路地挑了两件衬衫，正要转身，就听见一个低沉的、不含情绪的声音在身后响起："你怎么在这里？"

他猛地一回头，看见了顾晏的脸，没好气地说道："你鬼鬼祟祟站在后面干什么？吓我一跳！"

光明正大走进店里的顾大律师问道："你在这儿做贼？"

燕绥之："……"

"你不做贼这么害怕干什么？"顾晏淡淡道。

燕绥之差点儿翻白眼，他抬了抬下巴，说："我没给你定位，你怎么找到我的？"

"我在对面下车刚巧看见你。"顾晏瞥了眼他手里的两件衬衫，语气古怪地问道，"你确定没走错店？"

"当然没有。"燕绥之心想，我的衬衫大半是这个牌子，怎么可能走错店？

"你是不是不知道这家店衬衫的价位？"顾晏不咸不淡地道，"我建议你先看一下自己的资产卡。"

燕绥之周身一僵。

顾晏毫不客气地给他"插了一刀"："5022 西，记得吗？"

燕绥之："……"他忘了。

"我有必要提醒一句，出差报销不包括这种东西。"顾晏又道，"你不至于这样异想天开吧？"

燕绥之用手抵着鼻尖缓解尴尬，打算把两件衬衫放回去。结果他的手还没伸出去，就被顾晏半道截和了。

他将衬衫拎在手里简略翻看了一下，又撩起眼皮看向燕绥之问道："我通知出差的时候给你预留了收拾行李的时间，你却两手空空，能跟我说说你究竟是怎么想的吗？"

燕绥之干笑了一声，说："怎么想的？我穷得没别的衣服，上哪儿收拾行李去？"

顾晏："……"

"之前我倒了血霉，住的地方被偷了。"燕绥之开始胡扯，"那个小偷缺德到了极点，就差把我也偷走卖了换钱，要不然我至于穷成这样？5022 西，嗬！"他说着还自嘲地笑了一声，别的不说，情绪很到位。毕竟他一觉醒来就成了穷光蛋，和被偷也差不多。

顾晏皱着眉上下打量了燕绥之好几回，似乎没找到表情上的破绽，最终他

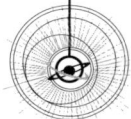

收回目光，也不知想了些什么。

燕绥之主动建议："走吧，换一家。想在酒城找一家便宜的衬衫店还是不难的，我刚才就看见了一家，就在前面那条街上。"

"如果我没理解错的话，你指的应该是拐角那家门牌都快要倒了的店。"顾晏道，"你确定穿着那家的衬衫有勇气站上法庭？"

还真有。燕绥之心想：我混了那么多年，哪里还用得着靠衣服撑气势，但是这答案显然不符合一个正常实习生的心理。

他有些无奈道："这也不行，那也不行，怎么办？"

顾晏掀起眼皮看了他一眼，一声不吭拿着两件衬衫兀自走了。

燕绥之瞪着他的背影，心想：你拿着衬衫要干什么？总不至于吃错药了替我付钱吧？

两秒钟后，他的表情仿佛见了鬼，因为顾晏真的吃错药付钱去了。

又一个小时后，回到旅馆的燕绥之站在顾晏房间里，看着床边打开的一个行李箱，略微提高了声调："你说什么？"

"你别看那两件新衬衫，跟你没关系。"顾晏道。

燕绥之："……"

顾晏指了指行李箱里的一件黑色长袍，说："明天你把这个穿上。"

这种黑色长袍对燕绥之来说实在太熟悉了，是高级定制店里手工剪裁制作的律师袍，衣摆和袖口都绣着彰显低调稳重的花纹，花纹的内容是全联盟统一的，代表着法律至高无上的地位。

这种律师袍可不是什么有钱人就能买到的，得拿着联盟盖章的定制单，才有资格去量尺寸预约。当然，还是要钱的，而且非常昂贵。

这样的律师袍燕绥之有三件，每晋升一个级别就多一件，最终的那件跟顾晏的看起来有些区别，多了一个烟丝金色的勋章——"一级律师"专有。

不过这不是重点，重点是……

"明天？你是说保释听审？我为什么要穿这个？"燕绥之觉得莫名其妙，"我又不上辩护席。"

他一个实习律师，难道不是只要坐在后面安安分分地旁听就行了？

谁知顾晏盯着他的眼睛看了一会儿，又转移目光，一边收好新买的衬衫，一边轻描淡写地说："错了。你上辩护席，我坐在后面。"

　　燕绥之听后吓了一跳，看着顾晏的侧脸问道："你这话是什么意思？"

　　顾晏把律师袍拿出来，合上行李箱，才转过头来看向燕绥之，说："让你上辩护席的意思。"

　　"为什么让我上辩护席？"

　　顾晏站直了身体，皱着眉道："你真是来实习的？"

　　他的情绪总不表现在脸上，除了冷还是冷，也看不出别的什么。

　　燕绥之一时也摸不透他问这话的目的，于是看着他的眼睛，用最理所当然的语气道："当然啊，你这问题可真有意思，我不是来实习的，我来干吗？"

　　顾晏不冷不热地"哦"了一声，说："至今我没在你身上看到半点儿实习生该有的态度。"

　　"什么态度？"

　　"你试想一下，我跟其他几个实习生说，让他们上辩护席，你觉得他们会有什么反应？"

　　什么反应？

　　"两眼放光，瑟瑟发抖。"燕绥之随口回答。

　　顾晏："……"什么鬼形容。

　　顾晏说："你呢，你是什么语气？我几乎要怀疑我不是在给你锻炼的机会，而是要把你送去枪毙了。"

　　"锻炼的机会？"燕绥之认为自己捕捉了关键词，心里倏然一松，失笑道，"这可不能怪我，你整天绷着一张脸，说不上三句话就要刺我一针，我当然会反应过度，以为你又在讥讽我抢你的活儿，就像之前在看守所里一样。"

　　顾晏快被燕绥之的反击气笑了，他把手里的律师袍丢在床上，指着房间门说："滚。"

　　燕绥之一听见这个字就笑了。能请人滚，说明情况还正常。看来顾晏没发现什么，也许有点儿怀疑，但至少没能确认什么。

　　等他笑完再看向顾晏，就发现他这个学生的脸色更不好了。

　　"你还有脸笑？"

　　燕绥之非但没滚，还干脆地拉了一张沙发椅坐下来，笑道："实习生该有的态度我还是有的，就是反应迟钝了点儿。你真让我明天上辩护席？"

　　顾晏一脸刻薄道："不，我改主意了，滚。"

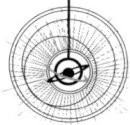

燕绥之喊道："……顾大律师？"

顾晏："……"

燕绥之又喊："顾老师？"

顾晏："……"

燕绥之心想：差不多行了啊，我还没这么跟谁说过话呢，我只知道怎么气人，并不知道怎么让人消气。

他倚在靠背上，抬眼跟顾晏对峙了片刻，突然轻轻"啊"了一声，咕哝道："我想起来了，还有这个。"说着，他从大衣口袋里摸出一样东西，强行塞进顾晏的手里，"给，别气了，顾老师。"

顾晏蹙着眉，垂眼一看，手心里多了一颗糖。

顾大律师："……"

他那张俊脸看起来快要冻裂了。

"你究竟带了多少糖在身上？"

燕绥之坦然道："本来没糖了，刚才我吃完晚饭出餐厅的时候，前台小姑娘给的，她没给你吗？那一定是你不苟言笑太吓人了。"

顾晏："……"

这种放浪不羁的哄人方式简直再损不过，然而两分钟后，顾晏和燕绥之面对面坐在了硕大的落地窗边，光脑搁在玻璃桌面上，一张张全息页面摞了厚厚一沓。

"这是约书亚·达勒入室抢劫案的现有资料，你两天内仔细看完。"顾晏冷着脸道。

燕绥之大致翻看了一下资料，问道："你什么时候接的这个案子？"

"我来的那天上午接到的委任，快中午拿到的资料。"

燕绥之想起来了，那天他们几个实习生上楼的时候，顾晏正接着通信。后来他们跟菲兹在办公室大眼瞪小眼的时候，顾晏的光脑吐了一个小时的资料，应该就是这个案子了。

虽然顾晏还没有拿到"一级律师"勋章，但他在年轻律师中算是佼佼者，名声不小，身价自然不低。行业法规订立过一套收费标准，依照那个标准，想要请顾晏这样的律师，花费委实不少，并不是什么人都请得起的。

因此，联盟设有专门的法律援助机构，所有的执业律师都在援助机构的名单上。

如果有嫌疑人请不起律师，机构会从执业律师中抽选一名来为他辩护，费用由机构代为支付，当然就是意思一下，与那些律师平时的收入相比，完全不值一提。

这事儿说白了就是做义工，但这义工还必须做。

一名律师如果接到机构的委任，基本得答应下来，因为拒绝委任的记录会影响律师级别的晋升审核。对于这种委任，有一部分人的态度十分敷衍，虽然他们不会拒绝，但也不会认真去准备。

因为律师手里总有好几个案子同时进行，在这一个上面花费更多时间，就意味着其他案子的准备时间会减少，所以很多人会选择性价比更高的精力分配方式。

单以钱论，孰轻孰重一目了然。

委任案输多胜少，这几乎成了行业内的一种共识。为了平衡这种情况，嫌疑人如果觉得委任的律师太过敷衍，有权要求更换，最多可以更换三位。

约书亚就是这种情况。以他的脾气，就算把他卖了也是血亏，换来的钱都付不起一个律师一个小时的费用。机构帮他委任过两个律师，显然那两个废物律师对这案子敷衍至极，搞得约书亚逮谁咬谁，一个不剩都被轰走了。

顾晏是第三个律师。

约书亚的更换权已经用完，轰无可轰，而且就这顾大律师的脾气来说，谁把谁轰走还不一定呢。

8

"没有监护人……有个妹妹……"燕绥之大致扫了一眼资料上的照片，"哟，这照片乍一看都认不出来他，洗头和不洗头区别这么大？"

动态照片上的约书亚虽然瘦，但不至于像看守所里那样两颊凹陷，眼下青黑，眸子还是明亮的，不会一见到人就目眦欲裂，眼里满是血丝。

两者的精神状态相差太大，真看不出是同一个人，即便是照片，也能看出这小子脾气不好，面相上就透着一股不耐烦。

顾晏说："你的关注点都是什么乱七八糟的，盯着照片能看出花儿来？"

他们这些人对于如何快速浏览成山的案件资料是很有经验的，这种嫌疑人

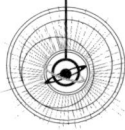

的背景资料的重点都在文字中，很多介绍性的照片他们都是一扫而过，根本不会细看。但是燕绥之的习惯不同，他对照片总是很在意。

"我随便看看。"燕绥之随口应了一句，目光却转向了后一页的照片。

那是约书亚妹妹的照片。

"罗希·达勒，那小子的妹妹，资料上写她八岁。"燕绥之弯起食指敲了敲照片，"这孩子顶多五岁吧，又是从哪一年的登记资料里扒出来敷衍咱们——哎，顾——呃，老师你来看，这小姑娘的长相眼熟吗？"

顾晏瞥了一眼照片，又凑过来仔细看了一下，皱起了眉，问道："在哪儿见过？"

"墙角的那个小丫头。"燕绥之想起来了。

跟约书亚的照片一样，他妹妹的照片也跟真人相差甚远，年龄不统一，而且照片上的小姑娘脸颊有肉，皮肤虽然说不上白里透红，但还是健康的，绝不是一片蜡黄。照片上的小姑娘的两只大眼睛乌溜溜的，透出一股童真。

两人略一沉吟，都想到了一些东西。

燕绥之身体朝后靠在椅背上，跷着二郎腿，脚尖轻踢了顾晏一下，抬了抬下巴，话语带笑："这照片有用吗？"

顾晏公事公办，一边在照片下面画了一条线做标记，一边应道："嗯。"

"你说说看，我的关注点有问题吗？"

顾晏头也不抬，在照片旁标注了简单的几个字，道："暂时没有。"

"你有这样不添乱还能帮忙的实习生，还让滚吗？"

顾晏终于抬起了眼，说："该滚一样滚。"

燕绥之："……"

他嗤笑了一声，没跟顾同学一般见识，又大致翻了一些受害者的资料，说："我刚才看了一下，约书亚的保释本身不难，甚至可以说很简单。"

简单是什么意思呢？就是只需要陈述出他满足保释条件的地方，不出意外，法官会同意保释的。

"只要交一笔保释金，或者有保证人签字就行。"燕绥之道，"但是……"

但是这倒霉孩子既没钱，也没人。

这天晚上，两个人都没怎么睡，只在沙发椅上简单休息了一会儿。等他们翻完所有案件资料画完重点，天已经蒙蒙亮了。

"我觉得你其实可以不订酒店。"燕绥之回自己房间洗漱前，对顾晏说道，"咱们现在跟睡大街也没什么区别，哦，有暖气。"

顾晏："……"

早上九点半，燕绥之和顾晏在治安法庭门口下了车。

"请两位先生过一下安检。"法庭门口，人高马大的安保员说道，"智能机、光脑、包都需要过一下安检。"

这是进法庭的必经程序，为了防止某些过于激动的人往口袋里藏炸弹，在法庭上送法官、律师、嫌疑人一起上天。

九点四十分，七号庭上一波听审结束，燕绥之和顾晏逆着三三两两的人群进了法庭。

坐在上面的法官掀起眼皮朝这边看了一眼，脸顿时瘫了。他扶了扶眼镜，将穿着律师袍的燕绥之上上下下打量了一番，咕哝道："现在没毕业的学生也敢上辩护席了，开什么玩笑。"

燕绥之心想：这位老年朋友，你以为你压低声音我就听不见了？

十点整，约书亚被带上了法庭，他所坐的地方跟其他人不一样，防弹玻璃像一个方正的透明笼子，将他罩在里头。

这不是他第一次坐在这个席位上，这个案子已经持续了一段时间，庭审断断续续进行了几次，而他依然弄不明白这些法律程序。

"陪审团呢？为什么没有陪审团？"

约书亚扫视了周围整整一圈，这大概是他现在仅有的对庭审的了解了。

他的身后站了两个看守所的管教，都板着脸，目不斜视地看着前方，显出浓重的压迫感。

其中一个闻言，短暂地嗤笑了一声，从唇缝里吐出一句话："这哪用得着陪审团。"保释这种事，法官决定就行了。

约书亚的脸色变得难看起来，这对他来说不是一个好消息，因为法官显然不会喜欢他。很多人都不喜欢他，他看起来阴沉刻薄，脾气又很差，一点儿也不讨人喜欢，但如果是陪审团的话，也许他还能有那么一点点希望。

"保释很难，非常难。"约书亚喃喃。

他身后的两个管教对视了一眼。

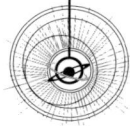

这是一个重大的误会，事实上保释很简单，只是之前的律师对他并不上心，甚至不乐意往酒城这个地方跑，谁管他？

而在酒城这种地方，没有人管你，就不要指望审核官会主动给你适用保释了，他们巴不得你一辈子老老实实待在看守所或者监狱，少给他们惹麻烦。

不过两个管教并不打算对约书亚解释这点，只是耸了耸肩膀，由他去误会。

约书亚极其不甘心地看着辩护席道："我就知道！骗子！又是一个骗子……"

他看见那个信誓旦旦说要将他弄出来的顾律师居然打算袖手旁观，坐在辩护席上的是那个跟在顾律师身边的年轻律师。

天知道他毕业没毕业，约书亚刻薄又绝望地想。

他看见年轻律师的嘴唇张张合合，正在对法官陈述什么观点，但他一个字也没有听进去。接着控方那边又说了什么，他依然没有听进去。

他紧张又愤怒，几乎快要吐出来了。

"我要出不去了是吗？"约书亚脸色惨白。

这种问题，两个管教倒是很乐意回答："是啊，当然。"

约书亚垂下眼皮，将头深埋在手臂里，他不再抱希望了。

而他不知道的是，正站在辩护席上的燕绥之一点儿也不觉得这次保释有什么麻烦，甚至打算速战速决，不过现在是控方时间。

"他没有监护人，没有谁能够对他的行为有所约束，也没有谁能够对他可能会造成的危险负责。过往的行为记录表明他有中度狂躁症，附件材料第十八页的医学鉴定书可以证明这一点，我想这名律师已经阅读过所有证据材料，并对此非常清楚。"

控方将医学鉴定书抽出来，朝前一递。

全息页面自动在法官面前展开，像一块竖直的屏幕，足以让法庭上的其他人都看见。

灰白头发的法官点了点头，表示自己已经看见了医学鉴定书的内容，同时目光从眼镜上方瞥向燕绥之。

燕绥之坦然地点了点头，表示自己确实看过医学鉴定书。

控方又道："视频材料一到四是看守所的监控，同样能体现这一点。另外——"

他按下席位上的播放控制器，两侧屏幕再次播放今早看守所工作人员将约书亚·达勒送审的监控，车内车外都有。

他将播放页面定格在车内监控中的某个瞬间，画面中约书亚正在挣扎，表情狰狞，身体正倾向一边车窗。他看起来像要将身体探出车外，被管教一边一个摁住了。

"即便是在今早送审的过程中，他也表现出了极不稳定的情绪。"

控方律师停顿了一下，让众人足以领悟他的意思，接着面露遗憾道："辩方当事人约书亚·达勒有一个妹妹，八岁，毫无反抗能力。如果对他保释，就意味着一名被指控入室抢劫，同时有着中度狂躁症以及多次斗殴记录的嫌疑人，将要和一个手无缚鸡之力的小女孩长时间共处。"

控方律师正视法官："这绝不是一个好主意，所有人都明白。"说完，他朝法官点头示意发言完毕。

法官再度从眼镜上方瞥了一眼燕绥之，道："辩方律师阮先生？"

燕绥之冲"老年朋友"一笑，说："刚才控方律师提到了约束力，法官大人，恕我冒昧问一句，您认为一个人对另一个人产生约束，本质是因为什么？或者说一个人因为另一个人而自我约束，本质是出于什么？"

"害怕、出于本能或者受其他牵制。"法官停了一下，又补充了另外两个答案，"尊敬，还有爱。"

燕绥之又转头看向控方律师问道："同意吗？"

控方心说：废话，法官说的我能不同意？

而且他确实也是这么认为的。

燕绥之满意地点了点头，他干脆利落地将案件资料中约书亚的身份信息那两页单独拎出来。

全息页面展现在众人眼前。

燕绥之说："这份资料内容全面清晰，唯一的缺陷是照片对不上年龄。"

法官："……"

控方律师："……"

燕绥之继续说："但是没关系，信息足够了。资料上显示我的当事人约书亚·达勒一周岁时失去了父母，七周岁时最后一个长辈外祖母过世。这时候，他外祖母收留了另一个孩子，也就是他妹妹罗希·达勒，她一周岁。

"这份资料上罗希·达勒的照片具体是她几周岁拍的我不知道，但我知道

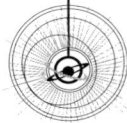

肯定不止一岁，也许四岁或者五岁？我再问法官和控方律师一个很小的问题，照片上的罗希·达勒胖吗？"

法官："……"

控方律师："……"

"有一点儿吧，但一般孩子不都这样脸上有肉吗？不算胖。"法官回答完，瞪了眼燕绥之，"这和本次庭审有什么关系？我希望你给一个合理的解释，否则再这样胡乱问问题，我就要给你警告了。"

燕绥之对此毫不在意，笑了笑，道："照片上的罗希·达勒脸颊微胖，两眼有神，状态非常健康，正如法官大人所说，和一般孩子一样。"

他顿了一下，道："但这恰恰是最不正常的，因为她并不是一般的孩子。她没有父母，是被我当事人的外祖母捡来的，而在她一岁到照片上五岁的这段时间里，善良的外祖母已经过世了，养着她的正是我的当事人。

"第三个问题，一个连自己肚子都填不饱的人，把另一个人养得健康圆润，是出于什么情感？恨还是讨厌？"

控方律师："……"

法官默默摸了一把手边的槌子，对这种有话不好好讲的人，真的好想狠狠敲一下法槌，但是法官摸了摸良心，认为燕绥之的话确实让他无法反驳——嫌疑人还能出于什么情感？显然是爱。

约束力产生的本质原因有三种，害怕、尊敬，还有爱。

所以有人能约束约书亚吗？有的。

法官："……"话都是他自己说的，没毛病。

"至于中度狂躁症。"燕绥之又开口了，"那份医学鉴定书写得非常清楚，我的当事人有这毛病很久了，不少于三年。"

"今年罗希·达勒八岁，三年前她五岁，该记事了吧？如果我的当事人因为中度狂躁症对她有过威胁、打骂过她，或者就像控方律师所说的，他具有极不稳定的危险性，她应该会对我的当事人产生惧怕心理。"

燕绥之也按了一下席位上的播放控制器键——还是那两块屏幕，还是控方律师几分钟前用过的送审监控，只不过他的重点在车外监控。

"感谢这份车外监控拍摄了看守所对面的墙角，同样感谢现有技术能将远处画面无损放大。"燕绥之把墙角处放大到整个屏幕，"各位看见这个蹲在墙角的小女孩了吗？皮肤蜡黄，双眼无神，瘦得不成人形。但我相信各位还是能从她的五官上认出来，这是罗希·达勒，她在眼巴巴地等一个会虐打她的人回家。"

控方律师："……"

法官瞪着燕绥之，后者回以一个微笑，然后开始总结陈词："我的当事人约书亚·达勒十四周岁，未成年，有固定住处，有能够对他产生行为约束并殷切盼望他回去的家人。他在看守所的表现虽然有点儿情绪不定，但这表明他有急于证明自身清白的欲求，所以他绝不会缺席后续庭审，完全符合保释条件。"

法官瘫着脸沉默片刻，突然道："可是仍然有一个问题，约书亚·达勒既交不出保证金，也找不到保证人。"

要想顺利保释当事人，必须得在保证金和保证人中二选一，总得有一样。

燕绥之不动声色地转了一下指环，一脸坦然道："既然我站在这里了，保证金会成问题吗？"

法官想了想，摇头道："在酒城，我们并不提倡律师替当事人交纳保证金或者做保证人。"

燕绥之挑眉道："联盟法律明文禁止了吗？"

法官说："联盟倒是没有。"

燕绥之问道："难道酒城要造反，自己一声不吭颁布新的规定？"

法官："……"好大一顶帽子，谁敢接！

燕绥之说："一切依照法律行事，所以有什么问题？"

法官抹了一把脸。

两分钟后，法官终于拿起他摸了半天的法槌，"嘭"地敲了一声。

"全体起立。"

燕绥之原本就站着，只是轻轻理了理律师袍，抬起了头。

"关于约书亚·达勒的保释争议，本庭宣布——"法庭在这种时候显得最为安静，也最为肃穆，法官停顿了一下，目光扫了一圈，在控方律师和燕绥之身上都停留了片刻，最终沉声道，"准予保释。"

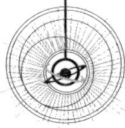

第二章

1

众人收拾着面前的东西，陆续往门外走。燕绥之转过身，顾晏正倚靠在椅背上等他整理资料。

燕绥之想了想，决定表现一下自己作为一个正常的实习生应有的情绪，于是拍了拍心口，深呼吸一下，道："我好紧张，还好没有结巴。"

顾晏："……"

走下来的法官："……"

路过正要出门的控方律师："……"

"阮先生？"年轻的法官助理让光脑吐出一份文件，送了过来，"缴纳保释金的话，需要在保释手续文件上签个字。"

燕绥之点了点头，接过文件和电子笔，说："好的。"然后转头递给顾晏，"顾老师，签字给钱。"

顾晏："……"

这一步其实是昨晚他们商量好的，也是顾晏选择让燕绥之上辩护席的本质原因，有些法官很介意律师做当事人的保证人或者代为缴纳保证金。顾晏不上辩护席，不直接在法庭上进行对抗，也许能让法官的介意少一点儿。

这本来是比较稳妥、保险的做法，谁知道某人上了辩护席就开始无法无天，该委婉的一点儿没委婉。

"顾老师，你牙疼？"燕绥之笑眯眯地看着他。

"我哪里都疼。"顾晏不咸不淡地回了一句，然后在保释手续文件上龙飞凤舞地签好了名字。

燕绥之看着顾晏的签名，回想了一下刚才的庭辩过程。他觉得自己虽然略有收敛，但还不够，如果过程当中再结巴两下可能会更合身份。

但是第一次上法庭就淡定自若的实习生也不是没有，顾晏自己可能就是一个。而且顾晏现在也没什么特别的反应，至少刚才的目光里没有任何怀疑的成分，这说明基本没问题？

燕大教授给自己刚才的表现很不要脸地打了九十分，除了演技略欠火候，没毛病。

有时候人越是遮遮掩掩、战战兢兢，越容易被人怀疑有猫腻，不如干脆坦然一点儿，理直气壮到某种程度，对方可能怀疑了都不好意思提。

燕绥之和顾晏两人一前一后出了七号庭，在特殊通道的出口处碰上了约书亚。他的状态很差，始终低着头，有些过度恍惚。在他身后，两名管教正和法院的司法警察说着什么。

"醒醒，到站了。"燕绥之冲他道。

过了好半天，直到身后的管教猛地拍了一下他的肩膀，他才惊醒一般抬起头来，翠绿色的眼睛瞪着燕绥之看了一会儿才问："听审结束了？"

燕绥之没好气地对顾晏说："看来他真在梦游呢。"

"结束很久了，你怎么走得这么慢？"顾晏瞥了一眼两个管教。

约书亚看起来依然颓丧，他自嘲一笑，哑着嗓子低声说："好吧，又结束了，我又要回那个该死的地方了。"

燕绥之和顾晏对视一眼。

"你刚才是真在庭上睡着了吧？"燕绥之没好气道，"保释被准许了，你回什么看守所。"

约书亚哼了一声算是应答，道："我就知道我不——什么？"他说了一半，突然意识到了什么，猛地抬起头来，"等等，你刚才说什么？"

"保释被准许了。"也许其他事情燕绥之会常开玩笑，但这种时候他突然严肃不少，连耐性都变好了一些。

约书亚像听不懂话一样看着燕绥之，他耷拉着肩膀，弓着背，似乎已经很久没站直过了。他一点儿也不像十四岁的少年，更像一个垂暮的老人。

"我说保释被准许了，你可以回家了。"燕绥之重复了一遍，说得很慢很清晰。

约书亚翠绿色的眼睛突然变红，布满了血丝，像有万般情绪要冲撞出来，但又被压住了。他死死地盯着燕绥之，看得很用力，又猛地回头看向管教和司

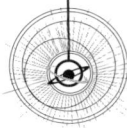

法警察。

"确实如此，刚才我带你出法庭的时候已经跟你说过了，你没有听见吗？"其中一个管教说道。

管教朝燕绥之和顾晏这边瞄了一眼，补充道："是的，没错，你可以回家了。你没发现我们已经没有再架着你了吗？"

管教和几个司法警察说完了他们该说的话，对两名律师点了点头，就先行离开了。

直到这时，约书亚才真正相信燕绥之的话。他在原地低着头站了一会儿，突然抬手捂住了眼睛。又过了片刻，燕绥之才听见他低低的、难以压抑的哭声。

"你先别忙着哭啊。"燕绥之像完全没有受到情绪感染，居然还开了一句玩笑，"之前谁说的来着？保释成功喊我们爷爷？"

约书亚咬着牙根，把哭声压了回去，捂着眼睛的手却没有撤开。

"嗯。"约书亚的声音带着浓重的鼻音，胡乱地点了点头。

燕绥之又道："唉，算了，你还是别喊了，我们没有这么馊的孙子。"

顾晏："……"

约书亚："……"

他梗着脖子朝后退了一步，以免自己的馊味熏着律师。

"你别捂眼睛了，回去洗个澡，给你妹妹弄点儿吃的吧，一个比一个瘦得吓人。"

"妹妹"这个词戳到了约书亚的神经，他狠狠揉了一把眼睛，转身就要朝庭外冲。

"今天好好休息，明天我去找你。"顾晏这话还没有说完，那个粗鲁莽撞的少年已经没了影子。

"他也不说一声谢谢。"燕绥之看着他的背影消失，耸了耸肩，冲顾晏一笑，"为庆祝一下阶段性胜利，走，我请你吃饭。"

顾晏用一种见鬼的目光看着他，问道："就你那5022西？"

"怎么，你歧视穷困潦倒的我？"

顾晏面无表情地说："直觉告诉我，无事献殷勤，非奸即盗。"

看守所的送审车就停在治安法院前面的停车坪上，杰克和李两个管教爬上了车，刚坐稳，就看见一个人影从车门边飞奔而过，"嗖"的一声，活像一枚刚被炸出去的迫击炮。

"这是谁呀？"李拉上车门，嘀咕着扣好安全带。

杰克盯着"迫击炮"远去的背影，辨认了片刻，突然叫道："约书亚·达勒！"

"谁？"

"刚从咱们手里放出去的约书亚·达勒啊！"

"怪不得我闻见一阵馊味儿，我还以为我也沾上了那股味道呢。"

坐在驾驶座上的同事一踩油门，车身猛地朝前一窜，喷着尾气就朝那个背影追了过去。出于职业病和某种条件反射，他们看见人跑就想追。

两条腿毕竟跑不过四个轮子，没过一会儿，看守所的车就追上了那个疯跑的身影。

车身与约书亚·达勒保持着并行的速度，李摇下车窗喊道："达勒！"

约书亚一看见他们就满肚子火，边跑边吼："我都已经获准保释了，你们还追我干吗？"

李一脸怀疑地看着他问道："你刚出法院就跑这么凶，你说你又想干什么？潜逃还是投胎啊？"不过他刚说完就反应过来，他们所走的这条路只通往一个方向——冷湖看守所。

这个五大三粗的管教扒着车窗茫然了三秒，突然回头冲杰克道："这小子不会有病吧，刚出法院就往看守所跑？"

他还没有听到杰克的回答，就听到车外约书亚闷声闷气的一句话："我去接我妹妹回家。"

有那么一瞬间，李的心里产生了一丝微妙的触动。他盯着约书亚瘦削的身影看了片刻，突然想开口说"你干脆上车得了，我们把你顺路带过去，只要你小子别再乱骂人"，可最终他一声没吭，摇上了车窗。

"你干什么了，怎么这副表情？"杰克有些纳闷。

李摇摇头，展开腿伸了个懒腰，说道："没什么，我突然吃错药，心软了一下。"

"软什么呀，你知道他是真无辜还是装无辜，万一最后审判又确认他有罪呢？"杰克抱着后脑勺闭目养神，嗤笑了一声，"你只需要凶一点儿、硬一点儿，让那帮家伙看见你就腿软。"

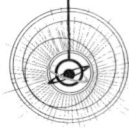

他们还是比约书亚先到达看守所，车子开进大门前，他们朝远处的墙角看了一眼，那个瘦小的身影还蜷在那里，快跟墙融为一体了。

"走吧，过一会儿那小子就来了。"杰克咕哝了一句，车子便开进大院里。

看守所钢铁门开合的声音引起了墙角孩子的注意。

罗希蜷缩着手脚盯着那扇门，眼睛一眨不眨，生怕错过某个熟悉的身影。可惜她只看见一辆黑色的大车开进了里面。

她在这个墙角已经蹲了五天。五天前，她追着哥哥来到这里，再也没挪过窝，她靠着口袋里的两块干面包和墙角管子上淌下来的水撑到现在。

其实，她从昨天开始就没东西吃了，最后一样食物是那个陌生人给她的一块巧克力。她觉得很冷，头很晕，但是不敢在白天睡觉，她还没有等到哥哥从里面走出来。

"你怎么蹲在这种地方？"一个声音突然出现在头顶。

过了一会儿，罗希才抬起头。她饿得难受，两眼发花，看不清男人的脸，只看见脸边有一道疤。

这道疤对她来说有些眼熟，男人应该是她认识的人。

"老天，你几天没吃东西了？"

罗希晕乎乎地垂下头，小声道："不知道。"

"我带你先去吃点儿东西吧？"男人说道，"旁边就是一家面包店，你先吃点儿东西，否则你会晕在这里的。"他说着，抓了一下罗希的手臂，用的力道不大。

罗希抽回手，又朝墙角缩了缩，说："我在等哥哥。"

"可是你的脸色太令人害怕了，我认得你哥哥，我跟你们住在一条巷子里，你记得吗？你哥哥一定不希望看见你晕倒在这里。"

"不，我要等他。"罗希又挣扎了一下。

男人轻轻叹了一口气："唉。"

2

燕绥之和顾晏又站在了双月街上，不过没办法，谁让酒城就这么一块能伸脚的地呢。

既然他放话要请人吃饭，总不能带去太寒酸的地方，即便他现在真的很穷。

顾晏还算得上有点儿良心，他扫了整条街一眼，冲燕绥之道："你确定要在这里请我吃饭？看在今天你在庭上表现还不错的分上，我可以替你省一点儿钱，偶尔吃一顿三明治面包。"

燕大教授不要脸的时候是真不要脸，他瞥了顾晏一眼道："劳驾你不要乱提建议，我真干得出来。"

顾晏："……"

说着，燕绥之居然真的看了一眼对面的面包店，认真思考了几秒，最终摇了摇头道："算了，我受不了，吃点儿正经的吧。"

顾大律师冷冷地说："被请客的似乎是我。"哪有完全不考虑客人口味只管自己的人？

燕绥之朝上指了指，说："从这边上去四楼有一家餐厅，那儿的灰骨羊排和浓汤味道很好，适合这个季节。"

他已经换下了律师袍，重新穿上了大衣，戴了黑色的皮质手套。

"你很冷？"顾晏问。

"有点儿，可能是之前你那件律师袍太薄了。"燕绥之随口抱怨了一句，带头往楼里走，"所以让我们吃点儿热的暖和一下吧。"

餐厅里温度适宜，燕绥之终于舍得摘下手套，脱下大衣，还下意识朝瘦削的手指呵了一口气。

他们在里间靠窗的位置坐下，服务生拿来菜单时，燕绥之把菜单推到顾晏面前，顺口道："你想吃什么，随便点。"

顾晏问道："以前的习惯？"

"什么？"

"这样递上菜单让别人随便点的习惯，以前养成的？"顾晏垂着目光翻看菜单，不经意地问了一句。

燕绥之一愣，接着抱怨道："是啊，没被偷之前，我还算挺有钱的。"

他不仅有钱，花起钱来也慷慨得过分。

"那我点餐了？"

"点吧，钱得有出才有进。"燕绥之心想，我相信顾大律师你还是有点儿分寸的。

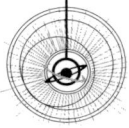

　　结果就见顾晏一脸淡然地扫完一页菜单，手指点了三下，说："这三样。"然后又翻开一页，"这两样。"接着翻开第三页，"还有这个和这个。"

　　当燕绥之看他要翻开第四页菜单的时候，感觉自己的笑容要裂开了。

　　"还有一份羊排和浓汤。"顾晏最后补充了一句，把菜单还给了服务生。

　　他两手交握搁在膝盖上，沉静地欣赏了一会儿燕绥之的脸色，冷淡地评价了一句："脸色很绿。"

　　燕绥之："……"

　　"我很怕欠下莫名其妙的人情，"顾晏道，"所以这顿不用你请。羊排和浓汤是你的，其他归我，你看着。"

　　燕绥之："……"

　　顾大律师端起杯子喝了一口清水，道："说吧，你请我吃饭是想干什么？"

　　燕绥之转了两下面前的杯子，干脆单刀直入："没什么，我一想问你有没有便宜舒适的住处可以介绍；二想问你有没有外快能让我赚一把。就这两件事，不急，我们可以边吃边商量。"

　　顾晏："……"

　　顾晏想了想，放下了水杯。他回忆了一下某人刚才的问题顺序，平静地道："我不是中介，没有。你别吃了，先走吧。"

　　燕绥之："……"

　　燕大教授在心里气得倒下了。

　　这种时候，他又希望顾晏能认出他来，他想让这个学生看着他敬爱的老师的脸，有胆把话再说一遍。不过，他还没来得及顶回去，顾大忙人的智能机又振动了起来。

　　燕绥之没有偷听的习惯，出于教养，他转头看向了窗外，让顾晏自在地去接通信。

　　这家餐厅楼下的景色一点儿也不美丽，因为坐落在双月街边缘，紧邻着贫民窟，所以一眼望下去全是矮矮的棚屋，夹杂着歪七扭八的巷子。他看见一辆出租车匆匆拐进巷子里，在一处拐角急刹停下，接着从车里出来两个人，其中一个还挺眼熟。

　　那一头没洗的头发，不是约书亚·馊·达勒是谁？

　　燕绥之想起案件资料上写着，约书亚的住址是金叶区94号，入室抢劫案的受害人则住在 93 号，就在约书亚家隔壁。

然而这破地方房子挤着房子，没有一条直线，一间房子恨不得有东南西北四面隔壁，根本看不出受害人家是哪一个。如果不实地找一下，连案子都理解不了。

怪不得顾晏接了委托后，第一时间就买了飞梭机机票。

"我推荐？"顾晏的声音不高，也没有刻意压低，所以即便燕绥之没打算听，有些语句还是在他走神的间隙钻进了耳朵里。

"今天是怎么了？一个两个都把我当中介。"顾晏的语气很淡，"这种事你应该去找事务官，他可以给你挑到合适人选，我这儿只有实习生。"

因为听见了"实习生"这个词，燕绥之转头看向顾晏，然而对方连眼皮都没抬一下，好像面前这个实习生是死的。

对面不知说了什么，顾晏又不咸不淡地回了一句："你还真是不挑。"

燕大教授通过这几句话进行了一个合理猜测——通信那头的人似乎要找一个合适的律师咨询问题或是接案子，也许因为时间紧或者别的什么原因，连实习生都不介意。

燕绥之的眼睛弯了起来，他以舒服的姿态倚靠在椅背上，心想：老天还是很照顾我的，刚说着缺钱要赚外快，财路就来了。

然而……

顾晏略一思索，干脆冲对方道："你去找亚当斯吧。"

燕绥之保持微笑，重新别过头，心想：去你的吧，气死我了。

"你在看什么？"顾晏切断通信后，顺着他的视线看向窗外，却一时没找到目标。

"你的当事人。"燕绥之嘴角含着笑，却没正眼看这断人财路的混账玩意儿一眼。看得出来他的心情不怎么样，因为张嘴就开始损人，"约书亚就在那条巷子里，大概正要回家，背后还背了一个麻袋，麻袋口上有一团乱七八糟的毛……"

他说着眯了眯眼，顿了一下又纠正道："好吧，我看错了，背的是一个人。"

根据燕绥之的描述，顾晏在杂乱的巷子里找到了那个身影，说："他背的是罗希，至于后面跟着的那个男人……"

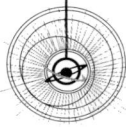

　　"司机。"燕绥之道，"刚才我看着他从那辆出租车的驾驶座上下来的。不过我很惊讶，约书亚居然会坐车回家。"

　　酒城遍地黑车，价格并不便宜，这实在不像一个饭都快吃不起的人会选择的交通工具。

　　顾晏皱起了眉，冲燕绥之道："我们吃完去看看他。"

　　"不是说明天？"

　　"既然我们已经到这里了，提前一点儿也无所谓。"

　　这家餐厅的羊排火候刚好，肉质酥烂，分量其实不多，搭配一例热腾腾的浓汤，对燕绥之来说慢慢吃完正合适。

　　顾晏看着他的食量，难得说了一句人话："你还要不要点餐？"

　　燕绥之有些讶异，心想：这人居然会口头上关心人吃没吃饱。

　　他摇了摇头，道："我一顿也就吃这么多。"

　　"我建议你最好吃饱一点儿，"顾晏一脸冷漠道，"不要指望我会陪你一天出来吃五顿饭。"

　　燕绥之："……"

　　这么会说话的学生，自己当初是怎么让他进门的？燕绥之想了两秒，面带微笑道："不劳大驾，我自己有腿。"

　　当他们两人走进拥挤的矮房区时，这一片的住户刚好到了饭点，油烟从各个打开的窗户里散出来。穿插在房屋中间的巷子很窄，几乎被油烟填满了，有些呛人。

　　先前他们在楼上俯瞰的时候，好歹还能看出一点儿依稀的纹理，现在身在其中，燕绥之才发现，这哪里是居住区啊，分明是迷宫，三两下就分不清东西南北了。

　　燕大教授心想：还好我不是一个人来，否则进了这迷宫，大半辈子就交代在这儿了。

　　顾晏在这片乱房中找到了排号规律，带着燕绥之拐了几道弯，就站在了94号危房门外。

　　它是没有往外散发油烟的屋子，另一个冷锅冷灶的屋子就紧挨着它。

　　燕绥之嘀咕："那间没有开伙的房子不会就是93号吧？"

　　顾晏已经先他一步找到了门牌号，说："嗯，吉蒂·贝尔的家。"

吉蒂·贝尔女士是一个七十多岁的老太太，在遭受抢劫的过程中后脑受了撞击，如今还躺在医院里。如果她能醒过来指认嫌疑人，那么这件案子的审判会变得容易许多。可惜她还没睁眼，而且近期也没有要睁眼的趋势。

现在约书亚需要极力证明自己的清白，而控方则在收集更多证据，以便将他送进监狱。

顾晏低头避开矮矮的屋檐，敲响约书亚家的门。

燕绥之站在旁边，同样低着头避开屋檐，给自己不算太好的颈椎默念悼词。

"谁？"里面的人显然不好客，一惊一乍的像一只刺猬。

"你的律师。"

片刻后，那扇老旧的门被人从里面拉开，"吱呀"一声，令人牙酸。

约书亚露出半张脸，看清了外面的人，问道："你不是说明天见吗？"

燕绥之一点儿也不客气，说："进屋说吧。"

约书亚："……"

"你保释获准了，怎么也能高兴两天吧？你这孩子怎么还是一副上坟脸？"燕绥之进门的时候开了一个玩笑。

约书亚收起了初见时的敌意，闷声道："我妹妹病了。"他说着眼睛又红了一圈，硬是咬了咬牙根，才把情绪收回去，没带哭音，"她一直蹲在看守所门外等我，现在病了。"

燕绥之走进狭小的卧室，看了一眼裹在被子里的小姑娘，用手指碰了一下她的额头，说："她高烧着呢，这是蹲了多久？"

约书亚说："应该有五天了，她等不到我不会回家的。"

"有药吗？"顾晏扫了一圈屋子，在桌上看到了拆开的药盒。

"我给她喂过药，也不知道管不管用。"约书亚有些烦躁地抓了抓头发，在卧室转了一圈后，又拿了一件老旧的棉衣压在罗希的被子外面，"我希望她能快点儿出汗。"

燕绥之瞥了眼落灰的灶台，问道："她吃药前吃过东西吗？"

约书亚摇了摇头，说："没有，她吃不进东西，只说晕得难受。"

"那不行，她得去医院，这是连冻带饿积压出来的病，光吃药没用。"

被褥加上棉衣格外厚重，显得压在下面的小姑娘越发瘦小，只有小小一团，嘴唇裂得发白。

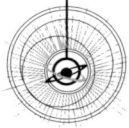

约书亚揪了一下头发，转头开始在屋里翻找。

他着急的时候有些吓人，重手重脚的，像跟柜子有仇。

"你拆房子呢？"燕绥之有些纳闷。

约书亚说："找钱。"

顾晏摇了摇头，拎起床上那件棉衣，一把将被子里的小姑娘裹起来，冲燕绥之道："叫车。"

约书亚蹲在柜子前愣了一下，捏紧了手指，梗着脖子道："我能找到钱，还剩一点儿，够去一次医院。"

"知道了，你回来还我们。"燕绥之丢了一句话给他，转头就出了门。

这句话奇迹般地让约书亚好受了一点儿。他收起了犟脾气，急匆匆跟在两人身后，叫道："有车，巷子里就有车。"

他一出门就跑进旁边的巷子里，冲里面一间黑漆漆的屋子喊了一声："费克斯！"

约书亚所说的车，就是燕绥之在楼上看到的那辆。

那个司机就住在这个巷子里，被约书亚喊了两嗓子，便抹了嘴跑出来，拉开驾驶室的门坐进车里。

"去医院？"名叫费克斯的司机发动车子，问了一句。

他的声音极为粗哑，旁人听了不大舒服。

燕绥之坐在后座，一听这声音便朝后视镜里看了一眼。这司机还是一个面熟的，脸上有道疤，之前载过他和顾晏。

"对，越快越好！"约书亚焦急地催促。

费克斯没再说话，脚踩油门，车子就冲了出去。

"我之前在那边楼上的餐厅吃饭，刚好看见你们的车开进巷子。"燕绥之说，"我还纳闷你身上哪来的钱叫车，原来是认识的人。"

"嗯。"约书亚一心盯着妹妹，回答得有点儿心不在焉，"屋子离得很近，我们经常会在巷子里碰见。上午我去看守所找罗希的时候，刚好看见他在跟罗希说话。"

费克斯在前面接话道："我刚好从那里经过，看见她蹲在那里快要晕过去了，大家毕竟住在一个巷子里，我总不能不管。"

约书亚粗鲁惯了，听见这话没吭声，过了一会儿，才补充了一句："谢谢。"

费克斯在后视镜里瞥了他一眼，道："别这么客气。"

他们去的是春藤医院，是离金叶区最近的一家医院。

这家医院倒是很有名，在众多星球都有分院，背后有财团支撑，半慈善性质，收费不高，对约书亚来说非常友好……哦，对目前的燕绥之来说也是。

这也意味着这里异常繁忙，来来回回的人活像在打仗。

等到把罗希安顿在输液室，已经是一个半小时后了。

约书亚在输液室帮妹妹按摩手臂，燕绥之则等在外面。

等候区的大屏幕上一直在放通知，说是春藤医院本部的专家今天在这边坐诊一天，一共十位。当严肃至极的照片放出来的时候，活似通缉令。

燕绥之靠着窗子欣赏了一番要多丑有多丑的证件照，余光瞥到了屏幕旁边的医院守则，里面明晃晃列明了目前能做基因微调手术的分院名称及地址。

"基因微调……"燕绥之眯了眯眼。

"你说什么？"顾晏怕当事人兄妹俩活活饿死在医院，出去买了点儿吃的，结果刚回来就听见燕绥之在嘀咕什么。

"没什么。"燕绥之瞥了眼他手里打包的食物，"这么多？你确定那两个饿疯了的小鬼的胃能承受得住？饿久了不能一下子吃太多。"

顾晏没理他，兀自进了输液室，没过片刻又出来了，手里的东西少了大半，但还留了一点儿。

他走到窗边，自己拿了一杯咖啡，把剩下的递给了燕绥之，正绷着脸想说点儿什么，大门里又呼啦拥进来一大拨人，惊叫的、哭的、喊"让一让"的，乱成了一团。

当两张推床从面前呼啸而过的时候，燕绥之隐约听见人群里有人提了一句管道爆炸。

他眉心一动，用手肘拱了拱顾晏，道："哎，说到爆炸，我想起来你给我的卷宗里爆炸案好像格外多。"

顾晏的手肘架在窗台上，喝了一口咖啡，"嗯"了一声。

燕绥之问道："你接那么多爆炸案干什么？"

过了一会儿，顾晏咽下咖啡，道："我有一位老师半年前死在了爆炸案里。"

这一句话他说得平平静静，却听得燕绥之心头一跳。

几乎全世界都相信那场爆炸是一个意外，有人感慨他的倒霉，有人唏嘘他

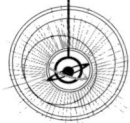

的"过世"，法学院会把他请进已故名人堂，金毛洛克他们会在谈论起他的时候把称呼纠正成"前院长"。

等到再过几年，那些为他的"死"感到难过的人会慢慢不再难过，聊起他的人会越来越少，甚至偶尔还能拿他调侃两句开个玩笑。

这是一条再正常不过的变化轨迹，也是燕绥之心里预料到的，他对此适应良好，看得很开。

反倒是顾晏这种反应，完全在他意料之外。

他没想到除了自己，还有其他人在关注那件爆炸案，会额外花心思去探究它的真相。

最令他感到意外的是，这个人居然是顾晏。

难不成这个同学毕业后兜兜转转好几年，突然又回归初心，重新敬爱起他这个老师了？

燕大教授这么猜测着，心里突然浮上了一丁点儿歉疚：当年我应该少气这学生几回，对他稍微好点儿的。

燕绥之这短暂的愣神引来了顾晏打量的目光，他道："你也是梅兹大学的，难道没听说过？"

"嗯？"燕绥之回过神来，点头应道，"如果你说的是前院长碰到的那次意外，我当然听说过。我刚才发愣，是没想到你接爆炸案是这个原因。怎么，你觉得那次意外有蹊跷？"

顾晏斟酌了片刻，道："我仅仅是怀疑，没什么实证。"

"没有实证？那你为什么会怀疑？"燕绥之看向他。

顾晏说："看人。"

燕绥之："？"

这话说得太简单，以至于燕大教授不得不做一下延展理解。一般而言，"看人"就是指这事儿发生在这个人身上和发生在其他人身上，对待的态度不一样。

"看人？"燕绥之打趣道，"难不成是因为你特别敬重那个老师，所以格外上心想知道真相？"

得亏燕大教授披了另一张人皮，可以肆无忌惮地不要脸，这话说出来他自己都想嘲讽两句。

顾晏闻言，用一种"你在开什么鬼玩笑"的眼神瞥了他一眼，然后不紧不慢地喝了一口咖啡，淡淡道："恰恰相反，你如果知道每年教授评分季我给他多少分，就不会做出这么见鬼的猜测了。"

燕绥之问道："多少分？"

顾晏说："不到五十分。"

燕绥之"啧"了一声。

顾晏看了他一眼。

燕绥之说："你也就仗着是匿名的吧。"

顾晏说："不匿名的话，也许我就给二十分了。"

燕绥之："……"同学，你怕是想不到自己在跟谁说老师的坏话。

不过燕绥之略微设想了一下，就当年顾晏那种气急了要么滚要么呛回去的脾气，当着他的面说不定真能打二十分。

所以，还是让师生情见鬼去吧。

燕绥之挑了挑眉，说："那你说的看人是什么意思？"

顾晏把喝完的咖啡杯捏紧，扔进了回收箱，才回道："没什么意思。"

燕绥之正想翻白眼呢，顾晏突然没头没尾地来了一句："那天我听见几个实习生说你长得跟他有点儿像。"

"什么？"燕绥之愣了一下才反应过来，扬起嘴角笑了一声，状似随意道，"你说那个倒霉的前院长？以前也有人说过，我自己倒没发现。你呢？你觉得我们像吗？"

关于这点，燕绥之其实并不担心，因为有那么一个说法，说陌生人看某个人的长相看的是整体，乍一看很容易觉得两个人长得相像，但是越熟悉的人，看的是五官细节，下意识注意的是差别，反而不会觉得相像。

就好像总会有人感叹："哇，你跟你父母简直长得一模一样。"

而被感叹的人常会讶异道："像吗？还好吧。"

比起洛克他们，顾晏对他的脸实在太熟悉了，况且就算像又怎么样，世界上长得像双胞胎的陌生人也不少。

即便这样，顾晏突然微微躬身盯着他五官细看的时候，他也吓了一跳。

他朝后让开一点儿，忍了两秒还是没忍住，没好气道："你怎么不举一个显微镜呢？"

顾晏重新站直身体，平静道："不像。"

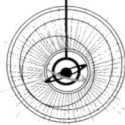

果然。

"你如果真的跟他长得那么像，第一天就会被我请出办公室。"顾晏说完也不等他反应，转身便走了。

燕绥之哭笑不得地说："那天你是没请我出办公室，但请我直接回家了，这壮举你是不是已经忘了？"

顾晏走在前面，一声不吭，也不知是真没听见还是装聋，抑或只是单纯懒得理人。

两人一前一后走到了电梯这边，然而周围的人有些多，顾晏脚尖一转，干脆拐到了楼梯口。

"上楼干什么？"燕绥之一头雾水地跟在他身后，上了三楼。

"刚才我们说话的时候，我们的当事人约书亚先生进了电梯。"

"他上楼干什么？"燕绥之回忆了片刻，突然想起来，入室抢劫案的受害人吉蒂·贝尔就住在这家春藤医院。

3

B座三楼是春藤医院的特别病房，提供给身份特殊的病人住，比如某些保外就医的罪犯，比如像吉蒂·贝尔这样案件尚未了结的受害人等。

病房核查严格，只有这条连廊供医生和陪护家属进出。

吉蒂·贝尔的房门口还守着警队的人，他们穿着制服坐在两边的休息椅上，其中两个正靠着墙小憩，看脸色已经好几天没好好休息了。

顾晏和燕绥之刚进走廊，就看见约书亚正靠在走廊这一端，远远地看着那间病房。不过从他的角度只能透过敞开的病房门看见一个白色的床角。

约书亚站了没一会儿，就引起了警员们的注意。他们皱着眉刚要起身，约书亚已经转身往回走了。他闷着头也不看路，差点儿跟燕绥之撞个满怀，惊道："你们怎么也来了？"

"我们刚刚在楼下看到你进了电梯。"燕绥之道。

约书亚的脸色变了变，有一瞬间显得非常难看且非常愤慨，他道："我上来怎么了？难道你们还怕我冲进病房？"

燕绥之挑了挑眉，心想：这小子还真是浑身都是炸点，随便一句话都能让他蹦三蹦。

燕绥之按住约书亚的肩膀，把他不轻不重地推了一下，说："得了吧，我们真怕你冲进病房就不会上来了，门口守着的那些警员捉你还不跟捉小鸡一样？"

约书亚："……"

他扭了扭肩，挣开了燕绥之的手，粗声粗气道："那你们跟过来干什么？"

"我们怕你被吉蒂·贝尔的家属撞见，吊起来打。"燕绥之随口道。

约书亚一脸愤怒道："不是我干的，他们为什么会打我？"

"你说呢？"燕绥之道，"在没找到可以替代你的真凶前，人家总要有个仇恨的对象。况且法院一天不判你无罪，人家就默认你依然有罪，这很正常。"

约书亚瞪圆了眼睛要嚷嚷，刚张口，燕绥之就道："闭嘴，别喊，你们这些年轻小鬼就是脾气大，别总这么激动。"

约书亚气得扭头喘了好几下。

顾晏一直没开口，在旁边看戏似的看着他们。

"别呼哧了，你是风箱投胎的吗？"燕绥之笑了笑，"你可以这么想，也不止你一个人这么倒霉，还有被牵连的我们呢。一般来说，他们不仅恨你，还恨帮你脱罪的我们，你应该庆幸进法院有安检，否则来一个跟你一样瞎激动的家属，挑两桶浓硫酸，泼你一桶，泼我一桶，余下的倒他头上，也不是不可能。"

他说这话的时候笑眯眯的，约书亚听着心却凉了。

吓唬完人，他还安抚道："以前还真有过这类事发生，你看我就不喘。"

约书亚："……"

顾晏在旁边不着痕迹地蹙了一下眉。

燕大教授吓唬小孩正在兴头上，全然忘了自己还有个特别技能，叫乌鸦嘴。

说话间，三人正要走出连廊，拐角处却转过来一个人。来人是一个棕色短发的少年，看着比约书亚大不了两岁，顶多十七岁。他正提着一桶不知从哪儿弄来的热水，看那热气滚滚的样子，很可能刚沸腾没多久。

病房这边供给的大多是可以直接饮用的冷水或者温水，这样滚烫的水得另外找地方烧。

燕绥之觉得这个少年有些眼熟，没细想就下意识给对方让开了路。谁知少年瞪着他看了两秒，突然骂了一句："是你们！人渣！"

他说着，一只手托着水桶底部，将整桶开水泼了过来。

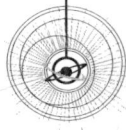

变故陡生，燕绥之只来得及抬手挡住脸。他感觉自己腿上一痛，又被某个温热的躯体护了一下，接着便响起某个小护士的尖叫声。

十分钟后，燕绥之坐在一间诊室里，老老实实地让医生看小腿到脚踝处的烫伤。这还是顾晏的大衣替他挡下大部分水的结果。约书亚比较幸运，只伤到了左手的手背。

医生给他们紧急处理了一下伤口，打了一张药单，让顾晏帮他们去缴费。

春藤医院的半慈善性质决定了每次诊疗都要从身份档案上走，缴费拿药的时候需要填一份身份证明单。

顾晏将湿了的大衣挂在手肘上，径自去了收费处。

桌台边的小护士道："病人是第一次在这边就诊吗？是的话需要填一下身份证明单。"

顾晏垂着眼皮扫了一眼填单格式，在光脑上点出了一张新表单。他握着电子笔，在填写患者姓名那一栏时下意识写了一个字，又顿了一下。

小护士伸头过来，关切地问道："怎么啦？有什么问题吗？"

顾晏淡声道："没事，我写错字了。"

小护士笑了笑，顺带瞥了眼姓名栏。

就见那里有一个写好的"燕"字，不过下一秒，就被顾晏点了删除。

小护士心想：字写得很好看啊，没看出哪里错了。

患者姓名那一栏重新一片空白，顾晏握着笔填上了"阮野"两个字。

小护士横看竖看也没弄明白，这两个字怎么会跟"燕"弄混，不过她没多嘴，只是保持漂亮明媚的微笑在一旁等着。

顾晏很快填好单子，点了提交。小护士手指灵活地在光脑上操作着，没过片刻，便显示春藤医院诊疗记录跟阮野的身份绑定成功。只不过"阮野"这个身份下，医疗记录界面干干净净，一条诊疗记录都没有。

没有春藤医院的诊疗记录，也没有其他医院的，这显然不太正常。

"呃……"小护士看着这个界面一愣，下意识按了几下刷新，咕哝道，"界面卡了吗？怎么什么都没刷出来？"

顾晏扫了一眼屏幕，脸上没多少惊讶。

顾晏手指上的智能机突然振动起来，他从大衣口袋里摸出一只耳扣，一边接通通信，一边冲小护士道："绑定好了吗？"

小护士见他似乎正忙，也不纠结那一片空白的诊疗记录了，点点头退出了界面，微笑道："绑定好了，你可以去付费处缴费了。"

"谢谢。"顾晏说着，手指在耳扣上敲了一下激活语音，"喂，乔？"

"哟，顾大忙人居然还有空理我！"通信那头的人哈哈大笑着。

顾晏"嗯"了一声，说："我没看来电人名字。"

乔说："你这话什么意思，要是看到来电人的名字呢？"

顾晏道："拒接。"

乔说："好好好，你忙你第一。我打给你就是再确认一下，五号那天，你真不来亚巴岛吗？"

顾晏点开全息屏，看了一眼不同星区的时间换算，说道："不去了，我要出庭。"

乔还有些不死心，说："我难得开一次庆祝会啊，对我来说那么重要的日子，你忍心不来？五号不行，四号来露个面也行啊！我都多久没看见你了！我们再不见面，你就要失去我这个朋友了。"

"四号？"顾晏又看了眼日程表，还没来得及回答，对方又开了口。

"我的天，你旁边人很多吗？好吵，你在哪儿呢？"

顾晏答道："酒城。"

"你去酒城干什么？呼吸新鲜空气吗？"

顾晏："……"

他想了想，回答道："我接了一个案子在这边，顺便看戏剧。"

鉴于顾大律师一年三百六十五天都在说案子，乔对此并没有什么兴趣，他更好奇后半句："看戏剧？你还有空看戏剧，我没听错吧？酒城那地方有正常人待的剧院？你看的什么剧？"

顾晏道："《皇帝的新衣》。"

乔："？"

顾晏走到收费处把钱交了，提示音一响，手边的窗口哗哗吐出来一堆药。

"您的药品已出库，请检验有无遗漏。"

乔更茫然了，问道："药品？你不是在看戏剧吗？我怎么听见了医院的声音，你去春藤了？"

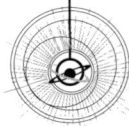

"嗯。"顾晏平静地道，"'皇帝'被烫了脚，我给他拿点儿药。"

乔："？"

顾晏拿了药，收起了智能机不同星系时间换算的界面，问道："三号到四号下午我有时间，你都在亚巴岛？"

乔一听，立刻道："在！我当然在！我在亚巴岛住一个月再回去！那就这么说定了，五号有那么多人，我知道你懒得见，三号你来，吃住不用管，人来就行。"

当顾晏回到诊室的时候，燕绥之已经跟那个医生聊起天了。燕绥之烫伤的腿涂了药裹着纱布，不太方便踩地，只能跷着二郎腿，但这丝毫不妨碍燕大教授从容淡定地跟人谈笑风生，好像这条腿不是他的似的。

医生笑着说："我母亲也姓阮，没准儿跟你八百年前是一家。"

顾晏八百年没听见有人这么套近乎了。

顾晏进了门，把药搁在燕绥之的腿上，垂眼看向医生手边的光脑界面。

燕绥之正翻看着药，就听医生道："稍等，护士那边刚把你的信息界面传过来，我录入一下诊疗记录。"

约书亚是一个哪壶不开提哪壶的棒槌，他托着包扎过的爪子"咦"了一声，说："你这人看着一点儿不禁打，身体倒是好得出奇啊，居然没有过诊疗记录。"他说着，用一种"难以置信"的目光将燕绥之上下打量了一番，嘬了嘬嘴，"真是见鬼了，我以为我的诊疗记录已经够少了。"

原本医生没有注意到这点，被约书亚一提醒，输入的手指一顿，说道："咦——对啊，我才发现你居然没有过往医疗记录。"

燕绥之心想：如果他有绳子，已经把约书亚这倒霉孩子吊起来打了。

他下意识瞥了顾晏一眼，就见顾大律师也正皱着眉看向他。

燕绥之迅速调整了表情，干笑一声，说："别提了，前几天我被小偷盯上了，偷了我一大堆东西不说，可能是怕被追踪吧，还把我的各种身份绑定信息都注销了。我重新办理手续后还是有很多空白，也不知道是不是同步的时候出了故障。"

医生毕竟不是搞调查的，他听了燕绥之的话，注意力显然被引到了"小偷"身上，唏嘘道："临近年底，确实到小偷出来活动的季节了，你还是要当心点儿。我看你是学生吧？毕业了挑安全点儿的街区住。"

燕绥之笑笑，余光中瞟到顾晏收回了目光，似乎也接受了他的说法。

医生看着一片空白的界面大概有些不适应，写诊疗结果的时候，硬是把一个烫伤分成三份写，占了三条记录，看起来总算没那么碍眼了。

燕绥之笑着冲他点了点头，心想：您值得拥有一枚医德勋章，急患者之所急，想患者之所想，太会体谅人了。

医生填完诊疗结果，指着燕绥之腿上那堆药叮嘱顾晏："先涂这支红色的药膏。手伤的这孩子伤口不算大，涂两天就行了，腿伤的这位得涂四天。之后涂这支蓝色的药膏，涂到伤口看不出痕迹就行了。一周后回来复诊一下，不过到时候应该是其他医生在这里。我只是今天从本部过来坐个诊，明早就回去了。"

燕绥之心想：你看着我说就行了，这位医生。

医生交代完，冲他们笑了笑，按了一下铃，外面排队的号码跳到了下一个数字。

三人拿着药准备出门。燕绥之撑着桌子站起身，伤了的那只脚略微用点儿力就针扎似的痛。他只在那一瞬间蹙了一下眉，脸色便恢复如常，就想这么走出去。结果他还没迈脚，就被顾晏抓住了手腕。

"怎么？"燕绥之一愣，摆了摆手道，"没事，破皮而已，又不是断腿，还用扶？"

"这条腿难使力，你是打算蹦着出去，还是瘸着出去？"

燕绥之想象了一下那个场面，确实不大美观，很难走得优雅有气质，只得抓着顾晏的手借力朝外走。

院长是一个讲究的院长，腿都快烫熟了还要在意不能走得太丑，于是他每步都挺稳，就是速度很慢。

他们刚走到门口，就见一个鬈发医生匆匆过来，走路带风，白大褂下摆都飘了起来。鬈发医生在门口被燕绥之他们挡了一下，侧着身子钻进诊室，问道："林，在忙？"

鬈发医生说着，又想起什么似的回头看了燕绥之一眼，目光从燕绥之伤了的腿上扫过，又在他脸上停留了片刻。

最终，他收回了目光，冲给燕绥之看伤的林医生道："这是刚才在三楼被开水烫到的人？"

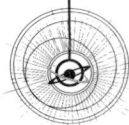

林医生点了点头，问道："你怎么一副急匆匆的样子？"

"哦，没，刚才本部……"

4

燕绥之走到春藤医院输液室花了五分钟，约书亚差点儿给他跪下，说道："我爬都能爬两个来回了。"

燕大教授云淡风轻地道："是吗？那你爬给我看看。"

约书亚："……"

他扭头就进了输液室，把输完液的妹妹罗希接了出来，绿着脸跟着燕绥之继续爬向医院大门。

走出门的时候，顾晏先去拦了车。

燕绥之在等司机掉头开车过来的时候，回头朝大楼看了一眼。

人的目光也许真的有实质，反正他一眼就看到了三楼某个窗户边站着的人——那个泼了他们开水的少年。

他后来想起来，那个少年是被害人吉蒂·贝尔唯一的家人，泼完开水后被警队的人拉走了，这会儿也许刚受完教育，正在目送他心中的"人渣"离去。

燕绥之转回头，就见约书亚也正从那处收回目光，刚才挤对人的那点儿火气又从他身上消失了。他耷拉着脑袋，垂着眼，脸色很难看，有些阴沉又有些委屈。

"你刚才为什么跟警队的人说是他脚滑？"约书亚沉着嗓子道。

"因为案子还没审完，不适合让受害者的家人积聚更多怒气，这对审判不利。"燕绥之语气轻松，显得满不在意，目光却沉静地看着远处虚空中的一点，像是出神，"这样的事情我见过很多，知道怎么处理更好，你还小，下回别添乱，闭嘴就好。"

约书亚心说：还有下回？

因为伤了一只手，约书亚的生活变得很不便利，如果只有他一个人也就将就对付了，偏偏还有一个身体尚未恢复的妹妹罗希，这就有些捉襟见肘了。

为了防止发生兄妹双双饿死在旧屋的人间惨剧，这两天他们都暂住在燕绥之和顾晏下榻的酒店。

保释期间，约书亚会受到诸多限制，比如不能随便离开居住的市区，不能会见受害者、证人，以防串供。甚至包括受害者吉蒂·贝尔老太太的亲属，比如那天泼开水的少年，他也不能擅自去会见，但他和律师之间的联系是不受限制的。

"嘭嘭嘭"，燕绥之的房间门响了起来。

这么粗鲁且吵闹的敲门声，一听就知道来人是约书亚。

燕绥之坐在窗边的沙发椅上，放松着受伤的那条腿，正支着下巴，面容沉静地翻看案件资料。

他头也不抬地说："进来。"这状态跟他当初在院长办公室的时候几乎一模一样。

坐在他对面的顾晏正在回一封邮件，听见这话手指一顿，掀起眼皮。

燕绥之又翻了一页资料，才注意到顾晏的眼神："怎么？"他说完这话终于反应过来，干笑一声，拿起桌面上的遥控按下开门键，补充了一句，"我以为自己还在德卡马呢，忘了这里的酒店房间不是声控了。"

顾晏冷冷地收回目光，继续将手中的邮件处理完。

燕大教授内心庆幸不已，还好自己的解释很自然。

"你喊我来干什么？"约书亚一进门就开始抱怨，抓着头发烦躁道，"又要问那天夜里的经过？"

他没有智能机这种高级玩意儿，幸好酒店房间有内部通信机，所以燕绥之"提审"这小子只需要动动手指头。

"你说呢，不然我还能问你什么？"燕绥之关闭了手中的全息页面。

"就这么一个经过，这两天你们已经颠来倒去问了八百多遍了。"约书亚很不情愿，连走路的步子都重了几分。

"来吧，你别垂死挣扎了，没用的。"燕绥之扬起嘴角拍了拍第三把椅子，示意他乖乖坐下。

向约书亚询问案发经过以及他当时的动向，是顾晏这两天一直做的事。

根据联盟律师行业的规定，出庭律师会见当事人的时候，一定要有第三者在场，第三者的身份并无限制，可以是助理，可以是实习生，也可以是事务律师。设立这个规定的初衷，是谨防有些律师为了胜诉运用一些不太合法的手段。

当然，实际上什么用也没有。

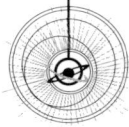

因为燕绥之有腿伤，移动不太方便，顾晏也不想看他龟速移动，所以询问约书亚的地点干脆定在了燕绥之的房间。

顾晏干脆利落地处理完三份工作邮件，抬眸盯着约书亚道："即便已经问过八百遍，我也需要你向我保证，你说的一切都是真话。"

约书亚哼了一声，翻着白眼，举起手，说："我说的当然是真话，我骗你干什么？我没抢人家东西，说了不是我干的，就不是我干的。"

燕绥之想了想，补充道："我还是有必要提醒你一句，依照行业规定，律师是有保密责任的，我们有权利也有义务对你所说的内容保密。"

保密到什么程度呢？就比如当事人被指控故意杀人，警方却迟迟找不到犯案凶器，哪怕当事人对律师坦白了凶器是怎么处理的，律师也不能把这些告知警方。

燕绥之以前跟人开玩笑时说过，这是一条魔鬼法则，黑色、阴暗，违背最朴素的道德，令人厌恶。但现实就是，只有在这种法则框架下，魔鬼们才会说出真相。

燕绥之第八百次给约书亚喂定心丸，缓缓道："所以——"

"所以希望我不要有顾忌，有什么说什么，即便涉及一些很浑蛋的内容，也会得到保密。"约书亚用背书式的语气毫无起伏地替他说完，咕哝道，"我知道了，耳朵都听出老茧了。"

燕绥之和顾晏一个比一个淡定，对于他这种不耐烦的态度司空见惯。

"所以二十一号下午到晚上，你都做了哪些事？"燕绥之对照着案件的已有资料问道。

"那天我打工的时候跟人起了冲突，被打伤了颧骨，得到了 100 西的额外补偿，还能提前收工离开工地，得到了半天假期……"

他肿着脸，捏着钱，心情微妙。他说不上来是颓丧、烦躁更多，还是多一笔钱的惊喜更多，又或者这种矛盾本身就令人难过。

他摸着颧骨舔着一嘴血，回家补了一个觉，又揣着钱上了街。他去了巷子里那家首饰批发小店，花 68 西买了一对珍珠耳环，然后带着那对廉价但还算漂亮的珍珠耳环爬上了吉蒂·贝尔家的围墙。

"你为什么花 68 西去买那副耳环？"顾晏问。

虽然这个问题已经对答过很多次，但约书亚每次回答前还是会沉默几秒。

"因为下午我睡囫囵觉的时候梦到了外祖母。"约书亚说。

"为什么你会梦到外祖母？"

"谁知道呢。"

也许被打的颧骨突然比以往的每处伤口都疼，或是那100西的补偿突然让他觉得委屈又没意思，他就那么梦见了过世好几年的外祖母。

他梦见自己站在狭小的厨房里，给妹妹熬着菜叶粥，外面大雨瓢泼，屋檐的水滴成了帘子。

外祖母站在厨房窗外的屋檐下躲雨，一脸慈祥地看着他。

他推开窗，对外祖母道："外面雨大，屋檐挡不住雨，你怎么站在这里？赶紧进屋呀。"

外祖母摸了摸潮湿的衣角，又朝屋里看了两眼，温和地笑笑，说："我不进去了，只是想看看你。"

约书亚有点儿急，说："你进来吧，快进来，雨要打在你身上了。"

外祖母还是笑笑，没进门。

梦里的他不知道为什么那么焦急地想让外祖母进屋，也不知道为什么那么难过。

他在浓烈的悲伤中惊醒过来，瞪着红通通的眼睛在床上躺了好一会儿，然后突然想去买一对珍珠耳环。

外祖母还没过世的时候说过，她一直想要一对珍珠耳环。

"为什么你会翻上吉蒂·贝尔家的围墙？"依然是燕绥之和顾晏轮番提问。

"因为她坐在扶手椅上凑着灯光织围巾的样子和外祖母很像……"约书亚道，"老花镜很像，动作很像，整个侧面都很像。"

有时候他想外祖母了，就会蹲在围墙上，借着夜色和窗户上水汽的掩护，一声不吭地看上一会儿吉蒂·贝尔。

那天，他一时冲动买完珍珠耳环，走回家门口才意识到，他这对耳环没有外祖母可送了。

于是他借着夜色爬上了吉蒂·贝尔家的围墙，这次不只是看着，而是悄悄跳进了院子里，把装着珍珠耳环的黑色天鹅绒小布兜挂在了门边。

谁知道好死不死地，那天晚上，吉蒂·贝尔家发生了抢劫，偏偏装着耳环的绒布兜被风吹落在地上。

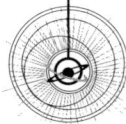

在没有其他确凿身份线索的前提下，那个绒布兜刚好成了重要罪证。巷子里杂乱老旧，没有可用的摄像头，但警方追踪到了卖珍珠耳环的商店，调出了商店的监控，约书亚买耳环的过程在监控中清清楚楚。

后来，警方又通过约书亚鞋底残存的泥迹，确定他进过吉蒂·贝尔家。

总之，证据一条一条全部指向约书亚。

"我再确认一遍，你什么时候出的院子？"顾晏道。

约书亚说："七点半不到。"

抢劫案发生的时间在七点五十分到八点十分，只要能证明约书亚提前出了院子就好了，这也是他们最好的突破口，然而糟糕的是，巷子里没有安装摄像头，当时也没有人经过，同样没有人能给约书亚做那段时间的不在场证明。

"如果有监控就好了。"燕绥之交握的手指一下又一下地点着指尖，有些微遗憾，"可惜……"

约书亚一脸绝望道："所以你们问了八百遍，还是没办法是吗？"

燕绥之说："有的。"

约书亚的嗓门猛地提高："真的？"

"只是需要你先帮一个忙。"

"什么忙？"

"你看见床边那个黑色床头柜了吗？"燕绥之问。

约书亚点了点头，说："当然，我又不瞎。"

"你现在走过去。"

约书亚闻言，有些摸不着头脑，他挠了挠头发，绕过大床走到了床头柜那儿，用脚踢了踢柜子，说道："然后呢？你干吗这么神神秘秘的，直说不就行了？这里面难不成装着你的办法？"

燕绥之笑着点头，说："对，你现在把抽屉拉开。"

约书亚说："你能不能一次性说完，然后呢？"

他皱着眉嘀嘀咕咕个不停，看起来很不耐烦，但还是照做了。

燕绥之说："你能看见里面有什么东西吗？"

约书亚说："有一卷胶布。"

燕绥之笑得更优雅了，说："这就对了，你只要撕下两截胶布，把自己的嘴巴封上，我们就有办法了。"

约书亚："……"

有那么一瞬间，约书亚的手都伸出去了。

燕绥之微笑着说："你掀了床头柜，就没有律师了。"

约书亚："……"

约书亚黑着脸把手缩回来，又动了动腿。

"你踢一下床沿，后果一样。"

约书亚："……"

他硬生生止住了自己的大腿，差点儿扭了筋，然后又习惯性地张开嘴想骂人，刚起了个头，燕绥之又笑了起来。

这回不用他再说话，约书亚已经自动闭上嘴，把后面的音节吞了回去。

"举一反三，你挺聪明的嘛。"燕大教授夸了约书亚一句。

被夸的人看脸色是不大想活了。

约书亚气成了一个黑脸棒槌，重重地走回椅子边，一屁股坐下来。他的嘴巴张张合合好几回，终于憋出一句话："我知道你们有规定的，律师应该为当事人的利益着想，你不能这样气我。"

燕绥之道："你居然还知道这个？"

约书亚："……"他觉得这话可以算作人身攻击了。

他瞪着燕绥之，过了一会儿，又偃旗息鼓地垂下头，有些烦躁地踢了踢自己的脚，却没弄出太大的动静。

燕绥之看着他，还想张口，就听顾晏冷不丁扔过来一句话："你再气下去，我恐怕就没有当事人了。"

约书亚："……"是，当事人马上要活活气死了。

"不会的。"燕绥之笑了一声，看进约书亚的眼睛里，带着一点儿笑意道，"你其实并没有真的生气，否则你不会像一条河豚一样坐在这里，早就该掀的掀，该踢的踢，根本不会管我说了什么。你没有真的生气，是因为能分辨出谁在逗你，谁是真的带着恶意针对你。"

燕绥之顿了一下，又道："你其实很聪明，就是脾气比脑子跑得快。如果你少骂两句人，发脾气前先用一用脑子，好比现在这样，还是挺容易讨人喜欢的。况且真想气人不用靠脏话，你看我刚才骂你了吗？你不是照样脸都憋绿了。"

约书亚："……"

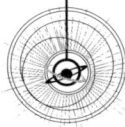

顾晏："……"

燕绥之前面还挺正经的，说了人话，最后这是在教人家什么乌七八糟的东西？但是约书亚对着他还真发不出什么脾气，只能翻个白眼算回应。

"办法会有的。"燕绥之道，"只要你不骗我们，我们就不会骗你。你先回去吧，我跟顾老师再研究研究。"

"嗯。"约书亚这次没再多说什么，老老实实点了点头，起身朝门外走。

他拉开房门的时候，有些犹豫地回头，想说点儿什么，但最终没开口，闷着头就要出门。

倒是临关门前，顾晏突然淡淡地说了一句："以后你别去爬别人的围墙，不是什么好事。"

约书亚"嗯"了一声。

关门声响起，约书亚离开了，房间里的两个人却没有立刻说话。

5

漫长的一分钟后，顾大律师撩起眼皮看向酒店房间的电子时钟，说："从约书亚进门到他刚才出门，一共一小时三十九分钟，你说话的时间大概占了百分之八十，只给我留了百分之二十的补充空间。"他眼眸一动，看向燕绥之，不冷不热地道，"要不我们换换，我给你当实习生吧。"

燕绥之："……"

习惯真可怕，燕大教授差点儿笑着回答"行啊，我没什么意见"，还好及时把笑容憋回了嘴角以下。

他咳了一声，觉得有必要想个话题过渡一下，于是习惯性端起圆形玻璃茶几上的咖啡杯，说："我头一回直接参与案子，有点儿兴奋。对了，顾老师，关于约书亚描述八百回的事件经过，你怎么看？"

他用尊称给足对方面子，用正事转移对方注意力，完美。

然而他那口咖啡还没喝进嘴里，就被顾晏伸手抽走了。对方说："我给你一个建议，转移话题可以，但不要喝别人的咖啡。"

燕绥之："……"

"至于当事人所说的事情经过——"顾晏喝了一口咖啡，翻着证据资料说，"我以前的老师虽然很少说正经话，但有一句还是可以听听的。"

燕绥之心想：好，你又说我一句坏话，等你以后知道真相，恐怕会哭泣。

他保持着得体温和的笑，问："哪句话？"他当然知道是哪句，事实上他根本不想问这种傻兮兮的问题，但是他得装成没什么经验的实习生。

顾晏放下咖啡杯，道："关于当事人说的话，他随便说说，你随便听听。"

燕大教授继续维持着演技，说："所以老师你认为约书亚说的不是真话？"

顾晏看了他一眼，目光重新落回证据资料上，道："刚才那句话说的是通常情况，我告诉你只是防止你以后再问这种问题。"

燕绥之依然微笑，他本来也不需要问。

顾晏把几页证据资料铺在两人之间，手指按着页面转了一个方向，让它们朝向燕绥之，说："你看过这几个证据吗？如果约书亚说的是真的，那么这几页内容就是假的，如果这几页内容是真的，那他就说了假话。"

这几页内容燕绥之当然看过，里面的东西足以填补整条证据链，能证明约书亚不仅在吉蒂·贝尔屋门外停留，还进过屋内，碰过作案工具……这些证据均来自警方。

依据这些内容，那天发生的事则是另一个样子——七点十五分左右，约书亚翻墙进了吉蒂·贝尔家，他对这位老太太的作息情况观察已久，非常熟悉。他趁老太太在里间做编织的时候，拿着外间沙发上的靠枕和一座铜饰悄悄走进了里间。

吉蒂·贝尔的扶手椅的椅背总是背对着门，因为这样方便她面朝着暖气，手指能灵活些。约书亚进门后，利用靠枕掩盖声音，用铜饰打了老太太的后脑勺。

八点左右，照顾老太太起居的侄孙切斯特回来了。约书亚躲在院子暗处，等到切斯特进屋后，翻越围墙回到了自己家，匆忙间遗漏了那对耳环。

如果约书亚说的是真话，那么警方就作了假。

顾晏说："这看你相信这边的警方，还是相信他，或者你希望相信哪一方？"

这话很耳熟，听得燕绥之有些唏嘘。

那是很多年前的一场讲座，地点并不在梅兹大学，而是在天琴星系另一所老牌大学，从德卡马去那儿要坐两天的飞梭机。

燕绥之带着法学院几个教授过去做主讲人。

那场讲座是开放式的，对听众不做限制，掺杂了不同星系、不同星球的人，男女老少都有，偌大的礼堂坐得满满当当。

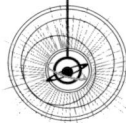

他带过去的几个教授都讲得不错，带了一点儿科普的性质，还挺幽默的。唯独一个老教授水土不服生了病，显得没什么精神，语速也慢。

那恰好是一个春日的下午，礼堂里的人又多，容易懒散困倦。于是等那个老教授讲完，一个礼堂的人几乎睡死过去，只剩前两排的人还在撑着眼皮垂死挣扎。

而燕绥之最后一个开讲，运气喜人，刚好排在老教授后面。他两手扶着发言台，扫了一眼全场就笑了起来，心想：好一片盛世江山。

不过他没有强迫别人听自己长篇大论的习惯，对这种睡成一片的状况毫不在意，甚至还对近处某个半睡不醒的学生开了句玩笑："我一句话还没说呢，你就对着我点了十二下头。"

于是那一片学生笑了起来，当即笑醒了一拨人。

那片听众里，有一个年轻学生没跟着笑，只是掀起眼皮朝那些睡过去的人瞥了一眼。他的身体有一半坐在春日的阳光里，却依然显得冷冷的，像泡在玻璃杯里的薄荷，使得他在那群人中格外突出。

他收回目光后，又波澜不惊地看向台上，刚好和燕绥之的目光对上。

燕大教授当时的注意力当然不会在某一个听众身上，所以只是弯着眼笑了一下，便正式讲起了后面的内容。

当他讲到第一个案例的时候，礼堂的人醒得差不多了，但是很巧，第一个抬手示意要提问的学生，刚好是坐在"薄荷"旁边的。

"教授，像这种案子，当事人所说的和控方给出的证据背道而驰，我们该相信谁？"

燕绥之嘴角带着笑意，问她："你希望相信哪一方？"

女生张了张口，似乎觉得这是一个很好回答的问题，但她迟疑了一会儿后，反而开始纠结，最终摇了摇头，说："我不知道。"

那些学生在最初选择法学院的时候，总是抱着维护正义的初衷。

相信自己的当事人，就意味着要去质疑控方的正义性，如果连最能体现正义的公安检察院都开始歪斜、制造谎言，那无疑会让很多人感到灰心和动摇。

相信控方，就意味着自己的当事人确实有罪，而自己要站在有罪的人这边，为他出谋划策。

燕绥之当然知道那个女生在犹豫什么，说："事实上，这种问题对于一部分律师来说其实并没有意义，相信谁或者不相信谁对他们来说太单纯了，因为他们每天都在和各种谎言打交道。"

有些当事人会编织形形色色的理由来否认自己的罪行，即便承认有罪，也会想尽办法让自己显得不那么坏，以博取一点儿谅解。

有些控方为了将某个他认为是罪犯的人送进监狱，不惜利用非法方式制造证据，确保对方罪有应得。

"当然，还有些律师自己就常说谎话。很多人知道自己的当事人是有罪的，但是辩护到最后，他们常常会忘记这一点。"燕绥之冲那个女生道，"久而久之，他们就不会再想你说的这类问题了，因为这让他们很难快乐地享受胜利，而这个圈子总是信奉胜者为王。"

那个女生长什么样子，燕绥之早就不记得了，但是他记得她当时的脸色有些沮丧和迷茫。

于是他又浅笑着说了最后一句："不过我很高兴你提出这个问题，也希望你能记住这个问题，偶尔去想一下。你很可能没有答案，想的过程也并不愉悦，但这代表你学生时代单纯的初衷，我希望你们能保持得久一些。"

这么一段情景是燕绥之对那场讲座唯一的记忆，其他的细节他早就忘得一干二净了。

之后没多久，就到了梅兹大学一年级学生选直系教授的时候，讲座上的那片薄荷成了他的学生——正是顾晏。

后来顾晏又问过一次同样的问题，只不过比那个女生问得更有深度。

那应该是燕绥之和学生之间的一次小小酒会，是他的生日还是圣诞节他已经记不清了，只记得是冬天，外面下着小雪。他让学生放开来玩儿，自己则拿着一杯酒去了阳台。

他原本是去享受阳台外黑色的街景的，却没想到那里已经有人了，占了那块风水宝地的学生就是顾晏。

他不记得是什么话题引出了那句话，只记得平时寡言少语、冷冷淡淡的学生问他："你也常会想谁值得相信这类问题？"

燕绥之当时带了一点儿醉意，话比平日少，调子都比平日慵懒，他转着手中的玻璃杯，说："不。"

顾晏："……"

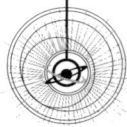

"为什么？你不是希望学生以后都能偶尔去想一下这个问题，保持初衷吗？"顾晏问这话的时候是皱着眉的。

燕绥之记得那时候的顾晏不像后来那样总被他气走，还能好好说两句话，那大概是顾晏第一次当着自己老师的面皱眉。

"那是给好人的建议。"燕绥之懒洋洋的，又有些漫不经心。他说着转头冲顾晏笑了一声，道，"我又不是。"

其实这些片段，燕绥之很多年都没有想起来过，还以为自己早就忘记了。

直到今天顾晏突然提起这话，他才发现自己居然还记得。

你希望相信哪一方？

燕绥之这次打起了十二分精神，没有再习惯性地脱口而出"我一般不想这种问题"，他试着模拟了一下那些学生的思维，琢磨了几个答案，准备好好发挥，演一回像的。

谁知顾晏根本没等他回答，就收拾起证据资料，道："你自己想吧，我出去一趟。"

燕绥之很气：我好不容易有耐心演一回，你又不看了？

顾大律师说话做事总是干脆利落，说走就走，没一会儿房间里就只剩燕绥之一个人。他的腿其实不怎么痛了，但是走起路来依然不那么自如，于是顾晏出门没打算带他。

当一个实习生没有活儿干时，那真的会闲得长出蘑菇。

如果在南十字律所，他还能找出爆炸案看看始末，在这里他想找都没地方找，只能无所事事地靠在椅子上晒一会儿太阳。

不过这种无所事事的感觉对他来说其实非常难得，于是没过片刻，他就心安理得地支着头看起书来。只是在看书的过程中，他的注意力并不集中，那几页证据资料还时不时在他脑中晃两下，这已经是职业病了。

这个案子其实不算很难，至少没有他在约书亚面前表现得那么麻烦。如果证据真的有伪造的，那么细致整理一遍后，一定能找到许多可突破的漏洞。

燕绥之对约书亚说这个案子打赢难，只是因为如果律师表现得太轻松，当事人就会觉得"即便我少说一些细节和真相，他也一样能搞定"。

而他想听真话，尽量多的真话。

他这么想着便有些出神，目光穿过窗户玻璃，落在外面大片的低矮房屋上。

他看了没一会儿，突然冒出了一个想法。

6

约书亚正坐在酒店房间的地毯上，垂着头发呆。妹妹罗希已经恢复了大半生气，正盘腿坐在他对面，乌溜溜的眼珠子一转不转地看他。

过了一会儿，她拍了一下约书亚的腿，小声说："哥哥，我饿了。"刚说完，她的肚子就配合着叫了一声。

约书亚从颓丧中抬起头来，冲她挤出一个笑，说："饿了啊，行，你等着，我下去买点儿吃的。"

"今天除了面包，我能多要一块糖吗？"罗希问道。

约书亚想也不想就答应："好。面包有，糖也有，你放心。"他说着，有些疲惫地站起来，顺手揉了一把妹妹的头发。

罗希从口袋里掏出一张被抹平的包装纸，问道："我能要这样的糖吗？"

约书亚捏着那张包装纸，看着上面的字，说："巧克力？这牌子我没听过，你哪儿来的？"

他们正说着话呢，房间门就被人敲响了。

约书亚笨拙地用遥控开了门，就见燕绥之靠在门边冲兄妹俩一笑，问道："罗希？漂亮小丫头，告诉我，你饿吗？"

罗希立刻指着他，冲约书亚道："糖，这个哥哥给的。"

约书亚："……"

罗希又转头冲燕绥之道："饿了！"

燕绥之抬了抬下巴，说："你把外套穿上，我带你吃羊排。"

罗希一骨碌站起来，舔了舔嘴唇，问："好吃吗？"

约书亚："……"

他摸了摸遥控器，特别想关门。他很纳闷，这个实习律师吃错药了吗，突然要带他们出去吃羊排？而且这才下午三点，吃的哪门子羊排？

"你怎么突然要拉我们出去吃东西？我没那么多钱，吃不起那个。"约书亚拍了拍自己的口袋，他没有智能机这种高级玩意儿，也没有资产卡，用的是德卡马几乎见不到的现金。

谁知燕绥之摇了摇头，笑眯眯地道："只有你妹妹罗希，没有你。"

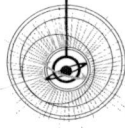

约书亚："……"

他的脸都涨红了，说不清是尴尬还是气的。他憋了半天挤出一句话："那你不能说清楚吗？况且我为什么要让你单独带我妹妹出去？"

燕绥之道："我说了啊，一进门就直接问的她，你脸红什么？哎……你这小鬼，我不是故意气你，我要去办的事情你不适合在场。"

约书亚脸上的红色慢慢褪了下去，"哦"了一声，点头道："那你直接去，拉上我妹妹干什么？我……"他顿了一下，低声道，"我也没有给她买羊排的钱，还不了你。"

燕绥之倚在门口看了他一会儿，突然问了一个很奇怪的问题："你妹妹罗希认识自己家的房子吗？"

约书亚说："她八岁了。"

你不要对我进行人身攻击后又来攻击我妹妹好吗？

燕绥之笑了，说："我知道，我的意思是如果从非正常角度去看，她能认出你家的房子吗？"

"能，她认地方很厉害。"约书亚挺自豪地说。

"那就行了，我带她出去是希望她能帮我一点儿忙。"燕绥之道，"至于羊排，那是帮忙的报酬。"

约书亚犹豫了一下，拍了拍罗希的头，说："那你去吧。"

罗希揪着手指还有点儿迟疑，小声咕哝："你不吃羊排吗？"

"我的手伤着，不方便吃羊排。"约书亚晃了晃自己的手，手背上烫出来的泡已经瘪下去了，只是颜色看着很吓人。

"那我也不饿了。"罗希刚说完，她的肚子就十分不配合地叫了一声。

罗希默默地低下头，捂住了自己的肚子，好像这样能把声音捂住似的。

约书亚："……"

燕绥之说："你家这小姑娘真有意思。"

他走进屋，在罗希面前弯下腰来，弯着眼睛道："我需要你帮我一个忙，你愿意吗？晚上一定回来。"

小姑娘罗希仰脸看着他的眼睛，意志开始动摇。

约书亚看不下去了，说："行了，你去吧，帮他的忙也是帮我的忙。"

罗希眼睛一亮，问："真的吗？"

约书亚道："对，没错。"

没过多久，燕绥之带着罗希来到了双月街。

街上热闹得很，但大部分人都是匆匆而过，并不会在这里停留。他们总是沿着街边快速地穿过这条街，拐进两头低矮的棚户区里。

明明两地离得很近，却像全然割裂的两个世界。棚户区里发生的纠葛对这条街没有产生丝毫的影响，甚至连谈论的人都没有。

燕绥之带着罗希进了边上的一栋楼，径直去了顶楼的餐厅。上回他跟顾晏就是在这里吃的羊排和浓汤。

哦，不对，是他自己吃的羊排和浓汤，顾晏则点了一大堆美食来馋他。

他这次依然挑了一个靠窗的位置坐下，刚坐好，一个服务生就端着托盘过来了。

"抱歉先生，点餐可能需要再等十分钟。"

燕绥之点了点头，说："没关系。"

毕竟三点钟不尴不尬的，能点餐就已经很不错了。

服务生把两杯水放在燕绥之和罗希面前，又放下两小份甜点和一碟糖，大概是看到有小孩。对方说："这是免费赠送的。"

燕绥之道："谢谢。"

他说是有事来这里，但实际是真的有点儿饿了。他在酒店点什么都要从顾晏眼皮子底下过，自从腿上多了一大片烫伤后，顾同学就开始插手他的菜单了。

每回他让酒店送餐，拿到手总会发现内容被换过，换出来的往往比原本的贵，然而淡得出奇。

他吃了两天半的草，决定趁着顾晏不在，出来给自己一点儿补偿。

"我可以吃吗？"罗希指了指桌上的东西。

燕绥之道："当然可以。"

她在甜点和糖之间犹豫了半天，然后伸手摸了一颗糖。

这种糖显然是用来哄孩子的，每一颗都包装得特别漂亮。成年人也许看着会觉得浮夸，而且可能只是看着好看并不那么好吃，但是小鬼们总是很喜欢。

罗希挑了一颗蓝色的糖塞进嘴里，鼓着一边腮帮子问燕绥之："你也饿了？"

燕绥之喝了一杯水暖胃，这才吃了一口甜点，应道："嗯。"

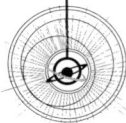

"哥哥说，大人不饿。"罗希又道。

燕绥之发现这小姑娘说话似乎有点儿问题，句子之间不太连贯，断断续续的，跟他以前见过的七八岁的小鬼不大一样。也许是因为那些小鬼在上学，有人教，而罗希只有约书亚。

燕绥之对她笑了笑，说："我容易饿，也喜欢吃糖。"

他现在每顿都吃得很少，把一天需要的食量分在了五段时间里，还得偶尔吃点儿甜的以免头晕。

罗希一听这大人跟自己一样，顿时跟他亲近了一些，觉得自己有了伴儿。她在碟子里也挑了一颗蓝色的糖，递给了燕绥之。

"谢谢。"燕绥之说着，转头透过窗子朝成片的低矮房屋扫了一眼，那些房子乍一看都差不多，很难分辨出都是谁家，"罗希，你来帮我看看，你家在哪儿？"

罗希趴在窗户上看了一会儿，指着其中一个道："那个。"

"那个是哪个？"

"有个桶。"罗希道。

燕绥之顺着她的手指方向辨认了半天，终于在一堆拥挤的屋子里找到了那间房，一侧的斜顶上倒扣着一个灰扑扑的桶。

罗希能认出约书亚那间屋子，吉蒂·贝尔家自然也不难找了。

从他们坐着的位置看过去，能看见吉蒂·贝尔家的屋顶，下面的部分都被前面那户人家的防风墙以及竖着堆放的一些长木板挡住了。

燕绥之又站起身，从他站着的角度也只能看见吉蒂·贝尔家的上半个屋顶，看不见对着里间的那扇窗子。

不过……

他抬头看向餐厅顶上的几个摄像头，有一个离这边的落地窗很近，如果是环形摄像，那么窗外的情景也能被录进去，只不过餐厅应该不会在意那部分。但是这个餐厅的天花板不算高，从那个摄像头的角度不知道能不能拍到吉蒂·贝尔的窗子。

"怎么了，先生？"服务生瞥见他站着，问了一句。

"哦，没事，我能点餐了吗？"燕绥之道。

"抱歉，可能需要再等三分钟左右，机子出了点儿故障，很快就好。"

"好的。"

在这里，律师查找新的证据前需要提交一个申请，走个流程，只不过这个流程很快，一般当天就能通过。律师找到新的证据也不能随随便便自己处理，得叫上公证人。

燕绥之琢磨了一下，调出智能机的全息屏，然而他还没干什么呢，先收到了一条通知信息。

他点开信息——

您申请的卷宗复制外借已进入流程，如果通过，会开通您其他设备的阅卷权限。

借阅人：阮野

代申请人：顾晏

燕绥之一脸疑惑，他想了想，直接截了一张图用内部联络方式发给顾晏。

顾晏虽然外出办事，但是回复倒是很快，没几秒，燕绥之的指环就振动了一下。

顾晏："这是需要你整理的五年卷宗，申请通过就能调到你的智能机上，免得你在酒店无所事事，白拿补贴。"

燕绥之："……"他说谁白拿补贴？自己一分钱都没看到呢。

不过顾晏这个举动倒是深得他心，如果申请通过，那爆炸案的卷宗岂不是随时随地随他翻阅？这真是再好不过了。

很快，顾晏的消息又发来了："这两天不用你出门，继续整理卷宗就行。"

看在这点上，燕绥之难得老实地回复："没问题，我会端端正正地坐在酒店等着卷宗传过来。"

顾晏回复："嗯。"

谁知这段对话刚过去没两分钟，餐厅大门又开了，一个身影进了门。

服务生条件反射道："欢迎光临，先生里面请。"

还有同样三点来吃饭的奇葩？燕绥之不经意朝那边瞥了一眼，当即抬手捂住了半边脸。

真巧啊，顾同学。

罗希舔着腮帮子，把糖挪了一个位置，乌黑的眼睛看着燕绥之眨了两下，低声道："干吗？"

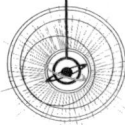

燕绥之的声音比她还低："脸疼。"

罗希弯着眼睛，"嘻嘻嘻嘻"地笑了起来。

燕绥之心说：你可真是一个小天使。

罗希小天使的笑声成功引起了某人的注意，燕绥之捂着半张脸默默看向落地窗的时候，顾晏的声音在一旁响了起来："你捂着脸我就看不见了？"

燕绥之的脸色几经变换，最终咳了一声，放下了手。

罗希主动朝里面挪了挪，留出大半个沙发。这小姑娘怕生，但是上回的那块巧克力和这两天的相处，让她对两人熟悉不少，几乎算得上亲近了。

"谢谢。"顾大律师对小姑娘倒是很有礼貌。

他在沙发上坐下，抬眼看向燕绥之问道："端端正正地坐在酒店等卷宗，你打算今晚改住这里？"

燕绥之："……"

顾晏一来就毒舌，真是一个尊师重道的好学生。

燕大教授不要脸地道："至少有一半是真话。"

顾晏拧着眉："……"

"端端正正地坐。"燕绥之道，"到这里都是真的，只是地点胡扯了一下。"

顾晏回了一声冷笑。

燕绥之挑了挑眉没说话，毕竟才说了谎就被拆穿，有点儿理亏。

他手指一动，刚好捏到自己手心里的那颗糖，刚才罗希塞给他的，他还没来得及吃。

于是，特别会哄人的燕大教授灵机一动，把那颗蓝色包装的糖塞进了顾大律师手里，说："你先吃颗糖，甜一甜再说话。"

顾晏："……"

"行了，你别冷着脸了。"燕绥之道，"我只是来这里找点儿重要证据，顺便吃点儿东西，实在饿得头晕。"他说着又剥开一颗糖，顺口问了罗希一句，"这糖好吃吗？"

罗希点了点头，然后冲他伸出了舌头——一条蓝莹莹的舌头。

燕绥之："……"这糖染色有点儿厉害啊……

他把剥开的糖重新包好，在顾晏面前犹豫了一下，最终还是把糖塞给了罗希，说："回去跟你哥分享一下。"

顾晏："……"

"你怎么会来这里？"燕绥之喝了一口温水。

顾晏说："我找点儿重要证据。"

这跟刚才燕绥之说的理由一字不差，虽然这肯定是真话，但是从顾晏的嘴里说出来就莫名有点儿挤对人的意思，还好燕绥之完全承受得住。

他扬起嘴角，说："那看来我们想到一起了，你要找的是什么？"

顾晏朝顶上的摄像头看了一眼。

燕绥之点了点头，笑着道："刚好，也省得我再找你了。所以你之前出门是去提交申请？"

"有人盯着他们，流程走得更快。"顾晏道，"申请已经拿到了，我约了公证人，他把手里另一件事处理完就过来。"

顾晏看了眼餐厅吧台墙上挂着的一排星区钟，接着道："我和他约了四点，现在还有四十分钟。"

服务生掐准了时间，抱着菜单走过来说道："久等了，现在可以点餐了，三位想吃什么？"

顾晏看向燕绥之。

燕绥之心想：我想吃灰骨羊排。

顾晏不用听也知道他在想什么，当即一脸冷漠地道："低头看一眼你的腿再点。"

燕绥之道："灰骨羊排，酥皮浓汤，两份，谢谢。"

顾晏："……"

"有两天半的草打底，吃这一点点羊排不至于发炎。"燕绥之笑着道，"明天我就继续乖乖吃草，行了吧？"

这回当着自己的面点的菜，顾晏也不好驳人面子，于是燕绥之得逞了。

服务生应了一声，抱着菜单又走了。

等人回到吧台后，顾晏才说了一句："你腿肿了别叫唤。"

燕绥之说："放心吧。"

7

酒城的物价对以前的燕大教授来说并不高，跟德卡马完全不能比，但这两

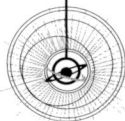

份羊排浓汤还是花了他不少钱。

资产卡的余额一下子垮塌了一截，但因为摆脱了吃草的阴影心情好，燕绥之看到数字也只是抽了一下嘴角。他收起全息屏，一抬头就撞上了顾晏的目光。

顾晏问道："余额好看吗？"

燕绥之笑了，说："挺丑的，不过及时行乐嘛。"

他说着，随意抬起下巴指向餐厅外，就开始胡扯："人生这东西很难预料，万一我等一会儿下楼在路上碰到意外突然过世了呢？那现在我吃的就是最后一餐，想吃羊排却没有吃到，岂不是万分遗憾？"

罗希小姑娘涉世未深，当即被他这段"给乱吃东西乱花钱找理由"的瞎扯震撼了，含着糖半天没说话，沉思许久后，赶紧把甜点吃下了肚。

燕绥之本以为顾晏听完这段话会挤对他两句，谁知顾晏只是在听他胡扯的过程中眯着眼出神了几秒，直到他胡扯完都没反驳。

"吃饱了？"顾晏垂着目光喝了两口温水，这才开口问了一句。

燕大教授难得没被挤对，居然有些不适应。他心想：这位同学，你喝的是水还是迷幻药？两口下去这么大效果？

他愣了一下，才点头道："嗯。"

当服务生过来收拾盘子的时候，公证人刚好踩着点进门，代表酒城的星区时钟刚好指向四点，不早不晚。

"你好，顾律师，我是朱利安·高尔。"

"你好。"顾晏指了一下燕绥之，"这是我的实习律师，阮野。"

餐厅老板很快被服务生请了出来，跟几人寒暄之后，他明白了燕绥之他们的来意。

"摄像头？确实是环形拍摄的。"老板说道，"那个抢劫案我听说过，好像就在那片棚户区是吧？如果能帮上忙，我当然乐意之至。"

"之前有警方来过吗？"顾晏问。

老板带着他们进了监控室，说："没有，当然没有，否则我刚才也不会那么惊讶了。"

监控室里有个年轻小伙子，见老板进来便站起了身，又被燕绥之笑着按回座椅上，说："不用这么客气。"

"你给他们调一下二十三号那天晚上的录像。"老板交代着。

小伙子的操作很利索，监控很快调了出来，一时间房间里多块屏幕同时出现了不同角度的录像，众人一眼便找到了对着窗外的那块屏幕。

进度条被直接拉到了晚上七点左右，那块屏幕顿时成了一片黑。

众人："……"

老板干笑两声，道："这摄像头年代有点儿久了，画面有点儿暗。"

你这是有点儿暗吗？这简直暗得像故障黑屏啊。

不过主要是因为酒城冬天夜晚天黑得太早，棚户区的巷子里连路灯都很少，坏掉的占了绝大部分，剩余能用的那些也暗淡至极，能照清直径一米以内的路就不错了。

不巧的是，约书亚和吉蒂·贝尔两家附近还真没有一盏能用的路灯。

几人忍受了一会儿黑屏似的录像。

老板问监控室的小伙子："你平时注意过这块区域吗？真的这么黑？"

小伙子有些尴尬地说："呃，那边因为这块区域不在店里，我没怎么看。"

其实就是店里的录像他也不是总盯着的，虽说录像是为了防止一些麻烦事儿，但这家餐厅毕竟价位摆在那里，能过来就餐的大多是比较讲脸面的人，也不太会在这里搞什么小动作。

到了七点三十四分，吉蒂·贝尔家的位置突然出现了灯光。只不过灯光一晃一晃的，看起来像随着人的脚步缓缓移动。

"这是应急手电筒吧？"小伙子动了动手指，把画面放大。

摄像头能拍到吉蒂·贝尔家里间的窗子，但只有上半部分，下面的大半依然被近处的院墙和堆放的木板挡住了。透过放大的画面，众人勉强可以看到一个人影拿着应急手电筒，慢慢地从房间远一些的地方走到窗边。

从动作和形态来看，应该是吉蒂·贝尔老太太本人。她站得远一点时，众人还能透过那上半个窗子看见她的轮廓和手电筒。先是腿脚，然后是上半身，然后是肩膀……当她真正走到窗边的时候，众人反而看不见了。

"这院墙和木板真碍事！"小伙子比律师还激动。

燕绥之拍了拍他的肩膀，说："你淡定点儿。"

这种关键时刻掉链子的证据他见得多了，能有这画面已经算不错了，哪有那么多刚好能清楚证明一切的东西。

虽然他们看不见人，但是透过光影的晃动能大致猜测老太太似乎把手电筒

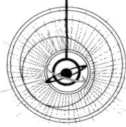

放低了一些，做了点儿什么，然后屋子里的灯打开了。

"有灯啊？我还以为她家线路出了故障或者灯坏了呢，"这回说话的是老板，"毕竟那片屋子的年纪比我还大一轮呢。"

公证人朱利安·高尔每天接触的事情比老板多多了，他说："这里有很多人为了省能源费，天不黑到一定程度都不开灯的。不过这位老太太是怎么个习惯我就不知道了，只是猜测。"

又过了一会儿，那片玻璃蒙上了一层薄薄的水汽。

"老太太开了暖气。"

案件资料里说过，吉蒂·贝尔老太太喜欢编织，白天有太阳的时候，她会坐在靠太阳的窗边，晚上则坐在靠着暖气的地方，一边暖着手指，一边做编织。

暖气对老太太来说是一个好东西，能让她的手指灵活，但是对看录像的几人来说可就太不友好了。因为玻璃上蒙了水汽后，屋里的东西就看不清了，只能看见模糊的光和轮廓。

那片矮屋区的人总是很省能源，大多数的灯光都黄而暗淡。老太太家的灯光也一样，录像前的几人看久了眼睛都有些酸胀，而且盯着一块昏黄的玻璃看二十分钟真的无聊至极，万分考验耐性。

录像中，晚上七点五十五分，让众人精神振奋的东西出现了。

"哎哎哎，这是不是头发？一撮头发过来了！"昏昏欲睡的小伙子猛地坐直身体，手指都快戳穿屏幕了，指着窗户中出现的一小块黑影大喊。

那应该是一个人，正从老太太后方悄悄靠近她。依然是因为院墙和木板的遮挡，只能看见一点儿头顶。

但众人依然屏住了呼吸，紧接着，透过蒙着水汽的那一点儿玻璃，众人看见有个黑影在那人的头顶一抡而过，又落了下去。即便他们听不见声音，也看不见更清晰完整的画面，还是可以想象那个人正拿着某个硬物把老太太敲晕。

看录像的小伙子这次没抢着说话了，而是两手捂着嘴，愣了好一会儿，才默默抽了一口凉气。

老板叹了一口气，说："要是老太太提前听见动静就好了，这些老屋里都有警报铃的，一般就在灯的开关附近。"

公证人想了想，道："其实这些老屋里的警报铃坏了很多，不一定能用。

而且如果不是怕警报铃，也不用把老太太先敲晕了。"

当他们有一句没一句地讨论时，真正需要录像的燕绥之和顾晏却始终没开口，依然目不转睛地看着屏幕。

坐在位置上的小伙子感觉背后的人朝前倾了一些，下意识回头看了眼。

之前这些人进门的时候，他听老板提了一嘴，知道站在他正后方的这个人是一个实习律师。他对这个实习律师的第一印象是学生气很重，也许是因为他脸上带着微笑，显得温和好亲近。可现在，这个实习律师看着屏幕时，脸上几乎毫无表情，笑意没了，温和感也没了，眼睛里映着墙上的屏幕，星星点点，像极为透亮的玻璃，漂亮却冷淡。

一个人笑或不笑，气质差别这么大的吗？

小伙子又瞥了一眼正牌律师，他一只手撑在桌上，面无表情地看着屏幕，整个人冷冰冰的。

被两座冰山压着，小伙子缩了缩脖子，默默把头转了过去，又朝前挪了挪椅子。当他重新看向屏幕的时候，吉蒂·贝尔家那块映着昏黄灯光的玻璃突然一黑。

"嗯？怎么黑了？"小伙子诧异道。

"里面那人把灯关了。"公证人朱利安·高尔道。

当小伙子瞪着屏幕的时候，他感觉自己的肩膀被人轻拍了两下。

燕绥之说："劳驾，你把画面再放大一点儿。"

小伙子又把画面调整了一下。

那一片漆黑的窗户几乎占了半个屏幕。燕绥之又朝前靠近了一些，身体重心前倾，他左手扶了一下桌子，目光和注意力却一点儿没从屏幕上挪开，甚至没发觉手掌压着的"桌面"有什么不同。

又过了片刻，"桌面"突然一动，从他手掌下抽走。

燕绥之分神瞥了一眼，刚好看见顾晏收回去插进西裤口袋的手。

那片漆黑放大后，众人依然什么也看不见。

又过了一会儿，录像显示时间晚上八点五分，屋子里重新亮了起来。紧接着是一个人影匆匆跑到窗边，忙上忙下。

这应该是老太太的侄孙切斯特回来了。

这段内容极为有限的录像被要求来回放了三遍，然后在公证人朱利安·高

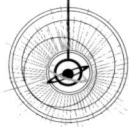

尔的见证下取了视频原件。

老板搓着手，道："唉——我们好像没能帮上什么大忙，要是没那么多遮挡物就好了，或者那巷子里有个路灯也行啊，哪知道那么不巧！"

小伙子也跟着站起来，挠了挠头，说："我平时不怎么看窗外这块，如果当时看了，说不定还能起点儿什么作用。"

"谢谢。"燕绥之道，"这段录像非常有用。"

当他跟人说话的时候，那种笑容又露出来了，好像之前的冷都是幻象一样。

老板也跟他讲着客套话："客气客气，时间也差不多了，你们干脆在这里用个晚餐？"

顾晏摆了一下手，说："不了，我们还有事。"

"是吗？好吧。"拉客没成功，老板一脸遗憾。

燕绥之、顾晏以及朱利安·高尔从这家餐厅出来后，又去了周围几家餐厅，同样跟老板协商调出了二十三号的监控录像。不过很遗憾，这当中能拍到窗外的摄像头一个红外的都没有，而且不是角度更偏，就是高度不够，没能提供更多有用的信息。

唯一例外的是第六家餐厅。

这家的监控录像拍不到吉蒂·贝尔家的那面窗，但是负责看监控的职员却说了一句话。他指着院墙不远处的一个角落说："咦——我记得那里原本没这么黑，这边或者再靠这边一点儿……呃，差不多这个位置上应该有个路灯。"

"你确定？"

"确定，我记得那里没这么黑。"

如果那里有一盏路灯，也许能在吉蒂·贝尔家的围墙投下一点儿亮光，那么哪个人或者哪几个人在案发前翻过这面围墙，就能被拍下来。

为了证实他的话，他主动翻了几天前的录像。

果然，十五号那天夜里，那条路的墙角有一盏路灯，不亮，照射范围也不算大，还有些接触不良，活像吊着一口气一碰就断的将死之人。

但是不管怎么说，这盏路灯确实可以照到吉蒂·贝尔家的围墙。

这是刚巧出故障了？还是有人故意弄坏了？

职员又把十五号夜里到十六号夜里的录像加速放了一遍。

"暂停一下。"顾晏盯着屏幕出声道，"把这里改成原速。"

录像很快恢复成原始速度，就见有两个少年站在路灯附近，正在说着什么。那两个人对燕绥之来说都不陌生，一个是老太太的侄孙切斯特，一个是约书亚。

两人说话间不知怎么起了口角，相互推搡着，一副要打起来的样子。

拉拉扯扯间，约书亚拽着切斯特朝灯柱上甩了一下，切斯特的后背猛地撞上了灯柱。紧接着他又扯住了约书亚，一个翻转，把他也抵在了灯柱上。

两下重创，那气若游丝又接触不良的路灯彻底坏了。

就这样，他们还不放过它，又打了两三分钟，旁边总算来了一个劝架的，三人扭成一团，画面特别美丽。

燕绥之的脸都看瘫了，他转头冲顾晏一笑，特别慈爱地道："你知道吗，我现在特想把约书亚那孩子的头拧下来挂到路灯顶上去。"

顾晏掀了掀眼皮，任由他笑了一会儿，突然伸手把他的脸转了回去，冷淡地说道："你对约书亚说去，别对着我。"

燕大教授从没被人这么对待过，心想：你真是反了天了。

等到一批录像大致看完，已经是晚上七点多了。

燕绥之和顾晏在公证人的公证下取好所有录像视频证据，又复制了一份留在自己手里，然后依照流程把新证据都提交了上去。

"行了，那我就回去了。"朱利安·高尔跟两人告别，径自离开了。

"你饿了吗？"燕绥之看了看时间，在双月街边扫了一眼，研究有什么可吃的。

顾晏瞥了他一眼，说："不饿。"

燕绥之"啧"了一声，说："那看来你的胃已经饿麻了，咱们吃点儿什么？"

顾晏："……"

两人说话间，燕绥之发现罗希正盯着远处。

"你在看什么？"燕绥之弯腰问了她一句。

罗希朝他身后缩了缩，又仰起小脸冲他不好意思地笑了笑，咕哝道："认识的。"说着，她的手指朝某个方向戳了戳。

"她说什么？"

燕绥之刚直起身就听见顾晏问了这么一句，他的嗓音很低沉，冷不丁地在耳边响起来，让人一惊。

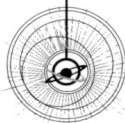

燕绥之几不可察地偏了一下头，这才冲不远处抬下巴，说："没什么，她说看见了认识的人。"

就见罗希所指的双月街头停着一辆出租车，两个人正在车门边交谈。其中一个是略有些发福的中年男人，另一个燕绥之他们也认识，是那天开车送罗希去医院的费克斯。

这一幕看着有些眼熟。

燕绥之突然想起来，他第一天来双月街的时候，载他的黑车司机就是在那边把他放下来，然后拨着通信找人接班。发福的中年男人正是那个黑车司机，只是没想到居然这么巧，他找来接班的人就是费克斯？

燕绥之又瞥了一眼车牌号：EM1033。

没错了。上一回司机跟费克斯联络的时候语气就不怎么样，这回看两人脸色似乎也不怎么愉快。

看这种氛围就没必要去打招呼了，燕绥之和顾晏都不是什么热络的人。于是他们只是瞥了一眼，便带着罗希朝反方向走去。

按照南十字律所的规定，出庭大律师带着实习生出差，食宿是全包的，当然，实习生自己非要请别人吃饭不算在内。但是人家规定上说的是"一日三餐"，像燕绥之这样一天五餐的，稍微抠门儿点的律师心都痛，好在顾晏一点儿也不抠门。

于是他带着燕绥之和罗希去了一家特别特别贵的素食餐厅。

燕绥之的心很痛。

8

这个素食餐厅也不是全素，只是主打素食。

顾晏点了一桌子素菜，中间掺杂了一份甜虾和一份帝王蟹冻。在燕绥之的印象里，顾晏对这种生食是没什么热情的。

甜虾的分量很少，大碟上面搁着三个袖珍小碟，每个小碟上只有一只甜虾凹造型。蟹冻更是只有小小两块。顾晏把这两份食物搁在了罗希面前，而罗希坐在燕绥之旁边，这两碟菜就一直在燕绥之眼皮子底下晃荡。于是燕绥之合理怀疑，这浑蛋东西点这两样菜是故意给他看的，因为他挺喜欢吃。

燕教授的心更痛了。

一顿饭吃得他如丧考妣，最后他抱着胳膊靠在椅子上，欣赏了一下晶莹剔透的甜虾，觉得越发清苦。

罗希吃了一只虾，似乎很喜欢，当即把碟子往燕绥之面前推了推，像小动物似的露出一脸期待的表情，说："你吃。"

燕大教授装了一下大尾巴狼，风度翩翩地笑了，说："谢谢，不过我已经很饱了。"

罗希"哦"了一声，又把盘子朝顾晏面前推，说："你吃。"

燕绥之心说：丫头，你都不坚持一下？

顾晏对罗希道："谢谢，不过这是点给你吃的，我们不用。"

罗希摸了摸肚皮，说："可是我也饱了。"

说完，她干脆把甜虾分了，一个小碟放在燕绥之面前，一个小碟放在顾晏面前，然后自顾自低着头数起了口袋里的糖。小孩说话总是这么有一搭没一搭的，一会儿的工夫就已经自己玩起来了，确实没了继续吃东西的意思。

燕绥之低头拨了拨那个小碟，冲顾晏道："盛情难却，而且我确实有必要吃一只甜虾。"

顾晏问："必要在哪里？"

燕绥之指了指自己的脸，说："你看见了吗？跟草一个色了，我吃点儿别的颜色中和一下。"

顾晏八风不动，说："甜虾是透明的，没这个作用。"

燕绥之说："我怎么会教……"

顾晏抬起头。

燕绥之接着说："叫你这种人老师。"

顾晏看了过来，有那么一瞬间，他的表情看起来有些怪，似乎想说些什么。

"行吧，那我要一份熟虾。"为了掩饰自己刚才的秃噜嘴，燕绥之避开顾晏的目光，随口补了一句岔开话题。

顾晏又看了他一会儿，最终什么也没说，也不知是被噎的还是怎么的。

顾大律师收回目光后，在自己的指环智能机上抹了一下，点了一个音频出来。紧接着，燕绥之的声音从他尾戒似的智能机里缓缓放了出来："我就继续乖乖吃草，行了吧？"

燕绥之："？"

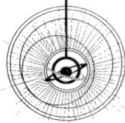

这是他之前吃羊排说的话，万万没想到，居然被顾晏录了下来！

燕绥之说："我没记错的话，我说的是明天开始乖乖吃草，现在还是今天。"

顾晏问："证据呢？"

燕绥之："……"好，你翅膀硬了你厉害。

一顿饭，燕大教授被喂了草又灌了气，可以说非常丰盛。

他们回到酒店的时候，已经将近九点了，罗希兜着一口袋的外带食物还有一把蓝莹莹的糖，献宝似的回了房间。

"路灯的事先别急着问。"燕绥之道，"晚上我们先把监控录像仔细地翻一遍。"

顾晏"嗯"了一声，也没多说什么，就进了自己房间。

燕绥之回房间的第一件事就是洗澡放松一下。

他腿上的伤口依然很大，看起来有些吓人，但实际上已经好很多了。顾晏之前不让他出门是有原因的，一是伤口被布料摩擦还是会疼，时间长了会影响愈合；二是酒城这一带的季节几乎跟德卡马同步，也是冬天，病患带着创口在外面冻着，很容易把伤口冻坏，那就有得罪受了。

不过这晚燕绥之主要还是在室内活动，来回都是坐车，实际也没走多少路，所以伤口只是有点儿刺痛，并没有那么令人难以忍受。

至少对燕绥之来说，这点儿刺痛就像不存在一样。

热水澡泡得人身心舒坦，也不知道是心理作用还是什么，他洗完澡出来，腿上的伤口还发着热。他照着医嘱又涂了一层药膏，用医生给他的纱布不松不紧地裹了一层。

房间里温度合适，他连头发也懒得吹，用瘦长的手指梳了两下，就接了一杯温水坐到落地窗边的扶手椅上。

落地窗外面是酒城昏暗的民居，像一个个巢穴趴在漫无边际的地面上，路灯星星点点，亮着黄白色的光芒。

燕绥之喝了一口温水，看着窗外微微出神，沐浴后沾着水汽的眼睫格外黑，半遮着眼，让人很难看清他在想些什么，带着什么情绪。

嗡——

手指上的智能机突然振动了一下。

燕绥之放下玻璃杯，调出屏幕。

又是一条新消息，消息来源不陌生，是南十字律所的办公室号码——

您所提交的卷宗外借申请出现问题，暂不予通过。

处理人还是老熟人——菲兹小姐。

燕绥之想了想，起身去隔壁敲门。

顾晏来开门的时候，衬衫扣子刚解了一半，骨节分明的手指还放在领口。他正跟人连着通信，可能是因为房间隔音不错，他连耳扣都懒得戴，声音是放出来的。

于是燕绥之刚进门，耳朵就被菲兹小姐的声音占满了："有好几个Ⅰ级案件在里面，怎么可能随随便便让实习生外借，你别开玩笑了。你以前不是最反对把重要卷宗到处乱传的吗？顾，你怎么收一个实习生就变了？虽然那个学生是很讨人喜欢，如果我是他老师，也想给他创造最好最方便的学习条件，但是规定就是规定，不能看着脸改。"

顾晏："……"

燕绥之："……"

菲兹小姐这一段话随便拎一句出来都是槽点，搞得房间内的两个人瘫着脸对视了好几秒，说不清楚谁更尴尬。

事实证明，菲兹小姐最尴尬。

燕绥之适当地"咳"了一声，以示自己的存在。

菲兹倒抽一口气，"哎呀"叫了一声，喊道："阮？"

燕绥之道："是我，菲兹小姐。"

菲兹说："顾，你……"

"他刚进门。"顾晏说着，手指离开了领口。

燕绥之瞥了一眼顾晏，发现他居然把刚解开的扣子重新系上了一颗。

以前燕绥之就发现，只要有其他人在场，顾晏永远是一丝不苟的严谨模样，从不会显露特别私人的一面。

"那你都听见啦？"菲兹也是爽快，尴尬了几秒就直接问出来。

燕绥之笑了一下，说："我听见你夸我讨人喜欢，谢谢。"

这么一说菲兹倒不尴尬了，当即笑着道："这是实话，不用谢。不过规定在那里，我确实很为难。"

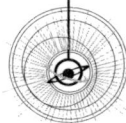

顾晏对她所说的规定倒是有些讶异："我代他递交申请也不行？"

菲兹无奈地叹了一口气，活像老了四十岁，说："所以我说你们这帮大律师偶尔也看一下守则啊，虽然平时用不着，但那也不是一个摆设。像这种涉及 I 级案子的卷宗外借申请，按照规定还得往上面报呢，有一堆手续要办。"

顾晏皱了皱眉，似乎想说什么。

菲兹的语速却快得像倒豆子："不过我知道你们有多嫌弃那些手续，就没把这次的申请报上去。"

顾晏的眉心又松开来，说："那先这样吧，等回律所再让他整理。"

菲兹好像一点儿都没怀疑外借卷宗的动机："你们不要把这些实习生逼得那么紧，这几年律师协会整理出来的过劳死名单已经长得吓人了，别让它蔓延到实习生身上。"

"不过——"她想了想又道，"好像时间确实有点儿紧，你们哪天回来？我估计还得要个两三天？回来之后，很快就到实习生初期考核了，阮既要整理卷宗，又要准备考核，太难为人了，要不卷宗先放放？"

"不行。"

"不好吧。"

顾晏和燕绥之几乎同时开了口。

菲兹说："阮，你别跟着凑热闹，给自己留一条活路。我以过来人的经验告诉你，两个一起弄你会哭的，有卷宗分心，考核肯定过不了。更可怕的是，你看看站在你旁边的顾，对，你看着他，他是每年初期考核打分最严格最可怕的人，别人还有老师护着，你没有，醒醒吧。"

燕绥之要笑不笑地说："我醒着呢。"

菲兹说："醒着就好。"

顾晏："……"

他算是看出来了，就不能让燕绥之和菲兹碰上，两人一唱一和令人头疼。

顾晏切断菲兹的通信后，吵吵嚷嚷的房间一下子安静了下来。对比过于强烈，以至于燕绥之觉得房间太安静了，想张口说点儿什么，却被顾晏抢了先。

"你找我有事？"顾晏问。

燕绥之这才想起来意，晃了晃智能机，说："刚才我收到了申请没通过的通知，本来想来跟你说一声，现在没必要了。你是准备洗澡睡觉了？那我先回去了。"他说着开了门，一边往外走，一边很随意地摆了摆手，"明天见。"

身后的顾晏似乎想说什么："你……"

燕绥之一愣，转头看向他问道："还有什么事？"

顾晏皱了皱眉，最终沉声道："算了，没事，卷宗等回去再整理吧，你洗澡是不是没避开伤口？"

燕绥之低头看了眼自己的腿，透过浴袍下摆可以看到靠近脚踝的纱布边缘皮肤有些发红。

燕绥之洗澡确实没避开伤口，被抓包的燕大教授关门就走。等他回到房间，重新在落地窗边坐下，又喝了一口凉透的水，才突然有些哭笑不得地心想：伤口长我腿上，我心虚个什么劲儿。

燕绥之一个人鬼混多年，因为地位声望高，没人管他也没人敢管，冷不丁有一个人这么盯着他，感觉还挺新奇。

他喝完那杯凉了的水，把今天从几家店里拷贝的录像调了出来。这东西他和顾晏一人一份，顾晏的在光脑里，他的在智能机里。

他把耳扣和电子笔拿出来，新建了几张纸页，开始从头到尾细看那些录像。之前在店里因为时间有限，他只看了几个重要的节点，现在时间充裕，足够他把案子前后几天的录像都看一遍。他用的是倍速播放，偶尔会放慢几个镜头，记录几笔。

他记东西很跳跃，不是一字一句规规矩矩地写全，往往是写一个时间点，旁边简写两三个字词，有时候不同的时间节点不同的字词之间，还会被他大笔画两道弧线连上。

大半录像看下来，纸页上的字并不多，但分布在纸张的不同位置，长长短短的弧线把它们勾连起来，乍一看居然不乱，甚至还有点儿艺术性。

至于纸页上的具体内容，除了他自己，没人能看懂。

录像中，这片棚户区的生活跟双月街全然不同。

这里的灯光总是昏暗的，巷道狭窄、房屋拥挤，即便是白天，也显得死气沉沉，影子总是多于光。这里藏污纳垢，总给人一种混乱无序的感觉，可其中又有一些规律。

燕绥之前半页纸上所记的大多是这些东西——

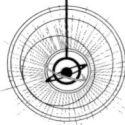

比如每天早上九点、晚上七点左右，住在约书亚家斜对面的女人会出门扔垃圾。垃圾处理箱旁的机器孔洞里会散出一些热气，所以常会有一个醉鬼靠着这点儿热源过夜。

这个女人扔完垃圾总会跟醉鬼发生争吵，一吵就是十分钟。而醉鬼一般会在争吵之后慢慢清醒过来，在周围晃一圈，然后揉着脑袋往家走。他住在吉蒂·贝尔家后侧方的小屋里。

比如每天中午、晚上两个饭点，那个中年发福的黑车司机会在巷子外的路口停下车，然后把出租车交接给费克斯。费克斯总会把车开进巷子里，去吃个饭或是抽一根烟，休息半个小时，再把车从巷子另一头开出去。

他接替司机的时间一般不超过一个半小时，就会单独回来，有时候会在家待很久，有时候待一会儿又叼着烟出去了。

燕绥之看到这里的时候，原本想起身去隔壁跟顾晏讨论讨论。他都站起来了，又觉得腿上的伤口有点儿胀痛，太麻烦了，干脆用智能机给顾晏发了一条消息："明天去找一下费克斯吧。"

顾晏的消息很快回了过来："你在看录像？"

燕绥之："嗯。那辆车停的位置角度不错，去问问他装没装行车记录仪，装的是哪种，能不能拍锁车后的视频。"

顾晏："你别抱太大希望。"

燕绥之："万一咱们运气不错呢。"

燕绥之发完这条消息，想了想又摇头补了一条："我的运气似乎不怎么样，这得看你。"

这回顾晏不知干什么去了，很久没动静。

又过了半天，他终于回了一条消息："嗯。"

你"嗯"个啥，客气一下都不会。

燕绥之没好气地把消息界面关了，继续看录像。

他纸页后半段所记的东西大多围绕约书亚——比如约书亚每天早上六点多出门，十有八九会跟吉蒂·贝尔家的切斯特碰上，冤家路窄，要么一人走在巷子一边，从头到尾一句话也不说，偶尔说上两句总会呛起声来，一副要干架的模样。

每天上午十一点，罗希小姑娘会拖着一张方凳，坐在屋门口充当石狮子。

十一点半左右，切斯特会回家。神奇的是，他跟约书亚水火不容，却似乎对罗希不错。有两回他经过门口的时候，给了罗希东西，似乎是小礼物什么的。还有一回，那个醉鬼在罗希附近转悠，他一直在墙边威慑似的站着，直到醉鬼走远了他才回家。

而约书亚一般十二点左右才回家，罗希看到他回来，就会乖乖地拖着方凳跟他一起进门。

切斯特吃完午饭就会离开，固定晚上八点左右到家。但是约书亚下午的动向并不固定，有时候两三点才离开，有时候早早走了，到六七点才回家。

案子发生后，巷子倒是安静很多，没了约书亚和罗希的身影，切斯特也几乎待在医院，只有入夜才会回来。就连那个醉鬼都消停了几天，没睡垃圾桶，有两天甚至大早上在巷子里慢跑兜圈，拉着途经的好几个人聊天，包括那个倒垃圾的女人。

费克斯的出租车依然在那两个时段停过来，然后开走。

燕绥之把录像反复看了几遍，便开始靠着椅子看自己写好的几页纸，在几个人身上各画了一个圈。他又结合之前看过的案件资料，来回做了仔细的对比。

对于以前的他来说，因为工作需要，忙起来的时候这样过一夜很正常，有时候会小睡一会儿，醒了再喝一杯咖啡提个神。他每天会保证一个小时的锻炼量，所以身体算不上太好，但还能负荷，很少会有看着案子不知不觉睡过去的情况，不过今天是一个例外。

他真的不太记得自己是什么时候犯困的，什么时候挪了位置。总之，当他眯着眼半醒过来的时候，发现自己已经睡在了床上，被子只搭了一角。

之前不清醒的时候他觉得很热，烧得难受，这会儿突然醒了，又莫名觉得很冷，而且头脑依然昏沉。

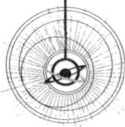

第三章

1

当顾晏找酒店的人强行刷开房门时，燕绥之正裹着白色的被子睡得很不踏实。他的眉头皱得很紧，听见有人进门的动静后，下意识把脸往枕头里埋了几分，然后不动了。

过了两秒，他强撑着不清醒的意识说道："谁？出去……"他的语气非常不耐烦，跟平日里带着笑的感觉相差甚远，而且嗓音嘶哑，听着就感觉人烧得不轻。

顾晏大步走到床边，伸手探了一下燕绥之的额头。

"你怎么进来了？"燕绥半睁开眼睛。

"人怎么样？"跟上来开门的是前台那个满耳银钉的年轻人。

两分钟前，当顾晏跟他要副卡开门的时候，他的心脏就像下水的蛤蟆似的，扑通个没完。小毛病就算了，万一客人有个三长两短，他这酒店的生意基本完了。

"发烧。"顾晏略微犹豫了一下，把燕绥之的下半截被子掀开一角。

他看了眼又重新盖上，转头问"银钉"："你这儿有消炎药吗？"

"银钉"也不知道想到了什么乌七八糟的东西，脸色顿时变得特别精彩。他缓了缓，才摸着脖子道："有，消炎药、退烧药都有，你等着啊。"说完，他眉飞色舞地跑出了房间。

顾晏："……"他觉得这人八成有病。

被这两人的声音一吵，燕绥之又蹙着眉眯起了眼。他这次微微抬了头，盯着顾晏看了好一会儿，又倒回枕头上含糊道："非法侵入住宅啊，顾晏，叫你出去还不出去，三年以下……"

顾晏："……"他还能认得人记得法条已经不错了，不过好像没搞清楚自己身在哪里。

顾晏由着燕绥之又睡过去，没再吵他，径自去接了一杯温水搁在床头柜上。

"银钉"再上来的时候抱了一个医药箱，箱子里堆着七八种消炎药和十来种退烧药，还有两支家用消炎针剂，活像一台人形贩药机。他说："按理说酒城这边的药跟你们那边差不多，但是产地可能有点儿差别，也不知道有没有你们吃得惯的。"

顾晏在里面挑了两盒副作用比较小的药，又拿了一支针剂，说："谢谢。"

"还有需要我帮忙的吗？""银钉"问了一句，"我以前学过两年护理，至少打针没问题。"

其实这种家用针剂操作很方便，就算没有护理知识也一样能打，不过顾晏还是让他帮了一把。

当燕绥之被烫伤的小腿和脚踝露出来的时候，"银钉"才知道自己之前误会大了。他扭头咳了一声，又低头看了眼这明显发炎的伤口，道："这可真够受罪的。"

"银钉"拆了针剂包装，在燕绥之的腿边比画了两下，说："这位还真是不把自己的腿当腿啊，你帮我按一下他的膝盖，我怕等会儿他半梦半醒一缩腿，再把针头撅进去。"

燕绥之真正意义上清醒就是这时候，他本能地收了一下腿，然后一脸不耐烦地坐起来。

"你居然醒了？""银钉"及时出声，冲他晃了晃手里的针，"你这发炎了啊，等会儿得沿着伤口打几针，可能有点儿疼。呃，实际上可能非常疼，你忍着点儿。"

燕绥之垂下眼睫，懒懒地"嗯"了一声。

这种消炎针"银钉"自己也打过，一针下去足以让人鬼哭狼嚎，不开玩笑。谁知他按着这位客人的伤口打了一圈针，除了能感觉到对方的肌肉绷紧了几下，就再没别的反应了。

"你不疼吗？""银钉"把一次性针头收入垃圾处理箱。

燕绥之很敷衍地说："还行吧。"

"银钉"把药抹在纱布上，顾晏接了过来。

燕绥之动了动腿，说："刚才我睡迷糊了，你们帮我弄就算了，现在我既

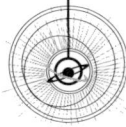

然醒了，就自己来吧。"

顾晏瞥了他一眼，也没有坚持，把纱布递给他。

燕绥之这才彻底自在下来，他给自己缠纱布的时候，才发现伤口红肿得厉害，忍不住哑着嗓子自嘲道："睡一觉换了一条腿。"

顾晏说："去问你昨天的羊排。"

燕绥之说："见效够快的。"

顾晏问道："今天再来一根？"

燕绥之："……"

他自知理亏，乖乖闭嘴不提，缠好纱布就用被子把腿盖得严严实实，眼不见为净。

"银钉"收拾好东西，打了一声招呼："那我先下楼了。你这腿可别再沾水了啊，好歹是自己身上长出来的，又不是抽奖中的，珍惜点儿吧。"

燕绥之："……"

"银钉"一走，房间内又只剩下他和顾晏两人。燕绥之本以为这个学生肯定要开始大肆吐槽，谁知顾晏只是坐在床边帮他把退烧药和消炎药的盒子拆了。

顾晏说："手。"

燕绥之烧得人有些迷糊，心里却有点儿想笑，听着顾晏的话伸出了手掌。

顾晏把两枚胶囊倒在他掌心里，又把倒好的温水递给他，说："你先把药吃了。"

燕绥之的喉咙很难受，敷衍地喝了两口水，就把杯子往顾晏手里塞，问道："我之前有没有跟你说什么？"

顾晏掀起眼皮看他。

燕绥之笑了一下，说："我怕当着你的面说你坏话。"

顾晏看了他片刻，又收回视线，说："坏话不至于，只是威胁我非法入侵住宅要判我刑而已。"

燕绥之："……"

他觉得有些好笑，问道："那你为什么强行刷开我的房门？"

顾晏说："我建议你看一眼你的智能机。"

燕绥之有些纳闷，调出屏幕一看，三十八个未接通信。

顾晏起身去水池边把玻璃杯冲洗了一下，重新接了一杯温水。他的声音在哗哗的水流中有些模糊不清："我敲门你没回音，通信没人接，整个上午没有任何动静……"

"偏偏又是酒店。"他抬头看了眼镜子，飞快地蹙了一下眉又松开。

他再回到床边的时候，已经一脸平静。

"偏偏什么？"燕绥之下意识接过玻璃杯，缓缓地喝温水润喉咙，"水声太大我没听清。"

"没什么。"顾晏道，"早上我接到了通知，后天开庭。"

"几点？"燕绥之把昨晚写好的纸页传给顾晏，"昨天我记了点儿东西，传给你了。这次辩护谁上？"

这话他显然不是认真问的，说完自己先笑了。

顾晏也有些无语，他问道："你还记得自己是一个实习生吗？还是你打算当着法官的面一只脚蹦上辩护席？"

律师一天的行程总是异常忙碌，真正坐下来的时间十分有限。南十字律所里就流传着这么一句话，说每接待一个新的客户，一定要告诉他们，有事务必提前跟律师约时间，千万不要冒冒失失直奔律所，因为他们要找的律师有可能在任何地方，除了办公室。

一般情况下，顾晏也是这样，不过今天却打破了定律。他除了清早出了一趟门，几乎一整天待在酒店里了，沉静地坐在窗边办公。

面前的全息屏幕上放着早上新取回来的视频录像，他戴着白色耳扣靠在椅子上，手里握着一杯咖啡。他的膝盖上放着几张近乎空白的纸，上面只零星地写着几个词，看起来格外整洁。

很早之前，他还在念书的时候，性格就有些傲。什么东西看完、学完都在他脑子里，不喜欢再浪费时间用笔去写，一来他觉得写的速度跟不上思维运转的速度；二来他喜欢极致整洁的东西，写出来的字总归不如规格统一的电子字整齐清爽，一目了然。

后来，他在某个院长办公的时候，瞥见了对方记录的东西，好几页纸，东一块西一块地写着关键词，有些重点的东西字写得很大，有些则像注脚，甚至还有随手勾画出来的圆和线。

照理说，那应该是非常凌乱的，可是一眼扫下来却半点儿不让人觉得烦躁，

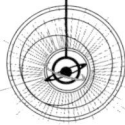

反而算得上赏心悦目。

那位算是顾晏直系老师的年轻院长还给顾晏提过建议。他坐在办公桌后，带着一丝笑意说："我建议你看资料有思路时也用笔写一写，因为每个人记录的内容详略、摆列布局、标记方式都是不一样的，是用光标选取关键词复制粘贴体现不出来的，这代表一个人思考时最立体的状态，区别于其他任何人，独一无二。"

当时顾晏觉得这话有几分道理，后来便试着用笔写一写，有意识地培养这种习惯，一写就写到了现在。

全息屏幕上的视频录像再一次放到了结尾，顾晏按了一下暂停，活动了一下脖颈。在这短暂的空闲里，他点了几下屏幕，调出了某人发给他的纸页，纸页上是对方看了一夜录像所记下的东西。

直到今天，他依然承认某人的话很有道理——笔记确实能代表一个人最立体的思维状态，独一无二。

他面前这几页纸上记录的东西，字体虽然刻意变化过，但骨子里的气质依然掩盖不住，一看就不守规矩，放浪不羁，跟当年一模一样。

顾晏一声不吭地看完几页纸，又捏着眉心把页面全部关掉。

怎么说呢，他能记得改一改字体，大概都难为他了。

虽然顾晏挑选的消炎药和退烧药是副作用最小的，但还是让燕绥之陷入了昏睡中。他从临近上午十一点捂着被子睡，一直睡到了晚上八点。他这一觉睡得实在，连一个梦都没有，以至于他睁眼的时候简直不知今夕何夕。

他醒的时候，房间里很安静。

房间的顶灯开了柔光模式，暖黄色，不太明亮，甚至不用眯眼就能适应。柔软的被子一直盖到了下巴，不阻碍他呼吸，但也没让一丝冷风钻进去。

房间里并不是鸦雀无声的，在听觉随着意识一起清醒后，他就听见几声布料摩擦的声音，非常轻，不至于打扰睡眠，又让房间显得没那么空寂。

燕绥之顺着细微的声音转过头，就看见顾晏正坐在窗边的沙发椅上，膝盖上放着虚拟纸页，手里松松地握着一支电子笔，面容沉静。

也许是睡了太久，有那么几分钟，燕绥之都处在一种介于发呆和懒得开口的状态里。

直到顾晏无意间朝这边瞥了一眼……

"你醒了？"顾晏摘下耳扣，丢在玻璃茶几上，起身走了过来。

燕绥之这才懒洋洋地应了一声："嗯。"

又过了片刻，他才问道："你一直在我这里？"因为太过懒散，所以他连尾调都没有上扬，而是很轻地落下去，像一个陈述句。

"不然呢？"顾晏走到床边，语气冷淡地回了一句，用手背在燕绥之的额头上测了一下，"你如果在这里烧出什么问题，负责的是我。"

燕绥之敷衍地挑了挑眉，提醒道："一般酒店床头柜里都备着体温计，我觉得比手背准确点儿。"

顾晏说："我习惯先有一个心理预判。"他淡淡说完，当真打开床头柜看了一眼，里面确实放着一个电子体温计。

"我看你是忘了。"燕绥之哑着嗓子，声音很轻语速也很慢，透着一股睡得很饱的气息，"上午你们也没用这个。"

"恕我直言，以你上午足够把我手背烫伤的体温，根本用不着借助体温计来判断。"顾晏握着体温计，用测量温度的那一头随意在燕绥之的脸上触碰了一下。

温度计"嘀"地响了一声，自动显出读数。

"恕我直言，我头一回见到温度计往脸上戳的测法。"浑身上下只露出一个脑袋的燕大教授如是说。

他这么有精神，看来高烧退得差不多了。

顾晏扫了眼温度计后，又将数值重新归零，垂着眼皮冲燕绥之道："手。"

燕大教授纡尊降贵，从被窝里伸出一只爪子。顾晏用温度计在他的手心点了一下。

嘀——

燕绥之问道："怎么样？高烧退了吗？"

顾晏点了点头，道："嗯。"

燕绥之说："我觉得你给我挑的药很有问题，吃得我不太想动。"

"我有催你动吗？"顾晏有些没好气。

燕绥之笑了一下，浑身的懒劲总算过去了，他撑着身体坐起来，一副要下床的架势。

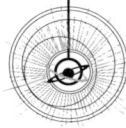

顾晏大概是被他作怕了，当即皱了眉问道："你要干什么？"

"洗澡。"燕绥之。

顾晏说："然后再给伤口泼点儿水，再发一轮烧？你可以放过那条腿吗？"

燕绥之坐在床边，顺着他的话低头看了看伤腿，"啧"了一声，说："我在被子里焐了一天，我觉得我出了一点儿汗，不洗会馊的，你能够忍受一个馊馊的实习生？"

顾晏："……"

他面无表情地看着燕绥之，情绪很收敛，一时间看不出来他是在做艰难的抉择还是单纯表示无语。

几秒后，他说道："你馊着吧。"

燕绥之："……"

实际上他身上并没有什么味道，不过他总觉得很不舒坦，于是找了一个借口，把顾大律师这尊专门气人的大佛请出房间，然后用湿毛巾擦了一遍身体。

这次他终于老实避开伤口，没再去折腾它。

顾晏再次被他迎进门已经是晚上九点半了。

一起进门的还有酒店的送餐车，他又是发烧又是发炎，折腾了一天，到这个点饿是很饿，但是并没有特别好的胃口。就算这回顾晏真把什么甜虾、蟹冻、羊排铺在他面前，他也不大想吃，就只让酒店给他熬了一锅粥。

"银钉"小哥大概被他的伤口吓到了，送上来的粥里混了不少大补的东西，还特别细心地筛除了各种发物。

这家酒店别的一般，粥倒是熬得很不错，加了那么多东西在里面，味道也不腻。燕绥之喝了两盅粥，顾晏也跟着分了一半。

"你居然会吃夜宵？"燕绥之有些惊奇，毕竟他只见过顾晏忙起来干脆省一餐的样子，很少看他在不合适的时间添一顿。

"你不会到现在还没吃晚饭吧？"燕绥之瞥了一眼房间角落的垃圾收纳箱，一脸疑惑道。

"我吃了晚饭。"顾晏把碗盅收拾好，按铃叫了服务，顺便回了他一句。

燕绥之将信将疑，不过很快，他的注意力被转移到了正事上。

在客房服务员推着餐车离开后，顾晏在燕绥之对面坐下，把光脑里的几段录像调出来给燕绥之看，说："上午，我去找了费克斯。"

"怎么样？"燕绥之一边问，一边点开了视频播放。

"一个好消息和一个坏消息。"顾晏说。

燕绥之说："先说哪个？随意吧，也不是没听过坏消息。"

顾晏指了指全息屏，说："那辆出租车的车主不是费克斯，他是车主杰米·布莱克雇用的，就是咱们见过的那个中年人。车主每天中午、晚上两个饭点没法出门拉客，就由费克斯接手。"

"好消息是，杰米·布莱克并不抠门，装了行车记录仪，并且是锁车后也能拍摄的那种，还带红外模式。"

燕绥之挑起了眉，差不多有了猜测："所以，坏消息是行车记录仪拍到了对约书亚不利的东西？"

顾晏点了点头，说："算是吧。"

燕绥之粗略翻看了一下录像，里面刚好拍到了约书亚翻人家院墙的画面，而且不止一次。他拖着进度条问顾晏："你已经看过录像了？"

顾晏道："我看了几遍。"

燕绥之问道："记笔记了？"

顾晏说："记了。你不觉得这种话不该由实习生来说？"

燕绥之说："我只是问问。"

他立刻岔开话题："对了，昨天我记的那些东西传给你了，你看了吗？"

顾晏靠上了椅背，表情有些一言难尽，说："我扫了一眼。"

燕绥之问道："没细看？为什么？"

顾晏说："我给你一个建议，以后再把那种天书一样的东西给别人看，记得聘一个翻译。"

燕绥之："……"老师的良言不看，小心你出庭的时候哭出来。

2

开庭这天，约书亚辗转一夜没睡着，凌晨五点就顶着青黑的眼圈起了床。妹妹罗希蜷缩在另一张床上，宽大的被子把她裹得像一只虾米。

酒店的环境比他们那间旧屋好了不知多少倍，甚至还有安眠定神的香薰。他家的小姑娘睡得很沉。准确地说，这几天她都睡得很沉，没有半夜受冻，没

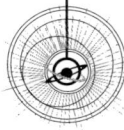

有因为老鼠蟑螂的动静感到害怕，也没有被骂街的醉鬼惊醒，有着前所未有的踏实感。

他多希望她能一直过得这么踏实，但他无法给予任何保证。

今天，他要接受一场审判，他很忐忑、很抗拒，悲观又消极。

酒店的房间空气很好，至少比大街上清新得多，但是他觉得自己没法在这种密闭的安静空间里继续待下去，心里压抑得快要吐了。于是他给罗希把被子披好，裹紧外套出了门。

五点的清晨，天还没亮，云层厚重，是一个阴天。

约书亚站在酒店楼下，吸了一口寒冷的空气，冷风从鼻腔一直灌进心脏。他现在不算完全自由的人，以后更是难说。在诸多限制下，他有很多人不能见，有很多地方不能去。而且他的律师提醒过他，不要乱跑。

于是他在黑森森的巷子里漫无目的地来回穿行，像一个临死之人，毫无章法地想要抓住末梢那一点儿人生。

他常年混在各种工地，接过各种活计，不知不觉练就了两条耐力超强的腿。银茶酒店到双月街的距离，对他来说不过是跑上半个小时。

等他回神的时候，发现自己已经站在了家门前。

很久以前，外祖母还在的时候，屋子里总会有一盏手提灯亮一整夜，为了节省能源，亮度调得很暗。如果有谁夜里起来，不至于两眼一黑，磕磕碰碰。

那时候不论他在外面怎么淘气，回来都能看到那盏手提灯的光安静地映在窗户上，跟扶手椅上的外祖母一起等他回家。

约书亚盯着黑漆漆的窗口发了一会儿呆，插在口袋里的手抓了一下，却抓了个空。大门钥匙没带，还在酒店里，压在罗希的枕头边。他又盯着这扇门看了一会儿，也不知是出于什么心理，突然抬手迟疑着拍了三下屋门。他低着头在门外等了很久很久，却始终没有听到外祖母熟悉的脚步声。

这世上再没有人会给他打开门，拽着他絮叨"冷不冷？是不是遇到不开心的事了？你怎么不笑？"。

他倚着家门坐在地上，像一个无家可归的人，发呆了很久很久。

双月街的标志时钟早晚各敲响一次，早上八点，晚上七点，分毫不差。钟声响了八下，约书亚惊醒一般站起来，搓了搓自己冻麻的手，然后缓缓地往酒店的方向跑。

"你去了哪里？"燕绥之和顾晏在酒店走廊上说话，看见他回来问了一句。

约书亚闷闷地道："晨跑。"

晨跑能跑出奔丧的效果？

燕绥之没有戳穿他，也没有多问，只点了点头。

"今天天气很糟糕，看起来随时要下雨。"约书亚耷拉着眼皮，说道，"我觉得这不是一个好兆头。"

燕绥之说："你这话把我们俩一起兜进去了。"

约书亚扯了扯嘴角，却没有笑，他实在提不起一点儿精神。他说："我不知道，我就是很难过，就好像没有人会相信我。"

一般而言，这种时候总该有人应他一句："我相信你。"不管真假。

但是燕绥之没说什么，他经历过很多事，也自认不是什么好人，也许有些时候会心软，但更多的时候心会硬得惊人。很遗憾，他无法对着约书亚说一句安慰的话，在他这里，律师和当事人之间的关系就是如此。

他需要当事人尽可能地信任他，对他说出所有实话。而事实上在很多时候，他确实是当事人唯一可以信任的救命稻草，但是他无法完全相信当事人，他对他们说的话始终持保留态度。

最终，燕绥之只是拍了拍约书亚的肩膀，反倒是顾晏问了一句："开庭前，我再向你确认一次，是你干的吗？"

燕绥之瞥了顾晏一眼。

顾晏问得非常平淡，语气和往常一样冷，就像例行公事一样。

这时候约书亚却觉得，哪怕顾晏只是问他一句，愿意认真地听他说一回答案，都能让他心里舒服一点儿，于是他看着顾晏的眼睛，摇了摇头，认真地说："不是。"

这句话说出来，他灌满了冷风的心脏突然找到了一点儿暖意。

上午九点十五分，约书亚和他的辩护律师顾晏到达了法庭，一起过来的还有拖着一条伤腿死活不肯表现出来、身残志坚的燕绥之。

酒城这边的审前会议非常不正规，组织得匆忙且混乱。顾晏和燕绥之也不是第一次在这种地方出庭，对此早已见怪不怪。许多在其他地方通行的规则，在这里都不能很好地执行，所以他们总会尽可能收集更多的证据，找到尽可能

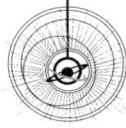

多的漏洞，保证在这种混乱的地方立住脚。

顾晏和控方律师相互展示了各自的证据，很快走完了流程。

上午十点，一号庭，法官就位。

顾晏及控方律师跟法官点头示意，燕绥之坐在顾晏身后的席位上，在桌子的遮挡下跷着二郎腿，避免依然肿着的伤腿着地。他看着法官下垂的眼睛和紧抿的嘴角，手指间的电子笔"嗒"的一声响，在桌面上轻轻敲了一下。

"看来今天约书亚的预感也不算不准。"燕绥之在顾晏坐下后，冲着他的后脑勺小声道，"这么阴的天，确实不是什么好兆头，碰上莫瑞·刘法官……"

顾晏没回头，只低咳了一声，示意他不要仗着声音低就这么放肆。

但凡跟这个垂眼法官打过交道的人都知道，他是一个有倾向性的法官，常常做不到全然公正地对待被告，想在他手里做无罪辩护，成功率低得吓人。

控辩双方就座，被告人约书亚也被两名法警带到了他的位置。他坐下后深吸了一口气，便死死盯着右侧方的一处入口。陪审团的人正从那里陆续进庭，一一在陪审席站定。

那是能决定他命运的人——一群从各个地方挑选出来的陌生人。

所有人确认到庭，法官莫瑞·刘垂下眼睛，他的手边放着一本厚重的典籍，上面列着法官在庭上应该使用的某些标准句式。

其实那些句子法官使用过无数回，早就能脱口而出，但依然要例行公事一般看一眼摊开的典籍，这代表法庭的严谨和一丝不苟。

陪审团到场后做的第一件事是宣誓。

莫瑞·刘看着陪审团，用沉稳的声线问："庄严的法庭需要你们的正式宣誓，对于即将审理的这个案件，你们能用忠实尽责的态度，给予最为公正的判决吗？"

"我以名誉起誓，将秉持公正，如果谁人沉冤得雪，我将为其欣慰，如果谁人蒙受不公，我将愧疚终生。我会以最理性的态度，让法律行使权能。"

约书亚缓缓吐出一口气，微微发颤的手指按在膝盖上，慢慢攥紧。

他太过紧张，以至于当法官念出他的名字，确认他的身份时，他甚至听不明白那些简单的字句是什么意思。他盯着法官看了将近五秒，才慢慢消化完这些话，点了点头，梦游般地道："是我。"

他又花了很长时间，才想起来自己可以坐下了。

等他坐下看向法庭正中，才发现控方律师已经开始做开场陈述了，对方的声音像越过两座山传进他耳朵里。

"辩方当事人约书亚·达勒利用吉蒂·贝尔家西南角壁橱上放着的一座装饰铜雕和外间沙发上的一只粗布抱枕，在掩盖了声音的前提下，敲击吉蒂·贝尔的后脑，致使贝尔陷入昏迷，防止她按响警报，并拿走了她的一个首饰盒，内有首饰若干以及一份未绑定的资产兑票。约书亚·达勒对她及其侄孙切斯特·贝尔的作息时间极为熟悉，所以能精准地在切斯特·贝尔回家的时候离开房间，躲藏在院内，并利用切斯特·贝尔进屋的时间差，翻墙回到自己住处。以上一切事实均有物证、人证以及约书亚·达勒本人的口供支撑……"控方律师洋洋洒洒、条理清晰地将证据列举了一番，最后看向法官莫瑞·刘，冲他点了点头。

"对于吉蒂·贝尔女士所遭受的一切，我表示遗憾。"莫瑞·刘点了点头。

他转头看向顾晏的时候，嘴角绷得很紧，面容瞬间刻薄了三分，说："辩方律师，你可以开始开场陈述了。"

一般而言，开场陈述是先由控方简述一下指控罪名、案件经过以及他们已经掌握的证据，再由辩护律师陈述主要辩护点，强调一番己方的立场。

约书亚攥着手指盯着顾晏，燕绥之也抬起眼看着顾同学……英俊的后脑勺。当法庭众人安静等待他开口的时候，他抬手冲法官莫瑞·刘做了一个手势。

那个手势代表的意思是——辩方放弃开场陈述。

莫瑞·刘紧绷的表情一松，有些愕然，燕绥之却朝后靠着椅背，嘴角扬了起来。

坐在被告席上的约书亚并没有立刻理解那个手势的意思，他有些弄不明白是怎么回事，茫然而忐忑地看着顾晏。

直到法官莫瑞·刘开口："顾，你确定要放弃开场陈述？"

约书亚感觉自己拴在裤腰带上的心脏"啪"的一声掉在了地上，还被人狠狠地踩了几下。他缓缓张开了嘴，脑子已经炸了。

放弃开场陈述？开什么玩笑！

他不明白什么深奥的东西，只知道法庭上向来是你来我往，你说五分，我驳五分，才能有继续争论下去的底气，结果他的律师一上来就直接放弃一轮！

法庭后面揣着证件来旁听审判的人们保持了五秒钟的寂静，而后突然响起"嗡嗡"的议论声。

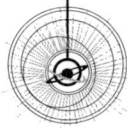

开场陈述不是不能放弃，但在这些人有限的旁听经历里，实在是没见过这种做法。毕竟放弃一轮辩护，就少一次说服陪审团和法官的机会。

"肃静！"莫瑞·刘敲了一下法槌。

法庭再度恢复安静，莫瑞·刘垂着眼看向辩护席。

顾晏点了一下头，说："确定。"

在全场的诧异目光中，只有燕绥之是放松且带着赞许的。

很久以前，他给过学生们一些建议："当法官或者陪审团成员本身具有倾向性的时候，演讲似的把观点一条条往他们身上砸是没有意义的，也许你说得慷慨激昂，但效果往往适得其反。有的人一旦在心里预设了一个结果，就很难去接受相反的言论，尤其不喜欢被说服，即便你说得有道理，他们也会在脑中一条一条地反驳你。怎么说呢，这大概是一种说来就来的叛逆心理。"

所以，你与其用结论把对方砸到接受，不如抛出一根引线，让他们自己得出那个结论。自己想到的东西，哪还用别人劝说？

就像眼下，有莫瑞·刘这样的法官，又在酒城这种不可控的地方，放弃开场陈述就是一种绝佳的辩护策略。甚至在某种程度上会引起一部分人的逆反心理——你越是不说，我倒越想听听。

这就是以退为进，以守为攻。

也许顾晏这一招并非是受燕绥之当年那番话的影响，但是燕大教授还是很欣慰的。

这位跷着一条肿腿听政的"皇帝"转了一下手中的电子笔，在面前随手新建的空白纸页上写了一个"A"。

因为顾晏放弃了开场陈述，所以庭审的进程转瞬进入了下一步。

控方律师根据证据线索，开始逐一传唤对应的证人。

第一个站上证人席的人，在燕绥之和顾晏看来并不陌生。那是一个体型算得上高大的男人，脸上有一道疤，这使得他的模样看起来有些凶。

被告席上的约书亚瞪大了眼睛，他以为自己看错了，用手背揉了两下眼睛，证人席上的男人面目依然没有什么变化。

"证人费克斯·戈尔先生。"莫瑞·刘念出对方的名字，"47 岁，身份号为 W11992661882。"

费克斯点了点头，说："是我，法官大人。"

"你站上证人席，就意味着你同样需要先宣誓。"莫瑞·刘缓声说道，"这个法庭需要你发誓，你将尽其所知，所述之言纯属实言，毫无隐瞒。"

费克斯颔首道："我发誓。"

对于费克斯的出现，虽然约书亚感到万分诧异，但是顾晏和燕绥之并不意外，毕竟他们在审前会议上看过控方展示的证据。事实证明，他们在忙着收集新证据的时候，控方也没有完全闲着，他们又补充了几项对约书亚不利的证据，其中就包括费克斯那辆出租车上行车记录仪录下的画面。

"卢。"法官莫瑞·刘对控方律师说，"你可以开始询问了。"

控方律师点了点头，而后转向费克斯。这一轮他是直接询问，是让证人在回答问题的过程中展现他希望展现的事实，当然，目标听众就是陪审团。

"费克斯·戈尔？"卢冲他点头示意，"你是被告人约书亚·达勒的邻居？"

费克斯说："是的，准确地说，我是约书亚和吉蒂共同的邻居。"

卢在法庭巨大的全息屏上调出一张俯瞰地图，在三间屋子上做了标记，问道："这是约书亚·达勒家，这是吉蒂·贝尔家，这是你住的地方？"

费克斯说："是的，没错。"

卢问道："你见到约书亚·达勒的频率是怎样的？"

费克斯说："每天我都能见到他一两回。"

卢问道："你们熟悉吗？"

"熟悉。"

"关系怎么样？"

"我们偶尔会帮点儿小忙。"

"他帮你还是你帮他？"

费克斯迟疑了一下，说："他还小。"潜台词就是"我帮他多一些，毕竟他还是一个孩子"。

卢眼角的余光朝陪审团瞥了一眼，继续问道："这些视频是你的行车记录仪拍到的吗？"他说着，在全息屏上调出几段视频，视频自动分块播放，每一段录像的日期都不一样，但内容差不多，要么是约书亚正在翻围墙，要么是已经蹲在围墙上面了。

"这是吉蒂·贝尔家的围墙？"

费克斯点了点头，说："是。"

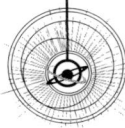

"你的车为什么会拍到这些？"

"这其实不是我的车，我替车主开车，只在中午和晚上两个饭点时段开。他会把车开到这个巷子口，和我交接。"费克斯道，"车子在那段巷子很难掉头，所以我总会从里面这条路绕一个弯，从另一端拐出去。我常常会在约书亚和吉蒂门口那块空地上停一会儿，把没吃完的饭吃完，或者抽一根烟清醒一下，再把车开出去。"

卢想了想，问："你这样开车多久了？"

"不到一年吧。"

"所以这些仅仅是这一年，刚好中午和晚饭时段被车子行车记录仪拍到的画面？"

费克斯思索了一下，说："我想是的。"

这就意味着除此以外，或许还有更多这样的情况。

卢又问了一些和视频相关的细节，费克斯一一作答，而后卢突然道："约书亚·达勒和吉蒂·贝尔的侄孙切斯特·贝尔的关系怎么样？"

费克斯道："不是很好。"

"你见过他们争吵吗？"

"事实上，我还拉过架。"费克斯想了想，道，"这两个孩子不太适合待在一起，见面总会有冲突，但不在一起时都不错。"

"切斯特·贝尔有因为约书亚·达勒翻自家院墙和他发生争执吗？"

费克斯说："我没有见过，我觉得约书亚会避开切斯特在家的时间段。"

"所以你的意思是，约书亚·达勒对吉蒂·贝尔和她侄孙的作息时间比较了解？"卢试探着说出这句话。

顾晏突然冲法官抬了一下手指，淡声道："反对。"

律师询问的时候不能提诱导性的问题，一旦提了，另一方有权反对，而法官也应当判定反对有效，制止证人回答这种问题。

然而莫瑞·刘的"屁股"是歪的，他说："反对无效。"

顾晏一脸平静，连眼皮都没抬一下。

坐在后面的燕绥之手里的电子笔转了一圈，又用指尖抵住。对于这种判定，他毫不意外，毕竟莫瑞·老浑蛋·刘不是第一次干这种事了。

"二十三号当晚，约书亚翻越围墙的时候你看到了吗？"卢问。

"没有，我当时不在车里。"费克斯道，"我接了车把它停在老地方，就先回自己屋里，把吃了一半的晚饭吃完，没有看到那个过程，这段录像是锁车后记录仪自己拍的。"

卢问道："为什么拍摄十分钟后录像就戛然而止了？"

费克斯道："能源用完了。"

卢又问了一些零散的问题，足以让陪审团从费克斯的所有回答中提炼出几条信息——约书亚对贝尔一家的作息非常熟悉，足以精准地把握时机作案；约书亚和切斯特关系很差；二十三号当晚，约书亚在案发时间翻进了吉蒂·贝尔家的院子。

一般而言，律师问问题的时候，就能预料到证人的答案。一个足够优秀的律师，完全可以把证人的回答控制在自己想要的效果范围内，一点儿不会少问，也一点儿不会多问。

"我询问完了。"卢把陪审团的反应看在眼里，冲法官莫瑞·刘点了点头。

莫瑞·刘转向顾晏，说："顾，你可以开始询问这位证人了。"

结果顾晏抬了一下手，冷冷淡淡地道："我没有问题。"

莫瑞·刘："……"

法庭众人："……"

约书亚："……"我请了一个假律师吗？这场官司还打不打了？

3

之后控方律师又申请传唤了两名证人，包括燕绥之他们在录像中看到的那个倒垃圾的女人和另一个老人，都是约书亚和吉蒂·贝尔的邻居。

这些人所说的内容给控方律师主张的某些事实提供了依据，比如吉蒂·贝尔一直独居，而她有个哥哥之前居住在星球另一端。她哥哥去世后，唯一的孙子切斯特·贝尔前来找她。

原本吉蒂·贝尔不算穷困，只是节省惯了，又在老屋住久了不愿意挪动，再加上切斯特又是带着祖父的一笔资产来的，虽然只是一小笔，但也足以让某些人眼红。

关于这些，知道的人不算多，只有跟吉蒂·贝尔家常往来的几个邻里知道。

再比如约书亚那阵子表现反常，等等……

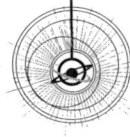

控方律师不急不躁地提了许多计划内的问题，足以让陪审团的人顺着他希望的方向去了解约书亚这个人。

对于这两名证人，顾晏倒是没有直接放弃提问，但也没有多少区别。他问了两个听起来似乎无关紧要的问题，而证人的回答更有些偏离主题。那个倒垃圾的女人在回答的过程中甚至把重点转移到"抱怨那个整天在巷子里晃悠的酒鬼"上面，然后被法官莫瑞·刘敲了法槌。

顾晏脸上一派平静，问完就坐下来，自顾自翻看了两页证据资料。

控方律师最初还有些疑惑，后来就一副胜券在握的样子，显然把他当成了那种典型的"敷衍派"律师。

唯一要崩溃的人是约书亚，现在给他一根绳子，他能把自己吊死在辩护席前。他想起自己昨天夜里哄了罗希很久，说服她今天乖乖待在酒店里，不要跟来法院。等到诉讼结束，他就带她回家。当然，他这一番说辞纯粹是为了不让妹妹担心害怕。

现在的他万分后悔，三轮询问结束，他觉得自己的一只脚已经跨进了监狱大门。早知道他就让罗希来了，好歹还能再看他两眼。

当他快要把自己的头发揪秃的时候，控方律师对第四名证人的询问开始了。

"吉姆·卡明。"控方律师卢说。

站在证人席上的是一个中等身材的男人，眼珠发黄，带着血丝，脸上的皮肤却泛着偏紫的红，有些轻微的浮肿。看得出他为了能好好站在证人席上，刻意收拾过门面，头上甚至还打了发蜡，但看起来依然有些精神不足。

吉姆·卡明挺了挺胸，说："是我。"

卢说："二十三号晚上七点到八点，你在哪里？"

"巷子里。"吉姆·卡明道，"准确地说，我是买了小菜，正在往巷子里走。我的房子在吉蒂·贝尔女士家后面，所以我当时正经过约书亚·达勒和吉蒂·贝尔家的屋子，往自己家里走。"

卢点了点头，问道："你看见了什么？"

吉姆·卡明说道："我看见了约书亚·达勒在吉蒂·贝尔女士的家里。我回家的路上有一面围墙有个缺角，我经过的时候，刚好看见吉蒂·贝尔里间的窗户，约书亚·达勒就在那里。"

"那是几点？"

"七点五十多吧。"

卢前前后后问了吉姆·卡明不少问题，但大多围绕那个敏感的时间点。他一遍又一遍地借证人的嘴，向陪审团强调一点——案发的时候，约书亚就在吉蒂·贝尔的房间里。

"我问完了，法官大人。"卢点头示意，然后坐了下去，朝顾晏的方向瞥来。

莫瑞·刘说："顾，你可以开始你的询问了。"

被告席上的约书亚已经心如死灰，脸拉得比驴还长。他不抱希望了，甚至可以预想到顾晏会怎么对法官抬手，示意自己依然没有任何问题。

旁听席上的许多人甚至没有抬头，所想的显然和约书亚相差无几。

然而这次，顾晏却冲法官点了点头，他转向吉姆·卡明，看了一眼资料，平静道："吉姆·卡明。"

"对，是我。"吉姆没有表现出任何的不耐烦，每被点一次名，他都下意识挺一挺胸。

顾晏按了一下播放控制键，全息屏上马上投放出俯瞰图，他在其中一间屋子上随手一圈，淡淡道："这是你的住处？"

吉姆·卡明点头道："是的，你可以看见我家离吉蒂·贝尔家很近，只隔着她家的围墙和我的围墙而已。"

"五分钟前，洛根女士站在你现在站的证人席上，提过一件事——她几乎每天扔垃圾时都会和一个醉酒的邻居发生争吵。"顾晏道，"你知道那个邻居是谁吗？"

吉姆·卡明有一瞬间尴尬，发黄的眼珠转了一下，瞥了一眼控方律师，又收回目光。

顾晏不急，一脸平静地等着他开口。

吉姆·卡明硬着头皮道："是我。"

旁听席上的人们议论起来，许多百无聊赖的人开始坐直身体，重新看向辩护席。

"你几乎每天会醉倒在这个垃圾处理箱旁边，睡到凌晨甚至清晨才回家？"顾晏在俯瞰图上准确地圈出那个垃圾处理箱的位置。

这倒不是洛根说的，这是他跟燕绥之在录像中看到的，而且看得清清楚楚。

吉姆·卡明张口结舌了。

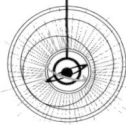

旁听席上有人小声议论起来，毕竟一个陈年醉鬼很难给人好印象，也很难树立一个条理清晰的理性形象，而事实上，吉姆·卡明充满血丝的眼珠和浮肿的脸都证明了这一点，这对证人身份会有些微的影响。

顾晏这回没有等他回答："二十三号那天晚上，你喝酒了？"

吉姆·卡明疯狂摇头，说："没有，二十三号那天我真的没喝酒！你也说了，是几乎每天，并不是真的每天。事实上，这些天我都没有醉倒在巷子里，我改了。而且……"

他努力想了想，突然抓住了一根浮木，说："二十三号那天晚上，我在稻草便利店买了东西，那家店的店员包括店里的录像都能证明这一点。"他又得意起来，"我非常清醒，那天一点儿酒也没喝。"

顾晏垂下目光，翻了一页记录，又抬眼问道："你路过吉蒂·贝尔家，透过窗子看见约书亚·达勒，是晚上七点五十到八点？"

吉姆·卡明点头。

顾晏问道："为什么你对时间这么肯定？"

吉姆·卡明说："我在稻草便利店结账的时候，恰好看过墙上的时间，我记得很清楚，当时是七点四十五分。因为从稻草便利店到我家步行需要七分钟左右，所以我在看见吉蒂·贝尔家的窗子时，应该是七点五十后。而且我进家门后，又看了一眼时间，同样记得很清楚，差两分钟八点。"

这段话他说得非常清晰，甚至间接证明了他那天确实是清醒的，并没有喝断片。

"你是在开自己家门时，透过一处缺口看到了吉蒂·贝尔女士家的窗户？"顾晏又问。

"是的。"

"你家的门距离贝尔家的窗户多远？"

"七米左右。"

"正对着？"

"有一点儿斜，只是一点儿。"吉姆·卡明强调。

顾晏看着他浑浊的眼珠问："你的视力怎么样？"

"很好，非常好，没有任何问题。"吉姆·卡明指着自己的眼睛，"现在我的眼睛发黄充血，只是因为之前喝多了酒。"

顾晏目光随意一扫，估量了一下证人席到身后旁听席的距离，想要挑一个参照物。结果他就瞥见燕绥之面前摊开的纸页上，批考卷似的写着一个潇洒的"A"。

顾晏："……"

他默然片刻，随手指了一个旁听生，问吉姆·卡明："这位先生外套左胸口的数字，你能看得清吗？"

吉姆·卡明立刻道："68！"

众人跟着转头看过去，确实是68没错。如果这个距离能看见这样大小的数字，隔着七米看清人脸根本不成问题。

这一番问题问下来，旁听的人们都有些纳闷，他们有点儿摸不准顾晏这个辩护律师的目的，只觉得他问的问题所引出的答案非但对约书亚没有好处，甚至还在给对方加重可信度。

顾晏依然一脸冷静地问道："所以你能确定，当时在吉蒂·贝尔里间的人是约书亚·达勒？你看见了他的脸？"

吉姆·卡明说："对，我看见了！非常清楚！多亏我看见了，我很庆幸当时朝那边张望了一眼，提供了这么重要的证据，不是吗？"

"你只是张望了一眼？"

"对。"

"你有走到窗边吗？"

"没有，我怎么可能走到窗边，那不就进别人家院子了吗？"吉姆·卡明道。

"你看清了对方的五官？有没有可能是跟约书亚相像的其他人？"

"不会的，"吉姆·卡明道，"我连他眼角下的痣都看清了，绝对不会错。"

"你张望了那一眼就回家了？"

吉姆·卡明看起来有点儿遗憾，说："是的，我看到的时候，约书亚·达勒刚走过来，我以为他只是来做客，没想到后面会发生那样的事。我只看了一眼就回屋了，毕竟外面太冷了，零下十几度呢。"

顾晏点了点头，垂下目光翻看桌面上的纸页，从里面抽取一张出来，点了一下播放控制器。他抽取的纸页内容顿时被展示在法庭的全息屏幕上，足以让所有人看见，那是控方律师提供的对案发现场以及前后状态的描述。

顾晏道："现场还原资料十二页第十行，二十三号晚上七点三十分左右，

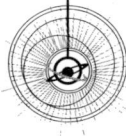

吉蒂·贝尔坐在窗边打开暖气做编织。第十四行，案发时吉蒂·贝尔被击中后脑，歪倒在座椅左侧，头发蹭到了窗户玻璃底边的水汽。"

"暖气在窗边，外面零下十几度，以当时吉蒂·贝尔设定的暖气温度，最多只需要五分钟，窗户玻璃就会蒙上一层厚重的水雾——"顾晏说着，撩起眼皮看向吉姆·卡明，沉声道，"请问你如何在不靠近窗户的前提下，隔着七米，穿透那层雾气，清晰地看见屋子里约书亚的五官以及他眼角的痣？"

全场鸦雀无声。

吉姆·卡明浑身僵硬，从头皮冷到了脚底。他像一只被掐住脖子的鹅，张着嘴，呼哧呼哧喘着气，却半天没能说出一个字。就连他打过发蜡的头发都耷拉下来，显出一种劣质的油腻光泽。

坐在席位上的控方律师卢同样一脸茫然，他盯着顾晏看了一会儿，又将目光转向了证人席。他突然万分后悔，为什么自己没有事先跟证人把所有细节核对一遍，或者换一句话说，他在开庭前跟证人接触的时候，交代了那么多大大小小的注意事项，为什么偏偏没有想到这一点？

4

整个法庭的死寂维持了四五秒，然后沸腾起来。

旁听席上的人们终于回过神来，看着证人席开始议论纷纷，声音无孔不入地钻进吉姆·卡明的耳朵里，他却听不清完整的字句。他的脸涨得通红，因为常年过度酗酒，两颊甚至有点儿发紫。

"我……"吉姆·卡明张了张嘴，目光四下乱瞥，显然已经站不住阵脚了，"可是……"

顾晏等了片刻，没有等到更多的解释。对于这种状况，他显得毫不意外，只是顺手把那张纸页丢回了桌上，电子页面瞬间回归原位。

顾晏道："很遗憾，我没能听到一个合理的解释。那么，我是不是可以怀疑你的动机？"

这句话他说得非常平静。

事实上，整场庭辩他都表现得非常平静，没有慷慨激昂，没有特意提高或者压低音调，没有任何煽动性的语气，从头到尾，他都是一副冷冰冰的模样，跟他略带冷感的音色倒是非常相配。

对于吉姆·卡明的动机，他可以做出各种分析，任何一种都足以让他彻底崩溃在证人席上，但是他没必要费这个口舌。

就像曾经有人说过的那个道理——对于陪审团或是其他有倾向的人来说，给一条引线让他们自己得出结论，比其他任何方式都管用。

旁听席上的人们已经有了各种猜测，比如吉姆·卡明才是凶手，作伪证是为了掩盖自己行凶的真相，将罪行嫁祸他人。

再比如一个常年醉醺醺的酒鬼，没有人把他放在眼里，总认为他满口吹嘘和醉话。好不容易有一天，他的话突然有了存在感，重要到可以决定一个人的人生，他站在证人席上，所有人都会安静下来，把目光投注在他身上，仔细聆听他说的每一个字，这种咸鱼翻身般的差异足以让他得到虚荣和满足。

旁听者会有的想法，陪审团同样会有。

控方律师卢忍不住转头看了一眼高席上的陪审团，那些女士们先生们也在偏头简略地交谈，面容或严肃或嫌恶。卢又默默地转回头来，只觉得这场庭审，己方头上突然刷了一片大写的"要完"。

吉姆·卡明在无数或猜忌或鄙夷的目光中，从天堂掉进地狱，这种跳楼一般的体验让他难以招架，几乎站立不住。

偏巧这时候法官莫瑞·刘"嘭"地敲了一下法槌，沉声道："肃静！"

法槌声落，证人席上的吉姆·卡明浑身一颤，两眼一翻当场要晕过去。

一般而言，在德卡马那一带的法庭上，这种重要的证人证言出现巨大瑕疵，由顾晏代表的辩方提出的直接裁决，十有八九会被接受，并得到一个比较理想的效果。然而法官莫瑞·刘的"屁股"依然很歪，所以动议裁决遭到了拒绝。他只是让法警把吉姆·卡明带出去，留待后续查问，而庭审这边居然全然不受影响继续进行。

这个老家伙敲着法槌的时候，坐在顾晏后面的燕绥之又不甘寂寞地动起了笔。堂堂法学院前院长，曾经的"一级律师"，跷着二郎腿、挑着眉，在纸页上画了一只鳖，笔触抽象，潇洒不羁。

最受煎熬的莫过于被告席上的约书亚。他觉得自己像一只被拎着脖子的野鸡崽子，十分钟前还被人按在砧板上，用菜刀比画着要剁他的脑袋。他眼看就要死了，又被另一个人夺刀救下，死里逃生。然而他刚提着爪子跑了没两步，气还没喘两口呢，就又被人捉住了。

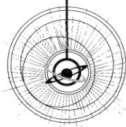

他再一次生无可恋，把脑袋搁在了砧板上，都这样了法官还不放过他，那他基本没有指望了。

这回，他觉得他脖子以下都进监狱了，就剩脑袋还在垂死挣扎。

对于这种情况，顾晏和燕绥之早有心理准备。

直接裁决遭到拒绝后，庭审会进入辩方举证的阶段。顾晏临危不乱地站在辩护席上，伸手抹了一下播放控制键，法庭巨大的全息屏幕瞬间切换了内容，展现的是警方痕检部门递交的现场足迹鉴定记录表。

经过申请，痕检官站在了证人席位上，回答顾晏所提出的问题。

"痕检官陈？"

"是的。"

"这份足迹鉴定记录表是经由你手提交的？"

陈点了点头，说："是的。"

"内容非常清楚，"顾晏道，"但是为了避免不必要的问题，我仍然需要跟你确认一些细节。"

"好的，没问题。"

"记录表第二页第三行，鞋印全长二十七点五厘米，前掌十四点五厘米，宽九点三厘米，弓长六点三厘米，宽六厘米，后跟长六点六厘米，宽六厘米。根据前述磨损状况等现场痕迹估算，跟厚约一点五厘米。"

顾晏用控制灯在全息屏上画了一条线，方便所有人找到这句话。

"这部分数据会有误差吗？"

陈摇了摇头，说："不会，控方提供给痕检部的足迹信息非常清晰，不会有误差，唯一可能有误差的是鞋跟厚度。"

"误差值是多少？"

"上下浮动零点零五厘米。"陈说着，又补充了一句，"这个误差值并不足以影响鞋印的分析结果，毕竟误差太小了。"

顾晏问道："你确定只有这点儿误差？"

"非常确定。"

顾晏点了点头。

控方律师卢："……"

不知道为什么，顾晏一点头，他就开始莫名心慌。一般而言，把足迹单独拎出来说时，询问的内容大多会集中在根据足迹判断的嫌疑人身高上。如果顾晏真的询问这一点，他倒没什么好担心的，因为身高本就存在一个误差范围，不管陪审团还是法官，对这点早就知道了，所以在庭上绕着这一点做文章并不会产生什么冲击性，也很难让人动摇。

结果辩护律师只问了鞋跟？这是什么鬼问题？

顾晏又一脸平静地抹了一下播放控制器，这回全息屏幕上终于显示了他和燕绥之在这几天里收集的新证据。他在众多监控录像视频中挑取了第一个，也就是羊排店的录像，直接将进度条拉到了二十三号晚上七点五十五分的位置。

整个法庭的人都仰着头，看着录像上一个人的头顶出现在吉蒂·贝尔家的窗户上，因为水汽的遮挡模糊不清。

顾晏按下暂停键，然后将这个录像直接植入旧城区立体地图中。他把地图调成横截面模式，途中，羊排店中的红点代表摄像头的位置，吉蒂·贝尔家的红点代表案发时嫌疑人露出的头顶。

"感谢现代科技。"顾晏依然一脸平静，"地图上的所有距离都有标注，痕检官，我想你完全可以根据图上的这些数据计算出来，这个嫌疑人的身高需要多高，才会在这几个障碍物遮挡的前提下露出这部分头发。"

事实上根本不用人工去计算，在地图界面下，只要选取那一点，轻轻敲下按键，就会自动得出那个数值。

陈下意识伸手抹了一下证人席上的播放控制键，屏幕上代表嫌疑人的红点一跳，旁边多出一个标注数值。他道："一百八十二点三厘米，误差值上下浮动零点二厘米。"

顾晏垂下目光，挑出约书亚的身份资料，以及他被羁押在看守所的登记信息。

"我的当事人约书亚·达勒，净身高一百七十六厘米，这是看守所的测量数值。"顾晏抖了抖仿真纸页，冷冷地道，"即便加上足迹鉴定表推断的鞋跟高度，他的身高也远不到一百八十二点三厘米。"

"请问，是看守所的数据作了假，还是足迹鉴定表作了假？"

陈："……"

他还能说什么？什么也说不了，一切能想到的诸如误差之类的话，全部在之前的询问里被顾晏堵死了。

全场再一次陷入寂静。

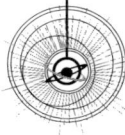

五秒钟后，法庭上爆发了比之前更大的哗然。

被逼仄的玻璃罩着的约书亚闷了两秒，腾地坐直了身体，茫然地看着顾晏，他简直不敢相信自己听到了什么。他在这种茫然中飘荡了很久，等到心脏找到着落，五感终于回神的时候，法官已经绷着脸敲了法槌，不得不在事实和压力的推动下，请陪审团给出裁决。

"所以，女士们先生们，你们有答案了吗？"莫瑞·刘看着陪审团，沉声问出这句话。

全场的目光都落在了陪审席上，约书亚感觉自己周身都凝固了，这辈子从没有这样紧张过，他的整个人生都压在这个答案上了。

陪审团团长在寂静中点了点头，说："是的，我们有了决定。"

莫瑞·刘问道："有罪，还是无罪？"

在众人的屏息中，团长沉稳的声音在庭上响起，足以让法庭上的每一个人听见："无罪。"

约书亚被当庭释放。

5

当庭释放这四个字像附了魔咒，一锤子将约书亚的灵魂砸飞了。他从天灵盖蒙到脚趾，瞪着眼睛在被告席上站了很久。

等他回过神来，发现自己一身被汗湿了。他就像一个背着厚重石碑匍匐前行的苦旅之人，在掀掉负重的瞬间，突然精疲力竭。

他很高兴，特别高兴，高兴得恨不得冲过去抱住自己的律师吼两声，但是他忘了该怎么说话。

走完所有程序，签完所有的字，顾晏便回到辩护席边收拾东西，顺便把肿着腿的某位"皇帝"架回宫。

"皇帝"桌前摊着的纸页还没收，顾晏不经意间又瞥了一眼，发现纸页上多了一只鳖，鳖壳上龙飞凤舞地标着法官的大名——莫瑞·刘。

顾晏："……"这人演实习生演得一塌糊涂，在法庭上给自己的"老师"乱评分，还拐弯抹角地骂人家法官"老鳖"。

什么叫大写的肆无忌惮，这就是了。

燕大教授以前也是这个德行，平日在外人面前总是风度翩翩、优雅从容，装大尾巴狼，到了直系学生面前，那层皮就兜得不那么严实了。

比如同样糟糕的成果论文在他手里过最后一道关卡，其他学生批的是"已阅，格式欠妥"，到几个直系学生这里就成了"放屁，狗啃的格式"。

这在学生口中流传为"又一种表达亲近的方式"，见鬼的是不但很多人信，还有很多人真情实感地羡慕顾晏他们几个"院长亲近的学生"。

那时候的顾晏觉得他们大概有病。

现在……

现在顾大律师打算找时间给这个"实习生"加强一下素质教育。

"你站得起来吗？"顾晏收好光脑，头也不回地问了一句。

燕绥之收拾好东西，把鬼画符一样的纸页就地删除，扶着桌子边沿站了起来，说："还行，我坐久了腿有点儿麻。现在我有点儿庆幸跟的律师是你了。"

"嗯？"顾晏随口应了一句。

"你不说废话，速战速决。"燕绥之冲他晃了晃脚，"换一个喜欢长篇大论搞演讲的，我出了法庭就可以去医院截肢了，比如对方律师那样的。"

顾晏："……"

好，一场庭审从法官到双方律师，一个不落都被他点评了一遍。

"别展览你的脚了，我去叫车。"顾晏一脸冷漠地收回目光。

酒城这边叫车不太方便，法院就更不方便了。虽然律师被允许带光脑和智能机进法庭，但是信号和网络方面都有限制。顾晏翻了一会儿智能机的全息屏，冲燕绥之交代："你在这边等一会儿。"

燕绥之当然不会真的老老实实地待在座位上，那太傻了。

他的脚还不至于到完全没法走路的程度，等那股麻劲儿缓过去，他便不紧不慢地穿过三五成群纷杂的人，走到被告席旁敲了敲玻璃，说："雕像小朋友，你打算在这里展览多久？"

约书亚·木雕·达勒终于从发呆中回过神来，这才发现全场只剩他一个人还保持着"起立"的肃然状态，整个法庭都空了一半。

"大家都走了？"约书亚问道。

燕绥之点了点头，说道："你可以从这个防弹玻璃罩里出来了，顾晏去叫车了。"

约书亚从专门的通道兜了一个大圈，跟燕绥之一起走到了法院大厅。

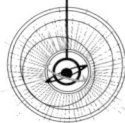

当约书亚站在台阶前等顾晏的时候，终于从梦游的状态中脱离出来，他两只手垂在身侧，拇指不自觉地捏着其他几处关节，发出咔咔的响声。

他犹豫了一会儿，冲燕绥之道："嗯，谢谢。"

燕绥之笑了笑，说："你在这儿酝酿半天，一副欲言又止的模样，就是为了憋出一句谢谢？我倒是不知道这两个字这么让人难以启齿。"

约书亚的脸涨得通红，辩解道："我不常说这个。"

"你还很骄傲？"

约书亚："……"

他被燕绥之堵了两句，又涨红了脸，开始酝酿下一句话。这回他憋了一分钟，终于道："还有当初在看守所，我对你们骂的那些话，对不起。"

燕绥之点了点头，说："行了，我听出来了，这三个字你也不常说。"

约书亚："……"

不远处，顾晏叫好了车，转身正要往回走，结果一抬眼就看见了他们。

燕绥之隔着马路冲顾晏抬了一下手。

约书亚跟着他一起慢慢朝马路那边走，看着顾晏的方向，感叹道："他很厉害，比我见过的所有人都厉害。"

任何人经历过类似"命悬一线"的状态，又被人力挽狂澜救回来，都会对那个人产生极度的感激和崇拜。这种事，不论是燕绥之还是顾晏都见过不少。

燕绥之看着顾晏的方向，笑了一下，说："嗯，他是很优秀。其实你刚才憋了半天的两句话，更应该去跟他说。"

约书亚这根棒槌居然认真地点了点头，说："我知道，我就是在你这里练习一下。"

燕绥之："……"

好在这根棒槌很快意识到自己的话很让人手痒，又及时补了一句："而且你成功帮我办了保释，我也应该对你说那些话。"

燕绥之不轻不重地在他的后脑勺拍了一下，没好气道："你别补充了，我不听。"

他有一搭没一搭地逗着小鬼，走到了顾晏叫的车边，结果就见顾晏冲旁边的墙角抬了抬下巴。

"怎么了？"燕绥之跟着看过去，这才发现有一个瘦削的身影正插着兜站在墙角，低头踢着脚下的碎石子，然后假装不经意地朝这边瞄一眼。

这不是别人，正是吉蒂·贝尔的侄孙切斯特·贝尔，燕绥之这一条肿腿就是拜他所赐。

约书亚一看见切斯特就浑身紧绷，矛盾的情绪被他明晃晃地摆在了脸上。

约书亚看起来想给切斯特两脚，又想揪着他解释一句"不是我干的"，还想问问他，吉蒂·贝尔老奶奶怎么样了，最终却什么也没说。

约书亚就站在那里，跟他隔着几步的距离对峙着。

两人剑拔弩张了好一会儿，然后年长几岁的切斯特抓了一下头发，放弃似的走过来，憋了好半天才憋出一句："对不起。"说完，他就像猛火烧了屁股一样，扭头就走。

他走了没两步，又想起什么似的转回来，有些狼狈地抓了一下头发，又对着燕绥之挤出一句："对不起。"

看他难以启齿的模样，说"对不起"活像要了他的命。

燕绥之哭笑不得，心想：不管是十四岁还是十七岁，这帮叛逆少年果然是猫嫌狗不待见。

切斯特对燕绥之说的这句对不起，意思单一，很好理解，就是在给泼水的事道歉，而他对约书亚说的对不起，则要复杂很多——

对不起，我不该泼水伤害你。

对不起，我不该误解你。

对不起，我没有选择相信你。

…………

约书亚没听见道歉的时候还好，听见这句"对不起"，他反而后知后觉地感到了莫大的委屈，有种沉冤昭雪、如释重负，再也压不住难过的委屈。他攥着手指，梗着脖子瞪着切斯特，眼圈却瞬间红了，硬是咬死了后槽牙才绷住了表情。

"哎，你别……"切斯特有点儿蒙，又有点儿急，最后只能重复道，"对不起。"

约书亚咬了咬牙，冲大马路一指，对切斯特说："滚。"说完，他便闷头钻进了顾晏叫好的车里。

燕绥之耸了耸肩，也没多说什么。他冲切斯特随意一摆手，也跟着上了车。

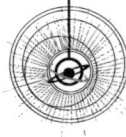

顾晏坐进了副驾驶座，很快车子发动，缓缓上了马路。切斯特渐渐变成了路边的一个小黑点，却一直没有挪动过。

约书亚上了车后，就把背后的兜帽罩在了脸上，拉着边沿一直挡到鼻尖，抱着手臂缩在后座上。

燕绥之瞥了他一眼，评价道："刚才你的气势不错，就是'滚'字太激动，有点儿破音。"

至此，约书亚终于被气哭了。

顾晏："……"

6

酒城的事情办完了，吉蒂·贝尔的案子往后该怎么查那是警方的事情，顾晏手里还有其他工作，不可能在这边逗留太久。他跟燕绥之在第二天登上了回德卡马的飞梭机，约书亚和罗希特地起了个大早来送他们。

小姑娘跟他们相处的时间虽然不长，但很喜欢他们，送别的时候显得特别没有精神，乌黑的眼睛盯着他们，手指揪着燕绥之的衣角不松。

燕绥之连哄带骗逗了罗希半个多小时，才让小姑娘撒了手。

进验证口的时候，燕绥之回头看了一眼，兄妹俩正站在角落目送他们，远远看去，约书亚显得特别瘦削，个头也不算很高。这种时候他才让人意识到，其实他只有十四岁，还是一个小鬼。

在飞梭机上坐定后，燕绥之向乘务员要了一杯咖啡。他刚将咖啡凑到唇边，就被另一只手截了和。

燕绥之问道："干什么？"

顾晏一脸无动于衷，冲乘务员道："劳驾，给他一杯牛奶。"

燕绥之："……"这日子没法过了。

然而治腿伤的药盒摊在他面前，注意事项上明晃晃地写着：忌烟酒、咖啡及辛辣刺激性食物。

两分钟后，燕绥之喝着乘务员送来的牛奶，内心满是感慨。

在燕绥之的印象里，顾晏很少会插手别人的事情、置喙别人的决定。当然，如果有人向顾晏提出请求，他会帮得很干脆，但总的来说，他不会主动去干扰别人的想法。

燕绥之抱着牛奶一脸遗憾。从前顾晏的性格多好啊，怎么收了一个实习生就变了呢？

不过换完牛奶后，顾晏就真的不管他了，兀自戴着耳扣闭目养神，大概是眼不见为净。

"对了，刚才进验证口前，约书亚鬼鬼祟祟地抓着你说什么了？我就听见他说要你的通信号。"燕绥之突然想到这事儿，好奇地问了一句。

顾晏连眼睛都没睁，只是用戴着智能机指环的手指叩了一下桌板，智能机应声跳出来一个全息屏，界面显示的是一张电子账单。

"借条？"燕绥之看清了界面上面的字。

这是约书亚非要签下的借条，认认真真地算了月份，打算分期把那几天在医院和酒店的花费还给顾晏。底下的签名像狗爬的一样，显出一点儿稚气。

燕绥之挑了挑眉，说："他居然没算错账，不错了。"

顾晏又敲了一下手指，全息屏就收了起来，他继续闭目养神了。

飞梭机上的氛围很适合补眠，连燕绥之都有些犯困了。闭眼前，他想起自己折腾了一天都没顾得上看智能机，便顺手翻了一下，结果还真让他翻到了两条新消息。从时间上看，新信息是他上飞梭机的时候收到的。

第一条信息来自他的资产卡提醒——

收到金额：1000 西

附加说明：出差补贴

第二条信息还是来自他的资产卡提醒——

收到金额：10000 西

附加说明：无

燕绥之一脸疑惑，他看了一眼来源账户，是顾晏。

好端端的，顾晏突然多转一万西给他干什么？看他太穷了？

燕大教授活这么多年，头一回体验到这种事，一时间感慨万千。他转头想问一声，却发现顾晏已经睡着了。

在酒城的几天，燕绥之因为发烧睡过一天，顾晏却始终没有好好休息过，这会儿他在飞梭机上补起眠来，燕绥之便没忍心把他弄醒。

前半程，他一边看书，一边等顾晏醒。后半程，顾晏还没醒呢，他自己又犯困阖上了眼。

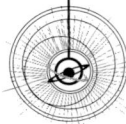

当两人真正对上话时，飞梭机已经在德卡马靠港了。

"你好端端给我转一万西干什么？"燕绥之把大衣穿上，围上围巾，跟着人流出了飞梭机，在等候区陪顾晏等行李箱。

至于他自己，除了在酒城临时买的一套简单换洗衣物，什么行李也没有，一身轻松。

顾晏确认着行李箱上的标牌，头也不抬道："工伤补偿。实习手册上写得很清楚，因公事受伤，视严重程度给予不同金额的补偿。"

当他提上行李箱朝出站口走的时候，朝燕绥之的脚不咸不淡地瞥了一眼，补充道："按照标准，你这条腿值一万西。"

从他们身边经过的旅客闻言，朝燕绥之看了好几回，大概想知道一万西的腿长什么样子。

燕绥之："……"

他"啧"了一声，道："实习手册上还有这一条？你怎么不早说？"

顾晏脸都瘫了，说："什么叫不早说？我早说了你打算干什么？"

"没什么。"

鬼都不信他的话，顾晏冷哼了一声。

他们出港口的时候，德卡马夜色正好。

不同星球的四季日月有所区别，这段时间，酒城虽然在季节上跟德卡马同步，但时间快慢还是有差别的。酒城的每一天都要短很多，时间走得很快。他们重新回到德卡马，才觉得步调节奏归于正常。

"出差补贴和工伤补偿都到你账上了。约书亚这个案子的律师费大概明后天会到账，保释那一场是你上的，明天我会找菲兹走一遍流程，让她按规定把那一场的费用拨给你。"顾晏说。

"是吗？多少？"燕绥之问。

"我不记得规定比例。"顾晏随口给了一个数字，"到你手里应该有一万西吧。"

这种援助机构的指定委托费用总是很有限，能拨给实习生一万西已经相当高了。

燕绥之点了点头。

顾晏看了一眼时间，道："你在这里等着，我把车开过来。"

德卡马这个港口有个专门的长期停车场，因为很多人会把车停在这边，登飞梭机或者舰船出行，十天半个月才回，所以收费方式不大一样。像燕绥之这种常年飞来飞去的，在这种港口都有专门的车位，一包就是一年。

当然，现在他的身份换了，那个车位应该已经被注销了。

没过片刻，一辆哑光黑的飞梭车停在了燕绥之面前。这辆车跟飞梭机一个公司出品，性能、外观、安全性都无可挑剔，除了贵，毫无缺点。燕绥之自己就有一辆类似的车。

"我能坐副驾驶座吗？有没有什么专人专供的说法？"燕绥之扶着车门，冲驾驶座上的顾晏弯眼一笑。

燕绥之会问这问题，是因为一件闻名梅兹大学法学院的案子。其中一个当事人是某一届法学院的学生，那位小姐当年有个疑心病重到扭曲的男朋友，三个月内弄残了四位先生的腿，就因为他们不小心坐过那位小姐的副驾驶座。

这事儿当时震惊学院，代代相传，于是法学院的师生们便有了一个习惯，坐别人的副驾驶座前都会下意识问一句，以免惹了对方的男朋友或女朋友。

"没有。"顾晏冷冷地回了一句，"你打算抱着车门站多久？"

燕绥之挑了挑眉，上车关了门。

"你去哪儿？我先把你带过去。"车驶出港口广场，顾晏问了一句。

"蝴蝶大道吧。"燕绥之道。

顾晏一愣，问道："你去蝴蝶大道干什么？"

"买点儿东西。"燕绥之说。

很显然，这人资产卡里就不能有钱，一旦有一笔进账他就开始不安分了。

顾晏忍不住讥讽了一句："余额多了会咬你？"

燕大教授无言以对。

好像还真会。

半小时后，顾晏的飞梭车稳稳地停在蝴蝶大道繁华的商场门口。

燕绥之解了安全带，一只脚都出车门了，就听见顾晏不经意问了一句："住处托人找了？买完东西去哪儿落脚？"

"洛克帮我问了几处地方，还没定。"燕绥之从车里出来，一只手搭着车门，弯腰冲他道，"我提前订了酒店，凑合两晚，明天去看一下他找的地方再决定。"

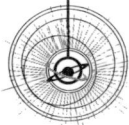

顾晏皱着眉问道："酒店？"

"你这是什么表情，酒店讹过你的钱？"燕绥之笑着摆了一下手，"行了，我进去了，回见。"

从酒城登上飞梭机到现在，对燕绥之和顾晏而言已经过去了两天，但对酒城当地的人而言，已经过去了五天。

自洗清罪名当庭释放后，约书亚就恢复了以往的生活。他很快找到了几份新的活计，从凌晨五点到夜里十点排得满满当当，一方面是为了尽快还清顾晏的钱，另一方面是为了躲人。

他觉得自己的邻居切斯特·贝尔病得不轻。

那天在法庭门口，他都直愣愣让对方"滚"了，这要是以往，两人得当街打起来。就算当时没打成，以后他们见面恐怕也不会有好脸色。

谁知道从那天起，切斯特像吃错了药一样，一会儿在他们家窗台上塞两份甜面包，一会儿放一串冻葡萄。

约书亚不想收他的东西，本打算找一个筐把东西装好还给他，结果被自家妹妹罗希拖了后腿。当他找到干净的筐的时候，罗希已经吃了半串冻葡萄，吃一颗就对院外的切斯特"嘿嘿"笑一声。

约书亚怀疑那混账玩意儿在葡萄上下了毒，要不罗希怎么会傻成这样？

第一天，他关起门和罗希讲了两个小时不许乱吃东西的道理，然后忍痛掏钱买了一串冻葡萄，连同其他东西一起退了回去。

第二天，切斯特又试图用水果糖和巧克力来求原谅，约书亚门都没开。

第三天，约书亚干脆逃荒似的出门打工去了，眼不见为净。

不过这一天，切斯特也没顾得上送东西，他去医院接吉蒂·贝尔了。

老太太昏睡好多天，终于在那天清早醒了过来。她在医院做了各种检查，回答了警方的询问，然后在侄孙切斯特的陪伴下回到了自家小院里。

警方的目光主要集中在作伪证的酒鬼吉姆身上，他们盘问了他很久，案件的进展依然有限。遗憾的是，醒来的受害人贝尔老太太也没能给他们提供更多信息。

"我没能看见他的脸，而且他全程没有出声。"老太太翻来覆去，也只说得出这句话，"很抱歉……"

吉蒂·贝尔回家后，日子并没有发生什么变化，她像没受过伤害一样，依然会睡一个午觉，起来后吃着切斯特做的土豆汤，笑眯眯地夸奖他的手艺进步了。她甚至还想打开暖气继续做编织，只不过她家的暖气管好几天没用，被冻出了一点儿问题，刚巧费克斯从院子前经过，顺便进来帮她修了一下暖气管。

"谢谢，你来得太及时了，亲爱的。"贝尔老太太摸了摸暖气管，热度合适。

她抬头冲费克斯笑了笑，问道："你要喝点儿土豆汤再走吗？"

费克斯摆了摆手，说："不用了，我回去了，等会儿还得替人出车。"他说完收起了工具，跟切斯特打了一声招呼便出了门。竖着的短发刚好从门顶蹭过，搞得切斯特老担心他会撞上门框。

费克斯离开后，切斯特一边收拾碗碟，一边冲吉蒂·贝尔感叹道："这么冷的晚上他还得出去，幸好是在车里。"

吉蒂·贝尔在暖气管边烘了烘手，说："之前他不是说不打算干了吗？我只昏睡了几天，他又勤劳起来了？"

切斯特耸了耸肩，说道："是啊，他说打赌赢了一笔钱，可以买一辆二手车——"切斯特说着，突然皱起了眉，他转头看向屋门问道："吉蒂祖母，这扇门有多高？"

老太太噘着嘴道："喏，我的毛线筐里有卷尺，你自己量一下。你为什么突然问这个？"

"没什么。"切斯特抽出卷尺，走到门边伸手一拉，而后看着刻度变了脸色——一百八十二点五厘米。

"怎么了，你吃到虫子了？"老太太看着他的脸色开了一个玩笑，说完自己咯咯笑起来。

"是啊，我吃到苍蝇了。"

费克斯是第五天中午被警方带走调查的，约书亚直到晚上打完工回来才听说这件事。他回来的时候，已经是夜里十点，从罗希嘴里听到了一点儿颠三倒四的传言，不知道是不是切斯特告诉她的。

约书亚听见这话的时候，腾地站了起来。等他回过神来，却发现自己已经走到了吉蒂·贝尔家院子的门口。

这几天去看望吉蒂·贝尔的邻居不少，唯独没有他。之前他一直没弄明白

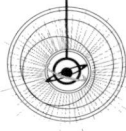

自己是什么心理，还以为只是单纯觉得被误解了很委屈，所以不想见贝尔家的人，不论是切斯特，还是吉蒂老太太。

直到这时候，他站在了老太太家门口，才突然明白自己只是有点儿怯懦。

他怕老太太受过一次伤害，就开始防备周围的人。其他人他管不着，但他不想看见老太太对他流露出警惕和戒备。这样，他就可以看着老人家映在窗户玻璃上的剪影，或是友善温和的笑意，假装那个疼他的外祖母还在。这样，当他受了苦的时候，他就可以站在老太太院外看两眼，然后回来做一做外祖母给他织围巾的美梦……

约书亚在院外呆呆地站了一会儿，直到被敲窗声拉回现实。他看见蒙着水汽的玻璃被人抹开了一块，那个跟外祖母肖似的人凑近了窗户玻璃，朝他看了一眼。接着那个弓着背的身影站了起来，朝外间的方向走。

约书亚像一只受惊的野猫，下意识想回自己屋里，然而他浑身的毛都乍起来了，脚却僵在那里一动没动。

过了片刻，那扇关闭的屋门被人从里面拉开，发出"吱呀"一声响。

温黄色的暖光投射出来，映照在约书亚身上。老太太慢慢走出屋来，冲约书亚招了招手，面露慈爱的表情，担忧道："你怎么这个点在外面傻站着，冷不冷？"她张口说话的时候，呵出的雾气模糊了五官，跟约书亚梦里的老人慢慢重合。

当约书亚的手被那双老迈的手握住的时候，他捂住眼睛蹲了下来。过了很久很久，他才哑着嗓子道："不太冷。"

"你怎么哭了？"

约书亚哑着嗓音说："没什么。"

我就是想你了，特别特别想。

7

酒城老区低矮的房屋一间挨着一间，透着星星点点的光芒。在夜色里，这儿像一大片静伏的蚁巢，和远在数光年外的德卡马全然不同。

买完东西的燕绥之在结账的时候朝落地窗外看了一眼，不知怎么突然想起了酒城灯火稀落的夜。他平静地收回目光，冲收银的姑娘微笑了一下，拎着几个纸袋往商场外走。

他的腿还没完全恢复，所以走得有点儿慢。当天站在商场门口的时候，已经是夜里十点了。

街上的人比之前略微少了一些，因为夜里寒冷，他们显得行色匆匆。而在匆匆往来的人流里，那辆眼熟的哑光黑的飞梭车安静地停在路边，映着满街黄白交织的灯光，车里的人好像在等他。

燕绥之下台阶的步子一顿，目光有些讶然。他看了一会儿，又重新迈开步子，不紧不慢地朝车走过去。

车窗缓缓降下，露出顾晏英俊却冷淡的侧脸，车内暖气这么足，都没能把他焐热一点儿。

"你在等人？"燕绥之拎着纸袋在车门边站定。

周围并没有出现其他熟人，他其实知道顾晏停车在这里十有八九等的是他，但他还是礼节性地询问一句。

顾晏偏头道："上车。"

燕绥之并没有立刻开车门，而是透过敞开的车窗冲顾晏晃了晃手指，指环形的智能机在路灯映照下发出素色的光。他道："我刚才——"

说话间，一辆黑色的出租车缓缓地停在顾晏的车后，专用司机低头看了一眼定位，也打开了车窗，朝燕绥之打了一个手势，问道："您叫的车？"

燕绥之说："对。"

这个司机到得可真是时候。

顾晏从后视镜看了那辆车一眼，本来就冷的表情直降十几度，似乎不大高兴，可能觉得自己做了一件很多余的事。

不过鉴于他每天都不高兴，燕绥之一时间很难判断他只是习惯性绷着脸，还是真的不太爽。

燕绥之轻轻拍了一下车门，就像在拍人的肩膀，说了一句："你等我一下。"然后他走到那辆出租车边，冲司机笑了笑，说："抱歉，行程可能得取消了，我临时有点儿事情。"

"好的，没关系。"还好司机人好，只是熟练地交代道，"麻烦您改一下约车状态，可能得交一点儿补偿金。"

燕绥之点了点头，又说了一声抱歉。那司机按了一下驾驶键，把车掉头开走了。他在智能机上交了补偿金，拉开顾晏的车门上了车。

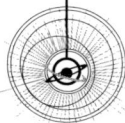

"我没想到你会一直等在这边。"燕大教授在车子启动的间隙瞥了一眼顾同学，开口试图缓和一下气氛。

顾晏了动嘴唇，冷冷地道："我也没想到。"

燕绥之："……"这还怎么聊？

也许是意识到自己把话堵死了，过了片刻，顾晏问："你还有余额约车？"

燕绥之回道："除去酒店的费用还剩一点儿吧，不太多，所以我约的是简版车，不是无人智能车。"多么节省啊。

顾晏的手肘架在车窗内侧，目光平静地看着前面的路，评价是一句冷笑。

"所以你打算先捎我去酒店再回家？"燕绥之问。

顾晏没应声，看不出是懒得回答还是什么，只是眉心轻微地蹙了一下，有点儿出神。又过了片刻，他才出声问道："你订的什么酒店？"

车都开出去两公里了，他才想起来问。

燕绥之说："山松酒店。"

"钟楼广场那家？"顾晏问了大概位置。

燕绥之点了点头，说："对。"

"订金交了？"

"还没。"燕绥之回答的时候没想太多。

二十分钟后，飞梭车从钟楼广场旁疾驰而过，连一丁点儿要减速的意思都没有。燕绥之靠在副驾驶座上，瘫着脸提醒："山松酒店被你远远甩在了后面。"

顾晏瞥了一眼后视镜，说："那家酒店四个月前发生过一次凶案。"

燕绥之点了点头，说："我略有耳闻。"

事实上，他是订酒店时看到新闻的，不过他的临时身份信用记录太少，过往历史又多是空白，正常的酒店大多订不了，太远太偏的又不方便，也就这家酒店是一个例外。

山松本身算是高级酒店，纯属倒霉摊上了那么一件案子。那件凶案跟安保系统无关，就是住在同一间套房里的朋友，其中一个早有准备蓄意谋杀。

案发现场有点儿惨烈，以至于这几个月内山松酒店生意受挫，客源直降。

要不然，燕绥之连这家酒店都订不了。

"为什么不让我帮忙订酒店？"当车子开进法旺区的时候，顾晏突然问了一句。

车内只有两个人，说话的时候不用费什么力气，所以他的声音很低沉。那时候燕绥之正看着车窗外飞速退去的灯火出神，一时间没有反应过来，问："什么？"

"我说……"顾晏说完这两个字便停了一下，似乎在想什么。过了片刻，他继续开口，"你余额太少影响信用，很多酒店订不了，为什么不找我帮忙？"

他依然是懒得费力气的状态，嗓音很低，但是因为车里十分安静，声音显得异常清晰。

燕绥之愣了一下。

因为他自主惯了，凡事总想着自己解决，不太想让别人插手，也不习惯求助于人，所以根本没想过这一茬。不过他要是真这么回答，顾晏的脸估计又能冷十几度。

他想开玩笑说"你别忘了，最初你可是嚷着要把我轰回家的，我哪敢找你帮忙"，但话到嘴边就变了样："我忘了，下次再碰到这种事，我会记得给你找麻烦的。"说着，他对顾晏弯眼笑了笑，以表真诚。

其实，类似的话燕大教授没说过几百回也有几十回了，但从来没有他所谓的"下次"，这基本是一句客套话，说完就忘，听着诚恳，实则根本没放在心上。下回他真碰到麻烦，依然不会找任何人帮忙。

顾晏深知他这德行，闻言连眼皮都没抬一下。

"那现在我们去哪儿？"燕绥之看了一眼车外，"新酒店？这边公园比较多，没什么酒店吧。"

顾晏不咸不淡地回了一句："去什么酒店，我找一张公园长椅让你凑合一晚。"

十分钟后，顾晏的飞梭车还真开进了法旺区的一片城中花园。

当然，这不是纯粹的花园，穿过层叠树影就能看见一片安静的别墅区，一幢幢小楼简约好看，不过价格也特别好看。

这片居住区离中心商业街区很近，还有南十字律所也在附近，开车过去不到五分钟，所以这一带深受精英男女们的青睐。

"你住的地方？"燕绥之问道。

顾晏"嗯"了一声，这回总算说了一句人话："阁楼借你待两天。"

"住宿费？"

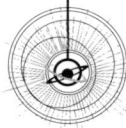

"照你住酒店的价格算。"

燕绥之放心了。

如果说顾晏完全不收钱，他大概明早就得想办法搬出去。既然顾晏愿意收住宿费，那他可以心安理得地多待两天了，毕竟想要找到合他胃口的公寓不是半天就能实现的。

冲着这点，他突然觉得顾晏很对他的脾气。

8

燕绥之拎着几个纸袋下车，顾晏倒车入库。

身后的花园区里忽然又开进一辆车，是非常明艳的红色。车灯太亮，燕绥之看不清驾驶座上的人，朝后让开了几步，站在了顾晏门前的花圃路牙边，看着红色的车拐弯进了别墅区大门，从他面前驶过，然后又突然倒了回来。

燕绥之正纳闷呢，红色车子一个急刹停在了他面前，接着车窗缓缓降下，一张比燕绥之还要困惑的脸探了出来，问道："我还以为看错了，阮，你怎么会在这里？"

"菲兹小姐？你也住这儿？"

"是啊，我很穷，只住得起半套。"菲兹随口答了一句，"你不会是来找顾的吧？你跟他提前说过吗？但愿你是预约过的，不然就惨了。他从来不在私人住处接待客人的，有几次客户冒冒失失地找到这里来，又被他另外约了地方见面。而且这个点了……"

燕绥之想了想，先避开这个话题，问了另一件事。从菲兹放下车窗开始，她就一直用一种非常奇怪的目光上上下下地打量他。

"我脸上沾什么脏东西了吗，你为什么这么看着我？"他笑着问道，顺便借菲兹的后视镜看了一眼自己。

"那倒不是。"菲兹道，"我就是觉得你去了一趟酒城也没几天吧，人怎么变得更帅了，比之前更好看了。酒城那边还有这种功效？我怎么每去一回都是一脸痘？"

燕绥之愣了一下，微微皱了一下眉，不过他很快抬手遮掩了一下，假装揉了揉眉心，笑道："恐怕是这路灯光线把人美化了，你现在就显得比平时还要漂亮。"

还要漂亮就说明平时已经非常漂亮了，菲兹听后特别满意，扒着车窗笑了起来。结果她刚笑两声就噎住了，因为她看见顾晏的车库门打开又合上，那个所谓"从不在私人住处接待人"的顾律师走过来，一脸平静地冲她点了点头，又对燕绥之道："明天我有事不去律所，你可以问问菲兹，乐不乐意让你搭一次顺风车。"

菲兹的上半身几乎要从车窗爬出来了，像一条刚出洞的美女蛇。她问道："我觉得我的耳朵似乎出了毛病，你说什么？"

燕绥之维持着嘴角的微笑，不动声色地朝后让了让，因为张牙舞爪的美女蛇的蛇信子都快吐到他脸上了。

顾晏似乎不能理解她如此夸张的反应，也可能是理解了，但故意把话题往别处带："我没记错的话，我只是让他明早搭一下你的顺风车，而不是砸你的车，你大可不必这么焦急。"

菲兹："……"

他看了一眼菲兹的姿势和表情，提醒道："车门要坏了。"

美女蛇翻了一个白眼，默默缩回了洞里，老实地开门下车，说："所以你们这是什么情况？当然，我不是在打听什么私人方面的事情，只是……"菲兹小姐飞快地朝某个方向瞥了一眼，"毕竟老古板霍布斯也住在这里。"

她口中的老古板霍布斯，指的应该是洛克的那位老师，银发鹰眼，看上去严肃又精明，不像好说话的人。她递给顾晏一个心照不宣的眼神。

燕绥之站在旁边假装懵懂新人，但事实上他对菲兹话里的意思非常清楚。

每年实习季，律所常会出现一个比较尴尬的问题——某些实习生为了在实习期间能给自己争取更多的表现机会，会有目的性地与老师打好关系，却常常会因为把握不好分寸，影响自身工作。

这种现象在德卡马尤为严重，也许是因为这里的氛围产生的。

燕绥之以前就碰到过主动亲近他的实习生，还不少，大多来自其他学校，真正梅兹大学毕业的根本没那个胆子。这种现象搞得他一度只带那种目中无人的刺头实习生，这种实习生大多不屑放低姿态，但保不齐有几个中途变异的，三番两次后，他干脆拒收任何实习生了。

不知道顾晏是不是也因为这一点才不收实习生。

燕绥之适当地装傻了几秒，然后恍然大悟般看向菲兹说道："菲兹小姐，

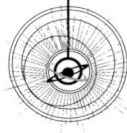

你不会误以为……"他顿了一下，哭笑不得地继续说，"我租住的公寓到期了，一下飞梭机就成了无家可归的状态。刚才我软磨硬泡了半个小时，顾老师才勉强同意我在这里借住两天。"

"是吧，顾老师？"燕绥之看向顾晏。

顾大律师却别开了脸，大概是不忍心听这番瞎话。

又过了两秒，顾大律师才绷着脸转过头，"嗯"了一声。

看起来他真是一身正气。

菲兹听得一愣一愣的，说："我就说嘛……"她兀自叨叨了一通，反正燕绥之和顾晏都没听清。

最后，她又正色提醒："阮只住几天的话应该没什么问题，但最好还是别被霍布斯看见。今年所里够格提交'一级律师'申请的只有你和他，按照案子质量和表现来看，你的优势比他大，但是他的年纪几乎是你的两倍，资历上总要占点儿优势。唔……你明白的。"

"一级律师"勋章代表全联盟律师最高荣誉，每年各大律所都会为杰出律师提交申请，但真正能获封的少之又少。

全联盟大大小小的律所数以万计，即便是南十字这样盛名远播的律所，也得三五年才能出一个。两名申请者同时获封的情况简直想都不要想，这就意味着顾晏和霍布斯之间，最多只有一个能成功。

一个能力略胜一筹，一个资历略高一点儿，两人总体上是打平的。如果这时候其中一个被曝出一些风评方面的问题，不管真假，肯定对评级有所影响。

燕绥之朝顾晏瞥了一眼，他正跟菲兹道谢，但看得出来，他并没有特别在意这种事。

"行了，我就是提醒一句，我要回去睡美容觉了。"菲兹钻回车里，又对燕绥之道，"对了，我早上八点三十分出门，欢迎你来搭顺风车。"

"谢谢。"

临进门前，燕绥之朝远处张望了一眼，问道："霍布斯的房子是哪一栋？指给我看看。"

顾晏说："你又不是跟他借宿，有必要知道吗？"

"我认识一下这两天好避开，免得给你招惹麻烦。"

顾晏冷冷地说："我看上去像喜欢给自己找罪受的人？"

燕绥之："？"

最终燕绥之也没能知道霍布斯住哪里，因为顾晏根本懒得回答，他这毫不在意的态度如果让竞争对手知道了，恐怕得气个半死。

顾晏的房子的布置风格非常简洁，以黑白灰为主，极致整洁，好看是很好看，就是没有什么烟火气，但是鉴于燕绥之自己的房子也没什么烟火气，所以对这种风格适应良好。

一楼主要是客厅和看上去就没用过几回的厨房，有一处敞开式的玻璃房，一半在地下，一半在地上，地下部分放着健身器械。

顾晏自己的卧室、书房等都在二层，借给燕绥之住的阁楼在三层。

说是阁楼，其实区域很大，带单独的盥洗室。

之前听菲兹说，顾大律师从不带人进入自己的私人住宅，燕绥之以为只是夸张，结果看见阁楼他才发现，那真不是说说而已。

顾大律师家里的客房和阁楼就是一个摆设，他能记得在里面放一张床已经是极限了。

"你是打算让我睡床垫盖大衣吗？"燕绥之站在阁楼楼梯口问道。

那张床一副从未被染指过的模样，罩上防尘布就能再卖一回。

顾大律师上楼的步子一顿，向来没有表情的脸上露出一丝微妙的尴尬。从那一点儿尴尬判断，让燕绥之进门大概真的是他一时冲动。

"你跟我来。"

燕绥之一脸纳闷地跟他下楼，走进其中一间客房。

顾晏打开衣柜说："这里有被子，你挑一床顺眼的拿去盖。"

燕绥之从上到下扫了一眼，绿的、橘的、纯黑的……真没有一床顺眼的。

顾晏靠着柜门，抱着手臂等他挑被子。

燕绥之说："看不出，你的口味挺独特。"

顾晏的脸比他还瘫，说："当初买客房和阁楼用品时，我抽不出时间，托了某个朋友帮我操办，这就是教训。"

怪不得这些房间连被子都不摆，原来是因为主人嫌丑，统统束之高阁了。

燕绥之撑着柜门，再次欣赏了一番被子，又瞄了眼顾大律师的脸色，没忍住笑了起来。

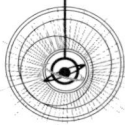

"交友需谨慎。"燕绥之眼里含着笑意。

顾晏看了他两秒,站直身体敲了一下柜门,说:"你随便拿一床被子吧。"说完,他便移开目光,头也不回地出了门,"我去给你拿一套洗漱用品。"

燕绥之捏着鼻子,在那三床口味独特的被子里挑了一床纯黑的,虽然有点儿……但总比花花绿绿的素一点儿。

当顾晏拆了一套全新的洗漱用品拿上来的时候,燕绥之刚铺好纯黑色的床单,正在把被子罩上去。

"你别拿这套床单。"顾晏的声音突兀地在房间里响起。

燕绥之回头问道:"什么?"

"别拿这套。"顾晏皱着眉,似乎不太高兴,"我拿回来之后就没洗过,换一床。"他把那套床单扔回客房的床上,随手抽了一套墨绿色的拿上阁楼。

燕绥之问道:"没有别的选择了?"

顾晏放下被子,撩起眼皮看他,鬼使神差扔出一句:"你可以试着软磨硬泡一下。"

燕绥之:"……"下个楼的工夫,他吃耗子药了?

耗子药的药效时间很短,顾晏说完沉默了两秒,可能也觉得自己这话有点儿怪异,捏着眉心道:"你先这样盖着吧,我下去了。"

燕绥之看向他的时候,他已经转身下了楼。他挺拔的背影转过拐角,接着楼梯处的灯忽地熄灭,很轻的沙沙声往二层那头的卧室去了。

没过片刻,"咔嗒"一声轻响,顾晏卧室的门关上了。

说是住在一幢房子里,但是房门一关互不干扰,还真和住酒店差不多。

燕绥之又打量了一眼整张床,如果把纯黑色的床单被子铺好,人再躺下去,丑倒不丑,但确实有点儿不入眼,太像丧葬现场了。

他想了想顾晏刚才的反应,哑然失笑。

很多人对这种事情很敏感,他在这方面却迟钝得令人发指。

当然,他也不是真的想不到,而是确实不太在意。毕竟他从业多年,碰到的直接威胁数不胜数,早就百炼成钢了,更别说这种口头或是习惯上的忌讳。

不过这种有人帮他介意的感觉倒是不赖,尤其对方还是顾晏,那个对什么都冷冷淡淡、不入眼的学生。

这让他觉得新奇,自打重逢以来,顾同学似乎总让他觉得新奇。

第二卷　酒池

Wine pool

TOP LAWYER

第一章

1

跨星球出差完，需要倒一下时差，不只是晨昏不同步的差别，还包括日月长短快慢的差别。普通人彻底缓过来可能得十多天，但燕绥之和顾晏调整得很快。

第二天早上七点，燕绥之换好衣服，赤脚站在洗手台边洗漱。

顾晏的房子很多地方都铺着地毯，和他的办公室一样，这使得屋里的脚步声很小，格外安静，很适合他们这种清早听见大动静就头疼的人。

燕绥之往脸上泼了几捧冷水，然后抬头看了一会儿镜子，自从做过基因调整后，他照镜子的次数屈指可数。

基因上的微调，反射到实际长相上其实变化很大。也许洛克那种对五官细节不敏感的人会觉得他现在的脸跟以前有点儿像，但在他自己看来，半点儿相似都没有，所以至今看不习惯。

不过，昨晚菲兹的话让他上了心。他的长相是真的有了细微变化，还是受了光线和夜晚的影响？顾晏跟他抬头不见低头见，很难觉察到细微改变，那别人呢？他身上基因调整的时效还能维持多久？

十分钟后，燕绥之挽着衬衫袖口下了楼，刚巧碰上打开卧室门的顾晏。

"早。"燕绥之抬头冲他打了声招呼。

顾晏扣着衬衫纽扣的手指一顿，从栏杆边看下来。

不知道顾大律师是有起床气一时反应不过来，还是单纯不习惯一出卧室就有人打招呼，他垂着目光看了燕绥之好一会儿，才应了一声："早。"

"房东先生。"燕绥之开玩笑道，"厨房借不借？"

顾晏扣着衬衫袖口，眼也不抬地下楼梯，说道："只要你不把自己毒死在这里。"

燕绥之嗤笑一声，打开了冰箱门。

像他们这种三天两头出差，动辄十天半个月的人，冰箱都挑保鲜级别最高的买，以免一回来东西馊一窝。

这种冰箱，东西放进去什么样，隔个百八十天还是什么样，可以毫无负担地填满它。

然而……

燕绥之扶着冰箱门上上下下看了一遍，没好气地说："看来你连放毒的机会都不想给我，这里的空地足够放两个成年人进去，你觉得呢？"

顾晏："……"某些人自己嘲讽不过瘾，还要被嘲讽的人附和一句，要不要脸？

好在顾晏师出名门，他从燕绥之身后走过，拿起定时热好的咖啡壶倒了一杯咖啡，不咸不淡地回道："我觉得？我觉得昨天可以省去阁楼，直接让你睡冰箱里，要不今晚你换换？"

燕绥之"啧"了一声，对这个学生表现出了极大程度的不满。

顾晏在燕绥之企图伸手的时候，给咖啡机开了清洗模式，一点儿渣都没有留给他，然后自己端着杯子靠在琉璃台边，表情冷淡地看着他动自己的厨房。

"你这样很像一个刻薄的监工。"燕绥之瞟了他一眼，"好像你稍一走神，我就会把你这厨房炸了似的。"

"你如果把自己毒死在这里，我就是第一嫌疑人。"

"蛮不讲理。"燕大教授点评道。

燕绥之留给人的印象属于十指不沾阳春水，比如饿了就给自己煮一杯咖啡或是倒一杯红白葡萄酒，而不是拿起锅铲。

这种格外胡扯的误解不知从何传起，甚至流传很广。

相较不愿分享咖啡的顾同学，燕教授展现了他广阔的胸襟。他从冰箱不多的食材里挑出几样，在给自己做了一份早餐的同时，给顾晏也做了一份。

他微笑着对顾晏说："我给你煎了蛋，溏心单面熟。"作为顾晏不给他留一口咖啡的回报。

顾・不爱吃生食・包括溏心蛋・晏："……"

不过，当他端过餐盘时却发现，煎蛋并不像燕绥之说的那样，而是刚好全熟。

燕绥之难得老实地热了一杯牛奶。在等牛奶的过程中，他一直没听见餐桌

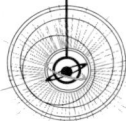

那边有刀叉餐盘碰撞的声音。

顾晏真怕他下毒吗？

他有些纳闷地转头看过去，却见顾晏的智能机刚好"嗡嗡"地振动起来。

顾晏的目光像刚从他身上收回去，戴上耳扣垂眸接了通信："说。"

"嗯。"

"我就到。"

他难得回了对方几个字，然后安静地吃完了面前的早餐。

燕绥之坐到餐桌边的时候，他站起身拿起了大衣。

"你这就要走了？"

"嗯，我已经迟到了。"顾晏说。

燕绥之有点儿诧异，严格遵守黄金十分钟的人还有迟到的时候？

"见当事人？"

"不是，以前的同学。"顾晏答得很简洁，没有要多说的意思。

燕绥之对别人没什么探究心，也没多问，点头喝了一口牛奶。

"对了。"

"嗯？"燕绥之闻声看过去。

顾晏已经走到玄关，准备开门出去了，他指了一下洗碗机里装过煎蛋的空盘，说："谢谢。"

这也用得着谢？燕大教授挑眉笑了一下，开玩笑道："对我来说，这就算软磨硬泡了，能起点儿作用吗？"

顾晏的脸色精彩纷呈，几秒后重新冻上了。他没有搭理这明显的揶揄，转身就走，干脆地关上了门。

菲兹的车出来得很准时，燕绥之一分不差地站在门口，她也一分不差地停了车。

搭菲兹小姐的顺风车有利有弊，好处是一路上可以从她口中听到无数新鲜信息。当然，不该让你知道的她一个字也不会提，其他则一聊就收不住话匣。

从律所内部的案件等级划分标准，到今天德卡马某某商场打折，有用的没用的信息，燕绥之都听了个遍，甚至包括顾晏以及那件爆炸案。

"顾严格来说算你的学长，他比你早毕业很多年，所以你可能没听说过。"

菲兹的语速总是很快，像精力旺盛的精灵，"他是那位燕院长的学生，当年跟他同届的学生都说他跟燕院长关系非常糟糕，毕业之后毫无联系。"

"我略有耳闻。"燕绥之说。

他何止耳闻，明明是亲身经历。

不过燕大教授不要脸地认为，所谓的关系糟糕，主要是指顾晏单方面的表现，跟他没什么关系。其实这个学生身上有他很欣赏的品质，所以他对待顾晏跟其他学生略有不同。这在他的字典里，已经可以定义为"显而易见的偏心"了。

如果特别喜欢逗人生气算偏心的话……

菲兹继续说："我倒觉得并不是这样。"

燕绥之莫名有了兴趣，说："是吗？"

"那场爆炸案发生的时候，顾正在出差，案子由所里派给了霍布斯。顾听到消息立刻赶了回来，但是事情已经成定局了。他找了高级事务官，破例要走了案子卷宗，看了很久，后来还接了很多相关或者类似的案子。那两个月的工作量，快抵得上他以往半年的了。"

菲兹说："我觉得吧，不管他们在学校的时候关系怎么样，顾对那位院长总是有一点儿师生感情的。"

燕绥之清亮的眸光投向了车窗外，他沉默了片刻，然后笑着附和："应该是的吧。"

当菲兹在南十字地下停车场泊车的时候，他不经意问了一句："那个爆炸案撤除涉及的人，本质没什么特殊的，为什么会被所里定为一级卷宗？"

一级卷宗意味着翻阅都会受到一定限制。

菲兹愣了一下，摇头道："我不知道啊，定级有一套标准，这个就不归我管了。"

他点了点头没多问，又过了一会儿，他才从车窗外收回目光。

燕绥之原本以为回律所的第一天会好好在顾晏办公室里待着，毕竟今天顾晏不在所里，出去办事又没带上他，这就意味着他没有别的任务，整理整理卷宗就行。

事实证明，想清净是不可能的。

上午十点不到，找事的来了。初期考核的正式题目下来了。之前他们自己

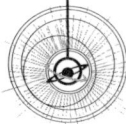

挑的什么抢劫杀人之类的，并不是完全独立的，而是一个综合的大案子。

为了让他们全面体验一番，搞得跟真的一样，所有的当事人、证人等，都得由这帮实习生自己去接触约见。于是这天上午，他们得去第一个地方会见与案子相关的人。

那几个实习生很兴奋，和燕绥之形成了鲜明对比。

燕绥之问道："我们去哪儿？"

"墓园。"洛克道。

燕绥之说："谁安排的？"

"我老师霍布斯。"洛克一提他老师的名字就像小鸡见了鹰。

"必须得去？"

"那肯定啊，不然你考核想得零分吗？想想你的那位老师。"洛克趁顾晏不在，狗胆包天地用下巴指了指他的办公桌，"你恐怕连鼓励分都没有，形势很严峻啊。"

"哪个墓园？"燕绥之问。

洛克说："紫兰湖。"

紫兰湖墓园位于一片静谧幽深的湿地西侧，背靠蓝山面朝紫兰湖，距离繁华的法旺区只有不到一小时的车程。

那儿是一个长眠的好地方，也是距离市中心最近的一片墓园。

"这里面积特别大，据说足够让周遭三大区所有人都睡在这儿。"洛克在车上这么介绍。

众人纷纷表示并不想睡这儿。

"不过在此之前，我还真没有来过这里。"洛克的语气听起来有一点儿遗憾，不知道他在遗憾个什么鬼。

"我怀疑今天早上你是不是喝酒了，"安娜没好气地说，"没来过这里难道不是好事吗？"

"我知道，我是说这里还安葬着许多名人，我们可以顺道去看看他们。"洛克想了想，又补充道，"他们的遗容。"

那几个年轻实习生叽叽喳喳地聊个不停，这种在工作时间集体外出的经历对他们来说有些新奇，所以很亢奋。

燕绥之除了他们看过来的时候适当地笑一下，全程没有参与进去。

他对这种外出并没有多大兴趣，事实上，他的注意力还停留在上午看到的卷宗里。

上一回他用搜索的方式找寻过爆炸案，这次才发现其实并不需要那样找。和他相关的那件爆炸案上做了特殊标记，还额外插入了书签。

特殊标记是律所里统一的，所有一级案件都会有。书签应该是顾晏加的，也许是为了方便翻查。

他简单翻了一下卷宗，里面包含的东西还挺齐全，委托书、背景资料、证据目录、各位相关证人证言、口供、文字版的庭审记录、判决书等全部有。

他粗略一看，自己所需要了解的东西似乎都在里头了。

在出律所之前，他一目十行地看了最上面的案件简述，和他之前在新闻报道上看到的相差不多。

制造爆炸的是一名叫卡尔·理查德的中年男人，曾经遭遇过重度烧伤，精神有些问题，有时清醒有时癫狂。但是他不管清醒还是癫狂，都极度仇恨致使他被烧伤又将他解雇的公司以及部门主管。这几年，他的生活彻底没了保障，公司承诺的后续补偿始终没有到位，他的疯病日渐严重，妻子又带着孩子离开了他。

爆炸发生那天，公司老板带着几个管理人员下榻在那家酒店，刚好和燕绥之住在同一层。那一层有单独的电梯，不是所有人都能进去。卡尔·理查德干脆在楼下找了一个房间，两个炸弹把上下一共三层楼炸掉了。那个公司老板，几个管理人员，加上和燕绥之相似的倒霉客人一起交代在里面了。

因为精神问题，卡尔·理查德最终被送进了专门的精神病院，从某种程度上说避免了牢狱之灾。

"对了，紫兰湖墓园是不是……"实习生亨利突然开口，表情有些迟疑。

除了燕绥之，所有人都看着他，等他把后半句说完。

"我不知道我有没有记错，但是好像……"亨利说了一半便看着大家，好像所有人都能立刻领会他的意思。

众人一头雾水，片刻后，菲莉达最先反应过来，一拍大腿。

"噢——你拍我的腿干什么？"亨利崩溃道。

"我是说我想起来了，燕院长是不是也住在这里？"菲莉达恍然大悟。

燕绥之一惊："嗯？"

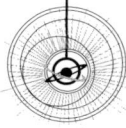

"我是说燕院长的墓碑就在这里！"菲莉达说，"报道上提过吧？我没记错吧？"

燕绥之轻轻"啊"了一声，像才想起来一样低声道："好像是提过一句。"

他有一瞬间出神，漂亮的眸子微微眯了一下，很快便看向了车窗外面。紫兰湖墓园巨大的标志，安静地竖立在松林环绕的湖边。

所有人的注意力都集中在"居然要看见燕院长的墓碑"这件事上，没人发现他神情有异。

正因为提起了这件事，所以在最后十来分钟的车程里，所有人都换上了一张上坟脸，整个车厢里充满了哀悼的氛围。

回过神的燕绥之靠在椅背上，默默欣赏了一路风景，感觉自己的脸都变成黑白遗照了。

"曾先生吗？我们已经到墓园门口了。"下车后，洛克翻出霍布斯给他的联系方式，给所谓的案件相关人拨了通信。

对方是紫兰湖墓园的工作人员之一，是霍布斯的一个朋友。

"南十字律所的小朋友是吗？"

"呃，我们不小了，对。"

洛克开了外音，对方的声音足以让所有人听见。

曾先生说："你们来了解案子？稍等一下，这边有几个客人，我接待一下，完事就去找你们。你们可以在办公区域会客室先等一下，或者可以去看看有没有什么人可以祭拜？"

众人心想：你们墓园的待客方式真特别。

像南十字律所这种实习生的初级考核，找的都是各个律师的朋友们，尽职尽责地帮他们扮演各种案件相关人。当中一些人非常享受演戏的过程，影帝、影后上身，演得不亦乐乎，好像那些案子是真的似的。

"居然还有客人？"洛克切断通信后咕哝了一句。

墓园平时其实没有什么人，为了不影响曾先生的工作，霍布斯帮他们约的这一天其实算这个月的闭园日。

"那我们先转转吧。"菲莉达道。

感谢曾先生别出心裁的提议，十分钟后，燕绥之跟在其他几个实习生身后，穿过墓园长长的石阶和繁茂的树木，与自己的墓碑来了一个面对面接触，手里还拿着两枝菲莉达硬塞给他的白色安息花。

遗照上的燕绥之："……"

拿着花的燕绥之："……"

墓地应该是梅兹大学挑选的，燕绥之的遗照跟名人堂的那张照片一样——他戴着眼镜，优雅地坐在扶手沙发里，膝盖上放着一本厚重的法典，眼里含着浅淡的笑意，无论是容貌还是气质都无可挑剔。

当这样的照片出现在墓碑上的时候，便格外让人惋惜。

他事先没有留过什么话，所以墓志铭非常官方——一个高洁的灵魂沉睡于此，他拯救过许多人，也教授过许多人，紫兰湖温柔的月色和花香带着祝福，愿他安息。

燕绥之："……"老实说，他并不太想安息。

当他将手里的安息花别在隔壁墓碑上的时候，安娜她们两个比较感性的女孩儿已经叹息着红了眼圈。

他能活生生站在这里看着别人怀念自己，心情真是复杂又奇妙。

他正想对那两个小姑娘说些什么，身后不远处的石阶上突然传来了说话声。

"哎，有人抢了先，也是同学？"一个女声说道。

燕绥之闻声转过头，隔着二十多米安静的小路，看见了顾晏的脸。

燕绥之："……"怎么哪儿都有他？

2

顾晏并不是一个人来的，同行的还有几个跟他差不多年纪的男男女女，粗略一数，七八个人。

那些面孔燕绥之并不陌生，都是他曾经的学生。其中三个学生跟顾晏一样是直接跟着他的，另外几个因为一些课程研究被他带过小半年。他没有太多时间去了解学生私下的事情，但在他的印象里，这一群人私交不错。

燕绥之之所以会知道这点，是这当中的几个活跃分子时不时会提到他们在聚会，然后展示一些照片。在大多数聚会的照片中，都有顾晏的身影。

顾同学总是那些喧闹氛围中独特的一道风景线，要么握着酒杯靠坐在一旁欣赏群魔乱舞，要么垂着目光听旁人聊得天花乱坠。

这么一个不活泼的棒槌还回回被他们拽上，可见他们的关系非常不错。

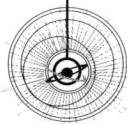

大多数学生在毕业后也一直跟燕绥之保持着联系，有工作上的，也有生活上的，逢年过节总会给他发来一些问候。

唯独两个人例外，其中一个叫柯谨，孤儿院出生，非常努力，是一个对生活极度认真的人。因为当初他各门课程表现都很突出，所以燕绥之做院长的时候非常乐意把奖助学金批给他，偶尔也会给他一些学业和工作上的建议。

柯谨非常尊敬燕绥之，最初两人保持着联系。后来因为一些意外，他生了一场大病，精神状况又出了问题，两人这才断了联系。

而另一个例外是顾晏。

没想到几年一过，顾晏居然成了他联系最紧密的人，抬头不见低头见，只能说世事无常，特别见鬼。

两拨人的距离不近，燕绥之看不见顾晏脸上的表情，但是不知道为什么，他就是觉得对方好像比他还觉得见鬼。

没一会儿，那一行人走到了近处。

"不是同学啊，我看着像刚毕业的学生。"打头那个年轻的金发女人面露讶异，目光扫过他们的时候，在燕绥之脸上多停留了两秒。

不过她很快意识到这样盯着人看不合适，于是冲燕绥之笑了笑，道："你们也是来看教授的？"

说话的这个女士名叫劳拉·斯蒂芬，当年是一个非常活泼、爱笑的姑娘，燕绥之上一回见到她还是年初的一场诉讼，她比上学时要成熟许多，但依然爱笑。不过今天在墓园，她的笑很浅，一闪即逝，看得出来她只是为了表达友好和善意。

她这话说完的时候，顾晏刚好走上最后一级台阶。他的目光先是落在墓碑上，接着落到燕绥之的脸上，最后落在燕绥之的手上。

燕绥之顺着顾晏的目光一看，才发现洛克那个二傻子容不得他手里空着，又给他塞了一枝安息花。

燕绥之："……"

顾晏的脸色一言难尽，场面也万分尴尬。两人都还没有开口，那种莫名的氛围就已经很明显了。其他人觉察到了一丝异样，满脸疑惑地看过来。

"这个时间点，你似乎应该在办公室里老老实实地看着卷宗。"顾晏说。

燕绥之没好气道："是啊，我也这么认为，但是显然出了意外。"

他说话的时候，洛克借着遮挡，拼命地用手指捅他的背，似乎想提醒他别这么直愣愣地跟老师说话，但是那力道快把他的大衣戳出洞了。

安娜他们几个也睁大眼睛看着他，像是在问："你是不是不想干了？"

"顾，你认识他？"跟顾晏同行的众人一愣，纷纷问道。

顾晏淡淡道："这是我新收的实习生。"

这回轮到那些人见鬼了。

"实习生？你收的？"顾晏的朋友们当然深知他的脾气，"你居然会收实习生？真的假的？"

那些人的目光瞬间全部集中在燕绥之的身上，有几个恨不得把眼珠子抠出来黏在燕绥之这里研究。

"他是咱们学校的？"

"特别出色？"

"做过什么惊人之举？"

"哟，他和老师长得倒是有点儿像。"

顾晏及时把这帮朋友的好奇心扼杀在了萌芽阶段："你们别研究了，他没什么特别的，原本应该分配给另一个律师，但对方碰上事故接不了，就暂时让我代管。"

这个理由平淡至极，听起来比"顾晏主动收实习生"好接受很多。

他那帮朋友似乎很遗憾没听见什么惊人的回答，"哦"了一声便没了兴趣。

这个过程中，只有一个人始终没有说过话。

他走在最后面，面容苍白，略带病态，他的眸光很淡，视线落在哪里都显得有点儿散，好像游离在众人之外的另一个世界。即便如此，旁人也能从他脸上看出几分清秀俊气来，如果他的精神很好的话，一定是一个年轻有为的斯文青年。

在他前面，有两个同学始终低头看着他的脚步，生怕他一时恍惚踩错台阶。

这人就是柯谨。

从燕绥之所知道的情况来看，这大概算是柯谨精神状态比较好的时候了。

"所以你们都是南十字律所的实习生？"劳拉又问道。

"对。"菲莉达点了点头，接话道，"最近律所要办初期考核，搞真实模拟，需要来这边找一位先生了解那件案子的情况。"

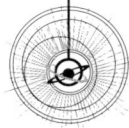

这话说完，人群中有一个陌生人突然抬手示意，说："哦，你们是霍布斯安排过来的？刚刚给我拨通信的就是你们？"

洛克探出头来，问道："您是曾先生？我是霍布斯先生的实习生洛克。所以您刚才说要陪的客人就是……"

"对，就是我们。"劳拉道，"以前每年冬天，教授都会办一场生日酒会，今年的时间也差不多了，趁着一个生病的朋友状态还不错，我们过来看看教授。"

"生日？"洛克看了眼墓碑上的出生年月，"呃，不是还有一个月吗？"

顾晏的那几个朋友看向墓碑，沉默了片刻，道："是啊。"

以前，燕绥之为了避免别人以生日礼物为由送他太多东西，一直没有明确提过自己的生日。

他确实办过几场师生内部的小型酒会，但每次时间都是随机挑，并不是生日当天。所以即便是他的直系学生，也不知道他生日的日期。

每当有人预备要给送他生日礼物时，他就可以说"还没到"来谢绝好意。

可能这些学生也没有想到，第一次知道教授确切的生日时间，居然是从墓碑上。

"不过我们习惯了十一月底或者十二月初，相信教授也很乐意我们早点儿来。"劳拉笑了笑。

洛克他们点了点头，匆忙让开了位置。

劳拉他们走到墓碑前，每人手里都拿着一小捧白色的安息花，气氛越来越哀婉。

燕绥之的脸也越来越瘫。他默默走到一旁，觉得还是眼不见为净的好。悼词听多了，他有种黄土埋到脸的错觉。

就在这时，劳拉低声开口道："顾，你真的不拿花？几枝也行，总好过空手吧。"

燕绥之转头看过去，这才发现顾晏两手空空。

"不用了。"顾晏的脸更瘫，他浑身上下都透着"不情愿"三个字，似乎连扫墓这种事都是被朋友们硬拉过来的。

燕大教授抱着胳膊靠在一株雪松上，看着顾晏推拒了劳拉两回，心想：顾同学，亏我还是你的直系教授，我死了你连一朵花都不给我，我都看着呢。

也许是他的目光太深邃，顾晏正打算第三次推拒劳拉时，突然朝燕绥之这边看了一眼，然后推拒的手就顿住了。

有那么一瞬间，顾大律师似乎在做生死抉择，仿佛劳拉手里的不是安息花，而是炸药引线。

当顾大律师思索人生的时候，有人突然低低叫了一声："柯谨，你怎么了？"

燕绥之闻声看过去，就看见柯谨抱着的安息花散了一地，他跪在地上，先用手敲自己的太阳穴说"头疼"，接着突然用头一下又一下地磕着墓碑，缩在那里不断地低声念着："错了，不是这样……不是这样……"

柯谨这状况发生得太过突然，洛克他们几个实习生头一次看到，一时间都愣住了，傻在原地不知道该怎么办。

顾晏他们却反应很快，显然不是头一回应对这种情况。

几个人抱的抱、拉的拉，还有一个直接捂住了柯谨的头，将他跟墓碑隔绝开来。然而他却毫无意识，全然沉浸在自己的世界里，继续用头撞着那个同学的手掌，口中魔咒般的念叨没有停过。

"哎，没事了，没事了。"劳拉不断地轻拍着柯谨的背，一边安慰道，"都过去了，没事了，跟你无关。"

洛克他们一脸茫然，问道："这是什么情况？"

"啊。"菲莉达低低叫了一声，"我想起来了，之前听说有一个比我们大好多届的学长因为一个案子，精神出了问题……"

当初柯谨的事情在圈内其实流传得很广，毕竟在那之前，他在一众年轻律师中表现突出，名气不小。

同行对他的评价并不一致。一部分人觉得他非常敬业，性格温和，是一个不错的朋友，也是值得重视的对手。另一部分人则觉得他"入戏太深"，认为他太过感性，对当事人和案子中的受害者都抱有极深的同理心，其实并不适合干这行。

那时候的柯谨刚入学不久，还带着学生特有的青涩和迷茫，他因为这样的评价找燕绥之聊过。

当时燕绥之目光沉静地看着他说："这其实是非常珍贵的品质。"

"你很善良。如果有一天，你因为善良跟其他人起了冲突或是惹上了什么麻烦，永远不会是善良有错。"

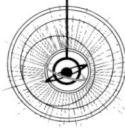

"但是教授……"柯谨坐在院长办公室柔软的会客沙发上，有些拘谨地喝了一口燕绥之递给他的红茶，"您看过那句话吗，印在《法外》扉页上的，说干这一行，很多时候是在地狱里跟魔鬼打交道。"

"我当然看过，但那并不意味着你要把自己变成魔鬼。"燕绥之把茶匙搁在杯盘里，"你需要熟悉他们的思维方式，但你没必要成为他们。日子久了，你可能会看起来不那么像好人，但你知道，你永远不会是他们。"

年轻人很容易沮丧，但也很容易感受到鼓励。

那时候的柯谨看起来如释重负，他默默地喝了几口红茶，最后又问了一句："那您觉得我适合干这一行吗？"

燕绥之没有直接回答，而是问他："你想干这一行吗？"

柯谨回道："想。"

"你做这一行抱有某种初衷吗？"

"有。"

燕绥之笑着说："那就去实现它。"

柯谨端着杯盘，放松地笑了。

当那场聊天进行到尾声的时候，顾晏刚好来办公室找燕绥之审批一份研究文件。那时候柯谨的性格还有些腼腆，不太喜欢把内心的想法暴露在其他人面前，所以顾晏到了之后，他只简单说了两句便离开了。

但是旁人能看出来，柯谨从那之后便坚定了许多，没再自我怀疑过。

那段谈话可能是他毕业后坚持成为律师的重要动力，但是有些事情聊起来容易，真正做起来其实困难重重，有太多难以控制的因素，尤其是情绪和心理。

像柯谨这样善良、柔软、"入戏太深"的人，初衷或目标但凡有一瞬间动摇了，就容易陷入极端矛盾和撕扯的境地。

他在两年前碰上了一件案子，搜集到的诸多漏洞和部分证据让他对自己的当事人抱有极大的信任，相信对方无罪，而对方也表现得像一个不小心跌入沼泽的无辜者，只有他这么一根救命稻草。

他为对方做了无罪辩护，而陪审团最终跟他做了一样的选择。

又一位无辜者得以沉冤昭雪，这样的事情让性格温柔的柯谨高兴了很多天。

结果三个月后，他无意间发现了一些新的痕迹，足以证明他的判断出现了重大失误，那个当事人一点儿也不无辜，甚至比控方所指控的更加危险恶毒。

而当他重新提交证据报警时，那个当事人已经逍遥法外了，至今没有被找到。

如果是"能跟魔鬼谈笑风生"的老油条，对于这种事可能会懊恼片刻，然后想办法公关处理，以避免自己的名声受损。那些影响很快会消失，而他们也会重新投入更高费用的案子和更豪华的酒会里，甚至会把这种事装裱成某种谈资，一笑而过。

但是柯谨不是这样的人。

他的性格注定他会长久纠结在自己的误判里，自责懊恼，在矛盾中不断挣扎。事实甚至比这还糟糕——他在极端的自我怀疑和自我厌弃中度过了压抑的两个月，最终精神出了问题。

最初他的状态还不至于糟糕至此，后来某一天陡然变得严重起来。

很难说清究竟是什么加重了他的病情，最广泛的传言是那个逍遥法外的当事人李·康纳突然给他寄了一封"感谢信"，成了压死骆驼的最后一根稻草。

柯谨在医院住了一周，然后被朋友带走了，很久没再出现，最近这半年他状态略好一点儿，才偶尔能出来一趟。

那个朋友，燕绥之也知道，是顾晏、柯谨大学时期的死党，只不过对方不是法学院的，而是隔壁商学院的，一个著名的享乐主义二世祖，叫乔。

很多人疑惑顾晏怎么会跟那样的人成为朋友，太不搭了。

燕绥之也挺意外的，就不多的几次接触来看，那个二世祖也列在"小傻瓜"的词条里。

菲莉达这么一提醒，其他几个实习生都想起来了。

不过他们几个不是那种不顾场合瞎聊的人，只是三两句交流了一下柯谨的事，便唏嘘着跑过去帮忙。

燕绥之也不再倚着树，而是大步走了过去，脸上的笑意都没了。

事实上，在听闻柯谨出事后的很长一段时间里，他时不时会想起当初聊天的那个场景。他并不后悔对柯谨说了那些话，但是有些遗憾当时只想到了鼓励，而没有多提醒柯谨一句。

对于柯谨，他始终抱有微妙而浅淡的歉意。

"需要帮忙吗？"

"没事，不用，我们有经验。"顾晏的那些同学将柯谨围住，不断安抚，也确实没有燕绥之他们这些生人插手的机会。

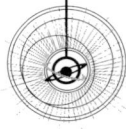

只是除了他们，还有一个人也站在人群之外，不是别人，正是顾晏。

顾晏显然不是一个擅长安慰别人的人，但他站在一旁并没有袖手旁观，而是干脆地拨出了一个通信。

对方似乎很快接通了通信，顾晏瞥了眼人群中的柯谨，几乎没给对方开口的机会，直接道："柯谨情绪不稳定，我给你开全息通信。"

下一秒，顾晏智能机的全息屏幕展开来，透过屏幕，可以看见一个年轻男人的脸。男人留着金色的短发，前额略长，抹了发蜡，都不用看清五官，单凭这风格就能认出来，正是二世祖乔。

顾晏把全息屏幕调在柯谨面前，乔的声音透过屏幕传过来，对着柯谨安抚道："嘘、嘘，看我，柯谨，看着我。没事，什么事都没有。我就说不让你单独走，结果你一声不吭瞒着我偷偷回德卡马。你看，我两天不在，你心情就好不起来了，是不是？我就说你也是，顾也是，闷罐子就得有个人在旁边给你们撬一撬缝。"

乔的安抚方式跟其他人不一样，完全没有那种小心翼翼的感觉，而是像聊天一样用最放松自然的语气跟柯谨说话，甚至还带了一点儿半真不假的抱怨，好像对方在听似的。

他说了差不多一分钟，柯谨才慢半拍地听见了他的话，撞着别人手掌的额头慢慢停了下来，抬眼看向了全息屏。

又过了片刻，他的目光终于专注起来。

全息屏里的乔一看他有反应了，知道这一次安抚又有了效果，他在恢复正常。于是乔松了一口气，又冲顾晏递了一个眼神。

顾晏把全息屏调得离柯谨更近一些，几个拉着他的同学试着慢慢松开手。

"另外我再给你报备一件事，我现在飞梭机上，还有二十分钟在德卡马的港口落地。"

柯谨安静了好半天，眼珠子跟着乔的动作转了一下。

顾晏问道："你这时候冲到德卡马来干什么？"

乔并没有急着回他，而是仔仔细细地看着柯谨，确认柯谨已经彻底放松下来了，才一边逗柯谨一边回复他："你时间紧，柯谨又跑了，劳拉他们几个是同伙。我一个要办聚会的被你们撇在亚巴岛无人问津，还能来干什么？当然是把你们请回去。"

四十分钟后，说风就是雨的二世祖从德卡马的私人港口直奔墓园。这位少爷也不知道从哪儿掳来了医生，护着柯谨上了房车，同时还一个不落地把那帮同学都拽了上去，包括顾晏。

毕竟顾晏答应过他，要把三号空出来赴约。

3

柯谨窝在车厢里，愣愣地望着车外发呆，窗户没有关，封闭的环境容易让他恐慌。他的眼珠转得有点儿慢，缓缓地扫过墓园大门、青藤，最终落在了路边的燕绥之身上。

燕绥之看着柯谨，过了片刻，他才从半块车窗里发现自己微微皱着眉。他松了一下眉心，正想转移视线，结果一抬头就对上了顾晏的目光。

顾晏正要上车的动作一顿，有些迟疑。没过两秒，他拍了拍乔的肩膀，说："有事商量一下。"

乔很纳闷，同时也有点儿受宠若惊。以顾晏的性格，他很少会突然对某个朋友提出一些要求，所以这种"商量一下"太难得了。

"你等一下！"乔做了一个暂停的手势，"你等一下再开口，先让我记住这一刻，你居然要跟我商量，这太稀罕了，让我回味回味。"

顾晏："……"神经病。

乔透过车窗看见了柯谨的脸，虽然柯谨正在出神，可能根本看不到他，但他还是冲那边咧嘴一笑，这才把顾晏拉到一边，说："好了，我做好了充分的心理准备，说吧，什么事能劳驾你动嘴？"

"我多带一个人。"顾晏道。

乔眨了眨眼睛，他的眼睛是明蓝色的，颜色比很多人都浅，纯净又漂亮，就是配上他的表情显得有点儿傻。他问道："你说什么？多带一个人？"

顾晏道："对。"

乔有点儿茫然，问道："通缉犯？争议政客？还是什么有着惊天背景的人？或者是我的仇敌？"

"你每天都在想些什么乱七八糟的东西？"顾晏面无表情，"只是一名实习生。"

乔更茫然了，问道："你就带一名实习生，这么郑重其事地跟我商量干什

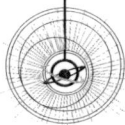

么？我还供不起多一个人的食物吗？"

顾晏："……"

他跟这二世祖就不能讲什么"出于礼貌问一句"，对方根本理解不了这种东西。

顾晏回道："当我没说。"

他都转身准备叫上燕绥之了，乔才慢三拍地反应过来，惊奇地叫道："等等——"

等个屁。

"你居然要带一个人！我的天，你居然要主动带一个人！"乔的表情活像自己坐飞梭机飞一半被炸了。

顾晏嘲弄道："下回我一定记得带一个鬼。"他说着拨通了律所的通信。

"喂，顾？"菲兹小姐的声音毫不意外地出现在通信另一头。

顾晏从远处的燕绥之身上收回目光，"嗯"了一声，开门见山道："你给阮野记一下，今明两天他跟我出去，算出差。"

"又出差？"菲兹小姐的语气听起来想要顺着通信信号爬过来，"人家刚毕业还没适应工作，就天天被拎着出差，这会对工作产生阴影的，你知道吗？"

顾晏心想：人家出过的差大概是你我的两倍，阴影根本没有。

"你冷笑干什么？"菲兹大受伤害。

"没有。"顾晏平静地道，"我不是对你冷笑。劳驾你记一下，谢了。"

菲兹还在尽职尽责地保护"脆弱的实习生"免受摧残，说："他不是刚出完差吗？这样跑来跑去不好吧？况且这样一来，他怎么参加初期考核？"

顾晏："……"人家"一级律师"的勋章都拿着玩儿了，参加什么初期考核。

顾晏完全没被说服，他道："晚上我给你发一个视频，初期考核按照那个视频记成绩。"

菲兹问："什么视频？"

"酒城的庭审记录视频。"顾晏道。

菲兹这才想起来，顾大律师不走寻常路，实习生刚到岗两天，就让人家直接上法庭实战去了。

实战和模拟考核哪个含金量高？

这是一个傻问题，所以菲兹选择不问，她默默"哦"了一声，说："这个也不是我说了算，我问问事务官他们，还得跟其他带实习生的律师统一一下意见。这好麻烦，你得给一个理由说服我。"

顾晏说："他是我的实习生，不是你的，也不是其他律师的。"

好，一击毙命。

菲兹负隅顽抗了几秒，终于放弃了。她道："行吧，行吧，我给他记，现在就记。你们出去注意安全，别又弄伤一条腿，那你就没有实习生了。"说完，菲兹小姐自己思索了一下，又道，"好的，我知道你巴不得呢。"

顾晏直接略过其他话，点头道："谢谢。"

乔在旁边听了全程。

顾晏切断通信后，他高挑着眉毛问道："申请好像很麻烦啊？"

"你哪只眼睛看出来的？"

"两只。"乔一点儿也不怕被挤对，显然已经习惯了并且乐在其中，"申请这么麻烦你还要带着他，为什么啊？"

虽然乔努力让自己正经起来，但是语气出卖了他。

顾晏根本不想理他。

乔深知顾晏的个性，嘴上过个瘾就算了。当乔以为自己压根儿不会得到任何答案的时候，顾晏突然开口道："为了其他人着想，带上他比较好。"

乔问道："什么意思？"

意思就是你根本不知道某人能干出什么事来，一天不看着于心难安。毕竟全世界也找不出几个会拿着花给自己上坟的人，不是吗？

顾晏想想刚才的两难境地，这才发现自己另一只手里还拿着劳拉情急之下整个儿塞给他的安息花，整整一捧啊。

柯谨的事情一发生，顾晏倒不用考虑送不送花了，他直接把花放进乔的手里，拍了拍乔的肩膀，说："我记得你的祖父也在这里，代我问候他。"

乔："……"

燕绥之原本的注意力都在柯谨那边，后来乔探究的目光实在太强烈，以至于他不得不再次朝那边看过去。

结果他看见顾晏冲他动了动手指，异常敷衍地招他过去。

不知道尊师重道的东西，恐怕是不想活了。

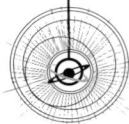

燕绥之从鼻腔里哼了一声，跟顾晏保持着对视的姿态。几秒后，他大度地容忍了顾同学的无理，不紧不慢地穿过墓园里的小路，走到对面的车边。

其他几个实习生有点儿搞不清状况，顾晏对他们来说是一个相当威严的老师。燕绥之一个人过去，另外几个就下意识像鹌鹑似的跟过去了。

顾晏："……"

他招一个却来了一群，天知道他的动作已经够小了。

"怎么啦？"菲莉达偷偷问了一句，样子很尿。她恐怕已经不记得当初企图跟燕绥之换老师的事了。

洛克摇摇头，声音比她还小："不知道，我跟着阮的。"

"他跟我出去两天，你们自便。"顾晏带着一贯的冷淡。

"啊……"刚才很尿的菲莉达和安娜有一点点遗憾，说不上来是因为顾晏要走，还是燕绥之要走，又或者两者都有。

她们遗憾了片刻，突然想起什么般道："那明天下午的初期考核，阮能赶得上吗？"

"他不参加初期考核。"顾晏说得平静又干脆。

所有实习生齐刷刷地转头看向燕绥之。燕大教授一脸无辜地说："你们别这样看着我，我也是刚知道。"

"那他的考核分数……"菲莉达的神色迟疑。

"再看，需要的话由我来给分。"顾晏道。

几个实习生面面相觑，然后同时向燕绥之投去了极为同情的目光，好像他上半身已经被轰出了南十字律所的大门。

燕绥之倒觉得这个决定很不错，他本来还想多问两句，现在决定先安分一会儿。

"你……嗯，保重。"洛克悄悄地给燕绥之递了一个眼神，好像顾晏瞎了看不见似的。

二世祖乔是一个风风火火的行动派，说要把几人请走，就真的半点儿没耽搁。

半小时后，燕绥之已经跟顾晏一起坐在了乔的私人飞梭机里。

这个二世祖背后有一个很庞大的家族，在星系各处都有它的身影。诸如政府各种基础设施，各地的春藤医院，等等……

虽然现在他的家族开始走下坡路了，但是瘦死的骆驼比马大，至少够两代人醉生梦死了。

"所以我们现在是？"燕绥之坐在顾晏旁边问道。

在他问话的间隙，飞梭机缓缓驶离了私人港口。

"出差。"顾晏回得一本正经。

燕绥之挑了挑眉，见到乔之后他就想起来了，之前从通信里听到的略有些耳熟的声音，都来自这个二世祖。

"我没记错的话，你似乎要去参加一个私人聚会。"燕绥之毫不犹豫地揭穿他。

顾晏淡淡道："扫墓还是领出差补助，你选一个。"

燕绥之："……"什么叫打蛇打七寸，这就是。

燕绥之干脆道："出差。"

"那你就安静。"

燕绥之乖乖地闭上了嘴。

他们原本已经打算闭目养神了，一个身影突然走了过来，安安静静地在他们身边坐下了，准确地说，是在燕绥之的身边坐下了。

来人是柯谨。

燕绥之和顾晏都愣了一下，转眼看向他。

"怎么了？"燕绥之低声问他。

然而柯谨好像只是找一个空位待着一样，并没有立刻开口，他甚至没有看两人一眼，只是低垂着头。

没过多久，乔便跟了过来。

"顾，你们看见——"乔的话说了一半，便住了嘴，因为他已经看见了坐下的柯谨。

他长长地舒了一口气，说："啊，你怎么跑来这边了？"

柯谨依然没有反应。

乔却并不在意，干脆在这边坐了下来。

他的私人飞梭机上是分不同舱位的，没有等级的差别，只是有的朋友喜欢安静，有的朋友喜欢热闹，就为了迎合他们的习惯。

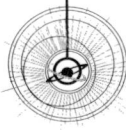

175

乔问道："你不去隔壁跟他们玩《德州扑克》？"

顾晏摇了摇头，说："我在这边歇一会儿，还有一个案子的后续事情需要处理一下。"

"你呢？"乔又问燕绥之，"你是他的实习生？他严格起来是不是根本不是人？"

燕绥之笑了。要说严格，燕大教授本身比谁都有话语权，比起顾晏有过之而无不及。

乔跟着道："他完全继承了他们那位院长的做派，哦，不对，应该说是你们前院长。我不是法学院的都见识过，每次学院研究审查都是哀鸿遍野，非常惨烈。"

燕绥之："……"

顾晏："……"

乔显然没有理解顾晏和"实习生"目光中的深层含义，他见燕绥之没说话，还以为对方第一次参加这种全是陌生人的聚会太过拘谨。于是热情的乔大少爷毫不客气地挤对顾晏，想借此让实习生放松下来

乔说："关键是你们那位燕院长平时风度翩翩还带笑，不容易引人反感。顾就不同了，他是一个住在冰箱冷冻柜里的人，留下的只有凶名。"

"你不是来带柯谨去隔壁的吗？"顾大律师冷漠地开始轰人。

乔摇了摇头，说："就在这边待一会儿吧，我看他很喜欢这边的氛围。"

能从一个没有表情也不说话的人身上看出喜欢或不喜欢，没有一定的了解是做不到的。

"你不是说医生让他多接触热闹吗？"

"其实也不是热闹，医生说他适合待在轻松的氛围里。"乔说。

说话间，柯谨的目光无声无息地转了地方，落在燕绥之面前的咖啡上，也不知他看了多久。

"你想喝这个？"燕绥之问他。

依然没有任何回答，柯谨甚至连眼珠都没有动一下。

"他很久没有开口说过话了。"乔给燕绥之解释了一句，然后直接按了沙发座椅上的铃，"常叔，让人往这边送一杯咖啡，柯谨喝的。"

给柯谨的食物都是特别的，比如说咖啡，一杯几乎都是奶，比拿铁淡得多。

他看了一会儿柯谨，见对方一如往常，便收回目光，继续对燕绥之说："不论是谁，说什么话，他给过的最大反馈就是看着对方的眼睛。"

燕绥之其实曾经去看望过柯谨，但那是柯谨状态最差的时候，他整个人憔悴至极，整夜整夜地睡不着觉，骨瘦如柴，像一只惊弓之鸟。后来他被乔接出医院，探望就没那么方便了。

燕绥之并不清楚他的病情是如何发展的，只觉得现在的他看上去比最初好很多，可见被照顾得很不错。

"最初他连发病的时候都不说话，没办法知道他崩溃的根源在哪一点。这半年他开始重复说一些简单的词。"乔说，"医生认为这是进步，但是他不发病的时候总是非常安静。"

"他说哪些词，像今天那样？"燕绥之问。

乔没有具体说，只笼统道："差不多吧，一些否认类型的词，或是重复地道歉，都是当初的那件案子。"

那个逍遥法外的当事人至今没有找到，普遍的说法是他应该做了基因调整。

联盟的基因调整都是受到管制的，只有有授权的医院可以做这方面的手术，春藤医院就是其中之一。

对这方面的手术进行管治，就是防止这种罪犯脱逃、隐瞒身份之类的问题。但是理想很丰满，现实却瘦成鸡仔，有人的地方就有黑市。如果罪犯有心要做基因调整，总能找到某些灰色渠道。

有一些方式能够检测到基因调整的痕迹，但是非常麻烦，而且存在一定误差，成本又很高，不可能全民普及，这就给那些人提供了机会。

二世祖一想到那个人有可能换了一个身份，换了一个名字，以另一种模样自由自在地生活在这个世界上，心情也变坏了。他道："算了，不提这个，我总要找到那个人的。"

4

亚巴岛距离德卡马比酒城还要再远一些，但是乔的飞梭机的速度比普通飞梭机要快不少。

十二个小时后，众人在天琴星最大的度假胜地亚巴岛落地。

这里有着最漂亮的海和面积最大的灯松林，乔安排的住处就坐落在灯松林

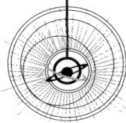

旁的小山坡上，是整个岛屿视野最好的地方。

亚巴岛这边跟德卡马的季节是相反的，正值初夏，又是中午，他们几个穿着线衫大衣过来，差点儿热死在走往别墅区的路上。有两位个性比较随意的先生一边走一边脱，大衣羊毛背心都扒了下来，只剩衬衫长裤。

"要了我这么怕热的人的命了。"其中一个人拎着衬衫衣领抖了抖，"衬衫还是冬款的，我要是光膀子走过去，你们介意吗？"

另一个人说："我们肯定不介意，你就是浑身光着过去都没问题，但你得照顾一下劳拉和艾琳娜的感受。你确定要让两位女士看见你的肚腩吗？"

劳拉自己也脱了外套，一边用手扇着风，一边跟艾琳娜笑着扭过头去，说："那我们得拿顾晏洗眼睛。"

顾晏拎着大衣的手顿了一下，撩起眼皮看向她们。

"不不不，我们没说话。"劳拉笑嘻嘻地在嘴巴上做了一个拉拉链的姿势，"你继续，别管我们。"

燕绥之就在一旁看着她们逗顾晏，撩一下又连忙缩回去，过一会儿再撩一下，不知道是受虐狂还是什么。

顾晏没搭理她们，把脱下的大衣搭在手肘上，转头瞥见燕绥之，低沉地问了一句："你笑什么？"

顾同学难得好好说句话，燕绥之当然不会堵回去。他借用旁边的玻璃墙照了一下自己，说："我在笑？你从哪儿看出来的？"

顾晏用手指点了点自己的眼角，说："这里。"他说得非常随意，嗓音还有点儿嘶哑，不知道是热的还是受这里的环境影响。

燕绥之愣了一下，没再说话。

一直到住处都没有看到其他游客，四处静谧又安逸，这在亚巴岛是根本不可能的景象。很显然，这个二世祖把岛都包下来了。

住处是一小片别墅，不同于其他地方的是，这些别墅之间都有玻璃廊相互连接。亚巴岛天气多变，时常有暴雨，有连廊就避免了在不同小楼间穿行成落汤鸡的悲剧。

因为这些连廊的存在，这些别墅小楼又组成了一个整体，乍一看像现代式的城堡。

"你以前见过灯松吗？"乔安排住处的时候，问了燕绥之一句。

他一点儿也没有二世祖的架子，又或许他对顾晏带来的人会热情许多。

燕绥之笑了笑，挑了一个符合身份的回答："只见过电子版的。"

乔说："哦，那也正常，毕竟这是亚巴岛独有的一种松树，别的地方据说种不了。"

这种松树到了夜晚会散发出一种特别的香味，幽静浅淡，闻着还有点儿冷，总之对大多数人来说算得上非常好闻，对一种昆虫来说则是人间至爱。

那种昆虫叫灯虫，有点儿像古早星球曾经出现过的萤火虫，只不过体积稍大一点儿，而且灯囊数量不定，多的有三个，少的只有小小一个。

每当夜里灯松发出那种香味的时候，灯虫们像是凭空从林子里冒出来的一样，绕着灯松飞舞。

一株灯松远远近近能吸引三四十只灯虫，如果有一片灯松林，那就太漂亮了。而亚巴岛有着星系内最大的灯松林，到了晴天夜里，美得能震撼全世界。

这种景色燕绥之当然见过，他曾经在这里度过一个很短的假期，非常喜欢这片灯松林。后来他回到德卡马，心血来潮想搞两棵灯松种在自己别墅前院门口当门神，还托人弄了不少树种回来。

灯松这种东西在德卡马很难成活，必须小心照料，然而燕大教授并没有那个时间。起初几天，他还慢条斯理地按时按点给灯松浇水剪枝，后来出差半个月，等他再回来的时候，灯松已经驾鹤归西了。

他前后糟蹋了三批树种，终于老老实实地收了手，给那些灯松留条活路。

托顾同学和二世祖的福，他这次能再来一趟这儿，心情还是很不错的。

"那你们住三号楼吧，那边也安静。"乔拍了拍顾晏的肩膀，指着最靠近灯松林的小楼，那幢楼距离其他小楼要稍远一些，玻璃廊也长一些。

"这两天只有你们，其他人还没到，房子很空，完全足够两人住一栋楼。等明天其他人到了，可能就得三四个人一栋楼了。"

"没事。"顾晏点了点头。

反正明天晚上他们已经在返程的飞梭机上了，合住跟他们一点儿关系也没有，但是顾大律师依然答得脸不红气不喘。

"你们饿吗？还要吃点儿什么？"乔问。

"半个小时前刚吃完东西。"劳拉没好气道，"我觉得以后不能乱坐你的

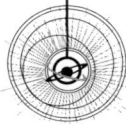

飞梭机了，一路像喂猪一样，十二个小时吃了十二顿，一个小时一顿，坐一趟飞梭机重了五斤，我一个半月的运动量就这么搭进去了。"

乔说："你可以选择不吃，顾和他的实习生就只吃了三顿。"

顾晏毫不客气地纠正："我的实习生吃了五顿。"

燕绥之心说：你这时候话又多起来了。

"既然你们都不饿，那就各自回房子换衣服，上次谁嚷嚷着要潜钓来着？潜水用具我都准备好了。"乔吆喝着。

众人散去，燕绥之跟在顾晏身后进了三号楼。

说是小楼，实际上面积不算小，楼上楼下的房间足够他们所有人住进来。

燕绥之把胳膊上搭的大衣挂在了衣帽间。他发现衣帽间里居然备好了换洗衣物，全新的，适合夏季。

"还挺细心。"燕绥之咕哝了一句。

顾晏道："每个季度，他都会差人在这里备好新的衣服，方便随时随地拉人过来。"

最初乔往这儿放的夏装都是花衬衫大裤衩，不怀好意地想看顾晏穿成那样，然后整个衣帽间就被顾大律师拉黑了。

再这么搞下去，顾大律师下一步拉黑的就是乔少爷本人。

两次之后，乔老老实实地把衣服换成了正常的。

"你住哪间？"燕绥之问道。

顾晏道问道："很想看灯松林？"

燕绥之说："还行吧。"其实如果能够住在三楼，正对着灯松林，他还是非常乐意的，但是燕大教授很矜持，不直说，全看面前这个学生的领悟能力能不能及格。

顾晏点了点头，一副了然的样子。他大致扫了一眼房间的分布，指着三楼正对灯松林的那个房间，说："我住那间。"

燕大教授："……"滚吧，零分。

燕大教授笑着点了点头，心想自己记账了。

众人稍作休整后，换上了乔大少爷事先准备好的夏季衣裤，陆陆续续地去了海滩。

从别墅正门出来的时候，劳拉他们才注意到别墅区院门两边竖着两扇检验门，看起来不太起眼，而且暂时没有启用。

"这里还要安检门？"众人一脸疑惑。

顾晏跟乔打交道比其他人多一些，知道的也多了不少。他道："不是单纯的安检门。"

众人一愣，问道："那是干什么的？"

又过了几秒，劳拉最先反应过来，说："哦，我知道了，是那个对不对？可以检测基因调整痕迹的？"

"从春藤医院那边搞来的？"

"我上次来还没有呢。"

这些同学全部对当时的事情非常清楚，也知道乔大少爷对这东西极其敏感。人家查危险品，他查基因变动。

燕绥之朝那边瞥了一眼，又淡淡地收回目光，好像那东西跟他毫无关系一样。

"怎么不开呢？"劳拉又道。

"闲着没事开那个测什么呀？"

"没测过，我想试试。"

众人嘻嘻哈哈地聊着。

乔刚好跟着柯谨从另一边往海滩走，听见他们的对话，道："测不了，刚搞回来就被我弄出了故障，下午有人过来修理。况且修好了也不会放在这里，是放在进岛口的，我自己的朋友有什么好测的。"

潜水工具乔都准备好了，众人嬉闹着换好装备，又在乔专门请的教练陪护下下了水。

柯谨安静地在海滩边坐下，这种生机勃勃又安逸的景象似乎真的能让他放松心情。两个陪护人员不远不近地跟着他，给他足够的自由，又能方便照顾。

"潜水吗？"乔安顿好柯谨后，过来问了燕绥之一句，"你在海滩边干坐着不嫌无聊吗？年纪轻轻的需要多运动。"

燕绥之冲顾晏抬了抬下巴，笑着说："你怎么不问他？"

乔说："我已经放弃他了，他潜水水平高得很，就是不愿意跟我一起潜，你说这种朋友要他有什么用？"

燕绥之朝后靠上舒适的躺椅，说："是啊，那别要了。"

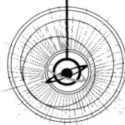

乔哈哈笑了起来，说："顾，你这实习生真有意思。"

顾晏在海边坐下，也不忘用智能机处理公事，根本懒得理那两个人。他正给对方传语音信息："可以，我看一下，晚上给你反馈。"

"你之前潜过水吗？"乔问。

燕绥之道："我热衷过一阵子，上学时候的事了。"

他很少谈论自己过去的事情，所以当他说完这句话的时候，顾晏居然纡尊降贵地把视线从自己的智能机上移开，抬起了头。

乔问道："听起来是过去时，现在你不热衷潜水了？"

燕绥之说："现在我变懒了。"

事实上是因为他潜水碰到过一次事故，之后他就不常下水了。

"好吧。"

乔也没在他们这边多逗留。当他换好装备准备下水的时候，跟着他的管家常叔突然跑了过来。

"先生，有几位新客人提前到达了。"

"提前来了？"乔愣了一下。

提前来的客人是乔小时候认识的一帮朋友，父辈之间也有往来，算得上是发小。

虽然乔依然热情，嘻嘻哈哈，但是看得出来，他对这一行人不如顾晏他们上心。他们只是简单介绍了一下，相互喝了一杯酒就相继下了水。

不知道为什么，燕绥之坐在岸上看着人影一个个消失在海面的时候，莫名有点儿不舒服。

"每个人下去的时候都带着潜伴？"燕绥之看着重新恢复平静的海面，突然出声问道。

"嗯，没有单独下去的。"顾晏回答道，"他们不是第一次潜水，况且乔给他们都安排了教练。"他一直在敲着全息投影键盘，回复各种工作邮件，其间，他甚至都没抬过几次头，却注意到了各种事情。

有教练的陪同总是安全很多，燕绥之放了心，说道："我刚才其实很想说，杰森·查理斯更适合待在岸上，但那样太扫兴了。"

杰森·查理斯是之前那个嚷着太热要光膀子，又因为肚腩被其他人开玩笑的男人。

顾晏敲着键盘的手指一顿，撩起眼皮，说："如果我没记错的话，似乎并没有给你介绍过他的名字。"

结果燕绥之一点儿磕巴都没打，非常自然地耸了耸肩，说："杰出的人有被熟知的权利，他的庭辩风格很棒，我很欣赏他。"

顾晏："……"

"我只是没想到他跟你的关系这么不错。"燕大教授说起瞎话来连眼睛都不眨，也不会有任何的负担。结果他说完一抬头，就见顾律师连键盘都不敲了，就这么看着他，一副"我就静静地听你夸"的模样。

"怎么了？"燕绥之弯了弯眼睛。

顾晏看了他两秒，收回目光继续敲键盘，用一种非常平静的语气说道："没什么，我会替你转告杰森的。"

燕绥之眼睛里的笑意更盛了，这就像在学校里，教授夸了某一个学生，其他没能得到赞赏的学生就会有一丁点儿失落，他把这定义为年轻学生间的小心思。

他觉得现在的顾晏可能也有点儿这种情绪，不知道为什么，这种情绪出现在顾晏身上就会让他觉得非常有意思，可能是这种心思跟一贯沉稳冷漠的顾同学特别不搭。

燕绥之欣赏了顾晏片刻，安抚道："你也很棒，能成为你的实习生，我荣幸之至。"

他的瞎话张嘴就来。

顾晏听完后，脸更僵了。

这话对于顾大律师来说有点儿消化不良，他沉默了好一会儿，才接着之前的话题道："杰森这两年有些发胖，不过乔给杰森换了合适的装备，下水潜一会儿问题不大。"

什么"欣赏、崇拜，你很棒"之类的鬼话，都被他选择性遗忘了。

下午两点左右，常叔按照吩咐，让人送来了酒和甜点，大部分放在海滩边准备好的白色餐桌上，供潜水上来的人随时享用，还有单独的两份送到了顾晏和燕绥之的手边。

柯谨的那份依然是特别的，没有酒，只有新鲜果汁和牛奶。

下午茶刚送上来，海面上"哗啦"几声水响，四五个人浮了上来，陆陆续

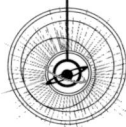

续地上了岸。

"不玩了？"常叔远远地冲他们打了个招呼，指着餐桌道，"这边有吃的。"

那些人一边朝岸边走，一边吐出调节器，摘下脸上罩着的装备，冲燕绥之和顾晏笑道："你们真不下去玩玩？很爽！"

燕绥之扫了一眼人群，杰森·查理斯的体形在其中非常显眼，潜水服非常好，勾勒出了他浑身上下各种不该有的曲线。不过看得出来，乔给他准备的装备尺寸确实适合他，不至于紧得难受。

顾晏扫了一眼杰森·查理斯"傲人"的身材，道："如果你继续放任下去，明年劳拉他们潜水的时候，你会被摁在岸上。"

杰森没好气地挥了挥调节器咬嘴的管子，说道："你放心，我不会再胖下去了。"

另外两个上岸的则是乔的发小，一个叫乔治·曼森，一个叫赵择木。前者一看就是一个爱运动的，身上的肌肉线条流畅但不过分粗犷，后者则是一个典型的商务人士。还有一个上岸的，是负责陪潜的教练。

这帮人仗着岸上暂时没有女士，边走边费力地脱身上的装备以及紧身连体服，脱到只剩一条贴身泳裤，大摇大摆地去前面的小楼冲洗身体。

那些潜水服和装备分成不同的小堆，堆在柯谨休息的那块岸边。柯谨的反应有点儿慢，隔了很久才缓缓低头，看着不远处的装备，似乎有点儿兴趣，又或许只是找另一个定点发呆。

"我回别墅一趟。"顾晏处理完智能机上的邮件，和燕绥之打了声招呼便起身往回走。

下午的太阳移了方向，没多久就移到了正对燕绥之双眼的角度。他眯着眼抬手挡了挡，决定回去找一副墨镜。

他往回走了几步，就碰到了常叔。

"你需要墨镜是吗？跟我来。"常叔带着他去挑了一副墨镜。临走前，他想了想，替顾晏也拿了一副墨镜。

常叔则干脆把整个盒子抱了出来，跟着燕绥之一起回到海滩边。

去冲澡的杰森·查理斯几人已经回到了海岸边，正端着冰酒围着餐桌闲聊。

"先生们，太阳很刺眼，我把墨镜都拿来了。"常叔说。

"谢谢，你真是太贴心了。"杰森·查理斯道，"不过我们过一会儿还要下水，所以暂时用不上。"

赵择木干脆开起了玩笑："我也不用了，我夜盲。"

乔治·曼森哼笑了一声，说："这笑话真是冻死我了。"

其他几人都笑了起来，赵择木喝着冰酒，无辜地耸了耸肩，说："刚好给你们降降温，不过我确实夜盲嘛。"

燕绥之从他们旁边走过的时候，乔治·曼森端着杯子突然朝他这边看了一眼，目光带了一丝探究的意味。

"我是不是在哪儿见过你？"乔治·曼森冲他举了举酒杯。

燕绥之也遥遥地冲他回举了一下酒杯，说："是的，十分钟前你上岸的时候，咱们刚见过。"

其他人哄然大笑。

乔治·曼森也笑了一下，说道："你真有意思。我是说我们以前是不是见过？"他干脆端着杯子走过来，"刚才你背对着海滩和太阳站的时候，我觉得你有点儿似曾相识。"

燕绥之说："那就很遗憾了，我很少去海滩。"

乔治·曼森耸了耸肩，说："算了，你不用在意。也只是刚才那一瞬间，我怀疑我眼熟的只是那个场景，现在走近看你就不觉得了。"

他们休息了一会儿，很快走到各自脱下的装备前，重新穿上了潜水装备。

"潜水装备脱了再穿比之前艰难多了。"杰森·查理斯抱怨着。

"那是你身上汗太多了吧。"乔治·曼森道，"我觉得还好。"

杰森·查理斯穿上装备就已经热出了一头汗，蒸得脸色有点儿发红。燕绥之吃完一片乳酪饼干，转头看见他的脸色就皱了眉。

他正想喊查理斯一声，却见对方一头扎进了海水里，一边往嘴里塞调节器的咬嘴，一边往浮在远处的潜水船游去，看起来状态还不错。

燕绥之皱着眉看那些人上了船，潜水教练对查理斯说了什么，顺便替他稍微调整了一下装备，然后相继下了水。

有教练帮忙调整，他应该不用再担心什么了。

他收回目光，趁着顾晏的躺椅还空着，伸手从旁边的台子上拿了一杯冰酒，在这种环境下喝一点儿应该非常惬意。

然而他的手指刚握住杯壁，顾晏的手便从天而降，把冰酒从他手里拎了出

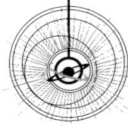

来，搁到了一边，又顺手拿了一块奶酪饼干，塞进了他空空如也的手中。

燕绥之："……"

他嘴角一抽，转过头，就见顾晏不知什么时候站在了他的身后，正居高临下地睨着他，冷冷地说："我有责任看着我的实习生不在出差期间酗酒。"

燕绥之："……"

两人对峙间，乔的声音随着水声传了过来："你怎么也开始管人了？"

燕绥之和顾晏循声望去，乔大少爷将脱下的装备丢在软沙上，甩掉了头发上的水珠，冲顾晏道："你以前不是从来不管别人的事吗，怎么转性了？我一上岸就听见你不让实习生喝酒。"

顾晏根本没搭理他，只是抬手朝柯谨的方向指了指。

乔大少爷顺着他的手指看过去。

其实柯谨什么也没做，连声音都没发出，只是看着这个方向，乔就像被扔出去的飞盘一样大步跑了过去，把问顾晏的话抛到了脑后。

顾大律师不战而屈人之兵，轻描淡写地把自己摘出去了。

5

当岸上一片和谐的时候，海里有一个人正在惊慌挣扎。

杰森·查理斯原本觉得自己这次下水不会有问题，谁知潜到深处，身上的压力就越来越大，胸口越来越闷，紧得他肢体不协调甚至难以顺畅地呼吸。

他在这时候做了第一件错事——下意识快速地换了好几口气，过快的呼吸是大忌，并不会减轻窒闷。

接着他开始挣扎，揪着胸口的潜水服，试图缓解那种挤压感，但是过度激烈的动作同样是大忌。

直到这时，他有点儿缺氧的大脑才模模糊糊地反应过来，他的潜水服型号似乎不太对，不是适合他的那一身。

乔弯腰跟柯谨说了两句话，然后跟燕绥之他们打了一声招呼，带着柯谨先回别墅去了。那两名护理人员也跟着离开。这片海滩上，除了燕绥之和顾晏，只剩下在整理多余潜水服的常叔，以及一个来送新茶点的姑娘。

"刚才接到——"顾晏的话刚开了个头，就发现燕绥之有点儿心不在焉，"你在张望些什么？"

燕绥之说："我还是有点儿担心。"

"担心什么？"

"刚才查理斯的状态看起来不怎么样。"燕绥之道，"穿衣服费了一番劲，那样子真的不太适合再下水。"

"教练跟下去了吗？"顾晏也皱起了眉。

"跟了，但是在水下总是不好说。"

"如果碰到状况，他应该会打信号灯。"顾晏刚说完，目光扫过不远处的软沙，突然瞥见一个黑色的东西，"那是什么？"

两人走过去一看，脸色突然一变。

说什么来什么，躺在软沙里的还真是一枚潜水信号灯。

不论这是不是杰森·查理斯的潜水信号灯，都让人心里咯噔了一下。

燕绥之抬起头，跟顾晏面面相觑。

"常叔！"

"有什么需要？"常叔抬起头。

"你会潜水吗？"燕绥之表情严肃。

常叔一脸蒙，摇了摇头，说："上面没说要学这个技能。"

"行吧。"燕绥之捏着鼻梁，有些无奈，"潜水服别收了。"

常叔道："啊？"

燕绥之仔细检查了潜水服调节器 O 型圈的密封状况，这才扔了一套给顾晏，自己拿了一套。

…………

杰森·查理斯在海水中挣扎着。

其实原本不至于如此的，潜水服紧一些、松一些，影响并没有这么大，但是他这一年来体重增长实在不少，他这个体形在潜水过程中很容易有一些反应。两相加成，致使他碰到麻烦时格外惊慌。

虽然他潜水前听过很多注意事项，也知道碰到某些状况时应该用什么方式对应，但是真正身处危险的时候，他根本没有办法想那么多，一切行为都遵从本能。

他下意识想让自己快点儿上浮，好探出水面，然而过快的上升速度让他肺里的空气迅速膨胀……

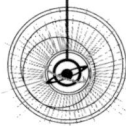

信号灯似乎在潜水的过程中丢了，而那个教练连个影子都没见着。

他就要死在这里了。

杰森·查理斯在极度的绝望中胡乱地想着。

在他意识抽离前的最后一刻，他觉得自己身上的锁带被人抓住了，还不止一只手。

好像有好几只手在抓他。

幻觉？八爪章鱼？还是终于有人发现他快要死了？

这是杰森·查理斯几近晕厥前最后的想法。

下午四点不到，亚巴岛的海滩上一片忙乱。

先前下去潜水的人陆陆续续地上了岸，劳拉他们已经换上了常服，不顾身上大片的水迹和湿漉漉的头发，跟着救护担架忙前忙后。

乔拉着一张驴脸，安排岛上的医务人员将担架抬进救护中心。

"怎么回事？"艾琳娜淋浴出来就发现世界都变了，一时间有点儿蒙，搞不清状况，"我上岸的时候不还好好的吗？"

"是杰森。"劳拉语速飞快地解释，"杰森下潜的时候不知道出了什么问题，差点儿死在海里，而且这家伙居然没带信号灯就下去了。谢天谢地，幸好有顾和他的实习生。"

"那为什么有三台担架？"

"还有那位赵先生和教练，他们在水下被海蛇缠住了，医生还在找伤口，但愿没事，不过我听乔说岛上有抗毒血清。"

艾琳娜不禁后怕，道："我的天，怎么会发生这样的事？"

脸色最差的是乔治·曼森，毕竟跟他一起下水的三个人全倒下了，只剩他好好地上了岸。虽然概率并不是这么算的，但他还是会有种差一点儿也要死在水下的错觉。他坐在海滩边供人休息的躺椅上，拿了一杯冰酒冰脸，努力让自己冷静下来。

在跟乔治·曼森相隔不远的地方，燕绥之也坐在躺椅上，他垂着头摘下特制的救援用的黑色手套。

先前他跟顾晏拉着杰森·查理斯上岸的时候，医护人员恨不得把他也抬上担架去检查一番，但都被他推拒了。

再三确认他确实没事后，那几个医护人员才放心离开。

事实上，他非常累，累得根本不想站起来。

他很久没有潜过水了，而杰森·查理斯又是一个胖子，能抵一个半的他。还好有顾晏搭把手，不然自己一个人去捞杰森的结果就是一起死在海里。

其他人累的时候脸会红，气喘吁吁，燕绥之却是越累脸越白，黑色的潜水服又将这种白反衬得更加显眼。

他习惯性地把呼吸克制在一定频率内，这使得他整个人看起来极为冷静，又有点儿恹恹的冷淡感。

燕绥之垂着眼，把摘下的手套卷叠起来。

面前的海滩传来轻微的沙沙细响，听起来像有人朝这边走过来了。

过度的疲累让燕绥之连笑容都懒得扯出来，就这么冷冷淡淡地抬了眼。只见顾晏一只手拎着潜水面罩和调节器，垂着眼皮将另一只手上的手套咬下来。

他湿了的头发向后梳，一根都没有落下来，显露出一种跟平日不同的轻微傲慢感，像古早时候的绅士。

"都送进救护中心了？"

"嗯。"

"那就好。"燕绥之懒懒地应了一声。

"走吧，去把潜水服换了。"顾晏走到燕绥之面前，用手套指了指不远处供人淋浴的别墅楼。

燕大教授懒懒地说："你先去，我暂时不想起来。"

顾晏垂着目光看了他一会儿，把手套和装备都集中在了左手，然后伸出了右手，说："你打算穿着潜水服闷馊了再去？"

他摘去手套的手指居然没有沾上水，也没有任何汗湿的痕迹，看起来修长干燥，非常干净。

燕绥之瞥了顾晏一眼，没好气地把手拍进那只手掌里，借着力纤尊降贵地站起来，道："我要是真闷馊了，一定去你房间静坐一个小时当香薰。"

"你可以试试，看有什么后果。"顾晏等他站稳后，松开手冷淡地回了一句。

更衣楼的淋浴房外，忙了半天没停过的劳拉这才找到时间把自己收拾一番。她对着镜子把潜水专用的隐形眼镜取出来，刚弄到一半，就从镜子里看见了进

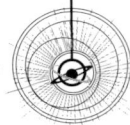

门的燕绥之和顾晏。

她扒着下眼皮的手都没松，眼线和深色眼影顺着脸上的水迹流淌下来，转头冲两人道："还好有你们，不然现在就该打捞杰森了。"

燕绥之一进门就跟这个曾经的学生打了个照面，当即被那模样吓了一跳。他咳了一声，下意识地朝后退了一步，又踩到了顾晏的脚。

顾晏："……"

还好，潜水上来都没有穿鞋，不然以那钉了绅士钉的皮鞋跟……

呵呵。

"你退什么？"顾晏扶着他的肩膀，以免他再来第二脚。

"他可能看见我的脸了。"劳拉扶着琉璃台笑弯了腰，"顾，你这实习生真有趣，借我带几天吧？"

顾晏挑了挑眉，心想：你恐怕是忘了当初研究审核成绩出来后，去找某院长哭的经历了。

劳拉仗着自己大几岁，依然不放弃调戏"年轻的实习生"："刚才你还被我吓了一跳呢，怎么又开始眨着眼撩我了？"

眯着左眼的燕绥之哭笑不得，他才知道这帮乖乖学生背着他的时候居然是这种风格，解释道："我的左边隐形眼镜跑进去了。"

"好吧，我不逗你了。"劳拉笑着转过去，继续收拾她的脸。

顾晏默不作声，别过头，如果哪天劳拉知道这个实习生是谁，她可能会后悔自己为什么会长舌头。

燕绥之站在洗脸池前，取出其中一枚隐形眼镜，另一枚有些麻烦，可能被他不小心转到里面去了。

这是亚巴岛这边特供的，潜水专用，不论多深，都足以让你在海里看清各种东西，还带一点儿放大功能。但是人上岸后，如果还不摘掉它就不那么舒服了，会让人对物体距离产生错觉。

燕绥之弄了一会儿，依然没能把那枚隐形眼镜搞出来。他的左眼红了一圈，还蒙了一层生理性的水汽。他闭上眼睛转了转眼珠，又用手指揉按了一会儿。

他再睁眼时，就见顾晏已经站在了身边。

"怎么，"顾晏问道，"隐形眼镜还没取出来？"

"这眼镜有点儿顽皮，可能被我揉到更里面了。"燕绥之耸了耸肩，倒也不急。这种时候，他的耐心总是非常好的，好像难受的人不是他一样。

"你换衣服去吧，不用等我。"燕绥之干脆在镜子前坐了下来。

然而话音刚落，顾晏却说："我看看。"

燕绥之抬头的时候，那不听话的隐形眼镜刚巧回了正位。他朝旁边别过头，看着镜子里的顾晏笑了一下，说："这隐形眼镜还挺听你的话，你说要找它，它就乖乖出来了。"说着，他低下头用手指一碰，把隐形眼镜取了出来。

"我去换衣服。"顾晏的声音低低地响起。

当燕绥之再抬头的时候，他已经拿着东西进了更衣室。

亚巴岛上的救护中心隶属春藤医院，治疗水平相当不错，设备也非常高端，再加上医生并不建议随意挪动杰森·查理斯，所以他被安顿在了这里。

他的肺部受了损伤，需要在治疗舱里躺上两天，再做一个不算太复杂的手术。幸好顾晏和燕绥之找到他的速度够快，不然他伤到脑部要比现在麻烦许多。

至于赵择木和那位教练……

亚巴岛特产的海蛇咬的伤口非常小，很难发现，但是毒性又极强，发作时间从一个小时到两天不等，之前几乎毫无征兆。所以碰到海蛇，如果没有及时找到血清，是一种异常倒霉又异常危险的情况。

那两条海蛇在缠上赵择木和教练的时候给他们留下了几处咬伤，注入的毒液足以致命。万幸他们曾经注射过抗毒血清，还没有超过一年，对这种毒素有一点儿抵抗力，而救护中心又备有足够的急救血清，否则等待他们的结果就是白布盖头了。

医生对他们的伤口进行了处理，不过两人因为惊吓过度而精神不济，始终在昏睡。

救护中心的照料毕竟不如专业的护理人员悉心，乔安排人把他们接回别墅继续照顾，也算尽了地主之谊。

6

一场混乱刚平息不到半个小时，在岛上驻扎的警方就过来了。

"谁喊的警察？"艾琳娜问。

"我。"乔大少爷往沙发上一靠，脸色依然很臭。

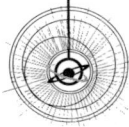

众人对此其实是有些惊讶的，毕竟是这位少爷组织的聚会，当他坐庄的时候出了这种事，某种程度上来说其实有点儿打他的脸。

一场聚会弄成这样非常没面子，换成其他人，能不声张就不声张了，像他这样直接叫警察，实在有点儿出人意料。

"你……"劳拉迟疑地开口。

乔撸了一下额前支棱的短发，有点儿烦躁地说："在赵他们三个第二次下海的间隙里，潜水装备都丢在柯谨待着的那块海滩上。"

"所以？"劳拉道，"不会是……"

"我听到有流言说他神——"乔说了一半硬生生顿住，阴着脸把某些词咽回去，"弄混了几套潜水装备。"

虽然他把那个词咽了回去，但是在场的人都心知肚明，跟柯谨有关的只能是"神志不清"。

燕绥之窝在沙发上，微微皱了眉，但凡跟柯谨有关系的人听见这样的话都会不舒服，尤其是见过他曾经意气风发模样的人。像乔这样全心护着柯谨的朋友，没有破口大骂已经是极度克制的结果了。

"这里学法的人多。"乔大少爷冷着一张脸，"那就用最公正的方式证明柯谨没那么无聊。"

其实如果真是他弄乱了潜水装备，作为一个精神有问题的人，是不用负责任的，但乔显然不能容忍这种猜想的存在。

顾晏他们都是柯谨的同学朋友，所以流言绝不可能出自这几人之口。

而除了他们，在场的只有那几个跟乔的家族有来往的人，流言从何而来，燕绥之他们心知肚明。

这些少爷们之间的关系其实很复杂，跟他们背后代表的财团势力相关，不是单纯的亲或疏能够解释的，牵一发而动全身，所以乔不能因为一两句话就跟他们翻脸。

不仅是乔，在场的这些律师们都跟那些财团有关系。劳拉他们这种民商事律师，跟他们牵连很深，就连燕绥之这种刑事律师，都跟其中几人打过交道。

对于不方便直接教训的人，乔打算借警方的手折腾他们。

燕绥之默默看在眼里，心想：这大概是小傻瓜能想到的最"有心机"的方式了。

"因为调查需要，所以在座诸位暂时不能离开这个岛屿，等事情定性或是排除嫌疑，再一切自便。"亚巴岛驻岛警队警长凯恩一进门便如此宣布。

这位警长是一个有名的硬骨头，原本供职德卡马高级警署，因为过于耿直从不徇私，得罪过不少人。

燕绥之与他打过交道，算得上熟悉，甚至还有一两分交情。

上次见面时，凯恩还只是被降了层级，没想到这次再碰面，他已经被远调到亚巴岛来了。这里琐事不少，远离中心，是一个流放的好地方，最适合"明升暗贬"这种把戏。

不过凯恩依然干得很卖力。

"好吧，好吧，我原本也计划要在这里待一周。"

"后天能结束吗？我还有个重要的会议。"

"能不能宽限半天？我回去一趟，把事情解决了再来。"

众人七嘴八舌，但凯恩是一个刺头，说封岛就封岛，就算你是天王老子也别想出去。

宾客们原定的计划都被打乱了，乔正式的酒会不得不朝后推延几天，原本打算明天就离开的顾晏和燕绥之也暂时走不了了。不过这毕竟不是私事，顾晏干脆给要出庭的法院递了一份延期审理的申请。

"谢谢配合。"凯恩依旧面色肃然，"虽然诸位都是响当当的人物，但既然报了警，该走的流程就一样都不能落。"

他伸手朝别墅门外一指，说："恕我冒犯，我不得不对诸位的身份信息进行一次验证。"

众人抬头一看，他手指的方向，两台十分眼熟的机器正立在那里。数个小时前，它们还差点儿被错认成安检门，可事实上，它们能够检测的东西非常多，甚至包括基因调整的痕迹。

"自从亚巴岛从春藤医院引进这两台设备，身份信息验证程序就跟着同步升级，其他地方可能不是这样，但亚巴岛这里需要大家从这两扇门里走一遍。"

燕绥之看着那门，脸瞬间瘫了。

乔那倒霉玩意儿不是说这两扇门需要修理吗，就不能多修一会儿？

凯恩拿着跟两扇检测门相适配的记录本，有人从那扇门里经过，相关的数

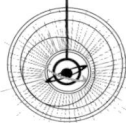

据就会自动反映在他的记录本里。如果身体有异常情况，比如曾经有过基因修改的痕迹，不管是死是活，提示警报都会响起来，指示灯会变成红色。

众目睽睽之下被爆出做过基因修正，那场景想想就刺激。燕大教授担心这些年轻人，尤其是他的学生们心脏受不了。况且爆炸案的原委他还没理出来，他在明敌在暗，这么快宣告"我有隐情，身份不明"不适合，他倒不是惧怕，只是没必要太早给自己招惹麻烦。

但是门都抬到他面前了，凯恩又是一个不讲私情的刺头，该怎么做才能避免尴尬呢？

燕绥之支着下巴，手指关节不紧不慢地虚打着节拍，嘴角还带着一点儿礼貌性的极其浅淡的笑。在或站或坐的众人中，他的姿态是最为从容放松的，一点儿看不出异样。

只要旁人不跟他说话，就绝对看不出他在走神。

这模样在不知情的其他人看来当然是毫无问题，只当他是实习生局外人，心里没有负担。

但顾晏不同，他刚进法学院成为燕绥之学生的时候，真的被院长的气质和笑蒙骗过去，以为燕绥之万事都有所准备，从来不会慌张、焦躁。

可但凡是一个能喘气的活人，总会有疏漏的时候，怎么可能真的事事都在意料中？

后来相处久了，顾晏算是明白了——某位院长先生并非神到事事有准备，而是不管有没有准备，他都一副风雨不动的模样，鬼知道他哪儿来的底气。

顾晏看了眼燕绥之轻动的手指，那是燕大教授思考时下意识会有的小动作，不过应该并不为人熟知。

毕竟当年进院长办公室的学生不多，因为课题在里面一待一整个下午的更是少之又少，能见到某位院长出神沉思的，基本就可以称为锦鲤了。

顾晏就是一条锦鲤。

"林，丹尼，来给我搭把手，把这两扇检测门挪进门来。"凯恩指挥着自己的手下，同时还不忘嘱咐别墅内的众人不要随便离开一楼，一会儿就可以测试了。在众人见证下测试，结果更具有公信力。这是凯恩最讲究的方法。

"顾锦鲤"瞥了眼正在忙碌的警员，调出智能机屏幕给一位朋友发去一条消息："像安检门那样的设备，有办法隔空快速干扰结果吗？"

作为律师，碰到的案子千奇百怪，其中也会涉及各种各样的专业内容。术业有专攻，所以律师常常会去找各行专家询问案件涉及的专业问题，以确认某些情景发生或是扭转的可能性。顾晏自然不例外。

对方收到这条信息时丝毫不觉得奇怪，以为这又是顾大律师在复原或是猜测某个案件细节，接连回复了两条消息。

——当然可以。

——是指神不知鬼不觉的那种方式吗？

顾大律师看着这两条消息，总觉得自己似乎在干什么见不得人的勾当。

他淡淡地"啧"了一声，朝某个专给他找麻烦的人扫了一眼，又收回目光，面无表情地敲着字："对，可用的工具非常有限，也许只有智能机，时间同样很有限，三分钟之内。"

对方很快回道："如果你模拟的犯罪者没有同伙的话，那他得是一个高级黑客，能力或许只比我低一点点。"

顾·犯罪者·晏："……"

理论上他是有同伙的，并且对方应该是主犯，他顶多是一个从犯。但是很遗憾，主犯胆太肥，一点儿自觉性都没有，可能还想进监狱。

顾晏的那个朋友可能想展示一下自己的专业能力，当即把想法付诸实践。一分钟后，顾晏收到了一个很小的程序文件。

紧随其后的是对方的信息："收到我发过去的程序文件了吗？你可以现在就尝试模拟一下。你打开这个文件，在第六行输入'搜寻附近信号'，如果你身边刚好有一个安检门之类的玩意儿，你的智能机会跟它自动连接。你在最后一行输入'E'，会让检测结果显示'错误'，输入'R'，会让检测给出一个随机结果，输入空格，会显示和原本相反的结果。"

顾晏看着这些异常反动的内容，表情却非常平静——有这种说风就是雨的朋友真的很棒。

对方的信息又过来了："尝试前，请先确认你不会被请去警察局。"

顾晏："……"很抱歉，我就是要在警察的眼皮子底下做这种尝试。

顾大律师纹丝不动，打算搞事。

凯恩警长已经带领下属把两扇检测门全部安置好了，记录本也已经准备就绪。

"抱歉，我去趟卫生间可以吗？"乔治·曼森抬了一下手指。

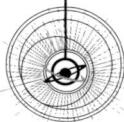

如果真有一些身体上的变动，并不是去一趟卫生间就能够解决的，对于这点，凯恩警长非常放心。所以他只是耸了耸肩，道："自便。那么就从这位女士开始吧。"

乔治·曼森开了这个口之后，客厅中其他几个需要去洗手间的人也都站起了身。

"那我也去一下洗手间吧，看来一时半会儿结束不了。"

"我也去。"

"抱歉，我去厨房倒杯水。"在琐碎的人声中，一直淡定地坐着的燕绥之也抬了一下手指。

燕绥之一开口，顾晏就抬起了眼。不能怪他敏感，只怪某人从来不是什么安分守己的人。

这种时候他去厨房干什么？顾晏微微皱起了眉。

燕绥之起身的时候，刚好对上了他的目光，非常坦然地冲他笑了一下，然后朝厨房走去。

事实上，燕大教授突然有了一个想法，一个没有尝试过但很有意思的想法，他也不敢保证有用，但如果成功的话……不好意思了，老实敬业的朋友凯恩。

燕绥之不紧不慢地握着空空的玻璃杯走向厨房，在心里道了一句歉，脸上却半点儿忏悔之意都没有，非常混账。

7

"这位女士第一个来。"凯恩干脆敲着电子笔，给在场的人排了顺序，他指完劳拉又指向艾琳娜，"这位女士第二位——"

"格伦先生第三位。"对于乔的那些发小，凯恩还是熟知姓氏的，别说凯恩，很多第一次见到他们的人都能叫出他们的姓氏。

他逐一点了几个没去卫生间或是厨房的人，然后转向乔这边，说："您第六位，这位柯先生第七，顾先生第八……"

在他一个个报顺序的过程中，顾晏的智能机又悄悄振了一下。

那位热情的朋友又发来了一条新信息，他甚至连其他情况都替顾晏考虑到了："对了，如果你模拟的犯罪者在安检门出问题的时候并没有正在使用智能机或者光脑的迹象，那也没关系。这个是可以预设的，在字母前面加上数字和'#'，就代表预设安检门第几次检查会得出什么样的结果，非常简单。"

"顾先生的实习生？第九吧。曼森先生第十……"

凯恩把去厨房和卫生间的人依次安排在了末尾。

顾晏略一思忖，打开程序文件，在末尾输入了"9#"，然后敲了一个空格——等到燕绥之检测的时候，检测结果会显示跟实际相反的结果。

"这边单数，这边双数，劳驾各位女士先生来排个队。"凯恩拍了拍手掌，将众人的注意力牢牢吸引在自己身上，"两扇门，速度很快，花费不了几分钟。对了，我需要你们暂时把智能机之类的东西摘下来。"

客厅里，各位少爷的抱怨声此起彼伏。

已经做过预先设定的顾晏闻言，一点儿也不急，异常淡定地把小指上尾戒状的智能机摘下来，搁在一旁的玻璃茶几上。他起身的时候，不动声色地朝厨房方向望了一眼，就见燕绥之正开着冰箱门，往玻璃杯里加冰块，又淡定地接了一点儿清水。

其他人根本看不出他这个举动有什么问题，但是顾晏觉得问题非常大——虽然很多年轻人喝水的时候喜欢在水里加两块冰，尤其是在亚巴岛的夏季……但这绝不包括燕绥之。

这人喝水从来都是温水，什么时候加过冰块？

某人不会打算给安检门泼水吧？顾晏有点儿头疼。

劳拉和艾琳娜依次从两扇检测门里走过，每过一个人，检测门都启动一回，提示灯是安安静静的绿色，一切运转正常。

这两人通过检测门的时候，燕绥之端着那杯冰水从厨房里出来了。其他人都在忙碌，只有顾晏的目光始终投向他身上，准确地说是落在那杯冰水以及握着玻璃杯的瘦长手指上。

他看见燕绥之走过来的时候，被揉着脖子吊儿郎当去排队的少爷们轻撞了一下，伸手扶了一下检测门的门框。

不过，那杯水并没有被顺势倾倒在检测门链接的端口上。

这既是意料之外，又是意料之中。

那么那杯冰水……

顾晏正想着，不远处的燕绥之喝了两口冰水，又对凯恩点头笑了笑，应了一句："什么？智能机需要摘？好的，没问题。"

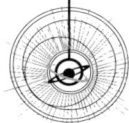

紧接着，顾晏就看见他把水杯搁在了茶几上，顺便把手上的指环智能机摘下来。

燕绥之刚直起身，就感觉自己的手腕被人抓了一下。

他一愣，顺着抓他的手看过去，就见顾晏将他上下扫了一遍，然后蹙着眉冲另一扇检测门抬了抬下巴，说："你在那边，两边交错进门，水等会儿再喝，别乱插队。"说完，顾晏便松开了手。

燕绥之愣了一下，笑道："我知道，排第九嘛，怕我插队丢你的脸？"说着，他朝那扇检测门走了过去，两手空空，看起来非常安分守己。

当然，这只是看起来而已。

事实上，燕绥之手里是有东西的——从冰箱的某个玻璃盆中拿出来的几粒黑豆。

要说基因变动，亚巴岛上供给的蔬菜水果大多属于这类，否则它们在这边根本种不活。也就是说，满冰箱都是燕绥之可以利用的东西，他只是在夹冰块的时候，随手摸了最小的而已。

刚才他扶住一扇检测门的时候，往夹缝里塞了两粒黑豆。这次经过另一扇检测门的时候，他借着横插过来的乔治·曼森的遮挡，又把剩余两粒黑豆随手塞进了门内侧的缝隙里。

这样一来，只要门启动一次，扫描人的同时，会连带着把黑豆也扫一遍。

燕绥之在队尾站定的时候，排在第三位的格伦刚好走到了检测门里，脚踩对位置的时候，检测门自动启动，扫描灯很快从他脚底到头顶过了一遍。

格伦两只手插在兜里，表情透露着轻微的傲慢和不耐烦，大约觉得自己在配合一件很没必要的事情。

扫描灯刚过头顶，他就已经迈了步子，紧接着检测门顶端的红灯毫无预兆地亮了起来，电子音机械地报着结果："警告，有基因更改的痕迹！警告，有基因更改的痕迹！"

格伦当即愣在原地，活像一只被掐住脖子的鹅。

他愣住的同时，另一扇检测门里，第四个人的扫描也刚好结束。紧接着红灯也亮了起来，同样的警报声响成了二重奏。

呆头鹅又添一员。

"我什么时候改过基因？我家基因这么好，我脑子得被枪打成筛子才干得出这么傻的事！"格伦见有人作陪，顿时活了过来，张口就开始骂。

问题是他骂归骂，说的内容似乎还挺有道理，听得凯恩一愣一愣的，默默地揉了揉太阳穴。

"检测门究竟修好没有啊？"

"没修好急着拖过来是不是胡闹？"

"搞什么？"

凯恩警长是一个很倔的人，就算检测门是坏的，也要全部走一遍证明它坏得彻底才算结束。

于是他咳嗽一声，勒令众人："继续走，不要停。"

于是第五位、第六位、第七位检测者，无一例外"满江红"。

顾大律师已经看醉了。

不用查他也知道究竟是谁搞的鬼，某人一出手就是损招，直接拉上全员同归于尽。

等到他从检测门里走过，扫描灯从脚到头扫描了一遍，然后熟悉的警报声毫不客气又响起来，他的脸已经瘫得不能更瘫了。

顾大律师刚在门那头站定，这边燕绥之也站在了门里，被扫描灯照着。

这两扇门是一个系统，为了方便记录，两边的人又错开了，所以到他这里刚好是第九位，一个不差。

燕大教授本来的预想是，后面的人包括他自己都亮红灯，这样泯然于众，毫不突出，完美。然而扫描完一遍，他头顶的检测提示灯闪了闪，居然"叮"的一下变绿了。

燕绥之："……"

顾晏："……"

知道原委的顾大律师简直要气笑了，不知道是气自己多一点儿还是气某人更多一点儿。

绿莹莹的灯光映得燕大教授的脸也是绿的。

唯一值得庆幸的是，之前劳拉和艾琳娜检测也亮了绿灯，刚好跟他一头一尾。粗略一看，就好像是检测门发了一回间歇性的瘟病，到他这儿又正常了。

不管怎么说，两扇门的可信度已经降为零，老实的凯恩警长一脸郁闷，冲下属挥了挥手，说："算了，算了，修的什么玩意儿，让他们重修，彻底修好

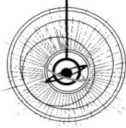

了再说。”

经此一闹，检测被迫取消，警员们老老实实掏出光脑给每人做信息登记，然后是例行询问。

询问得单个进行，以免串通说辞。凯恩划分了一下下属，两人一组，询问地点就在别墅内各个客人的房间里。

这座中心别墅的设计有点儿像圆堡，一层的客厅处于内环，里面包含厨房、餐厅、卫生间，甚至还有健身区和一块圆舞池。客厅外层是一圈走廊，连接着几间宽大的卧室，乔治·曼森就住在一楼的一个套间里。

这一整个下午，他除了去卫生间的时候跟凯恩打了一声招呼，就再也没有开口说过话，状态非常差。

听说要单独询问后，他又神色恹恹地站起身，先于所有人朝自己的卧室走。

负责他的两个警员交换了一个眼神，匆匆地跟了上去。

“曼森好像后怕得厉害啊……”叫格伦的人咕哝着。

乔因为柯谨，这一整天都有点儿懒得搭理这帮发小，没有应声。倒是坐在他旁边的劳拉回了一句：“我上岸的时候听他说过一句话，好像那海蛇最初是奔着他去的，后来被赵先生挡了一下，就转移了目标。”

好几个人都露出了诧异的目光。

艾琳娜感慨道：“要真是这样，那他确实会后怕，而且不只是后怕吧，毕竟赵先生还昏睡着呢。”

“不太可能吧？”格伦挑着眉，“还有这种事？”

这些少爷们心知肚明，他们之所以玩得不错，并不是真的感情有多深，更多的是利益牵连、背景地位相似。在这种前提下，居然会有一个人冒着生命危险去给另一个人挡海蛇？根本无法理解嘛。

格伦的话语里带着轻微的嘲讽。

乔拿后脑勺对着格伦那边，冲着顾晏使了一个眼色，然后翻了一个惊天大白眼。

凯恩警长又拍了拍手，板着脸催促道：“女士们先生们，劳驾动一动，别闲聊了，回你各自的房间，我的警员会简单询问你们事发当时以及前后的一些情况，希望你们配合一下，知道什么说什么，不过不要过度发散臆测，说事实就可以了。"

客厅里的众人陆陆续续地站起身，有几个少爷已经带着警员往旋转楼梯上走，格伦则带着两人去了电梯口。

去电梯口会经过乔治·曼森的房间，燕绥之他们没走几步，就听见格伦的声音从外围走廊传来："曼森，你的房间遭受过地震吗，乱成这样？"

乔又翻了一个大白眼，对顾晏和燕绥之嘀咕："我的老天，我真的要考虑下回喊不喊曼森了，每回喊曼森，曼森都要把格伦这个家伙带上，这人整天觉得自己连头发丝都比别人金贵一点儿，其他人都不值钱，就他浑身全是宝，什么毛病！以前曼森被他带得满嘴傻话，这两年估计脑子被洗过了，正常不少。不过他家跟格伦家一天不崩，他就得继续带着那个家伙。这样一来，窒息的人就是我，我真的要考虑一下了。"

他撒豆子似的抱怨了一长串，然后冲两人打了个招呼，带着柯谨往房间走。

"先生，询问必须单个进行。"警员提醒他。

乔道："我跟他合并一下吧，再加一名医生，放心，串不了说辞。他如果能开口跟我串一句，我能把全联盟的烟花买回来放了。"

那两个警员转头为难地看向凯恩。

凯恩充分发挥了其棒槌的特色，一点儿情面不讲，说："分开，可以给柯先生配一名医生。"

乔说："我考过精神科方面的行医执照。"

凯恩问道："在职医生？"

乔扭头爆了一句粗话，抹了一把脸，冲凯恩道："你知道你为什么一直升不了职吗，朋友？"

凯恩点了点头，说："知道。"

乔："……"

事实上，乔和凯恩的私交也不错，但碰到公事时半分情分都看不出来。

两人大眼瞪小眼对峙了半天，乔终于屈服，说："那你们询问的时候，我能在门口看着吗？不说话就看着，我怕他不小心受刺激了又开始难受。"

凯恩想了想亚巴岛警署书架上的所有相关法律法规，没找到反驳的，总算松了口："可以。"

燕绥之在旁边看了全程，觉得这位少爷也挺神奇的，都说物以类聚，人以

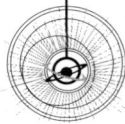

群分，他从小就跟曼森、格伦那些人混迹在一起，居然长成了现在这种样子。

"走吧。"顾晏从乔那边收回目光，说了一句。

燕绥之和顾晏各带着两名警员朝所住的小楼走去。当经过走廊门时，燕绥之的余光瞥到了乔治·曼森的房间，从他的角度只能看到一小部分，但足以让他明白之前格伦的那声惊呼是什么意思。

乔治·曼森的房间是真的可怕，地上散乱着各种酒瓶酒杯、衣服袜子、雪茄盒……乱得让人揪心。

就这房间，不装警报器都不用担心进贼，因为贼都没有下脚的地方，一个不小心还会踩错东西，叮叮当当地惊动人就算了，指不定还会摔一跤。

嘭——

这想法刚从燕绥之的脑海闪过，曼森房里的一个警员就被绊了个跟头，撞到床边。

另一个警员的提醒声中气十足："你看着点儿脚下。"

然而乔治·曼森却一点儿要收拾东西的迹象都没有，只是在窗边坐下，举起玻璃杯，把杯底剩的一点儿红酒喝了。

就他这反常表现，绝对是警署重点关照的对象。

燕绥之摇了摇头，迈步穿过了走廊。

他们住的小楼距离这里远一点儿，但是视野开阔。他的房间和顾晏的房间门对门，阳台外是大片的海滩和浩瀚的海洋。

顾晏领着两个警员进了屋，关房门的时候朝他这边瞥了一眼，冷淡中似乎含着莫名的意味。

燕绥之关上门，琢磨了一下。

他的第一反应是之前过检测门时不合群的绿灯让顾晏注意到了，毕竟律师多少都有点儿职业病，一旦注意到某些事情就会往各种思路发散，拔萝卜带泥，就看对方往哪条逻辑线上发散了。

不过说到那个绿灯，燕绥之的眉心轻微皱了一下。

他明明做了干扰，事实证明干扰也确实有效，怎么其他没做过基因手术的都红了，偏偏他这个做过手术的亮了绿灯？

算下来只有两种可能——

一是他的干扰让检测门真的陷入了紊乱；二是检测门还受到了另一重干扰。

也就是说，除了他之外，还有别的人对检测门动了手脚。

"阮野？"警员突然出声打断了他的思绪。

燕绥之目光一动，笑了一下，说："抱歉，我刚才有点儿走神。"

"没关系，可以开始询问了吗？"

"当然。"

8

"曼森先生，曼森先生？"

负责询问的警员接连喊了两声，负责记录的警员再度中气十足地道："曼森先生，请配合我们的工作，把酒杯暂时放下好吗？"

乔治·曼森猛地回神，晃了晃手里已经空了的红酒杯。

警员盯着他的手指，微微皱起了眉，因为这位少爷握着酒杯的手不知道为什么在发颤。

乔治·曼森放下酒杯，搓了搓手指，终于说了进房间后的第一句话："你们别看了，我喝多了酒，手指就有点儿不听使唤。"

地上到处是酒瓶，但他看起来并没有醉，说话的时候既不大舌头，也没有逻辑混乱，更没有莫名的兴奋或是眩晕，可见这位少爷是酒池子里泡大的，这些酒对他来说不算什么。

"你确定现在的状态还好吗？"警员看着他的手指，皱了皱眉，"如果需要的话，可以让医生——"

"不用了。"乔治·曼森打断道，"你们有什么要问的尽快问，问完我想睡一觉。"

"好吧。"警员点了点头，这种配合态度不怎么样的人他们也不是第一次见了，但是职责所在，能忍就忍。

他看了一眼凯恩警长给他们着重标注的问题清单，先挑了几个简单的问了一下，让乔治·曼森适应问答的节奏，然后才转到潜水的主要事件上来。

"杰森·查理斯的潜水服后来被证实穿在了赵择木先生的身上。"警员道，"下水前你们有人注意到吗？"

乔治·曼森说："没有。不只是我，我想他们几个也都没注意到。那时候我们只想着赶紧下海爽一爽，衣服都是拿起来就穿，谁能想到会穿错。"

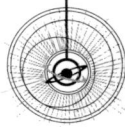

"杰森·查理斯和赵择木先生发生过什么不愉快吗？"

乔治·曼森说道："不知道，不过杰森·查理斯是一个很……不像律师的律师，很少有咄咄逼人的一面，有点儿老好人，不容易跟人起冲突，况且这两人交集不多。"

"那柯先生和杰森·查理斯之间呢？"

乔治·曼森用一种一言难尽的目光看着警员，说："你们要用正常的思维去解释一个病人的行为？"

"好吧。"

警员沉吟了片刻，终于试着聊一下重点："事情发生之后，你的反应始终有点儿反常，情绪很不对劲。"

乔治·曼森垂了一下眼皮，活动了几下手指，说："我有很反常？"

"对，你虽然一直在配合着回答问题，但是情绪上始终有点儿……"警员斟酌了一下用词，"有点儿过于消极了，能解释一下吗？"

乔治·曼森这次沉默了好一会儿。

当警员以为他要抵触到底的时候，他又恢恢地开了口："其实也没什么，只是我以前碰到过一次潜水事故，这次的事让我又想起当初了。"

"什么样的事故？"警员又深入问道。

乔治·曼森在无人注意的时候，牙关咬了一下，又很快松开了。

什么样的事故呢？那已经是很多年前的事情了。

他觉得自己的记性应该不算差的，但是这么一回想，居然有点儿说不清究竟是几年前了，甚至那次事故的细节他都不记得了，只能想起一些模糊的片段，就好像那些记忆有意识地躲藏着，不让他抓住，又或者他潜意识里更倾向忘掉那件事。

那应该是在德卡马的一个度假海湾，那时候的他应该还在念中学，或者更小？总之他年纪不大，却已经是一个潜水老手了。

他非常自傲，很讨厌潜水的时候有人跟着，认为那都是生手才需要的。每每下水，他都会勒令其他人离远点儿，甚至让人帮忙拦着教练，然后那些保镖就真的没再跟着，放任他单独下了水。

那时候的乔治·曼森甚至很得意，觉得自己的话很有威信，他怎么说其他人就怎么听。

乔治·曼森沉默了一会儿，对警员道："很简单的事故，我忘记检查潜水用具了，调节器有点老化，O形圈变形以至于密封性出了问题。"

当天具体的细节他已经不记得了，只记得自己潜到深处才发现调节器的咬嘴有点儿漏气，过多的气体毫无章法地往他嘴巴和鼻腔里钻。

警员问道："我很抱歉，后来你被教练救了？"

乔治·曼森摇了摇头，说："没有，被一个陌生人救了。"

那人在深渊之下捞住了他，似乎还给他调整了调节器，但是那时候的他惊慌至极，抓到一个人就像抓救命稻草一样拼命扯住，可能也让对方体验了一把濒临溺死的挣扎感。

"混乱中，我根本没有看清他的长相，只记得他抓住我的手指很白……"乔治·曼森陷在回忆中，"非常白，应该是一个年轻人，手指很瘦很长，但是手劲非常大，而且他非常冷静。"他顿了片刻，又重复了一遍，"非常非常冷静。"

他后来试着查过救他的人。那个度假海湾的潜水用具是分区放置的，他每次去潜水，都是从VIP6柜的四套装备里随便拿。而很巧的是，当时救他的那个人也是用的VIP6柜的装备，调节器同样被动了手脚，一样是O形圈变形导致的密封性问题。

也就是说，对方在水下很可能跟他碰到了一样的事，咬嘴漏气，难以正常呼吸，但是对方显然比他沉稳从容得多，不仅能应对突发问题，甚至还救了一个人上岸。

警员听了，赞赏了一句："你碰到好人了。"

乔治·曼森没答话，过了片刻才点了点头，道："是啊，好人。"

十来岁的乔治·曼森能力有限，始终没弄清那个救他的人是谁。

等到很多年后，他终于能动用更多力量去查的时候，已经查不到什么有用的信息了。

"所以那次事故只是一场正常的意外？"警员问道。

事实上恰恰相反，那根本不是一场意外。那件事过去半年后，他无意间发现，当初在潜水装备上动手脚的人有很大的可能来自他自己的家族，他那两个"亲爱的"哥哥。

因为整个VIP6号柜的装备都被破坏过，所以随便取一套都会陷入事故。那个救他的人，应该是受了他的牵连。

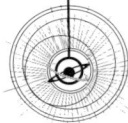

这个事实让乔治·曼森一度陷入极端的颓废中，疑神疑鬼，谁也不信。他开始跟着格伦那样的人鬼混度日，过着酒池肉林的生活，一年有三百天是醉着的，好像生命已经不是生命，可以尽情糟蹋，随意挥霍。

所有人都说，那几年他疯得有点儿厉害。

在那之前，他还是勉强有几个朋友的，比如乔、赵择木，还有圈子外的几个同学。

在那之后，真朋友也慢慢疏远成假朋友了，只剩下利益牵扯和虚假寒暄。

现在其他人再谈论起来，只记得他们是场面上的"朋友"，不记得年纪小的时候也有过两肋插刀的冲动。

"曼森先生？"警员有一点儿郁闷，询问对象总走神还叫不回魂。

"抱歉，我只是习惯性地开始思索那个救我的人会是谁。"乔治·曼森说完，回答了警员刚才问的问题，"你说那是一场意外？是的，当然是，只是我粗心大意而已。"

警员问道："你一直没找到救你的人吗？"

乔治·曼森点了点头，说："是啊，不知道为什么，我虽然对他没有具体的印象，但总是笃定他很年轻。能用 VIP6 号柜的装备，说明他也是一个富家子弟，或者年轻有为？除此以外，我一无所知。"

与此同时，靠近灯松林的那幢小楼三楼的套间里。

警员在问燕绥之相关的问题："你的潜水技术很好，但你一个下午都坐在岸上，始终没下水。你刚才说很多年没潜水了，为什么？"

"没钱。"燕绥之特别坦然地说。

警员："……"

燕绥之为了符合现在的人设，还晃了晃手指上的智能机，含着一抹无奈的笑意道："穷学生，早先还有点儿底子，现在已经没有了。"

警员想了想信息栏里阮野的个人资产，表示万分同情。

这个实习生本来不在他们的重点问询名单上，毕竟他是临时被带来的，跟这里的人交集最少，互不相识。就算杰森·查理斯的潜水服被换是有人蓄意为之，也不会跟他扯上关系，完全找不到动机嘛。

在警员低头翻看凯恩警长的问题清单时，燕绥之的目光投向了阳台外的海滩上。

别墅大门外靠近灯松林的海滩尽头，有几个维修人员正光着膀子，翻来覆去地查看那两扇检测门。燕绥之正看着他们所在的地方微微出神。

事实上，整场询问他都在走神，只不过警员没有看出来而已。

他在脑中复原了之前过检测门的场景，又找出了好几处疑点，一个串一个，那些曾经被他满不在意略过的细节最终织成了几条逻辑线。

当问询全部结束的时候，天色早黑透了。

“我们需要整理一下所有人的记录，以便给这次的事件定性。”凯恩道，“在定性结果出来之前，我会派一支小分队在别墅区守着，今明两天进出可能会受到一些限制，但是我保证，最迟明天下午一定给诸位一个答复。”

听说明天就能解决，几个被耽搁时间的客人都松了一口气。

格伦信誓旦旦道：“就以往的经验来看，但凡警方一两天就能给出定性的事情，都严重不到哪里去，这说明今天的询问内容并没有什么值得激动的地方。信我吧，这次的事情十有八九只是一场意外，警方肯定也这么认为。”

这个公子哥儿憋了两天，赌瘾上头，在大厅里转悠了一圈，让人下注来一把，不过被大多数人婉言谢绝了，于是噘着嘴咕哝了一句：“真无趣，曼森也在犯病，连一个有趣的人都没有。”

“跟他处在一个空间，我不用喝酒就醉了。”乔冲顾晏和燕绥之这边眨了眨眼，然后让厨房把事先准备好的餐点端上了桌。为了配合警署工作，他特地没让仆人上烈酒，只有几瓶甜酒，以免有人喝昏了头。

众人这一天经历的事情有点儿多，一个个的都显得有点儿精神不济，用餐的时候非常安静。偶尔有人说话，都压低了声音。

当乔将最后一块鸡胸肉放进嘴里的时候，用手肘拱了拱身边的顾晏。

顾晏“嗯”了一声，示意他有屁快放。

“我怎么觉得你家实习生总在看你？”乔小声说道，“你做了什么？还是他想跟你做什么？”

顾晏被牛排呛住了，蹙着眉喝了一点儿酒，然后问道：“你知道你大学辅修心理学为什么连考三次都不合格吗？”

乔揉了揉被“捅刀”的胸口，嘀咕：“可他确实从你这儿扫了好几眼，而且你一个从来不插手别人事情的人，光是这一天就管他多少回了，这在我看来

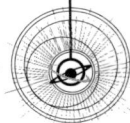

真的反常。"

顾晏没答话，他修长的手指捏着玻璃杯，神色冷淡地晃了一下杯里浅琥珀色的酒，垂着的目光投向酒里。

又过了片刻，他喝完最后一口酒，沉声应了一句："是吗？"

他没有立刻去证实乔的话，而是不紧不慢地吃完了晚餐，又擦了嘴角。在餐厅灯光的掩映下，他隔着小半张餐桌朝燕绥之看过去，又在燕绥之抬头前，淡淡地收回了目光。

乔莫名觉得气氛似乎不太对，但又说不上来哪里不对，反正他坐在中间莫名紧张。

第二章

1

因为用餐时间晚，所以各位客人回自己小楼的时间更晚，晚到灯松林已经飞满了灯虫。

燕绥之把大衣挂在房间的衣架上，穿着简单的衬衫长裤，抱着胳膊倚在阳台门边。

海滩上的某一角吊着两盏白灯，那帮维修人员还在跟那两扇检测门较劲。他看了一会儿，转身敲响了对面顾晏的卧室门。

没过片刻，门开了，顾晏按着门框，目光将他从上到下打量了一番，也没问有什么事，就点了点头，淡声道："进来吧。"

回来有一会儿了，他的衬衫扣子却一颗都没解，并没有要休息的架势，似乎还在琢磨什么东西。

燕绥之一眼看见了阳台外的灯松林，挑了挑眉，道："果然还是你这边风景好。"

"你是来借阳台看风景的？"接了一杯清水的顾晏撩起眼皮看他。

"差不多吧。"燕绥之顿了一下，又道，"我顺便来跟你讨论一个问题。"

智能机的振动声应着这句话的尾音响起，顾晏拿了两杯清水出来，没手戴耳扣，便干脆用小指敲了一下杯壁，直接接通通信。

通信连接成功后，全息屏自动跳了出来，对方通信号显示在屏幕上的同时，声音也在房间里响起。

"顾，在忙吗？我看你一天都没回音，就是想问问，之前给你的那个干扰检测门的程序对案件有帮助吗？"

对方的语速特别快，情绪非常饱满，咬字格外清晰，想听不明白都不行。

正把清水递给燕绥之的顾大律师闻声手一滑，一个杯子掉了，"哐当"一声，

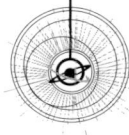

泼了一地凉水。

燕大教授垂着目光，沉默地看着杯子。

顾大律师也垂着眼皮，一言不发地看着杯子。

两人不约而同，面无表情地给满地玻璃碴开"追悼会"。气氛令人窒息，说不清谁比谁尴尬，谁更需要冷静一下。

但是老天总是这么不尽如人意，偏偏安排了一个棒槌在旁边叫魂。

"顾，你在听吗？咦，难不成信号不好？"对方嘀咕了一句，窸窸窣窣也不知道在翻什么，过了两秒又开始说，"我这里信号没问题啊，顾，能听见我说话吗？"

顾晏终于"追悼"不下去了。

他"啧"了一声，瞥了一眼通信屏幕上对方设定的那张傻脸，默默闭了一下眼，道："听见了，我这里有点儿事，稍后给你拨回去。"

"啊？"对方没反应过来，"不是，我也没什么大事，不用回拨，就只是问你一下那个程序软件你试得怎么样，干扰成功了吗？"

顾晏冷着一张俊脸，沉默了两秒，缓缓回道："结果挺刺激，谢谢。"

对方不明所以。

顾晏没有再说废话，直接切断了通信，房间顿时陷入了寂静中。

装死半天的燕大教授终于撑不下去了，他轻轻吐了一口气，颇有点儿破罐子破摔的意味，然后抬眼对上了顾晏的目光。

两人对视了片刻，好一会儿后，顾晏先别过头，不知是有点儿懊恼，还是单纯表达眼不见为净的意思。

"看来，我原本想跟你讨论的问题已经没有讨论的必要了。"燕绥之缓缓说完，停了一下，又道，"但我又有一个新问题想问你。"

顾晏依然没有看他，只动了动嘴皮，吐出一个字："说。"

"暴露身份的是我，怎么你看起来比我还尴尬？"

顾晏："……"

顾晏简直要气笑了。

"你把我的戏份都抢完了，弄得我反而不好意思尴尬了。"燕大教授说着，还微微笑了一下，显得特别不是东西。

某些人大概天赋异禀，随随便便一句话就能把人气得不知道怎么回他，偏偏又不是什么涉及人品道义的大事，气归气，你还没法跟他较真。

仿佛场景重现……

两人面前如果放上一张院长办公桌，燕绥之身后再放上一把办公椅，就和许多年前院长办公室里时常出现的场景一模一样。如果按照原剧本，下一秒，顾同学就该气不打一处来，冷着脸转身摔门走了。

他一走，燕绥之就更用不着尴尬了，皆大欢喜，非常完美。

然而顾晏只是捏了捏鼻梁，冷着脸冲阳台那边的椅子一指，说："你过去待着，我先把这一地的玻璃收拾了。"

"你怎么不摔门了？"某人的语气竟然还挺遗憾。

顾晏："……"

他瘫着脸看了燕绥之片刻，冷漠地说："如果没弄错的话，这是我的房间，我为什么要摔门离开？"

顾同学毕业多年，年轻有为，翅膀硬了，早已经不是当年那个气一气就跑的冷脸学生了，还有胆子指挥老师了。他又冲阳台的方向抬了抬下巴，示意燕绥之赶紧过去老实待着，别站在这里气人。

说话间，卧室门被人"嘭嘭嘭"敲了三下，别墅内安排的服务人员格外有礼貌，问道："顾先生，我刚才听见有东西摔碎的声音，需要清理吗？"

顾晏看了燕绥之一眼，转身打开了房门，对门外的服务生点了点头，淡淡地说："碎了一个杯子，劳驾你收拾。"

这些服务人员都训练有素，毕竟在这片别墅区里出入的都是有头有脸的人物，无论发生什么事，他们都不喜欢被人议论猜测。

服务生带着两个人上来，目不斜视地直奔碎玻璃，很快把那些玻璃碴和水迹清理干净了。为防止有漏网之鱼硌人，他们又在那块地方铺上了一层地毯。

这些人忙碌的时候，全程堵着门，燕绥之也不方便出去，何况他还有一些事要跟顾晏再确认一遍，便老老实实地在阳台的木藤椅上坐下了。

当最后一个服务生退出房间的时候，顾晏在门边跟他低声交代了两句，那服务生点了点头，匆匆下楼，没过片刻又上来了，给了顾晏一个白色的小盒。

"谢谢。"

"应该的。"

服务生一撤，顾晏重新关好了门，他不紧不慢地走到阳台边，把手里的白

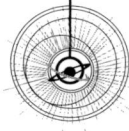

色小盒丢在了圆桌上。

燕绥之瞥了一眼白色小盒，没反应过来那是什么。他本打算问点儿什么，然而站在近处的顾晏太高了，他说话还得仰着头看。于是他没好气地道："你先坐下。"

顾晏垂着眼皮看了他片刻，弯腰把白色小盒打开，从里面抽了一根棉签。

他弯下腰来，压迫感便没那么强，于是燕绥之看着他手上的动作，顺口问了一句："你什么时候看出来的？"

顾晏的手指顿了一下，没抬眼。他在盒中挑了一瓶温和点儿的消毒剂拧开，倒了一点儿在盖子里，轻微的薄荷味浅浅散开。

顾晏问道："你要听真话还是假话？"

燕绥之换了一个更放松的姿态，朝后靠在了椅背上，说："听假话做什么？"

顾晏垂着目光，认真地将棉签一头蘸满消毒剂，顺口答道："谁知道呢，也许你想听一听假话，以便自我安慰一下。"

"你说真话。"

"真话？"顾晏终于抬起眼皮扫了他一眼，"如果说怀疑，就是来律所的第一天。之后的每一天，你都能干出点儿事来加深我的怀疑，我真正确认是在酒城。"

燕绥之略带遗憾地说："我以为最少能坚持一个月。"

顾晏一点儿面子也不给他，说："恕我直言，我没有从你的行为上看出丝毫'坚持'的迹象，可能你藏得太深了吧。"

被讽刺的燕大教授顺了顺自己的脾气，又道："可是这才多久，有一个礼拜吗？酒城那边的时间过得比德卡马快，满打满算也就六七天吧。"

顾大律师淡淡道："是吗？我以为已经六七年了。"

燕绥之："……"

顾晏拐弯抹角的讽刺使人度日如年，他怎么收了这个倒霉学生？

"虽然我确实没用心演戏，但也还行吧？"燕大教授开始摆例子，"你看劳拉、艾琳娜、杰森他们就没认出我。其实正常人都不会那么快反应过来，毕竟我已经'死'了。这种普遍的认知一旦形成了，就很难被修正，更别说看见一个略有一点儿相似的人，就猜是做了基因修正……"

这人说话毫不避讳，说完一抬眼，才发现顾晏微微皱了一下眉。

燕绥之蓦地想起之前被扯走的黑色被子、被推拒的白色安息花，还有一些小而又小的细节。当时他没怎么在意，现在再想起来，突然有了一点儿别的滋味。

燕绥之很难形容，但他心里某一角倏然软化了一点儿。他停顿片刻，又改了口："我是说，在他们的认知里，我已经'死'了。"

顾晏可能没想到一贯无所谓的燕绥之会改口，微微愣了一下。

灯松林万千灯虫的光从阳台外侧投来，映得燕绥之的眼睛一片清亮，像夜里盛着月色的湖。

"顾同学，我都改口了，眉头就别皱了吧。"燕绥之眼里含着笑意。

有那么一瞬间，顾晏的眉心下意识皱得更紧了一些，不过他自己很快反应过来，倏地松开了眉心。他垂下目光，没答话，而是冲燕绥之的腿抬了抬下巴，说："你的右脚抬起来一点儿。"

"嗯？"

"你应该是刚才被玻璃溅到了，流血了没看见？"

燕绥之闻言，低头看过去，才发现自己的右脚脚背被飞溅的玻璃划了一道口子，伤口应该不大，但渗出来一片血，他皮肤又白，衬得伤口格外扎眼。

"我还真没注意，小口子而已，破一点儿皮哪里算伤，不用管它。"燕大教授本来还跷着二郎腿，放松又优雅，被顾晏这么一指，非但没把右脚抬高点儿，甚至下意识要把右脚放下去。

但顾晏已经把沾上消毒剂的棉签递到了他面前，他只好接过棉签，弯下腰给伤口上药。

混杂了薄荷味的消毒剂落在脚背上，有点儿凉。这是各类消毒剂里最温和的一种，进伤口里也不会疼。

燕绥之上好药后，顾晏垂着目光，神色一如既往的冷淡，说："你还真被菲兹说中了，出门一趟伤一次脚。"

"这脚说不定要瘸。"当顾晏收拾好白色小盒离开阳台的时候，燕大教授看着脚背上的小口子幽幽地想。

房间里传来哗哗的水流声，顾晏重新拿了两个玻璃杯，洗干净后接清水。

燕绥之看着他的背影，在水流声中问了一句："既然你那么早就看出来了，为什么不告诉我？"

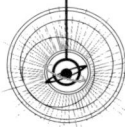

水声没有断，顾晏也没有回答。

不知道是他没听见，还是在思考怎么回答更为合适。

床边的墙角放着单人用的冰箱。顾晏端着两杯清水出来，扶着冰箱门，弯腰在里面翻找了片刻。一阵窸窸窣窣的轻响声后，他在其中一杯清水里放了一片绿色的叶子，又夹了三块冰块。

冰块磕在杯壁上，发出"哐当"两声响，听的人都能感觉到一股沁凉。

顾晏就是在这沁凉的背景声中开了口，非常不经意地答了一句："看戏，我看看你能演到什么程度。"

燕绥之："……"

这对话如果其他人听了，保准能气晕几个，剩下的就算不晕，也舒坦不到哪里去，但是燕绥之是一个例外。

"你要是早点儿显露出这一面，就别指望好好毕业了。"他嘴上这么说，眼里却依然含着一点儿浅淡的笑。

对于顾晏的说话风格，尤其是对他的说话风格，他还是有点儿了解的——说出来的不一定是真的，但一定是最不中听的。

换言之，真话一定比这句好听不少。

其实幸亏顾晏一直没说出来，拖到了今天，如果他确认的时候就摊了牌，那可能是另一番结果了。

燕绥之这人远没有看起来那么好亲近，他很随性，什么都不太在意，但想要从他那里获取全然的信赖，太难了。

他总是有所保留，可偏偏从面上根本看不出来他对你保留到什么程度、有着什么样的评价、更亲近你还是更相信别人。

如果顾晏刚发现就摊牌，那么之后的很长一段时间里，他可能都没法从燕绥之嘴里听见一句真话了。正是因为多拖了几天，而这几天里发生的诸多事情足以让燕绥之相信，他是帮着自己的，没有其他立场，完完全全地跟自己站在一条战线上。这比什么解释和说服都有用，至少在燕绥之这里更有用。

顾晏端着两杯水在燕绥之对面的藤椅里坐下，把装着清水的那杯搁在了燕绥之的面前，放了叶子和冰块的留在了自己的手里。

他行动间带起了微风，裹着那杯冰水的味道飘到了燕绥之的鼻前。

燕绥之闻到了一股清爽又冷淡的薄荷味。

"薄荷叶？"他冲顾晏那杯水抬了抬下巴。

"嗯。"

"泡了薄荷又放冰块……"燕绥之"啧"了一声，"凉性太大了吧，你上火了？"

顾晏淡淡道："还没，但我不保证过一会儿不会上火。"

燕绥之："？"

"我跟你说话前泡一杯这种水比较保险。"顾晏抬起眼，"你要问的都问完了，是不是该我问了？"

燕大教授心想：我当然没有问完，但是问话又不是出考卷，一道一道多死板啊。他喝了一口清水，水温不冷不热刚刚好。

燕绥之道："你想知道什么？说说看。"

顾晏沉吟片刻，道："你在爆炸前被人救出来了？"

燕绥之愣了一下。

这其实是最无关紧要的一个问题了，毕竟他正好好地坐在这里，这个问题的答案显而易见，根本不用浪费口舌再问。

他们在这一行做久了，聊正事的时候很少会说废话，丢出来的问题都是最关键的，得到一个答案，自己就能把其他部分串联上，不会问多余的东西。

顾晏这句问话就是多余的。

这不像一个问题，更像在通过燕绥之本人之口，再次认真地确认一遍：他还活着，他躲过了那场爆炸。

燕绥之看了他一会儿，一点儿也不介意给这个多余的问题一个答案："对，有人帮了忙，我死里逃生了。"

顾晏点了点头。

至此，问题才开始回归正轨。

"那天晚上发生了什么？"

燕绥之说："不知道。"

顾晏皱起了眉。

"你别皱眉了，我真不知道。"燕绥之没好气地说，"报道上的内容有一

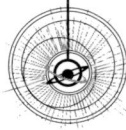

部分是真的，我确实胃疼，在酒店直接睡过去了。"

顾晏又问："那救你的人说过些什么？"

燕绥之说："没有。"

顾晏："……"

"确实没有，只说提前把我弄出来了。"燕大教授心想：我什么时候向人这么解释过一件事啊？还是一个连好听话都不会说的倒霉学生。

顾晏再问："救你的人是谁？"

燕绥之说："不知道。"

顾晏："……"

三个问题问完，顾大律师默默地端起薄荷水喝了一口。

燕绥之："……"

他放松地靠在椅背上，两只手交握着搁在身前，一声不吭地装了一会儿无辜，然后在顾晏放下玻璃杯的时候开口道："事实上，我从爆炸那晚一直昏睡到了这个月下旬，也就是去律所报到的前几天。我醒过来的时候，身边有这个——"他抬起手指，晃了晃指环智能机，"也只有这个。"

他选择性地挑了重点给顾晏讲了一遍事情原委，然后笑了一声，道："刚才你的通信器接通的时候，我听见那个不知名朋友的话，有一瞬间怀疑过救我的人是你。"

毕竟单程的飞梭机机票和愁死人的余额，还真有点儿像顾晏的风格。

"我？"顾晏一脸冷漠道，"我可绝不会放任你自己处理那张飞梭机机票，而是直接把你弄到最偏远的星球，确保你翻不了天。"

这话同样不知真假，但听得人想把他吊起来打。

"你可真没有一点儿学生的样子。"燕绥之微笑着说。

顾晏撩起眼皮看了他片刻，不咸不淡地道："彼此彼此。"

"你进南十字律所是为了看卷宗？"

"不然呢？"燕绥之挑起眉，"我还真缺一份实习生的工作吗？"

顾晏一点儿不留情面地揭穿他："你的余额可能有异议。"

"你还有薄荷吗？"燕大教授一脸温和地问道，"我可能也需要来一片。"

顾晏权当没听见，一脸正经道："爆炸案的卷宗我翻过几次，在不知道内情的前提下，确实看不出有什么漏洞，证据链完整，动机清晰，口供也没有问题，庭审记录非常正常，是一个铁闭环。"

可以风平浪静结案，连社会争议都不会有。

事实上，那个案子确实没有引起什么争议，报道和议论的焦点永远停留在被牵连的年轻院长有多么倒霉上，还有一部分人则怨愤精神病这块免死金牌。

对于案件本身，所有人都安然接受了，除了燕绥之和顾晏，可能再没有人对此产生过疑问。

"你这么说的话，那我岂不是不用再浪费时间重翻一遍卷宗了？"燕绥之扬起嘴角。

"我能给你开的权限都已经开了，翻不翻卷宗，翻几遍，你自便。"顾晏说着，停顿了片刻，他转了一下自己面前的玻璃杯，垂头看着那片薄荷叶在水中轻轻晃了两下，然后突然提醒了一句，"你在南十字的时候，别那么毫无顾忌。"

"你是觉得南十字律所也有牵连？"燕绥之对他话里隐含的意思理解得很快，准确地说，燕绥之也有过这样的怀疑，刚好跟他的想法不谋而合了。

"几个大律师不用管，有我。"顾晏说完，顿了一下，他可能意识到这个理所当然的语气有点儿不合适，但还是继续说道，"事务官少接触，在菲兹面前不用拘束，怎么自然怎么来。"

菲兹的性格说迟钝也迟钝，说敏感也敏感。像燕绥之那样肆无忌惮，她只会满脑子八卦，一点儿也不会觉得奇怪。如果哪天燕绥之变得规矩而谨慎，她反而会觉察到问题。

她的立场也许跟燕绥之和顾晏并不相对，很大可能她对背后的事情毫不知情，但是她毕竟是南十字律所的信息枢纽，很多人都会通过她了解一些事情。

"不过——"顾晏说着，话锋一转，"我还是建议你尽早离开南十字。"

燕绥之笑了一下，他不紧不慢地喝了一口清水，既没有点头也没有摇头，只是略微斟酌了一下，道："为什么？我倒觉得这样不错。线索不够的时候，我就自己抖一抖，抖点儿破绽出来，对方起了疑心，一定会主动找上门来，还省得我动腿了。"

顾晏："……"他就知道，某些人一开始就没有把羊皮披严实的自觉。

顾大律师瘫着脸，又喝了两口加冰的薄荷水，盯着燕绥之看了好半天，说不上来是瞪还是无语。

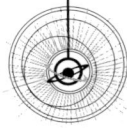

"挺好的主意，不是吗？"燕大教授随性惯了，毫无自觉。

顾晏喝完半杯薄荷水，用拇指抹了一下嘴角，冲房间门抬了抬下巴，语气特别横："回你房间去。"

燕绥之"啧"了一声。

然而"啧"是不管用的，顾同学铁了心不想再跟他废话，要把他扫地出门。

燕绥之也不恼，起身趿拉着黑色拖鞋，从从容容地往门口走。临出门时，他又冒出了一个想法："既然摊了牌，房间换一下怎么样？"

顾晏嗤了一声，朝阳台外的灯松林看了一眼，冷冷地道："你别想了。"

不懂尊师重道的东西。

燕绥之"哼"了一声，不再逗他。

只不过燕绥之在背手关门前，突然想起什么似的，回头冲他笑了笑，道："对了，我好像忘记说了，这些天辛苦了。"说完，燕绥之也不等他有什么反应，就替他关上了房门。

沙沙的拖鞋声一下子被阻隔在外，房间里陡然安静下来。

顾晏站在阳台边，靠着半扇玻璃门看了一会儿夜景，而后手指一动，调出了智能机的信息界面，给乔发过去一条消息："睡了没？帮个忙。"

2

第二天接近傍晚的时候，凯恩警长重新来到别墅区，给众人带来了一个半好消息。

"一个好消息是——"凯恩的目光从或站或坐的先生女士脸上一一扫过，"我们的杰森·查理斯律师成功脱离了危险期，一个小时前睁开了眼，清醒状态维持了二十分钟，并且他用弯曲和摇晃手指的方式为我们解答了一些问题。医生说，多亏了他偏胖的体形，给上升过程中的压力做了一定程度的缓冲……"凯恩警长说到这里，忍不住噘了噘嘴，"当然，他会出这样的意外也跟体形有关，所以希望在座各位勤加锻炼，保持健康身材。如果真的超重，就别执着于潜水这样的运动了。你们答应我，让自己活得更安全点儿，让我们少出几次警，好吗？"

客厅里的众人听着都笑了起来，一天一夜笼罩在海岛上的阴沉氛围总算有所消散。

"我就说杰森那样的老好人会长寿的。"劳拉他们明显松了一口气，高兴了许多。

燕绥之心里也轻松几分，不过并不是每个人都如释重负。

他不动声色地注视所有人，却发现至少有两个人神色跟其他人不大一样，似乎是在为其他事情困扰，又或者只是单纯走神。

一个是消沉了一天一夜的乔治·曼森，今天他打开房门出来的时候，还不小心带倒了一个酒瓶，以至于现在他的裤脚上还散发着烈酒的余味。

另一个是当时负责他们的教练陈章，他身材中等，长相普通，私下穿的衣服又总是灰色，在众人之中有些不起眼，之前总被人忽略。但在这时候，他的存在感就高了几分，因为其他人都在庆幸的时候，不知为什么他显得有些心不在焉，左脚一直以一种频率抖动着，很多人走神或是不安的时候，会有这样的表现。他的动作幅度很小，而且很快意识到并收住了。也许除了燕绥之，没有其他人注意到他。

不过每个人的表现总是复杂的，也许今天看着无辜的人，明天再看就觉得很可疑。这很难说是对方心理变了，还是观察的人心理变了，燕绥之干了这么多年律师，深谙这一点。

比起从细微表现推测对方可疑，他更倾向无证据无事实。

毕竟对律师而言，无罪推定是最不该动摇的准则。

所以他看了片刻，便平静地收回目光，听凯恩警长唾沫横飞地交代第二件事："另外半个好消息是根据杰森·查理斯律师给予的一些信息，再结合我们跟诸位之间的谈话，还有现场勘验的结果，这里绝大多数的先生和女士都已经解除了嫌疑。"

"那你为什么说是半个好消息？"

"因为我们希望得出的结论是严谨而没有漏洞的，所以有几个跟事件牵扯比较深的朋友，还需要再耐心等待一天。"凯恩警长解释道，"我们需要二次检验，如果能确认今天的结果无误，那么这次的事情就真的是一场意外，只是穿潜水服的时候互相拿错了。"

一般而言，一次检验的结果基本可以定性了，二次检验不过是凯恩作为一个耿直较真的人额外搞出来的而已。在场的大多数人都心知肚明，结论应该不会有什么偏差，也就是说，这次的事情基本是意外了。

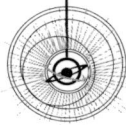

这么一来，众人的脸色真正放松下来。

天色渐暗，顾晏跟乔打了声招呼，他和燕绥之已经明确解除嫌疑，打算先走一步。

"行吧，我知道你手里的事情多得要蹦出来了。"乔早就习惯了顾晏的来去匆匆，表示非常理解，"本来我想让你放松一下脑子，没想到这次弄得这么扫兴。"

"这不是你能控制的。"顾晏道，"下回给你补一个聚会。"

"哎哟！"乔乐了，掏了掏耳朵，"你再说一遍？"

"我说，下回给你补一个聚会。"

乔大少爷晃了晃智能机，摇头摆尾地嘚瑟："我跟你们这群讼棍学的，录音了啊，谁不补聚会谁是孙子！"

顾晏平静地看着他。

乔说："平辈平辈，都是爷爷，都是爷爷。"

燕绥之心想：有些年轻人尿起来真的令人叹为观止。

"对了，昨晚你让我帮的忙——"乔说了一半，就发现顾晏的表情突然变得古怪，"你的脸怎么了？说绿就绿？"

燕绥之转头看过去。

顾晏按了一下眉心，表情恢复如常，道："昨天的事回头再说。"

他那模样似乎并不打算再说，如果有可能的话，他看上去想要把昨天说的事情选择性遗忘并且强迫乔也遗忘。

不过乔大少爷是一个棒槌，他对情绪的分析能力大概只在柯谨身上修到了满分，其他时候全是零蛋。他摆了摆手道："没，我就是想说那两件事我都安排人在办了，效率是不是很高？"

顾晏瘫着脸，片刻之后点了点头，说："行，谢了。"

"这有什么可谢的，都是小事。"乔哈哈一笑，"其他人还要在这里多住几天，我就不特地送你们了，反正我跟你没必要这么客气。"

两人离开主别墅时，走的是西侧的花园小路，会经过主别墅一层西边卧室的窗台。

燕绥之走在顾晏身后，没走几步，余光便瞥见一个人影。那是乔治·曼森，他正坐在卧室的窗台边，弯着一条腿，手里松松地握着一个玻璃杯，琥珀色的酒液在里面微微晃荡。

他看起来有点儿醉，眼睛半睁着，面容疲惫，似乎一直没能好好休息。他隔着一片低矮的花草和五六米的距离，看着燕绥之这边。

他见燕绥之回头，礼节性地举了举杯子，问道："要走了吗？"

他的舌头有点儿大，燕绥之心想：这位少爷不会喝了一天一夜没停吧？

不过出于礼节，他还是笑着回道："是的。"

走在前面的顾晏听见对话，停下步子转头看过来，目光在燕绥之的侧影上停留了片刻，又看向了乔治·曼森。

照理说，乔治·曼森跟他总比跟实习生状态的燕绥之熟，但是有花丛挡着，这位少爷似乎没看见他，只看见了燕绥之。

"下回一起喝酒。"乔治·曼森对着燕绥之说道。

他显然是真醉了，都不管熟不熟就随口发出邀请。

燕绥之依然保持着浅淡的笑意，点了点头应付醉鬼："好，有机会。"

话刚说完，他发现顾晏往这边走了两步。

"醉得不轻。"燕绥之冲他耸了耸肩，低声道。

刚说完，就听见那个醉鬼少爷又说了一句胡话："你的皮肤很白。"

燕绥之："……"

顾晏："……"

燕大教授很多年没听见过这么直接莽撞的评价了，他朝乔治·曼森看过去，却见这位少爷正盯着他的手。

燕绥之动了动手指，有点儿哭笑不得地回道："谢谢……嗯？你走回来干什么？"

他应付醉鬼的时候，顾晏不知为什么从原路返回来了，可能想看看曼森少爷还能说出什么鬼话。

不过小少爷没能继续他的表演，因为他盯着燕绥之的手太久，重心有点儿失衡，朝前侧歪了一下，差点儿掉下窗台。手忙脚乱间，他杯子里的酒泼了出来，也就没工夫再胡言乱语了。

回去的路上，乔又给顾晏发了几条语音信息，还是在说帮忙的事情，而顾晏的脸始终很僵。

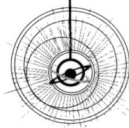

燕大教授本来没什么兴趣的，也被他勾出了罕见的好奇心，笑眯眯地问道："你让他帮了什么忙，这一路上如丧考妣的？"

这人胡说八道逗起人来，用词总是很夸张，顾晏选择性地忽略了一半，说："没什么。"

"敷衍。"燕绥之挑起一边眉毛，"你这样遮遮掩掩的，很容易让人怀疑你的动机。"

"'你可以嗅觉敏锐，但不能妄自把某个人钉在嫌疑席上'，你以前说的话，我原样还给你。"顾晏道。他希望某位院长能有点儿以身作则的自觉。

可惜燕大院长没有自觉，说："哦？我还说过这个？"

顾晏："……"

当两人登上回德卡马的飞梭机时，亚巴岛已经是夜里了。

岛上夜景最大的卖点就是灯松林，所以为了凸显那些灯虫，屋外的灯光很有限，即便是别墅区，也没有一盏明亮的路灯，只在花园小径的每一个拐点装有暖黄的地灯。

地灯的映照范围很有限，仅仅能够看见小径的轮廓。

乔治·曼森醉醺醺地在夜色里坐了一会儿，摇摇晃晃地拎着酒瓶酒杯进了房间，只留下夜风顺着敞开的滑窗静静地淌进去。

主别墅的客厅里，为了庆祝杰森·查理斯律师的安然苏醒，也为了庆祝大家解除嫌疑虚惊一场，一帮热衷玩闹的少爷搞了一场 party（聚会）。

"曼森呢？"有人在酒杯碰撞声中问了一句。

乔摇了摇头，说道："刚才我去叫过他，他连话都说不清了，只说不来了要泡澡，说要想办法睡一会儿。"乔说着顺手朝走廊的方向指了一下，"我让他把房门开着，万一摔了就叫一声。"

其他人探头看了一眼，就见乔治·曼森的房门半开着，但里面很黑，显然外间根本没开灯，那少爷估计在里间泡澡。

安保员和服务生一边一个站在门外，那醉鬼少爷如果有什么动静，他们也能及时照应。

有格伦在，一群人玩得很开，到后来，连身体没有完全康复需要休息的赵择木和教练陈章都到客厅来了，找了沙发坐下。乔让人给他们端来几杯鲜果汁，没让他们碰酒。

　　劳拉则找了一个支架，把动态相机架上了，说要把这帮疯子们拍下来。

　　…………

　　当飞梭机驶离天琴星的时候，顾晏收到了劳拉发来的一小段视频，里面录了群魔乱舞的全景，镜头最后落到了柯谨身上，就见他坐在一群老同学的边角，乌黑的眼睛安静地看着觥筹交错的朋友们，喝了两口果汁，看起来状态还不错。

　　而本该和少爷们一起玩闹的乔，弯着两条长腿坐在柯谨旁边，和艾琳娜他们说了句什么，所有人顿时笑成了一团，只有柯谨还安安静静地坐着，只不过眼珠子很缓慢地转了一下，然后目光落在了乔的身上。

　　"柯谨的状态好像又好了点儿。"劳拉附加的语音是这样的。

　　顾晏懒得看群魔乱舞，很快把视频拉到结尾，看完之后，他干脆把智能机从小指上摘下来，说："手。"

　　"什么？"燕绥之愣了一下，但还是下意识朝他摊开一只手掌。

　　当指环智能机落在他手心里的时候，还带着顾晏手指的温度。

　　"怎么，你要把智能机上贡给我？"燕绥之玩笑道。

　　"视频。"顾晏补了一句，伸手将那段视频重新调出来，淡淡道，"我觉得你也许会想看看。"

　　然而顾大律师没有考虑到的是，他说得太过简洁，以至于燕绥之不知道他的重点在于视频的哪一块。

　　反正在飞梭机上也没什么事，燕绥之干脆把那段长度为一个小时零五分的视频看完了，还看得挺仔细。直到结尾柯谨出来，他才隐约明白顾晏的用意，顿时有些失笑。

　　"我看完了，你——"他说了一半，转头才发现顾晏已经睡着了，而智能机的屏幕上恰好跳出菲兹发来的信息："昨天晚上我新发给你的案件资料都看了吗？法庭那边给你联系过了，不过最晚只能推到明天中午，也就是说你一下飞梭机就得过去，明天我在港口接你们的机。"

　　这是顾晏原计划在前天就该出的庭，因为亚巴岛的事情耽搁延后了两天，他得去把案子摆平。

　　燕绥之一看这信息内容，就知道顾晏昨天夜里肯定又埋在案子里没怎么睡。这会儿在飞梭机上好不容易能缓冲一下，燕绥之当然不会把他弄醒。

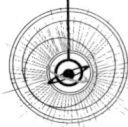

他试图在不惊动顾晏的前提下，把智能机重新套到他的小指上，可尝试了三次都以失败告终。

燕绥之终于放弃了，暂且将智能机收在了自己手里。

在整趟归程中，顾晏的智能机振了几回，不过回归待机状态的时候，信息内容就不会再跳出来，燕绥之也不可能贸然查阅别人的信息，也就任它们去了。

十多个小时的飞行其实非常难熬，落地的时候，人都有些懒洋洋的，不爱开口说话。

两人一前一后从验证口出来，一眼就看见菲兹小姐冲他们招手。

菲兹小姐倒豆子般说道："所里实习生要开个会，阮过一会儿直接跟我的车回去。顾，我给你安排了车，外务助理带着其他东西在车里等你，直接去法庭就行。"

"行。"顾晏点了点头。

菲兹小姐向来风风火火，跟顾晏碰头后，就要拉着燕绥之往停车场跑，然而刚一转身，她就看见顾晏抓了一下燕绥之的手腕，说："稍等。"

菲兹小姐只见过顾大律师冷冷淡淡地叫人等一会儿，还没见过这样直接上手的。

"怎么了？"菲兹问了一句。

就见顾晏冲燕绥之摊开了手，说："我的智能机。"

那一瞬间，菲兹大清早起床的困倦烟消云散，精神头一下子就上来了。

紧接着，她看见实习生轻描淡写地笑了一下，说："我差点儿忘了。"然后他从自己小指上摘下智能机，放在了顾晏手里。

菲兹觉得可能今早她起床的方式不对，否则顾晏的智能机怎么会在实习生的指头上？还有比智能机更私人的东西？

"对了，有几条新信息，你记得看一下。"燕绥之提醒道。

顾晏"嗯"了一声，把指环重新戴上。

"可能是之前我给你发的，就是跟你说一声我已经到港口了。"菲兹提了一句。

"好，我先走了。"顾晏抬了一下手，转身大步流星地朝菲兹安排的车那边走去，很快消失在了出站口。

燕绥之看着他走远，一转身就发现菲兹小姐正眨巴着眼睛看着自己，脸上的八卦欲充盈得快要炸了。

然而燕大教授并不是什么老实厚道的人，他微微笑了一下，温文尔雅地冲菲兹道："怎么了？你看起来不太舒服，需要去洗手间吗？我在这里等你。"

菲兹默默地呕了一口血。

顾晏的那场庭审持续的时间有点儿久，跨越了一场午饭，饭后继续审了三个多小时。

那几条信息在顾晏的智能机里多躺了几个小时，以至于当天晚上回到律所，顾晏才从信息和其他渠道得知，在他们离开之后的那天夜里，亚巴岛那边还是出了事情。

出事的是乔治·曼森。

这个年轻公子哥被发现躺在豪华浴缸里，旁边乱七八糟地倒了许多酒瓶，浴缸里满满的液体散发着浓重的烈酒气味，他两只胳膊架在浴缸两边，其中一只手腕上有五六个针孔，地上躺着一个注射器和三个半碎的液体药剂瓶。

液体药剂瓶中散发的特殊香味证明，那是一种以效果强烈而著名的注射用安眠药。

从乔治·曼森被发现时候的状态来看，他似乎在经受失眠的困扰，喝了一天一夜的烈酒依然没见成效，于是喝糊涂了的公子哥干脆在泡澡的时候把酒全倒进了水里，也许想把自己泡得更醉一些？

总之醉汉的心思很难用常理去衡量，他发现自己没能在浸泡中睡过去，干脆给自己注射了几针安眠药。他注射安眠药的时候，连针头都扎不稳，差点儿把自己的手腕扎成马蜂窝。

最终，他还是成功把那些安眠药注射进了自己的身体里，但是一个毫无耐心还被失眠折磨的醉鬼，怎么可能会注意剂量，冲动之下给自己用了成人限制剂量的三倍。

顾晏的智能机里躺着几条信息，都是在飞梭机航行的过程中收到的。

第一条信息来自劳拉："我的天，你知道吗？又出事了。"

第二条信息紧跟其后，相差不过几秒，来自乔："曼森出事了！"

第三条信息和前面两条隔了两个小时，依然来自乔："曼森在抢救室，我把能调的医生都调来了，情况好像不太好。我就办个聚会，却几次三番差点儿

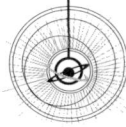

闹出人命，柯谨刚才又发作了一回。"

乔连感叹号都没用，说明当时的情况是真的让他有点儿心累，曼森的状态也是真的危险。

在这三条信息之后，就再也没有新的消息。

无论是劳拉还是乔，抑或是其他人，都没有再发来过任何消息。

顾晏给乔拨去通信，却提示无法连接，给劳拉拨过去也是一样。

当他试图联系亚巴岛那群人的时候，燕绥之推开了办公室的门。

顾晏转而给艾琳娜拨通信，他看见燕绥之的时候一愣，问道："你怎么这么晚还在办公室？手里拎的是什么？"

燕绥之把纸袋的另一面给他看，就见上面印着某个餐厅偌大的标志。那家餐厅离南十字律所很远，但那里的甜点非常有名，菲兹小姐夸赞过很多次，他有点儿耳熟。

他对甜点没兴趣，也没去用过餐，但是从菲兹嘴里听过，那家的甜点长得漂亮，价格更漂亮。

顾大律师的眉毛拧了起来，说："办公室里不准吃东西。"况且还挑贵的东西，某些人花起钱来根本不记得自己现在是一个穷人。

事实上，燕绥之也不想在顾晏的办公室里吃东西，要是一不小心撒点儿在毛毯上，恐怕又要气到顾晏。这个学生别的不说，管起老师来倒是特别顺手，胆肥得不得了。

"这你就得问你们律所的高级事务官了。"燕绥之一脸无辜，"一场毫无意义的实习生教育会从上午十点开到晚上七点，只预留了四十分钟的午饭时间。"

他醒来到现在才一个多礼拜，身体指标不太合格，体质依然有点儿虚。从下午四点不到他就开始饿，到散会的时候已经有眩晕的感觉了。

若燕绥之在那种情况下出去觅食，恐怕第二天就要与顾晏在报纸上相见了——著名律所实习生昏死街头，居然是因为饿，指导老师惨无人道。

所以他干脆叫了一份外送，刚刚下楼拿到的。

屋里的灯光将燕绥之的脸色照得很白，看起来毫无血色。

顾晏看了他几秒，默默地转了身，权当刚才说"不准吃东西"的人不是自己，又或者眼不见为净。

艾琳娜的通信号很快也传来了提示：暂时无法联通。他皱起眉，正要再拨一遍艾琳娜的通信号，就感觉自己的肩膀被人拍了一下。

"嗯？"他问了一声，刚转头就碰到一颗凉凉的东西在嘴边。

顾晏朝后退了一些，才看清这是一颗樱桃，梗上还沾了一点儿鲜奶油，显然是刚从某个甜点上摘下来的。

"你躲什么？还怕我下毒吗？"燕绥之没好气地说。

顾晏垂着眼皮，不冷不热地盯着樱桃看了片刻，说："我不用。"

"你已经碰到了，再退还给我不太合适吧？"

顾晏沉默片刻，认命似的把樱桃咬走了，好像樱桃上涂了砒霜似的。

燕绥之把手里细细的梗丢进垃圾箱里，说："既然你吃了东西就算共犯了，回头所里如果有人打小报告，记得也有你的一份。"

顾晏撩起眼皮，一脸冷漠地看着他。

燕绥之坦然一笑，转头回自己座位的时候，把手指尖沾到的一点儿奶油吃了，然后捞起桌上的免洗清洁液，非常仔细地搓了一遍，这才抽了一张纸巾把手擦干净。

当他再抬头的时候，顾晏已经收回了目光，继续皱眉拨通信号。

"怎么了？"燕绥之问道。

顾晏问道："曼森出了意外。"

"谁？"燕绥之愣了一下，这才想起临走前还满口醉话，盯着他的手看的那个少爷，"出什么意外了？乔告诉你的？"

顾晏晃了晃智能机，说："飞梭机上收到的那几条信息，有乔的，也有劳拉的。最后一条短信距离现在已经过去了将近二十个小时，没有一个人的通信号能接通。"

他把乔治·曼森的情况简单地和燕绥之说了一遍，又道："刚才我还搜到了两条简单的报道，再刷新就被删了。"

燕绥之闻言，也在光脑上检索了几遍，翻了十多页，终于在某个冷门的网站上看到了一篇博人眼球的报道，张口闭口都是"曼森集团准继承人自杀"这种字眼，最后又说尚未定性。

不过同样的事情发生了，页面一刷新，就显示报道被删除，应该是曼森集团那边在紧急处理。

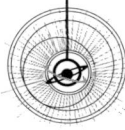

"如果报道的大致内容属实，事情算意外或者自杀，不会连累到乔和劳拉他们。"燕绥之道，"集体通信接不通就只有一种可能……"

人全部在警局，暂时切断了跟外界的联络。

"对了，"燕绥之想了想，走到顾晏的办公桌前，"你问问凯恩吧。"

"凯恩警长？"顾晏道，"我没有他的通信号。"

"你等等。"燕绥之下意识敲了两下自己的智能机，当着顾晏的面打开了通讯录，正想把凯恩警长的通信号找出来就顿住了。

因为他的通讯录界面只有一页，就三个人——顾晏、菲兹，还有同是实习生的洛克。后面两人都规规矩矩存的本名，唯独第一个特立独行，显示的是备注名：坏脾气学生。

燕绥之："……"

顾晏："……"

顾大律师撩起眼皮扫了燕绥之一眼，然后在自己的智能机上点了几下，平静地拨出一个通信号。

一秒钟后，燕绥之的智能机屏幕上，"坏脾气学生"的通信请求蹦了出来。

很好，人赃并获，证据确凿。

顾晏点了点头，接着不知给谁发去了一条信息，燕绥之直觉没什么好事。

十分钟后，顾晏辗转联系上了凯恩警长，询问了事情的大致始末。

乔治·曼森的事情最初被定性成一起意外，但是一项新的勘验结果让事情有了翻转。

"现在，我们更倾向于蓄意谋杀。"凯恩警长道，"具体还需要调查，警局有规定，我不能跟你细说。这两天亚巴岛会被暂时封锁，你们也过不来，先耐心等一等消息吧。"

他跟凯恩通话的时候，燕绥之也突然接到了一个内线通信。

"菲兹小姐？"他有些讶异，"你还没下班？"

"我刚记录完最后一条信息，正准备走。"菲兹道，"对了，我就是告诉你，前两天的出差补助已经发放到你的资产卡上了，你确认一下。"

燕绥之怕自己的通话声影响顾晏那边，干脆从办公室里出来，顺便看了眼自己的资产卡。

果然收到了一笔进账，只不过附加消息里写着：已扣除 2000 西。

"扣除？"燕绥之没反应过来。

菲兹道："啊，是的，因为顾说你出差期间表现得不那么令人满意。"

燕绥之问道："比如？"

菲兹说："呃……顶嘴。"

燕绥之："……"谁顶谁的嘴？

菲兹说："还有不守规矩。"

燕大教授这辈子没有因为这种问题被罚过，一时间有点儿消化不良，他道："都是顾大律师告的状？什么时候说的？"

菲兹想了想，说："十分钟前。"

燕绥之说："好的。"

挂了电话，燕绥之就把"坏脾气学生"的备注名改了，改成了"小心眼的薄荷精"。

3

印着"急救"字样的车在天琴星中央医院门口停下来，医疗舱顺着滑轨转进抢救室，数十道透明管像蛛网一样连接在舱内人苍白的身体上，血液像傍晚六点忙碌的车流一样，在那些透明管中匆匆来去。

监测仪器上的各项数值上上下下，没能在安全线上稳住超过一秒，"嘀嘀"的警报提示声不断响起，红灯不断地闪现在屏幕上，脏器衰竭的危险始终笼罩在抢救室里。

曼森家的人都坐在抢救室外的休息室里，沉着脸，带来一股无形的压力。

相较一脸紧张的医生、护士，无声无息地躺在舱内的人反倒算得上安详，好像对自己的危险处境一无所知。

乔治·曼森确实对自己的濒死处境一无所知，他正走在一条长长的隧道里，四周漆黑一片，遥远的前方却有晃眼的光亮。

隧道里陷阱很多，走着走着，他会一脚踩空，突然跌进一段梦境里，像是要在人生的最后一段时间里，把从小到大遇到的人和事都回顾一遍。

这一次，他梦到了小时候的自己。

可能是五岁？又或者是七岁？总之他的年龄不算太大。

那时候，曼森家每年都会邀请有商业往来的伙伴一起聚餐度假，有些人是

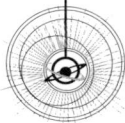

固定嘉宾，还有一些今年来了，明年就不在了。

天气好的话，他们会有各种消遣，但乔治·曼森梦见的那一次聚会天气应该不好，他们只是在屋子里享用下午茶。

大人们的下午茶，他一个小鬼是没资格参与的，但他的哥哥们有资格。

毕竟他最大的哥哥比他大了整整三十岁，很早就开始参与集团事务了。不过也许是因为他年纪最小，曼森夫妇更偏爱他一点儿。

那时候的乔治·曼森还是一个上进的小鬼，装模作样地待在书房里用功，但他架不住总被窗外花园里的其他小鬼引诱，于是没坚持几分钟就滚下楼，直奔后花园了。

花园里有他熟悉的乔、格伦、赵择木等，这几人是曼森家聚会的常客，几乎每年都在。乔他们家家大业大，根基深；格伦家势头正猛；赵家虽然是后起之秀，但抱紧了曼森家的大腿，是不错的帮手……

当然，这些不是乔治·曼森他们这些小鬼会考虑的，他们玩闹起来，只管熟不熟。对他来说，乔和赵择木都是朋友，格伦总跟他打架，但打完就忘，脑子不好使。

那天在花园里，带头搞事的依然是格伦。乔治·曼森被怂恿着爬上了一棵树，去摘树顶那个漂亮的孔雀果。结果格伦不知道从哪个洞里引出一条蛇，用钩子钩着让它顺着树干往上爬。

乔治·曼森刚够到孔雀果，就被树下的惊叫吓飞了魂，身体一歪就朝树下栽。

好在那棵树并不高，周围一圈垫着的又是软泥，他落地时被乔捞了一把，两个小鬼摔成了一团。乔是咋呼、冲动的性格，爬起来撸着袖子跟格伦干了一架。而赵择木比他们大两岁，要沉稳一些，他一把揪住那条蛇的七寸，走到花园墙根边，用石头狠凿了两下，把它重新埋进了土里。

他甩掉手上的血，冲乔治·曼森说："好了，蛇没了。"

虽然那条蛇其实很小，那个品种也无毒，但当时的乔治·曼森还是被赵择木狠狠地震撼了一把。然后他一转身，又被替他打架打得鼻血长流的乔感动了一把，顺便给同样鼻血长流的格伦补了一拳头。

最后，他们这群一脸血的小鬼还是被两个路过的大人带去清洗了一番，还一本正经地劝了架。那是一对很亮眼的中年夫妇，男才女貌，带着一股书卷气，一点儿也不像商人。

但他们确实是曼森家那几年的座上宾，据说非常富有，势头都要超过格伦家了，只不过那对夫妇的性格内敛、温和，不如格伦家的存在感强烈。

作为小鬼，乔治·曼森对他们知之甚少，比起家财事业，他对那对夫妇的笑容印象更深一点儿。

哪怕过去这么多年，梦里那对夫妇的长相模糊不清，他也始终记得那位女士笑起来眼睛弯着，眼角有一粒很小的痣，显得漂亮又温和，一点儿也看不出年纪。

只是很遗憾，后来他再也没在聚会上见过那两位了。

也许是他们不热衷于聚会，也许是昙花一现后就落寞潦倒了。

他不知道自己为什么会梦见这些久远的片段，但是这么一想，他的人生还真是有许多细小的遗憾。

比如那个手指很白，在海里拉住他的人；比如这对眼睛很漂亮，笑容温和的夫妇……他至今也不知道他们姓甚名谁。

"嘀——"

"肾脏衰竭——"

监测仪器再次响起了急促的提示音。

护士们显得有点儿焦急，几位医生的脸色也很难看。

"再试一下。"

"来！"

……………

这几天南十字律所的氛围有点儿诡异，燕绥之和顾晏各要承担一半责任，起因还是那个烦人的"实习生初期考核"。

燕绥之被顾晏拽去亚巴岛的时候，菲兹他们就提醒过，实习生初期考核已经安排好了，如果燕绥之这时候跟着出差，就一定会错过。毕竟这种考核除了考虑实习生的准备情况，更要考虑参与的大律师的时间。

总而言之，燕绥之错过了初期考核。

争论点就在于，他需不需要重新补考。

负责这次初期考核的是洛克的老师霍布斯，也许是因为共同竞争"一级律师"，这个老家伙行事作风有点儿针对顾晏。如果是别人带的实习生，可能打

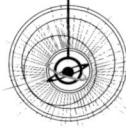

打马虎眼就过去了，但是顾晏带的，他就格外较真。

"我们可以再费一番精力，找几位朋友帮忙，设计一个小而精致的案子，让你能有一次展现自我能力的机会。"霍布斯板着脸的时候特别不近人情，跟顾晏的那种冷感不一样，这是一种精明又难对付的感觉。

同时在场的还有洛克、菲莉达、安娜他们几个实习生，虽然霍布斯这话是对着燕绥之说的，目光也只盯着他，但是其他几人尤其是洛克，都吓得大气不敢喘。

反倒是燕绥之，一脸放松自在。他心想"这老家伙形容案子居然还要用小而精致这种词，思想恐怕也很有问题"，嘴上却道："为了我一个人浪费人力、物力，太麻烦了，我愧不敢当。"

"没什么。"霍布斯道，"虽然是考核，但本质是在锻炼你们，你们来南十字律所实习为的就是这样的机会，随意省去一轮对你也不公平，不是吗？"

事实上，之前讨论燕绥之缺席初期考核这件事的时候，菲兹就把酒城那次保释的听审视频给几位打分的大律师看了，一起观看的还有其他实习生。

视频放完，洛克他们张着嘴，原本不赞同阮野缺席的大律师们默默地给了自己一巴掌，当场就在燕绥之的考核表上打了分。

当然，所里有规定，初期考核有意外情况的，满分最多六十，也就是顶多给到及格线。那几个大律师一分没扣，全给了六十分，除了霍布斯。

这位以较真出名的大律师仿佛眼睛是瞎的，看完视频，转头就不认了。

"保释只是一个极小的环节，会保释就是大律师了？连交叉询问都没有也算庭审？"霍布斯是这样反驳的。

总之，他依然坚持燕绥之缺少锻炼的机会。

"如果你坚持不愿意补考……"霍布斯话锋一转，好像他前面铺垫了那么久，就是为了这个转折，"那么很遗憾，我无法说服自己给你过高的成绩。"霍布斯说着，皱着眉，摇了一下头，在燕绥之考核表上的评审组长那一栏打了零分。

洛克他们纷纷转过头看向燕绥之，讨论室里一时间气氛沉重，活像在给他上坟。

菲莉达发现燕绥之依然一副无动于衷的模样，还以为他不明白风险，用极小的声音提醒道："组长的分数占的比例比其他大律师高，他一个零分压下来，你就完了一半，现在唯一的救星是你自己的老师，然而你的老师是顾律师。据我所知，顾律师从来没有给过实习生七十以上的成绩，尤其对自己人……"

洛克他们趁着霍布斯没看见，一脸沉痛地疯狂点头，给燕绥之强调事情的严重性。

"我给你分析了一下。"菲莉达道，"你要么跟他道歉，让他再给你一个机会，要么你得去磨一磨顾律师。我觉得吧，好像还是前者的难度低一点点，后者可能是地狱级的，就算灌两公斤迷魂汤可能都不管用。"

洛克想了想，道："我老师的话，可能也得灌一公斤迷魂汤吧。"

众人一脸绝望。

霍布斯去旁边的小玻璃间续了半杯咖啡，回来就撑着桌面缓缓地喝了一口，冲燕绥之道："你对我给的考核成绩有什么想法？我觉得十分合理。"

燕绥之笑了一下，正要张口，霍布斯又意犹未尽地来了一句："你现在逃避考核，放弃锻炼机会，以后谁能给你打包票站上法庭不丢脸？"

"我。"一个低沉又好听的声音在讨论室门边响起，刚好接了霍布斯的话。

一干实习生茫然地看过去，就见他们口中"地狱级"的顾律师正站在门口，一脸冷淡地冲霍布斯道："他的考核成绩我刚才提交了，所有大律师包括你我在内，核算下来的最终成绩是六十八分，可以算合格。"

菲莉达他们惊呼了一声，说："我的天哪，六十八分？这得打多少分才能拉到这个结果？"

洛克抹了一把脸，说："别算了，一百分。"

众人："……"

燕绥之："……"这位同学今天吃错药了，薄荷精变薄荷糖了？

霍布斯的面子有点儿挂不住，在他的认知里，顾晏一般不插手这些琐事。依照他的想法，杀一杀这个实习生的锐气，然后安排一场单独的补考，案子没之前那么复杂，发挥余地不多，他再动员一番，结果恐怕不会多好看，而且是有理有据的不好看，这样还能连带着影响一下顾晏。

他万万没想到会是这个结果。

"我的实习生还有事，我就先把他带走了。"顾晏说着，冲燕绥之偏了一下头，示意他可以从讨论室里出来了。

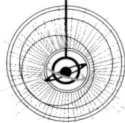

众人一脸蒙，完全反应不过来。

燕绥之冲霍布斯微笑着点了点头，出门跟着顾晏回到了办公室。

他本以为所谓的有事只是顾晏随口找出来的借口，没想到刚进门，顾晏就真的给他安排了一件正事。

"什么东西？"燕绥之一愣。

"委托函。"顾晏道。

这个答案让燕绥之更疑惑了，委托人要找也找顾晏这种大律师，找他干什么？他低头翻了一下委托函。

还真是一封委托函，来自法律援助中心——一个负责帮嫌疑人安排律师的机构。之前约书亚·达勒的案子，就是由他们派给顾晏的，至于这次……

燕绥之扫了一眼委托函上的律师名，居然不是顾晏，是阮野。

委托函里，当事人的名字有点儿眼熟，叫陈章。

"陈章？"燕绥之疑惑了一下，"乔治·曼森那个大少爷的潜水教练是不是就叫这个名字？是同一个人还是同名同姓？其他的资料呢？"

顾晏说："目前就这些。"

"你确定要用'些'来形容我手里的东西？"燕绥之晃了晃手里孤零零的仿真纸页。

一般而言，联盟的法律援助中心发一份完整的委托函，会包含三部分——

一是案子的简要概述，能说明是哪件案子，什么性质，被害人情况和当事人身份。

二是起诉相关的文件，这就能让被委托的律师知道之前的诉讼进展，也能明白自己拥有多少准备时间。

三是一份盖有签章的通知，通知一般只有寥寥几句，还都是格式化的官方废话。

当委托函送到的时候，那些厚厚的案件资料也会跟着一起送达，由律所的事务助理集合整理，一起发给被委托的律师。

燕绥之现在拿到的只有孤零零的"通知"部分，除了律师和当事人的名字，其他什么都看不出来。

"文件传漏了吗？"燕绥之道。

顾晏说："我已经让事务助理去问了。"

燕绥之指了指自己的假名，说："我顺便问一句有没有写错人？现在后悔还来得及。"

其实，法律援助中心除了正在执业的出庭律师，还有一份后备名单，里面包含所有有律师资格证但正处在实习期的律师。

委托函塞到实习律师手上的不是没有，要么是特殊情况，要么是委托函已经连续被多名律师直接拒绝。

总之，这种情况比较少见。

"陈章……"燕绥之看着委托函嘀咕，"难道乔治·曼森的案子已经明确了？是不是有点儿太快了？"

顾晏看了眼办公室墙上全星系的智能时钟，亚巴岛所在的天琴星作为一颗出了名的度假星，非常小，跟德卡马这边也有时间差。

距离上次顾晏联系凯恩警长，德卡马这边过去了五天，天琴星那边已经一周出头了。以天琴星那边的警署效率，一件案子从发生到调查取证再到确认嫌疑人，通常需要十五天左右。而从确认嫌疑人到控方提起诉讼，再到法律援助中心为被告人委托律师，又得十天。

所以无论是五天还是一周多，在这样的时间段面前，都不算久。

顾晏想了想，试着拨打了凯恩警长的通信号。这回没响几秒，对方就接了通信。

两人都不是喜欢寒暄兜圈子的人，张口就直奔主题。

"乔治·曼森的事情怎么样了？"

"哦，这两天我焦头烂额、加班加点的，忘了告诉你一声了。乔治·曼森还在抢救舱里躺着，能不能保住性命还不好说，他的身体底子太差了，这方面的消息曼森家捂得很严实，我也不方便多说。至于案子，已经移交给上级警署了。案件涉及蓄意谋杀，我这儿只有初级调查权，收集完现场证据，得出初步勘验结果之后就得往上交。"凯恩警长道，"已经有几天了吧，你那几个朋友的通信号可能暂时还在限制中，但快了，也就一两天的事。"

凯恩以为他只是担心朋友，就简明地说了一点儿情况。关于案子的具体发展，上级警署没公布出来的，他不能擅自说。

顾晏当然知道这一点，也知道凯恩的脾气，所以没再追问，简单说了几句就挂了通信。

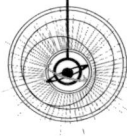

"听凯恩的意思，案子可能确实要结了。"燕绥之有些惊讶于警署这次的办案效率，"看来曼森家施压不小啊。"

"也可能是案件侦办难度不大。"

又或者两者都有。

事务助理的反馈结果送到燕绥之面前的时候，已经是第二天上午了。

不巧的是，这刚好赶上了联盟对"一级律师"申请人的初步审查。大清早，顾晏和霍布斯就跟高级事务官一起坐飞梭机去了审查委员会总部所在的星球，没个三五天根本回不来。

"我和中心那边核实过，委托对象确实是你。"事务助理对燕绥之解释道，"案件资料连夜整合好了，我现在发给你，你接收一下。"

很快，一沓不算很厚的材料从光脑里吐了出来，燕绥之快速浏览了一遍，直到这时，他才明白为什么警署的办案效率会这么高。

乔治·曼森的案子被移交到天琴星第三区警署后，警员们连夜进行了第二轮勘验和证据分析，嫌疑人很快指向了乔治·曼森的潜水教练陈章。当警方挖掘他过往经历的时候，发现了他跟曼森家的一些纠葛，找到了他的犯罪动机。

这个案件调查最为顺利的一点在于，陈章并没有做过多的狡辩和抵抗，被询问的当场就认了罪，省去了很多麻烦。再加上曼森家施压，这才使得乔治·曼森案成了第三区警署有史以来解决得最快的案子，快得连警员们自己都很蒙。

俗话说有钱能使鬼推磨，曼森家督促完警署后，立马掉转枪头督促第三区的控方和法院，声称只有凶手受到制裁，乔治·曼森感到宽慰才有苏醒的可能。

案件涉及人命，控方和法院能拒绝吗？显然不能。

于是这层高压以肉眼可见的速度贯穿了整个流程，其他案件相关人员的解禁还没落实完毕呢，案子就走到了委托律师这一环。

在这个过程中，陈章前期十分配合，后期则十分消极，甚至直接放弃了自主委托律师的权利。于是案子在法律援助中心走了一遭，然后落到了一个实习律师的手里，这个实习律师就是燕绥之。

4

"阮？"同样被老师扔下的洛克在傍晚又偷偷摸摸地进了顾大律师的办

公室。

燕绥之抬了抬眼，道："你怎么回回都像做贼一样？"

"我听说你接了一个案子？"洛克的表情活像黄鼠狼见了鸡，有点儿兴奋。

"是啊。"燕绥之点了点头。

"什么样的？复杂吗？"

燕绥之看着他的神情，配合地说道："挺复杂的。"

"真的吗？"这回黄鼠狼已经把鸡偷到手了，不过很快，他又叹了一口气，"唉——你运气真好，怎么没人手抖给我分一个案件呢？"

他羡慕了一会儿，很快转移了注意力，道："对了，顾律师不在，今晚你不用加班吧？"

燕绥之摇了摇头，说："我正准备收拾东西。"

"那正好！"洛克道，"你上次去亚巴岛耽搁了两天，我给你找的那间公寓不是被人截和了吗？下午我刚收到那个房东的消息，说截和的那个人改主意了，所以现在公寓依然空着，你这会儿要是没事，我刚好可以带你去看看。"

"今天恐怕不行。"燕绥之站起身把案件资料全部收进光脑。

洛克一愣，问："啊？为什么？"

"刚才我说了，"燕绥之笑了一下，"得收拾东西。事务助理刚帮忙订了飞梭机机票，我明天需要去天琴星。"

"你去天琴星干什么？"洛克依然很茫然。

燕绥之用手指轻轻弹了一下光脑，道："因为那个手抖分给我的案子。"

"这么快？"洛克道，"你不等顾律师回来吗？好歹让他帮你准备准备。我听一个毕业的学长说，他第一次独立参加庭审，表现得一塌糊涂，脸红得能煎蛋，而且是双面的。"

燕大教授这辈子可能都不知道脸红是什么感觉，随口夸了一句："哦？血气很足嘛。"

洛克说："你真的打算一个人去？"

听他那语气，好像燕绥之要去的不是法庭，而是黄泉大道。

"嗯。"燕绥之笑了一下，一边穿上大衣系上围巾，一边道："我等不了顾律师了，这边开庭时间有点儿紧。"

"什么时候开庭？"

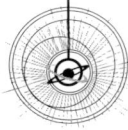

"下周。"燕绥之道。

"那不是没几天了？"洛克惊呼，"怎么会这么赶？没道理啊！中心安排了实习律师，还只给这么几天准备，这不是板上钉钉要输吗？"

说完，他顿了一下，像突然明白了什么似的，道："啊！难道……"

为什么援助中心会手抖找上实习律师？说是被大律师拒绝了多次，也许吧。毕竟为嫌疑人辩护，在那些人看来就是跟曼森家对着干，一定有很多人不乐意，但这么短的时间，够他们问几个律师呢？

更大的可能性是曼森家给警方、法院施完压，又把箭头对准了援助中心，于是援助中心干脆遂了他们的意，放弃有经验同样也有风险的大律师，转而在备用库里挑了一个实习律师。

阮野这个身份的履历连两行字都凑不齐，一看就是一个混日子的，再合适不过了。这种拿实习律师来敷衍了事的情况，燕绥之以前不是没见过，所以一看就明白了。

下午他还跟菲兹确认了一下，在援助中心的资料库里，他的实习生身份是挂在莫尔律师名下的，因为南十字律所默认顾晏是暂替的老师，而莫尔律师的风头并不盛，其实习生也没什么特别的。

洛克张口结舌地愣了半天，憋出一句："所以他们找实习律师，就是料定了你会输啊？"

燕绥之透过办公桌背后的落地窗看了眼外面，还没出去就能感觉到玻璃外的寒气。他拉了一下围巾掩住下巴，扬了一下嘴角，道："是啊，还羡慕吗？"

洛克连忙摇手，说："不了，不了，你……唉……你多保重。"

第二天上午，燕绥之拎着光脑和简单的行李坐上了去天琴星的飞梭机。

独自出差，这对他来说实在是太熟悉的事情了，熟悉到他都快忘了自己还顶着实习生的身份。最重要的是，他忘了要跟老师报备。

燕大教授活了这么多年，从来没有跟人报备的习惯，直到在飞梭机上接了一个通信。

"小心眼的薄荷精"在屏幕上跳，燕绥之犹豫了两秒，莫名有一点点心虚。

燕绥之咳了一声，接通通信之后张口就说："我正要找你呢，你倒是很会挑时间。"

骗鬼呢？顾大律师一个字都不信，但某人都这么说了，他也不好揪着不放，便换了一个话题："案子什么情况？"

燕绥之三言两语地说了一下重点，相信对方该明白的都能明白。

联合审查委员会的大楼下，高级事务官自己端着一杯咖啡，又把另一杯递给顾晏。

顾晏戴着耳扣，一边打开了咖啡杯的小盖口，一边低低"嗯"了一声，简单应答着通信那头的人。

直到耳扣里传来某人对援助中心的评语："柿子专挑软的捏。"

顾大律师一口咖啡呛在了喉咙里。

"哎，你怎么了？"高级事务官看着他皱眉咳了几声，"怎么好好的就呛了？吸到风了？"

顾晏摆了摆手，抬起头的时候已经没了表情，说："没什么，我听到了一句鬼话。"说完，他没等耳扣里某人有所反应，直接挂断了通信。

柿子专挑软的捏，结果挑中了燕绥之，对方真有眼光。

天琴星不大，按照季节和时差分成不同的区域。亚巴岛所隶属的第三区是整个天琴星的中心，守着著名的度假胜地，最为繁华。

燕绥之对第三区的固有印象就是人多、人多、人特别特别多。

他从飞梭机停靠的港口出来，就碰上了一波高峰期，悬浮路段和地面路段都挤挤攘攘，他被堵在了去往第三区的路上。

"又堵了。"司机摇头晃脑地说，"早上堵一回，中午堵一回，晚上堵一回，人生刺溜一下就到头了。"

燕绥之的膝上正摊着几页与案件相关的资料，闻言头也没抬，笑道："堵的时候度秒如年，你能多活这么多年，不算太亏。"

"你这话说的。"司机被逗乐了，他从后视镜里看了燕绥之一眼，一脸好奇道，"一个人来度假？"

"工作。"燕绥之简单回道。

"你都工作啦？"

司机的语气听起来有点儿诧异，燕绥之这次总算抬了头，他似乎觉得司机的话很有意思，问道："我看上去很像学生？"

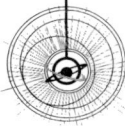

"是的，五官很像学生。不过听你说话，我感觉又不像。"司机嘿嘿一笑，夸赞道，"反正你是一个聪明人。我跟你说，在这里选人工司机服务再明智不过了。"

天知道，如果燕绶之不是顶着实习生的身份，还得交路费报销单，他肯定选智能驾驶，因为他更偏好车内安安静静的，不要有人说话。但真碰上一个这么爱聊的司机，他也会应上几句，言语里带着一点儿笑意，让人根本看不出他是真的有兴致，还是仅仅出于礼貌。

"反正不管是不是智能驾驶，都一样要堵着，智能驾驶还贵，堵一天下来哭都来不及。"司机道，"除了能走白金道的，怎么样都得两个小时。"

燕绶之又垂下头，目光扫视纸页，随口应道："白金道这一段也用不了，得过了前面的交叉口。"

司机这次真的诧异了，问道："你怎么知道的？"

"白金道"其实是一个很老的说法，几十年前，星系内许多交通系统刚好在更新换代，轨线航线包括悬浮和地面道路都得废弃变更。有一部分事务繁忙担心被堵车的人，开始额外开辟私人用道。

能开辟私人用道的在当时都非富即贵，不过这种事只持续了不到半年，就被联盟叫停了，因为担心私线多了对公共线路有干扰。

已经开辟的私人用道没有被封，一直保留到了现在，但因为数量极为稀少，也没几个人用过，所以被戏称为"白金道"。

事实上，有一部分白金道还在使用中，像乔上次带众人上亚巴岛，走的就是他家名下的那条白金道，只要知道独有的道路号，过一下基因密码，改掉驾驶设定就行。另一部分白金道已经渐渐荒废，没人在用了。

"出白金道的时候，你应该还没出生吧？"司机又从后视镜里看了燕绶之好几眼，上上下下地打量他，心想：难不成我还载了哪家的公子哥儿？不会啊，哪家公子哥儿这年头出门叫这种车，这么不会享受。

他看见后视镜里的那个年轻客人似乎没听见一样，依然拿着一张仿真纸在看。过了一会儿，那个客人才把纸页搁在一边，看了看自己的手指。

手指有什么好看的？

司机下意识也学了他的动作，只看到了自己的指纹和一块老茧。

司机："……"

等司机讪讪地放下手，再看向后视镜时，就发现那位客人已经放下了手指，正侧着脸看着窗外望不到头的车流。第三区夏日的阳光照在他脸上，使他的脸白得发光，淡化了他脸上所有的表情。

他看起来非常平静，但司机下意识噤了声。

不知道为什么，司机总觉得这个客人心情好像不太好，怕自己不小心说了什么惹对方不高兴。不过很快，他就发现这可能是太阳晃眼导致的错觉。因为那客人收回目光后冲他笑了一下，提醒道："前面的车动了。"

司机一愣，连忙收回视线跟上前面的车子。

他干笑了一声，打趣道："走神了，走神了，我下意识以为你要给我报一条白金道的号码了。"

"3990121，你试试。"燕绥之张口就给了一串数字。

司机心想：嗯？还真是一个富家公子哥儿？

他都已经在驾驶设置里输入"3990"几个数了，又听见了后半句："密码，我就无能为力了，编不出。"

司机："……"我差点儿就信了你的邪。

燕绥之哂然一笑，说："辛苦了，你慢慢开吧，不急。"

天琴星人多拥堵的破毛病燕绥之早有预料，所以申请的会见是在第二天，确实不着急。

车子不负众望，挪了一下午才挪进第三区，把燕绥之送到酒店楼下。临走前，热心的司机扫了一眼周围，还是忍不住提醒了一句："你这几天再看看有没有别的酒店，这一带人太杂有点儿乱，你一个人的话最好还是挑区域中心的酒店住。"

"乱？"燕绥之愣了一下。

这是所里事务助理给他订好的酒店，离看守所不太远，想让他少堵几回车方便一点儿。

"年底冲业绩嘛。"司机挤眉弄眼，"反正你走在路上，包和值钱的东西都看好了，人多的地方总会有这种事。"

燕绥之低头一扫全身，开玩笑道："不剁手指，我应该没什么损失，除了智能机，我也没什么值钱的了。"

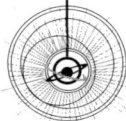

不过燕大教授总会忘记，自己是一个不折不扣的乌鸦嘴。很不幸，这位司机恐怕也是。"珠联璧合"的效果就是立竿见影——

晚上七点，燕绥之去酒店不远处的一家便利店买东西，旁边楼与楼的夹巷里突然跟跄出来几个醉鬼，横着就朝他这边过来了。

难闻的酒气扑面而来，燕绥之给他们让开了路。他垂着的手指无意间碰到了某个东西，在湿热的夏夜里，凉得人一惊。燕绥之垂眸一看，旁边那个人手里正捏着一柄短刀。

这种刀的刀刃特别细，尖头带钩，人多的时候，小偷趁着拥挤往别人包上一划一钩，东西就到手了。

对方可能没想到不法勾当能被人盯个正着，当即刀刃朝燕绥之的手指钩过来。他帽檐下的半张脸板着，嘴角下拉的弧度带着威胁的意味，可能是想就此吓退燕绥之，再趁机逃跑。

"小心！"旁边有个姑娘惊呼一声。

然而下一秒，燕绥之已经捏住刀刃反手一拧。

"咝——"那混混的手指被绞了一下，姿势别扭使不上力。偏巧这时候，燕绥之准确地找到了他的麻筋，猛地一敲。

混混骂了一句，下一秒，细刃短刀"哐当"掉落在地上。

那混混甩开燕绥之的手，正要扑过去捡那柄刀，一只后跟尖细的高跟鞋突然飞了过来，不偏不倚地砸在了混混的脸上。

燕绥之一看那力道，就默默地"啧"了一声。

混混当即捂着酸软的鼻梁叫了一声，眼泪哗哗直流，人朝后跟跄了两下，撞到了之前从巷子里出来的一个醉鬼，两人摔成一团。

那醉鬼是一个胖子，迷迷糊糊地把混混当成了肉垫，撑起了上半身。他盯着混混的脸看了三秒，然后"哇"的一声，张口就吐了，混混当场晕了过去。

路人一看刀被燕绥之踩着，混混和酒鬼又倒成一团，当即报警的报警，打混混的打混混。

燕绥之跟人借了一张纸巾，弯腰把细刃刀捡起来。

"你看着一脸斯斯文文的，没想到还会打架啊？"一个扎着利落马尾的姑娘一脚高一脚低地走过来，然后穿上了砸混混的那只高跟鞋。

"我不会打架，"燕绥之把那柄短刀用纸巾包好，"只会捏麻筋，勉强能救个急。"

"位置找得那么准，你肯定没少练过手。"姑娘上下打量了燕绥之一眼，有点儿好奇。谁闲得没事练这种东西呢？难不成是一个运气特别背的人，总碰到这种事，捏着捏着位置就准了？

不过姑娘的注意力很快就转移了，她的目光落在燕绥之的手上，低呼了一句："你的手指流血了。"

燕绥之不太在意地说："蹭了一下而已。"

姑娘立刻在包里翻出了一小盒创可贴，给了燕绥之一个，说："你也真是吓人，他拿刀对着你比画，你居然敢直接抓上去。喏，这个止血的。"

燕绥之原本没打算要创可贴，但他看见了包装上印着的一行蓝字——哈德蒙潜水俱乐部。

他这次案子的当事人陈章就属于这个潜水俱乐部。

他在看到案子资料后做的第一件事，就是查这个潜水俱乐部的信息，想找找陈章这些年的情况，但是有用的资料很有限，而且在出事之后，俱乐部应该最先收到了风声，把跟陈章相关的资料都删了。

燕绥之接过创可贴，冲姑娘笑了笑，说："谢谢。"

两分钟过后，负责这一带治安的警察赶了过来，把混混和醉鬼一起扔进了车里。

燕绥之和那个姑娘也被带过去配合调查。

一个负责登记的警察过来说："周嘉灵、阮野，你们给我一个紧急联络人的号码。"

那个叫周嘉灵的姑娘有点儿反应不过来，问道："要号码干吗？"

"没事，你们以前没进过这边的治安警署吧？就是走个流程，第三区游客太多了，本地人反而少，所以规定比较特殊。"年轻警察道。

周嘉灵想了想，报了一个姓名和通信号。

警察又转向燕绥之问道："你呢？填父母的就行。"

燕绥之有些遗憾地笑了笑，说："我没有可填的。"

警察一愣，说："啊，很抱歉。那其他亲人、朋友呢？通讯录里联络比较多的就行。"

燕绥之调出通讯录，犹豫片刻后，他点开了备注名字最长的那条，把通信

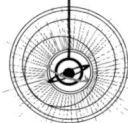

号报给了警察。

结果这位口口声声称走流程的警察当场拨通了紧急联络人的通信号，燕绥之都没来得及阻拦。

5

遥远光年外的红石星，顾晏在审查委员会安排的酒店里休息，刚洗完澡就接到了一个通信。他垂眸一看——

通信来源：天琴星第三区。

通信号类别：警署公号。

他顿时有了不祥的预感。

"您好，是顾先生吗？我们就是例行询问一下，您有一个叫阮野的朋友在天琴星吗？"

果然。

"嗯。"顾晏擦着头发的手一顿，"他怎么了？"

"好的，确认身份就可以了。最近年底了，趁机流窜的人很多，谢谢您的配合。另外，您的朋友阮野现在在我们治安警署，他被歹徒割伤了手。"

为了这句没轻没重的话，这名年轻的经验不足的治安警察付出了沉重的代价。他刚切断通信，燕大教授便微笑着冲他招了招手，温和亲切地教育了他五分钟。

从用词的严谨性发散到"某某地方一个著名事件就是一句含糊不清的话引发了一场灭门惨案"等，听得旁边的周嘉灵一愣一愣的，脸都绿了。

燕绥之吓够了人，把话题又绕回来，末了还说了一句："你说对吗？"

鉴于他全程都语带笑意，被教育的警察最后稀里糊涂地跟着他笑了笑，点头道："对，谢谢。"

周嘉灵："……"

"那么我现在能使用一下我的智能机吗？"燕大教授趁热打铁，颇有礼貌地问了一句。

结果小警察一秒回魂，摇了摇头，公事公办道："非常抱歉，程序上的东西还是必须遵守的，等录完笔录，你可以随意使用智能机。"

好，刚才白说了，燕教授气笑了。

他们从警署出来的时候，已经过了晚上八点。

周嘉灵放慢步子，跟燕绥之并肩走。警署大厅的灯光打下来，映得燕绥之的皮肤瓷白，眉眼鼻梁的轮廓被迎面而来的夜色加深，显出一种冷淡又温和的气质。

这么好看的人，她很乐意多说几句话，多相处一会儿。

不过燕绥之一路的注意力都在智能机上，手指轻而快速地敲着虚拟键盘，给什么人发着信息。

当两人快出警署大门的时候，燕绥之突然冲她道："稍等。"

周嘉灵一愣，就见他抬头看了一眼灯光，把手指上的创可贴撕下来，扔进门边的垃圾处理箱里。他还非常注意，把有黏性的那一面卷了一下，以免乱沾杂物。

接着，他便就着灯光给受伤的手指拍了一张照。

看燕绥之拍照的手法，就知道他不常拍自己的照片，从角度精度看，活像在拍什么刑事现场采证照。

照片似乎发给了什么人，他发的时候，表情透露出些微的无奈，但绝对没有丝毫厌烦。

结合之前小警察的反应，周嘉灵觉得他应该是在给那个紧急联络人解释他的手伤口很小，一点儿事都没有。

不是父母，那会是谁？

周嘉灵下意识问了一句："女朋友啊？"

"嗯？"燕绥随口应道，应完他才反应过来，有点儿哭笑不得地否认道，"不是。"

"当然不是。"他说着，把全息界面收了起来，看了眼天色，冲周嘉灵道，"你饿吗？一起吃点儿东西？"

事实上，周嘉灵出门前已经吃了一点儿沙拉，算晚饭了，但是她不介意再吃一点儿。

餐厅的格调别致，音乐舒缓，听得人心情放松平和，在这种氛围下，好像不论讨论什么话题都能言笑晏晏。所以在燕绥之客客气气地道了歉，表明他请吃饭其实是有事想问时，周嘉灵只是哈哈一笑，说："我就说嘛！"

她指了指燕绥之的智能机，道："就算你没有女朋友，那也应该是正在惦

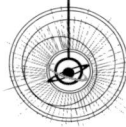

记着什么事。"

燕绥之："？"

"智能机一直没有振动，你的目光总会这么瞥一下，再收回，瞥一下，再收回。"周嘉灵一边说，一边转动眼珠学燕绥之的动作。

但是显然，这个活泼的姑娘跟那个年轻警察有同一个毛病——喜欢夸张。

"总之，你一看就是在等什么人回消息。"周嘉灵斩钉截铁地下了结论。

燕绥之哭笑不得。

不过有一点被这姑娘说中了，他还真是在等消息。他能使用智能机的第一时间，就给顾晏发了一条消息，大致解释了一下那个警察的用词如何夸张，所谓的割了手只是破了点儿皮。为了证实自己的话，他还破天荒地拍了一张手的照片发过去。

但是顾同学不知道在忙些什么，一点儿回音都没有。

"那位警察先生的用词让我有点儿担心——"燕绥之说着突然一顿，像突然忘了后半句要说什么。

"你担心什么？"周嘉灵问道。

"应该不会，算了，没什么。"燕绥之笑笑，"换一个话题吧，不如说说俱乐部的事？"

虽然话说一半留一半的人很容易被打死，但是脸长得好看的总有点儿特权。

周嘉灵配合地没有追问："俱乐部其实也没什么特别的，资料网上都有，不过也有网上没有，只存在于传言里的。"

"比如？"

"比如传言里说那几个常来玩的富家子弟其实是我们俱乐部的隐形大老板。"周嘉灵道，"不过我觉得不是，不然这次大老板出事，吓都要吓死了。而且真要有那些人在背后撑着，管理不会像现在这么混乱。"

"怎么说？"燕绥之不紧不慢地吃着东西，连煎鳕鱼都分切成很小一块，每一口都不多，动作慢条斯理。每回他一定是把所有食物咽下去，喝一小口温水才开口说话。

周嘉灵总觉得他举手投足间特别讲究，像一个从小养尊处优没受过一点儿苦的人，不像他自己说的是一个志志忐忑地来打官司的实习生。

她天马行空地乱想了一番，又收了收心神，道："我以前其实不在哈德蒙俱乐部，而是在德卡马那边一家叫香槟的俱乐部当教练。你可能不知道，它在外面名气不大，走的精品路线，但在圈内还挺有名的，当年曼森先生还是香槟的 VIP。"

燕绥之点了点头，说："我恰好知道。"

"你居然知道？"

"我以前有一张 VIP 卡，不过后来不常玩了。"

周嘉灵一脸遗憾地说道："我完全没想到，你居然还玩潜水啊！那我在香槟的时候，你肯定已经不玩了。后来香槟出了点儿变故，差点儿要关门，岌岌可危的时候被哈德蒙俱乐部收购了，然后改头换面成了它在德卡马那片海岸的分店。"

"总之哈德蒙有今天的规模，就是这么一家一家店收购过来的，所以俱乐部里面的人有点儿杂，教练什么背景的都有。"

燕绥之问道："陈章的背景复杂吗？"

"哦，对，陈章以前也在香槟工作过。"周嘉灵回忆了一下，"不过他平时不提的，有一回喝多了跟我聊了两句，说他以前在香槟当过不挂名的私教，后来因为一次错不在他的事故，被劝退了。"

"什么事故？"燕绥之目光一动，似乎想起了什么事。

"他没说，我也没多问。"周嘉灵道，"那之后，他有好几年处于没工作也没私活的状态。他家的条件其实很差的，好几个药罐子，所以那几年他特别难熬。他在香槟工作的时候跟我刚好是错开的，我去那里时他已经不在了。我认识他是在哈德蒙，据说是有贵人帮忙牵线搭桥，让他在这里能够安顿下来。我刚认识他的时候，觉得这人特别拼，什么私活都接，有时候都怀疑他究竟睡不睡觉。"

"恕我冒昧。"燕绥之想了想问道，"这几年接私活能拿多少酬劳？不用说准数，有个大致范围就行。"

周嘉灵用手指比了一个数，说："看水平看年限，在这个比例上下浮动。"

"很高了。"燕绥之道。

"是的，就我了解到的，正常强度的私活就足以支撑他家那些人的医药费了。"周嘉灵道，"他工作起来真的很恐怖，是那种透支型的，活像有今天没明天。不知道是他当初被迫丢工作有了阴影，还是有别的什么原因。"

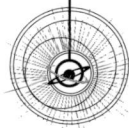

周嘉灵对陈章的同情心很强，说着说着便耷拉下了眉眼，抱着高脚杯道："他整天不休息，看起来灰扑扑的，不是不干净，就是很疲惫灰暗。他话不多，我们刚开始都以为他脾气不好，有点儿凶，后来才发现他是一个好人。"

"我们有什么忙请他帮，他都会帮，真的不像是会犯事的。"周嘉灵说。

警方和曼森家都把消息捂得很严实，但是这种跟陈章有直接关系的俱乐部，他们是没法完全保密的，调查取证很容易在内部传出风声。

不过他们对具体的事情知道得不多，都以为是潜水时出的事，责任在陈章。

周嘉灵想了想，又替陈章说了一句："他有时候休息不好会显得心神不宁，这一年他经常那样，前阵子走路还撞过两回灯柱呢。会不会……会不会潜水的时候，他只是太疲惫了？应该不会是故意的吧？"

燕绥之点了点头，没有做过多评价。

周嘉灵有一丝丝失望，但是她又自我安抚道：实习生嘛，毕竟只是刚毕业的学生，不可能拍着胸脯保证什么，而且他们确实只看到了陈章好的一面，也许他背后真的还有另一面呢？

这一顿晚餐并没有持续太久。

周嘉灵的住处离餐厅很近，不过燕绥之还是把她送到了公寓区门口。

在折返回酒店的路上，燕绥之又调出智能机屏幕看了一眼。顾晏的消息界面依然停留在他发过去的照片上，没有新的回音。

他转着指环想了一会儿，最终还是给对方拨去了通信。通信响了很久，又自动停了。

没人接听？燕绥之正疑惑，智能机突然振了起来，他低头一看，是顾晏拨回来的通信。

"刚才你怎么没接通信？"

顾晏那边静了一下，接着是衣服布料的沙沙声，他似乎走几步换了一个地方。他道："我切了静音没注意。"

燕绥之点了点头，说："那看来我给你发的消息你也没看见。"

顾晏道："我接通信前刚看到。"

燕绥之说："嗯，你看到就行了。"

"你就为了说这个？"顾晏的声音低低沉沉，在夜里显得特别清晰。

"是啊，免得又被扣上出门一次伤一回的帽子。"燕绥之应了一声，隐约听见对方那边似乎有车辆行驶声和风声，"你在外面？"

顾晏顿了一下，平静地道："嗯，酒店咖啡机出了点儿问题，我出来买杯咖啡。警署一日游结束了？"

他们还能不能好好说话？

燕绥之说："结束了。行吧，我先回酒店了，挂了。"

就在通信切断的前一秒，耳扣里突然传来顾晏一句短短的话，和着微微的风声，显得平淡如水："注意安全。"

燕绥之愣了一下，再回神的时候通信已经彻底断了，耳扣里一片安静。

他在原地站了一会儿，哑然失笑。

顾同学说人话简直百年难得一见，这种反常现象如果放在大自然里就预示着会出点儿幺蛾子了。

第二天，燕绥之按照约定时间进看守所见陈章的时候，幺蛾子终于得到了印证——

燕绥之在会见室里坐下，喝了小半杯水，等了五分钟，结果那个负责去提人的管教独自回来了，还带来了一个坏消息："陈章说他无话可说，不见你。"

燕绥之从业多年，碰到的当事人什么样的都有，不配合的也不是第一回见，但是连着两回都碰到这么排斥律师的，手气确实有点儿背。

燕绥之没好气地笑了一声，心想：还不错，至少陈章不像上一个那样刚见面就问候他全家。

远在十数光年外的酒城，反叛少年约书亚·达勒扭头就是一个喷嚏。

"你大冬天的光着膀子，真嫌自己身体太好？"略微年长他几岁的邻居切斯特·贝尔在旁边念叨了一句，"感冒了吗？"

"不是，肯定有人在背后说我坏话。"约书亚揉了揉自己的鼻尖，揉到发红才放下手，又用膝盖狠狠压了一下小半人高的纸板，用麻绳一下一下地捆紧，然后没好气地瞥了眼切斯特，"我给福利院这边帮忙，是因为以前欠过福利院的情，你跟过来碍什么事？"而且他唠唠叨叨的，烦死人了，一句要感冒咒了三天，蜜蜂都没他烦人。

他翻了一个白眼，习惯性地咕哝了一句脏话。

切斯特抬手指了指他红彤彤的鼻尖，半真半假地提醒道："我听见了，你

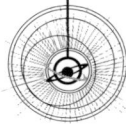

这话带上我家老太太了啊！"

对付约书亚，有用的只有两个人——他妹妹，还有贝尔老太太，效果立竿见影。

约书亚把后半句咽了回去，他瞪着切斯特，无声地嚅动了两下嘴唇，最终只能憋屈地扯着麻绳继续干活。

连脏话都不让骂，这日子简直没法儿过了。

"你少骂两句，一年被揍的次数能少一半。"切斯特把另一个纸箱里的东西搬出来，把空了的纸箱压扁摞在旁边。

约书亚说："滚，除了你，谁总跟我打架？"

"我最近哪次不让着你？"切斯特把那堆东西往他面前推了推，"喏，你把这些也放进玻璃柜。"

这家福利院因为一些事关闭了很久，最近老院长回来，打算重新开院，请了一些杂工来整理积压多年的贮藏物，把它们从纸箱放进防潮防损坏的玻璃柜里。

约书亚很小的时候受过这家福利院的一点儿照顾，这次没要工钱，主动过来帮忙。他接过切斯特搬出来的杂物，把纸质存档文件和其他东西分门别类。他整理到其中一份文件的时候，突然"咦"了一声。

"怎么了？"切斯特探头过来。

"这张合照……"约书亚指了指文件中夹的一张旧照片，"你看这个人，长得像不像上回帮我出庭的那个律师？年纪小一点儿的那个。"

切斯特回忆了一下名字，问道："叫什么？"

"阮野。"

"我看看。"切斯特拿过照片，先看了眼反面，就见上面印了几行字——与年轻善良的 Y 先生在茶花园享用下午茶，他来捐一笔赠款，一如既往地不愿意留影，哈尔偷偷帮我拍了一张，希望 Y 先生别介意。

照片里，浅色的茶花开得正好，阳光跳跃在枝叶上，一个年轻人正低头端起面前的咖啡杯，光影勾勒出他的侧脸轮廓，从额头到鼻梁再到下颚，每一个地方都像精心雕琢的。他目光微垂，嘴角带着笑，即便是静止的，也有年轻人特有的风发意气。

他对面坐的是一位灰发老人，精神抖擞、慈眉善目，正趁着年轻人不注意，偷偷对着镜头竖了一根大拇指。

切斯特翻看了一会儿照片，道："你是脸盲吗？这个角度可能看着有一点儿像，但显然不是一个人。"

他可能很难给一个脸盲形容这两个人长相上的区别，最后只能挑了一个最明显的区别道："你看，这个人眼角有一颗痣，呃……可能有点儿小，看不太清，你仔细看看。我记得那个阮律师没有痣吧？有吗？"

约书亚说："我忘了。"

作为一个脸盲还理直气壮的人，约书亚道："哪里不像？一模一样！"

切斯特："……"

你恐怕有点儿瞎，但这话他不敢说，他跟这个倔小子的关系好不容易有所缓和，要是因为这种小事争一场太不值了。

约书亚咬着舌尖想了想，对切斯特说："你的智能机呢？"

切斯特默默地掏出一块黑色的金属板，说道："我说很多次了，这个不是智能机，就是一部很便宜的通信机。"

"借我用一下。"约书亚说。

他接过通信机，笨拙地摆弄了一下，把那张合照拍下来，发给了一个人。

切斯特看着那串陌生的通信号，问："你发照片给谁啊？"

"上次的律师。"约书亚头也不抬，一个字一个字地输入，"顾律师，我还欠着他的钱，所以要了他的通信号。他好像是阮的老师，我发照片给他看看，他肯定能认出来。"

切斯特说："你可真认真。"

如果他上学的话，应该是一个咬着手指也要强行啃一会儿课本的人。约书亚正襟危坐，捧着通信机等回复的模样，非常符合切斯特脑补的形象。

没过多久，通信机振了一下。

"回了，回了！"约书亚有点儿亢奋，他很少用通信机这种东西，有点儿新奇，"顾律师回我信息了。"

切斯特翻了一个白眼，敷衍地应答："嗯嗯嗯。"

顾晏的回应很简单："什么文件里夹的照片？"

约书亚不知道文件内容能不能随便给人看，便拍了文件抬头及最后一页的结尾，然后传给了顾晏。

拍照片的时候，他嘴里咕咕哝哝地跟着念了一遍："资产赠予书……Y 先

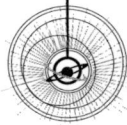

生……四月十五日……"

结果照片刚传过去，他就愣了一下，又仔细看了一眼文件最后的落款日期，盯着年份算了一下，说："哎，不对，这是……这是二十年前的照片吧？"

虽然以现在的寿命来说，二十年并不算什么，但是随着时间的推移，长相、气质上多少会有些变化。

"那个阮律师好像还是实习生。"约书亚有点儿茫然，"实习生一般多大？"

切斯特道："不知道，要看是大学毕业还是研究生毕业的，年龄也会有所区别，就算他二十八岁，那他二十年前……"

约书亚说："八岁。"

切斯特："……"

"嗯，这张照片上的人看着也特别年轻，像二十岁不到。"但也成年了，跟八岁的区别还是很大的。

果不其然，没几秒，约书亚手里的通信机又振了一下。

顾晏的信息回复过来了，一共两条，都很简洁。

——不是他。

——谢谢。

约书亚一脸茫然地问切斯特："他说谢谢，谢什么？我怎么看不懂？"

切斯特说："嗯，可能是他有教养吧。"

约书亚："？"

红石星上，约好的智能驾驶车无声无息地在路边停下，顾晏发完信息，垂着目光看着屏幕上的照片，寒夜的晚风撩起他的大衣衣摆，又轻轻放下。

过了一会儿，他才关闭屏幕。

一个新的通信请求切了进来，高级事务官的声音嚷嚷着响起："你怎么不在房间？"

顾晏说："大半夜找我什么事？"

"我睡不着，找你再对一遍资料。我觉得你这次审查应该稳了，只要明天不出意外。"高级事务官道，"所以大半夜的，你为什么不在房间？"

顾晏说："买咖啡。"

高级事务官问道："大半夜喝什么咖啡？"

顾晏没答，态度非常强硬，一副你爱信不信的样子。

高级事务官说："好好好，那你走到哪里了？还有多久回来？"

顾晏拉开车门，智能驾驶系统自动提问："请指示目的地。"

"天平酒店。"顾晏道。

高级事务官问道："你买杯咖啡还约车？"

顾晏捏了捏眉心，脸色并不太好看。他的目光在周围扫了一圈，最终落在港口来回穿梭的车流上，呵出的气在面前形成了浅白的雾，他略带自嘲地叹了一口气，说："嗯。"

高级事务官又追问了一句："嗯什么？你别骗我，我不傻，你究竟干什么去了？"

顾晏扣好安全装置，把车门关上，平淡地回了一句："谁知道呢。"说完，他切断了通信，靠在副驾驶座上闭目养神。

车窗外，灯火在夜色下连成了斑斓的线。

6

看守所的管教脾气还算好，燕绥之坐在会见室里，手指轻轻地敲着桌面边缘出神，他也没有催，就公事公办地抱着电棍站在门边，随时准备送这位年轻律师出去。

事实上，燕绥之并不是真的在出神，而是在思考。他回忆了一些事后，又点开光脑，找出陈章的几页资料重新看了一眼，对管教笑了笑，说："劳驾。"

"怎么？"对于彬彬有礼的人，谁都凶不起来，管教尽量缓和了脸色，问道，"你有什么需要？"

"你能不能帮我给陈章带一句话？"

"什么话？"管教问。

"就说他的律师在 1931 年至 1940 年是香槟的常客，问他认不认识一个叫陈文的教练。"燕绥之轻轻地敲着桌面的手指停了下来，又抬眼一笑，"另外，明天这个时间，我在这里等他。"

老实说，这种乍一听好像有个惊天大秘密的话，根本不会找人当传声筒，都得当事人面对面，在避人耳目的情况下才会问出来。像燕绥之这种随随便便找人传话的，实在少见。

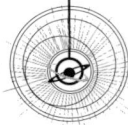

管教头一回见到这种律师，扬起一边眉毛，用一种一言难尽又好奇万分的目光瞄了燕绥之一眼，过一会儿又瞄一眼。他这么来来回回地瞄了好几下，才摸着电棍道："就传这句话？"

"对，谢谢。"燕绥之放下杯子，起身便朝外面走。

临到出门前，燕绥之又想起什么般补充了一句："对了，如果他根本等不及明天，吵着闹着今天就要见我，那你帮我提醒他一句，我只听真话。"

管教问："你认真的？"

他刚刚还碰了钉子，这都不到五分钟，就开始幻想对方吵着闹着求见？做梦吗？

燕绥之半真半假道："当然是开个玩笑。"

管教皮笑肉不笑，算给这个年轻律师一个面子。

实习律师被赶鸭子上架的不少，但这种风格的他头一回见，怎么形容呢？就是对方表现得活像一个看守所的常客，这正常吗？

管教盯着燕绥之从容的背影看了好几眼，心里直犯嘀咕：现在刚毕业的年轻人的心态都这么放松的吗？被当事人拒之门外也不生气不着急？

他默默思索了一下，觉得要么是自己长得不够有威慑力，太和蔼了，没能让对方体会到看守所的真正氛围；要么是对方怕露怯强装镇定，出了看守所就该找一个墙角蹲着哭了。他比较倾向于后者。

于是他看向燕绥之的目光渐渐含了一点儿同情，直到燕绥之转过长廊拐角，随着吱呀的铁门声彻底离开，他才耸着肩冲另一位搭档道："这人估计要哭了。"

搭档看了一眼时间，说："肯定的。原本安排给他们的会见时间有一个小时，这才十分钟，喏，全浪费了。出师不利，谁受得了？"

"你继续看着，我帮那个可怜的实习生传个话。"

事实上，燕绥之从看守所的大门出来后，还真没立刻离开。

当然，他也不可能蹲去墙角哭，而是在对面找了一家咖啡店，要了一杯咖啡，非常淡定地坐下了。

智能机嗡嗡地振了起来，接连收到了好几条消息。

他点开一看，两条来自洛克。

——案子进行得顺利吗？

——对了，我跟那家房东商量了，他愿意把房子保留到你回来，等你去看一下，满意就租。

燕绥之简单地回了他一条消息。

而菲兹的信息内容则像在燕绥之身上黏了一个监视器："我掐着天琴星的时间一算，你差不多该去见当事人了，怎么样，紧张吗？另外，你的工作日志昨天没提交。"

临走前，菲兹就表现出了万般担心，好像燕绥之不是来独自打官司，而是来英勇赴死的。她还叮嘱他，务必每日填一份工作日志提交进实习生系统，亲身上法庭这种加分项一天都不能漏。

结果，燕绥之昨晚就把这事儿忘在了脑后，一个字都没交。

他挑了挑眉，打算模拟一下正常实习生的心态去回复信息，于是随手把洛克当成了模仿对象，回复："非常糟糕，我被当事人拒之门外，紧张得快要吐了。"

两秒后，菲兹小姐回复了无边无际的省略号，紧接着又是一条信息："今天你吃了什么不对劲的东西吗？"

燕绥之失笑，他想起之前顾晏的告诫，让他在菲兹面前"怎么自在怎么来"，看来还真没说错。他努力假装实习生，她反而觉得奇怪。

燕绥之："没有，我开个玩笑，不过被拒之门外确实是真的。"

菲兹："那说明当事人不看脸。"

菲兹："被拒之门外我还真不懂怎么应对，这得问你老师。"

燕绥之敲了三个字"不用了"，还没发送，菲兹的消息又发来了："我知道你肯定不好意思问，所以我帮你问了，不用谢。"

燕绥之："？"

感谢热情过头的菲兹小姐，燕绥之转眼就收到了一个通信，来自"小心眼的薄荷精"。

有那么一瞬间，他觉得最近跟顾晏的通话频率有点儿高，但是仔细一想，其实也不过两三次，还很简短。

他迟疑了一秒，扣上耳扣，接通了通信。

顾晏的声音在耳扣里响起，语气毫无起伏："菲兹刚才给我看了一张截图，听说你没见到当事人，紧张得快要吐了？"

燕绥之："……"菲兹小姐怎么这么会传话？

"我建议你演的时候适可而止。"

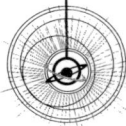

顾晏的话依然没一句中听的，好像之前说"注意安全"的根本不是他，而是谁逼他说的。

不过短短两句话，燕绥之就听出了一点儿别的问题。

"你先歇一歇，等会儿再冷嘲热讽。"燕绥之特别平静地堵住了他的话，问道，"你是不是感冒了？"

"没有。"

燕绥之觉得奇怪，问道："那你说话怎么带了一点儿鼻音？"

顾晏的嗓音比平时低沉，还有一点儿沙哑，透出一丝难得的慵懒。

顾晏沉默了片刻，接着是拖鞋轻微的沙沙声和玻璃杯轻轻磕碰的声音："刚才我在睡觉。"

燕绥之下意识在智能机上调出星际时区，问道："你那边几点？"

顾晏道："十一点，不过红石星今天双夜。"

红石星属于联盟中央星球之一，体积巨大，而且有个独特的现象，叫双昼和双夜。顾名思义，前者白昼是平时的两倍，后者夜晚是平日的两倍。每到这一天，红石星上所有人的活动节奏都会放慢，相当于多一天假期。

"你居然撞上双夜了？"燕绥之道，"你这一次的审核还剩几场？"

"明天一场。"顾晏淡淡道。

燕绥之点了点头，手指随意地拨着屏幕上红石星的时间。他看着红石星和天琴星的时间换算界面，突然想起昨晚的事，问道："昨晚我给你电话的时候，你那边几点？"

"凌晨三点左右。"也许是刚睡醒，顾晏下意识答道。

燕绥之转着杯子的手指停了一下，问道："凌晨三点你出去买咖啡？"

燕绥之的耳扣里，咖啡汩汩地倒进玻璃杯里的声音清晰可闻，还有顾晏平缓的呼吸声……他依旧平静地做着自己的事，就是没有回答。

燕绥之的心里生出一丝微妙的情绪，他沉默了几秒，又确认道："你现在确实在红石星？"

顾晏："……"

话题到这里基本就终结了。

顾晏手里调咖啡的匙子"哐当"一声响，隔着数十万光年，他都能想象对方此时的表情。

燕绥之笑了一下，道："我是不是该庆幸通信拨得很及时？"

顾晏依然没说话，不知道在想什么。

燕绥之姑且当他拉不下脸，又道："看来当年我没看走眼，没收错学生。"

顾晏终于冷漠地开了口："你确定你挑过学生？"

人不要脸，鬼都怕，当年明明是学生摇号自主选择老师。

天琴星第三区这天是一个阴天，可能坐着说几句话的工夫，天边就堆起了黑云。

"快下雨了。"燕绥之看了一眼天色。

第一口咖啡让顾同学恢复了不咸不淡的本性，丢过来一句话："你花钱时看着点儿资产卡，至少给自己留点儿买伞的钱。"

昨晚刚花完一笔钱的燕大教授有点儿心虚，心想：去你的吧，净没好话。

看守所内，管教大步流星地走到走廊深处，打开了一扇窄门。

门里，陈章正弯着腰背，面朝向墙，躺在床上一动不动，像是根本没听见门响。

"喂——"管教露出足以吓唬人的表情，冲床上的人喝道，"我跟你说话呢，听见没？你转过来，背对着我算什么意思？"

陈章的头动了一下，有些僵硬地撑着床铺坐起来，动作有点儿慢，像一下子老了很多岁，连腿脚肩背都不利索了。他坐在床边，没抬头也没吭声，但这一系列动作都表达了一个意思——你说吧，我在听。

其实陈章的表现一直不算差，他很顺从，基本上管教说什么他就照做，不给人添麻烦。唯一的不配合就是他太沉默，太消极了。

管教见他依然很老实，语气也缓和了两分，干巴巴道："你的律师让我给你带一句话。"

陈章依然一动不动，像没听见一样。

管教有点儿不耐烦，道："他说他以前是香槟的常客，问你认不……"

他的语速有点儿快，也许是认为这话起不了多少作用。结果他刚说了一半，始终低着头的陈章居然像被人按了启动按钮一样，脖颈动了动，僵硬而缓慢地抬起了头，目光投向他。

管教道："呃……"

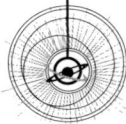

管教愣了一瞬，不过很快想了起来，问道："他问你认不认识一个叫陈文的人。"

陈章有些艰难地问道："你说谁？"

管教翻了一个白眼，说："陈文，我应该没听错。"

管教很难形容那一瞬间，陈章的脸色究竟变换了多少回，至少他的眼睛亮了又暗，反反复复好几回，像万分纠结，又难以相信。

他居然真的活过来了？

管教有点儿诧异，不过他等了两分钟，陈章依然沉浸在万般情绪中没有要起身的意思，于是他没好气道："行了，话我带到了，你好自为之。"说完，他转身就要关上门。

说时迟那时快，当门快要合上的时候，一只手突然从管教身后伸出，卡进了门缝里。

管教训练有素，下意识钳住那只手，然后反拧锁喉。

管教的手抓着陈章的脖子，因为被卡在墙上，陈章原本蜡黄的脸已经快憋成棕红，他用气声解释道："我……我只是想叫住你，我……我能不能见一下我的律师？"

管教说："明天你就能见他了。"

陈章问："今天……咯咯，今天不行吗？"

管教："……"

好，虽然陈章没有哭着喊着，但看他这副快要憋死在这里的模样，也确实很急了。

"你早干吗去了？"管教嘲讽了一句，松开手指让陈章喘了一口气，"人都走了，你又反悔了？"

陈章弯腰捂着喉咙，接着是一阵猛烈的咳嗽。

管教一边想着还真被那实习生说中了，一边不情不愿地冲陈章道："你那律师还托我带了一句话。"

陈章抬起头，眼里都充了血。

"他说，如果你哭着喊着非要见他的话，他只听实话。"

陈章："……"

这个管教大概是最好说话的一个了，他瞪了陈章半天，最后板着脸，不耐烦地咕哝了一句"麻烦"，便用公共智能机拨了一个通信。

提示音响了几声，对方不紧不慢地接通了："你好。"

管教说："我是看守所这边的。"

对方问："陈章想见我？"

管教说："对。"

"好，我现在过去。"

管教想了想，又道："你人到哪儿了？回来大概需要多久？会见时间也没剩多少了，等你回来如果只剩十来分钟，那我建议你不如明天过来。"

他其实也是为了这个实习生好，像陈章这种闷葫芦，着急忙慌问两句不痛不痒的话，不仅没什么用处，指不定下回又不乐意见了。

谁知对方的声音里含着了然的笑意，说："不用多久，我就在贵所对面的咖啡店里。"

管教："……"

得，人家料定了陈章要反悔，连腿都懒得迈，就在那儿等着呢！

还贵所，这实习生恐怕是一个成精的妖怪。

管教心里想着，冲陈章招了招手，说："行了，你跟我走吧。"

咖啡店里，燕绥之已经挂了管教的通信，起身准备二进宫。依照天琴星这边的规定，在会见室单独见嫌疑人，如果管教不在场，律师是不能把智能机带进去的，更不能给嫌疑人提供通信工具。

燕绥之临进会见室前，把智能机从手指上摘下来，正打算放进管教给的透明封袋里，又忽然想起什么般顿了一下。

"稍等。"他冲管教笑了笑，然后调出智能机的屏幕，给顾晏发了一条消息："好好审核。"

7

陈章在会见室里见到了自己的律师。

说实话，在此之前，他甚至都没有问过律师是谁，也没有要问的欲望。他从管教们只言片语的议论里得知对方是一个年轻人，年轻到必然要输官司的那种。

这在他的意料之中，但他没想到对方居然是认识的人。

"是你？"陈章在会见室里还没坐下，就诧异地开了口，这主动一开口，

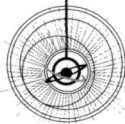

注定他落了下风。

"你不是那个……跟着那位大律师的实习生吗？"陈章在桌前愣了好一会儿，才拉开椅子坐下。

燕绥之点了点头，说："在正式场合见到我并不是什么好事，所以我只能说很遗憾，又见面了。"

陈章："……"

前阵子才见过面的两人，再碰见居然是这种情况，燕绥之坦然得很，但是陈章却万分尴尬，这种尴尬甚至冲淡了他之前对律师的消极抵抗。

管教看了一眼时间，提醒道："申请的会见时间还剩半个小时，请抓紧。"说完，他便离开了会见室，替两人关上了门。

门"嘭"地响一下，把陈章从尴尬中惊醒。他突然反应过来，面前这个实习律师真的很年轻，年轻得过分，所以……

"你托管教带给我的那句话……你1931年至1940年，就算1940年，那都是十多年前了，那时候你才多大？"

事实上，燕绥之那时候二十五岁，但"阮野"显然不是。燕大教授这次记住了自己的人设，非常不要脸地把年纪改小了一轮多，说："七岁？"

陈章："……"

他动了动嘴唇，差点儿要骂人。

1940年才七岁，也就是说1931年他连胚胎都不是，哪儿来的香槟俱乐部常客？

"你诈我？"陈章瞪着他。

燕绥之特别坦然地点了点头，说："谁说不是呢。"

他换了一个更为放松优雅的姿势，看着陈章的眼睛道："但是这并不妨碍我知道当初的事故，我认为这可以成为这次事情的突破口，你觉得呢？陈章先生或者陈文先生？"

陈章的牙关紧了一下，但他的表情看起来并不是愤怒，而是紧张。他问道："你……你怎么知道的？你知道多少？"

看得出来，陈章对当初的事情极其在意，要不然也不会一提到这件事就上钩，转变态度，老老实实地来会见室。

他瞪大了眼睛，屏息凝神看着燕绥之，大气不敢喘地等他开口。

结果燕绥之靠在椅背上，慢悠悠地回了他两个字："你猜？"

陈章一口气差点儿没上来。

"这其实是一个很没有必要问的问题。"燕绥之道，"如果我是你，一定不会把有限的时间浪费在这种答案显而易见的事情上。"

陈章一愣。

确实，他还能是怎么知道的？这个实习律师年纪小，要知道那件事，必然是从其他人嘴里打听来的，那会是谁呢？

他的注意力下意识放在管教转告的那句话上，1931 年到 1940 年是香槟的常客……这句话说的不是律师本人，那一定就是告知的人。当年的香槟俱乐部，有十几年的常客吗？

陈章回忆了一下，当年香槟的客人名单他还有一点儿印象。

当然，他并不是记得名单上那么多名字，而是记得一些特点——香槟的客人里，旅游性质的一次性客人比较少，因为香槟俱乐部规模不大，价格却很高，对于海滩游客来说，并不是一个好选择，明明有更多更热门的大型俱乐部可以去，何必花那个冤枉钱来香槟。

香槟俱乐部特别受富家子弟的青睐，不过大多数人都是偶尔来度假玩一把，释放一下压力。去得频繁并且坚持了很多年的，往往是两种人——

一种是七十岁到九十岁之间，处于盛年后期的，他们把这种潜水运动作为一种常态的锻炼，定时定点打卡似的；另一种则是十几二十岁的富家小少爷们，刚成年，时间多，爱找刺激。

但不管是哪一种，都有一个共同点，给的小费相当丰厚。

当初陈章就是冲着这一点去的香槟。

那时候他刚从专业的水下作业潜水员工作上退下来，又急需赚钱，就托人在香槟俱乐部找了一份活，做不挂名教练。因为是不挂名的，所以他手里没有固定的客人，总是今天帮忙带一下这个，明天帮忙带一下那个。会有客人记得他？怎么可能。

"你看起来又钻进了某个牛角尖里。"燕绥之道，"我猜，你是在回想当初认识的人里谁会告诉我那些事？"

陈章又是一愣，表情微妙地尴尬。

短短两分钟，寥寥几句话，燕绥之就对陈章的性格有了大致的了解——他

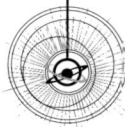

很容易被人带偏想法，抓不住重点，说好听点儿叫容易轻信人，说难听点儿叫傻，而且有点儿过于较真。

如果陈章身上真的另有隐情，从他这性格来说，燕绥之也不太意外。

不过，燕绥之并不喜欢提前给人下结论，尽管陈章的一举一动简直是标准的"我藏着一些事情，可能还有点儿委屈，可我不说"。

"这很重要吗？"燕绥之的语气很冷淡。

陈章的脸涨得有点儿红，说："我只是想不通你是怎么知道的。"

怎么知道的？当然是他看见的。

从十五岁到二十五岁，燕绥之都是香槟的常客，所以他让管教传的话也不都是假的。

最初几年，他总是懒懒的不爱搭理人，身边有固定的教练，但他经常一声不吭地不带教练就下水，没少把教练吓出汗来。那个教练脾气温和，是一个话痨，对着客人也喜欢天南海北地聊。他聊的内容很宽泛，从突如其来的人生道理，到他周围某一个不起眼的邻居、同事，想到什么就跟燕绥之说什么。

对于他说的那些琐碎杂事，燕绥之其实一点儿兴趣都没有，但他总会恰到好处地"嗯"上一声，这就足以让对方兴致勃勃地聊很久。

有一回，他撑坐在潜水船的船舷边，懒懒散散地喝着一杯水，看着不远处的另一艘潜水船。那艘船上没有兴致勃勃的潜水者，只有一名教练孤零零地站在一角，撑着腰看着海水发呆。

他看了一会儿，朝那边抬了抬下巴，问："那是谁？我之前没见过。"

他的教练在旁边像水牛似的灌下半瓶健体饮料，摸着胃，道："哦，新来的一个同事。"

少年燕绥之很少会主动发问，所以教练听了问题就很亢奋，就差把对方的生平事迹写成一篇论文了。

"他叫陈文，前两天有人介绍来了俱乐部。他原本是一个专业搞水下作业的潜水员，技术没有问题。"教练说，"而且他很年轻，之所以从潜水员的位置上退下来，好像是前一年身体出了点儿状况，不适合继续水下作业了。"

香槟俱乐部其实很少会用背景不那么清楚的人，而且客人都是一些富家子弟，小费丰厚，没有哪个教练会乐意把自己已有的资源分出去。所以陈文作为一个刚进香槟的不挂名教练，孤零零的实在太正常了。

"我觉得他人还不错，就是很闷。"教练说，"他不太亲近人，所以俱乐部里的人都跟他不太熟。我跟他聊得算是比较多的了，知道的也很有限。"

教练指了指自己的双眼，道："我唯一印象比较深的，就是他的视力很奇特，白天对很多东西不敏感，夜里倒是看得清清楚楚，简直天生是下水的料。"

燕绥之回头看他，问道："你怎么知道的？"

"上次我有东西忘在俱乐部了只好回来拿，他那天也有工作要整理，在俱乐部的办公室加班。我去器材室的时候，正像盲人一样哆哆嗦嗦地找开关开灯呢，结果摸到了他的手。"

教练打了个夸张的寒战，说："我连魂都要被吓飞了！闹了半天，其实就是他老人家要去器材室把他那套潜水工具找出来，懒得开灯，正找着呢，就碰见我进去了。我会摸到他的手，是因为他看我在磕磕碰碰地找开关，打算帮我开灯。"

也许是当时教练的表演太夸张，又或者是陈文孤零零的潜水船有些特别，所以过了这么多年，燕绥之还能想起来那个并不重要的场景。

之后的几年里，也许是燕绥之去香槟的时间点跟陈文对不上，又或者是他很少注意别人，对陈文就再没什么新印象了。他偶尔见到陈文，都是远远地隔着海滩或者人群，而陈文倒是一如既往，形单影只。

但他跟陈文不是没有交集的，唯一一次交集是1942年。

那天，他的话痨教练不用他甩就没了踪影。

"我家里有点儿急事，托了陈文帮忙带你。"他到香槟的时候，教练给他留了这么一句话。

那阵子燕绥之碰到了一些事情，有些心不在焉，随意应了一声就去VIP柜里拿了一套潜水服和设备换上了。他从更衣室出来去海滩的时候，刚巧看见陈文被几个保镖勾肩搭背，半请半强迫地拉走了。

他对那几个保镖有点儿印象，他们总跟着某个十来岁的小少爷。他也记得教练临走前提过一句，说陈文这天下午还得再带一位麻烦的客人。

估计教练说的就是这位少爷了。

作为甩过教练且经验丰富的人，燕绥之瞥了一眼就知道那些保镖在干吗，当时他只是失笑一声，兀自去了潜水船。他在潜水船等了片刻，见陈文还没来，便干脆自己下了水。

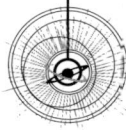

没想到那次就碰上了事故。

会见室里，陈章用力搓了搓自己的手指，被燕绥之说了两回后，他终于放弃钻那个毫无意义的牛角尖，问道："你……那你说你知道那次事故，你知道的是怎么样的？"他想了想，又有些自暴自弃地垂下了目光，略带一丝嘲讽地道，"我没有尽责，导致客人在水下出现事故？"

燕绥之想了想，说："差不多吧。"

陈章"哼"了一声，别过脸，脸色要多臭有多臭，一副苦大仇深的模样。

燕绥之顿了一下，又挑眉继续道："不过可能需要再加一个前缀，你被保镖故意拉走了。"

有那么一瞬间，陈章没有反应过来，依然保持着鼻子不是鼻子，眼睛不是眼睛的厌烦表情。

过了大约三秒钟，他才猛地转过头来，盯着燕绥道："你真的知道？"

燕绥之摊了摊手，说："显而易见，我已经说了。"

陈章始终记得那天，那几个保镖最初还是玩笑似的拦着他，等将他拉到更衣室里之后，他们的态度就瞬间变了，最后几乎是极其强硬地让他待在更衣室里，不许去海滩妨碍人。

"妨碍"，他们当时用的词汇让陈章明白曼森小少爷铁了心不想要教练跟着。但曼森毕竟才十四岁，他实在放心不下，中间几次试图离开更衣室，但都没有成功。

后来当他得知发生事故的时候，心里咯噔一下，出了一身冷汗。

曼森在医院躺着的时候，他一直往医院跑，结果连病房门都没看到，就又被保镖拦了回来，对方的态度依然强硬。

再之后，他就被香槟通知不用去俱乐部了，他好不容易找到的工作丢了。

原因不言而喻。

那阵子本来就是他过得最艰难的时候，所有坏事全部堆到了一起，而最要命的根源就在于他没了工作。每次想到这件事，他都不可抑制地对十四岁的曼森小少爷生出怨恨。

如果不是曼森非要让保镖拦着他，根本不可能出现后来的事，他也不至于好几年被各个俱乐部拒之门外。

那几年，他潦倒得连一个饭碗都捞不到。

而怨恨这种东西，每多想一次就会加深一次，很难再根除。

他的境遇一天不好转，他就一天不能释怀。

那之后，他试图跟人解释过事情的原委，但是没人愿意相信他，或者说没人敢相信他。

即便现在提起当年那件事情，他的眼神里也充满了阴沉的情绪。

"那场事故错不在你。"燕绥之说道，"我知道。"

他没有流露出同情的情绪，非常平静，就像顺口说了一句再正常不过的话，但正因为格外平静，反倒让人觉得他说的就是他所认为的，并不是为了安慰人。

这恰恰是陈章最在意的，他不需要安慰，这么多年过去了，安慰对他来说没有一点儿用处，毕竟该承受的他都已经承受完了。他唯一想听的，就是有人不需要他解释，不需要他摆出证据，就能明明白白地知道，他不是故意的，他不是一个不负责任的人。

陈章愣愣地看着燕绥之。

他跟约书亚不一样，也许有委屈，但表达不出来，多年的磨砺让他连眼眶都不会红了。他只是呆滞了很久，然后低头抹了一下脸，这才抬眼冲燕绥之正色道："不管怎么说，我很高兴听见你说这句话。"

燕绥之的目光扫过他的脸，道："你后来做过整形？你的长相跟你还叫陈文的时候不一样。"

这也是为什么上回在海滩，燕绥之刚看到他的时候甚至没有觉得眼熟。

警局也直接忽视了这一点，也许是因为香槟俱乐部早就已经不存在了，而他以前的同事有些早就不干这一行，不知去哪个星球生活了，还有些人对他没什么印象。

最重要的是，陈章的口供录得太顺，以至于根本不用再费警力去查那些不那么重要的事情。

陈章迟疑了一会儿，道："我后来碰到了一个贵人，他建议我改头换面，换一个身份生活。所以我决定改掉名字，也调整一下模样，把过往的不愉快扔远一些，重新开始。在这过程中，也多亏了他帮忙。事实上我做的不是整形，是基因调整。"

"基因调整？"燕绥之重复了一遍，问道，"在联盟内做基因调整是需要

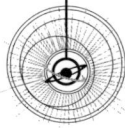

登记的，如果你做过，你的身份信息上会自动绑定这个标记，但是你的资料上过往基因调整记录一栏很干净。"

"当然不是走官方程序。"陈章道，"我需要的是重新开始，而不是昭告天下我就是那个闹出过事故的陈文，只不过换了五官和名字。"

"所以是灰色渠道？"

陈章点了点头，说："那位贵人说，他有一些门路，能够让我悄无声息地去做基因调整。"

这种感觉还真是熟悉。

燕绥之点了点头，道："直觉告诉我，如果不问一下你这位贵人是谁，以及他所指的灰色渠道在哪儿，我一定会非常遗憾。"

陈章面露犹豫，迟迟没有开口。

"或者你也可以选择把亚巴岛那晚发生的一切告诉我。"燕绥之瞥了眼墙上的时间，"毕竟在这次会见的半个小时里，起码有二十五分钟你在发呆，以及一脸怨愤地发呆。现在时间所剩无几，你只能二选一回答一个了。"

陈章："……"

"我只是一个实习生。"燕绥之说得顺畅，"这是我第一次接案子，很紧张也很忐忑。"

陈章："……"

"而这过程中的表现，无疑会影响我今后很长一段时间的职业发展。"燕绥之道，"如果我表现得太过糟糕，比如连当事人的嘴都撬不开，导致一无所获，我很可能会失去饭碗。"

陈章："……"

燕绥之动了动嘴唇，似乎还要说什么。

陈章一脸崩溃地道："我要说的都说了，那天晚上发生了什么口供里写得清清楚楚，你可以直接看。"

燕绥之微笑着道："我当然看过口供，不过我还是想听你再背一遍。"

陈章："……"

他忍了一会儿，又忍了一会儿，终于没忍住，道："我选择告诉你那个该死的渠道。"

燕绥之比了一个手势，请他自由陈述。

陈章回想了一下，道："那位贵人帮过我很多，我……我很感激他，所以我不便多说，不想给他惹上不必要的麻烦。至于那个灰色渠道，我去的那个在德卡马西区。我不知道你有没有听说过，那里有一片黑市。"

燕绥之的眼珠子转动了一下，说："我恰好知道。"

"从那个黑市西边路口进去，从左数第七个门面，有个楼梯口，从那里上楼。三楼有一个房间，我在那里找到的人，可以帮忙做基因调整。"陈章说得很详细。

燕绥之面色未变，心里却已经记下了路线。

因为那条路太熟了，他醒来之后就被安排住在那儿附近，这应该不是巧合。

陈章说到做到，讲完了基因调整的灰色渠道，就再没开口说一句话。不知道为什么，他觉得面前这个实习生看起来温和有礼，实际上张口就能吃人。

他总觉得自己一不小心就要被对方套进去，所以干脆一言不发，以此表明他铁了心不想再提亚巴岛那晚的事情，或者说他铁了心要认罪。

于是最后三分钟里，整个会见室安静至极。

陈章不说话，那个实习生居然也不急，更没有要追问的意思，而是喝着水，一脸安静地看着自己的手指，这反倒让陈章觉得特别别扭。

他万万没有想到，在沉默中坐立难安的人居然是自己，最后解救他的，是开门进来的管教。

那个高大壮实的管教虎着脸，生硬地提醒："时间到了啊，别聊了。"刚说完，他就反应过来，会见室里并没有人在聊天。

而最诡异的是，嫌疑人陈章一脸"你总算来了"的表情，像看救世主一样看着他，一副恨不得赶紧回监室的模样。

管教问道："你俩聊了啥？"

他问的是"你俩"，目光却只投向燕绥之的身上。

燕绥之站起身，把水杯朝前推了推，笑着说道："我们聊了些很有意思的事情，不过管教先生，你再问下去就违规了。"

在这里，律师和当事人之间的会见不受监听监控，当然也无须告诉管教内容。相反，如果管教执意问太多，就该被送去审查室喝茶了。

"噢，我就是随口一说，你可千万别告诉我，我不想听。"管教说完，拍

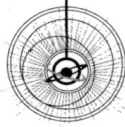

267

了拍陈章的肩膀，"走了。"

陈章抬头，如丧考妣地看了他一眼。

管教："……"

"我还没死呢，上坟给谁看啊？"他语气不太强硬地训斥了一句，也许是觉得嫌疑人可怜巴巴的。

陈章一副逆来顺受、随便训斥的模样，没回嘴，也没露出什么不该有的表情。他老老实实地站了起来，动作有点儿慢，和之前在监室起床一样僵硬。

他迈步之前，又下意识按了一下腰，这才跟着管教出门。

燕绥之正在收拾带过来的纸质资料，这是唯一能带进会见室里的东西。

他连头都没有抬，注意力根本不在陈章身上，却在他出门前突然抬眼问了一句："你的旧疾发了？遗传的毛病？"

就因为这句话，陈章差点儿被低低的门槛绊了个跟头，他一脑袋撞在前面的管教身上，分量也不轻，撞得管教接连跟跄两步没刹住车，啪地贴上了墙。

燕绥之是笑着出去的，临走前还对陈章道："明天这个时候，我还在会见室等你，我不介意跟你大眼瞪小眼地对坐一个小时，你可以提前做好心理准备。"

陈章："……"

管教觉得这个实习生比某些犯罪嫌疑犯还会威胁人，偏偏对方又笑得特别得体，他连骂都无从下口。

8

出了看守所，燕绥之把智能机指环从透明袋里拿出来，翻看了一下有没有新信息，又调出联盟地图，选中德卡马，在陈章刚才所提的地方做了一个标记。

当他把智能机重新套在手指上的时候，街边的巷子里突然一前一后地蹿出来两个人影，直扑这边。

燕绥之心想：看守所大门口也敢这样？胆子很大啊！

有了之前的经历，他脚尖一转，及时侧身让开了一条路。于是那两道人影扑了个空，一直冲过了人行横道，才堪堪刹住车，又转头朝他来了。

"哎，别躲别躲，误会——"打头的那个圆脸小个子男人三两步跑过来，嘴里这么喊着。

燕绥之心想：误会什么，你这么说我就信你了？

他转身就要走，那个圆脸立刻一个急转，拦到了他面前，急匆匆地掏出一个证件。

"我们没恶意，放心，我们没恶意！"圆脸指着证件上的照片，跟自己的脸做了个对比，"记者，我们是记者。我是吉姆·本奇。"他又指了指后面跟着的那个鼻尖带雀斑的年轻人，"诺曼·赫西，我的助理小记者，我们来自蜂窝网，你看，有证件的。"

狗窝网也跟我没关系，燕大教授这么想着，面上却是点了点头，温声道："幸会，借过。"真是毫不留情。

那个叫本奇的圆脸又"哎哎"几声，道："我只占用你一点点时间，借一步说话行不行？"他又努力地把证件往燕绥之的眼前伸了伸，好像这样能起什么作用似的。

结果还真起了作用，因为燕绥之看见了证件上的网站 logo（标志），有几分眼熟。他略微回想了一下，在脑海中找出了一个画面。那是在南十字的办公室里，顾晏刚收到消息说乔治·曼森出事的时候，他用光脑搜过消息，只有一个冷门小网站发了一篇标题很夸张的报道，不过转眼就被删了。

如果他没记错的话，那个小网站的 logo 跟这个记者证上的一模一样。

这么一看，这两个记者拦住他是为了什么就显而易见了。

圆脸本奇一看他没急着走，立刻来了精神，趁热打铁地指着街对面的咖啡厅，说："我们很正规的，只是想跟你简单聊几句，你如果实在不放心，我们就坐在露天座位那边，你随时能走，怎么样？"

燕绥之想了想，欣然同意。他同意的原因当然不是去给人送消息的，大尾巴狼院长没这么好心，他是想从记者嘴里套点儿东西。

这个网站既然能第一时间搞到消息放出报道，多少还是有点儿货的，就算没有，只是坐几分钟也并不吃亏。最重要的是，后面那个雀斑小年轻还好，这个圆脸本奇一看就是一个缠人的，自己要脱身可能还有点儿麻烦。

三人一人点了一杯咖啡，燕绥之还要了一份甜点，他感觉有点儿低血糖，得吃点儿东西垫一垫。

"不介意吧？"他拿起叉子的时候，非常讲究地问了一句。

"吃，你正常吃，当然没关系！"本奇说话的声音很大，而且总喜欢先哈哈两下以示热情，有些夸张，但是很多时候能强行显得熟悉一些。

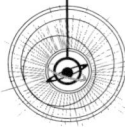

　　不过他哈哈笑着的同时，掩在桌底下的手飞快地盲打了一条消息发出去。

　　坐在旁边的雀斑小年轻赫西的智能机振了一下，他看起来有些腼腆，从头到尾除了跟着跑和跟着笑，一直没开过口。所以这回他依然是冲着燕绥之腼腆地干笑两下，才转身点开全息屏看消息。

　　来信人吉姆·本奇——对方正坐在他手边不到三十厘米的地方。

　　赫西："……"

　　本奇："这个传说中的实习生律师好对付！你看他，吃口甜点还那么讲究礼仪，一看就特别有教养，这种人一般拉不下脸，又是学生，一定很老实！"

　　赫西："……"

　　结合全句，这消息看着就像在反讽本奇自己不讲礼仪，不要脸。

　　赫西眨了眨眼，抿着嘴唇，一脸严肃地把全息屏收了，正襟危坐，没敢回复消息。

　　燕绥之不紧不慢地吃了两口甜点，压下了那种隐约的眩晕感。

　　本奇的目光在他的叉子和甜点间徘徊片刻，然后咧嘴笑了起来。

　　燕绥之："……"

　　他是不急，但是这个记者这么凑过来笑，很影响他的食欲。

　　燕大教授的心理活动很少表达出来，或者说即便表达出来，也会用各种冠冕堂皇的礼貌用语和优雅的笑包装一下。

　　本奇当然看不出来他在想什么，只自顾自斟酌着道："是这样的，我们是蜂窝网的记者，一直非常关注乔治·曼森先生的意外。当然，我们先要对此表示遗憾……"他说着还垂下了目光，旁边的赫西根本跟不上他的节奏，一脸茫然地看着他演戏。

　　"但是遗憾不代表要放弃追踪真相。"本奇抬头又道，"我们知道，您——"

　　"不用那么客气。"燕绥之适当地说道。

　　"好吧，你——"本奇哈哈笑着换了用词，觉得这实习生特别上道，"你是这次的被告辩护律师，老实说，我很少见到实习生被委派这么重要的案子，你平时一定表现得非常出色，真是年轻有为。"

　　燕绥之一脸淡定地听他夸，末了，笑一笑以示过奖。

　　赫西在旁边默默地喝咖啡，本奇的这一套说辞，他已经能倒背如流了。先一顿蜜糖往对方的嘴里灌，灌到对方晕乎乎、飘飘然，再来一个转折，表示对方什么都好，就是缺少一点儿助力，然后表示自己这边恰好有可以帮上忙的地方。

果不其然，本奇一通天花乱坠的夸赞之后，话锋一转，说道："事实上，我知道一点儿真相，但是……"

他瞟了眼四周，压低声音："唉，算了，反正我可以跟你保证，绝对不是那个叫陈章的潜水教练干的。我们这几天一直在医院那边蹲守，虽然进不了病房，但也收获了不少东西。"他说着，把智能机的全息屏点亮，把默认的私密模式关掉，这样旁边的燕绥之也能看见屏幕上的内容。

"你看看这些照片，看，这么多，"本奇道，"全是我们最近拍到的，都是动态图片。还有更全的一些影像，里面有很多关键资料，能给你提供极大的帮助。"

他看了燕绥之一眼，确认对方的目光被照片吸引了，心里有些得意，道："我们甚至已经推测出真凶了。我知道这次庭审对你来说其实很重要，准确地说，第一次庭审对任何一个律师都很重要，你肯定想有一次非常出色的表现，所以……怎么样？我把照片和录像给你。"

燕绥之没急着回答，而是道："你这么一晃而过，我很难判断照片的内容，虽然这样说有点儿冒犯，但是……"

本奇立刻明白了他的意思，说："我知道，我当然知道，你怕我拍一些毫无用处的照片来糊弄你嘛！这样，你可以大致看一遍。"

本奇说着，把手腕伸到了他面前，把屏幕放大，让对方能看清楚。

燕绥之看照片的速度很快，百来张照片，他只花了五分钟就看了一遍。正如本奇所说，他拍到了不少人，有乔，有赵择木，有劳拉他们那群律师，都是在解禁后去医院看望乔治·曼森时被拍到的。

里面有几张照片比较有意思，一张是乔和赵择木两人从医院出来，各自冷着一张脸，看起来似乎相处得不太愉快，又或者因为什么事发生了争执。

还有几张则是两人一致对外，正与曼森家的人进行对峙。

百来张照片拍到了形形色色的亲朋好友，里面看起来最神伤的还是乔和赵择木，最冷情冷性的是曼森自家的人。不过这都在燕绥之的意料之中，没什么可意外的。

还有几张照片拍的不是医院，而是一幢灰蒙蒙的房子，挤在众多相似的公寓房中间，很不起眼。

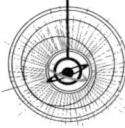

"这是哪儿？"燕绥之问了一句。

本奇扫了一眼，道："哦，那个潜水教练陈章的家，不过没什么可看的，拍了几天也没人来。"

燕绥之点了点头，那些录像他简单看了一遍，也只花了不到五分钟，便点了点头，说："行了，我差不多扫了一遍，谢谢。对了，你刚才说已经知道了真凶？"

本奇把智能机收回来，压低了嗓音神神秘秘地道："对。"

燕绥之问："谁？"

本奇说："乔。"

燕绥之："……"

这话要让顾晏来听，脸色绝对很好看。

当然，这不是指他们先入为主地把乔直接排除出嫌疑人范围，而是这名记者的表情和语气实在太有戏了，乔少爷看见了能把他的脸摁进狗窝里。

"乔之前跟曼森有过冲突，闹得很大，直接打掉了牙的那种。"本奇道，"赵家太软弱，要抱曼森家的大腿，干不出什么事。至于这几个律师，牵扯不是太多就是太少，最主要的是找不出什么动机来，最近也没有可疑的动静。只有乔，这几天的情绪很怪。"

本奇道："有点儿喜怒无常。怎么说呢，我不知道你能不能想象那样的心理——我做了一件很糟糕的事情，因为我有信心躲过惩罚，所以我不会害怕。然而等警察真正搜起来的时候，我又有一点儿紧张。"

这名记者讲故事还要配图，他找了几张照片出来，道："你看，这张乔对着警方的照片，是不是有种特别紧绷的感觉？你看他的表情。"

"然后警方果然没查出什么来，"记者指着另外几张图，"乔便以肉眼可见的速度放松下来，刚才竖毛公鸡的模样不见了，对吗？"

"紧接着，就是最后一种心理，有点儿嘚瑟、有点儿狂。"记者道，"你看他这个在警察背后的眼神，是不是有点儿挑衅的意味？"

燕绥之："……"

他想了想，对本奇道："说说你的条件，你不会无缘无故帮我吧？"

本奇笑了，他说："我就喜欢跟聪明人讲话，不过我们的要求其实很小。这次的庭审，因为曼森家的插手，不对外公开，所以我们不能进去听审，而且查得特别严，唯一的例外是律师可以带助理。"

其实说是助理，并不特指"某某助理"这个职务，而是对律师而言，有陪同出庭必要的人。一般情况下，配额最多两个。

本奇话尽于此，燕绥之一脸了然。

"你明白了吗？"

燕绥之点了点头，说："你希望我以陪同出庭的名义，带你们进去？"

本奇道："对，我们保证不带任何摄像设备，老老实实地按照庭审要求，进去之后就坐在角落里。"

我信你就有鬼了。

如果是旁边那个一脸茫然和腼腆的赫西说这种话，燕绥之可能还会信两句，这个本奇一看就不是老实人。尤其他说话的时候，赫西一直低着头，眼睛瞟向一边，显然不是特别赞同他的做法。

燕绥之"哦"了一声，慢条斯理地喝完最后一口咖啡。

本奇觉得有这么多照片和影像在手，这个实习生不可能不动心，所以胜券在握，胸有成竹。

然而……

燕绥之放下咖啡杯，起身道："谢谢，再见。"

本奇："？"

三分钟后，赫西扯了扯本奇，说："本奇先生，他已经上车走了，我们还是回去吧。我觉得这个案子其实不适合现在插手，不如——"

"不如，不如，不如！"本奇白了他一眼，"你又要提那个爆炸案是不是？那都是多久之前的事情了，热度早就没了。有那工夫，还不如找一个版面再给那位院长开个纪念栏，刷刷脸可能关注度还高一点儿。"

他训斥完，越想越不爽，咕哝道："不行，被一个实习生堵了，我一口气下不去。"

赫西皱了一下眉，问道："你还要干什么？"

"走，我们跟着他。"本奇说。

刚才看照片的时候，燕绥之记下了两样东西，其中一样就是陈章那个不太起眼的家。当时他的目光虽然扫得很快，但是实际上已经把墙角上的门牌号记

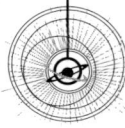

下来了，上面写着樟林路 19 号。

因为燕绥之约的车是可以自主驾驶的，所以他上车后直接坐上了驾驶座。

车子起步时默认的是智能驾驶模式，燕绥之在第三区的地图上搜到了樟林路 19 号，把它定为目的地，便没再管，任驾驶系统自由发挥。他自己则打开了光脑，打算再看一遍案子的资料。

不过他没看多久资料，就重新抬起了头，目光落在了后视镜里。

一般而言，智能驾驶系统其实有个额外的功能，叫前车追踪，但是这个功能只有警车能够光明正大地用，其他一切社会车辆都不允许无故开启这个功能。真要有什么特殊活动需要开启前车追踪，还得提前递交申请，由警署那边审核通过了才可以。

所以，如果你在路上心血来潮想要跟着某辆车，要么约一辆有人工服务的车，要么自己上。

总而言之，自己得手动。

手动开的车，在满路智能驾驶的车里总是特别显眼，看路线和拐弯方式就能认出来。

所以燕绥之只瞟了两眼，就从后视镜里认出一辆"特别的车"来，那辆车一直跟着他。

燕绥之试着摸了一下方向盘，他的这辆车便转了一个弯，后视镜里远远跟着的那辆车也犹犹豫豫地转了一个弯。

燕绥之简直想笑。

他以前因为各种事情没少被人跟踪过，可以说是经验丰富，这么愣头青的跟车方式他倒是头一回见，简直是送上门来给他逗乐的。至于那辆车里的人是谁，他用脚趾头想想都能猜到。

除了刚才那个被他逗弄过的记者，还会有别人？不可能了。

燕绥之好整以暇地欣赏了一会儿那辆车拙劣的演技，给了对方十分钟的自由发挥空间，然后不紧不慢地把光脑收了起来，一只手扶上了方向盘，一只手点开地图看了一会儿，便干脆关闭了智能驾驶系统。

·············

高架桥上，一辆银豹系列 S60 正顺着智能驾驶的车流而动，时不时转一个不太必要的弯，引得整个车身像营养不良似的抽一下筋。

车内坐的不是别人，正是蜂窝网那两名记者。本奇坐在副驾驶的位置上，一双黑豆眼正紧紧地盯着前面那辆车。他总是看一会儿，转头催促一下司机，再看一会儿，再催一下司机。

司机一脸痛不欲生，好像屁股下面坐着的不是驾驶座，而是钢钉板。从他的表情和偶尔抽一下的嘴角来看，他应该万分后悔接了这一单。

本奇在车上念叨了十分钟，司机终于忍无可忍，也不看前面了，扭头冲本奇道："这位客人，您能不能先闭嘴歇一会儿？"

"你——"本奇瞪圆了黑豆眼，这让他看起来像一只瓢虫，"怎么说话呢？什么服务态度？"

"我就这个态度，已经够好了，换一个不好的，当您说要跟踪前车的时候，就该把您轰下车了。"

"放你的——"

"哎哎哎！"

当前座的两人快要在车里掐起来的时候，后座上一直闷不吭声的赫西突然抬手指着前车窗开口道："等等，你们看，那辆车。"

司机和本奇猛地转头看过去，就见他们跟踪的那辆车前一秒还顺顺当当地跟着车流奔驰，下一秒就陡然一个急转，速度瞬间飙升，在车流中拐了刁钻的角度，三两下便驶出了前面的高架桥出口，转了一个大弯，飞驰着消失在他们的视野尽头。

隔着那么远的距离，车里的人仿佛都能听见那辆车呼啸着离去时刮起的风声。

本奇他们一脸蒙，欣赏了一出甩车表演，对方酷炫得让人说不出话来。车内顿时一片安静，气氛格外凝重。

过了几秒，司机说："如果我不是被甩的那辆车，我恐怕得给那人的开车技术打五星。"

本奇猛地回过神来，抽了一口气，急道："滚他的五星，你快跟上啊！人家影子都没了，你呢？"

司机破罐子破摔，往座椅上一靠，指了指方向盘上的标志说道："请您睁大眼看看，您约的是一辆银豹，人家约的是一辆亚飞梭车，只比正经的飞梭车稍差一点儿，比咱们的快了不知道几个档，您告诉我怎么追？"

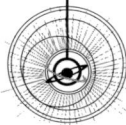

"那你不早说追不了？"

司机抹了一把脸，说："智能驾驶惯性限速，当然能追，可我哪能想到人家中途换成手动的？你能你来，不能就闭嘴！"

本奇气得窝回了座椅上，觉得自己那一口气非但没下去，反而要噎死他了。

后座的赫西默默看完一场闹剧，又瞄了眼高架桥出口连接的那条路，虽然那辆亚飞梭车早已没了踪影，但他还是有滋有味地看了几秒，然后没憋住笑了一下。

"你干什么？"本奇活像一只炸毛的鸡，一脸敏感地扭头看向他。

赫西立刻抿起嘴，尴尬地"嗯"了一声，有点儿慌乱地岔开了话题："没什么，我就是在想我们现在该去哪里啊，老师？"

本奇上上下下地打量了赫西半天，直到赫西开始坐立不安，他才开口道："你想回去了？"

赫西斟酌了一下，问道："您打算回去了吗？"

本奇翻了一个白眼，说："想得美。"

他重新转回头，靠在副驾驶上，丢给司机一句话："去樱桃庄园，这回不用跟什么车了，你慢慢开，我睡一会儿。"

当他靠着座椅闭上眼睛的时候，隐约听见后座的赫西特别轻地叹了一口气。

他当然知道赫西在叹什么气。

赫西是去年毕业的，有热情、有礼貌、有理想，就是脸皮薄，做什么事都下不去手，也张不开嘴，显得太腼腆了。

干这一行就是怕腼腆，所以赫西的求职路并不顺利，一路辗转，最终到了蜂窝网这个冷门小站。

一个冷门小站能在全联盟数不清的网站中存活下来，就已经算一种成功了。归根结底，这个工作虽然算不上太好，但也不赖，每年招人的要求还挺高。

最初人事官是不想要赫西的，录取他还是因为老板一句无意的话。老板当时翻了一眼他以前拍的照片，说这学生有颗悲悯心。

悲悯心什么的，反正本奇半点儿没看出来，没准就是老板偶尔兴致来了说的一句文艺话。他只知道，单看摄影技术，赫西差了网站御用的两名摄影师十万八千里。人事官显然也这么觉得，所以把赫西安排给了他做助理记者，说白了就是打杂，顺便学点儿东西。

本奇觉得自己够心软了，有些老师不想带出学生饿死自己，收了助理权当多一个倒水的，什么东西也不教。他不同，每回出来都把赫西带上，每回想起什么前辈忠言，也都会告诫赫西。他这样尽心尽责的老师打着灯笼也找不到，奈何赫西这小子不领情。

赫西整天就惦念着爆炸案、爆炸案以及爆炸案。

当初爆炸案发生后，讨论度最高的那阵子，本奇也有过这样的热情。奈何他跟了十天，也没拍到什么反转性的东西或者爆炸性的消息。那阵子赫西也拍了不少照片，但他那个技术……

总之，本奇看完那数百张照片，最终的评价就是：不知所云。

在他看来，连一张有信息量的照片都找不出来，更别提凑足一个有冲击性和讨论度的版面了。

那批照片当即被网站废弃了，但是赫西自己备份了，他舍不得删，还总说里面的内容很多，疑点也很多。奈何他嘴笨，表达不出来，实在没什么说服力，最终这件事就被搁置了下来。

再往后，爆炸案的热度过去了，无数媒体报道那个案子本身没有什么疑点。当时之所以引起了那么多讨论，也只是因为那个法学院院长而已。

凑热闹谁不会啊，这是很多人的本性。

那么多报道的人里，有几个是真正跟那位院长有交集的？那些人除了会发一波经典照片外，可能连那位院长的脸都没真正记熟呢，指不定给对方加个胡子或者换个发型，这一堆人就认不出来了。

"别叹气了，我也是为你好……"本奇咕哝了一句，"是什么时间就讨论什么时候的事情，炒旧话题，有意思吗？"

这话说完，他听见后面的赫西沉默了一下，然后有些尴尬地回了一句："我知道。"

你知道什么！本奇翻了一个白眼，彻底睡了过去。

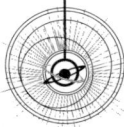

第三章

1

燕绥之甩掉了那辆车，又把驾驶状态切换回智能模式，丢开方向盘，继续看着手里的案件资料。他的模样平静淡然，好像刚才飞驰的车不是他开的一样。

倒退二十年，他手动开车时就是这个风格，提速的时候脸上没什么表情，倒是车上坐着的人往往会攥紧把手，一副心脏快要从嘴里蹦出来的模样。

后来他注意到了这点，速度就慢慢缓了下来，能用智能驾驶都用智能驾驶，越来越懒得碰方向盘。

没多久，车子便停在了预设的目的地——樟林路 19 号。

天琴星第三区的房价贵得离谱，樟林路因为地段有些偏僻，所以房价稍微便宜点，即便这样，也不是一般人能承受的。这一带的普通住宅都特别小，一座挨着一座，又因为有悬浮轨道横跨过去，所以不能建得太高，最高不过三层。

陈章的那座小房子只有两层，从正面看，第一层顶多能容下一个小小的客厅和厨房，第二层能容下一间卧室和卫生间。

燕绥之从口袋里掏出两只薄薄的白色专用手套，这是他刚到天琴星那晚出去买的。他经验丰富，知道什么样的案件需要准备什么样的东西。像专用口罩和手套这种一次性消耗品，他都是到地方再买。

屋门前的通知箱和窗台上都积了一层灰，依稀能分辨出警方在这里调查取证时贴的封条痕迹。

这会儿该查的都查完了，大部分封条都已经撕走了，只剩一名小警员还尽职尽责地守在这里。燕绥之过来的时候，他在路边的车里按了一下喇叭。

"干什么的？"小警员从窗子里探头出来。

燕绥之把身份卡在他那里刷了一下，说："来的路上，我交过申请了。"

"辩护律师啊？"警员上上下下地打量了他一遍，可能觉得他太年轻了，露出了不太相信的表情。不过对方有身份证明，而且显然之前警员也听到过消息，便没再多问，点了点头。

他下了车跟过来，看着实习律师讲究地戴上手套，又戴上口罩，然后弯眼冲他笑了笑，说："劳驾开个门？"

小警员一边开锁，一边在心里嘀咕：你怎么不把全身都包上呢？

这条路上往来的车辆太多，几天没清扫，屋里就已经有了浓重的灰尘，一开门就糊了两人一脸。小警员已经习惯了，只是掩了一下口鼻就进了门。

倒是燕绥之，有预见性地戴了口罩，可还是被那股灰尘呛了一下，偏头轻声咳嗽了几下。

小警员心想：这实习生还真是金贵。

屋里能搜查的地方其实早被搜查过，燕绥之也没有打算捞出什么惊天的漏网之鱼。他只是在客厅里走走停停地扫了一圈，又迈步去厨房扫了一圈。

他的目光似蜻蜓点水般掠过一样又一样物品。

"你这样能看出什么东西啊？不用动手的吗？这里都是清点过的，可以翻。"警员看了他的手套好几眼，终于忍不住提醒了一句，委婉表示你不用怕，在我盯着的情况下，你可以随意动手。

他以为这个实习生只是年纪小、没有经验、太过拘束，谁知对方听了他的话，只是点了点头，笑道："暂时不用。"

小警员心想：我都替你急。

二楼的卧室床头有部家用智能机，某种程度上可以代替光脑，只不过比光脑便宜很多。

陈章进了看守所，这部家用智能机自然是不能带走的，警方对它清查过一遍，之后便复归原位，只不过还保持着监控。

燕绥之冲警员示意了一下，说："我需要打开这个。"

小警员一脸"你终于动手了"的模样，走过来替他开了机。他依然矜骄得很，只动了几下手指，调出消息界面，扫了一眼消息。

智能机这么多天没开，陈章的消息界面堆满了各种未读信息，包括第三区各种商场的打折信息、官方天气通知信息，以及各种乱七八糟的推销诈骗信息，等等。

天天让警方盯着这些，也挺难为他们的。

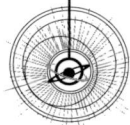

小警员显然没少被摧残，看见这些信息就低头揉了揉眼皮，再抬头时却发现实习生律师依然静静地看着全息屏，漆黑的眼珠蒙有一层透亮温润的光，随着屏幕上滚动的信息偶尔轻轻动一下。

燕绥之静静地看完了所有消息，看到有兴趣的就会给小警察递个眼神，然后点开看一下信息内容。

他看的时间最长的信息，是一条福利医院的宣传信息，看完他便关了屏幕，站直身体冲小警员点了点头，道："谢谢，我差不多了。"

"好的。"小警员心想：这可能是我跟得最快的一次调查。但他面上没表现出什么，公事公办地带着燕绥之出了房间。

燕绥之落在他后面几步，一边下楼，一边若有所思地摘下手上的手套。

直到最后走到大门前，他看着小警员关上门，才摘下口罩冲对方笑道："辛苦，那么我先走了。"

小警员点了点头，重新钻回车里，看着燕绥之去往不远处停车坪的背影，他忍不住咕哝了一句："这学生是找不到头绪，来乱转一气的吧？"

燕绥之当然不是来乱转的。

他上了车，就把目的地定在了那家名叫知更的福利医院。

因为那家医院他刚好打过交道，别的不好说，至少那种宣传信息不是随便乱发的，能收到这种信息，说明陈章去那家福利医院看望过什么人。

知更福利医院并不在天琴星第三区，而在第一区，位处一个偏僻却幽静的地方，很适合病人养病。

这段路长得离谱，燕绥之开车到那儿的时候，已经是夜里了。

他理了理衬衫的褶皱，下车的时候，手指上的智能机接连振动了好几下。

顾晏？

屏幕还没点开，燕绥之就下意识以为又是顾晏的信息，结果点开一看，才发现不是。

信息发件人的名字一跳一跳的，是菲兹小姐。

燕绥之愣了一下，而后失笑。不知是为之前那个先入为主的猜测，还是为菲兹小姐这叽叽喳喳什么事都要来戳一下的性格。

菲兹小姐："八点都过了，今天的工作日志又被你忘到脑后了吧，阮野同学？不过我还是要告诉你一个好消息，刚才接到高级事务官亚当斯的电话，他偷偷告诉我，十分钟前，你的老师顾晏已经完成了审查，审查组一位非常和蔼的前辈给他透了个风，应该不成问题。"

十分钟前？燕绥之默默地看了眼时间，又隐约想起来，红石星双夜的十一点，其实已经接近正常时间的凌晨了，又过了这么多个小时，天也该亮了。

一般而言，递交"一级律师"的申请之后要走的流程共有三步，第一步是为期三至五天的初期审查，这一步会筛除掉大部分申请人，小律所基本全军覆没了，大律所也基本只剩下一根独苗。所以这一步结束，能留下的都是其中的佼佼者，不到百分之五。按照过往经验来看，这就是初步名单了。

这份名单会公示四十五天，这就是第二步。公示期内，如果没有人提出异议，那么名单上的人就会进入最后一步流程——投票。

参与投票的就是"一级律师"勋章墙上的那帮大佬们。如果燕绥之没"死"，他也是有表决权的大佬之一。

投票率过三分之二的，就算通过考核。

如果表决的是一个相对温和友善的群体，本着不太想得罪同行的心理，三分之二其实是很容易达到的标准。然而很不幸，这个群体的成员都很有个性，没有一个是那种"你投赞成，那我也赞成"的老好人。

现在顾晏经历的就是第一步。正常情况下，能递口信出来，说明结果不会再有变动。也就是说，虽然名单还没公示出来，但是已经可以恭喜顾晏，顺利进入第二步了。

菲兹小姐："你的老师离'一级律师'的勋章又近了一步，你激不激动？是不是很亢奋？"

燕绥之翘了翘嘴角，回复："我高兴得跳起来了。"

菲兹小姐："……"

菲兹小姐："你不要以为我看不见你，就不知道你在胡说八道。你脚底长了树根，我怀疑你上中学的时候连跳高都是用走的。"

燕绥之："我中学的体育课没有跳高。"

菲兹小姐的重点被成功带偏，问："没有跳高？那有什么？"

燕绥之："马术、游泳、攀岩三选一吧，我不太记得了。"

菲兹小姐："？？？"

读中学那都是二十多年前的事情了，燕大教授对于体育课这种琐事印象不

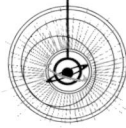

太深，他只记得当初的课程被调侃为"上山下海，平地跑马"，然后他选了可以坐的那个。

跟人讨论这种陈年旧事有点儿浪费时间，燕绥之不是很有兴趣，更何况话题本来在顾晏身上，这么一扯就绕远了。

他把话题重新拉回来："不管怎么说，我很高兴。"

当然，菲兹所说的激动亢奋，他没什么体会，毕竟"金光闪闪的'一级律师'勋章"他已经有一块了，但是高兴是真的，他一度非常欣赏的学生变得更加优秀，当然很高兴，可能比一般的高兴还要再多一点儿。

菲兹小姐发了一串礼花的小图片，非常活泼也非常愉悦。不过为了表现得不那么偏心，她还是添了一句："哈尔先生可能要丧气了，霍布斯的审核还在进行，但是结果很显然……"

一般而言，如果一间律所上报的申请人不止一个，那么为了公平起见，每位申请人都会由一个独立的高级事务官负责。亚当斯是负责顾晏的那位，哈尔就是负责霍布斯的那位。

照以往的经验来看，一家律所最后只会剩一根独苗，既然已经透了口风说顾晏上了名单，那么霍布斯的落选就可以预见了。

燕绥之一边往知更福利医院的大门走，一边斟酌一个不那么偏心的回复。

他在医院的一层查询机旁边站了一会儿，试图在里面输入"陈"这个姓，出来的名单长得令人绝望。

旁边服务台的小姑娘很有眼力见，探头问了一句："先生，您是需要看望什么人吗？"

"是的。"

"是不是姓名不太确切，所以很难查？"小姑娘非常善解人意，"没关系，这样的事很常见，您不用觉得尴尬。您有照片吗？或者别的什么信息？我可以帮您查。"

"谢谢。"燕绥之想了想，调出案件资料里陈章的某张照片，"我的一位朋友托我来看望一下他的家人——"

"啊……"小姑娘的表情有点儿复杂，还没等燕绥之说完就应了一声，"我知道他。"

"那真是太巧了。"

"我知道您要看望的是谁了。"小姑娘道，"不过这个比较特殊，有警方守着，需要提交一下身份证件。"

她这么一说，燕绥之立刻就明白了。

刚才在陈章的小楼里，他还有些纳闷，为什么案件资料里没有提及陈章的家人，福利医院的信息如果真要细查起来，不算难查。

现在看来，警方实际上已经查到了陈章家人的信息，只不过发觉这边的家人跟亚巴岛的案子没有实际的关联。所以，警方一方面为了保护这些人不受牵连，比如不被曼森家迁怒，不被某些见缝插针的媒体打扰，等等，就没有把这些放在案件需要公布的资料里；另一方面为了进一步监控，又派了一些人在这边守着。

燕绥之走的是正规程序，当然没什么介意的。他在服务台这边验证了身份，小姑娘讶异道："你居然是辩护律师啊。"

"实习生。"燕绥之还不忘细化一下人设，又笑着问小姑娘，"刚才我看你的表情，好像不是很喜欢这位陈章先生，为什么？"

如果是完全不了解的陌生人，就算听说某个人牵扯进了某件案子里，也不会是这种表情。这个小姑娘刚才的表现，更像对陈章知道点儿什么信息。

"呃，我也不是不喜欢……"小姑娘有点儿尴尬，解释了一下，不过很快又在燕绥之温和的笑意里放松下来，想了想，道，"这位陈先生的祖父、父亲、母亲，还有一位姐姐都在我们这里。祖父、父亲还有姐姐都是同一种遗传病，现在全部瘫痪了，母亲倒是没有那种遗传的毛病，但是因为心急又操劳过度，心肺功能很差，病了很多年。陈章先生其实也挺可怜的，不过……"

"不过什么？"

"最初他还坚持来看他们，每周一次，所以我们都对他有点儿印象。但是后来他就来得很少了，每次只停留很短的时间就匆匆离开。这两三年他更是一次都没有来过，看得出来，他不是很乐意看见那些家里人。可能负担久了，对他来说太累了，就像……"小姑娘犹豫了一下，还是咬咬牙说了一个词，"就像累赘。"

甩又甩不掉，放又放不下，所以他一方面在努力供养，一方面又不想看见他们。

"我明白你的意思了。"燕绥之若有所思，沉默了片刻，又抬眼冲小姑娘

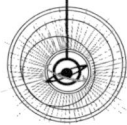

笑了笑，道，"那我先去病房了，谢谢。"

小姑娘连忙摆了摆手，说："不用谢，应该的。"

离开服务台后，燕绥之并没有急着去找小姑娘提供的病房号，而是在住院部楼下的商店里转了一圈，买了一支只有基础功能的录音笔。

病房外的走廊上，几个便衣警员扣着帽子坐在长椅上。燕绥之冲他们晃了一下身份卡，那几个人点了点头，示意燕绥之可以进去，但是不要关上病房门。燕绥之又冲他们摊开手掌，简单解释道："录音笔，最古老的那种。"

几个人笑了一下，说："可以用，去吧。"

老实说，见陈章家人的过程并不令人愉快。

陈章的母亲哭得很厉害，她的鼻端插着帮助呼吸的细管，好几次燕绥之都怕她的动作把细管弄脱落，但她根本没在意，只是一直哭一直哭，说很久没看见陈章了，说苦了他了，这么多年让他连喘口气的时间都没有。

护士被她的哭声惊动，匆匆过来给她检查了一下身体指标，似乎格外担心她会就此哭进抢救室。

途中，护士悄声对燕绥之说："老太太偷溜过好几次，说要赚点儿钱给她儿子减轻负担。有两次她差点儿就找不回来了，还是楼下服务台的姑娘在港口附近看见她缩在角落，跟一群人一起摆小摊，这才找了回来。后面怕她再次走失，就在她手腕的测量仪上加了一块定位的小芯片。"

燕绥之听到老太太这个词的时候，莫名有点儿敏感。他的目光落在陈章母亲的身上，陈章五十多岁，他的母亲一百不到，在这个寿命普遍两百岁的世界上，人生也才走到一半，按照现代人的衰老速度，甚至还在盛年的尾巴。但是她已经老态明显，松弛的皮肤和眼下极深的泪沟不仅显得苍老，还格外憔悴。

不仅是她，这一屋子的人，陈章的祖父、父亲还有他的姐姐，看起来都比一般人老得多。

他的祖父窝在最里面的床铺上，身体看起来又瘦又小，神志也有些不清楚。燕绥之听见他们念叨着他的小名，过了很久才慢吞吞地抬起头，抹了一下眼睛，道："文啊，他不要我们啦？"

他每句话都说得很慢很吃力，说一句还要歇一会儿。

"不要啦？"

"我好像不记得他长什么样了。"

陈章的姐姐一直没有开口，却在这时候低声说了一句："不要了好，别要了吧，少苦一点儿。"

那小护士扭头飞快地抹了一下眼睛，鼻尖红红的，冲燕绥之道："抱歉，我先出去一下，有什么情况你一定要按铃叫我。"

燕绥之很少怕什么东西，要说唯一应付不来的，就是这种场面。

倒不是说他会在这里手足无措，相反，他很快以陈章朋友的身份把这些呜呜咽咽哭着的人安抚好了，也许是他看起来温和可信，说什么瞎话他们都当真，到最后听得一愣一愣的，硬是忘了哭。

溜出去洗了把脸的小护士这才有胆子回来。

临走前，陈章的父亲突然哑着嗓子问了一句："他没出什么事吧？"

燕绥之笑了笑，说："没有，今早我还去见过他，只是他实在抽不开身。"

"没事的，没事的。"陈章的父亲重复着，"你跟他说没事，不用惦记，我们很好。"

燕绥之从福利医院出来的时候，住院部的探视时间已经结束了，第一区的季节跟第三区不同，气温要低很多。夜里的冷风顺着走廊的窗户吹进来，让人觉得有些冷，哪怕有困意的也都吹清醒了。

好几层走廊都静悄悄的没有人，燕绥之脸上早已收起了笑，月光映在他微垂的眼睫上，将他的神色映得很淡。他走了一会儿，突然想起什么似的看了眼智能机，果然，上面有一个未接来电，还是来自菲兹。

之前病房里哭得凄凄惨惨，他居然完全没有发觉有通信请求。

他看了眼德卡马的时间，给她回拨了一个通信。

"喂？"菲兹接得很快。

"抱歉，刚才有事。"燕绥之道。

"没关系。"菲兹说着，突然觉察到什么般问了一句，"你怎么了？听上去好像有点儿不对劲。"

燕绥之投向窗外的目光没什么变化，嘴角却扬起来，问道："哪里不对劲？也许是有点儿困。之前什么事？"

菲兹被他一提醒，立刻叫道："哦，对了，你知道吗？刚才第一步的审查通过名单公布出来了，你猜怎么着？你的顾老师和霍布斯两个人居然都在名单上！"

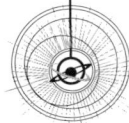

　　燕绥之一愣，问道："确定都在？不是重名？"

　　"不是，就是顾晏和霍布斯。"菲兹道，"这算好事还是坏事？"

　　两个人都在名单上，意味着两个人都有可能成为"一级律师"？不可能的。老规矩绝对不可能变，最终能成为"一级律师"的肯定只有一个，不是顾晏就是霍布斯。两个都通过第一轮的这种情况实在很少见，十几年都很难见到一次。这说明在这一轮审查中，委员会很难取舍，万般无奈之下决定把这种抉择往后拖一拖，留给公示期或者投票期。

　　这对顾晏来说，并不算好事。

　　燕绥之想了想，回答菲兹："这就看你偏不偏心了。"他顿了顿，又道，"反正我偏心。"

　　一般人总要说两句场面话，像他这么坦然的少见，菲兹愣了一下，然后"哈哈哈哈"地笑了半天，才说："好了，你这么一说，我突然觉得心情不错，这说明我也很偏心。"

　　"顾晏——"燕绥之下意识说完，又硬生生在后面补了两个字，"律师他们回德卡马了？"

　　"之前他们告诉我已经进港口了，不过顾晏好像还要出差？不知道他，反正他们这帮大律师整天飞惯了。"菲兹道。

　　第二天，看守所那边临时有点儿状况，跟燕绥之协商更改了会见时间。

　　直到下午四点，他才重新坐在了会见室里。进会见室前，他突然收到了一条消息，来自顾晏。

　　这个消失了一天一夜的"薄荷精"上来就没头没尾问了一句话："在哪儿？"

　　燕绥之被管教的目光催促着，也没多说，言简意赅地回道："看守所。"

　　发完消息，他便摘下智能机，将它放进了透明袋里。

　　管教接过袋子的时候，又往他手里看了一眼，问道："还有别的通信工具吗？那是什么？"

　　燕绥之把手摊开。

　　管教点了点头，让他进了会见室。

　　没到两分钟，陈章就被昨天那个虎脸管教带来了，两个人看见燕绥之的瞬间都露出了一种麻木不仁但又有一点儿心酸的表情，可见前一天都被"伤"得不轻。

陈章在桌前坐下的时候，又伸手按了一下腰，然后开门见山扔给燕绥之一句话："我仍然坚持昨天的态度。"他打死不说。

燕绥之也不急，只是有点儿好笑地问："那你完全可以拒绝来会见室，就像昨天最初所做的那样。"

陈章抿着嘴，没有回答。

他其实是怕了这个实习生，他怕他拒不见面之后，这个实习生又像昨天一样搞出什么事来诈他。诈一回他的情绪就要跟着激动一回，忐忑不安的滋味并不好受，他不想再上一回当，所以干脆来了，就这么面对面地坐着，心里反而更有把握一点儿。

只要他不说话，主动权依然在他这里。

"人带到了啊，会见时间依然是一个小时。"管教牙疼似的哼哼了一句，转身就走了。

大门"嘭"地关上，会见室又陷入昨天那种令人窒息的氛围里。

陈章单方面觉得窒息。

燕绥之一点儿也不急，昨天他临走前留下的话，今天说到做到。他还真就什么也不干，也不着急，就那么喝着玻璃杯里的清水，淡定地看着陈章。

陈章："……"

十分钟过去，陈章开始挪凳子。

二十分钟过去，陈章开始抓耳挠腮。

三十分钟过去，陈章有点儿忍不住了。

当陈章刚要张口，燕绥之突然伸出食指抵了抵嘴唇，示意他不要说话，安静点儿。

陈章："……"

陈章要疯了。

当他一脸崩溃，瞪着燕绥之的时候，燕绥之轻描淡写地扫了眼墙上的时间，然后拿出了一样东西，搁在桌子中央，说："你不用说话，我今天也不打算问什么问题。现在还有二十五分钟，我给你放一段录音。"

桌上的东西正是昨天他带进病房的录音笔，他录了其中一部分，不长不短，刚好二十五分钟。会见室不能带任何通信工具，所以他才挑了一个这么老式的

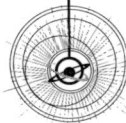

东西。

好在录音笔虽然老式，音质却不错，放出来的内容清晰得就像响在耳边。

"我好久没看见他了，他过得苦不苦啊？"

女人苍老的声音响起来的瞬间，陈章就像被按了定身键，瞪着眼睛身体绷直，一动也不动。

2

看守所对街的咖啡厅的露天座椅上坐着两个人，在这里能够清楚地看到看守所大门，还能喝杯咖啡，视角非常好，适合等人，也适合盯人。

赫西看着摆弄专业镜头的本奇，忍不住道："这样不太好吧，老师？"

本奇被他冷不丁的出声弄得手一抖，差点儿摔了镜头。他喊道："哎，我这十万西的宝贝，你说话别这么突然！哪样啊？"

"跟踪那个实习生。"赫西咕哝道，"盯着他拍干什么？"

"当然是挖点儿新闻啊！"本奇眯着一只眼，半边脸贴着动态相机，表情精明又刁蛮，"别看只是一个实习生，能做的文章多了去了。他怎么给当事人做辩护，最后是输了还是赢了，输了是不是跟曼森家有不正当的交易啊？赢了是不是跟法官交往过密啊？又或者还有什么别的弯弯绕绕，这个案子牵扯的人都不简单，随便找一个角度都能写。看图说话会不会？"

赫西小声道："我觉得这样不太好，你都跟他一天了，还在他宾馆对面架了一个长——"

"你觉得这样不好，那样也不好。"本奇没好气地打断他，"你是老师还是我是老师？我会害你？你来干事是要赚钱吃饭的，先活下来好吗，年轻人？再说了——"

他调好镜头，找好了一个角度，舔了舔嘴唇，道："我那一口气到现在还没出去呢，噎死了你收尸吗？不给那个小实习生找点儿乐子，我浑身不舒坦。"

这话刚说完，他就感觉自己的肩膀被人不轻不重地拍了两下。

他第一反应是，谁啊，还挺有礼貌。

等他愣了一下转过头去，就看见一个高大英俊的男人居高临下地看着他，这人似乎刚从别的地方过来，手里还搭着一件明显不合这边季节的灰色大衣，身上的衬衫却依然笔挺得像刚熨烫过。

本奇问道："你是谁？"

对方在他眼皮子底下一脸冷漠地拿走了相机，然后垂着目光看了他一眼，语气平静，却让人心慌："如果没弄错的话，你正在跟拍的人碰巧是我的实习生。我不介意浪费时间听你解释一下，你打算怎么磨一磨他？"

本奇："……"

会见的最后二十五分钟，对陈章来说既漫长得像熬过了半生，又短得好像只有一瞬。

在录音播放的过程中，他甚至连眼睛都没眨过几下，全身凝固了一样，始终维持着那个姿势。他充血的眼珠上一度蒙上了一层微亮的水光，又因为他努力地睁大眼睛，不消片刻，水光又缓缓地隐了回去。

这么来来回回好几次，他愣是没有一滴泪水漫出眼睑。

录音尾声是护士对他零星的不满和抱怨，以及他母亲连声的解释："他不是不来，他就是太忙了，忙完就来了。"

那句解释对陈章来说可能比什么都扎心窝，燕绥之眼见他眼皮轻微地抖了一下，眼里含着的水光跟着一晃。

"哎，时间到了啊！"管教准时开门进来，提醒两人的会见到此为止。

趁着管教说话，燕绥之没盯着他的工夫，陈章飞快地用袖子抹了把脸，再抬头时，又是牙根紧合的沉默模样。

管教的目光里带着疑惑，不过陈章没有给予任何回应，只是低着头，顺从又僵硬地站起来，随时准备跟着他离开会见室。

燕绥之说什么是什么，当真没有问他任何一个问题，只是神色淡淡地收起录音笔，又给他丢下一句熟悉的话："明天的会见时间，我还在这里。"

这次陈章沉默良久，终于低低应了一声："嗯。"

陈章难得配合地回应是一个好兆头，但也许只是受刚才录音内容的影响。燕绥之从看守所出来的时候，脸上的神情依然很淡然。

他多数时候是带着笑的，就连挤对人、刻薄人的时候都不例外，但他一旦收起了笑，浑身上下就会散发出一种冷淡的疏离感来，总让人担心他是不是不高兴，但又不敢贸然询问，只敢远远地看着。

他就是顶着这样冷淡的表情走到了路口，连看都没看周围一眼，就垂着目

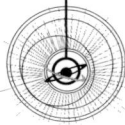

光调出智能机屏幕打算约车。

约车的预订刚要发送，智能机突然振了一下，有一条新信息进来了。

来件人：小心眼的薄荷精。

内容："抬头。"

燕绥之一脸疑惑，他下意识抬起头，就见对面的露天咖啡座里，某位据说"正在出差"的大律师正坐在一张藤制的扶手椅里，不紧不慢地喝了一口咖啡。

燕绥之微愣，转而便笑了。

不过顾大律师并不是一个人坐在那里，跟他同桌而坐的还有另外两个人，还是两个熟人。

那两个来自蜂窝网的所谓的记者，赫西还有本奇。

那个叫赫西的年轻记者留给燕绥之的印象还行，此时他像做了什么丢人又亏心的事情似的，只朝燕绥之这里看了一眼，就低头默默地掩住了额头。至于叫本奇的人，则冲着他这边笑得一脸尴尬。

偏巧他坐在顾晏旁边，那张王八绿豆似的脸跟顾晏放在一起，对比效果堪称人间惨剧。

燕大教授毫不留情地在心里道：得多恨自己才挑的这个座位。

"昨晚菲兹告诉我，你要出差。"燕绥之穿过道路走到咖啡座旁边，好整以暇地看着顾晏，"出差到咖啡店来了？"

"我确实是来出差的。二区那边有个之前接的案子在收尾，我要去走一下流程，签几个字。"顾晏抬起眼，"不过菲兹每天都跟我告你的状，从场面上来说，我认为有必要先来履行一下我作为老师的管教义务。"

这话翻译一下就是：虽然我根本不想管你，但是碍于场面，我还得纡尊降贵地陪你演一演。

燕绥之哭笑不得地说："菲兹小姐背着我告了什么状？说来听听。"

"不提交工作日志、不填报销单、不守规矩。"

燕绥之："……"

他可以打赌，最后那条肯定是某人擅自加上去的，语气都不一样。

原本低着头的赫西听到这段对话，忍不住抬起头来，默默地看着这两人一来一往，眼里露出一丝微微的羡慕。

他觉得这种可能才是他理想中的前辈和新人的相处状态……呃，好像也有一点点不同，但至少比他和本奇之间的状态好太多了。

也许是他的目光太强烈，燕绥之眼角的余光瞥见了，并且看清了他目光里的那一点儿羡慕。

燕绥之觉得这个年轻人可能对他们存在一点儿误解，不过……

"你们二位这是？"燕绥之转向赫西和本奇，目光从本奇手里紧紧搂着的专业相机上一扫而过，又落在赫西尴尬摆弄的简版相机上，"嗯？"

嗯什么嗯啊？

本奇牙疼似的抹了一把脸，哼哼道："很抱歉，我们本来想给你拍几张照片留个纪念。"

燕绥之看了一眼赫西的表情，了然道："别带'们'字，我想这种时候就没必要谦虚了吧。"

本奇的牙更疼了，他捂着脸默默瞪着燕绥之半天，屈服道："我本想拍点儿你的照片，但是没有考虑到你的意愿和某些现实规则……"

燕绥之笑了。

恐怕是这位自称为记者的朋友交易不成、追车又被甩，于是恼羞成怒想来找点儿麻烦，结果被顾晏半道抄家，聊了聊法律问题。

联盟里不是总流传着这么一句话吗？说惹谁都不要惹那帮声名在外的律师，因为真惹恼了，他们有一万种合理合法的方法让你栽得连裤衩都不剩。

本奇大概是接受了来自顾晏的素质教育，立刻乖乖认错，息事宁人。

他道完歉，觉得自己的态度貌似还可以，于是转头试探着问顾晏："那些照片备份……"

顾晏淡淡道："我对你们那数十万张照片的内容没什么兴趣，但是需要留个备份。"

万一哪天法官有兴趣呢？

本奇自己替他把后半句话补全，然后自己吓死了自己，默默地闭了嘴，不再提备份的事情。

他该撒的气一点儿没撒，还被人留了把柄，这一天过得再糟心不过。所以在顾晏和燕绥之表示不打算再留他们之后，本奇拽着赫西头也不回地跑了。

"让你紧张吐了的那位当事人怎么样了？"顾晏道。

"你好好说话。"燕绥之没好气地说，"今天他依然没开口，不过明天就

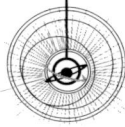

不一定了。我现在回酒店，再看一眼口供内容。"燕绥之问他，"你怎么说？"

"我去一趟二区。"

"还真出差？"

顾晏："……"

看见他那张面无表情的脸，燕大教授逗着学生不亦乐乎，弯着眼睛道："行了，不开玩笑。你去二区多久，还来三区吗？"

顾晏看了他一会儿，又垂下目光，转了一下手里的咖啡杯，浅浅地喝了一口，说道："再看吧。"

"作为名义上的老师，你不看实习生庭审？"燕绥之觉得顾同学演得还不如他。

他顺口一问，已经低头用智能机约起了车。

很快，约好的车就自动停在了路边，两人一前一后地上了车，很快便由所约的车型引发了"花钱如流水"和"可怕的资产余额"问题，以至于燕绥之都忘了顾晏还没回答"看不看庭审"。

燕绥之让智能车先送顾晏去码头。

三区和二区并不是相连的大陆，开车去不如水路快捷，专门载客的海用飞梭船五个小时就能到岸。

临下车的时候，顾晏想起什么般让燕绥之开了智能机的对点链接。

"你传过来的这两个文件夹是什么？"燕绥之有些纳闷，"这么大？"

"那两位记者相机里的照片备份。"顾晏道，"毕竟他们针对的是你，处理权给你更合适，如果暂时没什么想法就先放着吧。"

燕绥之欣然接受。在等待文件传来的过程中，他又忍不住想起了赫西和本奇两个人之间的相处状态，随口提了一句："那对师徒……姑且算师徒吧，理念相差太多，看着挺逗的，估计处不长久。"

没准几年后就是老死不相往来的结果。

这话说完，顾晏没应声。

没过片刻，双方智能机"叮"地一响，文件传输完毕。

顾晏收起屏幕的时候，突然说了一句："我曾经也一度觉得跟你的理念有很大的偏差。"

燕绥之愣了一下，又想起什么般轻轻"啊"了一声，过了几秒。他又笑着问道："现在呢？还大吗？"

顾晏在他身边的座椅里安静地坐了一会儿，然后握住门把手下了车。他手腕扶着车顶，微微弯腰看着车里，淡淡道："下回再说吧，行李箱我没拿，你帮我再订一个房间，明天晚上我会过去。"

返程刚巧碰上了第三区的拥堵高峰期，燕绥之懒得跟在一大堆车后面慢慢蠕动，干脆绕了一条路，在路上他看到了"樱桃庄园"的标牌。

樱桃庄园他并不陌生，很多人对这个名字都不会陌生——这里是天琴星第三区有名的酒庄。酒庄后面有一大片樱桃园，夹杂着各种藤花和常绿树，修建得格外漂亮。这座极有情调的花园在酒庄往来的客人中口口相传，最终成了那些人举办花园酒会或是类似消遣活动的好地方。

这酒庄的管理者很会搞情调，为了讨那些客人们欢心，依照不同人的口味给每一位 VIP 客人酿了定制酒作为独特的礼物，一年一瓶，标着名字和独一无二的记号，分放在樱桃园各个角落里，也许在某些花枝后面，也许在一丛绿叶中，客人有一年的时间去慢慢寻找惊喜。

那些酒瓶外裹着一层特别又精致的软膜，有利于那些酒的保存。客人找到得早说明运气好，找到得晚酒则更醇香。

这种左右都是高兴的事，自然深得人心，所以樱桃庄园名声愈噪。

不过此时引起燕绥之注意的并非它的名声，而是因为之前本奇给他看的那一系列跟拍照片里，有好几张都出自这里。有乔和赵择木两个人的，也有乔单独的。

燕绥之的方向盘一转，干脆把车开进了庄园大道。

樱桃庄园他其实没来过几次，忙碌的生活决定了他没有那么多的闲情逸致去跨星球搞花园酒会，不过他的名字却在樱桃庄园的 VIP 客人名单上，因为他每年都会从这里订一些酒作为小礼物，或是在生日酒会上让学生们尝一尝不同风味。而属于他的那份定制酒，也应他要求，每年直接寄到德卡马。

燕绥之从停车坪出来，走到樱桃庄园门口又突然停了脚步。

差点儿忘了，他现在只能进樱桃庄园的前厅，进不了后面的樱桃园，毕竟他不再是"燕绥之"的身份，而是"阮野"。

他正迟疑的时候，庄园前厅里刚巧走出来两个人。不是别人，正是倒霉的

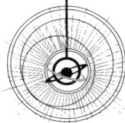

本奇和赫西。

本奇原本走在前面，一边走一边比画着手势，滔滔不绝地说着什么，结果他眼角的余光瞥到了燕绥之，脚下就是一个急刹。

燕绥之笑了，道："好巧。"

本奇哭丧着脸抱紧了自己的相机，说："怎么又是你！"

因为之前的事，本奇现在看见燕绥之或者顾晏就想跑。

"别慌。"燕绥之安抚道，"这次不抢你相机。"

这话说得就很值得琢磨了，意思就是"虽然不抢相机，但我要干点儿别的"。

本奇自己天天跟各种文字语言游戏打交道，当然一听就抓到了重点，脸更丧了，说："你要干什么，你先说。"

燕绥之朝酒庄里望了一眼，问他："刚才我听见你在说赵择木，他现在在酒庄？"

"对啊，要不然我带着赫西来这儿干什么？喝酒吗？"他狐疑地盯着燕绥之，"怎么？你……你想进去？"

对方的这个心领神会让燕绥之非常满意，还省得他开口了。

"聪明人。"燕大教授毫不吝啬地夸了一句，"劳驾你带我去一趟樱桃园？"

本奇特别想说："别劳驾，不想带，做梦吧。"但是想起之前的素质教育，他又咕咚一下把话咽回去，牙疼似的不情不愿地哼哼："算了，算了，你，哎……你跟我过来。"

本奇带着赫西和燕绥之回到大厅的时候，负责接待的服务生愣了一下，问道："您有什么东西落在这里了吗？"

"哦，不是，我碰巧遇到一位朋友，顺便带他去樱桃园喝一杯。"本奇说"遇到个朋友"的时候，语气活像"撞见了鬼"，引得服务生看了燕绥之好几眼。

"呃，好的，没问题。"服务生表现了他良好的态度，听明白后就立刻换上了非常热情的笑，冲通往樱桃园的小径比了个手势，"请跟我来，那么先生您需要什么酒？"

我想要毒酒你敢上？本奇在心里叨咕了半天，挑了一个相对划算的，说道："花园甜酒吧。"

"好的。"服务生也不多问。

燕绥之顺理成章地被带进了樱桃园。

园区非常大，由不同的树木和花藤分隔出道路空间，顺着卵石路每走一小段就会有一片开阔些的地方，放着精致的圆桌和藤椅，客人可以在这里品酒，或是要一壶这里特质的樱桃茶、花茶，再享用一些甜点。

索性已经进来了，本奇也没继续矫情，干脆送佛送到西，摆着一张臭脸把燕绥之领到园区深处。

"你先在这里坐着吧。"

他们挑了一处被草莓和星月草围绕的桌椅，服务生很快送上来了甜酒、冰块、奶油以及一碟精致的佐酒点心，还有三个细脚玻璃杯，每一个里面都缀了一颗浆红色的樱桃。

小伙子熟练地给他们三人配好酒，冲他们笑了笑，说："慢用，你们有什么需要请按桌上的铃。"

燕绥之吃了一些点心，这才端起杯子喝了一小口。

他这人每件事都分得很清楚，被跟拍找麻烦是一码事，被本奇帮忙带进来又是一码事，所以他咽下甜酒后冲本奇道："谢谢，回头我送你一瓶银底卡蒙。"

银底卡蒙是樱桃庄园有名的头等酒，属于有格调的酒里面口感接受度最广的，适合作为礼物送人，但贵，特别贵。

本奇翻了一个白眼，说："你都能买银底卡蒙了，还要我带你进门？"

燕绥之笑了笑，也没解释。

3

"赵择木去祷告屋了。"本奇朝远处的一条单独小路抬了抬下巴，"他每回都要在里面待很久，你如果有足够的时间你就等吧，反正我们要走了。"

他似乎还有别的事情要忙，一口闷掉整杯甜酒，便拽着赫西走了。

于是，樱桃园深处这一片就只剩下了燕绥之一个人。他不紧不慢地喝着甜酒，目光在周围的花花草草上扫了一圈，最终还是落在了那条小径上。

小径的尽头有座暖色调的房子，被称为祷告屋。

樱桃庄园这里服务一条龙，特地为某些借酒消愁的先生小姐们设立了一座祷告屋，里面有一位专门负责听牢骚和醉话的祷告官，有点儿类似古早时期的神职人员。在他面前你可以放心地说任何事情，而且依照规定，他有权也有义务为你所说的内容保密。

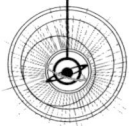

本奇不愧是跟拍了很久的人，对赵择木的习惯很了解。

燕绥之在这里坐了一个小时，天色都已经暗了，赵择木才从祷告屋里出来。一段时间未见，他看起来沧桑不少，下巴上冒出了一层胡茬，跟之前打理得一丝不苟的模样相差甚远。

他在路上碰见了一个熟人，强打起精神跟人寒暄了两句。

"你怎么突然跑来这里了？我以为你最近都不会出门了。"那人说。

赵择木有些疲惫地说："最近我突然想来看看。"

那人恍然大悟道："哦，我想起来了，你跟曼森还有乔，你们以前就总来这边喝酒吧？我记得听谁提过。"

赵择木说："嗯，很久以前了，十来岁的时候，借着家里的名号偷偷来喝。"

那人笑起来，说："看来都干过这种事，在花园里找标着父母名字的酒换标签，那时候觉得恶作剧挺有意思的。"

赵择木说："是啊。"

那人想想又叹了一口气，说："听说曼森身体还没好？"

虽然曼森家封锁了一部分消息，但是同在一个圈子里的人多少听到了一些风声。

赵择木说："嗯，最近我总想起曼森十来岁时干的那些蠢事情，所以来这里转转。"

"唉……"那人拍了拍赵择木的肩膀，"不知道他会怎么样。"

赵择木有很长一段时间的沉默，接着道："总会出院的。行了，不说了，我先走了。"

"好，下回有时间喝酒！"

"嗯。"

赵择木从这边经过的时候，燕绥之借着喝酒，将脸朝里偏了一下。

依照这边的规定，他作为嫌疑人陈章的辩护律师，不能随意会见受害方的证人，如果要见需要先报备一下走个流程，以免出现什么威胁证人改变证词之类的情况。

燕绥之来樱桃庄园本就是一时兴起，当然没有走过流程。他只是来观察一下赵择木的状态，并没有打算跟他有直接对话。

赵择木果然没有看见他，匆匆离去。

留下的那个人还在园子里，跟另一位同行者自然而然地聊起了赵择木。

"他跟曼森的关系有那么好？我怎么没看出来？"

"那是你以前不认识他们，小时候他们关系还是不错的，他、乔还有曼森，后来大了就疏远了，毕竟不是一路人。"

"确实，他看上去比较沉稳。"

"骨子里精着呢！那三位里面要说最傻的，曼森当之无愧。"

燕绥之听他们无差别挤对完一圈人，喝下最后一点儿酒，又用清洁纸巾仔细地擦了一遍拿过点心的手指，这才离开。

第二天从清早起就没有一个好兆头，天色阴黑，风吹得四处哗哗作响。

燕绥之在会见时间准时到达了看守所。

"稍等，我去把陈章带过来。"虎脸管教看他天天来，天天把陈章弄得神情恍惚，却偏偏没正经开口谈过案子，也挺倒霉的，连和他说话的语气都缓和了几分。

燕绥之在会见室里的老位置坐下，点了点头，道："劳驾。"

结果这一等又是十分钟。

就连守在门口的管教都有点儿不忍心看了，其中一个往会见室里瞟了一眼，悄声对另一个道："别是兜了一圈又回起点了吧，我怎么觉得陈章又要拒不相见了。"

"那也太难搞了。"

"这实习生也是倒霉，一上来就碰到一个这样的当事人。"

"手气太差了。"

两个人以为自己的声音很小，但实际上那种窸窸窣窣的小对话，燕绥之能听清大半，顿时有点儿哭笑不得。

但他也不急，依然放松地靠坐在椅子里。

又十分钟后，门口的管教并着脚跟在墙边站直身体。

"见了鬼了，居然来了！"

"会见时间都过半了才来……"

走廊里响起缓慢的脚步声，很重很拖沓，伴随着手铐上金属碰撞的轻响。

燕绥之两手松松地交握着搁在桌前，他知道，陈章已经想通了。也许之前

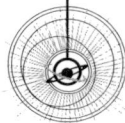

有无数理由让他排斥和抗拒说真话，也许有无数障碍阻止他开口，但现在，他一定已经想通了。

今天，陈章看起来比昨天憔悴了一倍，眼下是大团的青黑，嘴唇上下的胡须已经连成了片，头发竖着，就连常年潜水锻炼出来的肌肉也似乎塌了下去，被衣物掩盖。但是他的眼睛很亮，目光很沉。

他在位置上坐下，缓缓开口："昨天的录音在我脑子里回放了很多遍，很多很多遍，所以我一夜没能睡着。我就听见我爸、我妈在耳边一直问我，苦不苦，是不是不要他们了……"他沉静了一下，又苦笑一声，"我说，哪能呢，我只是……"

陈章接着道："我只是害怕见到他们……

"你知道吧？我家有遗传病，到了六十岁，十有八九要瘫痪的，我离那也不远了，顶多再有四五年。其实这种病不是治不了，包括我妈的心肺，真要治，找最好的医院自体培植，选个最健康的备份时段，用养出来的器官把病损器官替换掉就行。我都咨询过的……就是……就是总挣不够那么多钱。

"如果我是一个更有用一点儿的人，赚得更多一点儿，他们现在可能不用躺在医院了。所以我不想见他们，没脸见……离发病的时间越近，就越不想见，想走远一点儿，找一个他们都不知道的小医院等病发。

"这两年，每隔几天，我就跟魔怔了一样幻想着，天上怎么不掉馅饼呢，或者哪里来一场龙卷风，卷一点儿钱刮到我面前……我每天想每天想，做梦都在想。"

他像是把燕绥之当成了樱桃庄园里的祷告官，把这些年的牢骚和梦话都倒了出来，越说越刹不住。

但是燕绥之没有催促，也没有表现出任何的不耐烦，也没有露出什么怜悯或者同情的表情，就像在听一段平平常常的话，这反倒让陈章很放松，觉得说什么都没关系。

过了很久，陈章终于挖完了积尘已久的淤泥，长长地吐出一口气。

直到这时，他才抬起眼，不避让地看着燕绥之说道："我想了一晚，觉得比起天上掉下一把钱，他们应该还是更想看看我吧？"

燕绥之说："当然。"

他想了想又道："而且你所说的那些高额手术，有一些地方可以大额度减免，至少我就知道一两处。"

陈章的眼睛瞬间瞪大了，问道："真的？"

"当然，会有一些条件，但并不苛刻。"燕绥之道，"只是环境可能不如天琴星，在酒城。"

陈章盯着他的眼睛看了很久，似乎在确认他这话的可信度。半晌，他才下定决心似的闭上了眼睛，又重新睁开，道："关于……关于那件案子……关于曼森先生……我有错。"

燕绥之看着他。

他说完这句，深深地吸了一口气，又缓缓吐出来："但不是谋杀。"

燕绥之点了点头，问道："那么，你希望我做有罪辩护，还是无罪辩护？告诉我。"

陈章捏了捏手指，道："无罪。"

"好。"

"我没有做那些事情，但是……"陈章道，"但是我录了认罪的口供，注射器上有我的指纹残存，药剂瓶底部也有，还有——"

燕绥之平静地打断他："那些不是你要考虑的，你只要保证说实话，剩下的交给我。"

外面忽然响起一声惊雷，穿过门墙隐约传了进来，陈章的手指一颤，又慢慢握紧，突然梦醒似的道："好，我保证。"

阴了一整日的天终于下起了暴雨，冰冷硕大的雨点砸在屋檐墙壁上，顷刻便打湿了一片。街边的水流汩汩直淌，很快就没了人们下脚的地方。

燕绥之沿着看守所的走廊往外走，窗户玻璃被雨水糊成一片，时不时有闪电忽闪着映亮半边天空。

他默默地翻开资产卡看了一眼，心想：要完，还真被顾晏那乌鸦嘴说中了，余额已经可怕到买把伞都会心痛的地步。

再长的看守所走廊也有个尽头，眼看着外面的雨势泼天盖地，他不得不在距离大门一米的地方止住了脚步。

当燕绥之打算破罐子破摔，倚墙笑等雨停的时候，看见街对面有一个身影正从车里出来，他身形挺拔，撑着一柄伞不紧不慢地朝这边过来。

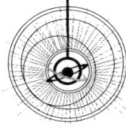

走到看守所大门的台阶前，他微斜了伞沿，抬头朝燕绥之这边看过来。

燕绥之一愣，站直了身体。

暴雨中对方的面容模糊不清，但依然能一眼认出来，是顾晏。

燕绥之调出全息屏，手指轻快地发了一条信息："不是说晚上才到？"

顾晏根本没看智能机，撑着伞沿着台阶上来了。他在门前停下，不咸不淡地道："隔着不到五米发信息？"

燕绥之说："昨天发信息让我抬头的是谁来着？我有点儿想不起来了。"

顾晏："……"

燕大教授得以解救，当即跟着顾晏一起下了阶梯，并肩往院门走。

"房间订好了？"顾晏问道。

燕绥之说："没订。"

顾晏："？"

燕绥之坦然道："余额只够在我房里加一张床，加完我现在连伞都买不起。"

顾大律师一脸呆滞。

燕绥之默默欣赏了一下他的脸色，终于忍不住笑起来，说道："行了，我逗你的，酒店订好了。"

顾晏目不斜视，走到街边拉开车门就把某人塞了进去。

他自己在驾驶座坐定，把伞收起来放在了伞格里，刚要发动车子，旁边突然伸出来一只瘦长白皙的手。

"给钱，房间订金。托你这张乌鸦嘴的福，你的老师真的要买不起伞了。"燕绥之道。

顾晏："……"

顾晏一开始没有动，燕绥之跟着他的目光看向自己的手指。

"你看什么，蹭到灰了？"他的指尖蜷了一下，缩了回来。

顾晏闻言目光一动，收了回去。他将车发动起来，调到智能驾驶模式，一边挑选着目的地，一边道："我只是看看，多长的手才能花钱花得毫不知数。"

燕绥之："……"

虽然被顾晏盯着并不是因为蹭到灰，但燕绥之兀自摩挲了一下指尖，还是从车内的清洁盒里抽了一张消毒纸巾，不紧不慢地擦起了手指。他每次做这种动作的时候，都有点儿漫不经心，像是太过无聊了，随意找了点儿事打发时间。

以前在院长办公室里也一样，他每回处理完一堆事务，都会推开光脑看着窗外的绿荫放松一会儿眼睛。每到那时候，他也会这样靠坐在宽大的办公椅里，优雅又慢条斯理地一点点清洁着自己的手指。

也不知道这是他什么时候形成的习惯。

老实说，很多无意间看见过的学生都认为，那样的姿态很赏心悦目，会让人觉得院长讲究极了，斯文干净。

唯独顾晏有一回问他："你为什么总擦手指？"

当时的燕绥之看电子文件时戴的缓疲劳眼镜还没摘，好看的眼睛在净透的镜片后面弯了一下，答道："我看文件累了，权当活动一下。"

多年后的现在，顾晏借着后视镜看了他一眼，微蹙了一下眉心又松开，开口道："你……"

"嗯？"燕绥之愣了一下，抬头从后视镜里和他对视了一眼，然后将用完的消毒纸巾叠了两次，扔进了车厢内自带的小型垃圾碎屑处理箱。

"算了，没事。"

车子已经进入了智能驾驶模式，不需要顾晏再动什么。于是他点开了智能机屏幕，给燕绥之转了酒店的订金。转完后，他看着那笔并不算大的金额，略做沉吟。

后车厢里，燕绥之的智能机"叮"地响了一声，一条的资产卡余额变动提醒跳了出来，又很快消失。

燕绥之从后座看过去，也许是他坐的位置角度刚好，顾晏智能机的屏幕内容清清楚楚地映进燕绥之的眼里。

顾晏打开的界面是实习生手册。

燕绥之目光动了一下，落在顾晏微偏的侧脸上，说："虽然这样有点儿不礼貌，但我还是想说我不小心看见了你的屏幕。"

顾晏的手指一顿。

"可能这个猜测有一点儿自作多情。"燕绥之想了想，"你是想在实习生手册上找一条合理的理由，来接济你穷困潦倒的老师吗？"

"穷困潦倒"这几个字说出来的时候，他忍不住带了笑，似乎觉得这种词落在自己身上有种微妙的荒诞感，但又不至于懊恼。他就像在看一场不相干的

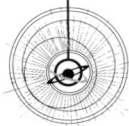

戏一样，甚至还觉得挺逗的。

顾晏终于还是抬起了眼，他并没有完全将头转过来，只是侧了脸，目光朝这边偏了一下。他的视线落点其实是在某个椅背，或者某个窗角，但燕绥之能感觉到他的余光落在自己身上。

他似乎在斟酌着怎么接燕绥之这句问话，可能想要嘲讽挤对，但又因为某些原因有点儿犹豫。

这种表情燕绥之很熟悉，很多年前还在学校的顾晏也会这样。这在冷冰冰的顾同学身上并不多见，以至于每回看见，本性有点儿混账的燕大教授就总想逗两下。

于是他又补了一句："就像上次那个一万西的工伤？我后来闲着去翻了一下，那条腿可能只值六千。"

这话一出，顾大律师毫不犹豫地收起了全息屏幕，仿佛多看实习生手册一个字都能瞎了眼。

看见顾晏关了屏幕，燕绥之反而笑了一下。

"你如果实在无事可做，我建议你反省一下。"后视镜里映出顾晏面无表情的脸，"照你这速度，那点儿余额不够你活到明天。"

"没关系，菲兹小姐说过，明天这个案子的委托金会到账一部分。"燕大教授非常乐观。

顾晏："……"

这种无缝衔接不留余地，后续资金晚一天都能饿死一个人的生活方式，顾晏实在无话可说。

智能驾驶自有感应和导航系统，并不像手动一样，需要配合车窗和两侧的后视镜来看路况。所以暴雨之下，每一扇车窗都被水流打得一片模糊，将一切隔绝在外。

这种天气的傍晚总是黑得像入了夜，窗外时不时有灯光亮成一片，又很快划过。

燕绥之支着下巴，安静地看着窗外。从他的表情很难看出来他是单纯地出神还是在思考陈章的案子，又或者只是看看模糊不清的灯火夜景。

"顾晏。"他看了一会儿夜景，忽然出声。

前座的顾晏正靠在椅背上闭目养神，这两天来回不断的行程让他少有休息的时候。也许是车内封闭却安静的氛围加上车外的雨声，莫名让人觉得困倦，他没有睁眼，只低低应了一声："说。"

"我其实非常庆幸进了南十字律所。"燕绥之温声道，"当然，这有很多机缘巧合的因素在里面。"

顾晏似乎已经有了睡意，过了一会儿才又应了一声，但因为过于短促，听起来像是并不相信燕绥之的这种说辞。

"不过我很庆幸碰见的是你，而不是其他什么人。"燕绥之道，"因为你非常心软……"

他笑了一下，像是玩笑似的道："哪怕再不喜欢或是看不惯谁，也不忍心看人陷在困境里，能帮的总会帮一把。"

这一回，前座的人安静了很久，久到燕绥之以为他已经睡着了，低沉的声音才响起，含着朦胧的倦意："说得不太对。"

哪里不对？

这句话在燕绥之舌尖绕了一圈，又咽了回去，鬼使神差地没问出来。也许是觉得窗外雨声太大，扰了话音；也许是顾晏轻声的呼吸愈渐平缓，担心任何一句话都会惊了他的困意。

于是他没问，顾晏也没再开口。

车内重新陷入安静的氛围里，车外的灯火再度摇曳成片。

路上虽然拥堵，但总有个终点。车平稳地滑行了一段，停在酒店楼下，顾晏还没有醒过来。他清醒的时候总是保持着严谨、冷静的状态，看不出累不累，睡着后就显出了几分疲惫。

他能在下午赶回第三区，之前必然没有好好休息。

这点顾晏虽然只字未提，但燕绥之经验丰富，对这些行程的耗时长短非常清楚。

他把后座的行车控制面板悄悄调出来，在电子音提示"目的地已到达"之前，关掉了一切提醒，调节了温度。车内保持着那种混杂着朦胧雨声的安静，没有什么突兀的动静惊扰顾晏。

燕绥之朝前座看了一眼，架起光脑调出案件资料，静静地翻看起来。

这种场景有些久违了，很像多年以前某个春末的午后。

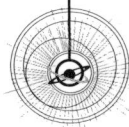

院长办公室的里间面积很大，除了燕绥之自己的办公桌和一排偌大的立柜，还有两张供学生用的办公桌靠窗放着。

有时候他带一些学术项目，会让参与的学生随意来办公室，甚至直接把光脑和各类资料搬来那两张办公桌上，这样碰到什么问题，抬头就能问他，但事实上这样做的学生很少，因为大家都有点儿怕他。

真正使用那两张桌子最多的学生，大概就是顾晏了。因为有一回的项目，直系学生里他只挑了顾晏一个。那三个月，顾晏有大半的时间都待在院长办公室里。

那天那个午后也是这样，燕绥之少有地在办公室待了一整天，一直戴着眼镜，低头处理着光脑里成沓的文件和案子资料，偶尔回几封邮件。

办公室里也是这样安静，只偶尔能听见窗外婉转的鸟鸣声。

顾晏前一天不知因为什么事，似乎没怎么睡，那天少有地露出明显的困意。

于是燕绥之处理完一批文件，抬头放松一下眼睛时，就看见顾晏支着下巴，维持着翻看文献的姿势，已经进入了浅眠。

窗外长长的绿藤挂下来，被风拨弄得轻晃几下，年轻学生脸侧和挺直的鼻梁前留下清晰的投影。

燕大教授是一位非常开明的老师，当时并没有出声叫醒他，只是笑了笑，任他继续打盹儿。

同时，燕大教授也是一位本质喜欢逗弄人的老师，所以他在桌面随手新建了一张纸页，握着电子笔给打盹儿的年轻学生画了一幅速写，题了一行龙飞凤舞的字，投递进了学生的邮箱。

光脑"叮"地轻响了一声，顾晏的眉心微蹙了一下，这才转醒。

他刚睁眼就跟光脑吐出的纸页对上了，看到速写先是一愣，接着就看到了那行格外潇洒的题字："顾同学，昨晚做贼去了吗？"

就因为打盹被捉，面皮薄的顾晏那一整天都表现得特别顺从，瘫着一张脸，说什么是什么，一句嘴都没顶过。

看了很久资料的燕绥之在放松的间隙分神想起了这些前尘往事，虽然只是琐碎小事，隔了这么多年回想起来仍然很有意思。他翘了翘嘴角，抬眼朝前座一瞥。

结果就见睡着的顾晏半睁着眼，正借着后视镜看着他。

"醒了？"燕绥之一愣，"什么时候醒的？"

"刚刚。"顾晏捏着鼻梁，这才真正转醒，"到多久了？你怎么没叫醒我？"他的嗓音含着睡意未消的微哑，也许是声音很低的缘故，居然显出了一分温和。

"我翻资料没注意，忘了叫你。"燕绥之半真半假的瞎话张口就来。

顾晏未做评价，只解开了安全带，冲他说："下车。"

不知道是不是受车里顾晏的困意感染，最近有些浅眠的燕绥之这晚难得睡得很好。

4

第二天，暴雨依然没停，燕绥之这次去看守所不再是独自一人，而是带上了顾晏。

经过门卫亭的时候，燕绥之在前，顾晏在后依次刷了身份卡，就像一对再正常不过的大律师和实习生，只不过人家是大律师为主，实习生屁颠颠地跟在后面旁听，到他们这里却反了。

"来了？"虎脸管教接连受了几天侧面精神磨炼，对于燕绥之的存在已经熟到会主动打招呼了，"这位是？"

"我跟的大律师。"燕绥之答道。

虎脸管教一脸古怪——这话听着跟"我带的学生"口气一样，也亏得大律师能忍。

会见当事人的时候，律师本就可以带一名助理律师或其他随行人员，所以管教们虽然好奇，但没有多问就将他们放了进去。

没过两分钟，陈章就被带来了。

自打他松了口，配合度就高了不止一个台阶，连过来的步子都快了许多。不过他进门看见顾晏的时候，还是愣了一下，问道："你……顾律师？你怎么来了？"

燕绥之非常坦然地替他回答："来监工。"

顾晏适时对陈章道："不用有负担，还是他为主。"

"不，今天你为主。"燕绥之冲陈章抬了抬下巴，"你说乔治·曼森出意外你也有错，究竟是怎么个错法，说说看。"

陈章两只手交握，搓了很久，斟酌了一番，开口道："其实，我在那之前

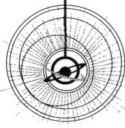

就知道会出事。"他顿了一下，又道，"或者说，在那之前我就应该知道，这次的聚会是要出事的。"

乔这次的聚会通知很早就发出去了，其他人提前一个月就确定了行程，哪怕是繁忙万分的顾晏，乔也按照老规矩，提前半个月给他拨了通信。

确定完大致的人数后，乔就约了哈德蒙俱乐部，让他们安排几位教练跟潜。

哈德蒙俱乐部收到预约后，便对内部的签约教练发了通知，问他们谁那几天没有其他安排，能够抽得出时间。

像乔这样慷慨、豪气的少爷，待人直率，给的小费也丰厚得让人眼馋，所以即便原本有安排的教练，都硬生生地凑出了几天空闲，跟协调人报了名。

"我没记错的话，那天所有教练都报了名，一个都没漏。"陈章说，"当然，也包括我。"

亚巴岛的分部近三十名教练，全部报了名，竞争其实算得上激烈。陈章在其中资历并不算很深，能被挑选上也算走了大运。

"看到最终的六人名单时，我还是很兴奋的，但没想到第二天，那股子兴奋劲就被打破了。"陈章顿了一下，道，"有人来找我，我不知道他们为什么把目标锁在我身上，总之他们说想让我帮个忙。"

"那两人一上来就把我过去的事情，包括基因调整、陈文等事一股脑摆出来，我……我太过忐忑，又有些慌张，所以没能稳住，让他们找到了突破口。"

那些人对陈章描述的内容很简洁，只说可能有些事需要他帮忙做个证、圆个谎。

陈章直觉不是什么好事，所以一开始并没有直接答应。对方一开始并没有紧逼，只开了个足以让人晕头转向的价格，然后让他考虑考虑。

这种退让一步的做法其实很刁，给足了一部分诱惑，又给予考虑的空间，会给人一种错觉，觉得他们并不是特别不讲道理的人，应该也不会有太出格的要求。

"我那时候正急需钱，我的……我的身体状况不太好，刚拿到医院的诊疗单，说我腰腿骨骼上的毛病终于要跟我爷爷、我爸，还有我姐一样了，最多还有三年。"陈章说，"我起初拒绝得很坚定，但是后来几天总睡不踏实，一直在琢磨，整天走着也想、坐着也想、躺着也想，那两人的话就始终在我脑子里跟魔障一样转。"

想了三天三夜，陈章用那两位留下的方式主动联系了他们，表示想听一听更具体一点儿的事情，再决定要不要帮。

这是他做的第一个错误决定。

一旦主动给人敞开一个口，后续再想合上，就不太可能了。

对方态度骤变，不再用之前的软方法，而是直接上了硬手段，将陈章困在屋子里两天，又用他在福利医院的家人逼迫他，同时施以软招。

"他们说，如果我愿意帮那个忙，我爷爷、爸、妈还有姐姐这辈子在福利医院的费用他们一次性付清。"

能给出这种条件，绝不是什么简简单单的忙，陈章当时已经隐约意识到了，他如果答应，可能搭进去的不只是工作、生活那么简单，但是对方逼得太紧，给的利益诱惑又正中他的心。

"我对着我的诊疗单坐了一天一夜，想着我可能……也没什么能搭进去的了，所以我答应了。"陈章道。

这样的前提跟燕绥之想的其实相差不多，并没有出乎意料。

他点了点头，问陈章："那些人是谁，你知道吗？"

"不知道。"

燕绥之说："好吧，意料之中。那么他们长什么样你还记得吗？"

"他们都戴着口罩和帽子，只露了眼睛。"

"眼睛有什么特别的吗？再看到的话你能认出来吗？"

陈章迟疑了一下，有点儿尴尬地道："一个蓝色，一个深棕色吧？非常普通常见，也没有痣。"

燕绥之又问："那你有别的关于那些胁迫和交易的证明吗？"

陈章最初摇了摇头，在燕绥之要揭过这话题，让他继续说后续的时候，他又突然想起什么似的，道："录音，我……我应该有一份录音。他们第一次来找我的时候，我多长了一个心眼，把一支录音笔放在天花板上面的一块隔层里了。后来他们走了，我一直神不守舍的，忘了拿下来。所以第二次他们来的时候，录音笔还在上面。"

燕绥之先是来了点儿精神，但转而一想又问道："你是指我上次给你听的那种传统录音笔吗？"

陈章点了点头，说："那种比较便宜……"

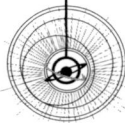

他刚说完，就看见对面两位律师同时捏了一下鼻梁，似乎特别无语。

"怎么了？"

燕绥之微笑着说："那种录音笔，满格电只能坚持一天一夜，所以显然，它录不到第二次的关键内容，顶多能录到你第一天晚上的梦话。"

陈章问："那怎么办？"

"算了，你继续。"燕绥之示意他继续说，"我想知道，在事情发生之前，你知道是谁会发生什么样的事故吗？我只听真话。"

陈章摇了摇头，说："不知道。"

他的神色极为诚恳，可惜燕绥之在询问的时候从来不把对方的神色当真，所以只是掠了一眼便平静地道："继续。"

一般人在没有依靠的时候总想抓住一丝信任，让自己定下心来，可他在燕绥之的身上什么也抓不到，他捉摸不透对方的想法，便忍不住有点儿慌，说："真的不知道。"

"嗯，我听见了，你可以继续说。"燕绥之笑了一下。

"真的。"陈章再度强调了一遍，显得有点儿无助，但又不得不继续说下去，"那些人出现的时间让我觉得，他们所谓的帮忙，应该是在乔先生的聚会上，而且既然我是潜水教练，我当时猜测十有八九是跟潜水有关，所以到了亚巴岛后我一直忐忑不安，潜水过程中生怕要出什么问题。"

"那天其他教练一般一个人带两位客人，分到我这里时，客人刚好多出来一个，所以我带三个。"陈章道，"说实话，我那时候已经是惊弓之鸟的状态了，但凡看到一点儿跟别人不一样的，就拎着心……"

他的本性毕竟不坏，虽然在威逼利诱之下答应了要帮忙，但是下意识仍旧想去阻止事情发生。所以他打算对负责安排的管家说他带不了，让管家重新安排一下。

人有的时候就是这么矛盾，明明他迫切地需要钱，松口答应对方帮忙也是因为钱，真正到了这种时候，他又宁愿少带一个少拿钱，以换取平安无事。

"但是管家告诉我，他做不了主，是客人们自己商量着选择的，他不好违背意愿。"陈章道。

"你后来有求证过这件事吗？"燕绥之问道。

"有。其实之前潜水出事后，凯恩警长找我录口供的时候，也问过这种问题。"陈章有点儿尴尬地说，"但是当时对他，我没有说得太具体。其实我到了亚巴岛就疑神疑鬼，看谁都像是要我帮忙的那伙人之一，管家那么说我当然没信，后来见到客人就问了一句，确实是他们自己挑的。"

"那位穿错衣服导致出事的杰森·查理斯律师说他曾经光顾过哈德蒙俱乐部几回，当时分配给他的教练他不是很喜欢，总让他调整体形，他觉得对方很啰唆。后来有一回那个教练不在，我暂替了一回，他对我印象很好，可能是因为我不太爱聊天。惭愧的是，我对杰森·查理斯律师没有印象了。"

不过这不妨碍杰森·查理斯在名单上看到他的时候，毫不犹豫地选择他。

而赵择木选择他，他是知道缘由的，毕竟赵择木是哈德蒙俱乐部的常客，以前就总是他给赵择木做潜伴。

乔治·曼森可能是里面唯一没给出什么理由的，他只是敷衍又任性地用一句话打发了陈章："没什么原因，我在名单里随便挑了一个顺眼的。"

这位少爷的性格是出了名的，他决定了的事情，不管有没有道理，都很难让他改变主意。

而且当时的陈章有一点儿私心。

"这是我做的第二件错事。"陈章道，"我之前不知道会在乔先生的聚会里碰到曼森先生，我换了名字也换了长相，他不认得我了。可能不换他也不认得，毕竟在香槟俱乐部的那次，我只是一个替代教练，跟他并不熟悉。但是我认得他。虽然已经过去了十几年，但不得不承认，我对当年的事情依然耿耿于怀，怨恨不浅。所以曼森先生说懒得换教练的时候，我一句都没有劝说，就接受了。"

陈章的耿耿于怀并不是要对曼森做什么，而是极力地想在曼森面前证明一次，如果当年他没有被保镖拦截，如果让他作为教练跟着下水，他绝对不会让曼森发生任何事故。

"我当时意气用事了，如果当时我坚持将一位客人转到另一位经验更丰富的教练手下，至少杰森·查理斯律师和赵先生都能免受一次罪。"陈章道。

燕绥之全程听得很淡定，偶尔用看守所提供的专用纸笔记录一些简单的字词。连旁边的顾晏都看不懂他写的是什么天书，更别说陈章了。

但是听到陈章说这话的时候，燕绥之手里的笔停了一下，抬起眼看了陈章一眼。

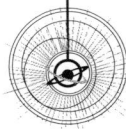

不知道为什么，面前这位律师明明是个刚毕业的实习生，年纪可能只有他的一半不到，但是陈章被他看一眼，就仿佛回到了上学时期。他就像考试又考砸了的学生，战战兢兢地等老师给成绩，被瞄上一眼，心脏都能提到嗓子眼。

不过这次，燕绥之冲他说了句中听的人话："如果你刚才说的都是真的，你对曼森当年的事故积怨这么多年，再见面时想到的不是给他制造麻烦，而是更用心地保障他的安全，不管是出于证明自我还是别的什么心理，都值得赞赏且令人钦佩。"

陈章愣了一下，一直忐忑的心突然落地生根。

这是他事发后第一次露出一点儿笑容，带着一点儿歉疚和不敢当，一闪即逝。他道："我其实没有……嗯，谢谢。"

燕绥之的表情活像是顺口鼓励了一个学生，而陈章的表现也像一个被夸的学生。

顾晏："……"

有了这样一句不经意的肯定，陈章顿时安下心来，甚至不用燕绥之提醒，他就跟开了闸的水库一样，滔滔不绝地把所有能想到的事情都倒了出来。

燕绥之听了两句，又顺手在纸页上写了两个词。他写完，眼角的余光一瞥，就发现顾晏的表情有点儿……嗯，不知道怎么形容。

燕大教授自我审视了一番，刚才他的表现有什么出格的地方吗？没有。

除了"像一个实习生一样"老老实实地记笔记，乱说什么话了吗？没有，他还适度安抚了当事人的情绪。

非常完美。

"你怎么了？"燕大教授决定关心一下顾同学的身心健康，以免他这副模样把当事人刚提起来的胆子再吓回去。

顾晏淡淡道："没什么，你继续上课。"

燕绥之："？"

燕大教授觉得顾同学的身心问题可能是积年顽疾，一时半会儿好不了，于是只得默默地转回视线，冲陈章道："继续。"

"哦……"陈章点了点头，接着被打断的话继续道，"十多年前曼森先生的事故，我一直觉得自己很冤。但是这次杰森·查理斯律师在水下出现的事故，就真的是我的责任了，这是我犯的第三个错误。"

他在碰到乔治·曼森后，因为太想证明些什么，所以全部的注意力都放在了曼森的安全上，甚至中途上岸休息，陈章也寸步不离，跟着他们一起去了更衣室，又跟着他们一起出来在岸边喝着冰酒休息。

曼森看起来是真的不记得他了，跟他聊了很多，夸了他的潜水技术，甚至说以后要去哈德蒙找他潜水。

陈章一方面依然无法对当年的事故和后续潦倒的生活释然；一方面又觉得曼森跟他印象中跋扈不讲理的小少爷不太一样。

新印象和固有印象的差别让陈章一直有点儿心不在焉，这才导致第二次下潜时忽略了潜水服的问题。

"很惭愧，到了水下，我的注意力依然在曼森先生那边。"陈章道，"看到海蛇的时候，我心里咯噔一下。因为在那片海域，海蛇并不常见，所以我心想这一定就是那帮人的目的了。"

陈章当时下意识地以为，这就是那些人找他的目的。海蛇最开始是奔着曼森去的，陈章当时很庆幸自己始终盯着曼森，所以能够第一时间去解决麻烦。

这当中，赵择木也功不可没。

"他的反应甚至比我还快，海蛇过来的时候，他只愣了一下，就游过去了。不过他并不知道怎么处理能尽量少受伤害……总之过程有点儿艰难，最后万幸都上了岸。"

之后的事情就是燕绥之他们所知道的，因为陈章和赵择木被海蛇缠住，杰森·查理斯那边出了事故。

"我上岸之后一度很迷茫。"陈章道，"我以为解决了海蛇，我就无事一身轻了。结果没想到杰森·查理斯律师又出了事，这让我开始怀疑自己是不是弄错了对象，也许杰森·查理斯律师才是对方的目标。"

但是不管怎么说，他和赵择木脱离了生命危险，而杰森·查理斯的体征指数也恢复正常。这让陈章着实松了一口气，因为他以为该发生的事情已经发生过了，没有出人命，事件被定性为意外，皆大欢喜。

潜水事故发生之后的一天一夜里，他一直在等消息，等那两位联系他。

他觉得不管结果如何，总要有个了断。但是对方的信息迟迟不来，他越来越焦躁不安。

"我那时候甚至没有想过是事情没办完，我担心的是我可能坏了他们的打

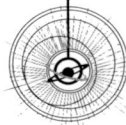

算，福利医院那边的家人也许会受牵连。"陈章道，"所以我接连给福利医院拨过几回通信，劳烦那些护士好好照看他们。她们对我家里人都很好，不过对我的态度一贯不怎么样……"他说着苦笑了一下，"我知道为什么，也能理解。"

"我等了很久都没有动静，直到那天下午。"陈章道，"就是大部分人解除嫌疑的那天下午，你们先行离开亚巴岛，警方也从别墅区撤出。好像一切都过去了，风平浪静。别墅里的客人们商量着要搞庆祝酒会，我在楼上的房间里都能听见下面的喧闹声。就是那天下午，接近傍晚的时候，我下楼去了一趟厨房，再上去就发现房间里多了一部通信机和一只黑色袋子。"

"通信机？"燕绥之问道，"老式的那种？"

"对，黑市能淘到的那种老式通信机，查不到使用者，信息甚至不用经过现行的通信网。"陈章道，"通信机里有一条信息，让我晚上待在卧室不要出去，下楼也不行。我当时心里咯噔一下，很紧张也很担心，但又不敢不照做。"

"那只黑色袋子？"

"黑色袋子装着安眠药剂，就是后来被发现散落在曼森先生手边的那种。"陈章道，"当时只有一支，就是一个成年人的正常用量。"

燕绥之盯着他问道："你从袋子里把药剂拿出来看的？"

陈章点了点头，说："对，因为袋子是黑色，我……我下意识拆开，把里面的药剂瓶掏出来看了一眼。因为当时不知道要做什么用，所以我又放回去了，没敢多碰。"

"所以药剂瓶上残留的指纹就是这么来的？"

"应该是。"

"后来呢？"

陈章想了想，道："我整晚都抓着通信机坐在门边，听楼下的声音。"

他听见楼下各种欢声笑闹，似乎没发生什么麻烦事，才稍微安心一些。

"其间，劳拉小姐和乔先生分别上来敲过我和赵择木先生的门。因为之前被海蛇咬过的关系，我有绝佳的借口，所以跟他们说有点儿累，不下楼了，他们也没有怀疑，再加上赵先生跟我有一样的情况，没有显得我太突兀。"

"直到半夜，我又收到了第二条信息。"陈章说。

信息内容是让他把那只黑色袋子放在楼下的垃圾处理箱上，并且叮嘱他从窗户下去。

二楼的窗户距离地面并不高，而且还有一层小平台，悄悄下去不会惊动到别人。

"你当时穿的别墅统一的拖鞋？"燕绥之问。

"对，我下去的时候太紧张，没想那么多，不过我有特别注意，只踩窗台，没有踩花园里的泥。"陈章道。

然而也正是这一点儿，更方便让人做假证据。

"踩窗台，还刚好踩到曼森卧室的窗台。"燕绥之夸奖道，"你真是个人才。"

陈章愁眉苦脸，如丧考妣。

陈章把黑色袋子放好后，又收到了一条信息，让他把通信器一并留下。

"他说十分钟后，我就自由了。"陈章道，"之后不管碰到什么事，沉默就好，让我想想福利医院里的家人，不该说话的时候不要乱说话。那十分钟大概是我过得最煎熬最漫长的十分钟，因为根本不知道会发生什么。"

当时的陈章真的是数着秒针过，盯着时间一分一秒地走，结果刚到八分钟，喝多了的格伦他们上了楼，吵吵嚷嚷地非要拉陈章和赵择木下去。

虽然还没到十分钟，但是当时陈章急着想摆脱那种忐忑，想确认没人发生什么事情，所以那帮醉鬼少爷们还没敲门，他就主动打开房门走了出去。

格伦本就是毫不讲理的人，他上楼吆喝人喝酒居然还拿了别墅的备用钥匙，胡乱捶了两下就直接打开了赵择木的卧室门。

"赵先生也是真的倒霉。"陈章道，"房间里黑灯瞎火的，显然他已经睡了，硬是被格伦他们闹出来。当时看得出来他不是特别高兴，搞得那帮醉鬼少爷一边拽着他一边嘻嘻哈哈地道歉。我当时一身冷汗，虽然没干什么却已经吓得不行了，脸色一定很难看，也幸亏他们都围在隔壁闹赵先生，才没人注意到我的不对劲。"

陈章他们被醉鬼们闹下楼后，一时间没发现群魔乱舞的大厅里少了谁。

他满心忐忑地陪着众人喝了几杯酒，拍了一段视频。

"有一个多小时吧。"陈章道，"格伦他们想起来还有曼森先生没被闹出来，这才……再之后的事情你们就都知道了。"

陈章断断续续地讲完那天晚上发生的事，会见时间已经接近尾声。

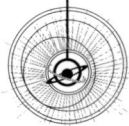

燕绥之记下了一些东西，神色淡定。

单从他脸上很难看出这个案子他是有把握还是没把握，已有的资料内容够不够他上庭辩护，会输还是会赢。

陈章努力地想从他那里看出一些信息，却徒劳无功，最终只能道："我现在把这些都说出来，已经违反了跟那两人的交易……我爸妈他们在福利医院，也不知道……"

这次，燕绥之不吝啬地宽慰道："你放心，最近有警方守着他们。第三区这边的警方我打过交道，非常负责。至于案子结束之后，如果你需要的话，我可以帮你联系酒城那边。"

听到这话的时候，顾晏看了他一眼。

燕绥之又问了陈章几个细节问题，便收拾东西准备离开。

陈章是个有点儿钻牛角尖的人，如果一件事情没能有个结果，他就始终惦记着放不下来。于是在燕绥之临走前，他想起什么般补了一句："那个录音——"

"怎么？"燕绥之转头看他，以为会有什么不错的转机。

陈章一本正经地说："我可能录得不太全，但是对方也录了，我看着他们录的，两次都有。"

燕大教授用一种看智障学生的目光和蔼地看着他，斟酌了片刻，挑了一句不那么损的话，笑着道："你是在建议我们找真凶要录音？你可真聪明。"

陈章："……"

燕绥之张了张口，可能还想再委婉地说一句什么，但是还没出声，就被顾晏压着肩膀转了个向，顾晏对会见室的大门比了个"请"的手势。

他有点儿不满，偏头想说点儿什么，结果就听身后的顾晏微微低了一下头，沉着嗓子在他耳边说道："我建议你压着点儿本性，再多说两句，实习生的皮就兜不住了。"

燕绥之朝旁边偏了一下头，还不忘把顾晏的话顶回去："谁认真兜过啊。"

顾晏冷冷道："你还很骄傲？"

燕绥之"啧"了一声。

不过最终，顾大律师还是借着身高体格优势，把某人请出了会见室，拯救陈章于水火之中。

从看守所出来之后，燕绥之和顾晏又去了一趟陈章的家。虽然那个录音笔可能并没有录到什么重要信息，但他们还是要把它拿到手。

守着房子的警员和他们半途联系的公证人跟他们一起进了房子，然后按照陈章所说的，卸下了其中一块天花板，在顶上摸到了那支录音笔。

里面的音频文件当即做了备份，他们带走了一份，警员带走了一份，还有一份由公证人带走。

正如燕绥之他们预估的，录音笔果然没能坚持多久，甚至因为初始电量并不足的关系，只坚持了大半天。

陈章所说的第一场谈话内容录了一部分，因为有隔板遮挡的原因，并不算太清晰。不过就算清晰作用也不大，因为对方的说话方式非常讲究，单从录音里听不出任何要挟的意味，甚至还带着笑，用词委婉有礼，乍一听就像是在谈一场最普通的交易。

如果要把这场谈话理解成某位富家子弟想让陈章接一个潜水私活，并且打算给予他极为丰厚的报酬，也未尝不可。

不过即便没什么重要内容，燕绥之还是仔仔细细地听了三遍，直到他的智能机收到了一条新信息。

信息来自第三区开庭的法院公号，再次提醒他开庭的日期，不远不近，就在后天。

5

"你需要申请见一下证人吗？"庭审前的最后一天，顾晏这样问道。

对于很多律师来说，这样的问话是多余的。因为庭审前只要时间允许，条件允许，他们一定会想办法见一见证人。通过一些技巧性的谈话聊天，来确认对方知道的信息哪些是对当事人无害的，哪些是不利于辩护的。

这样一来，当他们上庭对证人进行交叉询问的时候，就会知道哪些问题可以问，哪些最好别提。

这一行流传过一种说法——当控方或者辩护方律师对证人进行询问的时候，总能预先知道证人会回答什么。如果律师提出了某个问题，证人的回答出乎他的意料，那这位律师一定不太成功。

但是燕绥之这人常常不按牌理出牌，大多数人认为稳妥的事情，他不一定会去做。

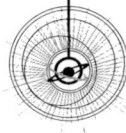

而顾晏深知他的风格，所以才多问一句。

果然，燕绥之摇了摇头，说："你是说赵择木还有乔他们？不用了。"

在庭审方面，顾晏当然不会干预太多，但还是问了一句："确定？"

"确定。"燕绥之一本正经道，"我在扮演一个合格的软柿子。这么短短几天，软柿子应该正像无头苍蝇一样乱碰壁呢，哪顾得上见证人。"

对这种瞎话，顾晏选择不回答。

不过燕绥之嘴上说着不用了，并不是真的对证人毫不关注。相反，这一整天，他除去看守所的会见时间，一直在看已有的案件资料，警方所收集的证人证词，还有亚巴岛别墅内的几段监控视频。

别墅内的监控主要设置在走廊和大厅角落，每一间客房的房门都在监控范围内，所以每一位客人进出房间的时间都非常清晰。

但是别墅外的监控并非毫无死角，最大的一个死角在受害者乔治·曼森的房间外墙，出现死角的原因巧合得令人无语——乔治·曼森那天傍晚坐在窗台边喝酒的时候，不小心损坏了那处的监控摄像头。

燕绥之想了想，时间似乎刚好是他和顾晏从亚巴岛中央别墅离开前后，那时候曼森还坐在窗台上拎着酒杯，跟他说了几句没头没脑的醉话。

如果没记错的话，当时他确实打翻了什么东西，在低头收拾。

也许就是那个时候损坏了最重要的一处监控摄像头，可以说命运真的很爱开玩笑。

燕绥之正在做最后的梳理的时候，看守所里的陈章正在跟管教协商。

"我能不能拨一个通信？"陈章道。

管教皱着眉。

"我知道，按照规定需要全程监听。"陈章道，"可以监听，录音也没关系，我只是想给家里人再拨一回通信。"

明天就要开庭了，而他的前路模糊不清，诉讼会输还是会赢，他会有什么样的结果，这些他都不知道。

按照第三区看守所的规定，他不是完全不能进行任何通信，只是申请的手续非常麻烦，管教通常都不想给自己找事，而一般的嫌疑人也不愿意给管教添麻烦，以免自己上了管教心里的黑名单。

陈章眼巴巴地看着管教。

他其实非常幸运，分配到的管教虽然总爱虎着脸，但并不是那种蛮不讲理式的凶神恶煞。相反，这位虎脸管教甚至有点儿心软。

陈章求了大半天，管教终于松了口，点了点头，道："算了，好吧，等我填一份申请。"

那份申请辗转了四个层级，最终在入夜的时候回到了虎脸管教的手里。

"行了，把通信号告诉我。"虎脸管教道，"拨号只能我来，你不能接触智能机。"

陈章感激不尽，说："好的，好的，没问题，我不接触，怎么样都行，我只是想跟家里人再说两句话。"

很快，在专门的监控下，知更福利医院339病房的通信被接通了。

"喂？谁啊？"通信那头响起了一个略显苍老的女声，嗓音缓慢而温和，是陈章的母亲。

之前燕绥之带来的录音笔虽然音质清晰，但总归有轻微的变化，而且录音和实际的通信毕竟不一样。

陈章一听这句问话，原本准备好的话突然就哽在了喉咙底。

他鼻翼急促地扇动了几下，紧抿的嘴唇里牙齿咬得死死的。

通信对面的人连问了两句后，似乎听见了这边急促的呼吸，她忽然意识到了什么，试探着问道："文啊？是你吗？"

陈章用指节狠狠揉了一下眉心，又长长地呼出一口气，清了一下嗓子，道："嗯，是我。"

就这样短短一句话，最后还难以控制地变了音调。

那边的人忽然就欢欣起来，似乎是对她旁边的人说："我儿子！儿子来通信了！你看他之前就是太忙了！"

可能是总替几位老人不平，对陈章心怀不满的那几位护士。

之前陈章有什么事不敢拨病房的通信，都找那几位护士，因此没少被她们堵，但是陈章一点儿也不反感。他知道她们都是些心软的姑娘，才会不忍心看几位病人被他这个"不孝子"丢在医院。

"文啊，最近是不是很忙啊？"陈母絮絮叨叨地问道，"按时吃饭了吗？没生病吧？"

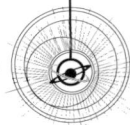

　　陈章闭着眼睛，听着她一句接一句的关切，眼眶已经热了。他用手指揉了揉眼皮，似乎想把不断漫涌上来的水汽揉回去，但他的眼睫还是变得潮湿起来。

　　当初看到诊疗单的时候，他一度有点儿绝望。他明明还在盛年，却强壮不了多久了，只有四五年，只剩四五年。

　　等到他也跟祖父、父亲以及姐姐一样，腰腿枯朽萎缩，瘫痪在床不能移动的时候，他这多灾多难的一家子该怎么办呢？

　　那段日子，他每天每时每刻，日日夜夜都在想办法，却想不出。

　　直到那两人找上门来。

　　在利诱与胁迫的交织中，他一度有点儿破罐子破摔，觉得其实那样也挺好的，哪怕付出的代价有点儿大，但是用他一个人换一家人再无后顾之忧，挺划算的，真的挺划算的。

　　这样的心理不断加深，以至于当乔治·曼森那件案子的所有证据都指向他的时候，他突然明白了那两位胁迫者真正的用意。于是他直接放弃了抵抗，顺着所有证据录了口供。

　　最为魔障的时候，他甚至拒绝被人从泥沼里拉出去，因为一旦拉出去，他的家人今后的保障就没了，又要陷入前路不明的迷茫和担忧中，不划算。

　　他一度觉得自己非常冷静也非常理智，甚至有点儿自我感动、自我佩服。但直到这时候，直到重新听见通信器那头妇人苍老却温柔的声音时，他才明白，他根本做不到那么绝。

　　他还想听这样关切的唠叨，还想每周忙里偷闲去医院看看他们，被他们拉扯着捏着手臂，说他胖了点儿或是瘦了点儿。

　　这些话，他还想再听很多年。

　　那边的人换了好几个，他梦游一样浑浑噩噩地答着。他所有的注意力都在对面那些家人的话语上，反而不知道自己说了些什么，直到母亲问他："文啊，什么时候能不忙一点儿，抽空来让妈看看你？"

　　陈章张了张口……

　　明天就要庭审了，能帮他一把的只有一位年轻的据说毫无经验的实习生，前路渺茫。他根本不知道这场庭审之后自己会是什么身份，什么处境，所以他答不出来。

　　对面听懂了他的犹豫，立刻道："没关系，没关系，不一定要来，你忙你的，我们很好。"

申请下来的通信并不是随意的，没过多久，限定的时间就已经到了。

通信截断之后，陈章呆愣了很久，一整晚都极度沉默，有点儿希望庭审迟一点儿，再迟一点儿，最好永远不要来。

即便他祈祷了无数遍，乔治·曼森案的庭审还是如期到来了。

这天上午九点半，燕绥之和顾晏到了第三区刑事法庭的门口，熟练地将光脑、智能机、电子笔、文件夹等东西掏出来，依次通过安检。

这一次的庭审因为被害人曼森家提出申请，除了原告、被告及证人的家属，不能有任何和案件无关的人来旁听，所以这一天的一号法庭门外并没有聚集学生或其他公民，显得死气沉沉。

因为要求保密，所以这次进庭前还要进行二次安检，说白了就是身份审核。

前面的庭审助理对燕绥之点了点头，说："您是？请核验身份。"

燕绥之把身份卡递过去，道："辩护律师。"

庭审助理又看了看他身后的顾晏，问道："你们是一起的？"

"对，我记得辩护律师可以有两个陪同人员。"

庭审助理指了指顾晏，说："没错，所以他是？"

"我的老师。"燕绥之瞥了顾晏一眼，笑着这么介绍了一句，说得特别流利，一点儿心理障碍都没有。庭审助理一点儿端倪都没看出来，唯独顾晏能听出话音里打趣的成分。

两人推开厚重的大门走了进去。

虽然庭审对外保密，但这并不代表法庭内人不多。相反，旁听席上坐的人并不少，其中有几位一看就来头不小，从排场到气质都极有压迫力。

那位穿着昂贵衬衫、抱着胳膊坐在一角的男人，有着灰色的短发和浅蓝色的眼睛，手臂隆起的肌肉显得他强势、严苛、身材剽悍。虽然他的五官跟乔治·曼森并不是很像，但他确实是乔治年长很多的哥哥布鲁尔·曼森，曼森家族里一名顶顶重要的角色。

他身边坐着好几名保镖，将他圈围在中间，颇有点儿众星拱月的意思。

从燕绥之进门起，布鲁尔·曼森的目光就滑了过来，带着打量审视的意味，如果是胆小一点儿的人，被那样的眼神瞄两下，恐怕腿都要发软。

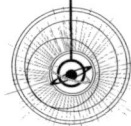

燕绥之从他身边的走道经过，走到了最前排的位置上，将光脑放下来。

顾晏在他后面一排站定，并没有急着坐下来，而是用只有他能听见的声音道："布鲁尔·曼森在，他是个极其敏感且多疑的人，你等会儿收敛一点儿。"

燕绥之了然一笑，说："我当然知道。演实习生而已，信手拈来。"

他说着，身份一秒切换，在布鲁尔·曼森的盯视下，对着顾晏佯装忐忑地拍了拍心口，声音不高不低："怎么办？老师，要开庭了，我有点儿紧张，你说点儿什么安慰我一下？"

顾晏："……"你怎么不去戏剧学院？

布鲁尔·曼森的目光越过五排座位，落在燕绥之身上。

对于这位曼森家的长子，燕绥之算不上熟悉，也并非全然陌生。曾经他们有过两次直接的交集，一次是在一位老律师组的酒会上，两人碰过一次酒杯。一次是在关于一位法官的案子里，审前为当事人采集有利证据时，两人寒暄过几句场面话。

即便是这样浅淡的交集，也能明显感觉到布鲁尔·曼森不只脸跟乔治·曼森不像，性格也完全不同，是位最好别惹的麻烦人物。

燕绥之虽然正对着顾晏，眼角的余光却注意着布鲁尔·曼森的动静。

"你在看谁？"顾晏微垂目光看着他。

燕绥之说："布鲁尔·曼森，他一直看着这边。顾老师，有点儿老师的样子好吗？按照正常情况你该安慰一下被赶鸭子上架的实习生了。"

他这两句话的声音压得很低，其他人听不见。从远一些的角度来看，他就像真的因为紧张而絮絮叨叨了一通，但又怕被法庭上的其他人听见自己露怯。

不管怎么说，他装得还挺像的。

近处的顾晏更是为燕大教授的演技所折服，答："按照正常情况，我根本不会有实习生。"

而且某些人张口"顾老师"闭口"顾老师"，说得是不是太自然了点儿？

燕绥之不满地"啧"了一声。

顾晏垂眸看着他，好一会儿后突然平静地道："这只是一次庭审，不管结果如何，你在我这里的考核成绩始终是满分。"说着他抬手轻拍了一下燕绥之的肩膀。

说这句的时候，顾晏的声音不高不低，恰好足够后面的布鲁尔·曼森听个大概。他说完没再看燕绥之一眼，就直接偏头理了一下光脑和座椅，准备在席位上坐下来，过程中，他的目光和布鲁尔·曼森碰上了。

"顾律师。"布鲁尔·曼森冲他点了点头，有礼但并不算热情。

顾晏也点了点头，打了一声招呼："曼森先生。"

"我倒不知道这位辩护律师居然是顾律师的实习生。"布鲁尔·曼森又道。

"不是。"顾晏否认得非常干脆，"准确地说他是莫尔先生的实习生，我只是暂代几天。"

布鲁尔·曼森客气地笑了一下，面上看不出他对这句话有什么想法，但是燕绥之和顾晏心里都清楚，这句话至少让他放了一半的心。

至于另一半……

布鲁尔·曼森再次直切重点，道："上次我说有机会一定要请顾律师尝一尝酒庄新酿的酒，你陪着实习生来天琴星怎么不提一句，抽空喝一杯酒的时间总还是有的吧？"

他说这话的时候带着寒暄、客套的笑，但是话里暗示的意思却很值得推敲。

依照规定，辩护律师和被告人是不能随意会见受害人及其亲属的，为了避免威逼胁迫等情况的发生。这点布鲁尔·曼森不会不清楚，但是他话里却轻描淡写地说要跟顾晏见面喝杯酒，就是侧面强调顾晏不是辩护律师，不要搞混身份乱插手。

顾晏也不是第一次跟他打交道，一听就明白他的意思。不过顾晏脾性在那里，回答的时候依然是不冷不热的风格："事实上我这两天刚到天琴，如果不是得看一眼庭审，我现在可能还在第二区治安法院的签字桌边。"

这话同样表达了两个意思，一是他根本没那个国际时间陪实习生；二是他只是礼节性来听庭审。综合而言，就是他没时间也没兴趣帮实习生处理这件案子，都是实习生自己独立在办。

布鲁尔·曼森的另一半心也放了下来，他冲顾晏道："好吧，我不为难你了，下回一定抽出空来，我那几瓶酒还在等着你。"

顾晏道："一定。"

没一会儿，法官和控方律师也到了。

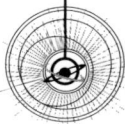

燕绥之对法官没什么印象，倒是顾晏在他身后简单提示了一下。

这位头发半白的路德法官跟顾晏和燕绥之还有点儿"沾亲带故"，他年轻时也是德卡马南十字律所的一名律师，只不过干了十来年后转行成了法官。

"路德现在还和所里一位大律师保持着联系，因为他们当年是同期生，关系还不错。"顾晏道，"后来诉讼上的交集也不少。"

律师和法官之间很少有关系特别亲近的，但也不会丝毫没有联系。毕竟曾经都是学法的，没准是同学、师生、校友，有些情况下会避嫌，但也不至于处处避嫌。

有一些律师为了在诉讼上占一点儿先天优势，会想尽办法跟法官搞好关系，定期办点酒会混个五分熟。即便不这么干的，多年案子打下来，也总会有些不深不浅的交情。

燕绥之听见顾晏这么说也不意外，顺口问了一句："哦，是吗？这是哪位大律师的朋友？"

顾晏说："霍布斯。"

燕绥之无语片刻，要笑不笑地问了顾晏一句："这位没有给人强行打零分的癖好吧？这种时候可找不到一位能打一百分的来救场。"

顾晏："……"

他原本还打算说点儿什么，一听燕绥之把那个吃错药的"一百分"拎出来，他又面不改色地坐直了身体，靠回椅背上。

"提都不能提？"燕绥之挑起眉，"别这么小气，你本来要说什么？"

顾晏依然没有开口的打算。

燕绥之想笑，说："行了，你气着吧。霍布斯的朋友也没什么，第三区刑庭的法官坏不到哪里去，多亏当年那位大法官带出的好风气。"

提到这个，顾晏倒是看了他一眼。

关于天琴星刑庭那位以刚正不阿出名的大法官前辈，很多法学院老师上课的时候都会顺嘴提两句，顾晏当然是知道的。

也许是话说得刚好顺嘴，燕绥之难得提了一句自己的私人经历："我接的第一个案子就是那位大法官负责的，开庭前我跟他的视线对上，出于礼貌冲他笑了笑，可他却面无表情。托他的福，我第一次庭审就完全没能紧张起来。"

那之后就更没紧张过了。

顾晏对这随口拈来的事情居然表现出了几分兴趣，问道："为什么？"

"因为那位大法官全程没换过表情，纹丝不动，所以我一直在想他的面部神经是不是有些问题。"

燕绥之这人挤对起人来敌我不分，对别人含着一种"看小傻瓜"的笑意，说起年轻气盛时的自己同样如此。

不知道为什么，顾晏的表情有点儿古怪。他看了燕绥之片刻，平静地朝不远处的小门一抬下巴，说："开你的庭前会议去。"

燕绥之收了笑，站起身不紧不慢地跟法官还有控方律师一起进了法庭附带的侧屋。

跟很多时候一样，庭前会议依然是流程化地走个过场。很快，三人便从侧屋里出来，回到了各自的席位上。

被告人陈章也被法警带了进来，他每次出现，都显得比前一天更憔悴，满脸青苍，浑身上下都透着一股放弃抵抗的悲观意味。

燕绥之撩起眼皮朝被告席看了一眼，当即被自己当事人扑面而来的丧气瞎了眼，毫不犹豫地收回了目光。

他一掠而过的视线，其实被告席上的陈章看到了。

陈章也想给自己的辩护律师一点儿回应，但是现在的他实在打不起精神。越临近开庭他就越觉得自己希望渺茫，而这糟糕的局面又是他自己一手造成的，他极度懊恼。

同时他又对自己的律师心怀愧疚，本来实习生就很难打赢官司，甚至很可能因为第一次出庭太过紧张而出洋相，他之前还各种不配合，给那实习生又增加了难度。

"输了，我也不会怪你。"陈章看着燕绥之的身影，心里这么说道，但是僵硬、颤抖的手指出卖了他。

对于他这种精神状态，旁听席上有人是喜闻乐见的。

布鲁尔·曼森身边的助理低声道："看那位教练碰见世界末日似的表情，可以想象那名辩护律师有多绝望了。"

布鲁尔的目光未动，说："顾不在，只是实习生的话，当然掀不起什么浪。"

他们虽然没跟顾晏和燕绥之有直接接触，但是前些天顾晏在接受"一级律师"审查，以及一到天琴星就去了第二区这种事情，他们还是知道的。之前半

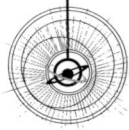

真半假地问顾晏，也只是一种提醒而已。

"万一那位顾律师他就是想插手呢？"助理又道。

布鲁尔·曼森瞥了他一眼，说："还记得他之前怎么安慰实习生的？'不管结果如何'，这话基本就是一种默认。当然，不排除他是说给我们听的。"

助理问："那……"

"但是别忘了——"布鲁尔·曼森道，"他刚通过'一级律师'的一轮审查，正要进入公示期。最需要锋芒的一轮他已经通过了，这段时间里他要做的唯一一件事就是保证稳妥。任何一位聪明人都不会选择在公示期里接有争议的案子，参与容易招惹麻烦的事情。"

助理点了点头，立马领悟了更多意思，说："确实。照这么说，没准他的实习生接到这个案子时，他比谁都头疼。"

乔治·曼森案最稳妥的处理方式是什么？当然是放任实习生大胆地辩，然后顺理成章地输。该判刑的判刑，该结案的结案，皆大欢喜。

布鲁尔·曼森再没多看实习生一眼，他的目光落在被告席，片刻后"哼"了一声，轻声道："我亲爱的弟弟乔治还躺在医院，等着法庭给他一个公道呢，谁也别想把被告从这里带走。"

6

"嘭。"路德法官绷着一张钢板脸，郑重地敲下法槌。

庭下旁听席位上嗡嗡的谈论声戛然而止，所有人正襟危坐，整个法庭一片肃静。

精心挑选过的陪审团成员就在这一片肃静中陆续入了场，在陪审团长的带领下，依照开庭流程，宣誓秉持公正。

"被告人陈章，身份号 11985572，住所位于天琴星第三区樟树街 19 号，犯案时受雇于哈德蒙潜水俱乐部，是一名潜水教练。"法官的语速很慢，每一个字都说得非常清晰，在这种环境下显得格外严肃，就连旁听的人都能感受到压力，更别提被告席上坐着的了。

法槌敲响的时候，陈章不受控制地颤了一下，空洞的眼神看着法官，听他念完所有的信息，然后板着脸问道："信息是否有误？"

陈章摇了摇头，道："没有。"

"是你？"

"是。"

法官又确认了一遍受害方乔治·曼森的信息，控方那边替他确认。

"好，那么接下来就是你们的时间了，先生们。"路德法官对控方和辩方席位分别点了一下头，然后对控方律师道："巴德先生，可以开始你的开场陈述了。"

巴德看起来跟顾晏差不多年纪，作为曼森家的专用律师之一，他身上透着一股天然的优越感，这种优越感让他看起来有种盛气凌人的效果，这在庭辩的时候并不是坏事，尤其当对方律师气势不足时，很容易占据心理上的优势，同时也会给陪审团一种信号——他的主张证据充分，事实清楚，所以才能这么理直气壮。

巴德站起来对法官点了点头，同时冲燕绥之的方向投去一个带笑的眼神。

可以理解为前辈对毫无经验的后辈表现出的同情。

"好的，法官大人。天琴星时间 12 月 5 日凌晨 1 点 12 分，乔治·曼森先生被发现昏迷在自己套房的浴缸中，体内注射有 H32 型安眠药，一共三支，这个剂量足以杀死一名成年男性，这种常识众所周知。警方对现场进行了充分的证据搜查及勘验，形成了一条清晰完善的证据链，大屏上是我方的证据目录。"

巴德将证据目录投在法庭的全息屏上，足以让陪审团看清。

"现有证据表明，陈章先生于 12 月 4 日晚由二楼房间窗台翻下，潜入乔治·曼森先生的套房，凭借视力上的优势，没有磕碰到房间内散落的杂物，没有惊动门外守着的服务人员和安保，进入里间，给醉酒躺在浴缸内的乔治·曼森先生注射了上述安眠药剂，并在明知致死量的情况下，用了整整三支。"

被告席上的陈章垂着头，用力揉搓了一下脸颊，巴德说的字句有些完全来自他的口供——他录下的口供。

现在每听一句，他的心脏就跟着抽痛一下，如果可以，他简直想失去听觉，一个字都不要再听进去。

巴德滔滔不绝、神态自若地说了长长一段，把大致的案件原委和证据简单陈述了一番。这期间他的目光偶尔会落在陈章的身上，更多的时候是落在法官和燕绥之的身上。

对于这个案子，他毫无担心的成分，这就是一个标准的"流程案"——不

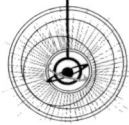

用开庭就能预先知道结果，开庭不过是把既定流程走一遍。

他占据了太多优势，经验上的、证据上的，甚至受害方家族力量上的……而对方呢？通通都是劣势。

之前他闲极无聊的时候，甚至设想过，如果他是陈章的律师会怎么样。不过只想了两秒，他就放弃了，因为毫无思考的价值。他相信任何一位律师在这种情况下都会选择做有罪辩护，这样或许还能为当事人争取到量刑上的宽容。

实习律师自然更该如此，这点毫无疑问。

不过就算是有罪辩护，他也不会让对方得逞，哪怕他有十张脸都丢不起这个人。

"以上，我方决定指控陈章先生蓄意谋杀。"巴德说完，冲法官点了点头后坐下。

他理了理自己的律师袍衣摆，露出礼貌得近乎完美的笑，看向辩护席，等着听那个年轻实习生发言，并在心里祈祷：老天保佑这位年轻人，不要在法庭上抖得太明显。

法官路德转向燕绥之，依然一字一顿道："阮野先生？你可以开始你的开场陈述了。"

燕绥之站起来的时候，煞有介事地轻轻吐了一口气，在众人看来，就像是在深呼吸，以缓解紧张。

顾晏："……"

吐完那口装模作样的气，燕大教授的演技巅峰就算过去了。他轻拉了一下律师袍的袖摆，冲法官和巴德都微笑了一下，道："开场陈述就不占用太多时间了，我只说一句，我主张我的当事人陈章先生无罪。"

巴德："？"

布鲁尔·曼森："？"

燕绥之的语气太过轻描淡写也太过平静，就像在说某个已经非常笃定的事实。

从表现到语气到说话内容，与控方律师巴德所设想的情形完全不同，以至于他那个"礼貌得近乎完美"的笑容当即就凝固在了脸上。

两秒后，旁听席上的布鲁尔·曼森渐渐缓过神来。

助理替他说出了心声："这个实习生在搞什么啊？"

倒不是说那句"我的当事人陈章先生无罪"多么有震撼力，也不是这么强调一句结果就能成真，而是众所周知的稳妥辩法放在那里，这实习生不用，非要挑麻烦的那种，这就有点儿出人意料了。

不过很快助理又乐了一声，悄悄地指了一下前排，对布鲁尔·曼森道："我现在相信那位顾先生没有插手案子了，老板你看……"

布鲁尔·曼森顺着他的手指看过去，就见实习生做完开场陈述后，顾晏用手指按了按自己的太阳穴。

从他们的角度只能看到顾晏的后侧面，看不清他的表情，当然，就顾晏那性格来说，就算坐在他对面可能也看不到什么表情，但是那个揉按太阳穴的动作充分体现出了他的无奈。

"他好像对那个实习生很头痛。"助理说，"我怀疑……他可能也不赞成那位实习生的做法。"

布鲁尔·曼森"哼"了一声，目光再次投向辩护席的时候，就含了一点儿荒谬和看好戏的意味。

某种意义上来说，顾晏的反应刚好让他们放了心。

燕绥之说完那句，没多提别的，就冲法官点了点头，坐了下来。

事实上，他这么做开场陈述是有原因的。

上回约书亚·达勒的案子，有酒城特有的行事风格做背景，从法官到警方甚至到陪审团都有一点儿倾向性，"屁股"从开始就是歪的，开场陈述不管怎么做都会体现出过于强烈的对抗性，那不是好事，所以顾晏的做法最合适。

但是这次不同，天琴星这边比酒城要光明很多，这里律法思想更开放一些，陪审团和法官相对公正，但这就意味着，他们更容易随证据证言摇摆态度，这恰恰是陈章处于劣势的地方。

如果控方辩护律师是个善于拿捏陪审团心理的人，他一定会在最开始直接甩出陈章的认罪口供。这是最容易引发态度倾向的东西，一旦放出来，陪审团立刻就会站到陈章的对立面，先入为主地将他拟定为有罪。之后的每一次辩驳都是一次拔河式的拉锯战，巴德胜，就会把他们继续拽向"有罪"的那端；燕绥之胜，则会把他们拉回来一点儿。

但显然，想要拉回来，要走的路更长。

而现在，燕绥之斩钉截铁的开场陈述就是在做类似的事情，给陪审团一个先入为主的怀疑论，语句越简短冲击越强烈。这样一来，巴德后面扔出证据时，

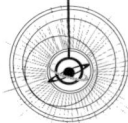

陪审团心里至少会犹豫一下再站队。

燕绥之整理席位坐下来的时候，眼角的余光瞥到顾晏的手指刚离开太阳穴。他的嘴角翘了一下，放松地靠上椅背，头也不回地抬起两根手指招了一下。

片刻后，后排的顾晏朝前倾身，气息距离他很近。

燕绥之几乎没动嘴唇，用极轻的声音道："别头疼了，放心，我不在辩护席开玩笑。"

他只是比较随性，但从来不拿涉及他人人身自由乃至生死的审判开玩笑，他在法庭上所说的每一句话都有他的考量。

这点顾晏当然知道，他头疼的根本不是这个，他想跟燕绥之说"你稍微收敛一点儿"，但事实上，自从裹上了阮野这层皮，燕绥之已经收敛很多了，明明有几处房宅却不能住，明明有大量资产却没法用，明明有数不清的朋友、学生却不方便联系。

翻来数去到最后，限制少一点儿的，居然只有法庭这张辩护席。

燕绥之能感觉到背后的顾晏动了动嘴唇，似乎想说什么，但最终，除了呼吸的气息轻轻落在他身后，顾晏并没有急着开口。

又过了一会儿，控方律师已经站起身，证人席上已经多了一个人，顾晏的声音才低低地从后面传来："你随意。"

燕绥之微微怔愣了一瞬，在控方律师巴德开口时回了神。

证人席上站着的是第三区办案警署的一名警官，姓关。

巴德当然知道这种案子怎么打最容易把陪审团拉到他那边，对面那个实习生不按常理出牌，自不量力得让他很不舒坦，他打算速战速决。所以他第一个甩出来的不是别的，正是陈章的口供。

看到警官身份的时候，燕绥之挑了一下眉。

"关文骥警官，身份号 117765290，辩方当事人的口供笔录是你签字负责的？"巴德问。

"对，是我。"

关文骥生得人高马大，浓眉大眼，也许是平日里办案压力大，他习惯了皱眉板脸的表情，即便在证人席上也给人一种不近人情的压迫感，这样的警官去录口供再正常不过了。

"辩方当事人陈章是在三十六个小时内就如实供述了所有罪行？"巴德将

文字记述的口供投到了全息屏上，陈章当时所说的字字句句都被记录在上面，足以让陪审团看得清清楚楚。

关文骥点了点头，说："是的，这在我们经手的案件中算供述非常顺利的，一般而言，自认为无可抵赖的人会有这样的表现，当然，对此我们非常欣慰。"

他的声音很哑，听得出来应该是彻夜忙碌还没怎么休息，眼睛里的血丝很重，胡茬布满了下巴，看起来非常疲惫。

这人说话的方式很有技巧性，知道什么时候该斩钉截铁一点儿，什么时候该委婉一点儿，就连对陈章的态度也表现得很平和，这很容易得到陪审团的好感，让人对他所说的内容更加信服。

哪怕他的话语里其实带了引导性的词句。

愿意相信他的人，会在不知不觉中下意识把那句"自认为无可抵赖的人"印进脑子里。

"除了你以外，还有哪些人参与了录口供的过程？"巴德问。

律师对证人的询问并不是真的想要知道什么信息，这些信息其实他们在接触案件资料和前期准备时就知道得很清楚，他们问的每一个问题，都是说给陪审团听的。

他们希望陪审团知道什么事，记住什么细节，就会用询问的方式体现出来。

关文骥对答如流："还有另外两名警员，几次口供的参与人并不一样，我是负责人，所以这几张上面只有我的签名，但是更完整的文件上有所有人的签名。毕竟如果只有我一个人的话，口供可不能作数，我们不能这样对待陈章先生，尽管他坐在了嫌疑人的位置上。"

他不只回答了问题，还主动解释了有可能会被用来做文章的部分，态度很不错。而巴德也极为配合地找到了几人都有签名的页面，然后冲陪审团的方向点了点头。

"录口供的时候，辩方当事人是清醒状态吗？"巴德问完，又立马接了一句，"我是指他有没有醉酒、吸食致幻剂或者精神疾病方面的问题？"

听到巴德问这个问题的时候，燕绥之支着下巴的手指像弹琴一样敲了两下，好看的眼睛微微眯了起来，若有所思，嘴角带着一点儿笑，只不过被手指遮住了。以至于巴德抬头的时候，只看到了他眯起的眼睛，以为他正在发愁，顿时连尾调都扬了起来，一副稳操胜券的模样。

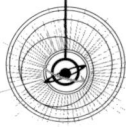

关文骥摇头否认，这种时候，他的斩钉截铁就非常有用。他道："没有醉酒、没有吸食任何致幻剂、没有精神疾病，我们对陈章先生做了全面的医学鉴定。你知道的，现在的鉴定仪器细致到每一个方面，甚至包括陈章的夜间视力，更别说精神方面的疾病了。"

"你们非常负责，谢谢。"巴德道。

他又顺着口供供词和陈章的表现，问了关文骥一些问题。

看得出来，整个询问过程，巴德希望给陪审团这样几个印象——陈章认罪很快很顺服、负责录口供的警员完全按照规定行事，最重要的是没有刑讯逼供、没有压迫，而且陈章录口供的时候非常清醒，这就使得口供内容笃实可信。

巴德在坐下的时候，不动声色地观察了一下陪审团众人的表情，看得出来，他所希望传达的信息基本都传达到了。

不仅是他，燕绥之看了一眼陪审团，也觉得巴德刚才的询问目的已经达到了。一旦嫌疑人的认罪口供敲死了，整个案子基本也就没什么可翻转的可能了。

看，速战速决，巴德在心里吹了一下口哨。

法官的目光重新落在燕绥之身上，说："到你了，阮野先生。"

燕绥之点头站起身，他没有急着张口询问，而是先将证人席上的关文骥上上下下地打量了一番。

关文骥被他看得很不自在，皱着眉瞪着他。

"关文骥警官？"燕绥之被瞪了好几秒后，终于不紧不慢地开了口，"我之前看过一些简单的资料，包括你的，你曾经被警署处分过一次是吗？"

关文骥收回瞪人的目光，说："是。"

"我看到那次事件被定性为暴力事件？"燕绥之又道。

关文骥说："是。"

"因为一件案子有分歧，你跟同事起了冲突，所以各给了对方一拳？"

"对。"

燕绥之微笑了一下，温声问道："你是一个急脾气且容易被激怒的人吗？"

关文骥："……"

别说巴德律师，就连他都能从这个问题里看到辩护律师的用意——先利用一些事实让他承认自己是个暴脾气，接着转到如果对方行为不合心意、磨磨唧唧，他就会如何不耐烦，甚至威胁动手；再接着转到录口供的时候，他可能也有意无意地表露了一些，以至于给陈章造成了心理上的"刑讯逼供"效果，这个套路他太清楚了。

于是关文骥斟酌了一下，深呼吸一口，放缓了态度道："其实不是，你如果仔细查了更多资料就会发现，我那天状态不好，事发前一天一夜没睡觉，全扑在案子上。我相信诸位都能明白，过度疲劳的情况下精神状况不好，情绪失控，有时候确实会做一些反常的事情，事实上我那时候根本不清醒，事后我连自己究竟怎么出的拳且因为什么话都记不得了。"

他这么说的时候，辩护律师居然非常体谅地点了点头，最见鬼的是对方居然又顺着他的话帮他说了一句："确实如此，而且那件事已经过去了很久，我记得似乎是五年前的事？在第三区警署？"

关文骥有点儿弄不清对方的意图了，连夜的办案让他这会儿的脑子很不清楚，刚才巴德那样的询问他是有心理准备的，所以应付得很好，现在他有点儿茫然了。他愣了一下，点头道："对，是的，没错。"

他下意识应答完，又觉得哪里不对。直到他看见对方辩护律师又点了点头，调出了什么资料准备去按播放器，他才反应过来改口道："啊！抱歉，不在第三区警署，在下面东一街的初级警署，我那时候还没有被调到第三区警署。"

燕绥之笑了一下，抖了抖手上的文件纸页，道："嗯，我差点儿就放出来了，你改得很及时。"

关文骥："……"

"所以你现在也是精神不济？"燕绥之搁下了手里的纸页，继续问道，"你多久没休息了？"

关文骥辩解道："我最近一直在追一个案子，直到现在还没有合过眼，有二十八个小时了吧。我刚才说过的，过度疲劳的情况下精神状况不好不太清醒其实很正常，相信大家能理解。不过你看，我现在就没有因为你翻出令人懊恼的旧案而发脾气，可见那次真的是偶然。我脾气不坏，而且如果我真的是一个易爆易怒的人，总犯那样的错误，也不可能被调到第三区警署。关于这一点，有全警署的人可以做证，我也没必要撒谎。"

他说着说着，似乎找到了凭依，因为他看见陪审团有好几位点了点头，看上去很赞同他的话。于是他干脆又顺着话把辩护律师另一条路堵死了："另外，虽然我现在处于过度疲劳的状态，也许口头上会出现一些错误，但是刚才关于

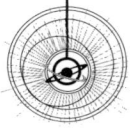

口供的那些回答都是没有问题的，因为每一点都能找到对应的证据，刚才巴德先生投放在全息屏上的那些就是最好的证明。"

他说完就已经镇定下来，下巴微抬，看向对面年轻的辩护律师。

经过这么一番解释，对方就没法再用"暴力逼供"作为突破口，同样也没法用"庭上证词不可信"来指摘刚才的问询。

燕绥之道："所以全息屏上的这些口供内容、签名乃至日期都没有问题？"

关文骥说："当然，提交的文件不可能出差错，我们也不会允许出差错。"

燕绥之点了点头，直接调整播放键，把全息屏上的口供简单归整了一下，拎出每一份文件的抬头和结尾，直接标注出上面精确到分秒的时间信息，用电子笔指了一下，道："那让我们来看看这些绝没有差错的口供文件……第一份口供开始时间是天琴星时间 12 月 7 日 23:11:29，结束时间是 12 月 8 日 04:19:11；第二份口供开始时间是 04:42:01，这中间隔了不到半个小时。这次口供录了七个小时，接着隔了不到半个小时开始录第三次口供……"

"一共五份口供，每份口供之间的间隔最长四十二分钟，最短十分钟，我的当事人在最后一份口供中认罪，前后历经三十六个小时。"燕绥之放缓了语速，听起来字字清晰，"在此之前还有抓捕嫌疑人后的一系列流程手续，去掉零头吧，一共四十二个小时，有抓捕视频为证，我没算错吧？"

关文骥道："没有。"

"谢谢回答。"燕绥之挑眉道，"控方律师巴德先生之前问了一个非常有意思的问题，他说'辩方当事人是清醒状态吗'，紧接着就将问题细化为'有没有醉酒、吸食致幻剂或者意识不清'。"

燕绥之笑了一下，道："一个非常巧妙的概念偷换，关文骥警官否认了后面三种，就会给人一种错误认知——我的当事人陈章先生在录口供时是清醒状态。关警官，两分钟前你恰好说过这样一句话。"

燕绥之低头整理了一下文件，找出刚才庭审记录员速记下来的那一页，勾出其中一句，然后在全屏幕上放大三倍，那个视觉冲击效果有点儿震撼，引得庭上一片轻呼。

燕绥之头也没抬，一边放正纸页一边玩笑道："别呼，肃静。"

全息屏上，关文骥刚才在询问中的发言字大如斗：我相信诸位都能明白，过度疲劳的情况下精神状况不好，情绪失控，有时候确实会做一些反常的事情，事实上我那时候根本不清醒，事后我连自己究竟怎么出的拳且因为什么话都记不得了。

"那么关警官——"燕绥之将手里那些文件丢在了席位上，抬起眼看向关文骥，"我希望你看着你说过的话，用最客观公平的态度回答我，四十二个小时不眠不休，算清醒状态吗？"

7

直到关文骥被带离法庭，证人席被重新空出来，巴德才在法官的法槌声中回了神。

原本最有利的一样东西，最能让陪审团顺服地站在他这边的东西，就这样被打上了保留怀疑的标签。四十二个小时不眠不休，往深了想就不只是单纯的状态不清醒了，嫌疑人犯困的时候怎么让他保持睁眼？疲惫过度的时候怎么刺激他继续回话？怎么瓦解他的心理防线，又是怎么击溃他的意志力？

如果有强舌智辩，甚至能把这四十二个小时往变相的刑讯逼供的方向拉拽。

但是那位实习生没有，他就像在友好切磋一样，点到即止地停在了那个边界点上。

巴德久久地看着辩护席，老实说，如果他是对方律师，他一定会借题发挥，不把那四十二个小时的价值榨干不结束。想要胜诉，就必须抓住每一次扭转的机会，毕竟这个行业胜者为王。这是他打了十年官司总结出来的经验……当然，这都不能叫经验，这恐怕是大多数人眼中的常识。

他在出神中无意识扫了一眼庭下，结果就对上了布鲁尔·曼森鹰一样的目光，顿时忙乱地收回视线。他正了正神色，没再多想，继续将注意力放回案子上。

很快，证人席又站上了新的证人，巴德已经在法官的提示下起身开始对其进行询问。

庭下却依然还有人轻声议论，顾晏不用回头就能听出来，是来自布鲁尔·曼森的那几位下属和助理，隐约能捕捉到的词句跟巴德律师的疑惑如出一辙，唯独布鲁尔·曼森本人没有任何回应，似乎非常沉默。

对于那些疑惑，现在的巴德会问，但是再过十年经历更多的案件后，他恐怕就不会再问了。

这个法庭上，能完全理解燕绥之的做法的，恐怕只有顾晏一个，也许还有

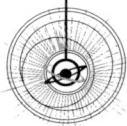

那位年长的法官。

很久以前燕绥之就说过，陪审团成员不是傻瓜，他们是从各行各业挑出来的人，代表着不同的人群，有着不同的思想碰撞。但不管怎么说，有一点是可以肯定的，他们一定是有着一定判断力并且被认为是可以秉持公正的人。

他们不需要说教，不需要强行填灌思想，能坐在陪审团席位上决定某一个人的自由和生死，这些人是有点儿自傲的。

自傲的人不容易接受思想填灌，他们会抵触会排斥，甚至会产生逆反心理，所以点到即止就好了，巴德能想到的引申意义，陪审团同样能想到。

他们自己想到的，永远比别人塞给他们好。

除此以外，也许还有另一点，那一点可能连法官都没能理解。

燕绥之正看向控方席位，听着巴德对证人的询问，而眼角的余光却瞥到顾晏似乎正在看着他。

"你看我干什么？"燕绥之突然轻声问。

顾晏："……"某些人在法庭上混迹多年，真是一点儿也不守规矩。

别人都是正襟危坐，要么仔仔细细地抓紧时间看案件资料，要么全神贯注地听着对方律师或者证人的话。他这种时不时还能跟人互动两句的，打着灯笼也找不到。

哪个实习生敢这么混账？

燕绥之感觉顾晏沉默了片刻，收回视线再也没理他。

此刻证人席上站着的是乔治·曼森卧房外的安保员奥斯特·戴恩。

巴德的询问已经进行了大半："当天晚上，我的当事人乔治·曼森先生进入浴室前，关了客厅和其他房间的灯是吗？"

戴恩点头说道："是的，外间整个都是黑的，为了方便曼森先生有什么需要时我们能听见，房门开了一点儿小缝，但是走廊上灯很暗，所以里面依然非常黑。"

巴德道："直到乔治·曼森先生出事，你们都没有听见什么可疑的动静？"

戴恩说："当然，太细小的动静我们本来也很难听见，但是如果有人在房间里磕碰到什么，我们一定能发现，但是很可惜，没有。这本身就足以说明一些问题了，毕竟曼森先生的房间……东西有点儿多。"

巴德鼓励道："东西有点儿多是指？"

"曼森先生的房间是这样的，窗台和床之间铺着长毛绒地毯，但是床到浴室中间没有地毯，那里散落了很多东西，酒瓶、酒杯、衣物、皮带、领带、车钥匙……"戴恩自己说着都觉得离谱，但是毕竟曼森家的人都还在，他得克制一点儿语气。

巴德应和着他的话，直接在全息屏上打出几张照片，说："这是事发之后，曼森先生被发现出事时房间里的灯打开时里面的场景。"

整个法庭上连同一直绷着脸的法官都出现了一秒的表情空白，不得不说，那种令人揪心的凌乱呈现在偌大的屏幕上，震撼力非同小可。

布鲁尔·曼森的嘴角动了一下，显出一种混杂着不屑、厌弃又无奈的意味来，但很快就收了回去。

戴恩这边能提供的信息最重要的也就是这几点了，所以巴德很快完成了询问，同时也让陪审团对这些有了了解。

法官路德道："阮野先生？"

燕绥之也不急，道："我没有要问的。"

不知道为什么，现在那实习生一开口，不管说什么，巴德都一脑门的怨气。

于是他顶着一脑门的怨气，请上了下一位证人——赵择木。

赵择木站上证人席的时候，顾晏不甚在意地朝后面的座位看了一眼。这次来旁听的人里，曼森家的人最多，赵择木家的人最少——一个都没有。

之前就有传闻说赵家原本要背靠曼森家族这棵大树，但是这两年出了点儿问题，大树靠不稳了。有人猜测是因为赵择木跟乔治·曼森关系更好，弄得布鲁尔·曼森不太高兴。

这种接班人之间的纠葛，真真假假的很难说得清，不过在法庭上也确实看得出一丝端倪，赵择木进庭的时候，布鲁尔·曼森的目光一直落在全息屏的照片上，过了好半天，直到巴德已经开始询问赵择木了，他才不紧不慢地把目光移过去，像是对赵择木看不上眼。

而赵择木之所以站上证人席也很简单，因为他在陈章的作案时间范围里，曾经在窗台边看见过陈章的手。

"你是这样抓了一下墙边的水管吗？"巴德演示了一个抓握的动作。

赵择木摇了摇头，换了一下方向，说："这样抓的。"

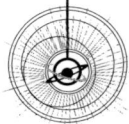

"抓了多久？"

"几秒吧，四五秒。"

"你能肯定那是辩方当事人的手？"巴德问道。

赵择木平静地说："因为那只手的食指上戴了一个戒指状的智能机，戒盘上有个圆截面，截面上有两道很显眼的横线。当然，我只是看到了这一点，事后警方调查证实了别墅内除了陈章，没有人的智能机是那样的。"

巴德放出别墅的窗外的照片，就那个结构来说，如果陈章要从二楼窗台到一楼，并且尽量压低声音的话，确实需要抓一下那根水管缓一下力，而那只手刚好是在陈章可能的作案时间范围内出现的。

巴德很快问完了问题，询问权交到了燕绥之的手里。

"赵先生。"燕绥之起身跟他打了个招呼。

赵择木有一瞬间的愣怔，也许他之前就知道给陈章辩护的律师是谁，但是真正在法庭上看见他还是会有点儿微愕，不过他很快收起了表情，点了点头，说："你好。"

"你在窗边看到了我的当事人陈章的手？"

"刚才我已经说过了，是的。"

"露出了多少？"燕绥之问道。

赵择木愣了一下，又在自己的手上比画了一下，大概一半小臂，说："这么多，因为是这样绕过来握着柱子的，能看到一部分袖子和手腕。"

燕绥之点了点头，说："我之前听过一句话，不知道有没有记错，赵先生你有夜盲症是吗？"

"是。"赵择木想了想，甚至还自嘲地笑了一下，"这点甚至还有医学鉴定书。"

当时别墅的所有人都被要求做了这种鉴定。

"夜盲……"燕绥之重复了一遍，又问，"那你是怎么看到窗外景象的？"

赵择木不慌不忙地应答道："当时我的房间还开着灯，光线足以让我看清窗户近处的东西，那根水管恰好在视线范围内。"

"你看得很清楚？"

"对，很清楚。"

"你当天晚上有没有出现什么身体不适的情况，诸如头晕？"燕绥之道，

"我没记错的话，那两天你基本在卧室里休养。"

赵择木摇了摇头，说道："没有，当时其实已经没有生理上的不适了，在卧室待着不出去只是因为潜水出事后，我有点儿后怕，心情不太好，怕影响其他人。"

燕绥之又问："那天晚上别墅里在办聚会，你当时有喝酒吗？"

"你是说看到手的时候？"赵择木摇了摇头，"没有，在下楼参与聚会前我一滴酒都没碰，后来下了楼我也没喝酒，乔让人给我送的是果汁。"

"所以整晚你都非常清醒，没有任何头晕之类的不适症状影响你所看到的东西？"

"对。"赵择木说得非常笃定。

燕绥之点了点头，然后重新播放了刚才巴德用过的视频。

那是当时劳拉拍摄的视频，那时候的顾晏和燕绥之已经上了返程的飞梭机，当时顾晏收到这个视频的时候还给燕绥之看过。劳拉当时录了视频除了给他们传了一份，就再没打开过。她原本打算等聚会结束发给众人，结果当夜就碰到了曼森的意外，这个视频直接被警方收录，没再让其他人看过，直到现在才作为辅助证据资料放上法庭。

燕绥之直接将进度条拉到后半段，视频里，赵择木刚被格伦他们几个从楼上骗下来，后面还跟着陈章，两人到了大厅之后，找了个角落坐下来。

陈章很快被另一帮人拉过去聊潜水方面的事情，能听见视频里隐约问了一句水下发生事故怎么才能自救之类的，可能也都是被当时的潜水事故吓到了。

而另一边，赵择木始终坐在那个角落看着众人闹。

这一幕发生在偌大视频的一个角落，又因为屏幕中其他地方依然在群魔乱舞，闹声太吸引人的注意力，以至于这个角落很容易被人忽略。

燕绥之非常干脆地把视频直接放大，让这个角落发生的事情能够充满整个全息屏。

法庭上的众人能清楚地看到，乔安排的服务生端着一个圆盘入了镜，圆盘上放着几杯饮料，他在赵择木面前一步左右停住，然后弯腰微笑着问了一句："喝什么？乔少爷让我别拿酒，这里有梨汁、苹果汁和……"

声音被背景的笑闹声盖过了大半，但从赵择木的口型也能看出，他要了苹果汁。

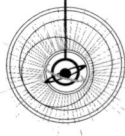

紧接着，奇怪的一幕出现了。

服务生将杯子递过去的时候，赵择木抓了个空，他的手在距离杯子还有两三厘米的地方握了一下。

服务生显然也是一愣，接着赵择木揉了揉额头，冲服务生笑着说了一句什么，显得有点儿抱歉。

服务生又摇了摇头，说了一句"没关系"之类的话。

这一次，赵择木抓得非常慢，快靠近杯子的时候，他的手指就有点儿迟疑，似乎是犹豫了一下，才又朝前伸了一点儿。

服务生可能有点儿看不下去了，直接将杯子放进了他的手里。

燕绥之将这一段视频来回放了三遍，然后问赵择木："你刚才非常笃定地说，整晚状态都非常好，没有饮酒、没有头晕、没有任何会影响所见的不适症状，那么这一段你该怎么解释？"

整个法庭都很安静，因为所有人都觉得赵择木的举动很古怪。这种时候不管说什么，都很难让人完全相信他那晚的状态很好，没有问题，至少会对此保留怀疑。

有那么一瞬间，赵择木显得有点儿僵硬，他低了一下头，再抬起来时就又恢复了那种稳重淡定的模样，但是他垂着的手指捏了一下。

他回答不出来，燕绥之也没有咄咄逼人，而是直接跳过这个问题："好吧，暂且不为难你。"

巴德："……"说得跟真的一样。

结果燕绥之还真就问了一个新问题："你说，你看到的那只手一直到这个部位。"他非常随意地拉了一下自己的律师袍袖摆，比画了一下位置，"能看到袖子？"

赵择木说："对。"

他这一声答得很迟疑，似乎怕燕绥之冷不丁地再挖一个坑。

然后，燕绥之果然不负所望又给他挖了一个坑："袖子是什么颜色？既然你连戒盘上那两道横线都能看见，大块的布料没理由注意不到。"

他在之前问陈章细节的时候记得一点，当时陈章把药剂和通信器放下去，再上来之后有点儿慌，所以换了一件衣服，也就是说，他下到大厅时穿的衣服并不是他从窗户里出去的那件。

赵择木："……"

一直以来，所有人的注意力都在那个能确定陈章身份的戒指形智能机上，还真没有人问过他袖子什么颜色。

赵择木似乎也很无语，顺口答道："灰绿。"

燕绥之点了点头，看起来非常赞同他的话，然后调出口供文件以及警方证言，画了两行字，再度放大三倍拍在大屏幕上。

那两行字表述不同，意思却一样——陈章当时穿的是一件橘红色的衣服。

法庭上所有人的表情再次变得古怪起来，而燕绥之又堵死了赵择木的话："你和其他人的医学鉴定书也在案件资料里，那上面显示你不是色盲。"

他当然不是，如果是的话还会等到今天才发现？

赵择木在众人古怪的目光中沉默下去，他似乎想起了什么事情，但皱着眉没再说话。

这一段交叉询问弄得所有人都有点儿摸不着头脑，有点儿想不明白赵择木究竟是怎么回事，但是这并不妨碍陪审团因为上述两点对他的证言产生严重的质疑。

燕绥之抬了一下手指，两手交叉打了个专用手势。

这在联盟现今的法庭上代表一个意思——申请该项证据当庭排除。

很快，陪审团离开座位去了庭外侧屋。这段时间不论是对赵择木还是对巴德都很难熬，几乎度日如年。

五分钟后，陪审团回到了席位上，团长清了清嗓子，沉声说了结果："确认排除。"

赵择木被暂时带离法庭。

8

关键性的证据一项接一项地落马，控方巴德律师也越来越坐不住。

又经过两轮不痛不痒的询问后，证人席上站上了最后一位证人。

这是一名专家证人，来自特鉴署。这次的案件痕检和医学鉴定等都是由特鉴署做的，而证人席上的专家就是这次的总负责人穆尔。

这次巴德的询问非常简短快速，三个问题就强调了两件事——

一是要满足作案条件，作案人必须得有夜视能力。

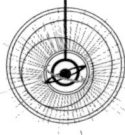

不得不说，但凡有眼睛的人看到曼森房间那些照片，都会下意识想到一个结论——如果在不开灯的情况下，从窗边穿越重重障碍进入浴室，还没有碰倒或打碎什么，没点儿天赋异禀的眼力绝对做不到。

二是当天在别墅的所有人，只有陈章符合这个条件。

陈章的医学鉴定证明他的夜间视力远超一般人，对细微光线敏感度极高，那个细小门缝里透进来的光足以让他看清房内绝大部分障碍物，再稍加小心，确实能做到。

这次巴德询问的过程，燕绥之甚至没有在听，他全程支着下巴在翻看几份鉴定资料。直到法官叫了他的名字，他才点了点头站起身，吝啬地给了巴德那边一个眼神。不过是一扫而过，最终的落点还是在穆尔身上。

"穆尔先生。"燕绥之打了一个简单的招呼，便干脆地把手里一直在看的纸页投上了全息屏，"痕检报告上，这段关于窗户边地毯织物上脚印的踩踏痕迹鉴定可能需要您再用更易懂的方式解释一下。"

"闯入乔治·曼森房间的人脚印长度是 26 厘米，左右误差 0.02？"燕绥之道，"还有步伐跨度，以及脚印深度……这些可以得出嫌疑人的体形？"

穆尔道："对，脚印长度、步伐跨度还有长毛绒地毯的踩踏深度数据正如屏幕上显示，虽然是别墅内统一供给的袜子，但是根据上面列举的几项计算公式可以推算出闯入者个头中等，大致在 178 厘米，左右误差 0.2 厘米，体重大约 75 公斤，左右误差 0.15 公斤。"

"踩踏痕迹清晰吗？"燕绥之道，"有没有模糊的可能？"

穆尔直接帮他把鉴定资料滑到模拟图像上，上面模拟了长毛绒地毯踩踏痕迹的 3D 效果图，说："可能肉眼很难看出其中的区别，但是实际上非常清晰。可以看到闯入者从窗台落地，右脚踩下，接着左脚跟上，然后猫腰走了两步缓冲力道，再变成微弓的直行，这些都是对应的痕迹。"

燕绥之点了点头，说："非常易懂，谢谢。"

他平静地重新调出之前那段视频，这回没有将焦点放在赵择木身上，而是直接将陈章那部分放大，视频中可以看到，陈章每一次起身，都会下意识按一下腰，当然，这并没有影响他后续的动作，但是能看出来，他在转身和弯腰时，一只脚落地的动作会略轻一点儿，持续两步左右会恢复正常。

接着他调出陈章的医学鉴定书，道："这是你们署出具的鉴定书，第十二行提到我的当事人陈章先生盆骨和股骨处有遗传性骨裂，位于右腿。刚才的视频中也能看出来，他在做某些动作的时候，右脚落地总会稍轻一点儿。"

他说着，将医学证明和之前的 3D 效果图并列放置，直接圈出从窗台落下的两个脚印以及骨裂示意图。

"刚才穆尔先生的原话是闯入者从窗台落地，右脚踩下接着左脚跟上，这点在 3D 模拟图上清晰可见，无可置疑。"燕绥之道，"那么请问，一个右腿股骨带有遗传性骨裂，习惯性放轻右脚力度的人，怎么可能在跳进房间时选择右脚先落地？嫌自己不会摔？还是嫌自己骨裂不够严重？"

穆尔瞬间噤声。

事实上，整个法庭也跟着安静下来。

在凝滞的安静中，唯独燕绥之对这种安静毫不在意，他丢开文件，不慌不忙地说完了最后一句："至于夜视能力，警方的现场勘验报告里说了没有发现任何夜视仪或是别的相关设备，那些东西被处理一定会留下一些痕迹。但是我不得不提醒，还有另一种东西可以达到这个效果，尽管它本身不叫这种名字，常常被忽视。"

穆尔一愣，问道："什么？"

"亚巴岛特供潜水专用隐形眼镜。"燕绥之道。

当初他下海捞杰森·查理斯的时候，久违地戴了一回，非常不适应，以至于后来去更衣室里半天没取下来，差点儿要顾晏帮忙。

燕绥之说完，又补了一句："当然，这种东西除了在水下，其他时候的使用感实在不怎么样，它会放大物体、模糊距离感——"他略微停顿了一下，"还会让所有东西看起来都是一个颜色，深绿、浅绿、荧光绿。"

这话说完，整个法庭从安静变为了死寂。

被告席上，陈章感觉自己的呼吸已经落在了那片死一般的寂静里，之后发生了什么，法官说了什么，双方律师做了怎么样的询问和最终陈述，他都不知道。

他只知道，自己好像歪打正着地走了大运，碰到了一个超出所有人预料的实习律师。

在此之前，他一直在努力自我催眠，说服自己不要对实习生抱有太大希望，不要给这个年轻人太多压力，已经给他制造了足够多的麻烦，就不要再为难对方了。

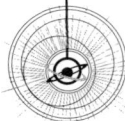

他早就已经做好了最坏的打算，却没想到居然还有奢望成真的时候。

法官一脸肃然地敲下法槌，陈章才猛地惊醒。当他抬起头时，不知何时离席的陪审团众人已经鱼贯而入，重新回到了座位上，带着他们郑重商讨的结果。

"全体起立。"

"女士们先生们，关于控方对陈章先生蓄意谋杀的指控，你们有答案了吗？有罪还是无罪？"

"无罪。"

至此，陈章终于闭上眼睛，长长地吐出一口气。直到这时候，他才发现他连呼吸都是急促的。

辩护席上的实习律师转过头来，隔着远远的距离和净透的玻璃，冲他微笑着点了一下头，像个温和又洒脱的年轻绅士。就连那个始终绷着脸，连表情都不曾变过的法官，在离席前都对他颔首示意了一下。

当然，那其实是在提醒他身后的两位法警可以解开手铐了。

但他想，他恐怕这辈子都不会忘记这个场景了。

庭审之后是熟悉的流程，法官助理捧着庭审记录文档的纸页跑过来，让双方律师在上面签字。巴德看起来很不好，表情像是生吞了猫屎，就连来签字的时候，另一只手都掩着脸，不知道是头痛还是脸痛。

他甚至没有跟燕绥之有任何对视，签完字把电子笔往助理手里一塞，扭头就走，几乎用小跑的方式离开了法庭。

"我长得这么不堪入目？"燕绥之看着他消失在门外，转头问了顾晏一句。

顾晏："……"

法官助理下了庭瞬间变得活泼起来，特别给面子地说："怎么可能，我工作以来在庭上见过最好看的人都在我面前了。"

燕绥之笑了起来，说："谢谢。"说着，他又看了眼顾晏不解风情的冷漠脸，又冲助理玩笑道，"也替他谢谢。"

法官助理乐了，把需要签名的几页在燕绥之的面前依次排好，又把电子笔递给了他。

燕绥之接过笔，抬手就是一道横。

顾晏在旁边咳了一声。

燕绥之临时一个急刹车，在横线末端拐了个弯，硬是扭回了"阮"字，就是"阮"的耳朵扭得有点儿大，他顺势调整了两个字的结构，配合着那个大耳朵，居然签得还挺潇洒。

不知道的还以为他一贯都这么签。

助理收好所有纸页，冲他们笑笑点了点头，便把所有庭上资料整理好，追着法官的脚后跟一起离开了法庭。

燕绥之这时候才冲顾晏道："下回咳早点儿。"

好像他差点儿写错字是别人的错似的，要脸不要？

法院外，蜂窝网的两位记者，本奇和赫西在街边已经蹲等多时了，其实不止他们俩，法院门外的街上徘徊着好几家媒体的记者，只不过曼森家排斥的态度太明显，所以他们不方便明着触霉头，只能低调地来搞点儿间接资料。

"看见没？你整天觉得我这不妥，那不妥——"本奇抬着下巴扫了一圈，"绿荫网、太古头条、法律新闻，那边、那边还有那边，全部等着拍呢，难不成个个都是闲的？我跟你——哎，出来了，出来了！"

他正想借机给赫西这位理想主义小年轻上上现实主义课，就看见布鲁尔·曼森带着助理和下属匆匆地下了法院门口的大台阶。

"哎哟，那表情……"本奇对好焦拍了几张，忍不住感叹道，"你看布鲁尔·曼森那个表情，这是刚见过鬼啊还是刚喝了农药？究竟发生了什么？"

对他而言，庭审不让看不让拍，简直让他抓心挠肺。

尤其现在布鲁尔·曼森的模样引起了他深深的好奇心和探究欲，偏偏什么细节都探听不到。

不仅如此，陆续从法院出来的相关人士的表情一个比一个精彩，有几位还交头接耳地议论，显得格外激动，语速快得像倒豆子，不离近了根本听不出他们在说什么，可是离近了又肯定会被曼森家的人挡开。

本奇抱着宝贝相机原地撒泼，看得赫西一愣一愣的。

"这种表情……难道被告方赢了？"本奇猜测着，但转眼又自己否认掉，"不至于，不至于，一个实习律师而已。难道法庭上发生了别的什么状况？"

他盯着赫西看了几秒，"啪"地拍了一下手，道："去堵那个实习生吧，打探一下庭审情况。"

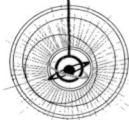

　　都说吃一堑，长一智，本奇怎么好像全然忘了那位实习生耍过他，那实习生看起来是会乖乖回答问题的人吗？本奇究竟有什么误解？

　　又过了几分钟，本奇打了鸡血似的叫道："来了，来了，来了，那个实习生！"他说着，一把拽了赫西就往法院的大台阶跑，然而没跑两步就看见燕绥之身后又走出了顾晏。

　　正在下楼的燕绥之目光一扫，刚巧看见远远奔来的本奇和表情尴尬的赫西，他有些好笑地偏头对顾晏说："那两位有点儿缠人的记者先生又来了。"

　　"已经跑了。"顾晏道。

　　"嗯？"燕绥之疑问了一声，转开目光看过去，就见原本要上台阶的本奇见鬼似的看了顾晏一眼，连个停顿都没打，当即脚尖一转，扭头就朝相反的方向跑走了。

　　燕绥之说："可真有出息。"

　　"那大律师怎么寸步不离的！"跑到街拐角，本奇才愤愤地咕哝着，"惹不起，惹不起，走吧走吧，还拍个屁。"说着，他又搂紧了自己的相机。

　　赫西："……"看来他还是有点儿智商的。